読書案内

日本の作家

伝記と作品 新訂版

日外アソシエーツ

Guide to Books
of
Famous Japanese Writers

Revised Edition

Compiled by
Nichigai Associates, Inc.

©2002 by Nichigai Associates, Inc.

Printed in Japan

本書はディジタルデータでご利用いただくことができます。詳細はお問い合わせください。

●編集担当● 安藤 真由子
装 丁：小熊 直美

刊行にあたって

　本書は1993年11月に刊行した「読書案内・伝記編　日本の作家」の新訂版である。

　この新訂版では、著名な作家の伝記・評伝を集めた読書案内という前版のスタイルをさらに発展させ、それぞれの作家についてその活動の概要と代表作がわかる解説を新たに付した。収録図書は伝記・評伝に加え、作品、作家・作品研究を含めた参考図書を幅広く対象とし、前版を補う1993（平成5年）以降の図書を収録した。

　収録する人物は、主に高校・高専・短大などの教科書に掲載される頻度が高く、また入学試験などにおいてもその文章が採用されることの多い日本の作家である。その範囲は柿本人麻呂などの万葉歌人たちに始まり、藤原定家など中世文学の歌人や作者、松尾芭蕉など近世文学の俳人・文人、夏目漱石など近代文学の作家・詩人・歌人、さらには現代文学を代表する多くの作家まで、日本文学史上の著名な文人・作家を網羅している。

　日本の作家の生涯や著作、思想についての理解を深めるためのツールとして、前版、ならびに小社の既刊「読書案内」シリーズと同様に活用いただければ幸いである。

　　2002年4月

　　　　　　　　　　　　　　　　　　　　　　　日外アソシエーツ

凡　例

1. 本書の内容

　　本書は、古代から現代までの日本の著名な作家361人について解説するとともに、参考図書のリストを付したものである。

2. 見出し
   1) 作家名見出しは本名、旧姓名、筆名などのうち、最も一般的に知られているものを採用した。
   2) 各作家の活躍した時代によって「上代」「中古」「中世」「近世」「近代」「現代」の6つに分けてこれらを大見出しとし、さらに大見出しの下で小説、詩、戯曲、評論・随筆などに適宜分類した。
   3) 同一の分類における作家名の排列は、名前の五十音順とした。
   4) いずれの見出しにも、その作家の活動の概要を示す解説を付した。

3. 参考図書リスト
   1) 1993年（平成5年）以降に日本国内で刊行された、作品、伝記、作家・作品研究などの参考図書を示した。その数9,033点である。
   2) 図書は刊年の新しいものから排列した。

4. 人名索引（巻末）

　　本文の見出し項目になっている作家名とその別名を五十音順に排列し、見出しの掲載頁を示した。

目　　次

上代

詩歌 ……………………… 1
　　大津皇子 ………………… 1
　　大伴 坂上郎女 ………… 1
　　大伴 旅人 ……………… 2
　　大伴 家持 ……………… 2
　　柿本 人麻呂 …………… 4
　　持統天皇 ………………… 6
　　高市 黒人 ……………… 6
　　額田王 …………………… 7
　　山上 憶良 ……………… 7
　　山部 赤人 ……………… 8
史伝 ……………………… 8
　　淡海 三船 ……………… 8
　　舎人親王 ………………… 8
　　稗田 阿礼 ……………… 9

中古

物語 ……………………… 10
　　紫式部 …………………… 10
詩歌 ……………………… 16
　　赤染衛門 ………………… 16
　　在原 業平 ……………… 16
　　和泉式部 ………………… 16
　　凡河内 躬恒 …………… 17
　　大江 匡衡 ……………… 17
　　小野 小町 ……………… 18
　　紀 貫之 ………………… 18
　　紀 友則 ………………… 19
　　曾禰 好忠 ……………… 19
　　藤原 公任 ……………… 20
　　文屋 康秀 ……………… 20
　　遍昭 ……………………… 20
　　源 経信 ………………… 20
日記・随筆 ……………… 20
　　菅原 孝標女 …………… 20
　　清少納言 ………………… 21
　　藤原 実資 ……………… 21
　　藤原 道綱母 …………… 22
学術 ……………………… 22
　　大江 匡房 ……………… 22
　　菅原 道真 ……………… 23
思想 ……………………… 23
　　円仁 ……………………… 23
　　空海 ……………………… 24
　　空也 ……………………… 26
　　源信 ……………………… 26
　　最澄 ……………………… 26

中世

詩歌 ……………………… 28
　　飛鳥井 雅経 …………… 28
　　飯尾 宗祇 ……………… 28
　　永福門院 ………………… 28
　　京極 為兼 ……………… 28
　　九条 良経 ……………… 29
　　建礼門院右京大夫 ……… 29
　　後白河天皇 ……………… 29
　　後鳥羽天皇 ……………… 30
　　西行 ……………………… 30
　　三条西 実隆 …………… 31
　　慈円 ……………………… 31
　　式子内親王 ……………… 32
　　二条 良基 ……………… 32
　　伏見天皇 ………………… 32
　　藤原 俊成 ……………… 33
　　藤原 定家 ……………… 33
　　源 実朝 ………………… 34

(5)

宗良親王 ……………………… 35
　　山崎 宗鑑 ……………………… 35
　随筆・日記 …………………… 35
　　阿仏尼 ………………………… 35
　　鴨 長明 ………………………… 36
　　吉田 兼好 ……………………… 36
　謡曲 …………………………… 37
　　世阿弥 ………………………… 37
　学術 …………………………… 38
　　一条 兼良 ……………………… 38
　　卜部 兼方 ……………………… 38
　　北畠 親房 ……………………… 38
　　仙覚 …………………………… 39
　思想 …………………………… 39
　　一遍 …………………………… 39
　　栄西 …………………………… 39
　　義堂 周信 ……………………… 40
　　桂庵 玄樹 ……………………… 40
　　親鸞 …………………………… 40
　　絶海 中津 ……………………… 43
　　道元 …………………………… 43
　　日蓮 …………………………… 46
　　法然 …………………………… 48
　　無住 一円 ……………………… 48
　　夢窓 疎石 ……………………… 49
　　蓮如 …………………………… 49
　　度会 家行 ……………………… 52

近世

　物語 …………………………… 53
　　井原 西鶴 ……………………… 53
　　上田 秋成 ……………………… 55
　　恋川 春町 ……………………… 56
　　山東 京伝 ……………………… 56
　　式亭 三馬 ……………………… 57
　　十返舎 一九 …………………… 57
　　滝沢 馬琴 ……………………… 58
　　為永 春水 ……………………… 59
　短歌・狂歌 …………………… 59
　　石川 雅望 ……………………… 59

　　大田 南畝 ……………………… 60
　　香川 景樹 ……………………… 61
　　後水尾天皇 …………………… 61
　　良寛 …………………………… 61
　俳諧・川柳 …………………… 65
　　柄井 川柳 ……………………… 65
　　小林 一茶 ……………………… 65
　　宝井 其角 ……………………… 67
　　西山 宗因 ……………………… 67
　　服部 嵐雪 ……………………… 67
　　松尾 芭蕉 ……………………… 67
　　松永 貞徳 ……………………… 71
　　向井 去来 ……………………… 71
　　森川 許六 ……………………… 71
　　横井 也有 ……………………… 71
　　与謝 蕪村 ……………………… 72
　戯曲 …………………………… 73
　　河竹 黙阿弥 …………………… 73
　　竹田 出雲 ……………………… 74
　　近松 門左衛門 ………………… 75
　　鶴屋 南北 ……………………… 76
　学術・思想 …………………… 77
　　新井 白石 ……………………… 77
　　伊藤 仁斎 ……………………… 78
　　伊藤 東涯 ……………………… 78
　　荻生 徂徠 ……………………… 78
　　貝原 益軒 ……………………… 79
　　荷田 春満 ……………………… 79
　　賀茂 真淵 ……………………… 79
　　北村 季吟 ……………………… 80
　　木下 順庵 ……………………… 80
　　熊沢 蕃山 ……………………… 80
　　契沖 …………………………… 81
　　鈴木 牧之 ……………………… 81
　　沢庵 宗彭 ……………………… 82
　　谷 時中 ………………………… 82
　　田安 宗武 ……………………… 82
　　中江 藤樹 ……………………… 82
　　塙 保己一 ……………………… 83
　　林 羅山 ………………………… 87

室　鳩巣 ……………………… 87
　本居　宣長 …………………… 88
　山鹿　素行 …………………… 88
　山崎　闇斎 …………………… 89

近代

　小説 …………………………… 90
　　芥川　龍之介 ……………… 90
　　有島　武郎 ………………… 93
　　泉　鏡花 …………………… 94
　　巌谷　小波 ………………… 97
　　海野　十三 ………………… 97
　　江戸川　乱歩 ……………… 98
　　大塚　楠緒子 ……………… 103
　　岡本　かの子 ……………… 103
　　尾崎　紅葉 ………………… 105
　　尾崎　翠 …………………… 106
　　押川　春浪 ………………… 107
　　葛西　善蔵 ………………… 107
　　梶井　基次郎 ……………… 107
　　仮名垣魯文 ………………… 108
　　嘉村　礒多 ………………… 108
　　菊池　寛 …………………… 109
　　木下　尚江 ………………… 110
　　国木田　独歩 ……………… 111
　　久米　正雄 ………………… 112
　　幸田　露伴 ………………… 112
　　小杉　天外 ………………… 114
　　小林　多喜二 ……………… 114
　　佐多　稲子 ………………… 115
　　佐藤　紅緑 ………………… 116
　　佐藤　春夫 ………………… 117
　　志賀　直哉 ………………… 119
　　島崎　藤村 ………………… 121
　　子母沢　寛 ………………… 123
　　末広　鉄腸 ………………… 124
　　鈴木　三重吉 ……………… 124
　　武田　麟太郎 ……………… 124
　　谷崎　潤一郎 ……………… 125
　　田村　俊子 ………………… 127

　　田山　花袋 ………………… 127
　　近松　秋江 ………………… 129
　　坪田　譲治 ………………… 130
　　東海　散士 ………………… 130
　　徳田　秋声 ………………… 131
　　徳冨　蘆花 ………………… 132
　　徳永　直 …………………… 133
　　直木　三十五 ……………… 134
　　永井　荷風 ………………… 134
　　中里　介山 ………………… 137
　　中島　敦 …………………… 139
　　長与　善郎 ………………… 139
　　夏目　漱石 ………………… 140
　　新美　南吉 ………………… 146
　　野上　弥生子 ……………… 147
　　野村　胡堂 ………………… 149
　　林　芙美子 ………………… 149
　　葉山　嘉樹 ………………… 150
　　樋口　一葉 ………………… 151
　　火野　葦平 ………………… 153
　　広津　和郎 ………………… 154
　　二葉亭　四迷 ……………… 154
　　堀　辰雄 …………………… 155
　　正宗　白鳥 ………………… 156
　　宮本　百合子 ……………… 157
　　武者小路　実篤 …………… 158
　　森　鴎外 …………………… 159
　　矢野　龍渓 ………………… 163
　　山田　美妙 ………………… 163
　　山本　有三 ………………… 164
　　夢野　久作 ………………… 164
　　横光　利一 ………………… 165
　　吉川　英治 ………………… 166
　　吉屋　信子 ………………… 168
　　若松　賤子 ………………… 169

　詩 ……………………………… 170
　　伊東　静雄 ………………… 170
　　岩野　泡鳴 ………………… 170
　　上田　敏 …………………… 171
　　川路　柳虹 ………………… 171

(7)

蒲原 有明 172
　北原 白秋 172
　北村 透谷 173
　西条 八十 175
　薄田 泣菫 175
　高村 光太郎 176
　立原 道造 178
　土井 晩翠 178
　中原 中也 179
　萩原 朔太郎 180
　堀口 大学 181
　宮沢 賢治 182
　三好 達治 192
　室生 犀星 193
　吉田 一穂 194
短歌 194
　会津 八一 194
　石川 啄木 195
　伊藤 左千夫 198
　落合 直文 198
　尾上 柴舟 199
　木下 利玄 199
　窪田 空穂 199
　斎藤 茂吉 200
　佐々木 信綱 201
　島木 赤彦 201
　土岐 善麿 202
　長塚 節 202
　柳原 白蓮 202
　山川 登美子 203
　与謝野 晶子 203
　与謝野 鉄幹 206
　吉井 勇 207
　若山 牧水 207
俳句 209
　飯田 蛇笏 209
　荻原 井泉水 209
　尾崎 放哉 210
　河東 碧梧桐 210
　高浜 虚子 211

　種田 山頭火 212
　正岡 子規 214
　水原 秋桜子 216
戯曲 216
　岡本 綺堂 216
　小山内 薫 218
　岸田 国士 218
　倉田 百三 219
　島村 抱月 220
　坪内 逍遙 220
　真山 青果 221
評論・随筆 221
　内田 魯庵 221
　内村 鑑三 222
　高山 樗牛 223
　津田 左右吉 224
　寺田 寅彦 224
　徳富 蘇峰 226
　中江 兆民 227
　西田 幾多郎 227
　新渡戸 稲造 229
　平塚 らいてう 230
　福沢 諭吉 230
　福田 恒存 233
　三木 清 234
　三宅 雪嶺 235
　保田 与重郎 235
　柳田 国男 236
　和辻 哲郎 240

現代
　小説 241
　　安部 公房 241
　　有吉 佐和子 242
　　池波 正太郎 243
　　石川 淳 249
　　石川 達三 249
　　石坂 洋次郎 250
　　石原 慎太郎 250
　　五木 寛之 252

(8)

稲垣 足穂	256	丸谷 才一	327
井上 靖	258	三浦 綾子	329
井伏 鱒二	261	三島 由紀夫	332
宇野 浩二	264	水上 勉	335
宇野 千代	265	村上 春樹	339
梅崎 春生	267	村上 龍	341
円地 文子	267	安岡 章太郎	346
遠藤 周作	268	山田 風太郎	348
大江 健三郎	273	山本 周五郎	354
大岡 昇平	275	横溝 正史	355
大仏 次郎	277	吉本 ばなな	358
織田 作之助	278	吉行 淳之介	359
開高 健	279	**詩**	362
川端 康成	280	石垣 りん	362
北 杜夫	283	茨木 のり子	362
幸田 文	285	大岡 信	363
坂口 安吾	287	小野 十三郎	366
里見 弴	289	金子 光晴	366
椎名 麟三	289	草野 心平	367
司馬 遼太郎	289	黒田 三郎	368
島尾 敏雄	298	谷川 俊太郎	368
芹沢 光治良	298	田村 隆一	371
髙見 順	299	壺井 繁治	372
武田 泰淳	299	中野 重治	372
太宰 治	300	西脇 順三郎	375
田中 英光	304	原 民喜	376
辻 邦生	304	丸山 薫	376
壺井 栄	306	村野 四郎	377
中上 健次	307	**短歌**	377
中村 真一郎	309	折口 信夫	377
丹羽 文雄	311	土屋 文明	380
野間 宏	311	馬場 あき子	381
埴谷 雄高	312	宮 柊二	382
平林 たい子	314	**俳句**	383
深沢 七郎	315	石田 波郷	383
藤沢 周平	315	加藤 楸邨	383
舟橋 聖一	318	中村 草田男	384
星 新一	319	山口 誓子	384
堀田 善衛	320	**戯曲**	385
松本 清張	322	菊田 一夫	385

木下 順二 ……………………… 385	亀井 勝一郎 …………………… 397
寺山 修司 ……………………… 386	小林 秀雄 ……………………… 398
評論・随筆 …………………… 390	澁澤 龍彦 ……………………… 399
伊藤 整 ………………………… 390	花田 清輝 ……………………… 403
内田 百閒 ……………………… 392	吉本 隆明 ……………………… 403
江藤 淳 ………………………… 393	
大宅 壮一 ……………………… 394	人名索引 ……………………… 409
加藤 周一 ……………………… 395	

上　代

詩　歌

大津皇子
おおつのみこ

天智称制2(663)～天武15(686).10.25
　天武天皇の皇子。兄で皇太子の草壁皇子と共に皇位継承の有力な候補者であったが、天武天皇崩御後、謀反が発覚したとして捕らえられ刑死した。幼少時より博識で和歌や漢詩文を得意とし、『日本書紀』には「詩賦の興ること、大津より始まる」と記されている。『懐風藻』には「臨終一絶」など4篇の詩が残っており、『万葉集』にも数首が収録されている。

　　　　　＊　　　＊　　　＊

◇鷺草―大津皇子とその姉と　池田美由喜著　新風舎　1999.8　230p　19cm　1500円　Ⓘ4-7974-0927-4
◇古代文学の研究　長瀬治著　おうふう　1999.5　219p　21cm　12000円　Ⓘ4-273-03070-5
◇二上山　田中日佐夫著　新装版　学生社　1999.4　225p　21cm　2100円　Ⓘ4-311-20220-FFS2
◇保田与重郎文芸論集　保田与重郎著、川村二郎編　講談社　1999.1　254p　15cm（講談社文芸文庫）　1050円　Ⓘ4-06-197649-4
◇天翔（あまかけ）る白日―小説大津皇子　黒岩重吾著　改版　中央公論社　1996.10　604p　16cm（中公文庫　く7-21）　1068円　Ⓘ4-12-202713-6
◇飛鳥の落日―大津皇子の悲劇古代ミステリー浪漫　関沢睦著　ベストセラーズ　1995.10　239p　18cm（ワニの本　WN037）　757円　Ⓘ4-584-17737-6

◇詩歌と歴史と生死　第1巻　無常の命　福田昭昌著　教育開発研究所　1995.4　262p　19cm　1500円　Ⓘ4-87380-251-2

大伴 坂上郎女
おおとものさかのうえのいらつめ

生没年不詳
　歌人。旅人の異母妹。家持の叔母、姑。『万葉集』には長短歌合わせて家持・人麻呂に次ぐ84首が収録されている。額田王以後最大の女性歌人であり、万葉集編纂に関与したとの説もある。恋の歌を多数残している。

　　　　　＊　　　＊　　　＊

◇万葉の女性歌人たち―秀歌から読む歴史ドラマ　杉本苑子著　日本放送出版協会　1999.8　261p　16cm（NHKライブラリー）　920円　Ⓘ4-14-084103-6
◇坂上郎女―人と作品　中西進編　おうふう　1998.5　207p　20cm　2800円　Ⓘ4-273-03023-3
◇万葉の華―小説坂上郎女　三枝和子著　読売新聞社　1997.11　222p　20cm　1400円　Ⓘ4-643-97112-6
◇天平の女　宮地たか著　勉誠社　1995.1　277p　20cm　2575円　Ⓘ4-585-05011-6
◇大伴坂上郎女の研究　浅野則子著　翰林書房　1994.6　382p　22cm　6800円　Ⓘ4-906424-46-5
◇大伴坂上郎女　小野寺静子著　翰林書房　1993.5　253p　20cm　4200円　Ⓘ4-906424-17-1

大伴 旅人
おおとものたびと

天智4(665)～天平3(731).7.25

歌人。名門に生まれるが中央官界からは遠ざかり、政治的にも恵まれなかった。大宰師に赴任後は和歌に情熱を注ぎ、山上憶良らと交流、"筑紫歌壇"を形成した。疎外感や体制への反発などの点では憶良の歌と共通しているが、それらは旅人の歌においては上品で叙情的な吐露としてあらわれた。『万葉集』には76首の歌が収録され、そのうちの「酒を讃(ほ)むるの歌13首」によっても知られる。大伴家持の父。

* * *

◇大伴旅人―人と作品　中西進編　おうふう　1998.10　215p　20cm　2800円　①4-273-03022-5

◇大伴旅人・筑紫文学圏―筑紫文学圏論　大久保広行著　笠間書院　1998.2　420,20p　22cm　(笠間叢書 312)　11165円　①4-305-10312-5

◇外来思想と日本人―大伴旅人と山上憶良　谷口茂著　玉川大学出版部　1995.5　196p　19cm　2472円　①4-472-09681-1

◇大伴旅人逍遙　平山城児著　笠間書院　1994.6　479,8p　22cm　(笠間叢書 275)　15500円　①4-305-10275-7

◇大伴旅人論　米内幹夫著　翰林書房　1993.4　235p　20cm　4200円　①4-906424-08-2

◇大伴旅人・家持とその時代―大伴氏凋落の政治史的考察　木本好信著　桜楓社　1993.2　260p　20cm　3400円　①4-273-02621-X

大伴 家持
おおとものやかもち

養老2(718)？～延暦4(785).8.28

歌人。大伴旅人の子。『万葉集』編纂に重要な役割を果たした一人で、自身万葉末期を代表的する歌人であり、最多の479首の和歌が収められている。また、全20巻のうち17～19巻に自身の歌日記を残した。地方在任中にうまれた四季の風物を素材とした繊細で優美な歌風は、万葉集と平安朝の和歌との過渡期に位置する存在として高く評価される。大伴氏の衰亡期の長であり、勢力を拡大する藤原氏と反対派の貴族との抗争に巻き込まれるなど、政治的には不遇な面も多かった。

* * *

◇和歌文学大系 2 万葉集　久保田淳監修　明治書院　2002.3　581p　22cm　8000円　①4-625-41311-7

◇万葉集　リービ英雄訳, 井上博道写真, 高岡一弥アートディレクション　ピエ・ブックス　2002.2　380p　23cm　3800円　①4-89444-186-1

◇万葉集　角川書店編　角川書店　2001.11　254p　15cm　(角川ソフィア文庫 ビギナーズ・クラシックス)　533円　①4-04-357406-1

◇万葉集新訳―歌の本音に迫る　谷戸貞彦著　大元出版　2001.11　343p　21cm　1750円　①4-901596-12-8

◇万葉集 1　稲岡耕二編　国書刊行会　2001.10　329p　22cm　(日本文学研究大成)　3400円　①4-336-03082-0

◇万葉集抜書　佐竹昭広著　岩波書店　2000.12　339p　15cm　(岩波現代文庫 学術34)　1200円　①4-00-600034-0

◇万葉集釈注―各句人名索引篇　伊藤博著　集英社　2000.5　509p　22cm　9500円　①4-08-165013-6

◇万葉集釈注―原文篇　伊藤博著　集英社　2000.5　605p　22cm　9500円　①4-08-165012-8

◇万葉集―これだけは読みたい日本の古典　角川書店編　角川書店　1999.12　254p　12cm　(角川mini文庫186 ミニ・クラシックス1)　400円　①4-04-700289-5

◇新日本古典文学大系 1 万葉集　佐竹昭広〔ほか〕編集　岩波書店　1999.5　530,40p　22cm　4500円　①4-00-240001-8

◇万葉集釈注 11 別巻　伊藤博著　集英社　1999.3　592p　22cm　9515円　①4-08-165011-X

◇万葉集釈注 10 巻第十九,巻第二十　伊藤博著　集英社　1998.12　830p　22cm　12600円　①4-08-165010-1

◇奈良万葉と中国文学　胡志昂著　笠間書院
1998.12　426p　21cm（笠間叢書）8000円
①4-305-10316-8

◇絵草紙越中の家持　北日本新聞社　1998.9
136p　26cm　1800円　①4-906678-26-2

◇万葉集全注　巻第11　稲岡耕二著
有斐閣　1998.9　691p　22cm　9800円
①4-641-07141-1

◇万葉集　1　多田一臣，大浦誠士編
若草書房　1998.7　267p　22cm（日本文学
研究論文集成1）3500円　①4-948755-31-1

◇万葉集釈注　9　巻第十七,巻第十八
伊藤博著　集英社　1998.5　635p　22cm
9515円　①4-08-165009-8

◇万葉集―本文篇　佐竹昭広〔ほか〕共著
塙書房　1998.2　512p　22cm　2100円
①4-8273-0081-X

◇万葉集釈注　8　巻第十五,巻第十六
伊藤博著　集英社　1998.1　615p　22cm
9515円　①4-08-165008-X

◇万葉集全注　巻第19　青木生子著
有斐閣　1997.11　316p　22cm　5000円
①4-641-07149-7

◇万葉集釈注　7　巻第十三,巻第十四
伊藤博著　集英社　1997.9　601p　22cm
9515円　①4-08-165007-1

◇和歌文学大系1万葉集　明治書院　1997.6
496p　22cm　4800円　①4-625-51301-4

◇万葉集釈注　6　巻第十一,巻第十二
伊藤博著　集英社　1997.5　809p　22cm
12600円　①4-08-165006-3

◇大伴家持論―文学と氏族伝統　市瀬雅之著
おうふう　1997.5　297p　22cm　18000円
①4-273-02954-5

◇撫子の君―大伴家持の悲願　沢田洋太郎著
日本図書刊行会　1997.4　319p　20cm
1800円　①4-89039-422-2

◇万葉集釈注　5　巻第九,巻第十　伊藤博著
集英社　1996.11　737p　22cm　11650円
①4-08-165005-5

◇万葉集釈注　4　巻第七,巻第八　伊藤博著
集英社　1996.8　771p　22cm　11650円
①4-08-165004-7

◇万葉集　大岡信著　岩波書店　1996.7　273p
16cm（同時代ライブラリー274 古典を読む）
971円　①4-00-260274-5

◇万葉集釈注　3　巻第五,巻第六　伊藤博著
集英社　1996.5　532p　22cm　9515円
①4-08-165003-9

◇万葉集の風土的研究　清原和義著　塙書房
1996.5　506p　21cm　9785円　①4-8273-0074-7

◇万葉集―歌匂い立つ　北原淑郎著　近代
文芸社　1996.3　255p　20cm　1748円
①4-7733-5316-3

◇万葉集釈注　2　巻第三,巻第四　伊藤博著
集英社　1996.2　700p　22cm　11650円
①4-08-165002-0

◇折口信夫全集　11　万葉集辞典
折口信夫著，折口信夫全集刊行会編纂
中央公論社　1996.2　473p　20cm　5340円
①4-12-403358-3

◇家持とその後　扇畑忠雄著　おうふう
1996.1　379p　22cm（扇畑忠雄著作集
第2巻）16000円　①4-273-02845-X

◇新編日本古典文学全集　8　万葉集
小学館　1995.12　574p　23cm　4466円
①4-09-658008-2

◇万葉集釈注　1　巻第一,巻第二　伊藤博著
集英社　1995.11　525p　22cm　9515円
①4-08-165001-2

◇大伴家持研究　江口洌著　おうふう　1995.6
395p　22cm　19000円　①4-273-02839-5

◇新編日本古典文学全集　7　万葉集
小学館　1995.4　526p　23cm　4272円
①4-09-658007-4

◇大伴家持―万葉歌人の歌と生涯　第6巻
もののふ残照　中西進著　角川書店　1995.3
380p　20cm　3200円　①4-04-581006-4

◇大伴家持―万葉歌人の歌と生涯　第5巻
望郷幻想　中西進著　角川書店　1995.2
293p　22cm　3200円　①4-04-581005-6

◇大伴家持―万葉歌人の歌と生涯　第4巻
越路の風光　中西進著　角川書店　1995.1
347p　20cm　3200円　①4-04-581004-8

◇大伴家持　2　久邇京の青春　中西進著
角川書店　1994.10　309p　19cm　3200円
①4-04-581002-1

◇万葉集―歌のはじまり 古橋信孝著 筑摩書房 1994.9 222p 18cm (ちくま新書006) 660円 ⓘ4-480-05606-8

◇大伴家持―万葉歌人の歌と生涯 第1巻 佐保の貴公子 中西進著 角川書店 1994.8 308p 22cm 3200円 ⓘ4-04-581001-3

◇万葉集 下 桜井満訳注 旺文社 1994.7 623p 19cm (旺文社全訳古典撰集) 1456円 ⓘ4-01-067243-9

◇万葉集 中 桜井満訳注 旺文社 1994.7 607p 19cm (旺文社全訳古典撰集) 1456円 ⓘ4-01-067242-0

◇万葉集 上 桜井満訳注 旺文社 1994.7 575p 19cm (旺文社全訳古典撰集) 1456円 ⓘ4-01-067241-2

◇新編日本古典文学全集 6 万葉集 小学館 1994.5 500p 23cm 4272円 ⓘ4-09-658006-6

◇万葉集漢文漢字総索引 日吉盛幸編 笠間書院 1994.3 1067,123p 27cm (笠間索引叢刊106) 18447円 ⓘ4-305-20106-2

◇万葉集全注 巻第8 井手至著 有斐閣 1993.4 353p 22cm 5320円 ⓘ4-641-07138-1

◇和歌文学講座 3 万葉集 勉誠社 1993.3 404p 20cm 3495円 ⓘ4-585-02024-1

◇大伴旅人・家持とその時代―大伴氏凋落の政治史的考察 木本好信著 桜楓社 1993.2 260p 20cm 3400円 ⓘ4-273-02621-X

◇万葉集の作品と基層 中川幸広著 桜楓社 1993.2 703p 21cm 16000円 ⓘ4-273-02609-0

柿本 人麻呂
かきのもとのひとまろ

生没年不詳
歌人。7世紀後半から8世紀はじめにかけて活躍した。持統・文武天皇に仕え、皇子に献呈歌を奉じたり、行幸に際して公の場で歌を詠むなどした。出生・経歴については諸説あり不明な点が多いが、下級官吏の出で、任地石見国で死んだといわれる。序詞・枕詞などを駆使した格調高く雄大荘重な作風で長歌・短歌共に優れ、

『万葉集』には家持に次ぐ100首が収録された。後世の人々により歌聖とあがめられた。

＊　　＊　　＊

◇万葉集 リービ英雄訳, 井上博道写真, 高岡一弥アートディレクション ピエ・ブックス 2002.2 380p 23cm 3800円 ⓘ4-89444-186-1

◇万葉集 角川書店編 角川書店 2001.11 254p 15cm (角川ソフィア文庫 ビギナーズ・クラシックス) 533円 ⓘ4-04-357406-1

◇万葉集新訳―歌の本音に迫る 谷戸貞彦著 大元出版 2001.11 343p 21cm 1750円 ⓘ4-901596-12-8

◇万葉集 1 稲岡耕二編 国書刊行会 2001.10 329p 22cm (日本文学研究大成) 3400円 ⓘ4-336-03082-0

◇万葉集抜書 佐竹昭広著 岩波書店 2000.12 339p 15cm (岩波現代文庫 学術34) 1200円 ⓘ4-00-600034-0

◇万葉集釈注―各句人名索引篇 伊藤博著 集英社 2000.5 509p 22cm 9500円 ⓘ4-08-165013-6

◇万葉集釈注―原文篇 伊藤博著 集英社 2000.5 605p 22cm 9500円 ⓘ4-08-165012-8

◇万葉集―これだけは読みたい日本の古典 角川書店編 角川書店 1999.12 254p 12cm (角川mini文庫186 ミニ・クラシックス1) 400円 ⓘ4-04-700289-5

◇柿本人麻呂とその子躬都良 大西俊輝著 東洋出版 1999.12 358p 22cm 3000円 ⓘ4-8096-7310-3

◇セミナー万葉の歌人と作品 第2巻 柿本人麻呂 神野志隆光, 坂本信幸企画編集 和泉書院 1999.9 330p 21cm 3500円 ⓘ4-87088-992-7

◇新日本古典文学大系 1 万葉集 佐竹昭広〔ほか〕編集 岩波書店 1999.5 530,40p 22cm 4500円 ⓘ4-00-240001-8

◇万葉集釈注 11 別巻 伊藤博著 集英社 1999.3 592p 22cm 9515円 ⓘ4-08-165011-X

◇山辺の道―古墳・氏族・寺社 和田萃編 吉川弘文館 1999.3 336p 19cm (古代を考える) 3000円 ⓘ4-642-02189-2

◇万葉集釈注　10　巻第十九,巻第二十　伊藤博著　集英社　1998.12　830p　22cm　12600円　Ⓘ4-08-165010-1

◇万葉集全注　巻第11　稲岡耕二著　有斐閣　1998.9　691p　22cm　9800円　Ⓘ4-641-07141-1

◇万葉集　1　多田一臣, 大浦誠士編　若草書房　1998.7　267p　22cm　(日本文学研究論文集成1)　3500円　Ⓘ4-948755-31-1

◇万葉集釈注　9　巻第十七,巻第十八　伊藤博著　集英社　1998.5　635p　22cm　9515円　Ⓘ4-08-165009-8

◇柿本人麻呂論考　阿蘇瑞枝著　増補改訂版　おうふう　1998.3　1317p　22cm　48000円　Ⓘ4-273-03030-6

◇万葉集―本文篇　佐竹昭広〔ほか〕共著　塙書房　1998.2　512p　22cm　2100円　Ⓘ4-8273-0081-X

◇万葉集釈注　8　巻第十五,巻第十六　伊藤博著　集英社　1998.1　615p　22cm　9515円　Ⓘ4-08-165008-X

◇万葉集全注　巻第19　青木生子著　有斐閣　1997.11　316p　22cm　5000円　Ⓘ4-641-07149-7

◇万葉集釈注　7　巻第十三,巻第十四　伊藤博著　集英社　1997.9　601p　22cm　9515円　Ⓘ4-08-165007-1

◇和歌文学大系1万葉集　明治書院　1997.6　496p　22cm　4800円　Ⓘ4-625-51301-4

◇古代幻視　梅原猛著　文芸春秋　1997.6　412p　15cm　(文春文庫)　505円　Ⓘ4-16-758301-1

◇万葉集釈注　6　巻第十一,巻第十二　伊藤博著　集英社　1997.5　809p　22cm　12600円　Ⓘ4-08-165006-3

◇万葉集釈注　5　巻第九,巻第十　伊藤博著　集英社　1996.11　737p　22cm　11650円　Ⓘ4-08-165005-5

◇共生と循環の哲学―永遠を生きる　梅原猛著　小学館　1996.11　318p　19cm　1600円　Ⓘ4-09-387184-1

◇万葉集釈注　4　巻第七,巻第八　伊藤博著　集英社　1996.8　771p　22cm　11650円　Ⓘ4-08-165004-7

◇万葉集　大岡信著　岩波書店　1996.7　273p　16cm　(同時代ライブラリー274 古典を読む)　971円　Ⓘ4-00-260274-5

◇万葉集釈注　3　巻第五,巻第六　伊藤博著　集英社　1996.5　532p　22cm　9515円　Ⓘ4-08-165003-9

◇万葉集―歌匂い立つ　北原淑郎著　近代文芸社　1996.3　255p　20cm　1748円　Ⓘ4-7733-5316-3

◇万葉集釈注　2　巻第三,巻第四　伊藤博著　集英社　1996.2　700p　22cm　11650円　Ⓘ4-08-165002-0

◇折口信夫全集　11　万葉集辞典　折口信夫著, 折口信夫全集刊行会編纂　中央公論社　1996.2　473p　20cm　5340円　Ⓘ4-12-403358-3

◇柿本人麻呂と『古事記』　小林晴次著　日蓮宗新聞社　1996.1　119p　21cm　1457円

◇新編日本古典文学全集　8　万葉集　小学館　1995.12　574p　23cm　4466円　Ⓘ4-09-658008-2

◇万葉集釈注　1　巻第一,巻第二　伊藤博著　集英社　1995.11　525p　22cm　9515円　Ⓘ4-08-165001-2

◇人麻呂幻想　菊池威雄著　新典社　1995.6　238p　19cm　(新典社文庫　3)　1854円　Ⓘ4-7879-6503-4

◇新編日本古典文学全集　7　万葉集　小学館　1995.4　526p　23cm　4272円　Ⓘ4-09-658007-4

◇柿本人麻呂　北山茂夫著　岩波書店　1994.11　215p　20cm　(岩波新書評伝選)　1553円　Ⓘ4-00-003863-X

◇万葉集―歌のはじまり　古橋信孝著　筑摩書房　1994.9　222p　18cm　(ちくま新書006)　660円　Ⓘ4-480-05606-8

◇万葉集　下　桜井満訳注　旺文社　1994.7　623p　19cm　(旺文社全訳古典撰集)　1456円　Ⓘ4-01-067243-9

◇万葉集　中　桜井満訳注　旺文社　1994.7　607p　19cm　(旺文社全訳古典撰集)　1456円　Ⓘ4-01-067242-0

◇万葉集　上　桜井満訳注　旺文社　1994.7　575p　19cm　(旺文社全訳古典撰集)　1456円　Ⓘ4-01-067241-2

詩　歌　　　　　　上　代

◇新編日本古典文学全集　6　万葉集
小学館　1994.5　500p　23cm　4272円
ⓘ4-09-658006-6

◇万葉集漢文漢字総索引　日吉盛幸編
笠間書院　1994.3　1067,123p　27cm　（笠間
索引叢刊106）　18447円　ⓘ4-305-20106-2

◇人麿の運命　古田武彦著，青山富士夫写真
原書房　1994.3　343p　19cm　1800円
ⓘ4-562-02512-3

◇安吾史譚―七つの人生について　坂口安
吾著　PHP研究所　1993.9　204p　15cm
（PHP文庫）　460円　ⓘ4-569-56577-8

◇古代和歌の成立　森朝男著　勉誠社
1993.5　428,13p　21cm　13500円　ⓘ4-585-
03015-8

◇万葉集全注　巻第8　井手至著　有斐閣
1993.4　353p　22cm　5320円　ⓘ4-641-
07138-1

◇和歌文学講座 3 万葉集　勉誠社　1993.3
404p　20cm　3495円　ⓘ4-585-02024-1

◇万葉集作歌とその場―人麻呂攷序説 続篇
緒方惟章著　桜楓社　1993.3　341p　22cm
19000円　ⓘ4-273-02624-4

持統天皇
じとうてんのう

大化元(645)～大宝2(702).12.22
　第41代天皇。天智天皇の第2皇女として生ま
れ、天武天皇の皇后となる。天武天皇の死後即
位。『万葉集』に数首を残す。「春過ぎて夏来に
けらし白妙の衣ほすてふ天の香具山」の歌は、
『新古今集』や百人一首にも採られ、名歌とさ
れた。

　　　　　　*　　　*　　　*

◇翡翠の瞬光―菟野皇女の生涯史劇　岩崎允
胤著　本の泉社　1999.11　207p　20cm
2000円　ⓘ4-88023-308-0

◇万葉の女性歌人たち―秀歌から読む歴史
ドラマ　杉本苑子著　日本放送出版協会
1999.8　261p　16cm　（NHKライブラリー）
920円　ⓘ4-14-084103-6

◇炎の女帝持統天皇　三田誠広著　広済堂出
版　1999.7　355p　20cm　1800円　ⓘ4-331-
05814-X

◇天照らす、持統　小石房子著　作品社
1999.1　246p　20cm　2000円　ⓘ4-87893-316-
X

◇日本書紀 5　坂本太郎，家永三郎，井上光
貞，大野晋校注　岩波書店　1995.3　624p
15cm　（岩波文庫）　980円　ⓘ4-00-300045-
5

◇飛鳥の風　吉田知子著　福武書店　1994.6
328p　16cm　（福武文庫　よ0501）　680円
ⓘ4-8288-3289-0

◇持統天皇と藤原不比等―日本古代史を規定
した盟約　土橋寛著　中央公論社　1994.6
157p　18cm　（中公新書　1192）　680円
ⓘ4-12-101192-9

◇古代王権と女性たち　横田健一著　吉川
弘文館　1994.1　280p　19cm　2300円
ⓘ4-642-07408-2

◇旅する女人　永井路子著　文芸春秋
1993.3　248p　15cm　（文春文庫）　400円
ⓘ4-16-720028-7

◇天武と持統―歌が明かす壬申の乱
李寧熙著　文芸春秋　1993.3　300p　15cm
（文春文庫）　460円　ⓘ4-16-753903-9

高市　黒人
たけちのくろひと

生没年不詳
　歌人。伝不詳だが、持統・文武天皇に仕え、
700年前後に活躍したとみられる。旅情を詠ん
だ叙情歌や、旅の風景を詠んだ叙景歌に優れ、
「旅の歌人」と呼ばれる。『万葉集』に多数の歌
が収録されている。

　　　　　　*　　　*　　　*

◇高市黒人―注釈と研究　尾崎暢殃〔ほか〕編
新典社　1996.11　557p　22cm　（新典社叢書
19）　17300円　ⓘ4-7879-3019-2

額田王
ぬかたのおおきみ

生没年不詳

歌人。7世紀頃活躍した。鏡王の娘。はじめ大海人皇子(後の天武天皇)の寵愛をうけ娘を設けるが、のちにその兄天智天皇の妃となった。巧みな技巧で華麗な歌を詠んだ白鳳時代を代表する女流歌人で、『万葉集』に12首が収録されている。大海人皇子に向けて詠んだ「あかねさす紫野行き標野行き野守は見ずや君が袖振る」の歌は広く知られている。

＊　＊　＊

◇万葉の女性歌人たち―秀歌から読む歴史ドラマ　杉本苑子著　日本放送出版協会　1999.8　261p 16cm　(NHKライブラリー)　920円　①4-14-084103-6

◇セミナー 万葉の歌人と作品 第1巻　初期万葉の歌人たち　神野志隆光、坂本信幸企画・編　和泉書院　1999.5　356p 21cm　3500円　①4-87088-974-9

◇解読額田王―この悲壮なる女性　福沢武一著　彩流社　1999.1　364p 22cm　3800円　①4-88202-462-4

◇額田王―万葉歌人の誕生　身崎寿著　塙書房　1998.9　390p 20cm　4500円　①4-8273-0084-4

◇日本恋愛事件史　山崎洋子著　講談社　1997.8　299p 15cm　(講談社文庫)　486円　①4-06-263576-3

◇額田王の実像―紫のにほへる妹　向井毬夫著　集英社　1997.3　277p 20cm　2369円　①4-08-781149-2

◇歴史を動かした女たち　高橋千剣破著　中央公論社　1997.2　391p 15cm　(中公文庫)　780円　①4-12-202800-0

◇茜に燃ゆ―小説額田王 上巻　黒岩重吾著　中央公論社　1994.8　291p 16cm　(中公文庫　く7-16)　563円　①4-12-202121-9

◇茜に燃ゆ―小説額田王 下巻　黒岩重吾著　中央公論社　1994.8　300p 16cm　(中公文庫　く7-17)　563円　①4-12-202122-7

◇「悲」の巫女 額田王の謎　梅沢恵美子著　学習研究社　1994.4　234p 18cm　(歴史群像新書)　780円　①4-05-400311-7

◇額田王の暗号　藤村由加著　新潮社　1994.3　358p 15cm　(新潮文庫)　480円　①4-10-125822-8

◇紫の歌 額田王　高城修三著　有学書林　1994.3　233p 19cm　1800円　①4-946477-12-8

◇額田姫王　谷馨著　紀伊国屋書店　1994.1　206p 20cm　(精選復刻紀伊国屋新書)　1800円　①4-314-00633-1

山上 憶良
やまのうえのおくら

斉明天皇6(660)～天平5(733)？

歌人。大宝二(702)年、遣唐少録として入唐。後に筑前守となり、同時期に大宰帥を務めた大伴旅人と"筑紫歌壇"を形成。漢文学や仏教の豊かな教養をもとに、家族愛や下級階層の貧苦を詠じた。人生の苦悩や社会の矛盾を見つめつつ、その根底には生への強い肯定を持ち、人間に対するあたたかい眼差しをそそいでいる。代表作「貧窮問答歌」は、極貧の地方農民との問答をとおして、世の中の不条理、非情さ、生き難さを詠ったものである。

＊　＊　＊

◇奈良万葉と中国文学　胡志昂著　笠間書院　1998.12　426p 21cm　(笠間叢書)　8000円　①4-305-10316-8

◇文芸放談 第1巻　伊達隆著　〔伊達隆〕　1998.1　187p 22cm　非売品

◇憶良・虫麻呂と天平歌壇　井村哲夫著　翰林書房　1997.5　253p 22cm　6800円　①4-87737-013-7

◇万葉歌人と中国思想　増尾伸一郎著　吉川弘文館　1997.4　338,13p 21cm　7500円　①4-642-02310-0

◇筑紫文学圏論 山上憶良　大久保広行著　笠間書院　1997.3　289,9p 21cm　(笠間叢書)　8000円　①4-305-10302-8

◇憶良述壊　丸岡愛市著　同成社　1996.1　368p 20cm　2427円　①4-88621-134-8

◇中西進万葉論集 第8巻 山上憶良
中西進著 講談社 1996.1 627p 21cm
9800円 ⓘ4-06-252658-1

◇外来思想と日本人―大伴旅人と山上憶良
谷口茂著 玉川大学出版部 1995.5 196p
19cm 2472円 ⓘ4-472-09681-1

◇憶良 人と作品 上代文学会編 笠間書院 1994.7 234p 19cm 2800円 ⓘ4-305-70108-1

山部 赤人
やまべのあかひと

生没年不詳

歌人。柿本人麻呂と並んで『万葉集』を代表する存在で、聖武天皇に仕え、行幸に従った際の歌を多く残した。優美な自然を澄み切った感性で詠んだ叙景歌に優れる。「田児の浦ゆうち出でて見れば真白にそ不尽の高嶺に雪は降りける」の歌は特に有名。柿本人麻呂とともに"歌聖""山柿"と仰がれる。

* * *

◇山部赤人―万葉史の論 梶川信行著
翰林書房 1997.10 590p 22cm 15000円
ⓘ4-87737-025-0

史 伝

淡海 三船
おうみのみふね

養老6(722)～延暦4(785).7.17

学者、文人。大友皇子の曾孫、池辺王の子。石上宅嗣と共にこの時代を代表する博識の文人として知られ、大学頭に三度任じられ、文章博士も兼任した。神武から光仁まで歴代天皇の漢風諡号を撰進した人物だと考えられている。『続日本紀』の編纂作業に参加し、『唐大和上東征伝』を著したほか、『経国集』には漢詩が収められる。日本最古の漢詩集『懐風藻』を編纂したともいわれるが未詳。

舎人親王
とねりしんのう

天武天皇5(676)～天平7(735).11

天武天皇の皇子。勅命を受けて『日本書紀』編選に中心的役割を担った。養老三年、元正天皇の詔によって皇太子の補佐役となり、のち太政大臣を贈られる。万葉歌人でもある。

『日本書紀』：養老4(720)年。わが国最古の官選史書。30巻。1、2巻は天地創造にまつわる神話が中心で、3巻以下は、神武天皇から持統天皇までの皇室中心の国家成立史。事跡に対する異伝をも載せるなど、『古事記』よりも客観的な歴史書としての性格が強い。体裁は『史書』など中国の歴史書に倣い、文章は純粋な漢文体である。『日本紀』とも呼ばれ、『古事記』と合わせて『記紀』と略称する。

* * *

◇国史大系 第1巻上 日本書紀 黒板勝美,国史大系編修会編輯 吉川弘文館 2000.4 419p 23cm 6500円 ⓘ4-642-00301-0

◇国史大系 第8巻 日本書紀私記 黒板勝美編輯 吉川弘文館 1999.7 206,356,378p 23cm 11800円 ⓘ4-642-00309-6

◇『日本書紀』神代巻全注釈 角林文雄著 塙書房 1999.3 580,14p 22cm 12000円 ⓘ4-8273-1161-7

◇日本書紀史注 巻第4 山田宗睦著
風人社 1999.2 351,6p 22cm 6000円
ⓘ4-938643-54-5

◇新編日本古典文学全集 4 日本書紀
小学館 1998.6 646p 23cm 4657円
ⓘ4-09-658004-X

◇日本書紀史注 巻第3 山田宗睦著
風人社 1998.2 335,9p 22cm 6000円
ⓘ4-938643-53-7

◇日本書紀史注 巻第2 山田宗睦著
風人社 1997.7 417,11p 22cm 6000円
ⓘ4-938643-52-9

◇日本書紀史注 巻第1 山田宗睦著
風人社 1997.2 497,12p 22cm 6000円
ⓘ4-938643-51-0

◇新編日本古典文学全集 3 日本書紀 小学館 1996.10 638p 23cm 4660円 ①4-09-658003-1
◇日本書紀 5 坂本太郎〔ほか〕校注 岩波書店 1995.3 624p 15cm（岩波文庫） 951円 ①4-00-300045-5
◇日本書紀 4 坂本太郎〔ほか〕校注 岩波書店 1995.2 555p 15cm（岩波文庫） 951円 ①4-00-300044-7
◇日本書紀 3 坂本太郎〔ほか〕校注 岩波書店 1994.12 524p 15cm（岩波文庫） 951円 ①4-00-300043-9
◇日本書紀 2 坂本太郎〔ほか〕校注 岩波書店 1994.10 574p 15cm（岩波文庫） 951円 ①4-00-300042-0
◇日本書紀 1 坂本太郎〔ほか〕校注 岩波書店 1994.9 528p 15cm（岩波文庫） 951円 ①4-00-300041-2
◇日本書紀 下 坂本太郎〔ほか〕校注 岩波書店 1993.9 627p 22cm（日本古典文学大系新装版） 4369円 ①4-00-004485-0
◇日本書紀 上 坂本太郎〔ほか〕校注 岩波書店 1993.9 654p 22cm（日本古典文学大系新装版） 4369円 ①4-00-004484-2

稗田 阿礼
ひえだのあれ

生没年不詳
　語り部の舎人。記憶力に優れ、天武天皇の詔により皇室を中心とした神話・伝説・説話・歌謡などを暗唱し、太安万侶がそれを記録し、『古事記』が編まれた。女性説もある。
　『古事記』：和銅5(712)年。現存するわが国最古の書物。三巻からなる。天地創造神話が中心の上巻、神武天皇東征や倭建命をはじめとした応神天皇までの建国・英雄伝説の中巻、仁徳天皇から推古天皇の時代までの歴史・伝説・歌謡の下巻からなる。文章は漢字の音訓を用いて日本語を表現している。『日本書紀』と同時期に成立し内容の重複もあるが、説話、伝承、神話などを多く含み、より文学性が強い。

　　　　　＊　　　＊　　　＊

◇古事記 梅原猛訳 学研 2001.1 281p 15cm（学研M文庫） 520円 ①4-05-902013-3
◇古事記 建国の神々 矢島貞訳著 日本図書刊行会 近代文芸社（発売） 2000.8 210p 20cm 2000円 ①4-8231-0529-X
◇国史大系 第7巻 古事記;先代旧事本紀;神道五部書 黒板勝美編輯 吉川弘文館 1998.10 151,158,64p 23cm 6500円 ①4-642-00308-8
◇古事記注解 4 上巻その三 神野志隆光, 山口佳紀著 笠間書院 1997.6 203p 22cm 4500円 ①4-305-60012-9
◇古事記 益田勝実著 岩波書店 1996.4 287p 16cm（同時代ライブラリー264 古典を読む） 1068円 ①4-00-260264-8
◇古事記―天皇の世界の物語 神野志隆光著 日本放送出版協会 1995.9 287p 19cm（NHKブックス746） 1068円 ①4-14-001746-5
◇古事記 祝詞 倉野憲司校注 岩波書店 1993.11 463p 22cm（日本古典文学大系新装版） 3883円 ①4-00-004486-9
◇古事記注解 2 上巻その一 神野志隆光, 山口佳紀著 笠間書院 1993.6 240p 22cm 4369円 ①4-305-60010-2

中　古

物　語

紫式部
むらさきしきぶ

天延元(973)？〜長和3(1014)？
『源氏物語』の作者。学者で漢詩人の父に育てられ、当時の女性としては珍しく漢詩文の素養を身につけた。山城守藤原宣孝と結婚するが、間もなく死別。その後『源氏物語』を書き始め、それが評判となり30歳前後で藤原道長の娘中宮彰子に出仕、執筆を続けた。他の著書に『紫式部日記』、家集『紫式部集』がある。また、『後拾遺和歌集』『玉葉集』などに歌が収録されているほか、『源氏物語』作中に登場する歌は後世盛んに本歌取りされ、和歌史上においても独自の位置を占めている。

『源氏物語』：1000年前後に成立した長編小説。大きく3部に分かれ、全54帖からなる。第1部は、主人公光源氏の出生から、父帝の后との密通、兄帝の寵姫との密会発覚による須磨への流離を経て帰京し復権するまでの栄華の物語。第2部は、晩年の光源氏が、女三宮の降嫁、女三宮と柏木の密通による不義の子の誕生、紫上との死別などに苦しむ物語。第3部は、光源氏の遺児・薫を中心にした次世代の愛と葛藤の物語。壮大な構想のもと、「もののあはれ」を基調に人間の真実を見すえており、文学史の中で特筆すべき地位を占めている。後世への影響ははかり知れないほど大きく、小説・和歌・謡曲・戯曲とあらゆる分野の文芸に及ぶ「源氏もの」をうんでいる。

＊　　＊　　＊

◇源氏物語 巻4　紫式部〔著〕，瀬戸内寂聴訳　新装版　講談社　2001.12　270,12p　20cm　1300円　Ⓣ4-06-261454-5

◇源氏物語 巻3　紫式部〔著〕，瀬戸内寂聴訳　新装版　講談社　2001.11　299,12p　20cm　1300円　Ⓣ4-06-261453-7

◇源氏物語 巻2　紫式部〔著〕，瀬戸内寂聴訳　新装版　講談社　2001.10　279,11p　20cm　1300円　Ⓣ4-06-261452-9

◇源氏物語 巻1　紫式部〔著〕，瀬戸内寂聴訳　新装版　講談社　2001.9　286,8p　20cm　1300円　Ⓣ4-06-261451-0

◇源氏物語―全一巻　紫式部〔原著〕，島村洋子著　双葉社　2000.7　239p　19cm　1400円　Ⓣ4-575-23394-3

◇源氏物語―真木柱　紫式部〔著〕，中村諒一訳　窓映社　2000.7　237p　22cm　1800円　Ⓣ4-916136-25-X

◇源氏物語―松山本 夕顔・若紫　〔紫式部〕〔著〕，伊藤鉃夫編著　おうふう　2000.3　222p　26cm　3000円　Ⓣ4-273-03144-2

◇源氏恋物語―狂おしくもせつない6つのlove stories　紫式部作，桜沢麻伊著　アスキー　2000.2　223p　20cm　1400円　Ⓣ4-7572-0729-8

◇源氏物語 巻7　紫式部〔著〕，瀬戸内寂聴訳　視覚障害者支援総合センター　1999.7　3冊　28cm　全13500円

◇源氏物語 巻8　紫式部〔著〕，瀬戸内寂聴訳　視覚障害者支援総合センター　1999.7　3冊　28cm　全13500円

◇源氏物語 巻9　紫式部〔著〕，瀬戸内寂聴訳　視覚障害者支援総合センター　1999.7　3冊　28cm　全13500円

◇源氏物語 巻10　紫式部〔著〕，瀬戸内寂聴訳　視覚障害者支援総合センター　1999.7　3冊　28cm　全13500円

◇源氏物語 巻5　紫式部〔著〕，瀬戸内寂聴訳　視覚障害者支援総合センター　1999.6　3冊　28cm　全13500円

◇源氏物語 巻6　紫式部〔著〕，瀬戸内寂聴訳　視覚障害者支援総合センター　1999.6　3冊　28cm　全13500円

◇古典の文箱　田辺聖子著　世界文化社　1999.6　357p　21cm　2000円　⑭4-418-99514-5
◇源氏物語　巻4　紫式部〔著〕, 瀬戸内寂聴訳　視覚障害者支援総合センター　1999.5　3冊　28cm　全13500円
◇『源氏物語』への誘い—その魅力の源泉を探る　髙柳美知子著　三友社出版　1999.5　63p　21cm　(21世紀ブックレット　9)　600円　⑭4-88322-695-6
◇源氏物語　巻1　紫式部〔著〕, 瀬戸内寂聴訳　視覚障害者支援総合センター　1999.3　3冊　28cm　全13500円
◇源氏物語　巻2　紫式部〔著〕, 瀬戸内寂聴訳　視覚障害者支援総合センター　1999.3　3冊　28cm　全13500円
◇源氏物語　巻3　紫式部〔著〕, 瀬戸内寂聴訳　視覚障害者支援総合センター　1999.3　3冊　28cm　全13500円
◇源氏物語　巻1　紫式部著, 瀬戸内寂聴訳　日本障害者リハビリテーション協会　1999.3　CD-ROM1枚　12cm
◇源氏物語　巻2　紫式部著, 瀬戸内寂聴訳　日本障害者リハビリテーション協会　1999.3　CD-ROM1枚　12cm
◇源氏物語　巻4　紫式部著, 瀬戸内寂聴訳　日本障害者リハビリテーション協会　1999.3　CD-ROM1枚　12cm
◇源氏物語　巻5　紫式部著, 瀬戸内寂聴訳　日本障害者リハビリテーション協会　1999.3　CD-ROM1枚　12cm
◇源氏物語　巻7　紫式部著, 瀬戸内寂聴訳　日本障害者リハビリテーション協会　1999.3　CD-ROM1枚　12cm
◇源氏物語　巻10　紫式部著, 瀬戸内寂聴訳　日本障害者リハビリテーション協会　1999.3　CD-ROM1枚　12cm
◇源氏物語　巻6　紫式部著, 瀬戸内寂聴訳　日本障害者リハビリテーション協会　1999.3　CD-ROM1枚　12cm
◇紫式部の手品—古典をたのしむ　影山美知子著　明治書院　1999.3　366p　19cm　2800円　⑭4-625-41117-3
◇源氏物語 15　東屋　浮舟　阿部秋生ほか校注・訳,〔紫式部著〕　小学館　1998.11　302p　19cm　(古典セレクション)　1600円　⑭4-09-362095 4
◇源氏物語 16　蜻蛉　手習　夢浮橋　阿部秋生ほか校注・訳,〔紫式部著〕　小学館　1998.11　342p　19cm　(古典セレクション)　1600円　⑭4-09-362096-2
◇源氏物語 13　椎本　総角　阿部秋生ほか校注・訳,〔紫式部著〕　小学館　1998.10　294p　19cm　(古典セレクション)　1600円　⑭4-09-362093-8
◇源氏物語 14　早蕨　宿木　阿部秋生ほか校注・訳,〔紫式部著〕　小学館　1998.10　262p　19cm　(古典セレクション)　1600円　⑭4-09-362094-6
◇源氏物語 11　横笛　鈴虫　夕霧　御法　幻　阿部秋生ほか校注・訳,〔紫式部著〕　小学館　1998.9　350p　19cm　(古典セレクション)　1600円　⑭4-09-362091-1
◇源氏物語 12　匂兵部卿　紅梅　竹河　橋姫　阿部秋生ほか校注・訳,〔紫式部著〕　小学館　1998.9　262p　19cm　(古典セレクション)　1600円　⑭4-09-362092-X
◇源氏物語を行く　秋山虔文, 中田昭写真　小学館　1998.8　143p　21cm　(SHOTOR TRAVEL)　1600円　⑭4-09-343092-6
◇源氏物語 9　若菜　上　阿部秋生ほか校注・訳,〔紫式部著〕　小学館　1998.8　235p　19cm　(古典セレクション)　1600円　⑭4-09-362089-X
◇源氏物語 10　若菜　下　柏木　阿部秋生ほか校注・訳,〔紫式部著〕　小学館　1998.8　315p　19cm　(古典セレクション)　1600円　⑭4-09-362090-3
◇源氏物語 7　初音　胡蝶　蛍　常夏　篝火　野分　阿部秋生ほか校注・訳,〔紫式部著〕　小学館　1998.7　244p　19cm　(古典セレクション)　1600円　⑭4-09-362087-3
◇源氏物語 8　行幸　藤袴　真木柱　梅枝　藤裏葉　阿部秋生ほか校注・訳,〔紫式部著〕　小学館　1998.7　292p　19cm　(古典セレクション)　1600円　⑭4-09-362088-1
◇源氏物語 5　蓬生　関屋　絵合　松風　薄雲　阿部秋生ほか校注・訳,〔紫式部著〕　小学館　1998.6　246p　19cm　(古典セレクション)　1600円　⑭4-09-362085-7

◇源氏物語 6　朝顔 少女 玉鬘　阿部秋生ほか校注・訳,〔紫式部著〕　小学館 1998.6 268p 19cm （古典セレクション） 1600円 ⓘ4-09-362086-5

◇源氏物語 3　葵 賢木 花散里　阿部秋生ほか校注・訳,〔紫式部著〕　小学館 1998.5 237p 19cm （古典セレクション） 1600円 ⓘ4-09-362083-0

◇源氏物語 4　須磨 明石 澪標　阿部秋生ほか校注・訳,〔紫式部著〕　小学館 1998.5 285p 19cm （古典セレクション） 1600円 ⓘ4-09-362084-9

◇源氏物語 1　紫式部〔著〕, 阿部秋生〔ほか〕校注・訳　小学館 1998.4 318p 16cm （古典セレクション） 1600円　ⓘ4-09-362081-4

◇源氏物語 2　紫式部〔著〕, 阿部秋生〔ほか〕校注・訳　小学館 1998.4 283p 16cm （古典セレクション） 1600円　ⓘ4-09-362082-2

◇源氏物語 巻10　紫式部〔著〕, 瀬戸内寂聴訳　講談社 1998.4 344p 23cm 2524円 ⓘ4-06-252110-5

◇新編日本古典文学全集 25　源氏物語 6 〔紫式部〕〔著〕, 阿部秋生〔ほか〕校注・訳　小学館 1998.4 620p 23cm 4657円 ⓘ4-09-658025-2

◇清少納言と紫式部 ― 王朝女流文学の世界　鈴木日出男著　放送大学教育振興会 1998.3 246p 21cm （放送大学教材） 2600円 ⓘ4-595-55395-1

◇源氏物語 上　〔紫式部〕〔著〕, 角川書店編　角川書店 1998.3 255p 12cm （角川mini文庫） 400円　ⓘ4-04-700226-7

◇源氏物語 下　〔紫式部〕〔著〕, 角川書店編　角川書店 1998.3 255p 12cm （角川mini文庫） 400円　ⓘ4-04-700227-5

◇源氏物語 7　〔紫式部〕〔著〕, 佐藤定義訳著　明治書院 1998.3 301p 22cm 3800円 ⓘ4-625-51174-7

◇源氏物語 巻9　紫式部〔著〕, 瀬戸内寂聴訳　講談社 1998.2 281p 23cm 2524円 ⓘ4-06-252109-1

◇新訳源氏物語 4　紫式部〔著〕, 尾崎左永子訳　小学館 1998.1 254p 20cm 1600円 ⓘ4-09-362074-1

◇源氏物語 巻8　紫式部〔著〕, 瀬戸内寂聴訳　講談社 1997.12 323p 23cm 2524円 ⓘ4-06-252108-3

◇新訳源氏物語 3　紫式部〔著〕, 尾崎左永子訳　小学館 1997.12 254p 20cm 1600円 ⓘ4-09-362073-3

◇新訳源氏物語 2　〔紫式部〕〔著〕, 尾崎左永子訳　小学館 1997.11 268p 20cm 1600円　ⓘ4-09-362072-5

◇源氏物語 巻7　紫式部〔著〕, 瀬戸内寂聴訳　講談社 1997.10 347p 23cm 2524円 ⓘ4-06-252107-5

◇新訳源氏物語 1　紫式部〔著〕, 尾崎左永子訳　小学館 1997.10 252p 20cm 1600円 ⓘ4-09-362071-7

◇源氏物語 巻6　〔紫式部〕〔著〕, 瀬戸内寂聴訳　講談社 1997.9 289p 23cm 2524円 ⓘ4-06-252106-7

◇源氏物語 巻5　紫式部〔著〕, 瀬戸内寂聴訳　講談社 1997.7 313p 23cm 2524円 ⓘ4-06-252105-9

◇新編日本古典文学全集 24　源氏物語 5 〔紫式部〕〔著〕, 阿部秋生〔ほか〕校注・訳　小学館 1997.7 550p 23cm 4457円 ⓘ4-09-658024-4

◇清少納言と紫式部　紫式部 ― その生活と心理　梅沢和軒著　神田秀夫, 石川春江著　クレス出版 1997.5 384,206p 22cm （源氏物語研究叢書　第2巻） ⓘ4-87733-032-1

◇源氏物語 巻4　紫式部〔著〕, 瀬戸内寂聴訳　講談社 1997.5 287p 23cm 2524円 ⓘ4-06-252104-0

◇源氏物語 巻3　紫式部〔著〕, 瀬戸内寂聴訳　講談社 1997.4 317p 23cm 2524円 ⓘ4-06-252103-2

◇源氏物語 6　紫式部〔著〕, 佐藤定義訳著　明治書院 1997.3 255p 22cm 3800円 ⓘ4-625-51173-9

◇新日本古典文学大系 23　源氏物語 5　佐竹昭広〔ほか〕編　〔紫式部著〕, 柳井滋〔ほか〕校注　岩波書店 1997.3 488p 22cm 3811円　ⓘ4-00-240023-9

◇保坂本源氏物語 第12巻 蜻蛉 〔紫式部〕〔著〕，伊井春樹編 おうふう 1997.3 172p 26cm ⓘ4-273-02872-7

◇保坂本源氏物語 第12巻 手習 〔紫式部〕〔著〕，伊井春樹編 おうふう 1997.3 196p 26cm ⓘ4-273-02872-7

◇保坂本源氏物語 第12巻 夢浮橋 〔紫式部〕〔著〕，伊井春樹編 おうふう 1997.3 60p 26cm ⓘ4-273-02872-7

◇保坂本源氏物語 第12巻 別冊 1 浮舟──東京大学総合図書館蔵源氏物語 〔紫式部〕〔著〕，伊井春樹編 おうふう 1997.3 148p 26cm ⓘ4-273-02872-7

◇保坂本源氏物語 第12巻 別冊 2 保坂本源氏物語解題 〔紫式部〕〔著〕，伊井春樹編 おうふう 1997.3 52p 26cm ⓘ4-273-02872-7

◇歴史を動かした女たち 高橋千剣破著 中央公論社 1997.2 391p 15cm（中公文庫）780円 ⓘ4-12-202800-0

◇源氏物語 巻1 紫式部〔著〕，瀬戸内寂聴訳 講談社 1996.12 296p 23cm 2600円 ⓘ4-06-252101-6

◇新編日本古典文学全集 23 源氏物語 4 若菜上 若菜下 柏木 横笛 鈴虫 夕霧 御法 幻 紫式部〔著〕，阿部秋生〔ほか〕校注・訳 小学館 1996.11 606p 23cm 4660円 ⓘ4-09-658023-6

◇イメージで読む源氏物語 紫式部〔原著〕，田中順子，芦部寿江著 一茎書房 1996.10 254p 20cm 2000円 ⓘ4-87074-099-0

◇源氏物語──日本大学蔵 第13巻 鎌倉期諸本集 2 〔紫式部著〕 八木書店 1996.9 391p 22cm 14563円 ⓘ4-8406-9333-1

◇保坂本源氏物語──影印 第11巻 〔紫式部著〕，伊井春樹編 おうふう 1996.9 3冊 26cm 17476円 ⓘ4-273-02871-9

◇保坂本源氏物語 第11巻 東屋 〔紫式部著〕，伊井春樹編 おうふう 1996.9 196p 26cm ⓘ4-273-02871-9

◇保坂本源氏物語 第11巻 早蕨 〔紫式部著〕，伊井春樹編 おうふう 1996.9 56p 26cm ⓘ4-273-02871-9

◇保坂本源氏物語 第11巻 宿木 〔紫式部著〕，伊井春樹編 おうふう 1996.9 252p 26cm ⓘ4-273-02871-9

◇保坂本源氏物語 第10巻 総角 〔紫式部著〕，伊井春樹編 おうふう 1996.8 264p 26cm ⓘ4-273-02870-0

◇保坂本源氏物語 第10巻 椎本 〔紫式部著〕，伊井春樹編 おうふう 1996.8 100p 26cm ⓘ4-273-02870-0

◇保坂本源氏物語 第10巻 橘姫 〔紫式部著〕，伊井春樹編 おうふう 1996.8 136p 26cm ⓘ4-273-02870-0

◇源氏物語 5 蓬生 関屋 絵合 松風 薄雲 朝顔 紫式部〔著〕，佐藤定義訳 明治書院 1996.7 253p 22cm 3107円 ⓘ4-625-51172-0

◇源氏物語──日本大学蔵 第12巻 鎌倉期諸本集 1 〔紫式部著〕 八木書店 1996.7 353p 22cm 14563円 ⓘ4-8406-9332-3

◇保坂本源氏物語──影印 第9巻 〔紫式部著〕，伊井春樹編 おうふう 1996.7 5冊 26cm 17476円 ⓘ4-273-02869-7

◇源氏物語 5 紫式部〔著〕，佐藤定義訳著 明治書院 1996.7 253p 22cm 3200円 ⓘ4-625-51172-0

◇保坂本源氏物語 第9巻 紅梅 〔紫式部著〕，伊井春樹編 おうふう 1996.7 40p 26cm ⓘ4-273-02869-7

◇保坂本源氏物語 第9巻 竹河 〔紫式部著〕，伊井春樹編 おうふう 1996.7 152p 26cm ⓘ4-273-02869-7

◇保坂本源氏物語 第9巻 匂宮 〔紫式部著〕，伊井春樹編 おうふう 1996.7 52p 26cm ⓘ4-273-02869-7

◇保坂本源氏物語 第9巻 幻 〔紫式部著〕，伊井春樹編 おうふう 1996.7 68p 26cm ⓘ4-273-02869-7

◇保坂本源氏物語 第9巻 御法 〔紫式部著〕，伊井春樹編 おうふう 1996.7 60p 26cm ⓘ4-273-02869-7

◇保坂本源氏物語 第8巻 柏木 〔紫式部著〕，伊井春樹編 おうふう 1996.6 132p 26cm ⓘ4-273-02868-9

◇保坂本源氏物語 第8巻 鈴虫 〔紫式部著〕,伊井春樹編 おうふう 1996.6 52p 26cm ⓘ4-273-02868-9

◇保坂本源氏物語 第8巻 夕霧 〔紫式部著〕,伊井春樹編 おうふう 1996.6 212p 26cm ⓘ4-273-02868-9

◇保坂本源氏物語 第8巻 横笛 〔紫式部著〕,伊井春樹編 おうふう 1996.6 64p 26cm ⓘ4-273-02868-9

◇保坂本源氏物語 第7巻 若菜 〔紫式部著〕,伊井春樹編 おうふう 1996.5 2冊 26cm 全18000円 ⓘ4-273-02867-0

◇旧少年少女のための新伝記全集 野田秀樹著 中央公論社 1996.4 228p 18cm 1400円 ⓘ4-12-002560-8

◇保坂本源氏物語―影印 第6巻 〔紫式部著〕,伊井春樹編 おうふう 1996.4 6冊 26cm 17476円 ⓘ4-273-02866-2

◇源氏物語―日本大学蔵 第10巻 三条西家証本 〔紫式部著〕 八木書店 1996.3 381p 22cm 14563円 ⓘ4-8406-9330-7

◇源氏物語―日本大学蔵 第11巻 三条西家証本 〔紫式部著〕 八木書店 1996.3 415p 22cm 14563円 ⓘ4-8406-9331-5

◇新日本古典文学大系 22 源氏物語 4 佐竹昭広〔ほか〕編 〔紫式部著〕,柳井滋〔ほか〕校注 岩波書店 1996.3 541p 22cm 3800円 ⓘ4-00-240022-0

◇保坂本源氏物語―影印 第5巻 〔紫式部著〕,伊井春樹編 おうふう 1996.3 6冊 26cm 17476円 ⓘ4-273-02865-4

◇保坂本源氏物語―影印 第4巻 〔紫式部著〕,伊井春樹編 おうふう 1996.2 5冊 26cm 17476円 ⓘ4-273-02864-6

◇源氏物語 4 紫式部〔著〕,佐藤定義訳著 明治書院 1996.1 241p 22cm 3200円 ⓘ4-625-51171-2

◇源氏物語―日本大学蔵 第9巻 三条西家証本 〔紫式部著〕 八木書店 1996.1 560p 22cm 14563円 ⓘ4-8406-9329-3

◇新編日本古典文学全集 22 源氏物語 3 紫式部〔著〕,阿部秋生〔ほか〕校注・訳 小学館 1996.1 516p 23cm 4400円 ⓘ4-09-658022-8

◇保坂本源氏物語 第3巻 明石 〔紫式部著〕,伊井春樹編 おうふう 1996.1 116p 26cm ⓘ4-273-02863-8

◇保坂本源氏物語―影印 第2巻 〔紫式部著〕,伊井春樹編 おうふう 1995.12 5冊 26cm 17476円 ⓘ4-273-02862-X

◇源氏物語―日本大学蔵 第8巻 三条西家証本 〔紫式部著〕 八木書店 1995.11 486p 22cm 14563円 ⓘ4-8406-9328-5

◇保坂本源氏物語―影印 第1巻 〔紫式部著〕,伊井春樹編 おうふう 1995.11 5冊 26cm 17476円 ⓘ4-273-02861-1

◇源氏物語 3 紫式部〔著〕,佐藤定義訳著 明治書院 1995.9 217p 22cm 2800円 ⓘ4-625-51170-4

◇源氏物語―日本大学蔵 第7巻 三条西家証本 〔紫式部著〕 八木書店 1995.9 467p 22cm 14563円 ⓘ4-8406-9327-7

◇源氏物語 2 紫式部〔著〕,佐藤定義訳著 明治書院 1995.7 219p 22cm 2800円 ⓘ4-625-51169-0

◇源氏物語―日本大学蔵 第6巻 三条西家証本 〔紫式部著〕 八木書店 1995.7 598p 22cm 14563円 ⓘ4-8406-9326-9

◇源氏物語 1 紫式部〔著〕,佐藤定義訳著 明治書院 1995.5 263p 22cm 2800円 ⓘ4-625-51168-2

◇源氏物語―日本大学蔵 第5巻 三条西家証本 〔紫式部著〕 八木書店 1995.5 569p 22cm 14563円 ⓘ4-8406-9325-0

◇源氏物語 上巻 紫式部〔著〕,舟橋聖一訳 祥伝社 1995.4 682p 16cm (ノン・ポシェット) 1000円 ⓘ4-396-32431-6

◇源氏物語 下巻 紫式部〔著〕,舟橋聖一訳 祥伝社 1995.4 681p 16cm (ノン・ポシェット) 1000円 ⓘ4-396-32432-4

◇源氏物語―日本大学蔵 第4巻 三条西家証本 〔紫式部著〕 八木書店 1995.3 535p 22cm 14563円 ⓘ4-8406-9324-2

◇新日本古典文学大系 21 源氏物語 3 佐竹昭広〔ほか〕編 〔紫式部著〕,柳井滋〔ほか〕校注 岩波書店 1995.3 490p 22cm 3800円 ⓘ4-00-240021-2

◇絵入源氏 夕顔巻　〔紫式部著〕，清水婦久子編　おうふう　1995.2　133p　21cm　1845円　ⓘ4-273-02818-2

◇源氏物語 須磨　〔紫式部著〕，犬養廉編　おうふう　1995.2　59p　22cm　1000円　ⓘ4-273-00874-2

◇紫式部　清水好子著　岩波書店　1995.1　218p　20cm　（岩波新書）　1600円　ⓘ4-00-003867-2

◇源氏物語―伏見天皇本影印 14　〔紫式部著〕，吉田幸一編　古典文庫　1995.1　365p　17cm　（古典文庫　第578冊）　非売品

◇源氏物語―日本大学蔵 第3巻　三条西家証本　〔紫式部著〕　八木書店　1995.1　505p　22cm　14563円　ⓘ4-8406-9323-4

◇新編日本古典文学全集 21　源氏物語 2　葵 賢木 花散里 須磨 明石 澪標 蓬生 関屋 絵合 松風 薄雲 朝顔　紫式部〔著〕，阿部秋生〔ほか〕校注・訳　小学館　1995.1　558p　23cm　4466円　ⓘ4-09-658021-X

◇紫式部―香子の恋　三枝和子著　（多摩）福武書店　1994.12　209p　15cm　（福武文庫）　550円

◇源氏物語絵巻―新撰五十四帖　紫式部〔著〕，後藤いづも筆並に解説　国会審議調査会　1994.12　54枚　19×27cm　30000円

◇源氏物語―日本大学蔵 第2巻　三条西家証本　〔紫式部著〕　八木書店　1994.11　516p　22cm　14563円　ⓘ4-8406-9322-6

◇源氏物語 1　〔紫式部著〕，山岸徳平校注　岩波書店　1994.10　436p　19cm　（ワイド版岩波文庫　148）　1262円　ⓘ4-00-007148-3

◇源氏物語 2　〔紫式部著〕，山岸徳平校注　岩波書店　1994.10　414p　19cm　（ワイド版岩波文庫　149）　1262円　ⓘ4-00-007149-1

◇源氏物語 3　〔紫式部著〕，山岸徳平校注　岩波書店　1994.10　382p　19cm　（ワイド版岩波文庫　150）　1165円　ⓘ4-00-007150-5

◇源氏物語 4　〔紫式部著〕，山岸徳平校注　岩波書店　1994.10　376p　19cm　（ワイド版岩波文庫　151）　1165円　ⓘ4-00-007151-3

◇源氏物語 5　〔紫式部著〕，山岸徳平校注　岩波書店　1994.10　366p　19cm　（ワイド版岩波文庫　152）　1165円　ⓘ4-00-007152-1

◇源氏物語 6　紫式部〔著〕，山岸徳平校注　岩波書店　1994.10　359p　19cm　（ワイド版岩波文庫　153）　1165円　ⓘ4-00-007153-X

◇源氏物語―日本大学蔵 第1巻　三条西家証本　〔紫式部著〕　八木書店　1994.9　555p　22cm　14563円　ⓘ4-8406-9321-8

◇新編日本古典文学全集 26　和泉式部日記　和泉式部〔著〕，藤岡忠美校注・訳　小学館　1994.9　558p　23cm　4466円　ⓘ4-09-658026-0

◇源氏物語―伏見天皇本影印 13　〔紫式部著〕，吉田幸一編　古典文庫　1994.5　345p　17cm　（古典文庫　第570冊）　非売品

◇源氏物語 1　紫式部〔著〕，阿部秋生〔ほか〕校注・訳　小学館　1994.3　476p　23cm　（新編日本古典文学全集　20）　4200円　ⓘ4-09-658020-1

◇源氏物語 5　〔紫式部著〕，阿部秋生校注　明治書院　1994.3　402p　19cm　（校注古典叢書）　1900円　ⓘ4-625-30026-6

◇源氏物語 愛の渇き　大塚ひかり著　ベストセラーズ　1994.2　285p　20cm　（ワニの選書）　1400円　ⓘ4-584-19106-9

◇散華―紫式部の生涯 下　杉本苑子著　中央公論社　1994.2　498p　15cm　（中公文庫）　740円　ⓘ4-12-202075-1

◇源氏供養　下巻　橋本治著　中央公論社　1994.1　458p　19cm　1650円　ⓘ4-12-002276-5

◇散華―紫式部の生涯 上　杉本苑子著　中央公論社　1994.1　567p　15cm　（中公文庫）　840円　ⓘ4-12-202060-3

◇新日本古典文学大系 20　源氏物語 2　佐竹昭広〔ほか〕編　〔紫式部著〕，柳井滋〔ほか〕校注　岩波書店　1994.1　539p　22cm　3800円　ⓘ4-00-240020-4

◇源氏物語―伏見天皇本影印 12　〔紫式部著〕，吉田幸一編　古典文庫　1994.1　32,385p　17cm　（古典文庫　第566冊）　非売品

◇NHK歴史発見 9　NHK歴史発見取材班編　〔カラー版〕　角川書店　1993.11　217p　19cm　1800円　ⓘ4-04-522209-X

◇源氏物語―伏見天皇本影印 11　〔紫式部著〕，吉田幸一編　古典文庫　1993.8

32,361p　17cm　（古典文庫　第562冊）
非売品

◇清少納言と紫式部—その対比論序説
宮崎荘平著　朝文社　1993.4　204p　20cm
2200円　Ⓘ4-88695-090-6

◇源氏物語—伏見天皇本影印　10　〔紫式部著〕，吉田幸一編　古典文庫　1993.3　322p
17cm　（古典文庫　第556冊）　非売品

◇絵入源氏　桐壺巻　〔紫式部著〕，清水婦久子編　桜楓社　1993.2　105p　21cm　1845円　Ⓘ4-273-02623-6

◇源氏物語　下　紫式部原作，瀬戸内寂聴著
講談社　1993.1　309p　22cm　（少年少女古典文学館　第6巻）　1700円　Ⓘ4-06-250806-0

◇新日本古典文学大系　19　源氏物語　1
佐竹昭広〔ほか〕編　〔紫式部著〕，柳井滋〔ほか〕校注　岩波書店　1993.1　482p　22cm
3600円　Ⓘ4-00-240019-0

詩　歌

赤染衛門
あかぞめえもん

生没年不詳

歌人。10世紀後半から11世紀前半に活躍した。藤原道長の妻、倫子に仕え、のち学者、文人として有名な大江匡衡の妻となった。大江匡房は曾孫。和泉式部と並び称された歌人であり、家集に『赤染衛門集』があるほか、『拾遺和歌集』『後拾遺和歌集』などの歌集に入集している。また、藤原道長の栄華を中心に描かれた歴史物語『栄花物語』の著者との説がある。

＊　　　＊　　　＊

◇「源氏物語」の時代を生きた女性たち—紫式部も商いの女も平安女性は働きもの
服藤早苗著　日本放送出版協会　2000.3
280p　15cm　（NHKライブラリー）　920円
Ⓘ4-14-084115-X

◇賀茂保憲女集・赤染衛門集・清少納言集・紫式部集・藤三位集　　武田早苗，佐藤雅代，中周子共著　明治書院　2000.3　393p　21cm
（和歌文学大系 20）　6500円　Ⓘ4-625-41300-1

在原　業平
ありわらのなりひら

天長2(825)〜元慶4(880).7.9

歌人。六歌仙・三十六歌仙の一人。平城天皇の孫、阿保親王の第五子として生まれる。藤原氏への権力集中が強まる時代の中で、政治的には活躍しなかったが、多くの女性と浮き名を流し奔放な生涯を送った。傑出した和歌の才能を持ち、情熱的な和歌を多数残している。平安時代随一の色男として後世にも知られ、『伊勢物語』の主人公のモデルとされる。また、能・歌舞伎・狂言などさまざまな古典芸能の題材にもなっている。

＊　　　＊　　　＊

◇冷泉家時雨亭叢書　第41巻　伊勢物語
伊勢物語愚見抄　冷泉家時雨亭文庫編
在原業平〔著〕　一条兼良〔著〕　朝日新聞社
1998.8　562,47p　22cm　28000円　Ⓘ4-02-240341-1

◇古典の細道　白洲正子著　新潮社　1997.8
207p　19cm　（新潮選書）　1000円　Ⓘ4-10-600131-4

◇源氏物語と伊勢物語—王朝文学の恋愛関係
島内景二著　PHP研究所　1997.4　205p
18cm　（PHP新書）　680円　Ⓘ4-569-55550-0

◇在原業平野望彷徨—新釈『伊勢物語』
小川久勝著　マイブック出版　1993.11
493p　22cm　4700円

和泉式部
いずみしきぶ

天延2(974)？〜？

歌人。紫式部・伊勢大輔・赤染衛門らと同じ頃一条天皇の中宮彰子に仕えた。巧みな技巧の下に情熱を秘めた歌風の歌を詠み、恋の歌を多数残している。2度結婚したほか、為尊親王、敦道親王らと浮き名を流した。勅撰集に二百四十首余りが収録されている名実共に王朝時代随一の女流歌人。敦道親王との恋の経緯をつづった

『和泉式部日記』、家集『和泉式部集』『和泉式部続集』がある。

*　　　*　　　*

◇和泉式部私抄　保田与重郎著　新学社　1999.7　186p　16cm（保田与重郎文庫　6）680円　ⓘ4-7868-0027-9
◇古典の文箱　田辺聖子著　世界文化社　1999.6　357p　21cm　2000円　ⓘ4-418-99514-5
◇和泉式部伝説とその古跡　中巻（京都・山陰・九州編）　西条静夫著　近代文芸社（発売）　1999.5　281p　27cm　11429円　ⓘ4-7733-6429-7
◇和泉式部伝説とその古跡　下巻（山陽・紀勢・陸奥編）　西条静夫著　近代文芸社（発売）　1999.5　353p　27cm　14286円　ⓘ4-7733-6430-0
◇堂々日本史　21　NHK取材班編　KTC中央出版　1999.4　247p　19cm　1600円　ⓘ4-87758-114-6
◇後朝─和泉式部日記抄　鳥越碧〔著〕　講談社　1997.9　381p　15cm（講談社文庫　と31-2）　676円　ⓘ4-06-263632-8
◇歴史を動かした女たち　高橋千剣破著　中央公論社　1997.2　391p　15cm（中公文庫）780円　ⓘ4-12-202800-0
◇和泉式部幻想　川村二郎著　河出書房新社　1996.10　235p　19cm　1900円　ⓘ4-309-01101-2
◇「色好み」の系譜─女たちのゆくえ　今関敏子著　世界思想社　1996.10　242p　19cm（SEKAISHISO SEMINAR）　2500円　ⓘ4-7907-0620-6
◇和泉式部の研究─日記・家集を中心に　小松登美著　笠間書院　1995.5　445p　22cm（笠間叢書　262）　14500円　ⓘ4-305-10262-5
◇歴史を騒がせた「悪女」たち　山崎洋子著　講談社　1995.4　327p　15cm（講談社文庫）540円　ⓘ4-06-185934-X
◇(小説)和泉式部許子の恋　三枝和子著　福武書店　1995.1　214p　16cm（福武文庫　さ0604）　534円　ⓘ4-8288-5704-4
◇和泉式部伝の研究　大橋清秀著　（大阪）和泉書院　1994.9　268p　21cm（研究叢書　152）　10300円　ⓘ4-87088-669-3

◇新編日本古典文学全集　26　和泉式部日記　和泉式部〔著〕，藤岡忠美校注・訳　小学館　1994.9　558p　23cm　4466円　ⓘ4-09-658026-0
◇和泉式部集─正・続校定本　和泉式部〔著〕，清水文雄著　笠間書院　1994.6　237p　22cm　3689円　ⓘ4-305-70147-2
◇後朝─和泉式部日記抄　鳥越碧著　講談社　1993.10　341p　20cm　1748円　ⓘ4-06-206670-X

凡河内 躬恒
おうしこうちのみつね

生没年不詳

歌人。9世紀末から10世紀はじめにかけて活躍した。三十六歌仙の一人で、『古今集』の選者を務めた。『古今集』に60首、『拾遺和歌集』に34首、『後撰和歌集』に22首、『新古今和歌集』に10首などが収録されている。人物よりも自然を詠んだものに秀歌が多く、当意即妙で機知に富んだ歌風。後に紀貫之と並び称された。

*　　　*　　　*

◇貫之集　躬恒集　友則集　忠岑集　紀貫之〔原著〕，田中喜美春著　凡河内躬恒〔原著〕，平沢竜介著　紀友則〔原著〕，菊池靖彦著　壬生忠岑〔原著〕，菊池靖彦著　明治書院　1997.12　437p　22cm（和歌文学大系　19）6200円　ⓘ4-625-51319-7

大江 匡衡
おおえのまさひら

天暦6(952)～寛弘9(1012).7.16

学者、歌人。文章道に秀でた大江家に生まれ、学問文章博士、東宮学士を務める。漢詩文に優れ、『本朝文粋』『江吏部集』『本朝麗藻』などに作品が残っている。家集には『匡衡集』がある。この時代を代表する文人といわれ、同時代の歌人たちとも親交があった。歌人として有名な赤染衛門は妻。大江匡房は曾孫。

*　　　*　　　*

◇匡衡集全釈　林マリヤ著　風間書房　2000.8　199p　22cm（私家集全釈叢書26）6000円　①4-7599-1214-2

小野 小町
おののこまち

生没年不詳

歌人。六歌仙・三十六歌仙の一人で、9世紀中頃に活躍した。『古今集』に18首、『後撰和歌集』に4首が収録されている。情趣深く女性らしい恋歌を多く詠んだ。伝不詳だが、名高い美女としても多くの逸話や伝説が後世に残っている。

＊　　＊　　＊

◇古典の文箱　田辺聖子著　世界文化社　1999.6　357p　21cm　2000円　①4-418-99514-5

◇小町集　遍昭集　業平集　素性集　伊勢集　猿丸集　小野小町〔原著〕、室城秀之著　遍昭〔原著〕、室城秀之著　在原業平〔原著〕、室城秀之著　素性〔原著〕、室城秀之著　伊勢〔原著〕、高野晴代著　猿丸大夫〔原著〕、鈴木宏子著　明治書院　1998.10　354p　22cm（和歌文学大系　18）　5800円　①4-625-51318-9

◇小野小町再考—実像へのアプローチ　佐藤卓司著　無明舎出版　1998.6　219p　19cm　1500円　①4-89544-189-X

◇小野小町恋の夜語り　田中阿里子著　学陽書房　1997.8　294p　15cm（女性文庫　た2-1）　660円　①4-313-72041-3

◇古典の細道　白洲正子著　新潮社　1997.8　207p　19cm（新潮選書）　1000円　①4-10-600131-4

◇小野小町攷—王朝の文学と伝承構造2　小林茂美著　3版　おうふう　1997.2　504p　22cm　8000円　①4-273-01062-3

◇歴史を動かした女たち　高橋千剣破著　中央公論社　1997.2　391p　15cm（中公文庫）　780円　①4-12-202800-0

◇「色好み」の系譜—女たちのゆくえ　今関敏子著　世界思想社　1996.10　242p　19cm（SEKAISHISO SEMINAR）　2500円　①4-7907-0620-6

◇（小説）小野小町吉子の恋　三枝和子著　ベネッセコーポレーション　1995.11　205p　16cm（福武文庫　さ0605）　583円　①4-8288-5749-4

◇小野小町論　黒岩涙香著　社会思想社　1994.9　198p 15cm（現代教養文庫　1556）　480円　①4-390-11556-1

◇小野小町追跡—「小町集」による小町説話の研究　片桐洋一著　改訂新版　笠間書院　1993.11　218p 19cm（古典ライブラリー1）　1800円　①4-305-60631-5

紀 貫之
きのつらゆき

?～天慶8（945）

歌人。醍醐・朱雀両天皇に仕え、官位には恵まれなかったが、宮廷歌人として活躍した。『古今集』の選者の中心として「かなの序」を書く。三代集（古今・後撰・拾遺）すべてにおいて最多数の歌を収録されている。歌風は理知的で穏やかで、古今調を確立した。また、晩年土佐守の任を終え、帰京するまでの旅の様子を歌をまじえ、「土佐日記」に著した。三十六歌仙の一人。

『土佐日記』：承平5（935）年頃の作品。土佐の国守の館を出発し帰京するまでの55日間の日記。筆者は女であるという設定で書かれ、かな文で人々の言動、自然の景観、帰京への思いなどを自由に記している。わが国最初の文学としての日記であり、漢文学・漢風文化から国風文化を発生させ日記文学や物語文学へと続く道を開拓する大きな役割を果たした作品。

＊　　＊　　＊

◇古今集・新古今集　大岡信著　学研　2001.12　253p　15cm（学研M文庫）520円　①4-05-902052-4

◇浄弁注　内閣文庫本古今和歌集注　深津睦夫編　笠間書院　1998.3　380p　22cm（古今集古注釈書集成）　8738円　①4-305-60112-5

◇古今和歌集全評釈　下　片桐洋一著　講談社　1998.2　941p　22cm　18000円　①4-06-208753-7

◇古今和歌集全評釈 中　片桐洋一著　講談社 1998.2 989p 22cm 18000円　Ⓘ4-06-205980-0

◇古今和歌集全評釈 上　片桐洋一著　講談社 1998.2 1092p 22cm 18000円　Ⓘ4-06-205979-7

◇貫之集 躬恒集 友則集 忠岑集 紀貫之〔原著〕, 田中喜美春著　凡河内躬恒〔原著〕, 平沢竜介著　紀友則〔原著〕, 菊池靖彦著　壬生忠岑〔原著〕, 菊池靖彦著　明治書院 1997.12 437p 22cm（和歌文学大系 19）6200円　Ⓘ4-625-51319-7

◇古今和歌集　竹西寛子著　岩波書店 1997.3 197p 16cm（同時代ライブラリー 298 古典を読む）900円　Ⓘ4-00-260298-2

◇古今和歌集　佐伯梅友校注　岩波書店 1997.2 309p 16cm（岩波文庫）1287円

◇貫之集全釈〔紀貫之原著〕, 田中喜美春, 田中恭子共著　風間書房 1997.1 694p 22cm（私家集全釈叢書 20）17510円　Ⓘ4-7599-1000-X

◇西本願寺三十六人集貫之集 上ノ2　〔紀〕貫之〔著〕, 飯島春敬解説・釈文　芸文化新社 1996.12 1冊 23cm（平安朝かな名蹟選集 第15巻）2762円　Ⓘ4-7864-0015-7

◇古今和歌集　花山院師継筆, 中田武司編　専修大学出版局 1996.4 413p 19cm 2816円　Ⓘ4-88125-082-5

◇新編日本古典文学全集 13　土佐日記　紀貫之〔著〕, 菊地靖彦校注・訳　小学館 1995.10 468p 23cm 4200円　Ⓘ4-09-658013-9

◇古今和歌集―伝藤原公任筆 上　小松茂美編　旺文社 1995.5 268p 31cm（分売不可）

◇古今和歌集―伝藤原公任筆 下　小松茂美編　旺文社 1995.5 296p 31cm（分売不可）

◇古今和歌集―伝藤原公任筆　解説　小松茂美編　旺文社 1995.5 239p 31cm（分売不可）

◇土佐日記　紀貫之〔著〕, 村瀬敏夫編　翰林書房 1994.4 77p 21cm（日本文学コレクション）1400円　Ⓘ4-906424-44-9

◇和歌文学講座 4 古今集　勉誠社 1993.12 348p 20cm 4660円　Ⓘ4-585-02025-X

◇古今和歌集　竹西寛子著　岩波書店 1993.3 197p 20cm（古典を読む28）1748円　Ⓘ4-00-004478-8

紀 友則
きのとものり

生没年不詳

　歌人。貫之の従兄で、三十六歌仙の一人。壬生忠岑と並ぶ寛平期の代表的歌人である。『古今集』の選者の一人だが完成前に没した。おおらかで格調高い歌を詠んだ。家集『友則集』があり、『古今集』には48首が収録されている。

　　　＊　　　＊　　　＊

◇貫之集 躬恒集 友則集 忠岑集 紀貫之〔原著〕, 田中喜美春著　凡河内躬恒〔原著〕, 平沢竜介著　紀友則〔原著〕, 菊池靖彦著　壬生忠岑〔原著〕, 菊池靖彦著　明治書院 1997.12 437p 22cm（和歌文学大系 19）6200円　Ⓘ4-625-51319-7

◇古今和歌集　紀友則〔ほか撰〕, 佐伯梅友校注　岩波書店 1997.2 309p 16cm（岩波文庫 特装版）

◇古今和歌集―嘉禄二年本　〔紀友則ほか撰〕朝日新聞社 1994.12 632,45p 22cm（冷泉家時雨亭叢書 第2巻）30000円　Ⓘ4-02-240302-0

曾禰 好忠
そねのよしただ

生没年未詳

　歌人。平安中期（9世紀後半）の円融・花山・一条朝の歌合にその名がある。『古今集』の繊細優美で典雅な歌風に反発して、新規な題材や表現を取り入れた革新的な歌を詠み、歌壇に影響を与えた和歌史上のユニークな存在。その革新性は源経信、源俊頼らに受け継がれた。『詞花和歌集』の最多入集歌人で、家集に『曾丹集』がある。丹後椽としてかなり長い間六位にとどまっていたところから通称曾丹、曾丹後と呼ばれた。

藤原 公任
ふじわらのきんとう

康保3(966)～長久3(1041).2.4
　歌人。平安時代を代表する文化人であり、当時の和歌の最高権威者。貴族に求められた教養である和歌・漢詩・管弦のいずれにも堪能だったので、「三船の才」と讃えられた。代々の勅撰集に100首弱が収録されている。家集に『公任集(四条大納言集)』、歌学書に『新撰髄脳』『和歌九品』があり、高い見識を示した。また、『拾遺抄』『深窓秘抄』『金玉集』『前十五番歌合』『和漢朗詠集』などの撰者も務め、『三十六人選』では、『万葉集』から『後撰和歌集』までの中から代表的な三十六人の歌人三十六歌仙を選んだ。

　　　　　＊　　＊　　＊

◇新編日本古典文学全集 19　和漢朗詠集〔藤原公任〕〔撰〕，菅野礼行校注・訳　小学館　1999.10　526p　23cm　4267円　①4-09-658019-8
◇故実叢書31巻　内裏儀式　今泉定介編輯，故実叢書編集部編　改訂増補　明治図書出版　1993.6　607p　22cm

文屋 康秀
ふんやのやすひで

生没年未詳
　歌人。六歌仙の一人で、9世紀後半に活躍した。清和・陽成天皇の時代に仕えた縫殿助であるが、伝不詳。小倉百人一首には「吹くからに…」の歌が採られている。子の朝康も歌人として著名。

遍 昭
へんじょう

弘仁7(816)～寛平2(890).2.12
　歌人、僧侶。六歌仙・三十六歌仙の一人。俗名は良峯宗貞といい、仁明天皇に寵愛された蔵人頭だったが、天皇の崩御に伴い出家し、のちに僧正となる。後世の他撰家集「遍昭集」がある。恋の贈答歌が多く洒脱な歌風。

源 経信
みなもとのつねのぶ

長和5(1016)～永長2(1097).2.20
　歌人。古今調の和歌が行き詰まりを見せていた時代に、自然を対象として清新な感覚の風景描写をするなど、新古今へと連なる和歌本来の叙情性のある歌を詠んだ。また、当時の歌合にはほとんど判者として参加し、天下判者と称せられた。有職故実にも通じた博学多才で、詩歌管弦、特に琵琶にすぐれた。歌論書『難後拾遺』の作者とされている。他に家集『大納言経信集』、日記『帥記』があり、『本朝無題詩』『本朝文集』には漢詩文も残している。

日記・随筆

菅原 孝標女
すがわらのたかすえのむすめ

寛弘5(1008)～?
　『更級日記』の作者。文学好きの継母や姉の影響で、娘時代から『源氏物語』などの物語を愛読して育つ。宮仕えを経て、橘俊通の妻となる。晩年、十三歳の少女期から夫と死別した五十二歳頃までの四十年にわたる生涯を回想した『更級日記』を著す。『新古今集』には和歌が採られている。『よはの寝覚』『浜松中納言物語』などの作者という説もある。藤原道綱母は母方の伯母にあたる。

　　　　　＊　　＊　　＊

◇更級日記全評釈　小谷野純一著　風間書房　1996.9　883p　22cm　36000円　①4-7599-0992-3
◇更級日記　菅原孝標女著，池田利夫訳注　旺文社　1994.7　194p　19cm　(旺文社全訳古典撰集)　922円　①4-01-067248-X

◇自分史スタイルの物語としての『更級日記』 影山美知子著 明治書院 1993.10 206p 21cm 2600円 ⓘ4-625-41106-8
◇旅する女人 永井路子著 文芸春秋 1993.3 248p 15cm （文春文庫） 400円 ⓘ4-16-720028-7

清少納言
せいしょうなごん

康保2(965)?～寛仁4(1020)?

『枕草子』の作者。学問・歌をよくする清原氏の娘として生まれ、一条天皇の中宮定子に仕えた。豊かな教養と生来の機知や社交性により定子に愛され、宮中で名高い才女となった。やがて『枕草子』を執筆、随筆という新しい文芸を創始した。しかし、定子は1000年に皇女出産の直後崩御し、清少納言もこの後宮仕えを退いたと思われる。ほかに家集『清少納言集』がある。

『枕草子』：1000年頃成立。『源氏物語』と並び称される平安文学の傑作。長短さまざまな300余の章段からなり、内容は3種に分けられる。第一は、「春はあけぼの」のように自然の趣や人間の機微を主題として新鮮な着想で評論した随想的章段、第二は、「書は」のように興味あるものを独自の感性で並べた物尽くし、第三は、「香炉峰の雪」のような宮廷生活の逸話。省略の技法や言葉のリズムを利用した歯切れの良い文体で、知的で開放的な「をかし」の文学理念をあらわしている。わが国最初の随筆文学であり、後世の随筆や俳人に与えた影響も大きい。

　　　　＊　　　＊　　　＊

◇古典の文箱 田辺聖子著 世界文化社 1999.6 357p 21cm 2000円 ⓘ4-418-99514-5
◇秘艶 枕草子 八剣浩太郎著 青樹社 1999.1 268p 15cm （青樹社文庫） 552円 ⓘ4-7913-1131-0
◇「枕草子」を旅しよう―古典を歩く 3 田中澄江著 講談社 1998.8 226p 15cm （講談社文庫） 552円 ⓘ4-06-263646-8
◇枕草子―これだけは読みたい日本の古典 清少納言〔著〕，角川書店編 角川書店 1998.4 255p 12cm （角川mini文庫 128） 400円 ⓘ4-04-700231-3
◇清少納言と紫式部―王朝女流文学の世界 鈴木日出男著 放送大学教育振興会 1998.3 246p 21cm （放送大学教材） 2600円 ⓘ4-595-55395-1
◇新編日本古典文学全集 18 枕草子 〔清少納言〕〔著〕，松尾聡，永井和子校注・訳 小学館 1997.11 542p 23cm 4457円 ⓘ4-09-658018-X
◇清少納言と紫式部 紫式部―その生活と心理 梅沢和軒著 神田秀夫，石川春江著 クレス出版 1997.5 384,206p 22cm （源氏物語研究叢書 第2巻） ⓘ4-87733-032-1
◇枕草子外伝―色ごのみなる女諾子 立川楽平著 近代文芸社 1996.2 199p 20cm 1300円 ⓘ4-7733-5327-9
◇小説清少納言―諾子の恋 三枝和子著 （多摩）福武書店 1994.10 213p 15cm 550円 ⓘ4-8288-3297-1
◇枕冊子 上 清少納言〔著〕，田中重太郎訳注 旺文社 1994.7 470p 19cm （全訳古典撰集） 1400円 ⓘ4-01-067244-7
◇枕冊子 下 清少納言〔著〕，田中重太郎訳注 旺文社 1994.7 495p 19cm （全訳古典撰集） 1400円 ⓘ4-01-067245-5
◇女人絵巻―歴史を彩った女の肖像 沢田ふじ子著 徳間書店 1993.10 337p 19cm 1500円 ⓘ4-19-860004-X
◇清少納言と紫式部―その対比論序説 宮崎荘平著 朝文社 1993.4 204p 20cm 2200円 ⓘ4-88695-090-6
◇枕草子 清少納言〔著〕，池田亀鑑校訂 岩波書店 1993.4 392p 19cm （ワイド版岩波文庫） 1200円 ⓘ4-00-007093-2

藤原 実資
ふじわらのさねすけ

天徳元(957)～寛徳3(1046).1.18

歌人。平安中期の公卿で、「賢人右府」と称され有職故実に通じ、小野宮流の礼儀作法の祖となった。藤原一族ではあったが、権勢を極めた藤原道長らの陰で冷遇され、50余年にわたっ

て書き続けた日記『小右記』の中で藤原道長一族の栄華を批判的に記録した。晩年には故実書『小野宮年中行事』も著す。

藤原 道綱母
ふじわらのみちつなのはは

承平6(936)?～長徳元(995).5
『蜻蛉日記』の作者、歌人。藤原倫寧の娘で、藤原兼家と結婚。翌年道綱を生むが、兼家には他に多くの妻妾がおり、息子の成長を生きがいとした。歌人としての評価も高い。家集『傅大納言殿母上集』『道綱母集』がある。

『蜻蛉日記』：10世紀の終わり頃に成立。内容は、藤原兼家に求婚されてから21年間の夫との愛憎が主となった自伝の要素の強い内容。苦悩の中で、次第に芸術や人間愛に目覚めていく様子が描かれている。女性による日記文学では最初の作品であり、内的な人間心理の写実的な表現は以後の文学にも影響を与えた。

＊　　＊　　＊

◇蜻蛉日記　藤原道綱母作，角川書店編　角川書店　2002.1　248p　15cm　(角川ソフィア文庫 ビギナーズ・クラシックス)　533円　ⓘ4-04-357407-X

◇蜻蛉日記　藤原道綱母作，上村悦子校注　明治書院　2001.3　370p　19cm　(校注古典叢書)　2400円　ⓘ4-625-71308-0

◇蜻蛉日記―これだけは読みたい日本の古典　藤原道綱母作，角川書店編　角川書店　1999.4　254p　12cm　(角川mini文庫166 ミニ・クラシックス5)　400円　ⓘ4-04-700269-0

◇蜻蛉日記―現代語訳　藤原道綱母著，石丸晶子訳著　朝日新聞社　1997.6　369p　20cm　3000円　ⓘ4-02-257135-7

◇蜻蛉日記　藤原道綱母著，今西祐一郎校注　岩波書店　1996.9　335,7p　15cm　(岩波文庫)　650円　ⓘ4-00-300141-9

◇蜻蛉日記　藤原道綱母著，与謝野晶子訳，今西祐一郎補注　平凡社　1996.3　366p　16cm　(平凡社ライブラリー141)　971円　ⓘ4-582-76141-0

◇新編日本古典文学全集 13　土佐日記　小学館　1995.10　468p　23cm　4078円　ⓘ4-09-658013-9

◇蜻蛉日記解釈大成　第9巻　上村悦子著　明治書院　1995.6　392p　22cm　11650円　ⓘ4-625-51125-9

◇蜻蛉日記解釈大成　第8巻　上村悦子著　明治書院　1994.6　929p　22cm　23301円　ⓘ4-625-51124-0

学　術

大江 匡房
おおえのまさふさ

長久2(1041)～天永2(1111).11.5
学者、歌人、漢詩人。大江匡衡・赤染衛門の曾孫。菅原道真と比較される平安時代有数の学者で、東宮学士として3代の親王に仕えた。『江家次第』『狐媚記』『遊女記』『傀儡子記』『洛陽田楽記』『本朝神仙伝』『続本朝往生伝』など多数の著作をのこす。漢詩にもすぐれ、『本朝無題詩』などに収録されている。和歌の面では家集『江帥集』があり、『後拾遺和歌集』『詞花和歌集』に多くの歌が入集している。また『万葉集』の訓点研究にも功績を残し、談話筆録集『江談抄』などもある。

＊　　＊　　＊

◇新日本古典文学大系 32　江談抄　中外抄　富家語　大江匡房〔述〕，藤原実兼〔筆録〕，山根対助，後藤昭雄校注　藤原忠実〔述〕，中原師元〔筆録〕，山根対助，池上洵一校注　藤原忠実〔述〕，高階仲行〔筆録〕，山根対助，池上洵一校注　岩波書店　1997.6　621,42p　22cm　4500円　ⓘ4-00-240032-8

◇江次第 2　冊子本 1　大江匡房〔著〕　八木書店　1996.9　306,7p　22×31cm　(尊経閣善本影印集成 11)　21359円　ⓘ4-8406-2311-2

◇中世神話の煉丹術―大江匡房とその時代　深沢徹著　人文書院　1994.8　280p　20cm　2400円　ⓘ4-409-52022-9

◇故実叢書 2巻　江家次第　今泉定介編輯，故実叢書編集部編　大江匡房〔撰〕

菅原 道真
すがわらのみちざね

承和12(845)〜延喜3(903).3.26
学者。文道をもって朝廷に仕える家系に生まれ、33歳で文章博士となり学者としては最高の地位に昇った。寛平6(894)年遣唐大使に任命されたが、建議して遣唐使派遣を廃止した。のち右大臣となったが、中傷を受け大宰権帥に左遷、そこで没した。学問・漢詩文に優れ、史書『類聚国史』や詩文集『菅家文草』などを著した。また、大宰府に流される際に詠んだ「東風(こち)吹かば匂ひおこせよ梅の花あるじなしとて春を忘るな」の歌は広く知られている。弘法大師・小野道風と並び、書の三聖としても称えられる。死後神格化され、学問・文化の神として各地で祀られるようになった。『菅原伝授手習鑑(すがわらでんじゅてならいかがみ)』をはじめ後世の芝居や小説の題材にも多数取り上げられている。

＊　＊　＊

◇物語・菅家文草―文人官僚菅原道真の栄光と苦悩　張籠二三枝著　近代文芸社　1999.11　304p　19cm　1600円　④4-7733-6112-3
◇悪霊列伝　永井路子著　新装版　角川書店　1999.9　436p　15cm　（角川文庫）　800円　④4-04-137207-0
◇大曽根章介　日本漢文学論集　第3巻　大曽根章介著　汲古書院　1999.7　501p　21cm　14000円　④4-7629-3421-6
◇菅原道真　佐藤包晴著　西日本新聞社　1999.7　213p　19cm　（西日本人物誌 12）　1500円　④4-8167-0483-3
◇菅原道真　小島憲之，山本登朗著　研文出版　1998.11　180p　20cm　（日本漢詩人選集 1）　3000円　④4-87636-163-0
◇蘇る中世の英雄たち―「武威の来歴」を問う　関幸彦著　中央公論社　1998.10　212p　18cm　（中公新書）　660円　④4-12-101444-8
◇日本漢文学論集　第2巻　大曽根章介著　汲古書院　1998.8　676p　21cm　14000円　④4-7629-3420-8

◇日本歴史再考　所功著　講談社　1998.3　311p　15cm　（講談社学術文庫）　920円　④4-06-159322-6
◇道真 上　花の時　高瀬千図著　日本放送出版協会　1997.5　395p　19cm　2100円　④4-14-005274-0
◇道真 下　邯鄲の夢　高瀬千図著　日本放送出版協会　1997.5　364p　20cm　2100円　④4-14-005275-9
◇菅原道真―天神変身へのプロセス　山嵜泰正〔著〕　山嵜泰正　1995.4　46p　26cm　非売品

思　想

円　仁
えんにん

延暦13(794)〜貞観6(864).1.14
僧侶。比叡山に入り、最澄に師事。承和5(838)年、唐に渡り顕密二教を学ぶ。承和14(847)年帰国。文徳天皇の勅願を得て比叡山に持念道場総持院を建立し、第3世天台座主となり、天台教学を大成し、師・最澄の後を受け比叡山興隆の基礎を確立した。在唐中に著した『入唐求法巡礼行記』は当時の日唐関係や唐の事情を知る上で重要な史料とされる。ほかに『顕揚大戒論』『金剛頂経疏』『蘇悉地経疏』などの著書がある。貞観8(866)年、清和天皇より慈覚大師の諡号を追贈される。

＊　＊　＊

◇浄土仏教と民衆　中村敬三著　校倉書房　1999.7　209p　19cm　3000円　④4-7517-2960-8
◇円仁唐代中国への旅―『入唐求法巡礼行記』の研究　エドウィン・O.ライシャワー〔著〕，田村完誓訳　講談社　1999.6　529p　15cm　（講談社学術文庫）　1400円　④4-06-159379-X
◇求法曼荼羅　成島行雄著　日本図書刊行会　1994.6　306p　20cm　1456円　④4-7733-2272-1

◇最澄とその門流　佐伯有清著　吉川弘文館　1993.10　324p 19cm　2500円　①4-642-07405-8

◇マルコ・ポーロを超えた男――慈覚大師円仁の旅　松原哲明著，福島一嘉写真　佼成出版社　1993.5　281p 21cm　1800円　①4-333-01643-6

空海
くうかい

宝亀5(774)～承和2(835).3.21
僧侶。真言宗の開祖。平安時代仏教界の第一人者。延暦23(804)年遣唐使の船で最澄らと共に唐に渡り、長安で恵果に真言宗を学び、大同元(806)年帰国した。嵯峨天皇、淳和天皇の知遇を受け、高野山に金剛峯寺を開いて日本の真言宗を創始した。大僧都となり、天長5(828)年、庶民の子弟のための学校綜芸種智院を開設した。詩文や書にも優れ、特に書では嵯峨天皇、橘逸勢とともに三筆の一人に数えられる。諡号は弘法大師。

*　　　*　　　*

◇弘法大師空海全集　第2巻　思想篇2　空海著，弘法大師空海全集編輯委員会編　筑摩書房　2000.12　625p 21cm　9500円　①4-480-77002-X

◇弘法大師空海全集　1　思想篇　空海著，弘法大師空海全集編輯委員会編　筑摩書房　2000.11　756p 23×17cm　9800円　①4-480-77001-1

◇弘法大師墨蹟聚集――書の曼荼羅世界　第2帙　弘法大師〔筆〕，真言宗各派総本山会監修，弘法大師墨蹟聚集刊行会編　弘法大師墨蹟聚集刊行会　2000.6　4冊　18×22cm

◇講本弘法大師著作集　弘法大師〔著〕，勝又俊教編修　山喜房仏書林　2000.2　225p 21cm　1900円　①4-7963-1104-1

◇大宇宙に生きる――空海　松長有慶著　中央公論新社　1999.12　237p 19cm　(仏教を生きる　7)　1600円　①4-12-490157-7

◇弘法大師墨蹟聚集――書の曼荼羅世界　第1帙　弘法大師〔筆〕，真言宗各派総本山会監修，弘法大師墨蹟聚集刊行会編　弘法大師墨蹟聚集刊行会　1999.11　3冊　37cm

◇弘法大師のすべて　大法輪閣編集部編　増補改訂版　大法輪閣　1999.8　261p 19cm　(大法輪選書)　1500円　①4-8046-5025-3

◇空海――長安遍路　空白の日々を探る　小野稔著　蒼岳舎　1999.6　260p 19cm　1500円　①4-7952-4696-3

◇弘法大師とその宗教　菊池寛著　新版　大東出版社　1999.6　230p 20cm　1900円　①4-500-00654-0

◇空海と最澄の手紙　髙木訷元著　法藏館　1999.5　286p 22cm　3200円　①4-8318-8100-7

◇空海入門　加藤精一著　大蔵出版　1999.1　228p 20cm　2400円　①4-8043-3047-X

◇高野山,超人・空海の謎――真言密教と末法思想の源流とは　日本史の旅　百瀬明治著　祥伝社　1999.1　354p 16cm　(祥伝社文庫)　638円　①4-396-31110-9

◇弘法大師(おだいしさま)とともに――恵観の生きる智恵　池口恵観著　同朋舎　1998.12　344p 20cm　1800円　①4-8104-2535-5

◇最澄と空海――日本仏教思想の誕生　立川武蔵著　講談社　1998.12　270p 19cm　(講談社選書メチエ　145)　1600円　①4-06-258145-0

◇世紀末を救う超人「弘法大師・空海」　青山央著　アクア出版　1998.12　251p 19cm　1500円　①4-900156-24-8

◇空海密教　宮坂宥勝著　法藏館　1998.8　464p 22cm　(宮坂宥勝著作集　第5巻)　①4-8318-3351-7

◇空海のミステリー――真言密教のヴェールを剥ぐ　佐藤任著　出帆新社　1998.6　282,9p 20cm　3000円　①4-915497-35-6

◇秘蔵宝鑰――密教への階梯　現代語訳　福田亮成著　改版　ノンブル　1998.2　398p 22cm　(弘法大師に聞くシリーズ　2)　9700円　①4-931117-15-5

◇空海入門　ひろさちや著　中央公論社　1998.1　222p 16cm　(中公文庫)　476円　①4-12-203041-2

◇最澄と空海 — 交友の軌跡　佐伯有清著　吉川弘文館　1998.1　339p　20cm　3100円　①4-642-07742-1

◇いのちの教え — 空海密教を生きる　宮坂宥勝著　中外日報社, 星雲社〔発売〕　1997.12　397p　19cm　2000円　①4-7952-8940-9

◇曼陀羅の人 — 空海求法伝 上　陳舜臣著　集英社　1997.12　431p　16cm　（集英社文庫　ち1-11）　686円　①4-08-748718-0

◇曼陀羅の人 — 空海求法伝 下　陳舜臣著　集英社　1997.12　460p　16cm　（集英社文庫　ち1-12）　686円　①4-08-748719-9

◇うちのお寺は真言宗　藤井正雄総監修　双葉社　1997.7　237p　21cm　（わが家の宗教を知るシリーズ）　1500円　①4-575-28750-4

◇空海入門 — 弘仁のモダニスト　竹内信夫著　筑摩書房　1997.5　238p　17cm　（ちくま新書）　660円　①4-480-05707-2

◇空海 — 生涯とその周辺　髙木訷元著　吉川弘文館　1997.4　268p　20cm　2884円　①4-642-07732-4

◇空海の水　萩原弘道著　サンロード　1997.4　249p　19cm　1000円　①4-914986-42-6

◇弘法大師空海の研究　那須政隆著　法蔵館　1997.4　460p　22cm　（那須政隆著作集 第3巻）　①4-8318-3500-5

◇定本弘法大師全集 第10巻　密教文化研究所弘法大師著作研究会編纂　密教文化研究所　1997.3　656,29p　22cm

◇空海秘伝　寺林峻著　東洋経済新報社　1997.2　301p　20cm　1600円　①4-492-06094-4

◇弘法大師の人間学　加藤精一著　春秋社　1996.12　275p　20cm　2500円　①4-393-17274-4

◇生命の旅 — 弘法大師著『秘蔵宝鑰』を読む　池口恵観著　朱鷺書房　1996.11　222p　20cm　1854円　①4-88602-913-2

◇空海密教　羽毛田義人著, 阿部竜一訳　春秋社　1996.9　208p　20cm　2000円　①4-393-17273-6

◇即身成仏義 — 現代語訳　福田亮成著　大本山高尾山薬王院　1996.9　269p　22cm　（弘法大師に聞くシリーズ 3）　①4-931117-22-8

◇生命の海〈空海〉　宮坂宥勝, 梅原猛〔著〕　角川書店　1996.6　365p　15cm　（角川文庫）　800円　①4-04-198509-9

◇雪の日に — 空海の世界を辿って　野本瞳著　近代文芸社　1996.5　176p　19cm　1500円　①4-7733-4887-9

◇人類知抄 百家言　中村雄二郎著　朝日新聞社　1996.4　327,18p　19cm　1600円　①4-02-256949-2

◇空海と智の構造　村上保寿著　東方出版　1996.2　262p　22cm　3689円　①4-88591-472-8

◇定本弘法大師全集 首巻　密教文化研究所弘法大師著作研究会編纂　密教文化研究所　1996.1　112p　22cm

◇空海教学の研究 — 空海の真言観とその展開　佐藤隆賢著　山喜房仏書林　1995.12　571p　22cm　22660円　①4-7963-0084-8

◇空海感動を生きる　寺林峻著　致知出版社　1995.11　221p　20cm　（Chi chi-select）　1748円　①4-88474-371-7

◇お大師さんの教えと御生涯　蓮生善隆〔著〕　蓮生善隆　1995.10　182p　19cm

◇空海 — いずれも仏ならざるはなし　金岡秀友著　広済堂出版　1995.8　304p　18cm　（Refresh life series）　971円　①4-331-00695-6

◇空海 — 物語と史蹟をたずねて　八尋舜右著　成美堂出版　1995.8　308p　16cm　（成美文庫）　560円　①4-415-06424-8

◇空海の夢　松岡正剛著　新装増補　春秋社　1995.7　349p　20cm　2060円　①4-393-13613-6

◇上山春平著作集 第8巻　空海と最澄　法蔵館　1995.1　509p　22cm　9800円　①4-8318-3538-2

◇空海の思想　八田幸雄著　東方出版　1994.11　285p　20cm　2500円　①4-88591-413-2

◇空海の足跡　五来重著　角川書店　1994.10　213p　19cm　（角川選書 252）　1165円　①4-04-703252-2

◇空海現代に語る　大山仁快著　東方出版　1994.5　262p　20cm　2800円　Ⓘ4-88591-384-5

◇空海の風景　上　司馬遼太郎著　〔改版〕　中央公論社　1994.3　370p　15cm　（中公文庫）620円　Ⓘ4-12-202076-X

◇空海の風景　下　司馬遼太郎著　〔改版〕　中央公論社　1994.3　417p　15cm　（中公文庫）680円　Ⓘ4-12-202077-8

◇曼陀羅の人—空海求法伝　上　陳舜臣著　毎日新聞社　1994.3　265p　19cm　1300円　Ⓘ4-620-10493-0

◇曼陀羅の人—空海求法伝　中　陳舜臣著　毎日新聞社　1994.3　292p　19cm　1300円　Ⓘ4-620-10494-9

◇曼陀羅の人—空海求法伝　下　陳舜臣著　毎日新聞社　1994.3　265p　19cm　1300円　Ⓘ4-620-10495-7

◇密教とはなにか—宇宙と人間　松長有慶著　中央公論社　1994.1　213p　15cm　（中公文庫）500円　Ⓘ4-12-202066-2

◇大乗仏典—中国・日本篇　第18巻　空海　津田真一訳　中央公論社　1993.8　620p　20cm　5800円　Ⓘ4-12-402638-2

◇沙門空海　渡辺照宏，宮坂宥勝著　筑摩書房　1993.5　324p　15cm　（ちくま学芸文庫）1100円　Ⓘ4-480-08056-2

空也
くうや

延喜3（903）〜天禄3（972）.9.11

僧侶。空也念仏の祖。若い頃から諸国を遍歴し、道路や橋梁を補修し、水利を通じ、常に市井に立って阿弥陀仏の名号を唱える。天慶年間、京都で念仏により庶民を教化し、踊りながら唱える"空也踊躍念仏"を始めた。庶民の中に入って念仏を広めた姿から、市聖（いちひじり）、阿弥陀聖（あみだひじり）などとも称される。京都の六波羅蜜寺を開いた。

＊　　＊　　＊

◇宗教者の原点—異貌の僧との対話　久保田展弘著　新人物往来社　1995.7　286p　19cm　2800円　Ⓘ4-404-02238-7

源信
げんしん

天慶5（942）〜寛仁元（1017）.6.10

僧侶。平安中期の天台宗の僧侶。幼い頃から比叡山に入り、良源（慈恵大師）に師事。寛和元（985）年、『往生要集』を著す。慶滋保胤らと念仏結社"二十五三昧会"を創設して、自著の理念を実践した。彼以降浄土思想が盛んになり、浄土教の基礎を築いた。ほかに『観心略要集』『阿弥陀経略記』などの著書がある。比叡山横川の恵心院に住んだので恵心僧都とも称される。和語で仏や仏法をたたえた歌「和讃」を多く作り、その基盤を確立させた。

＊　　＊　　＊

◇往生要集　上　源信著，石田瑞磨訳注　岩波書店　2001.10　402p　19cm　（ワイド版岩波文庫）　1400円　Ⓘ4-00-007145-9

◇往生要集　下　源信著，石田瑞磨訳注　岩波書店　2001.10　297p　19cm　（ワイド版岩波文庫）　1200円　Ⓘ4-00-007146-7

最澄
さいちょう

天平神護2（766）〜弘仁13（822）.6.26

僧侶。天台宗の開祖。延暦23（803）年空海と共に唐に渡り、天台山で道邃、行満らに円・密・禅・戒の諸教を学ぶ。翌年帰国し宮廷に迎えられ、宮中での修法を行なうと共に、日本仏教の改革に着手。比叡山に南都の戒壇とは別の大乗戒壇建立を目指し、旧仏教の反対を受け激しい論争を繰り広げた。死去の翌年、嵯峨天皇から延暦寺の寺号を賜る。『顕戒論』『守護国界章』『法華秀句』などの著述がある。伝教大師と諡号される。

＊　　＊　　＊

◇空海と最澄の手紙　高木訷元著　法蔵館　1999.5　286p　22cm　3200円　Ⓘ4-8318-8100-7

◇最澄と空海—日本仏教思想の誕生　立川武蔵著　講談社　1998.12　270p　19cm

（講談社選書メチエ　145）　1600円　①4-06-258145-0
◇最澄1　栗田勇著　新潮社　1998.8　607p　23cm　3500円　①4-10-327107-8
◇最澄2　栗田勇著　新潮社　1998.8　524p　23cm　3300円　①4-10-327108-6
◇最澄3　栗田勇著　新潮社　1998.8　481p　23cm　3000円　①4-10-327109-4
◇最澄と空海―交友の軌跡　佐伯有清著　吉川弘文館　1998.1　339p　20cm　3100円　①4-642-07742-1
◇うちのお寺は天台宗　藤井正雄総監修　双葉社　1997.12　237p　21cm　（わが家の宗教を知るシリーズ）　1500円　①4-575-28796-2
◇天台の流伝―智顗から最澄へ　藤善真澄著, 王勇著　山川出版社　1997.5　272,3p　20cm　1714円　①4-634-60470-1
◇与える愛に生きて―先達の教え　瀬戸内寂聴著　小学館　1995.12　206p　18cm

1000円　①4-09-840039-1
◇上山春平著作集　第8巻　空海と最澄　法藏館　1995.1　509p　22cm　9800円　①4-8318-3538-2
◇最澄―だれでも仏になれる　由木義文著　広済堂出版　1994.8　246p　18cm　（リフレッシュライフシリーズ）　1000円　①4-331-00655-7
◇若き日の最澄とその時代　佐伯有清著　吉川弘文館　1994.6　302p　19cm　2369円　①4-642-07424-4
◇最澄とその門流　佐伯有清著　吉川弘文館　1993.10　324p　19cm　2500円　①4-642-07405-8
◇千二百年前の一自由人・生れるまでの君の伝記―桜沢如一選集　桜沢如一著　日本CI協会　1993.10　142p　19cm　（Macrobiotic books）　1100円

中世

詩歌

飛鳥井 雅経
あすかい まさつね

嘉応2(1170)年〜承久3(1221)年
歌人。多くの歌会・歌合に参加し、和歌所寄人となり、さらに新古今集撰者の一人に加えられた。その後も後鳥羽院歌壇の中心メンバーとして活躍した。たびたび京と鎌倉の間を往復し、源実朝と親交を持ち、定家と実朝の仲を取り持った。『新古今集』の22首をはじめ、勅撰集に134首が入集している。また、少年の頃より蹴鞠に優れ、飛鳥井流蹴鞠の祖となった。家集『明日香井和歌集』、著書『蹴鞠略記』などがある。

*　　　*　　　*

◇雅経明日香井和歌集全釈 〔飛鳥井雅経〕〔原著〕、中川英子著　溪声出版　2000.4　507p 22cm　9000円　①4-905847-48-6

飯尾 宗祇
いいお そうぎ

応永28(1421)年〜文亀2(1502).9.1
連歌師。飛鳥井家から和歌を、心敬から連歌を学び、東常縁から古今伝授を受ける。娯楽として発達した連歌を、深みのある芸術性を持った正風連歌に高めた。連歌の大成者として諸国を遍歴し、全国に広め、連歌の隆盛は宗祇時代に頂点に達した。連歌論『吾妻問答』『老のすさみ』のほか、古典文学の研究者としての多くの注釈書、家集、紀行を著し、連歌集『新撰菟玖波集』『竹林抄』などを編纂した。

『新撰菟玖波集』：明応4(1495)年。連歌集。宗祇の編纂した20巻からなり、準勅撰とされた。正風連歌の作品のみ約2000句を選定し

たもので、作者は天皇・公家・武家・庶民など多岐にわたる。

永福門院
えいふくもんいん

文永8(1271)〜康永元(興国3・1342).6.10
歌人。伏見院の中宮。革新的歌風を持った京極為兼に和歌を学び、しなやかで印象的な和歌を詠んだ。京極為兼・伏見院と共に京極派和歌を代表する歌人で、『玉葉和歌集』に四十九首、『風雅和歌集』には最多の六十九首を選ばれており、他に『永福門院百番御自歌合』がある。伏見院崩御後は後伏見院・花園院らを後見し、持明院統の家長的立場に立ち、また多くの後進歌人を育てた。

*　　　*　　　*

◇式子内親王・永福門院　竹西寛子著　講談社　1993.11　248,5p 15cm　(講談社文芸文庫)　940円　①4-06-196249-3

京極 為兼
きょうごく ためかね

建長6(1254)〜正慶元(元弘2・1332).4.16
歌人。藤原定家の曾孫。伏見院の信任を得て歌道師範格となる。歌論書『為兼卿和歌抄』を執筆し、持明院統歌壇を主導。勅撰集撰進をめぐり二条為世と激しい論戦を展開するが、為世を斥けて勅撰集単独撰集の命を受け、正和元(1312)年、第十四代勅撰集『玉葉和歌集』を奏覧。守旧的・事大主義的な二条派と激しく対立し、万葉集を規範として比較的自由な歌風を持つ京極派和歌の創始者となった。『玉葉集』の三十六首、『風雅集』の七十四首をはじめ、勅撰集に百五十四首が収録されている。

*　　　*　　　*

◇玉葉和歌集　京極為兼〔撰〕, 久保田淳編　笠間書院　1995.9　864p　23cm　(吉田兼右筆十三代集)　18000円　ⓘ4-305-60140-0
◇玉葉和歌集―太山寺本　京極為兼〔撰〕, 浜口博章解題　汲古書院　1993.11　2冊　27cm　全22000円　ⓘ4-7629-3292-2

九条 良経
くじょう よしつね

嘉応元(1169)～建永元(1206).4.16
歌人。関白兼実の二男。叔父慈円の後援のもと、建久初年頃から歌壇を統率、建久4年には『六百番歌合』を主催した。藤原俊成に歌の指導を仰ぎ、従者とした定家からも大きな影響を受けた。その後歌壇の中心は後鳥羽院に移るが、そこでも御子左家の歌人らと共に中心的な位置を占めた。『新古今集』の編選に深く関わり、かな序を執筆するなどした。漢詩、書にもすぐれた。自撰の家集『式部史生秋篠月清集』『後京極摂政御自歌合』、漢文の日記『殿記』がある。『新古今集』中では79首と第3位の収録歌数。

＊　　＊　　＊

◇塚本邦雄全集 第14巻　評論　塚本邦雄著　ゆまに書房　1999.8　670p　21cm　9500円　ⓘ4-89714-547-3

建礼門院右京大夫
けんれいもんいんのうきょうのだいぶ

仁平2(1152)？～？
歌人。父は書家として高名だった藤原伊行、母は箏の名手夕霧。平清盛の娘徳子(のちの建礼門院)の元に出仕。『新勅撰和歌集』以下の勅撰集に23首が収録される。宮仕えの思い出、平家の滅亡に伴う恋人平資盛の死、その追憶などを詠んだ「建礼門院右京大夫集」がある。平家没落の哀れを伝える長文の詞書を持ち、家集というよりは女流日記文学の系譜につらなる作品として評価が高い。また、『源氏物語』の続編として書かれた物語『山路の露』を右京大夫の作と推定する説もある。

＊　　＊　　＊

◇「色好み」の系譜―女たちのゆくえ　今関敏子著　世界思想社　1996.10　242p　19cm　(SEKAISHISO SEMINAR)　2500円　ⓘ4-7907-0620-6
◇建礼門院右京大夫　大原富枝著　朝日新聞社　1996.6　473p　15cm　(朝日文芸文庫お21-2)　777円　ⓘ4-02-264109-6
◇道信中将集　藤原道信〔著〕　東海大学出版会　1995.1　295p　31cm　(東海大学蔵桃園文庫影印叢書 第12巻)　22660円　ⓘ4-486-01121-X

後白河天皇
ごしらかわてんのう

大治2(1127).10.18～建久3(1192).4.26
第77代天皇。源平の争いの中で30年余りにわたって院政を行い、政治的影響力を発揮した。仏教に深く帰依し、当時流行の今様を好み、雑謡とあわせての集大成『梁塵秘抄』『梁塵秘抄口伝集』を撰述した。晩年には和歌にも関心を寄せ、小規模ではあるが歌会を催したり、歌書の収集を行なったりした。寿永2年(1183)、藤原俊成に命じて『千載和歌集』をまとめさせた。

＊　　＊　　＊

◇後白河院政の研究　下郡剛著　吉川弘文館　1999.8　276p　21cm　7500円　ⓘ4-642-02781-5
◇平家物語発生考　武久堅著　おうふう　1999.5　381p　21cm　12000円　ⓘ4-273-03064-0
◇武家の棟梁源氏はなぜ滅んだのか　野口実著　新人物往来社　1998.12　259p　19cm　2800円　ⓘ4-404-02658-7
◇後白河法皇　棚橋光男著　講談社　1995.12　258p　19cm　(講談社選書メチエ 65)　1456円　ⓘ4-06-258065-9
◇新日本古典文学大系 56　梁塵秘抄　佐竹昭広〔ほか〕編　後白河院〔撰〕, 小林芳規, 武石彰夫校注　岩波書店　1993.6　606p　22cm　4000円　ⓘ4-00-240056-5
◇後白河院―動乱期の天皇　古代学協会編　吉川弘文館　1993.3　559p 21cm　12000円　ⓘ4-642-02262-7

後鳥羽天皇
ごとばてんのう

治承4(1180).7.14〜延応元(1239).2.22
第82代天皇。高倉天皇の第4皇子として生まれる。元暦元(1184)年5歳で即位、建久9(1198)年譲位し、院政をしく。この頃からたびたび歌会や歌合を催す。藤原定家らに『新古今集』撰進を命じ、自身も同歌集の編纂に深く関与した。幕府との対立が激化し、承久3(1221)年、北条義時追討の兵を挙げるが鎌倉軍に敗北(承久の変)、隠岐に流され、19年後その地で崩御。この間も『隠岐本新古今集』を選定し、多くの歌を残した。歌論書に『後鳥羽院御口伝』がある。また、蹴鞠・管弦・連歌・今様のほか、武芸・水練にも長じるなど多芸多才な人物だった。

* * *

◇後鳥羽院　保田与重郎著　増補新版　新学社　2000.1.8　292p　15cm　(保田与重郎文庫4)　950円　Ⓘ4-7868-0025-2
◇後鳥羽院御集　後鳥羽院〔著〕、寺島恒世著　明治書院　1997.6　384p　22cm　(和歌文学大系　24)　5200円　Ⓘ4-625-51324-3
◇(小説)後鳥羽院──新島守よ、隠岐の海の　綱田紀美子著　オリジン出版センター　1995.7　232p　20cm　2000円　Ⓘ4-7564-0193-7
◇後鳥羽院と定家研究　田中裕著　和泉書院　1995.1　370p　22cm　12360円　Ⓘ4-87088-698-7

西行
さいぎょう

元永元(1118)〜建久元(1190).2.16
歌人。北面の武士であったが23歳で出家、各地の歌枕を訪れ、生涯を旅に過ごした。歌壇の外にいて、生活体験に根ざし解脱の境地に至る叙情歌を多く詠んだ。家集『山家集』『山家心中集』があり、勅撰集では『新古今集』に最多の94首が収録されているなど、二十一代集に計265首を選ばれている。平安末期最大の歌人であり、和歌のみならず、俳諧など様々な分野の後世の文芸に多大な影響を与えた。説話集『撰集抄』『西行物語』などにも多くの逸話を残している。

* * *

◇西行自歌合全釈　西行〔撰〕，武田元治著　風間書房　1999.11　278p　22cm　8000円　Ⓘ4-7599-1175-8
◇西行と清盛　嵐山光三郎著　学陽書房　1999.11　373p　15cm　(人物文庫)　700円　Ⓘ4-313-75092-4
◇新人物日本史・光芒の生涯 上　畑山博著　学陽書房　1999.10　370p　15cm　(人物文庫)　700円　Ⓘ4-313-75090-8
◇西行花伝　辻邦生著　新潮社　1999.7　718p　16cm　(新潮文庫)　857円　Ⓘ4-10-106810-0
◇西行の風景　桑子敏雄著　日本放送出版協会　1999.4　237p　19cm　(NHKブックス857)　920円　Ⓘ4-14-001857-7
◇西行のすべて　佐藤和彦，樋口州男編　新人物往来社　1999.3　231p　20cm　2800円　Ⓘ4-404-02674-9
◇白道　瀬戸内寂聴〔著〕　講談社　1998.9　387p　15cm　(講談社文庫　せ1-57)　619円　Ⓘ4-06-263881-9
◇この道や──西行そして芭蕉・蕪村・一茶　永田竜太郎著　永田書房　1998.6　323p　20cm　1905円　Ⓘ4-8161-0656-1
◇西行　渡部治著　清水書院　1998.1　235p　19cm　(Century books)　700円　Ⓘ4-389-41140-3
◇西行を歩く──さすらいの歌僧を追う旅　槇野尚一著　PHP研究所　1997.12　219p　22cm　1810円　Ⓘ4-569-55948-4
◇西行花明り　土岐信吉著　河出書房新社　1997.4　239p　20cm　1700円　Ⓘ4-309-01137-3
◇西行の花　中野孝次著　小沢書店　1996.12　210p　19cm　(小沢コレクション　45)　1957円　Ⓘ4-7551-2045-4
◇この世 この生──西行・良寛・明恵・道元　上田三四二著　新潮社　1996.6　206p　15cm　(新潮文庫)　360円　Ⓘ4-10-146211-9
◇西行　白洲正子著　新潮社　1996.6　314p　15cm　(新潮文庫)　480円　Ⓘ4-10-137902-5

◇西行―花と月の間に 三上和利著 のべる出版企画 1996.6 213p 22cm 2136円 ①4-87703-103-0

◇西行伝承の世界 花部英雄著 岩田書院 1996.6 272p 22cm 5900円 ①4-900697-53-2

◇鑽仰と鎮魂の祈り―西行法師の漂着点 太田光一著 近代文芸社 1996.5 189p 20cm 1500円 ①4-7733-5382-1

◇みちのくの西行 後藤利雄著 雁書館 1996.5 228p 20cm 2718円

◇西行―草庵と旅路に歌う 久保田淳著 新典社 1996.4 326p 19cm （日本の作家16） 2600円 ①4-7879-7016-X

◇西行の心月輪（しんがちりん） 高橋庄次著 春秋社 1995.12 329p 20cm 2800円 ①4-393-44135-4

◇日本の奇僧・快僧 今井雅晴著 講談社 1995.11 224p 18cm （講談社現代新書） 650円 ①4-06-149277-2

◇白道 瀬戸内寂聴著 講談社 1995.9 374p 20cm 1942円 ①4-06-205620-8

◇西行花伝 辻邦生 新潮社 1995.4 525p 23cm 3398円 ①4-10-314216-2

◇西行の影の人西住を探る 松本文雄著 リーベル出版 1995.2 221p 20cm 2060円 ①4-89798-422-X

◇風呂で読む西行 三村晃功著 世界思想社 1995.2 102p 19cm 980円 ①4-7907-0533-1

◇日本文学史の発見 橋本達雄, 矢羽勝幸, 小野寛, 竹盛天雄, 中野幸一ほか著 三省堂 1994.12 277p 19cm 2500円 ①4-385-35565-7

◇山家集 西行〔著〕, 佐佐木信綱校訂 新訂 岩波書店 1994.12 320p 19cm （ワイド版岩波文庫 157） 1068円 ①4-00-007157-2

◇日本仏教の創造者たち ひろさちや著 新潮社 1994.8 224p 19cm （新潮選書） 1000円 ①4-10-600463-1

◇西行 安田章生著 〔新装版〕 弥生書房 1993.11 275p 19cm 2000円 ①4-8415-0681-0

◇みちのべの西行―しもつけの歌 牧口正史著 随想舎 1993.10 205p 19cm 1600円

◇西行 高橋英夫著 岩波書店 1993.4 245,2p 18cm （岩波新書 277） 580円 ①4-00-430277-3

◇NHK 歴史発見 4 NHK歴史発見取材班編 角川書店 1993.3 217p 19cm 1600円 ①4-04-522204-9

◇西行 饗庭孝男著 小沢書店 1993.3 509p 19cm 3914円

三条西 実隆
さんじょうにし さねたか

康正元(1455).4.25～天文6(1537).10.3

　歌人、公卿。一条兼良に継ぐ学者で、室町時代を代表する文化人として知られる。皇室の力が衰えた時代に皇室経済のため尽力した。文明6(1474)年から天文5(1536)年までの63年間にわたる充実した日記を残しており、それらは『実隆公記』としてこの時代に関する第一級の史料とされている。その他、家集に『雪玉集』『聴雪集』、著書に『源氏物語細流抄』『装束抄』『多々良問答』『高野山参詣記』がある。

＊　　　＊　　　＊

◇三条西実隆と古典学 宮川葉子著 改訂新版 風間書房 1999.4 1165p 22cm 38000円 ①4-7599-1151-0

◇三条西実隆と古典学 宮川葉子著 風間書房 1995.12 1082p 22cm 37000円 ①4-7599-0955-9

慈 円
じえん

久寿2(1155).5.17～嘉禄元(1225).10.28

　歌人。僧侶。摂政関白藤原忠通の子として生まれるが、仏門に入り大僧正に任じられ、仏法興隆に努めた。歌人としても名高く、当時の歌壇を率いた九条良経を後援して九条歌壇の中心的歌人として多くの歌会・歌合に参加した。新古今時代を代表する一人。『新古今集』には西行に次ぐ第二位の92首が収録されており、家集に『拾玉集』などがある。また、道理と末法思想

によって歴史を見る史書『愚管抄』を著し、承久の乱直前に後鳥羽上皇に献じたといわれる。

＊　　＊　　＊

◇愚管抄を読む―中世日本の歴史観　大隅和雄〔著〕　講談社　1999.6　305p　15cm　（講談社学術文庫）　920円　①4-06-159381-1
◇慈円の和歌と思想　山本一著　和泉書院　1999.1　456p　22cm　（研究叢書　232）　13000円　①4-87088-954-4
◇慈円和歌論考　石川一著　笠間書院　1998.2　711p　22cm　（笠間叢書　308）　16505円　①4-305-10308-7
◇慈円四季歌抄　鈴木正道著　おうふう　1994.5　253p　22cm　28000円　①4-273-02776-3

式子内親王
しょくしないしんのう

久安5(1149)？～建仁元(1201).3.1
歌人。後白河天皇の皇女。式子は「シキシ」とも読む。藤原俊成を和歌の師として和歌を学んだ。俊成の歌論書『古来風躰抄』は内親王に捧げられたものという。その息子定家とも親交が篤く、たびたび御所に出入りさせている。自由な詠み口で繊細優美で哀切な情緒を歌ったものが多い。『千載集』『新古今集』『玉葉集』などこの時代の全ての勅撰集に多数の歌が収録されており、家集『式子内親王集』がある。

＊　　＊　　＊

◇式子内親王集　建礼門院右京大夫集　俊成卿女集　艶詞　式子内親王〔原著〕，石川泰水〔校注〕　建礼門院右京大夫〔原著〕，谷知子〔校注〕　俊成卿女〔原著〕，石川泰水〔校注〕　〔藤原隆房〕〔原著〕，谷知子〔校注〕　明治書院　2001.6　345p　22cm　（和歌文学大系　23）　6500円　①4-625-41304-4
◇式子内親王伝―面影びとは法然　石丸晶子著　朝日新聞社　1994.12　306p　15cm　（朝日文庫　い34-2）　621円　①4-02-261017-4
◇式子内親王・永福門院　竹西寛子著　講談社　1993.11　248,5p　15cm　（講談社文芸文庫）　940円　①4-06-196249-3

二条 良基
にじょう よしもと

元応2(1320)～嘉慶2(元中5・1388).7.16
公卿、歌人、連歌作者。後醍醐天皇に仕え、関白・太政大臣になる。当時幽玄な作風をよくした連歌師救済法師に師事し、順覚・信照・周阿などの地下連歌師らと交流し、宮廷・貴族の間で行われていた堂上連歌と一つにまとめた。初の准勅撰の連歌撰集『菟玖波集』を編纂した。また、"応安新式"を制定して、乱れていた連歌の式目を整備し、『筑波問答』『十問最秘抄』など多くの連歌書を著し、その後も受け継がれる連歌論を形成した。

『菟玖波(つくば集)』：文和5(正平11・1356)年。連歌集。二条良基と救済法師が編纂した20巻、2170句からなる最初の連歌集。鎌倉時代以降のものを中心に、古来の連歌を集めている。準勅撰とされ連歌の地位を大きく高めた。

伏見天皇
ふしみてんのう

文永2(1265).5.10～文保元(1317).10.8
第92代天皇。後深草天皇の第2皇子。弘安10(1287)年即位、永仁二(1298)年、子の後伏見天皇に譲位し、院政をしいた。京極為兼、自身の中宮永福門院と並ぶ京極派歌人の代表的存在。正和元(1312)年、京極為兼に命じて14代目の勅撰集『玉葉和歌集』を編纂させた。『玉葉和歌集』『風雅集』双方の最多入集歌人。和歌のほか書にも長じ、その書風は伏見院流と呼ばれた。

＊　　＊　　＊

◇続史愚抄　前篇　黒板勝美編　新装版　吉川弘文館　1999.9　634p　21cm　（新訂増補国史大系　13）　8600円　①4-642-00314-2

藤原 俊成
ふじわらのしゅんぜい

永久2(1114)～元久元(1204).12.22

歌人。俊成は「トシナリ」とも読む。定家は息子。早い時期から歌壇の一員として活躍し、のち、重鎮としての地位を不動のものとした、西行と並ぶ平安末期最大の歌人。『千載和歌集』などを編纂する。王朝文芸の伝統を守り「あはれ」を詠み、余情・幽玄という理念を提唱した。勅撰二十一代集には計422首を入集。家集に自撰の『長秋詠藻』『長秋草(俊成家集)』『保延のころほひ』『続長秋詠藻』があり、歌論書に『古来風躰抄』『萬葉集時代考』『正治奏状』などがある。

＊　＊　＊

◇塚本邦雄全集 第14巻　評論　塚本邦雄著　ゆまに書房　1999.8　670p　21cm　9500円　①4-89714-547-3

◇新日本古典文学大系 38　六百番歌合　佐竹昭広〔ほか〕編　〔藤原俊成〕〔判〕, 久保田淳, 山口明穂校注　岩波書店　1998.12　526,28p　22cm　4100円　①4-00-240038-7

◇長秋詠藻　俊忠集　〔藤原俊成〕〔原著〕, 川村晃生著　〔藤原俊忠〕〔原著〕, 久保田淳著　明治書院　1998.12　295p　22cm　(和歌文学大系　22)　5200円　①4-625-51322-7

◇藤平春男著作集 第1巻　新古今歌風の形成　藤平春男著　笠間書院　1997.5　377p　21cm　9500円　①4-305-60100-1

◇拾遺愚草 下　〔藤原定家著〕　朝日新聞社　1995.2　494,43p　22cm　(冷泉家時雨亭叢書　第9巻)　28000円　①4-02-240309-8

◇長秋詠藻―為世自筆本　藤原俊成〔撰〕, 中田武司編　古典文庫　1994.12　304p　17cm　(古典文庫　第577冊)　非売品

◇千載和歌集　藤原俊成〔撰〕, 上条彰次校注　和泉書院　1994.11　40,647p　22cm　(和泉古典叢書　8)　7210円　①4-87088-697-9

◇新日本古典文学大系 10　千載和歌集　佐竹昭広〔ほか〕編　〔藤原俊成撰〕, 片野達郎, 松野陽一校注　岩波書店　1993.4　453,54p　22cm　3800円　①4-00-240010-7

藤原 定家
ふじわらのていか

応保2(1162)～仁治2(1241).9.26

歌人。歌学者。定家は「サダイエ」とも読む。父は藤原俊成。早くから歌才を発揮し、争乱の世に背を向けるように創作に打ち込んだ。はじめ九条良経・慈円らと盛んに交流し、のち後鳥羽院・順徳院などの歌壇の第一人者の地位を確立した。『新古今集』『八代抄』などの撰者も務めた。歌風は華麗で、勅撰二十一代集に最も多くの歌を入集している。家集に『拾遺愚草』、歌論書には『近代秀歌』『詠歌大概』『毎月抄』などがあり、古典研究・評論にも多大な足跡を残した。「小倉百人一首」を選定したことでも知られる。他に、56年に及ぶ記録が残されている日記『明月記』がある。

＊　＊　＊

◇新古今集古注集成 近世旧注編4　新古今集古注集成の会編　笠間書院　2001.2　513p　22cm　14000円　①4-305-60155-9

◇明月記 4　〔藤原定家〕〔著〕　朝日新聞社　2000.8　648,17p　19×27cm　(冷泉家時雨亭叢書　第59巻)　30000円　①4-02-240359-4

◇新古今集古注集成 近世旧注編3　新古今集古注集成の会編　笠間書院　2000.2　541p　22cm　15000円　①4-305-60154-0

◇塚本邦雄全集 第14巻　評論　塚本邦雄著　ゆまに書房　1999.8　670p　21cm　9500円　①4-89714-547-3

◇源氏釈　源氏狭衣百番歌合　〔世尊寺伊行〕〔著〕　〔藤原定家〕〔著〕　朝日新聞社　1999.8　426,22p　22cm　(冷泉家時雨亭叢書　第42巻)　26000円　①4-02-240342-X

◇新古今集古注集成 近世旧注編2　新古今集古注集成の会編　笠間書院　1999.2　709p　22cm　17000円　①4-305-60153-2

◇明月記 3　藤原定家〔著〕　朝日新聞社　1998.4　565,16p　19×27cm　(冷泉家時雨亭叢書　第58巻)　30000円　①4-02-240358-6

◇新古今集古注集成 近世旧注編1　新古今集古注集成の会編　笠間書院　1998.2　514p　22cm　11650円　①4-305-60152-4

◇藤平春男著作集 第1巻　新古今歌風の形成　藤平春男著　笠間書院　1997.5　377p　21cm　9500円　Ⓘ4-305-60100-1

◇新古今集古注集成 中世古注編3　新古今集古注集成の会編　笠間書院　1997.2　566p　22cm　13592円　Ⓘ4-305-60151-6

◇新古今集古注集成 中世古注編2　新古今集古注集成の会編　笠間書院　1997.2　525p　22cm　12621円　Ⓘ4-305-60150-8

◇新古今集古注集成 中世古注編1　新古今集古注集成の会編　笠間書院　1997.2　646p　22cm　15534円　Ⓘ4-305-60149-4

◇「明月記」をよむ—藤原定家の日常　山中智恵子著　三一書房　1997.2　304p　23cm　7210円　Ⓘ4-380-97218-6

◇藤原定家明月記の研究　辻彦三郎著　吉川弘文館　1996.10　377,14p　21cm　7210円　Ⓘ4-642-02540-5

◇定家八代抄—続王朝秀歌選 下　藤原定家〔撰〕，樋口芳麻呂校注，後藤重郎校注　岩波書店　1996.7　382p　15cm（岩波文庫 30-127-3）　699円　Ⓘ4-00-301273-9

◇定家明月記私抄　堀田善衛著　筑摩書房　1996.6　281p　15cm（ちくま学芸文庫）　880円　Ⓘ4-480-08285-9

◇定家明月記私抄 続篇　堀田善衛著　筑摩書房　1996.6　334p　15cm（ちくま学芸文庫）　980円　Ⓘ4-480-08286-7

◇定家八代抄—続王朝秀歌選 上　藤原定家〔撰〕，樋口芳麻呂，後藤重郎校注　岩波書店　1996.6　261p　15cm（岩波文庫）　620円　Ⓘ4-00-301272-0

◇冷泉家時雨亭叢書 第37巻　五代簡要・定家歌学　冷泉家時雨亭文庫編　藤原定家〔著〕　朝日新聞社　1996.4　682,105p　22cm　29126円　Ⓘ4-02-240337-3

◇松浦宮物語　藤原定家〔著〕，久保田孝夫〔ほか〕編　翰林書房　1996.3　143p　21cm　1800円　Ⓘ4-906424-89-9

◇明月記 2　藤原定家〔著〕　朝日新聞社　1996.2　573,13p　19×27cm（冷泉家時雨亭叢書 第57巻）　30000円　Ⓘ4-02-240357-8

◇新編日本古典文学全集 43 新古今和歌集　小学館　1995.5　644p　23cm　4660円　Ⓘ4-09-658043-0

◇拾遺愚草 下　〔藤原定家著〕　朝日新聞社　1995.2　494,43p　22cm（冷泉家時雨亭叢書 第9巻）　28000円　Ⓘ4-02-240309-8

◇後鳥羽院と定家研究　田中裕著　和泉書院　1995.1　370p　22cm　12360円　Ⓘ4-87088-698-7

◇藤原定家　久保田淳著　筑摩書房　1994.12　299p　15cm（ちくま学芸文庫　ク3-1）　971円　Ⓘ4-480-08170-4

◇堀田善衛全集 10　美しきもの見し人は・方丈記私記・定家明月記私抄　堀田善衛著　筑摩書房　1994.2　665p　21cm　8800円　Ⓘ4-480-70060-9

◇藤原定家とその時代　久保田淳著　岩波書店　1994.1　333,20p　21cm　6200円　Ⓘ4-00-002856-1

◇和歌文学講座 6 新古今集　勉誠社　1994.1　413p　20cm　4660円　Ⓘ4-585-02027-6

◇定家と白氏文集　浅野春江著　教育出版センター　1993.12　274p　20cm　2718円　Ⓘ4-7632-1931-6

◇明月記 1　冷泉家時雨亭文庫編　朝日新聞社　1993.12　626,30p　19×27cm（冷泉家時雨亭叢書　第56巻）　30000円　Ⓘ4-02-240356-X

◇新古今和歌集　佐佐木信綱校訂　岩波書店　1993.10　355p　19cm（ワイド版岩波文庫 115）　1165円　Ⓘ4-00-007115-7

◇定家明月記私抄　堀田善衛著　新潮社　1993.10　593p　21cm　4300円　Ⓘ4-10-319512-6

◇拾遺愚草 上・中　藤原定家〔著〕　朝日新聞社　1993.10　588,36p　22cm（冷泉家時雨亭叢書　第8巻）　29000円　Ⓘ4-02-240308-X

源 実朝
みなもとのさねとも

建久3(1192).9.17〜建保7(1219).2.13
鎌倉幕府第3代将軍。源頼朝と北条政子の次男として生まれる。建仁3(1203)年、兄頼家の後を継いで征夷大将軍に任命されるが、このころ政治の実権は執権北条氏に移っていた。感受性が強く都の文化に傾倒し、藤原定家をはじめ

とした貴族・文人たちと交流を続けた。和歌の伝統と東国の武士気質とを調和させ、新鮮で自由な万葉調の和歌を詠んだ。古代の英雄や外国を崇拝し、渡宋を企て大船を造らせもしたが、進水に失敗し計画は頓挫した。家集『金槐和歌集』がある。建保(1219)7年甥の公暁に暗殺された。

＊　　＊　　＊

◇実朝・仙覚─鎌倉歌壇の研究　志村士郎著　新典社　1999.9　302p　21cm　（新典社研究叢書）　8000円　①4-7879-4121-6
◇将軍源実朝の人間像─謎と秀歌　藤谷益雄著　白鳳社　1999.3　180p　19cm　1500円　①4-8262-0088-9
◇武家の棟梁源氏はなぜ滅んだのか　野口実著　新人物往来社　1998.12　259p　19cm　2800円　①4-404-02658-7
◇源実朝　大仏次郎著　徳間書店　1997.10　284p　15cm　（徳間文庫）　514円　①4-19-890765-X
◇朱い雪─歌人将軍実朝の死　森本房子著　三一書房　1996.5　252p　20cm　2427円　①4-380-96242-3
◇心に生きる日本人─歴史を彩る人物列伝　杉田幸三著　展転社　1996.2　294p　19cm　1800円　①4-88656-122-5
◇詩歌と歴史と生死　第1巻　無常の命　福田昭昌著　教育開発研究所　1995.4　262p　19cm　1500円　①4-87380-251-2
◇実朝の風景─源実朝生誕八百年にちなんで　鎌倉市教育委員会　1994.3　95p　21cm　（鎌倉近代史資料　第11集）

宗良親王
むねながしんのう

応長元(1311)～至徳2(元中2・1385)？
後醍醐天皇の皇子。宗良は「ムネヨシ」とも読む。倒幕運動に加わり讃岐に流されたが、鎌倉幕府滅亡後帰洛し、南朝軍を率いて各地を転戦した。和歌の形式と伝統を重んじた二条派の歌を詠み、戦いの日々の中にあっても優れた和歌を数多く残した。家集『李花集』があり、また康暦2(天授6・1380)年、南朝の歌人の歌のみを集めた『新葉和歌集』を編纂し翌年奏覧した。家集の詞書には自身の転戦の生涯が窺える記述が多く残されている。

＊　　＊　　＊

◇宗良親王の研究　安井久善著　笠間書院　1993.12　331p　21cm　10000円　①4-305-40056-1

山崎 宗鑑
やまざき そうかん

寛正6(1465)～天文22(1553)
連歌師、俳人。将軍足利義尚に仕え、古典や和歌を学ぶ。因襲と似非風流を嫌い、しだいに正風連歌よりも、滑稽味が強く自由な庶民的精神を根本とする俳諧連歌に力を注ぐようになった。荒木田守武と共に、連歌から俳諧独立への推進者とされる。『犬筑波集』を編纂。本人の作品は多くは残っていない。

『犬筑波集』：16世紀前半。俳諧連歌集。15世紀から16世紀にかけて詠まれた俳諧連歌の秀作を集めたもの。菟玖波集に対し、卑称である「犬」を付けた命名。連歌が勢力を持っていた時代に、宗鑑がこれを編纂し、自由な滑稽文学を興した。

随筆・日記

阿仏尼
あぶつに

？～弘安6(1283).5.6
歌人。本名未詳。はじめ安嘉門院に仕える女房の一人だったが、のちに藤原定家の息子藤原為家の側室となり、冷泉為相・為守を生んだ。紀行『十六夜日記』のほか、若い頃の恋愛を綴った『うたたね』や『夜の鶴』『阿仏仮名法語』などがあり、『続古今集』などに和歌が収録されている。

『十六夜日記』：弘安3(1280)年。紀行文。夫為家の死後、実子と継子の遺産土地相続争いのために京都から鎌倉へ赴いたときの紀行文。旅の風物の描写や、我が子に対する愛情が描かれている。

随筆・日記　　　　　　　中世

*　　　*　　　*

◇不知夜記　〔阿仏尼〕〔著〕，松原一義編　阿讃伊土影印叢書刊行会　2000.7　150p　25cm　（阿讃伊土影印叢書　3の1）

◇いさよひの日記―永青文庫蔵本　阿仏尼〔著〕，江口正弘解説　再版　勉誠社　1996.4　20p　21cm　1400円　ⓓ4-585-00106-9

◇阿仏尼―行動する女性　長崎健、浜中修著　新典社　1996.2　269p　19cm　（日本の作家22）　2000円　ⓓ4-7879-7022-4

鴨　長明
かものちょうめい

久寿2(1155)？～建保4(1216).7.24
　歌人、随筆家。歌人として後鳥羽院などに仕えていたが、50歳以後に出家し、山科の日野山に隠棲し、仏教的無常思想に基づく著者の厭世観が表れた随筆『方丈記』を書いた。ほかに仏教説話集『発心集』、歌論書『無名抄』、旅行記『伊勢記』などがある。歌人としては、家集『鴨長明集』があり、『千載集』『新古今集』などに和歌が収録されている。
　『方丈記』：建暦2(1212)年。随筆。世の無常、自分の不遇、一人住まいの楽しみなどについて述べている。和文体と漢文体を調和させた簡潔な和漢混合体で書かれており、『枕草子』『徒然草』と並んで、三代随筆の一つとして高く評価されている。

*　　　*　　　*

◇鴨長明全集　鴨長明〔著〕，大曽根章介、久保田淳編　貴重本刊行会　2000.5　784,69p　22cm　20000円　ⓓ4-88915-109-5

◇道元の風　陽羅義光著　国書刊行会　1998.11　238p　19cm　1800円　ⓓ4-336-04120-2

◇碧冲洞叢書　第6巻（第31輯～第36輯）　簗瀬一雄編著　臨川書店　1995.12　627p　22cm　ⓓ4-653-03180-0

◇鴨長明　三木紀人〔著〕　講談社　1995.2　260p　15cm　（講談社学術文庫）　780円　ⓓ4-06-159164-9

◇方丈記・発心集（抄）　鴨長明〔著〕，今成元昭訳注　旺文社　1994.7　191p　19cm　（全訳古典撰集）　920円　ⓓ4-01-067249-8

◇堀田善衞全集　10　美しきもの見し人は・方丈記私記・定家明月記私抄　堀田善衛著　筑摩書房　1994.2　665p　21cm　8800円　ⓓ4-480-70060-9

吉田　兼好
よしだけんこう

弘安6(1283)～観応元(正平5・1350)
　歌人、随筆家。俗名は卜部兼好という名だったが、代々京都の吉田神社に仕えた家の出身で、吉田兼好とも言われる。仕えていた後宇多上皇の崩御後出家した。幅広い教養と豊富な話題を持ち、隠者文学の代表とされる『徒然草』を著した。歌人としても知られ、『兼好法師家集』などがある。
　『徒然草』：元徳2(1330)年頃。随筆。動乱期の社会や人間への無常観に立脚した深い洞察を、逸話、滑稽談、有職故実など様々な話題をまじえ、和漢の古典知識を駆使して綴っている。『枕草子』『方丈記』と並んで、三代随筆の一つとして高く評価されている。

*　　　*　　　*

◇よりぬき徒然草　兼好著，ドナルド・キーン訳　講談社インターナショナル　1999.11　260p　19cm　（Bilingual books）　1190円　ⓓ4-7700-2590-4

◇徒然草―これだけは読みたい日本の古典　吉田兼好〔著〕，角川書店編　角川書店　1998.5　255p　12cm　（角川mini文庫　136）　400円　ⓓ4-04-700239-9

◇徒然草2　吉田兼好〔著〕，東海大学桃園文庫影印刊行委員会編　東海大学出版会　1996.12　420p　31cm　（東海大学蔵桃園文庫影印叢書　第13巻）　25750円　ⓓ4-486-01123-6

◇「色好み」の系譜―女たちのゆくえ　今関敏子著　世界思想社　1996.10　242p　19cm　（SEKAISHISO SEMINAR）　2500円　ⓓ4-7907-0620-6

◇与える愛に生きて―先達の教え　瀬戸内寂聴著　小学館　1995.12　206p　18cm　1000円　ⓓ4-09-840039-1

◇徒然草―カラー版　卜部兼好〔著〕，桑原博史編　おうふう　1995.3　55p　21cm　900円　ⓉⒶ4-273-02167-6

◇徒然草　吉田兼好〔著〕，安良岡康作訳注　旺文社　1994.7　493p　19cm　（全訳古典撰集）　1400円　ⓉⒶ4-01-067246-3

◇NHK歴史発見 12　NHK歴史発見取材班編〔カラー版〕　角川書店　1994.3　215p 19cm　1800円　ⓉⒶ4-04-522212-X

◇兼好凶状秘帖―徒然草殺しの硯　嵐山光三郎著　角川書店　1993.11　400p　15cm　（角川文庫）　600円　ⓉⒶ4-04-190801-9

◇利に惑うは愚かなり―物欲や我執から離れ"清貧"に生きた人たち　瀬戸内寂聴，紀野一義，水尾比呂志，井本農一，三木卓著　ベストセラーズ　1993.7　255p　19cm　1500円　ⓉⒶ4-584-18155-1

◇つれづれ草　吉田兼好〔著〕　専修大学出版局　1993.1　3冊　24cm　（専修大学図書館蔵古典籍影印叢刊）　全144200円

謡　曲

世阿弥
ぜあみ

貞治2(正平18・1363)？～嘉吉3(1443)？　能楽師、脚本家、芸術理論家。観世座の祖である観阿弥の長男として生まれ、父と共に能楽を大成した。当時の将軍足利義満の篤い庇護を受け、能楽を整備し芸術として発展させたが、義教の代になり勘気を被り、71歳の時佐渡島に配流された。役者として優れていたと同時に、理論家としても才能を発揮し、『花伝書』『花鏡』『申楽談義』などの理論書を著し、「初心忘るべからず」「秘すれば花」などの有名な言葉を残した。また、作者と役者の不可分を主張し、『砧』『井筒』などの謡曲も書いた。

『花伝書』：応永7(1400)年。能楽の理論書。『風姿花伝』とも称される。「花」と「幽玄」を軸とした舞台芸術の理論および実際について、父観阿弥の芸談を元に、彼自身の十分な経験と卓抜な見識を加え詳しく論説した。

＊　　　＊　　　＊

◇世阿弥　東山緑著　東方出版　1999.10　384p　22cm　2500円　ⓉⒶ4-88591-623-2

◇世阿弥芸術と作品　北村勇蔵著　近代文芸社　1999.4　284p　20cm　1500円　ⓉⒶ4-7733-6452-1

◇観阿弥・世阿弥時代の能楽　竹本幹夫著　明治書院　1999.2　656p　22cm　14000円　ⓉⒶ4-625-41116-5

◇古典の細道　白洲正子著　新潮社　1997.8　207p　19cm　（新潮選書）　1000円　ⓉⒶ4-10-600131-4

◇世阿弥の能　堂本正樹著　新潮社　1997.7　206p　20cm　（新潮選書）　1000円　ⓉⒶ4-10-600520-4

◇世阿弥自筆能本集 影印篇　世阿弥〔著〕，表章監修，月曜会編　岩波書店　1997.4　135p　21cm　ⓉⒶ4-00-023602-4

◇世阿弥自筆能本集 校訂篇　世阿弥〔著〕，表章監修，月曜会編　岩波書店　1997.4　269p　21cm　ⓉⒶ4-00-023602-4

◇西行の花　中野孝次著　小沢書店　1996.12　210p　19cm　（小沢コレクション　45）　1957円　ⓉⒶ4-7551-2045-4

◇世阿弥―花と幽玄の世界　白洲正子〔著〕　講談社　1996.11　232p　16cm　（講談社文芸文庫　しC9）　854円　ⓉⒶ4-06-196394-5

◇馬場あき子全集　第8巻　能芸論　馬場あき子著　三一書房　1996.9　527p　21cm　7000円　ⓉⒶ4-380-96543-0

◇世阿弥は天才である―能と出会うための一種の手引書　三宅晶子著　草思社　1995.9　254p　20cm　2427円　ⓉⒶ4-7942-0647-X

◇世阿弥・禅竹　表章，加藤周一校注　岩波書店　1995.9　582p　22cm　（日本思想大系新装版）　4800円　ⓉⒶ4-00-009071-2

◇世阿弥残影　倉田美恵子著　海越出版社　1994.12　221p　19cm　1359円　ⓉⒶ4-87697-193-5

◇観阿弥と世阿弥　戸井田道三著　岩波書店　1994.11　206p　16cm　（同時代ライブラリー　206）　874円　ⓉⒶ4-00-260206-0

◇アイスキュロスと世阿弥のドラマトゥルギー―ギリシア悲劇と能の比較研究　M.J.スメサースト著，木曽明子訳　大阪大学出版会

1994.4　448p　22cm　7725円　①4-87259-003-1

学　術

一条 兼良
いちじょう かねよし

応永9(1402).6.7～文明13(1481).4.30
　公卿、古典学者、歌人。太政大臣・関白を務めた政治家であり、和漢に通じた室町時代随一の博学多才な学者。源氏物語の注釈書『花鳥余情』『源語秘訣』、有職故実をまとめた『公事根源』、政治上の意見書『樵談治要』、『尺素往来』『桃花蘂葉』『南都百首』などを著し、また、『新続古今集』の序を著した。応仁の乱で焼失したが、収集した和漢書をはじめとして摂関家累代の公私記録・文書などを収蔵した桃華坊文庫を有した。

　　　　＊　　＊　　＊

◇冷泉家時雨亭叢書　第41巻　伊勢物語　伊勢物語愚見抄　冷泉家時雨亭文庫編　在原業平〔著〕　一条兼良〔著〕　朝日新聞社　1998.8　562,47p　22cm　28000円　①4-02-240341-1

◇故実叢書 23巻　建武年中行事略解　今泉定介編輯, 故実叢書編集部編　谷村光義〔著〕　改訂増補　明治図書出版　1993.6　503p　22cm

卜部 兼方
うらべ かねかた

生没年不詳
　神官、古典研究者。13世紀後半から14世紀初めに活躍した。名前は、懐賢とも書き、「ヤスカタ」とも読む。平野社の祀官で、のちに神祇権大副となった。父卜部兼文が一条実経に伝授した講義を基盤に、多くの資料と研究を用いて『釈日本紀』を著した。
　『釈日本紀』：1300年前後。現存する最古の『日本書紀』の注釈書。解題、注音、乱脱、帝王系図、述義、秘訓、和歌の7部で注釈をしている。鎌倉時代の『日本書紀』研究の集大成として重要。

北畠 親房
きたばたけ ちかふさ

正応6(1293).3.8～文和3(正平9・1354).5.10
　南朝の重臣、学者。後醍醐天皇らと共に戦い、幕府軍に敗北した後は伊勢を本拠地に、南朝勢力の指導者としてその保持・拡充に努めた。その間、神代以来の皇統と各天皇の記事をまとめた『神皇正統記』を著した。日本書紀など古典の研究にも力を注ぎ、ほかの著書に『職原抄』『東家秘伝』『元元集』『二十一社記』『古今集註』などがある。また多くの和歌を残し、『新葉集』『李花集』に収録されている。
　『神皇正統記』：歴史書。延元4(暦応2・1339)年成立。神代から当代までの歴代天皇の事跡を述べた。南朝の正統性を記す目的で執筆されたため北朝の天皇は偽帝として認めていない。南北朝正閏論のさきがけとして後世に影響を与えた。

　　　　＊　　＊　　＊

◇北畠親房の研究　白山芳太郎著　増補版　ぺりかん社　1998.9　246p　22cm　3600円　①4-8315-0836-5

◇小説北畠親房―南北朝の梟　童門冬二著　成美堂出版　1998.2　291p　16cm　(成美文庫)　543円　①4-415-06489-2

◇神皇正統記―六地蔵寺本　北畠親房〔著〕、大隅和雄解題　汲古書院　1997.7　264p　27cm　6500円　①4-7629-4160-3

◇北畠親房　岡野友彦〔著〕　皇学館大学出版部　1995.12　54p　19cm　(皇学館大学講演叢書　第82輯)　300円

◇神皇正統記　北畠親房〔著〕、岩佐正校注　岩波書店　1993.3　542p　22cm　(日本古典文学大系新装版)　4600円　①4-00-004496-6

仙 覚
せんがく

建仁3(1203)〜?

僧侶、万葉学者。常陸の人で、鎌倉で万葉集の研究をし、万葉集の諸本を比較し、『万葉集註釈』を作製。優れた万葉集注釈書の先駆であり、歌の読み仮名を完成させ、万葉集の流布本の基礎となった。この成果は後の時代の契沖や賀茂真淵らに引き継がれた。

＊　＊　＊

◇実朝・仙覚—鎌倉歌壇の研究　志村士郎著　新典社　1999.9　302p　21cm　（新典社研究叢書）　8000円　Ⓘ4-7879-4121-6

思 想

一 遍
いっぺん

延応元(1239).3.21〜正応2(1289).9.9

僧侶。時宗の開祖。各地を行脚し、「遊行上人」「捨聖(すてひじり)」と呼ばれ、念仏を唱えながら鉦(かね)・太鼓に合わせて踊る「踊念仏」を始めた。下層階級のものも等しく救われると説き、隔てなく接したため、庶民から爆発的な人気を得た。和歌にも堪能で『一遍上人語録』に約70首、連歌は『菟玖波集』に発句が掲載されている。また、その法語類の集成が『一遍上人語録』にまとめられているほか、『一遍上人縁起絵』『一遍聖絵』などに多くの逸話、奇跡が描かれている。

＊　＊　＊

◇親鸞と一遍　竹村牧男著　法蔵館　1999.8　300p　20cm　2800円　Ⓘ4-8318-8140-6

◇中世遊行聖の図像学　砂川博著　岩田書院　1999.5　492,20p　22cm　11800円　Ⓘ4-87294-147-0

◇捨聖一遍　今井雅晴著　吉川弘文館　1999.3　216p　19cm　（歴史文化ライブラリー　61）　1700円　Ⓘ4-642-05461-8

◇一遍聖絵を読み解く—動きだす静止画像　武田佐知子編　吉川弘文館　1999.1　325p　22cm　7500円　Ⓘ4-642-02771-8

◇一遍—放浪する時衆の祖　今井雅晴著　三省堂　1997.11　204p　20cm　（歴史と個性）　1900円　Ⓘ4-385-35783-8

◇踊る一遍上人　亀井宏著　東洋経済新報社　1997.5　507p　20cm　2200円　Ⓘ4-492-06095-2

◇果てしなき旅—捨てひじり一遍　越智通敏著　愛媛県文化振興財団　1997.1　312p　18cm　（えひめブックス）　952円

◇一遍智真の宗教論　渡辺喜勝著　岩田書院　1996.9　314p　22cm　7900円　Ⓘ4-900697-60-5

◇一遍と時衆　石田善人著　法蔵館　1996.5　245p　22cm　5500円　Ⓘ4-8318-7492-2

◇捨聖・一遍上人　梅谷繁樹著　講談社　1995.12　213p　18cm　（講談社現代新書　1281）　631円　Ⓘ4-06-149281-0

◇時代を変えた祖師たち—親鸞、道元から蓮如まで　百瀬明治著　清流出版　1995.11　212p　19cm　1800円　Ⓘ4-916028-18-X

◇日本の奇僧・快僧　今井雅晴著　講談社　1995.11　224p　18cm　（講談社現代新書）　650円　Ⓘ4-06-149277-2

◇大乗仏典—中国・日本篇　第21巻　法然・一遍　佐藤平, 徳永道雄訳　中央公論社　1995.2　505p　20cm　5800円　Ⓘ4-12-402641-2

◇一遍上人語録　捨て果てて　坂村真民著　〔愛蔵版〕　大蔵出版　1994.10　238p　21cm　2800円　Ⓘ4-8043-2516-6

◇風の誕生　長部日出雄著　福武書店　1993.5　416p　19cm　2400円　Ⓘ4-8288-2454-5

栄 西
えいさい

保延7(1141).5.27〜建保3(1215).8.1

僧侶。臨済宗の開祖。比叡山で天台宗を学んだ後、大陸の正法を学び日本の仏教を正したいと志し宋へ渡る。天台の経巻60巻を携えて帰国。臨済宗の布教活動を始め、最初妨害を受けるが、鎌倉に下り将軍源頼家の庇護を受け、京都に最初の禅寺建仁寺を完成し禅宗を広める土

台を築いた。禅の教えは国を守るものだとする『興禅護国論』などの書物を著した。また、大陸より茶の種を持ち帰り、日本での茶栽培を推進したことでも知られ、茶の薬効から栽培・製法までをまとめた『喫茶養生記』をのこした。

＊　＊　＊

◇喫茶養生記　栄西〔原著〕，古田紹欽全訳注　講談社　2000.9　186p　15cm　（講談社学術文庫）　620円　①4-06-159445-1
◇禅とその歴史　古田紹欽，柳田聖山，鎌田茂雄監修，石川力山編，広瀬良弘解説　ぺりかん社　1999.8　399p　19cm　（叢書 禅と日本文化 10）　4000円　①4-8315-0809-8
◇うちのお寺は臨済宗　藤井正雄総監修　双葉社　1997.7　237p　21cm　（わが家の宗教を知るシリーズ）　1500円　①4-575-28752-0
◇禅とは何か　古田紹欽著　日本放送出版協会　1996.12　233p　15cm　（NHKライブラリー）　900円　①4-14-084047-1
◇禅入門1　栄西　興禅護国論・喫茶養生記　古田紹欽著　講談社　1994.1　422p　19cm　3500円　①4-06-250201-1

義堂 周信
ぎどう しゅうしん

正中2(1325).3.1～嘉慶2(元中5・1388).5.10
僧侶。京都天竜寺に入り夢窓疎石に師事する。高潔な臨済宗の禅僧として将軍足利義満らにも重んぜられ、各地の寺の要職を歴任した。文学の面では元の古林清茂の学風を学び、中国の禅文学の影響を受けた漢文学作品を多く残し、絶海中津と共に五山文学の双璧とされる。著書に『義堂和尚語録』、詩文集『空華集』、日記『空華日用工夫集』などがある。

＊　＊　＊

◇義堂周信　蔭木英雄著　研文出版　1999.9　265p　20cm　（日本漢詩人選集 3）　3300円　①4-87636-173-8

桂庵 玄樹
けいあん げんじゅ

応永34(1427)～永正5(1508).6.15
僧侶。禅僧天与清啓に従って遣明正使臨済宗の僧として明に渡る。7年後に帰朝。戦乱の京都を避け、周防の大内氏、肥後の菊池氏、薩摩の島津氏など、各地の大名に招聘された。学問に通じ、薩摩では島津氏一族に講書した。薩摩では多くの学僧を育て、薩南学派を形成するなど、儒学史上に一大時期を画した儒僧である。著書に『外集』『島陰漁唱』『島陰雑書』『南遊集』などがある。

親 鸞
しんらん

承安3(1173)～弘長2(1262)11.28
僧侶。下級貴族の家に生まれ、9歳で出家。抗争に明け暮れる比叡山の姿に失望、山を降り、専修念仏をしていた法然の弟子となる。阿弥陀仏に絶対帰依する信心の心によって救われるという浄土真宗を開き、仏が真っ先に救うのは徳を積んだ修行者よりもむしろ迷いの多い者であるとした悪人正機説を提唱した。また、禁止されていた僧侶の妻帯を許可し、自らも恵信尼と結婚、日本の仏教史上で初めて公然と結婚した僧となった。日本の仏教の改革者である。著書に『歎異抄』『悪人正機説』『教行信証』など。

＊　＊　＊

◇親鸞全集 別巻　親鸞〔著〕，石田瑞麿訳　新装　春秋社　2001.7　183,56,16p　23cm　4000円　①4-393-16025-8
◇親鸞全集 第3巻　親鸞〔著〕，石田瑞麿訳　新装　春秋社　2001.6　257,41p　23cm　5000円　①4-393-16023-1
◇親鸞全集 第4巻　親鸞〔著〕，石田瑞麿訳　新装　春秋社　2001.6　p261-610,46,32p　23cm　5000円　①4-393-16024-X
◇親鸞和讃集　親鸞〔著〕，名畑応順校注　岩波書店　2001.5　363p　19cm　（ワイド版岩波文庫）　1300円　①4-00-007184-X

◇親鸞全集 第1巻　親鸞〔著〕, 石田瑞麿訳　新装　春秋社　2001.5　254,40p　23cm　5000円　④4-393-16021-5

◇親鸞全集 第2巻　親鸞〔著〕, 石田瑞麿訳　新装　春秋社　2001.5　p257-498,33,43p　23cm　5000円　④4-393-16022-3

◇教行信証全書―傍訳 第3巻　親鸞著, 池田勇諦, 神戸和麿, 渡辺晃純監修　四季社　2000.5　454p　22cm　16000円　④4-88405-004-5

◇教行信証全書―傍訳 第2巻　親鸞著, 池田勇諦, 神戸和麿, 渡辺晃純監修　四季社　2000.3　495p　22cm　16000円　④4-88405-003-7

◇教行信証全書―傍訳 第1巻　親鸞著, 池田勇諦, 神戸和麿, 渡辺晃純監修　四季社　2000.1　510p　22cm　16000円　④4-88405-002-9

◇親鸞　吉本隆明著　決定版　春秋社　1999.12　379p　19cm　2500円　④4-393-33184-2

◇京都哲学撰書 第2巻　パスカル・親鸞　大峯顕, 上田閑照監修, 大橋良介, 長谷正当編　三木清〔著〕, 大峯顕編　灯影舎　1999.11　322p　22cm　3400円　④4-924520-46-2

◇新人物日本史・光芒の生涯 上　畑山博著　学陽書房　1999.10　370p　15cm　(人物文庫)　700円　④4-313-75090-8

◇親鸞と一遍　竹村牧男著　法蔵館　1999.8　300p　20cm　2800円　④4-8318-8140-6

◇親鸞と本願寺一族―父と子の葛藤　今井雅晴著　雄山閣出版　1999.8　228p　20cm　2500円　④4-639-01621-2

◇親鸞―精読・仏教の言葉　梯実円著　大法輪閣　1999.7　250p　20cm　2500円　④4-8046-4102-5

◇み仏に抱かれて―念仏に命をかけた妙好人　堀雅敬著　文芸社　1999.6　135p　19cm　1200円　④4-88737-581-6

◇親鸞がわかる。　朝日新聞社　1999.5　176p　26cm　(Aera mook　49)　1050円　④4-02-274099-X

◇親鸞と東国門徒　今井雅晴著　吉川弘文館　1999.3　249,16p　22cm　5500円　④4-642-02773-4

◇お経 浄土真宗　早島鏡正, 田中教照編著　〔座右版〕　講談社　1999.2　253p　21cm　3200円　④4-06-186463-7

◇定年和尚―サラリーマンがお坊さんになった！　本郷慧成著　日経BP社, 日経BP出版センター〔発売〕　1999.1　275p　21cm　1600円　④4-8222-4139-4

◇親鸞入門　佐藤正英著　筑摩書房　1998.10　229p　18cm　(ちくま新書　176)　660円　④4-480-05776-5

◇親鸞―宗教言語の革命者　デニス・ヒロタ著　法蔵館　1998.8　266p　20cm　3000円　④4-8318-8135-X

◇親鸞とその家族　今井雅晴著　自照社出版　1998.8　228p　19cm　1500円　④4-921029-06-7

◇親鸞と道元―自力か, 他力か　ひろさちや著　徳間書店　1998.8　270p　16cm　(徳間文庫　ひ-1-1)　533円　④4-19-890953-9

◇親鸞のあしあと―生涯と旧跡紀行　新妻久郎著　朱鷺書房　1998.7　310p　19cm　1800円　④4-88602-314-2

◇親鸞　平松令三著　吉川弘文館　1998.4　229p　19cm　(歴史文化ライブラリー　37)　1700円　④4-642-05437-5

◇親鸞とルター―信仰の宗教学的考察　加藤智見著　新装版　早稲田大学出版部　1998.4　291p　21cm　3800円　④4-657-98519-1

◇親鸞の宗教改革―共同体　安田理深著　弥生書房　1998.2　206p　20cm　(安田理深講義集　5)　2300円　④4-8415-0750-7

◇うちのお寺は浄土真宗　藤井正雄総監修　双葉社　1997.12　237p　21cm　(わが家の宗教を知るシリーズ)　1500円　④4-575-28795-4

◇浄土真宗がわかる本―親鸞聖人と蓮如上人 続　紅楳英顕著　教育新潮社　1997.11　151p　19cm　(伝道新書　16)　1800円　④4-7633-0001-6

◇親鸞―その人と思想　菊村紀彦著　新版　社会思想社　1997.10　238p　15cm　(現代教養文庫　1620)　560円　④4-390-11620-7

◇親鸞和讃―信心をうたう　坂東性純著　日本放送出版協会　1997.10　381p　16cm　(NHKライブラリー　63)　1070円　④4-14-084063-3

◇親鸞とその妻　筆内幸子著　国書刊行会　1997.9　207p　20cm　1800円　①4-336-03998-4

◇蓮如―乱世に生きたオルガナイザー　菊村紀彦著　社会思想社　1997.8　221p　15cm　(現代教養文庫)　520円　①4-390-11616-9

◇親鸞　笠原一男著　講談社　1997.7　250p　15cm　(講談社学術文庫)　740円　①4-06-159288-2

◇親鸞始記―隠された真実を読み解く　佐々木正著　筑摩書房　1997.7　237p　20cm　2200円　①4-480-84244-6

◇親鸞絶望を希望に変えた思想　今井雅晴著　日本実業出版社　1997.7　235p　19cm　1300円　①4-534-02647-1

◇親鸞―群萠の救いその時代と思想　富沢久雄著　白石書店　1997.6　254p　19cm　1800円　①4-7866-0286-8

◇親鸞を尋ねて　麻田慶雲著　東峰書房　1997.6　463p　27cm　2700円　①4-88592-036-1

◇愚禿親鸞の実像　畑竜英著　教育新潮社　1997.4　408p　19cm　4300円

◇親鸞の核心をさぐる―徹底討議　佐藤正英ほか著　増補新版　青土社　1997.4　353p　20cm　2400円　①4-7917-5527-8

◇大悲 風の如く―現代に生きる仏教　紀野一義著　筑摩書房　1997.3　294p　15cm　(ちくま文庫)　780円　①4-480-03254-1

◇法然と親鸞―シンポジウム　仏教大学総合研究所編　法藏館　1997.3　189p　20cm　2000円　①4-8318-8077-9

◇竜樹・親鸞ノート　三枝充悳著　増補新版　法藏館　1997.3　428,12p　20cm　5000円　①4-8318-7147-2

◇親鸞聖人絵伝　平松令三著　本願寺出版社　1997.2　316p　22cm　(聖典セミナー)　3107円　①4-89416-868-5

◇絶望と歓喜〈親鸞〉　増谷文雄, 梅原猛〔著〕　角川書店　1996.10　404p　15cm　(角川文庫)　800円　①4-04-198510-2

◇親鸞の大瞑想―現代に読む歎異抄　則竹和興著　総合法令出版　1996.7　324p　19cm　1700円　①4-89346-526-0

◇親鸞―物語と史蹟をたずねて　童門冬二著　成美堂出版　1996.5　301p　16cm　(成美文庫)　560円　①4-415-06440-X

◇親鸞―仏教無我伝承の実現　二葉憲香著　永田文昌堂　1996.1　304p　20cm　2500円　①4-8162-4123-X

◇The way of Nembutsu-Faith : a commentary on Shinran's Shoshinge / by Hisao Inagaki. 1st ed. Horai Association, 1996. xi, 249 p. : ill. (some col.) 19 cm. (Horai publication ; 3)　①4-8162-5931-7

◇河田光夫著作集 第3巻　親鸞の思想形成　河田光夫著　明石書店　1995.11　437p　20cm　6796円　①4-7503-0749-1

◇時代を変えた祖師たち―親鸞、道元から蓮如まで　百瀬明治著　清流出版　1995.11　212p　19cm　1800円　①4-916028-18-X

◇親鸞―不知火よりのことづて　吉本隆明〔ほか〕著　平凡社　1995.11　209p　16cm　(平凡社ライブラリー　126)　757円　①4-582-76126-7

◇日本の奇僧・快僧　今井雅晴著　講談社　1995.11　224p　18cm　(講談社現代新書)　650円　①4-06-149277-2

◇親鸞の生涯　松本章男著　大法輪閣　1995.10　266p　19cm　2233円　①4-8046-1120-7

◇正信念仏偈表解―原文・訓読・釈義　親鸞作, 橋本忠次編作　万国仏教徒聯盟総本部　1995.10　28丁　16cm

◇教育者としての親鸞　中村敬三著　近代文芸社　1995.9　143p　20cm　1800円　①4-7733-4400-8

◇親鸞との対話　曽我量深著, 行信の道編輯所編　弥生書房　1995.9　232p　20cm　1800円　①4-8415-0703-5

◇新編日本古典文学全集 44　方丈記　鴨長明〔著〕, 神田秀夫校注・訳　小学館　1995.3　606p　23cm　4660円　①4-09-658044-9

◇親鸞像　松崎健一郎著　砂子屋書房　1995.2　199p　20cm　1942円　①4-7904-0422-6

◇親鸞に人生を聴く　本多弘之著　草光舎　1994.12　315p　19cm　2524円　①4-7952-1526-X

◇親鸞のことば　菊村紀彦著　雄山閣出版　1994.12　211p　19cm　1922円　Ⓣ4-639-00332-3

◇親鸞と被差別民衆　河田光夫著　明石書店　1994.11　149p　18cm　1553円　Ⓣ4-7503-0642-8

◇親鸞の森　中村了権ほか著　春秋社　1994.10　224p 19cm　1957円　Ⓣ4-393-33151-6

◇親鸞―他力本願への道　花山勝友著　広済堂出版　1994.9　279p　18cm　(Refresh life series)　971円　Ⓣ4-331-00659-X

◇親鸞と道元―自力か他力か　ひろさちや著　徳間書店　1994.9　237p　19cm　1500円　Ⓣ4-19-860166-6

◇親鸞の再生―新しい出発を求めて　山崎龍明著　〔新装版〕　大蔵出版　1994.9　222p 19cm　2200円　Ⓣ4-8043-2515-8

◇親鸞　野間宏著　岩波書店　1994.6　214p　20cm　(岩波新書)　1600円　Ⓣ4-00-003851-6

◇親鸞―変容のドラマトゥルギー　水戸浩文著　永田文昌堂　1994.3　181p　20cm　1500円　Ⓣ4-8162-6314-4

◇親鸞の世界観―不安に立つ　安田理深著　(四街道)草光舎,星雲社〔発売〕　1994.2　165p 19cm　2000円　Ⓣ4-7952-1525-1

◇続々日本絵巻大成　伝記・縁起篇　1　善信聖人親鸞伝絵　平松令三、神崎充晴、秋場薫著、小松茂美編著　中央公論社　1994.2　165p　36×28cm　47500円　Ⓣ4-12-403211-0

◇親鸞聖人のおしえ　和田真雄著　法蔵館　1993.11　156p　21cm　(浄土真宗入門テキスト　1)　1000円　Ⓣ4-8318-8971-7

◇はじめての親鸞　本多弘之著　増補新版　(四街道)草光舎,星雲社〔発売〕　1993.9　262p 19cm　2400円　Ⓣ4-7952-1523-5

◇末灯鈔・御消息集　浅野教信編　(京都)同朋舎出版　1993.9　661p 21cm　(龍谷大学善本叢書　12)　28000円　Ⓣ4-8104-1288-1

◇親鸞聖人伝説　野々村智剛著、ういず仏教文化研究会編　探究社　1993.7　207p　19cm　(ほのぼのブックス)　1456円　Ⓣ4-88483-339-2

◇親鸞の信念と思想に生きる―わが師　安田理深の道　本多弘之著　草光舎,星雲社〔発売〕　1993.2　254p　19cm　2400円　Ⓣ4-7952-1522-7

絶海 中津
ぜっかい ちゅうしん

延元元(1336).12.16～応永12(1405).5.3
　僧侶。13歳の時、京都天竜寺に入り無窓疎石、のち春屋妙葩に師事。応安元(正平23・1368)年、明に渡り、明朝風禅文学び、四六文の技法をもたらした。帰国後足利義満の意に逆らって、一時隠棲したがふたたび重用され、等持院や相国寺の住持となり多くの弟子を育てた。著書に詩文集『蕉堅稿』、『四海語録』『絶海録』などがあり、義堂周信と共に五山文学の双璧とされる。

道 元
どうげん

正治2(1200).1.19～建長5(1253).9.22
　僧侶。曹洞宗の開祖。最初比叡山で学んだが下山し、栄西について禅を学び、そののち宗に渡り、天童山で修行した。帰国後越前に永平寺を開いた。理論よりも実践を重んじ、「只管打坐」ただひたすらに坐るという教えを勧め、座禅によって釈迦に還れ、と説いた。著書に『正法眼蔵』『普勧座禅儀』『学道用心集』『永平清規』などがあり、説法・言行を記録した『正法眼蔵随聞記』も残っている。

　　　　＊　　　　　＊　　　　　＊

◇道元禅師全集―原文対照現代語訳　第13巻　永平広録 4　永平語録　道元〔述〕　鏡島元隆訳註　鏡島元隆訳註　春秋社　2000.6　283p　22cm　5600円　Ⓣ4-393-15033-3

◇道元禅師全集―原文対照現代語訳　第12巻　永平広録　3　道元〔述〕　鏡島元隆訳註　春秋社　2000.2　307p　22cm　5600円　Ⓣ4-393-15032-5

◇道元禅師全集―原文対照現代語訳　第11巻　永平広録　2　道元〔述〕　鏡島元隆訳註

春秋社 1999.12 286p 22cm 5600円
ⓘ4-393-15031-7
◇道元禅師全集 ― 原文対照現代語訳 第10巻
永平広録 1 道元〔述〕 鏡島元隆訳註
春秋社 1999.10 317p 22cm 5600円
ⓘ4-393-15030-9
◇道元入門 角田泰隆著 大蔵出版 1999.10
236p 20cm 2400円 ⓘ4-8043-3052-6
◇道元辞典 菅沼晃編 新装版 東京堂出版 1999.9 271p 19cm 2200円 ⓘ4-490-10529-0
◇名僧列伝 1 明恵・道元・夢窓・一休・沢庵
紀野一義著 講談社 1999.8 265p 15cm
（講談社学術文庫） 820円 ⓘ4-06-159389-7
◇京都道元禅師を歩く 百瀬明治, 杉田博明編, 西山治朗写真 京都新聞社 1999.6
121,7p 19cm 1000円 ⓘ4-7638-0457-X
◇道元禅師真蹟集 道元〔著〕, 大本山永平寺大遠忌局文化事業専門部会出版委員会編
大修館書店 1999.4 290p 27cm 9200円
ⓘ4-469-29012-2
◇道元の風 陽羅義光著 国書刊行会
1998.11 238p 19cm 1800円 ⓘ4-336-04120-2
◇正法眼蔵 別巻 道元原文, 石井恭二注釈・現代訳 河出書房新社 1998.11 537p 22cm
4900円 ⓘ4-309-71075-1
◇永平広録 ― 道元禅師の語録 3 道元〔述〕,
篠原寿雄著 大東出版社 1998.10 332p
20cm 3689円 ⓘ4-500-00644-3
◇人生に咲く花 ― 今を生きる道元禅師ことばと物語 山岡敬著 恒文社 1998.8 173p
20cm 1800円 ⓘ4-7704-0961-3
◇親鸞と道元 ― 自力か, 他力か ひろさちや著
徳間書店 1998.8 270p 16cm （徳間文庫
ひ-1-1） 533円 ⓘ4-19-890953-9
◇越後禅宗史の研究 竹内道雄著 高志書院
1998.7 296,73p 21cm （環日本海歴史民俗学叢書） 8500円 ⓘ4-906641-16-4
◇道元と良寛に学ぶ人間学 境野勝悟著
致知出版社 1998.4 368p 20cm （Chi chi-select） 2500円 ⓘ4-88474-541-8
◇道元さんの安楽説法 ―「正法眼蔵」を読み解く 中山正和著 浩気社 1997.12 261p
20cm 1800円 ⓘ4-906664-04-0

◇道元禅師伝研究 正 中世古祥道著 国書刊行会 1997.10 432p 21cm 10000円
ⓘ4-336-00349-1
◇道元禅師伝研究 続 中世古祥道著 国書刊行会 1997.10 486,38p 21cm 13000円
ⓘ4-336-03980-1
◇道元禅師 鏡島元隆著 春秋社 1997.9
205p 20cm 2200円 ⓘ4-393-15223-9
◇正法眼蔵を読む 寺田透著 新装版
法蔵館 1997.7 250p 19cm 2800円
ⓘ4-8318-8130-9
◇永平広録提唱 第8巻 道元〔原著〕, 西嶋和夫著 金沢文庫 1997.4 430p 22cm
3000円+税 ⓘ4-87339-105-9
◇永平広録提唱 第9巻 道元〔原著〕, 西嶋和夫著 金沢文庫 1997.4 406p 22cm
3000円+税 ⓘ4-87339-106-7
◇永平広録提唱 第10巻 道元〔原著〕, 西嶋和夫著 金沢文庫 1997.4 382p 22cm
3000円+税 ⓘ4-87339-107-5
◇古仏のまねび〈道元〉 高崎直道, 梅原猛〔著〕 角川書店 1997.2 382p 15cm
（角川文庫） 824円 ⓘ4-04-198511-0
◇永平広録提唱 第6巻 道元〔原著〕, 西嶋和夫著 金沢文庫 1997.2 365p 22cm
3000円+税 ⓘ4-87339-103-2
◇永平広録提唱 第7巻 道元〔原著〕, 西嶋和夫著 金沢文庫 1997.2 382p 22cm
3000円+税 ⓘ4-87339-104-0
◇禅とは何か 古田紹欽著 日本放送出版協会
1996.12 233p 15cm （NHKライブラリー）
900円 ⓘ4-14-084047-1
◇道元 下 玉城康四郎著 春秋社 1996.12
585,14p 21cm 7212円 ⓘ4-393-15222-0
◇永平広録提唱 第4巻 道元〔原著〕, 西嶋和夫著 金沢文庫 1996.12 451p 22cm
3000円+税 ⓘ4-87339-101-6
◇永平広録提唱 第5巻 道元〔原著〕, 西嶋和夫著 金沢文庫 1996.12 395p 22cm
3000円+税 ⓘ4-87339-102-4
◇道元 上 玉城康四郎著 春秋社 1996.11
435,7p 21cm 6180円 ⓘ4-393-15221-2
◇永平広録提唱 第2巻 道元〔原著〕, 西嶋和夫著 金沢文庫 1996.11 417p 22cm
3000円+税 ⓘ4-87339-099-0

◇永平広録提唱 第3巻　道元〔原著〕,西嶋和夫著　金沢文庫　1996.11　436p　22cm　3000円+税　ⓣ4-87339-100-8

◇永平広録提唱 第1巻 上　道元〔原著〕,西嶋和夫著　金沢文庫　1996.10　363p　22cm　3000円+税　ⓣ4-87339-097-4

◇永平広録提唱 第1巻 下　道元〔原著〕,西嶋和夫著　金沢文庫　1996.10　340p　22cm　3000円+税　ⓣ4-87339-098-2

◇正法眼蔵—七十五巻本4　道元著,石井恭二注釈・現代訳　河出書房新社　1996.10　499p　22cm　4900円　ⓣ4-309-71074-3

◇正法眼蔵—七十五巻本3　道元著,石井恭二注釈・現代訳　河出書房新社　1996.9　499p　22cm　4900円　ⓣ4-309-71073-5

◇道元　倉橋羊村著　沖積舎　1996.8　246p　19cm　(ちゅうせき叢書)　2300円　ⓣ4-8060-4054-1

◇正法眼蔵—七十五巻本2　道元著,石井恭二注釈・現代訳　河出書房新社　1996.7　488p　22cm　4900円　ⓣ4-309-71072-7

◇この世 この生—西行・良寛・明恵・道元　上田三四二著　新潮社　1996.6　206p　15cm　(新潮文庫)　360円　ⓣ4-10-146211-9

◇正法眼蔵—七十五巻本1　道元著,石井恭二注釈・現代訳　河出書房新社　1996.6　537p　22cm　4900円　ⓣ4-309-71071-9

◇永平広録—道元禅師の語録2　道元〔述〕,篠原寿雄著　大東出版社　1996.4　310p　20cm　3800円　ⓣ4-500-00623-0

◇与える愛に生きて—先達の教え　瀬戸内寂聴著　小学館　1995.12　206p　18cm　1000円　ⓣ4-09-840039-1

◇時代を変えた祖師たち—親鸞,道元から蓮如まで　百瀬明治著　清流出版　1995.11　212p　19cm　1800円　ⓣ4-916028-18-X

◇正法眼蔵入門—道元をあなたに　久木直海著　同友館　1995.11　235p　19cm　1800円　ⓣ4-496-02298-2

◇大乗仏典 中国・日本篇 第23巻　道元　道元〔著〕,上田閑照編,柳田聖山編　中央公論社　1995.8　605p　20cm　6602円　ⓣ4-12-402643-9

◇岩田慶治著作集 第5巻　道元との対話—山河大地の言葉　講談社　1995.5　408p　22cm　6500円　ⓣ4-06-253855-5

◇道元禅師の人間像　水野弥穂子著　岩波書店　1995.5　217p　19cm　(岩波セミナーブックス 50)　1900円　ⓣ4-00-004220-3

◇新編日本古典文学全集 44　方丈記　鴨長明〔著〕,神田秀夫校注・訳　小学館　1995.3　606p　23cm　4660円　ⓣ4-09-658044-9

◇道元和尚広録 上　道元〔述〕,寺田透著訳　筑摩書房　1995.3　485p　22cm　24000円　ⓣ4-480-84150-4

◇道元和尚広録 下　道元〔述〕,寺田透著訳　筑摩書房　1995.3　501p　22cm　24000円　ⓣ4-480-84151-2

◇現代語訳正法眼蔵 第4巻　道元〔原著〕,西嶋和夫著　金沢文庫　1995.2　237p　22cm　2800円　ⓣ4-87339-036-2

◇京都周辺における道元禅師—前半生とその宗門　守屋茂著　(京都)同朋舎出版　1994.9　478p　21cm　18000円　ⓣ4-8104-2040-X

◇親鸞と道元—自力か他力か　ひろさちや著　徳間書店　1994.9　237p　19cm　1500円　ⓣ4-19-860166-6

◇道元禅師の話　里見弴著　岩波書店　1994.8　305p　15cm　(岩波文庫)　570円　ⓣ4-00-310607-5

◇道元—正法眼蔵・永平広録　道元〔著〕,鏡島元隆著　講談社　1994.4　435p　20cm　(禅入門 2)　3800円　ⓣ4-06-250202-X

◇正法眼蔵 3　道元著,水野弥穂子校注　岩波書店　1993.12　505p　19cm　(ワイド版岩波文庫)　1500円　ⓣ4-00-007119-X

◇正法眼蔵 4　道元著,水野弥穂子校注　岩波書店　1993.12　518p　19cm　(ワイド版岩波文庫)　1500円　ⓣ4-00-007120-3

◇正法眼蔵 1　道元著,水野弥穂子校注　岩波書店　1993.11　476p　19cm　(ワイド版岩波文庫)　1400円　ⓣ4-00-007117-3

◇正法眼蔵 2　道元著,水野弥穂子校注　岩波書店　1993.11　484p　19cm　(ワイド版岩波文庫)　1400円　ⓣ4-00-007118-1

◇正法眼蔵随聞記—現代語訳　道元〔述〕,池田魯参著　大蔵出版　1993.8　446p　22cm　8800円　ⓣ4-8043-1026-6

◇永平広録―道元禅師の語録1　道元〔述〕，篠原寿雄著　大東出版社　1993.6　385p　20cm　3800円　①4-500-00592-7

◇道元禅の世界　第2巻　田中晃著　山喜房仏書林　1993.4　450p　19cm　5800円　①4-7963-0642-0

◇正法眼蔵　4　道元著，水野弥穂子校注　岩波書店　1993.4　518p　15cm（岩波文庫）770円　①4-00-333193-1

◇道元禅師全集　第2巻　鈴木格禅〔ほか〕編，河村孝道校註　春秋社　1993.1　721p　20cm　7900円　①4-393-15012-0

日　蓮
にちれん

貞応元(1222)～弘安5(1282).11.14
僧侶。日蓮宗の開祖。天台宗ほか諸宗を学んだ後、法華経の極理である曼荼羅を信仰の対象とし、題目「南無妙法蓮華経」を唱えることによっていかなる人も即身成仏し、世界は浄土となると説いた日蓮宗を開いた。辻説法によって他宗を攻撃し、国難を予言して正法（日蓮宗）を信ずべきであると説いて処罰され、伊豆・佐渡へ流されたが、赦免後も布教活動を行い、主に東国の武士などに支持された。

＊　　＊　　＊

◇立正安国論―ほか　日蓮〔著〕，紀野一義訳　中央公論新社　2001.9　406p　18cm（中公クラシックス）1350円　①4-12-160015-0

◇類纂日蓮聖人遺文集―平成版　日蓮〔著〕，桜井智堅監修　本化妙宗聯盟　2000.6　2028p　22cm　非売品

◇日蓮聖人の生涯　第3巻　久遠のひかり　石川教張著　水書坊　1999.11　452p　20cm　3600円　①4-943843-86-7

◇日蓮はそこにいる―激動の今日に甦る"不屈の哲学"　百瀬明治著　祥伝社　1999.10　275p　16cm（祥伝社文庫　も4-2）552円　①4-396-31134-6

◇日蓮聖人の生涯　第2巻　佐渡の風光　石川教張著　水書坊　1999.9　477p　20cm　3600円　①4-943843-85-9

◇日蓮―現世往成の意味　尾崎綱賀〔著〕　世界書院　1999.8　283p　22cm　3900円　①4-7927-9071-9

◇日蓮聖人の生涯　第壱巻　誓願に生きる　石川教張著　水書坊　1999.7　413p　20cm　3600円　①4-943843-84-0

◇日蓮聖人御書　日蓮〔著〕，日蓮聖人門下総合研究所編纂　法華ジャーナル　1999.6　302p　30cm　非売品　①4-89383-002-3

◇日蓮大聖人の生涯を歩く　佐藤弘夫，小林正博，小島信泰著　第三文明社　1999.4　205p　19cm　1300円　①4-476-06144-3

◇日蓮聖人の手紙―現代語訳　1　日蓮〔原著〕，石川教張編著　新装版　国書刊行会　1998.9　302p　19cm（日蓮聖人遺文現代語訳選集　1）①4-336-04103-2

◇日蓮聖人の手紙―現代語訳　2　日蓮〔原著〕，石川教張編著　新装版　国書刊行会　1998.9　233p　19cm（日蓮聖人遺文現代語訳選集　2）①4-336-04103-2

◇人間日蓮　上巻　石川教張著　学陽書房　1998.1　389p　15cm（人物文庫）660円　①4-313-75043-6

◇人間日蓮　下巻　石川教張著　学陽書房　1998.1　354p　15cm（人物文庫）660円　①4-313-75044-4

◇日蓮大聖人の思想と生涯　佐藤弘夫〔ほか〕著　第三文明社　1997.12　307,20p　19cm　1600円　①4-476-06126-5

◇日蓮とその弟子　宮崎英修著　平楽寺書店　1997.11　344,16p　20cm　2800円　①4-8313-1038-7

◇永遠のいのち〈日蓮〉　紀野一義，梅原猛〔著〕　角川書店　1997.6　347p　15cm（角川文庫）800円　①4-04-198512-9

◇大悲　風の如く―現代に生きる仏教　紀野一義著　筑摩書房　1997.3　294p　15cm（ちくま文庫）780円　①4-480-03254-1

◇日蓮―物語と史蹟をたずねて　田下豪著　成美堂出版　1997.3　318p　16cm（成美文庫）560円　①4-415-06465-5

◇下山御消息　日蓮〔原著〕，Taikyo Yajima〔訳編〕　日蓮宗海外布教後援会　1996.11　297p　23cm　①4-931437-07-9

◇日蓮聖人全集 第2巻　宗義　日蓮〔著〕,渡辺宝陽編,小松邦彰編　渡辺宝陽訳,関戸堯海訳　春秋社　1996.6　577,10p　23cm　8500円　ⓘ4-393-17322-8

◇富士の奔流―重要文化財 御遷化記録が語る日蓮大聖人の正しい教えと流れ　岡田日産著　妙法顕正会,時の経済社〔発売〕　1996.5　238p　19cm　（顕正シリーズ　001）1600円　ⓘ4-924620-15-7

◇時代を変えた祖師たち―親鸞、道元から蓮如まで　百瀬明治著　清流出版　1995.11　212p　19cm　1800円　ⓘ4-916028-18-X

◇日本の奇僧・快僧　今井雅晴著　講談社　1995.11　224p　18cm　（講談社現代新書）　650円　ⓘ4-06-149277-2

◇日蓮―民衆と歩んだ不屈の改革者　紀野一義著　広済堂出版　1995.10　301p　18cm　（Refresh life series）　971円　ⓘ4-331-00697-2

◇御書にみる日蓮大聖人の御生涯　聖教新聞社教学解説部著　第三文明社　1995.9　228p　19cm　1262円　ⓘ4-476-06101-X

◇日蓮聖人全集　第6巻　信徒 1　渡辺宝陽,小松邦彰編　北川前肇訳,原慎定訳　春秋社　1995.8　327,14p　23cm　6180円　ⓘ4-393-17326-0

◇女人御書　日蓮〔原著〕, Kyotsu Hori〔訳編〕　日蓮宗海外布教後援会　1995.8　311p　23cm　ⓘ4-931437-05-2

◇平成新修日蓮聖人遺文集　日蓮〔著〕, 米田淳雄編　日蓮宗妙法山連紹寺　1995.2　1001,8,9p　19cm　9709円　ⓘ4-7952-3920-7

◇The essential services of the Kempon Hokke Sect, with a selection from the writings of Nichiren Shônin / compiled and annotated by Tetsujô Kubota , translated by Hamilton Graham Lamont. Kempon Hokke Bukkoku Kai,　1995.　63 p.　29 cm.

◇日蓮大聖人ゆかりの地を歩く―鎌倉・伊豆・竜の口・依智・佐渡　鎌倉遺跡研究会著　第三文明社　1994.10　246p　19cm　1500円　ⓘ4-476-06092-7

◇訂訛　日蓮聖人伝　倉沢啓樹著　近代文芸社　1994.7　548p　21cm　3000円　ⓘ4-7733-2780-4

◇日蓮聖人全集　第3巻　宗義　渡辺宝陽,小松邦彰編　庵谷行亨訳　春秋社　1994.7　447,17p　23cm　7725円　ⓘ4-393-17323-6

◇日蓮大聖人御書講義 第1巻 中　守護国家論 2　御書講義録刊行会編著　聖教新聞社　1994.2　348,10p　21cm　1400円　ⓘ4-412-00631-X

◇御書と鎌倉時代　下 宗教・生活・文化編　河合一,小林正博著　第三文明社　1994.1　349p　19cm　1500円　ⓘ4-476-06084-6

◇日蓮線図　小和田善幸著　地湧社　1993.12　203p　19cm　1648円　ⓘ4-88503-110-9

◇続々日本絵巻大成 伝記・縁起篇2　日蓮聖人註画讃　若杉準治,前田多美子,小松茂美編著　中央公論社　1993.11　141p　35×27cm　45000円　ⓘ4-12-403212-9

◇日蓮聖人の身延山　功刀貞如著　大東出版社　1993.11　200p　20cm　2000円　ⓘ4-500-00596-X

◇日蓮聖人正伝　本多日生著　統一団　1993.8　453p　20cm　2500円

◇日蓮聖人全集　第5巻　聖伝・弟子　日蓮著,渡辺宝陽,小松邦彰編,冠賢一訳　春秋社　1993.7　379,10p　21cm　6000円　ⓘ4-393-17325-2

◇日蓮聖人信行日課　日蓮宗護法伝道部編　春秋社　1993.4　127p　19cm　1000円　ⓘ4-393-17331-7

◇日蓮大聖人自伝　玉井日礼著　（大和）たまいらぼ　1993.4　496p　21cm　5150円　ⓘ4-88636-064-5

◇日蓮聖人全集　第4巻　信行　渡辺宝陽,小松邦彰編　上田本昌訳　春秋社　1993.3　403,14p　23cm　6000円　ⓘ4-393-17324-4

◇日蓮大聖人御書講義 第1巻 上　守護国家論 1　御書講義録刊行会編　聖教新聞社　1993.2　336,9p　21cm　1400円　ⓘ4-412-00559-3

◇大乗仏典―中国・日本篇　第24巻　日蓮　藤井学訳　中央公論社　1993.1　352p　20cm　4800円　ⓘ4-12-402644-7

法然
ほうねん

長承2(1133).4〜建暦2(1212).1.25
僧侶。浄土宗元祖。はじめ天台宗に入ったが、唐の善導大師の書に出会い、仏の前では何人も平等であり、念仏を唱えることによって正しい生活と往生を得ることができるという専修念仏を確信するに至った。旧仏教に圧迫され一時流罪になったが、貴族から庶民まで幅広い信者を得た。九条兼実の要請により『撰択本願念仏集』を著し、晩年にはお念仏の意味、心構え、態度について説明した『一枚起請文』を残した。『法然上人絵詞』『伝燈録』などに和歌十九首が伝わる。

＊　＊　＊

◇法然全集 第3巻　法然〔著〕，大橋俊雄訳　新装　春秋社　2001.7　330,6p　23cm　6000円　ⓘ4-393-17423-2
◇法然全集 第2巻　法然〔著〕，大橋俊雄訳　新装　春秋社　2001.6　352,5p　23cm　6000円　ⓘ4-393-17422-4
◇法然全集 第1巻　法然〔著〕，大橋俊雄訳　新装　春秋社　2001.5　325,5p　23cm　6000円　ⓘ4-393-17421-6
◇み仏に抱かれて—念仏に命をかけた妙好人　堀雅敬著　文芸社　1999.6　135p　19cm　1200円　ⓘ4-88737-581-6
◇法然を読む—「選択本願念仏集」講義　阿満利麿著　角川書店　1999.3　202p　20cm　（角川叢書　4）　2600円　ⓘ4-04-702105-9
◇法然対明恵—鎌倉仏教の宗教対決　町田宗鳳著　講談社　1998.10　232p　19cm　（講談社選書メチエ　141）　1500円　ⓘ4-06-258141-8
◇塩飽の島びとたち　よねもとひとし著　日本出版放送企画，星雲社〔発売〕　1998.8　189p　19cm　1500円　ⓘ4-7952-5347-1
◇鎌倉仏教形成論—思想史の立場から　末木文美士著　法蔵館　1998.5　418,7p　21cm　5800円　ⓘ4-8318-7372-1

◇法然　大橋俊雄〔著〕　講談社　1998.4　354p　15cm　（講談社学術文庫）　1050円　ⓘ4-06-159326-9
◇法然の生涯　松本章男著　大法輪閣　1998.2　254p　19cm　2300円　ⓘ4-8046-1140-1
◇浄土宗　福西賢兆, 岡本圭示監修　普及版　世界文化社　1997.8　226p　19cm　（よくわかる仏事の本）　950円　ⓘ4-418-97402-4
◇法然辞典　藤井正雄〔ほか〕編　東京堂出版　1997.8　330p　22cm　4500円　ⓘ4-490-10456-1
◇うちのお寺は浄土宗　藤井正雄総監修　双葉社　1997.7　237p　21cm　（わが家の宗教を知るシリーズ）　1500円　ⓘ4-575-28751-2
◇大悲 風の如く—現代に生きる仏教　紀野一義著　筑摩書房　1997.3　294p　15cm　（ちくま文庫）　780円　ⓘ4-480-03254-1
◇法然—世紀末の革命者　町田宗鳳著　法蔵館　1997.3　239p　20cm　2300円　ⓘ4-8318-7140-0
◇大乗仏典 中国・日本篇 第21巻　法然　法然〔著〕，佐藤平訳　中央公論社　1995.2　505p　20cm　5631円　ⓘ4-12-402641-2
◇法然上人伝 下　大橋俊雄訳　春秋社　1994.11　370,8p　21cm　（法然全集 別巻2）　8755円
◇法然全集 別巻 2　法然上人伝 下　法然〔原著〕，大橋俊雄訳　春秋社　1994.11　370,8p　23cm　8500円　ⓘ4-393-17418-6
◇法然上人伝 上　大橋俊雄著　春秋社　1994.10　399p　23×16cm　（法然全集 別巻1）　8755円　ⓘ4-393-17417-8
◇法然遺文の基礎的研究　中野正明著　法蔵館　1994.3　538,33p　22cm　12360円　ⓘ4-8318-7491-4
◇女人をホトケとなし給う—女流法然　寺内大吉著　毎日新聞社　1993.7　249p　20cm　1500円　ⓘ4-620-10474-4

無住 一円
むじゅう いちえん

嘉禄2(1226).12.28〜正和元(1312).10.10
僧侶。はじめ、天台・真言宗を修めるが、弁

円に師事して臨済宗を学ぶ。尾張の長母寺を開山。伊勢や尾張で民衆の教化に努めた。弘安6(1283)年の仏法説話集『沙石集』の他多くの著書を著した。死後の天文15(1546)年、後奈良天皇より大円国師の諡号を受ける。

『沙石集』：弘安6(1283)年。仏法説話集。仏典、説話、逸話、伝聞、見聞等を素材に、庶民教化のために仏教的条理を親しみやすく説いた。

◇夢窓疎石　土岐信吉著　河出書房新社　1994.11　325p　20cm　1942円　④4-309-00939-5
◇夢窓―語録・〔シン〕座・西山夜話・偈頌　夢窓著, 柳田聖山著　講談社　1994.9　222p　20cm（禅入門 5）2600円　④4-06-250205-4
◇黒衣の参謀学―歴史をあやつった11人の僧侶　武田鏡村著　徳間書店　1993.1　243p　19cm　1500円　④4-19-225073-X

夢窓 疎石
むそう そせき

建治元(1275)～観応2(正平6・1351).9.30
僧侶。はじめ天台・真言を学ぶが、後臨済宗に帰依し、一山一寧、高峰顕日の教えを受けた。京都の天竜寺などを建立、禅宗の興隆に尽力し、後醍醐天皇や足利尊氏をはじめ多くの帰依を受けた。尊氏にすすめて戦乱で亡くなった人々の菩提を弔うため安国寺利生塔を全国に建てさせた。『夢中問答集』『夢窓国師語録』『西山夜話』ほか多数の著書がある。また、禅の実践の一環として西芳寺・天竜寺などの名庭を手がけて造園史にも名を残し、詩や書道にも優れた。門下に春屋妙葩、義堂周信、絶海中津らがいる。

＊　　＊　　＊

◇名僧列伝 1　明恵・道元・夢窓・一休・沢庵　紀野一義著　講談社　1999.8　265p　15cm（講談社学術文庫）820円　④4-06-159389-7
◇オリジナリティを訪ねて 2　輝いた日本人たち　富士通編　富士通経営研修所　1999.6　238p　19cm　1600円　④4-89459-045-X
◇夢窓国師の風光　中村文峰著, 井上博道写真　春秋社　1998.2　193p　20cm　2200円　④4-393-14253-5
◇修羅の王道夢窓国師　秋月水虎著　叢文社　1996.11　436p　20cm　1942円　④4-7947-0250-7
◇武将と名僧　百瀬明治著　清流出版　1996.3　222p　19cm　1600円　④4-916028-17-1

蓮如
れんにょ

応永22(1415)～明応8(1499).5.5
僧侶。浄土真宗の一派本願寺派の8世で、当時不振だった本願寺を興隆に導いた。比叡山宗徒に本願寺を焼かれて越前に移ったが、"講"と呼ばれる信仰者の団体を組織し、これを基盤に農村に進出。蓮如が布教のために書いた「御文」を通じて教化活動を展開し、急速に勢力を拡大した。晩年まで精力的に布教を続け、やがて京都・山科に本願寺を再建、大阪石山に坊舎を作り、再建を果たした。著書に『正信偈大意』など、言行録『蓮如上人御一代聞書』などがある。

＊　　＊　　＊

◇新人物日本史・光芒の生涯 上　畑山博著　学陽書房　1999.10　370p　15cm（人物文庫）700円　④4-313-75090-8
◇蓮如夏の嵐 上　岳宏一郎著　毎日新聞社　1999.7　292p　20cm　1500円　④4-620-10603-8
◇蓮如夏の嵐 下　岳宏一郎著　毎日新聞社　1999.7　295p　20cm　1500円　④4-620-10604-6
◇蓮如上人御一代記聞書―浄土真宗聖典 現代語版　蓮如〔述〕, 浄土真宗教学研究所浄土真宗聖典編纂委員会編纂　本願寺出版社　1999.3　275p　19cm　1200円　④4-89416-641-0
◇蓮如　源了円著　大法輪閣　1999.1　254,3p　20cm（精読・仏教の言葉）2400円　④4-8046-4101-7
◇蓮如上人御一代記聞書―現代語訳　蓮如〔述〕, 瓜生津隆真著　大蔵出版　1998.9　446p　22cm　6800円　④4-8043-1048-7

◇現代語訳蓮如上人御一代記聞書　瓜生津隆真著　大蔵出版　1998.9　446p　22cm　6800円　Ⓣ4-8043-1048-7

◇蓮如上人御一代記聞書　藤沢量正著　本願寺出版社　1998.9　353p　22cm　（聖典セミナー）　3400円　Ⓣ4-89416-626-7

◇蓮如 8　蓮如遷化の巻　丹羽文雄著　改版　中央公論社　1998.7　419p　16cm　（中公文庫　に10-19）　838円　Ⓣ4-12-203199-0

◇蓮如 7　山科御坊の巻　丹羽文雄著　改版　中央公論社　1998.6　375p　16cm　（中公文庫　に10-18）　743円　Ⓣ4-12-203174-5

◇蓮如―本願寺王国を築いた巨人　大谷晃一著　学陽書房　1998.6　377p　15cm　（人物文庫　お2-1）　660円　Ⓣ4-313-75050-9

◇蓮如さまとお方さま　籠谷真智子著　弘文出版　1998.6　215p　20cm　1700円　Ⓣ4-87520-212-1

◇小説蓮如　百瀬明治著　PHP研究所　1998.5　517p　20cm　2238円　Ⓣ4-569-60084-0

◇蓮如 6　最初の一向一揆の巻　丹羽文雄著　改版　中央公論社　1998.5　379p　16cm　（中公文庫　に10-17）　743円　Ⓣ4-12-203149-4

◇蓮如―われ深き淵より　五木寛之著　中央公論社　1998.4　290p　16cm　（中公文庫）　476円　Ⓣ4-12-203108-7

◇蓮如　松原泰道著　東洋経済新報社　1998.4　243p　20cm　1400円　Ⓣ4-492-06103-7

◇蓮如―信仰で時代を動かした男　二宮隆雄著　PHP研究所　1998.4　322p　15cm　（PHP文庫）　590円　Ⓣ4-569-57133-6

◇蓮如 5　蓮如妻帯の巻　丹羽文雄著　改版　中央公論社　1998.4　375p　16cm　（中公文庫　に10-16）　743円　Ⓣ4-12-203123-0

◇蓮如の世界―蓮如上人五百回忌記念論集　大谷大学真宗総合研究所編　文栄堂書店　1998.4　797p　22cm　10000円

◇蓮如 4　蓮如誕生の巻　丹羽文雄著　改版　中央公論社　1998.3　355p　16cm　（中公文庫）　743円　Ⓣ4-12-203100-1

◇蓮如上人研究　蓮如上人研究会編　思文閣出版　1998.3　480p　22cm　10000円　Ⓣ4-7842-0961-1

◇蓮如 3　本願寺衰退の巻　丹羽文雄著　改版　中央公論社　1998.2　410p　16cm　（中公文庫）　743円　Ⓣ4-12-203073-0

◇蓮如上人ものがたり　千葉乗隆著　本願寺出版社　1998.2　347p　19cm　2000円　Ⓣ4-89416-871-5

◇蓮如論―問いかける人権への視点　小森竜邦著　明石書店　1998.2　269p　19cm　2000円　Ⓣ4-7503-1019-0

◇蓮如 2　覚如と存覚の巻　丹羽文雄著　改版　中央公論社　1998.1　374p　16cm　（中公文庫）　743円　Ⓣ4-12-203033-1

◇蓮如 1　覚信尼の巻　丹羽文雄著　改版　中央公論社　1997.12　345p　15cm　（中公文庫）　743円　Ⓣ4-12-203009-9

◇蓮如と信長　山折哲雄著　PHP研究所　1997.12　277p　20cm　1429円　Ⓣ4-569-55897-6

◇蓮如上人の歩んだ道　出雲路修他著　真宗大谷派宗務所出版部　1997.11　416p　21cm　（蓮如上人に学ぶ　1）　1714円　Ⓣ4-8341-0247-5

◇蓮如物語　五木寛之著　角川書店　1997.11　237p　15cm　（角川文庫）　476円　Ⓣ4-04-129428-2

◇蓮如―転換期の宗教者　山折哲雄編、大村英昭編　小学館　1997.9　334p　20cm　2400円　Ⓣ4-09-626120-3

◇蓮如と一休　田代俊孝著　法藏館　1997.9　58p　19cm　571円　Ⓣ4-8318-8648-3

◇蓮如―乱世に生きたオルガナイザー　菊村紀彦著　社会思想社　1997.8　221p　15cm　（現代教養文庫）　520円　Ⓣ4-390-11616-9

◇蓮如　金竜静著　吉川弘文館　1997.8　207p　19cm　（歴史文化ライブラリー　21）　1700円　Ⓣ4-642-05421-9

◇蓮如―乱世を生きる知恵　原田満子著　木耳社　1997.6　274p　22cm　2800円　Ⓣ4-8393-7677-8

◇蓮如への誤解　続　川本義昭編　永田文昌堂　1997.6　173p　19cm　1333円　Ⓣ4-8162-4125-6

◇『月明』蓮如評伝　石田学著　永田文昌堂　1997.5　217p　20cm　1900円　Ⓣ4-8162-6127-3

◇蓮如―その教えと生き方　早島鏡正著　日本放送出版協会　1997.3　317p　15cm　（NHKライブラリー）　1000円　①4-14-084051-X

◇蓮如の手紙―お文・ご文章現代語訳　国書刊行会　1997.1　442p　21cm　4800円　①4-336-03921-6

◇現代の聖典蓮如上人御一代記聞書　細川行信〔ほか〕著　法藏館　1996.12　433p　21cm　3296円　①4-8318-4036-X

◇光をかかげて―蓮如上人とその教え　梯実円著　本願寺出版社　1996.11　267p　19cm　1456円　①4-89416-665-8

◇蓮如―われ深き淵より　五木寛之著　新装普及版　中央公論社　1996.11　241p　18cm　971円　①4-12-002639-6

◇蓮如大系　梯実円, 名畑崇, 峰岸純夫監修　法藏館　1996.11　5冊（セット）　21cm　51500円　①4-8318-4651-1

◇蓮如実伝　第2部　北陸篇　上　辻川達雄著　本願寺維持財団　1996.9　258p　21cm　2500円　①4-87738-010-8

◇蓮如上人―その教えと生涯に学ぶ　梯実円, 福間光超, 金竜静執筆, 浄土真宗教学研究所編　第5版　本願寺出版社　1996.9　141p　21cm　583円　①4-89416-581-3

◇蓮如と七人の息子　辻川達雄著　誠文堂新光社　1996.9　391p　20cm　2718円　①4-416-89620-4

◇蓮如上人―再興と伝道の生涯　今田法雄著　永田文昌堂　1996.5　351p　19cm　3000円　①4-8162-4124-8

◇蓮如入門　加藤智見著　大法輪閣　1996.5　240p　19cm　1800円　①4-8046-1124-X

◇蓮如　笠原一男〔著〕　講談社　1996.4　351p　15cm　（講談社学術文庫）　980円　①4-06-159224-6

◇蓮如の生涯　国書刊行会　1996.4　239p　19cm　1800円　①4-336-03825-2

◇ジャンヌ・ダルクと蓮如　大谷暢順著　岩波書店　1996.3　229p　18cm　（岩波新書）　650円　①4-00-430439-3

◇蓮如上人―親鸞聖人の教えに生きた人　延塚知道〔ほか〕著　真宗大谷派宗務所出版部　1996.3　158p　21cm　600円　①4-8341-0241-6

◇蓮如上人の母とその身内　平井清隆著　永田文昌堂　1996.3　183p　20cm　1800円　①4-8162-7507-X

◇時代を変えた祖師たち―親鸞、道元から蓮如まで　百瀬明治著　清流出版　1995.11　212p　19cm　1800円　①4-916028-18-X

◇蓮如実伝　第1部　近江篇　辻川達雄著　本願寺維持財団　1995.11　246p　21cm　2427円　①4-87738-001-9

◇蓮如のすべて　早島鏡正編　新人物往来社　1995.11　215p　20cm　2718円　①4-404-02311-1

◇蓮如物語　五木寛之著　角川書店　1995.11　232p　20cm　971円　①4-04-872921-7

◇蓮如畿内・東海を行（い）く　岡村喜史著　国書刊行会　1995.10　224p　19cm　1748円　①4-336-03767-1

◇蓮如北陸路を行（い）く　朝倉喜祐著　国書刊行会　1995.10　229p　19cm　1748円　①4-336-03768-X

◇人間蓮如　山折哲雄著　洋泉社　1995.9　278p　20cm　2000円　①4-89691-178-4

◇実像の蓮如さん―蓮如さんと二人三脚の了西　三好智朗著　近代文芸社　1995.8　209p　20cm　2000円　①4-7733-4249-8

◇蓮如―大事業家の戦略　百瀬明治著　清流出版　1995.7　263p　20cm　1800円　①4-916028-11-2

◇蓮如・一向一揆　笠原一男, 井上鋭夫校注　岩波書店　1995.5　706p　22cm　（日本思想大系新装版）　5000円　①4-00-009064-X

◇蓮如―われ深き淵より　五木寛之著　中央公論社　1995.4　241p　20cm　1456円　①4-12-002435-0

◇蓮如への誤解　早川顕之編　永田文昌堂　1995.4　156p　19cm　1300円　①4-8162-4122-1

◇蓮如上人ものがたり　青木馨著　真宗大谷派宗務所出版部　1995.4　150p　19cm　1000円　①4-8341-0227-0

◇蓮如―聖俗具有の人間像　五木寛之著　岩波書店　1994.7　195p　18cm　（岩波新書343）　620円　①4-00-430343-5

◇蓮如上人とその五人の妻たち　筆内幸子著　新訂　北国新聞社　1994.4　328p　20cm　（北国文芸叢書　11）　1941円　①4-8330-0844-0
◇不滅の人・蓮如　笠原一男著　世界聖典刊行協会　1993.8　284p　19cm　1500円　①4-88110-126-9
◇蓮如とルター──宗教教団の原点　加藤智見著　（京都）法蔵館　1993.6　324p　19cm　2900円　①4-8318-7204-0
◇人間蓮如　山折哲雄著　JICC出版局　1993.4　276p　19cm　1900円　①4-7966-0591-6

度会 家行
わたらい いえゆき

康元元(1256)～観応2(正平6・1351)
伊勢外宮神官。伊勢神宮の外宮の内宮に対する優位性を主張する伊勢神道を創始し神主仏従、外宮信仰を説いた。神中心の立場に立つ独自の神道を樹立し、主著『類従神祇本源』が後世の神道に与えた影響は大きい。南北朝の争乱の時期には伊勢南朝勢力の中心として活動し、北畠親房の思想に強い影響を与えた。ほかの著書に『神道簡要』などがあり、いずれも神道の基本経典とされている。

近 世

物 語

井原 西鶴
いはら さいかく

寛永19(1642)～元禄6(1693).8.10
戯作者、俳人。大阪に生まれる。はじめ貞門派の俳諧を学ぶが、談林派に転じる。一昼夜の内に独吟でどれくらい詠めるかを競う"矢数俳諧"を始めるなど、革新的な俳諧師として活躍する。一方で、天和2(1682)年『好色一代男』など、浮世草子を勢力的に出版。町人の目で人間模様を見つめ、人間の欲望や享楽的な生活を描いた作品を数多く発表した。発表当時から広く読まれたが、明治以降になって高い評価を受けた。他の代表作に『好色一代女』『好色五人女』などの好色物、『武道伝来記』などの武家物、『日本永代蔵』『世間胸算用』などの町人物、『本朝二十不孝』などの雑話物などがある。

『好色一代男』：天和2(1682)年。浮世草子・好色物。上方の豪商の家庭に生まれた主人公の愛欲にまみれた一生を描いた。従来の教訓的な仮名草子とは異なる現実的な浮世草子という分野を開拓した。町人文学を確立した作品として評価されている。

* * *

◇新編日本古典文学全集69　井原西鶴集　4　井原西鶴〔著〕，冨士昭雄，広嶋進校注・訳　小学館　2000.8　637p　23cm　4657円　Ⓘ4-09-658069-4
◇世間胸算用　井原西鶴〔著〕，西島孜哉編　和泉書院　1998.10　238p　22cm　（西鶴影印叢刊）　1700円　Ⓘ4-87088-951-X
◇西鶴―環境と営為に関する試論　西島孜哉著　勉誠社　1998.2　625p　22cm　20000円　Ⓘ4-585-03055-7
◇岡田利兵衛著作集3　西鶴・近松・伊丹　岡田利兵衛著，柿衛文庫編　八木書店　1997.11　157p　19cm　2000円　Ⓘ4-8406-9606-3
◇西鶴事典　江本裕, 谷脇理史編　おうふう　1996.12　1冊　26cm　22000円　Ⓘ4-273-02918-9
◇新編日本古典文学全集68　井原西鶴集　3　井原西鶴〔著〕，谷脇理史〔ほか〕校注・訳　小学館　1996.12　638p　23cm　4660円　Ⓘ4-09-658068-6
◇元禄文学研究―広末保著作集　第1巻　広末保著　影書房　1996.11　374p　19cm　3914円　Ⓘ4-87714-228-2
◇浮世絵春画好色五人女　井原西鶴文，歌川国貞絵　三心堂出版社　1996.10　93p　21cm　1262円　Ⓘ4-88342-078-7
◇本朝桜陰比事　翻刻　井原西鶴〔著〕，徳田武編　おうふう　1996.6　198p　26cm　（西鶴選集）　2718円　Ⓘ4-273-02677-5
◇本朝桜陰比事　影印　井原西鶴〔著〕，川元ひとみ編　おうふう　1996.6　255p　26cm　（西鶴選集）　3689円　Ⓘ4-273-02706-2
◇新編日本古典文学全集67　井原西鶴集　2　宗政五十緒〔ほか〕校注・訳　小学館　1996.5　622p　23cm　4800円　Ⓘ4-09-658067-8
◇西鶴諸国はなし　井原西鶴〔著〕，森田雅也編　和泉書院　1996.4　217p　21cm　（西鶴影印叢刊）　1854円　Ⓘ4-87088-793-2
◇夢ぞ！―人生は一場の舞　藤本義一著　騎虎書房　1996.3　348p　19cm　1900円　Ⓘ4-88693-802-7
◇西鶴織留　翻刻　井原西鶴〔著〕，加藤裕一編　おうふう　1996.3　219p　26cm　（西鶴選集）　3107円　Ⓘ4-273-02679-1
◇西鶴織留　影印　井原西鶴〔著〕，加藤裕一編　おうふう　1996.3　263p　26cm　（西鶴選集）　3689円　Ⓘ4-273-02708-9

物語　　　　　　　　　　　近世

◇好色一代男　翻刻　〔井原西鶴著〕，浅野晃編　おうふう　1996.1　300p　26cm　（西鶴選集）　3800円　ⓃI4-273-02678-3

◇好色一代男　影印　〔井原西鶴著〕，浅野晃編　おうふう　1996.1　383p　26cm　（西鶴選集）　4000円　ⓃI4-273-02707-0

◇懐硯　翻刻　〔井原西鶴著〕，箕輪吉次編　おうふう　1995.11　206p　26cm　（西鶴選集）　2800円　ⓃI4-273-02676-7

◇懐硯　影印　〔井原西鶴著〕，箕輪吉次編　おうふう　1995.11　236p　26cm　（西鶴選集）　3200円　ⓃI4-273-02705-4

◇西鶴俗つれづれ　翻刻　〔井原西鶴著〕，花田富二夫編　おうふう　1995.9　167p　26cm　（西鶴選集）　2800円　ⓃI4-273-02674-0

◇西鶴俗つれづれ　影印　〔井原西鶴著〕，花田富二夫編　おうふう　1995.9　176p　26cm　（西鶴選集）　2800円　ⓃI4-273-02703-8

◇西鶴―研究と批評　谷脇理史著　若草書房　1995.5　501p　22cm　（近世文学研究叢書　1）　8800円　ⓃI4-948755-00-1

◇好色五人女　翻刻　〔井原西鶴著〕，水田潤編　おうふう　1995.5　215p　26cm　（西鶴選集）　2800円　ⓃI4-273-02672-4

◇好色五人女　影印　〔井原西鶴著〕，石川了編　おうふう　1995.5　223p　26cm　（西鶴選集）　2800円　ⓃI4-273-02701-1

◇日本永代蔵　翻刻　〔井原西鶴著〕，浮橋康彦編　おうふう　1995.4　258p　26cm　（西鶴選集）　2800円　ⓃI4-273-02671-6

◇日本永代蔵　影印　〔井原西鶴著〕，浮橋康彦編　おうふう　1995.4　277p　26cm　（西鶴選集）　3600円　ⓃI4-273-02700-3

◇近世と西鶴　吉江久弥著　第2版　仏教大学通信教育部　1995.3　326p　21cm　非売品

◇西鶴への招待　暉峻康隆〔ほか〕著　岩波書店　1995.3　340p　20cm　（岩波セミナーブックス　49）　2200円　ⓃI4-00-004219-X

◇西鶴作品集　吉江久弥編　第2版　仏教大学通信教育部　1995.3　256p　21cm　非売品

◇武道伝来記　翻刻　〔井原西鶴著〕，西島孜哉編　おうふう　1995.1　307p　26cm　（西鶴選集）　3600円　ⓃI4-273-02675-9

◇武道伝来記　影印　〔井原西鶴著〕，西島孜哉編　おうふう　1995.1　394p　26cm　（西鶴選集）　3800円　ⓃI4-273-02704-6

◇好色一代男　〔井原西鶴著〕　汲古書院　1994.12　357p　27cm　（国文学研究資料館影印叢書　第1巻）　6310円　ⓃI4-7629-3365-1

◇平成・西鶴ばなし―元禄マルチタレントのなぞ　読売新聞大阪本社文化部編著　フォーラム・A企画　1994.8　93p　21cm　951円　ⓃI4-938701-80-4

◇西鶴―人間喜劇の文学　荒川有史著　こうち書房　1994.5　437p　21cm　2427円　ⓃI4-87647-248-3

◇万の文反古　井原西鶴〔著〕，西島孜哉編　和泉書院　1994.5　207p　21cm　（西鶴影印叢刊）　1500円　ⓃI4-87088-661-8

◇武家義理物語　翻刻　〔井原西鶴著〕，太刀川清編　おうふう　1994.4　174p　26cm　（西鶴選集）　2400円　ⓃI4-273-02673-2

◇武家義理物語　影印　〔井原西鶴著〕，太刀川清編　おうふう　1994.4　257p　26cm　（西鶴選集）　3200円　ⓃI4-273-02702-X

◇西鶴研究資料集成　第5巻～第8巻　クレス出版　1994.2　4冊　22cm　64000円　ⓃI4-906330-88-6

◇万の文反古　翻刻　〔井原西鶴著〕，岡本勝編　おうふう　1994.2　146p　26cm　（西鶴選集）　2400円　ⓃI4-273-02670-8

◇万の文反古　影印　〔井原西鶴著〕，岡本勝編　おうふう　1994.2　220p　26cm　（西鶴選集）　2800円　ⓃI4-273-02699-6

◇西鶴研究資料集成　第1巻　クレス出版　1993.12　530p　22cm　ⓃI4-906330-87-8

◇西鶴文学地図　大谷晃一著　編集工房ノア　1993.12　275p　20cm　2000円

◇世間胸算用　翻刻　〔井原西鶴著〕，桧谷昭彦編　おうふう　1993.10　177p　26cm　（西鶴選集）　2400円　ⓃI4-273-02668-6

◇世間胸算用　影印　〔井原西鶴著〕，桧谷昭彦編　おうふう　1993.10　236p　26cm　（西鶴選集）　3200円　ⓃI4-273-02697-X

◇対訳西鶴全集―決定版　16　西鶴俗つれづれ・西鶴名残の友　井原西鶴〔著〕，麻生磯次，富士昭雄訳注　明治書院　1993.7　256,15p　22cm　3400円　ⓃI4-625-51154-2

◇西鶴を学ぶ人のために　谷脇理史, 西島孜哉編　(京都)世界思想社　1993.6　346p 19cm　1950円　Ⓘ4-7907-0459-9
◇対訳西鶴全集―決定版 15　西鶴置土産・万の文反古　井原西鶴〔著〕, 麻生磯次, 富士昭雄訳注　明治書院　1993.6　293,15p　22cm　3600円　Ⓘ4-625-51153-4
◇西鶴必携　谷脇理史編　学燈社　1993.5　212p 21cm　1750円　Ⓘ4-312-00536-2
◇対訳西鶴全集―決定版 14　西鶴織留　井原西鶴〔著〕, 麻生磯次, 富士昭雄訳注　明治書院　1993.5　221,22p　22cm　3400円　Ⓘ4-625-51152-6
◇森銑三著作集　続編　第4巻　人物篇　森銑三著　中央公論社　1993.4　476p 21cm　6000円　Ⓘ4-12-403077-0
◇対訳西鶴全集―決定版 13　世間胸算用　井原西鶴〔著〕, 麻生磯次, 富士昭雄訳注　明治書院　1993.4　166,10p　22cm　3400円　Ⓘ4-625-51151-8
◇対訳西鶴全集―決定版 12　日本永代蔵　井原西鶴〔著〕, 麻生磯次, 富士昭雄訳注　明治書院　1993.3　221,13p　22cm　3400円　Ⓘ4-625-51150-X
◇対訳西鶴全集―決定版 11　本朝桜陰比事　井原西鶴〔著〕, 麻生磯次, 富士昭雄訳注　明治書院　1993.2　201,12p　22cm　3400円　Ⓘ4-625-51149-6
◇西鶴人情橘　吉村正一郎著　講談社　1993.1　321p 20cm　1359円　Ⓘ4-06-206187-2
◇対訳西鶴全集―決定版 10　本朝二十不孝　井原西鶴〔著〕, 麻生磯次, 富士昭雄訳注　明治書院　1993.1　159,11p　22cm　3400円　Ⓘ4-625-51148-8

上田 秋成
うえだ あきなり

享保19(1734).6.25〜文化6(1809).6.27
　国学者、浮世草子・読本作家、歌人。大阪の商家の養子として育ったが、幼い頃天然痘にかかり指に障害を持った。加藤宇万伎に国学を学び、文学研究に入る。国学者としては万葉集をはじめとした国学研究に功績がある。また、中国の古い小説などにヒントを得て書かれた代表作『雨月物語』など多数の著書を残し、その後の読本作家に大きな影響を与えた。作家としては雄勁な文章と精細ある描写で傑作が多く、歌人としては平明で清新・個性的という特色を持ち、万葉・古今の中間に位置した。

『雨月物語』: 安永5(1776)年。読本。中国の口語体小説白話を翻案した「菊花の約」「浅茅が宿」「吉備津の釜」などの9話を収める。幻想的な作品が多く、怪異小説の傑作とされる。

＊　　＊　　＊

◇定本 佐藤春夫全集　第21巻　評論・随筆 3　佐藤春夫著　臨川書店　1999.5　446p 21cm　8800円　Ⓘ4-653-03331-5
◇上田秋成の研究　中村博保著　ぺりかん社　1999.4　513p 22cm　8800円　Ⓘ4-8315-0874-8
◇冬の火花―上田秋成とその妻　童門冬二〔著〕　講談社　1998.12　286p 15cm　(講談社文庫　と21-9)　524円　Ⓘ4-06-263885-1
◇雨月物語　上田秋成〔著〕, 高田衛, 稲田篤信校注　筑摩書房　1997.10　508p 15cm　(ちくま学芸文庫)　1400円　Ⓘ4-480-08377-4
◇雨月物語―国立国会図書館蔵　上田秋成著　5版　勉誠社　1997.4　197p 21cm　1800円　Ⓘ4-585-00005-4
◇上田秋成の古典感覚　森山重雄著　三一書房　1996.2　267p 22cm　5500円　Ⓘ4-380-96216-4
◇近世文芸研究叢書　第1期文学篇 15(作家1)　文壇の三偉人　近世文芸研究叢書刊行会編　栗嶋山之助著　クレス出版　1995.11　116,402,144p　22cm
◇上田秋成全集　第12巻　歌文篇 3　中村幸彦〔ほか〕編　中央公論社　1995.9　542p 23cm　11000円　Ⓘ4-12-402952-7
◇秋成論　木越治著　ぺりかん社　1995.5　477p 22cm　6200円　Ⓘ4-8315-0672-9
◇上田秋成全集　第11巻　歌文篇 2　中村幸彦〔ほか〕編　中央公論社　1994.2　503p 23cm　9800円　Ⓘ4-12-402951-9
◇上田秋成　森田喜郎著　紀伊国屋書店　1994.1　226p 20cm　(精選復刻紀伊国屋新書)　1800円　Ⓘ4-314-00639-0

◇上田秋成全集 第8巻 小説篇 2 中村幸彦〔ほか〕編 中央公論社 1993.8 538p 23cm 9800円 ⓘ4-12-402948-9
◇上田秋成研究―そのテンカン症とデーモン 大場俊助著 島津書房 1993.6 328p 21cm 7800円 ⓘ4-88218-047-2
◇江戸人の生と死 立川昭二著 筑摩書房 1993.3 281p 15cm （ちくま学芸文庫） 850円 ⓘ4-480-08048-1
◇上田秋成全集 第4巻 万葉集研究篇 3 中村幸彦〔ほか〕編 中央公論社 1993.2 506p 23cm 9200円 ⓘ4-12-402944-6

恋川 春町
こいかわ はるまち

延享元(1744)～寛政元(1789).7.7
黄表紙・洒落本作者。駿河・小島藩の武士。狂歌師、浮世絵師としても活躍し、洒落と風刺をおりまぜた読み物の絵と文両方をかいて人気作家となった。黄表紙本と呼ばれたそれらは、当時の風俗や世相を描写し、洒落や滑稽を交え、洒落本の要素を取り入れながら成人向きの文学として成功したが、寛政の改革で風紀を乱し政策を批判するものとして処罰され出版禁止となった。代表作に『金々先生栄華夢』がある。

* * *

◇戯作者銘々伝 井上ひさし著 筑摩書房 1999.5 270p 15cm （ちくま文庫） 640円 ⓘ4-480-03477-3

山東 京伝
さんとう きょうでん

宝暦11(1761).8.15～文化13(1816).9.7
戯作者、浮世絵師。江戸の人。15歳頃から浮世絵師に入門。黄表紙『開帳利益札遊合』の挿絵でデビューし、天明2(1782)年『御存商売物』の頃から人気作家となり、『江戸生艶気樺焼』は大ヒットとなった。寛政3(1791)年、洒落本『娼妓絹籭』『錦之裏』『仕懸文庫』を出した後、風紀を乱すとされ、手鎖50日の刑を受け、その後読本作家に転向した。他の著書に『娘敵討古郷錦』『米饅頭始』『令子洞房』『黒白水鏡』『心学

早染艸』『昔話稲妻表紙』などがあり、弟子に滝沢馬琴がいる。また、稿料をもらって書いた職業作家のはじめといわれる。

『江戸生艶気蒲焼』：天明5(1785)年。黄表紙。うぬぼれの強い醜い主人公が浮き名を広めて世間にもてはやされようと愚行を重ね、最後に目がさめるという話を滑稽に描く。

* * *

◇山東京伝全集 第3巻 黄表紙 3 山東京伝〔著〕、山東京伝全集編集委員会編 ぺりかん社 2001.3 601p 22cm 14000円 ⓘ4-8315-0955-8
◇訓蒙図彙集成 第18巻 増訓画引和玉図彙 新造図彙 奇妙図彙 朝倉治彦監修 〔中村甚之丞〕〔編〕 〔山東京伝〕〔著〕 〔山東京伝〕〔作〕 大空社 2000.3 354p 22cm ⓘ4-7568-0518-3
◇山東京伝全集 第7巻 合巻 2 山東京伝〔著〕、山東京伝全集編集委員会編 ぺりかん社 1999.12 483p 22cm 13000円 ⓘ4-8315-0924-8
◇花東頼朝公御入 〔山東京伝〕〔作〕，鈴木俊幸解説・注釈 平木浮世絵財団 1999.10 10,10丁 18cm
◇戯作者銘々伝 井上ひさし著 筑摩書房 1999.5 270p 15cm （ちくま文庫） 640円 ⓘ4-480-03477-3
◇反骨者大田南畝と山東京伝 小池正胤著 教育出版 1998.10 202p 19cm （江戸東京ライブラリー 2） 1500円 ⓘ4-316-35710-7
◇忠臣水滸伝 山東京伝〔著〕，大高洋司編 和泉書院 1998.10 460p 22cm （読本善本叢刊） 13000円 ⓘ4-87088-928-5
◇山東京伝全集 第16巻 読本 2 山東京伝全集編集委員会編 ぺりかん社 1997.4 715p 22cm 14000円+税 ⓘ4-8315-0734-2
◇京伝考証学と読本の研究 井上啓治著 新典社 1997.2 510p 22cm （新典社研究叢書 104） 15400円 ⓘ4-7879-4104-6
◇岩波講座 日本文学史 第10巻 19世紀の文学 岩波書店 1996.4 348p 21cm 2913円 ⓘ4-00-010680-5
◇山東京伝全集 第6巻 合巻 1 山東京伝全集編集委員会編 ぺりかん社 1995.10 476p 22cm 13000円 ⓘ4-8315-0689-3

◇寛政の出版界と山東京伝―200年前が面白い！ 特別展 たばこと塩の博物館編 たばこと塩の博物館 1995.3 196p 30cm ⓘ4-924989-02-9

◇山東京伝全集 第15巻 読本 1 山東京伝全集編集委員会編 ぺりかん社 1994.1 590p 22cm 13000円 ⓘ4-8315-0623-0

◇山東京伝全集 第2巻 黄表紙 山東京伝全集編集委員会編 ぺりかん社 1993.5 529p 22cm 13000円 ⓘ4-8315-0592-7

式亭 三馬
しきてい さんば

安永5(1776)～文政5(1822).閏1.6
戯作者。江戸生まれの商人。19歳の時黄表紙『天道浮世出星操』を発表、以来洒落本『辰巳婦言』をはじめ多くの創作を著し、『雷太郎強悪物語』は最初の合巻本といわれている。文化6(1809)年の『浮世風呂』、10(1813)年の『浮世床』に代表される滑稽本の分野で最も成功し、十返舎一九とともに滑稽本の二大作家と称される。鋭い観察と筆致を備え、近世後半の小説家で最も注目すべき存在とされる。

『浮世風呂』：文化6(1809)～10(1813)年。滑稽本。当時の庶民の社交場であった銭湯での男女の会話を、階層や職業、出身地などに従い忠実に描写することで滑稽感を狙った作品。

 ＊　　　＊　　　＊

◇訓蒙図彙集成 第22巻 戯場訓蒙図彙 花鳥写真図彙 朝倉治彦監修 〔式亭三馬〕〔作〕，〔勝川春英〕〔ほか画〕 〔北尾重政〕〔画〕 大空社 2000.3 324p 22cm ⓘ4-7568-0518-3

◇戯作者銘々伝 井上ひさし著 筑摩書房 1999.5 270p 15cm（ちくま文庫）640円 ⓘ4-480-03477-3

◇江戸の笑う家庭学 高橋幹夫著 芙蓉書房出版 1998.12 224p 19cm 2200円 ⓘ4-8295-0220-7

◇式亭三馬―江戸の戯作者 ぺりかん社 1994.11 307,15p 20cm 3200円 ⓘ4-8315-0657-5

◇小野譃譃字尽 式亭三馬作 太平書屋 1993.7 205p 21cm（太平文庫 23）5000円

十返舎 一九
じっぺんしゃ いっく

明和2(1765)～天保2(1831).8.7
戯作者。はじめ江戸で武家に仕えたが、大阪に移った後、近松余七の名で浄瑠璃を書き文筆生活に入る。寛政5(1793)年、江戸に戻り処女の黄表紙『心学時計草』、洒落本などを書く。享和2(1802)年、『東海道中膝栗毛』によって滑稽本の人気作家となり、次々に続編を刊行。他の著書に『江之島土産』などがあり、洒落本に代わる滑稽本の地位を確立した。式亭三馬とともに滑稽本の二大作家と称され、原稿料のみで生計を立てた最初の人といわれている。

『東海道中膝栗毛』：享和2(1802)年。滑稽本。江戸っ子の弥次郎兵衛と北八が各地の名所旧跡を見物しながら伊勢参宮、大和めぐりの旅をする道中の失敗談などをおもしろおかしく記した。

 ＊　　　＊　　　＊

◇風声夜話翁丸物語 連理隻袖 名勇発功談 十返舎一九〔著〕，中山尚夫編 十返舎一九〔著〕，中山尚夫編 十返舎一九〔著〕，中山尚夫編 古典文庫 1999.12 467p 17cm（古典文庫） 非売品

◇十返舎一九―笑いの戯作者 棚橋正博著 新典社 1999.10 270p 19cm（日本の作家 35）2200円 ⓘ4-7879-7035-6

◇方言修行金草鞋 別巻 〔十返舎一九〕〔原著〕，今井金吾監修 大空社 1999.10 1冊 22cm ⓘ4-7568-0421-7

◇復讐奇語天橋立 十返舎一九〔著〕，中山尚夫編 古典文庫 1998.12 434p 17cm（古典文庫） 非売品

◇十返舎一九集 十返舎一九〔著〕，棚橋正博校訂 国書刊行会 1997.9 437p 20cm（叢書江戸文庫 43）5400円 ⓘ4-336-03543-1

◇浮世絵春画好色東海道中膝栗毛 十返舎一九文，歌川国芳絵 三心堂出版社 1996.11 93p 21cm 1262円 ⓘ4-88342-086-8

◇近世美談小嶌に寄る仇の白浪―小嶋良友蔵　三代十返舎一九編輯、萩原義雄編　勉誠社　1996.5　370p　22cm　20000円
①4-585-03041-7

◇十返舎一九・越後紀行集　十返舎一九〔著〕、下西善三郎編　郷土出版社　1996.3　3冊　26cm　10680円　①4-87663-321-5

◇続膝栗毛―古文調現代訳　第3部　木曽街道2（大湫～贄川）・善光寺道中　十返舎一九作、平野日出雄訳　十返舎一九の会　1995.8　292p　21cm　1800円　①4-88316-007-6

◇信濃紀行集　十返舎一九〔著〕　郷土出版社　1995.5　3冊　26cm　10680円　①4-87663-283-9

◇東海道中膝栗毛―古文調現代訳　第3部　京都～大坂見物　十返舎一九作、平野日出雄訳　十返舎一九の会　1995.2　291p　21cm　1800円　①4-88316-005-X

◇東海道中膝栗毛―古文調現代訳　第2部　新居～山田　十返舎一九作、平野日出雄訳　十返舎一九の会　1995.1　265p　21cm　1500円　①4-88316-004-1

◇東海道中膝栗毛―古文調現代訳　第1部　品川～新居　十返舎一九作、平野日出雄訳　十返舎一九の会　1994.12　257p　21cm　1500円　①4-88316-003-3

◇続膝栗毛―古文調現代訳　第2部　木曽街道1（追分～大湫）　十返舎一九作、平野日出雄訳　十返舎一九の会　1994.6　280p　21cm　1500円　①4-88316-006-8

◇奥州道中之記・奇談双葉草・浪速烏梅侠夫湊花　十返舎一九〔著〕、中山尚夫編　古典文庫　1994.4　426p　17cm（古典文庫　第569冊）　非売品

◇金のわらじ―13編　十返舎一九作、歌川国丸画　下諏訪町教育委員会　1994.2　1冊　26cm

滝沢　馬琴
たきざわ　ばきん

明和4（1767）.6.9～嘉永元（1848）.11.6
戯作者。本名は滝沢興邦、曲亭馬琴ともいう。旗本の用人の子として生まれる。蔦屋などに寄宿して黄表紙作家として出発したが、京都・大阪を旅してのち、読本作家として開花した。天保の改革による弾圧や失明という逆境にあったが小説理論・稗史七法則に基づいて執筆を続けた。代表作『南総里見八犬伝』は完結まで8年を要した超大作。執筆過程や交友関係を詳細に記した日記でも知られる。

＊　　＊　　＊

◇戯作者滝沢馬琴　天保謎解き帳　永井義男著　祥伝社　2001.12　211p　19cm　1,600円
①4-396-63202-9

◇後の為乃記　滝沢馬琴稿、木村三四吾編校　木村三四吾；八木書店〔発売〕　2001.6　322p　21cm　7,500　①4-8406-9627-6

◇俳諧歳時記栞草　下　堀切実校注、曲亭馬琴編　増補　藍亭青藍補　岩波書店　2000.10　599p　15cm（岩波文庫　30-225-6）1000円
①4-00-302256-4

◇馬琴中編読本集成　第11巻　松染情史秋七草　常夏草紙　〔曲亭〕馬琴〔著〕、鈴木重三、徳田武編　汲古書院　2000.9　655p　22cm　15000円　①4-7629-3356-2

◇増補俳諧歳時記栞草　上　曲亭馬琴編、藍亭青藍補、堀切実校注　岩波書店　2000.8　563p　15cm（岩波文庫）940円　①4-00-302255-6

◇新編日本古典文学全集　84　近世説美少年録　2　〔滝沢馬琴〕〔著〕、徳田武校注・訳　小学館　2000.7　622p　23cm　4657円
①4-09-658084-8

◇随筆滝沢馬琴　真山青果著　岩波書店　2000.6　256p　15cm（岩波文庫）600円
①4-00-311014-5

◇訓蒙図彙集成　第20巻　歳旦訓蒙図彙　暗夜訓蒙図彙　外科訓蒙図彙　陰兼陽珍紋図彙　朝倉治彦監修〔西笊〕〔編〕〔百草舎芝立〕〔編〕、〔東籬〕ほか画　〔伊良子光顕〕〔編〕〔曲亭馬琴〕〔作〕、〔歌川豊広〕〔画〕　大空社　2000.3　266p　22cm　①4-7568-0518-3

◇馬琴中編読本集成　第10巻　松浦佐用媛石魂録　〔曲亭〕馬琴〔著〕、鈴木重三、徳田武編　汲古書院　1999.10　584p　22cm　15000円
①4-7629-3355-4

◇新編日本古典文学全集　83　近世説美少年録　1　〔滝沢馬琴〕〔著〕、徳田武校注・訳　小学館　1999.7　525p　23cm　4267円
①4-09-658083-X

◇馬琴中編読本集成 第9巻　頼豪阿闍梨怪鼠伝　〔曲亭〕馬琴〔著〕, 鈴木重三, 徳田武編　汲古書院　1999.2　505p　22cm　15000円
①4-7629-3354-6

◇馬琴中編読本集成 第7巻　〔曲亭〕馬琴〔著〕, 鈴木重三, 徳田武編　汲古書院　1997.8　706p　22cm　15000円　①4-7629-3352-X

◇夢想兵衛胡蝶物語　曲亭馬琴〔作〕, 歌川豊広〔画〕, 服部仁編　和泉書院　1997.3　548p　22cm　（読本善本叢刊）　15450円
①4-87088-853-X

◇馬琴中編読本集成 第4巻　勧善常世物語　曲亭馬琴〔著〕, 鈴木重三編, 徳田武編　汲古書院　1996.6　520p　22cm　15000円
①4-7629-3349-X

◇椿説弓張月 前編　曲亭馬琴〔著〕, 葛飾北斎画, 板坂則子編　笠間書院　1996.1　152p　19×26cm　1748円　①4-305-00202-7

◇馬琴中編読本集成 第3巻　四天王剿盗異録　曲亭馬琴〔著〕, 鈴木重三, 徳田武編　汲古書院　1996.1　442p　22cm　15450円
①4-7629-3348-1

◇南総里見八犬伝稿本 4　〔曲亭馬琴著〕, 柴田光彦編　早稲田大学出版部　1995.12　424p　22cm　（早稲田大学蔵資料影印叢書）　18000円　①4-657-95004-5

◇馬琴中編読本集成 第2巻　稚枝鳩・三国一夜物語　曲亭馬琴〔著〕, 鈴木重三, 徳田武編　汲古書院　1995.9　512p　22cm　15450円
①4-7629-3347-3

◇馬琴中編読本集成 第1巻　月氷奇縁・石言遺響　曲亭馬琴〔著〕, 鈴木重三, 徳田武編　汲古書院　1995.4　491p　22cm　15450円
①4-7629-3346-5

◇南総里見八犬伝稿本 3　〔曲亭馬琴著〕, 柴田光彦編　早稲田大学出版部　1995.3　670p　22cm　（早稲田大学蔵資料影印叢書）　18000円　①4-657-95301-X

◇馬琴草双紙　滝沢馬琴〔著〕, 板坂則子校訂　国書刊行会　1994.9　480p　20cm　（叢書江戸文庫　33）　5631円　①4-336-03533-4

◇南総里見八犬伝稿本 2　〔曲亭馬琴著〕, 柴田光彦編　早稲田大学出版部　1994.6　626p　22cm　（早稲田大学蔵資料影印叢書）　18000円　①4-657-94602-1

◇早稲田大学蔵資料影印叢書 国書篇 第42巻　南総里見八犬伝稿本 1　〔滝沢馬琴著〕, 柴田光彦編集　早稲田大学出版部　1993.9　672p　22cm　17476円　①4-657-93903-3

為永 春水
ためなが しゅんすい

寛政2(1790)～天保14(1843).12.22
　読本作家。式亭三馬の門人で、『明烏後正夢』を出して春水と名乗り、『春色梅児誉美』などを発表し好評を得た。従来の洒落本から脱し、町人の日常生活を取材して対話を浮き出させた。退廃的な作風だったため、天保の改革に際して手鎖の刑に処せられ、作品は絶版となった。"東都人情本の元祖"と名乗った。
　『春色梅児誉美』：天保3(1832)～4(1833)年。人情本。江戸の町人男女の恋愛模様と人情風景を描く。恋のもつれと下町情緒を俗語を駆使して写実的に描き人気を博した。

＊　　　＊　　　＊

◇田家奇遇春雨日記　為永春水〔著〕, 山本誠編　古典文庫　1999.1　350p　17cm　（古典文庫）　非売品

◇春水人情本と近代小説　丸山茂著　新典社　1994.9　238p　22cm　（新典社研究叢書　73）　7500円　①4-7879-4073-2

短歌・狂歌

石川 雅望
いしかわ まさもち

宝暦3(1753).12.14～文政13(1830).閏3.24
　狂歌師、国学者。浮世絵師の子として生まれ、大田南畝から狂歌を学ぶ。日本橋小伝馬町で旅宿を営んでいたので、狂名は宿屋飯盛（やどやのめしもり）と名乗った。大田南畝と共に化政文化の狂歌を代表する存在。また、和漢の書に通じた博覧強記として知られた。寛政の改革の影響で、一時江戸所払いとなる。狂歌集の序など狂文88編を収録した著書『狂文あづまなまり』がある。

＊　　　＊　　　＊

短歌・狂歌　　　　　近　世

◇近江県物語　石川雅望〔作〕, 稲田篤信編
和泉書院　1994.11　325p　22cm　（読本善本
叢刊）　10300円　ⓓ4-87088-681-2

◇石川雅望集　稲田篤信校訂　国書刊行会
1993.10　442p　20cm　（叢書江戸文庫　28）
5300円　ⓓ4-336-03528-8

大田 南畝
おおた　なんぽ

寛延2(1749).3.3～文政6(1823).4.6
　狂歌師、狂詩作者。蜀山人（しょくさんじん）ほか多くの号がある。幕臣として勤務する傍ら、明和4(1767)年『寝惚先生文集』で文壇に現れ、天明狂歌の興隆と共に実力を発揮し、滑稽文学の担い手として活躍した。著書に『千紫万紅』『四方のあか』『蜀山百首』『万載狂歌集』『虚言八百万八伝』などがある。唐衣橘洲、朱楽菅江らとともに天明狂歌三大家と呼ばれる。

　　　　　＊　　　＊　　　＊

◇大田南畝全集　第16巻　随筆　大田南畝著,
浜田義一郎編　岩波書店　2001.2　714p
19cm　8200円　ⓓ4-00-091056-6

◇大田南畝全集　第15巻　随筆一話一言　巻四十
二-巻五十六　大田南畝著　岩波書店　2001.1
622p　19cm　7200円　ⓓ4-00-091055-8

◇大田南畝全集　第14巻　随筆(5)　大田南畝
著, 浜田義一郎編　岩波書店　2000.12　606p
19cm　7000円　ⓓ4-00-091054-X

◇大田南畝全集〈第11巻〉随筆 11　随筆　大
田南畝著, 浜田義一郎編　岩波書店　2000.9
748p　19cm　8600円　ⓓ4-00-091051-5

◇大田南畝全集　第10巻　随筆　大田南畝著
岩波書店　2000.8　616p　19cm　7000円
ⓓ4-00-091050-7

◇大田南畝全集　第9巻　日記・紀行・書留　大田
南畝著, 浜田義一郎ほか編　岩波書店　2000.7
681p　19cm　7500円　ⓓ4-00-091049-3

◇大田南畝全集　第5巻　漢詩文南畝集十六
-二十　大田南畝著, 浜田義一郎ほか編
岩波書店　2000.3　581p　19cm　6700円
ⓓ4-00-091045-0

◇大田南畝全集　別巻　大田南畝〔著〕, 浜田
義一郎〔ほか〕編　岩波書店　2000.2　700p
20cm　11000円　ⓓ4-00-091070-1

◇反骨者大田南畝と山東京伝　小池正胤著
教育出版　1998.10　202p　19cm　（江戸東京
ライブラリー　2）　1500円　ⓓ4-316-35710-7

◇蜀山人狂歌ばなし―江戸のギャグパロディーの発信源　春風亭栄枝著　三一書房　1997.5
210p　20cm　1800円＋税　ⓓ4-380-97235-6

◇日本随筆大成　別巻　第5巻　　一話一言
5　巻33～巻39　日本随筆大成編輯部編
大田南畝〔著〕　新装版　吉川弘文館　1996.8
366p　20cm　2800円　ⓓ4-642-09076-2

◇日本随筆大成　別巻　第6巻　　一話一言
6　巻40～巻48・補遺　日本随筆大成編輯部編
大田南畝〔著〕　新装版　吉川弘文館　1996.8
566p　20cm　2800円　ⓓ4-642-09077-0

◇日本随筆大成　別巻　第3巻　　一話一言
3　巻17～巻24　日本随筆大成編輯部編
大田南畝〔著〕　新装版　吉川弘文館　1996.7
382p　20cm　2800円　ⓓ4-642-09074-6

◇日本随筆大成　別巻　第4巻　　一話一言
4　巻25～巻32　日本随筆大成編輯部編
大田南畝〔著〕　新装版　吉川弘文館　1996.7
396p　20cm　2800円　ⓓ4-642-09075-4

◇日本随筆大成　別巻　第1巻　　一話一言
1　巻1～巻8　日本随筆大成編輯部編　大田南畝
〔著〕　新装版　吉川弘文館　1996.6　367p
20cm　2800円　ⓓ4-642-09072-X

◇日本随筆大成　別巻　第2巻　　一話一言
2　巻9～巻16　日本随筆大成編輯部編
大田南畝〔著〕　新装版　吉川弘文館　1996.6
385p　20cm　2800円　ⓓ4-642-09073-8

◇蜀山人の研究　玉林晴朗著　東京堂出版
1996.4　864p　22cm　15450円　ⓓ4-490-
20292-X

◇沼と河の間で―小説大田蜀山人　童門冬
二著　毎日新聞社　1995.4　300p　20cm
1456円　ⓓ4-620-10527-9

◇竹橋蟲箱・竹橋余筆　大田覃編, 村上直校訂
文献出版　1995.4　457,7p　19cm　9270円
ⓓ4-8305-1171-0

◇日本随筆大成　第2期　第14巻　　足薪翁記
日本随筆大成編輯部編　柳亭種彦〔著〕　吉
川弘文館　1994.12　386p　20cm　2800円
ⓓ4-642-09037-1

◇新日本古典文学大系 84　寝惚先生文集・狂
歌才蔵集・四方のあか　佐竹昭広〔ほか〕編

大田南畝〔著〕，中野三敏〔ほか〕校注　岩波書店　1993.7　570p　22cm　4000円
①4-00-240084-0

香川　景樹
かがわ　かげき

明和5(1768).5.25～天保14(1843).4.26
歌人。『古今集』の歌風を理想とし、自然な歌を目標とした。万葉の古調にも伝統的な歌学にもとらわれない歌を詠んだため、初めは激しく非難されたが、彼の率いる一派は桂園派と呼ばれ、上方を中心に晩年には門弟1000名を数えるほどに成長した。歌学の著述にも力を注ぎ、『百人一首』や『古今集』の講義を行い、賀茂真淵の『新学』に反論した『新学異見』を発表した。他の著書に『土左日記異見』『古今和歌集正義』、家集に『桂園一枝』『桂園一枝拾遺』があり、死後、生前の教えを弟子がまとめた『歌学提要』が刊行された。

＊　　　＊　　　＊

◇百首異見　百首要解　〔香川景樹〕〔著〕，大坪利絹編　〔岡本保孝〕〔著〕，大坪利絹編　和泉書院　1999.10　294p　22cm　（百人一首注釈書叢刊　19）　9000円　①4-7576-0004-6
◇香川景樹研究―新出資料とその考察　田中仁著　和泉書院　1997.3　262p　21cm　（研究叢書）　10000円　①4-87088-856-4
◇中空の日記　香川景樹〔著〕，三島市郷土館編　三島市教育委員会　1996.2　54p　26cm
◇契冲阿闍梨　大町桂月著　クレス出版　1995.11　1冊　22cm　（近世文芸研究叢書　19）　①4-87733-002-X

後水尾天皇
ごみずのおてんのう

慶長元(1596).6.29～延宝8(1680).9.12
第108代天皇。後陽成天皇の第3皇子。徳川秀忠の娘和子を中宮とする。朝廷に干渉し無力化を図る幕府に反発して退位し、以後4代51年にわたり院政をしいた。詩歌に優れ、『後水尾院御集』があり、二十一代集以降の諸歌集から12000首あまりを類題に排列した『類題和歌集』、後土御門天皇以後の歌人の歌を集めた『千首和歌集』などを編纂した。立花・茶の湯・書道・古典研究にも秀で、『玉露藻』『当時年中行事』『和歌作法』などを著し寛永文化を牽引、朝廷の風儀の建て直しに務めた。洛北に修学院離宮を造営したことでも名高い。

＊　　　＊　　　＊

◇後水尾天皇百人一首抄　島津忠夫，田中隆裕編　（大阪）和泉書院　1994.10　286p　21cm　（百人一首注釈書叢刊　6）　9270円　①4-87088-672-3
◇和歌文学講座　8　近世の和歌　島津忠夫編　勉誠社　1994.1　357p　19cm　4800円　①4-585-02029-2
◇後水尾天皇　熊倉功夫著　岩波書店　1994.1　313p　16cm　（同時代ライブラリー　170）　1050円　①4-00-260170-6
◇花と火の帝　上　隆慶一郎著　講談社　1993.9　428p　15cm　（講談社文庫）　600円　①4-06-185495-X
◇花と火の帝　下　隆慶一郎著　講談社　1993.9　426p　15cm　（講談社文庫）　600円　①4-06-185496-8

良　寛
りょうかん

宝暦8(1758)～天保2(1831).2.18
僧侶、歌人。曹洞宗の禅僧であり、仏教修行ののち越後の農村の草庵に住んで托鉢を続け、禅の「無」に徹した生活を送った。終生派閥に属さず、庶民の生活や自然を詠んだ万葉調で淡々とした歌を詠んだ。歌集に『布留散東（ふるさと）』『はちすの露』などがある。穏和な人柄で童心を失わず、村の子どもたちと鞠つきをして遊んだなど、多くの逸話を残して庶民に親しまれた。漢詩・書にもすぐれた。

＊　　　＊　　　＊

◇良寛の俳句―良寛のウィット　良寛〔著〕，小林新一写真と文，村山砂田男俳句解説　考古堂書店　2000.7　150p　19cm　1500円　①4-87499-964-6

短歌・狂歌　　　　　　　　近世

◇校注良寛全句集　良寛〔作〕, 谷川敏朗著　春秋社　2000.2　280,4p　20cm　2300円　①4-393-43412-9

◇名僧列伝 2　良寛・盤珪・鈴木正三・白隠　紀野一義著　講談社　1999.12　311p　15cm　(講談社学術文庫)　920円　①4-06-159391-9

◇新人物日本史・光芒の生涯 下　畑山博著　学陽書房　1999.10　364p　15cm (人物文庫)　700円　①4-313-75091-6

◇良寛の名詩選　良寛〔著〕, 谷川敏朗選・解説, 小林新一写真　考古堂書店　1999.8　167p　19cm　1500円　①4-87499-563-2

◇良寛さまを旅する　紀野一義著　清流出版　1999.7　222p　21cm　1900円　①4-916028-57-0

◇わたしの良寛　榊莫山著　毎日新聞社　1999.7　85p　27cm　3000円　①4-620-60533-6

◇ふりむけば良寛　小島寅雄著　春秋社　1998.12　235p　19cm　2000円　①4-393-44142-7

◇良寛をめぐる医師たち─良寛医談　藤井正宣著　新装版　考古堂書店　1998.10　243p　21cm　2500円　①4-87499-554-3

◇良寛伝記考説　髙橋庄次著　春秋社　1998.9　696p　22cm　13000円　①4-393-44130-3

◇良寛さん入門　飯田利行著　邑心文庫　1998.8　268p　20cm　2200円　①4-946486-09-7

◇越後禅宗史の研究　竹内道雄著　高志書院　1998.7　296,73p　21cm　(環日本海歴史民俗学叢書)　8500円　①4-906641-16-4

◇家永三郎集 第11巻　芸術思想史論　家永三郎著　岩波書店　1998.6　335p　21cm　5200円　①4-00-092131-2

◇良寛と聖フランチェスコ─菩薩道と十字架の道仏教とキリスト教の関係について　石上・イアゴルニッツァー・美智子著　考古堂書店　1998.6　239p　19cm　2500円　①4-87499-552-7

◇良寛和尚逸話選　禅文化研究所編　禅文化研究所　1998.5　219p　19cm　1800円　①4-88182-127-X

◇良寛さん─花と空の人間学　中野東禅著　四季社　1998.5　135p　19cm (チッタ叢書)　980円　①4-915894-68-1

◇良寛の逸話　谷川敏朗著　恒文社　1998.5　238p　19cm　1800円　①4-7704-0964-8

◇校注良寛全詩集　良寛〔原著〕, 谷川敏朗著　春秋社　1998.5　526p　20cm　6200円　①4-393-43411-0

◇良寛の名歌百選　良寛〔著〕, 小林新一写真, 谷川敏朗選・解説　考古堂書店　1998.4　186p　19cm　1500円　①4-87499-548-9

◇良寛幻想─良寛をさがす私の心の旅詩画集　良寛歌・詩, 小島寅雄絵・詩・文　求竜堂　1998.1　1冊 (頁付なし)　22cm　1800円　①4-7630-9801-2

◇歌人の風景─良寛・会津八一・吉野秀雄・宮柊二の歌と人　大星光史著　恒文社　1997.12　406p　19cm　2800円　①4-7704-0950-8

◇良寛禅師の悟境と風光　長谷川洋三著　大法輪閣　1997.12　317p　19cm　3500円　①4-8046-1138-X

◇一茶と良寛と芭蕉　相馬御風著　新版　恒文社　1997.11　267p　20cm　2500円　①4-7704-0957-5

◇豊臣秀吉の子孫良寛と桂家　桂尚樹著　新人物往来社　1997.11　169p　20cm

◇良寛遺墨の精粋　良寛〔書〕, 加藤僖一著, サンフォード・ゴールドスティン, 北嶋藤郷英訳　考古堂書店　1997.9　134p　30cm　3800円　①4-87499-541-1

◇風の旅人、良寛　島宏著　致知出版社　1997.9　246p　20cm　1500円　①4-88474-512-4

◇良寛異聞　矢代静一著　河出書房新社　1997.9　345p　15cm (河出文庫)　760円　①4-309-40510-X

◇良寛　山崎昇著　清水書院　1997.8　262p　19cm　(Century books)　700円　①4-389-41149-7

◇良寛考　林光則著　詩画工房　1997.8　108p　22cm　1905円　①4-916041-27-5

◇良寛悟りの道　武田鏡村著　国書刊行会　1997.8　244p　19cm　1800円　①4-336-03985-2

◇良寛　水上勉著　改版　中央公論社　1997.7　439p　16cm　（中公文庫　み10-22）　895円　①4-12-202890-6

◇良寛に会う旅　中野孝次著　春秋社　1997.6　206p　20cm　2000円　①4-393-44129-X

◇いしぶみ良寛 ─ 復刻版　正編　渡辺秀英著　考古堂書店　1997.4　311p　26cm　3500円　①4-87499-121-1

◇いしぶみ良寛　続　渡辺秀英著　復刻版　考古堂書店　1997.4　173p　26cm　2800円　①4-87499-539-X

◇草庵生活と放浪の詩人　大星光史著　木耳社　1997.4　311p　19cm　1800円　①4-8393-9674-4

◇手毬つく良寛　高橋庄次著　春秋社　1997.4　308p　20cm　2800円　①4-393-44128-1

◇『はちすの露』を読む　喜多上著　春秋社　1997.4　261p　20cm　2800円＋税　①4-393-43410-2

◇良寛 ─ 物語と史蹟をたずねて　八尋舜右著　成美堂出版　1997.2　327p　16cm　（成美文庫）　560円　①4-415-06463-9

◇良寛の詩を読む　佐々木隆著　国書刊行会　1997.2　366p　20cm　2884円　①4-336-03887-2

◇良寛詩との対話　飯田利行著　邑心文庫　1997.1　253p　22cm　3689円　①4-946486-03-8

◇良寛伝私抄 ─ 死ぬ時節には死ぬがよく候　蔭木英雄著　考古堂書店　1997.1　351p　19cm　1500円　①4-87499-537-3

◇良寛百選　良寛〔書〕，全国良寛会編　日本経済新聞社　1996.10　159p　37cm　11650円　①4-532-12280-5

◇良寛のこころ　中本環著　KTC中央出版　1996.9　257p　20cm　1942円　①4-924814-81-4

◇隠れん坊 ─ 私の良寛　岡田和義著　武蔵野書房　1996.8　99p　20cm　1500円

◇この世　この生 ─ 西行・良寛・明恵・道元　上田三四二著　新潮社　1996.6　206p　15cm　（新潮文庫）　360円　①4-10-146211-9

◇良寛曼陀羅 ─ 春夏秋冬　吉井和子著　短歌研究社　1996.3　238p　20cm　（サキクサ叢書第57篇）　3000円　①4-88551-224-7

◇校注良寛全歌集　良寛〔原著〕，谷川俊朗著　春秋社　1996.2　460,18p　20cm　5800円　①4-393-43408-0

◇良寛とこれからの書　村上三島著　春秋社　1995.11　228p　22cm　2800円　①4-393-13629-2

◇良寛さんのうた　良寛〔著〕，田中和雄編　童話屋　1995.11　157p　16cm　1250円　①4-924684-84-8

◇良寛さまとお茶を ─ 谷川敏朗の良寛茶話　谷川敏朗著　考古堂書店　1995.8　186p　21cm　1456円　①4-87499-525-X

◇良寛詩と中国の古典　斎藤広作著　考古堂　1995.8　203p　20cm　1457円　①4-87499-519-5

◇良寛さんと呼んでみろ ─ こしの千涯の歩いた道　さいとう忠雄著　考古堂書店　1995.7　180p　21cm　1457円　①4-87499-521-7

◇子ども心の語り部たち　日本テレビ放送網　1995.6　247p　19cm　（知ってるつもり!?　20）　1100円　①4-8203-9433-9

◇良寛の呼ぶ声　中野孝次著　春秋社　1995.6　238p　20cm　1751円　①4-393-44125-7

◇良寛蓮（はちす）の恋　ひろたみを著　木耳社　1995.6　204p　20cm　1748円　①4-8393-9642-6

◇良寛のすべて　武田鏡村編　新人物往来社　1995.5　230p　20cm　2800円　①4-404-02213-1

◇風呂で読む良寛　大星光史著　世界思想社　1995.2　104p　19cm　980円　①4-7907-0534-X

◇良寛禅師奇話 ─ 影印本　解良栄重〔著〕，馬場信彦解説　野島出版　1995.2　30p　24cm　1942円　①4-8221-0146-0

◇手毬　瀬戸内寂聴著　新潮社　1994.12　286p　16cm　（新潮文庫　せ-2-27）　427円　①4-10-114427-3

◇良寛＝魂の美食家　藤井宗哲著　講談社　1994.11　235p　18cm　（講談社現代新書1226）　650円　①4-06-149226-8

◇良寛名品選第1巻　仮名　1　良寛〔書〕，飯島太千雄編・解説・撮影　雄山閣出版　1994.10　1冊　30×11cm

◇良寛名品選 第2巻 仮名 2 良寛〔書〕,飯島太千雄編・解説・撮影 雄山閣出版 1994.10 1冊 30×11cm

◇良寛名品選 第3巻 大字草書 良寛〔書〕,飯島太千雄編・解説・撮影 雄山閣出版 1994.10 1冊 30×11cm

◇良寛名品選 第4巻 草楷小品 良寛〔書〕,飯島太千雄編・解説・撮影 雄山閣出版 1994.10 1冊 30×11cm

◇良寛名品選 第5巻 書状 良寛〔書〕,飯島太千雄編・解説・撮影 雄山閣出版 1994.10 1冊 30×11cm

◇良寛名品選 飯島太千雄編・解説・撮影 雄山閣出版 1994.10 5冊 30cm 全21000円 ⓣ4-639-01256-X

◇良寛―寂寥の人 伊丹末雄著 改訂新版 恒文社 1994.9 328p 19cm 2500円 ⓣ4-7704-0810-2

◇良寛のこころ―自在に生きた大愚の人とその哲学 河野亮著 広済堂出版 1994.9 234p 18cm (広済堂ブックス) 800円 ⓣ4-331-00658-1

◇良寛全集 玉木礼吉編著 牧野出版 1994.8 16,329p 22cm 12000円 ⓣ4-89500-034-6

◇良寛墨蹟大観 第2巻 漢詩篇 2 加藤僖一〔ほか〕編 川口甕亭,飯島太千雄執筆 中央公論美術出版 1994.8 619p 27cm 43000円 ⓣ4-8055-0259-2

◇永遠の人良寛―北川省一遺稿集 北川省一著 (新潟)考古堂 1994.7 236p 21cm 2000円 ⓣ4-87499-509-8

◇良寛―日本人のこころの原点 竹村牧男著 広済堂出版 1994.7 300p 18cm (Refresh life series) 971円 ⓣ4-331-00652-2

◇野に良寛 三上和利著 コスモヒルズ 1994.5 213p 21cm 2200円 ⓣ4-87703-102-2

◇良寛の実像―歴史家からのメッセージ 田中圭一著 ゾーオン社,刀水書房〔発売〕 1994.5 239p 19cm 2472円 ⓣ4-88708-158-8

◇風のこころ―良寛随想 円増治之著 考古堂書店 1994.4 196p 19cm 1500円 ⓣ4-87499-506-3

◇良寛墨蹟大観 第4巻 和歌篇 2 加藤僖一〔ほか〕編 加藤僖一,飯島太千雄執筆 中央公論美術出版 1994.3 631p 27cm 43000円 ⓣ4-8055-0261-4

◇わがこころの良寛 早坂暁,杉本苑子,栗田勇,村上三島著 春秋社 1994.2 172p 19cm 1648円 ⓣ4-393-13619-5

◇良寛の遺言 高橋芳彦著 国書刊行会 1994.1 262p 20cm 1800円 ⓣ4-336-03572-5

◇良寛―詩集 良寛〔著〕,入矢義高著 講談社 1994.1 327p 20cm (禅入門 12) 2900円 ⓣ4-06-250212-7

◇外は、良寛。 松岡正剛著 芸術新聞社 1993.12 341p 23×16cm 3000円 ⓣ4-87586-200-8

◇良寛―歌と生涯 吉野秀雄著 筑摩書房 1993.12 409p 15cm (ちくま学芸文庫) 1400円 ⓣ4-480-08106-2

◇良寛禅師 村上博男著 日本図書刊行会,近代文芸社〔発売〕 1993.12 200p 19cm 1800円 ⓣ4-7733-2442-2

◇良寛に学ぶ愚直清貧のすすめ―心洗われる人間本当の生き方 小松正衛著 文化創作出版 1993.11 217p 19cm (マイ・ブック) 1450円 ⓣ4-89387-072-6

◇良寛の道 平沢一郎文・写真 東京書籍 1993.11 222p 21cm 1800円 ⓣ4-487-79153-7

◇良寛の魅力を語る―〈新潟良寛会〉記念講演集 第1集 新潟良寛会編 考古堂 1993.11 195p 20cm 1600円 ⓣ4-87499-198-X

◇良寛の魅力を語る―〈新潟良寛会〉記念講演集 第2集 新潟良寛会編 考古堂 1993.11 197p 20cm 1600円 ⓣ4-87499-199-8

◇良寛墨蹟大観 第6巻 仏語篇 加藤僖一〔ほか〕編 谷川敏朗,飯島太千雄執筆 中央公論美術出版 1993.11 623p 27cm 43000円 ⓣ4-8055-0263-0

◇良寛と貞心―その愛とこころ 中村昭三編 考古堂書店 1993.10 226p 20cm 1800円 ⓣ4-87499-192-0

◇良寛―清貧の生涯と歌 鹿児島徳治著 考古堂書店 1993.9 208p 19cm 1500円 ⓣ4-87499-194-7

◇良寛事典　加藤僖一著　新潟日報事業社出版部　1993.9　396p　19cm　3600円　Ⓘ4-88862-492-5

◇良寛、「独游」の書　北川省一著　現代企画室　1993.8　208p　19cm　1648円　Ⓘ4-7738-9308-7

◇良寛墨蹟大観　第3巻　和歌篇 1　加藤僖一〔ほか〕編　加藤僖一, 飯島太千雄執筆　中央公論美術出版　1993.7　679p　27cm　43000円　Ⓘ4-8055-0260-6

◇良寛異聞　矢代静一著　河出書房新社　1993.4　243p　20cm　1748円　Ⓘ4-309-00833-X

◇良寛詩集―訳註　大島花束, 原田勘平訳註　岩波書店　1993.4　333p　19cm　（ワイド版岩波文庫）　1100円　Ⓘ4-00-007092-4

◇江戸人の生と死　立川昭二著　筑摩書房　1993.3　281p　15cm　（ちくま学芸文庫）　850円　Ⓘ4-480-08048-1

◇良寛墨蹟大観　第1巻　漢詩篇 1　加藤僖一〔ほか〕編　川口霽亭, 飯島太千雄執筆　中央公論美術出版　1993.3　650p　27cm　43000円　Ⓘ4-8055-0258-4

◇良寛さんと玉島　森脇正之著　（岡山）日本文教出版　1993.2　173p　15cm　（岡山文庫）　750円　Ⓘ4-8212-5161-2

◇良寛詩歌集　北川省一編著　北川先生を囲む会　1993.2　139p　16cm　1000円　Ⓘ4-87499-953-0

◇良寛と貞心尼―版画　布施一喜雄版と文　考古堂書店　199-　56p　13×19cm　（えちご草子 3）　800円　Ⓘ4-87499-200-5

◇良寛ものがたり―「良寛禅師奇話」よりその1　布施一喜雄版画と文　考古堂書店　199-　68p　13×20cm　（えちご草子 1）　800円　Ⓘ4-87499-501-2

◇良寛ものがたり―「良寛禅師奇話」よりその2　布施一喜雄版画と文　考古堂書店　199-　68p　13×20cm　（えちご草子 2）　800円　Ⓘ4-87499-502-0

俳諧・川柳

柄井 川柳
からい せんりゅう

享保3(1718).10～寛政2(1790).9.23
　前句付の点者。宝暦7(1757)年、『川柳評万句合』を発行し、前句付の点者として名声を得る。明和2(1765)年前句がなくても面白い句を集めた『誹風柳多留』初編を刊行、洗練された都会趣味、卓越した選句眼と独自性の高い選句基準で地位を揺るぎないものとした。『誹風柳多留』はその後川柳の死後も名前を変えながら幕末まで続刊が出され続けた。その撰句を川柳点と呼んだことから「川柳」という文芸の名称が生まれた。

　　　　＊　　　＊　　　＊

◇初代川柳選句集　上　柄井川柳〔撰〕, 千葉治校訂　岩波書店　1995.7　312p　15cm　（岩波文庫）　620円　Ⓘ4-00-302715-9
◇初代川柳選句集　下　柄井川柳〔撰〕, 千葉治校訂　岩波書店　1995.7　338p　15cm　（岩波文庫）　620円　Ⓘ4-00-302716-7

小林 一茶
こばやし いっさ

宝暦13(1763)～文政10(1827).11.19
　俳人。信州の人。江戸に出て葛飾派の二六庵竹阿に俳諧を学び諸国を行脚したが、晩年は故郷に定住した。方言や俗語を自由に用いて、屈折した感情を根底に、弱いものや小さいものへのいたわりをユーモアを込めて描き、蕉風とは異なった独特の俳句を詠んだ。私生活では、家族との確執、妻子に次々と先立たれるなど不幸が続いた。生涯で2万句という膨大な数の俳句を残し、後世の人々に親しまれている。俳諧句文集『おらが春』、『一茶発句集』や、多くの日記が残っている。

　『おらが春』：文政2(1819)年。俳諧句文集。文政2年の元旦の句「目出度さもちう位なりおらが春」を冒頭に、歳末までの感想や見聞を発句を交えて書く。愛児への愛情やその死

への悲しみなど、一茶の生活意識や人間性がにじみ出ている。

　　　　＊　　　＊　　　＊

◇一茶の旅　黄色瑞華著　高文堂出版社　1999.5　151p　19cm　1900円　①4-7707-0619-7

◇俳諧と川柳・狂句　江口孝夫著　武蔵野書院　1999.4　188p　19cm　1800円　①4-8386-0393-2

◇蕪村・一茶その周辺　大礒義雄著　八木書店　1998.9　407,64p　22cm　12000円　①4-8406-9613-6

◇この道や…─西行そして芭蕉・蕪村・一茶　永田竜太郎著　永田書房　1998.6　323p　20cm　1905円　①4-8161-0656-1

◇小林一茶　童門冬二著　毎日新聞社　1998.1　249p　20cm　1500円　①4-620-10582-1

◇一茶と良寛と芭蕉　相馬御風著　新版　恒文社　1997.11　267p　20cm　2500円　①4-7704-0957-5

◇小林一茶と北信濃の俳人たち　中村鉄治著　ほおずき書籍　1997.7　191p　19cm　1300円　①4-89341-319-8

◇草庵生活と放浪の詩人　大星光史著　木耳社　1997.4　311p　19cm　1800円　①4-8393-9674-4

◇小林一茶　小林一茶〔著〕,宮坂静生編著　蝸牛社　1997.3　178p　19cm　（蝸牛俳句文庫　29）　1359円　①4-87661-297-8

◇一茶俳句集　小林一茶〔著〕,丸山一彦校注　新訂　岩波書店　1997.2　414p　16cm　（岩波文庫　特装版）

◇一茶の世界─親鸞教徒の文学　黄色瑞華著　高文堂出版社　1997.1　135p　19cm　1320円　①4-7707-0536-0

◇小林一茶と寛政紀行─来松二〇〇年　小林一茶〔著〕,松山市立子規記念博物館編　松山市立子規記念博物館　1996.10　78p　26cm

◇江戸三大俳人芭蕉・蕪村・一茶　新人物往来社　1996.3　260p　21cm　1600円

◇下総と一茶　佐藤雀仙人著　崙書房出版　1996.3　454p　22cm　8800円

◇一茶の手紙　村松友次著　大修館書店　1996.2　258p　20cm　2163円　①4-469-22121-X

◇一茶無頼　吉田美和子著　信濃毎日新聞社　1996.1　309p　20cm　1748円　①4-7840-9601-9

◇念仏一茶─俳人小林一茶─そのやさしさの秘密　早島鏡正著　四季社　1995.11　131p　19cm（チッタ叢書）　951円　①4-915894-27-4

◇一茶秀句五〇〇　福地桂之助編　近代文芸社　1995.11　139p　19cm　2500円　①4-7733-4532-2

◇ひねくれ一茶　田辺聖子〔著〕　講談社　1995.9　651p　15cm（講談社文庫　た2-35）　757円　①4-06-263056-7

◇望郷と回帰─信濃の一茶　黄色瑞華著　高文堂出版社　1995.9　187p　19cm　2060円　①4-7707-0489-5

◇日本俳書大系　第13巻　一茶一代集　勝峰晋風編　〔小林一茶著〕　日本図書センター　1995.8　1冊　22cm　①4-8205-9384-6

◇一茶漂泊─房総の山河　井上脩之助著　増補版　崙書房出版　1995.7　269p　18cm（ふるさと文庫）　1165円　①4-8455-0098-1

◇一茶の文学　矢羽勝幸編　桜楓社　1995.4　186p　21cm　2800円　①4-273-02827-1

◇一茶「流山ニ入」の記　伊藤晃著　三一書房　1994.10　237p　19cm　1800円　①4-380-94273-2

◇信濃の一茶─化政期の地方文化　矢羽勝幸著　中央公論社　1994.9　228p　17cm（中公新書　1205）　740円　①4-12-101205-4

◇日本仏教の創造者たち　ひろさちや著　新潮社　1994.8　224p　19cm（新潮選書）　1000円　①4-10-600463-1

◇雪五尺─四季の一茶　矢羽勝幸, ジョイ・ノルトン著　（長野）信濃毎日新聞社　1994.7　189,24p　19cm　1800円　①4-7840-9410-5

◇一茶・小さな〈生命〉へのまなざし─俳句と教育　渡辺弘著　川島書店　1994.4　216p　20cm　2000円　①4-7610-0529-7

◇苦楽の向う側─江戸の達人に学ぶ後半生の過し方　邦光史郎著　経営書院　1993.12　270p　19cm　1400円　①4-87913-479-1

◇一茶大事典　矢羽勝幸著　大修館書店　1993.7　670p　23cm　6180円　⑪4-469-01237-8

◇一茶の研究—そのウィタ・セクスアリス　大場俊助著　島津書房　1993.6　375,428p 21cm　18000円　⑪4-88218-046-4

◇一茶文選　黄色瑞華編　高文堂出版社　1993.6　179p 21cm　2100円　⑪4-7707-0422-4

◇江戸人の生と死　立川昭二著　筑摩書房　1993.3　281p 15cm　（ちくま学芸文庫）850円　⑪4-480-08048-1

宝井 其角
たからい きかく

寛文元(1661).7.17〜宝永2(1705).2.23

俳人。松尾芭蕉に入門し、蕉門十哲の筆頭とされた。軽妙な工夫を得意とし、芭蕉の没後は洒落・とんちに富んだ洒落風と呼ばれる派手な句を作った。後にその句風を受け継いだ都会的な句を作る一派は「江戸座」と呼ばれた。初期の頃榎本姓を名乗っていたため、榎本其角ともいう。蕉門きっての放蕩児でもあった。

＊　　＊　　＊

◇元禄の奇才 宝井其角　田中善信著　新典社　2000.11　238p　19cm　（日本の作家 52）1860円　⑪4-7879-7052-6

◇風騒の人—若き日の宝井其角　鈴木鷹夫著　北溟社,東洋出版〔発売〕　1999.8　458p　19cm　3300円　⑪4-8096-8203-X

◇天理図書館綿屋文庫俳書集成　第10巻　元禄俳書集 其角篇　天理図書館綿屋文庫俳書集成編集委員会編　宝井其角〔編〕　天理大学出版部　1995.10　502,16p　22cm　15000円　⑪4-8406-9510-5

西山 宗因
にしやま そういん

慶長10(1605)〜天和2(1682).3.28

俳人、連歌師。浪人として諸国を流浪し、連歌師宗匠となり、のちに俳諧に転じて談林派の祖となった。保守性を打破し積極的に自在な試みを行い、縁語・掛けことば等の言語遊戯に終始するようになっていた貞門派に替わって主流となった。門下に井原西鶴など多くの人材を輩出した。著書には芭蕉にも影響を与えた先駆的な句集『西翁十百韻』や『天満千句』『梅翁宗因発句集』などがある。宗因という号は主に連歌で用いたもので、俳諧の席では西翁、梅翁などと称した。

＊　　＊　　＊

◇天理図書館綿屋文庫俳書集成　第25巻　西山宗因集　天理図書館綿屋文庫俳書集成編集委員会編集　西山宗因〔筆〕　天理大学出版部　1998.4　350,27p　16×22cm　15000円　⑪4-8406-9525-3

服部 嵐雪
はっとり らんせつ

承応3(1654)〜宝永4(1707).11.6

俳人。長い武家奉公を経て松尾芭蕉に師事し、最古参の門人の一人となった。蕉門十哲の中でも其角と並び称され、芭蕉からもその才能は高く評価された。理論の面では芭蕉とは相容れない点もあったが、句風は穏やかで、芭蕉の没後も蕉風を伝えることに力を注いだ。句集に『玄峰集』がある。

＊　　＊　　＊

◇服部嵐雪　服部嵐雪〔著〕, 桜井武次郎編著　蝸牛社　1996.1　172p　19cm　（蝸牛俳句文庫 19）　1400円　⑪4-87661-264-1

松尾 芭蕉
まつお ばしょう

寛永21(1644)〜元禄7(1694).11.28

俳人。北村季吟に師事、貞門俳諧を学び、俳諧師として自立。延宝8(1680)年、深川の住居に植えた一株の芭蕉が大いに茂ったので芭蕉庵と名付ける。このころから荘子の思想の影響を受け、俳諧（とりわけ発句）における思想性を重視し始めた。貞門・談林の俳諧を革新し、「さび」（枯れた渋み）「しおり」（哀しさを持った心から表れる繊細な余情）などの美意識を持つ芸術性の高い蕉風（正風）を確立した。俳諧史上最も

俳諧・川柳　　　　　近世

偉大な作家で、俳聖と称される。元禄2(1689)年からの『奥の細道』の旅をはじめ、『野ざらし紀行』『鹿島紀行』『笈の小文』『更科紀行』と旅を重ねた。「古池や蛙飛込む水の音」などが名高い。

『奥の細道』：元禄7(1694)年。俳諧紀行文。門人河合曽良を伴い元禄2(1689)年3月から8月まで、東北・北陸路を旅した時の旅行記を簡潔な文体と俳諧で綴る。この旅行が芭蕉の俳句を一層円熟の境地へと高めさせた。「月日は百代の過客にして、行きかふ年もまた旅人なり」という書き出しで知られる。

　　　＊　　　＊　　　＊

◇図説おくのほそ道　松尾芭蕉原文、山本健吉現代語訳、渡辺信夫図版監修　新装版　河出書房新社　2000.4　127p　22cm　（ふくろうの本）　1800円　Ⓘ4-309-72635-6

◇奥の細道　〔松尾芭蕉〕〔著〕、角川書店編　角川書店　2000.3　255p　12cm　（角川mini文庫）　400円　Ⓘ4-04-700293-3

◇芭蕉句碑散策　福井栄一著　文芸社　1999.12　211p　19cm　1400円　Ⓘ4-88737-769-X

◇夢─わが芭蕉論　阿部正路著　創樹社　1999.11　222p　20cm　2200円　Ⓘ4-7943-0550-8

◇「奥の細道」を歩く　山と渓谷社　1999.9　181p　21cm　（ジェイ・ガイド）　1600円　Ⓘ4-635-24044-4

◇芭蕉─侘びと連れの生　三上和利著　のべる出版企画　1999.9　217p　22cm　2200円　Ⓘ4-87703-107-3

◇芭蕉とユーモア─俳諧性の哲学　成川武夫著　玉川大学出版部　1999.9　376p　19cm　2800円　Ⓘ4-472-30171-7

◇われもまたおくのほそ道　森敦著　講談社　1999.9　198p　15cm　（講談社文芸文庫）　1100円　Ⓘ4-06-197678-8

◇この道に古人なし─利休そして芭蕉・蕪村・子規　永田竜太郎著　永田書房　1999.8　294p　20cm　1857円　Ⓘ4-8161-0666-9

◇広末保著作集　第4巻　芭蕉　広末保著　影書房　1999.8　405p　20cm　3800円　Ⓘ4-87714-267-3

◇俳諧師芭蕉　清水基吉著　青蛙房　1999.7　194p　20cm　2300円　Ⓘ4-7905-0329-1

◇萩と月　落合冬至著　日本図書刊行会　1999.7　77p　20cm　1500円　Ⓘ4-8231-0419-6

◇芭蕉と杜太郎─連句でつながる　谷本光典著　MBC21　1999.5　365p　20cm　2000円　Ⓘ4-8064-0627-9

◇芭蕉の言葉─去来抄新々講　復本一郎著　邑書林　1999.4　219p　18cm　1800円　Ⓘ4-89709-314-7

◇松尾芭蕉は忍者か　森崎益夫著　MBC21　1999.4　375p　20cm　2200円　Ⓘ4-8064-0632-5

◇奥の細道吟行　加藤楸邨著　平凡社　1999.3　347p　15cm　（平凡社ライブラリー）　1200円　Ⓘ4-582-76282-4

◇奥の細道の謎を読む　中名生正昭著　南雲堂　1998.12　292p　20cm　1800円　Ⓘ4-523-26326-4

◇江戸俳句夜話　復本一郎著　日本放送出版協会　1998.10　245p　16cm　（NHKライブラリー）　870円　Ⓘ4-14-084089-7

◇「おくのほそ道」私紀行　内海泰著　国書刊行会　1998.10　276p　20cm　3600円　Ⓘ4-336-04090-7

◇芭蕉の風雅　田中佳宏著　葉文館出版　1998.8　265p　20cm　2400円　Ⓘ4-89716-022-7

◇芭蕉＝二つの顔─俗人と俳聖と　田中善信著　講談社　1998.7　254p　19cm　（講談社選書メチエ　134）　1500円　Ⓘ4-06-258134-5

◇この道や…─西行そして芭蕉・蕪村・一茶　永田竜太郎著　永田書房　1998.6　323p　20cm　1905円　Ⓘ4-8161-0656-1

◇芭蕉の音風景─俳諧表現史へ向けて　堀切実著　ぺりかん社　1998.6　305p　20cm　2800円　Ⓘ4-8315-0835-7

◇『虚栗』の時代─芭蕉と其角と西鶴と　飯島耕一〔著〕　みすず書房　1998.6　190p　20cm　2400円　Ⓘ4-622-04654-7

◇芭蕉鑑賞─人生を芸術として　荻原井泉水著　新装版　潮文社　1998.4　257p　19cm　1500円　Ⓘ4-8063-1314-9

◇精選季題別芭蕉秀句　松尾芭蕉〔原著〕,復本一郎編著　邑書林　1998.4　108p　15cm（邑書林句集文庫　F3・1）　900円　Ⓘ4-89709-271-X

◇芭蕉のこころ　宗左近著　ほるぷ出版　1998.3　248p　20cm（「こころ」シリーズ）1600円　Ⓘ4-593-57053-0

◇ら・ら・ら「奥の細道」　黛まどか著　光文社　1998.3　221p　19cm　1600円　Ⓘ4-334-97168-7

◇俳芸の変遷―西鶴と芭蕉　木村三四吾著　八木書店　1998.1　423,78,5p　22cm（木村三四吾著作集　1）　9800円　Ⓘ4-8406-9610-1

◇道草的俳句論―藤井晴子評論集　藤井晴子著　邑書林　1998.1　244p　19cm　2200円　Ⓘ4-89709-262-0

◇一茶と良寛と芭蕉　相馬御風著　新版　恒文社　1997.11　267p　20cm　2500円　Ⓘ4-7704-0957-5

◇芭蕉の文墨―その真偽　山本唯一著　思文閣出版　1997.10　197p　20cm　2000円　Ⓘ4-7842-0947-6

◇湖畔の芭蕉―師と門人の心　増井金典著〔増井金典〕　1997.9　196p　21cm

◇芭蕉と門人たち―蕉門の変遷を作品に読む　楠元六男著　日本放送出版協会　1997.8　381p　15cm（NHKライブラリー）　1070円　Ⓘ4-14-084058-7

◇芭蕉と蕉門俳人　大礒義雄著　八木書店　1997.5　577,16p　22cm　12000円　Ⓘ4-8406-9608-X

◇(小説)奥の細道　井ノ部康之著　読売新聞社　1997.4　221p　20cm　1500円　Ⓘ4-643-97034-0

◇芭蕉 解体新書―芭蕉の永久革命 現代に発信し続ける芭蕉俳句のダイナミズム　川本皓嗣,夏石番矢,復本一郎編　雄山閣出版　1997.4　228p　21cm　2200円　Ⓘ4-639-01430-9

◇芭蕉俳句集　松尾芭蕉〔著〕,中村俊定校注　岩波書店　1997.2　538p　16cm（岩波文庫特装版）

◇杉風と曽良と芭蕉　中道伸三著　日本図書刊行会　1997.1　181p　15cm　1553円　Ⓘ4-89039-178-9

◇芭蕉自筆奥の細道　〔松尾芭蕉著〕,上野洋三,桜井武次郎編　岩波書店　1997.1　143p　27cm　3296円　Ⓘ4-00-008067-9

◇其角と芭蕉と　今泉準一著　春秋社　1996.12　275p　20cm　2800円　Ⓘ4-393-44137-0

◇元禄文学研究―広末保著作集　第1巻　広末保著　影書房　1996.11　374p　19cm　3914円　Ⓘ4-87714-228-2

◇芭蕉自筆本奥の細道　〔松尾芭蕉著〕　中尾松泉堂書店　1996.11　2冊（別冊とも）　16×17cm　85000円

◇(入門)芭蕉の読み方　復本一郎著　日本実業出版社　1996.10　229p　19cm　1262円　Ⓘ4-534-02529-7

◇おくのほそ道　〔松尾芭蕉著〕,宮本竹逕書,芭蕉翁記念館編　上野市　1996.10　65p　22×31cm

◇芭蕉さんの俳諧　中尾青宵著　編集工房ノア　1996.9　257p　20cm　2000円

◇芭蕉転生の軌跡　田中善信著　若草書房　1996.7　338p　22cm（近世文学研究叢書　4）　8252円　Ⓘ4-948755-07-9

◇句碑を訪ねて　深川純著　暮らしの新聞社万葉発行所　1996.6　54p　21cm

◇芭蕉百名言　山下一海著　富士見書房　1996.6　221p　20cm　2136円　Ⓘ4-8291-7317-3

◇松尾芭蕉と新庄　大友義助著　新庄市教育委員会　1996.6　58p　21cm　700円

◇食べる芭蕉―ものひとつ瓢はかろき　北嶋広敏著　太陽企画出版　1996.5　270p　20cm　1800円　Ⓘ4-88466-265-2

◇江戸三大俳人芭蕉・蕪村・一茶　新人物往来社　1996.3　260p　21cm　1600円

◇芭蕉さんの顔いろいろ　乾憲雄著　サンライズ印刷出版部　1996.3　230p　21cm（夢望庵文庫）　2912円

◇竹西寛子の松尾芭蕉集・与謝蕪村集　竹西寛子著　集英社　1996.2　291p　16cm（集英社文庫）　700円　Ⓘ4-08-748434-3

◇芭蕉の歩み　続　石井桐陰著　石井庄司　1995.12　466p　19cm　非売品

69

俳諧・川柳　　　　　近世

◇大和の芭蕉句碑　谷村能男著　タイムス　1995.12　120p　18cm　(タイムス碑のうたシリーズ)　1100円　①4-88465-137-5
◇奥の細道　松尾芭蕉〔著〕, Dorothy Britton訳　講談社インターナショナル　1995.11　124p　19cm　1068円　①4-7700-0792-2
◇利休と芭蕉―人生を自在に生きる知恵　境野勝悟著　致知出版社　1995.9　366p　20cm　2427円　①4-88474-370-9
◇芭蕉全句集　松尾芭蕉〔著〕, 乾裕幸〔ほか〕編　おうふう　1995.9　302p　22cm　2800円　①4-273-02300-8
◇芭蕉塚物語―福井県俳諧史　斎藤耕子著　福井県俳句史研究会　1995.8　345p　19cm　3000円
◇日本俳書大系　第1巻　芭蕉一代集・芭蕉書翰集　勝峰晋風編　〔松尾芭蕉著〕日本図書センター　1995.8　728,6p　22cm　①4-8205-9372-2
◇芭蕉論叢―数珠と暦　山本唯一著　文栄堂書店　1995.7　198p　20cm　2575円
◇新芭蕉伝　百代の過客　坪内稔典著　本阿弥書店　1995.6　261p　19cm　2500円　①4-89373-078-9
◇芭蕉―風雅の跡を慕いて　伊藤六生著　伊藤艦　1995.6　351,28p　22cm　1500円
◇芭蕉研究資料集成 昭和前期篇 伝記・総記 1　クレス出版　1995.6　30,563,13p　22cm　①4-87733-009-7
◇芭蕉研究資料集成 昭和前期篇 伝記・総記 3　クレス出版　1995.6　859,15p　22cm
◇芭蕉研究資料集成 昭和前期篇 伝記・総記 4　クレス出版　1995.6　1冊　22cm
◇芭蕉研究資料集成 昭和前期篇 伝記・総記 5　クレス出版　1995.6　1冊　22cm
◇芭蕉研究資料集成 昭和前期篇 伝記・総記 6　クレス出版　1995.6　1冊　22cm
◇芭蕉論　上野洋三著　筑摩書房　1995.4　362p　20cm　3200円　①4-480-82320-4
◇芭蕉庵桃青と神田上水　酒井憲一, 大松騏一著　近代文芸社　1994.12　135p　19cm　1200円
◇芭蕉星座　津名道代著　野草社　1994.11　387p　22cm　3200円　①4-7877-9483-3

◇芭蕉遠近　高橋英夫著　小沢書店　1994.7　200p　19cm　2060円
◇芭蕉と蕪村の世界　山下一海著　武蔵野書院　1994.7　227p　19cm　1800円　①4-8386-0380-0
◇奥の細道―他　松尾芭蕉〔著〕, 麻生磯次訳注　旺文社　1994.7　246p　19cm　(全訳古典撰集)　980円　①4-01-067247-1
◇芭蕉年譜大成　今栄蔵著　角川書店　1994.6　516p　20cm　4800円　①4-04-865047-5
◇「奥の細道」謎の同行者　石堂秀夫著　同文書院　1994.4　254p　19cm　1300円　①4-8103-7208-1
◇芭蕉・蕪村・一茶真蹟集　平凡社　1994.2　4冊(別冊とも)　31cm　全41800円　①4-582-24802-0
◇芭蕉展　松尾芭蕉〔筆〕　芭蕉翁記念館　1994　28p　21cm
◇松尾芭蕉の謎―世界的大詩人は何者だったのか!?　河野亮, アポカリプス21研究会著　広済堂出版　1993.12　216p　18cm　(広済堂ブックス)　800円　①4-331-00627-1
◇芭蕉―俳諧の精神と方法　広末保著　平凡社　1993.11　324p　16cm　(平凡社ライブラリー 30)　1200円　①4-582-76030-9
◇芭蕉全図譜　芭蕉全図譜刊行会編　岩波書店　1993.11　2冊　37cm　全100000円　①4-00-008060-1
◇芭蕉とその方法　井本農一著　角川書店　1993.11　242p　19cm　(角川選書 243)　1300円　①4-04-703243-3
◇芭蕉の歩み　石井桐陰著　石井庄司　1993.10　550p　19cm　非売品
◇芭蕉の風景　村上春次著　青葉図書　1993.10　566p　22cm　4800円
◇利に惑うは愚かなり―物欲や我執から離れ"清貧"に生きた人たち　瀬戸内寂聴, 紀野一義, 水尾比呂志, 井本農一, 三木卓著　ベストセラーズ　1993.7　255p　19cm　1500円　①4-584-18155-1
◇芭蕉庵桃青の生涯　高橋庄次著　春秋社　1993.6　322p　19cm　2800円　①4-393-44115-X
◇芭蕉研究資料集成 大正篇 伝記・総記 4　クレス出版　1993.6　788,15,13p　22cm

◇芭蕉の軌跡　稲垣安伸著　増訂　角川書店　1993.6　392p　22cm　3800円　ⓘ4-04-884086-X
◇芭蕉真蹟　学習研究社　1993.6　203p　35cm　25000円　ⓘ4-05-500000-6

松永 貞徳
まつなが ていとく

元亀2(1571)～承応2(1654).1.3
　俳人、歌人、歌学者。それまで連歌師の余技と見なされていた俳諧を、和歌・連歌から独立した文芸とし、その後の俳諧流行の基礎を作った。慶安4(1651)年、俳諧観を集大成した俳諧式目書『俳諧御傘』を著して貞門俳諧の祖となり、以降江戸時代の俳壇に大きな影響力を持った。また、私塾を開き教育にも尽くし、和歌・狂歌・連歌・古典注釈など各方面に活躍した。安原貞室、北村季吟をはじめとして多くの門弟を持った。他の主著に『新増犬筑波集』『紅梅千句』『天水抄』などがある。

向井 去来
むかい きょらい

慶安4(1651)～宝永元(1704).9.10
　俳人。宝井其角の紹介で芭蕉に入門し、蕉門十哲の一人となった。知的で温厚篤実な人柄とされ、西日本の蕉門を束ねて「西国三十三か国の俳諧奉行」とあだ名された。京都・嵯峨野に落柿舎という庵を持ち、芭蕉はここで『嵯峨日記』を執筆したといわれる。自身の体験をもとにした俳論書『去来抄』を著し、蕉風俳諧の本旨を後世に伝えた。

＊　　＊　　＊

◇日本人の生き方　童門冬二著　学陽書房　1996.6　295p　19cm　(陽セレクション)　1800円　ⓘ4-313-47001-8
◇去来抄　向井去来〔著〕　岩波書店　1993.8　265p　19cm　(ワイド版岩波文庫)　1000円　ⓘ4-00-007107-6
◇元禄版猿蓑—影印本　去来,凡兆〔編〕、雲英末雄、佐藤勝明編　新典社　1993.4　190p　21cm　(影印本シリーズ)　1900円　ⓘ4-7879-0426-4

森川 許六
もりかわ きょりく

明暦2(1656).8.14～正徳5(1715).8.26
　俳人。芭蕉の晩年に入門した蕉門十哲の一人。六芸(俳諧・絵画・書・剣・槍・馬術)全てに優れていたということで芭蕉が『許六』と命名したと言われる。自身が蕉門正統を受け継ぐただ一人という自負が強く、去来や野坡と論争を繰り広げるなどしたが、李由と『宇多法師』を撰するなどして芭蕉の没後もよく蕉風を伝えた。俳文集『風俗文選』、『韻塞』『篇突』などの著書がある。
　『風俗文選』：宝永2(1705)年。俳文集。俳諧文章を一集に集める、という芭蕉の遺志を継いで編まれたもの。俳文という分野の嚆矢となった。

＊　　＊　　＊

◇奥の細道行脚之図　森川許六画　八木書店(発売)　1995.2　1軸　36cm　52000円

横井 也有
よこい やゆう

元禄15(1702).9.4～天明3(1783).6.16
　俳人。各務支考に私淑して俳諧を学んだ。芭蕉とは対照的に、機知に富みおおらかで洒脱な俳句を詠んだ。俳文においても高く評価される。著書に俳文集『鶉衣』、句集『蘿葉集』がある。尾張藩の重臣で、武芸にも優れるなど多芸多才な人物で、多くの俳句・和歌・狂歌・漢詩などを残している。
　『鶉衣』：天明7(1787)年。俳文集。許六が『風俗文選』で始めた俳文集という分野を完成させた。俳文の極致といわれ、後世の永井荷風らにも「日本文の模範となるべきもの」と絶賛された。

＊　　＊　　＊

◇楽隠居のすすめ—「鶉衣」のこころ　横井也有原作, 岡田芳朗訳著　広済堂出版　2001.7　231p　20cm　1900円　ⓘ4-331-50783-1

◇新観 横井也有―漢学的視点から 藤川正数著 研文社 1994.8 280p 21cm 5150円

与謝 蕪村
よさ ぶそん

享保元(1716)～天明3(1783).12.25

俳人、画家。早野巴人に俳諧を学ぶ。のち京都に定住。画家としては池大雅と並ぶ南画の大家だったが、芭蕉50年忌の頃「芭蕉に帰れ」と俳道復古を唱え、天明俳諧を代表する存在となった。蕪村自身は芭蕉とは違った新しい俳諧世界を展開し、絵画的、感覚的な作風で、芸術至上主義的ともいえる句境を生み出した。正岡子規ら近代俳人にも大きな影響を与えた。著書に、蕪村の俳諧論である「離俗論」を展開した俳諧論書『春泥句集序』や、俳諧撰集『蕪村七部集』『夜半楽』、俳諧句文集『新花摘』などがある。

＊　　＊　　＊

◇蕪村俳句集―付・春風馬堤曲 他二篇 与謝蕪村作, 尾形仂校注 岩波書店 2001.10 319p 19cm (ワイド版岩波文庫) 1200円 Ⓘ4-00-007017-7

◇精選季題別蕪村秀句 与謝蕪村〔著〕, 矢島渚男編著 邑書林 2001.3 113p 15cm (邑書林句集文庫) 900円 Ⓘ4-89709-349-X

◇蕪村全句集 与謝蕪村著, 藤田真一, 清登典子編 おうふう 2000.6 601p 21cm 3800円 Ⓘ4-273-02917-0

◇俳人蕪村 正岡子規〔著〕 講談社 1999.10 193p 16cm (講談社文芸文庫 まE1) 940円 Ⓘ4-06-197684-2

◇21の日本の名画を愉しむ―時代を映す美の真髄 岡部昌幸監修 青春出版社 1999.9 214p 15cm (青春BEST文庫) 495円 Ⓘ4-413-08425-X

◇この道に古人なし―利休そして芭蕉・蕪村・子規 永田竜太郎著 永田書房 1999.8 294p 20cm 1857円 Ⓘ4-8161-0666-9

◇月に泣く蕪村 高橋庄次著 新装版 春秋社 1999.8 272p 20cm 2400円 Ⓘ4-393-44144-3

◇蕪村―俳諧遊心 藤田真一著 若草書房 1999.7 353,15p 22cm (近世文学研究叢書 10) 8800円 Ⓘ4-948755-47-8

◇俳諧と川柳・狂句 江口孝夫著 武蔵野書院 1999.4 188p 19cm 1800円 Ⓘ4-8386-0393-2

◇江戸俳句夜話 復本一郎著 日本放送出版協会 1998.10 245p 16cm (NHKライブラリー) 870円 Ⓘ4-14-084089-7

◇のたりのたり春の海―小説与謝蕪村長編歴史小説 田中阿里子著 祥伝社 1998.10 337p 16cm (ノン・ポシェット た20-1) 562円 Ⓘ4-396-32655-6

◇蕪村・一茶その周辺 大礒義雄著 八木書店 1998.9 407,64p 22cm 12000円 Ⓘ4-8406-9613-6

◇蕪村春秋 高橋治著 朝日新聞社 1998.9 300p 20cm 2300円 Ⓘ4-02-257258-2

◇この道や…―西行そして芭蕉・蕪村・一茶 永田竜太郎著 永田書房 1998.6 323p 20cm 1905円 Ⓘ4-8161-0656-1

◇風呂で読む蕪村 藤田真一〔著〕 世界思想社 1997.12 104p 19cm 951円 Ⓘ4-7907-0685-0

◇書かれざる蕪村の日記 高橋未衣著 三一書房 1997.10 316p 20cm 3200円 Ⓘ4-380-97281-X

◇岡田利兵衛著作集 2 蕪村と俳画 岡田利兵衛著, 柿衛文庫編 八木書店 1997.9 141p 19cm 2000円 Ⓘ4-8406-9605-5

◇月は東に―蕪村の夢漱石の幻 森本哲郎著 新潮社 1997.7 309p 16cm (新潮文庫 も―11-6) 476円 Ⓘ4-10-107316-3

◇詩の国 詩人の国 芳賀徹著 筑摩書房 1997.2 368p 19cm 2884円 Ⓘ4-480-81402-7

◇蕪村の世界 尾形仂著 岩波書店 1997.2 309p 16cm (同時代ライブラリー 295) 1236円 Ⓘ4-00-260295-8

◇蕪村俳句集 与謝蕪村〔著〕, 尾形仂校注 岩波書店 1997.2 319p 16cm (岩波文庫 特装版)

◇与謝蕪村 田中善信著 吉川弘文館 1996.11 267p 19cm (人物叢書 新装版) 1850円 Ⓘ4-642-05203-8

◇与謝蕪村　日本アート・センター編　新潮社　1996.10　93p　20×13cm　（新潮日本美術文庫）　1100円　ⓣ4-10-601529-3

◇蕪村―古今名吟の流れ　永田竜太郎著　永田書房　1996.8　305p　20cm　1845円　ⓣ4-8161-0645-6

◇詩人与謝蕪村の世界　森本哲郎〔著〕　講談社　1996.6　424p　15cm　（講談社学術文庫）　1000円　ⓣ4-06-159236-X

◇与謝蕪村　大谷晃一著　河出書房新社　1996.4　233p　20cm　2136円　ⓣ4-309-01060-1

◇江戸三大俳人芭蕉・蕪村・一茶　新人物往来社　1996.3　260p　21cm　1600円

◇竹西寛子の松尾芭蕉集・与謝蕪村集　竹西寛子著　集英社　1996.2　291p　16cm　（集英社文庫）　700円　ⓣ4-08-748434-3

◇与謝蕪村散策　矢島渚男著　角川書店　1995.5　289p　20cm　2800円　ⓣ4-04-883403-7

◇蕪村への道　谷口謙著　人間の科学社　1995.2　430p　20cm　2575円　ⓣ4-8226-0129-3

◇離俗の思想―蕪村評釈余情　永田竜太郎著　永田書房　1995.2　275p　20cm　1800円　ⓣ4-8161-0636-7

◇蕪村筆蹟の研究　岡田彰子著　和泉書院　1995.1　175p　31cm　8240円　ⓣ4-87088-699-5

◇蕪村　芳賀徹，早川聞多著　講談社　1994.10　109p　31×23cm　（水墨画の巨匠　第12巻）　3400円　ⓣ4-06-253932-2

◇与謝蕪村展―俳人としての蕪村　与謝蕪村〔画〕，山寺芭蕉記念館編　山寺芭蕉記念館　1994.9　43p　26cm

◇月に泣く蕪村　髙橋庄次著　春秋社　1994.9　272p　20cm　2884円　ⓣ4-393-44132-X

◇芭蕉と蕪村の世界　山下一海著　武蔵野書院　1994.7　227p　19cm　1800円　ⓣ4-8386-0380-0

◇蕪村研究資料集成　クレス出版　1993.9　8冊　22cm　92000円　ⓣ4-906330-82-7

◇利に惑うは愚かなり―物欲や我執から離れ"清貧"に生きた人たち　瀬戸内寂聴，紀野一義，水尾比呂志，井本農一，三木卓著　ベストセラーズ　1993.7　255p　19cm　1500円　ⓣ4-584-18155-1

戯曲

河竹 黙阿弥
かわたけ もくあみ

文化13(1816).2.3～明治26(1893).1.22

歌舞伎狂言作家。天保5年19才で狂言作家鶴屋南北(5代目)に入門、14年河原崎座の立作者となり河竹新七(2代目)を襲名した。20年間を習作期として座付き作者の修業と補綴脚色に専念したのち、安政元年市村座で市川小団次(4代目)と提携、白浪毒婦ものを主とする生世話(きぜわ)の名作を次々と放った。代表作は『髪結新三(しんざ)』『青砥稿花紅彩画(あおとぞうしはなのにしきえ)』『三人吉三(さんにんきちざ)』など。明治に入り、新富座の座付き作者となり、市川団十郎(9代目)らのために新作を生んだ。14年番付面から引退し黙阿弥と改めたが作家活動は続いた。生涯の作品の総計約360。

『青砥稿花紅彩画(あおとぞうしはなのにしきえ)』：文久2(1862)年。美しい娘に化けた盗賊弁天小僧がゆすりをはたらくが、正体を見破られ本性を現す。七五調の名ゼリフ、スペクタクルな捕り物など幕末の雰囲気がよく表れた華やかな作品。『弁天小僧』『白浪五人男』などの名でも知られる。

　　　*　　　　　*　　　　　*

◇河竹黙阿弥　河竹黙阿弥著, 坪内祐三, 山内昌之編　筑摩書房　2002.2　423p　19cm　（明治の文学　第2巻）　2600円　ⓣ4-480-10142-X

◇通し狂言小袖曽我薊色縫―十六夜清心　河竹黙阿弥作，河竹登志夫監修　国立劇場　1999.4　119p　26cm　（国立劇場花形若手歌舞伎公演上演台本）

◇鬼一法眼三略巻―一条大蔵譚　傾城道成寺　色暦玄冶店―散切お富と坊主与三　文耕堂，長谷川千四作　河竹黙阿弥作，川尻清潭改修，山田庄一補綴　国立劇場　1999.1　129p　25cm　（国立劇場歌舞伎公演上演台本）

◇杏手鳥孤城落月　雪暮夜入谷畦道―直侍と三千歳　俄獅子―大喜利・所作事　坪内逍遙

戯曲　　　　　　　近世

作, 戸部銀作監修　河竹黙阿弥作　国立劇場
1998.12　113p　25cm　(国立劇場歌舞伎公演
上演台本)

◇ひらかな盛衰記―逆櫓　青砥稿花紅彩画―
白浪五人男　文耕堂ほか作　河竹黙阿弥作
国立劇場　1998.3　104p　25cm　(国立劇場
歌舞伎公演上演台本)

◇黙阿弥の明治維新　渡辺保著　新潮社
1997.10　349p　20cm　2000円　⑪4-10-
394103-0

◇黄門記童幼講釈―通し狂言　河竹黙阿弥作,
河竹登志夫監修　国立劇場　1997.10　144p
25cm　(国立劇場歌舞伎公演上演台本)

◇天衣紛上野初花　河竹黙阿弥〔著〕, 今岡謙太
郎, 古井戸秀夫編著　白水社　1997.8　346p
19cm　(歌舞伎オン・ステージ　11)　4100円
⑪4-560-03281-5

◇河竹黙阿弥　河竹繁俊著　クレス出版
1997.4　585p　22cm　(近世文芸研究叢書
第2期芸能篇17(歌舞伎17))　⑪4-87733-027-
5

◇梅雨小袖昔八丈―髪結新三　所作事・佐絵
―江戸桜衆袖土産　河竹黙阿弥作, 河竹登志
夫監修　国立劇場　1997.3　111p　25cm
(国立劇場歌舞伎公演上演台本)

◇鏡山旧錦絵　容楊黛〔作〕, 松井俊諭編著
白水社　1996.7　413p　19cm　(歌舞伎オン・
ステージ　6)　4369円　⑪4-560-03276-9

◇新皿屋舗月雨暈―魚屋宗五郎　河竹黙阿弥
作　国立劇場　1996.6　80p　25cm　(国立劇
場歌舞伎鑑賞教室上演台本)

◇黙阿弥　河竹登志夫著　文芸春秋　1996.5
310p　16cm　(文春文庫)　480円　⑪4-16-
744502-6

◇〔国立劇場歌舞伎公演上演台本〕〔198〕
大力茶屋―国立劇場新作歌舞伎脚本入選作
岩豪友樹子作, 織田紘二演出　国立劇場
1996.3　97p　25cm

◇国立劇場歌舞伎公演上演台本〔195〕　花
上野誉碑―金刀比羅利生記　戸部銀作補綴
国立劇場　1995.11　109p　25cm

◇国立劇場歌舞伎鑑賞教室上演台本〔46〕
天衣紛上野初花―河内山　河竹黙阿弥作, 中
村又五郎監修　国立劇場　1995.6　58p
25cm

◇国立劇場歌舞伎上演台本〔191〕
鎌倉三代記　国立劇場　1995.1　95p　25cm

◇国立劇場歌舞伎公演上演台本〔187〕
青砥稿花紅彩画―白浪五人男　河竹黙阿弥作,
河竹登志夫監修　国立劇場　1994.8　72p
25cm

◇国立劇場歌舞伎公演上演台本〔183〕　鬼一
法眼三略巻―菊畑　文耕堂, 長谷川千四作
国立劇場　1993.12　94p　25cm

◇河竹黙阿弥―人と作品　没後百年　早稲田
大学坪内博士記念演劇博物館編　早稲田大学
坪内博士記念演劇博物館　1993.4　324p
26cm

◇国立劇場歌舞伎公演上演台本〔178〕
鼠小紋春着雛形―鼠小僧次郎吉　河竹黙阿弥
作, 河竹登志夫監修, 国立劇場文芸研究会脚本
国立劇場　1993.3　90p　25cm

◇黙阿弥　河竹登志夫著　文芸春秋　1993.2
269p　19cm　1400円　⑪4-16-347210-X

竹田 出雲
たけだ いずも

元禄4(1691)～宝暦6(1756).11.4
浄瑠璃作者。人形浄瑠璃竹本座座本の初代竹
田出雲の子として生まれ, 父親と近松門左衛
門の薫陶を受けた。竹本座の興隆に努め, 2代
目竹田出雲として多くの門弟を持った。処女作
『諸葛孔明鼎軍談(しょかつこうめいかなえぐん
だん)』をはじめ, 時代物を中心に約40編の作
品をのこした。代表作に『菅原伝授手習鑑(す
がわらでんじゅてならいかがみ)』『義経千本
桜』『仮名手本忠臣蔵』『双蝶々曲輪日記(ふた
つちょうちょうくるわにっき)』などがあり, 現
代に至るまでたびたび上演され続けている。

『仮名手本忠臣蔵(かなでほんちゅうしんぐら)』
: 寛延元(1748)年。戯曲。赤穂浪士の仇討
ちを太平記の世界に置き換えて脚色した浄瑠
璃時代物。のちに歌舞伎でも上演され大好評
を博し, 歌舞伎の代表的演目の一つとなって
いる。

　　　　　＊　　　　＊　　　　＊

◇義経千本桜　手習子　芝浜革財布　竹田出
雲, 三好松洛, 並木千柳作　榎本滋民脚本・

演出　国立劇場　1999.12　103p　26cm
（国立劇場歌舞伎公演上演台本）

◇義経千本桜　手習子　芝浜革財布　竹田出雲，三好松洛，並木千柳作　榎本滋民脚本・演出　国立劇場　1999.12　103p　26cm
（国立劇場歌舞伎公演上演台本）

◇国立劇場歌舞伎鑑賞教室上演台本〔44〕義経千本桜──河連法眼館の場　竹田出雲〔ほか〕作　国立劇場　1994.6　35p　25cm

◇仮名手本忠臣蔵　竹田出雲〔ほか作〕，服部幸雄編著　白水社　1994.3　537p　19cm
（歌舞伎オン・ステージ　8）　4800円　①4-560-03278-5

◇国立劇場歌舞伎鑑賞教室上演台本〔42〕仮名手本忠臣蔵　竹田出雲〔ほか〕作　国立劇場　1993.6　68p　25cm

近松 門左衛門
ちかまつ　もんざえもん

承応2(1653)〜享保9(1724).11.22
浄瑠璃・歌舞伎狂言作家。武士の出身。20代後半頃浄瑠璃作家として創作を始め、元禄6(1693)年から享保6(1721)年頃まで歌舞伎作者として活躍、後に再び浄瑠璃に専念した。『曽根崎心中』『心中天の網島』『女殺油地獄』『冥途の飛脚』など数々の世話浄瑠璃の名作を発表し、庶民の生々しい人間ドラマを描いた。他に時代物の『国性爺合戦』『出世景清』などがある。竹本義太夫の竹本座と提携、それまでの古浄瑠璃とは一線を画す近代的な戯曲を確立。虚と実が一体となったところに芸が成立するという虚実皮膜論を持論にし、人間の普遍的な姿を描いた。日本最大の劇作家で「東洋のシェイクスピア」とも称され、その作品は現代に至るまでしばしば上演されている。

『曽根崎心中』：元禄16(1703)年。世話浄瑠璃。同年、たまたま大阪に起こった若い男女の情死事件を題材にした心中物。愛情を貫こうとしながら封建道徳や金銭の壁に阻まれる悲劇を描いて大反響を呼び、世話物の地位を確立した作品。

　　　　＊　　　　＊　　　　＊

◇新編日本古典文学全集76　近松門左衛門集3　近松門左衛門〔著〕，鳥越文蔵ほか校注・訳　小学館　2000.10　574p　23cm　4657円　①4-09-658076-7

◇恋飛脚大和往来─封印切　近松門左衛門作，辰岡万作増補　国立劇場　2000.6　50p　26cm　（国立劇場歌舞伎鑑賞教室上演台本）

◇鳴神─歌舞伎十八番の内　忍夜恋曲者─将門　嫗山姥─八重桐廓話　宝田寿助作　近松門左衛門作　国立劇場　2000.1　83p　26cm（国立劇場歌舞伎公演上演台本）

◇用明天皇職人鑑─ほか　近松時代物現代語訳　〔近松門左衛門〕〔原著〕，工藤慶三郎著　北の街社　1999.11　346p　22cm　4286円　①4-87373-101-1

◇若き日の近松門左衛門　宮原英一著　叢文社　1998.8　239p　20cm　1800円　①4-7947-0295-7

◇少年近松京へ上る　山田春男著　創栄出版　1998.5　241p　20cm　1400円　①4-7952-7476-2

◇新編日本古典文学全集75　近松門左衛門集2　近松門左衛門〔著〕，鳥越文蔵〔ほか〕校注・訳　小学館　1998.5　669p　23cm　①4-09-658075-9

◇新注絵入曽根崎心中　近松門左衛門〔著〕，松平進編　和泉書院　1998.4　100p　21cm（古典名作選・現代語訳付　1）　1100円　①4-87088-894-7

◇岡田利兵衛著作集3　西鶴・近松・伊丹　岡田利兵衛著，柿衛文庫編　八木書店　1997.11　157p　19cm　2000円　①4-8406-9606-3

◇近　南北　黙阿弥─歌舞伎ノート　中山幹雄著　高文堂出版社　1997.8　389p　21cm　4000円　①4-7707-0554-9

◇三絃の誘惑─近代日本精神史覚え書　樋口覚著　人文書院　1996.12　334p　19cm　2987円　①4-409-16076-1

◇浮世絵春画女殺油地獄　近松門左衛門文，葛飾北斎絵　三心堂出版社　1996.9　94p　21cm　1262円　①4-88342-072-8

◇正本近松全集　別巻2　研究篇─付影印篇　近松門左衛門〔著〕，近松書誌研究会編　勉誠社　1996.8　425,3p　22cm　12000円　①4-585-03043-3

戯曲　　　　　　　　近世

◇国立劇場歌舞伎鑑賞教室上演台本〔49〕
傾城反魂香　近松門左衛門作　国立劇場
1996.7　46p　25cm

◇近松全集 補遺　上本けいせい仏の原　下巻
近松門左衛門〔著〕、近松全集刊行会編纂
岩波書店　1996.6　61p　23cm　971円
Ⓘ4-00-091038-8

◇〔国立劇場歌舞伎公演上演台本〕〔198〕
大力茶屋—国立劇場新作歌舞伎脚本入選作
岩豪友樹子作、織田紘二演出　国立劇場
1996.3　97p　25cm

◇国立劇場歌舞伎公演上演台本〔194〕
平家女護嶋—通し狂言　近松門左衛門作、中村
歌右衛門監修、山田庄一脚本、戸部銀作演出
国立劇場　1995.10　79p　25cm

◇国立劇場歌舞伎上演台本〔191〕
鎌倉三代記　国立劇場　1995.1　95p　25cm

◇国立劇場歌舞伎公演上演台本〔189〕
博多小女郎浪枕—通し狂言　近松門左衛門作、
戸部銀作脚本・演出　国立劇場　1994.11
97p　25cm

◇近松門左衛門の謎—長州生誕説を追って
宮原英一著　関西書院　1994.5　245p　20cm
2000円　Ⓘ4-7613-0168-6

◇曽根崎心中　近松門左衛門作、祐田善雄
校注　岩波書店　1994.5　384p　19cm
（ワイド版岩波文庫　135）　1165円　Ⓘ4-00-
007135-1

◇近松全集　第17巻　近松門左衛門〔著〕、
近松全集刊行会編纂　岩波書店　1994.4
2冊（解説編とも）23cm　全15000円　Ⓘ4-00-
091037-X

◇国立劇場歌舞伎公演上演台本〔181〕
御目見得だんまり　戸部銀作補綴・監修
国立劇場　1993.10　71p　25cm

鶴屋 南北
つるや なんぼく

宝暦5(1755)〜文政12(1829).11.27
　歌舞伎狂言作者。紺屋型付職人の子として江戸に生まれる。安永5(1776)年初代桜田治助の門下に入り、翌年桜田兵蔵の名で作者の末席に名を連ねた。長い下積み生活の後、文化元(1804)年の『天竺徳兵衛韓噺』での大胆な早変わりや仕掛けで評判を呼び、5(1808)年市村座の立作者となる。8(1811)年4代目鶴屋南北を襲名。以後『お染久松色読販』『隅田川花御所染』『東海道四谷怪談』『独道中五十三駅』などの代表作を次々に発表した。作品は怪奇的・扇情的な物語と多様な場面構成、奇抜な仕掛けが特徴で、生世話（きぜわ）狂言と呼ばれる作風の創始者となった。

　『東海道四谷怪談』：文政8(1825)年。夫に毒薬を飲まされ死んだお岩が怨霊となって夫を呪い殺す執念をグロテスクに描き人気を得た。怪談の中で最もよく知られた作品となり、歌舞伎だけではなく、映画や新劇にも翻案された。

　　　　＊　　　＊　　　＊

◇東海道四谷怪談　〔四世鶴屋南北〕〔原作〕、
諏訪春雄編著　白水社　1999.11　323p
19cm（歌舞伎オン・ステージ 18）4200円
Ⓘ4-560-03288-2

◇通し狂言音菊天竺徳兵衛　四世鶴屋南北作、
戸部銀作補綴　国立劇場　1999.10　106p
26cm（国立劇場歌舞伎公演上演台本）

◇オリジナリティを訪ねて 3　輝いた日本人
たち　富士通　富士通経営研修所　1999.8
238p　19cm（富士通ブックス）　1600円
Ⓘ4-89459-046-8

◇百鬼夜行の楽園—鶴屋南北の世界
落合清彦著　東京創元社　1997.10　329p
15cm（創元ライブラリ　Lお1-1）1100円
Ⓘ4-488-07017-5

◇近松　南北　黙阿弥—歌舞伎ノート
中山幹雄著　高文堂出版社　1997.8　389p
21cm　4000円　Ⓘ4-7707-0554-9

◇〔国立劇場歌舞伎公演上演台本〕〔199〕
四天王楓江戸粧—通し狂言　四世鶴屋南北作、
石川耕士補綴　国立劇場　1996.10　222p
25cm

◇鶴屋南北序説　中山幹雄著　増補　高文堂
出版社　1995.11　401p　22cm　5825円
Ⓘ4-7707-0502-6

◇国立劇場歌舞伎公演上演台本〔193〕
法懸松成田利剣—かさね・与右衛門 通し狂言
四世鶴屋南北作、郡司正勝補綴・演出
国立劇場　1995.4　82p　25cm

◇鶴屋南北—かぶきが生んだ無教養の表現
主義　郡司正勝著　中央公論社　1994.12

223p 18cm （中公新書 1221） 680円 ①4-12-101221-6
◇鶴屋南北　郡司正勝著　中央公論社　1994.12　223p 17cm （中公新書 1221） 700円
◇鶴屋南北の研究　井草利夫著　おうふう　1994.8　601p 22cm 39000円　①4-273-02564-7
◇大芝居地獄草紙――小説・鶴屋南北　三宅孝太郎著　三一書房　1994.4　245p 20cm　2136円　①4-380-94229-5
◇国立劇場歌舞伎公演上演台本〔184〕景清――歌舞伎十八番の内　加賀山直三補綴　国立劇場　1994.1　104p 25cm
◇国立劇場歌舞伎公演上演台本〔182〕桜姫東文章――通し狂言　四世鶴屋南北作，郡司正勝補綴・演出　国立劇場　1993.11　111p 25cm
◇独道中五十三駅――彰輔版　鶴屋南北〔原作〕，奈河彰輔著，中川芳三編　中川芳三　1993.5　382p 19cm 2500円
◇国立劇場歌舞伎公演上演台本〔179〕浮世柄比翼稲妻――鈴ケ森・山三浪宅・鞘当　四世鶴屋南北作，利倉幸一補綴，戸部銀作改補・演出　国立劇場　1993.4　96p 25cm

学術・思想

新井 白石
あらい はくせき

明暦3(1657).3.24～享保10(1725).6.29
儒学者、政治家。朱子学の合理主義を学び、将軍徳川家宣・家継の時代に幕閣に入る。朝鮮使節の簡略化・貨幣の改革・金銀流出防止のための外国貿易の制限など正徳の治を行うが、幕府政治の根本的な改革には至らなかった。学者としても『読史余論』などの歴史研究や、蘭学の先駆的研究『西洋紀聞』を残し、ほかに幼少の頃の思い出や、父母についてまとめた自伝『折りたく柴の記』なども著した。

【『読史余論』】：正徳2(1712)年。歴史書。独自の時代区分(九変五変論)を行い、公家政権から武家政権への推移と、徳川政権の正統性述べ、それぞれの政治を論じた。

＊　　　＊　　　＊

◇藩翰譜 4 上 分冊1　〔新井白石〕〔編〕上坂氏顕彰会史料出版部　2000.7　1冊(ページ付なし)　30cm　（上坂氏顕彰会所蔵手写本 14）　46800円
◇藩翰譜 4 上 分冊2　〔新井白石〕〔編〕上坂氏顕彰会史料出版部　2000.7　1冊(ページ付なし)　30cm　（上坂氏顕彰会所蔵手写本 14）　46800円
◇藩翰譜 4 上 分冊3　〔新井白石〕〔編〕上坂氏顕彰会史料出版部　2000.7　1冊(ページ付なし)　30cm　（上坂氏顕彰会所蔵手写本 14）　46800円
◇藩翰譜 4 中 分冊1　〔新井白石〕〔編〕上坂氏顕彰会史料出版部　2000.7　1冊(ページ付なし)　30cm　（上坂氏顕彰会所蔵手写本 15）　46800円
◇藩翰譜 4 中 分冊2　〔新井白石〕〔編〕上坂氏顕彰会史料出版部　2000.7　1冊(ページ付なし)　30cm　（上坂氏顕彰会所蔵手写本 15）　46800円
◇藩翰譜 4 中 分冊3　〔新井白石〕〔編〕上坂氏顕彰会史料出版部　2000.7　1冊(ページ付なし)　30cm　（上坂氏顕彰会所蔵手写本 15）　46800円
◇藩翰譜 7 上 分冊1　〔新井白石〕〔編〕上坂氏顕彰会史料出版部　2000.7　1冊(ページ付なし)　30cm　（上坂氏顕彰会所蔵手写本 16）　46800円
◇藩翰譜 7 上 分冊2　〔新井白石〕〔編〕上坂氏顕彰会史料出版部　2000.7　1冊(ページ付なし)　30cm　（上坂氏顕彰会所蔵手写本 16）　46800円
◇藩翰譜 12 上 分冊1　〔新井白石〕〔編〕上坂氏顕彰会史料出版部　2000.7　1冊(ページ付なし)　30cm　（上坂氏顕彰会所蔵手写本 17）　46800円
◇藩翰譜 12 上 分冊2　〔新井白石〕〔編〕上坂氏顕彰会史料出版部　2000.7　1冊(ページ付なし)　30cm　（上坂氏顕彰会所蔵手写本 17）　46800円
◇藩翰譜 12 上 分冊3　〔新井白石〕〔編〕上坂氏顕彰会史料出版部　2000.7　1冊(ページ

付なし） 30cm （上坂氏顕彰会所蔵手写本17） 46800円

◇折たく柴の記　新井白石著，松村明校注　岩波書店　1999.12　476p　15cm（岩波文庫）800円　④4-00-302121-5

◇新井白石―国家再建の鬼　谷恒生著　学陽書房　1999.5　273p　20cm　1600円　④4-313-85133-X

◇新井白石　山路愛山著　復刻版　日本図書センター　1998.1　188,16p　22cm（山路愛山伝記選集　第7巻）　④4-8205-8244-5,4-8205-8237-2

◇南島志―現代語訳　新井白石〔著〕，原田禹雄訳注　榕樹社　1996.4　284,9p　22cm（琉球弧叢書　2）　4660円　④4-947667-32-X

◇東雅　新井白石〔著〕，杉本つとむ編著　早稲田大学出版部　1994.3　2冊　27cm　全47000円　④4-657-94314-6

◇故実叢書 21巻　本朝軍器考　今泉定介編輯，故実叢書編集部編　新井白石〔著〕改訂増補　明治図書出版　1993.6　447p　22cm

伊藤 仁斎
いとう じんさい

寛永4(1627).8.30～宝永2(1705).4.5
儒学者。町人の家に生まれる。はじめ朱子学を学ぶが、『論語』『孟子』などの後代の注釈書ではなく、直接原典講読を通じて道義を正しく理解しようとする古義学を主張。京都堀川に家塾古義堂を開き、門弟3000人を集めた。終生大名のもとに仕えることはなかったが、学界の一大勢力を形成した。著書に『論語古義』『語孟字義』『童子問』『仁斎日札』『古学先生文集』がある。

＊　　＊　　＊

◇伊藤仁斎　相良亨著　ぺりかん社　1998.1　282p　22cm　3800円　④4-8315-0827-6

伊藤 東涯
いとう とうがい

寛文10(1670).4.28～元文元(1736).7.17
儒学者。伊藤仁斎の長男。幼時より父から古学を学んだ。家塾古義堂を継ぎ、在野の学者として仁斎の学問を発展させた。また、父の著述を整理・補正して刊行し、その普及に務めた。和漢の制度・経済・故実に通じ、『制度通』『古今字変』『訓幼字義』『用字格』『名物六帖』『紹述先生文集』などの著書を残した。

荻生 徂徠
おぎゅう そらい

寛文6(1666).3.21～享保13(1728).2.28
儒学者。朱子学者として出発し、柳沢吉保の保護を受けて学問に専念。享保2(1716)年、『弁道』『弁名』を著わして朱子学を批判、古文辞学を始めた。江戸茅場町に蘐園塾を開き、自由な学風で多くの逸材を育てる。徂徠の思想は政治学を出発点として色濃い時代性で思想界を風靡し、その文献学を重視する手法は国学に影響を与えた。また、徳川吉宗の命によって時弊を救済する策を『太平策』『政談』にまとめた。門人には経済理論の太宰春台、詩文の服部南郭らがいる。

＊　　＊　　＊

◇荻生徂徠　山路愛山著　復刻版　日本図書センター　1998.1　160,20p　22cm（山路愛山伝記選集　第6巻）　④4-8205-8243-7,4-8205-8237-2

◇江戸のバロック―徂徠学の周辺　髙橋博巳著　新装版　ぺりかん社　1997.6　228,3p　20cm　2400円　④4-8315-0782-2

◇臨床実践傷寒金匱稀書集成　第11冊　傷寒論神解　鑒定傷寒論　金匱要略集成　有馬元函〔著〕　荻生徂徠述，岡田静安校　山田正珍〔著〕　オリエント出版社　1997.4　491p　27cm

◇三絃の誘惑―近代日本精神史覚え書　樋口覚著　人文書院　1996.12　334p　19cm　2987円　④4-409-16076-1

◇徂徠学と反徂徠　小島康敬著　増補版　ぺりかん社　1994.7　389p　20cm　3296円　④4-8315-0645-1

◇荻生徂徠―江戸のドン・キホーテ　野口武彦著　中央公論社　1993.11　317p　18cm（中公新書　1161）　840円　④4-12-101161-9

◇徂徠とその門人の研究　若水俊著　三一書房　1993.3　188p 21cm　3600円　①4-380-93205-2

貝原 益軒
かいばら えきけん

寛永7(1630).12.17〜正徳4(1714).10.5
儒学者・本草学者・教育学者。はじめ陽明学を学び、のち朱子学に移る。主著に『養生訓』などの『益軒十訓』、『大和本草』『慎思録』などがある。益軒の『和俗童子訓』をもとに書かれた『女大学』は、江戸時代中期以降広く流布した。晩年の著書『大疑録』では朱子学の理気二元論に対し理気一元論を展開した。独自の哲学を持ち、教育・本草学・経済・歴史の分野などにも業績が多い。

　　　　＊　　　＊　　　＊

◇口語養生訓　貝原益軒原著, 松宮光伸訳註　日本評論社　2000.8　392p 20cm　2300円　①4-535-98179-5
◇貝原益軒『楽訓』を読む　無能唱元著　致知出版社　1999.8　175p 19cm　1200円　①4-88474-570-1
◇「学び」の復権――模倣と習熟　辻本雅史著　角川書店　1999.3　250p 19cm　1700円　①4-04-883565-3
◇近世風俗・地誌叢書　第3巻　慶応再刻京都順覧記　京城勝覧　池田東籬亭〔編〕　貝原益軒〔著〕　竜渓書舎　1996.5　10,403p 22cm　(立命館大学図書館所蔵善本復刻叢書)　①4-8447-3409-1
◇慎思録――現代語訳　貝原益軒著, 伊藤友信訳　講談社　1996.3　262p 15cm　(講談社学術文庫)　780円　①4-06-159219-X
◇貝原益軒――天地和楽の文明学　横山俊夫編　平凡社　1995.12　388p 22cm　(京都大学人文科学研究所共同研究報告)　3786円　①4-582-70221-X
◇新修京都叢書　第12巻　近畿歴覧記　野間光辰編, 新修京都叢書刊行会編　黒川道祐撰　2版　臨川書店　1994.9　9,704p 22cm　①4-653-02608-4

◇苦楽の向う側――江戸の達人に学ぶ後半生の過し方　邦光史郎著　経営書院　1993.12　270p 19cm　1400円　①4-87913-479-1
◇貝原益軒　ふくおか人物誌編集委員会編著　西日本新聞社　1993.7　190p 19cm　(ふくおか人物誌 1)　1456円　①4-8167-0342-X

荷田 春満
かだ あずままろ

寛文9(1669).1.3〜元文元(1736).7.2
国学者。京都伏見の神官の家に生まれる。契沖に『万葉集』を学び、記紀などの古典・国史を研究した。日本固有の姿を明らかにするために、外来の思想や文化を排斥し、国学研究に力を入れるべきであると説き、明治以降の国家神道へ連なる復古神道を提唱した。江戸に出て徳川吉宗に『創学校啓』(1728)を献呈し、国学の学校建設を進言した。

　　　　＊　　　＊　　　＊

◇桂籠とその他の短篇　火坂雅志著　講談社　1998.11　357p 21cm　2000円　①4-06-209371-5

賀茂 真淵
かも まぶち

元禄10(1697).4.24〜明和6(1769).11.27
国学者、歌人。荷田春満に国学を学び、田安宗武に仕える。国学においては『万葉集』『古事記』の研究から国学研究の機運を作り、本居宣長をはじめ多数の門人を育成した。和歌においては記紀歌謡を理想とし、男性的な歌風「ますらをぶり」を近世において初めて復興させた。和歌論の変革者として高く評価されており、その万葉論は近代まで多大な影響を与え続けた。著書に『歌意考』『初学』『新学』『国意考』『語意考』、家集に『賀茂翁家集』『賀茂翁家集拾遺』などがある。

　　　　＊　　　＊　　　＊

◇賀茂真淵とその門流　真淵生誕三百年記念論文集刊行会編　続群書類従完成会　1999.2　373p 22cm　12000円　①4-7971-0679-4

◇百人一首うひまなび 〔賀茂真淵〕〔著〕、大坪利絹編 和泉書院 1998.2 302p 22cm（百人一首注釈書叢刊 16）9000円 ①4-87088-904-8

◇賀茂真淵の話―賀茂真淵翁生誕三百年記念 寺田泰政著 賀茂真淵翁遺徳顕彰会 1997.4 104p 21cm（県居文庫双書 1）1000円

◇賀茂真淵―伝と歌 奥村晃作著 短歌新聞社 1996.2 335p 20cm 3500円 ①4-8039-0807-9

◇賀茂真淵 武島又次郎著 クレス出版 1995.11 1冊 22cm（近世文芸研究叢書 18）①4-87733-002-X

◇近世文芸研究叢書 第1期文学篇 18（作家 4）賀茂真淵 近世文芸研究叢書刊行会編 武島又次郎著 クレス出版 1995.11 195,226p 22cm

◇万葉新採百首解―影印本 賀茂真淵〔著〕、鈴木淳,吉村誠編 新典社 1994.10 206p 21cm（影印本シリーズ）1900円 ①4-7879-0430-2

北村 季吟
きたむら ぎぎん

寛永元(1625).1.19～宝永2(1705).8.4
国学者、俳人。松永貞徳に俳諧・和歌を学び、のちに幕府の歌学方に登用された。実作者としてよりも国学者としての古典の注釈の方に功績がある。『源氏物語湖月抄』『徒然草段抄』『枕草子春曙抄』『八代集抄』『万葉集集穂抄』など古典注釈に精力を注ぎ、国学発展の先駆者として後世に大きな影響を与えた。俳諧の季題を整理集成した『山の井』を刊行し、また『俳諧埋木』は、俳諧の論書として有名。松尾芭蕉などの多くの弟子を育てた。

『源氏物語湖月抄』：延宝元(1763)年。『源氏物語』の全注書。広く古注を取捨集成してあり、注釈は平明で新説は比較的少ない。国学の分野においてだけではなく、『源氏物語』を一般に普及させたという点でも大きな意味を持つ。

*　　　*　　　*

◇北村季吟論考 榎坂浩尚著 新典社 1996.6 434p 22cm（新典社研究叢書 98）13500円 ①4-7879-4098-8

◇新続犬筑波集 北村季吟〔原編〕、赤羽学編集 ベネッセコーポレーション 1995.12 281p 22cm（岡山大学国文学資料叢書 4）4854円 ①4-8288-2611-4

◇北村季吟伝 石倉重継著 クレス出版 1995.11 30,264p 22cm（近世文芸研究叢書 16）①4-87733-002-X

◇新修京都叢書 第12巻 近畿歴覧記 野間光辰編、新修京都叢書刊行会編 黒川道祐撰 2版 臨川書店 1994.9 9,704p 22cm ①4-653-02608-4

◇天理図書館綿屋文庫俳書集成 第3巻 北村季吟集 天理図書館綿屋文庫俳書集成編集委員会編集 北村季吟〔著〕 天理大学出版部 1994.8 445,15p 22cm 14563円 ①4-8406-9503-2

木下 順庵
きのした じゅんあん

元和7(1621).6.4～元禄11(1698).12.23
儒学者。松永尺五に師事して朱子学を学び、はじめ加賀藩主の前田綱紀、のち幕府に仕える。官学の林家以外の民間学者登用の道を開き、木門の興隆は林家にとっては大きな脅威となった。貝原益軒と親交が深く、人格高潔な教育者として"木門十哲"と呼ばれる室鳩巣、新井白石、柳川震沢、榊原篁州などの門人を育てた。死後『錦里文集』が刊行された。

熊沢 蕃山
くまざわ ばんざん

元和5(1619)～元禄4(1691).9.9
儒学者。中江藤樹から陽明学を学び、岡山藩主池田光政に仕えた。政治的学問的手腕を評価されて取り立てられ、実績を上げたが、林羅山による中傷や家中の反感により失脚、1687年、幕命により政治批判の罪で下総に禁固され、同地で没した。『集義外書』『大学或問』では山林の重要性とその荒廃の原因について分析するな

ど、当時の政治社会情勢に関する観察に基づいた著作を残した。ほかに『集義和書』『易繫辞伝』などの著書がある。

*　　　*　　　*

◇熊沢蕃山—人物・事績・思想　宮崎道生著　新人物往来社　1995.5　251p　20cm　2500円　⑩4-404-02207-7
◇日本陽明学奇蹟の系譜　大橋健二著　叢文社　1995.5　445p　19cm　2900円　⑩4-7947-0228-0

契沖
けいちゅう

寛永17(1640)～元禄14(1701).4.3
国学者、歌人。国学に造詣が深く、徳川光圀の依頼に応じて万葉集の画期的な注釈書『万葉代匠記』を完成させた他、『古今余材抄』(古今集)、『勢語臆断』(伊勢物語)、『源註拾遺』(源氏物語)など、多くの古典注釈書を著した。旧来の儒仏思想に基づいた手法ではなく、帰納的な手法で注釈を行い、その後の国学研究に大きな影響を与えた。他に、仮名遣いの研究書『和字正濫鈔』や、歌集『契沖和歌延宝集』『漫吟集』がある。

*　　　*　　　*

◇契沖学の形成　井野口孝著　和泉書院　1996.7　227p　22cm　(研究叢書　192)　5000円　⑩4-87088-814-9
◇契沖阿闍梨　大町桂月著　クレス出版　1995.11　1冊　22cm　(近世文芸研究叢書　19)　⑩4-87733-002-X
◇百人一首三奥抄　下河辺長流〔著〕, 鈴木健一編　和泉書院　1995.8　182p　22cm　(百人一首注釈書叢刊　10)　6180円　⑩4-87088-742-8
◇日本随筆大成　第2期　第13巻　河社　日本随筆大成編輯部編　契沖〔著〕　吉川弘文館　1994.12　463p　20cm　2800円　⑩4-642-09036-3
◇日本随筆大成　第2期　第2巻　円珠庵雑記　日本随筆大成編輯部編　契沖〔著〕　吉川弘文館　1994.6　407p　20cm　2800円　⑩4-642-09025-8

鈴木 牧之
すずき ぼくし

明和7(1770).1.27～天保13(1842).5.15
文人、郷土史家、縮商人。越後国生れ。山東京伝、曲亭馬琴らと交遊があり、雪国の自然や農民の生活・風俗を実証的に描いた随筆集『北越雪譜』を1835～42年に著した。

*　　　*　　　*

◇北越雪譜　鈴木牧之編撰, 京山人百樹刪定, 岡田武松校訂　岩波書店　2001.10　348p　19cm　(ワイド版岩波文庫)　1300円　⑩4-00-007082-7
◇秋山記行—現代語訳　鈴木牧之〔著〕, 磯部定治訳・解説　恒文社　1998.7　117p　20cm　1800円　⑩4-7704-0978-8
◇鈴木牧之の生涯　磯部定治著　野島出版　1997.12　167p　22cm　2400円　⑩4-8221-0160-6
◇北越雪譜　鈴木牧之著, 池内紀現代語訳・解説　小学館　1997.6　249p　20cm　(地球人ライブラリー　35)　1500円　⑩4-09-251035-7
◇牧之と歩く秋山郷—越後・信州境の大自然　島津光夫著　高志書院　1997.4　138,2p　21cm　2500円　⑩4-906641-03-2
◇北越雪譜—現代語訳　鈴木牧之〔著〕, 荒木常能訳　野島出版　1996.11　369p　22cm　6180円　⑩4-8221-0153-3
◇越後国雪物語(えちごのくにのゆきものがたり)—鈴木牧之と「北越雪譜」　山岡敬著　恒文社　1996.9　118p　18cm　777円　⑩4-7704-0891-9
◇図説牧之　鈴木牧之〔ほか著〕, 塩沢町文化・スポーツ事業振興公社編　塩沢町文化・スポーツ事業振興公社　1994.3　92p　30cm
◇牧之さま追慕—北越雪譜の著者　林明男著　〔林明男〕　1993.11　100p　27cm
◇北越雪譜　鈴木牧之〔著〕, 井上慶隆, 高橋実校注　改訂版　野島出版　1993.10　357,30p　18cm　1200円　⑩4-8221-0084-7

沢庵 宗彭
たくあん そうほう

天正元(1573).12～正保2(1645).12.11
僧侶。臨済宗大徳寺派で修行を積む。寺庵に執着せず、高徳の僧として世に知られた。寛永6(1629)年、大徳寺の後継問題から朝幕間で対立が起こった紫衣事件で同寺が弾圧されたことで幕府に抗議したため、出羽に流された。のち許されて江戸に戻り、将軍徳川家光の帰依を受けた。兵法者柳生但馬守宗矩との親交が篤く、『不動智神妙録』を著して、「剣禅一如」の思想を説いた。また、漬物の「沢庵」の考案者ともいわれる。

＊　　＊　　＊

◇名僧列伝1　明恵・道元・夢窓・一休・沢庵　紀野一義著　講談社　1999.8　265p　15cm（講談社学術文庫）　820円　⓪4-06-159389-7
◇沢庵禅師逸話選　禅文化研究所編　禅文化研究所　1998.5　220p　19cm　1800円　⓪4-88182-126-1
◇沢庵　水上勉著　中央公論社　1997.2　323p　16cm（中公文庫　み10-20）　602円　⓪4-12-202793-4
◇沢庵この一言―沢庵さんとつきあえば今日から人生の達人！　船地慧著　成星出版　1996.10　170p　19cm　1262円　⓪4-916008-23-5
◇沢庵―とらわれない心　松原泰道著　広済堂出版　1995.12　308p　18cm（Refresh life series）　971円　⓪4-331-00716-2
◇たくあん―修羅を翔ける禅僧・沢庵　船地慧著　こびあん書房　1994.8　954p　21cm　13000円　⓪4-87558-088-6
◇黒衣の参謀学―歴史をあやつった11人の僧侶　武田鏡村著　徳間書店　1993.1　243p　19cm　1500円　⓪4-19-225073-X

谷 時中
たに じちゅう

慶長4(1599)～慶安2(1650).1.31
儒学者。南村梅軒を祖とする朱子学の一派南学派の学者。僧籍にあったが還俗し、儒学を仏説から分離して南学派を確立した中興の祖で、藩内の要職者からも高く評価され、土佐藩に南学を広めた。藩の家老であった野中兼山はその弟子となり、河川の改修、新田開発、郷士の採用、専売制の実施などの藩政にその教理を反映させた。

田安 宗武
たやす むねたけ

正徳5(1715).11.27～明和8(1771).6.4
国学者、歌人。8代将軍徳川吉宗の次男、9代将軍家重の弟、松平定信の父。荷田在満や賀茂真淵に国学を学び、近世国学の育ての親ともいうべき役割を果した。また、幼時より和歌に親しみ、家集『天降言』や歌論『国歌八論余言』『歌体約言』、紀行文と和歌を収めた『悠然院様御詠草』がある。はじめ伝統主義的な歌風であったが、のちには万葉風の影響を受けた独自の歌風に移行した。一方で有職故実などにも精通し、服飾や雅楽の研究書など、多数の著作がある。

中江 藤樹
なかえ とうじゅ

慶長13(1608).4.21～慶安元(1648).10.11
儒学者。わが国における陽明学の開祖。最初朱子学に傾倒するが、『王龍渓語録』『王陽明全書』を読み感銘を受け、朱子学の批判の中から生まれた陽明学を信奉するようになった。主な著書に『翁問答』『鑑草』『孝経啓蒙』『論語郷党啓蒙翼伝』『論語解』『中庸解』『大学考』『大学解』『大学蒙註』がある。また、私塾を開き、熊沢蕃山らの門下生を育てた。没後「近江聖人」と称えられた。

＊　　＊　　＊

◇小説中江藤樹　上巻　童門冬二著　学陽書房　1999.4　345p　20cm　1600円　⓪4-313-85131-3

◇小説中江藤樹　下巻　童門冬二著　学陽書房　1999.4　356p　20cm　1600円　④4-313-85132-1
◇中江藤樹の総合的研究　古川治著　ぺりかん社　1996.2　815,20p　22cm　14420円　④4-8315-0720-2
◇日本陽明学奇蹟の系譜　大橋健二著　叢文社　1995.5　445p　19cm　2900円　④4-7947-0228-0
◇中江藤樹―天寿学原理　太田竜著　泰流社　1994.12　382p　20cm　2913円　④4-8121-0099-2
◇中江藤樹の人間学的研究　下程勇吉著　(千葉)広池学園出版部　1994.6　323p　21cm　4500円　④4-89205-369-4
◇中江藤樹に学ぶ時代のこころ人のこころ　栢木寛照著　二期出版　1994.4　230p　19cm　(熱血和尚のにんげん説法　3)　1359円　④4-89050-238-6
◇藤樹書院文献調査報告書　安曇川町　1993.2　117p　26cm

塙 保己一
はなわ ほきいち

延享3(1746).5.5～文政4(1821).9.12
　国文学者、古典学者。農家に生れる。7歳で失明。雨富検校須賀一、のち賀茂真淵に入門し、国学・儒学・神道・医学を学び、検校となる。抜群の記憶力により和漢の学問に通じ、徳川家の依頼を受けて大日本史などの校正にあたった。寛政5(1793)年、幕府に願い和学講談所を設立し弟子を育てた。門下に屋代弘賢らがいる。40年をかけて、文政2(1819)年『群書類従』を完成。『続群書類従』の編集途中に没した。ほかに『武家名目抄』『蛍蝿抄』など。

　『群書類従』：文政2(1819)年。古代・中世を中心に江戸時代初期以前の文献を、神祇・帝王・官職・律令・公事・文筆・和歌・物語・日記・紀行・管弦・遊戯・飲食・合戦・武家などの25部に分けて収めたもの。日本最大の叢書であり、文献の散逸を防いだ功績は大きく、古典研究において欠くことのできない資料とされている。

　　　　＊　　　＊　　　＊

◇紀田順一郎著作集　第6巻　知の職人たち・生涯を賭けた一冊　紀田順一郎著　三一書房　1997.5　408p　21cm　7000円　④4-380-97551-7
◇眼聴耳視　塙保己一の生涯　花井泰子著　柏プラーノ,紀伊国屋書店〔発売〕　1996.6　286p　21cm　2800円　④4-906510-59-0
◇群書類従　巻第300　西公談抄・桐火桶　〔塙保己一編〕　日本文化資料センター　1996.4　41丁　28cm　11000円
◇群書類従　巻第301　上　愚秘抄　上　〔塙保己一編〕　日本文化資料センター　1996.4　39丁　28cm　11000円
◇群書類従　巻第301　下　愚秘抄　下　〔塙保己一編〕　日本文化資料センター　1996.4　32丁　28cm　11000円
◇群書類従　巻第302　三五記　〔塙保己一編〕　日本文化資料センター　1996.4　58丁　28cm　11000円
◇江戸の蔵書家たち　岡村敬二著　講談社　1996.3　254p　19cm　(講談社選書メチエ)　1500円　④4-06-258071-3
◇群書類従　巻第297　徹底記物語　〔塙保己一編〕　日本文化資料センター　1996.3　35丁　28cm　11000円
◇群書類従　巻第298　東野州聞書　〔塙保己一編〕　日本文化資料センター　1996.3　54丁　28cm　11000円
◇群書類従　巻第299　兼載雑談　〔塙保己一編〕　日本文化資料センター　1996.3　50丁　28cm　11000円
◇群書類従　巻第294　下　無名秘抄　下　〔塙保己一編〕　日本文化資料センター　1996.2　36丁　28cm　11000円
◇群書類従　巻第295　水蛙眼目　〔塙保己一編〕　日本文化資料センター　1996.2　28丁　28cm　11000円
◇群書類従　巻第296　今川了俊和歌所へ不審条々―今様二言抄　外　〔塙保己一編〕　日本文化資料センター　1996.2　70丁　28cm　11000円
◇群書類従　巻第292　御鳥羽院御口伝―外　〔塙保己一編〕　日本文化資料センター　1996.1　40丁　28cm　11000円

学術・思想　　　　　　　近　世

◇群書類従　巻第293　九品和歌――外　〔塙保己一編〕　日本文化資料センター　1996.1　71丁　28cm　11000円

◇群書類従　巻第294 上　無名秘抄 上　〔塙保己一編〕　日本文化資料センター　1996.1　43丁　28cm　11000円

◇群書類従　巻第289　拾遺抄註　〔塙保己一編〕　日本文化資料センター　1995.12　35丁　28cm　11000円

◇群書類従　巻第290　散木集注・蔵玉和歌集　〔塙保己一編〕　日本文化資料センター　1995.12　62丁　28cm　11000円

◇群書類従　巻第291　悦目抄　〔塙保己一編〕　日本文化資料センター　1995.12　61丁　28cm　11000円

◇群書類従　巻第286　古今集序注　〔塙保己一編〕　日本文化資料センター　1995.11　62丁　28cm　11000円

◇群書類従　巻第287　古今集童蒙抄　〔塙保己一編〕　日本文化資料センター　1995.11　56丁　28cm　11000円

◇群書類従　巻第288　僻案抄・三代集之間事　〔塙保己一編〕　日本文化資料センター　1995.11　51丁　28cm　11000円

◇群書類従　巻第284　新撰万葉集　〔塙保己一編〕　日本文化資料センター　1995.10　49丁　28cm　11000円

◇群書類従　巻第285 上　古今和歌集目録 上　〔塙保己一編〕　日本文化資料センター　1995.10　35丁　28cm　11000円

◇群書類従　巻第285 下　古今和歌集目録 下　〔塙保己一編〕　日本文化資料センター　1995.10　42丁　28cm　11000円

◇群書類従　巻第281　中殿御会部類記　〔塙保己一編〕　日本文化資料センター　1995.9　60丁　28cm　11000円

◇群書類従　巻第282　晴御会部類目録　〔塙保己一編〕　日本文化資料センター　1995.9　22丁　28cm　11000円

◇群書類従　巻第283　柿本朝臣人麻呂勘文――外　〔塙保己一編〕　日本文化資料センター　1995.9　38丁　28cm　11000円

◇群書類従　巻第279　二条大皇太后宮大弐集――外　〔塙保己一編〕　日本文化資料センター　1995.8　71丁　28cm　11000円

◇群書類従　巻第280 上　建礼門院右京太夫集 上　〔塙保己一編〕　日本文化資料センター　1995.8　35丁　28cm　11000円

◇群書類従　巻第280 下　建礼門院右京太夫集 下　〔塙保己一編〕　日本文化資料センター　1995.8　35丁　28cm　11000円

◇群書類従　巻第277 上　赤染衛門集 上　〔塙保己一編〕　日本文化資料センター　1995.7　45丁　28cm　11000円

◇群書類従　巻第277 下　赤染衛門集 下　〔塙保己一編〕　日本文化資料センター　1995.7　42丁　28cm　11000円

◇群書類従　巻第278　伊勢大輔集――外　〔塙保己一編〕　日本文化資料センター　1995.7　79丁　28cm　11000円

◇群書類従　巻第275 上　和泉式部集 上　〔塙保己一編〕　日本文化資料センター　1995.6　48丁　28cm　11000円

◇群書類従　巻第275 下　和泉式部集 下　〔塙保己一編〕　日本文化資料センター　1995.6　34丁　28cm　11000円

◇群書類従　巻第276　相模集　〔塙保己一編〕　日本文化資料センター　1995.6　54丁　28cm　11000円

◇群書類従　巻第272　小町集――外　〔塙保己一編〕　日本文化資料センター　1995.5　63丁　28cm　11000円

◇群書類従　巻第273　伊勢集・中務集　〔塙保己一編〕　日本文化資料センター　1995.5　74丁　28cm　11000円

◇群書類従　巻第274　加茂保憲女集――外　〔塙保己一編〕　日本文化資料センター　1995.5　74丁　28cm　11000円

◇群書類従　巻第269　寂然法師集――外　〔塙保己一編〕　日本文化資料センター　1995.4　68丁　28cm　11000円

◇群書類従　巻第270　元可法師集・宗祇法師集　〔塙保己一編〕　日本文化資料センター　1995.4　58丁　28cm　11000円

◇群書類従　巻第271　嘉喜門院御集――外　〔塙保己一編〕　日本文化資料センター　1995.4　53丁　28cm　11000円

◇群書類従　巻第267　素性法師集――外　〔塙保己一編〕　日本文化資料センター　1995.3　43丁　28cm　11000円

◇群書類従 巻第268 上　林葉和歌集 上　〔塙保己一編〕 日本文化資料センター 1995.3　47丁　28cm　11000円

◇群書類従 巻第268 下　林葉和歌集 下　〔塙保己一編〕 日本文化資料センター 1995.3　40丁　28cm　11000円

◇群書類従 巻第264　出観集　〔塙保己一編〕 日本文化資料センター 1995.2　75丁　28cm　11000円

◇群書類従 巻第265　北院御室御集―外 〔塙保己一編〕 日本文化資料センター 1995.2　38丁　28cm　11000円

◇群書類従 巻第266　慶運法印集・堯孝法印集　〔塙保己一編〕 日本文化資料センター 1995.2　60丁　28cm　11000円

◇群書類従 巻第261　赤人集―外　〔塙保己一編〕 日本文化資料センター 1995.1　56丁　28cm　11000円

◇群書類従 巻第262　忠峯集―外　〔塙保己一編〕 日本文化資料センター 1995.1　74丁　28cm　11000円

◇群書類従 巻第263　桜井基佐集　〔塙保己一編〕 日本文化資料センター 1995.1　42丁　28cm　11000円

◇群書類従 巻第258 下　藤原隆信朝臣集 下　〔塙保己一編〕 日本文化資料センター 1994.12　71丁　28cm　11000円

◇群書類従 巻第259　藤原隆祐朝臣集・藤原光経集　〔塙保己一編〕 日本文化資料センター 1994.12　74丁　28cm　11000円

◇群書類従 巻第260　源孝範集―外 〔塙保己一編〕 日本文化資料センター 1994.12　81丁　28cm　11000円

◇群書類従 巻第256　清輔朝臣集・源師光集 〔塙保己一編〕 日本文化資料センター 1994.11　52丁　28cm　11000円

◇群書類従 巻第257　源有房朝臣集―外 〔塙保己一編〕 日本文化資料センター 1994.11　46丁　28cm　11000円

◇群書類従 巻第258 上　藤原隆信朝臣集 上　〔塙保己一編〕 日本文化資料センター 1994.11　61丁　28cm　11000円

◇群書類従 巻第254 中　散木奇歌集 中　〔塙保己一編〕 日本文化資料センター 1994.10　69丁　28cm　11000円

◇群書類従 巻第254 下　散木奇歌集 下　〔塙保己一編〕 日本文化資料センター 1994.10　57丁　28cm　11000円

◇群書類従 巻第255　藤原為忠朝臣集―外 〔塙保己一編〕 日本文化資料センター 1994.10　63丁　28cm　11000円

◇群書類従 巻第252　藤原長能集―外 〔塙保己一編〕 日本文化資料センター 1994.9　70丁　28cm　11000円

◇群書類従 巻第253　橘為仲朝臣集　外 〔塙保己一編〕 日本文化資料センター 1994.9　72丁　28cm　11000円

◇群書類従 巻第254 上　散木奇歌集―上 〔塙保己一編〕 日本文化資料センター 1994.9　81丁　28cm　11000円

◇群書類従 巻第249　信明集―外　〔塙保己一編〕 日本文化資料センター 1994.8　67丁　28cm　11000円

◇群書類従 巻第250　能宣朝臣集―外 〔塙保己一編〕 日本文化資料センター 1994.8　60丁　28cm　11000円

◇群書類従 巻第251　実方朝臣集―外 〔塙保己一編〕 日本文化資料センター 1994.8　64丁　28cm　11000円

◇群書類従 巻第246 下　従三位頼政卿集 下　〔塙保己一編〕 日本文化資料センター 1994.7　42丁　28cm　11000円

◇群書類従 巻第247　紀貫之集　〔塙保己一編〕 日本文化資料センター 1994.7　66丁　28cm　11000円

◇群書類従 巻第248　業平朝臣集―外 〔塙保己一編〕 日本文化資料センター 1994.7　76丁　28cm　11000円

◇群書類従 巻第244　祭主輔親卿集・大蔵卿行宗卿集　〔塙保己一編〕 日本文化資料センター 1994.6　70丁　28cm　11000円

◇群書類従 巻第245　六条修理大夫集・左京大夫顕輔卿集　〔塙保己一編〕 日本文化資料センター 1994.6　66丁　28cm　11000円

◇群書類従 巻第246 上　従三位頼政卿集 上　〔塙保己一編〕 日本文化資料センター 1994.6　37丁　28cm　11000円

学術・思想　　近世

◇群書類従 巻第243 上　隣女和歌集――上　〔塙保己一編〕　日本文化資料センター　1994.5　67丁　28cm　11000円

◇群書類従 巻第243 中　隣女和歌集――中　〔塙保己一編〕　日本文化資料センター　1994.5　67丁　28cm　11000円

◇群書類従 巻第243 下　隣女和歌集――下　〔塙保己一編〕　日本文化資料センター　1994.5　72丁　28cm　11000円

◇群書類従 巻第241　為和卿集・権大納言言継卿集　〔塙保己一編〕　日本文化資料センター　1994.4　73丁　28cm　11000円

◇群書類従 巻第242 上　明日香井和歌集　上　〔塙保己一編〕　日本文化資料センター　1994.4　72丁　28cm　11000円

◇群書類従 巻第242 下　明日香井和歌集　下　〔塙保己一編〕　日本文化資料センター　1994.4　65丁　28cm　11000円

◇群書類従 巻第239　権中納為重卿集　〔塙保己一編〕　日本文化資料センター　1994.3　38丁　28cm　11000円

◇群書類従 巻第240 上　亜槐集　上　〔塙保己一編〕　日本文化資料センター　1994.3　68丁　28cm　11000円

◇群書類従 巻第240 下　亜槐集　下　〔塙保己一編〕　日本文化資料センター　1994.3　57丁　28cm　11000円

◇群書類従 巻第236　前大納言公任卿集　〔塙保己一編〕　日本文化資料センター　1994.2　70丁　28cm　11000円

◇群書類従 巻第237　権中納言定頼卿集　〔塙保己一編〕　日本文化資料センター　1994.2　27丁　28cm　11000円

◇群書類従 巻第238　権中納言俊忠卿集――外　〔塙保己一編〕　日本文化資料センター　1994.2　55丁　28cm　11000円

◇群書類従 巻第233　常徳院殿御集・夏目陪多田院廟前詠五十首和歌　〔塙保己一編〕　日本文化資料センター　1994.1　44丁　28cm　11000円

◇群書類従 巻第234　柿本集・家持集　〔塙保己一編〕　日本文化資料センター　1994.1　58丁　28cm　11000円

◇群書類従 巻第235　権中納言兼輔卿集――外　〔塙保己一編〕　日本文化資料センター　1994.1　52丁　28cm　11000円

◇群書類従 巻第231　李花集　〔塙保己一編〕　日本文化資料センター　1993.12　2冊　28cm　各11000円

◇群書類従 巻第232　西宮左大臣御集・金槐和歌集　〔塙保己一編〕　日本文化資料センター　1993.12　66丁　28cm　11000円

◇群書類従 巻第228　土御門院御集　〔塙保己一編〕　日本文化資料センター　1993.11　50丁　28cm　11000円

◇群書類従 巻第229　砂玉和謌集　〔塙保己一編〕　日本文化資料センター　1993.11　35丁　28cm　11000円

◇群書類従 巻第230　瓊玉和歌集・元良親王御集　〔塙保己一編〕　日本文化資料センター　1993.11　71丁　28cm　11000円

◇群書類従 巻第226　寛平菊合――外　〔塙保己一編〕　日本文化資料センター　1993.9　56丁　28cm　11000円

◇群書類従 巻第227　顕昭陳状・蓮性陳状　〔塙保己一編〕　日本文化資料センター　1993.9　77丁　28cm　11000円

◇群書類従 巻第224　現存卅六人詩歌合　〔塙保己一編〕　日本文化資料センター　1993.8　38丁　28cm　11000円

◇群書類従 巻第225　文安詩歌合――外　〔塙保己一編〕　日本文化資料センター　1993.8　66丁　28cm　11000円

◇群書類従 巻第222　豊原統秋自歌合――外　〔塙保己一編〕　日本文化資料センター　1993.7　50丁　28cm　11000円

◇群書類従 巻第223　元久詩歌合・内裏詩歌合　〔塙保己一編〕　日本文化資料センター　1993.7　36丁　28cm　11000円

◇群書類従 巻第220　後鳥羽院御自歌合――外　〔塙保己一編〕　日本文化資料センター　1993.6　68丁　28cm　11000円

◇群書類従 巻第221　永福門院百番御自歌合――外　〔塙保己一編〕　日本文化資料センター　1993.6　75丁　28cm　11000円

◇故実叢書11巻　武家名目抄　第1　今泉定介編輯,故実叢書編集部編　塙保己一〔編纂〕

◇故実叢書12巻　武家名目抄　第2　今泉定介編輯, 故実叢書編集部編　塙保己一〔編纂〕改訂増補　明治図書出版　1993.6　514p　22cm

◇故実叢書13巻　武家名目抄　第3　今泉定介編輯, 故実叢書編集部編　塙保己一〔編纂〕改訂増補　明治図書出版　1993.6　438p　22cm

◇故実叢書14巻　武家名目抄　第4　今泉定介編輯, 故実叢書編集部編　塙保己一〔編纂〕改訂増補　明治図書出版　1993.6　486p　22cm

◇故実叢書15巻　武家名目抄　第5　今泉定介編輯, 故実叢書編集部編　塙保己一〔編纂〕改訂増補　明治図書出版　1993.6　572p　22cm

◇故実叢書16巻　武家名目抄　第6　今泉定介編輯, 故実叢書編集部編　塙保己一〔編纂〕改訂増補　明治図書出版　1993.6　508p　22cm

◇故実叢書17巻　武家名目抄　第7　今泉定介編輯, 故実叢書編集部編　塙保己一〔編纂〕改訂増補　明治図書出版　1993.6　608p　22cm

◇故実叢書18巻　武家名目抄　第8　今泉定介編輯, 故実叢書編集部編　塙保己一〔編纂〕改訂増補　明治図書出版　1993.6　769p　22cm

◇群書類従　巻第218　慈鎮和尚自歌合・日吉社歌合　〔塙保己一編〕　日本文化資料センター　1993.5　60丁　28cm　11000円

◇群書類従　巻第219　後京極殿御自歌合　〔塙保己一編〕　日本文化資料センター　1993.5　41丁　28cm　11000円

◇群書類従　巻第216　定家家隆両卿撰歌合──外　〔塙保己一編〕　日本文化資料センター　1993.4　54丁　28cm　11000円

◇群書類従　巻第217　御裳濯川歌合・宮河歌合　〔塙保己一編〕　日本文化資料センター　1993.4　42丁　28cm　11000円

◇群書類従　巻第214　公武歌合外　〔塙保己一編〕　日本文化資料センター　1993.3　63丁　28cm　11000円

◇群書類従　巻第215　前十六番歌合外　〔塙保己一編〕　日本文化資料センター　1993.3　74丁　28cm　11000円

◇群書類従　巻第212　蜷川親孝家歌合──外　〔塙保己一編〕　日本文化資料センター　1993.2　53丁　28cm　11000円

◇群書類従　巻第213　近江御息所歌合──外　〔塙保己一編〕　日本文化資料センター　1993.2　74丁　28cm　11000円

◇群書類従　巻第210　文明九年七月七日七首歌合──外　〔塙保己一編〕　日本文化資料センター　1993.1　70丁　28cm　11000円

◇群書類従　巻第211　将軍家歌合──外　〔塙保己一編〕　日本文化資料センター　1993.1　73丁　28cm　11000円

林　羅山
はやし　らざん

天正11(1583)～明暦3(1657).3.7
儒学者。朱子学者藤原惺窩に師事。惺窩の推薦で徳川家康に仕え、秀忠・家光・家綱と4代に朱子学に立脚した政治修養を講じた。徳川幕府成立期の多数の制度・法令の立案、祭祀の整備、外国との折衝など実際の政治・文教にも参画し、日本における朱子学の大成者として功績をあげた。後に昌平坂学問所となる家塾弘文館を上野忍ヶ丘に開いた。

＊　　＊　　＊

◇林羅山年譜稿　鈴木健一著　ぺりかん社　1999.7　233,21p　図版8p　22cm　4700円　①4-8315-0888-8

◇日本の近世と老荘思想──林羅山の思想をめぐって　大野出著　ぺりかん社　1997.2　362,5p　22cm　6800円　①4-8315-0768-7

室　鳩巣
むろ　きゅうそう

万治元(1658).3.29～享保19(1734).9.11
儒学者。木下順庵に学び、新井白石の推薦で幕府儒官となり、徳川家宣・家継・吉宗の三代の将軍に仕えた。吉宗に信任され、側近として享保の改革を補佐した。鳩巣の時代は古学派や

学術・思想　　　　　　　　　近　世

陽明学派の勃興によって朱子学が守勢に立たされた時代にあたったが、反対勢力に抗して朱子学の官学としての立場を維持した。著書に随筆集『駿台雑話』、教育書『六諭衍義大意』、書簡集『兼山麗沢秘策』などがある。

『六諭衍義大意』：享保7(1722)年。将軍徳川吉宗に献上された清の教育書『六諭衍義』の大意を訳したもの。江戸中期から明治初期にかけて庶民教育の教科書として、全国で使用された。

本居 宣長
もとおり のりなが

享保15(1730).5.7～享和元(1801).9.29
国学者、歌人。京に上って医学を勉強中、契沖に私淑し古道を研究。医業のかたわら『源氏物語』などを研究。宝暦13(1763)年、賀茂真淵が伊勢参município宮で松坂に泊った際に面会して入門し古道研究を志し、寛政10(1798)年、30余年を費やした大著『古事記伝』44巻を完成させた。国文学の本質を「もののあはれ」と説き儒仏を排して古道に帰るべきであると主張した。「てにをは」や活用なども研究。著書に『源氏物語玉の小櫛』『古今集遠鏡』『てにをは紐鏡』『詞の玉緒』『石上私淑言』『直毘霊』『玉勝間』『うひ山ぶみ』『馭戎慨言』『秘本玉くしげ』など。

　　　　＊　　　＊　　　＊

◇本居宣長の生涯―その学の軌跡　岩田隆著　以文社　1999.2　250p　20cm　1900円　④4-7531-0200-9
◇本居宣長の歌学　高橋俊和著　和泉書院　1996.1　308p　22cm　（研究叢書 176）　10300円　④4-87088-743-6
◇「宣長問題」とは何か　子安宣邦著　青土社　1995.12　249p　20cm　2330円　④4-7917-5410-7
◇賀茂真淵　武島又次郎著　クレス出版　1995.11　1冊　22cm　（近世文芸研究叢書 18）　④4-87733-002-X
◇花に向かへば―伊勢国鈴屋群像　津坂治男著　稽古舎　1995.6　186p　19cm　2000円

◇菅笠日記―現代語訳　本居宣長〔著〕、三嶋健男, 宮村千素著　和泉書院　1995.2　143p　21cm　1854円　④4-87088-722-3
◇本居宣長全集　別巻 3　大野晋, 大久保正編集校訂　筑摩書房　1993.9　60,921p　23cm　1300円　④4-480-74023-6
◇林崎のふみぐらの詞―神宮文庫所蔵　本居宣長自筆, 皇學館大学編　皇学館大学出版部　1993.4　60p　26cm　700円　④4-87644-085-9

山鹿 素行
やまが そこう

元和8(1622).9.21～貞享2(1685).10.23
儒学者。最初林羅山に朱子学を学んだが、観念論化する朱子学や、幕府の封建政治を批判して『聖教要録』を著し、赤穂へ配流された。原典復古主義と実践主義とを唱え、伊藤仁斎と並んで古学派の祖と称される。また、『武教全書』などをあらわし、山鹿流兵学を確立した武士道の大成者でもあり、赤穂浪士の大石内蔵助や明治に至る軍学者たちに多大な影響を与えた。『中朝事実』では独自の日本主義思想を展開した。著書に『配所残筆』『山鹿語類』『武家事紀』など。

『聖教要録』：寛文5(1665)年。官学である朱子学を批判して実用性のある道徳を追求し、古代の聖賢にたちもどることを主張した。これがもとで赤穂配流となった。

　　　　＊　　　＊　　　＊

◇聖教要録　配所残筆　山鹿素行〔原著〕, 土田健次郎全訳注　山鹿素行〔原著〕, 土田健次郎全訳注　講談社　2001.1　207p　15cm　（講談社学術文庫）　960円　④4-06-159470-2
◇山鹿素行　山鹿光世著　錦正社　1999.12　194p　20cm　2000円　④4-7646-0251-2
◇山鹿素行―「聖学」とその展開　劉長輝著　ぺりかん社　1998.6　438,8p　22cm　6800円　④4-8315-0796-2
◇近世日本学の研究　中山広司著　金沢工業大学出版局　1997.1　446p　22cm　（金沢工業大学日本学研究所研究叢書　第1輯）④4-906122-36-1

◇武士道は死んだか―山鹿素行武士道哲学の解説　佐佐木杜太郎著　壮神社　1995.12　270p　22cm　3800円　①4-915906-27-2

山崎 闇斎
やまざき あんさい

元和4(1619)1.24〜天和2(1682)10.16
儒学者、神道家。はじめ僧侶となったが、谷時中らに会って儒学、朱子学を修め僧籍を離れる、のち神道に傾倒。独自の学派を立て、保科正之ら諸藩主に招かれ講義を行い、私塾では佐藤直方、浅見絅斎ら多くの才能を輩出した。儒教と神道の原点に帰ることで南学派の見直しを行い、垂加流神道を創始した。神道に立脚した歴史認識を発表し、後の王政復古思想・運動に影響を与えた。

　　　*　　*　　*

◇先哲を仰ぐ　平泉澄著　普及版　錦正社　1998.9　567p　21cm　3000円　①4-7646-0247-4
◇山崎闇斎の研究 続々　近藤啓吾著　神道史学会　1995.4　357p　22cm　（神道史研究叢書16）　9579円　①4-653-03004-9

小説

近　代

小　説

芥川 龍之介
あくたがわ　りゅうのすけ

明治25(1892).3.1～昭和2(1927).7.24
　小説家、俳人。夏目漱石門下となり、大正3年第3・4次「新思潮」を菊池寛らと刊行。『鼻』『芋粥』『手巾』で注目され、作家としての地位を確立。大正期の作品に今昔物語集などから取材した『羅生門』『藪の中』『地獄変』、馬琴が主人公の『戯作三昧』、芭蕉の死を描いた『枯野抄』、童話『蜘蛛の糸』『杜子春』、『トロッコ』など。理知的で洗練された短編を多く執筆し、芸術至上主義を貫いた。14年頃から体調が崩れ、『河童』や警句集『侏儒の言葉』などを発表するが、昭和2年久米正雄に託した遺書『或旧友へ送る手記』を残して自殺、その死は知識人に強い衝撃を与えた。遺稿に評論『西方の人』、小説『歯車』『或阿保の一生』など。

『地獄変』：大正7(1918)年。短編小説。『宇治拾遺物語』の説話から、愛娘の焼き殺される姿を見ながら傑作を仕上げる絵師良秀の姿を通じて、人間性を放棄することで芸術の完成を得るというテーマを描いた。芥川自身の芸術至上主義が表れている。

　　　＊　　　＊　　　＊

◇芭蕉雑記・西方の人 他七篇　芥川竜之介著　岩波書店　2001.4　200p　15cm（岩波文庫）500円　①4-00-319021-1

◇新時代の芥川竜之介　松沢信祐著　洋々社　1999.11　247p　20cm　2400円　①4-89674-913-8

◇芥川竜之介とその時代　関口安義著　筑摩書房　1999.3　740p　22cm　6500円　①4-480-82338-7

◇芥川竜之介の言語空間―君看双眼色　山崎甲一著　笠間書院　1999.3　433p　22cm　8800円　①4-305-70195-2

◇忠臣蔵コレクション 3　列伝篇　池波正太郎, 芥川龍之介, 柴田錬三郎, 小島政二郎, 中山義秀ほか著, 縄田一男編　河出書房新社　1998.9　341p　15cm（河出文庫）680円　①4-309-47364-4

◇芥川竜之介集　芥川竜之介著　河出書房新社　1998.7　279p　15cm（河出文庫）660円　①4-309-40542-8

◇芥川竜之介の基督教思想　河泰厚著　翰林書房　1998.5　358p　20cm　3800円　①4-87737-037-4

◇芥川竜之介―人と作品　宮坂覚編　翰林書房　1998.4　183p　19cm　1600円　①4-87737-036-6

◇芥川龍之介全集 第24巻　補遺　芥川龍之介著　岩波書店　1998.3　356,146p　20cm　3600円　①4-00-091994-6

◇芥川龍之介全集 第23巻　芥川龍之介著　岩波書店　1998.1　654p　20cm　3600円　①4-00-091993-8

◇芥川龍之介全集 第21巻　芥川龍之介著　岩波書店　1997.11　500p　20cm　3300円　①4-00-091991-1

◇芥川龍之介全集 第22巻　芥川龍之介著　岩波書店　1997.10　626p　20cm　3600円　①4-00-091992-X

◇芥川竜之介―影の無い肖像　久保田正文著　木精書房　1997.9　239p　20cm　1800円　①4-7952-4745-5

◇芥川龍之介全集 第20巻　書簡 4(1923-1927年,年次末詳)　芥川龍之介著　岩波書店　1997.8　405,52p　20cm　3100円　①4-00-091990-3

◇藪の中の家―芥川自死の謎を解く　山崎光夫著　文芸春秋　1997.6　261p　19cm　1619円　①4-16-353020-7

◇芥川龍之介全集 第19巻　書簡 3(大正9年―11年)　芥川龍之介著　岩波書店　1997.6　381,29p　20cm　3100円　Ⓘ4-00-091989-X

◇芥川龍之介全集 第18巻　書簡 2(1916～1919年)　芥川龍之介著　岩波書店　1997.4　430,28p　20cm　3100円　Ⓘ4-00-091988-1

◇藪の中・羅生門　芥川龍之介著　角川書店　1997.4　125p　12cm　(角川mini文庫)　200円　Ⓘ4-04-700143-0

◇芥川龍之介全集 第17巻　書簡 1(明治38年～大正4年)　紅野敏郎〔ほか〕編　岩波書店　1997.3　400,24p　20cm　3193円　Ⓘ4-00-091987-3

◇特派員芥川竜之介―中国でなにを視たのか　関口安義著　毎日新聞社　1997.2　214p　20cm　1700円　Ⓘ4-620-31149-9

◇芥川龍之介集―大きな活字で読みやすい本　芥川龍之介著　リブリオ出版　1997.2　273p　22cm　(くらしっくミステリーワールド オールルビ版 第1巻)　Ⓘ4-89784-493-2,4-89784-492-4

◇芥川龍之介全集 第16巻　紅野敏郎〔ほか〕編　岩波書店　1997.2　363p　20cm　3193円　Ⓘ4-00-091986-5

◇羅生門　蜘蛛の糸　杜子春　他十八篇　芥川龍之介著　文芸春秋　1997.2　484p　15cm　(文春文庫)　520円　Ⓘ4-16-711305-8

◇芥川龍之介全集 第15巻　紅野敏郎〔ほか〕編　岩波書店　1997.1　410p　20cm　3193円　Ⓘ4-00-091985-7

◇芥川龍之介全集 第14巻　紅野敏郎ほか編集, 芥川龍之介著　岩波書店　1996.12　385p　20cm　3100円　Ⓘ4-00-091984-9

◇芥川龍之介全集 第13巻　紅野敏郎ほか編集, 芥川龍之介著　岩波書店　1996.11　412p　20cm　3100円　Ⓘ4-00-091983-0

◇芥川龍之介全集 第12巻　紅野敏郎ほか編集, 芥川龍之介著　岩波書店　1996.10　410p　20cm　3100円　Ⓘ4-00-091982-2

◇天才、生い立ちの病跡学―甘えと不安の精神分析　福島章著　講談社　1996.9　395p　15cm　(講談社プラスアルファ文庫)　880円　Ⓘ4-06-256162-X

◇芥川龍之介全集 第11巻　紅野敏郎ほか編集, 芥川龍之介著　岩波書店　1996.9　415p　20cm　3107円　Ⓘ4-00-091981-4

◇芥川龍之介全集 第10巻　紅野敏郎ほか編集, 芥川龍之介著　岩波書店　1996.8　400p　20cm　3107円　Ⓘ4-00-091980-6

◇芥川龍之介全集 第9巻　紅野敏郎ほか編集, 芥川龍之介著　岩波書店　1996.7　410p　20cm　3107円　Ⓘ4-00-091979-2

◇芥川龍之介全集 第8巻　紅野敏郎ほか編集, 芥川龍之介著　岩波書店　1996.6　406p　20cm　3107円　Ⓘ4-00-091978-4

◇異空間 軽井沢―堀辰雄と若き詩人たち　堀井正子著　オフィス・エム　1996.5　85p　21cm　(みみずく叢書)　500円　Ⓘ4-900918-04-0

◇芥川龍之介全集 第7巻　紅野敏郎ほか編集, 芥川龍之介著　岩波書店　1996.5　395p　20cm　3107円　Ⓘ4-00-091977-6

◇芥川龍之介全集 第6巻　紅野敏郎〔ほか〕編, 芥川龍之介著　岩波書店　1996.4　417p　20cm　3200円　Ⓘ4-00-091976-8

◇芥川龍之介全集 第5巻　紅野敏郎〔ほか〕編, 芥川龍之介著　岩波書店　1996.3　385p　20cm　3200円　Ⓘ4-00-091975-X

◇羅生門・蜘蛛の糸　芥川龍之介著　新潮社　1996.3　93p　16cm　(新潮ピコ文庫)　150円　Ⓘ4-10-940006-6

◇芥川龍之介全集 第4巻　紅野敏郎〔ほか〕編, 芥川龍之介著　岩波書店　1996.2　404p　20cm　3200円　Ⓘ4-00-091974-1

◇芥川龍之介全集 第3巻　紅野敏郎〔ほか〕編, 芥川龍之介著　岩波書店　1996.1　434p　20cm　3200円　Ⓘ4-00-091973-3

◇芥川龍之介全集 第2巻　紅野敏郎〔ほか〕編, 芥川龍之介著　岩波書店　1995.12　385p　20cm　3200円　Ⓘ4-00-091972-5

◇芥川龍之介全集 第1巻　紅野敏郎〔ほか〕編, 芥川龍之介著　岩波書店　1995.11　410p　20cm　3200円　Ⓘ4-00-091971-7

◇南京の基督　芥川龍之介原作, ジョイス・チャン脚本, 丹後達臣ノベライズ　扶桑社　1995.11　240p　15cm　(扶桑社文庫)　500円　Ⓘ4-594-01867-X

◇芥川竜之介　関口安義著　岩波書店　1995.10　220,8p　18cm　（岩波新書　新赤版　414）　631円　Ⓘ4-00-430414-8

◇芥川竜之介　2　菊地弘編　国書刊行会　1995.9　339p　22cm　（日本文学研究大成）　3786円　Ⓘ4-336-03091-X

◇現代ホラー傑作集　第5集　森の声　内田康夫編, 芥川龍之介ほか著　角川書店　1995.8　290p　15cm　（角川ホラー文庫）　520円　Ⓘ4-04-160734-5

◇芥川竜之介と現代　平岡敏夫著　大修館書店　1995.7　433p　20cm　3090円　Ⓘ4-469-22110-4

◇この人を見よ―芥川竜之介と聖書　関口安義著　小沢書店　1995.7　232p　20cm　1854円

◇トロッコ・鼻　芥川龍之介著　講談社　1995.5　205p　19cm（ポケット日本文学館）　1000円　Ⓘ4-06-261706-4

◇芥川竜之介文章修業(しゅうぎょう)―写生文の系譜　中田雅敏著　洋々社　1995.4　258p　20cm　2000円　Ⓘ4-89674-906-5

◇芥川竜之介とキリスト教　曺紗玉著　翰林書房　1995.3　285p　20cm　3000円　Ⓘ4-906424-63-5

◇磯田光一著作集　6　永井荷風　作家論　1　磯田光一著　小沢書店　1995.3　595p　19cm　4800円

◇芥川竜之介―愛と絶望の狭間で―近代日本文学と聖書(中)　奥山実著　マルコーシュ・パブリケーション　1995.2　156p　20cm　1600円　Ⓘ4-87207-141-7

◇越し人慕情発見芥川竜之介　松本寧至著　勉誠社　1995.1　301p　20cm　2884円　Ⓘ4-585-05007-8

◇政治と文学の接点―漱石・蘆花・龍之介などの生き方　三浦隆著　教育出版センター　1995.1　222p　19cm　（以文選書　46）　2400円　Ⓘ4-7632-1543-4

◇芥川竜之介と堀辰雄―信と認識のはざま　影山恒男著　有精堂出版　1994.11　206p　19cm　3000円　Ⓘ4-640-31054-4

◇芥川竜之介　1　菊地弘編　図書刊行会　1994.9　336p　22cm　（日本文学研究大成）　3786円　Ⓘ4-336-03090-1

◇日本幻想文学集成 28　芥川龍之介　芥川龍之介〔著〕, 橋本治編　国書刊行会　1994.9　239p　20cm　1800円　Ⓘ4-336-03238-6

◇ジョン・レノンと竜之介　物部竜太郎著　近代文芸社(発売)　1994.6　266p　22cm　2500円　Ⓘ4-7733-2810-X

◇世紀末のエロスとデーモン―芥川竜之介とその病い　小山田義文著　河出書房新社　1994.4　225p　20cm　2000円　Ⓘ4-309-00902-6

◇芥川竜之介資料集　山梨県立文学館編　山梨県立文学館　1993.11　3冊　39cm

◇芥川竜之介の文学碑　中田雅敏著　武蔵野書房　1993.10　175p　20cm　1880円

◇漱石と次代の青年―芥川竜之介の型の問題　石井和夫著　有朋堂　1993.10　280p　20cm　2719円　Ⓘ4-8422-0173-8

◇芥川竜之介研究資料集成 第1巻　関口安義編　日本図書センター　1993.9　358p　22cm　7931円　Ⓘ4-8205-9257-2

◇芥川竜之介研究資料集成 第2巻　関口安義編　日本図書センター　1993.9　338p　22cm　7931円　Ⓘ4-8205-9258-0

◇芥川竜之介研究資料集成 第3巻　関口安義編　日本図書センター　1993.9　339p　22cm　7931円　Ⓘ4-8205-9259-9

◇芥川竜之介研究資料集成 第4巻　関口安義編　日本図書センター　1993.9　362p　22cm　7931円　Ⓘ4-8205-9260-2

◇芥川竜之介研究資料集成 第5巻　関口安義編　日本図書センター　1993.9　342p　22cm　7931円　Ⓘ4-8205-9261-0

◇芥川竜之介研究資料集成 第6巻　関口安義編　日本図書センター　1993.9　352p　22cm　7931円　Ⓘ4-8205-9262-9

◇芥川竜之介研究資料集成 第7巻　関口安義編　日本図書センター　1993.9　364p　22cm　7931円　Ⓘ4-8205-9263-7

◇芥川竜之介研究資料集成 第8巻　関口安義編　日本図書センター　1993.9　340p　22cm　7931円　Ⓘ4-8205-9264-5

◇芥川竜之介研究資料集成 第9巻　関口安義編　日本図書センター　1993.9　342p　22cm　7931円　Ⓘ4-8205-9265-3

◇芥川竜之介研究資料集成　第10巻　関口安義編　日本図書センター　1993.9　350p　22cm　7931円　①4-8205-9266-1

◇芥川竜之介論　奥野政元著　翰林書房　1993.9　295p　20cm　2800円　①4-906424-24-4

◇物語芸術論―谷崎・芥川・三島　佐伯彰一著　中央公論社　1993.9　304p　16cm　（中公文庫）　580円　①4-12-202032-8

◇私の「漱石」と「龍之介」　内田百閒著　筑摩書房　1993.8　275p　15cm　（ちくま文庫）　650円　①4-480-02765-3

◇芥川龍之介　作品の迷路　酒井英行著　有精堂出版　1993.7　310p　19cm　4500円　①4-640-31043-9

◇闇×幻想13＝黎明―幻想・怪奇名作選　芥川龍之介ほか著，ポチ編　ペンギンカンパニー，星雲社〔発売〕　1993.7　331p　19cm　1800円　①4-7952-4630-0

◇芥川竜之介―理智と抒情　宮坂覚編　有精堂出版　1993.6　265p　22cm　（日本文学研究資料新集　19）　3650円　①4-640-30968-6

◇芥川竜之介伝説　志村有弘著　朝文社　1993.2　247p　20cm　2400円　①4-88695-085-X

◇芥川竜之介　吉田精一著　日本図書センター　1993.1　380,8p　22cm　（近代作家研究叢書　121）　7210円　①4-8205-9222-X

有島 武郎
ありしま たけお

明治11(1878).3.4～大正12(1923).6.9

小説家。明治43年に創刊された「白樺」同人に加わり『かんかん虫』『或る女のグリンプス』などを発表。大正4年『宣言』を発表、白樺派の中では最も社会性の強い作家で、自己の存在を追求しようとする人間と環境を描く。以後も『惜みなく愛は奪ふ』『カインの末裔』『クララの出家』『小さき者』『生れ出づる悩み』などを発表し、8年近代リアリズムの代表作とされる『或る女』を完成させた。11年自己の立場を「宣言一つ」に発表、個人雑誌「泉」を創刊するが、12年婦人記者・波多野秋子と心中死した。

『或る女』：明治44(1911)年。長編小説。自由結婚した女性が、離婚、新たな恋と破局の末に身も心も疲れて死んでいくという、自我に目覚めた急進的な女性が家や社会に反逆して自滅していく姿を描き、社会問題にふれた傑作。

『生まれ出づる悩み』：大正7(1918)年。長編小説。画家を目指しながら、家業や家族を捨てられない青年の苦しみを描いている。作者自身の苦悩や執着を主人公に投影させており、民衆への共感がうかがわれる。

＊　　＊　　＊

◇有島武郎全集　第9巻　評論・感想　有島武郎著　筑摩書房　2002.2　519p　21cm　7000円　①4-480-70909-6

◇有島武郎全集 1　評論・感想　有島武郎著　筑摩書房　2001.12　560p　21cm　7000円　①4-480-70907-X

◇有島武郎全集　第6巻　紀行・童話・詩　有島武郎著　筑摩書房　2001.11　563p　21cm　7000円　①4-480-70906-1

◇有島武郎全集　第5巻　創作　有島武郎著　筑摩書房　2001.10　629p　21cm　7500円　①4-480-70905-3

◇有島武郎全集　第4巻　創作　有島武郎著　筑摩書房　2001.9　458p　21cm　6500円　①4-480-70904-5

◇有島武郎全集　第3巻　創作　有島武郎著　筑摩書房　2001.8　692p　22×16cm　7500円　①4-480-70903-7

◇有島武郎全集　第2巻　創作　有島武郎著　筑摩書房　2001.7　602p　21cm　7500円　①4-480-70902-9

◇有島武郎全集　第1巻　初期文集　有島武郎著　筑摩書房　2001.6　729p　21cm　8000円　①4-480-70901-0

◇惜みなく愛は奪う―有島武郎評論集　有島武郎著　新潮社　2000.4　692p　16cm　（新潮文庫　あ-2-6）　743円　①4-10-104206-3

◇渓流釣り余滴　佐々木一男著　つり人社　1999.7　256p　18cm　（つり人ノベルズ）　950円　①4-88536-252-0

◇有島武郎〈作家〉の生成　山田俊治著　小沢書店　1998.9　334p　20cm　3500円　①4-7551-0369-X

◇有島武郎とヨーロッパ―ティルダ、まだ僕のことを覚えていますか。　北海道文学館編　北海道立文学館　1998.8　47p　26cm
◇いま見直す有島武郎の軌跡―「相互扶助」思想の形成とその実践　図録　髙山亮二, ニセコ町有島記念館編著　ニセコ町・有島記念館　1998.7　140p　21cm
◇有島武郎―私の父と母/詩への逸脱　有島武郎著, 石丸晶子編　日本図書センター　1998.4　269p　22cm　(シリーズ・人間図書館)　2600円　④4-8205-9507-5
◇有島武郎とキリスト教並びにその周辺　川鎮郎著　笠間書院　1998.4　279p　20cm　1900円　④4-305-70179-0
◇亡命・有島武郎のアメリカ―〈どこでもない所〉への旅　栗田広美著　右文書院　1998.3　411,8p　20cm　3790円　④4-8421-9801-X
◇父有島武郎と私　神尾行三著　右文書院　1997.9　362p　20cm　1905円　④4-8421-9704-8
◇近代日本の知識人と農民　持田恵三著　家の光協会　1997.6　237p　19cm　2400円　④4-259-54439-X
◇有島武郎―「個性」から「社会」へ　外尾登志美著　右文書院　1997.4　357p　22cm　3800円　④4-8421-9604-1
◇生れ出づる悩み　有島武郎著　旺文社　1997.4　240p　18cm　(愛と青春の名作集)　930円　④4-01-066050-3
◇有島武郎と場所　有島武郎研究会編　右文書院　1996.7　237p　21cm　(有島武郎研究叢書　第10集)　2500円　④4-8421-9510-X
◇有島武郎と作家たち　有島武郎研究会編　右文書院　1996.6　261p　21cm　(有島武郎研究叢書　第8集)　2500円　④4-8421-9508-8
◇有島武郎の評論　有島武郎研究会編　右文書院　1996.6　264p　21cm　(有島武郎研究叢書　第4集)　2400円　④4-8421-9507-X
◇有島武郎虚構と実像　内田満著　有精堂出版　1996.5　333,7p　22cm　7000円　④4-640-31075-7
◇有島武郎論―関係にとって〈同情〉とはなにか　丹羽一彦著　風琳堂　1995.11　356p　20cm　2472円　④4-89426-501-X
◇有島武郎とキリスト教　有島武郎研究会編　右文書院　1995.8　269p　21cm　(有島武郎研究叢書　第7集)　2500円　④4-8421-9506-1
◇有島武郎序説　浜賀知彦〔著〕　東京図書の会　1995.6　157p　21cm　1050円
◇有島武郎　愛/セクシュアリティ　有島武郎研究会編　右文書院　1995.5　238p　21cm　(有島武郎研究叢書　第6集)　2500円　④4-8421-9504-5
◇有島武郎と社会　有島武郎研究会編　右文書院　1995.5　212p　21cm　(有島武郎研究叢書　第5集)　2400円　④4-8421-9502-9
◇或る女　有島武郎著　新潮社　1995.5　610p　15cm　(新潮文庫)　680円　④4-10-104205-5
◇有島武郎研究　増子正一著　新教出版社　1994.8　896,55p　21cm　12360円　④4-400-61470-0
◇或る女　有島武郎著　中央公論社　1994.2　600p　15cm　(中公文庫)　840円　④4-12-202070-0
◇愛の書簡集―有島武郎よりティルダ・ヘックへ　星座の会編　星座の会　1993.6　203p　18cm　(星座の会シリーズ　5)　1200円　④4-905664-83-7
◇有島武郎の思想と文学―クロポトキンを中心に　髙山亮二著　明治書院　1993.4　582p　21cm　14000円　④4-625-43066-6

泉 鏡花
いずみ　きょうか

明治6(1873).11.4〜昭和14(1939).9.7
小説家。明治24年尾崎紅葉門下生となり、26年『冠弥左衛門』を発表。28年世俗の道徳を批判した『夜行巡査』『外科室』を「文芸倶楽部」に発表し、"観念小説"作家として認められる。以後29年の『照葉狂言』や、遊廓に取材した『辰巳茶談』他、幽玄怪奇の世界をテーマにした『高野聖』などを著す。32年芸者桃太郎と結婚後は、芸妓を主人公にした『湯島詣』、自身の結婚経緯を綴った『婦系図』、『歌行燈』『白鷺』などを発表。硯友社系の作家として、唯美的、ロマンティックな作品は耽美派の先駆となった。大正期に入ってからは『日本橋』や戯曲『天守

物語』などを、昭和に入ってからも『薄紅梅』などを発表し、明治・大正・昭和の3代にわたって活躍した。江戸文芸につらなる作風は、新派の舞台や映画でも多くとりあげられている。

『高野聖』：明治33(1900)年。長編小説。若い僧が飛騨の山中で魔性の美女に会うという話を説話形式で綴った神秘的、幻想的な作品。巧みな会話と印象的な描写で、異常な妖怪美が漂う。

*　*　*

◇泉鏡花　泉鏡花〔著〕, 坪内祐三, 四方田犬彦編　筑摩書房　2001.6　429,3p　20cm（明治の文学　第8巻）　2400円　Ⓘ4-480-10148-9

◇魔性の生き物　泉鏡花〔ほか〕著　リブリオ出版　2001.4　265p　21cm　（怪奇・ホラーワールド 大きな活字で読みやすい本　第5巻）　Ⓘ4-89784-931-4,4-89784-926-8

◇婦系図　泉鏡花著　新潮社　2000.7　428p　16cm（新潮文庫）　552円　Ⓘ4-10-105604-8

◇滝の白糸　泉鏡花原作, 高田保脚本, 斎藤雅文補綴・演出　国立劇場　2000.3　132p　26cm（国立劇場新派公演上演台本）

◇怪猫鬼談　東雅夫編, 泉鏡花〔ほか〕著　人類文化社　1999.11　428p　20cm　1800円　Ⓘ4-7567-1187-1

◇反近代の文学―泉鏡花・川端康成　三田英彬著　おうふう　1999.5　405p　22cm　9500円　Ⓘ4-273-03068-3

◇分身　泉鏡花ほか著　国書刊行会　1999.1　254p　23cm　（書物の王国　11）　2400円　Ⓘ4-336-04011-7

◇湯島詣　重ね扇　泉鏡花原作, 円地文子脚色川口松太郎作, 榎本滋民脚本・演出　国立劇場　1998.4　144p　25cm　（国立劇場新派公演上演台本）

◇泉鏡花文学の成立　田中励儀著　双文社出版　1997.11　265p　22cm　5800円　Ⓘ4-88164-518-8

◇泉鏡花集成　11　風流線　続風流線　泉鏡花著, 種村季弘編　筑摩書房　1997.4　590p　15cm　（ちくま文庫）　1300円　Ⓘ4-480-03241-X

◇歌行灯　天守物語　泉鏡花原作, 久保田万太郎脚色, 戌井市郎補綴・演出　泉鏡花作　国立劇場　1997.4　140p　25cm　（国立劇場新派公演上演台本）

◇泉鏡花―幼い頃の記憶/国貞えがく　泉鏡花著, 松村友視編　日本図書センター　1997.4　309p　22cm　（シリーズ・人間図書館）　2600円　Ⓘ4-8205-9483-4

◇高野聖　歌行灯　泉鏡花著　泉鏡花著　旺文社　1997.4　231p　18cm　（愛と青春の名作集）　930円　Ⓘ4-01-066049-X

◇作家の自伝　41　泉鏡花　佐伯彰一, 松本健一監修　泉鏡花著, 松村友視編解説　日本図書センター　1997.4　309p　22cm（シリーズ・人間図書館）　2600円　Ⓘ4-8205-9483-4,4-8205-9482-6

◇泉鏡花集成　13　芍薬の歌　種村季弘編　筑摩書房　1997.3　444p　15cm　（ちくま文庫）　1185円　Ⓘ4-480-03243-6

◇泉鏡花集成　14　由縁の女　種村季弘編　筑摩書房　1997.2　515p　15cm　（ちくま文庫）　1185円　Ⓘ4-480-03244-4

◇泉鏡花集成　12　婦系図・日本橋　種村季弘編　筑摩書房　1997.1　597p　15cm（ちくま文庫）　1288円　Ⓘ4-480-03242-8

◇泉鏡花「海の鳴る時」の宿―晴浴雨浴日記・辰口温泉篇　種村季弘著　まつさき,(金沢)十月社〔発売〕　1996.11　93p　17cm　1800円　Ⓘ4-915665-51-8

◇和泉式部幻想　川村二郎著　河出書房新社　1996.10　235p　19cm　1900円　Ⓘ4-309-01101-2

◇作家の随想　3　泉鏡花　泉鏡花著, 松村友視編　日本図書センター　1996.9　424p　22cm　4800円　Ⓘ4-8205-8160-0

◇泉鏡花　泉鏡花著, 松村友視編解説　日本図書センター　1996.9　424p　22cm（作家の随想　3）　4944円　Ⓘ4-8205-8160-0,4-8205-8157-0

◇泉鏡花集成 1　泉鏡花著, 種村季弘編　筑摩書房　1996.8　515p　15cm　（ちくま文庫）　1050円　Ⓘ4-480-03171-5

◇泉鏡花集成 10　泉鏡花著, 種村季弘編　筑摩書房　1996.7　475p　15cm　（ちくま文庫）　980円　Ⓘ4-480-03180-4

◇泉鏡花集成9　泉鏡花著, 種村季弘編　筑摩書房　1996.6　575p　15cm　（ちくま文庫）　1100円　Ⓘ4-480-03179-0

◇泉鏡花集成8　泉鏡花著, 種村季弘編　筑摩書房　1996.5　507p　15cm　（ちくま文庫 い34-8）　1019円　Ⓘ4-480-03178-2

◇泉鏡花集成2　泉鏡花著, 種村季弘編　筑摩書房　1996.4　565p　15cm　（ちくま文庫）　1100円　Ⓘ4-480-03172-3

◇国立劇場新派公演上演台本〔15〕　日本橋　泉鏡花作, 戌井市郎補綴・演出　国立劇場　1996.4　106p　25cm

◇泉鏡花　三田英彬編　国書刊行会　1996.3　394p　22cm　（日本文学研究大成）　3900円　Ⓘ4-336-03088-X

◇定本泉鏡花研究　村松定孝著　有精堂出版　1996.3　210p　22cm　3914円　Ⓘ4-640-31072-2

◇泉鏡花集成6　泉鏡花著, 種村季弘編　筑摩書房　1996.3　533p　15cm　（ちくま文庫）　980円　Ⓘ4-480-03176-6

◇岩波講座 日本文学史 第12巻　20世紀の文学 1　岩波書店　1996.2　341p　21cm　2913円　Ⓘ4-00-010682-1

◇泉鏡花集成5　泉鏡花著, 種村季弘編　筑摩書房　1996.2　471p　15cm　（ちくま文庫）　920円　Ⓘ4-480-03175-8

◇泉鏡花集成3　泉鏡花著, 種村季弘編　筑摩書房　1996.1　527p　15cm　（ちくま文庫）　980円　Ⓘ4-480-03173-1

◇泉鏡花集成7　泉鏡花著, 種村季弘編　筑摩書房　1995.12　524p　15cm　（ちくま文庫）　880円　Ⓘ4-480-03177-4

◇泉鏡花集成4　薬草取・高野聖・妖僧記ほか　泉鏡花著, 種村季弘編　筑摩書房　1995.10　484p　15cm　（ちくま文庫）　880円　Ⓘ4-480-03174-X

◇鏡花幻想譚4　絵本の春の巻　泉鏡花著　河出書房新社　1995.8　222p　19cm　1700円　Ⓘ4-309-70694-0

◇岐阜県文学全集 第4巻　小説編 飛騨編1　泉鏡花ほか著, 桐山吾郎〔ほか〕編集　郷土出版社　1995.7　357p　20cm

◇鏡花幻想譚3　月夜遊女の巻　泉鏡花〔著〕　河出書房新社　1995.6　264p　20cm　1700円　Ⓘ4-309-70693-2

◇鏡花幻想譚2　海異記の巻　泉鏡花著　河出書房新社　1995.5　260p　19cm　1700円　Ⓘ4-309-70692-4

◇鏡花幻想譚5　天守物語の巻　泉鏡花〔著〕　河出書房新社　1995.4　285p　20cm　1700円　Ⓘ4-309-70695-9

◇ひつじアンソロジー 小説編1　中村三春編, 泉鏡花ほか著　ひつじ書房　1995.4　372p　19cm　2400円　Ⓘ4-938669-43-9

◇鏡花幻想譚1　竜潭譚の巻　泉鏡花著　河出書房新社　1995.3　260p　19cm　1700円　Ⓘ4-309-70691-6

◇鏡花小説・戯曲選 第12巻　戯曲篇2　泉鏡花著　岩波書店　1995.3　547p　19cm　3800円　Ⓘ4-00-090602-X

◇湯島詣 他一篇　泉鏡花作　岩波書店　1995.3　190p　15cm　（岩波文庫）　460円　Ⓘ4-00-312716-1

◇鏡花小説・戯曲選 第10巻　懐旧篇　泉鏡花著　岩波書店　1995.2　523p　19cm　3800円　Ⓘ4-00-090600-3

◇評伝泉鏡花　笠原伸夫〔著〕　白地社　1995.1　386p　20cm　（コレクション人と作品 1）　3200円　Ⓘ4-89359-151-7

◇鏡花小説・戯曲選 第4巻　伝奇篇4　泉鏡花著　岩波書店　1995.1　496p　19cm　3500円　Ⓘ4-00-090594-5

◇照葉狂言 — 中文翻訳小説　泉鏡花原著, 呉東竜訳　〔泉鏡花作品翻訳出版会〕　1995　152p　21cm

◇鏡花幻想　竹田真砂子著　講談社　1994.9　283p　15cm　（講談社文庫）　580円　Ⓘ4-06-185803-3

◇鏡花全集 巻1　泉鏡太郎〔著〕　エムティ出版　1994.4　663,8,65p　23cm

◇鏡花全集 巻2　泉鏡太郎〔著〕　エムティ出版　1994.5　735p　23cm

◇鏡花全集 巻3　泉鏡太郎〔著〕　エムティ出版　1994.5　731p　23cm

◇鏡花全集 巻4　泉鏡太郎〔著〕　エムティ出版　1994.5　781p　23cm

◇鏡花全集 巻5　泉鏡太郎〔著〕　エムティ出版　1994.5　915p　23cm
◇鏡花全集 巻6　泉鏡太郎〔著〕　エムティ出版　1994.5　958p　23cm
◇鏡花全集 巻7　泉鏡太郎〔著〕　エムティ出版　1994.5　942p　23cm
◇鏡花全集 巻8　泉鏡太郎〔著〕　エムティ出版　1994.5　879p　23cm
◇鏡花全集 巻9　泉鏡太郎〔著〕　エムティ出版　1994.5　1147p　23cm
◇鏡花全集 巻10　泉鏡太郎〔著〕　エムティ出版　1994.5　813p　23cm
◇鏡花全集 巻11　泉鏡太郎〔著〕　エムティ出版　1994.5　882p　23cm
◇鏡花全集 巻12　泉鏡太郎〔著〕　エムティ出版　1994.5　859p　23cm
◇鏡花全集 巻13　泉鏡太郎〔著〕　エムティ出版　1994.5　818p　23cm
◇鏡花全集 巻14　泉鏡太郎〔著〕　エムティ出版　1994.5　893p　23cm
◇鏡花全集 巻15　泉鏡太郎〔著〕　エムティ出版　1994.5　710p　23cm
◇言葉の影響―鏡花五十年　村松定孝著　東京布井出版　1994.4　257p　19cm　2000円　①4-8109-1096-2
◇海神別荘―他二篇　泉鏡花作　岩波書店　1994.4　159p　15cm　(岩波文庫)　360円　①4-00-312715-3
◇薄紅梅　泉鏡花著　中央公論社　1993.2　323p　16cm　(中公文庫)　680円　①4-12-201971-0
◇鏡花コレクション 3　人魚の祠　泉鏡花〔著〕，須永朝彦編　国書刊行会　1993.1　311p　20cm　3200円　①4-336-03403-6

巌谷 小波
いわや さざなみ

明治3(1870).6.6～昭和8(1933).9.5
児童文学者、小説家、俳人。進学を放棄して、明治20年硯友社に入る。24年に創作童話『こがね丸』を発表後、児童読物の執筆に専念。27年博文館に入社し、「幼年世界」「少女世界」「少年世界」の主筆となる。31年1月から「少年世界」に『新八犬伝』を連載して長編児童文学に新機軸をもたらした。また叢書『日本昔噺』『日本お伽噺』『世界お伽噺』を編纂し、童話口演をするなどわが国児童文学の草創期に最大の役割を果たした。俳人としても一家をなし、句集『さゝら波』がある

『新八犬伝』：明治31(1898)年。長編小説。滝沢馬琴の『南総里見八犬伝』を下敷きに「桃太郎」の鬼が島征伐の話をからめて、少年たちの活躍を描いた作品。従来の教訓的・寓意的な児童向け読み物を否定した。当時としては珍しく「少年世界」に長期連載された。

＊　　＊　　＊

◇日本昔噺　巌谷小波著，上田信道校訂　平凡社　2001.8　486p　18cm　(東洋文庫)　3200円　①4-582-80692-9
◇なんにもせんにん　佐藤わき子画，川崎大治脚本，巌谷小波原作　童心社　2000.5　12枚　27×38cm　(童心社のかみしばい)　1600円　①4-494-07626-0
◇「児童文学」をつくった人たち 1　「おとぎばなし」をつくった巌谷小波―我が五十年　巌谷小波著　ゆまに書房　1998.4　252p　22cm　(ヒューマンブックス)　3500円　①4-89714-266-0
◇巌谷小波日記翻刻と研究―自明治二十年至明治二十七年　巌谷小波〔著〕，桑原三郎監修　慶応義塾大学出版会　1998.3　391p　27cm　(白百合児童文化研究センター叢書)　①4-7664-0688-5
◇ご利益めぐり全国神社誌　巌谷小波，神社神徳研究会編著　展望社　1997.12　539p　20cm　4200円　①4-88546-009-3
◇波の跫音―巌谷小波伝　巌谷大四著　文芸春秋　1993.12　304p　15cm　(文春文庫)　580円　①4-16-739105-8

海野 十三
うんの じゅうざ

明治30(1897).12.26～昭和24(1949).5.17
小説家。十三は「ジュウゾウ」とも。昭和2年頃から科学随筆や小説を書き始め、3年『電気風呂の怪死事件』を発表し、推理小説家としてデビュー。以後『振動魔』『爬虫館事件』『赤

外線男』『俘囚』『地球盗難』などSF風な探偵小説を多く発表。日本のSF小説の先駆者となる。12年丘丘十郎の名で『軍用鼠』を発表して以来、次第に軍事小説を書くようになり、17年海軍報道班員として従軍し、それを契機として文学挺身隊を作った。戦後は健康がすぐれず、推理コントや短編を発表するにとどまった。

*　　*　　*

◇海野十三集―三人の双生児　海野十三著, 日下三蔵編　筑摩書房　2001.6　558p　15cm（ちくま文庫）　950円　Ⓘ4-480-03645-8

◇君らの狂気で死を孕ませよ―新青年傑作選　海野十三〔ほか著〕, 中島河太郎編　改版　角川書店　2000.12　355p　15cm（角川文庫）　686円　Ⓘ4-04-143402-5

◇深夜の市長　海野十三〔著〕　講談社　1997.4　211p　16cm（大衆文学館）780円+税　Ⓘ4-06-262076-6

◇海野十三集―大きな活字で読みやすい本　海野十三著　リブリオ出版　1997.2　273p　22cm（くらしっくミステリーワールド オールルビ版　第8巻）　Ⓘ4-89784-500-9,4-89784-492-4

◇くらしっくミステリーワールド―オールルビ版　第8巻　海野十三集　海野十三著　リブリオ出版　1997.2　273p　22cm（大きな活字で読みやすい本）　Ⓘ4-89784-500-9

◇日本探偵小説全集〈11〉　11　名作集　海野十三, 水谷準, 山本禾太郎ほか著　東京創元社　1996.6　796p　15cm（創元推理文庫）1200円　Ⓘ4-488-40011-6

◇赤外線男 他6編　海野十三著　春陽堂書店　1996.4　299,6p　15cm（春陽文庫）520円　Ⓘ4-394-38901-1

◇蠅男　海野十三著　講談社　1996.2　268p　15cm（大衆文学館）760円　Ⓘ4-06-262035-9

◇海野十三全集　別巻 2　海野十三著　三一書房　1993.1　668p 19cm　3500円　Ⓘ4-380-93538-8

江戸川 乱歩
えどがわ らんぽ

明治27(1894).10.21～昭和40(1965).7.28

推理作家。大正12年『二銭銅貨』を発表。14年処女短編集『心理試験』を刊行、また横溝正史らと「探偵趣味」を創刊。以後、探偵作家として活躍し、怪奇な謎と科学的推理による本格的推理小説の分野を開拓し、探偵・明智小五郎の生みの親として知られた。昭和22年日本探偵作家クラブが設立され初代会長となる。また21年に「宝石」を創刊し、編集する。日本の推理小説を確立した功績は大きい。筆名はエドガー・アラン・ポーに由来している。ほかに『パノラマ島奇譚』『怪人二十面相』『青銅の魔人』などがある。また、『黒蜥蜴』『双生児』など多くの作品が映画化されている。

『陰獣』：昭和3(1928)年。中編小説。人妻からの奇妙な相談に主人公の作家が挑む。卓抜なトリックと妖しく美しい感触を持ち、乱歩作品らしい雰囲気がちりばめられている。

*　　*　　*

◇科学の脅威　江戸川乱歩〔ほか〕著　リブリオ出版　2001.4　259p　21cm（怪奇・ホラーワールド 大きな活字で読みやすい本　第2巻）　Ⓘ4-89784-928-4,4-89784-926-8

◇ひとりで夜読むな―新青年傑作選怪奇編　江戸川乱歩〔ほか著〕, 中島河太郎編　改版　角川書店　2001.1　380p　15cm（角川ホラー文庫）　686円　Ⓘ4-04-143404-1

◇明智小五郎　江戸川乱歩作, 楢喜八絵　岩崎書店　2000.12　186p　20cm（世界の名探偵　9）　1300円　Ⓘ4-265-06739-5

◇孤島の鬼　江戸川乱歩〔著〕　角川書店　2000.12　413p　15cm（角川ホラー文庫 H24-7）　781円　Ⓘ4-04-105324-2

◇夢遊病者の死　江戸川乱歩〔著〕　角川書店　2000.6　366p　15cm（角川ホラー文庫）　619円　Ⓘ4-04-105323-4

◇白髪鬼　江戸川乱歩原作, 横山光輝, 桑田次郎, 古賀新一〔著〕　秋田書店　2000.3　469p　15cm（角川ホラー文庫）　800円　Ⓘ4-04-192404-9

◇乱歩の幻影　日下三蔵編　筑摩書房　1999.9　477p　15cm　（ちくま文庫）　1000円　Ⓣ4-480-03505-2

◇双生児　江戸川乱歩〔著〕　角川書店　1999.8　379p　15cm　（角川ホラー文庫）　743円　Ⓣ4-04-105322-6

◇江戸川乱歩のパノラマ島奇談　江戸川乱歩, 長田ノオト著　蒼馬社　1999.7　156p　21cm　（蒼馬社コミックス）　690円　Ⓣ4-88388-013-3

◇作家の自伝 90　江戸川乱歩　佐伯彰一, 松本健一監修　江戸川乱歩著, 中島河太郎編解説　日本図書センター　1999.4　249p　22cm　（シリーズ・人間図書館）　2600円　Ⓣ4-8205-9535-0,4-8205-9525-3

◇屍鬼の血族　東雅夫編, 江戸川乱歩〔ほか〕著　桜桃書房　1999.4　500p　20cm　2300円　Ⓣ4-7567-1120-0

◇探偵小説の「謎」　江戸川乱歩著　新版　社会思想社　1999.4　237p　15cm　（現代教養文庫）　600円　Ⓣ4-390-11622-3

◇黄金の怪獣　江戸川乱歩作　ポプラ社　1999.3　189p　20cm　（少年探偵・江戸川乱歩　第26巻）　980円　Ⓣ4-591-05866-2

◇仮面の恐怖王　江戸川乱歩作　ポプラ社　1999.3　181p　20cm　（少年探偵・江戸川乱歩　第22巻）　980円　Ⓣ4-591-05862-X

◇空飛ぶ二十面相　江戸川乱歩作　ポプラ社　1999.3　229p　20cm　（少年探偵・江戸川乱歩　第25巻）　980円　Ⓣ4-591-05865-4

◇電人M　江戸川乱歩作　ポプラ社　1999.3　181p　20cm　（少年探偵・江戸川乱歩　第23巻）　980円　Ⓣ4-591-05863-8

◇二十面相の呪い　江戸川乱歩作　ポプラ社　1999.3　229p　20cm　（少年探偵・江戸川乱歩　第24巻）　980円　Ⓣ4-591-05864-6

◇近代作家追悼文集成　第40巻　江戸川乱歩・谷崎潤一郎・高見順　ゆまに書房　1999.2　348p　22cm　8000円　Ⓣ4-89714-643-7,4-89714-639-9

◇奇面城の秘密　江戸川乱歩作　ポプラ社　1999.2　173p　20cm　（少年探偵・江戸川乱歩　第18巻）　980円　Ⓣ4-591-05858-1

◇鉄人Q　江戸川乱歩作　ポプラ社　1999.2　181p　20cm　（少年探偵・江戸川乱歩　第21巻）　980円　Ⓣ4-591-05861-1

◇塔上の奇術師　江戸川乱歩作　ポプラ社　1999.2　177p　20cm　（少年探偵・江戸川乱歩　第20巻）　980円　Ⓣ4-591-05860-3

◇魔法人形　江戸川乱歩作　ポプラ社　1999.2　165p　20cm　（少年探偵・江戸川乱歩　第17巻）　980円　Ⓣ4-591-05857-3

◇夜光人間　江戸川乱歩作　ポプラ社　1999.2　177p　20cm　（少年探偵・江戸川乱歩　第19巻）　980円　Ⓣ4-591-05859-X

◇サーカスの怪人　江戸川乱歩作　ポプラ社　1999.1　173p　20cm　（少年探偵・江戸川乱歩　第15巻）　980円　Ⓣ4-591-05855-7

◇魔人ゴング　江戸川乱歩作　ポプラ社　1999.1　173p　20cm　（少年探偵・江戸川乱歩　第16巻）　980円　Ⓣ4-591-05856-5

◇魔法博士　江戸川乱歩作　ポプラ社　1999.1　173p　20cm　（少年探偵・江戸川乱歩　第14巻）　980円　Ⓣ4-591-05854-9

◇黄金豹　江戸川乱歩作　ポプラ社　1998.12　173p　20cm　（少年探偵・江戸川乱歩　第13巻）　980円　Ⓣ4-591-05853-0

◇海底の魔術師　江戸川乱歩作　ポプラ社　1998.12　173p　20cm　（少年探偵・江戸川乱歩　第12巻）　980円　Ⓣ4-591-05852-2

◇灰色の巨人　江戸川乱歩作　ポプラ社　1998.12　177p　20cm　（少年探偵・江戸川乱歩　第11巻）　980円　Ⓣ4-591-05851-4

◇宇宙怪人　江戸川乱歩作　ポプラ社　1998.11　197p　20cm　（少年探偵・江戸川乱歩　第9巻）　980円　Ⓣ4-591-05846-8

◇怪奇四十面相　江戸川乱歩作　ポプラ社　1998.11　201p　20cm　（少年探偵・江戸川乱歩　第8巻）　980円　Ⓣ4-591-05845-X

◇地底の魔術王　江戸川乱歩作　ポプラ社　1998.11　209p　20cm　（少年探偵・江戸川乱歩　第6巻）　980円　Ⓣ4-591-05843-3

◇鉄塔王国の恐怖　江戸川乱歩作　ポプラ社　1998.11　185p　20cm　（少年探偵・江戸川乱歩　第10巻）　980円　Ⓣ4-591-05847-6

◇透明怪人　江戸川乱歩作　ポプラ社　1998.11　213p　20cm　（少年探偵・江戸川乱歩　第7巻）　980円　Ⓣ4-591-05844-1

◇怪人二十面相　江戸川乱歩作　ポプラ社　1998.10　245p　20cm　（少年探偵・江戸川乱歩　第1巻）　980円　ⓘ4-591-05821-2

◇少年探偵団　江戸川乱歩作　ポプラ社　1998.10　221p　20cm　（少年探偵・江戸川乱歩　第2巻）　980円　ⓘ4-591-05822-0

◇青銅の魔人　江戸川乱歩作　ポプラ社　1998.10　181p　20cm　（少年探偵・江戸川乱歩　第5巻）　980円　ⓘ4-591-05825-5

◇大金塊　江戸川乱歩作　ポプラ社　1998.10　209p　20cm　（少年探偵・江戸川乱歩　第4巻）　980円　ⓘ4-591-05824-7

◇妖怪博士　江戸川乱歩作　ポプラ社　1998.10　265p　20cm　（少年探偵・江戸川乱歩　第3巻）　980円　ⓘ4-591-05823-9

◇爬虫館事件―新青年傑作選　江戸川乱歩, 横溝正史, 夢野久作ほか著　角川書店　1998.8　488p　15cm　（角川ホラー文庫）　760円　ⓘ4-04-344901-1

◇江戸川乱歩全短篇 3　怪奇幻想　江戸川乱歩著, 日下三蔵編　筑摩書房　1998.7　565p　15cm　（ちくま文庫　え7-4）　1200円　ⓘ4-480-03413-7

◇江戸川乱歩　太陽編集部編　平凡社　1998.6　124p　22cm　（コロナ・ブックス　46）　1524円　ⓘ4-582-63343-9

◇江戸川乱歩全短篇 2　本格推理 2　江戸川乱歩著, 日下三蔵編　筑摩書房　1998.6　565p　15cm　（ちくま文庫　え7-3）　1200円　ⓘ4-480-03412-9

◇江戸川乱歩全短篇 1　本格推理 1　江戸川乱歩著, 日下三蔵編　筑摩書房　1998.5　569p　15cm　（ちくま文庫）　1200円　ⓘ4-480-03411-0

◇鏡地獄―江戸川乱歩怪奇幻想傑作選　江戸川乱歩〔著〕　角川書店　1997.12　405p　15cm　（角川ホラー文庫）　680円　ⓘ4-04-105321-8

◇覆面の佳人―或は「女妖」　江戸川乱歩, 横溝正史著　春陽堂書店　1997.10　509,6p　16cm　（春陽文庫）　714円　ⓘ4-394-30145-9

◇蠢く触手　江戸川乱歩著　春陽堂書店　1997.10　427,6p　16cm　（春陽文庫）　695円　ⓘ4-394-30144-0

◇幻影城―探偵小説評論集覆刻　江戸川乱歩著　沖積舎　1997.10　403,17p　21cm　7500円　ⓘ4-8060-4622-1

◇幽霊塔　江戸川乱歩著　東京創元社　1997.9　439p　15cm　（創元推理文庫）　740円　ⓘ4-488-40118-X

◇回想の江戸川乱歩　小林信彦著　文芸春秋　1997.5　190p　15cm　（文春文庫）　400円　ⓘ4-16-725605-3

◇三角館の恐怖　江戸川乱歩著　東京創元社　1997.4　328p　15cm　（創元推理文庫）　580円＋税　ⓘ4-488-40117-1

◇一九三四年冬―乱歩　久世光彦著　新潮社　1997.2　336p　16cm　（新潮文庫　く-20-1）　466円　ⓘ4-10-145621-6

◇江戸川乱歩集―大きな活字で読みやすい本　江戸川乱歩著　リブリオ出版　1997.2　269p　22cm　（くらしっくミステリーワールド　オールルビ版　第12巻）　ⓘ4-89784-504-1,4-89784-492-4

◇くらしっくミステリーワールド―オールルビ版 第12巻　江戸川乱歩集　江戸川乱歩著　リブリオ出版　1997.2　269p　22cm　（大きな活字で読みやすい本）　ⓘ4-89784-504-1

◇あの人この人―昭和人物誌　戸板康二著　文芸春秋　1996.11　413p　15cm　（文春文庫）　520円　ⓘ4-16-729212-2

◇緑衣の鬼　江戸川乱歩著　東京創元社　1996.11　395p　15cm　（創元推理文庫）　680円　ⓘ4-488-40116-3

◇驚きももの木20世紀―作家、その愛と死の秘密　ブックマン社　1996.10　233p　19cm　1500円　ⓘ4-89308-296-5

◇日本探偵小説事典　江戸川乱歩, 新保博久編, 山前譲編　河出書房新社　1996.10　526p　22cm　6602円　ⓘ4-309-01065-2

◇「新青年」をめぐる作家たち　山下武著　筑摩書房　1996.5　290p　19cm　2900円　ⓘ4-480-82327-1

◇日本探偵作家論　権田万治著　双葉社　1996.5　357,11p　15cm　（双葉文庫）　720円　ⓘ4-575-65824-3

◇わが懐旧的探偵作家論　山村正夫著　双葉社　1996.5　349p　15cm　（双葉文庫）　700円　ⓘ4-575-65826-X

◇乱歩―キネマ浅草コスモス座　高橋康雄著　北宋社　1996.4　223p　22cm　3107円　①4-938620-92-8

◇何者　江戸川乱歩著　東京創元社　1996.4　315p　15cm　（創元推理文庫）　550円　①4-488-40115-5

◇屋根裏の散歩者・D坂の殺人事件　江戸川乱歩著　新潮社　1996.3　93p　16cm　（新潮ピコ文庫）　150円　①4-10-940002-3

◇盲獣―乱歩傑作選 14　江戸川乱歩著　東京創元社　1996.2　364p　15cm　（創元推理文庫）　600円　①4-488-40114-7

◇大暗室　江戸川乱歩著　東京創元社　1996.1　428p　15cm　（創元推理文庫）　650円　①4-488-40113-9

◇影男　江戸川乱歩著　東京創元社　1995.10　324p　15cm　（創元推理文庫）　550円　①4-488-40110-4

◇恐怖王　江戸川乱歩著　春陽堂書店　1995.10　300,6p　15cm　（春陽文庫）　560円　①4-394-30143-2

◇算盤が恋を語る話　江戸川乱歩著　東京創元社　1995.10　249p　15cm　（創元推理文庫）　450円　①4-488-40111-2

◇人でなしの恋　江戸川乱歩著　東京創元社　1995.10　251p　15cm　（創元推理文庫）　450円　①4-488-40112-0

◇われらは乱歩探偵団　小野孝二著　勉誠社　1995.9　242p　20cm　1800円　①4-585-05016-7

◇海外探偵小説作家と作品―著名作家91人の評伝・写真,その全作品目録　江戸川乱歩著　2版　早川書房　1995.9　385,91p　19cm　3500円　①4-15-203036-4

◇幻影城―探偵小説評論集　続　江戸川乱歩著　早川書房　1995.9　295,93p　19cm　3200円　①4-15-203005-4

◇本格推理展覧会　第1巻　密室の奇術師　山前譲編　江戸川乱歩他著　青樹社　1995.9　358p　15cm　（青樹社文庫　え1-01）　621円　①4-7913-0906-5

◇湖畔亭事件―乱歩傑作選 9　江戸川乱歩著　東京創元社　1995.8　360p　15cm　（創元推理文庫）　580円　①4-488-40109-0

◇明智小五郎全集　江戸川乱歩著,新保博久編　講談社　1995.6　453p　15cm　（大衆文学館）　860円　①4-06-262013-8

◇江戸川乱歩コレクション 6　謎と魔法の物語―自作に関する解説　江戸川乱歩著,新保博久,山前譲編　河出書房新社　1995.6　432p　15cm　（河出文庫）　980円　①4-309-40449-9

◇幻影城　江戸川乱歩著　双葉社　1995.5　515,23p　15cm　（双葉文庫　え02-1）　854円　①4-575-65806-5

◇私の江戸川乱歩体験　長谷部史親著　広済堂出版　1995.4　192,4p　20cm　1650円　①4-331-05642-2

◇江戸川乱歩コレクション 3　一人の芭蕉の問題―日本ミステリ論集　江戸川乱歩著,新保博久,山前譲編　河出書房新社　1995.4　334,31p　15cm　（河出文庫）　880円　①4-309-40443-X

◇江戸川乱歩コレクション 2　クリスティーに脱帽―海外ミステリ論集　江戸川乱歩著,新保博久,山前譲編　河出書房新社　1995.3　337,25p　15cm　（河出文庫）　880円　①4-309-40441-3

◇江戸川乱歩コレクション 5　群集の中のロビンソン　新保博久,山前譲編　河出書房新社　1995.1　373p　15cm　（河出文庫）　880円　①4-309-40434-0

◇江戸川乱歩　江戸川乱歩著　河出書房新社　1994.12　367p　15cm　（河出文庫）　840円　①4-309-40433-2

◇殺意を運ぶ列車　西村京太郎ほか著,日本ペンクラブ編,江戸川乱歩ほか著　光文社　1994.12　340p　15cm　（光文社文庫）　560円　①4-334-71985-6

◇変身願望　江戸川乱歩著　河出書房新社　1994.12　356p　15cm　（河出文庫）　880円　①4-309-40432-4

◇江戸川乱歩随筆選　江戸川乱歩著,紀田順一郎編　筑摩書房　1994.12　357p　15cm　（ちくま文庫　え7-1）　757円　①4-480-02933-8

◇生誕百年・探偵小説の大御所　江戸川乱歩99の謎―生誕百年・探偵小説の大御所　企画者104編　二見書房　1994.11　247p　15cm　（二見WAi WAi文庫）　500円　①4-576-94168-2

◇日本推理小説史 第2巻　中島河太郎著　東京創元社　1994.11　327,18p　21cm　4635円　ⓈI4-488-02306-1

◇乱歩打明け話　江戸川乱歩著，新保博久編，山前譲編　河出書房新社　1994.11　360p　15cm　（河出文庫　え1-1）　777円　ⓈI4-309-40427-8

◇江戸川乱歩アルバム　新保博久編　河出書房新社　1994.10　206p　21cm　2800円　ⓈI4-309-00937-9

◇回想の江戸川乱歩　小林信彦著　メタローグ　1994.10　193p　20cm　1600円　ⓈI4-8398-2003-1

◇乱歩 上　江戸川乱歩〔ほか著〕，新保博久，山前譲編　講談社　1994.9　712p　20cm　5300円　ⓈI4-06-206990-3

◇乱歩 下　江戸川乱歩〔ほか著〕，新保博久，山前譲編　講談社　1994.9　703p　20cm　5300円　ⓈI4-06-206991-1

◇乱歩と東京　松山巌著　筑摩書房　1994.7　283p　15cm　（ちくま学芸文庫）　980円　ⓈI4-480-08144-5

◇屍を―他6編　江戸川乱歩〔ほか著〕　春陽堂書店　1994.5　276p　16cm　（春陽文庫）　500円　ⓈI4-394-30139-4

◇わが夢と真実　江戸川乱歩著　〔復刻版〕　東京創元社　1994.4　321,11p　15cm　2900円　ⓈI4-488-02337-1

◇暗黒星　江戸川乱歩著　改訂版　角川書店　1994.4　430p　15cm　（角川ホラー文庫）　680円　ⓈI4-04-105320-X

◇化人幻戯　江戸川乱歩著　改訂版　角川書店　1994.4　387p　15cm　（角川ホラー文庫）　640円　ⓈI4-04-105317-X

◇創作探偵小説選集 第1輯　探偵趣味の会編，江戸川乱歩ほか著　〔復刻版〕　春陽堂書店　1994.4　438,5p　19cm　3300円　ⓈI4-394-90136-7

◇創作探偵小説選集 第2輯　探偵趣味の会編，江戸川乱歩ほか著　〔復刻版〕　春陽堂書店　1994.4　403p　19cm　3300円　ⓈI4-394-90137-5

◇創作探偵小説選集 第3輯　探偵趣味の会編，江戸川乱歩ほか著　〔復刻版〕　春陽堂書店　1994.4　505p　19cm　3300円　ⓈI4-394-90138-3

◇犯罪幻想　江戸川乱歩著，棟方志功画　〔復刻版〕　東京創元社　1994.4　331p　21×16cm　5000円　ⓈI4-488-02336-3

◇屋根裏の散歩者　江戸川乱歩著　改訂版　角川書店　1994.4　405p　15cm　（角川ホラー文庫）　640円　ⓈI4-04-105314-5

◇妖虫　江戸川乱歩著　東京創元社　1994.3　299p　15cm　（創元推理文庫）　480円　ⓈI4-488-40108-2

◇一九三四年冬―乱歩　久世光彦著　集英社　1993.12　269p　22cm　1748円　ⓈI4-08-774045-5

◇吸血鬼　江戸川乱歩著　東京創元社　1993.12　413p　15cm　（創元推理文庫）　630円　ⓈI4-488-40106-6

◇殺人迷路　悪霊物語　森下雨村，大下宇陀児，横溝正史，水谷準，江戸川乱歩，橋本五郎，夢野久作，浜尾四郎，佐左木俊郎，甲賀三郎，角田喜久雄，山田風太郎著　春陽堂書店　1993.12　251p　15cm　（春陽文庫）　500円　ⓈI4-394-30135-1

◇女妖　江戸川乱歩，香山滋，鷲尾三郎，城昌幸，角田喜久雄，土師清二，陣出達朗著　春陽堂書店　1993.12　230p　15cm　（春陽文庫）　500円　ⓈI4-394-30138-6

◇一寸法師―創作探偵小説集　江戸川乱歩著　春陽堂書店　1993.11　349p　20cm　2900円

◇屋根裏の散歩者―創作探偵小説集　江戸川乱歩著　春陽堂書店　1993.11　287p　20cm　2900円

◇湖畔亭事件―創作探偵小説集　江戸川乱歩著　春陽堂書店　1993.11　335p　20cm　2900円

◇黒い虹　江戸川乱歩〔ほか著〕　春陽堂書店　1993.11　207p　16cm　（春陽文庫）　500円　ⓈI4-394-30136-X

◇心理試験―創作探偵小説集　江戸川乱歩著　春陽堂書店　1993.11　311p　20cm　2900円

◇畸形の天女　江戸川乱歩〔ほか著〕　春陽堂書店　1993.11　256p　16cm　（春陽文庫）　500円　ⓈI4-394-30137-8

◇江戸川乱歩　新潮社　1993.10　111p 19cm　（新潮日本文学アルバム　41）　1300円　Ⓘ4-10-620645-5

◇想い出の作家たち　1　　文芸春秋編　文芸春秋　1993.10　356p 19cm　1700円　Ⓘ4-16-348000-5

◇江川蘭子　江戸川乱歩, 横溝正史, 甲賀三郎, 大下宇陀児, 夢野久作, 森下雨村著　春陽堂書店　1993.10　212p 15cm　（春陽文庫）　500円　Ⓘ4-394-30134-3

◇五階の窓　江戸川乱歩, 平林初之輔, 森下雨村, 甲賀三郎, 国枝史郎, 小酒井不木著　春陽堂書店　1993.10　232p 15cm　（春陽文庫）　500円　Ⓘ4-394-30133-5

◇黄金仮面　江戸川乱歩著　東京創元社　1993.9　345p 15cm　（創元推理文庫）　550円　Ⓘ4-488-40107-4

◇黒蜥蜴　江戸川乱歩著　東京創元社　1993.5　257p 15cm　（創元推理文庫）　480円　Ⓘ4-488-40105-8

◇魔術師　江戸川乱歩著　東京創元社　1993.3　334p 15cm　（創元推理文庫）　580円　Ⓘ4-488-40104-X

◇蜘蛛男　江戸川乱歩著　東京創元社　1993.2　364p 15cm　（創元推理文庫）　550円　Ⓘ4-488-40103-1

大塚 楠緒子
おおつか くすおこ

明治8(1875).8.9〜明治43(1910).11.9
小説家、歌人。少女時代から竹柏園に入門、佐佐木弘綱・佐佐木信綱に短歌を学び発表する。樋口一葉や夫の友人でもある夏目漱石の影響をうけ、明治28年『くれゆく秋』、30年『しのび音』などの小説を発表し、女流作家として期待される。その他の作品に『客間』『別な女の顔』『露』などがあり、著書に『晴小袖』『暁露集』などがある。日露戦争時、厭戦詩『お百度詣』を発表した。

＊　　　＊　　　＊

◇明治の女流文学―翻訳編　第3巻　大塚楠緒子（くすおこ）集　川戸道昭, 榊原貴教編　大塚楠緒子〔訳著〕　復刻版　五月書房　2000.10　262,3p 27cm　（明治文学復刻叢書　第2期）　28000円　Ⓘ4-7727-0327-6

◇晴小袖　大塚楠緒子〔著〕　ゆまに書房　1999.12　362p 22cm　（近代女性作家精選集　1）　13000円　Ⓘ4-89714-842-1,4-89714-841-3

◇露　大塚楠緒子〔著〕　ゆまに書房　1999.12　200p 22cm　（近代女性作家精選集　2）　7200円　Ⓘ4-89714-843-X,4-89714-841-3

◇近代女性作家精選集　001　晴小袖　尾形明子監修　大塚楠緒子〔著〕　ゆまに書房　1999.12　362p 22cm　13000円　Ⓘ4-89714-842-1

◇近代女性作家精選集　002　露　尾形明子監修　大塚楠緒子〔著〕　ゆまに書房　1999.12　200p 22cm　7200円　Ⓘ4-89714-843-X

岡本 かの子
おかもと かのこ

明治22(1889).3.1〜昭和14(1939).2.18
小説家、歌人、仏教研究家。与謝野晶子に師事して新詩社に入り、「明星」「スバル」で活躍し、大正2年処女歌集『かろきねたみ』を刊行。他の歌集に『愛のなやみ』『浴身』『わが最終歌集』。漫画家岡本一平と結婚し、長男太郎をもうける。また宗教遍歴の結果、大乗仏教にたどりつき、仏教研究家としての名も高める。昭和10年代から小説に専念し、11年芥川龍之介をモデルにした『鶴は病みき』を発表して文壇から注目される。『母子叙情』『巴里祭』『東海道五十三次』『老妓抄』『家霊』などの作品を相次いで発表した。

＊　　　＊　　　＊

◇仏教人生読本　岡本かの子著　中央公論新社　2001.7　293p 16cm　（中公文庫）　800円　Ⓘ4-12-203868-5

◇岡本かの子全集　第1巻　岡本かの子著　復刻　日本図書センター　2001.2　514p 22cm　Ⓘ4-8205-8307-7,4-8205-8306-9

◇岡本かの子全集　第2巻　岡本かの子著　復刻　日本図書センター　2001.2　434p 22cm　Ⓘ4-8205-8308-5,4-8205-8306-9

◇岡本かの子全集 第3巻　岡本かの子著　復刻　日本図書センター　2001.2　428p　22cm　⓪4-8205-8309-3,4-8205-8306-9

◇岡本かの子全集 第4巻　岡本かの子著　復刻　日本図書センター　2001.2　446p　22cm　⓪4-8205-8310-7,4-8205-8306-9

◇岡本かの子全集 第5巻　岡本かの子著　復刻　日本図書センター　2001.2　372p　22cm　⓪4-8205-8311-5,4-8205-8306-9

◇岡本かの子全集 第6巻　岡本かの子著　復刻　日本図書センター　2001.2　434p　22cm　⓪4-8205-8312-3,4-8205-8306-9

◇岡本かの子全集 第7巻　岡本かの子著　復刻　日本図書センター　2001.2　490p　22cm　⓪4-8205-8313-1,4-8205-8306-9

◇岡本かの子全集 第8巻　岡本かの子著　復刻　日本図書センター　2001.2　589p　22cm　⓪4-8205-8314-X,4-8205-8306-9

◇岡本かの子全集 第9巻　岡本かの子著　復刻　日本図書センター　2001.2　444p　22cm　⓪4-8205-8315-8,4-8205-8306-9

◇岡本かの子全集 第10巻　岡本かの子著　復刻　日本図書センター　2001.2　473p　22cm　⓪4-8205-8316-6,4-8205-8306-9

◇岡本かの子全集 第11巻　岡本かの子著　復刻　日本図書センター　2001.2　424p　22cm　⓪4-8205-8317-4,4-8205-8306-9

◇岡本かの子全集 第12巻　岡本かの子著　復刻　日本図書センター　2001.2　415p　22cm　⓪4-8205-8318-2,4-8205-8306-9

◇岡本かの子全集 第13巻　岡本かの子著　復刻　日本図書センター　2001.2　393p　22cm　⓪4-8205-8319-0,4-8205-8306-9

◇岡本かの子全集 第14巻　岡本かの子著　復刻　日本図書センター　2001.2　578p　22cm　⓪4-8205-8320-4,4-8205-8306-9

◇岡本かの子全集 第15巻　岡本かの子著　復刻　日本図書センター　2001.2　541p　22cm　⓪4-8205-8321-2,4-8205-8306-9

◇岡本かの子全集 補巻　岡本かの子著　復刻　日本図書センター　2001.2　433p　22cm　⓪4-8205-8322-0,4-8205-8306-9

◇岡本かの子全集 別巻 1　岡本かの子著　復刻　日本図書センター　2001.2　459p　22cm　⓪4-8205-8323-9,4-8205-8306-9

◇岡本かの子全集 別巻 2　岡本かの子著　復刻　日本図書センター　2001.2　368p　22cm　⓪4-8205-8324-7,4-8205-8306-9

◇岡本かの子全集 別巻 3　岡本かの子著　復刻　日本図書センター　2001.2　1冊　22cm　⓪4-8205-8325-5,4-8205-8306-9

◇法華経・観音経―感動の源泉をたずねて　仏教名著選　岡本かの子著　新装版　潮文社　2000.4　300p　19cm　1900円　⓪4-8063-1303-3

◇浴身―歌集　岡本かの子著　短歌新聞社　1999.10　132p　15cm　（短歌新聞社文庫）　667円　⓪4-8039-0984-9

◇愛よ、愛　岡本かの子〔著〕　メタローグ　1999.5　205p　18cm　（パサージュ叢書　1）　1200円　⓪4-8398-3006-1

◇岡本太郎の本 1　呪術誕生　岡本太郎著　みすず書房　1998.12　271p　19cm　3000円　⓪4-622-04256-8

◇私小説作家録　山本健吉著　講談社　1998.7　333p　15cm　（講談社文芸文庫）　1250円　⓪4-06-197624-9

◇星の運命を生きた女たち　山崎洋子著　講談社　1998.6　375p　15cm　（講談社文庫）　667円　⓪4-06-263810-X

◇岡本かの子　三枝和子著　新典社　1998.5　158p　19cm　（女性作家評伝シリーズ　4）　1300円　⓪4-7879-7304-5

◇岡本かの子―資料にみる愛と炎の生涯　入谷清久著　多摩川新聞社　1998.5　248p　21cm　2000円　⓪4-924882-20-8

◇かの子歌の子　尾崎左永子著　集英社　1997.12　285p　20cm　2200円　⓪4-08-781158-1

◇創造の病―天才たちの肖像　福島章著　新曜社　1997.4　235p　19cm　2200円　⓪4-7885-0590-8

◇作家の自伝 56　岡本かの子　佐伯彰一、松本健一監修　岡本かの子著,宮内淳子編解説　日本図書センター　1997.4　292p　22cm　（シリーズ・人間図書館）　2600円　⓪4-8205-9498-2,4-8205-9482-6

◇かの子の記　岡本一平著　新装版　チクマ秀版社　1996.11　351p　20cm　2000円　⓪4-8050-0291-3

◇驚きももの木20世紀―作家、その愛と死の秘密　ブックマン社　1996.10　233p　19cm　1500円　Ⓣ4-89308-296-5
◇岡本かの子―華やぐいのち　古屋照子著　沖積舎　1996.8　332p　20cm　(作家論叢書6)　2718円　Ⓣ4-8060-7006-8
◇仏教聖典を語る―光をたずねて　岡本かの子著　潮文社　1996.8　211p　20cm　(仏教名著選)　1700円　Ⓣ4-8063-1040-9
◇金魚撩乱　岡本かの子〔著〕，川崎市市民ミュージアム編　川崎市市民ミュージアム　1996.7　100p　15cm
◇一平かの子―心に生きる凄い父母　岡本太郎著　チクマ秀版社　1995.12　248p　20cm　1748円　Ⓣ4-8050-0269-7
◇岡本かの子―無常の海へ　宮内淳子著　武蔵野書房　1994.10　290p　20cm　2330円
◇岡本かの子　新潮社　1994.7　111p　20×14cm　(新潮日本文学アルバム　44)　1300円　Ⓣ4-10-620648-X
◇岡本かの子全集 12　岡本かの子著　筑摩書房　1994.7　526p　15cm　(ちくま文庫)　1300円　Ⓣ4-480-02832-3
◇岡本かの子全集 11　岡本かの子著　筑摩書房　1994.6　497p　15cm　(ちくま文庫)　1300円　Ⓣ4-480-02831-5
◇岡本かの子全集 10　岡本かの子著　筑摩書房　1994.5　507p　15cm　(ちくま文庫)　1200円　Ⓣ4-480-02830-7
◇岡本かの子全集 9　岡本かの子著　筑摩書房　1994.3　612p　15cm　(ちくま文庫)　1400円　Ⓣ4-480-02829-3
◇漫画と小説のはざまで―現代漫画の父・岡本一平　清水勲，湯本豪一著　文芸春秋　1994.2　301p　19cm　1900円　Ⓣ4-16-348820-0
◇岡本かの子全集 2　岡本かの子著　筑摩書房　1994.2　482p　15cm　(ちくま文庫)　1200円　Ⓣ4-480-02822-6
◇かの子撩乱その後　瀬戸内晴美著　講談社　1994.1　248p　15cm　(講談社文庫)　400円　Ⓣ4-06-185578-6
◇岡本かの子全集 1　岡本かの子著　筑摩書房　1994.1　477p　15cm　(ちくま文庫)　1100円　Ⓣ4-480-02821-8

◇岡本かの子全集 8　岡本かの子著　筑摩書房　1993.12　511p　15cm　(ちくま文庫)　1100円　Ⓣ4-480-02828-5
◇岡本かの子全集 7　岡本かの子著　筑摩書房　1993.10　518p　15cm　(ちくま文庫)　1100円　Ⓣ4-480-02827-7
◇岡本かの子全集 6　岡本かの子著　筑摩書房　1993.9　486p　15cm　(ちくま文庫)　1000円　Ⓣ4-480-02826-9
◇岡本かの子研究ノート　久威智美　菁柿堂,星雲社〔発売〕　1993.8　274p　19cm　2800円　Ⓣ4-7952-7939-X
◇岡本かの子全集 5　岡本かの子著　筑摩書房　1993.8　423p　15cm　(ちくま文庫)　950円　Ⓣ4-480-02825-0
◇岡本かの子全集 4　岡本かの子著　筑摩書房　1993.7　450p　15cm　(ちくま文庫)　950円　Ⓣ4-480-02824-2
◇母の手紙―母かの子・父一平への追想　岡本太郎著　〔新装版〕　チクマ秀版社　1993.6　296p　19cm　1800円　Ⓣ4-8050-0234-4
◇岡本かの子作品集　岡本かの子著　〔新装版〕　沖積舎　1993.6　339p　19cm　(ちゅうせき叢書　18)　3500円　Ⓣ4-8060-7518-3
◇岡本かの子全集 3　筑摩書房　1993.6　474p　15cm　(ちくま文庫)　950円　Ⓣ4-480-02823-4
◇生々流転　岡本かの子著　講談社　1993.4　557p　15cm　(講談社文芸文庫)　1400円　Ⓣ4-06-196222-1

尾崎 紅葉
おざき こうよう

慶応3(1867).12.16～明治36(1903).10.30　小説家。明治18年、大学予備門2年の時に硯友社を結成した。22年の出世作『二人比丘尼色懺悔』など井原西鶴に学んだ雅俗折衷体の作風が主調となっていたが、26年頃から言文一致体と写実主義に移行し、29年に『多情多恨』を発表した。30年以降『金色夜叉』を断続的に発表したが未刊のまま没した。文壇の大家として多くの門下を育成したのは有名で、泉鏡花、小栗

風葉、徳田秋声、柳川春葉がその四天王と称された。

『多情多恨』：明治29(1896)年。長編小説。近代知識人の内面を微細に描写した写実主義の代表作。文体においても洗練し尽くした「である」調の言文一致体を用い、この文体が近代口語文の基調として広く社会に承伏されることとなった。

* * *

◇尾崎紅葉　尾崎紅葉〔著〕，坪内祐三，斎藤美奈子編　筑摩書房　2001.2　471,3p　20cm（明治の文学　第6巻）2400円　①4-480-10146-2

◇和泉式部幻想　川村二郎著　河出書房新社　1996.10　235p　19cm　1900円　①4-309-01101-2

◇紅葉全集　第12巻　尾崎紅葉著，大岡信〔ほか〕編　岩波書店　1995.9　615,11p　23cm　6800円　①4-00-091782-X

◇紅葉全集　別巻　尾崎紅葉著　岩波書店　1995.3　541p　23×16cm　6600円　①4-00-091783-8

◇尾崎紅葉の研究　木谷喜美枝著　双文社出版　1995.1　304p　22cm　6800円　①4-88164-504-8

◇紅葉全集　第11巻　尾崎紅葉著，大岡信〔ほか〕編　岩波書店　1995.1　430p　23cm　6000円　①4-00-091781-1

◇紅葉全集　第10巻　尾崎紅葉著，大岡信〔ほか〕編　岩波書店　1994.11　446p　23cm　6200円　①4-00-091780-3

◇紅葉全集　第9巻　尾崎紅葉著，大岡信〔ほか〕編　岩波書店　1994.9　554p　23cm　6200円　①4-00-091779-X

◇紅葉全集　第2巻　尾崎紅葉著，大岡信〔ほか〕編　岩波書店　1994.7　473p　23cm　6200円　①4-00-091772-2

◇紅葉全集　第8巻　尾崎紅葉著，大岡信〔ほか〕編　岩波書店　1994.5　528p　23cm　6200円　①4-00-091778-1

◇紅葉・露伴文学選　尾崎紅葉，幸田露伴〔著〕，木村有美子，山根賢吉編　和泉書院　1994.4　145p　19cm（新注近代文学シリーズ　5）1236円　①4-87088-653-7

◇紅葉全集　第1巻　尾崎紅葉著，大岡信〔ほか〕編　岩波書店　1994.3　503p　23cm　6200円　①4-00-091771-4

◇新編　思い出す人々　内田魯庵著，紅野敏郎編　岩波書店　1994.2　437p　15cm（岩波文庫）720円　①4-00-310864-7

◇紅葉全集　第5巻　尾崎紅葉著　岩波書店　1994.2　448p　21cm　6000円　①4-00-091775-7

◇紅葉全集　第4巻　尾崎紅葉著　岩波書店　1994.1　508p　21cm　6200円　①4-00-091774-9

◇紅葉全集　第7巻　尾崎紅葉著，大岡信〔ほか〕編　岩波書店　1993.12　505p　23cm　6200円　①4-00-091777-3

◇紅葉全集　第3巻　尾崎紅葉著，大岡信〔ほか〕編　岩波書店　1993.11　495p　23cm　6200円　①4-00-091773-0

◇紅葉全集　第6巻　尾崎紅葉著，大岡信〔ほか〕編　岩波書店　1993.10　482p　23cm　6200円　①4-00-091776-5

尾崎 翠
おざき みどり

明治29(1896).12.20〜昭和46(1971).7.8
小説家。18歳で「文章世界」に入選。日本女子大に入学するが、10年「新潮」に載った小説『無風帯から』が大学で問題となり退学。昭和4年、「女人芸術」に戯曲風の短編『アップルパイの午後』を発表。6年『第七官界彷徨』でふしぎな感覚世界を現出させ一躍注目されるが、薬剤による幻覚症状や、愛情問題で入院生活を繰り返し帰郷。以後、筆をとらなかった。1970年前後から再評価されて天才的女性作家と呼ばれ、多数の研究者によって少女小説33編のほか、地方紙や雑誌に発表した文章、詩歌などが発掘された。

* * *

◇金子みすゞと尾崎翠—1920・30年代の詩人たち　寺田操著　白地社　2000.2　254p　19cm　2000円　①4-89359-208-4

押川 春浪
おしかわ しゅんろう

明治9(1876).3.21～大正3(1914).11.16
冒険小説家。明治33年『海島冒険奇譚海底軍鑑』『ヘーグの奇怪塔』を刊行し、冒険小説家として名をなす。以後『地底の王冠』『南極の怪事』『武侠の日本』『新日本島』などを次々に発表。37年「日露戦争写真画報」主幹となる。41年「冒険世界」を創刊し『怪人鉄塔』を連載。45年には「武侠世界」を創刊。少年層を中心に人気を博し、冒険小説を少年文学の一ジャンルとして確立した。また、スポーツ社交団体・天狗倶楽部を結成し、スポーツ振興に尽力、特に野球を第2国技にしようと奨励した。

*　　*　　*

◇快絶壮遊「天狗倶楽部」――明治バンカラ交遊録　横田順弥著　教育出版　1999.6　192p　19cm　（江戸東京ライブラリー　8）1500円　①4-316-35740-9

葛西 善蔵
かさい ぜんぞう

明治20(1887).1.16～昭和3(1928).7.23
小説家。生家没落のため幼時より辛酸をなめ、様々な職業を経験して苦学する。上京を何度かくり返し、哲学館に学び、徳田秋声に師事。大正元年広津和郎らと「奇蹟」を創刊し、『哀しき父』『悪魔』を発表。私小説作家として認められたのは『子をつれて』を7年に刊行した頃からで、生活苦の中での借金、飲酒、放浪と無頼的な短い生涯であったが、渾然たる詩人作家の境地を示し、『不能者』『浮浪』『おせい』『蠢く者』『湖畔日記』『死児を生む』などをのこした。

『子をつれて』：大正7(1918)年。妻が郷里へ金策に行っている留守に、2人の子を連れて借家を負われ、街をさまよう。生活と芸術の両立の模索を描いた作品。

*　　*　　*

◇私小説作家録　山本健吉著　講談社　1998.7　333p　15cm　（講談社文芸文庫）1250円　①4-06-197624-9
◇葛西善蔵―哀しき父/湖畔手記　葛西善蔵著,榎本隆司編　日本図書センター　1998.4　261p　22cm　（シリーズ・人間図書館）2600円　①4-8205-9508-3
◇哀しき父・椎の若葉　葛西善蔵著　講談社　1994.12　329p　15cm　（講談社文芸文庫）980円　①4-06-196302-3
◇椎の若葉に光あれ―葛西善蔵の生涯　鎌田慧著　講談社　1994.6　238p　21cm　1900円　①4-06-206709-9

梶井 基次郎
かじい もとじろう

明治34(1901).2.17～昭和7(1932).3.24
小説家。大正14年同人誌「青空」を創刊し、『檸檬』を発表。同年『城のある町にて』『Kの昇天』などを発表。15年療養のため伊豆・湯ケ島温泉に滞在し、川端康成、広津和郎を知る。昭和2年肺を病むとの自意識を描いた『冬の日』、3年『冬の蝿』『蒼穹』『桜の樹の下には』を発表。同年帰郷し療養生活の傍ら『資本論』に没頭。5年から再び執筆、性の感覚をテーマに『愛撫』『闇の絵巻』『交尾』などを発表。6年『檸檬』を刊行、翌7年小林秀雄に評価されてようやく文壇の人となったが、程なく逝去。

『檸檬』：大正14(1925)年。短編小説。学生の「私」は檸檬を買って町をさまよい、それを書店の画集の上にそっと爆弾でもセットするかのように置いてくる。青年の倦怠と不安を鋭い感受性と高い美意識によって見つめた散文詩風の作品。

*　　*　　*

◇梶井基次郎全集　別巻　梶井基次郎〔著〕,鈴木貞美編　筑摩書房　2000.9　674p　22cm　7200円　①4-480-70414-0
◇梶井基次郎全集　第3巻　梶井基次郎著　筑摩書房　2000.1　525p　22cm　5400円　①4-480-70413-2
◇梶井基次郎全集　第2巻　梶井基次郎著　筑摩書房　1999.12　592p　22cm　5800円　①4-480-70412-4

◇梶井基次郎全集 第1巻 梶井基次郎著 筑摩書房 1999.11 638p 22cm 5800円 ⓘ4-480-70411-6

◇李陵・山月記・檸檬・愛撫 外十六篇 中島敦,梶井基次郎著 文芸春秋 1999.6 526p 15cm (文春文庫) 600円 ⓘ4-16-719503-8

◇私小説作家録 山本健吉著 講談社 1998.7 333p 15cm (講談社文芸文庫) 1250円 ⓘ4-06-197624-9

◇梶井基次郎―檸檬/のんきな患者 梶井基次郎著,鈴木貞美編 日本図書センター 1997.4 255p 22cm (シリーズ・人間図書館) 2600円 ⓘ4-8205-9492-3

◇作家の自伝 50 梶井基次郎 佐伯彰一,松本健一監修 梶井基次郎著,鈴木貞美編解説 日本図書センター 1997.4 255p 22cm (シリーズ・人間図書館) 2600円 ⓘ4-8205-9492-3,4-8205-9482-6

◇檸檬 城のある町にて 梶井基次郎著 梶井基次郎著 旺文社 1997.4 364p 18cm (愛と青春の名作集) 1000円 ⓘ4-01-066062-7

◇梶井基次郎表現する魂 鈴木貞美著 新潮社 1996.3 301p 20cm 2000円 ⓘ4-10-411101-5

◇梶井基次郎 安藤靖彦著 明治書院 1996.1 303p 19cm (新視点シリーズ日本近代文学 7) 2900円 ⓘ4-625-53027-X

◇梶井基次郎の青春―『檸檬』の時代 柏倉康夫著 丸善 1995.11 241p 19cm (丸善ブックス 035) 1553円 ⓘ4-621-06035-X

◇梶井基次郎 鈴木貞美編著 河出書房新社 1995.10 227p 22cm (年表作家読本) 2136円 ⓘ4-309-70056-X

◇梶井基次郎小説全集 梶井基次郎著 新装版 沖積舎 1995.9 411p 19cm 2800円 ⓘ4-8060-2100-8

◇梶井基次郎小説全集 沖積舎 1995.9 411p 19cm 2800円 ⓘ4-8060-2099-0

◇梶井基次郎と吉行淳之介 西野浩子著 帖面舎 1995.2 175p 20cm 1500円 ⓘ4-924455-15-6

◇評伝評論 梶井基次郎 内田照子著 牧野出版 1993.6 921p 21cm 15000円 ⓘ4-89500-030-3

仮名垣魯文
かながき ろぶん

文政12(1829).1.6～明治27(1894).11.8
戯作者、新聞記者。丁稚奉公や放浪生活を経て際物的著述を始め、滑稽本『滑稽富士詣』で注目を受けた。明治に入り明治3～9年の『西洋道中膝栗毛』4～5年の『牛店雑談 安愚楽鍋』などで人気を博した。5年、教務省の「三条の教憲」発令に際し、山々亭有人と戯作界を代表して答申書を提出し、従来の戯作からの転向を誓った。以後地理教科書『世界都路』、実録『佐賀電信録』などの実用的著作を刊行、また新聞記者として活躍した。

『牛店雑談 安愚楽鍋』:明治4(1871)～5(1872)年。滑稽本。開化期の風俗を諷刺・滑稽化したもので、表面的ながら世相の特色をとらえた、明治初頭を代表する作品。

＊　＊　＊

◇西洋料理通 仮名垣魯文編,河鍋暁斎画 紫峰図書 2000.6 1冊 21cm 非売品

嘉村 礒多
かむら いそた

明治30(1897).12.15～昭和8(1933).11.30
小説家。少年時代から文学書を多く読み、中学中退後も半農生活をしながら独学する。大正7年結婚するがまもなく妻との不和に悩むようになる。14年妻子をすてて上京し、15年「不同調」の記者となる。昭和3年『業苦』『崖の下』を発表して文壇に注目され、4年「近代生活」同人となり、5年『崖の下』を刊行。以後『途上』『神前結婚』などを発表した。作品数は多くないが、私小説の極北を示す短篇作家として文学史上に地位を占める。

＊　＊　＊

◇崖の下 嘉村礒多著 ゆまに書房 2000.3 242p 19cm (新興芸術派叢書 7) ⓘ4-8433-0007-1,4-8433-0000-4

◇業苦 崖の下 嘉村礒多〔著〕 嘉村礒多〔著〕 講談社 1998.9 330p 16cm (講談社文芸文庫 かO1) 1100円 ⓘ4-06-197630-3

◇私小説作家録　山本健吉著　講談社　1998.7　333p　15cm（講談社文芸文庫）1250円　④4-06-197624-9

◇嘉村礒多―「業苦」まで　多田みちよ著　皆美社　1997.7　287p　19cm　2375円　①4-87322-041-6

◇嘉村礒多論　広瀬晋也著　双文社出版　1996.10　581p　22cm　9320円　①4-88164-511-0

菊池 寛
きくち かん

明治21(1888).12.26～昭和23(1948).3.6
小説家、劇作家。第3次・第4次「新思潮」に参加し、同誌に戯曲『屋上の狂人』『父帰る』などを発表。大正7年『忠直卿行状記』、8年『恩讐の彼方に』『藤十郎の恋』などを発表して、地位を確立する。小説、戯曲のみならず新劇運動にも関わり、劇的な構成と着想で流行作家となった。9年の『真珠夫人』以降、通俗小説も発表。一方、大正12年文藝春秋社を創立し「文藝春秋」を創刊。また10年に劇作家協会と小説家協会を結成し、15年には両者を合併して日本文芸家協会を組織し、昭和11年に初代会長に就任するなど文壇を率いた。10年には日本文学振興会を設立し芥川賞、直木賞、菊池寛賞を設け、新人発掘に大きな功績を残した。

『父帰る』：大正6(1917)年。戯曲。20年の失踪を経て帰宅した父に対する長男と他の家族の複雑な愛情が中心の一幕もの。この戯曲の上演によって舞台上の現実主義を確立した記念すべき作品。

『恩讐の彼方に』：大正8(1919)年。短編小説。追ってきた父の仇が洞門を掘る事業に取り組んでいるのを知り、事業が終わるまで仇討を延期するうちに仇討の無意味さを知るというヒューマニズムを描いている。

　　＊　　　＊　　　＊

◇藤十郎の恋　忠直卿行状記　菊池寛著　菊池寛著　小学館　2000.4　252p　15cm（小学館文庫）600円　④4-09-404104-4

◇弘法大師とその宗教　菊池寛著　新版　大東出版社　1999.6　230p　20cm　1900円　①4-500-00654-0

◇藤十郎の恋　恩讐の彼方に　菊池寛著　菊池寛著　改版　新潮社　1999.5　318p　16cm（新潮文庫）476円　④4-10-102801-X

◇続 年月のあしおと 上　広津和郎著　講談社　1999.2　289p　15cm（講談社文芸文庫）1300円　①4-06-197652-4

◇菊池寛全集 補巻　菊池寛著　武蔵野書房　1999.2　515p　22cm　9000円

◇菊池寛の仕事―文芸春秋、大映、競馬、麻雀…時代を編んだ面白がり屋の素顔　井上ひさし、こまつ座編・著　ネスコ　1999.1　252p　20cm　1800円　④4-89036-990-2

◇井伏鱒二全集 第12巻　山峡風物誌・白毛　井伏鱒二著　筑摩書房　1998.11　616p　21cm　6000円　①4-480-70342-X

◇忠臣蔵コレクション 4　列伝篇　大仏次郎、邦枝完二、永井路子、沢田ふじ子、菊池寛ほか著　縄田一男編　河出書房新社　1998.9　332p　15cm（河出文庫）680円　①4-309-47365-2

◇菊池寛の世界　大西良生編著　大西良生　1997.11　168,72p　30cm

◇菊池寛の航跡―初期文学精神の展開　片山宏行著　和泉書院　1997.9　341,18p　21cm（近代文学研究叢刊）6000円　①4-87088-873-4

◇近代作家追悼文集成 第32巻　菊池寛・太宰治　ゆまに書房　1997.1　287p　22cm　8240円　④4-89714-105-2

◇仇討小説全集　菊池寛著　講談社　1996.2　401p　15cm（大衆文学館）860円　①4-06-262037-5

◇松本清張全集 64　両像・森鴎外 暗い血の旋舞　松本清張著　文芸春秋　1996.1　467p　19cm　3200円　①4-16-508260-0

◇菊池寛全集 第23巻　菊池寛著　高松市菊池寛記念館　1995.12　622p　22cm　④4-16-620530-7

◇菊池寛全集 第22巻　評論集　菊池寛著　高松市菊池寛記念館,文芸春秋〔発売〕　1995.10　650p　21cm　7500円　①4-16-620520-X

◇近代用語の辞典集成 28　新文芸辞典　菊池寛〔著〕　大空社　1995.9　185p　19cm　5000円　①4-7568-0061-0

109

小 説　　　　　近 代

◇菊池寛全集 第24巻　菊池寛著　高松市菊池寛記念館　1995.8　684p　22cm　ⓘ4-16-620540-4
◇菊池寛全集 第21巻　菊池寛著　高松市菊池寛記念館　1995.7　798p　22cm　ⓘ4-16-620510-2
◇菊池寛全集 第19巻　菊池寛著　高松市菊池寛記念館　1995.6　668p　22cm　ⓘ4-16-620490-4
◇菊池寛全集 第16巻　史伝 1　菊池寛著　高松市菊池寛記念館,文芸春秋〔発売〕　1995.5　686p　21cm　7500円　ⓘ4-16-620460-2
◇菊池寛全集 第18巻　史伝 3　菊池寛著　高松市菊池寛記念館,文芸春秋〔発売〕　1995.4　672p　21cm　7500円　ⓘ4-16-620480-7
◇菊池寛全集 第20巻　史伝 5　菊池寛著　菊池寛記念館,文芸春秋〔発売〕　1995.3　640p　21cm　7500円　ⓘ4-16-620500-5
◇無名作家の日記 他九篇　菊池寛作　岩波書店　1995.3　213p　15cm（岩波文庫）520円　ⓘ4-00-310632-6
◇菊池寛全集 第17巻　菊池寛著　高松市菊池寛記念館　1995.2　618p　22cm　ⓘ4-16-620470-X
◇菊池寛全集 第15巻　長篇集 11　菊池寛著　高松市,文芸春秋〔発売〕　1995.1　644p　21cm　7500円　ⓘ4-16-620450-5
◇菊池寛全集 第14巻　長篇小説集 10　菊池寛著　高松市,文芸春秋〔発売〕　1994.12　642p　21cm　7500円　ⓘ4-16-620440-8
◇菊池寛全集 第13巻　長篇集 9　菊池寛著　高松市,菊池寛記念館,文芸春秋〔発売〕　1994.11　666p　21cm　7500円　ⓘ4-16-620430-0
◇菊池寛―半自叙伝/私の初恋物語　菊池寛著, 浅井清編　日本図書センター　1994.10　232p　22cm（シリーズ・人間図書館）2600円　ⓘ4-8205-8011-6
◇菊池寛全集 第12巻　長篇集 8　菊池寛著　高松市菊池寛記念館,文芸春秋〔発売〕　1994.10　702p　22cm　7500円　ⓘ4-16-620420-3
◇菊池寛全集 第11巻　長篇集 7　菊池寛著　高松市,文芸春秋〔発売〕　1994.9　654p　21cm　7500円　ⓘ4-16-620410-4

◇菊池寛全集 第10巻　長篇集 6　菊池寛著　高松市,文芸春秋〔発売〕　1994.8　590p　21cm　7500円　ⓘ4-16-620400-9
◇菊池寛全集 第9巻　菊池寛著　高松市,文芸春秋〔発売〕　1994.7　640p　21cm　7500円　ⓘ4-16-620390-8
◇菊池寛全集 第8巻　長篇集 4　菊池寛著　高松市菊池寛記念館,文芸春秋〔発売〕　1994.6　702p　21cm　7500円　ⓘ4-16-620380-0
◇菊池寛全集 第7巻　菊池寛著　高松市,文芸春秋〔発売〕　1994.5　650p　21cm　7500円　ⓘ4-16-620370-3
◇菊池寛全集 第6巻　長篇集 2　菊池寛著　高松市菊池寛記念館,文芸春秋〔発売〕　1994.4　694p　21cm　7500円　ⓘ4-16-620360-6
◇菊池寛全集 第5巻　長篇集 1　菊池寛著　高松市菊池寛記念館,文芸春秋〔発売〕　1994.3　820p　21cm　7500円　ⓘ4-16-620350-9
◇菊池寛全集 第4巻　菊池寛著　高松市菊池寛記念館　1994.2　754p　22cm　ⓘ4-16-620340-1
◇菊池寛　新潮社　1994.1　111p　19cm（新潮日本文学アルバム　39）1300円　ⓘ4-10-620643-9
◇菊池寛全集 第3巻　短篇集 2　菊池寛著　高松市菊池寛記念館,文芸春秋〔発売〕　1994.1　704p　21cm　7500円　ⓘ4-16-620330-4
◇菊池寛全集 第2巻　高松市菊池寛記念館　1993.12　696p　22cm　ⓘ4-16-620320-7
◇菊池寛全集 第1巻　高松市菊池寛記念館　1993.11　622p　22cm　ⓘ4-16-620310-X

木下 尚江
きのした なおえ

明治2(1869).9.8～昭和12(1937).11.5
　小説家、新聞記者、社会運動家。明治32年毎日新聞社に入り、廃娼運動、足尾鉱毒事件、星亨筆誅事件、天皇制批判の論説で活躍した。34年安部磯雄、幸徳秋水らと社会民主党の創立に参加。また幸徳らの週刊「平民新聞」を支援、日露非戦論を展開した。この時期に小説『火の柱』『良人の自白』などを発表。38年石川三四郎らとキリスト教社会主義を唱導して雑誌「新紀元」を発刊、時事評論の筆をふるった。39年

110

以降社会主義を捨て毎日新聞を退き、小説『霊か肉か』『乞食』を書いた。

＊　　　＊　　　＊

◇木下尚江全集　第20巻　談話・演説類　木下尚江著　教文館　2001.6　620p　19cm　9900円　①4-7642-2080-6

◇木下尚江全集 第18巻　論説・感想集7　木下尚江著、山極圭司〔ほか〕編　教文館　1999.3　582p　20cm　9300円　①4-7642-2078-4

◇木下尚江全集 第17巻　論説・感想集　6　山極圭司ほか編集、木下尚江著　教文館　1998.4　333p　20cm　5200円　①4-7642-2077-6

◇木下尚江全集 第16巻　論説・感想集 5　木下尚江〔著〕、山極圭司〔ほか〕編　教文館　1997.6　346p　20cm　5400円　①4-7642-2076-8

◇木下尚江全集 第15巻　論説・感想集　4　山極圭司〔ほか〕編　教文館　1997.3　390p　20cm　6489円　①4-7642-2075-X

◇木下尚江全集 第14巻　論説・感想集 3　山極圭司ほか編集、木下尚江著　教文館　1996.10　491p　20cm　8000円　①4-7642-2074-1

◇木下尚江全集 第12巻　論説・感想集 1　山極圭司ほか編集、木下尚江著　教文館　1996.7　356p　20cm　5900円　①4-7642-2072-5

◇木下尚江全集 第13巻　論説・感想集2　木下尚江著、山極圭司〔ほか〕編　教文館　1996.2　501p　20cm　7931円　①4-7642-2073-3

◇木下尚江全集 第11巻　神・人間・自由　木下尚江著、山極圭司〔ほか〕編　教文館　1995.11　355p　20cm　5974円　①4-7642-2071-7

◇木下尚江全集 第9巻　野人語・創造　木下尚江著、山極圭司〔ほか〕編　教文館　1995.1　372p　20cm　5665円　①4-7642-2069-5

◇木下尚江全集　第4巻　懺悔 飢渇　木下尚江著　教文館　1994.9　476p　19cm　6695円　①4-7642-2064-4

◇木下尚江全集　第7巻　労働;荒野;火宅　木下尚江著　教文館　1994.6　574p　19cm　7210円　①4-7642-2067-9

◇木下尚江考　後神俊文著　近代文芸社　1994.1　350p　19cm　2500円　①4-7733-2049-4

◇日本平和論大系 3　木下尚江　家永三郎責任編集　日本図書センター　1993.11　437p　22cm　6695円　①4-8205-7144-3

◇木下尚江全集 第8巻　木下尚江著、鈴木範久編　教文館　1993.4　400p 19cm　5768円　①4-7642-2068-7

国木田 独歩
くにきだ どっぽ

明治4(1871).7.15～明治41(1908).6.23

小説家、詩人。明治24年にキリスト教の洗礼をうけた。カーライルやワーズワースを愛読。日清戦争時に従軍記者として書いた通信記事『愛弟通信』で文名をあげた。30年処女小説『源叔父』を執筆。当初は31年『武蔵野』のように抒情味豊かな浪漫小説を書いたが、34年の『牛肉と馬鈴薯』以後独自の自然主義的な作風に移っていった。

『牛肉と馬鈴薯』：明治34(1901)年。短編小説。独歩自身といえる作中の人物岡本が語る「宇宙の不思議を知り、不思議な宇宙に驚きたい」という浪漫的な哲学と、それを求めて得られぬ苦悩とを具現した作品。

＊　　　＊　　　＊

◇国木田独歩　国木田独歩〔著〕、坪内祐三、関川夏央編　筑摩書房　2001.1　469,3p　20cm　（明治の文学　第22巻）　2400円　①4-480-10162-4

◇独歩郷土文学抄　国木田独歩〔著〕、光、熊毛各学校独歩研究会編　復刻版　牧野出版　2000.5　149p　22cm　（近代文学研究文献叢書 1）　①4-89500-064-8

◇欺かざるの記抄―佐々城信子との恋愛　国木田独歩〔著〕　講談社　1999.11　309p　16cm　（講談社文芸文庫）　1050円　①4-06-197690-7

◇国木田独歩論―独歩における文学者の誕生　鈴木秀子著　春秋社　1999.6　319p　22cm　10000円　①4-393-44143-5

◇近代化の中の文学者たち―その青春と実存　山口博著　愛育社　1998.4　279p　19cm　1800円　①4-7500-0205-4

◇武蔵野　牛肉と馬鈴薯　国木田独歩著　国木田独歩著　旺文社　1997.4　198p　18cm　（愛と青春の名作集）　900円　ⓉⒹ4-01-066047-3

◇日本文壇史　9　日露戦後の新文学　伊藤整著　講談社　1996.4　250,23p　15cm　（講談社文芸文庫）　980円　ⓉⒹ4-06-196364-3

◇独歩と藤村──明治三十年代文学のコスモロジー　新保邦寛著　有精堂出版　1996.2　344,16p　22cm　8549円　ⓉⒹ4-640-31069-2

◇国木田独歩──武蔵野/欺かざるの記(抄)　国木田独歩著，北野昭彦編　日本図書センター　1995.11　271p　22cm　（シリーズ・人間図書館）　2600円　ⓉⒹ4-8205-9393-5

◇田布施時代の国木田独歩　林芙美夫著　田布施町教育委員会　1995.11　74p　21cm　（郷土館叢書　第2集）　800円

◇武蔵野　国木田独歩著　改版　新潮社　1994.3　309p　16cm　（新潮文庫　く-1-1）　388円　ⓉⒹ4-10-103501-6

◇若き日の国木田独歩──佐伯時代の研究　小野茂樹著　日本図書センター　1993.6　264,9p　22cm　（近代作家研究叢書　138）　8240円　ⓉⒹ4-8205-9242-4

久米 正雄
くめ まさお

明治24(1891).11.23～昭和27(1952).3.1
小説家、劇作家、俳人。大正3年芥川龍之介らと第3次「新思潮」を創刊、4年に漱石の門生となる。5年『父の死』『阿武隈心中』などを発表し、作家として出発。以後、新聞、雑誌に多くの作品を連載、技巧と機智を持って人間の心情を素直に描き出し、菊池寛とならぶ代表的な流行作家として広く活躍。8年小山内薫らと国民文芸会を起こし、演劇改良運動にも参加した。主な作品に『破船』『学生時代』『牛乳屋の兄弟』の他、句集に『牧唄』『返り花』などがある。戦後は川端康成らと鎌倉文庫をはじめ、社長をつとめた。

『破船』：大正11(1922)年。長編小説。漱石の娘・筆子への久米の失恋事件の顛末を描いた、漱石周辺の人々がモデルとなり登場する小説。発表後、判官びいきも手伝って一気に人気作家になった。

*　　*　　*

◇学生徒歩旅行盛岡より東京まで　久米正雄著，大神久編　大神久　2000.7　179p　21cm　非売品

◇近代作家追悼文集成　第34巻　久米正雄・斎藤茂吉・土井晩翠　ゆまに書房　1997.1　384p　22cm　8240円　ⓉⒹ4-89714-107-9

◇近代文学研究叢書　71　昭和女子大学近代文学研究室著　昭和女子大学近代文化研究所　1996.10　411p　19cm　6180円　ⓉⒹ4-7862-0071-9

◇久米正雄全集　本の友社　1993.7　13冊　20cm　全147290円　ⓉⒹ4-938429-71-3

幸田 露伴
こうだ ろはん

慶応3(1867).7.23～昭和22(1947).7.30
小説家、劇作家、随筆家、考証家。少年期より漢籍・仏書・江戸期の雑書を広く渉猟し、後年の博学の基礎を築いた。明治16年電信修技学校の給費生となり、8年に北海道後志の余市に赴任した。坪内逍遥の『小説神髄』に感動して文学革新の志を抱き、20年職を辞し帰京。22年『露団々』『風流仏』を発表し文壇に衝撃を与え、以後も代表作『五重塔』をはじめ小説、評論、随筆、考証などを執筆。漢語や仏教語を交えた格調高い文体で、壮大な意気と理想を描いた。

『五重塔』：明治24(1891)～25(1892)年。中編小説。一世一代の仕事を成し遂げたい一心から、義理も人情も捨てて苦心の末に五重塔を建立する大工のっそり十兵衛の姿を通して、人間の意志の力強さを肯定する露伴の理想主義と芸術の永遠性を示した傑作。

*　　*　　*

◇運が味方につく人つかない人──幸田露伴「努力論」を読む　幸田露伴原著，渡部昇一編述　三笠書房　2001.10　269p　15cm　（知的生きかた文庫）　533円　ⓉⒹ4-8379-7197-0

◇五重塔　幸田露伴作　岩波書店　2001.10　125p　19cm　（ワイド版岩波文庫）　800円　ⓉⒹ4-00-007199-8

◇努力論　幸田露伴著　改版　岩波書店　2001.7　323p　15cm　（岩波文庫）　660円　ⓘ4-00-310123-5

◇幸田露伴　幸田露伴〔著〕，坪内祐三，福田和也編　筑摩書房　2000.12　471,3p　20cm　（明治の文学　第12巻）　2400円　ⓘ4-480-10152-7

◇連環記―他一篇　幸田露伴作　岩波書店　2000.11　151p　15cm　（岩波文庫）　400円　ⓘ4-00-310129-4

◇人間の運命　小島直記著　致知出版社　1999.6　271p　19cm　1500円　ⓘ4-88474-567-1

◇作家の自伝　81　幸田露伴　佐伯彰一，松本健一監修　幸田露伴著，登尾豊編解説　日本図書センター　1999.4　257p　22cm　（シリーズ・人間図書館）　2600円　ⓘ4-8205-9526-1,4-8205-9525-3

◇運命―二人の皇帝　田中芳樹文，幸田露伴原作　講談社　1999.3　291p　20cm　（痛快世界の冒険文学　18）　1500円　ⓘ4-06-268018-1

◇得する生き方損する生き方―幸田露伴『修省論』を読む　幸田露伴著，渡部昇一編述　三笠書房　1999.1　218p　20cm　1333円　ⓘ4-8379-1750-X

◇幸田露伴と安岡正篤―東洋と西洋　瀬里広明著　白鴎社　1998.10　265p　19cm

◇小石川の家　青木玉〔著〕　講談社　1998.4　259p　15cm　（講談社文庫）　467円　ⓘ4-06-263746-4

◇書物の王国　14　美食　『書物の王国』編纂委員会〔編〕　幸田露伴ほか著　国書刊行会　1998.4　235p　23cm　2200円　ⓘ4-336-04014-1

◇隠語辞典集成　17　隠語　当流人名辞典　英和双解隠語彙集　山崎美成〔著〕　幸田露伴〔著〕　村松守義〔著〕　大空社　1997.12　1冊　19cm　11000円　ⓘ4-7568-0352-0

◇運命・幽情記　幸田露伴著　講談社　1997.2　310p　15cm　（講談社文芸文庫）　979円　ⓘ4-06-197556-0

◇三絃の誘惑―近代日本精神史覚え書　樋口覚著　人文書院　1996.12　334p　19cm　2987円　ⓘ4-409-16076-1

◇和泉式部幻想　川村二郎著　河出書房新社　1996.10　235p　19cm　1900円　ⓘ4-309-01101-2

◇少年小説大系　第27巻　少年短編小説・少年詩集　二上洋一，根本正義編，幸田露伴ほか著　三一書房　1996.9　569p　23cm　7767円　ⓘ4-380-96549-X

◇岩波講座　日本文学史　第12巻　20世紀の文学　1　岩波書店　1996.2　341p　21cm　2913円　ⓘ4-00-010682-1

◇日本文壇史　8　日露戦争の時代　伊藤整著　講談社　1996.2　250,22p　15cm　（講談社文芸文庫）　980円　ⓘ4-06-196357-0

◇釣り人露伴　桜井良二著　近代文芸社　1995.7　250p　20cm　2000円　ⓘ4-7733-4186-6

◇露伴と大拙―儒と禅と念仏の世界　瀬里広明著　白鴎社　1995.7　248p　21cm　2000円

◇五重塔　幸田露伴作　岩波書店　1994.12　125p　15cm　（岩波文庫）　360円　ⓘ4-00-310121-9

◇蝸牛庵覚え書―露伴翁談叢抄　斎藤越郎著　（立川）けやき出版　1994.11　189p　19cm　1700円　ⓘ4-905942-59-4

◇小石川の家　青木玉著　講談社　1994.8　214p　20cm　1500円　ⓘ4-06-206198-8

◇雲の影・貧乏の説　幸田露伴〔著〕　講談社　1994.8　251p　16cm　（講談社文芸文庫）　940円　ⓘ4-06-196284-1

◇紅葉・露伴文学選　尾崎紅葉，幸田露伴〔著〕，木村有美子，山根賢吉編　和泉書院　1994.4　145p　19cm　（新注近代文学シリーズ　5）　1236円　ⓘ4-87088-653-7

◇新編　思い出す人々　内田魯庵著，紅野敏郎編　岩波書店　1994.2　437p　15cm　（岩波文庫）　720円　ⓘ4-00-310864-7

◇露伴随筆集　下（言語篇）〔幸田露伴著〕，寺田透編　岩波書店　1993.10　458p　15cm　（岩波文庫）　670円　ⓘ4-00-319033-5

◇露伴随筆集　上（考証篇）〔幸田露伴著〕，寺田透編　岩波書店　1993.6　498p　15cm　（岩波文庫）　770円　ⓘ4-00-319032-7

◇一国の首都―他一篇　幸田露伴著　岩波書店　1993.5　237p　15cm　（岩波文庫）　520円　①4-00-319035-1

◇露伴―自然・ことば・人間　瀬里広明著　（福岡）海鳥社　1993.4　305p 19cm　3400円　①4-87415-047-0

◇ちぎれ雲　幸田文著　講談社　1993.2　193p　15cm　（講談社文芸文庫）　880円　①4-06-196214-0

小杉 天外
こすぎ　てんがい

慶応1(1865).9.19～昭和27(1952).9.1

小説家。明治21年、22年と上京し、斎藤緑雨を知り、25年『改良若旦那』を発表して文壇に登場。以後、観念小説、深刻小説の波にのって流行作家となる。代表作に『魔風恋風』『はつ姿』『はやり唄』『長者星』などがあり、明治30年代新写実の開拓者としての仕事をし、自然主義への道を開く役割をし、後年はもっぱら通俗小説に力を注いだ。戦後再び作品を発表し始め、短篇集『くだん草紙』を出版した。

『魔風恋風』：明治36(1903)年。長編小説。当時珍しい自転車に乗る女学生が主人公に大学生や美術家が登場する自由恋愛物語で、男女学生の先端的な風俗が描かれて話題になった。「読売新聞」に連載され、新聞小説界に画期的な好評を博した作品。

＊　　＊　　＊

◇近代文学研究叢書　72　昭和女子大学近代文学研究室著　昭和女子大学近代文化研究所　1997.4　321p　19cm　5000円　①4-7862-0072-7

小林 多喜二
こばやし　たきじ

明治36(1903).10.13～昭和8(1933).2.20

小説家、左翼運動家。代表的なプロレタリア作家。ゴーリキーなどの作品を通じてプロレタリア作家の自覚を持つようになる。昭和3年『一九二八年三月十五日』、4年『蟹工船』、つづいて『不在地主』を発表。共産党への資金援助で検挙される。6年保釈後は日本プロレタリア作家同盟書記長となり、非合法の共産党に入党し、地下生活に入る。8年2月20日築地署に検挙され、拷問により惨殺された。他の代表作に『工場細胞』『転形期の人々』『党生活者』などがあり、『右翼的偏向の諸問題』など評論も多い。

『蟹工船』：昭和4(1929)年。北洋のソ連領海で不法に蟹漁をする蟹工船漁業における奴隷労働の実態を暴き、虐げられた船員たちが団結し、戦い始める姿をルポタージュの手法を駆使して描いた小説。

＊　　＊　　＊

◇小林多喜二とその周圏　小笠原克著　翰林書房　1998.10　355p　20cm　3800円　①4-87737-047-1

◇文学の先駆者たち　奈良達雄著　あゆみ出版　1998.9　221p　19cm　2000円　①4-7519-7130-1

◇東倶知安行　小林多喜二著,関井光男監修　ゆまに書房　1998.5　230p　19cm　（新鋭文学叢書　28）　①4-89714-477-9,4-89714-433-7

◇青春の小林多喜二　土井大助著　光和堂　1997.5　259p　20cm　1900円　①4-87538-113-1

◇小林多喜二―年譜/党生活者（抄）　小林多喜二著, 小笠原克編　日本図書センター　1997.4　281p　22cm　（シリーズ・人間図書館）　2600円　①4-8205-9493-1

◇作家の自伝　51　小林多喜二　佐伯彰一, 松本健一監修　小林多喜二著,小笠原克編解説　日本図書センター　1997.4　281p　22cm　（シリーズ・人間図書館）　2600円　①4-8205-9493-1,4-8205-9482-6

◇近代北海道文学論への試み―有島武郎・小林多喜二を中心に　篠原昌彦著　生活協同組合道央市民生協　1996.6　275p　21cm　1748円

◇小林多喜二名作ライブラリー　1　一九二八年三月十五日・東倶知安行　小林多喜二著　新日本出版社　1994.11　268p　19cm　1700円　①4-406-02293-7

◇小林多喜二名作ライブラリー　2　蟹工船・不在地主　小林多喜二著　新日本出版社　1994.11　261p　19cm　1700円　①4-406-02294-5

◇小林多喜二名作ライブラリー 4 党生活者・地区の人々 小林多喜二著 新日本出版社 1994.11 281p 19cm 1700円 ⓘ4-406-02296-1

◇小林多喜二名作ライブラリー 3 工場細胞・安子 小林多喜二著 新日本出版社 1994.11 385p 19cm 1900円 ⓘ4-406-02295-3

◇きゅうえんにゅーす18ごうふろく こばやしたきじさく こうげつしゃ 1994.6 78p 19cm （ひらがなぶんこ 2） 480円 ⓘ4-906358-02-0

◇ガイドブック 小林多喜二と小樽 小樽多喜二祭実行委員会編 新日本出版社 1994.2 92p 19cm （新日本Guide Book） 1100円 ⓘ4-406-02235-X

佐多 稲子
さた いねこ

明治37(1904).6.1～平成10(1998).10.12
小説家。夫の影響でプロレタリア文学運動に入り、昭和3年窪川いね子の名で処女作『キャラメル工場から』を『プロレタリア芸術』に発表。6～7年東京モスリン工場争議に取材した女工もの5部作でプロレタリア文学を代表する女流作家として活躍。自らの体験をもとに様々な問題作を書き、50年『時に佇つ』、58年『夏の栞ー中野重治をおくる』などを刊行した。ほかの代表作に『素足の娘』『私の東京地図』『歯車』『女の宿』『渓流』『樹影』、随筆集『月の宴』などがある。

『キャラメル工場から』：昭和3(1928)年。短編小説。作家自身の体験を基に、娘を小学校を中退させて女工としてキャラメル工場へ送らねばならないほど貧しい民衆の現実を描いた。

＊　　　＊　　　＊

◇気づかざりき 佐多稲子〔著〕 ゆまに書房 2000.11 261,6p 22cm （近代女性作家精選集 47） 8500円 ⓘ4-8433-0202-3,4-8433-0186-8

◇若き妻たち 佐多稲子〔著〕 ゆまに書房 2000.11 278,7p 22cm （近代女性作家精選集 48） 9500円 ⓘ4-8433-0203-1,4-8433-0186-8

◇女三人 佐多稲子〔著〕 ゆまに書房 1999.12 496p 22cm （近代女性作家精選集 23） 17000円 ⓘ4-89714-864-2,4-89714-841-3

◇四季の車 佐多稲子〔著〕 ゆまに書房 1999.12 525p 22cm （近代女性作家精選集 24） 18000円 ⓘ4-89714-865-0,4-89714-841-3

◇近代女性作家精選集 023 女三人 尾形明子監修 佐多稲子〔著〕 ゆまに書房 1999.12 496p 22cm 17000円 ⓘ4-89714-864-2

◇近代女性作家精選集 024 四季の車 尾形明子監修 佐多稲子〔著〕 ゆまに書房 1999.12 525p 22cm 18000円 ⓘ4-89714-865-0

◇文士とは 大久保房男著 紅書房 1999.6 219p 21cm 2300円 ⓘ4-89381-131-2

◇川端康成文学賞全作品 1 上林暁、永井龍男、佐多稲子、水上勉、富岡多恵子ほか著 新潮社 1999.6 452p 19cm 2800円 ⓘ4-10-305821-8

◇灰色の午後 佐多稲子著 講談社 1999.6 251p 15cm （講談社文芸文庫） 1100円 ⓘ4-06-197666-4

◇あとや先き 佐多稲子著 中央公論新社 1999.3 252p 16cm （中公文庫） 648円 ⓘ4-12-203376-4

◇佐多稲子 大原富枝 佐多稲子, 大原富枝著, 河野多恵子, 大庭みな子, 佐藤愛子, 津村節子監修 角川書店 1999.1 487p 19cm （女性作家シリーズ 3） 2600円 ⓘ4-04-574203-4

◇研究会挿話 窪川いね子著, 関井光男監修 ゆまに書房 1998.5 211p 19cm （新鋭文学叢書 14） ⓘ4-89714-448-5,4-89714-433-7

◇お水取り 清水公照, 佐多稲子文, 土門拳写真 新装版 平凡社 1997.11 144p 18cm （平凡社カラー新書セレクション） 940円 ⓘ4-582-83042-0

◇佐多稲子―体験と時間 小林裕子著 翰林書房 1997.5 271p 20cm 2800円 ⓘ4-87737-015-3

◇佐多稲子―キャラメル工場から/私の東京地図 佐多稲子著, 長谷川啓編 日本図書センター 1995.11 278p 26cm （シリーズ・人間図書館） 2600円 ⓘ4-8205-9404-4

115

◇戦場の女流作家たち　高崎隆治著　論創社　1995.8　171p　19cm　2060円　Ⓣ4-8460-0121-0

◇白と紫―佐多稲子自選短篇集　佐多稲子著　学芸書林　1994.12　337p　26cm　1800円　Ⓣ4-87517-010-6

◇夏の栞―中野重治をおくる　佐多稲子著　埼玉福祉会　1994.9　362p　21cm　（大活字本シリーズ）　3605円

◇佐多稲子　小林裕子編　日外アソシエーツ,紀伊国屋書店〔発売〕　1994.6　249p　21cm　（人物書誌大系　28）　15800円　Ⓣ4-8169-1240-1

◇佐多稲子研究　北川秋雄著　双文社出版　1993.10　294p　22cm　5631円　Ⓣ4-88164-348-7

◇あとや先き　佐多稲子著　中央公論社　1993.4　246p　20cm　1650円　Ⓣ4-12-002212-9

佐藤 紅緑
さとう こうろく

明治7(1874).7.6〜昭和24(1949).6.3

小説家、劇作家、俳人、児童文学者。明治37年『蕪村俳句評釈』を刊行。39年戯曲『侠艶録』、小説『行火』を発表して注目され、作家となる。大正12年外務省嘱託として映画研究のため外遊。昭和2年少年小説『あゝ玉杯に花受けて』を発表し、少年少女小説の大家となる。大衆小説、婦人小説、少年少女小説と幅広く活躍し、著書は数多く、代表作に『富士に題す』『乳房』などがあり、句集も『花紅柳緑』などがある。また、はやくから正岡子規に俳諧を学び、晩年『ホトトギス』同人に迎えられた。

＊　　＊　　＊

◇佐藤紅緑全集　第1巻　富士に題す　佐藤紅緑〔著〕　日本図書センター　2000.11　628,4p　22cm　Ⓣ4-8205-8288-7,4-8205-8287-9

◇佐藤紅緑全集　第2巻　野に叫ぶもの　佐藤紅緑〔著〕　日本図書センター　2000.11　565p　22cm　Ⓣ4-8205-8289-5,4-8205-8287-9

◇佐藤紅緑全集　第3巻　麗人　佐藤紅緑〔著〕　日本図書センター　2000.11　663p　22cm　Ⓣ4-8205-8290-9,4-8205-8287-9

◇佐藤紅緑全集　第4巻　樹々の春　上　佐藤紅緑〔著〕　日本図書センター　2000.11　502p　22cm　Ⓣ4-8205-8291-7,4-8205-8287-9

◇佐藤紅緑全集　第4巻　樹々の春　下　佐藤紅緑〔著〕　日本図書センター　2000.11　472p　22cm　Ⓣ4-8205-8292-5,4-8205-8287-9

◇佐藤紅緑全集　第5巻　裾野　ワンワン物語　佐藤紅緑〔著〕　日本図書センター　2000.11　692p　22cm　Ⓣ4-8205-8293-3,4-8205-8287-9

◇佐藤紅緑全集　第6巻　黄金　佐藤紅緑〔著〕　日本図書センター　2000.11　549p　22cm　Ⓣ4-8205-8294-1,4-8205-8287-9

◇佐藤紅緑全集　第7巻　光の巷　佐藤紅緑〔著〕　日本図書センター　2000.11　712p　22cm　Ⓣ4-8205-8295-X,4-8205-8287-9

◇佐藤紅緑全集　第8巻　大盗伝　上　佐藤紅緑〔著〕　日本図書センター　2000.11　656p　22cm　Ⓣ4-8205-8296-8,4-8205-8287-9

◇佐藤紅緑全集　第9巻　大盗伝　下　佐藤紅緑〔著〕　日本図書センター　2000.11　702p　22cm　Ⓣ4-8205-8297-6,4-8205-8287-9

◇佐藤紅緑全集　第10巻　楽園の扉　幸福物語　佐藤紅緑〔著〕　日本図書センター　2000.11　638p　22cm　Ⓣ4-8205-8298-4,4-8205-8287-9

◇佐藤紅緑全集　第11巻　聖女の群　佐藤紅緑〔著〕　日本図書センター　2000.11　475p　22cm　Ⓣ4-8205-8299-2,4-8205-8287-9

◇佐藤紅緑全集　第12巻　愛の巡礼　第一歩　佐藤紅緑〔著〕　日本図書センター　2000.11　677p　22cm　Ⓣ4-8205-8300-X,4-8205-8287-9

◇佐藤紅緑全集　第13巻　半人半獣　佐藤紅緑〔著〕　日本図書センター　2000.11　458p　22cm　Ⓣ4-8205-8301-8,4-8205-8287-9

◇佐藤紅緑全集　第14巻　乳房　佐藤紅緑〔著〕　日本図書センター　2000.11　713p　22cm　Ⓣ4-8205-8302-6,4-8205-8287-9

◇佐藤紅緑全集　第15巻　美しき人々　佐藤紅緑〔著〕　日本図書センター　2000.11　665p　22cm　Ⓣ4-8205-8303-4,4-8205-8287-9

◇佐藤紅緑全集　第16巻　絹の泥靴　佐藤紅緑〔著〕　日本図書センター　2000.11　496p　22cm　Ⓣ4-8205-8304-2,4-8205-8287-9

◇佐藤紅緑全集 第17巻 あゝ玉杯に花うけて 少年讃歌 佐藤紅緑〔著〕 日本図書センター 2000.11 482,10p 22cm ⓘ4-8205-8305-0,4-8205-8287-9

◇ああ玉杯に花うけて・少年賛歌 佐藤紅緑著 講談社 1997.10 624p 15cm （大衆文学館） 1400円 ⓘ4-06-262096-0

◇乱れ雲―性の秘本コレクション 1 佐藤紅緑伝，城市郎監修 河出書房新社 1997.2 212p 15cm （河出文庫） 515円 ⓘ4-309-47317-2

佐藤 春夫
さとう はるお

明治25(1892).4.9～昭和39(1964).5.6
詩人、小説家、評論家。少年時代から与謝野鉄幹、生田長江に師事し文語定型詩を発表。大正6年『西班牙犬の家』を発表し、作家として出発。反自然主義の流れをくんだ『田園の憂鬱』『お絹とその兄弟』『都会の憂鬱』『晶子曼陀羅』などがある。一方で、10年には『殉情詩集』を刊行、15年には評論随筆『退屈読本』を刊行した。小説、詩、評論、随筆と幅広く活躍し、『車塵集』などの中国翻訳詩集もある。内弟子3000人といわれる文壇の重鎮的存在で、多くの門弟を育て、35年には文化勲章を受けた。

『田園の憂鬱』：大正6(1917)年。小説。都会の重圧と喧噪に苦しみ、生の意味を見失った青年が、武蔵野に移り、憂鬱と倦怠を噛みしめながら自己の内部に沈静する。青春と芸術の危機を語り、様々な自然を描いた浪漫派文学の名作。

　　　　＊　　　＊　　　＊

◇編年体大正文学全集 第7巻(大正7年) 佐藤春夫他著，紅野敏郎編 ゆまに書房 2001.5 655p 22cm 6600円 ⓘ4-89714-896-0

◇定本 佐藤春夫全集 第35巻 雑纂2・補遺 佐藤春夫著 臨川書店 2001.4 526p 21cm 9000円 ⓘ4-653-03345-5

◇定本佐藤春夫全集 第34巻 佐藤春夫，中村真一郎〔ほか〕監修 臨川書店 2001.2 506p 23cm 8800円 ⓘ4-653-03344-7,4-653-03310-2

◇定本佐藤春夫全集 第18巻 佐藤春夫著，中村真一郎〔ほか〕監修 臨川書店 2000.12 482p 23cm 8800円 ⓘ4-653-03328-5,4-653-03310-2

◇定本佐藤春夫全集 第27巻 佐藤春夫著，中村真一郎〔ほか〕監修 臨川書店 2000.11 468p 23cm 8800円 ⓘ4-653-03337-4,4-653-03310-2

◇定本佐藤春夫全集 第17巻 佐藤春夫著，中村真一郎〔ほか〕監修 臨川書店 2000.10 508p 23cm 8800円 ⓘ4-653-03327-7,4-653-03310-2

◇小説智恵子抄 佐藤春夫著 日本図書センター 2000.9 202p 20cm （人間叢書） 1600円 ⓘ4-8205-5781-5

◇定本佐藤春夫全集 第26巻 佐藤春夫著，中村真一郎〔ほか〕監修 臨川書店 2000.9 462p 23cm 8800円 ⓘ4-653-03336-6,4-653-03310-2

◇霧社 佐藤春夫著 ゆまに書房 2000.9 260,6p 22cm （日本植民地文学精選集 17(台湾編 5)） 9600円 ⓘ4-8433-0173-6

◇日本植民地文学精選集 017(台湾編 5) 霧社 河原功監修，佐藤春夫著 ゆまに書房 2000.9 260,6p 22cm 9600円 ⓘ4-8433-0173-6

◇定本佐藤春夫全集 第16巻 佐藤春夫著，中村真一郎〔ほか〕監修 臨川書店 2000.8 484p 23cm 8800円 ⓘ4-653-03326-9,4-653-03310-2

◇定本佐藤春夫全集 第15巻 佐藤春夫著，中村真一郎〔ほか〕監修 臨川書店 2000.7 477p 23cm 8800円 ⓘ4-653-03325-0,4-653-03310-2

◇定本佐藤春夫全集 第25巻 佐藤春夫著，中村真一郎〔ほか〕監修 臨川書店 2000.6 433p 23cm 8800円 ⓘ4-653-03335-8,4-653-03310-2

◇定本佐藤春夫全集 第14巻 佐藤春夫著，中村真一郎〔ほか〕監修 臨川書店 2000.5 489p 23cm 8800円 ⓘ4-653-03324-2,4-653-03310-2

◇定本佐藤春夫全集 第2巻 佐藤春夫著，中村真一郎〔ほか〕監修 臨川書店 2000.4 466p 23cm 8800円 ⓘ4-653-03312-9,4-653-03310-2

◇定本佐藤春夫全集 第33巻　佐藤春夫著,中村真一郎〔ほか〕監修　臨川書店　2000.3　458p　23cm　8800円　ⓝ4-653-03343-9,4-653-03310-2

◇定本佐藤春夫全集 第24巻　佐藤春夫著,中村真一郎〔ほか〕監修　臨川書店　2000.2　466p　23cm　8800円　ⓝ4-653-03334-X,4-653-03310-2

◇定本佐藤春夫全集 第13巻　佐藤春夫著,中村真一郎〔ほか〕監修　臨川書店　2000.1　465p　23cm　8800円　ⓝ4-653-03323-4,4-653-03310-2

◇定本佐藤春夫全集 第32巻　佐藤春夫著,中村真一郎〔ほか〕監修　臨川書店　1999.12　451p　23cm　8800円　ⓝ4-653-03342-0,4-653-03310-2

◇つれなかりせばなかなかに — 文豪谷崎の「妻譲渡事件」の真相　瀬戸内寂聴著　中央公論新社　1999.12　210p　15cm（中公文庫）514円　ⓝ4-12-203556-2

◇定本佐藤春夫全集 第23巻　佐藤春夫著,中村真一郎〔ほか〕監修　臨川書店　1999.11　458p　23cm　8800円　ⓝ4-653-03333-1,4-653-03310-2

◇定本佐藤春夫全集 第12巻　佐藤春夫著,中村真一郎〔ほか〕監修　臨川書店　1999.10　458p　23cm　8800円　ⓝ4-653-03322-6,4-653-03310-2

◇定本佐藤春夫全集 第31巻　佐藤春夫著,中村真一郎〔ほか〕監修　臨川書店　1999.9　443p　23cm　8800円　ⓝ4-653-03341-2,4-653-03310-2

◇定本佐藤春夫全集 第22巻　佐藤春夫著,中村真一郎〔ほか〕監修　臨川書店　1999.8　443p　23cm　8800円　ⓝ4-653-03332-3,4-653-03310-2

◇定本佐藤春夫全集 第11巻　佐藤春夫著,中村真一郎〔ほか〕監修　臨川書店　1999.7　453p　23cm　8800円　ⓝ4-653-03321-8,4-653-03310-2

◇定本佐藤春夫全集 第30巻　佐藤春夫著,中村真一郎〔ほか〕監修　臨川書店　1999.6　455p　23cm　8800円　ⓝ4-653-03340-4,4-653-03310-2

◇文士とは　大久保房男著　紅書房　1999.6　219p　21cm　2300円　ⓝ4-89381-131-2

◇定本佐藤春夫全集 第21巻　佐藤春夫著,中村真一郎〔ほか〕監修　臨川書店　1999.5　446p　23cm　8800円　ⓝ4-653-03331-5,4-653-03310-2

◇定本佐藤春夫全集 第10巻　佐藤春夫著,中村真一郎〔ほか〕監修　臨川書店　1999.4　454p　23cm　8800円　ⓝ4-653-03320-X,4-653-03310-2

◇潤一郎ラビリンス 12　神と人との間　谷崎潤一郎著　中央公論新社　1999.4　347p　15cm（中公文庫）838円　ⓝ4-12-203405-1

◇定本佐藤春夫全集 第1巻　佐藤春夫著,中村真一郎〔ほか〕監修　臨川書店　1999.3　464p　23cm　8800円　ⓝ4-653-03311-0,4-653-03310-2

◇定本佐藤春夫全集 第29巻　佐藤春夫著,中村真一郎〔ほか〕監修　臨川書店　1999.2　470p　23cm　8800円　ⓝ4-653-03339-0,4-653-03310-2

◇近代作家追悼文集成 第39巻　佐佐木信綱・三好達治・佐藤春夫　ゆまに書房　1999.2　357p　22cm　8000円　ⓝ4-89714-642-9,4-89714-639-9

◇定本佐藤春夫全集 第20巻　佐藤春夫著,中村真一郎〔ほか〕監修　臨川書店　1999.1　462p　23cm　8800円　ⓝ4-653-03330-7,4-653-03310-2

◇定本佐藤春夫全集 第9巻　佐藤春夫著,中村真一郎〔ほか〕監修　臨川書店　1998.12　440p　23cm　8800円　ⓝ4-653-03319-6,4-653-03310-2

◇定本佐藤春夫全集 第28巻　佐藤春夫著,中村真一郎〔ほか〕監修　臨川書店　1998.11　475p　23cm　8800円　ⓝ4-653-03338-2,4-653-03310-2

◇露のきらめき — 昭和期の文人たち　真鍋呉夫著　ケイエスエス　1998.11　243p　19cm　2400円　ⓝ4-87709-298-6

◇定本佐藤春夫全集 第8巻　佐藤春夫著,中村真一郎〔ほか〕監修　臨川書店　1998.10　458p　23cm　8800円　ⓝ4-653-03318-8,4-653-03310-2

◇定本佐藤春夫全集 第7巻　佐藤春夫著,中村真一郎〔ほか〕監修　臨川書店　1998.9　448p

◇23cm 8800円 ①4-653-03317-X,4-653-03310-2

◇定本佐藤春夫全集 第6巻 佐藤春夫著,中村真一郎〔ほか〕監修 臨川書店 1998.8 467p 23cm 8800円 ①4-653-03316-1,4-653-03310-2

◇定本佐藤春夫全集 第19巻 佐藤春夫著,中村真一郎〔ほか〕監修 臨川書店 1998.7 472p 23cm 8800円 ①4-653-03329-3,4-653-03310-2

◇定本佐藤春夫全集 第5巻 佐藤春夫著,中村真一郎〔ほか〕監修 臨川書店 1998.6 451p 23cm 8800円 ①4-653-03315-3,4-653-03310-2

◇定本佐藤春夫全集 第4巻 佐藤春夫著,中村真一郎〔ほか〕監修 臨川書店 1998.5 468p 23cm 8800円 ①4-653-03314-5,4-653-03310-2

◇定本佐藤春夫全集 第3巻 佐藤春夫著,中村真一郎〔ほか〕監修 臨川書店 1998.4 476p 23cm 8800円 ①4-653-03311-0,4-653-03310-2

◇佐藤春夫 新潮社 1997.9 111p 20cm (新潮日本文学アルバム 59) 1200円 ①4-10-620663-3

◇殉情詩集 我が一九二二年 佐藤春夫〔著〕 佐藤春夫〔著〕 講談社 1997.7 318p 16cm (講談社文芸文庫) 950円 ①4-06-197576-5

◇つれなかりせばなかなかに―妻をめぐる文豪と詩人の恋の葛藤 瀬戸内寂聴著 中央公論社 1997.4 201p 20cm 1100円 ①4-12-002674-4

◇佐藤春夫詩集 阪本越郎編 小沢書店 1997.3 269p 19cm (小沢クラシックス「世界の詩」) 1442円 ①4-7551-4071-4

◇ロマン的作家論 塚本康彦著 武蔵野書房 1996.1 307p 19cm 2500円

◇未刊行著作集 6 佐藤春夫 佐藤春夫〔著〕,浦西和彦編 白地社 1995.5 288p 27cm 9800円 ①4-89359-132-0

◇林富士馬評論文学全集 林富士馬著 勉誠社 1995.4 616,16p 21cm 12360円 ①4-585-05014-0

◇文学交友録 庄野潤三著 新潮社 1995.3 323p 19cm 1700円 ①4-10-310608-5

◇美の世界・愛の世界 佐藤春夫〔著〕 講談社 1995.3 243p 16cm (講談社文芸文庫) 940円 ①4-06-196313-9

◇作家の自伝 12 佐藤春夫 佐藤春夫著,鳥居邦朗編解説 日本図書センター 1994.10 325p 22cm (シリーズ・人間図書館) 2678円 ①4-8205-8013-2

◇車塵集・ほるとがる文 佐藤春夫〔著〕 講談社 1994.2 330p 16cm (講談社文芸文庫) 980円 ①4-06-196259-0

◇車塵集・ほるとがる文 佐藤春夫〔著〕 講談社 1994.2 330p 16cm (講談社文芸文庫) 980円 ①4-06-196259-0

◇晶子曼陀羅 佐藤春夫〔著〕 講談社 1993.11 324p 16cm (講談社文芸文庫) 980円 ①4-06-196248-5

◇平妖伝 下 羅貫中著,佐藤春夫訳 筑摩書房 1993.6 393p 15cm (ちくま文庫) 840円 ①4-480-02743-2

◇平妖伝 上 羅貫中著,佐藤春夫訳 筑摩書房 1993.5 430p 15cm (ちくま文庫) 880円 ①4-480-02742-4

志賀 直哉
しが なおや

明治16(1883).2.20～昭和46(1971).10.21
 小説家。明治41年処女作『或る朝』を執筆、武者小路実篤らと回覧雑誌「望野」を始める。43年有島武郎らと「白樺」を創刊し、『網走まで』を発表。45年発表した『大津順吉』が文壇出世作。『范の犯罪』『城の崎にて』『和解』『小僧の神様』などの他、唯一の長編『暗夜行路』を大正10年～昭和12年に発表。絶対的な自我肯定の世界を非私小説として描き"小説の神様"と呼ばれた。戦後は『灰色の月』や『触れた友情』などを発表したが、作品数は少ない。24年文化勲章を受章。

『城の崎にて』:大正6(1917)年。短編小説。怪我の療養のために城の崎温泉に行ったときに身辺で見た自然、主人公の生とそこで見た生き物の死を格調ある短い文体で感傷を交えず描き、自我中心の人間主義を表現。

『暗夜行路』:大正10(1921)年～昭和12

(1937)年。長編小説。祖父と母との不義の子として生まれた宿命に苦悩する主人公が妻の過失、子供の死を経てやがて平安の境地に達するまでの魂の遍歴を描く、近代文学を代表する作品の一つ。

　　　　　＊　　　＊　　　＊

◇志賀直哉全集 補巻2　未定稿　志賀直哉著　岩波書店　2001.12　650p　19cm　8000円　①4-00-092234-3

◇志賀直哉全集 補巻1　未定稿　志賀直哉著　岩波書店　2001.11　638p　19cm　8000円　①4-00-092233-5

◇志賀直哉全集　補巻 3　　志賀直哉著　岩波書店　2001.10　545p　20cm　7200円　①4-00-092235-1

◇志賀直哉全集 第22巻　志賀直哉著　岩波書店　2001.3　406,103p　20cm　5200円　①4-00-092232-7

◇志賀直哉全集 第16巻　志賀直哉著　岩波書店　2001.2　166,8,281p　20cm　4800円　①4-00-092226-2

◇志賀直哉全集 第21巻　志賀直哉著　岩波書店　2000.11　411,15p　20cm　4400円　①4-00-092231-9

◇志賀直哉全集 第20巻　志賀直哉著　岩波書店　2000.10　404p　20cm　4400円　①4-00-092230-0

◇志賀直哉全集 第19巻　志賀直哉著　岩波書店　2000.9　430p　20cm　4400円　①4-00-092229-7

◇編年体大正文学全集 第3巻(大正3年)　志賀直哉他著, 池内輝雄編　ゆまに書房　2000.9　655p　22cm　6600円　①4-89714-892-8

◇志賀直哉全集 第18巻　志賀直哉著　岩波書店　2000.8　474p　20cm　4400円　①4-00-092228-9

◇志賀直哉全集 第17巻　志賀直哉著　岩波書店　2000.7　446p　20cm　4400円　①4-00-092227-0

◇編年体大正文学全集 第1巻(大正元年)　志賀直哉他著, 中島国彦編　ゆまに書房　2000.5　655p　22cm　6200円　①4-89714-890-1

◇志賀直哉全集 第15巻　志賀直哉著　岩波書店　2000.4　360p　20cm　2400円　①4-00-092225-4

◇志賀直哉全集 第14巻　志賀直哉著　岩波書店　2000.3　311p　20cm　4200円　①4-00-092224-6

◇志賀直哉全集 第13巻　志賀直哉著　岩波書店　2000.2　312p　20cm　4200円　①4-00-092223-8

◇七十の手習ひ　阿川弘之著　講談社　1999.12　324p　15cm　(講談社文庫)　562円　①4-06-264763-X

◇志賀直哉全集 第12巻　日記 2　阿川弘之ほか編, 志賀直哉著　岩波書店　1999.12　354p　20cm　4200円　①4-00-092222-X

◇志賀直哉全集 第11巻　日記 1　阿川弘之ほか編, 志賀直哉著　岩波書店　1999.11　408p　20cm　4200円　①4-00-092221-1

◇志賀直哉全集 第10巻　盲亀浮木　ナイルの水の一滴　初期文章　阿川弘之ほか編, 志賀直哉著　岩波書店　1999.9　437p　20cm　4200円　①4-00-092220-3

◇志賀直哉全集 第9巻　志賀直哉著　岩波書店　1999.8　453p　20cm　4200円　①4-00-092219-X

◇志賀直哉全集 第8巻　志賀直哉著　岩波書店　1999.7　414p　20cm　4000円　①4-00-092218-1

◇志賀直哉全集 第7巻　無題;ほか　志賀直哉著　岩波書店　1999.6　473p　20cm　4200円　①4-00-092217-3

◇志賀直哉全集 第6巻　志賀直哉著　岩波書店　1999.5　466p　20cm　4200円　①4-00-092216-5

◇志賀直哉全集 第5巻　偶感;ほか　志賀直哉著　岩波書店　1999.4　445p　20cm　4000円　①4-00-092215-7

◇志賀直哉全集 第4巻　志賀直哉著　岩波書店　1999.3　585p　20cm　4400円　①4-00-092214-9

◇近代作家追悼文集成 第43巻　高橋和巳・志賀直哉・川端康成　ゆまに書房　1999.2　253p　22cm　8000円　①4-89714-646-1,4-89714-639-9

◇志賀直哉全集 第3巻　志賀直哉著　岩波書店　1999.2　504p　20cm　4200円　①4-00-092213-0

◇志賀直哉全集　第2巻　志賀直哉著　岩波書店　1999.1　457p　20cm　4000円　①4-00-092212-2
◇志賀直哉全集　第1巻　志賀直哉著　岩波書店　1998.12　396p　20cm　3800円　①4-00-092211-4
◇志賀直哉交友録　志賀直哉〔著〕，阿川弘之編　講談社　1998.8　329p　16cm　（講談社文芸文庫　しH1）　1100円　①4-06-197626-5
◇私小説作家録　山本健吉著　講談社　1998.7　333p　15cm　（講談社文芸文庫）　1250円　①4-06-197624-9
◇近代化の中の文学者たち―その青春と実存　山口博著　愛育社　1998.4　279p　19cm　1800円　①4-7500-0205-4
◇戦後文壇覚え書　杉森久英著　河出書房新社　1998.1　243p　19cm　2400円　①4-309-01203-5
◇書信往来―志賀直哉との六十年　調布市武者小路実篤記念館　1997.10　22p　26cm
◇志賀直哉　上　阿川弘之著　新潮社　1997.8　525p　15cm　（新潮文庫）　705円　①4-10-111015-8
◇志賀直哉　下巻　阿川弘之著　新潮社　1997.8　542p　16cm　（新潮文庫　あー3-16）　705円　①4-10-111016-6
◇和解　小僧の神様　志賀直哉著　志賀直哉著　旺文社　1997.4　269p　18cm　（愛と青春の名作集）　950円　①4-01-066051-1
◇奇妙な味の菜館　阿刀田高編，志賀直哉ほか著　角川書店　1996.12　395p　15cm　（角川ホラー文庫　H406-1)　699円　①4-04-157618-0
◇『暗夜行路』を読む―世界文学としての志賀直哉　平川祐弘，鶴田欣也共編　新曜社　1996.8　489p　20cm　4500円　①4-7885-0568-1
◇「白樺」精神の系譜　米山禎一著　武蔵野書房　1996.4　459p　22cm　5000円
◇志賀直哉―大津順吉/和解　志賀直哉著，紅野敏郎編　日本図書センター　1995.11　258p　22cm　（シリーズ・人間図書館）　2600円　①4-8205-9398-6

◇志賀直哉随筆集　高橋英夫編　岩波書店　1995.10　374p　15cm　（岩波文庫）　670円　①4-00-310466-8
◇証言里見弴―志賀直哉を語る　里見弴〔述〕，石原亨著　武蔵野書院　1995.7　281p　20cm　1500円　①4-8386-0382-7
◇志賀直哉―見ることの神話学　高橋英夫著　小沢書店　1995.5　250p　20cm　2060円
◇大津順吉・和解・ある男、その姉の死　志賀直哉作　岩波書店　1995.2　287p　15cm　（岩波文庫）　620円　①4-00-310461-7
◇志賀直哉ルネッサンス　篠沢秀夫著　集英社　1994.9　230p　20cm　2000円　①4-08-774089-7
◇志賀直哉　上　阿川弘之著　岩波書店　1994.7　460p　19cm　1800円　①4-00-002940-1
◇志賀直哉　下　阿川弘之著　岩波書店　1994.7　472p　19cm　1800円　①4-00-002941-X
◇志賀さんの生活など　滝井孝作著　日本図書センター　1993.6　353,9p　22cm　（近代作家研究叢書　139）　7000円　①4-8205-9243-2
◇城の崎にて　志賀直哉〔著〕　改版　角川書店　1993.6　197p　15cm　（角川文庫　725）　379円　①4-04-103003-X
◇和解　志賀直哉〔著〕　改版　角川書店　1993.1　197p　15cm　（角川文庫　723）　223円　①4-04-103002-1

島崎　藤村
しまざき　とうそん

明治5(1872).2.17～昭和18(1943).8.22
　小説家、詩人。明治学院在学中にキリスト教の洗礼を受け、文学に目覚めた。「文学界」に詩を発表し、30年の処女歌集『若菜集』で浪漫的抒情詩人として名をあげた。次第に叙事詩的傾向を強め、34年の『落梅集』を最後に詩作を止めた。以後写生文などの散文から小説に転じ、39年に自然主義の礎石となった『破戒』を自費出版した。その後は内面の告白を主とした自伝的小説家への道をたどり、『春』『家』『新生』を経て、昭和4～10年の『夜明け前』に結実した。

『若菜集』：明治30(1897)年。詩集。51編を収録。典雅な文語と流麗な七五調で、情熱的な恋愛などを歌っている。日本近代詩の夜明けを告げる作品。

『破戒』：明治39(1906)年。長編小説。部落差別を題材に、社会と個人の相剋や個人の自我を描いた本格的な近代小説で、島村抱月や夏目漱石に絶賛された。わが国自然主義運動の発足、日本近代小説の出発を示す記念碑的作品。

＊　　　＊　　　＊

◇藤村詩抄　島崎藤村自選　岩波書店　2001.12　239p　19cm（ワイド版岩波文庫）1000円　Ⓣ4-00-007202-1

◇緑葉集―小説　島崎藤村著　郷土出版社　2000.4　1冊　19cm（長野県稀覯本集成 精選復刻　第1期(明治・大正編)）〔2〕

◇定本 佐藤春夫全集 第23巻　評論・随筆　佐藤春夫著　臨川書店　1999.11　458p　21cm　8800円　Ⓣ4-653-03333-1

◇論集島崎藤村　島崎藤村学会編　おうふう　1999.10　329p　22cm　4800円　Ⓣ4-273-03103-5

◇島崎藤村　下山嬢子編　若草書房　1999.4　270p　22cm（日本文学研究論文集成　30）3500円　Ⓣ4-948755-42-7

◇島崎藤村詩集　島崎藤村著　角川書店　1999.1　259p　15cm（角川文庫）540円　Ⓣ4-04-116005-7

◇島崎藤村論―明治の青春　永野昌三著　土曜美術社出版販売　1998.12　238p　19cm（現代詩人論叢書）2500円　Ⓣ4-8120-0743-7

◇藤村をめぐる女性たち　伊東一夫著　国書刊行会　1998.11　282p　22cm（島崎藤村コレクション　第3巻）5000円　Ⓣ4-336-04093-1

◇若き日の藤村―仙台時代を中心に　藤一也著　本の森　1998.11　273p　20cm　1800円　Ⓣ4-938965-11-9

◇知られざる晩年の島崎藤村　青木正美著　国書刊行会　1998.9　318p　22cm（島崎藤村コレクション　第2巻）5200円　Ⓣ4-336-04092-3

◇写真と書簡による島崎藤村伝　伊東一夫、青木正美編　国書刊行会　1998.8　201,3p　22cm（島崎藤村コレクション　第1巻）4800円　Ⓣ4-336-04091-5

◇わが心の詩人たち―藤村・白秋・朔太郎・達治　中村真一郎著　潮出版社　1998.7　410p　19cm（潮ライブラリー）1800円　Ⓣ4-267-01501-5

◇近代化の中の文学者たち―その青春と実存　山口博著　愛育社　1998.4　279p　19cm　1800円　Ⓣ4-7500-0205-4

◇島崎藤村　下山嬢子著　宝文館出版　1997.10　381p　22cm　4500円　Ⓣ4-8320-1484-6

◇藤村のパリ　河盛好蔵著　新潮社　1997.5　351p　20cm　3200円　Ⓣ4-10-306005-0

◇小諸なる古城のほとり―島崎藤村詩集　島崎藤村著, 北川幸比古責任編集　岩崎書店　1997.5　102p　20cm（美しい日本の詩歌　12）1500円＋税　Ⓣ4-265-04052-7

◇作家の自伝 42　島崎藤村　佐伯彰一, 松本健一監修　島崎藤村著, 瓜生清編解説　日本図書センター　1997.4　259p　22cm（シリーズ・人間図書館）2600円　Ⓣ4-8205-9484-2,4-8205-9482-6

◇藤村詩抄　島崎藤村作　岩波書店　1997.2　239p　16cm（岩波文庫 特装版）

◇島崎藤村―文明批評と詩と小説と　平岡敏夫, 剣持武彦共編　双文社　1996.10　262p　22cm　4660円　Ⓣ4-88164-510-2

◇作家の随想 4　島崎藤村　島崎藤村著, 藪禎子編　日本図書センター　1996.9　446p　22cm　4800円　Ⓣ4-8205-8161-9

◇島崎藤村研究　栂瀬良平著　みちのく書房　1996.7　374p　22cm　3000円　Ⓣ4-944077-16-5

◇島崎藤村と小諸義塾　並木張著　櫟　1996.4　266p　19cm（千曲川文庫　20）1942円　Ⓣ4-900408-67-0

◇日本文壇史 9　日露戦後の新文学　伊藤整著　講談社　1996.4　250,23p　15cm（講談社文芸文庫）980円　Ⓣ4-06-196364-3

◇文彦 啄木 藤村　佐々木邦著　北上書房　1996.1　242p　19cm　1300円　Ⓣ4-905662-04-4

◇ある詩人の生涯―詩的藤村私論 評伝
矢island順治著 現代詩研究会 1995.11 269p
19cm 1200円

◇野菊の墓ほか 島崎藤村,伊藤左千夫著
講談社 1995.9 211p 19cm (ポケット日
本文学館 13) 1000円 ⓘ4-06-261713-7

◇藤村詩抄―島崎藤村自選 島崎藤村〔著〕
改版 岩波書店 1995.4 239p 15cm
(岩波文庫) 460円 ⓘ4-00-310231-2

◇四迷・啄木・藤村の周縁―近代文学管見 高
阪薫著 和泉書院 1994.6 307,5p 22cm
(近代文学研究叢刊 6) 3700円 ⓘ4-87088-
670-7

◇島崎藤村―遠いまなざし 高橋昌子著
和泉書院 1994.5 307,7p 22cm (近代文
学研究叢刊 5) 3700円 ⓘ4-87088-662-6

◇島崎藤村 和田謹吾著 翰林書房 1993.10
287p 22cm 6800円 ⓘ4-906424-23-6

◇ちくま日本文学全集 049 島崎藤村著
筑摩書房 1993.3 697p 15cm 1500円
ⓘ4-480-10249-3

◇島崎藤村――一漂泊者の肖像 亀井勝一郎
著 日本図書センター 1993.1 186,17p
22cm (近代作家研究叢書 124) 4120円
ⓘ4-8205-9225-4

子母沢 寛
しもざわ かん

明治25(1892).2.1～昭和43(1968).7.19
小説家。大正15年から東京日日新聞社に勤務
し、侠客ものを書き始める。昭和3年『新選組
始末記』を刊行、7年『国定忠治』を発表し、股
旅もの作家として独立し、8年東京日日新聞社
を退社。9年『突っかけ侍』を都新聞に連載し
て以後は御家人を主人公にしたものに転じ、16
年から6年がかりで『勝海舟』を発表、海舟の
父小吉を扱った『父子鷹』『おとこ鷹』とともに代表作となる。作品は他に『逃げ水』『遺臣
伝』など。

『父子鷹』：昭和30(1955)年。長編小説。若
き日の勝海舟と父親が権勢に抗して清廉・直
情に生きる姿を実証的な調査を交えて描いた
歴史小説。この作品で菊池寛賞を授賞し、映
画・舞台化もされた。

 *   *   *

◇子母沢寛集―大きな活字で読みやすい本
子母沢寛著 リブリオ出版 1998.3 291p
22cm (くらしっく時代小説 オールルビ版
第3巻) ⓘ4-89784-659-5,4-89784-656-0

◇新選組物語―新選組三部作 子母沢寛著
改版 中央公論社 1997.2 376p 15cm
(中公文庫) 780円 ⓘ4-12-202795-0

◇新選組遺聞―新選組三部作 子母沢寛著
改版 中央公論社 1997.1 330p 16cm
(中公文庫) 740円 ⓘ4-12-202782-9

◇新選組始末記―新選組三部作 子母沢寛
著 改版 中央公論社 1996.12 363p
16cm (中公文庫 し15―10) 757円 ⓘ4-
12-202758-6

◇逃げ水 上 子母沢寛著 中央公論社
1996.1 522p 15cm (中公文庫) 1100円
ⓘ4-12-202512-5

◇逃げ水 下 子母沢寛著 中央公論社
1996.1 541p 15cm (中公文庫) 1100円
ⓘ4-12-202513-3

◇行きゆきて峠あり 上 子母沢寛著 講談社
1995.6 326p 15cm (大衆文学館) 740円
ⓘ4-06-262011-1

◇行きゆきて峠あり 下 子母沢寛著 講談社
1995.6 345p 15cm (大衆文学館) 740円
ⓘ4-06-262012-X

◇江戸五人男 子母沢寛著 徳間書店
1995.1 318p 15cm (徳間文庫) 540円
ⓘ4-19-890248-8

◇大江戸指名手配―時代小説の楽しみ 6
縄田一男編, 子母沢寛ほか著 新潮社
1994.12 602p 15cm (新潮文庫) 720円
ⓘ4-10-139716-3

◇関八州の旅がらす―時代小説の楽しみ 3
縄田一男編, 子母沢寛ほか著 新潮社
1994.10 624p 15cm (新潮文庫) 680円
ⓘ4-10-139713-9

◇想い出の作家たち 2 文芸春秋編
文芸春秋 1994.3 320p 19cm 1700円
ⓘ4-16-347860-4

末広 鉄腸
すえひろ てっちょう

嘉永2(1849).2.21～明治29(1896).2.5
政治家、新聞記者、小説家。明治8年に「曙新聞」編集長となる。同年発布の新聞紙条例と讒謗律を批判し投獄された。「朝野新聞」に転じ、政府攻撃のかどで再投獄。14年に自由党結成に参画、「自由新聞」の社説を執筆したが板垣退助外遊を批判し脱党、16年に馬場辰猪らと独立党を結成した。この頃より健康を害し、療養中に小説類を読み、『雪中梅』(19年)、『政治小説花間鶯』(20～21年)などを発表した。23年に第1回の衆議院議員に当選した。

『雪中梅』：明治19(1886)年。中編小説。政治的信条と政策が小説化された鉄腸の代表作。政治的寓意性と、当代政治青年およびその恋愛の人情生態に背馳せぬ写実的な描写とが併存しているところに特色がある。

鈴木 三重吉
すずき みえきち

明治15(1882).9.29～昭和11(1936).6.27
児童文学者、小説家。明治39年短編小説「千鳥」を発表し、40年短編集『千代紙』を刊行。その間『山彦』『お三津さん』『文鳥』などを発表する。その後も長編小説『小鳥の巣』『桑の実』など多くの作品を発表するが、大正5年童話集『湖水の女』刊行後、童話を多く発表。7年初の童話・童謡誌「赤い鳥」を創刊し、作家・画家・作曲家ら多くの執筆陣の協力を得てその編集に専念。「赤い鳥」は全国に自由画運動・綴方運動を普及させる一方、多くの児童文学者を育てた。また『世界童話集』『日本児童文庫』『小学生全集』の編集も手がけた。

*　　　*　　　*

◇永遠の童話作家鈴木三重吉　半田淳子著　高文堂出版社　1998.10　177p　19cm　2100円　①4-7707-0599-9
◇「児童文学」をつくった人たち6　「赤い鳥」をつくった鈴木三重吉―創作と自己　鈴木三重吉　鈴木三重吉,小島政二郎著　ゆまに書房　1998.6　199p　22cm（ヒューマンブックス）3500円　①4-89714-271-7
◇桑の実　鈴木三重吉著　改版　岩波書店　1997.6　213p　15cm（岩波文庫）460円　①4-00-310451-X
◇鈴木三重吉童話集　鈴木三重吉〔著〕,勝尾金弥編　岩波書店　1996.11　265p　15cm（岩波文庫　31-045-5）553円　①4-00-310455-2

武田 麟太郎
たけだ りんたろう

明治37(1904).5.9～昭和21(1946).3.31
小説家。同人雑誌「辻馬車」に参加し、のち「大学左派」「十月」の同人となる。昭和3年頃から帝大セツルメントで働き、検挙されたこともある。5年左翼イデオロギーにもとづく風俗小説『暴力』『反逆の呂律』を刊行。西鶴の影響を強く受け、7年『日本三文オペラ』を発表し、以後市井ものの作家として活躍し、9年には名作『銀座八丁』を発表した。11年時局的な動きに対抗し「人民文庫」を創刊したが、時局の流れに勝てず、13年廃刊となった。その他の代表作に『釜ケ崎』『勘定』『一の酉』『下界の眺め』などがある。

*　　　*　　　*

◇日本三文オペラ―武田麟太郎作品選　武田麟太郎〔著〕　講談社　2000.7　290p　16cm（講談社文芸文庫）1200円　①4-06-198219-2
◇暴力　武田麟太郎〔著〕　復刻版　本の友社　2000.1　167p　20cm（現代暴露文学選集）①4-89439-297-6
◇反逆の呂律　武田麟太郎著、関井光男監修　ゆまに書房　1998.5　253p　19cm（新鋭文学叢書　6）①4-89714-440-X,4-89714-433-7
◇南方軍政関係史料　25-1　〔13〕　南方徴用作家叢書―ジャワ篇　木村一信編,斎藤良輔,武田麟太郎著　竜渓書舎　1996.10　9,95,75p　20cm　2575円　①4-8447-1449-X

谷崎 潤一郎
たにざき じゅんいちろう

明治19(1886).7.24～昭和40(1965).7.30
小説家。幼少時代から和漢の古典に親しみ、東大在学中の明治43年、第2次「新思潮」を創刊し、創刊号に『誕生』を発表、さらに『刺青』『秘密』(44年)などを発表する。ロマン派的な立場から唯美的、退廃的な比類のない作品を多く発表し、悪魔主義とも呼ばれた。戦前の代表作に『お艶殺し』『異端者の悲しみ』『痴人の愛』『卍』『吉野葛』『春琴抄』『陰翳礼讃』などがある。10年から『源氏物語』の口語訳を始め、16年に完結。戦争中は『細雪』を執筆、軍部の圧力で完成しなかったが、戦後の23年に完結。戦後も『少将滋幹の母』『鍵』『瘋癲老人日記』などを発表し、旺盛な作家活動を示した。他に自伝的な作品『青春物語』『幼少時代』『雪後庵夜話』など。

『痴人の愛』：大正13(1924)年。長編小説。ハイカラでモダンなナオミの魅力のとりこになってしまう女性崇拝、女性の美と魔性を描いた問題作。小悪魔的傾向の新語ナオミズムを生んだ。

『細雪』：昭和18(1943)年～23(1948)年。長編小説。大阪船場の旧家の美しい4人姉妹を中心とした人の世の移り変わり、四季折々の自然の推移を交えた物語。『源氏物語』の影響下に、日本の美と伝統を陰影のある文章で書きとどめようとした壮麗な大作。

＊　　＊　　＊

◇編年体大正文学全集　第8巻　大正8年　谷崎潤一郎ほか著，紅野謙介編　ゆまに書房　2001.8　655p　21cm　6600円　①4-89714-897-9

◇瘋癲老人日記　谷崎潤一郎著　改版　中央公論新社　2001.3　258p　15cm　(中公文庫)　629円　①4-12-203818-9

◇谷崎潤一郎＝渡辺千万子往復書簡　谷崎潤一郎，渡辺千万子著　中央公論新社　2001.2　351p　20cm　1900円　①4-12-003112-8

◇つれなかりせばなかなかに―文豪谷崎の「妻譲渡事件」の真相　瀬戸内寂聴著　中央公論新社　1999.12　210p　15cm　(中公文庫)　514円　①4-12-203556-2

◇潤一郎ラビリンス　16　戯曲傑作集　谷崎潤一郎著，千葉俊二編　中央公論新社　1999.8　314p　15cm　(中公文庫)　838円　①4-12-203487-6

◇青年期―谷崎潤一郎論　尾高修也著　小沢書店　1999.7　301p　22cm　3600円　①4-7551-0387-8

◇潤一郎ラビリンス　15　横浜ストーリー　谷崎潤一郎著，千葉俊二編　中央公論新社　1999.7　330p　15cm　(中公文庫)　838円　①4-12-203467-1

◇潤一郎ラビリンス　14　女人幻想　谷崎潤一郎著，千葉俊二編　中央公論新社　1999.6　318p　15cm　(中公文庫)　838円　①4-12-203448-5

◇越境者が読んだ近代日本文学―境界をつくるもの、こわすもの　鶴田欣也著　新曜社　1999.5　453p　19cm　4600円　①4-7885-0670-X

◇潤一郎ごのみ　宮本徳蔵著　文芸春秋　1999.5　196p　20cm　1714円　①4-16-355090-9

◇潤一郎ラビリンス　13　官能小説集　谷崎潤一郎著　中央公論新社　1999.5　323p　15cm　(中公文庫)　838円　①4-12-203426-4

◇いかにして谷崎潤一郎を読むか　河野多恵子編　中央公論新社　1999.4　193p　20cm　1500円　①4-12-002888-7

◇潤一郎ラビリンス　12　神と人との間　谷崎潤一郎著　中央公論新社　1999.4　347p　15cm　(中公文庫)　838円　①4-12-203405-1

◇作家の自伝　85　谷崎潤一郎　佐伯彰一，松本健一監修　谷崎潤一郎著，千葉俊二解説　日本図書センター　1999.4　267p　22cm　(シリーズ・人間図書館)　2600円　①4-8205-9530-X,4-8205-9525-3

◇潤一郎ラビリンス　11　銀幕の彼方　谷崎潤一郎著，千葉俊二編　中央公論新社　1999.3　318p　16cm　(中公文庫)　838円　①4-12-203383-7

◇久保家所蔵谷崎潤一郎久保義治・一枝宛書簡〔谷崎潤一郎〕〔著〕，芦屋市谷崎潤一郎記念館編　芦屋市谷崎潤一郎記念館　1999.3　99p

小説　　　　　　　近代

30cm　（芦屋市谷崎潤一郎記念館資料集 3）
◇近代作家追悼文集成 第40巻　江戸川乱歩・谷崎潤一郎・髙見順　ゆまに書房　1999.2　348p　22cm　8000円　Ⓘ4-89714-643-7,4-89714-639-9
◇潤一郎ラビリンス　10　　分身物語　谷崎潤一郎著，千葉俊二編　中央公論新社　1999.2　341p　15cm　（中公文庫）　838円　Ⓘ4-12-203360-8
◇潤一郎ラビリンス　9　　浅草小説集　谷崎潤一郎著，千葉俊二編　中央公論社　1999.1　308p　15cm　（中公文庫）　838円　Ⓘ4-12-203338-1
◇潤一郎ラビリンス　8　　犯罪小説集　谷崎潤一郎著，千葉俊二編　中央公論社　1998.12　291p　15cm　（中公文庫）　838円　Ⓘ4-12-203316-0
◇潤一郎ラビリンス　7　　怪奇幻想倶楽部　谷崎潤一郎著　中央公論社　1998.11　299p　15cm　（中公文庫）　838円　Ⓘ4-12-203294-6
◇蘆辺の夢　谷崎松子著　中央公論社　1998.10　414p　19cm　1900円　Ⓘ4-12-002843-7
◇潤一郎ラビリンス　6　　異国綺談　谷崎潤一郎著，千葉俊二編　中央公論社　1998.10　319p　15cm　（中公文庫）　838円　Ⓘ4-12-203270-9
◇潤一郎ラビリンス　5　　少年の王国　谷崎潤一郎著　中央公論社　1998.9　297p　15cm　（中公文庫）　838円　Ⓘ4-12-203247-4
◇潤一郎ラビリンス　4　　近代情痴集　谷崎潤一郎著，千葉俊二編　中央公論社　1998.8　324p　15cm　（中公文庫）　838円　Ⓘ4-12-203223-7
◇潤一郎ラビリンス　3　　谷崎潤一郎著，千葉俊二編　中央公論社　1998.7　303p　15cm　（中公文庫）　838円　Ⓘ4-12-203198-2
◇東西味くらべ　谷崎潤一郎〔著〕　角川春樹事務所　1998.7　217p　16cm　（ランティエ叢書　19）　1000円　Ⓘ4-89456-098-4
◇潤一郎ラビリンス　2　　マゾヒズム小説集　谷崎潤一郎著，千葉俊二編　中央公論社　1998.6　288p　15cm　（中公文庫）　838円　Ⓘ4-12-203173-7

◇潤一郎ラビリンス　1　　初期短編集　谷崎潤一郎著，千葉俊二編　中央公論社　1998.5　278p　15cm　（中公文庫）　838円　Ⓘ4-12-203148-6
◇幼少時代　谷崎潤一郎著　岩波書店　1998.4　342p　15cm　（岩波文庫）　660円　Ⓘ4-00-310555-9
◇谷崎文学の愉しみ　河野多恵子著　中央公論社　1998.2　300p　16cm　（中公文庫）　781円　Ⓘ4-12-203060-9
◇（評伝）谷崎潤一郎　永栄啓伸著　和泉書院　1997.7　385p　22cm　（近代文学研究叢刊　13）　6000円　Ⓘ4-87088-870-X
◇とっておきのもの とっておきの話 第1巻　YANASE LIFE編集室編　芸神出版社　1997.5　213p　21cm　（芸神集団Amuse）　2500円　Ⓘ4-906613-16-0
◇つれなかりせばなかなかに—妻をめぐる文豪と詩人の恋の葛藤　瀬戸内寂聴著　中央公論社　1997.4　201p　20cm　1100円　Ⓘ4-12-002674-4
◇刺青 春琴抄　谷崎潤一郎著　谷崎潤一郎著　旺文社　1997.4　302p　18cm　（愛と青春の名作集）　950円　Ⓘ4-01-066053-8
◇作家の批評　秦恒平著　清水書院　1997.2　288p　19cm　2200円　Ⓘ4-389-50028-7
◇追想の扉　淀川長治著　ティビーエス・ブリタニカ　1996.12　316p　19cm　2200円　Ⓘ4-484-96226-8
◇作家の随想　6　　谷崎潤一郎　谷崎潤一郎著，千葉俊二編　日本図書センター　1996.9　413p　22cm　4800円　Ⓘ4-8205-8163-5
◇虚構の天体 谷崎潤一郎　清水良典著　講談社　1996.3　214p　20cm　2000円　Ⓘ4-06-208091-5
◇ぜいたく列伝　戸板康二著　文芸春秋　1996.3　315p　15cm　（文春文庫）　450円　Ⓘ4-16-729211-4
◇文章読本　谷崎潤一郎著　改版　中央公論社　1996.2　236p　16cm　（中公文庫）　540円　Ⓘ4-12-202535-4
◇芦屋市谷崎潤一郎記念館資料集1　映像・音声資料　谷崎潤一郎〔ほか述〕，細江光編　芦屋市谷崎潤一郎記念館　1995.12　70p　30cm

◇反俗の文人たち　浜川博著　新典社　1995.12　334p　19cm　（新典社文庫）　2600円　⑭4-7879-6504-2

◇陰翳礼讃　谷崎潤一郎著　改版　中央公論社　1995.9　213p　15cm　（中公文庫）　480円　⑭4-12-202413-7

◇乱菊物語　谷崎潤一郎著　中央公論社　1995.6　406p　15cm　（中公文庫）　880円　⑭4-12-202335-1

◇磯田光一著作集　6　永井荷風　作家論　1　磯田光一著　小沢書店　1995.3　595p　19cm　4800円

◇われよりほかに─谷崎潤一郎最後の十二年　伊吹和子著　講談社　1994.2　541p　21cm　3900円　⑭4-06-206447-2

◇谷崎文学の愉しみ　河野多恵子著　中央公論社　1993.6　226p　19cm　1600円　⑭4-12-002225-0

◇お艶殺し　谷崎潤一郎著　中央公論社　1993.6　175p　15cm　（中公文庫）　380円　⑭4-12-202006-9

◇盲目物語　谷崎潤一郎著　中央公論社　1993.5　189p　15cm　（中公文庫）　380円　⑭4-12-202003-4

◇秘本谷崎潤一郎　第5巻　稲沢秀夫著　烏有堂　1993.1　192p　図版68枚　21cm　10000円

田村　俊子
たむら　としこ

明治17(1884).4.25～昭和20(1945).4.16
小説家。日本女子大中退後、幸田露伴に入門。明治36年『露分衣』を発表。その後、舞台女優となったが、44年『あきらめ』が大阪朝日新聞の懸賞小説に一等当選し、以後作家となり、『誓言』『木乃伊の口紅』『女作者』『炮烙の刑』などを発表。大正7年『破壊した後』の発表後、カナダのバンクーバーに行き、民衆社を経営する。昭和11年帰国し、作家として復帰するが、中央公論社特派員として中国に渡り、後に上海で華字女性雑誌「女声」を刊行した。

＊　　　＊　　　＊

◇瀬戸内寂聴全集　2　長篇(1)　瀬戸内寂聴著　新潮社　2001.3　842p　19cm　7700円　⑭4-10-646402-0

田山　花袋
たやま　かたい

明治4(1871).12.13～昭和5(1930).5.13
小説家、詩人。明治22年桂園派の歌人松浦辰男について和歌を学び、24年には尾崎紅葉の門をたたいた。はじめ浪漫的で甘美な小説や詩を書いたが、モーパッサンの影響を受け、35年に小説『重右衛門の最後』、37年に評論『露骨なる描写』を発表した。この評論の中で花袋は何事も露骨で真相で自然でなければならないという主調を掲げている。そのため『蒲団』(40年)『田舎教師』(42年)などの諸作品は作者の主観に閉じこもった身辺描写となり、いわゆる私小説の源流となった。

『蒲団』：明治40(1907)年。短編小説花袋自身が経験した、中年作家の女弟子への恋情とその私生活を赤裸々に告白した作品。この作品の成功が日本の自然主義を方向付けた。

＊　　　＊　　　＊

◇田山花袋　田山花袋〔著〕，坪内祐三，小谷野敦編　筑摩書房　2001.5　450,4p　20cm　（明治の文学　第23巻）　2400円　⑭4-480-10163-2

◇田山花袋というカオス　尾形明子著　沖積舎　1999.2　344p　20cm　3000円　⑭4-8060-4635-3

◇群馬文学全集　第1巻　田山花袋　伊藤信吉監修　〔田山花袋〕〔著〕，平岡敏夫編　群馬県立土屋文明記念文学館　1999.1　477p　22cm

◇東京の三十年　田山花袋〔著〕　講談社　1998.9　365,30p　16cm　（講談社文芸文庫　たP1）　1400円　⑭4-06-197631-1

◇近代化の中の文学者たち─その青春と実存　山口博著　愛育社　1998.4　279p　19cm　1800円　⑭4-7500-0205-4

◇田山花袋論集　1　中川健治著　中川健治　1998.2　126p　27cm　非売品

小説　近代

◇幼き頃のスケッチ　田山花袋著　館林市教育委員会文化振興課　1997.11　50p　21cm　（田山花袋作品集　2）

◇梅雨のころ　田山花袋著　館林市教育委員会文化振興課　1997.11　36p　21cm　（田山花袋作品集　1）

◇日本(にっぽん)温泉めぐり　田山花袋〔著〕角川春樹事務所　1997.11　324p　16cm　（ランティエ叢書　8）　1000円　ⓘ4-89456-087-9

◇田山花袋の詩と評論　沢豊彦著　沖積舎　1996.11　316p　19cm　（ちゅうせき叢書）　3500円　ⓘ4-8060-7522-1

◇田山花袋宛書簡集―花袋周辺百人の書簡　館林市教育委員会文化振興課編　館林市　1996.3　417p　22cm　（田山花袋記念館研究叢書　第5巻）

◇日本文壇史 8　日露戦争の時代　伊藤整著　講談社　1996.2　250,22p　15cm　（講談社文芸文庫）　980円　ⓘ4-06-196357-0

◇田山花袋―東京の三十年(抄)/私の経験　田山花袋著, 相馬庸郎編　日本図書センター　1995.11　292p　22cm　（シリーズ・人間図書館）　2600円　ⓘ4-8205-9395-1

◇田山花袋周辺の系譜　程原健〔編〕〔程原健〕　1995.10　1冊(頁付なし)　27cm

◇定本花袋全集 別巻　田山録弥著, 定本花袋全集刊行会編　臨川書店　1995.9　338,20p　20cm　6798円　ⓘ4-653-03110-X,4-653-02540-1

◇定本花袋全集 第28巻　田山録弥著, 定本花袋全集刊行会編　臨川書店　1995.8　686p　20cm　9270円　ⓘ4-653-02758-7,4-653-02540-1

◇定本花袋全集 第27巻　田山録弥著, 定本花袋全集刊行会編　臨川書店　1995.7　766p　20cm　9888円　ⓘ4-653-02757-9,4-653-02540-1

◇定本花袋全集 第26巻　田山録弥著, 定本花袋全集刊行会編　臨川書店　1995.6　650p　20cm　9064円　ⓘ4-653-02756-0,4-653-02540-1

◇定本花袋全集 第25巻　田山録弥著, 定本花袋全集刊行会編　臨川書店　1995.5　803p　20cm　9991円　ⓘ4-653-02755-2,4-653-02540-1

◇定本 花袋全集　第24巻　田山花袋著　臨川書店　1995.4　698p　19cm　9476円　ⓘ4-653-02754-4

◇花袋周辺作家の書簡集　2　館林市教育委員会文化振興課編　館林市　1995.3　443p　22cm　（田山花袋記念館研究叢書　第4巻）

◇定本花袋全集 第23巻　田山録弥著, 定本花袋全集刊行会編　臨川書店　1995.3　622p　20cm　8961円　ⓘ4-653-02753-6,4-653-02540-1

◇時は過ぎゆく　田山花袋作　岩波書店　1995.3　356p　15cm　（岩波文庫）　670円　ⓘ4-00-310214-2

◇定本花袋全集 第22巻　田山録弥著, 定本花袋全集刊行会編　臨川書店　1995.2　801p　20cm　9991円　ⓘ4-653-02752-8,4-653-02540-1

◇定本花袋全集 第21巻　田山録弥著, 定本花袋全集刊行会編　臨川書店　1995.1　737p　20cm　9167円　ⓘ4-653-02751-X,4-653-02540-1

◇定本花袋全集 第20巻　田山録弥著, 定本花袋全集刊行会編　臨川書店　1994.12　681p　20cm　8858円　ⓘ4-653-02750-1,4-653-02540-1

◇定本 花袋全集 第19巻　田山花袋著, 小林一郎, 紅野敏郎編　臨川書店　1994.11　609p　19cm　8446円　ⓘ4-653-02749-8

◇定本 花袋全集　第18巻　田山花袋著　臨川書店　1994.10　680p　19cm　8755円　ⓘ4-653-02748-X

◇定本 花袋全集　第17巻　田山花袋著　臨川書店　1994.9　641p　19cm　8240円　ⓘ4-653-02747-1

◇定本 花袋全集　第16巻　田山花袋著, 定本花袋全集刊行会編　〔復刻版〕　臨川書店　1994.7　743p　19cm　7800円　ⓘ4-653-02557-6

◇定本花袋全集 第15巻　田山録弥著, 定本花袋全集刊行会編　臨川書店　1994.6　715p　20cm　7800円　ⓘ4-653-02556-8,4-653-02540-1

◇定本花袋全集 第14巻　田山録弥著, 定本花袋全集刊行会編　臨川書店　1994.5　795p

20cm 7800円 ⓘ4-653-02555-X,4-653-02540-1

◇定本 花袋全集 第13巻　田山花袋著,定本花袋全集刊行会編　〔復刻版〕　臨川書店 1994.4 825p 19cm 7800円　ⓘ4-653-02554-1

◇花袋周辺作家の書簡集 1　館林市教育委員会文化振興課編　館林市　1994.3 467p 22cm　(田山花袋記念館研究叢書 第3巻)

◇定本花袋全集 第12巻　田山録弥著,定本花袋全集刊行会編　臨川書店 1994.3 838p 20cm 7800円　ⓘ4-653-02553-3,4-653-02540-1

◇定本花袋全集 第11巻　田山花袋著,定本花袋全集刊行会編　〔復刻版〕　臨川書店 1994.2 798p 21cm 7800円　ⓘ4-653-02552-5

◇定本花袋全集 第10巻　田山録弥著,定本花袋全集刊行会編　臨川書店 1994.1 749p 20cm 7800円　ⓘ4-653-02551-7,4-653-02540-1

◇定本 花袋全集 第9巻　田山録弥著,定本花袋全集刊行会編　臨川書店 1993.12 736p 20cm 7800円　ⓘ4-653-02550-9

◇定本 花袋全集 第8巻　田山花袋著,定本花袋全集刊行会編　〔復刻版〕　(京都)臨川書店 1993.11 732p 19cm 7800円　ⓘ4-653-02549-5

◇定本 花袋全集 第7巻　田山花袋著,定本花袋全集刊行会編　〔復刻版〕　(京都)臨川書店 1993.10 744p 19cm 7800円　ⓘ4-653-02548-7

◇定本花袋全集 第6巻　田山録弥著,定本花袋全集刊行会編　臨川書店 1993.9 696p 20cm 7800円　ⓘ4-653-02547-9

◇定本 花袋全集 第5巻　田山花袋著,定本花袋全集刊行会編　〔復刻版〕　(京都)臨川書店 1993.8 725p 19cm 7800円　ⓘ4-653-02546-0

◇定本 花袋全集 第4巻　田山花袋著,定本花袋全集刊行会編　〔復刻版〕　(京都)臨川書店 1993.7 707p 19cm 7800円　ⓘ4-653-02545-2

◇定本 花袋全集 第3巻　田山花袋著,定本花袋全集刊行会編　〔復刻版〕　(京都)臨川書店 1993.6 723p 19cm 7800円　ⓘ4-653-02544-4

◇花袋・フローベール・モーパッサン　山川篤著　駿河台出版社 1993.5 392p 22cm 3689円　ⓘ4-411-02061-0

◇定本 花袋全集 第2巻　田山花袋著,定本花袋全集刊行会編　〔復刻版〕　(京都)臨川書店 1993.5 752p 19cm 7800円　ⓘ4-653-02543-6

◇田山花袋作品選集　尾形明子ほか編　双文社出版 1993.4 224p 21cm 2300円　ⓘ4-88164-060-7

◇定本 花袋全集 第1巻　田山花袋著,定本花袋全集刊行会編　〔復刻版〕　(京都)臨川書店 1993.4 764p 19cm 7500円　ⓘ4-653-02542-8

◇「蒲団」をめぐる書簡集　館林市教育委員会文化振興課編　館林市 1993.3 445p 22cm　(田山花袋記念館研究叢書 第2巻)

近松 秋江
ちかまつ しゅうこう

明治9(1876).5.4～昭和19(1944).4.23

小説家。少年時代から文学に関心を抱き、東京専門学校在学中から島村抱月の担当する読売新聞の月曜付録で小説の月評を行う。卒業後、博文館、母校出版部、中央公論社などに勤務。明治43年『別れたる妻に送る手紙』を発表して文壇に登場、以後『執着』『疑惑』『黒髪』『狂乱』など男女の愛憎を綿々と綴った破滅型の私小説を発表した。情的で主観的な描写が中心であり、「情痴作家」と呼ばれて独自の地位を築いた。また『文壇無駄話』や『文壇三十年』などの著書もある。

『黒髪』：大正11(1922)年。短編小説。作家をモデルにした主人公が、京都・祇園の遊女に恋着し未練がましくつきまとう物語。己の恥部を克明に描き出し、体を内部から突き動かす「愚者性」を文学として表現した。

　　　　　＊　　　　　＊　　　　　＊

◇近松秋江＋岩野泡鳴＋正宗白鳥　近松秋江,岩野泡鳴,正宗白鳥著,坪内祐三,北上次郎編　筑摩書房 2001.12 439,3p 19cm　(明治の文学　第24巻)　2600円　ⓘ4-480-10164-0

◇黒髪・別れたる妻に送る手紙　近松秋江著　講談社　1997.6　281p　15cm　（講談社文芸文庫）　950円　Ⓘ4-06-197572-2
◇近松秋江全集　第13巻　近松秋江著　八木書店　1994.9　1冊　21cm　9800円　Ⓘ4-8406-9393-5
◇近松秋江全集　第12巻　近松秋江著　八木書店　1994.6　470p,16p　23×17cm　9800円　Ⓘ4-8406-9392-7
◇近松秋江全集　第8巻　近松秋江著　八木書店　1994.4　646,36p　21cm　9800円　Ⓘ4-8406-9388-9
◇近松秋江全集　第11巻　近松秋江著　八木書店　1993.10　538,29p　21cm　9800円　Ⓘ4-8406-9391-9
◇近松秋江全集　第7巻　近松秋江著　八木書店　1993.8　502,34p　21cm　9800円　Ⓘ4-8406-9387-0
◇光陰―亡父近松秋江断想　徳田道子著　中尾民子　1993.6　197p　20cm
◇近松秋江全集　第6巻　近松秋江著　八木書店　1993.6　492,27p　21cm　9800円　Ⓘ4-8406-9386-2
◇近松秋江全集　第5巻　近松秋江著　八木書店　1993.4　528,26p　21cm　9800円　Ⓘ4-8406-9385-4
◇近松秋江全集　第10巻　紅野敏郎ほか編　八木書店　1993.2　504,22p　22cm　9800円　Ⓘ4-8406-9390-0

坪田 譲治
つぼた じょうじ

明治23(1890).3.3～昭和57(1982).7.7

児童文学作家。小川未明に師事して児童文化の創作につとめ、昭和2年鈴木三重吉主宰の「赤い鳥」に『河童の話』を発表してデビュー、10年「改造」に発表した『お化けの世界』が出世作に。14年『子供の四季』、15年『善太と三平』はベストセラーとなった。「童心浄土」という言葉を好み、それまでの勧善懲悪的、説話的な童話ではなく、子供の日常生活を生き生きと描いた新鮮な作品を書いた。38年には童話雑誌『びわの実学校』を創刊。代表作は他に『風の中の子供』など。

*　　*　　*

◇おだんごころころ　坪田譲治作，二俣英五郎画　童心社　2000.5　紙芝居1組(12枚)　27×38cm　（童心社のかみしばい）　1600円　Ⓘ4-494-07625-2
◇「児童文学」をつくった人たち4　「善太と三平」をつくった坪田譲治―小説坪田譲二　小田岳夫著　ゆまに書房　1998.4　227p　22cm　（ヒューマンブックス）　3500円　Ⓘ4-89714-269-5
◇心にふるさとがある4　海風に吹かれて　作品社編集部編集　坪田譲治ほか著　作品社　1998.4　253p　22cm　（新編・日本随筆紀行）　Ⓘ4-87893-810-2
◇せみと蓮の花―坪田譲治短篇集　坪田譲治著　木鶏社,星雲社〔発売〕　1995.11　215p　19cm　1800円　Ⓘ4-7952-8111-4

東海 散士
とうかい さんし

嘉永5(1852).12.2～大正11(1922).9.25

小説家、政治家。戊辰戦争で母・次兄・妹を失い、流浪を重ねて苦学した。明治10年西南戦争に従軍し、帰京後戦史編纂御用掛を命ぜられた。12年アメリカに留学。渡米中に『佳人之奇遇』の構想を得、18年に帰朝してその初編を、続いて『東洋之佳人』(21年刊)、『埃之近世史』(22年刊)などを刊行した。また、後藤象二郎と提携して政党の大同団結に尽力し、21年に大阪毎日新聞の主筆に就任するなど、反政府運動で活躍し、25年に衆議院議員に選出された。以後農商務次官、外務政務官を歴任するが、文筆からは遠ざかった。

『佳人之奇遇』：明治18(1885)～30(1897)年。長編小説。8編を刊行して中絶。祖国の独立を回復しようと図る亡命の獅子たちの情熱を格調高い漢文体で謳い上げた。同時代の青年層に強烈な印象を与え数十万部を売り切ったという、政治小説の傑作。

徳田 秋声
とくだ しゅうせい

明治4(1871).12.13～昭和18(1943).11.18
小説家。明治28年泉鏡花の勧めで尾崎紅葉門に入り、後に「葉門の四天王」と呼ばれる端緒となった。29年に処女作『藪柑子』を発表、33年の『雲のゆくへ』が出世作となった。生来病弱で、継妻の子、家庭の貧困、脆弱な肉体という劣等感が中年以後の私小説も底流している。私生活を題材にした純文学作品の他、経済的理由から膨大な通俗小説を書いている。代表作に『新世態』『黴』『あらくれ』など。

『黴』：明治44(1911)年。長編小説。秋声自身が結婚生活に入って二児の父親となるまでの家庭を凝視して、その私生活を純客観的に描写した作品。自然主義の無理想・無解決を確立したと同時に、私小説の典型を樹立した。

　　　　＊　　＊　　＊

◇徳田秋声全集　第26巻　翻訳・翻案　徳田秋声著　八木書店　2002.1　429,22p　21cm　9800円　Ⓘ4-8406-9726-4
◇徳田秋声全集　第25巻　合評・座談会　徳田秋声著　八木書店　2001.11　581,35p　21cm　9800円　Ⓘ4-8406-9725-6
◇徳田秋声全集　第24巻　徳田秋声著　八木書店　2001.9　460,19p　22cm　9800円　Ⓘ4-8406-9724-8
◇徳田秋声全集　第23巻　徳田秋声著　八木書店　2001.7　308,44,12p　22cm　9800円　Ⓘ4-8406-9723-X
◇徳田秋声全集　第22巻　徳田秋声著　八木書店　2001.5　399,26,16p　22cm　9800円　Ⓘ4-8406-9722-1
◇徳田秋声全集　第21巻　徳田秋声著　八木書店　2001.3　382,31,13p　22cm　9800円　Ⓘ4-8406-9721-3
◇徳田秋声全集　第20巻　徳田秋声著　八木書店　2001.1　374,35,14p　22cm　9800円　Ⓘ4-8406-9720-5
◇徳田秋声全集　第19巻　徳田秋声著　八木書店　2000.11　457,37,15p　22cm　9800円　Ⓘ4-8406-9719-1

◇徳田秋声全集　第18巻　徳田秋声著　八木書店　2000.9　391,50p　22cm　9800円　Ⓘ4-8406-9718-3
◇徳田秋声全集　第14巻　徳田秋声著　八木書店　2000.7　347,30p　22cm　9800円　Ⓘ4-8406-9714-0
◇徳田秋声全集　第12巻　徳田秋声著　八木書店　2000.5　379,30p　22cm　9800円　Ⓘ4-8406-9712-4
◇あらくれ　徳田秋声著　改版　新潮社　2000.4　254p　16cm　（新潮文庫）　400円　Ⓘ4-10-101202-4
◇徳田秋声全集　第8巻　徳田秋声著　八木書店　2000.3　346,20p　22cm　9800円　Ⓘ4-8406-9708-6
◇徳田秋声全集　第6巻　徳田秋声著　八木書店　2000.1　437,32p　22cm　9800円　Ⓘ4-8406-9706-X
◇徳田秋声全集　第4巻　前夫人・少華族　徳田秋声著　八木書店　1999.11　384,22,38p　21cm　9800円　Ⓘ4-8406-9704-3
◇徳田秋声全集　第3巻　徳田秋声著　八木書店　1999.9　369,33p　22cm　9800円　Ⓘ4-8406-9703-5
◇徳田秋声全集　第2巻　雲のゆくへ・後の恋　徳田秋声著　八木書店　1999.7　456,33p　21cm　9800円　Ⓘ4-8406-9702-7
◇徳田秋声全集　第16巻　春来る・暗夜　徳田秋声著　八木書店　1999.5　348,35p　21cm　9800円　Ⓘ4-8406-9716-7
◇作家の自伝　83　徳田秋声　佐伯彰一，松本健一監修　徳田秋声著，松本徹編解説　日本図書センター　1999.4　275p　22cm　（シリーズ・人間図書館）　2600円　Ⓘ4-8205-9528-8,4-8205-9525-3
◇徳田秋声全集　第15巻　風呂桶・元の枝へ　徳田秋声著　八木書店　1999.3　369,37p　21cm　9800円　Ⓘ4-8406-9715-9
◇徳田秋声全集　第17巻　町の踊り場・仮装人物　徳田秋声著　八木書店　1999.1　376,43p　21cm　9800円　Ⓘ4-8406-9717-5
◇徳田秋声全集　第13巻　離るる心・何処まで　徳田秋声著　八木書店　1998.11　381,21p　21cm　9800円　Ⓘ4-8406-9713-2

◇徳田秋声全集 第10巻 爛・あらくれ 徳田秋声著 八木書店 1998.9 391,27p 21cm 9800円 ⓘ4-8406-9710-8

◇徳田秋声全集 第7巻 出産・新世帯 徳田秋声著 八木書店 1998.7 380,46p 21cm 9800円 ⓘ4-8406-9707-8

◇徳田秋声全集 第5巻 夜航船・おのが縛 徳田秋声著 八木書店 1998.5 362,31p 21cm 9800円 ⓘ4-8406-9705-1

◇徳田秋声全集 第11巻 徳田秋声著 八木書店 1998.3 394,32p 22cm 9800円 ⓘ4-8406-9711-6

◇徳田秋声全集 第9巻 足迹・黴 徳田秋声著 八木書店 1998.1 423,39p 21cm 9800円 ⓘ4-8406-9709-4

◇徳田秋声全集 第1巻 徳田秋声著 八木書店 1997.11 366,25p 22cm 9800円 ⓘ4-8406-9701-9

◇ロマン的作家論 塚本康彦著 武蔵野書房 1996.1 307p 19cm 2500円

徳冨 蘆花
とくとみ ろか

明治元(1886).10.25～昭和2(1927).9.18 小説家。兄・蘇峰の経営する民友社に入り翻訳、短編小説等を発表。明治31年初の作品集『青山白雲』を刊行。33年家庭小説『不如帰(ほととぎす)』が好評を博しその名を知られる。同年『自然と人生』、34年『思出の記』を刊行。蘇峰とは異なり、キリスト教自由主義やトルストイの人道主義の影響を受け、明治・大正の文壇の中で独立した地位を保った。他に『日本から日本へ』『竹崎順子』、自伝小説『冨士』、『蘆花日記』などがある。

『不如帰』：明治31(1898)～32(1899)年。長編小説。陸軍大将大山巌の先妻の娘の結婚、離縁という実話に取材した小説。家庭小説でありながら、権力と手を結ぶ日本の資本主義の内実にも触れた社会小説の側面も持つ名作。

* * *

◇弟・徳冨蘆花 徳富蘇峰著 中央公論新社 2001.5 226p 16cm （中公文庫） 724円 ⓘ4-12-203828-6

◇恒春園離騒─蘆花と蘇峰の相克 渡辺勲著 創友社 1999.2 278p 20cm 2400円 ⓘ4-915658-22-8

◇徳冨蘆花集 第1巻 トルストイ 徳冨蘆花著 復刻 日本図書センター 1999.2 234p 22cm ⓘ4-8205-2804-1,4-8205-2802-5,4-8205-2803-3

◇徳冨蘆花集 第2巻 青山白雲 徳冨蘆花著 復刻 日本図書センター 1999.2 222p 22cm ⓘ4-8205-2805-X,4-8205-2802-5,4-8205-2803-3

◇徳冨蘆花集 第3巻 不如帰─小説 徳冨蘆花著 復刻 日本図書センター 1999.2 384p 22cm ⓘ4-8205-2806-8,4-8205-2802-5,4-8205-2803-3

◇徳冨蘆花集 第4巻 自然と人生 徳冨蘆花著 復刻 日本図書センター 1999.2 416p 22cm ⓘ4-8205-2807-6,4-8205-2802-5,4-8205-2803-3

◇徳冨蘆花集 第5巻 思出の記─小説 徳冨蘆花著 復刻 日本図書センター 1999.2 567p 22cm ⓘ4-8205-2808-4,4-8205-2802-5,4-8205-2803-3

◇徳冨蘆花集 第6巻 青蘆集 徳冨蘆花著 復刻 日本図書センター 1999.2 224p 22cm ⓘ4-8205-2809-2,4-8205-2802-5,4-8205-2803-3

◇徳冨蘆花集 第7巻 黒潮 第1篇 徳冨蘆花著 復刻 日本図書センター 1999.2 422p 22cm ⓘ4-8205-2810-6,4-8205-2802-5,4-8205-2803-3

◇徳冨蘆花集 第8巻 順礼紀行 徳冨蘆花著 復刻 日本図書センター 1999.2 475p 図版18枚 22cm ⓘ4-8205-2811-4,4-8205-2802-5,4-8205-2803-3

◇徳冨蘆花集 第9巻 寄生木─小説 徳冨蘆花著 復刻 日本図書センター 1999.2 1096p 22cm ⓘ4-8205-2812-2,4-8205-2802-5,4-8205-2803-3

◇徳冨蘆花集 第10巻 みゝずのたはこと 徳冨蘆花著 復刻 日本図書センター 1999.2 780p 22cm ⓘ4-8205-2813-0,4-8205-2802-5,4-8205-2803-3

◇徳冨蘆花集 第11巻 黒い目と茶色の目─小説 徳冨蘆花著 復刻 日本図書セン

ター 1999.2 512p 22cm ⓘ4-8205-2815-7,4-8205-2802-5,4-8205-2814-9

◇徳冨蘆花集 第12巻 死の蔭に 徳冨蘆花著 復刻 日本図書センター 1999.2 685p 図版11枚 22cm ⓘ4-8205-2816-5,4-8205-2802-5,4-8205-2814-9

◇徳冨蘆花集 第13巻 新春 徳冨蘆花著 復刻 日本図書センター 1999.2 460p 22cm ⓘ4-8205-2817-3,4-8205-2802-5,4-8205-2814-9

◇徳冨蘆花集 第14巻 日本から日本へ 東の巻 徳冨蘆花著 復刻 日本図書センター 1999.2 618p 22cm ⓘ4-8205-2818-1,4-8205-2802-5,4-8205-2814-9

◇徳冨蘆花集 第15巻 日本から日本へ 西の巻 徳冨蘆花著 復刻 日本図書センター 1999.2 p621-1454 22cm ⓘ4-8205-2819-X,4-8205-2802-5,4-8205-2814-9

◇徳冨蘆花集 第16巻 竹崎順子 徳冨蘆花著 復刻 日本図書センター 1999.2 896p 22cm ⓘ4-8205-2820-3,4-8205-2802-5,4-8205-2814-9

◇徳冨蘆花集 第17巻 冨士―小説 第1巻 徳冨蘆花著 復刻 日本図書センター 1999.2 606p 22cm ⓘ4-8205-2821-1,4-8205-2802-5,4-8205-2814-9

◇徳冨蘆花集 第18巻 冨士―小説 第2巻 徳冨蘆花著 復刻 日本図書センター 1999.2 450p 22cm ⓘ4-8205-2822-X,4-8205-2802-5,4-8205-2814-9

◇徳冨蘆花集 第19巻 冨士―小説 第3巻 徳冨蘆花著 復刻 日本図書センター 1999.2 372p 22cm ⓘ4-8205-2823-8,4-8205-2802-5,4-8205-2814-9

◇徳冨蘆花集 第20巻 冨士―小説 第4巻 徳冨蘆花著 復刻 日本図書センター 1999.2 356,21p 22cm ⓘ4-8205-2824-6,4-8205-2802-5,4-8205-2814-9

◇徳冨蘆花集 別巻 解題・資料編 徳冨蘆花著 吉田正信編 復刻 日本図書センター 1999.2 199p 22cm ⓘ4-8205-2863-7,4-8205-2802-5,4-8205-2814-9

◇紀田順一郎著作集 第7巻 日記の虚実・永井荷風 その反抗と復讐 紀田順一郎著 三一書房 1998.11 370p 21cm 7000円 ⓘ4-380-98554-7

◇謀叛論―他六篇・日記 徳冨健次郎著, 中野好夫編 岩波書店 1998.10 130p 15cm （岩波文庫） 400円 ⓘ4-00-310157-X

◇弟徳富蘆花 徳富蘇峰著 中央公論社 1997.10 238p 20cm 1700円 ⓘ4-12-002735-X

◇近代日本の知識人と農民 持田恵三著 家の光協会 1997.6 237p 19cm 2400円 ⓘ4-259-54439-X

◇大正文人と田園主義 中尾正己著 近代文芸社 1996.9 187p 19cm 1500円 ⓘ4-7733-5887-4

◇日本文壇史 9 日露戦後の新文学 伊藤整著 講談社 1996.4 250,23p 15cm （講談社文芸文庫） 980円 ⓘ4-06-196364-3

◇日本文壇史 8 日露戦争の時代 伊藤整著 講談社 1996.2 250,22p 15cm （講談社文芸文庫） 980円 ⓘ4-06-196357-0

◇ロマン的作家論 塚本康彦著 武蔵野書房 1996.1 307p 19cm 2500円

◇政治と文学の接点―漱石・蘆花・龍之介などの生き方 三浦隆著 教育出版センター 1995.1 222p 19cm （以文選書 46） 2400円 ⓘ4-7632-1543-4

徳永 直
とくなが すなお

明治32(1899).1.20～昭和33(1958).2.15
小説家。印刷所に勤務し、労働運動に参加。その体験をもとに、昭和4年『太陽のない街』を「戦旗」に発表し、ナップ（全日本無産者芸術連盟）系の作家としての活躍を始める。以後『能率委員会』『失業都市東京』『戦列への道』などを発表するが、8年に転向し『冬枯れ』『はたらく一家』『八年制』などを発表。戦時中は18年『光をかかぐる人々』を刊行。戦後、新日本文学会に参加し、21年共産党に入党する。戦後の作品としては『妻よねむれ』『日本人サトウ』『静かなる山々』『草いきれ』などがある

『太陽のない街』：昭和4(1929)年。著者の印刷工としての共同印刷大争議とその敗北の実体験を基にした小説。小林多喜二の『蟹工船』とならび、プロレタリア文学を代表する作品。

* * *

◇約束手形三千八百円也　徳永直著, 関井光男監修　ゆまに書房　1998.5　232p　19cm　(新鋭文学叢書　23)　①4-89714-472-8,4-89714-433-7

◇徳永直―文学的自叙伝/一つの時期　徳永直著, 浦西和彦編　日本図書センター　1998.4　281p　22cm　(シリーズ・人間図書館)　2600円　①4-8205-9512-1

直木 三十五
なおき さんじゅうご

明治24(1891).2.12～昭和9(1934).2.24
小説家、映画監督、出版プロデューサー。大正7年春秋社をおこし『トルストイ全集』を刊行し、また雑誌『主潮』を創刊。その後月刊誌『苦楽』の編集にあたり『仇討十種』を連載。昭和4年「週刊朝日」に『由比根元大殺記』を連載、作家として認められ、5～6年にかけて東京日日新聞に発表した『南国太平記』で花形作家となる。時代小説、時局小説、現代小説と幅広く活躍し、大衆文学の第一人者としてその内容や品位を向上させることに大きく貢献した。没後の10年、友人の菊池寛によって直木三十五賞が設けられた

『南国太平記』:昭和5(1930)年。長編小説。島津家でおこった有名な御家騒動に材をとり、その顛末を新鮮な筆致で活写した長編娯楽歴史小説。

* * *

◇日本剣豪列伝　直木三十五著　新版　大東出版社　1999.9　286p　20cm　1800円　①4-500-00655-9

◇仇討　直木三十五著　ケイエスエス　1998.10　263p　19cm　1800円　①4-87709-270-6

◇直木三十五集―大きな活字で読みやすい本　直木三十五著　リブリオ出版　1998.3　237p　22cm　(くらしっく時代小説 オールルビ版　第4巻)　①4-89784-660-9,4-89784-656-0

◇南国太平記 下　直木三十五著　講談社　1997.4　609p　15cm　(講談社大衆文学館)　1300円　①4-06-262078-2

◇南国太平記 上　直木三十五著　講談社　1997.3　603p　15cm　(大衆文学館)　1300円　①4-06-262074-X

◇弘法大師物語―小説　直木三十五、釈瓢斎著, 木村武山絵　スタジオ類　1996.11　263p　22cm　2000円　①4-9900532-0-6

◇仇討二十一話　直木三十五著, 縄田一男編　講談社　1995.3　466p　15cm　(大衆文学館)　880円　①4-06-262005-7

永井 荷風
ながい かふう

明治12(1879).12.3～昭和34(1959).4.30
小説家、随筆家。最初ゾラの写実主義に傾倒。外遊より帰国後の明治41年、『あめりか物語』『ふらんす物語』で耽美派を代表する流行作家となり、『孤』『新帰朝者日記』『すみだ川』などを発表。次第に江戸戯作の世界に韜晦、多くの芸妓と交情を重ね、『新橋夜話』など花柳界ものを多く発表。昭和に入り風俗小説『つゆのあとさき』、『濹東綺譚(ぼくとうきたん)』で大家として復活。反戦の態度を貫いた日記『断腸亭日乗』(大正6年～昭和34)もある。独身独居を続け、慣習や通念への反抗を貫いた。晩年は人を遠ざけて毎日カツ丼を食べ、浅草レビューに通うなど奇人として知られた。

『濹東綺譚』:昭和11(1922)年。長編小説。荷風が好んで散策した隅田川の東を舞台にした、偶然知り合った私娼お雪との物語。時代への反感、懐古、お雪への心情が一体となって季節の移り変りとともに美しくも哀しく展開してゆく昭和文学屈指の名作。

* * *

◇新版 断腸亭日乗 第4巻　昭和十一年‐昭和十四年　永井荷風著　岩波書店　2001.12　454p　19cm　5000円　①4-00-026684-5

◇永井荷風・谷崎潤一郎　永井荷風, 谷崎潤一郎〔著〕, 坪内祐三, 久世光彦編　筑摩書房　2001.11　436,4p　20cm　(明治の文学 第25巻)　2600円　①4-480-10165-9

◇新版断腸亭日乗 第3巻　昭和七年‐昭和十年　永井荷風著　岩波書店　2001.11　492p　19cm　5000円　①4-00-026683-7

◇断腸亭日乗 第2巻 永井荷風著 新版 岩波書店 2001.10 432p 20cm 5000円 ⓘ4-00-026682-9

◇おもかげ 永井荷風著 岩波書店 2001.10 247p 21cm (岩波文芸書初版本復刻シリーズ) 7400円 ⓘ4-00-009144-1

◇濹東綺譚 永井荷風作 岩波書店 2001.10 196p 19cm (ワイド版岩波文庫) 900円 ⓘ4-00-007122-X

◇断腸亭日乗 第1巻 永井荷風著 新版 岩波書店 2001.9 490p 20cm 5000円 ⓘ4-00-026681-0

◇下谷叢話 永井荷風著 岩波書店 2000.9 303p 15cm (岩波文庫) 660円 ⓘ4-00-310428-5

◇腕くらべ 永井荷風著 埼玉福祉会 2000.9 415p 22cm (大活字本シリーズ) 3700円 ⓘ4-88419-000-9

◇あめりか物語 永井荷風〔著〕 講談社 2000.5 329p 16cm (講談社文芸文庫) 1300円 ⓘ4-06-198213-3

◇荷風語録 永井荷風著, 川本三郎編 岩波書店 2000.4 335p 15cm (岩波現代文庫) 1000円 ⓘ4-00-602014-7

◇江戸芸術論 永井荷風著 岩波書店 2000.1 196p 15cm (岩波文庫) 500円 ⓘ4-00-310427-7

◇定本 佐藤春夫全集 第23巻 評論・随筆 佐藤春夫著 臨川書店 1999.11 458p 21cm 8800円 ⓘ4-653-03333-1

◇永井荷風冬との出会い 古屋健三著 朝日新聞社 1999.11 430p 20cm 3400円 ⓘ4-02-257443-7

◇日和下駄, 一名, 東京散策記 永井荷風〔著〕 講談社 1999.10 217p 16cm (講談社文芸文庫) 980円 ⓘ4-06-197685-0

◇永井荷風ひとり暮し 松本哉著 朝日新聞社 1999.8 238p 15cm (朝日文庫) 600円 ⓘ4-02-264203-3

◇荷風散策―紅茶のあとさき 江藤淳著 新潮社 1999.7 347p 16cm (新潮文庫) 514円 ⓘ4-10-110803-X

◇荷風文学考 石内徹著 クレス出版 1999.7 236p 22cm 4700円 ⓘ4-87733-074-7

◇「断腸亭」の経済学―荷風文学の収支決算 吉野俊彦著 日本放送出版協会 1999.7 533p 20cm 2300円 ⓘ4-14-080448-3

◇20世紀日記抄 「This is読売」編集部編 博文館新社 1999.3 229p 19cm 2500円 ⓘ4-89177-968-3

◇日記のお手本―自分史を刻もう 荒木経惟, 梶井基次郎, 大宅壮一, 大宅歩, 奥浩平ほか著 小学館 1999.3 238p 15cm (小学館文庫) 514円 ⓘ4-09-403041-7

◇永井荷風 永井荷風著 晶文社 1999.1 144p 20cm (21世紀の日本人へ) 1000円 ⓘ4-7949-4714-3

◇荷風極楽 松本哉著 三省堂 1998.12 239p 20cm 1600円 ⓘ4-385-35899-0

◇紀田順一郎著作集 第7巻 日記の虚実・永井荷風 その反抗と復讐 紀田順一郎著 三一書房 1998.11 370p 21cm 7000円 ⓘ4-380-98554-7

◇永井荷風とフランス文化―放浪の風土記 赤瀬雅子著 荒竹出版 1998.11 182p 22cm 2800円 ⓘ4-87043-142-4

◇隣人記 鶴見俊輔著 晶文社 1998.9 306p 19cm 2300円 ⓘ4-7949-6366-1

◇荷風とル・コルビュジエのパリ 東秀紀著 新潮社 1998.2 261p 20cm (新潮選書) 1100円 ⓘ4-10-600533-6

◇永井荷風の見たあめりか 末延芳晴著 中央公論社 1997.11 338p 20cm 2600円 ⓘ4-12-002738-4

◇おかめ笹 永井荷風作 埼玉福祉会 1997.5 355p 22cm (大活字本シリーズ) 3600円

◇永井荷風・音楽の流れる空間 真銅正宏著 世界思想社 1997.3 238p 20cm (Sekaishiso seminar) 2500円 ⓘ4-7907-0646-X

◇日本文壇史 13 頽唐派の人たち 伊藤整著 講談社 1996.12 288,21p 15cm (講談社文芸文庫) 980円 ⓘ4-06-196396-1

◇荷風と東京―『断腸亭日乗』私註 川本三郎著 都市出版 1996.9 606p 22cm 3107円 ⓘ4-924831-38-7

◇永井荷風巡歴　菅野昭正著　岩波書店　1996.9　307,6p　20cm　2233円　ⓒ4-00-001545-1

◇荷風散策―紅茶のあとさき　江藤淳著　新潮社　1996.3　297p　20cm　1800円　ⓒ4-10-303309-6

◇荷風と踊る　中沢千磨夫著　三一書房　1996.3　358p　20cm　3500円　ⓒ4-380-96213-X

◇永井荷風の愛した東京下町―荷風流独り歩きの楽しみ　文芸散策の会編　日本交通公社出版事業局　1996.2　144p　21cm　（JTBキャンブックス）　1600円　ⓒ4-533-02378-9

◇ロマン的作家論　塚本康彦著　武蔵野書房　1996.1　307p　19cm　2500円

◇永井荷風―ミューズの使徒　松田良一著　勉誠社　1995.12　394p　22cm　4800円　ⓒ4-585-05017-5

◇反俗の文人たち　浜川博著　新典社　1995.12　334p　19cm　（新典社文庫）　2600円　ⓒ4-7879-6504-2

◇つゆのあとさき　永井荷風著　埼玉福祉会　1995.10　269p　22cm　（大活字本シリーズ）　3399円

◇荷風全集　第30巻　永井壮吉著, 稲垣達郎〔ほか〕編　岩波書店　1995.8　422,181p　22cm　5400円　ⓒ4-00-091750-1

◇磯田光一著作集　6　永井荷風　作家論　1　磯田光一著　小沢書店　1995.3　595p　19cm　4800円

◇荷風全集　第27巻　永井荷風著　岩波書店　1995.3　611p　21cm　4800円　ⓒ4-00-091747-1

◇荷風全集　第29巻　永井壮吉著, 稲垣達郎〔ほか〕編　岩波書店　1995.2　434p　22cm　4000円　ⓒ4-00-091749-8

◇若き荷風の文学と思想　鈴木文孝著　以文社　1995.1　254p　20cm　2300円

◇荷風全集　第26巻　永井壮吉著, 稲垣達郎〔ほか〕編　岩波書店　1995.1　352p　22cm　3800円　ⓒ4-00-091746-3

◇荷風さんと「昭和」を歩く　半藤一利著　プレジデント社　1994.12　318p　20cm　1456円　ⓒ4-8334-1546-1

◇荷風型自適人生　金沢大士著　近代文芸社　1994.11　261p　22cm　2796円　ⓒ4-7733-3318-9

◇荷風全集　第19巻　永井壮吉著, 稲垣達郎〔ほか〕編　岩波書店　1994.11　441p　22cm　4000円　ⓒ4-00-091739-0

◇永井荷風―荷風思出草/十九の秋　永井荷風著, 高橋俊夫編　日本図書センター　1994.10　225p　22cm　（シリーズ・人間図書館）　2600円　ⓒ4-8205-8005-1

◇荷風全集　第20巻　永井壮吉著, 稲垣達郎〔ほか〕編　岩波書店　1994.10　472p　22cm　4200円　ⓒ4-00-091740-4

◇荷風全集　第18巻　永井壮吉著, 稲垣達郎〔ほか〕編　岩波書店　1994.7　383p　22cm　4000円　ⓒ4-00-091738-2

◇荷風全集　第17巻　永井壮吉著, 稲垣達郎〔ほか〕編　岩波書店　1994.6　533p　22cm　4600円　ⓒ4-00-091737-4

◇荷風全集　第16巻　永井壮吉著, 稲垣達郎〔ほか〕編　岩波書店　1994.5　456p　22cm　4200円　ⓒ4-00-091736-6

◇都市の迷路―地図のなかの荷風　石阪幹将著　白地社　1994.4　295p　20cm　（叢書l'esprit nouveau　11）　2300円　ⓒ4-89359-096-0

◇鴎外・啄木・荷風隠された闘い―いま明らかになる天才たちの輪舞　吉野俊彦著　ネスコ　1994.3　270p　20cm　1900円　ⓒ4-89036-867-1

◇永井荷風ひとり暮し　松本哉著　三省堂　1994.3　215p　19cm　1900円　ⓒ4-385-35559-2

◇荷風全集　第25巻　永井壮吉著, 稲垣達郎〔ほか〕編　岩波書店　1994.3　600p　22cm　4800円　ⓒ4-00-091745-5

◇荷風全集　第28巻　永井壮吉著, 稲垣達郎〔ほか〕編　岩波書店　1994.2　587p　22cm　4600円　ⓒ4-00-091748-X

◇荷風全集　第24巻　永井荷風著　岩波書店　1994.1　615p　21cm　4800円　ⓒ4-00-091744-7

◇濹東綺譚　永井荷風作　岩波書店　1994.1　196p　19cm　（ワイド版　岩波文庫　122）　800円　ⓒ4-00-007122-X

◇荷風全集 第15巻 永井壯吉著, 稲垣達郎〔ほか〕編 岩波書店 1993.12 650p 22cm 4800円 ①4-00-091735-8

◇荷風全集 第14巻 永井壯吉著, 稲垣達郎〔ほか〕編 岩波書店 1993.11 557p 22cm 4400円 ①4-00-091734-X

◇荷風文学とその周辺 網野義紘著 翰林書房 1993.10 246p 20cm 2800円 ①4-906424-28-7

◇荷風全集 第23巻 永井壯吉著, 稲垣達郎〔ほか〕編 岩波書店 1993.10 513p 22cm 4500円 ①4-00-091743-9

◇荷風全集 第11巻 永井荷風著 岩波書店 1993.9 408p 21cm 4000円 ①4-00-091731-5

◇荷風全集 第22巻 永井荷風著 岩波書店 1993.8 610p 21cm 4500円 ①4-00-091742-0

◇荷風全集 第21巻 永井荷風著 岩波書店 1993.6 508p 21cm 4500円 ①4-00-091741-2

◇荷風全集 第9巻 永井荷風著 岩波書店 1993.5 413,11p 21cm 3900円 ①4-00-091729-3

◇荷風全集 第13巻 永井荷風著 岩波書店 1993.4 435p 21cm 3900円 ①4-00-091733-1

◇夢の女 永井荷風作 岩波書店 1993.4 190p 15cm （岩波文庫） 360円 ①4-00-310424-2

◇荷風全集 第3巻 永井荷風著 岩波書店 1993.3 525p 21cm 4500円 ①4-00-091723-4

◇夢の女 永井荷風著 集英社 1993.3 201p 15cm （集英社文庫） 400円 ①4-08-748014-3

◇荷風全集 第2巻 永井荷風著 岩波書店 1993.2 461p 21cm 3900円 ①4-00-091722-6

中里 介山
なかざと かいざん

明治18(1885).4.4〜昭和19(1944).4.28
小説家。「平民新聞」の懸賞小説で『何の罪』が佳作で入選。「平民新聞」の寄稿家から38年「直言」の編集同人となり、その年火鞭会を組織し、39年「今人古人」を刊行。同年から大正11年まで都新聞社に在籍し、『高野の義人』『島原城』などを連載。大正2年から大作『大菩薩峠』を連載するが、昭和19年の急逝で未完となった。大正15年「隣人之友」、昭和10年には「峠」を創刊。都新聞退職後は私塾を開設し、民間児童教育に尽くした。第二次大戦中、日本文学報国会の加入を断り、日露戦争以来の反戦主義者としての思想をつらぬいた。

『大菩薩峠』：大正2(1913)年〜昭和16(1941)年。盲目の剣客机竜之助を中心に展開する波乱の時代小説。人間界の諸相を曼陀羅のように描き出すという壮大なテーマを持ち、日本大衆文学の嚆矢かつ近代文学屈指の思想小説である。

* * *

◇法然 中里介山 復刻版 小嶋知善,浄土宗出版室復刻版編集 浄土宗 2000.10 348p 19cm ①4-88363-328-4

◇昭和の心ひかれる作家たち 庄司肇著 沖積舎 1998.8 438p 19cm 6800円 ①4-8060-4632-9

◇中里介山と大菩薩峠 桜沢一昭著 同成社 1997.6 228p 20cm 1900円 ①4-88621-149-6

◇作家の自伝 45 中里介山 佐伯彰一,松本健一監修 中里介山著, 松本健一編解説 日本図書センター 1997.4 273p 22cm （シリーズ・人間図書館） 2600円 ①4-8205-9487-7,4-8205-9482-6

◇大菩薩峠 10 中里介山著 〔愛蔵版〕 筑摩書房 1996.9 600p 21cm 4800円 ①4-480-74040-6

◇大菩薩峠 19 中里介山著 筑摩書房 1996.9 509p 15cm （ちくま文庫） 780円 ①4-480-03239-8

◇大菩薩峠 20 中里介山著 筑摩書房 1996.9 505p 15cm （ちくま文庫） 780円 ①4-480-03240-1

◇大菩薩峠 9 中里介山著 筑摩書房 1996.8 560p 21cm 4800円 ①4-480-74039-2

小　説　　　　　　　　近　代

◇大菩薩峠 17　中里介山著　筑摩書房　1996.8　487p　15cm（ちくま文庫）780円　①4-480-03237-1
◇大菩薩峠 18　中里介山著　筑摩書房　1996.8　471p　15cm（ちくま文庫）780円　①4-480-03238-X
◇大菩薩峠 8　中里介山著　筑摩書房　1996.7　544p　21cm　4800円　①4-480-74038-4
◇大菩薩峠 15　中里介山著　筑摩書房　1996.7　451p　15cm（ちくま文庫）780円　①4-480-03235-5
◇大菩薩峠 16　中里介山著　筑摩書房　1996.7　479p　15cm（ちくま文庫）780円　①4-480-03236-3
◇大菩薩峠　第7巻　中里介山著　筑摩書房　1996.6　513p　21cm　4660円　①4-480-74037-6
◇大菩薩峠 13　中里介山著　筑摩書房　1996.6　431p　15cm（ちくま文庫）780円　①4-480-03233-9
◇大菩薩峠 14　中里介山著　筑摩書房　1996.6　441p　15cm（ちくま文庫）780円　①4-480-03234-7
◇大菩薩峠 6　中里介山著　筑摩書房　1996.5　523p　21cm　4800円　①4-480-74036-8
◇大菩薩峠 11　中里介山著　筑摩書房　1996.5　460p　15cm（ちくま文庫　な21-11）757円　①4-480-03231-2
◇大菩薩峠 12　中里介山著　筑摩書房　1996.5　440p　15cm（ちくま文庫　な21-12）757円　①4-480-03232-0
◇大菩薩峠　第5巻　中里介山著　筑摩書房　1996.4　524p　21cm　4800円　①4-480-74035-X
◇大菩薩峠 9　中里介山著　筑摩書房　1996.4　452p　15cm（ちくま文庫）780円　①4-480-03229-0
◇大菩薩峠 10　中里介山著　筑摩書房　1996.4　446p　15cm（ちくま文庫）780円　①4-480-03230-4
◇大菩薩峠　第4巻　中里介山著　筑摩書房　1996.3　516p　21cm　4800円　①4-480-74034-1

◇大菩薩峠 7　中里介山著　筑摩書房　1996.3　456p　15cm（ちくま文庫）780円　①4-480-03227-4
◇大菩薩峠 8　中里介山著　筑摩書房　1996.3　438p　15cm（ちくま文庫）780円　①4-480-03228-2
◇大菩薩峠 3　中里介山著　筑摩書房　1996.2　558p　21cm　4800円　①4-480-74033-3
◇大菩薩峠 5　中里介山著　筑摩書房　1996.2　482p　15cm（ちくま文庫）780円　①4-480-03225-8
◇大菩薩峠 6　中里介山著　筑摩書房　1996.2　462p　15cm（ちくま文庫）780円　①4-480-03226-6
◇大菩薩峠 2　中里介山著　〔愛蔵版〕筑摩書房　1996.1　532p　21cm　4800円　①4-480-74032-5
◇大菩薩峠 3　中里介山著　筑摩書房　1996.1　445p　15cm（ちくま文庫）780円　①4-480-03223-1
◇大菩薩峠 4　中里介山著　筑摩書房　1996.1　461p　15cm（ちくま文庫）780円　①4-480-03224-X
◇大菩薩峠 1　中里介山著　筑摩書房　1995.12　502p　21cm　4800円　①4-480-74031-7
◇大菩薩峠 1　中里介山著　筑摩書房　1995.12　458p　15cm（ちくま文庫）780円　①4-480-03221-5
◇大菩薩峠 2　中里介山著　筑摩書房　1995.12　430p　15cm（ちくま文庫）780円　①4-480-03222-3
◇果てもない道中記　上　安岡章太郎著　講談社　1995.11　417p　20cm　2000円　①4-06-205960-6
◇果てもない道中記　下　安岡章太郎著　講談社　1995.11　417p　20cm　2000円　①4-06-207894-5
◇中里介山―人と作品　羽村市郷土博物館　1995.3　198p　21cm　（羽村市郷土博物館資料集　1）
◇日本武術神妙記―正続合本　中里介山著　島津書房　1994.9　1冊　22cm　7573円　①4-88218-050-2

◇中里介山　竹盛天雄編著　新潮社　1994.5
1冊　19cm　（新潮日本文学アルバム　37）
1300円　④4-10-620641-2

◇中里介山―辺境を旅するひと　松本健一著
風人社　1993.6　267p　20cm　2575円
④4-938643-08-1

中島　敦
なかじま あつし

明治42(1909).5.5～昭和17(1942).12.4
小説家。大学卒業後、横浜高女の教師に就任。一高時代から同人雑誌には属さずに創作をし、また幅広く文学を学ぶ。昭和9年『虎狩』を中央公論社の公募に応募し、選外佳作となる。11年『狼疾記』『かめれおん日記』を書く。一高時代から喘息に苦しみ、転地療養を目的に16年休職、南洋庁の国語教科書編集書記としてパラオに赴く。17年『山月記』『文字禍』が『古譚』の総題で「文学界」に発表されて評価される。以後、作家として立つことを決意し、同年『光と風と夢』『南島譚』を刊行したが、12月に死去した。遺作に名作『李陵』がある。

『李陵』：昭和17(1942)年。短編小説。漢代中国の史実を基にしている。悲痛な境涯にある知識人の悲劇を格調高い文体で描いた作品。

　　　　＊　　　　＊　　　　＊

◇中島敦全集 3　卒業論文・ノート・断片・手帳・日記・書簡　中島敦著　筑摩書房　2002.2
692p　21cm　7800円　④4-480-73813-4

◇中島敦全集 2　エッセイ、習作、未定稿、短歌・漢詩・訳詩、翻訳・レポート、雑纂、草稿ほか　中島敦著　筑摩書房　2001.12　663p
21cm　7800円　④4-480-73812-6

◇中島敦全集 1　中島敦著、高橋英夫〔ほか〕編　筑摩書房　2001.10　697p　21cm
7800円　④4-480-73811-8

◇南洋通信　中島敦著　中央公論新社
2001.9　220p　16cm　（中公文庫）　762円
④4-12-203900-2

◇李陵　山月記　中島敦著　中島敦著　小学館
2000.3　253p　15cm　（小学館文庫）　600円
④4-09-404103-6

◇李陵　山月記　中島敦〔著〕　角川書店
1999.10　126p　12cm　（角川mini文庫
185）　200円　④4-04-700288-7

◇李陵・山月記・檸檬・愛撫　外十六篇
中島敦, 梶井基次郎著　文芸春秋　1999.6
526p　15cm　（文春文庫）　600円　④4-16-
719503-8

◇中島敦研究　藤村猛著　渓水社　1998.12
296p　22cm　4200円　④4-87440-516-9

◇李陵　山月記　中島敦著　中島敦著　旺文社
1997.4　229p　18cm　（愛と青春の名作集）
930円　④4-01-066065-1

◇斗南先生・南島譚　中島敦著　講談社
1997.3　310p　15cm　（講談社文芸文庫）
979円　④4-06-197560-9

◇山月記　中島敦作, 三輪孝輝絵　ピーマンハウス　1996.12　1冊（頁付なし）　15×21cm
（Pの文学絵本）　2420円

◇中島敦と問い　小沢秋広著　河出書房新社　1995.6　270p　20cm　3500円　④4-309-
00982-4

◇中島敦　森田誠吾著　文芸春秋　1995.1
190p　16cm　（文春文庫）　400円　④4-16-
732404-0

◇山月記・李陵 他九篇　中島敦作　岩波書店
1994.7　421p　15cm　（岩波文庫）　670円
④4-00-311451-5

◇中島敦全集 3　中島敦著　筑摩書房
1993.5　485p 15cm　（ちくま文庫）　1000円
④4-480-02753-X

◇山月記・李陵　中島敦著　集英社　1993.4
286p　16cm　（集英社文庫）　380円　④4-08-
752039-0

◇中島敦全集 2　中島敦著　筑摩書房
1993.3　560p 15cm　（ちくま文庫）　1100円
④4-480-02752-1

◇中島敦全集 1　中島敦著　筑摩書房
1993.1　488p 15cm　（ちくま文庫）　1000円
④4-480-02751-3

長与　善郎
ながよ よしろう

明治21(1888).8.6～昭和36(1961).10.29
小説家、劇作家、評論家。明治44年「白樺」

の同人となり『春宵』『亡き姉に』などを発表する一方、人道主義の論客としても活躍。大正5年から6年にかけて発表した『項羽と劉邦』で文壇的地位を確立し、以後『青銅の基督』『竹沢先生と云ふ人』などを発表。小説、戯曲、評論、随筆と幅広く活躍。昭和10年から12年には満鉄の嘱託となって3度満州、中国を旅行、東洋への親近感から『韓非子』『東洋芸術の諸相』を刊行。戦後も幅広く活躍し、34年刊行の『わが心の遍歴』で読売文学賞を受賞した

『竹沢先生と云ふ人』：大正13(1924)年。長編小説。作者の人生観・世界観・宗教観などを、よき時代の聡明にして高潔な人物竹沢先生に託して語らせた議論や感想を中心とした作品。

＊　　＊　　＊

◇文学者の日記 5　　長与善郎・生田長江・生田春月　　長与善郎，生田長江，生田春月著　博文館新社　1999.5　288p　22cm　（日本近代文学館資料叢書）　5000円　①4-89177-975-6

夏目　漱石
なつめ　そうせき

慶応3(1867).1.5〜大正5(1916).12.9

小説家。漢籍に通じ俳句に親しむ英文学者だったが、明治33年から2年間イギリスに留学し、これが転機となって作家に転身した。出世作は38年の『吾輩は猫である』である。自然主義の芽生えの時期であったがこれに同調せず、翌年の『坊っちゃん』『草枕』で作家的地位を築いた。40年朝日新聞に入社、本格的に作家活動に入り大正3年『こころ』など近代人の自我と孤独を見つめた傑作を生みだした。晩年の『明暗』執筆の頃には則天去私の心境に至ったという。門下から阿部次郎、菊池寛、芥川龍之介など多数の作家を輩出した。

『吾輩は猫である』：明治38(1905)年。長編小説。中学教師「苦沙弥先生」や周囲の人物の言動を、猫の目を通して風刺的に描いている。知識人の生活態度や思考方法、近代日本の性格などを鋭く批判した。

『こころ』：大正3(1924)年。中編小説。「先生」はかつて親友を裏切って恋を貫き、死に追いやったが、自己のエゴイズムの醜さに直面し、罪の意識にさいなまれて自殺する。孤独な明治の知識人の内面が描かれている。

＊　　＊　　＊

◇私の個人主義ほか　　夏目漱石著　中央公論新社　2001.12　377p　18cm　（中公クラシックス）　1350円　①4-12-160020-7

◇明暗　夏目漱石著　岩波書店　2001.11　745p　21cm　（岩波文芸書初版本復刻シリーズ）　9300円　①4-00-009145-X

◇文学評論　上　夏目漱石著　岩波書店　2001.11　262p　15cm　（岩波文庫）　660円　①4-00-310117-0

◇文学評論　下　夏目漱石著　岩波書店　2001.11　322p　15cm　（岩波文庫）　700円　①4-00-310118-9

◇こころ　夏目漱石著　岩波書店　2001.8　426p　23×16cm　（岩波文芸書初版本復刻シリーズ）　8000円　①4-00-009142-5

◇漱石先生の手紙　夏目漱石〔述〕，出久根達郎著　日本放送出版協会　2001.4　253p　20cm　1500円　①4-14-080604-4

◇漱石人生論集　夏目漱石〔著〕　講談社　2001.4　218p　16cm　（講談社文芸文庫）　850円　①4-06-198255-9

◇夏目漱石　夏目漱石〔著〕，坪内祐三，井上章一編　筑摩書房　2000.11　460,3p　20cm　（明治の文学　第21巻）　2400円　①4-480-10161-6

◇明治の文学　第21巻　夏目漱石　坪内祐三編　夏目漱石〔著〕，井上章一編　筑摩書房　2000.11　460,3p　20cm　2400円　①4-480-10161-6

◇坊っちゃん　1　夏目漱石著　大活字　2000.8　269p　21cm　（大活字文庫　16）　3200円　①4-925053-54-X

◇坊っちゃん　2　夏目漱石著　大活字　2000.8　271p　21cm　（大活字文庫　16）　3200円　①4-925053-55-8

◇心を癒す漱石からの手紙――文豪といわれた男の、苦しみとユーモアと優しさの素顔　矢島裕紀彦著　青春出版社　1999.12　288p　20cm　1600円　①4-413-03163-6

◇漱石とその時代　第5部　江藤淳著　新潮社　1999.12　290p　19cm　（新潮選書）　1600円　①4-10-600575-1

◇良心と至誠の精神史―日本陽明学の近現代　大橋健二著　勉誠出版　1999.11　318p　19cm　2500円　Ⓘ4-585-05043-4

◇漱石と禅　加藤二郎著　翰林書房　1999.10　270p　22cm　3800円　Ⓘ4-87737-089-7

◇夏目漱石　中巻　松原正著　地球社　1999.10　345p　20cm　3400円　Ⓘ4-8049-8038-5

◇魯迅の日本漱石のイギリス―「留学の世紀」を生きた人びと　柴崎信三著　日本経済新聞社　1999.10　262p　20cm　1700円　Ⓘ4-532-16319-6

◇漱石イギリスの恋人　佐藤高明著　勉誠出版　1999.9　297p　20cm　（遊学叢書　5）　2500円　Ⓘ4-585-04065-X

◇漱石新聞小説復刻全集 第1巻　虞美人草　夏目金之助著, 山下浩監修　ゆまに書房　1999.9　261p　31cm　7800円　Ⓘ4-89714-741-7,4-89714-740-9

◇漱石新聞小説復刻全集 第2巻　坑夫　夏目金之助著, 山下浩監修　ゆまに書房　1999.9　189p　31cm　7800円　Ⓘ4-89714-742-5,4-89714-740-9

◇漱石新聞小説復刻全集 第3巻　三四郎　夏目金之助著, 山下浩監修　ゆまに書房　1999.9　241p　31cm　7800円　Ⓘ4-89714-743-3,4-89714-740-9

◇漱石新聞小説復刻全集 第4巻　それから　夏目金之助著, 山下浩監修　ゆまに書房　1999.9　227p　31cm　7800円　Ⓘ4-89714-744-1,4-89714-740-9

◇漱石新聞小説復刻全集 第5巻　門　夏目金之助著, 山下浩監修　ゆまに書房　1999.9　215p　31cm　7800円　Ⓘ4-89714-745-X,4-89714-740-9

◇漱石新聞小説復刻全集 第6巻　彼岸過迄　夏目金之助著, 山下浩監修　ゆまに書房　1999.9　245p　31cm　7800円　Ⓘ4-89714-746-8,4-89714-740-9

◇漱石新聞小説復刻全集 第7巻　行人　夏目金之助著, 山下浩監修　ゆまに書房　1999.9　343p　31cm　12000円　Ⓘ4-89714-747-6,4-89714-740-9

◇漱石新聞小説復刻全集 第8巻　先生の遺書―「こゝろ」原題　夏目金之助著, 山下浩監修　ゆまに書房　1999.9　227p　31cm　7800円　Ⓘ4-89714-748-4,4-89714-740-9

◇漱石新聞小説復刻全集 第9巻　道草　夏目金之助著, 山下浩監修　ゆまに書房　1999.9　211p　31cm　7800円　Ⓘ4-89714-749-2,4-89714-740-9

◇漱石新聞小説復刻全集 第10巻　明暗　夏目金之助著, 山下浩監修　ゆまに書房　1999.9　391p　31cm　12000円　Ⓘ4-89714-750-6,4-89714-740-9

◇漱石新聞小説復刻全集 第11巻　小品・解題　夏目金之助著, 山下浩監修　ゆまに書房　1999.9　311p　31cm　12000円　Ⓘ4-89714-751-4,4-89714-740-9

◇漱石と立花銑三郎―その影熊本・三池・ロンドン　宮崎明著　日本図書刊行会　1999.7　176p　20cm　1600円　Ⓘ4-8231-0421-8

◇ザ・漱石　夏目漱石著　増補新版　第三書館　1999.6　783p　26cm　2800円　Ⓘ4-8074-9910-6

◇夢十夜　夏目漱石作, 金井田英津子画　パロル舎　1999.3　85p　22cm　2300円　Ⓘ4-89419-206-3

◇漱石と異文化体験　藤田栄一著　和泉書院　1999.3　248p　20cm　（和泉選書　117）　2500円　Ⓘ4-87088-971-4

◇漱石と英国―留学体験と創作との間　塚本利明著　増補版　彩流社　1999.3　304p　20cm　2500円　Ⓘ4-88202-463-2

◇20世紀日記抄　「This is読売」編集部編　博文館新社　1999.3　229p　19cm　2500円　Ⓘ4-89177-968-3

◇拝啓漱石先生　大岡信著　世界文化社　1999.2　278p　22cm　1800円　Ⓘ4-418-99503-X

◇明治文学の脈動―鴎外・漱石を中心に　竹盛天雄著　国書刊行会　1999.2　444p　22cm　4800円　Ⓘ4-336-04121-0

◇心が強くなる漱石の助言　長尾剛著　朝日ソノラマ　1999.1　238p　20cm　1600円　Ⓘ4-257-03557-9

◇漱石を語る 1　小森陽一, 石原千秋編　翰林書房　1998.12　268p　20cm　（漱石研究叢書）　2500円　Ⓘ4-87737-056-0

◇漱石を語る 2　小森陽一, 石原千秋編　翰林書房　1998.12　268p　20cm　（漱石研究叢書）　2500円　Ⓘ4-87737-057-9

小説　　　　　　　　　　近　代

◇夏目漱石　夏目漱石著　晶文社　1998.12　151p　20cm（21世紀の日本人へ）1000円　ⓘ4-7949-4711-9

◇散歩する漱石―詩と小説の間　西村好子著　翰林書房　1998.9　271p　20cm　2800円　ⓘ4-87737-045-5

◇「漱石」がわかる。　朝日新聞社　1998.9　176p　26cm（Aera mook）1050円　ⓘ4-02-274091-4

◇夏目漱石2　片岡豊編　若草書房　1998.9　258p　22cm（日本文学研究論文集成　27）3500円　ⓘ4-948755-33-8

◇こちらロンドン漱石記念館　恒松郁生著　中央公論社　1998.8　231p　16cm（中公文庫）590円　ⓘ4-12-203211-3

◇漱石の「不愉快」―英文学研究と文明開化　小林章夫著　PHP研究所　1998.7　199p　18cm（PHP新書　050）657円　ⓘ4-569-60151-0

◇彼らの物語―日本近代文学とジェンダー　飯田祐子著　名古屋大学出版会　1998.6　314,3p　20cm　3200円　ⓘ4-8158-0342-0

◇「漱石の美術愛」推理ノート　新関公子著　平凡社　1998.6　269p　20cm　2000円　ⓘ4-582-82927-9

◇人間の生涯ということ　上田閑照著　人文書院　1998.6　244p　19cm　2500円　ⓘ4-409-04039-1

◇近代化の中の文学者たち―その青春と実存　山口博著　愛育社　1998.4　279p　19cm　1800円　ⓘ4-7500-0205-4

◇夏目漱石1　藤井淑禎編　若草書房　1998.4　278p　22cm（日本文学研究論文集成　26）3500円　ⓘ4-948755-25-7

◇漱石のなぞ―『道草』と『思い出』との間　小山田義文著　平河出版社　1998.3　251p　20cm　1800円　ⓘ4-89203-297-2

◇老舎と漱石―生粋の北京人と江戸っ子　李寧著　新典社　1997.12　158p　19cm（新典社文庫）1500円　ⓘ4-7879-6507-7

◇漱石全集　第27巻　夏目金之助著　岩波書店　1997.12　699,133p　20cm　3600円　ⓘ4-00-091827-3

◇家永三郎集　第1巻　思想史論　家永三郎著　岩波書店　1997.11　352p　21cm　4800円　ⓘ4-00-092121-5

◇漱石の実験―現代をどう生きるか　松元寛著　増補改訂　朝文社　1997.11　317p　19cm（朝文社百科シリーズ）1800円　ⓘ4-88695-141-4

◇漱石の四年三ケ月―くまもとの青春　'96くまもと漱石博推進100人委員会編集　'96くまもと漱石博推進100人委員会　1997.11　272p　26cm　1905円　ⓘ4-87755-012-7

◇反転する漱石　石原千秋著　青土社　1997.11　386p　20cm　2800円　ⓘ4-7917-5593-6

◇漱石の原風景　水谷昭夫著　新教出版社　1997.10　283p　20cm（水谷昭夫著作選集　第2巻）3700円　ⓘ4-400-62612-1

◇月は東に―蕪村の夢漱石の幻　森本哲郎著　新潮社　1997.7　309p　16cm（新潮文庫　も-11-6）476円　ⓘ4-10-107316-3

◇漱石ゴシップ　長尾剛著　文芸春秋　1997.6　251p　15cm（文春文庫）448円　ⓘ4-16-733606-5

◇漱石全集　第21巻　夏目金之助著　岩波書店　1997.6　751p　20cm　3200円　ⓘ4-00-091821-4

◇あなたの知らない漱石こぼれ話　長尾剛著　日本実業出版社　1997.5　222p　19cm　1300円　ⓘ4-534-02631-5

◇漱石―その新たなる地平　重松泰雄著　おうふう　1997.5　382p　22cm　6800円　ⓘ4-273-02990-1

◇漱石の東京　武田勝彦著　早稲田大学出版部　1997.5　246,18p　20cm　2800円　ⓘ4-657-97522-6

◇こころ　夏目漱石著　旺文社　1997.4　374p　18cm（愛と青春の名作集）1000円　ⓘ4-01-066042-2

◇坊っちゃん　夏目漱石著　旺文社　1997.4　231p　18cm（愛と青春の名作集）930円　ⓘ4-01-066041-4

◇漱石、賢治、啄木のひとり歩きの愉しみ　辻真先著　青春出版社　1997.3　221p　18cm（プレイブックス）834円　ⓘ4-413-01685-8

◇漱石文学論究―中期作品の小説作法　秋山公男著　おうふう　1997.2　293p　22cm　9064円　ⓃⒷ4-273-02937-5

◇漱石全集　第24巻　夏目金之助著　岩波書店　1997.2　677,58p　20cm　3600円　ⓃⒷ4-00-091824-9

◇漱石先生ぞな、もし続　半藤一利著　文藝春秋　1996.12　324p　16cm　（文春文庫は8-5）　447円　ⓃⒷ4-16-748305-X

◇漱石と河上肇―日本の二大漢詩人　一海知義著　藤原書店　1996.12　301p　19cm　2884円　ⓃⒷ4-89434-056-9

◇漱石全集　第26巻　夏目金之助著　岩波書店　1996.12　571p　20cm　3200円　ⓃⒷ4-00-091826-5

◇満鉄総裁中村是公と漱石　青柳達雄著　勉誠社　1996.11　364,6p　22cm　4800円　ⓃⒷ4-585-05022-1

◇漱石とその時代 第4部　江藤淳著　新潮社　1996.10　449p　19cm　（新潮選書）1800円　ⓃⒷ4-10-600505-0

◇漱石の20世紀　深江浩著　翰林書房　1996.10　187p　20cm　2400円　ⓃⒷ4-906424-98-8

◇不肖の孫　夏目房之介著　筑摩書房　1996.10　237p　19cm　1545円　ⓃⒷ4-480-81404-3

◇新・天才論―教育学からのアプローチ　古寺雅男著　ミネルヴァ書房　1996.9　246,3p　19cm　（Minerva21世紀ライブラリー）2575円　ⓃⒷ4-623-02700-7

◇漱石のステッキ　中沢宏紀著　第一書房　1996.9　285p　19cm　1800円　ⓃⒷ4-8042-0113-0

◇天才、生い立ちの病跡学―甘えと不安の精神分析　福島章著　講談社　1996.9　395p　15cm　（講談社プラスアルファ文庫）880円　ⓃⒷ4-06-256162-X

◇漱石全集　第23巻　夏目金之助著　岩波書店　1996.9　573,38p　20cm　3301円　ⓃⒷ4-00-091823-0

◇作家の随想 5　夏目漱石　夏目漱石著、小森陽一編　日本図書センター　1996.9　474p　22cm　4800円　ⓃⒷ4-8205-8162-7

◇夏目漱石　夏目漱石著,小森陽一編解説　日本図書センター　1996.9　474p　22cm　（作家の随想 5）　4944円　ⓃⒷ4-8205-8162-7,4-8205-8157-0

◇漱石先生大いに笑う　半藤一利著　講談社　1996.7　302p　18cm　1359円　ⓃⒷ4-06-208322-1

◇漱石と道徳思想　石川正一著　能登印刷出版部　1996.7　239p　21cm　1600円　ⓃⒷ4-89010-261-2

◇漱石全集　第20巻　夏目金之助著　岩波書店　1996.7　685p　20cm　3301円　ⓃⒷ4-00-091820-6

◇迷羊のゆくえ―漱石と近代　熊坂敦子編　翰林書房　1996.6　418p　22cm　4200円　ⓃⒷ4-906424-94-5

◇漱石全集　第25巻　夏目金之助著　岩波書店　1996.5　608p　20cm　3200円　ⓃⒷ4-00-091825-7

◇漱石先生ぞな、もし　半藤一利著　文芸春秋　1996.3　302p　16cm　（文春文庫）450円　ⓃⒷ4-16-748304-1

◇こころ 坊っちゃん　夏目漱石著　文芸春秋　1996.3　478p　15cm　（文春文庫）450円　ⓃⒷ4-16-715802-7

◇漱石全集　第22巻　夏目金之助著　岩波書店　1996.3　727,32p　20cm　3600円　ⓃⒷ4-00-091822-2

◇満州の誕生―日米摩擦のはじまり　久保尚之著　丸善　1996.2　267p　18cm　（丸善ライブラリー）760円　ⓃⒷ4-621-05184-9

◇漱石全集　別巻　夏目金之助著　岩波書店　1996.2　576p　20cm　3200円　ⓃⒷ4-00-091829-X

◇女々しい漱石、雄々しい鴎外　渡辺澄子著　世界思想社　1996.1　255p　20cm　（Sekaishiso seminar）2500円　ⓃⒷ4-7907-0581-1

◇漱石全集　第17巻　夏目金之助著　岩波書店　1996.1　567,53p　20cm　3400円　ⓃⒷ4-00-091817-6

◇Soy un gato :―selección de episodios, traducción directa del japonés / Soseki Natsume，〔traducción y selección de episodios, Montse Watkins〕.

小説　　　　　　　　　近代

1.　ed. Gendaikikakushitsu, 1996. 131 p.　21 cm.　④4-7738-9519-5

◇反俗の文人たち　浜川博著　新典社　1995.12　334p　19cm（新典社文庫）2600円　④4-7879-6504-2

◇私論夏目漱石―『行人』を基軸として　安東璋二著　おうふう　1995.11　319p　22cm　7767円　④4-273-02885-9

◇夏目漱石 上巻　松原正著　地球社　1995.11　333p　20cm　3399円　④4-8049-8037-7

◇漱石全集　第19巻　夏目金之助著　岩波書店　1995.11　521p　20cm　3200円　④4-00-091819-2

◇作家の自伝 24　夏目漱石　夏目漱石著, 小森陽一編解説　日本図書センター　1995.11　254p　22cm（シリーズ・人間図書館）2678円　④4-8205-9394-3

◇漱石―作品の誕生　浅田隆編　世界思想社　1995.10　278p　20cm（Sekaishiso seminar）2233円　④4-7907-0571-4

◇天才ほどよく悩む　木原武一著　ネスコ, 文芸春秋〔発売〕　1995.10　252p　19cm　1500円　④4-89036-904-X

◇夏目漱石研究　第3巻　『虞美人草』と「京に着ける夕べ」の研究　岡三郎著　国文社　1995.10　802p　22cm　15000円　④4-7720-0353-3

◇夏目漱石論―序説　神山睦美著　砂子屋書房　1995.10　321p　20cm　3106円

◇漱石全集　第18巻　夏目金之助著　岩波書店　1995.10　581,15p　20cm　3200円　④4-00-091818-4

◇セピアの館―夏目漱石「草枕」異聞　木村隆之著　新風舎　1995.8　166p　19cm　1030円　④4-88306-297-X

◇夏目漱石の世界　熊坂敦子著　翰林書房　1995.8　350p　22cm　5000円　④4-906424-65-1

◇漱石全集　第14巻　夏目金之助著　岩波書店　1995.8　720,45p　20cm　3400円　④4-00-091814-1

◇子規・漱石・虚子―その文芸的交流の研究　柴田奈美著　本阿弥書店　1995.6　287p　19cm　3000円　④4-89373-079-7

◇漱石を読みなおす　小森陽一著　筑摩書房　1995.6　254p　18cm（ちくま新書）680円　④4-480-05637-8

◇漱石全集　第15巻　夏目金之助著　岩波書店　1995.6　547,39p　20cm　3400円　④4-00-091815-X

◇吾輩は猫である 上　夏目漱石著　講談社　1995.6　424p　19cm（ポケット日本文学館 7）1400円　④4-06-261707-2

◇吾輩は猫である 上　夏目漱石著　集英社　1995.6　329p　15cm（集英社文庫）350円　④4-08-752047-1

◇吾輩は猫である 下　夏目漱石著　講談社　1995.6　341p　19cm（ポケット日本文学館 8）1200円　④4-06-261708-0

◇吾輩は猫である 下　夏目漱石著　集英社　1995.6　323p　15cm（集英社文庫）340円　④4-08-752048-X

◇漱石と会津っぽ・山嵐　近藤哲著　歴史春秋出版　1995.5　267p　19cm　1600円　④4-89757-327-0

◇漱石のロンドン風景　出口保夫, アンドリュー・ワット編著　中央公論社　1995.5　297p　16cm（中公文庫）880円　④4-12-202319-X

◇夏目漱石―物語と史蹟をたずねて　武蔵野次郎著　成美堂出版　1995.4　286p　16cm（成美文庫）560円　④4-415-06419-1

◇読む愉しみ―漱石の書簡・日記など　木村游著　木村游　1995.4　174p　19cm

◇漱石全集　第16巻　夏目金之助著　岩波書店　1995.4　833p　20cm　3600円　④4-00-091816-8

◇不気味な話 2　夏目漱石　夏目漱石著　河出書房新社　1995.4　330p　15cm（河出文庫）640円　④4-309-40442-1

◇坊っちゃん　夏目漱石著　講談社　1995.4　235p　19cm（ポケット日本文学館 1）1000円　④4-06-261701-3

◇磯田光一著作集 6　永井荷風 作家論 1　磯田光一著　小沢書店　1995.3　595p　19cm　4800円

◇夏目漱石を江戸から読む―新しい女と古い男　小谷野敦著　中央公論社　1995.3　229p　18cm（中公新書）720円　④4-12-101233-X

◇孫娘から見た漱石　松岡陽子マックレイン著　新潮社　1995.2　184p　20cm　(新潮選書)　950円　⓪4-10-600474-7

◇漱石全集　第13巻　　夏目金之助著　岩波書店　1995.2　722p　20cm　3400円　⓪4-00-091813-3

◇政治と文学の接点——漱石・蘆花・龍之介などの生き方　三浦隆著　教育出版センター　1995.1　222p　19cm　(以文選書　46)　2400円　⓪4-7632-1543-4

◇漱石の「ちょっといい言葉」——時代を超えて人生に効く名言録　長尾剛著　日本実業出版社　1995.1　222p　19cm　1300円　⓪4-534-02271-9

◇漱石全集　第12巻　　夏目金之助著　岩波書店　1994.12　929p　20cm　3600円　⓪4-00-091812-5

◇漱石文学の愛の構造　沢英彦著　沖積舎　1994.11　671p　20cm　6602円　⓪4-8060-4597-7

◇漱石全集　第11巻　　夏目金之助著　岩波書店　1994.11　825p　20cm　3600円　⓪4-00-091811-7

◇文学評論　夏目漱石〔著〕, 桜庭信之校注　講談社　1994.11　646p　15cm　(講談社学術文庫　1153)　1359円　⓪4-06-159153-3

◇「新しい女」の到来——平塚らいてうと漱石　佐々木英昭著　名古屋大学出版会　1994.10　363,5p　20cm　2900円　⓪4-8158-0243-2

◇漱石全集　第10巻　　夏目金之助著　岩波書店　1994.10　415p　20cm　3000円　⓪4-00-091810-9

◇漱石全集　第9巻　　夏目金之助著　岩波書店　1994.9　404p　20cm　3000円　⓪4-00-091809-5

◇悪妻は六十年の不作か?　日本テレビ放送網　1994.8　247p　19cm　(知ってるつもり?!　18)　1100円　⓪4-8203-9419-3

◇夏目漱石青春の旅　半藤一利編　文藝春秋　1994.8　255p　16cm　(文春文庫　V10-10)　660円　⓪4-16-810009-X

◇朝日新聞記者　夏目漱石　立風書房　1994.7　211p　26×18cm　1800円　⓪4-651-70063-2

◇語られる経験——夏目漱石・辻邦生をめぐって　小田島本有著　近代文芸社(発売)　1994.7　196p　20cm　2000円　⓪4-7733-2764-2

◇漱石の思い出　夏目鏡子述, 松岡譲筆録　文芸春秋　1994.7　462p　15cm　(文春文庫)　560円　⓪4-16-720802-4

◇漱石全集　第8巻　　夏目金之助著　岩波書店　1994.7　573p　20cm　3200円　⓪4-00-091808-7

◇わたくしの漱石先生——異邦人のアプローチ　楊璧慈著　近代文芸社　1994.6　179p　20cm　1800円　⓪4-7733-2710-3

◇漱石全集　第7巻　　夏目金之助著　岩波書店　1994.6　458p　20cm　3000円　⓪4-00-091807-9

◇鴎外と漱石——思考と感情　中村啓著　近代文芸社　1994.5　321p　18cm　850円　⓪4-7733-3272-7

◇漱石論——鏡あるいは夢の書法　芳川泰久著　河出書房新社　1994.5　371p　19cm　3800円　⓪4-309-00911-5

◇漱石全集　第6巻　　夏目金之助著　岩波書店　1994.5　783p　20cm　3600円　⓪4-00-091806-0

◇日本幻想文学集成　25　夏目漱石　琴のそら音　夏目漱石著, 富士川義之編　国書刊行会　1994.5　314p　19cm　2000円　⓪4-336-03235-1

◇社長としての夏目漱石　富永直久著　学陽書房　1994.4　222p　19cm　1200円　⓪4-313-85080-5

◇夏目漱石の手紙　中島国彦, 長島裕子著　大修館書店　1994.4　264p　19cm　2163円　⓪4-469-22098-1

◇漱石全集　第5巻　　夏目金之助著　岩波書店　1994.4　765p　20cm　3600円　⓪4-00-091805-2

◇坊っちゃん　夏目漱石〔著〕　改版　角川書店　1994.4　173p　15cm　(角川文庫　79)　262円　⓪4-04-100103-X

◇漱石——その歴程　重松泰雄著　おうふう　1994.3　341p　22cm　4900円　⓪4-273-02764-X

小説　　　　　　　　近代

◇漱石全集　第4巻　夏目金之助著　岩波書店　1994.3　572p　20cm　3200円　Ⓣ4-00-091804-4

◇漱石全集　第3巻　草枕;二百十日;野分　夏目漱石著　岩波書店　1994.2　590p　19cm　3200円　Ⓣ4-00-091803-6

◇漱石全集　第2巻　夏目金之助著　岩波書店　1994.1　552p　20cm　3000円　Ⓣ4-00-091802-8

◇漱石空間　中村完著　有精堂出版　1993.12　237p　19cm　2800円　Ⓣ4-640-31046-3

◇坊っちゃん　夏目漱石著　子ども書房,星雲社〔発売〕　1993.12　203p　19cm　（コドモブックス）　1500円　Ⓣ4-7952-3735-2

◇心―漱石自筆原稿　夏目漱石〔著〕　岩波書店　1993.12　5冊　26cm　213592円　Ⓣ4-00-009840-3

◇漱石全集　第1巻　夏目金之助著　岩波書店　1993.12　743p　20cm　3400円　Ⓣ4-00-091801-X

◇漱石と鑑三―「自然」と「天然」　赤木善光著　教文館　1993.11　307p　19cm　3090円　Ⓣ4-7642-6524-9

◇漱石とその時代　第3部　江藤淳著　新潮社　1993.10　429p　19cm　（新潮選書）　1700円　Ⓣ4-10-600447-X

◇私の「漱石」と「龍之介」　内田百閒著　筑摩書房　1993.8　275p　15cm　（ちくま文庫）　650円　Ⓣ4-480-02765-3

◇続・漱石先生ぞな、もし　半藤一利著　文芸春秋　1993.6　318p　18cm　1300円　Ⓣ4-16-347660-1

◇夏目漱石　赤木桁平著　日本図書センター　1993.6　338,29,12p　22cm　（近代作家研究叢書　140）　8755円　Ⓣ4-8205-9244-0

◇夏目漱石とロンドンを歩く　出口保夫著　PHP研究所　1993.2　244,7p　15cm　（PHP文庫）　500円　Ⓣ4-569-56527-1

◇夏目漱石　江藤淳著　日本図書センター　1993.1　208,9p　22cm　（近代作家研究叢書　128）　4120円　Ⓣ4-8205-9229-7

新美 南吉
にいみ なんきち

大正2(1913).7.30～昭和18(1943).3.22
童話作家、児童文学者。中学時代から鈴木三重吉の「赤い鳥」に投稿、昭和6年『正坊とクロ』『張紅倫』、7年『ごん狐』『のら犬』が入選した。この間巽聖歌らの童謡雑誌「チチノキ」同人となる。童話・童謡・詩・小説など創作活動を続けたが、結核のため短い生涯に終る。死後その民芸品的な名作群の多くは知人らの手により刊行された。主な作品に『赤いろうそく』『川』『屁』『ごん狐』『手ぶくろを買いに』、作品集に『花のき村と盗人たち』『おじいさんのランプ』『牛をつないだ椿の木』『大岡越前守』『和太郎さんと牛』『久助君の話』などがある。

＊　　　　＊　　　　＊

◇うまやのそばのなたね　新美南吉作,かみやしん絵,保坂重政編　にっけん教育出版社,星雲社〔発売〕　2001.12　30p　24×19cm　（新美南吉ようねん童話絵本）　1300円　Ⓣ4-434-01593-1

◇でんでん虫　新美南吉作, 鈴木徹構成・絵　童心社　2000.6　紙芝居1組（12枚）　27×38cm　（ともだちだいすき）　1800円　Ⓣ4-494-08827-7

◇てぶくろをかいに　新美南吉作,柿本幸造絵　チャイルド本社　2000.2　30p　25cm　（チャイルド絵本館）　581円　Ⓣ4-8054-2218-1

◇ごんぎつね　新美南吉著　小学館　1999.12　213p　15cm　（小学館文庫）　600円　Ⓣ4-09-404101-X

◇でんでんむしのかなしみ　新美南吉作,かみやしん絵　大日本図書　1999.7　29p　23cm　1300円　Ⓣ4-477-01023-0

◇でんでんむしのかなしみ―いのちのかなしみ・詩童話集　北川幸比古,大倉雅恵編,新美南吉〔ほか著〕　日本短波放送　1999.6　189p　20cm　1429円　Ⓣ4-931367-51-8

◇狐　新美南吉作, 長野ヒデ子絵　偕成社　1999.3　35p　29cm　（日本の童話名作選）　1600円　Ⓣ4-03-963720-8

146

◇「ごんぎつね」をつくった新美南吉―人間・新美南吉　かつおきんや著　ゆまに書房　1998.6　197p　22cm（ヒューマンブックス）3500円　Ⓘ4-89714-275-X
◇ごんぎつね　かすや昌宏絵，新美南吉作　あすなろ書房　1998.6　39p　29cm　1400円　Ⓘ4-7515-1456-3
◇新美南吉童話のなぞ　浜野卓也著　明治図書出版　1998.4　242p　19cm（オピニオン叢書　43）　1900円　Ⓘ4-18-167306-5
◇南吉童話の散歩道　小野敬子著　改訂増補版　中日出版社,愛知県郷土資料刊行会〔発売〕　1998.3　264p　19cm　1500円　Ⓘ4-88519-133-5
◇鳥右ェ門諸国をめぐる　新美南吉作, 長野ヒデ子画　岩崎書店　1997.9　117p　18cm（フォア文庫　B191）　560円　Ⓘ4-265-06312-8
◇花をうかべて―新美南吉詩集　新美南吉著，北川幸比古編，河村哲朗画　岩崎書店　1997.9　112p　18cm（フォア文庫　B192）　560円　Ⓘ4-265-06313-6
◇うた時計　新美南吉作, 長野ヒデ子画　岩崎書店　1997.7　113p　18cm（フォア文庫　B190）　560円　Ⓘ4-265-06311-X
◇おつきさんにばけたいの　長野ヒデ子画，三谷亮子脚本，新美南吉原作　童心社　1997.5　12枚　27×39cm（童心社のかみしばい）　1600円　Ⓘ4-494-08752-1
◇新美南吉童話集　新美南吉〔著〕, 千葉俊二編　岩波書店　1996.7　332p　15cm（岩波文庫　31-150-1）　602円　Ⓘ4-00-311501-5
◇ごんぎつね　新美南吉著　全国学校図書館協議会　1996.4　19p　21cm（集団読書テキスト　A6）　126円　Ⓘ4-7933-7006-3
◇新美南吉と単元学習―南吉研究国語教育全国大会報告書　報告書編集委員会, 半田市立半田小学校編　半田市教育委員会　1996.3　368p　26cm
◇授業に生きる　新美南吉童話　日本国語教育学会編　図書文化社　1995.10　165p　21cm（シリーズ ことばの学び手を育てる授業　1）　1600円　Ⓘ4-8100-5261-3
◇花をうかべて―新美南吉詩集　新美南吉著，北川幸比古責任編集　岩崎書店　1995.5

101p　20cm（美しい日本の詩歌　1）　1500円　Ⓘ4-265-04041-1
◇徹底比較 賢治vs南吉　日本児童文学者協会編　文渓堂　1994.6　269p　21cm　2800円　Ⓘ4-89423-026-7
◇ごん狐の誕生―新美南吉の少年時代　吉田弘文, 岩田銀三絵　新美南吉研究会　1994.3　269p　19cm　1261円
◇新編新美南吉代表作集　新美南吉〔著〕, 半田市教育委員会編　半田市教育委員会　1994.3　304p　22cm
◇新美南吉十七歳の作品日記　巽聖歌著　日本図書センター　1993.6　277,9p　22cm（近代作家研究叢書　141）　6000円　Ⓘ4-8205-9245-9
◇ごんぎつねのふるさと―新美南吉の生涯　大石源三著　改訂版　（名古屋）エフエー出版　1993.4　221p　19cm　1300円　Ⓘ4-87208-039-4

野上 弥生子
のがみ やえこ

明治18(1885).5.6～昭和60(1985).3.30
　小説家。明治40年『縁』で文学デビュー。一時は平塚らいてうの「青鞜」に参加。大正末から昭和初期にかけて『海神丸』『大石良雄』や『真知子』などを書き，作家としての地歩を固めた。昭和11年から20年がかりで完結した『迷路』（全6巻）は10年代を舞台に軍国主義下に苦悩する左翼転向者の魂の軌跡を描いた大河小説。また37, 38年にかけて権威者と芸術家との葛藤を描いた長編『秀吉と利休』は野上文学の最高傑作とされている。46年文化勲章受章。

*　　　*　　　*

◇欧米の旅 上　野上弥生子著　岩波書店　2001.8　492p　15cm（岩波文庫）　800円　Ⓘ4-00-311651-8
◇欧米の旅 中　野上弥生子著　岩波書店　2001.8　328p　15cm（岩波文庫）　660円　Ⓘ4-00-311652-6
◇欧米の旅 下　野上弥生子著　岩波書店　2001.8　410p　15cm（岩波文庫）　760円　Ⓘ4-00-311653-4

小説　　　　近代

◇野上弥生子ふるさと作品集　野上弥生子
〔著〕，宇田健編　改訂版　大分県教育委員会
1999.4　252p　19cm　非売品

◇野上弥生子と「世界名作大観」— 野上弥生子
における西欧文学受容の一側面　田村道美著
香川大学教育学部　1999.1　441p　21cm
（香川大学教育学部研究叢書　7）　非売品

◇リバイバル〈外地〉文学選集　第9巻
朝鮮　台湾　海南諸港　野上豊一郎著　野上弥
生子著　野上豊一郎著　大空社　1998.11
311,6p　22cm　10000円　ⓘ4-7568-0405-5

◇野上弥生子全小説 15　戯曲　野上弥生子著
岩波書店　1998.7　449p　20cm　3400円
ⓘ4-00-092115-0

◇大石良雄・笛　野上弥生子作　岩波書店
1998.6　195p　15cm　（岩波文庫）　460円
ⓘ4-00-310498-6

◇野上弥生子全小説　14　森　明暗
野上弥生子著　岩波書店　1998.6　637p
20cm　3800円　ⓘ4-00-092114-2

◇大石良雄　笛　野上弥生子著　野上弥生子著
岩波書店　1998.6　195p　15cm　（岩波文庫
31-049-8）　460円　ⓘ4-00-310498-6

◇野上弥生子全小説　13　秀吉と利休
野上弥生子著　岩波書店　1998.5　475p
20cm　3400円　ⓘ4-00-092113-4

◇野上弥生子全小説　12　笛　鈴蘭
野上弥生子著　岩波書店　1998.4　388p
20cm　3200円　ⓘ4-00-092112-6

◇野上弥生子短篇集　野上弥生子〔著〕，加賀
乙彦編　岩波書店　1998.4　335p　15cm
（岩波文庫）　600円　ⓘ4-00-310490-0

◇野上弥生子・円地文子・幸田文　野上弥生
子，円地文子，幸田文著　角川書店　1998.3
493p　20cm　（女性作家シリーズ　1）
2600円　ⓘ4-04-574201-8

◇野上弥生子全小説　11　迷路　3　野上弥
生子著　岩波書店　1998.3　543p　20cm
3600円　ⓘ4-00-092111-8

◇野上弥生子全小説　10　迷路　2　野上弥
生子著　岩波書店　1998.2　517p　20cm
3200円　ⓘ4-00-092110-X

◇野上弥生子全小説　9　迷路　1　野上弥
生子著　岩波書店　1998.1　438p　20cm
3200円　ⓘ4-00-092109-6

◇野上弥生子全小説 6　大石良雄　若い息子
野上弥生子著　岩波書店　1997.12　389p
20cm　3200円　ⓘ4-00-092106-1

◇野上弥生子全小説 5　澄子　狂った時計
野上弥生子著　岩波書店　1997.11　403p
20cm　3200円　ⓘ4-00-092105-3

◇野上弥生子全小説 3　周囲　小さい兄弟
野上弥生子著　岩波書店　1997.10　440p
20cm　3200円　ⓘ4-00-092103-7

◇野上弥生子全小説 2　新しき命父の死
野上弥生子著　岩波書店　1997.9　459p
20cm　3200円　ⓘ4-00-092102-9

◇野上弥生子全小説 1　縁　父親と三人の娘
野上弥生子著　岩波書店　1997.8　456p
20cm　3200円

◇野上弥生子全小説 8　哀しき少年　明月
野上弥生子著　岩波書店　1997.7　369p
20cm　3200円　ⓘ4-00-092108-8

◇野上弥生子全小説 7　真知子　野上弥生子著
岩波書店　1997.6　399p　20cm　3200円
ⓘ4-00-092107-X

◇野上弥生子全小説 4　海神丸・或る女の話
岩波書店　1997.5　387p　20cm　3200円＋税
ⓘ4-00-092104-5

◇作家の自伝 44　野上弥生子　佐伯彰一，松
本健一監修　野上弥生子著，助川徳是編解説
日本図書センター　1997.4　303p　22cm
（シリーズ・人間図書館）　2600円　ⓘ4-8205-
9486-9,4-8205-9482-6

◇短歌に出会った女たち　内野光子著
三一書房　1996.10　208p　19cm　2200円
ⓘ4-380-96279-2

◇森　野上弥生子著　新潮社　1996.9　593p
15cm　（新潮文庫）　680円　ⓘ4-10-104404-X

◇秀吉と利休　野上弥生子著　改版　中央公
論社　1996.1　608p　15cm　（中公文庫）
1300円　ⓘ4-12-202511-7

◇山荘往来 — 野上豊一郎・野上弥生子往復書簡
宇田健編　岩波書店　1995.7　386p　19cm
3600円　ⓘ4-00-000895-1

◇野上弥生子随筆集　竹西寛子編　岩波書店
1995.6　340p　15cm　（岩波文庫）　620円
ⓘ4-00-310499-4

◇人間・野上弥生子―『野上弥生子日記』から　中村智子著　思想の科学社　1994.5　204p 21cm　2000円　①4-7836-0079-1

野村 胡堂
のむら こどう

明治15(1882).10.15～昭和38(1963).4.14
小説家、音楽評論家。明治45年報知新聞社入社、社会部長、文芸部長を歴任。大正2年胡堂名義の処女作を発表。代表作『銭形平次捕物控』は昭和6年4月から32年8月まで書き続けられ、岡本綺堂の傑作『半七捕物帳』としばしば対比される。綺堂が英国型なのに対し、胡堂はアメリカ型のユーモア感覚を持つと言われる。不気味な怪奇譚『奇談クラブ』も代表作の一つ。24年捕物作家クラブ結成以来会長をつとめた。"あらえびす"の別名で音楽評論にも健筆を振るい、名著『名曲決定盤』などがある。

『銭形平次捕物控』：昭和6(1931)年～32(1957)年。江戸を舞台に、投げ銭と十手を武器に悪を退治する銭形平次を主人公にした時代小説。岡本綺堂が『半七捕物帖』で創始した捕物探偵小説というジャンルを大成した。

　　　　＊　　　　＊　　　　＊

◇花のお江戸のミステリー　野村胡堂,石ノ森章太郎,都筑道夫,岡本綺堂著,赤木かん子編　ポプラ社　2001.4　159p 19cm　(Little Selectionsあなたのための小さな物語　7)　1300円　①4-591-06763-7
◇銭形平次捕物控―猿回し　野村胡堂著　毎日新聞社　1999.6　287p 19cm　(毎日メモリアル図書館)　1600円　①4-620-51037-8
◇銭形平次捕物控―鬼の面　野村胡堂著　毎日新聞社　1999.3　293p 19cm　(毎日メモリアル図書館)　1600円　①4-620-51031-9
◇カタクリの群れ咲く頃の―野村胡堂・あらえびす夫人ハナ　藤倉四郎著　青蛙房　1999.2　446p 20cm　2800円　①4-7905-0332-1
◇野村胡堂集　野村胡堂著　リブリオ出版　1998.3　213p 22cm　(くらしっく時代小説　大きな活字で読みやすい本　オールルビ版　第11巻)　①4-89784-667-6,4-89784-656-0
◇野村胡堂集―大きな活字で読みやすい本　野村胡堂著　リブリオ出版　1998.3　213p 22cm　(くらしっく時代小説　オールルビ版　第11巻)　①4-89784-667-6,4-89784-656-0
◇銭形平次　青春篇　野村胡堂著　講談社　1996.6　325p 15cm　(文庫コレクション)　780円　①4-06-262049-9
◇美男狩 上　野村胡堂著　講談社　1995.10　532p 15cm　(大衆文学館)　960円　①4-06-262023-5
◇美男狩 下　野村胡堂著　講談社　1995.10　517p 15cm　(大衆文学館)　960円　①4-06-262024-3
◇銭形平次の心―野村胡堂あらえびす伝　藤倉四郎著　文芸春秋　1995.9　414p 20cm　2000円　①4-16-350650-0

林 芙美子
はやし ふみこ

明治36(1903).12.31～昭和26(1951).6.28
小説家、詩人。昭和3年から4年にかけて「女人芸術」に『放浪記』を発表して好評をうける。4年詩集『蒼馬を見たり』を刊行。5年刊行の『放浪記』はベストセラーとなり、作家としての立場を確立した。6年『風琴と魚の町』、10年『泣虫小僧』『牡蠣』、11年『稲妻』など秀作を次々と発表。戦中は従軍作家として活動、戦後は戦前にまさる旺盛な創作活動を始め、『晩菊』『浮雲』などを発表、流行作家として活躍したが、『めし』を朝日新聞に連載中、急逝した。

『放浪記』：昭和5(1930)年。長編小説。幼少より社会の下層で生活してきた筆者の体験をもとに、暗い現実とそこに生きる人間の苦悩とを独特の詩情漂う筆致で描いている。

　　　　＊　　　　＊　　　　＊

◇林芙美子巴里の恋　林芙美子著,今川英子編　中央公論新社　2001.8　270p 20cm　1900円　①4-12-003173-X
◇彼女の履歴　林芙美子〔著〕　ゆまに書房　2000.11　297,5p 22cm　(近代女性作家精選集　33)　10000円　①4-8433-0196-5,4-8433-0186-8
◇田園日記　林芙美子〔著〕　ゆまに書房　2000.11　369,5p 22cm　(近代女性作家精選集　34)　12500円　①4-8433-0197-3,4-8433-0186-8

◇戦線　林芙美子〔著〕　ゆまに書房　2000.6　228p　22cm（女性のみた近代　9）　7600円　ⓈG4-8433-0097-7

◇平林たい子・林芙美子　平林たい子, 林芙美子著　角川書店　1999.4　479p　20cm（女性作家シリーズ　2）　2800円　ⓈG4-04-574202-6

◇林芙美子・ゆきゆきて「放浪記」　清水英子著　新人物往来社　1998.6　222p　20cm　2600円　ⓈG4-404-02622-6

◇星の運命を生きた女たち　山崎洋子著　講談社　1998.6　375p　15cm（講談社文庫）　667円　ⓈG4-06-263810-X

◇続放浪記　林芙美子著, 関井光男監修　ゆまに書房　1998.5　228p　19cm（新鋭文学叢書　17）　ⓈG4-89714-466-3,4-89714-433-7

◇放浪記　林芙美子著, 関井光男監修　ゆまに書房　1998.5　260p　19cm（新鋭文学叢書　12）　ⓈG4-89714-446-9,4-89714-433-7

◇飢え　群ようこ著　角川書店　1998.4　221p　20cm　1300円　ⓈG4-04-873101-7

◇懐かしき無頼派　青山光二著　おうふう　1997.4　214p　19cm　2800円　ⓈG4-273-02989-8

◇私の林芙美子　斎藤富一著　嵩書房出版　1997.4　286p　22cm　2500円　ⓈG4-8455-1037-5

◇近代作家追悼文集成　第33巻　宮本百合子・林芙美子・前田夕暮　ゆまに書房　1997.1　266p　22cm　8240円　ⓈG4-89714-106-0

◇林芙美子　放浪記アルバム　今川英子監修, 中村光夫, 平林たい子, 亀井勝一郎, 壺井栄同時代評　芳賀書店　1996.11　163p　26cm（芸術…夢紀行シリーズ　3）　3260円　ⓈG4-8261-0903-2

◇絵本猿飛佐助　林芙美子著　講談社　1996.9　426p　15cm（文庫コレクション　大衆文学館）　980円　ⓈG4-06-262057-X

◇戦場の女流作家たち　高崎隆治著　論創社　1995.8　171p　20cm　2060円　ⓈG4-8460-0121-0

◇フミさんのこと―林芙美子の尾道時代　深川賢郎著　渓水社　1995.6　203p　19cm　1500円　ⓈG4-87440-349-3

◇うず潮・盲目の詩　林芙美子著　講談社　1995.4　342p　15cm（講談社文芸文庫）　980円　ⓈG4-06-196319-8

◇近代文学研究叢書　第69巻　昭和女子大学近代文化研究所　1995.3　705p　19cm　8240円　ⓈG4-7862-0069-7

◇林芙美子―放浪記(初出)/文学的自叙伝　林芙美子著, 尾形明子編　日本図書センター　1994.10　303p　22cm（シリーズ・人間図書館）　2600円　ⓈG4-8205-8018-3

◇尾道の林芙美子―今ひとつの視点　尾道市立図書館　1994.6　113p　30cm

◇茶色の眼　林芙美子〔著〕　講談社　1994.1　330p　16cm（講談社文芸文庫）　980円　ⓈG4-06-196258-2

◇清貧の書・屋根裏の椅子　林芙美子著　講談社　1993.4　311p　15cm（講談社文芸文庫）　980円　ⓈG4-06-196220-5

葉山　嘉樹
はやま　よしき

明治27(1894).3.12～昭和20(1945).10.18
小説家。早大中退後船員となり労働運動に参加、大正12年第1次共産党事件で検挙され、13年から14年にかけて懲役7ケ月で巣鴨刑務所に服役。獄中で小説を執筆し、14年『淫売婦』を、15年『セメント樽の中の手紙』を「文芸戦線」に発表、『海に生くる人々』を刊行し、プロレタリア文学の代表的な作家として活躍。プロレタリア文学運動の末期には作家クラブを結成したが、その後天龍河、上伊那、中津川へ移り、『今日様』『山谿に生くる人々』『海と山と』などを発表。

『海に生くる人々』：大正15(1926)年。著者自身の経験に取材し、石炭を運ぶ貨物船で徐々に階級意識に目覚めた船員たちの苦闘と闘争を描く。初期プロレタリア文学の記念碑的な作品で、小林多喜二らにも影響を与えた。

*　　　*　　　*

◇葉山嘉樹短編小説選集　葉山嘉樹〔著〕　郷土出版社　1997.4　562p　20cm　3800円　ⓈG4-87663-350-9

◇葉山嘉樹―文学的抵抗の軌跡　浅田隆著　翰林書房　1995.10　274p　20cm　3800円　Ⓘ4-906424-76-7
◇葉山嘉樹―考証と資料　浦西和彦著　明治書院　1994.1　338p　19cm　（国文学研究叢書）　2900円　Ⓘ4-625-58059-5

樋口 一葉
ひぐち いちよう

明治5(1872).3.25～明治29(1896).11.23
小説家、歌人。明治19年に中島歌子の歌塾萩の舎に入門し、作家のための古典知識を身につけた。22年に父が多額の負債を残して死没、貧窮の中、文筆で身をたてることを考えた。24年半井桃水の指導で小説を書きはじめ、25年に処女作『闇桜』を発表。以後貧しく虐げられた女性の怒りと悲しみを描いた傑作を書き続け、29年に数え年25歳で病没。小説や和歌などの作品の他、『一葉日記』（明治45年刊）と総称される数十冊の日記が残されており、作品に劣らぬ重要な価値を持っている。

『たけくらべ』：明治28(1895)～29(1896)年。短編小説。吉原の遊郭大黒屋の養女美登利を中心に、思春期を迎える少年少女の姿を写実的かつ叙情的に描写し、森鴎外や幸田露伴らに激賞された。

『にごりえ』：明治28(1895)年。短編小説。銘酒屋菊の井の私娼お力を主人公とし、客の結城朝之助を愛しながら、自分のために落ちぶれて妻子まで捨てるに至った源七の刃にかかって死ぬという筋で、一葉の人生への不安が投影された作品。

　　　　＊　　　＊　　　＊

◇樋口一葉集　樋口一葉〔著〕，菅聡子，関礼子校注　岩波書店　2001.10　573p　22cm　（新日本古典文学大系　明治編 24）　5500円　Ⓘ4-00-240224-X
◇樋口一葉歌集抄　樋口一葉〔著〕，谷根千工房編　谷根千工房　2001.2　42p　19cm　（谷根千・文人シリーズ 1）　500円
◇樋口一葉　樋口一葉〔著〕，坪内祐三，中野翠編　筑摩書房　2000.9　470,4p　20cm　（明治の文学　第17巻）　2400円　Ⓘ4-480-10157-8
◇一葉の口紅曙のリボン　群ようこ著　筑摩書房　1999.12　255p　15cm　（ちくま文庫　む5-4）　500円　Ⓘ4-480-03519-2
◇にごりえ　たけくらべ　樋口一葉作　改版　岩波書店　1999.5　141p　15cm　（岩波文庫）　360円　Ⓘ4-00-310251-7
◇一葉という現象―明治と樋口一葉　北川秋雄著　双文社出版　1998.11　248p　20cm　2800円　Ⓘ4-88164-524-2
◇紀田順一郎著作集　第7巻　日記の虚実・永井荷風 その反抗と復讐　紀田順一郎著　三一書房　1998.11　370p　21cm　7000円　Ⓘ4-380-98554-7
◇樋口一葉の手紙　川口昌男著　大修館書店　1998.11　282p　20cm　2300円　Ⓘ4-469-22144-9
◇論集樋口一葉　2　樋口一葉研究会編　おうふう　1998.11　175p　22cm　3800円　Ⓘ4-273-03043-8
◇樋口一葉来簡集　野口碩編　筑摩書房　1998.10　581p　22cm　8800円　Ⓘ4-480-82334-4
◇樋口一葉　増田みず子著　新典社　1998.7　231p　19cm　（女性作家評伝シリーズ 1）　1600円　Ⓘ4-7879-7301-0
◇一葉の雲　江宮隆之著　河出書房新社　1998.5　249p　20cm　1800円　Ⓘ4-309-01216-7
◇近代化の中の文学者たち―その青春と恋愛　山口博著　愛育社　1998.4　279p　19cm　1800円　Ⓘ4-7500-0205-4
◇一葉文学生成と展開　滝藤満義著　明治書院　1998.2　274p　19cm　（国文学研究叢書）　2900円　Ⓘ4-625-58061-7
◇名作を書いた女たち　池田理代子著　中央公論社　1997.12　237p　15cm　（中公文庫）　629円　Ⓘ4-12-203012-9
◇樋口一葉論への射程　高田知波著　双文社出版　1997.11　218p　22cm　4600円　Ⓘ4-88164-519-6
◇一葉恋愛日記　樋口一葉〔著〕，和田芳恵編注　改版　角川書店　1997.5　210p　15cm　（角川文庫 1153）　440円　Ⓘ4-04-100704-6
◇大つごもり―他　樋口一葉原作，島田雅彦現代語訳　河出書房新社　1997.4　100p

小説　　　　　　　　　　近代

19cm　（現代語訳樋口一葉）　1162円　Ⓣ4-309-01132-2
◇語る女たちの時代――一葉と明治女性表現　関礼子著　新曜社　1997.4　387p　20cm　3800円+税　Ⓣ4-7885-0583-5
◇現代語訳樋口一葉「大つごもり他」　樋口一葉原作，島田雅彦現代語訳　河出書房新社　1997.4　100p　19cm　1162円　Ⓣ4-309-01132-2
◇たけくらべ　樋口一葉著　旺文社　1997.4　206p　18cm　（愛と青春の名作集）　900円　Ⓣ4-01-066048-1
◇現代語訳　樋口一葉「十三夜　他」　樋口一葉原作，藤沢周，篠原一，阿部和重現代語訳　河出書房新社　1997.3　116p　19cm　1200円　Ⓣ4-309-01125-X
◇十三夜―他　樋口一葉原作，藤沢周〔ほか〕現代語訳　河出書房新社　1997.3　116p　19cm　（現代語訳樋口一葉）　1200円　Ⓣ4-309-01125-X
◇闇桜・ゆく雲―他　樋口一葉原作，井辻朱美〔ほか〕現代語訳　河出書房新社　1997.2　138p　19cm　（現代語訳樋口一葉）　1200円　Ⓣ4-309-01120-9
◇一葉の口紅曙のリボン　群ようこ著　筑摩書房　1996.12　246p　20cm　1262円　Ⓣ4-480-80339-4
◇一葉論攷―立志の家系・樋口奈津から作家一葉へ　青木一男著　おうふう　1996.12　374p　21cm　8800円　Ⓣ4-273-02936-7
◇全集樋口一葉　別巻　一葉伝説　樋口一葉〔著〕　樋口くに〔ほか著〕，野口碩校注　小学館　1996.12　542p　22cm　4660円　Ⓣ4-09-352104-2
◇にごりえ―他現代語訳　樋口一葉原作，伊藤比呂美現代語訳　河出書房新社　1996.12　109p　19cm　1165円　Ⓣ4-309-01111-X
◇かしこ一葉―『通俗書簡文』を読む　森まゆみ著　筑摩書房　1996.11　376p　20cm　2300円　Ⓣ4-480-81410-8
◇樋口一葉―作家の軌跡　松坂俊夫著　東北出版企画　1996.11　325p　20cm　2718円　Ⓣ4-924611-86-7

◇(論集)樋口一葉　樋口一葉研究会編　おうふう　1996.11　311p　22cm　4660円　Ⓣ4-273-02935-9
◇わたしの樋口一葉　瀬戸内寂聴著　小学館　1996.11　271p　20cm　1456円　Ⓣ4-09-362022-9
◇現代語訳　樋口一葉・たけくらべ　樋口一葉著，松浦理英子現代語訳　河出書房新社　1996.11　101p　19cm　1200円　Ⓣ4-309-01102-0
◇全集　樋口一葉　1　小説編　1　樋口一葉著，前田愛，木村真佐幸，山田有策校注　新装復刻版　小学館　1996.11　297p　21cm　2800円　Ⓣ4-09-352101-8
◇全集　樋口一葉　2　小説編　2　樋口一葉著，前田愛，岡保生，木村真佐幸，山田有策校注　新装復刻版　小学館　1996.11　286p　21cm　2800円　Ⓣ4-09-352102-6
◇全集樋口一葉―復刻版　3　日記編　樋口一葉〔著〕　前田愛，野口碩校注　小学館　1996.11　356p　22cm　3301円　Ⓣ4-09-352103-4
◇短歌に出会った女たち　内野光子著　三一書房　1996.10　208p　19cm　2200円　Ⓣ4-380-96279-2
◇絵本たけくらべ　樋口一葉文，宮本順子絵　筑摩書房　1996.10　127p　15cm　（ちくま文庫）　580円　Ⓣ4-480-03190-1
◇作家の随想2　樋口一葉　樋口一葉著，松坂俊夫編　日本図書センター　1996.9　417p　22cm　4800円　Ⓣ4-8205-8159-7
◇樋口一葉　樋口一葉著，松坂俊夫編解説　日本図書センター　1996.9　417p　22cm　（作家の随想　2）　4944円　Ⓣ4-8205-8159-7,4-8205-8157-0
◇会いたかった人　中野翠著　徳間書店　1996.6　271p　19cm　1500円　Ⓣ4-19-860513-0
◇樋口一葉に聞く　井上ひさし編・著，こまつ座編・著　ネスコ　1995.12　249p　20cm　1553円　Ⓣ4-89036-909-0
◇一葉の日記　和田芳恵〔著〕　講談社　1995.11　382p　16cm　（講談社文芸文庫　わB2）　1068円　Ⓣ4-06-196347-3
◇樋口一葉―日記(抄)/雪の日　樋口一葉著，山田有策編　日本図書センター　1995.11

218p 22cm （シリーズ・人間図書館）2600円 ④4-8205-9392-7
◇「たけくらべ」アルバム 樋口一葉〔著〕，木村荘八絵巻 芳賀書店 1995.10 166p 26cm （「芸術…夢紀行」…シリーズ 2） 3260円 ④4-8261-0902-4
◇樋口一葉私論 矢部彰著 近代文芸社 1995.9 317p 20cm 2500円 ④4-7733-4628-0
◇名作を書いた女たち—自分を生きた13人の人生 池田理代子著 講談社 1995.7 229p 18cm 1300円 ④4-06-207622-5
◇たけくらべ・山椒大夫 樋口一葉，森鴎外著 講談社 1995.5 229p 19cm （ポケット日本文学館） 1000円 ④4-06-261705-6
◇一葉の面影を歩く 槐一男著 大月書店 1995.3 110p 20cm （こだわり歴史散策 4） 1359円 ④4-272-61074-0
◇樋口一葉を読みなおす 日本文学協会新・フェミニズム批評の会編 学芸書林 1994.6 318p 20cm 2500円 ④4-87517-006-8
◇樋口一葉全集 第4巻 下 和歌3・書簡・和歌索引 樋口一葉著，塩田良平，和田芳恵，樋口悦編 筑摩書房 1994.6 1160p 21cm 8800円 ④4-480-73006-0
◇たけくらべ 樋口一葉著 集英社 1993.12 250p 15cm （集英社文庫） 360円 ④4-08-752044-7
◇姉の力 樋口一葉 関礼子著 筑摩書房 1993.11 256p 19cm （ちくまライブラリー 94） 1450円 ④4-480-05194-5
◇完全現代語訳 樋口一葉日記 高橋和彦著 アドレエー，アートダイジェスト〔発売〕 1993.11 455p 19cm 2800円 ④4-900455-19-9
◇塵の中の一葉—下谷竜泉寺町に住んだ樋口一葉 荒木慶胤著 講談社出版サービスセンター 1993.11 211p 19cm 2500円 ④4-87601-304-7
◇恋愛放浪伝 日本テレビ放送網 1993.10 246p 19cm （知ってるつもり？！ 13） 1100円 ④4-8203-9302-2
◇樋口一葉 島木英著 日本図書センター 1993.6 206,10p 22cm （近代作家研究叢書 143） 4120円 ④4-8205-9247-5

◇樋口一葉の世界 前田愛著 平凡社 1993.6 337p 16cm （平凡社ライブラリー 4） 1200円 ④4-582-76004-X

火野 葦平
ひの あしへい

明治39(1906).12.3〜昭和35(1960).1.24
小説家。大正14年童話集『首を売る店』を刊行。のち「聖杯」「文学会議」などに加わる。6年ゼネストを指導、翌年逮捕され転向。9年から火野葦平の筆名を使用。12年中国へ出征、出征直前に詩集『山上軍艦』を刊行、出征中『糞尿譚』で芥川賞を受賞。従軍中『麦と兵隊』『土と兵隊』『花と兵隊』の兵隊三部作を発表し、以後も多くの戦争小説を書く。太平洋戦争中はフィリピン、ビルマで従軍。18年原田種夫の編集による詩集『青狐』を刊行。23年戦争協力者として追放を受け、25年に解除。解除後は多忙な作家生活に入り、『花と龍』『赤い国の旅人』『革命前後』などを発表。35年に睡眠薬自殺した。

*　　　*　　　*

◇小説陸軍 上巻 火野葦平著 中央公論新社 2000.8 402p 16cm （中公文庫） 876円 ④4-12-203695-X
◇小説陸軍 下巻 火野葦平著 中央公論新社 2000.8 376p 16cm （中公文庫） 876円 ④4-12-203696-8
◇河童曼陀羅 火野葦平著 新装版 国書刊行会 1999.7 574p 27cm 15000円 ④4-336-04127-X
◇葦平曼陀羅—河伯洞余滴 玉井家私版〔火野葦平〕〔著〕 玉井闘志 1999.1 222p 21cm 1905円
◇葦平と母マン 寿山五朗著 寿山五朗 1997.12 272p 19cm 2000円
◇戦争を生きた詩人たち 1 斎藤庸一著 沖積舎 1997.12 238p 19cm 2000円 ④4-8060-4627-2
◇作家の自伝 57 火野葦平 佐伯彰一，松本健一監修 火野葦平著，川津誠編解説 日本図書センター 1997.4 315p 22cm （シリーズ・人間図書館） 2600円 ④4-8205-9499-0,4-8205-9482-6

◇花と竜 上　火野葦平著　講談社　1996.1　445p　15cm　(大衆文学館)　860円　ⓘ4-06-262030-8

◇花と竜 下　火野葦平著　講談社　1996.1　445p　15cm　(大衆文学館)　860円　ⓘ4-06-262031-6

◇河童憂愁―葦平と昭和史の時空鶴島正男聞書　城戸洋著　西日本新聞社　1994.10　272p　19cm　1456円　ⓘ4-8167-0375-6

◇母の郷里なり―火野葦平と庄原　寿山五朗著　寿山五朗　1993.3　181p　19cm　1500円

広津 和郎
ひろつ かずお

明治24(1891).12.5〜昭和43(1966).9.21
小説家、評論家。大正元年「奇蹟」を創刊し『夜』『疲れたる死』、評論『怒れるトルストイ』などを発表。初期は評論家として認められたが、6年『神経病時代』を発表し、作家としても認められる。以後、作家、評論家として幅広く活躍し『死児を抱いて』『崖』『さまよへる琉球人』、昭和に入ってからも『風雨強かるべし』『昭和初年のインテリ作家』『女給』などを発表。戦後は10年余にわたって松川事件にとり組み、『松川裁判』に結実した。また26年にはカミュの『異邦人』をめぐる中村光夫との"異邦人論争"でも話題となる。

『神経病時代』：大正6(1931)年。小説。生活の目標を持たず、自意識の強い新聞記者の失意と自嘲を描く。矛盾に満ちた社会を背景に、近代知識人の実行力に欠けた無気力な生態と疎外感を鋭くとらえている。

＊　　＊　　＊

◇編年体大正文学全集 第6巻(大正6年)　広津和郎他著, 藤井淑禎編　ゆまに書房　2001.3　655p　22cm　6600円　ⓘ4-89714-895-2

◇続年月のあしおと 下　広津和郎〔著〕　講談社　1999.3　279p　16cm　(講談社文芸文庫)　1300円　ⓘ4-06-197657-5

◇近代作家追悼文集成 41　窪田空穂・壺井栄・広津和郎・伊藤整・西条八十　ゆまに書房　1999.2　329p　21cm　8000円　ⓘ4-89714-644-5

◇続年月のあしおと 上　広津和郎〔著〕　講談社　1999.2　289p　16cm　(講談社文芸文庫)　1300円　ⓘ4-06-197652-4

◇広津和郎著作選集　広津和郎〔著〕, 橋本迪夫, 坂本育雄, 寺田清市編　翰林書房　1998.9　549p　22cm　6000円　ⓘ4-87737-052-8

◇年月のあしおと 下　広津和郎〔著〕　講談社　1998.5　288p　16cm　(講談社文芸文庫ひG2)　980円　ⓘ4-06-197617-6

◇広津和郎―年月のあしおと(抄)/続年月のあしおと(抄)　広津和郎著, 紅野謙介編　日本図書センター　1998.4　288p　22cm　(シリーズ・人間図書館)　2600円　ⓘ4-8205-9509-1

◇年月のあしおと 上　広津和郎〔著〕　講談社　1998.3　295p　16cm　(講談社文芸文庫)　980円　ⓘ4-06-197609-5

◇怠惰の逆説―広津和郎の人生と文学　松原新一著　講談社　1998.2　245p　20cm　2000円　ⓘ4-06-209048-1

◇昭和・遠い日 近いひと　沢地久枝著　文藝春秋　1997.5　294p　19cm　1429円　ⓘ4-16-352840-7

◇さまよへる琉球人　広津和郎〔著〕, 仲程昌徳解説　同時代社　1994.5　160p　20cm　2200円　ⓘ4-88683-310-1

二葉亭 四迷
ふたばてい しめい

元治元(1864).2.28〜明治42(1909).5.10
小説家、翻訳家。明治14年東京外語学校露語部に入学し、ロシア文学の素養を身につけた。19年退学して、まもなく坪内逍遙を訪ね、逍遙の勧めで同年に評論『小説総論』を発表。20年に処女小説『浮雲』第1編を刊行、21年にはツルゲーネフの短篇『あひびき』の翻訳を発表し、新文学を代表する作家の一人になった。北清事変以後ロシアがアジアで勢力を拡大するにつれて国際問題への関心を深め、文筆からは遠ざかった。39年に20年ぶりの小説『其面影』を発表し、読者の好評を得た。

『浮雲』：明治20(1887)〜22(1889)年。長編小説。第3編で中絶。『小説総論』で示した写実主義理論を具体化するとともに、言文一致

を目指した当時としてはまったく新しい文体で書かれており、近代小説の先駆とされる。

＊　　＊　　＊

◇二葉亭四迷　二葉亭四迷〔著〕，坪内祐三，高橋源一郎編　筑摩書房　2000.9　469,2p　20cm　（明治の文学　第5巻）　2400円　④4-480-10145-4

◇歴史のつづれおり　井出孫六著　みすず書房　1999.4　247p　19cm　2400円　④4-622-03669-X

◇二葉亭四迷とその時代　亥能春人著　宝文館出版　1998.2　539p　20cm　3800円　④4-8320-1486-2

◇平凡・私は懐疑派だ─小説・翻訳・評論集成　二葉亭四迷〔著〕　講談社　1997.12　317p　16cm　（講談社文芸文庫）　1050円　④4-06-197595-1

◇間諜　二葉亭四迷　西木正明著　講談社　1997.5　383p　15cm　（講談社文庫）　638円　④4-06-263557-7

◇二葉亭四迷と明治日本　桶谷秀昭著　小沢書店　1997.3　335p　19cm　（小沢コレクション）　2472円　④4-7551-2047-0

◇三絃の誘惑─近代日本精神史覚え書　樋口覚著　人文書院　1996.12　334p　19cm　2987円　④4-409-16076-1

◇二葉亭四迷の明治四十一年　関川夏央著　文藝春秋　1996.11　317p　20cm　1748円　④4-16-352290-5

◇二葉亭四迷研究　佐藤清郎著　有精堂出版　1995.5　480p　22cm　13390円　④4-640-31058-7

◇二葉亭四迷─予が半生の懺悔/平凡　二葉亭四迷著，畑有三編　日本図書センター　1994.10　261p　22cm　（シリーズ・人間図書館）　2600円　④4-8205-8002-7

◇新編　思い出す人々　内田魯庵著，紅野敏郎編　岩波書店　1994.2　437p　15cm　（岩波文庫）　720円　④4-00-310864-7

◇二葉亭四迷全集　別巻　二葉亭四迷，十川信介編　筑摩書房　1993.9　605p　21cm　14420円　④4-480-71508-8

◇二葉亭四迷伝─ある先駆者の生涯　中村光夫著　講談社　1993.8　442p　15cm　（講談社文芸文庫）　1200円　④4-06-196236-1

堀　辰雄
ほり　たつお

明治37（1904）.12.28〜昭和28（1953）.5.28
小説家。大正15年、中野重治らと「驢馬」を創刊。昭和2年『ルウベンスの偽画』を発表。4年『コクトオ抄』を刊行し、「文学」同人となる。5年第一短編集『不器用な天使』を刊行したが、その後大喀血をし、死までの長い療養生活に入る。8年「四季」を創刊。プルーストやリルケの影響を受けると共に、王朝文学への深い関心をしめし、抒情的な作風を作りあげた。他の代表作に小説『聖家族』『恢復期』『燃ゆる頬』『美しい村』『風立ちぬ』『かげろふの日記』『菜穂子』、エッセイ『大和路・信濃路』などがある。また、詩作は多くないが、立原道造、津村信夫など後のマチネ・ポエティクの詩人たちに影響を与えた。

『風立ちぬ』：昭和11（1936）年。中編小説。胸を病んだ婚約者に付き添って軽井沢のサナトリウムに入った数ヶ月の愛の生活と彼女の死を清澄な筆致で描いた作品。

＊　　＊　　＊

◇花あしび　堀辰雄著　朗文堂　2000.10　2冊（制作ノートとも）　20cm　全12000円　④4-947613-52-1

◇立原道造と堀辰雄─往復書簡を中心として　立原道造，堀辰雄〔著〕，立原道造記念館研究資料室編　立原道造記念館　2000.3　137p　30cm　（Hyacinth edition　no.8）　④4-925086-07-3

◇不器用な天使　堀辰雄著，関井光男監修　ゆまに書房　1998.5　217p　19cm　（新鋭文学叢書　16）　④4-89714-465-5,4-89714-433-7

◇山ぼうしの咲く庭で　堀多恵子著，堀井正子編　オフィスエム　1998.4　307p　20cm　1714円　④4-900918-14-8

◇近代文学研究叢書　73　昭和女子大学近代文化研究所著　昭和女子大学近代文化研究所　1997.10　705p　19cm　8600円　④4-7862-0073-5

◇濹東の堀辰雄―その生い立ちを探る　谷田昌平著　弥生書房　1997.7　189p　20cm　1800円　①4-8415-0733-7

◇堀辰雄全集　別巻2　堀辰雄著, 中村真一郎, 福永武彦, 郡司勝義編　筑摩書房　1997.5　554p　21cm　7100円　①4-480-70110-9

◇堀辰雄―風立ちぬ/花を持てる女　堀辰雄著, 竹内清己編　日本図書センター　1997.4　305p　22cm　（シリーズ・人間図書館）2600円　①4-8205-9494-X

◇風立ちぬ　聖家族　堀辰雄著　堀辰雄著　旺文社　1997.4　268p　18cm　（愛と青春の名作集）　950円　①4-01-066063-5

◇作家の自伝　52　堀辰雄　佐伯彰一, 松本健一監修　堀辰雄著, 竹内清己編解説　日本図書センター　1997.4　305p　22cm　（シリーズ・人間図書館）2600円　①4-8205-9494-X,4-8205-9482-6

◇近代作家追悼文集成　第35巻　伊東静雄・折口信夫・堀辰雄　ゆまに書房　1997.1　401p　22cm　8240円　①4-89714-108-7

◇堀辰雄全集　第1巻　堀辰雄著　筑摩書房　1996.6　697p　21cm　7800円　①4-480-70101-X

◇異空間　軽井沢―堀辰雄と若き詩人たち　堀井正子著　オフィス・エム　1996.5　85p　21cm　（みみずく叢書）　500円　①4-900918-04-0

◇堀辰雄の周辺　堀多恵子著　角川書店　1996.2　257p　20cm　1900円　①4-04-883439-8

◇堀辰雄論―雪の上の足跡をたどって　倉持丘著　光陽社出版　1995.10　167p　19cm　2000円

◇雉子日記　堀辰雄〔著〕　講談社　1995.5　289p　16cm　（講談社文芸文庫）　980円　①4-06-196322-8

正宗 白鳥
まさむね はくちょう

明治12(1879).3.3～昭和37(1962).10.28
小説家、劇作家、評論家。病弱による生の不安、死の恐怖から宗教に心を惹かれ、内村鑑三を崇拝し、明治30年に洗礼を受けた。36年読売新聞に入社、美術・文芸・演劇に対する痛烈な批評で注目された。41年の『何処へ』で自然主義作家として認められ、小説『泥人形』(44年)、『入江のほとり』(大正4年)などで、冷酷に人生の暗さを描いた。昭和18年日本ペンクラブ会長になった。

『何処へ』：明治41(1908)年。短編小説。ニヒリストでありながらニヒリズムの世界にも安住できない知識人の姿を描いた作品。白鳥の虚無的・懐疑的な人生観が反映され、明治の青年の一典型を表出している。

＊　　　＊　　　＊

◇近代作家追悼文集成38　吉川英治・飯田蛇笏・正宗白鳥・久保田万太郎　ゆまに書房　1999.2　340p　21cm　8000円　①4-89714-641-0

◇魅力ある文人たち　倉橋羊村著　沖積舎　1998.10　117p　20cm　1800円　①4-8060-4633-7

◇若き日の正宗白鳥―伝記考証　岡山編　磯佳和著　三弥井書店　1998.9　349p　20cm　（三弥井選書　25）　3800円　①4-8382-9044-6

◇何処へ・入江のほとり　正宗白鳥著　講談社　1998.1　328p　15cm　（講談社文芸文庫）1050円　①4-06-197599-4

◇正宗白鳥―明治世紀末の青春　勝呂奏著　右文書院　1996.10　243p　21cm　2500円　①4-8421-9603-3

◇ふるさと幻想の彼方―白鳥の世界　松本鶴雄著　勉誠社　1996.3　369,8p　20cm　2987円　①4-585-05018-3

◇正宗白鳥―文壇的自叙伝/文壇五十年　正宗白鳥著, 中島河太郎編　日本図書センター　1994.10　279p　22cm　（シリーズ・人間書館）　2600円　①4-8205-8006-X

◇内村鑑三・我が生涯と文学　正宗白鳥著　講談社　1994.2　312p 15cm　（講談社文芸文庫）　980円　①4-06-196261-2

◇日本幻想文学集成　21　正宗白鳥著, 松山俊太郎編　国書刊行会　1993.7　372p 19cm　2600円　①4-336-03231-9

◇正宗白鳥―文学と生涯　後藤亮著　日本図書センター　1993.6　360,10p　22cm　（近代作家研究叢書　145）　7725円　①4-8205-9249-1

宮本 百合子
みやもと ゆりこ

明治32(1899).2.13～昭和26(1951).1.21
小説家、評論家。大正5年17歳で『貧しき人々の群』を、13年～15年『伸子』を発表。昭和5年、日本プロレタリア作家同盟に加わる。6年日本共産党に入党、7年宮本顕治と結婚。戦時中執筆禁止・数度にわたる投獄と弾圧を受けながらも持ち前の楽天性で信念を貫き、戦後も『歌声よ、おこれ』など多くの評論で民主主義文学・平和運動に貢献した。20年新日本文学会結成に参画し、中央委員となる。他の小説に『風知草』『播州平野』『二つの庭』『道標』、宮本顕治との往復書簡集『十二年の手紙』がある。

『伸子』：大正13(1924)年～15(1926)年。長編小説。昭和7年アメリカへ遊学し荒木茂と結婚、13年離婚した顛末をまとめた。のちに作者の代表作で同時に大正文学の代表作の一つと評価される。

＊　＊　＊

◇宮本百合子全集 第7巻　小説　宮本百合子著　新日本出版社　2002.2　631p　21cm　7000円　⒤4-406-02899-4
◇宮本百合子全集 第16巻　宮本百合子著　新日本出版社　2002.1　475p　21cm　6000円　⒤4-406-02908-7
◇宮本百合子全集 6　小説　宮本百合子著　新日本出版社　2001.12　527p　21cm　6000円　⒤4-406-02898-6
◇宮本百合子全集 第15巻　評論・感想・小品　宮本百合子著　新日本出版社　2001.11　435p　21cm　5500円　⒤4-406-02907-9
◇宮本百合子全集 第14巻　宮本百合子著　新日本出版社　2001.10　459p　22cm　6000円　⒤4-406-02906-0
◇宮本百合子全集 第13巻　宮本百合子著　新日本出版社　2001.9　520p　22cm　6000円　⒤4-406-02905-2
◇宮本百合子全集 第12巻　宮本百合子著　新日本出版社　2001.8　510p　22cm　6000円　⒤4-406-02904-4
◇宮本百合子全集 第5巻　宮本百合子著　新日本出版社　2001.7　510p　22cm　6000円　⒤4-406-02897-8
◇宮本百合子全集 第11巻　宮本百合子著　新日本出版社　2001.6　481p　22cm　6000円　⒤4-406-02903-6
◇宮本百合子全集 第10巻　宮本百合子著　新日本出版社　2001.5　523p　22cm　6000円　⒤4-406-02902-8
◇宮本百合子全集 第4巻　宮本百合子著　新日本出版社　2001.4　420p　22cm　6000円　⒤4-406-02896-X
◇宮本百合子全集 第9巻　宮本百合子著　新日本出版社　2001.3　456p　22cm　6000円　⒤4-406-02901-X
◇宮本百合子全集 第3巻　宮本百合子著　新日本出版社　2001.2　622p　22cm　7000円　⒤4-406-02895-1
◇宮本百合子全集 第2巻　宮本百合子著　新日本出版社　2001.1　544p　22cm　6000円　⒤4-406-02894-3
◇宮本百合子全集 第1巻　宮本百合子著　新日本出版社　2000.11　494p　22cm　6000円　⒤4-406-02893-5
◇百合子輝いて―写真でたどる半世紀　大森寿恵子編　新日本出版社　1999.2　63p　22cm　1500円　⒤4-406-02647-9
◇百合子めぐり　中村智子著　未来社　1998.12　238p　19cm　2000円　⒤4-624-60098-3
◇宮本百合子―私の青春時代／一九三二年の春　宮本百合子著,沢田章子編　日本図書センター　1997.4　268p　22cm　（シリーズ・人間図書館）　2600円　⒤4-8205-9488-5
◇婦人と文学―近代日本の婦人作家　宮本百合子著　大空社　1997.3　262p　22cm　（叢書女性論　43）　8252円　⒤4-7568-0202-8
◇近代作家追悼文集成 第33巻　宮本百合子・林芙美子・前田夕暮　ゆまに書房　1997.1　266p　22cm　8240円　⒤4-89714-106-0
◇露草あをし―宮本百合子文学散策　宮本顕治〔ほか〕著　宮本百合子文学散策編纂委員会　1996.11　205p　19cm　1942円　⒤4-89757-089-1

小説　　　　　　　近代

◇宮本百合子―家族、政治、そしてフェミニズム　岩淵宏子著　翰林書房　1996.10　333p　20cm　2800円　④4-906424-96-1

◇百合子、ダスヴィダーニヤ―湯浅芳子の青春　沢部ひとみ著　学陽書房　1996.9　361p　15cm　(女性文庫)　757円　④4-313-72026-X

◇宮本共産党を裁く―汚れた党史のはらわたを抉る！　水島毅著　全貌社　1996.5　341p　19cm　2000円　④4-7938-0141-2

◇宮本百合子と今野大力―その時代と文学　津田孝著　新日本出版社　1996.5　197p　20cm　2900円　④4-406-02436-0

◇宮本百合子名作ライブラリー　1　貧しき人々の群ほか　宮本百合子著　新日本出版社　1994.11　198p　19cm　1500円　④4-406-02305-4

◇宮本百合子名作ライブラリー　4　播州平野・風知草　宮本百合子著　新日本出版社　1994.11　251p　19cm　1600円　④4-406-02308-9

◇宮本百合子名作ライブラリー　3　三月の第四日曜ほか　宮本百合子著　新日本出版社　1994.11　342p　19cm　1800円　④4-406-02307-0

◇宮本百合子名作ライブラリー5　二つの庭　宮本百合子著　新日本出版社　1994.11　323p　19cm　1800円　④4-406-02309-7

◇宮本百合子名作ライブラリー　6　道標　第1部　宮本百合子著　新日本出版社　1994.11　339p　19cm　1800円　④4-406-02310-0

◇宮本百合子名作ライブラリー　7　道標　第2部　宮本百合子著　新日本出版社　1994.11　314p　19cm　1800円　④4-406-02311-9

◇宮本百合子名作ライブラリー　2　伸子　宮本百合子著　新日本出版社　1994.11　398p　19cm　2000円　④4-406-02306-2

◇宮本百合子名作ライブラリー　8　道標　第3部　宮本百合子著　新日本出版社　1994.11　493p　19cm　2200円　④4-406-02312-7

◇若き日の宮本百合子　大森寿恵子著　新日本出版社　1994.2　398p　20cm　3800円　④4-406-02194-9

◇宮本百合子論　沼沢和子著　(国分寺)武蔵野書房　1993.10　365p　19cm　2400円

◇若き日の宮本百合子―早春の巣立ち　大森寿恵子　増補版　新日本出版社　1993.7　398p　20cm　3689円　④4-406-02194-9

武者小路 実篤
むしゃのこうじ　さねあつ

明治18(1885).5.12～昭和51(1976).4.9
　小説家、劇作家、随筆家、詩人、画家。明治43年、有島武郎、志賀直哉らと「白樺」を創刊し、白樺派の代表作家となる。その頃の作品に『お目出たき人』『世間知らず』『わしも知らない』『その妹』などがある。大正7年、人道主義を主張して15人の同志と宮崎に"新らしき村"をつくった。その後、『幸福者』『友情』『第三隠者の運命』『或る男』などを刊行。昭和24年「心」を創刊、『真理先生』を連載して文壇にカムバックし、晩年には『一人の男』を完成させた。素朴で力強くユーモアのある作品を書き、また、画家としても多くの作品をのこした。

　『友情』：大正8(1919)年。長編小説。友情と愛情の狭間で葛藤する苦悩を率直に描いた作品。人類愛に基づき、調和の世界を目指す理想主義に裏打ちされた作品。

　　　　＊　　　＊　　　＊

◇お目出たき人　武者小路実篤著　新潮社　2000.1　174p　16cm　(新潮文庫)　362円　④4-10-105714-1

◇ふるさと通信―秋田を味わう　武蔵出版　1999.6　249p　30cm　476円　④4-901033-02-6

◇武者小路実篤詩集　武者小路実篤〔著〕　角川書店　1999.1　282p　15cm　(角川文庫)　540円　④4-04-100425-X

◇武者小路実篤書画展―生命讃歌の書画・愛蔵品を展示　特別展　武者小路実篤〔画〕　朝日町立ふるさと美術館　1998　47p　26cm

◇書信往来―志賀直哉との六十年　調布市武者小路実篤記念館　1997.10　22p　26cm

◇武者小路実篤研究―実篤と新しき村　大津山国夫著　明治書院　1997.10　426p　22cm　15000円　④4-625-43075-5

◇近代日本の知識人と農民　持田恵三著　家の光協会　1997.6　237p　19cm　2400円　④4-259-54439-X

◇沈黙の世界―実篤と画家たちとの交友　調布市武者小路実篤記念館　1997.4　22p　26cm
◇友情　武者小路実篤著　旺文社　1997.4　207p　18cm　(愛と青春の名作集)　900円　①4-01-066052-X
◇幸福な人生―心の道しるべ　武者小路実篤著　翠書房　1996.11　254p　19cm　1243円　①4-89576-008-1
◇「白樺」精神の系譜　米山禎一著　武蔵野書房　1996.4　459p　22cm　5000円
◇ぼくの呼鈴―実篤と家族　調布市武者小路実篤記念館　1996.4　22p　26cm
◇武者小路実篤の自画像―スケッチ帖より　武者小路実篤〔画〕，渡辺貫二編　新しき村　1995.11　93p　22cm　1000円　①4-87322-032-7
◇武者小路実篤九十年―年譜風略伝　渡辺貫二編　新しき村　1995.4　91p　22cm　1000円　①4-87322-025-4
◇武者小路実篤―その人と作品の解説　中川孝著　皆美社　1995.1　315p　20cm　1942円　①4-87322-024-6
◇武者小路実篤―自分の歩いた道/思い出の人々　武者小路実篤著，遠藤祐編　日本図書センター　1994.10　275p　22cm　(シリーズ・人間図書館)　2600円　①4-8205-8008-6
◇画道三昧―新しき村美術館所蔵品より　秋の特別展　武者小路実篤〔著〕　調布市武者小路実篤記念館　1994.10　1冊(頁付なし)　26cm
◇人間らしく生きるために―新しき村について　武者小路実篤著，渡辺貫二編　新しき村　1994.5　289p　18cm　500円　①4-87322-017-3
◇武者小路実篤記念館図録　調布市武者小路実篤記念館　1994.5　95p　26cm
◇武者先生の世界―武者小路実篤展　第四回特別展　武者小路実篤〔著〕，島田市博物館編　島田市博物館　1994.4　86p　30cm
◇この道より―武者小路実篤詩華集　武者小路実篤〔著〕，阪田寛夫編　小学館　1993.4　249p　16cm　(小学館ライブラリー)　1000円　①4-09-460801-X

森 鴎外
もり おうがい

文久2(1862).1.19～大正11(1922).7.9

小説家、軍医。明治14年、東大医学部を卒業、陸軍に入る。明治17年から21年までドイツに留学し、また日清・日露両戦役に出征している。大正5年に軍医総監と医務局長の職を退いた。文学者としては明治22年に雑誌「しがらみ草紙」を発刊した。自然主義全盛時にもこれに同調せず、44年の『雁』などを「スバル」に発表し独自の文学を築いた。大正期以降は歴史小説、さらに史伝を多く執筆した。

『舞姫』：明治32(1899)年。短編小説。雅文体の中に外国に取材した題材の清新さと異国情緒とが巧みに溶け込んだ浪漫的作品で、当時の文壇にあった戯作臭を払拭させた。二葉亭四迷の『浮雲』と並び、明治の新文学発生期を代表する小説。

『雁』：明治44(1911)～大正2(1913)年。中編小説。江戸情緒の名残をとどめる下町の風俗と秋の終わりの季節感を背景に、一人の女性の自我の芽生えとその挫折を描いた作品。鴎外の作家としての手腕を最も見事に示した近代小説の傑作。

＊　　　＊　　　＊

◇鴎外歴史文学集　第11巻　北条霞亭霞亭生涯の末一年　森鴎外著，小川康子，興膳宏ほか注釈　岩波書店　2001.12　465,16p　19cm　4800円　①4-00-092331-5
◇森鴎外「舞姫」―現代訳　森鴎外〔原著〕，安川里香子著　審美社　2001.10　150p　20cm　1600円　①4-7883-4106-9
◇鴎外歴史文学集　第8巻　森鴎外著　岩波書店　2001.8　364p　20cm　4600円　①4-00-092328-5
◇鴎外歴史文学集　第4巻　森鴎外著　岩波書店　2001.6　500p　20cm　4600円　①4-00-092324-2
◇鴎外歴史文学集　第13巻　森鴎外著　岩波書店　2001.3　361,53p　20cm　4600円　①4-00-092333-1

小　説　　　　　　近　代

◇阿部一族―他二篇　森鴎外作　岩波書店　2001.1　98p　19cm　（ワイド版岩波文庫）　800円　ⓃISBN4-00-007174-2
◇鴎外歴史文学集　第1巻　森鴎外著　岩波書店　2001.1　523p　20cm　4600円　ⓃISBN4-00-092321-8
◇鴎外歴史文学集　第7巻　森鴎外著　岩波書店　2000.12　425p　20cm　4600円　ⓃISBN4-00-092327-7
◇鴎外随筆集　森鴎外著，千葉俊二編　岩波書店　2000.11　246p　15cm　（岩波文庫）　560円　ⓃISBN4-00-310068-9
◇森鴎外　森鴎外〔著〕，坪内祐三，川本三郎編　筑摩書房　2000.10　470,4p　20cm　（明治の文学　第14巻）　2400円　ⓃISBN4-480-10154-3
◇鴎外歴史文学集　第2巻　森鴎外著　岩波書店　2000.10　468p　20cm　4600円　ⓃISBN4-00-092322-6
◇明治の文学　第14巻　森鴎外　坪内祐三編　森鴎外〔著〕，川本三郎編　筑摩書房　2000.10　470,4p　20cm　2400円　ⓃISBN4-480-10154-3
◇鴎外歴史文学集　第10巻　森鴎外著　岩波書店　2000.7　489p　20cm　4800円　ⓃISBN4-00-092330-7
◇鴎外歴史文学集　第6巻　森鴎外著　岩波書店　2000.5　529p　20cm　4600円　ⓃISBN4-00-092326-9
◇高瀬舟　森鴎外著, Elena Gallego Andrada訳　LUNA BOOKS,現代企画室〔発売〕2000.4　141p　21cm　2500円　ⓃISBN4-7738-9919-0
◇鴎外歴史文学集　第12巻　森鴎外著　岩波書店　2000.3　381p　20cm　4600円　ⓃISBN4-00-092332-3
◇高瀬舟　森鴎外著　小学館　2000.1　236p　15cm　（小学館文庫）　600円　ⓃISBN4-09-404102-8
◇鴎外歴史文学集　第5巻　森鴎外著　岩波書店　2000.1　477p　20cm　4600円　ⓃISBN4-00-092325-0
◇鴎外歴史文学集　第3巻　森鴎外著　岩波書店　1999.11　407p　20cm　4600円　ⓃISBN4-00-092323-4

◇鴎外の思い出　小金井喜美子著　岩波書店　1999.11　304p　15cm　（岩波文庫　31-161-1）　660円　ⓃISBN4-00-311611-9
◇森鴎外の手紙　山崎国紀著　大修館書店　1999.11　218p　20cm　1900円　ⓃISBN4-469-22150-3
◇鴎外のオカルト、漱石の科学　長山靖生著　新潮社　1999.9　231p　20cm　1400円　ⓃISBN4-10-424102-4
◇森鴎外の青春文学　池野誠স著　山陰文芸協会　1999.8　274p　20cm　（山陰文芸シリーズ2）　2000円　ⓃISBN4-921080-02-X
◇鴎外留学始末　中井義幸著　岩波書店　1999.7　349p　20cm　3200円　ⓃISBN4-00-022362-3
◇小倉日記　森鴎外〔著〕　再版　北九州森鴎外記念会　1999.6　250p　21cm　1800円
◇森鴎外の都市論とその時代　石田頼房著　日本経済評論社　1999.6　276p　20cm　（都市叢書）　2500円　ⓃISBN4-8188-1061-4
◇森鴎外研究と資料　大屋幸世著　翰林書房　1999.5　254p　20cm　2800円　ⓃISBN4-87737-074-9
◇渋江抽斎　森鴎外著　改版　岩波書店　1999.5　389p　15cm　（岩波文庫）　660円　ⓃISBN4-00-310058-1
◇評伝森鴎外　山室静〔著〕　講談社　1999.4　299p　16cm　（講談社文芸文庫）　1200円　ⓃISBN4-06-197661-3
◇影印版マクベス―森鴎外自筆稿本　森鴎外〔訳〕,坪内逍遙注　雄松堂出版　1999.4　141枚　30×44cm　70000円　ⓃISBN4-8419-0259-7
◇学芸小品森鴎外/稲垣達郎　竹盛天雄著　明治書院　1999.2　300p　19cm　3800円　ⓃISBN4-625-43079-8
◇明治文学の脈動―鴎外・漱石を中心に　竹盛天雄著　国書刊行会　1999.2　444p　22cm　4800円　ⓃISBN4-336-04121-0
◇森鴎外「北游日乗」の足跡と漢詩　安川里香子著　審美社　1999.2　237p　20cm　3000円　ⓃISBN4-7883-4101-8
◇高瀬舟　森鴎外著　全国学校図書館協議会　1999.1　23p　19cm　（集団読書テキストB2）　155円　ⓃISBN4-7933-8002-6

160

◇森鴎外―批評と研究　小堀桂一郎著　岩波書店　1998.11　391p　20cm　4000円　ⓘ4-00-025283-6

◇森鴎外―もう一つの実像　白崎昭一郎著　吉川弘文館　1998.6　216p　19cm（歴史文化ライブラリー　39）　1700円　ⓘ4-642-05439-1

◇森鴎外論考　篠原義彦著　近代文芸社　1998.5　249p　20cm　1900円　ⓘ4-7733-6265-0

◇舞姫　雁　阿部一族　山椒大夫―外八篇　森鴎外著　文芸春秋　1998.5　492p　16cm（文春文庫）　600円　ⓘ4-16-760101-X

◇森鴎外・母の日記　森峰子〔著〕，山崎国紀編　増補版　三一書房　1998.4　414p　23cm　6000円　ⓘ4-380-98240-8

◇鴎外をめぐる医師たち　土屋重朗著　戸田書店　1998.2　238p　19cm　1905円

◇鴎外東西紀行―津和野発ベルリン経由千駄木行　寺岡襄文，小松健一写真　京都書院　1997.12　319p　15cm（京都書院アーツコレクション　61）　1000円　ⓘ4-7636-1561-0

◇康成・鴎外―研究と新資料　野末明著　審美社　1997.11　398p　20cm　4500円　ⓘ4-7883-4078-X

◇鴎外の坂　森まゆみ著　新潮社　1997.10　367p　20cm　1800円　ⓘ4-10-410002-1

◇森鴎外『スバル』の時代　鴎外研究会編　双文社出版　1997.10　226p　22cm　4600円　ⓘ4-88164-517-X

◇鴎外の知的空間　平川祐弘，平岡敏夫，竹盛天雄編　新曜社　1997.6　472p　20cm（講座・鴎外　3）　4500円　ⓘ4-7885-0603-3

◇鴎外の人と周辺　平川祐弘，平岡敏夫，竹盛天雄編　新曜社　1997.5　478p　20cm（講座森鴎外　第1巻）　4500円　ⓘ4-7885-0597-5

◇雁　うたかたの記　森鴎外著　森鴎外著　旺文社　1997.4　285p　18cm（愛と青春の名作集）　950円　ⓘ4-01-066044-9

◇舞姫　山椒大夫　森鴎外著　森鴎外著　旺文社　1997.4　255p　18cm（愛と青春の名作集）　930円　ⓘ4-01-066043-0

◇鴎外―成熟の時代　山崎国紀著　和泉書院　1997.1　293p　22cm（近代文学研究叢刊　12）　7210円　ⓘ4-87088-836-X

◇鴎外史伝の根源　渡辺哲夫著　西田書店　1996.10　100p　20cm　1456円　ⓘ4-88866-252-5

◇妻への手紙　森鴎外著，小堀杏奴編　筑摩書房　1996.9　238p　15cm（ちくま文庫　も8-17）　602円　ⓘ4-480-03189-8

◇森鴎外　森鴎外著，田中実編解説　日本図書センター　1996.9　363p　22cm（作家の随想　1）　4944円　ⓘ4-8205-8158-9,4-8205-8157-0

◇森鴎外全集　14　歴史其儘と歴史離れ　森鴎外著　筑摩書房　1996.8　513p　15cm（ちくま文庫　も8-16）　1359円　ⓘ4-480-03094-8

◇森鴎外全集　13　独逸日記;小倉日記　森鴎外著　筑摩書房　1996.7　510p　15cm（ちくま文庫　も8-15）　1311円　ⓘ4-480-03093-X

◇北条霞亭―森鴎外全集　9　森鴎外著　筑摩書房　1996.6　592p　15cm（ちくま文庫）　1450円　ⓘ4-480-03089-1

◇森鴎外全集　8　伊沢蘭軒　下　森鴎外著　筑摩書房　1996.5　433p　15cm（ちくま文庫　も8-10）　1068円　ⓘ4-480-02928-1

◇森鴎外全集　7　伊沢蘭軒　上　森鴎外著　筑摩書房　1996.4　529p　15cm（ちくま文庫）　1400円　ⓘ4-480-02927-3

◇鴎外「小倉左遷」の謎　石井郁男著　葦書房　1996.3　196p　20cm　1900円　ⓘ4-7512-0623-0

◇山椒大夫・最後の一句　森鴎外著　新潮社　1996.3　93p　16cm（新潮ピコ文庫）　150円　ⓘ4-10-940000-7

◇森鴎外全集　12　於母影・冬の王　森鴎外訳　筑摩書房　1996.3　435p　15cm（ちくま文庫）　1100円　ⓘ4-480-03092-1

◇森鴎外全集　11　ファウスト　ゲーテ〔著〕，森鴎外〔訳〕　筑摩書房　1996.2　882p　15cm（ちくま文庫）　1800円　ⓘ4-480-03091-3

◇鴎外歴史小説の研究―「歴史其儘」の内実　福本彰著　和泉書院　1996.1　366p　22cm（近代文学研究叢刊　11）　3605円　ⓘ4-87088-766-5

◇女々しい漱石,雄々しい鴎外　渡辺澄子著　世界思想社　1996.1　255p　20cm（Sekaishiso seminar）　2500円　ⓘ4-7907-0581-1

小説　　　　　　　　近代

◇森鴎外全集 6　栗山大膳　渋江抽斎　森鴎外著　筑摩書房　1996.1　634p　15cm　（ちくま文庫）　1500円　ⓘ4-480-02926-5

◇森鴎外全集 10　即興詩人　森鴎外著　筑摩書房　1995.12　480p　15cm　（ちくま文庫）　1300円　ⓘ4-480-03090-5

◇森鴎外全集 5　山椒大夫・高瀬舟　森鴎外著　筑摩書房　1995.10　366p　15cm　（ちくま文庫）　980円　ⓘ4-480-02925-7

◇「私の鴎外」を求めて　尾崎健次著　近代文芸社　1995.9　214p　20cm　1600円　ⓘ4-7733-4640-X

◇森鴎外全集 4　雁　阿部一族　森鴎外著　筑摩書房　1995.9　354p　15cm　（ちくま文庫）　980円　ⓘ4-480-02924-9

◇灰燼　かのように―森鴎外全集 3　森鴎外著　筑摩書房　1995.8　380p　15cm　（ちくま文庫）　980円　ⓘ4-480-02923-0

◇森鴎外全集 2　普請中・青年　森鴎外著　筑摩書房　1995.7　406p　15cm　（ちくま文庫）　980円　ⓘ4-480-02922-2

◇鴎外の子供たち―あとに残されたものの記録　森類著　筑摩書房　1995.6　255p　15cm　（ちくま文庫）　640円　ⓘ4-480-03039-5

◇舞姫　ヰタ・セクスアリス―森鴎外全集 1　森鴎外著　筑摩書房　1995.6　444p　15cm　（ちくま文庫）　980円　ⓘ4-480-02921-4

◇たけくらべ・山椒大夫　樋口一葉, 森鴎外著　講談社　1995.5　229p　19cm　（ポケット日本文学館）　1000円　ⓘ4-06-261705-6

◇森鴎外の日本近代　野村幸一郎〔著〕　白地社　1995.3　206p　20cm　1800円　ⓘ4-89359-163-0

◇森鴎外　石川淳著　筑摩書房　1994.12　252p　15cm　（ちくま学芸文庫　イ8-1）　854円　ⓘ4-480-08169-0

◇両像・森鴎外　松本清張著　文芸春秋　1994.11　286p　19cm　1400円　ⓘ4-16-315130-X

◇小倉日記　森鴎外〔著〕　北九州森鴎外記念会　1994.11　250p　21cm

◇森鴎外―ヰタ・セクスアリス/妄想　森鴎外著, 長谷川泉編　日本図書センター　1994.10　231p　22cm　（シリーズ・人間図書館）　2600円　ⓘ4-8205-8003-5

◇鴎外―その側面　中野重治著　筑摩書房　1994.9　421p　15cm　（ちくま学芸文庫）　1300円　ⓘ4-480-08155-0

◇鴎外・五人の女と二人の妻―もうひとつのヰタ・セクスアリス　吉野俊彦著　ネスコ,文芸春秋〔発売〕　1994.8　298p　19cm　2000円　ⓘ4-89036-878-7

◇鴎外と漱石―思考と感情　中村啓著　近代文芸社　1994.5　321p　18cm　850円　ⓘ4-7733-3272-7

◇鴎外・啄木・荷風隠された闘い―いま明らかになる天才たちの輪舞　吉野俊彦著　ネスコ　1994.3　270p　20cm　1900円　ⓘ4-89036-867-1

◇新編 思い出す人々　内田魯庵著, 紅野敏郎編　岩波書店　1994.2　437p 15cm　（岩波文庫）　720円　ⓘ4-00-310864-7

◇森鴎外を学ぶ人のために　山崎国紀編　(京都)世界思想社　1994.2　368,10p 19cm　2500円　ⓘ4-7907-0491-2

◇鴎外と津和野―私の鴎外遍歴　竹村栄一著　東中野図書館友の会　1993.12　113p　19cm　1200円

◇森鴎外偶記　長谷川泉著　三弥井書店　1993.12　248p　20cm　2900円　ⓘ4-8382-8026-2

◇父親としての森鴎外　森於菟著　筑摩書房　1993.9　436p 15cm　（ちくま文庫）　920円　ⓘ4-480-02768-8

◇異郷における森鴎外、その自己像獲得への試み　林正子著　近代文芸社　1993.2　220p　20cm　2400円

◇日本幻想文学集成 17　森鴎外著, 須永朝彦編　国書刊行会　1993.2　292p　19cm　1800円　ⓘ4-336-03227-0

◇美神と軍神と―日露戦争中の森鴎外　大石汎著　改訂　門土社総合出版　1993.1　203p　19cm　1300円　ⓘ4-89561-149-3

◇森鴎外の『独逸日記』―「鴎外文学」の淵　植田敏郎著　大日本図書　1993.1　465p 19cm　4500円　ⓘ4-477-00267-X

矢野 龍渓
やの りゅうけい

嘉永3(1850).12.1〜昭和6(1931).6.18
小説家、政治家、ジャーナリスト。明治10年に「郵便報知新聞」の副主筆となり、11年に大隈重信のもとで大蔵省書記官に任用された。14年政変で下野、「郵便報知」に復帰して社長となった。翌年改進党の結成に参画し、「郵便報知」をその機関紙とした。16年『斉武名士 経国美談』前編を出版、23年に冒険小説『報知新聞浮城物語』を刊行。29年に大隈外相により駐支大使に抜擢された。35年に寓意小説『新社会』を刊行するなど社会問題に関心を深め、大正13年には「大阪毎日新聞」副社長に就任した。

『斉武名士 経国美談』：明治16(1883)〜17(1884)年。長編小説。ギリシアのテーベの盛衰を描いた雄大な史譚。立憲政治家としての龍渓の理想が遺憾なく発揮され、当時の青年層を鼓舞して自由民権運動への意欲をかき立てた。

山田 美妙
やまだ びみょう

慶応4(1868).7.8〜明治43(1910).10.24
小説家、詩人、国語学者。大学予備門在学中に硯友社を結成した。小説『武蔵野』(明治20年)、短編集『夏木立』(21年刊)といった言文一致体の小説で文壇での地位を確立した。また西洋詩の知識に基づく新体詩上の新韻律法の設立を目論み北村透谷や岩野泡鳴らに影響を与え、25年から26年にかけて収集語彙に東京語のアクセントを付した画期的な『日本大辞書』を出版した。しかし25年以降数年間創作が停滞し、スキャンダルに見舞われるなどして文壇での地位を失い、不遇の晩年を過ごした。

『夏木立』：明治21(1888)年。短編小説集。『武蔵野』など6編の言文一致小説を収めている。構想、文体ともにすぐれた近代小説の出現として絶賛された。

  *   *   *

◇山田美妙　山田美妙〔著〕，坪内祐三，嵐山光三郎編　筑摩書房　2001.4　439,2p　20cm　（明治の文学　第10巻）　2400円　①4-480-10150-0

◇山田美妙歴史小説復刻選 第1巻　山田美妙〔著〕，菊池真一監修　本の友社　2000.1　381p　23cm　①4-89439-299-2

◇山田美妙歴史小説復刻選 第2巻　山田美妙〔著〕，菊池真一監修　本の友社　2000.1　514p　23cm　①4-89439-299-2

◇山田美妙歴史小説復刻選 第3巻　山田美妙〔著〕，菊池真一監修　本の友社　2000.1　316p　23cm　①4-89439-299-2

◇山田美妙歴史小説復刻選 第4巻　山田美妙〔著〕，菊池真一監修　本の友社　2000.1　333p　23cm　①4-89439-299-2

◇山田美妙歴史小説復刻選 第5巻　山田美妙〔著〕，菊池真一監修　本の友社　2000.1　486p　23cm　①4-89439-299-2

◇山田美妙歴史小説復刻選 第6巻　山田美妙〔著〕，菊池真一監修　本の友社　2000.1　503p　23cm　①4-89439-299-2

◇山田美妙歴史小説復刻選 第7巻　山田美妙〔著〕，菊池真一監修　本の友社　2000.1　603p　23cm　①4-89439-299-2

◇山田美妙歴史小説復刻選 第8巻　山田美妙〔著〕，菊池真一監修　本の友社　2000.1　528p　23cm　①4-89439-299-2

◇明治期国語辞書大系 普6　日本大辞書　飛田良文ほか編　山田美妙〔著〕　大空社　1998.4　1399,66p　22cm　47000円　①4-7568-0643-0

◇明治期外国人名辞典 第2巻　万国人名辞書 上の1　山田武太郎〔著〕　大空社　1996.10　818p　22cm

◇明治期外国人名辞典 第3巻　万国人名辞書 上の2　山田武太郎〔著〕　大空社　1996.10　184,407p　22cm

◇明治期外国人名辞典 第4巻　万国人名辞書 下の1　山田武太郎〔著〕　大空社　1996.10　236,432p　22cm

◇明治期外国人名辞典 第5巻　万国人名辞書 下の2　山田武太郎〔著〕　大空社　1996.10　432〜1182p　22cm

◇孤りの歩み―山田美妙論　深作硯史著　近代文芸社　1994.6　105p 19cm　1500円　④4-7733-2742-1

◇美妙文学選　山田美妙著，山根賢吉，菊池真一編　和泉書院　1994.5　223p　19cm　（新注近代文学シリーズ　6）　1854円　④4-87088-645-6

◇新編　思い出す人々　内田魯庵著，紅野敏郎編　岩波書店　1994.2　437p 15cm　（岩波文庫）　720円　④4-00-310864-7

山本 有三
やまもと ゆうぞう

明治20(1887).7.27～昭和49(1974).1.11
　小説家、劇作家。第三次「新思潮」に参加。大正9年『生命の冠』が明治座で上演され、劇作家としての地位を確立し、以後『海彦山彦』『西郷と大久保』『米百俵』などを発表。15年『生きとし生けるもの』を連載し、小説家としても認められた。以後『波』『風』『女の一生』『真実一路』『路傍の石』などを発表。格調高い文体で、人間性に対する深い洞察を真摯に描いた。昭和10～12年『日本少国民文庫』を編集刊行し、児童読物に新機軸を開く。戦後は参議院議員になり国語問題にもつくした。40年文化勲章を受章。

　『女の一生』：昭和7(1932)年～8(1933)年。長編小説。私生児を生み育て、子供が成長して家庭を離れるまでの、一人の女性の波乱の生涯と力強く生きるさまを描く。

　　　　＊　　　＊　　　＊

◇心に太陽を持て　山本有三編著　ポプラ社　2001.7　243p 20cm　1400円　④4-591-06922-2

◇米百俵　山本有三著　新潮社　2001.7　181p　16cm　（新潮文庫）　362円　④4-10-106011-8

◇世界名作選―日本少国民文庫　1　山本有三編　新潮社　1998.12　324p 20cm　1600円　④4-10-538001-X

◇世界名作選―日本少国民文庫　2　山本有三編　新潮社　1998.12　325p 20cm　1600円　④4-10-538002-8

◇いいものを少し―父山本有三の事ども　永野朋子著　永野朋子　1998.3　292p 23cm　3500円

◇作家の自伝 48　山本有三　佐伯彰一，松本健一監修　山本有三著，今村忠純編解説　日本図書センター　1997.4　279p　22cm　（シリーズ・人間図書館）　2600円　④4-8205-9490-7,4-8205-9482-6

◇有三文学の原点　田辺匡implements　近代文芸社　1996.3　241p　15cm　（近代文芸社文庫）　800円　④4-7733-5358-9

夢野 久作
ゆめの きゅうさく

明治22(1889).1.4～昭和11(1936).3.11
　小説家。農園経営、僧侶、謡曲教授、新聞記者などを経て、大正11年童話『白髪小僧』を刊行。15年「新青年」の創作探偵小説に応募した『あやかしの鼓』が2等に当選、この時から夢野久作の筆名を用いる。昭和10年、代表作『ドグラ・マグラ』を刊行したが、その翌年死去。他の作品に『瓶詰地獄』『押絵の奇蹟』『犬神博士』『氷の涯』『暗黒公使』など。作家として活動した期間は短いが、戦後になって大きく評価された。

　『ドグラ・マグラ』：昭和10(1935)年。長編小説。探偵小説の形を借りながら観念的な内容を持ち、"読む者を狂気の淵に追いやる"と言われた幻魔怪奇の小説。アンチミステリーの傑作とされる。

　　　　＊　　　＊　　　＊

◇夢野久作著作集　6　　随筆・歌・書簡　夢野久作著，西原和海編　葦書房　2001.7　451p　20cm　3800円　④4-7512-0704-0

◇人間腸詰―夢野久作怪奇幻想傑作選　夢野久作〔著〕　角川書店　2001.3　413p 15cm　（角川ホラー文庫）　667円　④4-04-136612-7

◇爬虫館事件―新青年傑作選　江戸川乱歩，横溝正史，夢野久作ほか著　角川書店　1998.8　488p 15cm　（角川ホラー文庫）　760円　④4-04-344901-1

◇あやかしの鼓―夢野久作怪奇幻想傑作選　夢野久作著　角川書店　1998.4　416p　15cm　（角川ホラー文庫）　720円　ⓘ4-04-136611-9

◇夢野一族―杉山家三代の軌跡　多田茂治著　三一書房　1997.5　447,7p　20cm　3800円＋税　ⓘ4-380-97243-7

◇夢野久作集―大きな活字で読みやすい本　夢野久作著　リブリオ出版　1997.2　265p　22cm　（くらしっくミステリーワールド　オールルビ版　第7巻）　ⓘ4-89784-499-1,4-89784-492-4

◇夢野久作著作集 1　外人の見たる日本及日本青年　夢野久作〔著〕，西原和海編　葦書房　1996.10　331p　20cm　3000円　ⓘ4-7512-0652-4

◇「新青年」をめぐる作家たち　山下武著　筑摩書房　1996.5　290p　19cm　2900円　ⓘ4-480-82327-1

◇超人鬚野博士　夢野久作著　春陽堂書店　1995.12　275,6p　15cm　（春陽文庫）　520円　ⓘ4-394-39001-X

◇ドグラ・マグラ―幻魔怪奇探偵小説　夢野久作著　沖積舎　1995.8　739p　20cm　7300円　ⓘ4-8060-2044-3

◇死後の恋　夢野久作著　出版芸術社　1995.2　249p　19cm　（ふしぎ文学館）　1500円　ⓘ4-88293-095-1

◇夢野久作著作集 5　近世快人伝　西原和海編　葦書房　1995.2　303p　20cm　2884円　ⓘ4-7512-0584-6

◇殺人迷路　悪霊物語　森下雨村，大下宇陀児，横溝正史，水谷準，江戸川乱歩，橋本五郎，夢野久作，浜尾四郎，佐左木俊郎，甲賀三郎，角田喜久雄，山田風太郎著　春陽堂書店　1993.12　251p 15cm　（春陽文庫）　500円　ⓘ4-394-30135-1

◇江川蘭子　江戸川乱歩，横溝正史，甲賀三郎，大下宇陀児，夢野久作，森下雨村著　春陽堂書店　1993.10　212p 15cm　（春陽文庫）　500円　ⓘ4-394-30134-3

横光 利一
よこみつりいち

明治31(1898).3.17～昭和22(1947).12.30
小説家。菊池寛を知り、大正12年創刊の「文芸春秋」の編集同人となり、同年発表の『日輪』『蠅』で新進作家としてデビュー。13年「文芸時代」創刊号の『頭ならびに腹』で"新感覚派"の呼称が与えられた。小説以外に評論・戯曲も執筆、私小説・プロレタリア文学に対抗し、昭和3～6年『上海』を発表。5年の『機械』から"新心理主義"の作品『寝園』『紋章』などを発表。11年渡仏、帰国後大作『旅愁』を書き始めるが、未完のまま22年に病死した。常に西欧のエッセンスを吸収し、多彩な創作手法を開拓した。

『日輪』：大正12(1923)年。短編小説。邪馬台国の女王卑弥呼を日輪に見立て、周辺の国々の王子たちが殺し合うさまを描く。それまでにはなかった乾いた文体をとりいれ、話題を集めた。

＊　　　＊　　　＊

◇家族会議　横光利一著　講談社　2000.11　435p　16cm　（講談社文芸文庫）　1400円　ⓘ4-06-198237-0

◇高架線　横光利一著　ゆまに書房　2000.3　254p　19cm　（新興芸術派叢書　5）　ⓘ4-8433-0005-5,4-8433-0000-4

◇定本横光利一全集 補巻　横光利一著，河上徹太郎，永井竜男，大岡昇平監修，保昌正夫，井上謙，栗坪良樹編集・校訂　河出書房新社　1999.10　574p　20cm　12000円　ⓘ4-309-60718-7

◇横光利一文学の生成―終わりなき揺動の行跡　伴悦著　おうふう　1999.9　319p　22cm　12000円　ⓘ4-273-03096-9

◇横光利一と川端康成展―川端康成生誕100年記念　世田谷文学館編　世田谷文学館　1999.4　178p　22cm

◇横光利一　田口律男編　若草書房　1999.3　277p　22cm　（日本文学研究論文集成　38）　3500円　ⓘ4-948755-41-9

◇歴訪の作家たち　小林澪子著　論創社　1999.3　238p　19cm　1500円　①4-8460-0151-2

◇旅愁 下　横光利一著　講談社　1998.12　574p　15cm　（講談社文芸文庫）　1700円　①4-06-197644-3

◇旅愁 上　横光利一著　講談社　1998.11　533p　15cm　（講談社文芸文庫）　1600円　①4-06-197639-7

◇夜の靴　横光利一著　東北出版企画　1998.9　255p　21cm　2500円　①4-88761-000-9

◇昭和の心ひかれる作家たち　庄司肇著　沖積舎　1998.8　438p　19cm　6800円　①4-8060-4632-9

◇作家と作品―生と死の塑像　間瀬昇著　近代文芸社　1997.12　238p　19cm　1800円　①4-7733-6295-2

◇横光利一―文学と俳句　中田雅敏著　勉誠社　1997.10　229p　20cm　2200円　①4-585-05036-1

◇作家の自伝 49　横光利一　佐伯彰一, 松本健一監修　横光利一著, 栗坪良樹編解説　日本図書センター　1997.4　265p　22cm　（シリーズ・人間図書館）　2600円　①4-8205-9491-5, 4-8205-9482-6

◇川端康成と横光利一　川端康成, 横光利一〔著〕, 井上謙, 羽鳥徹哉編　翰林書房　1995.11　183p　21cm　（日本文学コレクション）　1800円　①4-906424-81-3

◇横光利一の表現世界―日本の小説　茂木雅夫著　勉誠社　1995.10　284p　22cm　4500円　①4-585-05015-9

◇夜の靴・微笑　横光利一〔著〕　講談社　1995.1　307p　16cm　（講談社文芸文庫）　980円　①4-06-196307-4

◇横光利一―評伝と研究　井上謙著　おうふう　1994.11　697p　21cm　15000円　①4-273-02789-5

◇横光利一見聞録　保昌正夫著　勉誠社　1994.11　337p　19cm　2575円　①4-585-05009-4

◇横光利一　新潮社　1994.8　111p　19cm　（新潮日本文学アルバム　43）　1300円　①4-10-620647-1

◇横光利一と宇佐　「旅愁」文学碑建立記念誌編集委員会編　「旅愁」文学碑建立記念誌編集委員会　1993.10　181p　19cm　（翰林選書　4）　2400円　①4-906424-32-5

◇愛の挨拶・馬車・純粋小説論　横光利一著　講談社　1993.5　306p　16cm　（講談社文芸文庫）　980円　①4-06-196225-6

吉川 英治
よしかわ えいじ

明治25(1892).8.11～昭和37(1962).9.7

小説家。大正3年に「講談倶楽部」の懸賞小説で『江の島物語』が一等に当選したほか「面白倶楽部」「少年倶楽部」でも当選する。大正10年から12年まで東京毎夕新聞社に勤務し、『親鸞記』などを執筆、以後文筆生活に入る。14年から15年にかけて『剣難女難』『神州天馬侠』『鳴門秘帖』などを発表し、壮大な虚構の世界を構築した。以後、『親鸞』『宮本武蔵』『新・平家物語』『私本太平記』など多くの作品を発表、大衆文学の第一人者として君臨し、35年の文化勲章など数多くの賞を受賞した。

『宮本武蔵』:昭和10(1935)年。長編小説。10代後半から20歳後半までの宮本武蔵を、兵法の真髄を極めようとする求道者として描いた。多くの日本人の武蔵のイメージはこの小説によって出来上がったもので、たびたび映画などに翻案された。

　　　＊　　　＊　　　＊

◇吉川英治幕末維新小説名作選集　別巻　人間吉川英治　吉川英治〔著〕, 吉川英明監修　松本昭著　学陽書房　2000.9　347p　19cm　1600円　①4-313-85148-8

◇井伊大老　吉川英治著　学陽書房　2000.7　305p　19cm　（吉川英治幕末維新小説名作選集　6）　1600円　①4-313-85146-1

◇飢えたる彰義隊　吉川英治著　学陽書房　2000.7　325p　19cm　（吉川英治幕末維新小説名作選集　7）　1600円　①4-313-85145-3

◇吉川英治幕末維新小説名作選集　6　井伊大老　吉川英明, 松本昭監修, 吉川英治著　学陽書房　2000.7　305p　19cm　1600円　①4-313-85146-1

◇吉川英治幕末維新小説名作選集 7 飢えたる彰義隊 吉川英明, 松本昭監修, 吉川英治著 学陽書房 2000.7 325p 19cm 1600円 ⓘ4-313-85145-3

◇檜山兄弟 上巻 吉川英治著 学陽書房 2000.5 491p 19cm （吉川英治幕末維新小説名作選集 4） 1600円 ⓘ4-313-85143-7

◇檜山兄弟 下巻 吉川英治著 学陽書房 2000.5 472p 19cm （吉川英治幕末維新小説名作選集 5） 1600円 ⓘ4-313-85144-5

◇吉川英治幕末維新小説名作選集 4 桧山兄弟 上巻 吉川英明, 松本昭監修, 吉川英治著 学陽書房 2000.5 491p 19cm 1600円 ⓘ4-313-85143-7

◇吉川英治幕末維新小説名作選集 5 桧山兄弟 下巻 吉川英明, 松本昭監修, 吉川英治著 学陽書房 2000.5 472p 19cm 1600円 ⓘ4-313-85144-5

◇貝殻一平 上巻 吉川英治著 学陽書房 2000.4 377p 19cm （吉川英治幕末維新小説名作選集 1） 1600円 ⓘ4-313-85141-0

◇貝殻一平 下巻 吉川英治著 学陽書房 2000.4 349p 19cm （吉川英治幕末維新小説名作選集 2） 1600円 ⓘ4-313-85142-9

◇松のや露八 吉川英治著 学陽書房 2000.4 331p 19cm （吉川英治幕末維新小説名作選集 3） 1600円 ⓘ4-313-85147-X

◇吉川英治幕末維新小説名作選集 1 貝殻一平 上巻 吉川英明, 松本昭監修, 吉川英治著 学陽書房 2000.4 377p 19cm 1600円 ⓘ4-313-85141-0

◇吉川英治幕末維新小説名作選集 2 貝殻一平 下巻 吉川英明, 松本昭監修, 吉川英治著 学陽書房 2000.4 349p 19cm 1600円 ⓘ4-313-85142-9

◇吉川英治幕末維新小説名作選集 3 松のや露八 吉川英明, 松本昭監修, 吉川英治著 学陽書房 2000.4 331p 19cm 1600円 ⓘ4-313-85147-X

◇吉川英治と宮本武蔵 姫路文学館編 姫路文学館 1999.4 71p 30cm

◇宮本武蔵 1 吉川英治著 日本障害者リハビリテーション協会 1999.3 CD-ROM1枚 12cm

◇宮本武蔵 2 吉川英治著 日本障害者リハビリテーション協会 1999.3 CD-ROM1枚 12cm

◇宮本武蔵 3 吉川英治著 日本障害者リハビリテーション協会 1999.3 CD-ROM1枚 12cm

◇宮本武蔵 5 吉川英治著 日本障害者リハビリテーション協会 1999.3 CD-ROM1枚 12cm

◇新・平家物語 1 吉川英治著 日本障害者リハビリテーション協会 1999.3 CD-ROM1枚 12cm

◇新・平家物語 2 吉川英治著 日本障害者リハビリテーション協会 1999.3 CD-ROM1枚 12cm

◇新・平家物語 3 吉川英治著 日本障害者リハビリテーション協会 1999.3 CD-ROM1枚 12cm

◇新・平家物語 4 吉川英治著 日本障害者リハビリテーション協会 1999.3 CD-ROM1枚 12cm

◇新・平家物語 5 吉川英治著 日本障害者リハビリテーション協会 1999.3 CD-ROM1枚 12cm

◇新・平家物語 6 吉川英治著 日本障害者リハビリテーション協会 1999.3 CD-ROM1枚 12cm

◇新・平家物語 7 吉川英治著 日本障害者リハビリテーション協会 1999.3 CD-ROM1枚 12cm

◇新・平家物語 9 吉川英治著 日本障害者リハビリテーション協会 1999.3 CD-ROM1枚 12cm

◇新・平家物語 10 吉川英治著 日本障害者リハビリテーション協会 1999.3 CD-ROM1枚 12cm

◇新・平家物語 11 吉川英治著 日本障害者リハビリテーション協会 1999.3 CD-ROM1枚 12cm

◇新・平家物語 12 吉川英治著 日本障害者リハビリテーション協会 1999.3 CD-ROM1枚 12cm

◇新・平家物語 13 吉川英治著 日本障害者リハビリテーション協会 1999.3 CD-ROM1枚 12cm

◇新・平家物語 15　吉川英治著　日本障害者リハビリテーション協会　1999.3　CD-ROM1枚　12cm

◇新・平家物語 16　吉川英治著　日本障害者リハビリテーション協会　1999.3　CD-ROM1枚　12cm

◇近代作家追悼文集成 38　吉川英治・飯田蛇笏・正宗白鳥・久保田万太郎　ゆまに書房　1999.2　340p　21cm　8000円　①4-89714-641-0

◇新書太閤記　吉川英治著，ウィリアム・S.ウィルソン訳　講談社インターナショナル　1998.12　221p　15cm　（講談社英語文庫148）　660円　①4-7700-2367-7

◇忠臣蔵コレクション 1　本伝篇　吉川英治，山手樹一郎，海音寺潮五郎，木村毅，舟橋聖一ほか著，縄田一男編　新装版　河出書房新社　1998.8　339p　15cm　（河出文庫）　680円　①4-309-47362-8

◇吉川英治集 — 大きな活字で読みやすい本　吉川英治著　リブリオ出版　1998.3　251p　22cm　（くらしっく時代小説 オールルビ版 第1巻）　①4-89784-657-9,4-89784-656-0

◇吉川英治 — 下駄の鳴る音　大野風太郎著　葉文館出版　1997.12　255p　20cm　1800円　①4-916067-76-2

◇江戸城心中　吉川英治著　講談社　1997.9　551p　15cm　（文庫コレクション）　1300円　①4-06-262101-0

◇寛永武鑑　本伝御前試合　吉川英治著　講談社　1997.9　332p　19cm　1800円　①4-06-208760-X

◇川柳・詩歌集 続　吉川英治〔著〕，吉川英治記念館編　吉川英治国民文化振興会　1997.9　106p　19cm

◇われ以外みなわが師 — 私の人生観　吉川英治著　学陽書房　1997.4　344p　15cm　（人物文庫）　660円　①4-313-75025-8

◇宮本武蔵 4　吉川英治著　講談社　1995.12　606p　21cm　3000円　①4-06-207848-1

◇宮本武蔵 3　吉川英治著　講談社　1995.11　592p　21cm　3000円　①4-06-207801-5

◇宮本武蔵 2　吉川英治著　講談社　1995.10　606p　21cm　3000円　①4-06-207762-0

◇宮本武蔵 1　吉川英治著　愛蔵決定版　講談社　1995.9　608p　21cm　3000円　①4-06-207707-8

◇貝殻一平 上　吉川英治著　講談社　1995.5　416p　15cm　820円　①4-06-262009-X

◇貝殻一平 下　吉川英治著　講談社　1995.5　392p　15cm　820円　①4-06-262010-3

◇吉川英治集　吉川英治著　三一書房　1994.10　679p　23×19cm　（少年小説大系 第15巻）　8800円　①4-380-94549-9

◇「新・平家物語」人形絵巻 — NHK人形スペクタクル「平家物語」より　吉川英治原作，川本喜八郎人形　日本放送出版協会　1994.7　251p　31cm　18447円　①4-14-009229-7

◇忠臣蔵コレクション 1（本伝篇）　吉川英治他著，縄田一男編　河出書房新社　1993.12　339p　15cm　（河出文庫）　700円　①4-309-40396-4

吉屋 信子
よしや のぶこ

明治29(1896).1.12〜昭和48(1973).7.11
小説家。大正6年から「少女画報」に連載された『花物語』で少女小説作家としてスタートし、8年『地の果まで』が新聞小説の懸賞に1等入選・連載ののち、大衆小説に転じた。以後半世紀にわたり第一人者として旺盛に活動し、『女の友情』『良人の貞操』『安宅家の人々』『徳川の夫人たち』『女人平家』など、多くの家庭小説、歴史小説を著した。純文学作品『鬼火』や『吉屋信子句集』もある。一貫してキリスト教的理想主義の影響を受けた女性肯定の立場から執筆し、特に女性読者から高い人気を得た。

『花物語』：大正6(1917)年〜昭和2(1927)年。花にちなんだ題を持つ短編連作。当時の良妻賢母主義を破り、少女期を女性の人生で最も美しい時代ととらえ、少女たちに熱狂的に支持された。日本の少女小説の代表的作品。

*　　　*　　　*

◇源氏物語 上　吉屋信子著　国書刊行会　2001.12　272p　19cm　1900円　①4-336-04391-4

◇源氏物語 中　吉屋信子著　国書刊行会　2001.12　278p　19cm　1900円　ⓈD4-336-04392-2

◇源氏物語 下　吉屋信子著　国書刊行会　2001.12　275p　19cm　1900円　ⓈD4-336-04393-0

◇海の極みまで　吉屋信子〔著〕　ゆまに書房　2000.11　520,8p　22cm　（近代女性作家精選集 29）　17500円　ⓈD4-8433-0191-4,4-8433-0186-8

◇三つの花　吉屋信子〔著〕　ゆまに書房　2000.11　300,6p　22cm　（近代女性作家精選集 30）　10000円　ⓈD4-8433-0192-2,4-8433-0186-8

◇私の雑記帳　吉屋信子〔著〕　ゆまに書房　2000.6　413p　22cm　（女性のみた近代 21）　14000円　ⓈD4-8433-0110-8

◇あの道この道　吉屋信子文，須藤しげる画　新装版　国書刊行会　2000.3　393p　20cm　2500円　ⓈD4-336-04249-7

◇ゆめはるか吉屋信子―秋灯机の上の幾山河　上　田辺聖子著　朝日新聞社　1999.9　582p　20cm　2200円　ⓈD4-02-257392-9

◇ゆめはるか吉屋信子―秋灯机の上の幾山河　下　田辺聖子著　朝日新聞社　1999.9　579p　20cm　2200円　ⓈD4-02-257393-7

◇良人の貞操 上　吉屋信子著　毎日新聞社　1999.7　284p　19cm　（毎日20世紀メモリアル図書館）　1600円　ⓈD4-620-51039-4

◇良人の貞操 下　吉屋信子著　毎日新聞社　1999.7　239p　19cm　（毎日メモリアル図書館）　1600円　ⓈD4-620-51040-8

◇吉屋信子―投書時代/逞しき童女　吉屋信子著，松本鶴雄編　日本図書センター　1998.4　281p　22cm　（シリーズ・人間図書館）　2600円　ⓈD4-8205-9510-5

◇二女流の児童文学―北川千代と吉屋信子　大河原宣明著　里岬　1997.9　84p　19cm　非売品

◇処女読本　吉屋信子著　大空社　1997.3　212p　22cm　（叢書女性論 35）　6311円　ⓈD4-7568-0194-3

◇安宅家の人々　吉屋信子著　講談社　1995.11　397p　15cm　（大衆文学館）　800円　ⓈD4-06-262028-6

◇戦場の女流作家たち　高崎隆治著　論創社　1995.8　171p　19cm　2060円　ⓈD4-8460-0121-0

◇花物語 中　吉屋信子著，中原淳一画　新装版　国書刊行会　1995.2　354p　19cm　1900円　ⓈD4-336-03691-8

◇花物語 下　吉屋信子著，中原淳一画　新装版　国書刊行会　1995.2　312p10p　19cm　1900円　ⓈD4-336-03692-6

◇花物語 上　吉屋信子著，中原淳一画　新装版　国書刊行会　1995.1　343p　19cm　1900円　ⓈD4-336-03690-X

◇吉屋信子―隠れフェミニスト　駒尺喜美著　リブロポート　1994.12　278p　19cm　（シリーズ民間日本学者 39）　2000円　ⓈD4-8457-0954-6

若松 賤子
わかまつ しずこ

元治元(1864).3.1〜明治29(1896).2.10
　文学者、翻訳家。横浜で初のキリスト教主義による女子教育を掲げたミス・キダーの寄宿学校に学び、ただ一人の第1回高等科卒業生となる。母校で後輩の指導にたずさわり、明治女学校、「女学雑誌」を主宰する厳本善治と結婚。婦人の意識向上を願う文学観に基づき、百余篇におよぶ翻訳、随筆を執筆した。明治24年、バーネットの小説を訳した『小公子』では、候文ばかりだった当時、時代に先駆けて自然な言文一致体での翻訳を発表し、その後の小説の文体に大きな影響を与えた。

＊　　＊　　＊

◇明治の女流文学―翻訳編 第1巻　若松賤子集　川戸道昭，榊原貴教編　若松賤子〔訳〕　復刻版　五月書房　2000.7　290,4p　27cm　（明治文学復刻叢書）　28000円　ⓈD4-7727-0325-X

◇若松賤子創作童話全集　尾崎るみ編　久山社　1995.10　150p　21cm　（日本児童文化史叢書 4）　2200円　ⓈD4-906563-64-3

◇小公子　バアネット作，若松賤子訳　改版　岩波書店　1994.10　258p　15cm　（岩波文庫）　570円　ⓈD4-00-323311-5

詩

伊東 静雄
いとう しずお

明治39(1906).12.10〜昭和28(1933).3.12
詩人。京大在学中の昭和3年、御大礼記念児童映画脚本募集に『美しい朋輩達』で一等入選する。教員生活をしながら詩を書き、同人雑誌「呂」に発表する。昭和8年保田与重郎、田中克己にさそわれ「コギト」に参加し、萩原朔太郎らに認められる。10年「日本浪漫派」同人となる。同年第一詩集『わがひとに与ふる哀歌』、15年第二詩集『夏花』を刊行。ドイツロマン派の影響を受け、独特のリリシズム溢れる詩を発表した。以後、18年『春のいそぎ』、22年『反響』と4冊の詩集を刊行した。

＊　　＊　　＊

◇わがひとに与ふる哀歌―詩集　伊東静雄著　日本図書センター　2000.2　160p　20cm　2200円　①4-8205-2726-6
◇詩人　その生の軌跡―高村光太郎・釈迢空・浅野晃・伊東静雄・西垣脩　高橋渡著　土曜美術社出版販売　1999.2　237p　19cm（現代詩人論叢書）　2500円　①4-8120-0753-4
◇伊東静雄―詠唱の詩碑　溝口章著　土曜美術社出版販売　1998.8　213p　20cm（現代詩人論叢書　11）　2500円　①4-8120-0721-6
◇伊東静雄―詩集わがひとに与ふる哀歌/京都　伊東静雄著、久米依子編　日本図書センター　1998.4　244p　22cm（シリーズ・人間図書館）　2600円　①4-8205-9513-X
◇伊東静雄詩集　林富士馬編　小沢書店　1997.3　261p　19cm（小沢クラシックス「世界の詩」）　1442円　①4-7551-4078-1
◇近代作家追悼文集成　第35巻　伊東静雄・折口信夫・堀辰雄　ゆまに書房　1997.1　401p　22cm　8240円　①4-89714-108-7
◇伊東静雄　野村聡著　審美社　1996.6　188p　19cm　2575円　①4-7883-4076-3

◇林富士馬評論文学全集　林富士馬著　勉誠社　1995.4　616,16p　21cm　12360円　①4-585-05014-0
◇文学交友録　庄野潤三著　新潮社　1995.3　323p　19cm　1700円　①4-10-310608-5
◇詩人の夏―西脇順三郎と伊東静雄　城戸朱理著　矢立出版　1994.6　57p　26cm　800円　①4-946350-23-3

岩野 泡鳴
いわの ほうめい

明治6(1873).1.20〜大正9(1920).5.9
詩人、小説家、劇作家、評論家。明治34年詩集『露じも』を刊行。35年「明星」に参加。36年から43年にかけて「少年」に毎号少年詩を発表。39年評論『神秘的半獣主義』を発表し、42年小説『耽溺』を刊行。浪漫主義の詩人として出発し、のちに自然主義文学の作家となる。幅広く活躍し、ほかに詩集『闇の盃盤』、評論『悲痛の哲理』『古神道大義』、小説『発展』などの「泡鳴五部作」などの作品がある。自然主義作家としてはめずらしく思想的であったが、晩年は日本主義を唱道した。

＊　　＊　　＊

◇岩野泡鳴全集　第16巻　岩野美衛著、岩野泡鳴全集刊行会編　臨川書店　1997.7　443,33p　23cm　8800円　①4-653-02777-3,4-653-02761-7
◇岩野泡鳴全集　別巻　岩野美衛著、岩野泡鳴全集刊行会編　臨川書店　1997.4　543p　23cm　9000円　①4-653-03197-5,4-653-02761-7
◇岩野泡鳴全集　第15巻　岩野美衛著、岩野泡鳴全集刊行会編　臨川書店　1997.2　557p　23cm　9270円　①4-653-02776-5,4-653-02761-7
◇岩野泡鳴全集　第13巻　岩野美衛著、岩野泡鳴全集刊行会編　臨川書店　1996.12　554p　23cm　9270円　①4-653-02774-9,4-653-02761-7
◇岩野泡鳴全集　第12巻　紅野敏郎ほか編、岩野美衛著　臨川書店　1996.10　504p　23cm　8600円　①4-653-02773-0

◇岩野泡鳴全集 第11巻 紅野敏郎ほか編, 岩野美衛著 臨川書店 1996.8 501p 23cm 8600円 Ⓟ4-653-02772-2
◇岩野泡鳴全集 第14巻 紅野敏郎ほか編, 岩野美衛著 臨川書店 1996.6 517p 23cm 8900円 Ⓟ4-653-02775-7
◇岩野泡鳴全集 第10巻 岩野美衛著, 岩野泡鳴全集刊行会編 臨川書店 1996.4 474p 23cm 8652円 Ⓟ4-653-02771-4,4-653-02761-7
◇岩野泡鳴全集 第5巻 岩野美衛著, 岩野泡鳴全集刊行会編 臨川書店 1996.2 483p 23cm 8652円 Ⓟ4-653-02766-8,4-653-02761-7
◇岩野泡鳴全集 第7巻 岩野美衛著, 岩野泡鳴全集刊行会編 臨川書店 1995.12 447p 23cm 7931円 Ⓟ4-653-02768-4,4-653-02761-7
◇岩野泡鳴全集 第6巻 岩野美衛著, 岩野泡鳴全集刊行会編 臨川書店 1995.10 479p 23cm 8652円 Ⓟ4-653-02767-6,4-653-02761-7
◇岩野泡鳴全集 第9巻 岩野美衛著, 岩野泡鳴全集刊行会編 臨川書店 1995.8 489p 23cm 8961円 Ⓟ4-653-02770-6,4-653-02761-7
◇岩野泡鳴全集 第8巻 岩野美衛著 臨川書店 1995.6 534p 21cm 9476円 Ⓟ4-653-02769-2
◇岩野泡鳴全集 第4巻 岩野美衛著, 岩野泡鳴全集刊行会編 臨川書店 1995.4 524p 23cm 9167円 Ⓟ4-653-02765-X,4-653-02761-7
◇岩野泡鳴全集 第3巻 岩野泡鳴著 臨川書店 1995.2 579p 21cm 9785円 Ⓟ4-653-02764-1
◇岩野泡鳴全集 第1巻 岩野美衛著 臨川書店 1994.12 5126p 21cm 9476円 Ⓟ4-653-02762-5
◇岩野泡鳴全集 第2巻 岩野泡鳴著 臨川書店 1994.10 497p 21cm 8755円 Ⓟ4-653-02763-3
◇岩野泡鳴研究 鎌倉芳信著 有精堂出版 1994.6 261p 22cm 7725円 Ⓟ4-640-31050-1

上田 敏
うえだ びん

明治7(1874).10.30〜大正5(1916).7.9

詩人、評論家、英文学者。祖父、父ともに渡欧経験を持ち、母もアメリカに渡航したわが国最初の女子留学生だった。明治30年東大英文科を卒業。32年に最初の著書『耶蘇』を、38年には『海潮音』を出版している。40年には外遊の途に上がり、アメリカ、フランスなどをまわっている。西欧文学紹介の先頭に立ち、ヨーロッパ近代詩の名訳を行って新体詩に大きな影響を与えた。

『海潮音』：明治38(1905)年。訳詩集。フランス、ドイツ、イギリス、イタリア、プロヴァンスの高踏派・象徴派詩人29人の57編を翻訳したもので、満州に出征中の森鷗外に献ぜられた。詩壇にその詩風を一変させるほど甚大な影響を与えた。

＊　　＊　　＊

◇上田敏全訳詩集 上田敏〔著〕, 山内義雄, 矢野峰人編 岩波書店 1997.2 376p 16cm (岩波文庫 特装版)
◇日本文壇史 13 頽唐派の人たち 伊藤整著 講談社 1996.12 288,21p 15cm (講談社文芸文庫) 980円 Ⓟ4-06-196396-1
◇日本文壇史 9 日露戦後の新文学 伊藤整著 講談社 1996.4 250,23p 15cm (講談社文芸文庫) 980円 Ⓟ4-06-196364-3
◇上田敏全訳詩集 山内義雄, 矢野峰人編 岩波書店 1994.8 376p 19cm (ワイド版岩波文庫) 1200円 Ⓟ4-00-007143-2

川路 柳虹
かわじ りゅうこう

明治21(1888).7.9〜昭和34(1959).4.17

詩人、美術評論家。京都美術工芸学校を経て東京美術学校日本画科卒。京都在学中から詩作を初め、明治40年「詩人」9月号に「塵溜」その他の口語自由詩作品を発表し、全詩壇に衝撃を与え、43年にはこれらの作品を収めた詩集『路傍の花』を刊行した。大正期以降も『かな

たの空』(大正3年)などの詩集、評論集『作詩の新研究』など多くの著作を刊行し、また10年に「日本詩人」を創刊するなど、現代詩と現代美術の新しい展開に貢献した。

『塵溜』：明治40(1907)年。わが国最初の口語自由詩。詩集『路傍の花』に収録するにあたって、多少の改訂をほどこし『塵塚』と改題された。

　　　　＊　　　＊　　　＊

◇鸚鵡の唄　川路柳虹著　大空社　1996.9　190p　16cm　(叢書日本の童謡)　①4-7568-0305-9

蒲原 有明
かんばら ありあけ

明治8(1875).3.15～昭和27(1952).2.3
詩人。明治31年に長詩『夏のうしお』で詩壇に登場した。ロセッティの影響を強く受けた第2詩集の『独弦哀歌』(36年刊)は新体詩から近代詩への過程を結ぶ作品で、その幽玄な四六調は独弦調と呼ばれた。第3詩集『春鳥集』(38年刊)で明確に象徴詩を提唱・実作し、『有明集』(41年刊)で象徴的表現の独自の完成をみた。

『春鳥集』：明治38(1905)年。詩集。作品37編(うち訳詩3編)に自序を付す。わが国の詩壇に初めて近代象徴詩の理念を提出し、近代詩の展開と成熟に大きな役割を果たした。

北原 白秋
きたはら はくしゅう

明治18(1885).1.25～昭和17(1942).11.2
詩人、歌人。明治39年新詩社に入り「明星」に詩歌を発表、新進の第一人者と目された。40年末に新詩社を脱退、41年に木下杢太郎、吉井勇らと「パンの会」を結成し、自然主義に反抗する耽美主義文学運動を起こした。42年に「スバル」が創刊されるとそれに参加している。耽美派を代表する詩人・歌人として活躍したほか、児童文学雑誌「赤い鳥」の童謡面を担当し、生涯に1000編以上の童謡を作成し、また後進の育成に尽くした。

『邪宗門』：明治42(1909)年。詩集。39年から41年までの120編を収める。異国情緒と世紀末的な頽唐美に溢れた新鮮な感覚詩、官能詩を創始し、近代詩人としての白秋の史的位置を決定した作品。

　　　　＊　　　＊　　　＊

◇思ひ出―抒情小曲集　北原白秋著　日本図書センター　1999.10　353p　20cm　2800円　①4-8205-1997-2

◇北原白秋の都市計画論　新藤東洋男著　熊本出版文化会館　1999.7　227p　20cm　1500円　①4-915796-28-0

◇九州　音楽之友社　1999.7　119p　23×18cm　(先生のための音楽修学旅行シリーズ2)　1800円　①4-276-32201-4

◇北原白秋歌集　北原白秋〔著〕,高野公彦編　岩波書店　1999.5　358p　15cm　(岩波文庫)　660円　①4-00-310484-6

◇北原白秋詩集　北原白秋著　角川春樹事務所　1999.4　254p　16cm　(ハルキ文庫)　680円　①4-89456-511-0

◇白秋茂吉互選歌集　北原白秋, 斎藤茂吉著　石川書房　1999.3　146p　16cm　1000円

◇北原白秋詩集　北原白秋〔著〕　角川書店　1999.1　277p　15cm　(角川文庫)　540円　①4-04-112005-5

◇姦通の罪―白秋との情炎を問われて　金沢聖著　文芸社　1998.9　151p　20cm　1200円　①4-88737-149-7

◇わが心の詩人たち―藤村・白秋・朔太郎・達治　中村真一郎著　潮出版社　1998.7　410p　19cm　(潮ライブラリー)　1800円　①4-267-01501-5

◇白い秋―連作歌曲集　下　北原白秋詩・言葉, 杜こなて作曲　音楽之友社　1998.6　62p　27cm　1600円　①4-276-52642-6

◇白秋というひと　北原東代〔述〕, 富山県民生涯学習カレッジ編　富山県民生涯学習カレッジ　1998.3　72p　19cm　(県民カレッジ叢書72)

◇北原白秋再発見―白秋批判をめぐって　畑島喜久生著　リトル・ガリヴァー社　1997.8　214p　19cm　1500円　①4-7952-0359-8

◇白秋の水脈　北原東代著　春秋社　1997.7　251p　20cm　2500円　①4-393-44138-9

◇赤い鳥小鳥—北原白秋童謡詩歌集　北原白秋著，北川幸比古責任編集　岩崎書店　1997.6　102p　20cm　(美しい日本の詩歌 13)　1500円　④4-265-04053-5
◇北原白秋と児童自由詩運動　野口茂夫著　興英文化社　1997.5　469p　22cm
◇北原白秋の世界—その世紀末的詩境の考察　河村政敏著　至文堂　1997.4　356p　22cm　5400円　④4-7843-0184-4
◇漱石、賢治、啄木のひとり歩きの愉しみ　辻真先著　青春出版社　1997.3　221p　18cm　(プレイブックス)　834円　④4-413-01685-8
◇赤い鳥童謡集　北原白秋編　大空社　1997.3　13,357p　21cm　(叢書日本の童謡)　④4-7568-0306-7
◇まざあ・ぐうす—英国童謡集　北原白秋訳　大空社　1997.3　224,14p　20cm　(叢書日本の童謡)　④4-7568-0306-7
◇白秋詩抄　北原白秋作　岩波書店　1997.2　200p　16cm　(岩波文庫 特装版)
◇北原白秋歌集　木俣修編　小沢書店　1997.1　302p　19cm　(小沢クラシックス「世界の詩」)　1442円　④4-7551-4063-3
◇日本文壇史 13　頽唐派の人たち　伊藤整著　講談社　1996.12　288,21p　15cm　(講談社文芸文庫)　980円　④4-06-196396-1
◇愛ひびきあう—近代日本を奔った女たち　永畑道子著　筑摩書房　1996.11　219p　19cm　1648円　④4-480-81408-6
◇花咲爺さん—絵入童謡白秋童謡第5集　北原白秋著　大空社　1996.9　164p　20cm　(叢書日本の童謡)
◇北原白秋—生ひたちの記/雀と人間との愛　北原白秋著, 野山嘉正編　日本図書センター　1995.11　259p　22cm　(シリーズ・人間図書館)　2600円　④4-8205-9397-8
◇北原白秋文学逍遙　田島清司著　近代文芸社　1995.11　197p　20cm　1456円　④4-7733-4815-1
◇白秋愛唱歌集　北原白秋作, 藤田圭雄編　岩波書店　1995.11　280p　15cm　(岩波文庫)　670円　④4-00-310483-8
◇白秋片影　北原東代著　春秋社　1995.2　254p　20cm　2575円　④4-393-44133-8

◇北原白秋　横尾文子著　(福岡)西日本新聞社　1994.12　230p　19cm　(ふくおか人物誌 3)　1500円
◇黒桧—歌集　北原白秋著　短歌新聞社　1994.8　144p　15cm　(短歌新聞社文庫)　700円　④4-8039-0753-6
◇児童自由詩集成—鑑賞指導　白秋がえらんだ子どもの詩　北原白秋編著, 北原隆太郎, 関口安義編　久山社　1994.6　586p　23cm　(〈児童表現史〉叢書 3)　17510円
◇日本幼児詩集—白秋がえらんだ子どもの詩　北原白秋〔編著〕, 北原隆太郎, 関口安義編　久山社　1994.6　434,21p　21cm　(〈児童表現史〉叢書 2)　13390円
◇雲母集—歌集　北原白秋著　短歌新聞社　1994.5　122p　15cm　(短歌新聞社文庫)　700円　④4-8039-0738-2
◇桐の花—歌集　北原白秋著　短歌新聞社　1994.4　170p　15cm　(短歌新聞社文庫)　700円　④4-8039-0733-1
◇北原白秋研究—『ARS』『近代風景』など　杉本邦子著　明治書院　1994.2　367p　21cm　7800円　④4-625-46048-4
◇近代の詩人 5　北原白秋　中村真一郎編・解説　潮出版社　1993.8　615p　23cm　6500円　④4-267-01243-1
◇白秋全童謡集 5　北原白秋著　岩波書店　1993.2　266,110p　22cm　4500円　④4-00-003705-6
◇北原白秋童謡集　藤田圭雄編　弥生書房　1993.2　94p　18cm　(日本の童謡)　1300円　④4-8415-0667-5
◇白秋全童謡集 4　北原白秋著　岩波書店　1993.1　431p　22cm　4600円　④4-00-003704-8
◇白秋の食卓—柳川編　原達郎文　財界九州社　1993　267p　22cm　2800円

北村 透谷
きたむら とうこく

明治元(1868).11.16〜明治27(1894).5.16
詩人、評論家。15歳で自由民権運動に参加したが明治18年の大阪事件を気に運動を離れ、文学によって政治的理想を実現しようとした。20

年キリスト教に入信。長詩『楚囚之詩』(22年)、長編劇詩『蓬萊曲』(24年)や評論『内部生命論』(26年)などを発表、「文学界」誌上で浪漫主義の中心人物として活躍した。またキリスト教的平和運動組織日本平和会結成に参画し、その季刊誌「平和」を編集した。理想と現実の間に行き詰まり、疲労と困窮から躁鬱病の症状を示すようになり、27年に25歳の若さで自殺した。

『内部生命論』：明治26(1893)年。評論。実世界と想世界(精神世界)の対立の中で、想世界を選ぶべきものとした。そして内部生命こそ、この想世界を支える根幹であり、これを語ることが詩人・哲学者の任務であると主張した。

* * *

◇北村透谷　槇林滉二編　国書刊行会　1998.12　395p　22cm（日本文学研究大成）3900円　ⓘ4-336-03087-1

◇透谷と現代―21世紀へのアプローチ　桶谷秀昭, 平岡敏夫, 佐藤泰正編　翰林書房　1998.5　372p　20cm　4000円　ⓘ4-87737-043-9

◇北村透谷と人生相渉論争　佐藤善也著　近代文芸社　1998.4　260p　20cm　2200円　ⓘ4-7733-6290-1

◇近代化の中の文学者たち―その青春と実存　山口博著　愛育社　1998.4　279p　19cm　1800円　ⓘ4-7500-0205-4

◇北村透谷論―近代ナショナリズムの潮流の中で　尾西康充著　明治書院　1998.2　288p　22cm　7800円　ⓘ4-625-43076-3

◇近世・近代文学の形成と展開―継承と展開　7　山根巴, 横山邦治編　和泉書院　1997.11　234p　21cm（研究叢書）8000円　ⓘ4-87088-879-3

◇正統の垂直線―透谷・鑑三・近代　新保祐司著　構想社　1997.11　234p　20cm　2400円　ⓘ4-87574-063-8

◇透谷と多摩―幻境・文学研究散歩　小沢勝美著　法政大学多摩地域社会研究センター　1997.11　72p　21cm（法政大学多摩地域社会研究センターブックレット　1）

◇三絃の誘惑―近代日本精神史覚え書　樋口覚著　人文書院　1996.12　334p　19cm　2987円　ⓘ4-409-16076-1

◇近代日本の先駆的啓蒙家たち―福沢諭吉・植木枝盛・徳富蘇峰・北村透谷・田岡嶺雲　タグマーラ・パーブロブナ・ブガーエワ著, 亀井博訳　平和文化　1996.10　222p　21cm　3090円　ⓘ4-938585-61-8

◇孤蝶の夢―小説北村透谷　渥美饒児著　作品社　1996.1　219p　20cm　1942円　ⓘ4-87893-245-7

◇北村透谷と小田原事情―一点の花なかれよ　北村透谷没後百年祭実行委員会編　夢工房　1995.5　212p　19cm　1200円

◇北村透谷と多摩の人びと　町田市立自由民権資料館編　町田市教育委員会　1995.3　105p　21cm（民権ブックス　7号）

◇北村透谷研究評伝　平岡敏夫著　有精堂出版　1995.1　576p　19cm　7416円　ⓘ4-640-31056-0

◇北村透谷　桶谷秀昭著　筑摩書房　1994.10　295p　15cm（ちくま学芸文庫）980円　ⓘ4-480-08160-7

◇北村透谷論　桑原敬治著　学芸書林　1994.10　393p　19cm　3500円　ⓘ4-87517-009-2

◇北村透谷―彼方への夢　青木透著　丸善　1994.7　190p　18cm（丸善ライブラリー　128）640円　ⓘ4-621-05128-8

◇北村透谷―その創造的営為　佐藤善也著　翰林書房　1994.6　294p　20cm　3800円　ⓘ4-906424-43-0

◇双蝶―透谷の自殺　永畑道子著　藤原書店　1994.5　239p　20cm　1942円　ⓘ4-938661-93-4

◇透谷と近代日本　北村透谷研究会編　翰林書房　1994.5　433,4p　20cm　4800円　ⓘ4-906424-42-2

◇北村透谷　色川大吉著　東京大学出版会　1994.4　320p　19cm　2472円　ⓘ4-13-013017-X

◇北村透谷研究　第4　平岡敏夫著　有精堂出版　1993.4　520p　19cm　6200円　ⓘ4-640-31041-2

◇北村透谷　笹淵友一著　日本図書センター　1993.1　407,9p　22cm（近代作家研究叢書　122）7725円　ⓘ4-8205-9223-8

西条 八十
さいじょう やそ

明治25(1892).1.15～昭和45(1970).8.12
詩人、作詞家、フランス文学者。大正7年鈴木三重吉の「赤い鳥」創刊に参加、童謡『かなりあ』を発表。以後、北原白秋、野口雨情とならぶ大正期の代表的童謡詩人として、多くの童謡を発表した。8年第一詩集『砂金』、9年訳詩集『白孔雀』を刊行。また、作詞家としても活躍し、『東京行進曲』『東京音頭』『サーカスの唄』などがヒットした。日本詩人クラブ初代理事長など歴任。詩集に『砂金』『見知らぬ愛人』『蝋人形』『西条八十詩集』『美しき喪失』『黄菊の館』『一握の玻璃』、評論集に『アルチュール・ランボオ研究』など。

*　　　　*　　　　*

◇西条八十全集　第16巻　　随筆・小説　西条八十著　国書刊行会　2001.9　703p　22cm　8500円　⓪4-336-03316-1
◇西条八十全集　第3巻　詩 3　抒情詩　西条八十著　国書刊行会　2000.12　582p　22cm　8200円　⓪4-336-03303-X
◇西条八十全集　第13巻　詩論・詩話　西条八十著　国書刊行会　1999.9　715p　22cm　8500円　⓪4-336-03313-7
◇近代作家追悼文集成　41　　窪田空穂・壺井栄・広津和郎・伊藤整・西条八十　ゆまに書房　1999.2　329p　21cm　8000円　⓪4-89714-644-5
◇「かなりや」をつくった西条八十―父西条八十　西条嫩子著　ゆまに書房　1998.4　367p　22cm　（ヒューマンブックス）　3500円　⓪4-89714-267-9
◇西条八十―唄の自叙伝　西条八十著　日本図書センター　1997.6　208p　20cm　（人間の記録　29）　1800円　⓪4-8205-4270-2
◇西条八十全集 第4巻　詩 4 時局詩・少年詩　西条八十著　国書刊行会　1997.5　712p　22cm　8600円　⓪4-336-03304-8
◇西条八十全集 第10巻　歌謡・民謡 3　社歌・校歌　藤田圭雄〔ほか〕編　国書刊行会　1996.11　387p　22cm　7000円　⓪4-336-03310-2
◇世界童謡集　西条八十〔ほか〕編　フレア　1996.11　259,4p　16cm　（フレア文庫）　570円　⓪4-938943-04-2
◇少女純情詩集　西条八十著　大空社　1996.9　293p　16cm　（叢書日本の童謡）　⓪4-7568-0305-9
◇西条八十全集 9　歌謡・民謡 2　西条八十著　国書刊行会　1996.4　491p　21cm　7800円　⓪4-336-03309-9
◇西条八十全集 第5巻　訳詩　西条八十著　国書刊行会　1995.10　449p　21cm　7400円　⓪4-336-03305-6
◇西条八十全集 第11巻　童話　西条八十著　国書刊行会　1995.1　391p　21cm　7000円　⓪4-336-03311-0
◇西条八十全集 第7巻　童謡 2　西条八十著, 藤田圭雄〔ほか〕編　国書刊行会　1994.4　402p　22cm　7000円　⓪4-336-03307-2
◇西条八十全集 14　西条八十著　国書刊行会　1993.7　365p　21cm　6600円　⓪4-336-03314-5
◇西条八十全集 第12巻　藤田圭雄ほか編　国書刊行会　1993.4　558p　22cm　8200円　⓪4-336-03312-9

薄田 泣菫
すすきだ きゅうきん

明治10(1877).5.19～昭和20(1945).10.9
詩人、随筆家。岡山県に生まれた。中学中退後明治27年に上京し、漢学塾で数学や英語を教えつつ、上野図書館に通って内外の書物を読破した。30年に処女作『花密蔵難見』を発表、『公孫樹下にたちて』(35年)を世に問う頃には、藤村・晩翠時代の後を受けて、浪漫詩壇の中心人物となっていった。古語、廃語、時には造語を駆使した典雅華麗な詩風で古典文化への憧憬をうたった。

『白羊宮』：明治39(1906)年。詩集。64編を収録した明治詩壇中の名作。古語を多く用いて難解とされたが、その古典的詩風は後世の詩人に影響を与えた。

*　　　　*　　　　*

◇艸木虫魚　薄田泣菫著　岩波書店　1998.9　320p　15cm　（岩波文庫　31-031-3）　600円　Ⓘ4-00-310313-0

◇茶話　薄田泣菫著　岩波書店　1998.7　284p　15cm　（岩波文庫　31-031-2）　560円　Ⓘ4-00-310312-2

◇泣菫随筆　薄田泣菫著，谷沢永一，山野博史編　富山房　1993.4　334p　18cm　（富山房百科文庫　43）　1100円　Ⓘ4-572-00143-X

高村　光太郎
たかむら　こうたろう

明治16(1883).3.13～昭和31(1956).4.2
詩人、彫刻家。彫刻家・高村光雲の長男として東京に生まれる。明治39年米英仏に留学してロダンに傾倒、帰国後"パンの会"の中心メンバーとなって近代彫刻を制作。一方「スバル」同人となって詩作を始め、大正3年格調高い口語自由詩の詩集『道程』を刊行。12年頃から戦争詩を多く書き、詩集『大いなる日に』『記録』を刊行。16年妻・智恵子との愛の生活をうたった詩集『智恵子抄』を発表。戦後は戦時中の戦争協力の責任を感じ、岩手県太田村にこもり自炊生活をした。他に詩集『典型』、評論『緑色の太陽』『ロダンの言葉』『ロダン』などがある。

『智恵子抄』：昭和16(1941)年。詩集。妻との恋愛と夫婦愛を歌った詩集。妻・智恵子は画家だったが、結婚後精神に変調をきたし13年に病死した。智恵子をのびやかな自然の権化として詠っている。

*　　　*　　　*

◇道程　高村光太郎著　日本図書センター　1999.12　335p　20cm　2800円　Ⓘ4-8205-1861-5

◇高村光太郎書の深淵　高村光太郎〔作〕、北川太一著，高村規写真　二玄社　1999.11　198p　21cm　2000円　Ⓘ4-544-01150-7

◇智恵子抄の光と影　上杉省和著　大修館書店　1999.3　239p　20cm　2000円　Ⓘ4-469-22147-3

◇日記のお手本―自分史を刻もう　荒木経惟、梶井基次郎、大宅壮一、大宅歩、奥浩平ほか著　小学館　1999.3　238p　15cm　（小学館文庫）　514円　Ⓘ4-09-403041-7

◇智恵子抄―詩集　高村光太郎著　日本図書センター　1999.3　176p　20cm　2500円　Ⓘ4-8205-2721-5

◇詩人　その生の軌跡―高村光太郎・釈迢空・浅野晃・伊東静雄・西垣脩　高橋渡著　土曜美術社出版販売　1999.2　237p　19cm　（現代詩人論叢書）　2500円　Ⓘ4-8120-0753-4

◇智恵子抄　高村光太郎〔著〕、中村稔編　角川書店　1999.1　260p　15cm　（角川文庫）　540円　Ⓘ4-04-116404-4

◇高村光太郎全集　別巻　高村光太郎〔著〕　筑摩書房　1998.4　431,192p　20cm　7800円　Ⓘ4-480-70242-3

◇「高村光太郎智恵子」展―光太郎の彫刻智恵子の紙絵を中心として　高村光太郎・智恵子〔作〕、碌山美術館編　碌山美術館　1998　89p　28cm

◇高村光太郎美に生きる　高村光太郎作品・詩文、北川太一編，高村規撮影　二玄社　1997.12　115,12p　24cm　2800円　Ⓘ4-544-02073-5

◇智恵子飛ぶ　津村節子著　講談社　1997.9　301p　20cm　1700円　Ⓘ4-06-208780-4

◇逆光の智恵子抄―愛の伝説に封印された発狂の真実　黒沢亜里子著　学陽書房　1997.3　254p　15cm　（女性文庫　く2-1）　660円　Ⓘ4-313-72037-5

◇高村光太郎詩集　高村光太郎作　岩波書店　1997.2　238p　16cm　（岩波文庫　特装版）

◇智恵子その愛と美　高村智恵子紙絵, 高村光太郎詩・書、北川太一編　二玄社　1997.1　95p　24cm　2266円　Ⓘ4-544-02068-9

◇日本文壇史　13　頽唐派の人たち　伊藤整著　講談社　1996.12　288,21p　15cm　（講談社文芸文庫）　980円　Ⓘ4-06-196396-1

◇高村光太郎全集　第21巻　高村光太郎著　筑摩書房　1996.11　621,12p　20cm　6700円　Ⓘ4-480-70241-5

◇驚きももの木20世紀―作家、その愛と死の秘密　ブックマン社　1996.10　233p　19cm　1500円　Ⓘ4-89308-296-5

◇高村光太郎全集　第20巻　高村光太郎著　筑摩書房　1996.7　560p　20cm　6019円　Ⓘ4-480-70240-7

◇高村光太郎全集 第19巻　高村光太郎著　筑摩書房　1996.5　500p　20cm　5825円　ⓘ4-480-70239-3

◇恋文―画集・智恵子抄　高村智恵子, 高村光太郎絵・詩　講談社　1996.5　55p　18×20cm　1500円　ⓘ4-06-208063-X

◇高村光太郎全集 第18巻　高村光太郎著　増補版　筑摩書房　1996.3　452p　20cm　5800円　ⓘ4-480-70238-5

◇高村光太郎論―典型的日本人の詩と真実　堀江信男著　おうふう　1996.2　373p　22cm　18000円　ⓘ4-273-02905-7

◇米国大統領への手紙　平川祐弘著　新潮社　1996.2　307p　20cm　1800円　ⓘ4-10-317906-6

◇高村光太郎全集 第17巻　高村光太郎著　増補版　筑摩書房　1996.2　473p　20cm　5800円　ⓘ4-480-70237-7

◇高村光太郎全集 第16巻　高村光太郎著　増補版　筑摩書房　1996.1　378p　20cm　5800円　ⓘ4-480-70236-9

◇高村光太郎全集 第15巻　高村光太郎著　増補版　筑摩書房　1995.12　433p　20cm　5800円　ⓘ4-480-70235-0

◇高村光太郎全集 第14巻　高村光太郎著　増補版　筑摩書房　1995.11　444p　19cm　5800円　ⓘ4-480-70234-2

◇高村光太郎全集 第13巻　高村光太郎著　増補版　筑摩書房　1995.10　615p　20cm　5800円　ⓘ4-480-70233-4

◇愛に生きて―智恵子と光太郎　伊藤昭著　歴史春秋出版　1995.9　172p　19cm　1360円　ⓘ4-89757-332-7

◇高村光太郎全集 第12巻　高村光太郎著　増補版　筑摩書房　1995.9　469p　20cm　5800円　ⓘ4-480-70232-6

◇高村光太郎全集 第11巻　高村光太郎著　増補版　筑摩書房　1995.8　447p　20cm　5800円　ⓘ4-480-70231-8

◇光太郎と智恵子　北川太一〔ほか〕著　新潮社　1995.7　111p　22cm　（とんぼの本）　1400円　ⓘ4-10-602038-6

◇高村光太郎全集 第10巻　高村光太郎著　増補版　筑摩書房　1995.7　383p　20cm　5800円　ⓘ4-480-70230-X

◇高村光太郎全集 第9巻　高村光太郎著　増補版　筑摩書房　1995.6　399p　19cm　5800円　ⓘ4-480-70229-6

◇高村光太郎全集 第8巻　高村光太郎著　増補版　筑摩書房　1995.5　427p　19cm　5800円　ⓘ4-480-70228-8

◇高村光太郎全集 第7巻　高村光太郎著　増補決定版　筑摩書房　1995.4　380p　19cm　5800円　ⓘ4-480-70227-X

◇智恵子抄アルバム　高村光太郎〔著〕, 高村規写真　芳賀書店　1995.3　175p　26cm　（「芸術…夢紀行」…シリーズ　1）　3260円　ⓘ4-8261-0901-6

◇高村光太郎全集 第6巻　高村光太郎著　増補版　筑摩書房　1995.3　374p　20cm　5800円　ⓘ4-480-70226-1

◇高村光太郎全集 第5巻　高村光太郎著　増補版　筑摩書房　1995.2　388p　20cm　5800円　ⓘ4-480-70225-3

◇高村光太郎全集 第4巻　高村光太郎著　増補版　筑摩書房　1995.1　368p　19cm　5800円　ⓘ4-480-70224-5

◇高村光太郎全集 第3巻　高村光太郎著　増補版　筑摩書房　1994.12　472p　19cm　5800円　ⓘ4-480-70223-7

◇高村光太郎全集 第2巻　高村光太郎著　増補版　筑摩書房　1994.11　380p　19cm　5800円　ⓘ4-480-70222-9

◇高村光太郎―暗愚小伝/青春の日/山の人々　高村光太郎著, 北川太一編　日本図書センター　1994.10　295p　22cm　（シリーズ・人間図書館）　2600円　ⓘ4-8205-8010-8

◇高村光太郎全集 第1巻　高村光太郎著　筑摩書房　1994.10　441p　19cm　5800円　ⓘ4-480-70221-0

◇うたの心に生きた人々　茨木のり子著　筑摩書房　1994.9　295p　15cm　（ちくま文庫）　740円　ⓘ4-480-02879-X

◇新編 智恵子抄　高村光太郎著　ノーベル書房　1994.4　261p　26cm　5600円

◇高村光太郎のパリ・ロンドン　請川利夫, 野末明著　新典社　1993.10　270p　19cm　（新典社選書　7）　2800円　ⓘ4-7879-6757-6

◇光太郎覚書　高原村夫著　創栄出版　1993.8　120p　20cm　1200円　ⓘ4-88250-349-2

◇愛に生きて―智恵子と光太郎　伊藤昭著　近代文芸社　1993.7　96p　19cm　1500円　ⓘ4-7733-1959-3

◇高村光太郎の生　井田康子著　教育出版センター　1993.7　561p　22cm　(研究選書　56)　5500円　ⓘ4-7632-1531-0

立原 道造
たちはら みちぞう

大正3(1914).7.30～昭和14(1939).3.29

詩人。一高在学中から短歌や小説を書き、昭和7年から詩作をはじめ、手製の詩集『さふらん』を作った。9年東京帝国大学に入学し、同人雑誌『偽画』を創刊、小説『間奏曲』を発表。「四季」にも詩を発表し、10年「未青年」を創刊。12年卒業し、建築士として石本建築事務所に勤務のかたわら、5月に第一詩集『萱草に寄す』を、12月に『暁と夕の詩』を刊行。ドイツロマン派やフランス象徴派の影響を受けた清新・典雅な叙事詩を残した。

『萱草に寄す』：昭和12(1937)年。詩集。10編の詩を収録。少女との初恋とその喪失を物語的に構成した。ソネット形式の詩に音楽性を託し、新しい抒情を目指した。

　　　　＊　　＊　　＊

◇散歩詩集―立原道造作品　立原道造著　復刻版　立原道造記念館　2001.7　絵はがき10枚　15×10cm

◇立原道造と堀辰雄―往復書簡を中心として　立原道造、堀辰雄〔著〕、立原道造記念館研究資料室編　立原道造記念館　2000.3　137p　30cm　(Hyacinth edition　no.8)　ⓘ4-925086-07-3

◇萱草に寄す―詩集　立原道造著　日本図書センター　1999.11　200p　20cm　2200円　ⓘ4-8205-1860-7

◇優しき歌―立原道造詩集　立原道造〔著〕　角川書店　1999.1　283p　15cm　(角川文庫)　540円　ⓘ4-04-117203-9

◇夢みたものは…―立原道造詩画　立原道造著, 立原えりか編　講談社　1997.4　53p　18×20cm　1456円+税　ⓘ4-06-266355-4

◇立原道造詩集　郷原宏編　小沢書店　1997.2　250p　19cm　(小沢クラシックス「世界の詩」)　1442円　ⓘ4-7551-4080-3

◇長野県文学全集　第4期(詩歌編)第1巻　詩編　1　腰原哲朗ほか編集　立原道造ほか著　郷土出版社　1996.11　404p　20cm　(ふるさと名作の旅)

◇異空間　軽井沢―堀辰雄と若き詩人たち　堀井正三著　オフィス・エム　1996.5　85p　21cm　(みみずく叢書)　500円　ⓘ4-900918-04-0

◇近・現代詩苑逍遙　山本捨三著　おうふう　1996.5　269p　21cm　4800円　ⓘ4-273-02920-0

土井 晩翠
どい ばんすい

明治4(1871).10.23～昭和27(1952).10.19

詩人、英文学者。明治27年東大英文科に入学し、在学中から「帝国文学」に作品を発表した。32年に第一詩集『天地有情』を刊行し、30年代初めに島崎藤村とともに称揚された。漢語調で男性的・叙事詩的な詩風は、和語をもって抒情を詠んだ藤村の詩風と好対照をなす。ホメロスの詩の原典訳や、『荒城の月』を作詞したことでも知られる。

『天地有情』：明治32(1899)年。詩集。作品40編、訳文5編に序、例言を冠して出版された。収録作品中『星落秋風五丈原』は三国志に材を採ったもので、晩翠の代表作として知られる。

　　　　＊　　＊　　＊

◇晩翠詩抄　土井晩翠作　岩波書店　2000.12　298p　15cm　(岩波文庫)　600円　ⓘ4-00-310201-0

◇近代文学研究叢書　72　昭和女子大学近代文学研究室著　昭和女子大学近代文化研究所　1997.4　321p　19cm　5000円　ⓘ4-7862-0072-7

◇近代作家追悼文集成　第34巻　久米正雄・斎藤茂吉・土井晩翠　ゆまに書房　1997.1　384p　22cm　8240円　ⓘ4-89714-107-9

中原 中也
なかはら ちゅうや

明治40(1907).4.29～昭和12(1937).10.22
詩人。『ダダイスト新吉の歌』に出会い、ダダの詩を書き始める。富永太郎と親交を結び、フランス象徴派の詩人ボードレールやランボーを学ぶ。昭和3年初作品の代表作『朝の歌』を発表。4年河上徹太郎、大岡昇平らと同人誌「白痴群」を創刊し、『寒い夜の自画像』などを発表。9年第一詩集『山羊の歌』を刊行。10年「歴程」「四季」同人となる。11年11月長男文也を失ってから神経衰弱が高じ翌年1月病院へ。さらに10月結核性脳膜炎を発病し、30歳の若さで死亡。没後の13年第二詩集『在りし日の歌』が刊行された。古風な格調の中に近代的哀愁をたたえた詩風により、昭和期の代表的詩人として評価されている。

『山羊の歌』:昭和9(1934)年。詩集。近代的自意識による憂鬱をふまえた折々の感情を、リリシズムあふれる美しい韻律で歌い上げた。

　　　　*　　　*　　　*

◇また来ん春… 中原中也詩, 清宮質文画 玲風書房 2002.2 1冊 27×23cm 2400円 ①4-947666-18-8

◇新編中原中也全集 第2巻 詩 2 中原中也著, 大岡昇平〔ほか〕編 角川書店 2001.4 2冊 19cm 全8500円 ①4-04-574002-3

◇新編中原中也全集 第3巻〔1〕 翻訳本文篇 大岡昇平ほか編, 中原中也著 角川書店 2000.6 522p 19cm

◇新編中原中也全集 第3巻〔2〕 翻訳解題篇 大岡昇平ほか編, 中原中也著 角川書店 2000.6 401p 19cm

◇汚れつちまった悲しみに・ゆきてかへらぬ 中原中也著 小学館 2000.5 281p 15cm (小学館文庫) 638円 ①4-09-404105-2

◇中原中也詩集 中原中也〔著〕, 吉田〔ヒロ〕生編 新潮社 2000.4 341p 16cm (新潮文庫) 476円 ①4-10-129021-0

◇新編中原中也全集 第1巻〔1〕 詩 1 本文篇 大岡昇平ほか編, 中原中也著 角川書店 2000.3 426p 19cm

◇新編中原中也全集 第1巻〔2〕 詩 1 解題篇 大岡昇平ほか編, 中原中也著 角川書店 2000.3 471p 19cm

◇中原中也の手紙 中原中也〔著〕, 安原喜弘編著 青土社 2000.2 268p 20cm 1900円 ①4-7917-5790-4

◇山羊の歌 中原中也著 日本図書センター 1999.9 166p 20cm 2200円 ①4-8205-1995-6

◇汚れっちまった悲しみに… 中原中也〔著〕, 石井昭影絵 新日本教育図書 1998.8 1冊(頁付なし) 25cm (影絵ものがたりシリーズ 4) 1200円 ①4-88024-198-9

◇中原中也論 大井康暢著 土曜美術社出版販売 1998.7 481p 20cm 4000円 ①4-8120-0717-8

◇私(わたし)の上に降る雪は―わが子中原中也を語る 中原フク述, 村上護編 講談社 1998.6 300p 16cm (講談社文芸文庫 なL1) 1200円 ①4-06-197620-6

◇中原中也詩集 中原中也著 角川春樹事務所 1998.3 253p 16cm (ハルキ文庫 な2-1) 440円 ①4-89456-388-6

◇風呂で読む中原中也 〔中原中也〕〔著〕, 阿毛久芳著 世界思想社 1998.1 104p 19cm 951円 ①4-7907-0687-7

◇近代の詩精神 飛高隆夫著 翰林書房 1997.10 290p 19cm 3800円 ①4-87737-031-5

◇中原中也の恋の歌 中原中也〔著〕, 佐々木幹郎編 角川書店 1997.10 125p 12cm (角川mini文庫) 200円 ①4-04-700193-7

◇在りし日の歌―中原中也詩集 中原中也〔著〕, 佐々木幹郎編 角川書店 1997.6 252p 15cm (角川文庫) 440円 ①4-04-117103-2

◇山羊の歌―中原中也詩集 中原中也著, 佐々木幹郎編 角川書店 1997.6 252p 15cm (角川文庫) 440円 ①4-04-117102-4

◇中原中也―耕二のこと/山羊の歌(抄) 中原中也著, 吉田熈生編 日本図書センター 1997.4 304p 22cm (シリーズ・人間図書館) 2600円 ①4-8205-9496-6

◇作家の自伝 54 中原中也 佐伯彰一, 松本健一監修 中原中也著, 吉田熈生編解説

◇日本図書センター 1997.4 304p 22cm （シリーズ・人間図書館） 2600円 Ⓟ4-8205-9496-6,4-8205-9482-6

◇中原中也―耕二のこと／山羊の歌(抄) 中原中也著, 吉田凞生編 日本図書センター 1997.4 304p 22cm （シリーズ・人間図書館） 2600円 Ⓟ4-8205-9496-6

◇中原中也詩集 中原中也〔著〕, 大岡昇平編 岩波書店 1997.2 509p 16cm （岩波文庫特装版）

◇よごれっちまったかなしみに… なかはらちゅうやさく こうげつしゃ 1996.11 78p 19cm （ひらがなぶんこ 6） 480円 Ⓟ4-906358-06-3

◇天才、生い立ちの病跡学―甘えと不安の精神分析 福島章著 講談社 1996.9 395p 15cm （講談社プラスアルファ文庫） 880円 Ⓟ4-06-256162-X

◇評伝 中原中也 吉田凞生著 講談社 1996.5 313p 15cm （講談社文芸文庫） 980円 Ⓟ4-06-196371-6

◇中原中也―生と身体の感覚 吉竹博著 新曜社 1996.3 277p 20cm 2266円 Ⓟ4-7885-0552-5

◇中原中也―いのちの声 樋口覚著 講談社 1996.2 266p 19cm （講談社選書メチエ） 1500円 Ⓟ4-06-258068-3

◇中原中也の詩と生活 太田静一著 鳥影社 1995.7 186p 19cm 1800円 Ⓟ4-7952-7588-2

◇評論 5 中原中也 大岡昇平著 筑摩書房 1995.1 748p 21cm （大岡昇平全集 18） 8000円 Ⓟ4-480-70278-4

◇中原中也 佐々木幹郎著 筑摩書房 1994.11 305p 15cm （ちくま学芸文庫 サ6-1） 971円 Ⓟ4-480-08162-3

◇三人の跫音―大岡昇平・富永太郎・中原中也 樋口覚著 五柳書院 1994.2 174p 20cm （五柳叢書 40） 1700円 Ⓟ4-906010-61-X

◇中原中也の世界 北川透著 紀伊国屋書店 1994.1 213p 20cm （精選復刻紀伊国屋新書） 1800円 Ⓟ4-314-00635-8

◇中原中也詩集 河上徹太郎編 埼玉福祉会 1993.10 427p 22cm （大活字本シリーズ） 3811円

◇中原中也の詩 吉田凞生述, 愛知県教育サービスセンター編 第一法規出版東海支社 1993.3 28p 21cm （県民大学叢書 35） 250円

◇中原中也 青木健編著 河出書房新社 1993.1 207p 21cm （年表作家読本） 1800円 Ⓟ4-309-70054-3

萩原 朔太郎
はぎわら さくたろう

明治19(1886).11.1～昭和17(1942).5.11
詩人。大正2年北原白秋、室生犀星を知り、4年犀星、山村暮鳥と「卓上噴水」、5年「感情」を創刊。6年『月に吠える』を刊行し、地位を確立、同時に評論も書き始める。憂愁と虚無、孤高の独自のスタイルで未踏の境地を開き、日本近代詩(現代詩)の創始者といわれ、後の詩に多大な影響を与えた。詩作は他に、『青猫』『純情小曲集』『氷島』『宿命』などがあり、評論・随筆面でも『詩の原理』『郷愁の詩人与謝蕪村』『帰郷者』『日本への回帰』、アフォリズム集『新しき欲情』『虚妄の正義』などがある。

『月に吠える』：大正6(1917)年。詩集。近代人の暗い想念や孤独の心情を、鋭い感覚と柔軟なリズムで綴った。象徴詩の手法をとりいれ、口語自由詩に新しいスタイルを打ち立てた。

＊　　＊　　＊

◇月に吠える―詩集 萩原朔太郎著 日本図書センター 1999.10 286p 20cm 2800円 Ⓟ4-8205-1996-4

◇萩原朔太郎詩集 萩原朔太郎著 角川春樹事務所 1999.10 255p 16cm （ハルキ文庫） 760円 Ⓟ4-89456-565-X

◇群馬文学全集 第5巻 萩原朔太郎 伊藤信吉監修 〔萩原朔太郎〕〔著〕, 那珂太郎編 群馬県立土屋文明記念文学館 1999.3 487p 22cm

◇月に吠える―萩原朔太郎詩集 萩原朔太郎〔著〕 角川書店 1999.1 276p 15cm （角川文庫） 540円 Ⓟ4-04-112106-X

◇大正流亡 堀切直人著 沖積舎 1998.11 222p 19cm 3000円 Ⓟ4-8060-4634-5

◇わが心の詩人たち―藤村・白秋・朔太郎・達治　中村真一郎著　潮出版社　1998.7　410p　19cm　（潮ライブラリー）　1800円　⑤4-267-01501-5
◇萩原朔太郎―詩人の思想史　渡辺和靖著　ぺりかん社　1998.4　344,10p　20cm　3200円　⑤4-8315-0838-1
◇萩原朔太郎―詩の光芒　坂根俊英著　渓水社　1997.12　277p　21cm　2800円　⑤4-87440-472-3
◇猫町　萩原朔太郎作, 金井田英津子画　パロル舎　1997.9　86p　22cm　2300円　⑤4-89419-167-9
◇悲しい月夜―萩原朔太郎詩集　萩原朔太郎著, 北川幸比古責任編集　岩崎書店　1997.6　102p　20cm　（美しい日本の詩歌　14）　1500円　⑤4-265-04054-3
◇作家の自伝 47　萩原朔太郎　佐伯彰一, 松本健一監修　萩原朔太郎著, 国生雅子編解説　日本図書センター　1997.4　299p　22cm　（シリーズ・人間図書館）　2600円　⑤4-8205-9489-3, 4-8205-9482-6
◇萩原朔太郎詩集　萩原朔太郎〔著〕, 三好達治選　岩波書店　1997.2　476p　16cm　（岩波文庫　特装版）
◇近・現代詩苑逍遙　山本捨三著　おうふう　1996.5　269p　21cm　4800円　⑤4-273-02920-0
◇猫町　萩原朔太郎著, 市川曜子挿画　透土社, 丸善〔発売〕　1996.1　49p　19cm　1700円　⑤4-924828-41-6
◇朔太郎と私―現代人に息づく詩人像　水と緑と詩のまち前橋文学館編　水と緑と詩のまち前橋文学館　1995.7　215p　22cm　1500円
◇猫町―他十七篇　萩原朔太郎作, 清岡卓行編　岩波書店　1995.5　163p　15cm　（岩波文庫）　410円　⑤4-00-310623-7
◇萩原朔太郎〈言語革命〉論　北川透著　筑摩書房　1995.3　281p　20cm　2600円　⑤4-480-82315-8
◇のすたるぢや―詩人が撮ったもうひとつの原風景萩原朔太郎写真作品　萩原朔太郎写真・詩　新潮社　1994.10　93p　20cm　（フォト・ミュゼ）　1553円　⑤4-10-602403-9

◇萩原朔太郎　田村圭司編　国書刊行会　1994.5　388p　22cm　（日本文学研究大成）　3900円　⑤4-336-03089-8
◇萩原朔太郎　大岡信著　筑摩書房　1994.4　291p　15cm　（ちくま学芸文庫）　900円　⑤4-480-08126-7
◇萩原朔太郎―入門・テキスト　嶋岡晨編　飯塚書店　1994.4　142p　21cm　1500円　⑤4-7522-0157-7
◇萩原朔太郎の人生読本　萩原朔太郎著, 辻野久憲編　筑摩書房　1994.4　375p　15cm　（ちくま文庫）　800円　⑤4-480-02858-7
◇虚妄の正義　萩原朔太郎〔著〕　講談社　1994.1　329p　16cm　（講談社文芸文庫）　980円　⑤4-06-196257-4
◇エレナ!―萩原朔太郎「郷土望景詩」幻想　司修著　小沢書店　1993.12　140p　21cm　3000円
◇帰郷者　萩原朔太郎著　中央公論社　1993.8　254p　16cm　（中公文庫）　480円　⑤4-12-202022-0
◇青猫―萩原朔太郎詩集　萩原朔太郎著　集英社　1993.4　248p　16cm　（集英社文庫）　380円　⑤4-08-752040-4
◇北原白秋　萩原朔太郎―比較研究対応詩集詩誌等の検証　宮本一宏著　櫂歌書房　1993.3　157,7p　21cm　1745円　⑤4-924527-16-5
◇萩原朔太郎　磯田光一著　講談社　1993.1　414p　15cm　（講談社文芸文庫）　1200円　⑤4-06-196206-X

堀口 大学
ほりぐち　だいがく

明治25(1892).1.8〜昭和56(1981).3.15
詩人、フランス文学者、翻訳家。新詩社に参加し、与謝野鉄幹に師事する。その間、第一詩集『月光とピエロ』を8年に刊行する一方、7年に訳詩集『昨日の花』を刊行し、14年には大規模なフランス詩の訳詩集『月下の一群』を刊行、昭和の口語詩の方向を決定づけた。翻訳は詩ばかりでなく、ポール・モーランの『夜ひらく』などの小説も多い。また、雑誌「パンテオン」「オルフェオン」を編集し後進を育てた。自作には『新しき小径』『人間の歌』『夕の虹』『月

かげの虹』などの詩集のほか、『パンの笛』などの歌集もある。54年に文化勲賞を受賞した。

　　　　＊　　　＊　　　＊

◇堀口大学「婀娜の魚沼びと」考　松本和男著　松本和男　1996.8　68p　23cm

◇ヴェルレーヌ詩集　ヴェルレーヌ〔著〕,堀口大学訳　小沢書店　1996.7　309p　19cm　（世界詩人選　05）　1650円　Ⓘ4-7551-4055-2

◇月下の一群　堀口大学〔著〕　講談社　1996.2　650p　16cm　（講談社文芸文庫）　1600円　Ⓘ4-06-196359-7

◇詩人堀口大学　松本和男著　白鳳社　1996.1　520p　20cm　5000円　Ⓘ4-8262-0083-8

◇恋のない日―男声合唱曲集　堀口大学,谷川俊太郎詩,木下牧子作曲　音楽之友社　1994.12　42p　27cm　（若いひとたちのためのオリジナル・コーラス）　1400円　Ⓘ4-276-54865-9

◇エッフェル塔の花嫁花婿　ジャン・コクトー著,堀口大学訳　求竜堂　1994.6　81p　26cm　1942円　Ⓘ4-7630-9414-9

◇わが魂の告白　ジャン・コクトー著,堀口大学訳　求竜堂　1994.5　105p　26cm　2330円　Ⓘ4-7630-9413-0

◇阿片　ジャン・コクトー著,堀口大学訳　求竜堂　1994.4　155p　26cm　2524円　Ⓘ4-7630-9412-2

◇幸福のパン種―堀口大学詩集　堀口大学〔著〕,堀口すみれ子編　かまくら春秋社　1993.3　135p　19cm　1400円　Ⓘ4-7740-0006-X

宮沢 賢治
みやざわ けんじ

明治29（1896）.8.27〜昭和8（1933）.9.21

詩人、童話作家。大正13年詩集『春と修羅』、童話集『注文の多い料理店』を自費出版。15年羅須地人協会を設立し、若い農民に農学や芸術論を講義。多くの童話、詩、短歌、評論を残したが、ほとんど認められることなく37歳で夭折。没後、人間愛、科学的な宇宙感覚にあふれた独自の作風で、次第に多くの読者を獲得した。6年11月の手帳に記された「雨ニモマケズ」は有名。他の童話集に『風の又三郎』『銀河鉄道の夜』『セロ弾きのゴーシュ』『オツベルと象』『どんぐりと山猫』『よだかの星』『グスコーブドリの伝記』などがある。

『銀河鉄道の夜』：昭和2（1927）年。長編童話。ジョバンニとカムパネルラという2人の少年が銀河鉄道の列車に乗って旅にでる。現実と幻想、宗教と科学と芸術が溶けあった他に類をみない作品。

　　　　＊　　　＊　　　＊

◇あまの川―宮沢賢治童謡集　宮沢賢治著, 天沢退二郎編, おーなり由子絵　筑摩書房　2001.7　132p　18cm　1300円　Ⓘ4-480-80361-0

◇ポラーノの広場　宮沢賢治作,小林敏也画　パロル舎　2001.5　95p　21cm　2000円　Ⓘ4-89419-238-1

◇宮沢賢治万華鏡　宮沢賢治著,天沢退二郎編　新潮社　2001.4　477p　16cm　（新潮文庫）　667円　Ⓘ4-10-109209-5

◇銀河鉄道の夜　宮沢賢治作　岩波書店　2000.12　233p　18cm　（岩波少年文庫）　680円　Ⓘ4-00-114012-8

◇銀河鉄道の夜　宮沢賢治作,田原田鶴子絵　偕成社　2000.11　101p　26cm　（宮沢賢治童話傑作選）　1800円　Ⓘ4-03-972030-X

◇風の又三郎　宮沢賢治作　岩波書店　2000.11　240p　18cm　（岩波少年文庫）　680円　Ⓘ4-00-114011-X

◇賢治の音楽室―宮沢賢治、作詞作曲の全作品＋詩と童話の朗読　宮沢賢治,林光,吉増剛造著　小学館　2000.11　102p　22cm　3700円　Ⓘ4-09-386104-8

◇やまなし―国語 六年　宮沢賢治〔作〕,授業研究の会編　一茎書房　2000.8　106p　20cm　（自ら学び自ら考える授業シリーズ　1）　9800円　Ⓘ4-87074-114-8

◇よだかの星　宮沢賢治原作、カレン・コリガン・テーラー訳　国際言語文化振興財団,サンマーク〔発売〕　2000.8　1冊　21×21cm　（英語版 宮沢賢治絵童話集　10）　1500円　Ⓘ4-7631-2320-3

◇EL MESON CON MUCHOS PEDIDOS　宮沢賢治著　Luna Books,現代企画室

〔発売〕 2000.8 155p 21cm 2500円
①4-7738-0004-6
◇The telegraph poles on a moonlit night―月夜のでんしんばしら 二階堂ひろみイラスト, 宮沢賢治原作, サラ・ストロング訳 国際言語文化振興財団 2000.8 1冊(ページ付なし) 21×21cm (英語版宮沢賢治絵童話集 9) 1500円 ①4-7631-2319-X
◇The nighthawk star―よだかの星 井堂雅夫イラスト, 宮沢賢治原作, カレン・コリガン・テーラー訳 国際言語文化振興財団 2000.8 1冊(ページ付なし) 21×21cm (英語版宮沢賢治絵童話集 10) 1500円 ①4-7631-2320-3
◇月夜のでんしんばしら 宮沢賢治著, Sarah M.Strong英訳, Hiromi Nikaido絵 国際言語文化振興財団,サンマーク〔発売〕 2000.7 1冊 21×21cm (英語版宮沢賢治絵童話集 9) 1500円 ①4-7631-2319-X
◇注文の多い料理店―イーハトーヴ童話集 宮沢賢治作 岩波書店 2000.6 239p 18cm (岩波少年文庫) 640円 ①4-00-114010-1
◇宮沢賢治童話集―エスペラント対訳 宮沢賢治著, 小西岳訳 日本エスペラント図書刊行会 2000.6 141p 21cm 1200円 ①4-930785-48-0
◇Judge wildcat and the acorns―どんぐりと山猫 本橋靖昭イラスト, 宮沢賢治原作, サラ・ストロング訳 国際言語文化振興財団 2000.6 1冊(ページ付なし) 21×21cm (英語版宮沢賢治絵童話集 8) 1500円 ①4-7631-2318-1
◇雨ニモマケズ 宮沢賢治〔著〕, 唐仁原教久絵 朝日出版社 2000.4 1冊(ページ付なし) 19cm 1000円 ①4-255-00019-0
◇宮沢賢治作品選 宮沢賢治〔著〕 信山社 2000.4 454p 22cm (黒沢勉文芸・文化シリーズ 4) 4980円 ①4-7972-3907-7
◇蛙の消滅 宮沢賢治作, 小林敏也画 パロル舎 2000.3 35p 31cm (画本宮沢賢治) 1500円 ①4-89419-221-7
◇雪渡り 宮沢賢治原作, カレン・コリガン・テーラー訳, 井堂雅夫絵 国際言語文化振興財団,サンマーク〔発売〕 2000.3 1冊 21×21cm (英語版 宮沢賢治絵童話集 7) 1500円 ①4-7631-2317-3

◇Crossing the snow―雪渡り 井堂雅夫イラスト, 宮沢賢治原作, カレン・コリガン・テーラー訳 国際言語文化振興財団 2000.3 1冊(ページ付なし) 21×21cm (英語版宮沢賢治絵童話集 7) 1500円 ①4-7631-2317-3
◇奇跡 宮沢賢治ほか著 国書刊行会 2000.1 250p 23cm (書物の王国 15) 2400円 ①4-336-04015-X
◇水仙月の四日 宮沢賢治作, 黒井健絵 三起商行 1999.11 1冊 26cm (ミキハウスの絵本) 1500円 ①4-89588-112-1
◇ベジタリアン宮沢賢治 鶴田静著 晶文社 1999.11 269p 20cm 2200円 ①4-7949-6421-8
◇宮沢賢治とはだれか 原子朗著 早稲田大学出版部 1999.11 207p 19cm (ワセダ・オープンカレッジ双書 3) 2500円 ①4-657-99927-3
◇春と修羅 宮沢賢治著 日本図書センター 1999.9 330p 20cm 2800円 ①4-8205-1994-8
◇オリジナリティを訪ねて 3 輝いた日本人たち 富士通編 富士通経営研修所 1999.8 238p 19cm (富士通ブックス) 1600円 ①4-89459-046-8
◇ケンジ童話の深淵 清水正著 D文学研究会 1999.8 292p 22cm 2200円 ①4-7952-1884-6
◇タゴールと賢治―まことの詩人の宗教と文学 吉江久弥著 武蔵野書院 1999.7 319p 22cm 6000円 ①4-8386-0184-0
◇宮沢賢治―賢治と心平 開館一周年記念特別企画展 図録 いわき市立草野心平記念文学館編 いわき市立草野心平記念文学館 1999.7 79p 30cm
◇猫の事務所 宮沢賢治著, 市村宏編 復刻版 シグロ 1999.6 199p 19cm 1600円 ①4-916058-03-8
◇注文の多い料理店 宮沢賢治著 三心堂出版社 1999.5 236p 19cm (大活字文芸選書) 1300円 ①4-88342-262-3
◇注文の多い料理店 宮沢賢治著 三心堂出版社 1999.5 236p 19cm (大活字文芸選書 宮沢賢治 2) 1300円 ①4-88342-262-3

◇〈新〉校本宮沢賢治全集 第16巻 上〔1〕 補遺・資料 補遺・資料篇 宮沢清六他編, 宮沢賢治著 筑摩書房 1999.4 515p 22cm
◇〈新〉校本宮沢賢治全集 第16巻 上〔2〕 補遺・資料 草稿通観篇 宮沢清六他編, 宮沢賢治著 筑摩書房 1999.4 293p 22cm
◇〈新〉校本宮沢賢治全集 第16巻 上 補遺・資料 宮沢賢治〔著〕, 宮沢清六他編 筑摩書房 1999.4 2冊 22cm 全7600円 ⓈISBN4-480-72836-8
◇新修宮沢賢治全集 第1巻 短歌・俳句 宮沢賢治著 日本障害者リハビリテーション協会 1999.3 CD-ROM1枚 12cm
◇新修宮沢賢治全集 第2巻 詩 1 宮沢賢治著 日本障害者リハビリテーション協会 1999.3 CD-ROM1枚 12cm
◇新修宮沢賢治全集 第3巻 詩 2 宮沢賢治著 日本障害者リハビリテーション協会 1999.3 CD-ROM1枚 12cm
◇新修宮沢賢治全集 第4巻 詩 3 宮沢賢治著 日本障害者リハビリテーション協会 1999.3 CD-ROM1枚 12cm
◇新修宮沢賢治全集 第5巻 詩 4 宮沢賢治著 日本障害者リハビリテーション協会 1999.3 CD-ROM1枚 12cm
◇新修宮沢賢治全集 第6巻 詩 5 宮沢賢治著 日本障害者リハビリテーション協会 1999.3 CD-ROM1枚 12cm
◇新修宮沢賢治全集 第7巻 詩 6 宮沢賢治著 日本障害者リハビリテーション協会 1999.3 CD-ROM1枚 12cm
◇新修宮沢賢治全集 第8巻 童話 1 宮沢賢治著 日本障害者リハビリテーション協会 1999.3 CD-ROM1枚 12cm
◇新修宮沢賢治全集 第15巻 雑纂 宮沢賢治著 日本障害者リハビリテーション協会 1999.3 CD-ROM1枚 12cm
◇新修宮沢賢治全集 第9巻 童話 2 宮沢賢治著 日本障害者リハビリテーション協会 1999.3 CD-ROM1枚 12cm
◇新修宮沢賢治全集 第10巻 童話 3 宮沢賢治著 日本障害者リハビリテーション協会 1999.3 CD-ROM1枚 12cm

◇新修宮沢賢治全集 第11巻 童話 4 宮沢賢治著 日本障害者リハビリテーション協会 1999.3 CD-ROM1枚 12cm
◇新修宮沢賢治全集 第12巻 童話 5 宮沢賢治著 日本障害者リハビリテーション協会 1999.3 CD-ROM1枚 12cm
◇新修宮沢賢治全集 第14巻 童話 7 宮沢賢治著 日本障害者リハビリテーション協会 1999.3 CD-ROM1枚 12cm
◇新修宮沢賢治全集 第16巻 書簡 宮沢賢治著 日本障害者リハビリテーション協会 1999.3 CD-ROM1枚 12cm
◇新修宮沢賢治全集 別巻 宮沢賢治研究 宮沢賢治著 草野心平編 日本障害者リハビリテーション協会 1999.3 CD-ROM1枚 12cm
◇銀河鉄道の夜・ざしき童子のはなし・グスコーブドリの伝記 宮沢賢治著 三心堂出版社 1999.2 219p 19cm （大活字文芸選書） 1300円 ⓈISBN4-88342-251-8
◇ほんとうの幸いもとめて―宮沢賢治修羅への旅 三上満著 ルック 1999.1 110p 21cm 1200円 ⓈISBN4-947676-63-9
◇The Kenju Park grove―虔十公園林 宮沢賢治原作, カレン・コリガン・テイラー訳 国際言語文化振興財団 1999.1 1冊（頁付なし） 21×21cm （英語版宮沢賢治絵童話集 6） 1500円 ⓈISBN4-7631-2316-5
◇西郷竹彦文芸・教育全集 第34巻 宮沢賢治の世界 西郷竹彦著 恒文社 1998.12 515p 21cm 5825円 ⓈISBN4-7704-0990-7
◇宮沢賢治 安藤恭子編 若草書房 1998.11 295p 22cm （日本文学研究論文集成 35） 3500円 ⓈISBN4-948755-36-2
◇The bears of Mt.Nametoko―なめとこ山の熊 宮沢賢治原作, カレン・コリガン・テイラー訳 国際言語文化振興財団 1998.10 1冊（頁付なし） 21×21cm （英語版宮沢賢治絵童話集 5） 1500円 ⓈISBN4-7631-2315-7
◇チェロと宮沢賢治―ゴーシュ余聞 横田庄一郎著 音楽之友社 1998.7 269p 20cm 1800円 ⓈISBN4-276-21044-5
◇宮沢賢治フィールドノート 林由紀夫著 徳間書店 1998.7 189p 16cm （徳間文庫 は－22-1） 857円 ⓈISBN4-19-890927-X

◇「銀河鉄道の夜」をつくった宮沢賢治——宮沢賢治の生涯と作品　東光敬著　ゆまに書房　1998.6　265p　22cm（ヒューマンブックス）3500円　Ⓡ4-89714-272-5

◇賢治と種山ヶ原——ミラファイアーの高原　舞い・うたい・つくり・遊ぶ　鳥山敏子編　世織書房　1998.6　292p　26cm　3000円　ⓇⓇ4-906388-56-6

◇イーハトーブ乱入記——僕の宮沢賢治体験　ますむら・ひろし著　筑摩書房　1998.5　206p　18cm（ちくま新書　156）　660円　Ⓡ4-480-05756-0

◇共子ちゃんと宮沢賢治様と神様　須藤信子著　日本図書刊行会　1998.5　98p　19cm　1300円　Ⓡ4-89039-647-0

◇宮沢賢治のお菓子な国　出口雄大絵，中野由貴文　平凡社　1998.4　169p　17cm　1600円　Ⓡ4-582-36709-7

◇宮沢賢治詩集　宮沢賢治著　角川春樹事務所　1998.4　253p　16cm（ハルキ文庫　み1-1）540円　Ⓡ4-89456-392-4

◇宮沢賢治に酔う幸福　須田浅一郎著　日本図書刊行会　1998.3　169p　20cm　1400円　Ⓡ4-89039-919-4

◇宮沢賢治の教育論——学校・技術・自然　矢幡洋著　朝文社　1998.3　235p　19cm（朝文社百科シリーズ）　1800円　Ⓡ4-88695-143-0

◇The twin stars——双子の星　宮沢賢治原作，サラ・ストロング訳　国際言語文化振興財団　1998.3　1冊（頁付なし）　21×21cm（英語版宮沢賢治絵童話集　4）　1500円　Ⓡ4-7631-2314-9

◇宮沢賢治の深層世界　松田司郎著　洋々社　1998.2　279p　20cm　2400円　Ⓡ4-89674-212-5

◇宮沢賢治と植物——植物学で読む賢治の詩と童話　伊藤光弥著　砂書房　1998.1　216p　18cm　1000円　Ⓡ4-915818-53-5

◇セロ弾きのゴーシュ　宮沢賢治〔著〕　角川書店　1998.1　127p　12cm（角川mini文庫）200円　Ⓡ4-04-700225-9

◇Gem fire——貝の火　宮沢賢治原作，サラ・ストロング訳　国際言語文化振興財団　1997.12　1冊（頁付なし）　21×21cm（英語版宮沢賢治絵童話集　3）　1500円　Ⓡ4-7631-2313-0

◇宮沢賢治修羅への旅　三上満文，小松健一写真　ルック　1997.11　127p　19×27cm　3500円　Ⓡ4-947676-58-2

◇宮沢賢治の青春——"ただ一人の友"保阪嘉内をめぐって　菅原千恵子著　角川書店　1997.11　306p　15cm（角川文庫）　520円　Ⓡ4-04-343301-8

◇〈新〉校本宮沢賢治全集　第13巻　下　ノート・メモ　宮沢賢治著　筑摩書房　1997.11　2冊　22cm　全5800円　Ⓡ4-480-72838-4,4-480-72827-9

◇私のイーハトヴ——黒井健note book　黒井健画・文，宮沢賢治詩　偕成社　1997.10　39p　22×31cm　2200円　Ⓡ4-03-016260-6

◇オツベルと象——ある牛飼いがものがたる　宮沢賢治作，遠山繁年絵　偕成社　1997.9　38p　29cm（日本の童話名作選）　1800円　Ⓡ4-03-963690-2

◇風の又三郎　宮沢賢治作，小林敏也画　パロル舎　1997.9　77p　31cm（画本宮沢賢治）2000円　Ⓡ4-89419-164-4

◇宮沢賢治——天上のジョバンニ・地上のゴーシュ　吉田美和子著　小沢書店　1997.8　309p　20cm　2800円　Ⓡ4-7551-0351-7

◇水仙月の四日　宮沢賢治文，赤羽末吉絵　創風社　1997.8　1冊　24cm　1600円　Ⓡ4-915659-90-9

◇〈新〉校本宮沢賢治全集　第13巻　上　覚書・手帳　宮沢賢治著　筑摩書房　1997.7　2冊　22cm　全7600円　Ⓡ4-480-72833-3,4-480-72827-9

◇《宮沢賢治》注　天沢退二郎著　筑摩書房　1997.7　462p　22cm　5800円　Ⓡ4-480-82332-8

◇近代日本の知識人と農民　持田恵三著　家の光協会　1997.6　237p　19cm　2400円　Ⓡ4-259-54439-X

◇注文の多い料理店　宮沢賢治著　集英社　1997.6　285p　15cm（集英社文庫）419円　Ⓡ4-08-752050-1

◇風の又三郎　宮沢賢治〔著〕　角川書店　1997.6　125p　12cm（角川mini文庫）200円　Ⓡ4-04-700164-3

◇どんぐりと山猫―木版画　宮沢賢治作,畑中純画　筑摩書房　1997.5　76p 27cm　1800円　Ⓣ4-480-80340-8
◇賢治とエンデ―宇宙と大地からの癒し　矢谷慈国著　近代文芸社　1997.4　286p 20cm　2500円
◇賢治のイーハトーブ植物園　続　桜田恒夫解説・写真,岩手日報社出版部編　岩手日報社　1997.4　217p 19cm　1700円＋税　Ⓣ4-87201-218-6
◇創造の病―天才たちの肖像　福島章著　新曜社　1997.4　235p 19cm　2200円　Ⓣ4-7885-0590-8
◇満天の蒼い森―若き日の宮沢賢治　菅原千恵子著　角川書店　1997.4　307p 20cm　1800円　Ⓣ4-04-873027-4
◇〈新〉校本宮沢賢治全集　第14巻　雑纂　宮沢賢治著　筑摩書房　1997.4　2冊 22cm　7500円　Ⓣ4-480-72834-1
◇英語で読む宮沢賢治詩集　宮沢賢治著,ロジャー・パルバース訳　筑摩書房　1997.4　289p 15cm　(ちくま文庫)　980円　Ⓣ4-480-03256-8
◇On the fourth day of the narcissus month―水仙月の四日　宮沢賢治原作,サラ・ストロング訳　国際言語文化振興財団　1997.4　1冊(頁付なし)　21×21cm　(英語版宮沢賢治絵童話集　2)　1200円　Ⓣ4-7631-2312-2
◇風の又三郎　宮沢賢治著　旺文社　1997.4　294p 18cm　(愛と青春の名作集)　950円　Ⓣ4-01-066058-9
◇銀河鉄道の夜　宮沢賢治著　旺文社　1997.4　294p 18cm　(愛と青春の名作集)　950円　Ⓣ4-01-066057-0
◇漱石、賢治、啄木のひとり歩きの愉しみ　辻真先著　青春出版社　1997.3　221p 18cm　(プレイブックス)　834円　Ⓣ4-413-01685-8
◇わたしの宮沢賢治論　小西正保著　創風社　1997.3　351p 19cm　2060円　Ⓣ4-915659-88-7
◇宮沢賢治「銀河鉄道の夜」の原稿のすべて　宮沢賢治〔原著〕,入沢康夫監修・解説　宮沢賢治記念館　1997.3　111p 21×30cm

◇宮沢賢治詩集　宮沢賢治〔著〕,中村稔編　角川書店　1997.3　125p 12cm　(角川mini文庫)　194円　Ⓣ4-04-700136-8
◇賢治の時代　増子義久著　岩波書店　1997.2　287p 16cm　(同時代ライブラリー　294)　1133円　Ⓣ4-00-260294-X
◇宮沢賢治という身体―生のスタイル論へ　斎藤孝著　世織書房　1997.2　196p 20cm　1900円　Ⓣ4-906388-51-5
◇森のゲリラ宮沢賢治　西成彦著　岩波書店　1997.2　190p 20cm　2266円　Ⓣ4-00-025282-8
◇注文の多い料理店　宮沢賢治〔著〕　角川書店　1997.2　125p 12cm　(角川mini文庫)　194円　Ⓣ4-04-700128-7
◇The shining feet―ひかりの素足　宮沢賢治原作,サラ・ストロング訳　国際言語文化振興財団　1997.2　1冊(頁付なし)　21×21cm　(英語版宮沢賢治絵童話集　1)　1500円　Ⓣ4-7631-2311-4
◇宮沢賢治詩集　宮沢賢治〔著〕,谷川徹三編　岩波書店　1997.2　362p 16cm　(岩波文庫特装版)
◇宮沢賢治異界を見た人　栗谷川虹〔著〕　角川書店　1997.1　289p 15cm　(角川文庫)　577円　Ⓣ4-04-341201-0
◇宮沢賢治――通の復命書　市立小樽文学館編　市立小樽文学館　1997　64p 30cm
◇宮沢賢治〈宇宙羊水〉への旅　畑山博著　日本放送出版協会　1996.12　267p 16cm　(NHKライブラリー　48)　922円　Ⓣ4-14-084048-X
◇宮沢賢治　外伝　佐藤成著　でくのぼう出版,星雲社〔発売〕　1996.12　327p 19cm　1800円　Ⓣ4-7952-9199-3
◇宮沢賢治と東京宇宙　福島泰樹著　日本放送出版協会　1996.12　238p 19cm　(NHKブックス)　874円　Ⓣ4-14-001785-6
◇ガドルフの百合　宮沢賢治作,ささめやゆき絵　偕成社　1996.12　30p 31cm　1339円　Ⓣ4-03-963680-5
◇宮沢賢治詩集　山本太郎編　小沢書店　1996.12　264p 19cm　(小沢クラシックス「世界の詩」)　1442円　Ⓣ4-7551-4070-6

◇学生と読む賢治の童話　清水正編著　D文学研究会　1996.11　404p　21cm　2136円　ⓘ4-7952-4876-1

◇宮沢賢治の感動する短いことば　山根道公, 山根知子編著　角川書店　1996.11　127p　12cm　（角川mini文庫）　194円　ⓘ4-04-700114-7

◇銀河鉄道の夜　宮沢賢治〔著〕　角川書店　1996.11　126p　12cm　（角川mini文庫　6）　194円　ⓘ4-04-700103-1

◇宮沢賢治シーズン・オブ・イーハトーブ number 4　Winter—銀のモナド　宮沢賢治原文, 瀬川強写真　二玄社　1996.11　76p　21cm　1748円　ⓘ4-544-03034-X

◇狼森と笊森,盗森　宮沢賢治作, 村上勉絵　偕成社　1996.11　35p　29cm　（日本の童話名作選）　1600円　ⓘ4-03-963650-3

◇イーハトーブ幻想—賢治の遺した風景　河北新報社編集局編　河北新報社　1996.10　117p　24cm　1942円　ⓘ4-87341-100-9

◇驚きももの木20世紀—作家、その愛と死の秘密　ブックマン社　1996.10　233p　19cm　1500円　ⓘ4-89308-296-5

◇賢治のイーハトーブ植物園　桜田恒夫解説・写真, 岩手日報社出版部編　岩手日報社　1996.10　214p　19cm　1800円　ⓘ4-87201-214-3

◇宗教詩人 宮沢賢治—大乗仏教にもとづく世界観　丹治昭義著　中央公論社　1996.10　242p　18cm　（中公新書）　760円　ⓘ4-12-101329-8

◇宮沢賢治「妹トシへの詩」鑑賞　暮尾淳著, 青娥書房編集部編　青娥書房　1996.10　135p　19cm　1500円　ⓘ4-7906-0159-5

◇宮沢賢治エピソード313　宮沢賢治を愛する会編　扶桑社　1996.10　215p　20cm　1165円　ⓘ4-594-02108-5

◇宮沢賢治の映像世界—賢治はほとんど映画だった　キネマ旬報社　1996.10　158p　21cm　1748円　ⓘ4-87376-190-5

◇「戯曲」銀河鉄道の夜　宮沢賢治作, 広渡常敏脚色　新水社　1996.10　82p　19cm　1200円　ⓘ4-915165-72-8

◇新 校本 宮沢賢治全集 第7巻　詩 6　宮沢賢治著　筑摩書房　1996.10　2冊(セット)　21cm　8240円　ⓘ4-480-72827-9

◇銀河鉄道の夜—宮沢賢治童話集　宮沢賢治著　扶桑社　1996.10　284p　16cm　（扶桑社文庫　み5-1）　485円　ⓘ4-594-02100-X

◇銀河鉄道魂への旅　畑山博著　PHP研究所　1996.9　294p　20cm　1553円　ⓘ4-569-55288-9

◇〈賢治〉の心理学—献身という病理　矢幡洋著　彩流社　1996.9　208p　20cm　2200円　ⓘ4-88202-410-1

◇謝々!宮沢賢治　王敏著　河出書房新社　1996.9　246p　20cm　1942円　ⓘ4-309-01094-6

◇宮沢賢治の魅力を語る 第2集　でくのぼう出版,星雲社〔発売〕　1996.9　304p　19cm　1600円　ⓘ4-7952-9197-7

◇宮沢賢治北方への志向　秋枝美保著　朝文社　1996.9　327p　20cm　3200円　ⓘ4-88695-138-4

◇わが心の銀河鉄道—宮沢賢治物語　那須真知子原作　角川書店　1996.9　245p　15cm　（角川文庫クラシックス）　470円　ⓘ4-04-199601-5

◇注文の多い料理店　宮沢賢治著　大活字　1996.9　260p　26cm　（大活字文庫）　3495円　ⓘ4-925053-05-1

◇作家の随想 8　宮沢賢治　宮沢賢治著, 大塚常樹編　日本図書センター　1996.9　363p　22cm　4800円　ⓘ4-8205-8165-1

◇宮沢賢治シーズン・オブ・イーハトーブ number 3　Autumn—ガラスのマント　宮沢賢治原文, 瀬川強写真　二玄社　1996.9　77p　21cm　1748円　ⓘ4-544-03033-1

◇注文の多い料理店　宮沢賢治著　大活字　1996.9　260p　26cm　（大活字文庫　4）　3600円　ⓘ4-925053-05-1

◇宮沢賢治　宮沢賢治著, 大塚常樹編解説　日本図書センター　1996.9　363p　22cm　（作家の随想　8）　4944円　ⓘ4-8205-8165-1,4-8205-8157-0

◇イーハトーヴからのいのちの言葉—宮沢賢治の名言集　山根道公編著, 山根知子編著

角川書店　1996.8　240p　18cm　1262円　Ⓓ4-04-883454-1

◇不思議の国の宮沢賢治―天才の見た世界　福島章著　日本教文社　1996.8　213p　20cm　1456円　Ⓓ4-531-06286-8

◇宮沢賢治―その愛　新藤兼人脚本, 田村章ノベライズ　扶桑社　1996.8　217p　16cm（扶桑社文庫　し6-1）　485円　Ⓓ4-594-02052-6

◇宮沢賢治の山旅―イーハトーブの山を訪ねて　奥田博著　東京新聞出版局　1996.8　211p　21cm　1359円　Ⓓ4-8083-0572-0

◇宮沢賢治まことの愛　大橋富士子著　真世界社　1996.8　248p　19cm　1800円　Ⓓ4-89302-142-7

◇よだかの星―わが子よ, 賢治　早坂暁著　河出書房新社　1996.8　100p　20cm　1165円　Ⓓ4-309-01081-4

◇わが心の宮沢賢治　畑山博著　学陽書房　1996.8　340p　15cm（人物文庫）　680円　Ⓓ4-313-75013-4

◇銀河鉄道の夜　宮沢賢治著, ジョン・ベスター訳　講談社インターナショナル　1996.8　175p　19cm（Bilingual books 10）　1000円　Ⓓ4-7700-2131-3

◇ベスト・オブ宮沢賢治短編集　ジョン・ベスター訳　講談社インターナショナル　1996.8　205p　19cm（Bilingual books 5）　1000円　Ⓓ4-7700-2081-3

◇賢治礼讃―イーハトーブ・モダン画帖　宮沢賢治原作, 山崎克己〔ほか〕画　LYU工房　1996.8　212p　21cm　2000円

◇宮沢賢治の幻想写真館―雪渡り水仙月の四日　宮沢賢治文, 畑沢基由写真　小学館　1996.8　1冊（頁付なし）20×23cm　1845円　Ⓓ4-09-394116-5

◇宮沢賢治イーハトーブロマン　くもん出版　1996.7　110p　23cm　1165円　Ⓓ4-7743-0056-X

◇宮沢賢治の言葉（こころ）　吉見正信著　勁文社　1996.7　223p　20cm　1262円　Ⓓ4-7669-2514-9

◇宮沢賢治フィールドノート―賢治さんと歩いています。　林由紀夫撮影・文　集英社　1996.7　143p　21cm　1456円　Ⓓ4-08-780225-6

◇宮沢賢治 幻の羅須地人協会授業　畑山博著　広済堂出版　1996.7　250p　19cm　1600円　Ⓓ4-331-50544-8

◇永訣の朝―宮沢賢治詩集　宮沢賢治, 作 宮隆画, 北川幸比古編　岩崎書店　1996.7　102p　20×19cm　1500円　Ⓓ4-265-04051-9

◇イーハトーヴォ幻想　司修著　岩波書店　1996.6　288p　20cm　1600円　Ⓓ4-00-002773-5

◇賢治の手帳　司修著　岩波書店　1996.6　1冊（頁付なし）21cm　1553円　Ⓓ4-00-000641-X

◇宮沢賢治　吉本隆明著　筑摩書房　1996.6　397p　15cm（ちくま学芸文庫）　1200円　Ⓓ4-480-08279-4

◇宮沢賢治イーハトーヴ図誌　松田司郎文・写真　平凡社　1996.6　238p　24cm　3107円　Ⓓ4-582-36708-9

◇宮沢賢治思想と生涯―南へ走る汽車　柴田まどか著　洋々社　1996.6　246p　20cm　2000円　Ⓓ4-89674-211-7

◇宮沢賢治とエスペラント　野島安太郎著, 峰芳隆編　リベーロイ社　1996.6　145p　21cm（リベーロイ双書　2）Ⓓ4-947691-04-2

◇宮沢賢治と親鸞　小桜秀謙著　弥生書房　1996.6　227p　20cm　1800円　Ⓓ4-8415-0711-6

◇宮沢賢治ハンドブック　天沢退二郎編　新書館　1996.6　238p　22cm（Litterature handbook）　1553円　Ⓓ4-403-25014-9

◇注文の多い料理店　宮沢賢治〔著〕　角川書店　1996.6　234p　15cm（角川文庫）　430円　Ⓓ4-04-104001-9

◇風の又三郎　宮沢賢治〔著〕　改訂新版　角川書店　1996.6　198p　15cm（角川文庫　7381）　417円　Ⓓ4-04-104009-4

◇ポラーノの広場　宮沢賢治〔著〕　角川書店　1996.6　246p　15cm（角川文庫　10044）　456円　Ⓓ4-04-104014-0

◇宮沢賢治シーズン・オブ・イーハトーブ number 1 Spring―太陽マジック　宮沢賢治原文, 瀬川強写真　二玄社　1996.6　75p　21cm　1800円　Ⓓ4-544-03031-5

◇宮沢賢治シーズン・オブ・イーハトーブ number 2　Summer ― すきとおった風　宮沢賢治原文, 瀬川強写真　二玄社　1996.6　75p　21cm　1800円　④4-544-03032-3

◇よくわかる宮沢賢治 ― イーハトーブ・ロマン 1　愛と修羅の物語　宮沢賢治〔ほか著〕　学習研究社　1996.6　521p　21cm　2500円　④4-05-400578-0

◇かしわばやしの夜　宮沢賢治作, 小林敏也画　パロル舎　1996.6　39p　31cm　（画本宮沢賢治）　1500円　④4-89419-132-6

◇風の又三郎　宮沢賢治〔著〕　角川書店　1996.6　198p　15cm　（角川文庫）　430円　④4-04-104009-4

◇佐藤泰正著作集 6　宮沢賢治論　翰林書房　1996.5　254p　20cm　2400円　④4-906424-87-2

◇宮沢賢治 ― その文学と宗教　山田野理夫著　潮文社　1996.5　261p　19cm　1200円　④4-8063-1297-5

◇宮沢賢治 ― 縄文の記憶　綱沢満昭著　風媒社　1996.5　220p　20cm　2060円　④4-8331-2031-3

◇宮沢賢治「雨ニモマケズ手帳」研究　小倉豊文著　筑摩書房　1996.5　323p　22cm　6019円　④4-480-82325-3

◇宮沢賢治幻想紀行　畑山博編著, 石寒太編著, 中村太郎写真　求竜堂　1996.5　123p　30cm　（求竜堂グラフィックス）　2816円　④4-7630-9611-7

◇宮沢賢治鳥の世界　国松俊英著　小学館　1996.5　285p　20cm　1600円　④4-09-387180-9

◇宮沢賢治の空中散歩 ― 風とゆききし雲からエネルギーをとれ　斎藤文一著　酪農事情社　1996.5　304p　22cm　2816円　④4-89731-001-6

◇宮沢賢治の文学世界 ― 短歌と童話　佐藤通雅著　泰流社　1996.5　296p　19cm　2472円　④4-8121-0176-X

◇新 校本 宮沢賢治全集 第6巻　詩 5　宮沢賢治著　筑摩書房　1996.5　2冊(セット)　21cm　6200円　④4-480-72826-0

◇永訣の朝 ― 宮沢賢治挽歌画集　宮沢賢治詩, 遠山繁年画　偕成社　1996.5　39p　36cm　3000円　④4-03-016250-9

◇銀河鉄道の夜　宮沢賢治〔著〕　角川書店　1996.5　264p　15cm　（角川文庫）　430円　④4-04-104003-5

◇セロ弾きのゴーシュ　宮沢賢治〔著〕　角川書店　1996.5　323p　15cm　（角川文庫）　520円　④4-04-104002-7

◇ビジテリアン大祭　宮沢賢治〔著〕　角川書店　1996.5　245p　15cm　（角川文庫）　470円　④4-04-104013-2

◇宮沢賢治をもっと知りたい ― 賢治に魅せられた37人が案内する賢治ワールド探検の手引き　世界文化社　1996.4　138p　26cm　（別冊家庭画報）　1300円

◇宮沢賢治北紀行　松岡義和著　北海道新聞社　1996.4　208p　19cm　1748円　④4-89363-823-8

◇宮沢賢治の童話を読む　佐野美津男著　辺境社　1996.4　271p　20cm　2200円　④4-326-95025-0

◇宮沢賢治のレストラン　中野由貴著, 出口雄大絵　平凡社　1996.4　169p　18cm　1600円　④4-582-36707-0

◇インドラの網　宮沢賢治〔著〕　角川書店　1996.4　281p　15cm　（角川文庫）　470円　④4-04-104012-4

◇銀河鉄道の夜　佐藤国男木版画, 宮沢賢治原作, 斉藤征義編　改訂復刻版　北海道新聞社　1996.4　47p　31cm　2359円　④4-89363-826-2

◇銀河系と宮沢賢治 ― 落葉広葉樹林帯の思想　斎藤文一著　国文社　1996.3　257p　20cm　2369円　④4-7720-0423-8

◇図説宮沢賢治　上田哲〔ほか〕著　河出書房新社　1996.3　111p　22cm　1800円　④4-309-72552-X

◇宮沢賢治 ― 写真・絵画集成 1　宮沢賢治の生涯　三好京三編　日本図書センター　1996.3　186p　31cm　（ジュニア文学館）　④4-8205-7286-5

◇宮沢賢治・時空の旅人 ― 文学が描いた相対性理論　竹内薫, 原田章夫著　日経サイ

詩　　　　　近　代

エンス社　1996.3　208p　19cm　1500円
Ⓘ4-532-52052-5
◇イーハトーボ農学校の春　宮沢賢治著
角川書店　1996.3　205p　15cm（角川書店）
430円　Ⓘ4-04-104011-6
◇〈新〉校本宮沢賢治全集　第1巻　短歌・短
唱　宮沢清六〔ほか〕編纂，宮沢賢治著
筑摩書房　1996.3　2冊　22cm　全6200円
Ⓘ4-480-72821-X
◇まなづるとダアリヤ　宮沢賢治著　角川書店
1996.3　247p　15cm（角川文庫）　470円
Ⓘ4-04-104010-8
◇英語で読む銀河鉄道の夜　宮沢賢治著，ロジ
ャー・パルバース訳　筑摩書房　1996.3　253p
15cm（ちくま文庫）690円　Ⓘ4-480-03163-
4
◇星めぐりの歌—再現宮沢賢治の音楽遺産
無伴奏同声合唱と和太鼓による合唱組曲
宮沢賢治作詞・作曲，尾原昭夫編曲・作曲
郷土文化協会　1996.3　15p　26cm　500円
◇宮沢賢治の魅力を語る—24つぶの身近な賢
治論　でくのぼう出版,星雲社〔発売〕　1996.2
219p　19cm　1500円　Ⓘ4-7952-9192-6
◇〈新〉校本宮沢賢治全集　第3巻　詩
2　宮沢清六〔ほか〕編纂，宮沢賢治著
筑摩書房　1996.2　2冊　22cm　全8200円
Ⓘ4-480-72823-6
◇新　校本　宮沢賢治全集　第11巻　童話　4
宮沢賢治著　筑摩書房　1996.1　2冊(セット)
21cm　5800円　Ⓘ4-480-72831-7
◇美しき死の日のために—宮沢賢治の死生
観　畑山博著　学習研究社　1995.12　318p
20cm　1748円　Ⓘ4-05-400608-6
◇修羅の渚—宮沢賢治拾遺　真壁仁著
法政大学出版局　1995.12　200p　20cm
1900円　Ⓘ4-588-46003-X
◇宮沢賢治物語　関登久也著　学習研究社
1995.12　433p　20cm　1748円　Ⓘ4-05-
400615-9
◇〈新〉校本宮沢賢治全集　第15巻
書簡　宮沢清六〔ほか〕編纂，宮沢賢治著
筑摩書房　1995.12　2冊　22cm　全7400円
Ⓘ4-480-72835-X

◇或る詩人の生涯—知られざる宮沢賢治
後藤隆雄著　新風舎　1995.11　137p　19cm
1263円　Ⓘ4-88306-601-0
◇宮沢賢治童話への招待—作品と資料
大藤幹夫編，万田務編　おうふう　1995.11
235p　21cm　2718円　Ⓘ4-273-02841-7
◇宮沢賢治の東京—東北から何を見たか
佐藤竜一著　日本地域社会研究所　1995.11
215p　19cm　1553円　Ⓘ4-89022-754-7
◇新　校本　宮沢賢治全集　第12巻　童話　5　宮
沢賢治著　筑摩書房　1995.11　2冊(セット)
21cm　6200円　Ⓘ4-480-72832-5
◇宮沢賢治、めまいの練習帳　宮川健郎著
久山社　1995.10　92p　21cm　（日本児童文
化史叢書　5）　1553円　Ⓘ4-906563-65-1
◇新　校本　宮沢賢治全集　第4巻　詩　3　宮沢
賢治著　筑摩書房　1995.10　2冊(セット)
21cm　6400円　Ⓘ4-480-72824-4
◇宮沢賢治とでくのぼうの生き方—スピリチ
ュアルな話　桑原啓善著　でくのぼう出版
1995.9　263p　19cm　1500円　Ⓘ4-7952-9187-
X
◇宮沢賢治に聞く　井上ひさし編・著，こま
つ座編・著　ネスコ　1995.9　250p　20cm
1553円　Ⓘ4-89036-901-5
◇宮沢賢治の謎　宗左近著　新潮社　1995.9
273p　20cm　（新潮選書）　1165円　Ⓘ4-10-
600483-6
◇宮沢賢治の冒険　新木安利著　海鳥社
1995.9　360p　19cm　2427円　Ⓘ4-87415-113-
2
◇宮沢賢治の夢と修羅—イーハトーブのセー
ルスマン　畑山博著　プレジデント社　1995.9
285p　20cm　1553円　Ⓘ4-8334-1587-9
◇新　校本宮沢賢治全集　第10巻　童話　3
宮沢賢治著　筑摩書房　1995.9　2冊(セット)
21cm　5800円　Ⓘ4-480-72830-9
◇大人が味わう宮沢賢治童話選集　福田常雄
〔選〕　ぱるす出版　1995.9　205p　18cm
1400円　Ⓘ4-8276-0162-3
◇雲の信号—イーハトヴ詩画集　宮沢賢治
詩，黒井健画　偕成社　1995.9　47p　36cm
3000円　Ⓘ4-03-016230-4
◇賢治童話　宮沢賢治著　翔泳社　1995.9
551p　21cm　2400円　Ⓘ4-88135-292-X

◇どこから―宮沢賢治という風　田木久著　Gallery Oculus　1995.8　189p　22cm　2500円

◇宮沢賢治―その独自性と同時代性　西田良子著　翰林書房　1995.8　230p　20cm　2600円　④4-906424-74-0

◇新　校本　宮沢賢治全集　第5巻　詩　4　宮沢賢治著　筑摩書房　1995.8　2冊　21cm　5800円　④4-480-72825-2

◇賢治草紙　宮沢賢治作、小林敏也画　パロル舎　1995.8　319p　20cm　1942円　④4-89419-122-9

◇宮沢賢治―遠くからの知恵　簾内敬司著　影書房　1995.7　143p　20cm　1854円　④4-87714-208-8

◇宮沢賢治の手紙　米田利昭著　大修館書店　1995.7　298p　20cm　2369円　④4-469-22109-0

◇「新」校本宮沢賢治全集　第2巻　詩　1　宮沢清六〔ほか〕編纂、宮沢賢治著　筑摩書房　1995.7　2冊　22cm　全6400円　④4-480-72822-8

◇雨ニモマケズ―宮沢賢治の世界　小松正衛著　保育社　1995.6　151p　15cm（カラーブックス　875）　700円　④4-586-50875-2

◇宮沢賢治の俳句―その生涯と全句鑑賞　石寒太著　PHP研究所　1995.6　286p　19cm　1400円　④4-569-54669-2

◇〈新〉校本宮沢賢治全集　第9巻〔1〕　童話　2　本文篇　宮沢清六ほか編集、宮沢賢治著　筑摩書房　1995.6　405p　22cm

◇〈新〉校本宮沢賢治全集　第9巻〔2〕　童話　2　校異篇　宮沢清六ほか編集、宮沢賢治著　筑摩書房　1995.6　189p　22cm

◇〈新〉校本宮沢賢治全集　第8巻　童話　1　宮沢清六〔ほか〕編、宮沢賢治著　筑摩書房　1995.5　2冊　22cm　全5800円　④4-480-72828-7

◇宮沢賢治全集　10　宮沢賢治著　筑摩書房　1995.5　682p　15cm（ちくま文庫）　1200円　④4-480-02949-4

◇宮沢賢治をめぐる冒険―水や光や風のエコロジー　高木仁三郎著　社会思想社　1995.4　156p　19cm　1200円　④4-390-60389-2

◇銀河鉄道の夜　宮沢賢治著　講談社　1995.4　301p　19cm（ポケット日本文学館　2）　1200円　④4-06-261702-1

◇宮沢賢治の「夜」　宮沢賢治文、畑沢基由写真　新潮社　1995.4　107p　20cm（フォトミュゼ）　1800円　④4-10-602410-1

◇賢治論考　工藤哲夫著　和泉書院　1995.3　300p　22cm（近代文学研究叢刊　9）　5150円　④4-87088-721-5

◇宮沢賢治の音楽　佐藤泰平著　筑摩書房　1995.3　282p　20cm　3200円　④4-480-81369-1

◇宮沢賢治全集　9　書簡　宮沢賢治著　筑摩書房　1995.3　625,12p　15cm（ちくま文庫）　1100円　④4-480-02948-6

◇貝の火　宮沢賢治著, 宮沢清六編　シグロ　1995.3　124p　21cm　900円

◇二十六夜　宮沢賢治著、宮沢清六編　シグロ　1995.3　112p　21cm　900円

◇ポラーノの広場　宮沢賢治著　新潮社　1995.2　474p　15cm（新潮文庫）　560円　④4-10-109208-7

◇岩手県ポラン町字七つ森へ―宮沢賢治への旅　和順高雄文、中里和人写真　偕成社　1995.1　221p　19cm　2000円　④4-03-529380-6

◇宮沢賢治―世紀末を超える予言者　久慈力著　増補　新泉社　1995.1　301p　19cm　1900円　④4-7877-9503-1

◇どんぐりとやまねこ　みやざわけんじ〔作〕　こうげつしゃ　1994.12　78p　19cm（ひらがなぶんこ　3）　480円　④4-906358-03-9

◇クラムボンの世界からキリストへの道―宮沢賢治　木村百代著　キリスト新聞社　1994.11　234p　19cm　1553円　④4-87395-260-3

◇宮沢賢治の旅―イーハトーヴ童話のふるさと　松田司郎著　増補改訂版　五柳書院　1994.11　343p　20cm（五柳叢書　7）　2427円　④4-906010-65-2

◇花と風の変奏曲　宮沢賢治ほか著　北宋社　1994.11　213p　19cm　1500円　④4-938620-76-6

◇セイレーンの誘惑―漱石と賢治　武田秀夫著　現代書館　1994.9　262p　20cm　2300円　⑪4-7684-6651-6

◇宮沢賢治の青春―"ただ一人の友"保阪嘉内をめぐって　菅原千恵子著　宝島社　1994.8　270p　19cm　2000円　⑪4-7966-0839-7

◇宮沢賢治と西域幻想　金子民雄著　中央公論社　1994.7　418p　16cm　920円　⑪4-12-202116-2

◇兄弟は他人のはじまりか？　日本テレビ放送網　1994.6　247p　19cm　(知ってるつもり?!　17)　1100円　⑪4-8203-9414-2

◇徹底比較 賢治vs南吉　日本児童文学者協会編　文渓堂　1994.6　269p　21cm　2800円　⑪4-89423-026-7

◇宮沢賢治―素顔のわが友　佐藤隆房著　新版　冨山房　1994.6　335p　図版18枚　20cm　2500円　⑪4-572-00772-1

◇宮沢賢治―私たちの詩人　森荘已池著、みちのく研究会企画・編集　熊谷印刷出版部　1994.4　205p　22cm　2000円　⑪4-87720-174-2

◇宮沢賢治ふたたび　中村稔著　思潮社　1994.4　211p　22cm　2400円　⑪4-7837-1560-2

◇心象芸術論　宇佐美圭司著　新曜社　1993.12　217p　20cm　2472円

◇宮沢賢治・イーハトーブの森―『グスコーブドリの伝記』をめぐって　清水正著　鳥影社　1993.12　185p　22cm　2200円　⑪4-7952-7562-9

◇宮沢賢治から「宮沢賢治」へ　佐藤通雅著　学芸書林　1993.11　271p　19cm　2000円　⑪4-905640-99-7

◇石ッコ賢さん―宮沢賢治と寄居　井戸川真則著　〔井戸川真則〕　1993.10　193p　19cm

◇宮沢賢治―心象の宇宙論　大塚常樹著　朝文社　1993.7　331p　19cm　3000円　⑪4-88695-097-3

◇楢ノ木大学士の野宿　宮沢賢治著　物語テープ出版　1993.7　63p　29cm　(宮沢賢治没後五十年記念シリーズ　14)

◇イーハトーヴォ幻想―たまゆらの宮沢賢治抄　尋口澪著　華書房　1993.4　139p　20cm　1300円　⑪4-7512-0491-2

◇宮沢賢治の文学と法華経　分銅惇作著　水書坊　1993.3　285p　19cm　1600円　⑪4-943843-65-4

◇宮沢賢治―作品と人間像　丹慶英五郎著　日本図書センター　1993.1　431,9p　22cm　(近代作家研究叢書　134)　7725円　⑪4-8205-9235-1

◇宮沢賢治明滅する春と修羅―心象スケッチという通路　杉浦静著　蒼丘書林　1993.1　309p　20cm　2600円

三好 達治
みよし たつじ

明治33(1900).8.23～昭和39(1964).4.5
詩人、翻訳家。東京帝国大学在学中「青空」「椎の木」「亜」などに参加。昭和4年ゾラ『ナナ』を翻訳刊行し、5年第一詩集『測量船』を刊行。「詩と詩論」「四季」「文学界」などに加わり、抒情詩人として活躍。日本語の伝統を近代に生かした独自の詩風で、昭和詩壇の古典派代表詩人となり、『艸千里』『春の岬』などで多くの賞を受賞。その他の代表作に詩集『南窗集』『一点鐘』『寒柝』、評論随筆集『夜沈々』、評論『萩原朔太郎』、句集『柿の花』など。

『測量船』：昭和5(1930)年。詩集。39編を収録。古典的叙情に基づいた都会的感覚とリリシズムが調和し、叙事詩の可能性を追及した作品。

　　　　＊　　　＊　　　＊

◇測量船―詩集　三好達治著　日本図書センター　2000.1　125p　20cm　2200円　⑪4-8205-2723-1

◇作家の自伝 95　三好達治　佐伯彰一, 松本健一監修　三好達治著, 杉山平一解説　日本図書センター　1999.4　269p　22cm　(シリーズ・人間図書館)　2600円　⑪4-8205-9540-7,4-8205-9525-3

◇近代作家追悼文集成 第39巻　佐佐木信綱・三好達治・佐藤春夫　ゆまに書房　1999.2　357p　22cm　8000円　⑪4-89714-642-9,4-89714-639-9

◇井伏鱒二全集 第23巻 くるみが丘・黒い雨 井伏鱒二著 筑摩書房 1998.12 597p 21cm 6200円 ⓒ4-480-70353-5

◇わが心の詩人たち—藤村・白秋・朔太郎・達治 中村真一郎著 潮出版社 1998.7 410p 19cm (潮ライブラリー) 1800円 ⓒ4-267-01501-5

◇少年—詞華集 丸山薫,三好達治,田中冬二著,村井宗二画,北川幸比古責任編集 岩崎書店 1997.9 102p 20cm (美しい日本の詩歌 16) 1500円 ⓒ4-265-04056-X

◇三好達治詩集 三好達治〔著〕,村野四郎編 小沢書店 1997.9 250p 19cm (小沢クラシックス「世界の詩」) 1400円 ⓒ4-7551-4075-7

◇三好達治詩集 三好達治〔著〕,桑原武夫,大槻鉄男選 岩波書店 1997.2 413p 16cm (岩波文庫 特装版)

◇測量船 三好達治〔著〕 講談社 1996.9 226p 16cm (講談社文芸文庫 みD1) 854円 ⓒ4-06-196387-2

◇天上の花—三好達治抄 萩原葉子著 講談社 1996.7 211p 15cm (講談社文芸文庫) 880円 ⓒ4-06-196378-3

◇文学交友録 庄野潤三著 新潮社 1995.3 323p 19cm 1700円 ⓒ4-10-310608-5

◇巴里の憂鬱 シャルル・ボオドレエル作,三好達治訳 ゆまに書房 1995.1 170,6,6p 19cm (現代の芸術と批評叢書 第15編) ⓒ4-89668-893-7

室生 犀星
むろう さいせい

明治22(1889).8.1～昭和37(1962).3.26
詩人、小説家。明治45年「スバル」に詩3篇を発表して注目され、大正3年萩原朔太郎らと「卓上噴水」を、5年には「感情」を創刊し、7年『愛の詩集』『抒情小曲集』を刊行し、朔太郎とともに近代抒情詩の一頂点を形成した。以後、詩人、作家、随筆家として幅広く活躍。小説の分野では9年『性に目覚める頃』を刊行した後、『あにいもうと』『戦死』『杏っ子』『かげろうの日記遺文』など、随筆の分野では『随筆女ひと』『わが愛する詩人の伝記』などがある。

『叙情小曲集』:大正7(1918)年。詩集。都会の生活、故郷への思慕や幼い頃への感傷を哀切にうたった文語自由詩で、大正詩壇を代表する詩人としての地位を確立した。

* * *

◇愛の詩集 室生犀星著 日本図書センター 1999.12 242p 20cm 2500円 ⓒ4-8205-1862-3

◇富岡多恵子集 9 評論 富岡多恵子著 筑摩書房 1999.5 516p 21cm 7200円 ⓒ4-480-71079-5

◇愛の詩集—室生犀星詩集 室生犀星〔著〕 角川書店 1999.1 240p 15cm (角川文庫) 540円 ⓒ4-04-104707-2

◇魅力ある文人たち 倉橋羊村著 沖積舎 1998.10 117p 20cm 1800円 ⓒ4-8060-4633-7

◇晩年の父犀星 室生朝子〔著〕 講談社 1998.3 290p 16cm (講談社文芸文庫) 980円 ⓒ4-06-197608-7

◇犀星のいる風景 笠森勇著 竜書房 1997.12 205p 20cm 1905円 ⓒ4-947734-02-7

◇室生犀星・草野心平—風来の二詩人 大正の叙情小曲と昭和の詩的アナキズム 第4回企画展 群馬県立土屋文明記念文学館編 群馬県立土屋文明記念文学館 1997.10 123p 30cm

◇室生犀星—創作メモに見るその晩年 星野晃一著 踏青社 1997.9 220p 20cm 2000円 ⓒ4-924440-35-3

◇室生犀星詩集 室生犀星著,山室静訳 小沢書店 1997.9 260p 19cm (小沢クラシックス「世界の詩」) 1400円 ⓒ4-7551-4069-2

◇中野重治全集 第17巻 斎藤茂吉ノート・室生犀星 中野重治著 定本版 筑摩書房 1997.8 526p 21cm 8700円 ⓒ4-480-72037-5

◇(評伝)室生犀星 船登芳雄著 三弥井書店 1997.6 295p 20cm (三弥井選書 24) 2500円 ⓒ4-8382-9037-3

◇幼年時代 室生犀星著 旺文社 1997.4 303p 18cm (愛と青春の名作集) 1000円 ⓒ4-01-066056-2

◇室生犀星詩集　室生犀星作　岩波書店　1997.2　318p　16cm　(岩波文庫 特装版)
◇抒情小曲集・愛の詩集　室生犀星〔著〕講談社　1995.11　338p　16cm　(講談社文芸文庫)　980円　ⓇI4-06-196345-7
◇生きものはかなしかるらん―室生犀星詩集　室生犀星著　岩崎書店　1995.8　102p　20cm　(美しい日本の詩歌 3)　1500円　ⓇI4-265-04043-8
◇日本幻想文学集成 32　室生犀星 蜜のあはれ　室生犀星著, 矢川澄子編　国書刊行会　1995.4　280p　19cm　2000円　ⓇI4-336-03242-4
◇室生犀星―われはうたへどもやぶれかぶれ/幼年時代　室生犀星著, 本多浩編　日本図書センター　1994.10　277p　22cm　(シリーズ・人間図書館)　2600円　ⓇI4-8205-8012-4
◇あにいもうと・詩人の別れ　室生犀星著　講談社　1994.9　332p　15cm　(講談社文芸文庫)　980円　ⓇI4-06-196291-4
◇室生犀星　富岡多恵子著　筑摩書房　1994.8　288p　15cm　(ちくま学芸文庫)　950円　ⓇI4-480-08150-X
◇利根の砂山―上州詩集　室生犀星〔著〕, 伊藤信吉編　煥乎堂　1994.6　135p　17cm　1844円　ⓇI4-87352-041-X
◇加賀金沢・故郷を辞す　室生犀星〔著〕講談社　1993.12　341p　16cm　(講談社文芸文庫)　980円　ⓇI4-06-196253-1
◇蜜のあわれ・われはうたえどもやぶれかぶれ　室生犀星著　講談社　1993.5　317p　15cm　(講談社文芸文庫)　980円　ⓇI4-06-196224-8
◇室生犀星　豊長みのる編著　蝸牛社　1993.4　170p　19cm　(蝸牛俳句文庫 7)　1400円　ⓇI4-87661-217-X

吉田 一穂
よしだ いっすい

明治31(1898).8.15～昭和48(1973).3.1
詩人。大正15年第一詩集『海の聖母』を刊行。北原白秋に認められ、白秋主幹の『近代風景』に詩や評論を発表。また『詩と詩人』同人となり、昭和初期の現代詩確立に寄与した。昭和7年「新詩論」を創刊。戦争中『ぎんがのさかな』などの童話集や絵本を刊行。戦後は『未来者』などの詩集と詩論集『黒潮回帰』を刊行する一方「Critic」「反世界」を創刊するなど、孤高の立場から純粋詩を守った。東洋のマラルメを自称し、自ら戒名"白林虚籟居士"とつけた。他に長篇詩『白鳥』、詩集『故園の書』『稗子伝』がある。

*　　*　　*

◇北斗の印―吉田一穂　古平町〔ほか〕編　古平町　1999.2　79p　26cm
◇ふるさとの吉田一穂　水見悠々子著　水見ヨネ　1998.8　69p　26cm　非売品
◇吉田一穂の世界　吉田美和子著　小沢書店　1998.7　400p　22cm　3800円　ⓇI4-7551-0373-8
◇詩と童話の世界―詩人吉田一穂　添田邦裕著　一穂社　1997.10　336p　21cm　3800円　ⓇI4-900482-14-5
◇故園の書―散文詩集　吉田一穂作　ゆまに書房　1995.1　112,3p　19cm　(現代の芸術と批評叢書 13)　ⓇI4-89668-893-7
◇定本 吉田一穂全集 別巻　吉田一穂著　小沢書店　1993.4　596p　23×16cm　9785円

短　歌

会津 八一
あいず やいち

明治14(1881).8.1～昭和31(1956).11.21
歌人、美術史家、書家。中学時代から作歌、作句をし、大学では英文学を学ぶ。大正13年歌集『南京新唱』を刊行、以後『鹿鳴集』『山光集』『寒燈集』などを刊行し、昭和25年『会津八一歌集』で読売文学賞を受賞。また、美術史でも学位論文となった『法隆寺、法起寺、法輪寺建立年代の研究』を8年に刊行、東洋美術史、奈良美術史の研究で活躍した。書家としてもすぐれ、書跡集に『渾斎近墨』『遊神帖』などがある。文化人として幅広く活躍。

*　　*　　*

◇やまとくにはら　会津八一歌・書, 杉本健吉絵　新装版　求竜堂　1999.9　1冊(ページ付なし)　22×31cm　3800円　ⓉⒷ4-7630-9920-5
◇孤高の学匠会津八一　豊原治郎著　晃洋書房　1999.7　175p　20cm　1600円　ⓉⒷ4-7710-1110-9
◇会津八一と信州　新潟市会津八一記念館監修　郷土出版社　1999.1　178p　26cm　2400円　ⓉⒷ4-87663-431-9
◇魅力ある文人たち　倉橋羊村著　沖積舎　1998.10　117p　20cm　1800円　ⓉⒷ4-8060-4633-7
◇会津八一の文学　宮川寅雄著　新装版　恒文社　1998.6　241p　20cm　2500円　ⓉⒷ4-7704-0968-0
◇自註鹿鳴集　会津八一作　岩波書店　1998.2　302p　15cm　(岩波文庫)　560円　ⓉⒷ4-00-311541-4
◇会津八一の旅　小林新一著　春秋社　1997.12　205p　19cm　2400円　ⓉⒷ4-393-44407-8
◇歌人の風景—良寛・会津八一・吉野秀雄・宮柊二の歌と人　大星光史著　恒文社　1997.12　406p　19cm　2800円　ⓉⒷ4-7704-0950-8
◇墨艶—会津八一・堀江知彦追想　堀江漸子著　芸術新聞社　1997.10　245p　20cm　1800円　ⓉⒷ4-87586-236-9
◇会津八一・吉野秀雄往復書簡　会津八一, 吉野秀雄〔著〕, 会津八一記念館監修, 伊狩章, 岡村浩, 近藤悠子編　二玄社　1997.10　2冊　23cm　全29000円　ⓉⒷ4-544-03035-8
◇教育者会津八一論　豊原治郎著　晃洋書房　1997.9　176p　20cm　1600円　ⓉⒷ4-7710-0957-0
◇春日野—復刻版　杉本健吉画, 会津八一書　恒文社　1997.9　22枚　39×55cm　300000円　ⓉⒷ4-7704-0954-0
◇鳩の橋—教育者会津八一と少年　小笠原忠著　恒文社　1997.8　86p　20cm　1000円　ⓉⒷ4-7704-0940-0
◇会津八一—その人とコレクション　吉村怜著, 大橋一章著　早稲田大学出版部　1997.4　171p　21cm　2800円　ⓉⒷ4-657-97415-7

◇会津八一—個人主義の軌跡　堀巌著　沖積舎　1996.10　160p　19cm　2500円　ⓉⒷ4-8060-7018-1
◇私説　会津八一　原田清著　近代文芸社　1996.5　344p　19cm　2000円　ⓉⒷ4-7733-5386-4
◇会津八一の学風—ひとつの評伝　豊原治郎著　晃洋書房　1996.2　227p　19cm　1700円　ⓉⒷ4-7710-0820-5
◇会津八一　新潮社　1995.6　111p　20cm　(新潮日本文学アルバム　61)　1300円　ⓉⒷ4-10-620665-X
◇鹿鳴集—歌集　会津八一著　短歌新聞社　1995.6　134p　15cm　(短歌新聞社文庫)　700円　ⓉⒷ4-8039-0782-X
◇山ばとのさと・秋艸道人のひととせ—中条疎開を中心として　高沢吉郎著　邑書林　1995.4　189p　図版12枚　20cm　2400円　ⓉⒷ4-89709-128-4
◇会津八一　宮川寅雄著　紀伊国屋書店　1994.1　189p　20cm　(精選復刻紀伊国屋新書)　1800円　ⓉⒷ4-314-00637-4
◇会津八一の歌境　喜多上著　春秋社　1993.11　189p　19cm　2200円　ⓉⒷ4-393-44131-1
◇秋艸道人　会津八一　吉野秀雄著　春秋社　1993.3　2冊　19cm　6500円　ⓉⒷ4-393-44114-1
◇会津八一墨蹟図録　早稲田大学会津博士紀念東洋美術陳列室編　早稲田大学会津博士紀念東洋美術陳列室　1993.3　63p　26cm

石川　啄木
いしかわ　たくぼく

明治19(1886).2.20～明治45(1912).4.13
歌人, 詩人。明治31年に盛岡中学に入学、在学中に上級生の金田一京助らに刺激されて文学へ興味を抱き、「明星」を愛読した。33年、新詩社の社友となり、35年には同人となった。38年に処女詩集『あこがれ』を出版し天才詩人として注目されたが、実生活では生涯貧困にあえぎ続けた。啄木の歌風は当初浪漫的であったが、実生活での苦闘から、その作風は自然主義的傾向に移り、日常生活に密着した歌を詠んだ。代

表作に詩集『呼子と口笛』(44年)、歌集『悲しき玩具』(45年)などがある。

『一握の砂』：明治43(1910)年。歌集。5章551首からなる。発想を日常生活に求め、率直に生活感情を表現して、短歌の新生面を開いた。また口語的発想の三行書きという新しい方法は短歌の伝統性を打ち破った。以後の歌壇への影響は大きく、生活派短歌を生み出す原動力となった作品。

　　　　＊　　　＊　　　＊

◇石川啄木　石川啄木著, 坪内祐三, 松山巖編　筑摩書房　2002.1　440p　19cm　（明治の文学　第19巻）　2600円　ⓝ4-480-10159-4

◇一握の砂　悲しき玩具　石川啄木作　石川啄木作　岩波書店　2001.6　229p　18cm　（岩波少年文庫）　640円　ⓝ4-00-114540-5

◇拝啓啄木さま　山本玲子著　熊谷印刷出版部　1999.7　237p　15cm　667円　ⓝ4-87720-237-4

◇石川啄木『一握の砂』研究─もう一人の著者の存在　住友洸著　日本図書刊行会　1999.5　271p　20cm　2000円　ⓝ4-8231-0401-3

◇石川啄木の系図　2　北畠康次編　メグミ出版　1999.5　1冊(ページ付なし)　31cm　（有名人の系図　2）　10000円

◇石川啄木の系図　3　北畠康次編　メグミ出版　1999.5　1冊(ページ付なし)　31cm　（有名人の系図　3）　10000円

◇啄木と教師堀田秀子─「東海の小島」は八戸・蕪嶋　岩織政美著　沖積舎　1999.5　141p　20cm　2000円　ⓝ4-8060-4062-2

◇路傍の草花に─石川啄木詩集　石川啄木〔著〕, 上田博編　嵯峨野書院　1999.4　249p　19cm　2100円　ⓝ4-7823-0278-9

◇石川啄木─地方、そして日本の全体像への視点　堀江信男著　おうふう　1999.3　242p　22cm　3400円　ⓝ4-273-03066-7

◇20世紀日記抄　「This is読売」編集部編　博文館新社　1999.3　229p　19cm　2500円　ⓝ4-89177-968-2

◇あこがれ─石川啄木詩集　石川啄木〔著〕　角川書店　1999.1　285p　15cm　（角川文庫）　540円　ⓝ4-04-101906-0

◇石川啄木　石川啄木著　晶文社　1998.12　122p　20cm　（21世紀の日本人へ）　1000円　ⓝ4-7949-4712-7

◇子規と啄木　中村稔著　潮出版社　1998.11　263p　19cm　（潮ライブラリー）　1400円　ⓝ4-267-01508-2

◇石川啄木論　平岡敏夫著　おうふう　1998.9　321p　22cm　4000円　ⓝ4-273-03036-5

◇心にふるさとがある　15　望郷を旅する　作品社編集部編　石川啄木ほか著　作品社　1998.4　251p　22cm　（新編・日本随筆紀行）　ⓝ4-87893-896-X

◇心にふるさとがある　16　土地っ子かたぎ　作品社編集部編　石川啄木ほか著　作品社　1998.4　245p　22cm　（新編・日本随筆紀行）　ⓝ4-87893-897-8

◇啄木歌集カラーアルバム─石川啄木　上田博監修　芳賀書店　1998.1　159p　26cm　（「芸術…夢紀行」…シリーズ　4）　3170円　ⓝ4-8261-0904-0

◇風呂で読む啄木　木股知史〔著〕　世界思想社　1997.10　104p　19cm　951円　ⓝ4-7907-0668-0

◇（論集）石川啄木　国際啄木学会編　おうふう　1997.10　279p　22cm　4800円　ⓝ4-273-02997-9

◇中野重治全集　16　中野重治著　筑摩書房　1997.7　525p　21cm　8700円　ⓝ4-480-72036-7

◇とっておきのもの　とっておきの話　第1巻　YANASE LIFE編集室編　芸神出版社　1997.5　213p　21cm　（芸神集団Amuse）　2500円　ⓝ4-906613-16-0

◇悲哀と鎮魂─啄木短歌の秘密　大沢博著　おうふう　1997.4　182p　19cm　2200円＋税　ⓝ4-273-02980-4

◇作家の自伝　43　石川啄木　佐伯彰一, 松本健一監修　石川啄木著, 上田博編解説　日本図書センター　1997.4　282p　22cm　（シリーズ・人間図書館）　2600円　ⓝ4-8205-9485-0,4-8205-9482-6

◇漱石、賢治、啄木のひとり歩きの愉しみ　辻真先著　青春出版社　1997.3　221p　18cm　（プレイブックス）　834円　ⓝ4-413-01685-8

◇新編啄木歌集　石川啄木〔著〕，久保田正文編　岩波書店　1997.2　440p　16cm（岩波文庫 特装版）
◇石川啄木研究―言語と行為　伊藤淑人著　翰林書房　1996.12　241,10p　22cm　5000円　④4-87737-006-4
◇石川啄木の手紙　平岡敏夫著　大修館書店　1996.12　302p　20cm　2300円　④4-469-22128-7
◇日本文壇史　13　頽唐派の人たち　伊藤整著　講談社　1996.12　288,21p　15cm（講談社文芸文庫）　980円　④4-06-196396-1
◇石川啄木歌集　久保田正文編　小沢書店　1996.12　282p　19cm（小沢クラシックス「世界の詩」）　1442円　④4-7551-4064-1
◇石川啄木と幸徳秋水事件　岩城之徳，近藤典彦編　吉川弘文館　1996.10　281,7p　22cm　6700円　④4-642-03665-2
◇啄木を恋ふ　松浦常雄著　松浦ルリ　1996.10　120p　20cm　1300円
◇作家の随想　7　石川啄木　石川啄木著，上田博編　日本図書センター　1996.9　459p　22cm　4800円　④4-8205-8164-3
◇石川啄木光を追う旅　碓田のぼる文，小松健一写真　ルック　1996.8　127p　19×27cm　2718円　④4-947676-45-0
◇石川啄木と朝日新聞―編集長佐藤北江をめぐる人々　太田愛人著　恒文社　1996.7　221p　20cm　1748円　④4-7704-0879-X
◇人間啄木―復刻版　伊東圭一郎著　岩手日報社　1996.7　330p　19cm　1262円　④4-87201-194-5
◇啄木断章　井上信興著　渓水社　1996.5　300p　19cm　2000円　④4-87440-404-9
◇啄木について　上田博著　和泉書院　1996.5　177p　19cm（和泉選書）　2575円　④4-87088-779-7
◇文彦　啄木　藤村　佐々木邦著　北上書房　1996.1　242p　19cm　1300円　④4-905662-04-4
◇夢―啄木・中也・道造詞華集　石川啄木〔ほか〕著，北川幸比古責任編集　岩崎書店　1996.1　102p　20cm（美しい日本の詩歌　10）　1500円　④4-265-04050-0

◇反俗の文人たち　浜川博著　新典社　1995.12　334p　19cm（新典社文庫）　2600円　④4-7879-6504-2
◇梁川全集　別巻〔2〕　綱島梁川研究資料　2　綱島梁川著　石川啄木ほか著　大空社　1995.11　452p　20cm
◇啄木と苜蓿社の同人達　目良卓著　武蔵野書房　1995.10　302p　20cm　3000円
◇啄木の風景　天野仁著　洋々社　1995.9　280p　20cm　2000円　④4-89674-312-1
◇石川啄木短歌集　須賀照雄英文翻訳　中教出版　1995.7　290p　27cm　3000円　④4-483-00203-1
◇啄木六の予言―何が見えたのか、どう書き残したのか　近藤典彦著　ネスコ　1995.6　241p　20cm　1600円　④4-89036-892-2
◇啄木慕情―犬の年の大水後　鳥海健太郎著　近代文芸社　1995.5　79p　20cm　1200円　④4-7733-3498-3
◇石川啄木とその時代　岩城之徳著　おうふう　1995.4　361p　19cm　2800円　④4-273-02821-2
◇啄木と共に五十年　相沢慎吉著　相沢慎吉　1995.4　329p　25×27cm　非売品
◇世界の伝記　4　石川啄木　須知徳平著　ぎょうせい　1995.2　315p　20cm　1553円　④4-324-04381-7
◇啄木と古里―啄木再発見の文学ガイド　及川和哉著　八重岳書房　1995.2　159p　19cm　850円　④4-8412-1165-9
◇政治と文学の接点―漱石・蘆花・龍之介などの生き方　三浦隆著　教育出版センター　1995.1　222p　19cm（以文選書　46）　2400円　④4-7632-1543-4
◇石川啄木余話　藤田庄一郎著　（国分寺）武蔵野書房　1994.7　282p　19cm　2500円
◇石川啄木と明治の日本　近藤典彦著　吉川弘文館　1994.6　280,6p　21cm　6386円　④4-642-03655-5
◇四迷・啄木・藤村の周縁―近代文学管見　高阪薫著　和泉書院　1994.6　307,5p　22cm（近代文学研究叢刊　6）　3700円　④4-87088-670-7
◇鷗外・啄木・荷風隠された闘い―いま明らかになる天才たちの輪舞　吉野俊彦著

ネスコ　1994.3　270p　20cm　1900円
①4-89036-867-1
◇わが晶子　わが啄木―近代短歌史上に輝く恒星と遊星　川内通生著　有朋堂　1993.11　360p　19cm　2000円　①4-8422-0167-3
◇啄木と西村陽吉　斉藤英子著　短歌新聞社　1993.9　224,11p　19cm　（新短歌叢書第116篇）　3000円
◇玫瑰花―ハマナスに魅せられて　南条範男編著　仙台啄木会　1993.9　272p　26cm　非売品
◇啄木に魅せられて―釧路時代の啄木を探る　北畠立朴著　北竜出版　1993.7　198p　21cm　1900円
◇啄木の骨　小野寺脩郎著　幼洋社　1993.7　268p　20cm　1748円　①4-906320-19-8
◇石川啄木研究―林間叢書第三二八篇　尾崎元昭著　近代文芸社　1993.6　309p　19cm　3000円　①4-7733-1936-4
◇新編啄木歌集　石川啄木〔著〕，久保田正文編　岩波書店　1993.5　440p　15cm　（岩波文庫）　670円　①4-00-310541-9
◇啄木と渋民の人々　伊五沢富雄著　近代文芸社　1993.3　272p　19cm　1600円　①4-7733-1731-0
◇啄木浪漫―節子との半生　塩浦彰著　洋々社　1993.3　279p　19cm　2000円　①4-89674-311-3

伊藤 左千夫
いとう さちお

元治1(1864).8.18～大正2(1913).7.30
歌人、小説家。明治33年より子規に師事する。36年「馬酔木」を創刊し、根岸派の代表歌人として多くの短歌、歌論を発表。「馬酔木」廃刊の41年には「アララギ」を創刊し、後進の育成に努め、島木赤彦、中村憲吉、斎藤茂吉らを育てた。一庶民の立場から新派和歌をうち立て、明治歌壇に新風をふきこんだ一方で、子規から学んだ写生文で名作『野菊の墓』や『隣の嫁』などの小説も発表した。『左千夫歌集』『左千夫歌論集』がある

『野菊の墓』：明治39(1906)年。短編小説。15歳の少年と2つ年上の少女の恋と別れを叙情的に描いた。清純可憐な物語として多くの読者の共感を誘い、その後映画や演劇の題材としてたびたび取り上げられた。

　　　＊　　　＊　　　＊

◇伊藤左千夫の歌　伊藤左千夫〔著〕，永塚功，永塚史孝編著，伊藤左千夫記念館監修　おうふう　1999.5　276p　19cm　1200円　①4-273-03085-3
◇伊藤左千夫文学アルバム　永塚功著　蒼洋社　1998.3　79p　26cm　1800円　①4-273-03014-4
◇野の花の魂　鈴木貞男著　武蔵野書房　1997.4　200p　20cm　2000円
◇野菊の墓　伊藤左千夫著　旺文社　1997.4　188p　18cm　（愛と青春の名作集）　841円　①4-01-066046-5
◇長野県文学全集　第4期（詩歌編）第4巻　短歌編 1　腰原哲朗ほか編集　伊藤左千夫ほか著　郷土出版社　1996.11　393p　20cm　（ふるさと名作の旅）
◇伊藤左千夫と成東―思郷の文学　野菊の里　永塚功著　笠間書院　1996.4　253p　18cm　1200円　①4-305-70163-4
◇扇畑忠雄著作集　第3巻　子規から茂吉へ　扇畑忠雄著　おうふう　1996.3　434p　21cm　16000円　①4-273-02846-8
◇森山汀川あて書簡にみるアララギ巨匠たちの素顔　宮坂丹保著　銀河書房　1996.3　388p　19cm　1600円　①4-87413-006-2
◇野菊の墓ほか　島崎藤村，伊藤左千夫著　講談社　1995.9　211p　19cm　（ポケット日本文学館　13）　1000円　①4-06-261713-7

落合 直文
おちあい なおぶみ

文久元(1861).11.15～明治36(1903).12.16
歌人、国文学者。明治21年長編新体詩『孝女白菊の歌』で世に知られる。26年にあさ香社を結成した。あさ香社は主義綱領や機関誌がなく、結社として歌壇に新風を巻き起こすことはなかったが、与謝野鉄幹・晶子夫妻ら短歌革新運動の逸材を育成し、その源流となった意義は大きい。直文の短歌は没後『萩之家遺稿』（37

年刊)、『萩之家歌集』(39年)、『落合直文集』(昭和2年)として刊行された。

　　　　＊　　　＊　　　＊

◇落合直文全歌集　三陸文学研究社　1996.9　91p　26cm　800円
◇古典語彙大辞典　落合直文編　東出版　1995.12　1554,11p　22cm　(辞典叢書 3)　25000円　①4-87036-013-6

尾上 柴舟
おのえ さいしゅう

明治9(1875).8.20～昭和32(1957).1.13
　歌人、国文学者、書家。落合直文の教えを受け、浅香社に参加。明治35年金子薫園との合著『叙景詩』を刊行し、「明星」の浪漫主義に対抗して、いわゆる"叙景詩運動"を推進した。以後、『銀鈴』『金帆』『静夜』『日記の端より』などの歌集、詩集を刊行。36年、夕暮、牧水らと車前草社を結成。42年『短歌滅亡私論』を発表。大正3年「水甕」を創刊した。戦後に『晴川』、遺歌集『ひとつの火』がある。国文学者としても『日本文学新史』『短歌新講』『平安朝草仮名の研究』などの著書があり、書家としても有名。

　　　　＊　　　＊　　　＊

◇叙景詩―歌集　尾上柴舟, 金子薫園選　短歌新聞社　1998.12　120p　15cm　(短歌新聞社文庫)　667円　①4-8039-0959-8
◇日記の端より―歌集　尾上柴舟著　短歌新聞社　1993.2　126p　15cm　(短歌新聞社文庫)　700円

木下 利玄
きのした りげん

明治19(1886).1.1～大正14(1925).2.15
　歌人。学習院中等科在学中に佐佐木信綱の門に入って短歌の指導を受け、明治43年級友の志賀直哉らと「白樺」を創刊し、短歌や小説を発表したが、45年から短歌に専念する。大正3年第一歌集『銀』を刊行し、以後『紅玉』『一路』『立春』『みかんの木』を刊行。「白樺」廃刊後は「不二」「日光」などの同人となる。

窪田 空穂
くぼた うつぼ

明治10(1877).6.8～昭和42(1967).4.12
　歌人、国文学者。明治年処女詩歌集『まひる野』を刊行。39年独歩社に入社。44年短編集『炉辺』を刊行。大正3年文芸雑誌「国民文学」を創刊。大正9年から昭和23年まで大学で教えた。この間、国文学者として研究を進める一方、作歌活動も盛んにし、多くの歌集を刊行した。『まひる野』のほか『濁れる河』『土を眺めて』『鏡葉』『冬日ざし』『冬木原』『老槻の下』などの歌集、『歌話と随筆』『明日の短歌』などの歌論、『新古今和歌集評釈』『万葉集評釈』『古典文学論』などの国文学の研究や小説など、著作は多い。

　　　　＊　　　＊　　　＊

◇窪田空穂歌集　窪田空穂〔著〕, 大岡信編　岩波書店　2000.4　466p　15cm　(岩波文庫)　800円　①4-00-311553-8
◇平安朝文芸の精神　窪田空穂著　クレス出版　1999.9　256p　22cm　(物語文学研究叢書 第22巻)　①4-87733-067-4
◇物語文学研究叢書　第22巻　平安朝文芸の精神　神野藤昭夫監修　窪田空穂著　クレス出版　1999.9　256p　22cm
◇わが文学体験　窪田空穂著　岩波書店　1999.3　247p　15cm　(岩波文庫)　560円　①4-00-311552-X
◇近代作家追悼文集成　41　窪田空穂・壷井栄・広津和郎・伊藤整・西条八十　ゆまに書房　1999.2　329p　21cm　8000円　①4-89714-644-5
◇窪田空穂随筆集　窪田空穂〔著〕, 大岡信編　岩波書店　1998.6　370p　15cm　(岩波文庫 31-155-1)　660円　①4-00-311551-1
◇窪田空穂の短歌　窪田章一郎著　短歌新聞社　1996.6　1214p　22cm　15000円　①4-8039-0831-1
◇日本アルプス縦走記　窪田空穂著　雁書館　1995.7　137p　19cm　1400円

短歌　　　　　　近代

◇冬木原―歌集　窪田空穂著　短歌新聞社　1993.2　146p　15cm　（短歌新聞社文庫）700円　Ⓒ4-8039-0683-1

◇土を眺めて―歌集　窪田空穂著　短歌新聞社　1993.1　142p　15cm（短歌新聞社文庫）700円　Ⓒ4-8039-0680-7

斎藤 茂吉
さいとう もきち

明治15(1882).5.14～昭和28(1953).2.25
歌人、精神科医。精神病学を専攻し医師として働く一方、明治41年創刊の「アララギ」に参加し、活発な作歌、評論活動を始め、大正2年『赤光』を、5年には『短歌私鈔』を、8年には歌論集『童馬漫語』などを刊行。以後幅広く活躍し、昭和9年から15年にかけて『柿本人麿』(全5巻)を刊行、26年文化勲章を受章した。近代短歌の確立者である。他の歌集に『あらたま』『寒雲』『白桃』『遍歴』『白き山』『ともしび』などがあり、他に多くの歌論書、随筆集『念珠集』などがある。

『赤光』：大正2(1913)年。歌集。明治38年から大正2年までの834首を収める。写生を基調としつつ、抒情精神・象徴性をたたえた強烈な自我、印象派的な鋭い感覚を詠んだ。

　　　　＊　　　＊　　　＊　　　＊

◇赤光　斎藤茂吉著　新潮社　2000.3　358p　16cm　（新潮文庫）552円　Ⓒ4-10-149421-5

◇ふる里もっといい話し―918KHzこちらゲンキ印山形　大久保義彦監修, 有路広志編　黙出版　1999.11　253p　21cm　1900円　Ⓒ4-900682-41-1

◇たらちねの奇妙キテレツ　斎藤茂太著　黙出版　1999.10　193p　19cm　1429円　Ⓒ4-900682-40-3

◇抒情の行程―茂吉、文明、佐太郎、赤彦　梶木剛著　短歌新聞社　1999.8　354p　20cm　3333円　Ⓒ4-8039-0979-2

◇斎藤茂吉と土屋文明―その場合場合　清水房雄著　明治書院　1999.3　415p　22cm　8000円　Ⓒ4-625-41118-1

◇白秋茂吉互選歌集　北原白秋, 斎藤茂吉著　石川書房　1999.3　146p　16cm　1000円

◇赤光　斎藤茂吉作　改版　岩波書店　1999.2　253p　15cm　（岩波文庫）　500円　Ⓒ4-00-310441-2

◇斎藤茂吉を知る　柴生田稔著　笠間書院　1998.12　391p　19cm　3800円　Ⓒ4-305-70156-1

◇斎藤茂吉―その迷宮に遊ぶ　岡井隆, 小池光, 永田和宏著　砂子屋書房　1998.12　391p　20cm　3800円　Ⓒ4-7904-0439-0

◇茂吉晩年―「白き山」「つきかげ」時代　北杜夫著　岩波書店　1998.3　276p　20cm　1900円　Ⓒ4-00-025281-X

◇回想の父茂吉　母輝子　斎藤茂太著　中央公論社　1997.12　259p　15cm　（中公文庫）552円　Ⓒ4-12-203008-0

◇近代文学研究叢書 73　昭和女子大学近代文化研究所著　昭和女子大学近代文化研究所　1997.10　705p　19cm　8600円　Ⓒ4-7862-0073-5

◇中野重治全集 第17巻　斎藤茂吉ノート・室生犀星　中野重治著　定本版　筑摩書房　1997.8　526p　21cm　8700円　Ⓒ4-480-72037-5

◇「感謝」する人―茂吉、輝子、茂太に仕えたヨメの打ち明け話　斎藤美智子, 斎藤茂太著　講談社　1997.6　282p　19cm　1700円　Ⓒ4-06-208748-0

◇定本茂吉と信濃　松本武著　石川書房　1997.3　363p　20cm　3000円

◇斎藤茂吉歌集　斎藤茂吉〔著〕, 山口茂吉ほか編　岩波書店　1997.2　304p　16cm　（岩波文庫 特装版）

◇近代作家追悼文集成 第34巻　久米正雄・斎藤茂吉・土井晩翠　ゆまに書房　1997.1　384p　22cm　8240円　Ⓒ4-89714-107-9

◇茂吉歳時記 続々　高橋光義著　短歌新聞社　1996.11　298p　19cm　（山麓叢書 第85篇）2500円　Ⓒ4-8039-0858-3

◇斎藤茂吉と仏教　斎藤邦明著　斎藤邦明　1996.7　366p　22cm　（山麓叢書 第86篇）3400円

◇茂吉遠望―さまざまな風景　本林勝夫著　短歌新聞社　1996.7　384p　20cm　4000円　Ⓒ4-8039-0832-X

◇茂吉と現代―リアリズムの超克　岡井隆著　短歌研究社　1996.7　473p　20cm　5800円　④4-88551-219-0
◇扇畑忠雄著作集　第3巻　子規から茂吉へ　扇畑忠雄著　おうふう　1996.3　434p　21cm　16000円　④4-273-02846-8
◇茂吉彷徨―「たかはら」～「小園」時代　北杜夫著　岩波書店　1996.3　259p　20cm　1900円　④4-00-002296-2
◇森山汀川あて書簡にみるアララギ巨匠たちの素顔　宮坂丹保著　銀河書房　1996.3　388p　19cm　1600円　④4-87413-006-2
◇斎藤茂吉―思出す事ども/念珠集　斎藤茂吉著,藤岡武雄編　日本図書センター　1995.11　279p　22cm　（シリーズ・人間図書館）　2600円　④4-8205-9399-4
◇子規・茂吉の原風景　伊吹純著　六法出版社　1995.9　152p　20cm　2000円　④4-89770-945-8
◇茂吉の短歌を読む　岡井隆著　岩波書店　1995.8　294p　20cm　（岩波セミナーブックス　54）　2300円　④4-00-004224-6
◇斎藤茂吉ノート　中野重治著　筑摩書房　1995.1　429p　15cm　（ちくま学芸文庫）　1400円　④4-480-08180-1
◇岡井隆コレクション　4　斎藤茂吉論集成　岡井隆著　思潮社　1994.7　512p　19cm　5800円　④4-7837-2304-4
◇斎藤茂吉入門　藤岡武雄編著　（京都）思文閣出版　1994.6　151p　23×19cm　2400円　④4-7842-0832-1
◇ヨーロッパの斎藤茂吉　藤岡武雄著　沖積舎　1994.6　209p　21cm　2000円　④4-8060-4581-0
◇回想の父茂吉　母輝子　斎藤茂太著　中央公論社　1993.10　215p　19cm　1300円　④4-12-002253-6
◇不死鳥　塩川治子著　河出書房新社　1993.8　165p　19cm　1200円　④4-309-90110-7
◇壮年茂吉―「つゆじも」～「ともしび」時代　北杜夫著　岩波書店　1993.7　235p　19cm　1800円　④4-00-001238-X
◇近代の詩人　3　斎藤茂吉　加藤周一編・解説　潮出版社　1993.7　381p　23cm　5000円　④4-267-01241-5

佐々木 信綱
ささき のぶつな

明治5(1872).6.3～昭和38(1963).12.2
　歌人、歌学者。明治23年から24年にかけて、国学者である父弘綱と共著で『日本歌学全書』12冊を刊行している。父弘綱のあとをうけて竹柏会を主催、『こころの華』（のち『心の花』と改題）を刊行した。率直な人生観による温雅な歌風で、木下利玄や川田順ら多くの弟子を育て、落合直文と並んで短歌革新の一翼を担った。歌集に36年『思草』などがある。

島木 赤彦
しまき あかひこ

明治9(1875).12.17～大正15(1926).3.27
　歌人、教育家。明治38年太田水穂との合著詩歌集『山上湖上』を刊行。41年「阿羅々木」（のちの「アララギ」）が創刊され、左千夫門下の斎藤茂吉、中村憲吉らと作歌活動に参加し、大正2年中村憲吉との合著『馬鈴薯の花』を刊行。その後、島木赤彦の筆名を使う。4年『切火』を刊行。アララギの中心歌人となり、写実的歌風を確立。9年『氷魚』を、13年『太虚集』を刊行し、死後の15年『柿蔭集』が刊行された。これらの歌集のほか、唯一の歌論集『歌道小見』が刊行されている。"鍛練道"の唱道者。

　　　　　＊　　　　＊　　　　＊

◇抒情の行程―茂吉、文明、佐太郎、赤彦　梶木剛著　短歌新聞社　1999.8　354p　20cm　3333円　④4-8039-0979-2
◇島木赤彦研究　新井章著　短歌新聞社　1997.11　319p　20cm　3333円　④4-8039-0900-8
◇赤彦童謡集　島木赤彦著　大空社　1997.3　104,8p　20cm　（叢書日本の童謡）
◇わが心の赤彦童謡　藤田郁子著　新樹社　1996.12　283p　19cm　2200円　④4-7875-8469-3

◇父赤彦の俤―幼時の追想 上　久保田夏樹著　信濃毎日新聞社　1996.7　265p　20cm　1650円　⓵4-7840-9622-1
◇父赤彦の俤―幼時の追想 下　久保田夏樹著　信濃毎日新聞社　1996.7　272p　20cm　1650円　⓵4-7840-9623-X
◇扇畑忠雄著作集 第3巻　子規から茂吉へ　扇畑忠雄著　おうふう　1996.3　434p　21cm　16000円　⓵4-273-02846-8
◇島木赤彦　神戸利郎著, 赤彦記念誌編集委員会編　下諏訪町教育委員会　1993.6　1冊　28cm

土岐 善麿
とき ぜんまろ

明治18(1885).6.8～昭和55(1980).4.15

歌人、国文学者。新聞社に勤務し、社会部長、論説委員などを務める。また歌人として知られ、明治34年に哀果の号で出した処女歌集『NAKIWARAI』(泣き笑い)はローマ字3行わかち書きの新体裁と社会性の濃い内容で当時の歌壇、とくに石川啄木に衝撃を与え社会派短歌の先駆的役割を果たした。戦後の歌集に『夏草』『遠隣集』『歴史の中の生活者』などがある。22年、戦中の研究の成果である『田安宗武』全4巻で学士院賞を受賞。また国語審議会会長を5期11年間つとめたほか、ローマ字運動本部委員長、エスペランチスト、能作詞家、杜甫研究家としても活躍した。

＊　　＊　　＊

◇明治大正史 5　土岐善麿編著, 朝日新聞社編　クレス出版　2000.4　400,7p　22cm　8000円　⓵4-87733-090-9,4-87733-085-2

長塚 節
ながつか たかし

明治12(1879).4.3～大正4(1915).2.8

歌人、小説家。正岡子規に師事し、子規亡き後の明治36年伊藤左千夫らと「馬酔木」を創刊、歌作、歌論にと活躍する。41年廃刊後、「アララギ」に参加。気品と冴えを伴う万葉調の写生に徹し、『うみ苓(お)集』『行く春』などを

発表。36年頃から小説を書き始め『炭焼の娘』『佐渡が島』、名作『土』(43年)を発表。44年喉頭結核となり、病床で『わが病』『病中雑詠』などを発表。大正3年から死の直前迄書き続けられた『鍼の如く』は231首の大作となっている。
『土』：明治43(1910)年。長編小説。自然を背景に、小作農の貧しさと、それに由来する貪欲、狡猾、利己心などを自然の風物や年中行事を交え徹底的に描き出した。農民文学の記念碑的作品。

＊　　＊　　＊

◇土　長塚節作　岩波書店　2000.5　403p　15cm　(岩波文庫)　700円　⓵4-00-310401-3
◇作家の自伝 84　長塚節　佐伯彰一, 松本健一監修　長塚節著, 佐々木靖章編解説　日本図書センター　1999.4　252p　22cm　(シリーズ・人間図書館)　2600円　⓵4-8205-9529-6,4-8205-9525-3
◇文学の先駆者たち　奈良達雄著　あゆみ出版　1998.9　221p　19cm　2000円　⓵4-7519-7130-1
◇扇畑忠雄著作集 第3巻　子規から茂吉へ　扇畑忠雄著　おうふう　1996.3　434p　21cm　16000円　⓵4-273-02846-8
◇長塚節の文学―"気品と冴え"長塚文学の精髄を解き明かす　長塚節研究会編　筑波書林　1995.9　170p　19cm　1165円　⓵4-900725-23-4
◇長塚節・横瀬夜雨―その生涯と文学碑　石塚弥左衛門編著　新修版　明治書院　1995.5　157p　27cm　2900円　⓵4-625-43070-4
◇長塚節の世界　森田孟編著　筑波大学文芸・言語学系　1994.3　145p　19cm
◇長塚節歌集　清水房雄編　短歌新聞社　1993.7　152p　15cm　(短歌新聞社文庫)　700円　⓵4-8039-0707-2
◇土　長塚節著　中央公論社　1993.5　439p　15cm　(中公文庫)　680円　⓵4-12-201995-8

柳原 白蓮
やなぎわら びゃくれん

明治18(1885).10.15～昭和42(1967).2.22

歌人。大正天皇の従妹にあたる。北小路資武

と離婚後、筑豊の炭鉱王・伊藤伝右衛門と再婚、"筑紫の女王"と呼ばれたが、大正10年社会運動家・宮崎龍介との世紀の恋愛で話題を呼び、12年宮崎と結婚。歌人としては明治33年佐佐木信綱の門に入り、大正4年『踏絵』を刊行。以後『幻の華』『紫の海』『地平線』を刊行したほか、詩集『几帳のかげ』、小説『荊棘の実』などを刊行。昭和10年歌誌「ことたま」を創刊して主宰。

＊　　＊　　＊

◇白蓮れんれん　林真理子著　中央公論社　1998.10　431p　15cm（中公文庫）648円　①4-12-203255-5
◇日本恋愛事件史　山崎洋子著　講談社　1997.8　299p　15cm（講談社文庫）486円　①4-06-263576-3
◇愛ひびきあう—近代日本を奔った女たち　永畑道子著　筑摩書房　1996.11　219p　19cm　1648円　①4-480-81408-6
◇風の交叉点—豊島に生きた女性たち 3　豊島区立男女平等推進センター編　ドメス出版　1994.3　243p 21cm　1545円　①4-8107-0379-7
◇へんくつ一代　三好徹著　講談社　1993.12　304p 15cm（講談社文庫）500円　①4-06-185559-X

山川 登美子
やまかわ とみこ

明治12（1879）.7.19〜明治42（1909）.4.15
歌人。「新声」「文庫」などに投稿し、明治33年東京新詩社に参加。与謝野鉄幹の教えを受け、鳳晶子（後の与謝野晶子）と並んで「明星」誌上に多くの情熱的な浪漫主義的和歌を発表した。34年結婚し、「明星」を離れるが、夫と死別。日本女子大英文科に進み、また「明星」に復帰する。38年与謝野晶子、増田雅子との共同歌集『恋衣』を刊行。その後胸を病んで療養生活に入ったが、まもなく死去した。

＊　　＊　　＊

◇曽野綾子　津村節子　曽野綾子，津村節子著，河野多恵子，大庭みな子，佐藤愛子，津村節子監修　角川書店　1999.6　459p　19cm（女性作家シリーズ　10）2800円　①4-04-574210-7
◇恋衣—歌集　山川登美子，増田雅子，与謝野晶子著　短歌新聞社　1998.4　142p　15cm（短歌新聞社文庫）667円　①4-8039-0929-6
◇わがふところにさくら来てちる—山川登美子と「明星」　今野寿美著　五柳書院　1998.3　294,5,3p　20cm（五柳叢書　58）2300円　①4-906010-80-6
◇山川登美子と明治歌壇　白಑昭一郎著　吉川弘文館　1996.11　356p　20cm　2900円　①4-642-07495-3
◇山川登美子と与謝野晶子　直木孝次郎著　塙書房　1996.9　246p　20cm　2800円　①4-8273-0076-3
◇日本文壇史 8　日露戦争の時代　伊藤整著　講談社　1996.2　250,22p　15cm（講談社文芸文庫）980円　①4-06-196357-0
◇山川登美子全集　山川登美子著，坂本政親編　文泉堂出版　1994.1　2冊　22cm　全25000円

与謝野 晶子
よさの あきこ

明治11（1878）.12.7〜昭和17（1942）.5.29
歌人、詩人。明治29年頃から歌作をはじめ、33年東京新詩社の創設と共に入会し、「明星」に数多くの作品を発表。34年『みだれ髪』を刊行、同年秋与謝野鉄幹と結婚。「明星」の中心作家として、自由奔放、情熱的な歌風で浪漫主義詩歌の全盛期を現出させた。この頃の代表作に、『小扇』『恋衣』『舞姫』などがあり、大正期の代表作としては「さくら草」「舞ごろも」などがある。短歌、詩、小説、評論の各分野で活躍する一方、『源氏物語』全巻の現代語訳『新訳源氏物語』や『新訳栄華物語』、評論集『人及び女として』『激動の中を行く』などがある。

『みだれ髪』：明治34（1901）年。歌集。鉄幹との恋愛から生まれた奔放な歌を多く収める。みずみずしい官能を誇らかに表現し、古い因習に大胆に挑戦した。浪漫主義短歌の代表的作品集。

＊　　＊　　＊

短歌　　　　　　近代

◇鉄幹晶子全集　8　新訳源氏物語下巻の一・新訳源氏物語下巻の二　与謝野晶子著　勉誠出版　2002.2　457p　21cm　6000円　Ⓘ4-585-01061-0

◇鉄幹晶子全集　7　新訳源氏物語上巻・新訳源氏物語中巻　与謝野晶子著　勉誠出版　2002.1　471p　21cm　6000円　Ⓘ4-585-01060-2

◇与謝野晶子の新訳源氏物語　与謝野晶子著　角川書店　2001.11　2冊(セット)　19cm　(文芸シリーズ)　3300円　Ⓘ4-04-873329-X

◇与謝野晶子評論著作集　第11巻　与謝野晶子著, 内山秀夫, 香内信子編・解題　竜渓書舎　2001.5　268p　22cm　Ⓘ4-8447-3522-5

◇与謝野晶子評論著作集　第12巻　与謝野晶子著, 内山秀夫, 香内信子編・解題　竜渓書舎　2001.5　248p　22cm　Ⓘ4-8447-3522-5

◇与謝野晶子評論著作集　第13巻　与謝野晶子著, 内山秀夫, 香内信子編・解題　竜渓書舎　2001.5　309p　22cm　Ⓘ4-8447-3522-5

◇与謝野晶子評論著作集　第14巻　与謝野晶子著, 内山秀夫, 香内信子編・解題　竜渓書舎　2001.5　360p　22cm　Ⓘ4-8447-3522-5

◇与謝野晶子評論著作集　第15巻　与謝野晶子著, 内山秀夫, 香内信子編・解題　竜渓書舎　2001.5　364p　22cm　Ⓘ4-8447-3522-5

◇与謝野晶子評論著作集　第6巻　与謝野晶子著, 内山秀夫, 香内信子編・解題　竜渓書舎　2001.3　378p　22cm　Ⓘ4-8447-3522-5

◇与謝野晶子評論著作集　第7巻　与謝野晶子著, 内山秀夫, 香内信子編・解題　竜渓書舎　2001.3　283p　22cm　Ⓘ4-8447-3522-5

◇与謝野晶子評論著作集　第8巻　与謝野晶子著, 内山秀夫, 香内信子編・解題　竜渓書舎　2001.3　250p　22cm　Ⓘ4-8447-3522-5

◇与謝野晶子評論著作集　第9巻　与謝野晶子著, 内山秀夫, 香内信子編・解題　竜渓書舎　2001.3　267p　22cm　Ⓘ4-8447-3522-5

◇与謝野晶子評論著作集　第10巻　与謝野晶子著, 内山秀夫, 香内信子編・解題　竜渓書舎　2001.3　346p　22cm　Ⓘ4-8447-3522-5

◇与謝野晶子評論著作集　第1巻　与謝野晶子著, 内山秀夫, 香内信子編・解題　竜渓書舎　2001.2　621p　22cm　Ⓘ4-8447-3522-5

◇与謝野晶子評論著作集　第2巻　与謝野晶子著, 内山秀夫, 香内信子編・解題　竜渓書舎　2001.2　316p　22cm　Ⓘ4-8447-3522-5

◇与謝野晶子評論著作集　第3巻　与謝野晶子著, 内山秀夫, 香内信子編・解題　竜渓書舎　2001.2　334p　22cm　Ⓘ4-8447-3522-5

◇与謝野晶子評論著作集　第4巻　与謝野晶子著, 内山秀夫, 香内信子編・解題　竜渓書舎　2001.2　368p　22cm　Ⓘ4-8447-3522-5

◇与謝野晶子評論著作集　第5巻　与謝野晶子著, 内山秀夫, 香内信子編・解題　竜渓書舎　2001.2　403p　22cm　Ⓘ4-8447-3522-5

◇みだれ髪　与謝野晶子著　新潮社　2000.1　254p　16cm　(新潮文庫)　400円　Ⓘ4-10-117021-5

◇おんな愛いのち―与謝野晶子/森崎和江/ヘーゲル　園田久子著　創言社　1999.7　272p　19cm　2500円　Ⓘ4-88146-511-2

◇新・代表的日本人　佐高信編著　小学館　1999.6　314p　15cm　(小学館文庫)　590円　Ⓘ4-09-403301-7

◇風呂で読む与謝野晶子　松平盟子著　世界思想社　1999.2　104p　19cm　951円　Ⓘ4-7907-0741-5

◇君も雛罌粟われも雛罌粟―与謝野鉄幹・晶子夫妻の生涯　上　渡辺淳一著　文芸春秋　1999.1　437p　16cm　(文春文庫)　590円　Ⓘ4-16-714522-7

◇君も雛罌粟われも雛罌粟―与謝野鉄幹・晶子夫妻の生涯　下　渡辺淳一著　文芸春秋　1999.1　452p　16cm　(文春文庫)　590円　Ⓘ4-16-714523-5

◇母の愛―11人の子を育てた情熱の歌人　与謝野晶子の童話　与謝野晶子著, 松平盟子編著　婦人画報社　1998.12　319p　19cm　1800円　Ⓘ4-573-21047-4

◇与謝野晶子　渡辺澄子著　新典社　1998.10　223p　19cm　(女性作家評伝シリーズ　2)　1600円　Ⓘ4-7879-7302-9

◇みだれ髪―チョコレート語訳　2　与謝野晶子〔原著〕, 俵万智著　河出書房新社　1998.10　149p　20cm　1000円　Ⓘ4-309-01245-0

◇与謝野晶子と源氏物語　市川千尋著　国研出版　1998.7　431p　22cm　(国研叢書　6)　7500円　Ⓘ4-7952-9216-7

◇与謝野晶子と周辺の人びと─ジャーナリズムとのかかわりを中心に　香内信子著　創樹社　1998.7　334p　20cm　2300円　Ⓘ4-7943-0529-X

◇みだれ髪─チョコレート語訳　与謝野晶子〔原著〕, 俵万智著　河出書房新社　1998.7　157p　20cm　1000円　Ⓘ4-309-01228-0

◇恋衣─歌集　山川登美子, 増田雅子, 与謝野晶子著　短歌新聞社　1998.4　142p　15cm　(短歌新聞社文庫)　667円　Ⓘ4-8039-0929-6

◇名作を書いた女たち　池田理代子著　中央公論社　1997.12　237p　15cm　(中公文庫)　629円　Ⓘ4-12-203012-9

◇春のかぜ我にあつまる─与謝野晶子詩集　与謝野晶子〔著〕, 上田博, 古沢夕起子編　啓文社　1997.10　176p　19cm　1900円　Ⓘ4-7729-1554-0,4-901235-44-3

◇鉄幹と晶子　第3号　特集 パリから帰った鉄幹と晶子　上田博編　和泉書院　1997.10　201p　21cm　2200円　Ⓘ4-87088-878-5

◇火の色す─富村俊造・与謝野晶子アカデミーの軌跡　与謝野晶子アカデミー百回記念誌編集委員会編　『山の動く日』の会　1997.9　235p　21cm　1500円

◇君死にたまうことなかれ─大塚楠緒子・与謝野晶子・竹久夢二・小熊秀雄詞華集　与謝野晶子〔ほか〕著　岩崎書店　1997.7　102p　20cm　(美しい日本の詩歌　17)　1500円　Ⓘ4-265-04057-8

◇初恋に恋した女　与謝野晶子　南条範夫著　講談社　1997.5　261p　15cm　(講談社文庫)　619円　Ⓘ4-06-263518-6

◇与謝野晶子歌集　与謝野晶子作　岩波書店　1997.2　381p　16cm　(岩波文庫 特装版)

◇夢想─ゆめみるおもい ミュシャ小画集　アルフォンス・ミュシャ画, 与謝野晶子詩・歌　講談社　1997.1　1冊(頁付なし)　18×20cm　1500円　Ⓘ4-06-266354-6

◇与謝野晶子歌集　吉田精一編　小沢書店　1997.1　259p　19cm　(小沢クラシックス「世界の詩」)　1442円　Ⓘ4-7551-4061-7

◇絵画と色彩と晶子の歌─私の与謝野晶子　持谷靖子著　にっけん教育出版社,星雲社〔発売〕　1996.12　393p　21cm　(にっけんの文学・文芸シリーズ)　3200円　Ⓘ4-7952-0194-3

◇愛ひびきあう─近代日本を奔った女たち　永畑道子著　筑摩書房　1996.11　219p　19cm　1648円　Ⓘ4-480-81408-6

◇女をかし 与謝野晶子─横浜貿易新報の時代　赤塚行雄著　神奈川新聞社　1996.11　351p　20cm　2500円　Ⓘ4-87645-205-9

◇山川登美子と与謝野晶子　直木孝次郎著　塙書房　1996.9　246p　20cm　2800円　Ⓘ4-8273-0076-3

◇資料与謝野晶子と旅　沖良機著　武蔵野書房　1996.7　239p　22cm　2575円

◇私の生ひ立ち　与謝野晶子著　学陽書房　1996.7　176p　15cm　(女性文庫　よ1-1)　660円　Ⓘ4-313-72021-9

◇晶子秀歌選　与謝野晶子著　新版　大東出版社　1996.4　289p　20cm　3500円　Ⓘ4-500-00622-2

◇蜻蛉日記　〔藤原道綱母著〕, 与謝野晶子訳, 今西祐一郎補注　平凡社　1996.3　366p　16cm　(平凡社ライブラリー)　1000円　Ⓘ4-582-76141-0

◇日本文壇史 8　日露戦争の時代　伊藤整著　講談社　1996.2　250,22p　15cm　(講談社文芸文庫)　980円　Ⓘ4-06-196357-0

◇夢のかたち─「自分」を生きた13人の女たち　鈴木由紀子著　ベネッセコーポレーション　1996.2　268p　19cm　1400円　Ⓘ4-8288-1759-X

◇与謝野晶子書簡集　岩野喜久代編　新版　大東出版社　1996.2　363p　19cm　2500円　Ⓘ4-500-00621-4

◇君も雛罌粟われも雛罌粟─与謝野鉄幹・晶子夫妻の生涯　上巻　渡辺淳一著　文藝春秋　1996.1　403p　20cm　1456円　Ⓘ4-16-316010-8

◇君も雛罌粟われも雛罌粟─与謝野鉄幹・晶子夫妻の生涯　下巻　渡辺淳一著　文藝春秋　1996.1　410p　20cm　1456円　Ⓘ4-16-316020-5

◇鉄幹と晶子詩の革命　永畑道子著　筑摩書房　1996.1　411p　15cm　(ちくま文庫)　950円　Ⓘ4-480-03147-2

◇叢書女性論 18　女人創造　与謝野晶子著　大空社　1996.1　267p　22cm　8252円　Ⓘ4-7568-0027-0

◇女人創造　与謝野晶子著　大空社　1996.1　267p　22cm　（叢書女性論　18）　8500円　ⓘ4-7568-0027-0

◇乳房のうたの系譜　道浦母都子著　筑摩書房　1995.11　201p　19cm　1600円　ⓘ4-480-81386-1

◇名作を書いた女たち―自分を生きた13人の人生　池田理代子著　講談社　1995.7　229p　18cm　1300円　ⓘ4-06-207622-5

◇一隅より　与謝野晶子著　大空社　1995.6　621p　22cm　（叢書女性論　6）　10000円　ⓘ4-7568-0015-7

◇与謝野晶子を学ぶ人のために　上田博，富村俊造編　世界思想社　1995.5　400p　19cm　2500円　ⓘ4-7907-0554-4

◇与謝野晶子　平子恭子編著　河出書房新社　1995.4　242p　22cm　（年表作家読本）　2200円　ⓘ4-309-70055-1

◇明治を駆けぬけた女たち　中村彰彦編著　ダイナミックセラーズ出版　1994.11　315p　19cm　1500円　ⓘ4-88493-252-8

◇晶子讃歌　中山凡流著　沖積舎　1994.10　279p　19cm　2800円　ⓘ4-8060-4598-5

◇与謝野晶子―明るみへ　与謝野晶子著，逸見久美編解説　日本図書センター　1994.10　283p　22cm　（シリーズ・人間図書館）　2600円　ⓘ4-8205-8004-3

◇うたの心に生きた人々　茨木のり子著　筑摩書房　1994.9　295p　15cm　（ちくま文庫）　740円　ⓘ4-480-02879-X

◇「伝説」になった女たち　山崎洋子著　講談社　1994.4　335p　15cm　（講談社文庫）　540円　ⓘ4-06-185654-5

◇君死にたまふこと勿れ　中村文雄著　（大阪）和泉書院　1994.2　278p　19cm　（和泉選書　85）　2500円　ⓘ4-87088-627-8

◇みだれ髪―歌集　与謝野晶子著　短歌新聞社　1994.1　128p　15cm　（短歌新聞社文庫）　700円　ⓘ4-8039-0729-3

◇晶子曼陀羅　佐藤春夫著　講談社　1993.11　324p　15cm　（講談社文芸文庫）　980円　ⓘ4-06-196248-5

◇わが晶子　わが啄木―近代短歌史上に輝く恒星と遊星　川内通生著　有朋堂　1993.11　360p　19cm　2000円　ⓘ4-8422-0167-3

◇与謝野晶子―昭和期を中心に　香内信子著　ドメス出版　1993.10　230p　19cm　2369円　ⓘ4-8107-0370-3

◇恋愛放浪伝　日本テレビ放送網　1993.10　246p　19cm　（知ってるつもり？！　13）　1100円　ⓘ4-8203-9302-2

◇梗概源氏物語　与謝野晶子著，鶴見大学文学部編　武蔵野書院　1993.10　142,48,16p　27cm　3000円　ⓘ4-8386-0377-0

◇初恋に恋した女―与謝野晶子　南条範夫著　講談社　1993.9　243p　19cm　1500円　ⓘ4-06-206620-3

◇愛、理性及び勇気　与謝野晶子〔著〕　講談社　1993.1　310p　16cm　（講談社文芸文庫）　980円　ⓘ4-06-196209-4

◇梗概源氏物語　与謝野晶子著，鶴見大学文学部編　鶴見大学　1993.1　142,48,16p　26cm

与謝野　鉄幹
よさの　てっかん

明治6(1873).2.26〜昭和10(1935).3.26　歌人、詩人。明治25年上京して落合直文に師事、26年浅香社を結成。27年『亡国の音』によって伝統和歌を否定して新派和歌を提唱。29年詩歌集『東西南北』、30年『天地玄黄』を刊行。32年東京新詩社を結成し、33年「明星」を創刊、同誌主筆として詩歌による浪漫主義運動展開の中心となる。34年『鉄幹子』『紫』を刊行、同年鳳晶子と結婚。「日本語源考」など、国語国文の研究者としても功績がある。鉄幹の門から晶子をはじめ、窪田空穂、吉井勇、啄木、白秋など多くの俊英を輩出した。

＊　　＊　　＊

◇鉄幹晶子全集1　東西南北・天地玄黄・鉄幹子　与謝野鉄幹著　勉誠出版　2001.12　408p　21cm　6000円　ⓘ4-585-01054-8

◇現代短歌全集　第1巻(明治42年以前)　与謝野鉄幹〔ほか〕著　増補版　筑摩書房　2001.6　379p　23cm　6000円　ⓘ4-480-13821-8

◇君も雛罌粟われも雛罌粟―与謝野鉄幹・晶子夫妻の生涯　上　渡辺淳一著　文芸春秋　1999.1　437p　16cm　（文春文庫）　590円　ⓘ4-16-714522-7

◇君も雛罌粟われも雛罌粟―与謝野鉄幹・晶子夫妻の生涯 下 渡辺淳一著 文芸春秋 1999.1 452p 16cm （文春文庫） 590円 Ⓘ4-16-714523-5

◇鉄幹と晶子 第3号 特集 パリから帰った鉄幹と晶子 上田博編 和泉書院 1997.10 201p 21cm 2200円 Ⓘ4-87088-878-5

◇君も雛罌粟われも雛罌粟―与謝野鉄幹・晶子夫妻の生涯 上巻 渡辺淳一著 文藝春秋 1996.1 403p 20cm 1456円 Ⓘ4-16-316010-8

◇君も雛罌粟われも雛罌粟―与謝野鉄幹・晶子夫妻の生涯 下巻 渡辺淳一著 文藝春秋 1996.1 410p 20cm 1456円 Ⓘ4-16-316020-5

◇鉄幹と晶子 詩の革命 永畑道子著 筑摩書房 1996.1 411p 15cm （ちくま文庫） 950円 Ⓘ4-480-03147-2

◇与謝野鉄幹歌集―歌集 逸見久美編 短歌新聞社 1993.3 138p 15cm （短歌新聞社文庫） 700円 Ⓘ4-8039-0686-6

吉井 勇
よしい いさむ

明治19(1886).10.8～昭和35(1960).11.19
歌人、劇作家、小説家。明治38年「新詩社」に入り、「明星」に短歌を発表したがのち脱退、耽美派の拠点となった「パンの会」を北原白秋らと結成。また42年には石川啄木らと「スバル」を創刊したあと、第一歌集『酒ほがひ』、戯曲集『午後三時』を出版、明治末年にはスバル派詩人、劇作家として知られる。大正初期には『昨日まで』『祇園歌集』『東京紅燈集』『みれん』『祇園双紙』などの歌集を次々と出し、情痴の世界、京都祇園の風情、人生の哀歓を歌い上げたほか短編・長編小説、随筆から『伊勢物語』等の現代語訳など多方面にわたる活動を続けた。

* * *

◇近代作家追悼文集成 37 吉井勇・和辻哲郎・小川未明・西東三鬼 ゆまに書房 1999.2 291p 21cm 8000円 Ⓘ4-89714-640-2

◇酒ほがひ―歌集 吉井勇著 短歌新聞社 1998.3 134p 15cm （短歌新聞社文庫） 667円 Ⓘ4-8039-0926-1

◇吉井勇全集 第1巻 吉井勇著 復刻版 日本図書センター 1998.1 527,8p 22cm Ⓘ4-8205-8209-7,4-8205-8208-9

◇吉井勇全集 第2巻 吉井勇著 復刻版 日本図書センター 1998.1 546,8p 22cm Ⓘ4-8205-8210-0,4-8205-8208-9

◇吉井勇全集 第3巻 吉井勇著 復刻版 日本図書センター 1998.1 559,8p 22cm Ⓘ4-8205-8211-9,4-8205-8208-9

◇吉井勇全集 第4巻 吉井勇著 復刻版 日本図書センター 1998.1 540,8p 22cm Ⓘ4-8205-8212-7,4-8205-8208-9

◇吉井勇全集 第5巻 吉井勇著 復刻版 日本図書センター 1998.1 499,8p 22cm Ⓘ4-8205-8213-5,4-8205-8208-9

◇吉井勇全集 第6巻 吉井勇著 復刻版 日本図書センター 1998.1 521,8p 22cm Ⓘ4-8205-8214-3,4-8205-8208-9

◇吉井勇全集 第7巻 吉井勇著 復刻版 日本図書センター 1998.1 520,8p 22cm Ⓘ4-8205-8215-1,4-8205-8208-9

◇吉井勇全集 第8巻 吉井勇著 復刻版 日本図書センター 1998.1 531,8p 22cm Ⓘ4-8205-8216-X,4-8205-8208-9

◇吉井勇全集 第9巻 吉井勇著，阿部正路解説 復刻版 日本図書センター 1998.1 381,4,15p 22cm Ⓘ4-8205-8217-8,4-8205-8208-9

◇日本文壇史 13 頽唐派の人たち 伊藤整著 講談社 1996.12 288,21p 15cm （講談社文芸文庫） 980円 Ⓘ4-06-196396-1

若山 牧水
わかやま ぼくすい

明治18(1885).8.24～昭和3(1928).9.17
歌人。明治37年早大に入学、同級に北原白秋と土岐哀果がいた。在学中尾上柴舟の教えを受け、38年に柴舟らと車前草社を結成した。43年の第3歌集『別離』で歌壇を圧し、最後の『黒松』まで15冊の主要歌集があり、また多くの紀行文や随筆集も刊行した。人生の苦悩と自然へ

の詠嘆をうたった牧水は自然主義的歌人の代表人物である。

『別離』：明治43（1910）年。歌集。38年から43年1月までの作1004首を収める。恋愛時代の清新な歌と失恋の苦悩をうたったものが中心となっている。この作品で牧水は一躍注目を浴び、同時期に『収穫』を出版した前田夕暮とともに、新詩社歌風の凋落しつつあった歌壇に「牧水、夕暮時代」を出現させた。

*　　*　　*

◇若山牧水随筆集　若山牧水〔著〕　講談社　2000.1　326p　16cm　（講談社文芸文庫）　1050円　④4-06-197695-8

◇牧水・朝鮮五十七日間の旅　上杉有著　アイオーエム　1999.7　193p　19cm　2190円　④4-900442-21-6

◇作家の自伝 86　若山牧水　佐伯彰一、松本健一監修　若山牧水著、藤岡武雄編解説　日本図書センター　1999.4　251p　22cm　（シリーズ・人間図書館）　2600円　④4-8205-9531-8,4-8205-9525-3

◇宮崎の偉人 中　佐藤一一著　旭進学園　1998.1　222p　21cm　1500円

◇若山牧水歌集　若山牧水〔著〕、木俣修編　小沢書店　1997.9　260p　19cm　（小沢クラシックス「世界の詩」）　1400円　④4-7551-4065-X

◇漱石、賢治、啄木のひとり歩きの愉しみ　辻真先著　青春出版社　1997.3　221p　18cm　（プレイブックス）　834円　④4-413-01685-8

◇小さな鶯―童謡集　若山牧水著　大空社　1997.3　54p　20cm　（叢書日本の童謡）　④4-7568-0306-7

◇若山牧水歌集　若山牧水〔著〕、若山喜志子選　岩波書店　1997.2　279p　16cm　（岩波文庫 特装版）

◇若山牧水歌碑インデックス　榎本尚美著〔榎本尚美〕　1996.10　213p　21cm

◇郷里の山河―若山牧水選集　若山牧水著　鉱脈社　1996.8　467p　20cm　（みやざき21世紀文庫　3）　2300円

◇風呂で読む牧水　上田博〔著〕　世界思想社　1996.6　104p　19cm　951円　④4-7907-0599-4

◇牧水紀行文集　若山牧水著、高田宏編　弥生書房　1996.6　228p　20cm　2300円　④4-8415-0712-4

◇別離―歌集　若山牧水　短歌新聞社　1994.10　130p　15cm　（短歌新聞社文庫）　700円　④4-8039-0759-5

◇黒松―歌集　若山牧水　短歌新聞社　1994.6　138p　15cm　（短歌新聞社文庫）　700円　④4-8039-0743-9

◇わたしへの旅―牧水・こころ・かたち　大岡信他著　増進会出版社　1994.5　293p　20cm　2500円　④4-87915-183-1

◇若山牧水全集　補巻　増進会出版社　1993.12　379p　20cm　5000円　④4-87915-173-4

◇別離　若山牧水〔著〕　宮崎点字出版社　1993.12　187p　28cm　2000円

◇若山牧水全集　第13巻　増進会出版社　1993.10　648p　20cm　8000円　④4-87915-096-7

◇若山牧水 1　牧水短歌における形成期　吉岡美幸著　短歌新聞社　1993.9　175p　20cm　3500円

◇若山牧水全集　第12巻　増進会出版社　1993.9　556p　20cm　6800円　④4-87915-095-9

◇若山牧水全集　第11巻　増進会出版社　1993.8　575p　20cm　7000円　④4-87915-094-0

◇若山牧水全集　第10巻　増進会出版社　1993.7　580p　20cm　7800円　④4-87915-093-2

◇若山牧水全集 第9巻 増進会出版社　1993.6　613p　20cm　8000円　④4-87915-092-4

◇みなかみ紀行　若山牧水著　中央公論社　1993.5　229p　16cm　（中公文庫）　400円　④4-12-201996-6

◇若山牧水全集 第8巻　増進会出版社　1993.5　565p　20cm　6800円　④4-87915-091-6

◇若山牧水全集 第7巻　増進会出版社　1993.4　565p　20cm　6800円　④4-87915-090-8

◇若山牧水全集 第6巻　増進会出版社　1993.3　662p　20cm　8000円　④4-87915-089-4

◇若山牧水全集 第5巻　増進会出版社　1993.2　565p　20cm　6800円　④4-87915-088-6

◇若山牧水全集 第4巻 増進会出版社 1993.1 640p 20cm 8000円 ⓉI4-87915-087-8

俳句

飯田 蛇笏
いいだ だこつ

明治18(1885).4.26〜昭和37(1962).10.3
俳人。明治40年頃から「国民新聞」「ホトトギス」などに投句、新進の俳人として認められる。大正4年「キララ」が創刊され、2号より雑詠選を担当。6年主宰を引き受け「雲母」と改題し、以後、生涯孤高の俳人として活躍。格調高い句を詠んだ。句集『山廬集』『山響集』『雪峡』『家郷の霧』『椿花集』などのほか、随筆集『穢土寂光』『美と田園』『田園の霧』『山廬随筆』、『俳句道を行く』『現代俳句の批判と鑑賞』などの評論・評釈集と著書多数。

*　　　*　　　*

◇近代作家追悼文集成 38　吉川英治・飯田蛇笏・正宗白鳥・久保田万太郎　ゆまに書房 1999.2 340p 21cm 8000円 ⓉI4-89714-641-0
◇画文交響—飯田蛇笏をめぐる画人たち 山梨県立文学館編　山梨県立文学館 1998.4 84p 30cm
◇飯田蛇笏　石原八束著　角川書店 1997.2 513p 22cm 5800円 ⓉI4-04-883415-0
◇飯田蛇笏　福田甲子雄・著　蝸牛社 1996.12 170p 19cm（蝸牛俳句文庫 21） 1359円 ⓉI4-87661-289-7
◇飯田蛇笏集成 第7巻　評論・紀行・雑纂 角川文化振興財団編　角川書店 1995.5 454p 20cm 4600円 ⓉI4-04-562007-9
◇飯田蛇笏集成 第6巻　随想　角川文化振興財団編　角川書店 1995.3 438p 20cm 4600円 ⓉI4-04-562006-0
◇飯田蛇笏集成 第3巻　俳句3・俳論 角川文化振興財団編　角川書店 1995.1 526p 20cm 4600円 ⓉI4-04-562003-6
◇飯田蛇笏集成 第5巻　鑑賞 2　飯田蛇笏著,角川文化振興財団編　角川書店 1994.11 510p 20cm 4466円 ⓉI4-04-562005-2
◇飯田蛇笏集成 第2巻　俳句 2　飯田蛇笏著,角川文化振興財団編　角川書店 1994.9 510p 20cm 4466円 ⓉI4-04-562002-8
◇飯田蛇笏集成 第4巻　鑑賞 1　角川文化振興財団編　角川書店 1994.7 429p 20cm 4600円 ⓉI4-04-562004-4
◇飯田蛇笏集成 第1巻　俳句 1　角川文化振興財団編　角川書店 1994.5 510p 20cm 4600円 ⓉI4-04-562001-X

荻原 井泉水
おぎわら せいせんすい

明治17(1884).6.16〜昭和51(1976).5.20
俳人。明治39年頃から河東碧梧桐の新傾向運動に参加する。43年『ゲエテ言行録』を翻訳刊行。44年碧梧桐と「層雲」を創刊し、大正2年に碧梧桐らと別れ、主宰するようになった。以後、自由律俳句の中心作家として活躍。自然—自己—自由の三位一体の東洋風哲学を自由律の基盤とし、句集『湧き出るもの』『流転しつつ』『海潮音』『原泉』『長流』『大江』『四海』の他、『俳句提唱』『新俳句研究』『奥の細道評論』など数多くの俳論や紀行感想集を刊行した。

*　　　*　　　*

◇一茶随想　荻原井泉水〔著〕　講談社 2000.3 269p 16cm （講談社文芸文庫） 1200円 ⓉI4-06-198204-4
◇俳句よ沈黙するなかれ　まつもとかずや著　本阿弥書店 1999.5 237p 21cm 3000円 ⓉI4-89373-360-5
◇芭蕉鑑賞—人生を芸術として　荻原井泉水著　新装版　潮文社 1998.4 257p 19cm 1500円 ⓉI4-8063-1314-9
◇詩と人生—自然と自己と自由と　荻原井泉水著　新装版　潮文社 1997.6 219p 19cm 1500円 ⓉI4-8063-1310-6
◇芭蕉の心　荻原井泉水著　金沢文庫 1994.10 264p 19cm 1942円 ⓉI4-87339-061-3

尾崎 放哉
おざき ほうさい

明治18(1885).1.20～大正15(1926).4.7
　俳人。中学時代から句作をはじめ、東大在学中は「ホトトギス」などに句作を発表。大正5年荻原井泉水主宰の「層雲」に自由律俳句を投稿しはじめる。会社員を経て、12年世俗を捨て、京都市の一燈園で下座奉仕の生活に入る。13年知恩院の寺男となるが酒の失敗で追われ、兵庫県の須磨寺大師堂の堂守となる。以後福井県小浜町や京都の寺の寺男となり、14年8月小豆島の西光寺奥ノ院南郷庵の庵主となるが、間もなく病気を悪化させて死去。酒と放浪の俳人であった。死後句集『大空』が井泉水編で刊行された。

　　　　＊　　＊　　＊

◇決定版・尾崎放哉全句集　尾崎放哉著,伊藤完吾,小玉石水編　新装版　春秋社　2002.2　270p　19cm　2300円　⓪4-393-43414-5
◇放哉全集　第2巻　書簡集　尾崎放哉著　筑摩書房　2002.1　503p　21cm　6800円　⓪4-480-70432-9
◇放哉全集　第1巻　句集　尾崎放哉著　筑摩書房　2001.11　580p　21cm　6800円　⓪4-480-70431-0
◇放哉―大空　尾崎放哉著　日本図書センター　2000.11　323p　20cm　（愛蔵版句集シリーズ）　2400円　⓪4-8205-6552-4
◇尾崎放哉全集　尾崎放哉著,荻原井泉水監修,井上三喜夫編纂　増補改訂新装版　弥生書房　2000.7　804p　20cm　6800円　⓪4-8415-0760-4
◇新・代表的日本人　佐高信編著　小学館　1999.6　314p　15cm　（小学館文庫）　590円　⓪4-09-403301-7
◇暮れ果つるまで―尾崎放哉と二人の女性　小山貴子著　春秋社　1999.3　230p　20cm　2000円　⓪4-393-44717-4
◇尾崎放哉論―放哉作品をどう読むか　岡屋昭雄著　おうふう　1998.9　263p　22cm　3200円　⓪4-273-03035-7

◇いれものがない両手で受ける　尾崎放哉句,片岡鶴太郎書画　サンマーク出版　1998.5　119p　20cm　1900円　⓪4-7631-9221-3
◇尾崎放哉―淋しいぞ一人　火村卓造著　北溟社　1997.12　311p　20cm　2858円　⓪4-89448-000-X
◇尾崎放哉句集　尾崎放哉著　弥生書房　1997.12　154p　20cm　1500円　⓪4-8415-0747-7
◇人間尾崎放哉―脱俗の詩境とその生涯　上田都史著　新装版　潮文社　1997.8　237p　19cm　1500円　⓪4-8063-1312-2
◇風呂で読む放哉　大星光史〔著〕　世界思想社　1996.7　104p　19cm　951円　⓪4-7907-0598-6
◇尾崎放哉を知る事典　藤津滋生編　藤津滋生　1996.4　154p　26cm　3000円
◇呪われた詩人尾崎放哉　見目誠著　春秋社　1996.4　230p　20cm　2575円　⓪4-393-44136-2
◇首人形―放哉の島　早坂暁著　河出書房新社　1995.2　126p　20cm　1165円　⓪4-309-00964-6
◇海へ放つ―尾崎放哉句伝　小玉石水著　春秋社　1994.6　179p　19cm　2266円　⓪4-393-44152-4
◇尾崎放哉全句集―決定版　伊藤完吾,小玉石水編　春秋社　1993.7　269p　20cm　2200円　⓪4-393-43406-4

河東 碧梧桐
かわひがし へきごとう

明治6(1873).2.26～昭和12(1937).2.1
　俳人。子規の俳句革新運動に加わり、「日本」「新声」などの俳句欄選者となる。明治30年に創刊された「ホトトギス」に俳句、俳論、写生文を発表。36年頃から新傾向俳句へ進み始め、高浜虚子と対立、袂を分つ。39年新傾向俳句運動を興す。大正4年「海紅」を創刊、自由律の方向をたどる。12年「碧」、14年「三昧」を創刊した。昭和8年俳壇を引退。俳句は定型時代、新傾向時代、自由律時代にわけられ、句集に『新俳句』『春夏秋冬』『続春夏秋冬』『碧梧桐句集』がある。『俳句評釈』『新傾向句の研究』『蕪村』

『子規の回想』などの評論、『三千里』などの紀行文集や随筆集など、著書は数多い。

＊　　　＊　　　＊

◇子規の回想　河東碧梧桐著　沖積舎　1998.10　500p　22cm　7000円　④4-8060-4631-0

◇甦える碧梧桐　下巻　来空著　蒼天社　1997.3　185p　19cm　（来空文庫　7）　1428円＋税　④4-938791-96-X

◇甦える碧梧桐　中巻　来空著　蒼天社　1996.12　171p　19cm　（来空文庫　6）　1500円　④4-938791-94-3

◇甦える碧梧桐　上巻　来空著　蒼天社　1996.5　177p　19cm　（来空文庫　5）　1500円　④4-938791-91-9

◇河東碧梧桐　河東碧梧桐〔著〕，栗田靖編著　蝸牛社　1996.1　170p　19cm　（蝸牛俳句文庫　20）　1400円　④4-87661-265-X

高浜 虚子
たかはま きょし

明治7(1874).2.22～昭和34(1959).4.8

俳人、小説家。子規に従って俳句革新を助け、「ホトトギス」主催を引き継いだ。子規の死後、新技巧・新材料を求める碧梧桐と俳壇を二分し、保守的な客観写生を守った。明治末年に一時俳壇を離れ写生文や小説に没頭したが、大正2年に俳壇に復帰した。有季定型の伝統形式を守り、客観写生を主張し、俳句を花鳥諷詠の文学と規定した虚子の下には多数の俳人が集まってホトトギス派を形成、俳壇の主流となった。

＊　　　＊　　　＊

◇虚子俳句問答　上(理論編)　高浜虚子著，稲畑汀子監修　角川書店　2001.7　253p　20cm　2400円　④4-04-871935-1

◇虚子俳句問答　下(実践編)　高浜虚子著，稲畑汀子監修　角川書店　2001.7　332p　20cm　2600円　④4-04-871936-X

◇大東京繁昌記　高浜虚子他著　毎日新聞社　1999.5　263p　20cm　1600円　④4-620-51036-X

◇文人追懐――一学芸記者の取材ノート　浜川博著　蝸牛社　1998.9　270p　19cm　1600円　④4-87661-343-5

◇俳人の生死　小林高寿著　新樹社　1998.8　231p　19cm　2000円　④4-7875-8483-9

◇立子へ抄――虚子より娘へのことば　高浜虚子著　岩波書店　1998.2　361p　15cm　（岩波文庫）　660円　④4-00-310289-4

◇俳談　高浜虚子著　岩波書店　1997.12　321p　15cm　（岩波文庫）　600円　④4-00-310288-6

◇高浜虚子――人と作品　高浜虚子〔著〕　愛媛新聞社　1997.7　531p　21cm　（郷土俳人シリーズ　えひめ発百年の俳句　3）　4000円　④4-900248-40-1

◇虚子と越後路――虚子先生・曽遊地めぐりの栞　長谷川耕畝原著　補訂復刻　蒲原ひろし補訂　再版　新潟俳句会　1997.6　46p　21cm　非売品

◇人間虚子　倉橋羊村著　新潮社　1997.4　221p　20cm　1900円＋税　④4-10-417301-0

◇子規句集　正岡子規〔著〕，高浜虚子選　岩波書店　1997.2　345p　16cm　（岩波文庫特装版）

◇俳句への道　高浜虚子著　岩波書店　1997.1　251p　15cm　（岩波文庫）　570円　④4-00-310287-8

◇高浜虚子　本井英編著　蝸牛社　1996.12　170p　19cm　（蝸牛俳句文庫）　1400円　④4-87661-290-0

◇俳人虚子　玉城徹著　角川書店　1996.10　262p　20cm　1748円　④4-04-871621-2

◇虚子五句集　下　高浜虚子作　岩波書店　1996.10　404p　15cm　（岩波文庫　31-028-6）　650円　④4-00-310286-X

◇虚子五句集　上　高浜虚子作　岩波書店　1996.9　340p　15cm　（岩波文庫　31-028-5）　650円　④4-00-310285-1

◇虚子の天地――体験的虚子論　深見けん二著　蝸牛社　1996.5　276p　22cm　3107円　④4-87661-267-6

◇日本文壇史　9　　日露戦後の新文学　伊藤整著　講談社　1996.4　250,23p　15cm　（講談社文芸文庫）　980円　④4-06-196364-3

◇反俗の文人たち　浜川博著　新典社　1995.12　334p　19cm　（新典社文庫）　2600円　Ⓝ4-7879-6504-2

◇俳句原始感覚　宮坂静生著　本阿弥書店　1995.9　303p　19cm　2600円　Ⓝ4-89373-080-0

◇子規・漱石・虚子―その文芸的交流の研究　柴田奈美著　本阿弥書店　1995.6　287p　19cm　3000円　Ⓝ4-89373-079-7

◇虚子先生の思い出　伊藤柏翠著　天満書房　1995.4　212p　20cm　2300円　Ⓝ4-924948-05-5

◇虚子の小諸―評釈「小諸百句」および「小諸時代」　宮坂静生著　花神社　1995.4　303p　19cm　2400円

◇入門高浜虚子　恩田甲著　おうふう　1995.2　280p　20cm　2500円　Ⓝ4-273-02822-0

◇高浜虚子　新潮社　1994.10　111p　19cm（新潮日本文学アルバム）　1300円　Ⓝ4-10-620642-0

◇高浜虚子―俳句の五十年/柿二つ（抄）　高浜虚子著, 松井利彦編　日本図書センター　1994.10　286p　22cm　（シリーズ・人間図書館）　2600円　Ⓝ4-8205-8007-8

◇子規句集　正岡子規〔著〕, 高浜虚子選　岩波書店　1993.4　345p　15cm　（岩波文庫）　620円　Ⓝ4-00-310131-6

◇高浜虚子　大野林火著　日本図書センター　1993.1　349,9p　22cm　（近代作家研究叢書 125）　7210円　Ⓝ4-8205-9226-2

種田 山頭火
たねだ さんとうか

明治15(1882).12.3～昭和15(1940).10.11　俳人。大正2年荻原井泉水に師事し、「層雲」に初出句、5年選者に加わる。同年種田家が破産し、流転生活が始まる。13年禅門に入り、14年熊本県の報恩寺で出家得度し、耕畝と改名。15年行乞（ぎょうこつ）流転の旅に出、句作を進め、昭和6年個人誌『三八九』を刊行。7年経本造りの『鉢の子』を刊行、以後全7冊の経本版句集を刊行。その間全国各地を行脚し、句と酒と旅に生きた。句集に『草木塔』『山行水行』『柿の葉』『孤寒』『鴉』、日記紀行集に『愚を守る』『あの山越えて』など。

　　　　＊　　＊　　＊

◇山頭火―草木塔　種田山頭火著　日本図書センター　2000.11　306p　20cm　（愛蔵版句集シリーズ）　2400円　Ⓝ4-8205-6551-6

◇山頭火―濁れる水の流れつつ澄む　朝枝善照著　春秋社　1999.9　228p　20cm　1600円　Ⓝ4-393-44145-1

◇山頭火・虚子・文人俳句　斉藤英雄著　おうふう　1999.9　254p　19cm　2500円　Ⓝ4-273-03093-4

◇人、それぞれの本懐―生き方の作法　青山淳平著　社会思想社　1999.7　208p　19cm　1600円　Ⓝ4-390-60431-7

◇山頭火雲へ歩む　種田山頭火作, 小崎侃版画　蒼史社　1999.5　39p　31cm　（山頭火の絵本）　1900円　Ⓝ4-916036-05-0

◇山頭火漂泊の跡を歩く　石寒太監修, 文芸散策の会編　JTB　1999.4　144p　21cm　（JTBキャンブックス）　1600円　Ⓝ4-533-03199-4

◇うしろすがたのしぐれてゆくか　種田山頭火〔著〕, 石寒太文, 石井昭影絵　新日本教育図書　1999.4　1冊　25cm　（影絵ものがたりシリーズ　5）　1200円　Ⓝ4-88024-217-9

◇種田山頭火の死生―ほろほろほろびゆく　渡辺利夫著　文芸春秋　1998.10　182p　18cm　（文春新書　008）　640円　Ⓝ4-16-660008-7

◇種田山頭火の妻「咲野」　田村悌夫著　山頭火ふるさと会　1998.7　143p　21cm　1000円

◇山頭火ふるさとの風　種田山頭火作, 小崎侃版画　蒼史社　1998.7　39p　31cm　（山頭火の絵本）　1900円　Ⓝ4-916036-04-2

◇山頭火―保存版　石寒太編著　毎日新聞社　1998.6　269p　19cm　1500円　Ⓝ4-620-31227-4

◇種田山頭火―人と作品　愛媛新聞社　1998.6　559p　21cm　（郷土俳人シリーズ　6）　4000円　Ⓝ4-900248-50-9

◇あるく山頭火　益田悌二著　〔益田悌二〕　1998.4　253p　21cm

◇山頭火の話　和田健著　改訂増補　〔和田健〕　1997.11　72p　21cm　400円

◇山頭火を語る―ほろほろ酔うて　荻原井泉水,伊藤完吾編　新装版　潮文社　1997.10　220p　19cm　1500円　ⓘ4-8063-1313-0

◇山頭火とともに―句と人生の観照　小野沢実著　筑摩書房　1997.10　317p　15cm　（ちくま文庫）　760円　ⓘ4-480-03284-3

◇山頭火の手紙　村上護著　大修館書店　1997.10　406p　20cm　2500円　ⓘ4-469-22134-1

◇山頭火うしろすがたの　種田山頭火作,小崎侃版画　蒼史社　1997.10　39p　31cm　（山頭火の絵本）　1900円　ⓘ4-916036-03-4

◇男たちの天地　今井美沙子,中野章子著　樹花舎,星雲社〔発売〕　1997.8　324p　19cm　1900円　ⓘ4-7952-5036-7

◇禅僧・山頭火　倉橋羊村著　沖積舎　1997.8　115p　20cm　1500円　ⓘ4-8060-4059-2

◇種田山頭火―その境涯と魂の遍歴　大橋毅著　新読書社　1997.2　306p　19cm　2200円　ⓘ4-7880-7032-4

◇放浪の俳人　山頭火　村上護著　学陽書房　1997.1　420p　15cm　（人物文庫）　680円　ⓘ4-313-75020-7

◇山頭火あの山越ゆ　種田山頭火作,小崎侃版画　蒼史社　1997.1　39p　31cm　（山頭火の絵本）　1957円　ⓘ4-916036-02-6

◇山頭火句集　種田山頭火著,村上護編　筑摩書房　1996.12　396p　15cm　（ちくま文庫 た30-1）　951円　ⓘ4-480-02940-0

◇ひともよう―山頭火の一草庵時代　藤岡照房著　藤岡照房　1996.9　297p　20cm　1748円　ⓘ4-02-100010-0

◇山頭火著作集 3　愚を守る　種田山頭火〔著〕,大山澄太編　新装版　潮文社　1996.9　214p　19cm　1500円　ⓘ4-8063-1300-9

◇山頭火著作集 4　草木塔―自選句集　種田山頭火著　新装版　潮文社　1996.8　222p　19cm　1500円　ⓘ4-8063-1301-7

◇山頭火著作集 2　この道をゆく　種田山頭火〔著〕,大山澄太編　新装版　潮文社　1996.7　329p　19cm　1500円　ⓘ4-8063-1299-1

◇山頭火著作集 1　あの山越えて　種田山頭火〔著〕,大山澄太編　新装版　潮文社　1996.6　304p　19cm　1500円　ⓘ4-8063-1276-2

◇山頭火推考帖　木下信三〔著〕　〔木下信三〕　1996.5　199p　20cm

◇風に吹かれて山頭火―池田遙邨小画集　種田山頭火〔著〕,池田遙邨著　講談社　1996.4　1冊（頁付なし）　18×20cm　1500円　ⓘ4-06-208165-2

◇種田山頭火―行乞記(抄)/一草庵日記　種田山頭火著,坪内稔典編　日本図書センター　1995.11　255p　22cm　（シリーズ・人間図書館）　2600円　ⓘ4-8205-9405-2

◇日向路の山頭火　山口保明著,第4回全国山頭火フェスタinみやざき実行委員会編　鉱脈社　1995.11　226p　19cm　（鉱脈叢書 22）　1800円

◇九州をめぐる旅―ぬけ道,より道,山頭火　和順高雄文,中里和人写真　偕成社　1995.7　221p　19cm　2000円　ⓘ4-03-529400-4

◇山頭火信濃路を行く　種田山頭火作,小崎侃版画　蒼史社　1995.7　38p　31cm　（山頭火の絵本）　1700円　ⓘ4-916036-01-8

◇俳人山頭火―その泥酔と流転の生涯　上田都史著　潮文社　1995.6　259p　19cm　1500円　ⓘ4-8063-1287-8

◇山頭火　石寒太著　文芸春秋　1995.4　318p　16cm　（文春文庫）　480円　ⓘ4-16-734502-1

◇蛍の母　小崎侃画,村上護編　グラフィック社　1995.3　67p　21cm　（山頭火）　1500円　ⓘ4-7661-0851-5

◇風の旅人　種田山頭火〔著〕,小崎侃画,村上護編　グラフィック社　1995.3　67p　22cm　（山頭火―句と版画）　1500円　ⓘ4-7661-0852-3

◇雑草風景　種田山頭火〔著〕,小崎侃画,村上護編　グラフィック社　1995.3　63p　22cm　（山頭火―句と版画）　1500円　ⓘ4-7661-0853-1

◇風呂で読む山頭火　大星光史著　世界思想社　1995.2　104p　19cm　980円　ⓘ4-7907-0535-8

◇種田山頭火　種田山頭火〔著〕, 石寒太編著　蝸牛社　1995.1　174p　19cm　（蝸牛俳句文庫　18）　1400円　④4-87661-248-X
◇山頭火の妻　山田啓代著　読売新聞社　1994.9　244p 19cm　1400円　④4-643-94071-9
◇山頭火と歩く　村上護, 吉岡功治著　新潮社　1994.7　119p　22×17cm　（とんぼの本）　1400円　④4-10-602029-7
◇わが山頭火―書と絵と文　鈴木英二著　渓声社　1994.4　79p　18×18cm　1650円　④4-7952-7525-4
◇種田山頭火を知る事典　藤津滋生編　藤津滋生　1994.2　7,215p　26cm　3500円
◇定本種田山頭火句集　大山澄太編　弥生書房　1994.1　392p　20cm　2575円　④4-8415-0683-7
◇種田山頭火とジェルマン・ヌーボオ　服部伸六著　宝文館出版　1993.12　191p　19cm　1854円　④4-8320-1429-3
◇精選山頭火遺墨集　鴻池楽斎, 稲垣恒夫編　思文閣出版　1993.9　228p　31cm　9800円　④4-7842-0799-6
◇種田山頭火　新潮社　1993.6　111p 19cm　（新潮日本文学アルバム　40）　1300円　④4-10-620644-7
◇化けものを観た―山頭火の世界　秋山巌著　大東出版社　1993.3　221p 19cm　1500円　④4-500-00589-7
◇証言 風狂の俳人種田山頭火　大橋毅著　ほるぷ出版　1993.1　235p 19cm　1400円　④4-593-53425-9

正岡 子規
まさおかしき

慶応3(1867).9.17～明治35(1902).9.19
俳人、歌人。東大国文科在学中から句作・古句研究に専念し、中退後新聞「日本」に入社、その俳句欄を担当。明治30年には「ホトトギス」を発刊した。芭蕉よりも蕪村を高く評価し、月並俳句を批判して写生を主張し、俳句革新運動を展開した。「ホトトギス」は俳壇の中心的位置を占め、門下に高浜虚子や河東碧梧桐らが集まり、日本派と呼ばれた。また根岸短歌会を主催し短歌革新にも取り組んだほか、小説、俳論、随筆などにも才能を発揮した。著書に『歌詠みに与ふる書』『墨汁一滴』『仰臥漫録』『病状六尺』などがある。

『獺祭書屋俳話』：明治25(1892)年。俳論。旧派宗匠の俳諧を批判して、俳句を改革し文学として独自の存在としなければ、俳句はすたれてしまうという熱意で綴った啓蒙的作品。

＊　＊　＊

◇子規の俳句　正岡子規著, 大岡信選　増進会出版社　2002.1　369p　19cm　（子規選集　第4巻）　3700円　④4-87915-773-2
◇子規随筆　正岡子規著　新装覆刻版　沖積舎　2001.11　373p　19cm　6800円　④4-8060-4672-8
◇子規人生論集　正岡子規〔著〕　講談社　2001.7　210p　16cm　（講談社文芸文庫）　850円　④4-06-198272-9
◇正岡子規　正岡子規〔著〕, 坪内祐三, 中沢新一編　筑摩書房　2001.7　432,4p　20cm　（明治の文学　第20巻）　2400円　④4-480-10160-8
◇俳人蕪村　正岡子規〔著〕　講談社　1999.10　193p　16cm　（講談社文芸文庫）　940円　④4-06-197684-2
◇大谷是空「浪花雑記」―正岡子規との友情の結晶　和田克司編著　和泉書院　1999.10　513p　21cm　（近代文学研究叢刊　19）　10000円　④4-87088-999-4
◇俳人一茶　〔宮沢義喜, 宮沢岩太郎〕〔編〕, 正岡子規校閲, 信濃毎日新聞社出版局編　信濃毎日新聞社　1999.6　186,24,27p　19cm　2700円　④4-7840-9838-0
◇子規と啄木　中村稔著　潮出版社　1998.11　263p　19cm　（潮ライブラリー）　1400円　④4-267-01508-2
◇子規の回想　河東碧梧桐著　沖積舎　1998.10　500p　22cm　7000円　④4-8060-4631-0
◇魅力ある文人たち　倉橋羊村著　沖積舎　1998.10　117p　20cm　1800円　④4-8060-4633-7
◇俳人の生死　小林高寿著　新樹社　1998.8　231p　19cm　2000円　④4-7875-8483-9

◇病者の文学—正岡子規　黒沢勉著　信山社出版　1998.7　342p　22cm　3980円　ⓒ4-7972-3902-6
◇人間正岡子規　和田茂樹著　関奉仕財団　1998.6　299p　21cm　1143円
◇病牀六尺の人生正岡子規—人は死とどう向き合うか　坪内稔典監修・文　平凡社　1998.4　144p　29cm　（別冊太陽）　2200円　ⓒ4-582-92101-9
◇鶏頭—正岡子規句集　正岡子規著，小室善弘編　ふらんす堂　1998.4　62p　16cm　（ふらんす堂文庫）　1000円　ⓒ4-89402-224-9
◇子規の素顔　和田茂樹著　愛媛県文化振興財団　1998.3　397p　18cm　（えひめブックス）　952円
◇子規の時代　小林高寿著　エーアンドエー　1998.1　153p　21cm　2000円
◇星野立子　星野高士編・著　蝸牛社　1998.1　168p　19cm　（蝸牛俳句文庫　33）　1500円　ⓒ4-87661-322-2
◇子規・遼東半島の33日　池内央著　短歌新聞社　1997.12　261p　20cm　2381円　ⓒ4-8039-0904-0
◇子規山脈　坪内稔典著　日本放送出版協会　1997.10　243p　16cm　（NHKライブラリー　61）　870円　ⓒ4-14-084061-7
◇とっておきのもの とっておきの話 第1巻　YANASE LIFE編集室編　芸神出版社　1997.5　213p　21cm　（芸神集団Amuse）　2500円　ⓒ4-906613-16-0
◇漱石、賢治、啄木のひとり歩きの愉しみ　辻真先著　青春出版社　1997.3　221p　18cm　（プレイブックス）　834円　ⓒ4-413-01685-8
◇子規句集　正岡子規〔著〕，高浜虚子選　岩波書店　1997.2　345p　16cm　（岩波文庫特装版）
◇三絃の誘惑—近代日本精神史覚え書　樋口覚著　人文書院　1996.12　334p　19cm　2987円　ⓒ4-409-16076-1
◇子規と近代の俳人たち　稲垣麦男著　角川書店　1996.11　280p　20cm　2913円　ⓒ4-04-884105-X
◇正岡子規—ベースボールに賭けたその生涯　城井睦夫著　紅書房　1996.9　267p　20cm　2427円　ⓒ4-89381-089-8

◇正岡子規歌集　宮地伸一編　短歌新聞社　1996.8　132p　15cm　（短歌新聞社文庫）　700円　ⓒ4-8039-0847-8
◇正岡子規の面影　塩川京子著　京都新聞社　1996.7　215p　20cm　1553円　ⓒ4-7638-0398-0
◇風呂で読む子規　和田克司〔著〕　世界思想社　1996.6　104p　19cm　951円　ⓒ4-7907-0597-8
◇扇畑忠雄著作集 第3巻　子規から茂吉へ　扇畑忠雄著　おうふう　1996.3　434p　21cm　16000円　ⓒ4-273-02846-8
◇正岡子規　梶木剛著　勁草書房　1996.1　363p　22cm　4944円　ⓒ4-326-80035-6
◇作家の自伝 21　正岡子規　正岡子規著，松井利彦編解説　日本図書センター　1995.11　279p　22cm　（シリーズ・人間図書館）　2678円　ⓒ4-8205-9391-9
◇子規と写生文—第32回特別企画展　正岡子規〔著〕，松山市立子規記念博物館編　松山市立子規記念博物館　1995.10　85p　26cm
◇子規・茂吉の原風景　伊吹純著　六法出版社　1995.9　152p　20cm　2000円　ⓒ4-89770-945-8
◇俳句原始感覚　宮坂静生著　本阿弥書店　1995.9　303p　19cm　2600円　ⓒ4-89373-080-0
◇正岡子規　粟津則雄〔著〕　講談社　1995.9　391p　16cm　（講談社文芸文庫）　1200円　ⓒ4-06-196336-8
◇正岡子規—五つの入口　大岡信著　岩波書店　1995.9　255p　19cm　（岩波セミナーブックス　56）　2233円　ⓒ4-00-004226-2
◇子規点描　喜田重行著　青葉図書　1995.7　273p　20cm　1000円　ⓒ4-900024-35-X
◇子規・漱石・虚子—その文芸的交流の研究　柴田奈美著　本阿弥書店　1995.6　287p　19cm　3000円　ⓒ4-89373-079-7
◇近代の詩人1　正岡子規　中村稔編・解説　潮出版社　1993.10　434p　23cm　6000円　ⓒ4-267-01239-3
◇正岡子規入門　和田克司編　（京都）思文閣出版　1993.5　130p　24×19cm　2000円　ⓒ4-7842-0768-6

215

◇子規句集　正岡子規〔著〕，高浜虚子選　岩波書店　1993.4　345p　15cm　（岩波文庫）　620円　⑤4-00-310131-6

◇子規言行録　河東碧梧桐編　日本図書センター　1993.1　735,8p　22cm　（近代作家研究叢書　133）　15965円　⑤4-8205-9234-3

◇正岡子規　国崎望久太郎著　日本図書センター　1993.1　189,8p　22cm　（近代作家研究叢書　130）　5150円　⑤4-8205-9231-9

水原 秋桜子
みずはら しゅうおうし

明治25(1892).10.9〜昭和56(1981).7.17
　俳人、産婦人科医。俳句は、大正8年「ホトトギス」に入り、高野素十、山口誓子、阿波野青畝とともに「ホトトギス」の4S時代といわれる黄金時代を築いた。昭和6年虚子のとなえる客観写生に対して主観写生を主張、虚子とは袂を分かち、9年からは「馬酔木」を主宰。37年から16年間、俳人協会会長をつとめ、53年名誉会長となる。句集は『葛飾』をはじめ20集を数え、多数の評論や随筆集もある。

　　　　＊　　＊　　＊

◇蕪村秀句　水原秋桜子著　春秋社　2001.2　238p　20cm　（日本秀句 新版 2）　2000円　⑤4-393-43422-6

◇秋桜子の秀句　藤田湘子著　小沢書店　1997.7　316p　20cm　2800円　⑤4-7551-0346-0

◇霜林―水原秋桜子句集　水原秋桜子著　邑書林　1996.11　109p　15cm　（邑書林句集文庫）　927円　⑤4-89709-203-5

◇俳句こそわが文学 水原秋桜子　倉橋羊村著　安楽城出版　1996.1　304p　19cm　（安楽城出版選書）　2500円

戯　曲

岡本 綺堂
おかもと きどう

明治5(1872).10.15〜昭和14(1939).3.1
　劇作家、小説家、劇評家。劇評の傍ら劇作に励み、明治29年に『紫宸殿』を発表。41年2代目市川左団次のために『維新前後』を執筆し、明治座で上演される。つづいて44年『修禅寺物語』が上演され、近代味を盛り込んだ新時代劇の作家として注目をあび、以後いわゆる"新歌舞伎"と呼ばれる新作を数多く発表。小説も執筆し、大正5年から『半七捕物帳』を発表、捕物帳の先駆を作る。戯曲の代表作に『修禅寺物語』『鳥辺山心中』『番町皿屋敷』などがある。昭和5年「舞台」を創刊し、後進に作品発表の場を与えた。

『修善寺物語』：明治42(1909)年。戯曲。面作りの名人を主人公に、芸術家の孤高と業を源頼家の暗殺事件に絡めて描いた。明治44年5月、2代目市川左団次によって明治座にて初演されて左団次の出世芸となり、後に映画化もされた。

『半七捕物帖』：大正5(1916)年〜昭和12(1937)年。シャーロック・ホームズ物にヒントを得て書かれた、江戸を舞台にした探偵小説。後に一般的になる髷物探偵小説のはしりであり、「捕物帖」という言葉も初めて使われた。

　　　　＊　　＊　　＊

◇風俗 江戸東京物語　岡本綺堂著,今井金吾校註　河出書房新社　2001.12　430p　15cm　（河出文庫）　930円　⑤4-309-40644-0

◇半七捕物帳 4　岡本綺堂著　新装版　光文社　2001.12　447p　15cm　（光文社時代小説文庫）　648円　⑤4-334-73244-5

◇半七捕物帳 5　岡本綺堂著　新装版　光文社　2001.12　445p　15cm　（光文社時代小説文庫）　648円　⑤4-334-73245-3

◇半七捕物帳 6　岡本綺堂著　新装版　光文社　2001.12　413p　15cm　（光文社時代小説文庫）　648円　⑤4-334-73246-1

◇半七捕物帳―時代推理小説 3　岡本綺堂著　新装版　光文社　2001.11　421p　16cm（光文社文庫）　648円　ⓘ4-334-73231-3

◇半七捕物帳―時代推理小説 1　岡本綺堂著　新装版　光文社　2001.11　453p　16cm（光文社文庫）　648円　ⓘ4-334-73229-1

◇半七捕物帳―時代推理小説 2　岡本綺堂著　新装版　光文社　2001.11　450p　16cm（光文社文庫）　648円　ⓘ4-334-73230-5

◇三河町の半七　岡本綺堂作, 小泉英里砂絵　岩崎書店　2001.4　199p　21cm（世界の名探偵 8）　1300円　ⓘ4-265-06738-7

◇岡本綺堂集―青蛙堂鬼談　岡本綺堂著, 日下三蔵編　筑摩書房　2001.2　498p　15cm（ちくま文庫）　950円　ⓘ4-480-03641-5

◇半七捕物帳 7　白蝶怪―他5編　岡本綺堂著　春陽堂書店　2000.9　303p　16cm（春陽文庫）　581円　ⓘ4-394-17907-6

◇半七捕物帳 6　かむろ蛇―他7編　岡本綺堂著　春陽堂書店　2000.8　289p　16cm（春陽文庫）　581円　ⓘ4-394-17906-8

◇半七捕物帳 5　河豚太鼓―他7編　岡本綺堂著　春陽堂書店　2000.7　299p　16cm（春陽文庫）　581円　ⓘ4-394-17905-X

◇半七捕物帳 4　十五夜御用心―他11編　岡本綺堂著　春陽堂書店　2000.2　319p　16cm（春陽文庫）　581円　ⓘ4-394-17904-1

◇半七捕物帳 3　筆屋の娘―他11編　岡本綺堂著　春陽堂書店　2000.1　319p　16cm（春陽文庫）　581円　ⓘ4-394-17903-3

◇半七捕物帳 2　半鐘の怪―他12編　岡本綺堂著　春陽堂書店　1999.11　326p　16cm（春陽文庫）　581円　ⓘ4-394-17902-5

◇半七捕物帳 1　お文の魂―他9編　岡本綺堂著　春陽堂書店　1999.10　323p　16cm（春陽文庫）　581円　ⓘ4-394-17901-7

◇怪かしの鬼談集　岡本綺堂著　原書房　1999.7　268p　19cm（岡本綺堂伝奇小説集 其ノ3）　1600円　ⓘ4-562-03212-X

◇異妖の怪談集　岡本綺堂著　原書房　1999.7　249p　19cm（岡本綺堂伝奇小説集 其ノ2）　1600円　ⓘ4-562-03210-3

◇番町皿屋敷　岡本綺堂作　国立劇場　1999.6　40p　26cm（国立劇場歌舞伎鑑賞教室上演台本）

◇玉藻の前　岡本綺堂著　原書房　1999.6　228p　19cm（岡本綺堂伝奇小説集 其ノ1）　1600円　ⓘ4-562-03202-2

◇半七の見た江戸―『江戸名所図会』でたどる「半七捕物帳」　岡本綺堂著, 今井金吾編著　河出書房新社　1999.5　213p　22cm　2500円　ⓘ4-309-22349-4

◇妖怪　岡本綺堂ほか著　国書刊行会　1999.5　277p　23cm（書物の王国 18）　2500円　ⓘ4-336-04018-4

◇半七捕物帳　巻の6　岡本綺堂著　筑摩書房　1998.11　385p　21cm　4500円　ⓘ4-480-70996-7

◇半七捕物帳　巻の5　岡本綺堂著〔詳註愛蔵版〕筑摩書房　1998.10　391p　21cm　4500円　ⓘ4-480-70995-9

◇半七捕物帳　巻の4　岡本綺堂著〔詳註愛蔵版〕筑摩書房　1998.9　402p　21cm　4500円　ⓘ4-480-70994-0

◇半七捕物帳　巻の3　岡本綺堂著　筑摩書房　1998.8　385p　21cm　4500円　ⓘ4-480-70993-2

◇半七捕物帳　巻の2　岡本綺堂著〔詳註愛蔵版〕筑摩書房　1998.7　402p　21cm　4500円　ⓘ4-480-70992-4

◇半七捕物帳　巻の1　岡本綺堂著　筑摩書房　1998.6　402p　21cm　4500円　ⓘ4-480-70991-6

◇岡本綺堂集―大きな活字で読みやすい本　岡本綺堂著　リブリオ出版　1998.3　259p　22cm（くらしっく時代小説　オールルビ版　第7巻）　ⓘ4-89784-663-3,4-89784-656-0

◇半七捕物帳 続　岡本綺堂, 縄田一男編　講談社　1997.3　405p　15cm（大衆文学館）　830円　ⓘ4-06-262089-8

◇岡本綺堂集―大きな活字で読みやすい本　岡本綺堂著　リブリオ出版　1997.2　257p　22cm（くらしっくミステリーワールド　オールルビ版　第2巻）　ⓘ4-89784-494-0,4-89784-492-4

◇時代小説・十二人のヒーロー―時代小説の楽しみ 別巻　縄田一男編, 岡本綺堂ほか著

新潮社　1995.9　494p　15cm（新潮社文庫）
600円　ⓘ4-10-139723-6
◇大江戸ホラーコレクション―時代小説ベストアンソロジー　第5巻　菊池仁編，岡本綺堂ほか著　ベネッセコーポレーション　1995.8　324p　15cm（福武文庫）　680円　ⓘ4-8288-5731-1
◇綺堂むかし語り　岡本綺堂著　光文社　1995.8　330p　16cm（光文社文庫）580円　ⓘ4-334-72097-8
◇半七捕物帳　岡本綺堂著　講談社　1995.5　445p　15cm　860円　ⓘ4-06-262008-1
◇八百八町捕物控　岡本綺堂〔ほか著〕　新潮社　1994.11　648p　15cm（新潮文庫）760円　ⓘ4-10-139714-7
◇八百八町の名探偵―捕物帳小説集　岡本綺堂ほか著　講談社　1994.8　249p　18cm（時代小説ベスト・セレクション　第5巻）1300円　ⓘ4-06-254905-0
◇国立劇場歌舞伎鑑賞教室上演台本〔45〕番町皿屋敷　岡本綺堂作，中村歌右衛門監修　国立劇場　1994.7　46p　25cm
◇中国怪奇小説集　岡本綺堂著　光文社　1994.4　353p　16cm（光文社文庫）600円　ⓘ4-334-71871-X
◇江戸情話集　岡本綺堂著　光文社　1993.12　366p　15cm（光文社時代小説文庫）600円　ⓘ4-334-71819-1
◇ランプの下にて―明治劇談　岡本綺堂著　岩波書店　1993.9　386p　15cm（岩波文庫）670円　ⓘ4-00-310262-2
◇日本幻想文学集成　23　岡本綺堂　岡本綺堂〔著〕，種村季弘編　国書刊行会　1993.9　258p　20cm　1800円　ⓘ4-336-03233-5
◇ちくま日本文学全集　057　岡本綺堂著　筑摩書房　1993.7　477p　15cm　1000円　ⓘ4-480-10257-4

小山内 薫
おさない かおる

明治14(1881).7.26～昭和3(1928).12.25
演出家、劇作家、演劇評論家、小説家、詩人。明治37年新派の伊井蓉峰に招かれ、真砂座で『サフォ』『ロミオとジュリエット』などを翻案。処女戯曲『非戦闘員』を発表。また39年には散文詩集『夢見草』、詩集『小野のわかれ』を出した。40年柳田国男、島崎藤村らとイプセン会を興し、42年2代目市川左団次と自由劇場を創立、第1回試演にイプセンの作品を上演して反響を呼び、つづいてチェーホフ、ゴーリキーなどの作品を上演、大正8年に解散する。13年土方与志らと築地小劇場を創立、新劇運動第2期の開拓者となり、演出という仕事を確立、多くの新劇俳優を育てた。松竹キネマ研究所長を務めるなど映画にも貢献した。

　　　＊　　　＊　　　＊

◇小山内薫と二十世紀演劇　曽田秀彦著　勉誠出版　1999.12　312p　21cm（遊学叢書　7）　2800円　ⓘ4-585-04067-6
◇小山内薫―伝記・小山内薫　堀川寛一著　大空社　1998.6　401,6p　22cm（伝記叢書　293）　13000円　ⓘ4-7568-0504-3
◇日本文壇史　9　日露戦後の新文学　伊藤整著　講談社　1996.4　250,23p　15cm（講談社文芸文庫）　980円　ⓘ4-06-196364-3

岸田 国士
きしだ くにお

明治23(1890).11.2～昭和29(1954).3.5
劇作家、小説家、翻訳家、演出家。大正13年戯曲『古い玩具』『チロルの秋』を発表し、注目される。以後、演劇、小説、翻訳の分野で幅広く活躍。戯曲としては『紙風船』『牛山ホテル』『浅間山』『歳月』などがあり、小説では『由利旗江』『双面神』『落葉日記』『暖流』などがある。西欧的な作風で新風を吹き込んだ。また昭和12年に久保田万太郎、岩田豊雄とともに文学座を創立。演劇指導者として、演出家としても新劇の育成に多大な貢献をした。戦後公職追放となるが、解除後の25年"雲の会"を結成して文学の立体化運動を始めた。

　　　＊　　　＊　　　＊

◇近代文学研究叢書　75　昭和女子大学近代文化研究所編　昭和女子大学近代文化研究所　1999.11　739p　19cm　8600円　ⓘ4-7862-0075-1

◇現代演劇の起源―60年代演劇的精神史 佐伯隆幸著 れんが書房新社 1999.1 391p 21cm 4800円 ①4-8462-0203-8
◇岸田国士論考―近代的知識人の宿命の生涯 渥美国泰著 近代文芸社 1995.3 213p 20cm 2000円 ①4-7733-3719-2
◇岸田国士の世界 駿河台文学会編 駿河台文学会,審美社〔発売〕 1994.8 148p 19cm 1800円 ①4-7883-4072-0
◇袖すりあうも 古山高麗雄著 小沢書店 1993.12 360p 19cm 2266円

倉田 百三
くらた ひゃくぞう

明治24(1891).2.23～昭和18(1943).2.12
劇作家、評論家。大正5年「生命の川」を創刊し、戯曲『出家とその弟子』を連載、大ベストセラーとなる。10年に刊行した論文・随想集の『愛と認識との出発』は青春の思索書として広く読まれた。13年『超克』で合理主義的な生き方を摸索し、15年雑誌「生活者」を創刊するなど宗教と倫理の問題を追求したが、極度の強迫観念症に陥る。昭和4年回復後は国家主義に傾き、国民協会、新日本文化の会の幹部をつとめた。他の主な戯曲に『俊寛』、小説に『親鸞聖人』、論集に『静思』『転身』『絶対的生活』など。

『出家とその弟子』：大正5(1916)年。戯曲。親鸞とその弟子の唯円を中心として『歎異抄』の教えを戯曲化し、真実に生きることと煩悩の苦しみを描いた宗教文学の名作。

＊　＊　＊

◇倉田百三の書と書簡―翻刻 倉田百三文学館所蔵 倉田百三〔著〕,相原和邦〔ほか〕翻刻 相原和邦 2000.3 72p 26cm
◇愛と認識との出発 倉田百三著 青竜社 1998.7 193p 20cm (名著発掘シリーズ) 1600円 ①4-88258-805-6
◇倉田百三選集 別巻(倉田百三評伝) 倉田百三著,亀井勝一郎編 日本図書センター 1994.7 1冊 22cm ①4-8205-9315-3,4-8205-9285-8
◇倉田百三選集 第1巻 青春篇 1 倉田百三著 日本図書センター 1994.7 321,2p 22cm ①4-8205-9286-6
◇倉田百三選集 第2巻 青春篇 2 倉田百三著 日本図書センター 1994.7 326,2p 22cm ①4-8205-9287-4
◇倉田百三選集 第3巻 思索篇 1 倉田百三著 日本図書センター 1994.7 324,2p 22cm ①4-8205-9288-2
◇倉田百三選集 第4巻 思索篇 2 倉田百三著 日本図書センター 1994.7 331,2p 22cm ①4-8205-9289-0
◇倉田百三選集 第5巻 思索篇 3 倉田百三著 日本図書センター 1994.7 362,1p 22cm ①4-8205-9290-4
◇倉田百三選集 第6巻 宗教生活篇 1 倉田百三著 日本図書センター 1994.7 331,1p 22cm ①4-8205-9291-2
◇倉田百三選集 第7巻 宗教生活篇 2 倉田百三著 日本図書センター 1994.7 324,1p 22cm ①4-8205-9292-0
◇倉田百三選集 第8巻 戯曲篇 1 倉田百三著 日本図書センター 1994.7 256,1p 22cm ①4-8205-9293-9
◇倉田百三選集 第9巻 戯曲篇 2 倉田百三著 日本図書センター 1994.7 325,2p 22cm ①4-8205-9294-7
◇倉田百三選集 第10巻 戯曲篇 3 倉田百三著 日本図書センター 1994.7 271,2p 22cm ①4-8205-9295-5
◇倉田百三選集 第11巻 戯曲篇 4 倉田百三著 日本図書センター 1994.7 284,1p 22cm ①4-8205-9296-3
◇倉田百三選集 第12巻 小説篇 1 倉田百三著 日本図書センター 1994.7 229,1p 22cm ①4-8205-9313-7
◇倉田百三選集 第13巻 小説篇 2 倉田百三著 日本図書センター 1994.7 254,1p 22cm ①4-8205-9314-5

島村 抱月
しまむら ほうげつ

明治4(1871).1.10〜大正7(1918).11.5

評論家、新劇運動家、演出家、美学者。坪内逍遙の教えを受け、『西鶴論』『新体詩の形について』などで評論家として認められる。35年『新美辞学』を刊行。39年再刊された「早稲田文学」主宰者となり『囚はれたる文芸』を発表。一方、逍遙の文芸協会で新劇指導者としても活躍し、44年イプセンの戯曲『人形の家』を帝劇で上演。大正2年文芸協会を退会、松井須磨子と共に芸術座を組織。以後はその主宰者・演出家として須磨子とともに全国を巡回した。ほかの著書に評論集『近代文芸之研究』、脚本集『影と影』、小品集『雫』などがある。

　　　　　＊　　　＊　　　＊

◇抱月のベル・エポック―明治文学者と新世紀ヨーロッパ　岩佐壯四郎著　大修館書店　1998.5　330p　22cm　3200円　①4-469-22139-2
◇イプセン傑作集　第1巻　イプセン〔著〕、島村抱月訳　日本図書センター　1997.11　48,236p　22cm　①4-8205-9466-4
◇イプセン傑作集　第2巻　イプセン〔著〕、島村抱月訳　日本図書センター　1997.11　8,265p　22cm　①4-8205-9467-2
◇日本文壇史　9　日露戦後の新文学　伊藤整著　講談社　1996.4　250,23p　15cm（講談社文芸文庫）　980円　①4-06-196364-3
◇抱月全集　第1巻　島村抱月著　日本図書センター　1994.10　496p　22cm　①4-8205-8087-6
◇抱月全集　第2巻　島村抱月著　日本図書センター　1994.10　648p　22cm　①4-8205-8088-4
◇抱月全集　第3巻　島村抱月著　日本図書センター　1994.10　466p　22cm　①4-8205-8089-2
◇抱月全集　第4巻　島村抱月著　日本図書センター　1994.10　466p　22cm　①4-8205-8090-6
◇抱月全集　第5巻　島村抱月著　日本図書センター　1994.10　744p　22cm　①4-8205-8091-4
◇抱月全集　第6巻　島村抱月著　日本図書センター　1994.10　564p　22cm　①4-8205-8092-2
◇抱月全集　第7巻　島村抱月著　日本図書センター　1994.10　378p　22cm　①4-8205-8093-0
◇抱月全集　第8巻　島村抱月著　日本図書センター　1994.10　481p　22cm　①4-8205-8094-9

坪内 逍遙
つぼうち しょうよう

安政6(1859).5.22〜昭和10(1935).2.28

小説家、評論家、劇作家。明治18〜20年頃多くの創作、翻訳、論文などを執筆、特に日本最初の文芸評論『小説神髄』と小説『一読三嘆 当世書生気質』（ともに18〜19年刊）で写実主義を主張した。その後演劇革新を志し、24年に「早稲田文学」を創刊、森鴎外との間に没理想論争を展開する一方、戯曲『桐一葉』などを執筆し、日本で初めてシェイクスピアの全作品を翻訳した。37年には『新楽劇論』で新舞踊劇論を提唱し、39年には文芸協会を設立、42年新劇運動を興した。

『小説神髄』：明治18(1885)〜19(1886)年。文学論。婦女子の玩具視されていた小説を、文芸形態の最も発達したものとして価値転換した。従来の勧善懲悪の思想や功利的な文学観を否定し、あるがままの人間心理の分析を主眼とした写実主義の原理と作法を体系的に説いている。

　　　　　＊　　　＊　　　＊

◇七人の役小角　夢枕獏監修、司馬遼太郎、黒岩重吾、藤巻一保、永井豪、六道慧、志村有弘、坪内逍遙著　桜桃書房　2000.3　277p　19cm　1800円　①4-7567-1138-3
◇ザ・シェークスピア―全戯曲（全原文＋全訳）全一冊　シェークスピア著、坪内逍遙訳　改訂新版　第三書館　1999.5　1039p　26cm　4000円　①4-8074-9911-4

◇柿紅葉―坪内逍遙の和歌と俳句　逍遙協会編
第一書房　1998.10　236p　19cm　2500円
④4-8042-0686-8
◇坪内逍遙研究資料 第16集　逍遙協会編
新樹社　1998.6　190p　21cm　2000円
④4-7875-8482-0
◇坪内逍遙―文人の世界　植田重雄著
恒文社　1998.6　332p　19cm　2800円
④4-7704-0975-3
◇坪内逍遙研究資料 15　逍遙協会編
新樹社　1997.8　190p　21cm　2000円
④4-7875-8476-6
◇坪内逍遙　新潮社　1996.4　111p　19cm（新潮日本文学アルバム　57）　1300円
④4-10-620661-7

真山 青果
まやま せいか

明治11(1878).9.1～昭和23(1948).3.25
　劇作家、小説家、考証家。作家を志して佐藤紅緑、小栗風葉に師事。『南小泉村』など自然主義作品で注目されたが、44年に原稿の二重売り事件が指弾され、文壇を去る。大正2年喜多村緑郎に招かれて新派の座付作者となってから"亭々生"の筆名で多くの新派劇を書き、13年には『玄朴と長英』を中央公論誌上に発表。歴史劇の根幹を確立し、劇作家として復活した。以後『平将門』『江戸城総攻』『坂本龍馬』『元禄忠臣蔵』等に才能を示した。青果劇が2代目左団次一座により数多く上演された関係から、左団次と2代目猿之助両優を生かした数々の名作を生んだ。また戦後は西鶴研究家と自称し、『西鶴語彙考証』その他の研究的著作を残した。

　　　＊　　　＊　　　＊

◇随筆滝沢馬琴　真山青果著　岩波書店
2000.6　256p　15cm　（岩波文庫）　600円
④4-00-311014-5

評論・随筆

内田 魯庵
うちだ ろあん

慶応4(1868).閏4.5～昭和4(1929).6.29
　評論家、小説家、翻訳家。明治21年評論『山田美妙大人の小説』を「女学雑誌」に発表、以後同誌に小説批評、書評などを掲載し、新人批評家として注目される。ロシア文学に早くから影響を受け、ドストエフスキー『罪と罰』の翻訳を刊行。文学は常に社会・人生の問題と真剣に取組むべきことを主張し、31年に社会小説の傑作『くれの廿八日』を、35年には『社会百面相』などを発表して好評を博す。明治文壇における批評界の先駆者。

　　　＊　　　＊　　　＊

◇紙魚繁昌記　内田魯庵著　覆刻版　沖積舎
2001.12　370p　19cm　6800円　④4-8060-4077-0
◇続紙魚繁昌記　内田魯庵著　覆刻版
沖積舎　2001.12　450p　19cm　6800円
④4-8060-4078-9
◇内田魯庵　内田魯庵〔著〕、坪内祐三、鹿島茂編　筑摩書房　2001.3　471,3p　20cm　（明治の文学　第11巻）　2400円　④4-480-10151-9
◇魯庵日記　内田魯庵〔著〕　講談社　1998.7
281p　16cm　（講談社文芸文庫　うD2）
1200円　④4-06-197622-2
◇魯庵の明治　内田魯庵〔著〕、山口昌男、坪内祐三編　講談社　1997.5　298p　16cm　（講談社文芸文庫）　950円+税　④4-06-197568-4
◇読書放浪―魯庵随筆　内田魯庵著、斎藤昌三編纂、柳田泉編纂　平凡社　1996.8
365p　18cm　（東洋文庫　603）　2800円
④4-582-80603-1
◇文学者となる法　内田魯庵著　図書新聞
1995.7　222p　22cm　2500円　④4-88611-312-5
◇内田魯庵と井伏鱒二　片岡懋、片岡哲著
新典社　1995.5　413p　22cm　（新典社研究叢書　78）　12500円　④4-7879-4078-3

◇内田魯庵伝　野村喬著　リブロポート　1994.5　460p 19cm　（野村喬著述集　第3）4944円　Ⓓ4-8457-0929-5

◇新編思い出す人々　内田魯庵著, 紅野敏郎編　岩波書店 1994.2　437p 15cm（岩波文庫）720円　Ⓓ4-00-310864-7

内村 鑑三
うちむら かんぞう

万延2(1861).2.13～昭和5(1930).3.28
キリスト教思想家。明治10年札幌農学校に第2期生として入学。W.S.クラークの感化を受けてキリスト教に入信。17年米国に留学、帰国後一高講師となったが、24年教育勅語に対する敬礼を拒否して不敬事件を起し免職となる。26年井上哲次郎と"教育と宗教の衝突"論争。この頃より著作活動に入り『基督信徒の慰め』『求安録』、自伝『余は如何にして基督信徒となりし乎』（英文）などを著わす。30～31年朝報社「万朝報」記者。34年朝報社客員記者として足尾鉱毒事件を世に訴える。日露戦争では幸徳秋水、堺利彦らと非戦平和論を主張し、退社。伝道・聖書の研究生活に入る。聖書のみの信仰に基づく無教会主義を唱え、塚本虎二、矢内原忠雄、南原繁らの門下生を育て、文学者、知識人に強い影響を与えた。

*　　　*　　　*

◇内村鑑三日録12(1925-1930)　万物の復興　内村鑑三〔原著〕, 鈴木範久著　教文館　1999.2　452,26p 19cm　4200円　Ⓓ4-7642-6352-1

◇内村鑑三日録1(1861-1888)　青年のたび　内村鑑三〔原著〕, 鈴木範久著　教文館　1998.2　265p 19cm　2700円　Ⓓ4-7642-6340-8

◇一日一生　内村鑑三〔著〕　新版　教文館　1997.12　380,6p 20cm　2500円　Ⓓ4-7642-6537-0

◇正統の垂直線―透谷・鑑三・近代　新保祐司著　構想社　1997.11　234p 20cm　2400円　Ⓓ4-87574-063-8

◇内村鑑三とキェルケゴール　大類雅敏著　栄光出版社　1997.9　192p 20cm　1429円　Ⓓ4-7541-0016-6

◇代表的日本人　内村鑑三著, 鈴木範久訳　岩波書店　1997.9　208p 19cm（ワイド版岩波文庫）　900円　Ⓓ4-00-007164-5

◇内村鑑三日録11(1920-1924)　うめく宇宙　内村鑑三〔原著〕, 鈴木範久著　教文館　1997.6　462p 19cm　4700円　Ⓓ4-7642-6338-6

◇内村鑑三の生涯―日本的キリスト教の創造　小原信著　PHP研究所　1997.6　683p 15cm（PHP文庫 お28-1）914円　Ⓓ4-569-57027-5

◇晩年の内村鑑三　安芸基雄著　岩波書店　1997.3　250p 20cm　2575円　Ⓓ4-00-002970-3

◇内村鑑三日録10(1918～1919)　再臨運動　鈴木範久著　教文館　1997.1　370p 19cm　3708円　Ⓓ4-7642-6335-1

◇明治期基督者の精神と現代―キリスト教系学校が創立　加藤正夫著　近代文芸社　1996.11　204p 19cm　1800円　Ⓓ4-7733-5789-4

◇日本人の生き方　童門冬二著　学陽書房　1996.6　295p 19cm（陽セレクション）1800円　Ⓓ4-313-47001-8

◇内村鑑三日録9(1913～1917)　現世と来世　鈴木範久著　教文館　1996.5　398p 19cm　3914円　Ⓓ4-7642-6328-9

◇「内村鑑三」と出会って　堀孝彦, 梶原寿編　勁草書房　1996.3　244p 20cm　3090円　Ⓓ4-326-15318-0

◇人物による水産教育の歩み―内村鑑三・寺田寅彦・田内森三郎・山本祥吉・天野慶之　影山昇著　成山堂書店　1996.3　267p 21cm　2800円　Ⓓ4-425-82591-8

◇内村鑑三と留岡幸助　恒益俊雄著　近代文芸社　1995.12　133p 20cm　1262円　Ⓓ4-7733-4813-5

◇峻烈なる洞察と寛容―内村鑑三をめぐって　武田清子著　教文館　1995.9　161p 19cm　1500円　Ⓓ4-7642-6321-1

◇内村鑑三とその継承者　田中収著　愛知書房　1995.8　341p 22cm　3399円　Ⓓ4-900556-22-X

◇内村鑑三日録8(1908～1912)　木を植えよ　鈴木範久著　教文館　1995.7　392p 19cm　3605円　Ⓓ4-7642-6319-X

◇代表的日本人　内村鑑三著，鈴木範久訳　岩波書店　1995.7　208p　15cm（岩波文庫）520円　⓵4-00-331193-0

◇我等の世界観―内村鑑三先生記念望星講座第1輯　望星学塾　1995.6　305p　19cm　2060円　⓵4-486-03103-2

◇多様化する「知」の探究者　朝日新聞社　1995.5　438p　19cm（21世紀の千人　第4巻）　2900円　⓵4-02-258603-6

◇内村鑑三日録 7 (1903～1907)　平和の道　鈴木範久著　教文館　1995.4　453p　19cm　3399円　⓵4-7642-6315-7

◇内村鑑三日録 1900～1902 天職に生きる　鈴木範久著　教文館　1994.9　393p　19cm　3090円　⓵4-7642-6306-8

◇ジャーナリスト時代　鈴木範久著　教文館　1994.5　379p　19cm（内村鑑三日録　1897―1900）　3090円　⓵4-7642-6304-1

◇内村鑑三・我が生涯と文学　正宗白鳥著　講談社　1994.2　312p　15cm（講談社文芸文庫）　980円　⓵4-06-196261-2

◇漱石と鑑三―「自然」と「天然」　赤木善光著　教文館　1993.11　307p　19cm　3090円　⓵4-7642-6524-9

◇日本平和論大系 4　内村鑑三・柏木義円・河井道　家永三郎責任編集　日本図書センター　1993.11　558p　22cm　6695円　⓵4-8205-7145-1

◇内村鑑三日録 1892～1896―後世へ残すもの　鈴木範久著　教文館　1993.9　289p　19cm　2575円　⓵4-7642-6295-9

◇一日一生　内村鑑三〔著〕，山本泰次郎編　教文館　1993.7　412,22p　19cm　2500円　⓵4-7642-6103-0

◇内村鑑三全集感想　山口周三編著〔山口周三〕　1993.2　204p　22cm

◇一高不敬事件 上　鈴木範久著　教文館　1993.1　271p　19cm（内村鑑三日録　1888―1891）　2369円　⓵4-7642-6288-6

◇一高不敬事件 下　鈴木範久著　教文館　1993.1　199p　19cm（内村鑑三日録　1888―1891）　2060円　⓵4-7642-6289-4

高山 樗牛
たかやま ちょぎゅう

明治4(1871).1.10～明治35(1902).12.24

評論家，文学者，哲学者。明治27年，東大在学中読売新聞の懸賞小説に『滝口入道』が入選，連載された。28年創刊の「帝国文学」に編集委員の一人として序詞をのべ、国民文学の育成を強調する。同年創刊の「太陽」では文学欄主筆を務めた。評論『我邦将来の詩形と外山博士の新体詩』などを発表。国家主義、ニーチェ思想を経て晩年は日蓮の精神に傾倒した。『文明批評家としての文学者』『美的生活を論ず』などの著作があり，ロマンチシズム思想の勃興にも寄与した。

*　　*　　*

◇滝口入道　高山樗牛原作，開東新口語訳　歴史春秋出版　2001.7　162p　20cm　1500円　⓵4-89757-430-7

◇滝口入道　高山樗牛作　岩波書店　2001.7　116p　15cm（岩波文庫）　420円　⓵4-00-310171-5

◇樗牛全集 第1巻　高山樗牛著，姉崎嘲風編，笹川臨風編　日本図書センター　1994.10　744 図版17枚　22cm　⓵4-8205-8112-0

◇樗牛全集 第2巻　高山樗牛著，姉崎嘲風編，笹川臨風編　日本図書センター　1994.10　824p　22cm　⓵4-8205-8113-9

◇樗牛全集 第3巻　高山樗牛著，姉崎嘲風編，笹川臨風編　日本図書センター　1994.10　594p　22cm　⓵4-8205-8114-7

◇樗牛全集 第4巻　高山樗牛著，姉崎嘲風編，笹川臨風編　日本図書センター　1994.10　900p　22cm　⓵4-8205-8115-5

◇樗牛全集 第5巻　高山樗牛著，姉崎嘲風編，笹川臨風編　日本図書センター　1994.10　647p　22cm　⓵4-8205-8116-3

◇樗牛全集 第6巻　高山樗牛著，姉崎嘲風編，笹川臨風編　日本図書センター　1994.10　554p　22cm　⓵4-8205-8117-1

◇樗牛全集 第7巻　高山樗牛著，姉崎嘲風編，笹川臨風編　日本図書センター　1994.10　826p　22cm　⓵4-8205-8118-X

評論・随筆　　　　　近　代

津田 左右吉
つだ そうきち

明治6(1873).10.3～昭和36(1961).12.4
歴史学者、思想史家。明治維新研究を生涯の課題とし、合理的思考方法に基づく、日本・中国思想史研究の体系を築きあげた。また、日本上代史、神代史を実証的に研究。特に戦前タブーだった天皇制にメスを入れ、15年『古事記及び日本書紀の研究』『神代史の新しい研究』など4冊が発禁処分となり皇室の尊厳を冒涜したとして出版法違反に問われた。戦後も記紀・中国思想研究を刊行。24年文化勲章受章。他に『文学に現はれたる我が国民思想の研究』『日本上代史研究』『上代日本の社会及び思想』『日本の神道』などがある。

　　　　＊　　　＊　　　＊

◇20世紀の歴史家たち 2　日本編 下　今谷明、大浜徹也、尾形勇、樺山紘一編　刀水書房　1999.11　317p　19cm　（刀水歴史全書）　2800円　④4-88708-212-6
◇寝言も本のはなし　髙島俊男著　大和書房　1999.6　238p　19cm　1600円　④4-479-39066-9

寺田 寅彦
てらだ とらひこ

明治11(1878).11.28～昭和10(1935).12.31
物理学者、随筆家、俳人。東京帝国大学に入学した明治32年「ホトトギス」に小品文『星』を発表。俳句は新聞「日本」や正岡子規編「春夏秋冬」にも入集。また、松根東洋城らと連句の研究にも力を入れた。俳誌「渋柿」に連載。一方、大正5年東京帝大理科大学教授に就任。音響学、地球物理学などの実験的研究に従事。大正9年吉村冬彦の筆名で『小さな出来事』を発表し、随筆作家として認められる。『藪柑子集』『冬彦集』『柿の種』『蛍光板』などの著書があり、文芸形式としての随筆を開拓した。

　　　　＊　　　＊　　　＊

◇科学と科学者のはなし―寺田寅彦エッセイ集　寺田寅彦〔著〕、池内了編　岩波書店　2000.6　283p　18cm　（岩波少年文庫）　680円　④4-00-114510-3
◇寺田寅彦全集　第30巻　寺田寅彦著　岩波書店　1999.8　340,7p　20cm　3800円　④4-00-092200-9
◇寺田寅彦全集　第29巻　寺田寅彦著　岩波書店　1999.7　386,5p　20cm　3800円　④4-00-092199-1
◇寺田寅彦全集　第28巻　寺田寅彦著　岩波書店　1999.6　363,3p　20cm　3800円　④4-00-092198-3
◇寺田寅彦全集　第27巻　寺田寅彦著　岩波書店　1999.5　394,3p　20cm　3800円　④4-00-092197-5
◇寺田寅彦全集　第26巻　寺田寅彦著　岩波書店　1999.4　460,3p　20cm　3800円　④4-00-092196-7
◇寺田寅彦全集　第25巻　寺田寅彦著　岩波書店　1999.3　376,3p　20cm　3800円　④4-00-092195-9
◇肖像画の中の科学者　小山慶太著　文芸春秋　1999.2　222p　18cm　（文春新書）　730円　④4-16-660030-3
◇寺田寅彦全集　第24巻　寺田寅彦著　岩波書店　1999.1　394p　20cm　3800円　④4-00-092194-0
◇寺田寅彦全集　第23巻　寺田寅彦著, 樋口敬二, 太田文平編集　岩波書店　1998.12　430p　20cm　3800円　④4-00-092193-2
◇寺田寅彦全集　第22巻　寺田寅彦著, 樋口敬二, 太田文平編集　岩波書店　1998.11　307p　20cm　3600円　④4-00-092192-4
◇寺田寅彦全集　第21巻　寺田寅彦著, 樋口敬二, 太田文平編集　岩波書店　1998.10　250p　20cm　3600円　④4-00-092191-6
◇寺田寅彦全集　第20巻　寺田寅彦著, 樋口敬二, 太田文平編集　岩波書店　1998.9　263p　20cm　3600円　④4-00-092090-1
◇寺田寅彦全集　第19巻　寺田寅彦著, 樋口敬二, 太田文平編集　岩波書店　1998.8　326p　20cm　3800円　④4-00-092089-8
◇寺田寅彦全集　第18巻　寺田寅彦著, 樋口敬二, 太田文平編集　岩波書店　1998.7　313p　20cm　3800円　④4-00-092088-X

◇寺田寅彦全集 第17巻　寺田寅彦著, 樋口敬二, 太田文平編集　岩波書店　1998.5　313,111p　20cm　3300円　①4-00-092087-1

◇怪物科学者の時代　田中聡著　昌文社　1998.3　279p　19cm　2300円　①4-7949-6346-7

◇寺田寅彦全集 第16巻　寺田寅彦著　岩波書店　1998.3　345p　20cm　2800円　①4-00-092086-3

◇椿の花に宇宙を見る ― 寺田寅彦ベストオブエッセイ　寺田寅彦著, 池内了編　夏目書房　1998.2　220p　20cm　1800円　①4-931391-37-0

◇寺田寅彦全集 第15巻　寺田寅彦著　岩波書店　1998.2　360p　20cm　2800円　①4-00-092085-5

◇寺田寅彦全集 第14巻　寺田寅彦著　岩波書店　1998.1　312p　20cm　2800円　①4-00-092084-7

◇寺田寅彦全集 第13巻　寺田寅彦著　岩波書店　1997.12　345p　20cm　2800円　①4-00-092083-9

◇寺田寅彦全集 第12巻　寺田寅彦著　岩波書店　1997.11　389p　20cm　2900円　①4-00-092082-0

◇寺田寅彦全集 第11巻　寺田寅彦著　岩波書店　1997.10　507p　20cm　3300円　①4-00-092081-2

◇寺田寅彦全集 第10巻　寺田寅彦著　岩波書店　1997.9　298p　20cm　2800円　①4-00-092080-4

◇俳句と地球物理　寺田寅彦〔著〕　角川春樹事務所　1997.9　283p　16cm　（ランティエ叢書　6）　1000円　①4-89456-085-2

◇寺田寅彦全集 第9巻　寺田寅彦著　岩波書店　1997.8　374p　20cm　2900円　①4-00-092079-0

◇寺田寅彦全集 第8巻　寺田寅彦著　岩波書店　1997.7　425p　20cm　3200円　①4-00-092078-2

◇寺田寅彦全集 第7巻　寺田寅彦著　岩波書店　1997.6　403p　20cm　3000円　①4-00-092077-4

◇寺田寅彦全集　第6巻　寺田寅彦著　岩波書店　1997.5　322p　20cm　2800円　①4-00-092076-6

◇寺田寅彦全集　第5巻　寺田寅彦著　岩波書店　1997.4　385p　20cm　2900円　①4-00-092075-8

◇寺田寅彦全集 第4巻　樋口敬二, 太田文平編　岩波書店　1997.3　441p　20cm　3296円　①4-00-092074-X

◇寺田寅彦全集 第3巻　岩波書店　1997.2　415p　20cm　3296円　①4-00-092073-1

◇寺田寅彦全集 第2巻　岩波書店　1997.1　329p　20cm　2884円　①4-00-092072-3

◇寺田寅彦全集 第1巻　寺田寅彦著, 樋口敬二, 太田文平編集　岩波書店　1996.12　368p　20cm　2900円　①4-00-092071-5

◇どんぐり　しもゆきこ絵, 寺田寅彦作　ピーマンハウス　1996.12　1冊（頁付なし）　15×21cm　（Pの文学絵本）　2350円

◇柿の種　寺田寅彦著　岩波書店　1996.4　310p　15cm　（岩波文庫）　620円　①4-00-310377-7

◇人物による水産教育の歩み ― 内村鑑三・寺田寅彦・田内森三郎・山本祥吉・天野慶之　影山昇著　成山堂書店　1996.3　267p　21cm　2800円　①4-425-82591-8

◇寺田寅彦の生涯　小林惟司著　改訂新版　東京図書　1995.4　377p　20cm　2800円　①4-489-00450-8

◇寺田寅彦断章　上田寿著　高知新聞社　1994.7　214p　20cm　（Koshin books）　1456円

◇寺田寅彦随筆集 第4巻　小宮豊隆編　岩波書店　1993.6　307p　19cm　（ワイド版岩波文庫）　1100円　①4-00-007101-7

◇寺田寅彦随筆集 第5巻　小宮豊隆編　岩波書店　1993.6　310p　19cm　（ワイド版岩波文庫）　1100円　①4-00-007102-5

◇寺田寅彦随筆集 第2巻　小宮豊隆編　岩波書店　1993.5　316p　19cm　（ワイド版岩波文庫）　1100円　①4-00-007099-1

◇寺田寅彦随筆集 第3巻　小宮豊隆編　岩波書店　1993.5　332p　19cm　（ワイド版岩波文庫）　1100円　①4-00-007100-9

評論・随筆　　　　　　　近　代

◇寺田寅彦随筆集　第1巻　小宮豊隆編
岩波書店　1993.4　305p　19cm　（ワイド版
岩波文庫）　1100円　④4-00-007098-3

徳富 蘇峰
とくとみ そほう

　文久3（1863）.1.25～昭和32（1957）.11.2
　評論家、新聞人、歴史家。明治20年民友社を創立、「国民之友」、「国民新聞」を発刊して平民主義を唱え、一躍ジャーナリズムのリーダーとなる。次第に国家主義的な論調に変貌、日清戦争に協力し、皇室中心の思想を唱えた。その思想は第2次大戦下の言論・思想界の一中心となり、17年からは大日本言論報国会会長、日本文学報国会会長を務めた。戦後はA級戦犯容疑者として公職追放の指名を受け、熱海に籠った。主著に『吉田松陰』『杜甫と弥耳敦』『近世日本国民史』など。明治・大正・昭和3代にわたって言論界のオピニオン・リーダーとして重きをなした。

　『近世日本国民史』：大正7（1918）年～昭和27（1952）年。史書。織田信長の時代から明治までの時代の通史を綴った歴史書。執筆に35年間を要した全100巻の大著。

　　　　＊　　　＊　　　＊

◇吉田松陰　徳富蘇峰著　岩波書店　2001.11
282p　19cm　（ワイド版岩波文庫）　1000円
④4-00-007201-3
◇弟・徳冨蘆花　徳富蘇峰著　中央公論新社
2001.5　226p　16cm　（中公文庫）　724円
④4-12-203828-6
◇恒春園離騒──蘆花と蘇峰の相克　渡辺勲著
創友社　1999.2　278p　20cm　2400円
④4-915658-22-8
◇謀叛論──他六篇・日記　徳富健次郎著、中野好夫編　岩波書店　1998.10　130p　15cm
（岩波文庫）　400円　④4-00-310157-X
◇文人追懐──一学芸記者の取材ノート
浜川博著　蝸牛社　1998.9　270p　19cm
1600円　④4-87661-343-5
◇弟・徳冨蘆花　徳富蘇峰著　中央公論社
1997.10　238p　20cm　1700円　④4-12-002735-X

◇20世紀の歴史家たち〈1〉日本編1　日本編上　今谷明、大浜徹也、尾形勇、樺山紘一編
刀水書房　1997.7　270p　21cm　（刀水歴史全書　45）　2800円　④4-88708-211-8
◇徳富蘇峰──蘇峰自伝　徳富蘇峰著　日本図書センター　1997.6　388p　20cm　（人間の記録　22）　1800円　④4-8205-4263-X
◇近世日本国民史維新への胎動　下　勅使東下──文久大勢一変下篇　徳富蘇峰〔著〕、平泉澄校訂　講談社　1996.11　455p　15cm
（講談社学術文庫　1258）　1553円　④4-06-159258-0
◇近代日本の先駆的啓蒙家たち──福沢諭吉・植木枝盛・徳富蘇峰・北村透谷・田岡嶺雲　タグマーラ・パーブロブナ・ブガーエワ著、亀井博訳
平和文化　1996.10　222p　21cm　3090円
④4-938585-61-8
◇近代日本精神史論　坂本多加雄著　講談社
1996.9　329p　15cm　（講談社学術文庫）
960円　④4-06-159246-7
◇わが母──伝記・徳富久子　徳富猪一郎著
大空社　1995.12　1冊　22cm　（伝記叢書　197）　18000円　④4-87236-496-1
◇近代文学成立過程の研究──柳北・学海・東海散士・蘇峰　井上弘美　有朋堂　1995.1
319p　21cm　4800円　④4-8422-0178-9
◇評伝　徳富蘇峰──近代日本の光と影
シン・ビン著、杉原志啓訳　岩波書店　1994.7
227p　19cm　2500円　④4-00-001516-8
◇ジャーナリスト時代　鈴木範久著　教文館
1994.5　379p　19cm　（内村鑑三日録　1897─1900）　3090円　④4-7642-6304-1
◇近世日本国民史維新への胎動　中
生麦事件──文久大勢一変　中篇　徳富蘇峰
〔著〕、平泉澄校訂　講談社　1994.3　538p
15cm　（講談社学術文庫）　1800円　④4-06-159119-3
◇近世日本国民史維新への胎動　上
寺田屋事件──文久大勢一変　上篇　徳富蘇峰〔著〕、平泉澄校訂　講談社　1993.10
495p　15cm　（講談社学術文庫）　1700円
④4-06-159097-9
◇蘇峰書物随筆　第1巻　読書余録
徳富蘇峰著　ゆまに書房　1993.3　334p
20cm　（書誌書目シリーズ　33）　7004円
④4-89668-655-1

◇蘇峰書物随筆　第2巻　野史亭独語　徳富蘇峰著　ゆまに書房　1993.3　384p　20cm　(書誌書目シリーズ　33)　7725円　ⓈB4-89668-656-X
◇蘇峰書物随筆　第3巻　好書品題　徳富蘇峰著　ゆまに書房　1993.3　240p　20cm　(書誌書目シリーズ　33)　4944円　ⓈB4-89668-657-8
◇蘇峰書物随筆　第4巻　書斎感興　徳富蘇峰著　ゆまに書房　1993.3　218p　20cm　(書誌書目シリーズ　33)　4532円　ⓈB4-89668-658-6
◇蘇峰書物随筆　第5巻　読書と散歩　徳富蘇峰著　ゆまに書房　1993.3　238p　20cm　(書誌書目シリーズ　33)　4738円　ⓈB4-89668-659-4
◇蘇峰書物随筆　第6巻　生活と書籍　徳富蘇峰著　ゆまに書房　1993.3　483p　20cm　(書誌書目シリーズ　33)　9888円　ⓈB4-89668-660-8
◇蘇峰書物随筆　第7巻　書窓雑記　徳富蘇峰著　ゆまに書房　1993.3　432p　20cm　(書誌書目シリーズ　33)　8858円　ⓈB4-89668-661-6
◇蘇峰書物随筆　第8巻　典籍清話　徳富蘇峰著　ゆまに書房　1993.3　433p　20cm　(書誌書目シリーズ　33)　9064円　ⓈB4-89668-662-4
◇蘇峰書物随筆　第9巻　漢籍を観る　徳富蘇峰著　ゆまに書房　1993.3　184p　20cm　(書誌書目シリーズ　33)　4429円　ⓈB4-89668-663-2

中江 兆民
なかえ ちょうみん

弘化4(1847).11.1～明治34(1901).12.13
思想家。明治4～7年フランス留学。帰国後仏学塾を開き民権思想を教える。「東洋自由新聞」主筆として民権左派の理論的指導者となり、第1回総選挙で衆院議員となるが翌年辞任した。ルソーの『社会契約論』の翻訳、解説で後年「東洋のルソー」ともいわれ、門人に幸徳秋水らがいる。

　　　＊　　　＊　　　＊

◇中江兆民　飛鳥井雅道著　吉川弘文館　1999.8　274p　19cm　(人物叢書　新装版)　1900円　ⓈB4-642-05216-X
◇食客風雲録—日本篇　草森紳一著　青土社　1997.11　456p　19cm　2800円　ⓈB4-7917-5589-8
◇人間・出会いの研究　小島直記著　新潮社　1997.9　231p　15cm　(新潮文庫)　400円　ⓈB4-10-126215-2
◇三絃の誘惑—近代日本精神史覚え書　樋口覚著　人文書院　1996.12　334p　19cm　2987円　ⓈB4-409-16076-1
◇近代日本精神史論　坂本多加雄著　講談社　1996.9　329p　15cm　(講談社学術文庫)　960円　ⓈB4-06-159246-7
◇開国経験の思想史—兆民と時代精神　宮村治雄著　東京大学出版会　1996.5　290,5p　22cm　5000円　ⓈB4-13-030103-9
◇一年有半・続一年有半　中江兆民著,井田進也校注　岩波書店　1995.4　335p　15cm　(岩波文庫)　620円　ⓈB4-00-331103-5
◇自由は人の天性なり—「東洋自由新聞」と明治民権の士たち　吉野孝雄著　日本経済新聞社　1993.6　323p　19cm　2400円　ⓈB4-532-16104-5
◇中江兆民評伝　松永昌三著　岩波書店　1993.5　520,20p　21cm　9800円　ⓈB4-00-001542-7
◇中江兆民評論集　松永昌三編　岩波書店　1993.3　412p　15cm　(岩波文庫)　670円　ⓈB4-00-331102-7

西田 幾多郎
にしだ きたろう

明治3(1870).5.19～昭和20(1945).6.7
哲学者。明治32年四高教授、42年学習院教授、43年京都帝国大学助教授を経て、大正2年教授となり、昭和3年に退官。その間、明治44年に刊行した『善の研究』で"純粋経験"を提示し、哲学界のみならず、広く一般に注目される。その後、大正6(1917)年の『自覚に於ける直観と反省』から、さらに西洋哲学に禅をとり入れて発展させた"無の論理"、"場所の論理"を展開、独創的な"西田哲学"の体系を築いた。

評論・随筆　　　　　　　近　代

昭和15年文化勲章受章。他の著書に『働くものから見るものへ』『一般者の自覚的体系』『哲学の根本問題』などがある。
『善の研究』：明治44(1911)年。哲学書。明治以降に日本人が書いた最初の哲学書。人間にとって真の存在は「純粋経験」であり、その活動の根本形式を「意志」と考えている。

　　　　＊　　　＊　　　＊

◇京都哲学撰書 第11巻　世界史の理論 ― 京都学派の歴史哲学論攷　大峯顕，長谷正当，大橋良介編，上田閑照監修　西田幾多郎他〔著〕，森哲郎編　灯影舎　2000.10　474p　22cm　4200円　ⓉⒾ4-924520-76-4
◇善の研究 ― 実在と自己　西田幾多郎，香山リカ著　哲学書房　2000.7　300p　20cm　(能動知性　5)　2500円　ⓉⒾ4-88679-255-3
◇西田哲学その成立と陥穽　粂康弘著　農山漁村文化協会　1999.2　254p　20cm　2000円　ⓉⒾ4-540-98204-4
◇西田哲学選集 別巻2　西田哲学研究の歴史　西田幾多郎〔著〕，大橋良介，野家啓一編集　藤田正勝編　灯影舎　1998.10　627p　22cm　4700円　ⓉⒾ4-924520-70-5
◇現代思想としての西田幾多郎　藤田正勝著　講談社　1998.9　228p　19cm　(講談社選書メチエ　138)　1500円　ⓉⒾ4-06-258138-8
◇西田哲学選集 別巻1　伝記西田幾多郎　上田閑照監修，大橋良介，野家啓一編　遊佐道子著　灯影舎　1998.9　542p　22cm　4700円　ⓉⒾ4-924520-69-1
◇日本の観念論者　舩山信一著　こぶし書房　1998.9　482,10p　21cm　(舩山信一著作集 第8巻)　8000円　ⓉⒾ4-87559-128-4
◇西田哲学選集 第7巻　日記・書簡・講演集　西田幾多郎〔著〕，大橋良介，野家啓一編集　上田閑照編　灯影舎　1998.8　562p　22cm　4700円　ⓉⒾ4-924520-68-3
◇西田哲学選集 第6巻　「芸術哲学」論文集　西田幾多郎〔著〕，大橋良介，野家啓一編集　岩城見一編　灯影舎　1998.7　444p　22cm　4700円　ⓉⒾ4-924520-67-5
◇西田哲学選集 第5巻　「歴史哲学」論文集　西田幾多郎〔著〕，大橋良介，野家啓一編集　嘉指信雄編　灯影舎　1998.6　537p　22cm　4700円　ⓉⒾ4-924520-66-7

◇西田哲学選集 第4巻　「現象学」論文集　西田幾多郎〔著〕，大橋良介，野家啓一編集　大橋良介編　灯影舎　1998.5　457p　22cm　4700円　ⓉⒾ4-924520-65-9
◇西田哲学選集 第2巻　「科学哲学」論文集　西田幾多郎〔著〕，大橋良介，野家啓一編集　野家啓一編　灯影舎　1998.3　502p　22cm　4700円　ⓉⒾ4-924520-63-2
◇西田哲学選集 第1巻　西田幾多郎による西田哲学入門　西田幾多郎〔著〕，大橋良介，野家啓一編集　大橋良介編　灯影舎　1998.2　508p　22cm　4700円　ⓉⒾ4-924520-62-4
◇西田哲学の再構築 ― その成立過程と比較思想　平山洋著　ミネルヴァ書房　1997.5　290,10p　19cm　(Minerva21世紀ライブラリー)　3000円　ⓉⒾ4-623-02735-X
◇西田幾多郎 その軌跡と系譜 ― 哲学の文学的考察　藤田健治著　新装版　法政大学出版局　1997.1　148p　19cm　(教養選書)　1236円　ⓉⒾ4-588-05093-1
◇西田幾多郎随筆集　西田幾多郎〔著〕，上田閑照編　岩波書店　1996.10　398p　15cm　(岩波文庫　33-124-7)　650円　ⓉⒾ4-00-331247-3
◇西田幾多郎心象の歌　伊藤宏見著　大東出版社　1996.8　240p　20cm　2233円　ⓉⒾ4-500-00629-X
◇西田幾多郎先生の追憶 ― 西田幾多郎没後50周年記念　高坂正顕著　一燈園燈影舎　1996.4　176p　19cm　(燈影撰書)　1900円　ⓉⒾ4-924520-39-X
◇西田幾多郎 ― 人間の生涯ということ　上田閑照著　岩波書店　1995.11　253,19p　16cm　(同時代ライブラリー　243)　971円　ⓉⒾ4-00-260243-5
◇西田幾多郎 ― その思想と現代　小坂国継著　ミネルヴァ書房　1995.11　322,12p　20cm　(Minerva21世紀ライブラリー　17)　2913円　ⓉⒾ4-623-02578-0
◇西田哲学を語る ― 西田幾多郎没後50周年記念講演集　西田記念館編　灯影舎　1995.6　257p　19cm　(灯影撰書　25)　1942円　ⓉⒾ4-924520-38-1
◇西田幾多郎哲学講演集 ― 歴史的身体と現実の世界　西田幾多郎〔述〕，上田閑照編　灯影舎　1994.6　346p　19cm　(灯影撰書　23)　2136円　ⓉⒾ4-924520-36-5

新渡戸 稲造
にとべ いなぞう

文久2(1862).8.8～昭和8(1933).10.15

　教育家、農学者。明治11年札幌農学校在学中キリスト教の洗礼を受ける。卒業後、米国への留学を経て、20年札幌農学校助教授となる。同年ドイツへも留学し、農政学・農業経済学を学び、24年帰国。治39年から大正2年まで一高校長、大正7年には東京女子大学初代学長もつとめ、日本の高等教育に自由主義的、人格主義的教育主義の学風をおこすことに貢献した。その後、国際連盟事務次長、貴族院議員、太平洋問題調査会理事長として活躍、キリスト教徒としてその生涯を国際平和のためにささげた。著書に『農業本論』『武士道』(英文)などがある。

　『武士道』：明治33(1900)年。評論。武士道を通じて日本独特の精神性・道徳性を紹介するために英語で著された書。初め米国で出版されベストセラーとなり、その後多くの言語に訳され、世界の知識人に知られるようになった。

　　　　＊　　　　＊　　　　＊

◇自分をあと一メートル深く掘れ！　新渡戸稲造原著、竹内均編・解説　三笠書房　2001.3　247p　20cm　1400円　Ⓘ4-8379-1878-6
◇武士道―サムライはなぜ、これほど強い精神力をもてたのか？　新渡戸稲造著,奈良本辰也訳・解説　新装版　三笠書房　2000.11　223p　19cm　1076円　Ⓘ4-8379-1700-3
◇武士道　新渡戸稲造著, 佐藤全弘訳　教文館　2000.1　251,6p　20cm　2000円　Ⓘ4-7642-6624-5
◇人物日米関係史―万次郎からマッカーサーまで　斎藤元一著　成文堂　1999.11　209p　19cm　2000円　Ⓘ4-7923-7068-X
◇いま『武士道』を読む―21世紀の日本人へ　志村史夫著　丸善　1999.8　266p　18cm（丸善ライブラリー）　780円　Ⓘ4-621-05299-3
◇真理への途上―苦渋に満ちた生涯　田中正造・原胤昭・新渡戸稲造　雨貝行麿著　近代文芸社　1999.3　358p　20cm　2600円　Ⓘ4-7733-6433-5

◇新渡戸稲造と現代教育―その愛の教え　仲間一成著　明窓出版　1998.12　175p　19cm　1000円　Ⓘ4-89634-006-X
◇武士道―日本人の魂　新渡戸稲造著, 飯島正久訳・解説　築地書館　1998.10　368p　22cm　3000円　Ⓘ4-8067-5565-6
◇新渡戸稲造の世界―人と思想と働き　佐藤全弘著　教文館　1998.5　267p　20cm　2800円　Ⓘ4-7642-6541-9
◇大志の系譜――一高と札幌農学校　馬場宏明著　北泉社　1998.3　359p　19cm　2800円　Ⓘ4-938424-82-7
◇武士道　新渡戸稲造著,奈良本辰也訳・解説　新装版　三笠書房　1997.7　223p　19cm　1076円　Ⓘ4-8379-1700-3
◇新渡戸稲造―幼き日の思い出/人生読本　新渡戸稲造著　日本図書センター　1997.6　226p　20cm（人間の記録 23）　1800円　Ⓘ4-8205-4264-8
◇新渡戸稲造―物語と史蹟をたずねて　井口朝生著　成美堂出版　1996.6　276p　16cm（成美文庫）　560円　Ⓘ4-415-06443-4
◇稲のことは稲にきけ―近代農学の始祖　横井時敬　金沢夏樹，松田藤四郎編著　家の光協会　1996.5　396p　19cm　1600円　Ⓘ4-259-54472-1
◇新渡戸稲造　美しき日本人　岬龍一郎著　ベストセラーズ　1995.12　221p　19cm（ワニの選書）　1200円　Ⓘ4-854-19124-7
◇自分をもっと深く掘れ！　新渡戸稲造著　三笠書房　1995.7　253p　19cm　1100円　Ⓘ4-8379-1605-8
◇多様化する「知」の探究者　朝日新聞社　1995.5　438p　19cm（21世紀の千人　第4巻）　2900円　Ⓘ4-02-258603-6
◇新渡戸稲造の世界　赤石清悦著　渓声出版　1995.4　431p　19cm　2000円　Ⓘ4-905847-76-1
◇国際人新渡戸稲造―武士道とキリスト教　花井等著　(柏)広池学園出版部　1994.12　301p　19cm　1700円
◇自分のための生きがい―現代語で読む最高の名著『自警』　新渡戸稲造著　三笠書房　1993.12　230p　15cm（知的生きかた文庫）　500円　Ⓘ4-8379-0620-6

◇いま自分のために何ができるか―現代語で読む最高の名著『修養』　新渡戸稲造著　三笠書房　1993.11　264p　19cm　1200円　⑪4-8379-1528-0

◇自分のための生きがい―現代語で読む最高の名著『自警』　新渡戸稲造著　三笠書房　1993.11　221p　19cm　1200円　⑪4-8379-1529-9

◇自分をもっと深く掘れ！―現代語で読む最高の名著『世渡りの道』　新渡戸稲造著　三笠書房　1993.11　210p　19cm　1200円　⑪4-8379-1530-2

◇武士道―現代語で読む最高の名著　新渡戸稲造著，奈良本辰也訳・解説　三笠書房　1993.11　223p　19cm　1100円　⑪4-8379-1525-6

◇牧口常三郎と新渡戸稲造　石上玄一郎著　第三文明社　1993.8　239p　18cm　（レグルス文庫　208）　800円　⑪4-476-01208-6

平塚 らいてう
ひらつか らいちょう

明治19(1886).2.10～昭和46(1971).5.24
婦人解放運動家、評論家。与謝野晶子、生田長江らに教えを受ける。明治44年女性だけの文芸雑誌「青鞜」を創刊。「元始女性は太陽であった」という創刊の辞をかかげ、婦人解放運動の源流となる。大正2年『新しい女』を発表し、『円窓より』を刊行。エレン・ケイの思想に共鳴、7年与謝野晶子との母性保護論争では母性主義を主張。9年市川房枝、奥むめおらと新婦人協会を結成、婦人参政権運動の歴史的な第一歩を踏み出す。戦後は28年日本婦人団体連合会の初代会長となり、37年新日本婦人の会代表委員。また、世界連邦主義の立場で恒久平和実現の呼びかけを行ない、婦人運動の先達者として活躍した。著書に『わたくしの夢は実現したか』『母性の復興』『雲・草・人』のほか、自叙伝『元始、女性は太陽であった』がある。

＊　　　＊　　　＊

◇平塚らいてう―近代日本のデモクラシーとジェンダー　米田佐代子著　吉川弘文館　2002.2　301,4p　21cm　6600円　⑪4-642-03741-1

◇20世紀のすてきな女性たち 8 しあわせと平和がほしい―マザー・テレサ、田内千鶴子、上原栄子、平塚らいてう　山口節子、村中李衣、上条さなえ、米田佐代子著　岩崎書店　2000.4　167p　20×15cm　1600円　⑪4-265-05148-0

◇習俗打破の女たち　堀場清子著　ドメス出版　1998.11　230p　19cm　1800円　⑪4-8107-0479-3

◇平塚らいてうの光と蔭　大森かほる著　第一書林　1997.1　223p　20cm　1800円　⑪4-88646-126-3

◇短歌に出会った女たち　内野光子著　三一書房　1996.10　208p　19cm　2200円　⑪4-380-96279-2

◇理想の女性像を求めて―平塚らいてうの生き方を通して　藤井照子編　藤井照子　1995.11　208p　21cm

◇明治を駆けぬけた女たち　中村彰彦編著　ダイナミックセラーズ出版　1994.11　315p　19cm　1500円　⑪4-88493-252-8

◇「新しい女」の到来―平塚らいてうと漱石　佐々木英昭著　名古屋大学出版会　1994.10　363,5p　20cm　2900円　⑪4-8158-0243-2

◇平塚らいてう―わたくしの歩いた道　平塚らいてう著, 岩見照代編解説　日本図書センター　1994.10　279p　22cm　（シリーズ・人間図書館）　2600円　⑪4-8205-8009-4

◇陽のかがやき―平塚らいてう・その戦後　小林登美枝著　新日本出版社　1994.8　284p　19cm　2200円　⑪4-406-02269-4

◇日本史・激情に燃えた炎の女たち―奔放に生き抜いた女たちの色と欲　村松駿吉著　日本文芸社　1993.9　235p　15cm　（にちぶん文庫）　480円　⑪4-537-06233-9

◇死に至る恋―情死　加藤宗哉著　荒地出版社　1993.2　246p　19cm　1600円　⑪4-7521-0074-6

福沢 諭吉
ふくざわ ゆきち

天保5(1835).12.12～明治34(1901).2.3
啓蒙思想家、教育家。中津藩士の五子に生まれる。長崎や大坂の緒方洪庵の適塾で蘭学を学び、5年江戸に蘭学塾を開くが、英学に転ずる。

万延元年(1858年)から幕府に仕え、遣外使節に随行して欧米を3回視察。明治元年慶応義塾を創設。以降欧米事情通の知識人として近代合理化主義を提唱、明六社の中心として盛んに著述を行い、3年『西洋事情』、5年『学問のすゝめ』、8年『文明論之概略』などの多くのベストセラーを刊行。12年西岡らと東京学士院(のちの日本学士院)を創設し、初代会長となる。13年交詢社を設立、15年には「時事新報」を創刊し、政治問題や時事問題、社会問題などで活発な論陣を張った。18年『脱亜論』の頃から帝国主義の論調を帯びた、国権優先の立場から民権思想を批判した。他の著書に『福翁自伝』など。

　　　　＊　　　＊　　　＊

◇福沢諭吉書簡集 第5巻　福沢諭吉〔著〕,慶応義塾編,寺崎修,西川俊作編集責任　岩波書店　2001.10　409p　20cm　4400円　⓵4-00-092425-7

◇福沢諭吉書簡集 第4巻　福沢諭吉〔著〕,慶応義塾編,坂井達朗,松崎欣一編集責任　岩波書店　2001.8　397p　20cm　4400円　⓵4-00-092424-9

◇福沢諭吉書簡集 第3巻　福沢諭吉〔著〕,慶応義塾編,飯田泰三,坂井達朗編集責任　岩波書店　2001.5　385p　20cm　4200円　⓵4-00-092423-0

◇学問のすゝめ　福沢諭吉著　岩波書店　2001.4　206p　19cm　(ワイド版岩波文庫)　900円　⓵4-00-007154-8

◇学問のすゝめ　福沢諭吉著,檜谷昭彦現代語訳　三笠書房　2001.3　225p　19cm　1300円　⓵4-8379-1880-8

◇福沢諭吉書簡集 第2巻　福沢諭吉〔著〕,慶応義塾編,川崎勝,寺崎修編集責任　岩波書店　2001.3　424p　20cm　4200円　⓵4-00-092422-2

◇福翁自伝　福沢諭吉著,富田正文校注　慶応義塾大学出版会　2001.1　362,13p　19cm　1500円　⓵4-7664-0838-1

◇福沢諭吉書簡集 第1巻　福沢諭吉〔著〕,慶応義塾編　岩波書店　2001.1　451p　20cm　4200円　⓵4-00-092421-4

◇女大学評論 新女大学　福沢諭吉〔著〕,林望監修　福沢諭吉〔著〕,林望監修　講談社　2001.1　146p　15cm　(講談社学術文庫)　680円　⓵4-06-159472-9

◇近代欧米渡航案内記集成 第1巻　西洋旅案内　海外出稼案内　福沢諭吉著　移民保護協会編　ゆまに書房　2000.7　330p　22cm　10000円　⓵4-8433-0124-8

◇文字之教 第1　福沢諭吉著　復刻版　流通経済大学出版会　2000.3　24丁　23cm　⓵4-947553-17-0,4-947553-16-2

◇文字之教 第2　福沢諭吉著　復刻版　流通経済大学出版会　2000.3　30丁　23cm　⓵4-947553-18-9,4-947553-16-2

◇文字之教 附録　福沢諭吉著　復刻版　流通経済大学出版会　2000.3　30丁　23cm　⓵4-947553-19-7,4-947553-16-2

◇福沢諭吉―その武士道と愛国心　西部邁著　文芸春秋　1999.12　229p　20cm　1524円　⓵4-16-355800-4

◇福沢諭吉の農民観―春日井郡地租改正反対運動　河地清著　日本経済評論社　1999.10　223p　22cm　3300円　⓵4-8188-1089-4

◇福沢諭吉と宣教師たち―知られざる明治期の日英関係　白井尭子著　未来社　1999.6　323,24p　22cm　(慶応義塾福沢研究センター叢書)　3800円　⓵4-624-11172-9

◇福沢諭吉論の百年　西川俊作,松崎欣一編　慶応義塾大学出版会　1999.6　320p　19cm　(Keio UP選書)　2200円　⓵4-7664-0732-6

◇福沢諭吉家族論集　福沢諭吉〔著〕,中村敏子編　岩波書店　1999.6　292p　15cm　(岩波文庫)　600円　⓵4-00-331025-X

◇D比較文学研究 73　東大比較文学会編　恒文社　1999.2　166,9p　21cm　3700円　⓵4-7704-0996-6

◇咸臨丸 海を渡る　土居良三著　中央公論社　1998.12　602p　15cm　(中公文庫)　1429円　⓵4-12-203312-8

◇近代日本社会学者小伝―書誌的考察　川合隆男,竹村英樹編　勁草書房　1998.12　822p　21cm　15000円　⓵4-326-60121-3

◇福沢諭吉のすゝめ　大嶋仁著　新潮社　1998.11　253p　20cm　(新潮選書)　1200円　⓵4-10-600555-7

◇グルマン福沢諭吉の食卓　小菅桂子著　中央公論社　1998.10　276p　16cm　(中公文庫　こ35-1)　705円　⓵4-12-203265-2

評論・随筆　　　　　近　代

◇福沢諭吉と福翁自伝　鹿野政直編著　朝日新聞社　1998.10　239p　19cm　（朝日選書612）　1300円　ⓓ4-02-259712-7

◇京都集書院―福沢諭吉と京都人脈　多田建次著　玉川大学出版部　1998.9　205p　20cm　3600円　ⓓ4-472-30061-3

◇草稿 福翁自伝　福沢諭吉協会編，富田正文監修　大空社　1998.9　4冊　24×37cm　150000円　ⓓ4-7568-0267-2

◇福沢諭吉―物語と史蹟をたずねて　岩井護著　成美堂出版　1998.9　285p　16cm　（成美文庫　M-53）　543円　ⓓ4-415-06815-4

◇草稿福翁自伝 1　福沢諭吉〔著〕，福沢諭吉協会編纂　〔大空社〕　1998.9　1冊（頁付なし）24×37cm

◇草稿福翁自伝 2　福沢諭吉〔著〕，福沢諭吉協会編纂　〔大空社〕　1998.9　1冊（頁付なし）24×37cm

◇草稿福翁自伝 3　福沢諭吉〔著〕，福沢諭吉協会編纂　〔大空社〕　1998.9　1冊（頁付なし）24×37cm

◇草稿福翁自伝 4　福沢諭吉〔著〕，福沢諭吉協会編纂　〔大空社〕　1998.9　1冊（頁付なし）24×37cm

◇草稿福翁自伝〔別冊 1〕　福翁自伝　福沢諭吉〔著〕，福沢諭吉協会編纂　福沢諭吉〔著〕　〔大空社〕　1998.9　549p　19cm

◇草稿福翁自伝〔別冊 2〕　草稿福翁自伝解題　福沢諭吉〔著〕，福沢諭吉協会編纂　〔大空社〕　1998.9　38p　19cm

◇福沢諭吉と儒学を結ぶもの　張建国著　日本僑報社　1998.8　247p　21cm　2500円　ⓓ4-931490-05-0

◇ふだん着の福沢諭吉　西川俊作，西沢直子編　慶応義塾大学出版会　1998.8　302p　19cm　（Keio UP選書）　2200円　ⓓ4-7664-0708-3

◇近代化の中の文学者たち―その青春と実存　山口博著　愛育社　1998.4　279p　19cm　1800円　ⓓ4-7500-0205-4

◇福沢山脈 上　小島直記著　致知出版社　1998.4　311p　20cm　（Chi chi-select）　1500円　ⓓ4-88474-535-3

◇福沢山脈 下　小島直記著　致知出版社　1998.4　311p　20cm　（Chi chi-select）　1500円　ⓓ4-88474-536-1

◇福沢諭吉の横顔　西川俊作著　慶応義塾大学出版会　1998.3　269p　19cm　（Keio UP選書）　2200円　ⓓ4-7664-0684-2

◇愛の一字―父親福沢諭吉を読む　桑原三郎著　筑地書館　1998.2　170p　20cm　2400円　ⓓ4-8067-7697-1

◇福沢諭吉の日本経済論　藤原昭夫著　日本経済評論社　1998.1　326p　22cm　3200円　ⓓ4-8188-0950-0

◇（新しい）福沢諭吉　坂本多加雄著　講談社　1997.11　262p　18cm　（講談社現代新書1382）　680円　ⓓ4-06-149382-5

◇福沢諭吉と福住正兄―世界と地域の視座　金原左門著　吉川弘文館　1997.10　219p　19cm　（歴史文化ライブラリー）　1700円　ⓓ4-642-05426-X

◇福沢諭吉の思想と現代　高橋弘通著　海鳥社　1997.10　238p　20cm　2500円　ⓓ4-87415-198-1

◇文明論之概略　福沢諭吉著，松沢弘陽校注　岩波書店　1997.9　391p　19cm　（ワイド版岩波文庫）　1200円　ⓓ4-00-007165-3

◇明治後期産業発達史資料　第375巻　民間経済録　日本帝国国勢一斑―第7号　日本商業雑誌―第4巻19号　福沢諭吉〔著〕　内務省総務局報告課〔編〕　竜渓書舎　1997.7　1冊　22cm　（経済・社会一班篇 3）　22000円

◇とっておきのもの とっておきの話 第1巻　YANASE LIFE編集室編　芸神出版社　1997.5　213p　21cm　（芸神集団Amuse）　2500円　ⓓ4-906613-16-0

◇比較政治思想史講義―アダム・スミスと福沢諭吉　岩間一雄著　大学教育出版　1997.5　189p　21cm　2000円　ⓓ4-88730-220-7

◇隕ちた「苦艾」の星―ドストエフスキイと福沢諭吉　芦川進一著　河合文化教育研究所　1997.3　249p　21cm　1600円　ⓓ4-87999-984-9

◇日本人の志―最後の幕臣たちの生と死　片岡紀明著　光人社　1996.12　257p　19cm　1800円　ⓓ4-7698-0797-X

◇医者のみた福沢諭吉―先生、ミイラとなって昭和に出現　土屋雅春著　中央公論社　1996.10　235p　18cm　(中公新書)　720円　④4-12-101330-1

◇近代日本の先駆的啓蒙家たち―福沢諭吉・植木枝盛・徳富蘇峰・北村透谷・田岡嶺雲　タグマーラ・パーブロブナ・ブガーエワ著, 亀井博訳　平和文化　1996.10　222p　21cm　3090円　④4-938585-61-8

◇(小説)福沢諭吉　大下英治著　学陽書房　1996.10　426p　15cm　(人物文庫　お1-1)　660円　④4-313-75015-0

◇福沢諭吉と写真屋の娘　中崎昌雄著　大阪大学出版会　1996.10　213p　20cm　2060円　④4-87259-025-2

◇童蒙をしへ草―口語訳　全五巻　福沢諭吉著, 岩崎弘解説　慶応義塾幼稚舎　1996.7　219p　21cm　(慶応義塾初等教育資料シリーズ　4)

◇福沢諭吉のコミュニケーション　平井一弘著　青磁書房　1996.6　391p　22cm　3000円　④4-915988-02-3

◇福沢諭吉と桃太郎―明治の児童文化　桑原三郎著　慶応通信　1996.2　382,12p　22cm　4660円　④4-7664-0621-4

◇福沢諭吉の世界　狭間久著　大分合同新聞社　1995.11　283p　19cm　3500円

◇文明のエトス　石坂巌著　河出書房新社　1995.9　331p　20cm　2000円　④4-309-90149-2

◇人物に学ぶ明治の企業事始め　森友幸照著　つくばね舎, 地歴社〔発売〕　1995.8　210p　21cm　1800円　④4-924836-17-6

◇福沢諭吉と西欧思想―自然法・功利主義・進化論　安西敏三著　名古屋大学出版会　1995.3　434,9p　22cm　8240円　④4-8158-0255-6

◇文明論之概略　福沢諭吉著, 松沢弘陽校注　岩波書店　1995.3　391p　15cm　(岩波文庫)　620円　④4-00-331021-7

◇京都学校記　福沢諭吉著, 京都市教育委員会校訂　京都市教育委員会　1994.9　33p　21cm

◇西洋衣食住　〔福沢諭吉〕〔著〕　慶応義塾福沢研究センター　1994.9　19丁　19cm　非売品

◇福沢諭吉　小泉信三著　岩波書店　1994.7　209p　20cm　(岩波新書)　1600円　④4-00-003855-9

◇新版 福翁自伝　福沢諭吉著, 富田正文校注　慶応通信　1994.5　358,13p　19cm　1800円　④4-7664-0559-5

◇童蒙をしへ草―口語訳　巻1・巻2　福沢諭吉著, 岩崎弘解説　慶応義塾幼稚舎　1994.5　89p　21cm　(慶応義塾初等教育資料シリーズ　2)

◇諭吉のさと―城下町中津を歩く　横尾和彦著　(福岡)西日本新聞社　1994.2　166p 19cm　1200円　④4-8167-0355-1

◇福沢諭吉の社会思想―その現代的意義　千種義人著　同文舘出版　1993.11　324p 21cm　4500円　④4-495-85921-8

◇グルマン福沢諭吉の食卓　小菅桂子著　ドメス出版　1993.5　251p 19cm　2060円　④4-8107-0362-2

福田　恒存
ふくだ　つねあり

大正1(1912).8.25～平成6(1994).11.20
評論家、劇作家、演出家、翻訳家。卒論にあつかったロレンスの思想を基盤に幅広く活躍し、評論家として『人間・この劇的なるもの』、劇作家として『キティ颱風』『龍を撫でた男』『総統いまだ死せず』、翻訳家として『シェイクスピア全集』(全19巻)などの著書があり、数々の賞を受賞。昭和29年進歩的文化人を批判して平和論論争をおこなう。また国語問題の論争家としても知られ、『私の国語教室』がある。演劇人としても38年に現代演劇協会を設立し、劇団・雲(のち昴)を主宰。

＊　　　　＊　　　　＊

◇サロメ　ワイルド作, 福田恒存訳　改版　岩波書店　2000.5　104p　15cm　(岩波文庫)　300円　④4-00-322452-3

◇文学の救い―福田恒存の言説と行為と　前田嘉則著　郁朋社　1999.4　187p　19cm　1500円　④4-87302-020-4

◇私の幸福論　福田恒存著　筑摩書房　1998.9　234p　15cm　（ちくま文庫　ふ24-1）　640円　④4-480-03416-1

◇劇的なる精神福田恒存　井尻千男著　徳間書店　1998.7　299p　16cm　（徳間文庫　い-2-1）　552円　④4-19-890934-2

◇戦後知識人の系譜　高沢秀次著　秀明出版会　1998.4　266p　19cm　（発言者双書）　2000円　④4-915855-12-0

◇日本への遺言―福田恒存語録　福田恒存著，中村保男，谷田貝常夫編　文芸春秋　1998.4　382p　16cm　（文春文庫）　486円　④4-16-725805-6

◇福田恒存論　金子光彦著　近代文芸社　1996.5　211p　20cm　1800円　④4-7733-5405-4

◇日本を思ふ　福田恒存著　文芸春秋　1995.5　396p　16cm　（文春文庫）　500円　④4-16-725804-8

◇日本への遺言―福田恒存語録　福田恒存著，中村保男，谷田貝常夫編　文芸春秋　1995.4　374p　19cm　2100円　④4-16-350080-4

◇新装世界の文学セレクション36　シェイクスピア　2　シェイクスピア〔著〕，福田恒存訳　中央公論社　1994.8　500p　19cm　1553円　④4-12-403142-4

◇劇的なる精神福田恒存　井尻千男著　日本教文社　1994.6　266p　20cm　（教文選書）　1700円　④4-531-01517-7

◇世界の文学セレクション36　シェイクスピア　1　福田恒存訳　中央公論社　1993.10　558p　18cm　1600円　④4-12-403141-6

◇自分と戦った人々　辻村明著　高木書房　1993.4　282p　19cm　1700円　④4-88471-042-4

◇福田恒存翻訳全集　第8巻　文芸春秋　1993.4　706p　22cm　7500円　④4-16-364120-3

◇福田恒存翻訳全集　第7巻　文芸春秋　1993.3　665p　22cm　7500円　④4-16-364110-6

三木　清
みき　きよし

明治30（1897）.1.5～昭和20（1945）.9.26
哲学者、評論家、思想家。京都帝国大学で西田幾多郎やハイデッガーらの教えを受け、西欧マルクス主義に開眼。『パスカルに於ける人間の研究』『唯物史観と現代の意識』で社会主義と哲学との結合について知識人に大きな影響を与えた。5年治安維持法違反に問われ検挙。以後マルクス主義から一定の距離を保ち、西田哲学と親鸞の研究に移った。しかし反マルクス派とはならず、時代と文化の批判を展開、軍国主義に抗して"新しいヒューマニズム"を主張。20年3月再度投獄、同年9月獄死。主著に『構想力の論理』『人生論ノート』『哲学ノート』など。

『人生論ノート』：昭和13（1938）年～16（1941）年。随想。死について、幸福について、懐疑について、偽善についてなど、時代への抗議を秘めて23題を綴った哲学随想。多方面にわたる文筆活動がどのように生まれたかを、率直な自己表現の中にうかがわせる。

　　　＊　　　＊　　　＊

◇創造する構想力　三木清著，大峯顕解説　灯影社　2001.10　446p　21cm　（京都哲学撰書　第18巻）　4100円　④4-924520-83-7

◇三木清エッセンス　三木清著，内田弘編・解説　こぶし書房　2000.2　354p　20cm　（こぶし文庫　24）　3200円　④4-87559-140-3

◇京都哲学撰書　第2巻　パスカル・親鸞　上田閑照監修，大峯顕，長谷正当，大橋良介編　三木清〔著〕，大峯顕編　灯影舎　1999.11　322p　22cm　3400円　④4-924520-46-2

◇日本の観念論者　舩山信一著　こぶし書房　1998.9　482,10p　21cm　（舩山信一著作集　第8巻）　8000円　④4-87559-128-4

◇人生論ノート　三木清著　青竜社　1998.8　191p　20cm　（名著発掘シリーズ）　1600円　④4-88258-808-0

◇都市と思想家　2　石塚正英，柴田隆行，的場昭弘，村上俊介編　法政大学出版局　1996.7　329,12p　19cm　（叢書・現代の社会科学）　3399円　④4-588-60027-3

◇三木清―哲学的思索の軌跡　赤松常弘著　ミネルヴァ書房　1994.5　346,11p　20cm　(Minerva　21世紀ライブラリー　11)　3500円　①4-623-02417-2

三宅 雪嶺
みやけ せつれい

万延1(1860).5.19～昭和20(1945).11.26
ジャーナリスト、評論家、哲学者。明治21年志賀重昂らと政教社を結成、雑誌「日本人」を創刊。24年週刊誌「亜細亜」、大正9年「女性日本人」を刊行、12年退社。この間、国粋主義を主張する一方、新聞、雑誌で藩閥政府批判の論陣を張った。大正12年我観社を設立し、個人雑誌「我観」を創刊、死に至るまでつづいた。著書に『真善美日本人』『我観小景』『宇宙』『同時代史』『東洋教政対西洋教政』など。そのほか『東西英雄一夕話』『人物論』など英雄論、人物論を多く書いた。

　　　＊　　　＊　　　＊

◇明治ナショナリズムの研究―政教社の成立とその周辺　佐藤能丸著　芙蓉書房　1998.11　350p　21cm　6800円　①4-8295-0219-3
◇三宅雪嶺―自伝/自分を語る　三宅雪嶺著　日本図書センター　1997.12　253p　20cm　(人間の記録　43)　1800円　①4-8205-4286-9,4-8205-4283-4
◇日本策士伝―資本主義をつくった男たち　小島直記著　中央公論社　1994.5　449p　15cm　(中公文庫)　840円　①4-12-202094-8

保田 与重郎
やすだ よじゅうろう

明治43(1910).4.15～昭和56(1981).10.4
評論家。東京帝国大学在学中に同人誌「コギト」を創刊して文筆活動に入り、昭和10年には亀井勝一郎らと雑誌「日本浪曼派」を創刊、反近代主義的、審美主義的な評論を展開した。このころの著作に『日本の橋』『戴冠詩人の御一人者』『後鳥羽院』『万葉集の精神』などがあり、戦時中も日本浪曼派の総帥として若者たちに大きな影響を与えた。戦後は、戦時下の思想を代弁したとして追放された。解除後文壇に復帰したが、中央に出ることはなく、京都を中心に『現代畸人伝』『日本の美術史』『日本浪曼派の時代』などを執筆した。

　　　＊　　　＊　　　＊

◇万葉集の精神―その成立と大伴家持　保田与重郎著　新学社　2002.1　531p　15cm　(保田与重郎文庫)　1730円　①4-7868-0033-3
◇近代の終焉　保田与重郎著　新学社　2002.1　225p　15cm　(保田与重郎文庫)　990円　①4-7868-0030-9
◇鳥見のひかり/天杖記　保田与重郎著　新学社　2001.10　218p　15cm　(保田与重郎文庫)　990円　①4-7868-0035-X
◇芭蕉　保田与重郎著　新学社　2001.10　236p　15cm　(保田与重郎文庫)　990円　①4-7868-0032-5
◇長谷寺・山ノ辺の道・京あない・奈良てびき　保田与重郎著　新学社　2001.7　301p　15cm　(保田与重郎文庫)　1260円　①4-7868-0038-4
◇改版　日本の橋　保田与重郎著　新学社　2001.7　179p　15cm　(保田与重郎文庫　1)　720円　①4-7868-0022-8
◇民族と文芸　保田与重郎著　新学社　2001.4　198p　15cm　(保田与重郎文庫　8)　990円　①4-7868-0029-5
◇日本に祈る　保田与重郎著　新学社　2001.4　283p　15cm　(保田与重郎文庫　15)　990円　①4-7868-0036-8
◇エルテルは何故死んだか　保田与重郎著　新学社　2001.1　111p　15cm　(保田与重郎文庫　5)　720円　①4-7868-0026-0
◇戦後随想集　保田与重郎著　新学社　2001.1　234p　15cm　(保田与重郎文庫　23)　990円　①4-7868-0044-9
◇南山踏雲録　保田与重郎著　新学社　2000.10　383p　16cm　(保田与重郎文庫　13)　1260円　①4-7868-0034-1
◇作家論集　保田与重郎著　新学社　2000.10　336p　16cm　(保田与重郎文庫　22)　1260円　①4-7868-0043-0
◇蒙疆　保田与重郎著　新学社　2000.7　210p　16cm　(保田与重郎文庫　10)　990円　①4-7868-0031-7

◇日本の美術史　保田与重郎著　新学社　2000.7　427p　16cm　(保田与重郎文庫 18)　1520円　ⓘ4-7868-0039-2

◇戴冠詩人の御一人者　保田与重郎著　新学社　2000.4　274p　16cm　(保田与重郎文庫 3)

◇日本の文学史　保田与重郎著　新学社　2000.4　429p　16cm　(保田与重郎文庫 20)　1520円　ⓘ4-7868-0041-4

◇木丹木母集　保田与重郎著　新学社　2000.1　168p　16cm　(保田与重郎文庫 24)　680円　ⓘ4-7868-0045-7

◇後鳥羽院　保田与重郎著　増補新版　新学社　2000.1　292p　16cm　(保田与重郎文庫　4)　950円　ⓘ4-7868-0025-2

◇文学の立場　保田与重郎著　新学社　1999.10　295p　16cm　(保田与重郎文庫 7)　950円　ⓘ4-7868-0028-7

◇現代畸人伝　保田与重郎著　新学社　1999.10　364p　16cm　(保田与重郎文庫 16)　1200円　ⓘ4-7868-0037-6

◇和泉式部私抄　保田与重郎著　新学社　1999.7　186p　16cm　(保田与重郎文庫　6)　680円　ⓘ4-7868-0027-9

◇万葉集名歌選釈　保田与重郎著　新学社　1999.7　382p　16cm　(保田与重郎文庫 21)　1200円　ⓘ4-7868-0042-2

◇英雄と詩人　保田与重郎著　新学社　1999.4　310p　16cm　(保田与重郎文庫　2)　1200円　ⓘ4-7868-0023-6

◇日本浪漫派の時代　保田与重郎著　新学社　1999.4　382p　16cm　(保田与重郎文庫 19)　1200円　ⓘ4-7868-0040-6

◇作家の自伝 97　保田与重郎　佐伯彰一、松本健一監修　保田与重郎著，桶谷秀昭編解説　日本図書センター　1999.4　279p　22cm　(シリーズ・人間図書館)　2600円　ⓘ4-8205-9542-3,4-8205-9525-3

◇保田与重郎文芸論集　保田与重郎〔著〕、川村二郎編　講談社　1999.1　254p　16cm　(講談社文芸文庫)　1050円　ⓘ4-06-197649-4

◇空ニモ書カン――保田与重郎の生涯　吉見良三著　淡交社　1998.10　456p　20cm　3000円　ⓘ4-473-01622-6

◇文人追懐――一学芸記者の取材ノート　浜川博著　蝸牛社　1998.9　270p　19cm　1600円　ⓘ4-87661-343-5

◇花のなごり――先師保田与重郎　谷崎昭男著　新学社　1997.9　259p　20cm　2200円　ⓘ4-7868-0021-X

◇浪曼的滑走――保田与重郎と近代日本　桶谷秀昭著　新潮社　1997.7　222p　19cm　2000円　ⓘ4-10-348903-0

◇保田与重郎　桶谷秀昭著　講談社　1996.12　245p　15cm　(講談社学術文庫)　760円　ⓘ4-06-159261-0

◇保田与重郎と昭和の御代　福田和也著　文芸春秋　1996.6　221p　19cm　1700円　ⓘ4-16-351690-5

◇林富士馬評論文学全集　林富士馬著　勉誠社　1995.4　616,16p　21cm　12360円　ⓘ4-585-05014-0

◇不敗の条件――保田与重郎と世界の思潮　ロマノ・ヴルピッタ著　中央公論社　1995.2　305p　20cm　(中公叢書)　1900円　ⓘ4-12-002404-0

◇佐藤春夫　保田与重郎著　日本図書センター　1993.1　165,11p　22cm　(近代作家研究叢書 123)　4120円　ⓘ4-8205-9224-6

柳田 国男
やなぎた　くにお

明治8(1875).7.31～昭和37(1962).8.8
民俗学者、農政学者、詩人。農商務省、早稲田大学、朝日新聞などを経て、民間伝承に関心を深め全国を行脚し、明治42年日本民俗学の出発点といわれる民俗誌『後狩詞記』を発表。43年新渡戸稲造、石黒忠篤らと郷土研究の郷土会を結成、大正2年「郷土研究」を発行。『石神問答』『遠野物語』『山の人生』『雪国の春』『桃太郎の誕生』『民間伝承論』『木綿以前の事』『不幸なる芸術』『海上の道』など多数の著書を刊行、"柳田学"を樹立した。また民俗学研究所、日本民俗学会を設立するなど、日本民俗学の樹立・発展につとめ、後世に大きな影響を与えた。26年文化勲章受章。

『遠野物語』：明治43(1910)年。伝説集。岩手県の遠野地方に伝わる常民(水田稲作農耕民)の豊かな伝承119編を採取したもの。伝承

資料による民俗学研究の手法を確立した柳田の日本民俗学不朽の名著。

　　　　＊　　　＊　　　＊

◇明治大正史―世相篇　柳田国男著　中央公論新社　2001.8　438p　18cm　（中公クラシックス）　1400円　ⓘ4-12-160013-4

◇柳田国男全集　第28巻　柳田国男著　筑摩書房　2001.7　661p　22cm　7600円　ⓘ4-480-75088-6

◇境界　柳田国男ほか著　河出書房新社　2001.6　449p　20cm　（怪異の民俗学　8）　4000円　ⓘ4-309-61398-5

◇異人・生贄　柳田国男ほか著　河出書房新社　2001.5　395p　20cm　（怪異の民俗学　7）　4000円　ⓘ4-309-61397-7

◇柳田国男全集　第27巻　柳田国男著　筑摩書房　2001.2　712p　22cm　7600円　ⓘ4-480-75087-8

◇幽霊　柳田国男ほか著　河出書房新社　2001.2　460p　20cm　（怪異の民俗学　6）　4000円　ⓘ4-309-61396-9

◇遠野物語・山の人生　柳田国男著　岩波書店　2001.1　330p　19cm　（ワイド版岩波文庫）　1200円　ⓘ4-00-007121-1

◇私の歩んできた道　柳田国男〔著〕，田中正明編　岩田書院　2000.10　436p　22cm　12800円　ⓘ4-87294-183-7

◇河童　柳田国男ほか著　河出書房新社　2000.8　435p　20cm　（怪異の民俗学　3）　3800円　ⓘ4-309-61393-4

◇妖怪　柳田国男ほか著　河出書房新社　2000.7　449p　20cm　（怪異の民俗学　2）　3800円　ⓘ4-309-61392-6

◇憑きもの　柳田国男ほか著　河出書房新社　2000.6　442p　20cm　（怪異の民俗学　1）　3800円　ⓘ4-309-61391-8

◇柳田国男全集　第26巻　柳田国男著　筑摩書房　2000.6　621p　22cm　7400円　ⓘ4-480-75086-X

◇明治大正史　4　柳田国男編著，朝日新聞社編　クレス出版　2000.4　398,10p　22cm　8000円　ⓘ4-87733-089-5,4-87733-085-2

◇柳田国男全集　第25巻　柳田国男著　筑摩書房　2000.2　596p　22cm　7400円　ⓘ4-480-75085-1

◇柳田国男全集　第24巻　柳田国男著　筑摩書房　1999.12　699p　22cm　7900円　ⓘ4-480-75084-3

◇柳田国男―柳田民俗学と日本資本主義　鷲田小弥太著　三一書房　1999.8　204p　19cm　（三一「知と発見」シリーズ　1）　1800円　ⓘ4-380-99214-4

◇南西諸島の神観念　住谷一彦，クライナー・ヨーゼフ著　復刻版　未来社　1999.7　363,23p　21cm　4800円　ⓘ4-624-20046-2

◇柳田国男の世界　河村望著　人間の科学新社　1999.7　304p　20cm　2000円　ⓘ4-8226-0177-3

◇柳田国男全集　第1巻　柳田国男著　筑摩書房　1999.6　807p　22cm　8000円　ⓘ4-480-75061-4

◇柳田国男全集　第20巻　柳田国男著　筑摩書房　1999.5　769p　22cm　7800円　ⓘ4-480-75080-0

◇歴史のつづれおり　井出孫六著　みすず書房　1999.4　247p　19cm　2400円　ⓘ4-622-03669-X

◇柳田国男全集　第19巻　柳田国男著　筑摩書房　1999.4　773p　22cm　7800円　ⓘ4-480-75079-7

◇日記のお手本―自分史を刻もう　荒木経惟,梶井基次郎,大宅壮一,大宅歩,奥浩平ほか著　小学館　1999.3　238p　15cm　（小学館文庫）　514円　ⓘ4-09-403041-7

◇柳田国男全集　第18巻　柳田国男著　筑摩書房　1999.3　747p　22cm　7600円　ⓘ4-480-75078-9

◇柳田国男　柳田国男著　晶文社　1999.2　124p　20cm　（21世紀の日本人へ）　1000円　ⓘ4-7949-4716-X

◇柳田国男全集　第17巻　柳田国男著　筑摩書房　1999.2　721p　22cm　7400円　ⓘ4-480-75077-0

◇柳田国男全集　第16巻　柳田国男著　筑摩書房　1999.1　547p　22cm　6600円　ⓘ4-480-75076-2

◇柳田国男とその弟子たち―民俗学を学ぶマルクス主義者　鶴見太郎著　人文書院　1998.12　255p　20cm　2300円　ⓘ4-409-54056-4

評論・随筆　　　　　　　　　近代

◇柳田国男の民俗誌―『北小浦民俗誌』の世界
松本三喜夫著　吉川弘文館　1998.12　201p
22cm　5200円　①4-642-07540-2

◇柳田国男全集　第8巻　　柳田国男著
筑摩書房　1998.12　701p　22cm　7200円
①4-480-75068-1

◇柳田国男の明治時代―文学と民俗学と
岡村遼司著　明石書店　1998.11　345p
20cm　3000円　①4-7503-1094-8

◇柳田国男全集　第7巻　　地名の話その他　小
さき者の声　退読書歴　一目小僧その他
柳田国男著　筑摩書房　1998.11　659p
22cm　7200円　①4-480-75067-3

◇柳田国男のえがいた日本―民俗学と社会
構想　川田稔著　未来社　1998.10　232p
20cm　（ニュー・フォークロア双書　28）
2200円　①4-624-22028-5

◇柳田国男全集　第6巻　　秋風帖　女性と
民間伝承　桃太郎の誕生　柳田国男著
筑摩書房　1998.10　597p　22cm　6800円
①4-480-75066-5

◇柳田国男全集　第15巻　　先祖の話　笑の本
願　毎日の言葉　物語と語り物　家閑談　柳田
国男著　筑摩書房　1998.9　645p　22cm
7200円　①4-480-75075-4

◇柳田国男全集　第13巻　　方言覚書　木思
石語　日本の祭　昔話覚書　柳田国男著
筑摩書房　1998.8　739p　22cm　7500円
①4-480-75073-8

◇柳田国男事典　野村純一ほか編集　勉誠
出版　1998.7　827,69p　23cm　9800円
①4-585-06006-5

◇柳田国男全集　第14巻　　神道と民俗学　国
史と民俗学　史料としての伝説　火の昔　村
と学童　母の手毬歌　柳田国男著　筑摩書
房　1998.7　645p　22cm　7000円　①4-480-
75074-6

◇柳田国男全集　第9巻　　信州随筆　国語史　新
語篇　昔話と文学　木綿以前の事　柳田国男著
筑摩書房　1998.6　686p　22cm　7200円
①4-480-75069-X

◇コレクション鶴見和子曼荼羅　4（土の巻）
柳田国男論　鶴見和子著　藤原書店　1998.5
502p　20cm　4800円　①4-89434-102-6

◇柳田国男全集　第11巻　　民謡覚書　妹の力
伝説　柳田国男著　筑摩書房　1998.5　587p
22cm　6600円　①4-480-75071-1

◇柳田国男―さゝやかなる昔（抄）/故郷七
十年（抄）　柳田国男著，岡谷公二編
日本図書センター　1998.4　261p　22cm
（シリーズ・人間図書館）　2600円　①4-8205-
9505-9

◇柳田国男讃歌への疑念―日本の近代知を
問う　網沢満昭著　風媒社　1998.4　279p
20cm　2800円　①4-8331-0515-2

◇柳田国男全集　第10巻　　稗の未来　国語の
将来　孤猿随筆　食物と心臓　柳田国男著
筑摩書房　1998.4　537p　22cm　6400円
①4-480-75070-3

◇柳田国男・ことばと郷土　柳田国男研究会編
岩田書院　1998.3　222p　23cm　（柳田国男
研究年報　2）　3800円　①4-87294-103-9

◇柳田国男全集　第4巻　　柳田国男著
筑摩書房　1998.3　560p　22cm　6400円
①4-480-75064-9

◇柳田国男全集　第12巻　　柳田国男著
筑摩書房　1998.2　621p　22cm　6500円
①4-480-75072-X

◇柳田国男全集　第5巻　　柳田国男著
筑摩書房　1998.1　657p　22cm　6500円
①4-480-75065-7

◇柳翁宿今昔　高橋甫著　遠野アドホック
1997.12　45p　21cm

◇柳田国男全集　第3巻　　柳田国男著
筑摩書房　1997.12　847p　22cm　7200円
①4-480-75063-0

◇柳田国男全集　第21巻　　柳田国男著
筑摩書房　1997.11　616p　22cm　6500円
①4-480-75081-9

◇柳田国男と平田篤胤　芳賀登著　皓星社
1997.10　354p　22cm　3500円　①4-7744-
0078-5

◇柳田国男全集　第2巻　　柳田国男著
筑摩書房　1997.10　735p　22cm　6800円
①4-480-75062-2

◇柳田国男―その生涯と思想　川田稔著
吉川弘文館　1997.8　189p　19cm　（歴史文化
ライブラリー　19）　1700円　①4-642-05419-
7

238

◇20世紀の歴史家たち〈1〉日本編 1　日本編 上　今谷明, 大浜徹也, 尾形勇, 樺山紘一編　刀水書房　1997.7　270p　21cm　(刀水歴史全書　45)　2800円　Ⓘ4-88708-211-8

◇分類児童語彙　柳田国男, 丸山久子著　改訂　国書刊行会　1997.5　344,41p　22cm　5000円　Ⓘ4-336-01538-4

◇柳田国男―日本的思考の可能性　佐谷真木人著　小沢書店　1996.11　224p　20cm　2200円　Ⓘ4-7551-0331-2

◇柳田国男と近代文学　井口時男著　講談社　1996.11　285p　20cm　2330円　Ⓘ4-06-208486-4

◇独学のすすめ―時代を超えた巨人たち　谷川健一著　晶文社　1996.10　253,24p　19cm　2300円　Ⓘ4-7949-6278-9

◇柳田国男・ジュネーブ以後　柳田国男研究会編著　三一書房　1996.9　200p　23cm　3107円　Ⓘ4-380-96292-X

◇民衆と歴史の視点―戦後歴史学を生きて　芳賀登著　雄山閣出版　1996.7　277p　21cm　4635円　Ⓘ4-639-01384-1

◇物語の哲学―柳田国男と歴史の発見　野家啓一著　岩波書店　1996.7　268p　20cm　2524円　Ⓘ4-00-002298-9

◇野の手帖―柳田国男と小さき者のまなざし　松本三喜夫著　青弓社　1996.6　433p　20cm　4000円　Ⓘ4-7872-3126-X

◇色川大吉著作集　第5巻　人と思想　色川大吉著　筑摩書房　1996.4　506p　21cm　7600円　Ⓘ4-480-75055-X

◇殺された詩人―柳田国男の恋と学問　岡谷公二著　新潮社　1996.4　203p　20cm　1600円　Ⓘ4-10-411501-0

◇父柳田国男を想う　柳田為正著　筑摩書房　1996.4　202p　20cm　1900円　Ⓘ4-480-82328-X

◇クニオとクマグス―柳田国男・南方熊楠　米山俊直著　河出書房新社　1995.12　289p　20cm　2330円　Ⓘ4-309-24165-4

◇(定本)柳田国男論　吉本隆明著　洋泉社　1995.12　305p　20cm　2136円　Ⓘ4-89691-196-2

◇柳田国男と女性観―主婦権を中心として　倉石あつ子著　三一書房　1995.10　234p　20cm　2136円　Ⓘ4-380-95283-5

◇柳田国男をよむ―日本人のこころを知る　後藤総一郎編　アテネ書房　1995.3　197p　19cm　(情報源…をよむ)　1456円　Ⓘ4-87152-193-1

◇柳田国男と事件の記録　内田隆三著　講談社　1995.2　238p　19cm　(講談社選書メチエ　40)　1500円　Ⓘ4-06-258040-3

◇柳田国男の民俗学　岩崎敏夫著　岩田書院　1995.2　403p　22cm　(岩崎敏夫著作集　6)　8137円　Ⓘ4-900697-21-4

◇南島イデオロギーの発生―柳田国男と植民地主義　村井紀著　増補・改訂　太田出版　1995.1　285p　20cm　(批評空間叢書　4)　2500円　Ⓘ4-87233-199-0

◇漂泊の精神史―柳田国男の発生　赤坂憲雄著　小学館　1994.11　438p　20cm　4369円　Ⓘ4-09-387127-2

◇柳田国男書目書影集覧　田中正明編著　岩田書院　1994.6　612,12p　27cm　24720円　Ⓘ4-900697-13-3

◇柳田国男・南方熊楠往復書簡集　上　飯倉照平編　平凡社　1994.6　379p　16cm　(平凡社ライブラリー)　1000円　Ⓘ4-582-76052-X

◇柳田国男・南方熊楠往復書簡集　下　飯倉照平編　平凡社　1994.6　390p　16cm　(平凡社ライブラリー)　1000円　Ⓘ4-582-76053-8

◇播磨の人物　新保哲著　杉山書店　1994.4　153p 21cm　2500円　Ⓘ4-7900-0233-0

◇柳田国男と文学　相馬庸郎著　洋々社　1994.1　247p　19cm　2000円　Ⓘ4-89674-904-9

◇明治大正史 世相篇　柳田国男〔著〕　講談社　1993.7　464p　15cm（講談社学術文庫）　1100円　Ⓘ4-06-159082-0

◇毎日の言葉　柳田国男著　新潮社　1993.3　170p　15cm　(新潮文庫)　320円　Ⓘ4-10-104705-7

評論・随筆　　　　　　近　代

和辻 哲郎
わつじ　てつろう

明治22(1889).3.1～昭和35(1960).12.26
　哲学者、倫理学者、文化史家、評論家。東京帝国大学在学中、谷崎潤一郎らと第2次「新思潮」を発刊し、文筆生活に入る。ニーチェ、キェルケゴール、日本思想史などを研究。東洋文化の伝統的特性を明らかにした独自の倫理学体系を確立し、近代日本を代表する思想家となる。戦後は天皇制論争を行い、新憲法の精神と天皇制は調和することを訴えた。主な著書に『ニイチェ研究』『ゼエレン・キェルケゴール』、大和古寺巡りのブームを起した『古寺巡礼』、『日本古代文化』『日本精神史研究』『原始仏教の実践哲学』『人間の学としての倫理学』『風土』『倫理学』『鎖国』『日本倫理思想史』など。昭和25年日本倫理学会初代会長、30年文化勲章を受賞。

『風土』：昭和10(1935)年。評論。東アジア、南アジア、西アジア、ヨーロッパ各地域の風土的特性と、それぞれの地域文化の伝統的特質の関係について考察した著作。人間が育ち、暮らす土地と、人と人との間柄こそ倫理であると解いた。

　　　　＊　　　＊　　　＊

◇編年体大正文学全集　第9巻　大正九年　和辻哲郎著者代表, 松村友視編　ゆまに書房　2001.12　655p 21cm　6600円　①4-89714-898-7

◇京都哲学撰書　第8巻　人間存在の倫理学　大峯顕, 長谷正当, 大橋良介編, 上田閑照監修　和辻哲郎〔著〕, 米谷匡史編　灯影舎　2000.7　309p 22cm　3300円　①4-924520-54-3

◇甦る和辻哲郎―人文科学の再生に向けて　佐藤康邦, 清水正之, 田中久文編　ナカニシヤ出版　1999.3　257p　20cm　(叢書倫理学のフロンティア　5)　2400円　①4-88848-485-6

◇近代作家追悼文集成37　吉井勇・和辻哲郎・小川未明・西東三鬼　ゆまに書房　1999.2　291p　21cm　8000円　①4-89714-640-2

◇和辻哲郎の実像―思想史の視座による和辻全体像の解析　荘子邦雄著　良書普及会　1998.2　283p　22cm　5000円　①4-656-21831-6

◇ドストエフスキイ文献集成　第20巻　討論・ロシア作家研究　井桁貞義共編, 本間暁共編　「近代文学」同人編　大空社　1996.7　95～173,261～262,233p　22cm

◇ドストエフスキイ文献集成　第20巻　討論・ロシア作家研究　ドストエフスキーの哲学―神・人間・革命　井桁貞義, 本間暁共編　「近代文学」同人編　和辻哲郎他〔著〕　大空社　1996.7　1冊　22cm　①4-7568-0096-3

◇戦後日本の哲学者　鈴木正, 王守華編　農山漁村文化協会　1995.9　273p　19cm　2700円　①4-540-95041-X

◇和辻哲郎随筆集　坂部恵編　岩波書店　1995.9　272p　15cm　(岩波文庫)　570円　①4-00-331448-4

◇光の領国和辻哲郎　苅部直著　創文社　1995.5　239,15p　22cm　(現代自由学芸叢書)　3605円　①4-423-73076-6

◇和辻哲郎　湯浅泰雄著　筑摩書房　1995.5　491p　15cm　(ちくま学芸文庫)　1400円　①4-480-08196-8

◇若き日の和辻哲郎　勝部真長著　PHP研究所　1995.4　249p　15cm　(PHP文庫)　580円　①4-569-56754-1

◇孔子　和辻哲郎著　岩波書店　1994.11　165p　19cm　(ワイド版岩波文庫　155)　777円　①4-00-007155-6

◇和辻哲郎の面目　吉沢伝三郎著　筑摩書房　1994.2　255p 21cm　3980円　①4-480-84231-4

現　代

小　説

安部 公房
あべ こうぼう

大正13(1924).3.7～平成5(1993).1.22
　小説家、劇作家。昭和23年『終りし道の標べに』で文壇にデビュー。26年『壁―S・カルマ氏の犯罪』で芥川賞受賞。シュールレアリズムの影響を受けた前衛的手法を駆使して小説・戯曲の新分野を切り開き人間の実存を追求した。48年演劇グループ"安部公房スタジオ"を結成、自ら演出にもあたった。作品の多くは海外で翻訳・上演され国際的評価も高い。小説に『砂の女』『燃えつきた地図』『箱男』『方舟さくら丸』『カンガルー・ノート』など、戯曲に『幽霊はここにいる』『友達』『未必の故意』など。
　『砂の女』：昭和37(1962)年。長編小説。昆虫採集に出かけた平凡な教師が、砂の穴に閉じこめられ女との共同生活を強いられ、無機質の砂と同化するという反日常を描いた。

　　　　＊　　　　＊　　　　＊

◇安部公房全集 29　安部公房著　新潮社　2000.12　549,43p　22cm　5700円　④4-10-640149-5
◇安部公房全集 28　安部公房著　新潮社　2000.10　488,44p　22cm　5700円　④4-10-640148-7
◇安部公房全集 27　安部公房著　新潮社　2000.1　469,29p　22cm　5700円　④4-10-640147-9
◇安部公房全集 26　1977.12-1980.01　安部公房著　新潮社　1999.12　481,16p　22cm　5700円　④4-10-640146-0
◇安部公房全集 25　1974.03‐1977.11　安部公房著　新潮社　1999.10　539,17p　21cm　5700円　④4-10-640145-2

◇安部公房全集 24　1973.3‐1974.2　安部公房著　新潮社　1999.9　514p　21cm　5700円　④4-10-640144-4
◇安部公房全集 23　1970.2-1973.3　安部公房著　新潮社　1999.8　414,105p　22cm　5700円　④4-10-640143-6
◇安部公房全集 22　1968.2-1970.2　安部公房著　新潮社　1999.7　469,15p　22cm　5700円　④4-10-640142-8
◇安部公房全集 21　1967.4‐1968.2　安部公房著　新潮社　1999.6　19,468p　21cm　5700円　④4-10-640141-X
◇安部公房全集 20　1996.01‐1967.04　安部公房著　新潮社　1999.5　492,27p　21cm　5700円　④4-10-640140-1
◇安部公房全集 19　1964.10‐1965.12　安部公房著　新潮社　1999.4　476,15p　21cm　5700円　④4-10-640139-8
◇安部公房全集 18　1964.1‐1964.9　安部公房著　新潮社　1999.3　495,9p　21cm　5700円　④4-10-640138-X
◇安部公房全集 17　1962.11‐1964.1　安部公房著　新潮社　1999.1　461,21p　21cm　5700円　④4-10-640137-1
◇安部公房全集 16　1962.4‐1962.11　安部公房著　新潮社　1998.12　490,14p　21cm　5700円　④4-10-640136-3
◇露のきらめき―昭和期の文人たち　真鍋呉夫著　ケイエスエス　1998.11　243p　19cm　2400円　④4-87709-298-6
◇安部公房全集 15　1961.1‐1962.3　安部公房著　新潮社　1998.11　482,14p　21cm　5700円　④4-10-640135-5
◇安部公房全集 14　1961.3-1961.9　安部公房著　新潮社　1998.10　499,8p　22cm　5700円　④4-10-640134-7

◇安部公房全集 13　1960.9‐1961.3　安部公房著　新潮社　1998.9　505p　21cm　5700円　⓪4-10-640133-9

◇安部公房全集 12　1960.6-1960.12　安部公房著　新潮社　1998.8　491,29p　22cm　5700円　⓪4-10-640132-0

◇安部公房全集 11　1959.5-1960.5　安部公房著　新潮社　1998.7　500,34p　22cm　5700円　⓪4-10-640131-2

◇安部公房全集 10　1959.5‐1959.9　安部公房著　新潮社　1998.6　541,18p　21cm　5700円　⓪4-10-640130-4

◇安部公房全集 9　1958.7-1959.4　安部公房著　新潮社　1998.4　492,19p　22cm　5700円　⓪4-10-640129-0

◇安部公房全集 8　1957.12-1958.06　安部公房著　新潮社　1998.3　454,24p　22cm　5700円　⓪4-10-640128-2

◇安部公房全集 7　1957.1-1957.11　安部公房著　新潮社　1998.2　476,19p　22cm　5700円　⓪4-10-640127-4

◇安部公房全集 6　1956.3-1957.1　安部公房著　新潮社　1998.1　481,12p　22cm　5700円　⓪4-10-640126-6

◇安部公房全集 5　1955.3‐1956.2　安部公房著　新潮社　1997.12　468,13p　21cm　5700円　⓪4-10-640125-8

◇安部公房全集 4　1953.10-1955.02　安部公房著　新潮社　1997.11　506,13p　22cm　5700円　⓪4-10-640124-X

◇安部公房全集 3　1951.5-1953.9　安部公房著　新潮社　1997.10　535,19p　22cm　5700円　⓪4-10-640123-1

◇安部公房全集 2　1948.6-1951.5　安部公房著　新潮社　1997.9　521,25p　22cm　5700円　⓪4-10-640122-3

◇安部公房の劇場　ナンシー・K.シールズ〔著〕，安保大有訳　新潮社　1997.7　228p　21cm　2400円　⓪4-10-535701-8

◇安部公房全集 1　1942.12-1948.05　安部公房著　新潮社　1997.7　558,23p　22cm　5700円　⓪4-10-640121-5

◇カンガルー・ノート　安部公房著　新潮社　1995.2　223p　15cm　（新潮文庫）　400円　⓪4-10-112124-9

◇終りし道の標べに―真善美社版　安部公房〔著〕　講談社　1995.1　268p　16cm　（講談社文芸文庫）　940円　⓪4-06-196305-8

◇安部公房レトリック事典　谷真介著　新潮社　1994.8　488p　20cm　2400円　⓪4-10-399101-1

◇安部公房　新潮社　1994.4　111p　19cm　（新潮日本文学アルバム　51）　1300円　⓪4-10-620655-2

◇文学1994　日本文芸家協会編，安部公房ほか著　講談社　1994.4　269p　19cm　2800円　⓪4-06-117094-5

◇飛ぶ男　安部公房著　新潮社　1994.1　152p　22×13cm　1600円　⓪4-10-300810-5

◇砂漠の思想　安部公房〔著〕　講談社　1994.1　451p　16cm　（講談社文芸文庫）　1300円　⓪4-06-196255-8

有吉 佐和子
ありよし さわこ

昭和6(1931).1.20～昭和59(1984).8.30
小説家、劇作家。昭和31年伝統芸術の世界を描いた『地唄』が芥川賞候補となって文壇にデビュー。その後、『紀ノ川』『香華』『有田川』『華岡青洲の妻』『出雲の阿国』『和宮様御留』と数々のヒット作を放ったが、やがて社会問題に鋭い目を向け、ボケ老人を扱った『恍惚の人』、環境汚染問題に迫った『複合汚染』はともにベストセラーとなり、"恍惚の人""複合汚染"は流行語になった。また演劇方面にも造詣が深く、自ら脚色・演出した作品も少なくない。曽野綾子とともに注目を集め、"才女時代"といわれた。

『恍惚の人』：昭和47(1972)年。長編小説。痴呆、徘徊といった症状を見せ始めた舅とその介護をめぐって、老人問題という社会性の強いテーマを深刻になりすぎず描いた。

*　　　*　　　*

◇山崎豊子　有吉佐和子　山崎豊子，有吉佐和子著，河野多恵子，大庭みな子，佐藤愛子，津村節子監修　角川書店　1999.2　437p　19cm　（女性作家シリーズ　12）　2600円　⓪4-04-574212-3

◇今日はお墓参り　川本三郎著　平凡社　1999.1　273p　19cm　1600円　Ⓘ4-582-82930-9

◇あの人この人—昭和人物誌　戸板康二著　文芸春秋　1996.11　413p　15cm（文春文庫）　520円　Ⓘ4-16-729212-2

◇私はまだまだお尻が青い　有吉玉青著　大和書房　1996.11　235p　19cm　1500円　Ⓘ4-479-01095-5

◇酒のかたみに—酒で綴る亡き作家の半生史　菊谷匡祐, 阿木翁助, 中本洋, 大河原英与, 武田勝彦ほか著　たる出版　1996.3　301p　21cm　1000円　Ⓘ4-924713-43-0

◇有吉佐和子　新潮社　1995.5　111p　20cm（新潮日本文学アルバム　71）　1300円　Ⓘ4-10-620675-7

◇有吉佐和子とわたし　丸川賀世子著　文芸春秋　1993.7　214p　19cm　1200円　Ⓘ4-16-347780-2

◇日本の島々、昔と今。　有吉佐和子著　中央公論社　1993.4　488p　16cm　（中公文庫）　760円　Ⓘ4-12-201988-5

池波 正太郎
いけなみ しょうたろう

大正12(1923).1.25～平成2(1990).5.3

小説家。昭和35年『錯乱』で第43回直木賞受賞。以後、時代小説家として活躍。江戸時代の庶民の生活をいきいきと描写した作品で知られ、代表作『鬼平犯科帳』シリーズ、『剣客商売』シリーズ、『必殺仕掛人』シリーズは映画、テレビでも高い人気を得た。また『恩田木工』以来、真田家を扱った小説も多く、大長編『真田太平記』を始め、短編『三代の風雪』などがある。他の代表作に『おとこの秘図』『編笠十兵衛』『雲霧仁左衛門』『戦国幻想曲』『賊将』などがある。また映画、食物に関するエッセイも多い。

『鬼平犯科帳』：昭和43(1968)年～平成2(1990)年。長編小説。江戸時代に実在した火付け盗賊改め方長谷川平蔵をモデルに、さまざまな事件を描く。単純な勧善懲悪物ではなく、人間模様や人間の性、また江戸の風俗を丹念に描写し人気を博した。

*　　*　　*

◇蝶の戦記 上　池波正太郎著　文芸春秋　2001.12　457p　16cm（文春文庫）　590円　Ⓘ4-16-714277-5

◇蝶の戦記 下　池波正太郎著　文芸春秋　2001.12　461p　16cm（文春文庫）　590円　Ⓘ4-16-714278-3

◇梅安影法師　池波正太郎〔著〕　新装版　講談社　2001.7　264p　15cm（講談社文庫）　552円　Ⓘ4-06-273192-4

◇梅安冬時雨　池波正太郎〔著〕　新装版　講談社　2001.7　269p　15cm（講談社文庫）　590円　Ⓘ4-06-273193-2

◇梅安針供養　池波正太郎〔著〕　新装版　講談社　2001.6　304p　15cm（講談社文庫）　590円　Ⓘ4-06-273169-X

◇梅安乱れ雲　池波正太郎〔著〕　新装版　講談社　2001.6　352p　15cm（講談社文庫）　590円　Ⓘ4-06-273170-3

◇殺しの四人　池波正太郎〔著〕　新装版　講談社　2001.4　282p　15cm（講談社文庫）　495円　Ⓘ4-06-273135-5

◇梅安蟻地獄　池波正太郎〔著〕　新装版　講談社　2001.4　358p　15cm（講談社文庫）　590円　Ⓘ4-06-273136-3

◇梅安最合傘　池波正太郎〔著〕　新装版　講談社　2001.4　361p　15cm（講談社文庫）　590円　Ⓘ4-06-273137-1

◇おいしい話　池波正太郎, 清水義範, 庄野英二, カレル・チャペック, 波津彬子著, 赤木かん子編　ポプラ社　2001.4　141p　19cm（Little Selectionsあなたのための小さな物語　6）　1300円　Ⓘ4-591-06762-9

◇完本池波正太郎大成　別巻　初期作品/聞書　対談座談　絵画/写真/書誌・年譜　池波正太郎著　講談社　2001.3　765,19p　22cm　7800円　Ⓘ4-06-268231-1

◇鬼平犯科帳 23　池波正太郎著　新装版　文芸春秋　2001.2　261p　16cm（文春文庫）　448円　Ⓘ4-16-714275-9

◇鬼平犯科帳 24　池波正太郎著　新装版　文芸春秋　2001.2　205p　16cm（文春文庫）　400円　Ⓘ4-16-714276-7

◇鬼平犯科帳 21　池波正太郎著　新装版　文芸春秋　2001.1　284p　16cm（文春文庫）　448円　ⓅⒸ4-16-714273-2

◇鬼平犯科帳 22　池波正太郎著　新装版　文芸春秋　2001.1　335p　16cm（文春文庫）　476円　ⓅⒸ4-16-714274-0

◇忍者丹波大介　池波正太郎著　角川書店　2001.1　510p　15cm（角川文庫）　629円　ⓅⒸ4-04-132323-1

◇鬼平犯科帳 19　池波正太郎著　新装版　文芸春秋　2000.12　322p　16cm（文春文庫）　476円　ⓅⒸ4-16-714271-6

◇鬼平犯科帳 20　池波正太郎著　新装版　文芸春秋　2000.12　303p　16cm（文春文庫）　476円　ⓅⒸ4-16-714272-4

◇鬼平犯科帳 17　池波正太郎著　新装版　文芸春秋　2000.11　337p　16cm（文春文庫）　476円　ⓅⒸ4-16-714269-4

◇鬼平犯科帳 18　池波正太郎著　新装版　文芸春秋　2000.11　261p　16cm（文春文庫）　448円　ⓅⒸ4-16-714270-8

◇完本池波正太郎大成 第30巻　戯曲集　池波正太郎著　講談社　2000.11　993p　22cm　7800円　ⓅⒸ4-06-268230-3

◇鬼平犯科帳 15　池波正太郎著　新装版　文芸春秋　2000.10　363p　16cm（文春文庫）　514円　ⓅⒸ4-16-714267-8

◇熊田十兵衛の仇討ち　池波正太郎著　双葉社　2000.10　425p　15cm（双葉文庫）　762円　ⓅⒸ4-575-66110-4

◇鬼平犯科帳 16　池波正太郎著　新装版　文芸春秋　2000.10　311p　16cm（文春文庫）　476円　ⓅⒸ4-16-714268-6

◇完本池波正太郎大成 第28巻　青空の町　原っぱ　現代小説短編　池波正太郎著　講談社　2000.10　1208p　22cm　7800円　ⓅⒸ4-06-268228-1

◇鬼平犯科帳 13　池波正太郎著　新装版　文芸春秋　2000.9　290p　16cm（文春文庫）　476円　ⓅⒸ4-16-714265-1

◇鬼平犯科帳 14　池波正太郎著　新装版　文芸春秋　2000.9　303p　16cm（文春文庫）　476円　ⓅⒸ4-16-714266-X

◇戦国幻想曲　池波正太郎著　新潮社　2000.9　603p　16cm（新潮文庫）　781円　ⓅⒸ4-10-115684-0

◇完本池波正太郎大成 第27巻　時代小説短編 4　信長と秀吉と家康　戦国と幕末　池波正太郎著　講談社　2000.9　933p　22cm　7800円　ⓅⒸ4-06-268227-3

◇鬼平犯科帳 11　池波正太郎著　新装版　文芸春秋　2000.8　330p　16cm（文春文庫）　476円　ⓅⒸ4-16-714263-5

◇鬼平犯科帳 12　池波正太郎著　新装版　文芸春秋　2000.8　349p　16cm（文春文庫）　476円　ⓅⒸ4-16-714264-3

◇闇の狩人 上　池波正太郎〔著〕　角川書店　2000.8　414p　15cm（角川文庫）　590円　ⓅⒸ4-04-132321-5

◇闇の狩人 下　池波正太郎〔著〕　角川書店　2000.8　390p　15cm（角川文庫）　552円　ⓅⒸ4-04-132322-3

◇完本池波正太郎大成 第26巻　時代小説短編 3　池波正太郎著　講談社　2000.8　969p　22cm　7800円　ⓅⒸ4-06-268226-5

◇鬼平犯科帳 9　池波正太郎著　新装版　文芸春秋　2000.7　310p　16cm（文春文庫）　476円　ⓅⒸ4-16-714261-9

◇鬼平犯科帳 10　池波正太郎著　新装版　文芸春秋　2000.7　312p　16cm（文春文庫）　476円　ⓅⒸ4-16-714262-7

◇緑のオリンピア　池波正太郎〔著〕　新装版　講談社　2000.7　274p　15cm（講談社文庫）　514円　ⓅⒸ4-06-264942-X

◇完本池波正太郎大成 第25巻　時代小説短編 2　池波正太郎著　講談社　2000.7　961p　22cm　7800円　ⓅⒸ4-06-268225-7

◇鬼平犯科帳 8　池波正太郎著　新装版　文芸春秋　2000.6　296p　16cm（文春文庫）　476円　ⓅⒸ4-16-714260-0

◇鬼平犯科帳 7　池波正太郎著　新装版　文芸春秋　2000.6　313p　16cm（文春文庫）　476円　ⓅⒸ4-16-714259-7

◇完本池波正太郎大成 第24巻　時代小説短編 1　池波正太郎著　講談社　2000.6　945p　22cm　7800円　ⓅⒸ4-06-268224-9

◇鬼平犯科帳 4　池波正太郎著　新装版　文芸春秋　2000.5　331p　16cm（文春文庫）476円　ⓉⒻ4-16-714256-2

◇鬼平犯科帳 5　池波正太郎著　新装版　文芸春秋　2000.5　300p　16cm（文春文庫）476円　Ⓣ4-16-714257-0

◇鬼平犯科帳 6　池波正太郎著　新装版　文芸春秋　2000.5　295p　16cm（文春文庫）476円　Ⓣ4-16-714258-9

◇完本池波正太郎大成　第23巻　夜明けの星　雲ながれゆく　まんぞくまんぞく　秘伝　秘密　池波正太郎著　講談社　2000.5　816p　22cm　7300円　Ⓣ4-06-268223-0

◇江戸の暗黒街　池波正太郎著　新潮社　2000.4　332p　16cm（新潮文庫）476円　Ⓣ4-10-115682-4

◇鬼平犯科帳 1　池波正太郎著　新装版　文芸春秋　2000.4　317p　16cm（文春文庫）476円　Ⓣ4-16-714253-8

◇鬼平犯科帳 2　池波正太郎著　新装版　文芸春秋　2000.4　319p　16cm（文春文庫）476円　Ⓣ4-16-714254-6

◇鬼平犯科帳 3　池波正太郎著　新装版　文芸春秋　2000.4　316p　16cm（文春文庫）476円　Ⓣ4-16-714255-4

◇剣客商売読本　池波正太郎ほか著　新潮社　2000.4　383p　16cm（新潮文庫）629円　Ⓣ4-10-115683-2

◇完本池波正太郎大成　第22巻　おとこの秘図　池波正太郎著　講談社　2000.4　746p　22cm　7300円　Ⓣ4-06-268222-2

◇完本池波正太郎大成　第21巻　剣の天地　男振　忍びの旗　旅路　池波正太郎著　講談社　2000.3　1047p　22cm　7800円　Ⓣ4-06-268221-4

◇完本池波正太郎大成　第17巻　雲霧仁左衛門　忍びの女　池波正太郎著　講談社　2000.2　952p　22cm　7800円　Ⓣ4-06-268217-6

◇完本池波正太郎大成　第15巻　忍びの風　獅子　闇の狩人　池波正太郎著　講談社　2000.1　1065p　22cm　7800円　Ⓣ4-06-268215-X

◇池波正太郎集　池波正太郎著　リブリオ出版　1999.12　273p　22cm　（もだん時代小説　大きな活字で読みやすい本　第1巻）Ⓣ4-89784-759-1,4-89784-758-3

◇完本池波正太郎大成　第10巻　おれの足音―大石内蔵助　まぼろしの城　その男　池波正太郎著　講談社　1999.12　984p　22cm　7800円　Ⓣ4-06-268210-9

◇堀部安兵衛　上　池波正太郎著　新潮社　1999.12　526p　15cm（新潮文庫）667円　Ⓣ4-10-115680-8

◇堀部安兵衛　下　池波正太郎著　新潮社　1999.12　505p　15cm（新潮文庫）667円　Ⓣ4-10-115681-6

◇完本 池波正太郎大成　第9巻　戦国幻想曲・火の国の城・英雄にっぽん・闇は知っている　池波正太郎著　講談社　1999.11　947p　21cm　7800円　Ⓣ4-06-268209-5

◇賊将　池波正太郎著　角川書店　1999.11　421p　15cm　（角川文庫）667円　Ⓣ4-04-132320-7

◇池波正太郎が通った味―東京・横浜・松本篇　馬場啓一著　中央公論新社　1999.10　315p　15cm（中公文庫）762円　Ⓣ4-12-203518-X

◇完本　池波正太郎大成　第8巻　近藤勇白書・侠客・編笠十兵衛　池波正太郎著　講談社　1999.10　972p　21cm　7800円　Ⓣ4-06-268208-7

◇完本　池波正太郎大成　第3巻　スパイ武士道・さむらい劇場・西郷隆盛・蝶の戦記　池波正太郎著　講談社　1999.9　949p　21cm　7800円　Ⓣ4-06-268203-6

◇侠客　池波正太郎著　角川書店　1999.9　678p　15cm　（角川文庫）952円　Ⓣ4-04-132318-5

◇完本池波正太郎大成　第2巻　幕末遊撃隊・忍者丹波大介・堀部安兵衛　池波正太郎著　講談社　1999.8　837p　21cm　7300円　Ⓣ4-06-268202-8

◇人斬り半次郎　賊将編　池波正太郎著　新潮社　1999.8　548p　15cm（新潮文庫）705円　Ⓣ4-10-115679-4

◇人斬り半次郎　幕末編　池波正太郎著　新潮社　1999.8　610p　15cm（新潮文庫）781円　Ⓣ4-10-115678-6

◇完本池波正太郎大成　第1巻　夜の戦士、人斬り半次郎、幕末新選組　池波正太郎著　講談社　1999.7　1101p　21cm　7800円　Ⓣ4-06-268201-X

◇完本池波正太郎大成 第29巻 青春忘れもの・食卓の情景・男のリズム・又五郎の春秋・ドンレミイの雨・池波正太郎の銀座日記 池波正太郎著 講談社 1999.6 842p 21cm 7300円 ⓘ4-06-268229-X

◇完本池波正太郎大成 第20巻 真田太平記 池波正太郎著 講談社 1999.5 912p 21cm 7300円 ⓘ4-06-268220-6

◇食卓の情景 池波正太郎著 埼玉福祉会 1999.5 2冊 22cm（大活字本シリーズ） 各3500円

◇完本池波正太郎大成 第19巻 真田太平記 2 池波正太郎著 講談社 1999.4 908p 22cm 7300円 ⓘ4-06-268219-2

◇鬼平犯科帳 9 池波正太郎著 日本障害者リハビリテーション協会 1999.3 CD-ROM1枚 12cm

◇鬼平犯科帳 16 池波正太郎著 日本障害者リハビリテーション協会 1999.3 CD-ROM1枚 12cm

◇鬼平犯科帳 17 池波正太郎著 日本障害者リハビリテーション協会 1999.3 CD-ROM1枚 12cm

◇鬼平犯科帳 19 池波正太郎著 日本障害者リハビリテーション協会 1999.3 CD-ROM1枚 12cm

◇鬼平犯科帳 20 池波正太郎著 日本障害者リハビリテーション協会 1999.3 CD-ROM1枚 12cm

◇鬼平犯科帳 23 炎の色──特別長篇 池波正太郎著 日本障害者リハビリテーション協会 1999.3 CD-ROM1枚 12cm

◇鬼平犯科帳 24 誘拐──特別長篇 池波正太郎著 日本障害者リハビリテーション協会 1999.3 CD-ROM1枚 12cm

◇鬼平犯科帳 6 池波正太郎著 日本障害者リハビリテーション協会 1999.3 CD-ROM1枚 12cm

◇鬼平犯科帳 11 池波正太郎著 日本障害者リハビリテーション協会 1999.3 CD-ROM1枚 12cm

◇鬼平犯科帳 15 池波正太郎著 日本障害者リハビリテーション協会 1999.3 CD-ROM1枚 12cm

◇鬼平犯科帳 18 池波正太郎著 日本障害者リハビリテーション協会 1999.3 CD-ROM1枚 12cm

◇抜討ち半九郎 池波正太郎著 日本障害者リハビリテーション協会 1999.3 CD-ROM1枚 12cm

◇完本 池波正太郎大成 18 真田太平記（1） 池波正太郎著 講談社 1999.3 907p 21cm 7300円 ⓘ4-06-268218-4

◇忠臣蔵と日本の仇討 池波正太郎他著 中央公論新社 1999.3 299p 16cm（中公文庫） 629円 ⓘ4-12-203372-1

◇完本 池波正太郎大成 16 仕掛人・藤枝梅安 池波正太郎著 講談社 1999.2 852p 21cm 7300円 ⓘ4-06-268216-8

◇完本 池波正太郎大成 14 剣客商売 池波正太郎著 講談社 1999.1 634p 21cm 6800円 ⓘ4-06-268214-1

◇池波正太郎の世界 太陽編集部編 平凡社 1998.12 126p 22cm（コロナ・ブックス 56） 1524円 ⓘ4-582-63353-6

◇完本池波正太郎大成 第13巻 剣客商売 3 池波正太郎著 講談社 1998.12 719p 21cm 6800円 ⓘ4-06-268213-3

◇完本池波正太郎大成 第12巻 剣客商売 池波正太郎著 講談社 1998.11 731p 21cm 6800円 ⓘ4-06-268212-5

◇鬼平・梅安食物帳 池波正太郎〔著〕 角川春樹事務所 1998.11 217p 16cm（ランティエ叢書 25） 1000円 ⓘ4-89456-104-2

◇「鬼平犯科帳」の真髄 里中哲彦著 現代書館 1998.10 270p 19cm 1800円 ⓘ4-7684-6740-7

◇完本 池波正太郎大成 第11巻 剣客商売 池波正太郎著 講談社 1998.10 729p 21cm 6800円 ⓘ4-06-268211-7

◇おもしろくて、ありがたい 池波正太郎著 PHP研究所 1998.10 268p 20cm 1333円 ⓘ4-569-60345-9

◇完本 池波正太郎大成 第7巻 鬼平犯科帳 池波正太郎著 講談社 1998.9 907p 21cm 7300円 ⓘ4-06-268207-9

◇忠臣蔵コレクション 3 列伝篇 池波正太郎, 芥川龍之介, 柴田錬三郎, 小島政二郎, 中

山義秀ほか著,縄田一男編　河出書房新社　1998.9　341p　15cm　（河出文庫）　680円　④4-309-47364-4
◇完本池波正太郎大成　第6巻　鬼平犯科帳　池波正太郎著　講談社　1998.8　824p　21cm　7300円　④4-06-268206-0
◇熊田十兵衛の仇討ち　池波正太郎著　双葉社　1998.8　278p　18cm　（双葉ノベルズ）　829円　④4-575-00634-3
◇青春忘れもの　池波正太郎著　改版　中央公論社　1998.7　257p　16cm　（中公文庫　い8-6）　552円　④4-12-203183-4
◇完本　池波正太郎大成　5　鬼平犯科帳　池波正太郎著　講談社　1998.7　846p　21cm　7300円　④4-06-268205-2
◇鬼平犯科帳　1　唖の十蔵　本所・桜屋敷　池波正太郎著　大活字　1998.6　279p　21cm　（大活字文庫　10）　2800円　④4-925053-16-7
◇新編男の作法　池波正太郎著　ごま書房　1998.6　245p　18cm　（Goma books）　571円　④4-341-33003-9
◇完本　池波正太郎大成　4　鬼平犯科帳　池波正太郎著　講談社　1998.5　837p　21cm　7300円　④4-06-268204-4
◇池波正太郎―文士と悪童／夢中の日々　池波正太郎著,清原康正編　日本図書センター　1998.4　261p　22cm　（シリーズ・人間図書館）　2600円　④4-8205-9520-2
◇快読解読池波正太郎　常盤新平著　小学館　1998.4　284p　15cm　（小学館文庫）　552円　④4-09-402331-3
◇剣客商売　浮沈　池波正太郎著　新潮社　1998.4　262p　15cm　（新潮文庫）　438円　④4-10-115676-X
◇剣客商売庖丁ごよみ　池波正太郎著　新潮社　1998.4　197p　15cm　（新潮文庫）　667円　④4-10-115677-8
◇よい匂いのする一夜　東日本篇　池波正太郎著　平凡社　1998.4　110p　22cm　（コロナ・ブックス　43）　1524円　④4-582-63340-4
◇よい匂いのする一夜　西日本篇　池波正太郎著　平凡社　1998.4　110p　22cm　（コロナ・ブックス　44）　1524円　④4-582-63341-2

◇必冊池波正太郎　筒井ガンコ堂著　平凡社　1998.3　263p　19cm　1400円　④4-582-82919-8
◇きままな絵筆　池波正太郎〔著〕　講談社　1998.2　233p　15cm　（講談社文庫）　686円　④4-06-263713-8
◇池波正太郎読本　新人物往来社　1997.11　368p　21cm　（別冊歴史読本　34）　1800円　④4-404-02545-9
◇池波正太郎。男の世界　中村嘉人著　PHP研究所　1997.10　267p　20cm　1429円　④4-569-55834-8
◇旅でみつけたうまいもの―散歩のとき何か食べたくなって　池波正太郎著　平凡社　1997.9　117p　22cm　（コロナ・ブックス　31）　1524円　④4-582-63328-5
◇江戸前食物誌　池波正太郎〔著〕　角川春樹事務所　1997.7　300p　16cm　（ランティエ叢書　2）　1000円　④4-89456-081-X
◇男の作法　池波正太郎著　愛蔵新版　ごま書房　1997.5　243p　20cm　1400円　④4-341-23005-0
◇京都・大阪のうまいもの―散歩のとき何か食べたくなって　池波正太郎著　平凡社　1997.3　117p　22cm　（コロナ・ブックス　21）　1600円　④4-582-63320-X
◇剣客商売二十番斬り　池波正太郎著　新潮社　1997.3　257p　16cm　（新潮文庫）　451円　④4-10-115675-1
◇私の風景　池波正太郎著　朝日新聞社　1997.1　201p　15cm　（朝日文芸文庫）　500円　④4-02-264131-2
◇剣客商売暗殺者　池波正太郎著　新潮社　1996.10　260p　16cm　（新潮文庫　い―16-74）　427円　④4-10-115674-3
◇徳川市井血風録―江戸城事件史　3　縄田一男編,池波正太郎,笹沢左保,白石一郎,神坂次郎,山田風太郎ほか著　青樹社　1996.8　354p　15cm　（青樹社文庫）　660円　④4-7913-0973-1
◇私が生まれた日　池波正太郎著　朝日新聞社　1996.7　387p　15cm　（朝日文芸文庫　い10-3）　660円　④4-02-264117-7

小説　　　　　　　現　代

◇私の仕事　池波正太郎著　朝日新聞社　1996.7　395p　15cm　（朝日文芸文庫　い10-4）　660円　ⓘ4-02-264118-5
◇熊田十兵衛の仇討ち　池波正太郎著　双葉社　1996.6　372p　19cm　1800円　ⓘ4-575-23254-8
◇東京のうまいもの―散歩のとき何か食べたくなって　池波正太郎著　平凡社　1996.6　126p　21cm　（コロナ・ブックス　11）　1553円　ⓘ4-582-63308-0
◇錯乱　池波正太郎著　新装版　春陽堂書店　1996.5　224p　15cm　（春陽文庫）　440円　ⓘ4-394-12102-7
◇真説・豊臣秀吉　池波正太郎他著　中央公論社　1996.4　322p　16cm　（中公文庫）　680円　ⓘ4-12-202581-8
◇酒のかたみに―酒で綴る亡き作家の半生史　菊谷匡祐, 阿木翁助, 中本洋, 大河原英与, 武田勝彦ほか著　たる出版　1996.3　301p　21cm　1000円　ⓘ4-924713-43-0
◇夢の階段　池波正太郎著　新潮社　1996.3　333p　15cm　（新潮文庫）　480円　ⓘ4-10-115673-5
◇秘剣闇を斬る　日本文芸家協会編, 池波正太郎ほか著　光風社出版　1996.1　402p　16cm　（光風社文庫　に1-4）　631円　ⓘ4-87519-053-0
◇天城峠　池波正太郎著　集英社　1995.12　250p　15cm　（集英社文庫）　460円　ⓘ4-08-748381-9
◇鬼平犯科帳　池波正太郎原作, 平川陽一著　扶桑社　1995.10　180p　16cm　（扶桑社文庫）　520円　ⓘ4-594-01847-5
◇池波正太郎の映画教室―映画を観ることは、いくつもの人生を見ることなんだ　池波正太郎著　ごま書房　1995.10　228p　19cm　（ゴマ生活ブックス）　1200円　ⓘ4-341-08082-2
◇池波正太郎の映画日記―1978.2～1984.12　池波正太郎〔著〕, 山口正介編　講談社　1995.10　458p　15cm　（講談社文庫）　700円　ⓘ4-06-263073-7
◇剣客商売　波紋　池波正太郎著　新潮社　1995.9　315p　15cm　（新潮文庫）　480円　ⓘ4-10-115672-7

◇さむらいの巣　池波正太郎著　PHP研究所　1995.9　226p　15cm　（PHP文庫）　500円　ⓘ4-569-56804-1
◇男のリズム　池波正太郎〔著〕　角川書店　1995.7　213p　18cm　1100円　ⓘ4-04-883409-6
◇獅子　池波正太郎著　改版　中央公論社　1995.4　310p　15cm　（中公文庫）　540円　ⓘ4-12-202288-6
◇池波正太郎の春夏秋冬　池波正太郎著　文芸春秋　1995.1　239p　16cm　（文春文庫）　680円　ⓘ4-16-714251-1
◇人斬り半次郎　全　池波正太郎著　立風書房　1994.12　597p　19cm　2600円　ⓘ4-651-66062-2
◇ル・パスタン　池波正太郎著　文藝春秋　1994.12　222p　16cm　（文春文庫　い4-50）　660円　ⓘ4-16-714250-3
◇武士（おとこ）の紋章　池波正太郎著　新潮社　1994.10　293p　15cm　（新潮文庫）　400円　ⓘ4-10-115671-9
◇剣客商売十番斬り　池波正太郎著　新潮社　1994.10　315p　15cm　（新潮文庫）　440円　ⓘ4-10-115670-0
◇秘剣、豪剣、魔剣―時代小説の楽しみ 1　縄田一男編, 池波正太郎ほか著　新潮社　1994.9　633p　15cm　（新潮文庫）　680円　ⓘ4-10-139711-2
◇剣客商売 11　勝負　池波正太郎著　新潮社　1994.6　318p　15cm　（新潮文庫）　440円　ⓘ4-10-115669-7
◇路地裏人情　池波正太郎ほか著　講談社　1994.5　237p　18cm　（時代小説ベスト・セレクション　3）　1200円　ⓘ4-06-254903-4
◇江戸古地図散歩―回想の下町/山手懐旧　池波正太郎著　平凡社　1994.2　107p　22cm　1600円　ⓘ4-582-82872-8
◇鬼平犯科帳 24　誘拐　池波正太郎著　文芸春秋　1994.1　216p　15cm　（文春文庫）　400円　ⓘ4-16-714249-X
◇若き獅子　池波正太郎〔著〕　講談社　1994.1　201p　15cm　（講談社文庫）　380円　ⓘ4-06-185541-7

◇江戸切絵図散歩　池波正太郎著　新潮社　1993.12　204p　16cm　(新潮文庫)　520円　ⓘ4-10-115668-9

◇侠客　池波正太郎著　新潮社　1993.11　386p　22cm　2500円　ⓘ4-10-301247-1

◇池波正太郎　新潮社　1993.9　111p　19cm　(新潮日本文学アルバム　53)　1300円　ⓘ4-10-620657-9

◇梅安冬時雨―仕掛人・藤枝梅安　池波正太郎著　講談社　1993.9　248p　15cm　(講談社文庫)　400円　ⓘ4-06-185482-8

◇剣客商売　春の嵐　池波正太郎著　新潮社　1993.8　338p　15cm　(新潮文庫)　440円　ⓘ4-10-115667-0

◇雲霧仁左衛門　池波正太郎著　新潮社　1993.6　631p　21cm　3000円　ⓘ4-10-301246-3

◇剣客商売　待ち伏せ　池波正太郎著　新潮社　1993.6　318p　15cm　(新潮文庫)　440円　ⓘ4-10-115666-2

◇剣法一羽流　池波正太郎著　講談社　1993.5　315p　15cm　(講談社文庫)　480円　ⓘ4-06-185391-0

◇鬼平犯科帳 23　池波正太郎著　文芸春秋　1993.2　270p　15cm　(文春文庫)　400円　ⓘ4-16-714248-1

石川 淳
いしかわ じゅん

明治32(1899).3.7～昭和62(1987).12.29
小説家。昭和10年処女作『佳人』を発表し、11年『普賢』で芥川賞を受賞して文壇に登場。戦争中は江戸文学の研究に取り組む一方で、16年評論『森鴎外』を発表し注目される。戦後、21年『黄金伝説』を発表し、以後幅広く活躍。『紫苑物語』や、『江戸文学掌記』で多くの賞を受賞。ほかの主な作品に小説『焼跡のイエス』『鷹』『鳴神』『白頭吟』『天馬賦』『狂風記』、評論『渡辺崋山』『文学大概』『夷斎俚言』などがある。削ぎ落とした文章で名文家としても知られ、和・漢・洋にわたる該博な学識には定評がある。

『紫苑物語』：昭和31(1956)年。中編小説。王朝末期、歌の家に生まれ、絶対的なものを求める主人公の情熱と父親との対立、破局を象徴的に描いた精神的自伝。

　　　　＊　　＊　　＊

◇露のきらめき―昭和期の文人たち　真鍋呉夫著　ケイエスエス　1998.11　243p　19cm　2400円　ⓘ4-87709-298-6

◇夷斎筆談・夷斎俚言　石川淳著　筑摩書房　1998.8　461p　15cm　(ちくま学芸文庫　イ8-2)　1400円　ⓘ4-480-08434-7

◇癇癖談　石川淳訳　筑摩書房　1995.9　206p　15cm　(ちくま文庫)　600円　ⓘ4-480-03080-8

◇普賢・佳人　石川淳著　講談社　1995.5　290p　15cm　(講談社文芸文庫)　980円　ⓘ4-06-196320-1

◇石川淳　新潮社　1995.2　111p　20cm　(新潮日本文学アルバム　65)　1300円　ⓘ4-10-620669-2

◇六道遊行　石川淳著　集英社　1995.1　342p　15cm　(集英社文庫)　640円　ⓘ4-08-748270-7

◇森鴎外　石川淳著　筑摩書房　1994.12　252p　15cm　(ちくま学芸文庫　イ8-1)　854円　ⓘ4-480-08169-0

◇新釈雨月物語　石川淳著　角川書店　1994.4　235p　15cm　(角川文庫)　500円　ⓘ4-04-193501-6

◇晴のち曇、所により大雨―回想の石川淳　石川活著　筑摩書房　1993.11　214p　19cm　1800円　ⓘ4-480-81345-4

◇荒魂　石川淳著　講談社　1993.5　489p　15cm　(講談社文芸文庫)　1300円　ⓘ4-06-196218-3

◇森鴎外　石川淳著　日本図書センター　1993.1　237,11p　22cm　(近代作家研究叢書　135)　5665円　ⓘ4-8205-9236-X

石川 達三
いしかわ たつぞう

明治38(1905).7.2～昭和60(1985).1.31
小説家。昭和5年ブラジルに移民として渡り数ヶ月で帰国したが、その体験をもとに書いた『蒼氓』で10年に第1回芥川賞を受賞。13年特

派員として中支戦線に従軍した『生きている兵隊』が筆禍事件を起こし、戦後は社会派作家として、各時代の社会問題を描き出しては数々の話題作を生んだ。この間、日本文芸家協会理事長、日本ペンクラブ会長などを歴任。ペンクラブ会長時代には、いわゆる"二つの自由"発言で若い作家たちと対立した。主な作品に『人間の壁』『風にそよぐ葦』『金環蝕』『四十八歳の抵抗』など。

『人間の壁』:昭和32(1957)年。長編小説。封建意識の根強い地方都市の小学校を舞台に、学校から辞職を命じられた女教師の民主教育の定着をめざす闘いを描き、教育の原点と人間の生きがいを問う。

　　　　＊　　　　＊　　　　＊

◇人間の壁 中　石川達三著　岩波書店　2001.9　423p　15cm　（岩波現代文庫 文芸）　1100円　④4-00-602039-2
◇人間の壁 下　石川達三著　岩波書店　2001.9　408p　15cm　（岩波現代文庫 文芸）　1100円　④4-00-602040-6
◇人間の壁 上　石川達三著　岩波書店　2001.8　377p　15cm　（岩波現代文庫 文芸）　1100円　④4-00-602038-4
◇蒼氓　石川達三著　埼玉福祉会　2001.1　2冊　22cm　（大活字本シリーズ）　3200円;3400円　④4-88419-029-7
◇金環蝕　石川達三著　岩波書店　2000.6　469p　15cm　（岩波現代文庫 文芸）　1200円　④4-00-602015-5
◇風にそよぐ葦 戦後編 上　石川達三著　毎日新聞社　1999.9　253p　19cm　（毎日メモリアル図書館）　1600円　④4-620-51041-6
◇風にそよぐ葦 戦後編 下　石川達三著　毎日新聞社　1999.9　262p　19cm　（毎日メモリアル図書館）　1600円　④4-620-51042-4
◇生きている兵隊　石川達三著　伏字復元版　中央公論新社　1999.7　214p　15cm　（中公文庫）　533円　④4-12-203457-4
◇風にそよぐ葦 上　石川達三著　毎日新聞社　1999.4　238p　19cm　（毎日メモリアル図書館）　1600円　④4-620-51033-5
◇風にそよぐ葦 下　石川達三著　毎日新聞社　1999.4　231p　21cm　（毎日メモリアル図書館）　1600円　④4-620-51034-3

◇想い出の作家たち 2　文芸春秋編　文芸春秋　1994.3　320p　19cm　1700円　④4-16-347860-4

石坂 洋次郎
いしざか ようじろう

明治33(1900).1.25〜昭和61(1986).10.7
小説家。はじめ教師を務める。昭和11年『若い人』の新鮮な題材とみずみずしい文体で絶賛され、『麦死なず』で大衆作家としての地位を確立、ベストセラーとなる。13年軍人誣（ぶ）告罪で告訴され、これを機に上京して、作家活動に専念。戦後『石中先生行状記』『丘は花ざかり』『陽のあたる坂道』『あじさいの歌』など明るく健やかな文学を切り開き、特に『青い山脈』は新生日本の代名詞的存在となった。若手作家の面倒見もよく慕われていたが、46年夫人と死別してからは殆ど小説を書かなかった。

『青い山脈』:昭和22(1947)年。長編小説。地方の高等女学校に起った新旧思想の対立を題材に、新たな時代への期待を青春讃歌として描いた。映画化とあいまって、戦後ベストセラーの先駆けとなった。

　　　　＊　　　　＊　　　　＊

◇若い人　石坂洋次郎著　新潮社　2000.7　740p　15cm　（新潮文庫）　895円　④4-10-100322-X
◇昭和の心ひかれる作家たち　庄司肇著　沖積舎　1998.8　438p　19cm　6800円　④4-8060-4632-9
◇若い川の流れ　石坂洋次郎著　旺文社　1997.4　319p　18cm　（愛と青春の名作集）　1000円　④4-01-066061-9
◇「青い山脈」のかなたに―クラス担任石坂洋次郎先生　半田亮悦著　秋田魁新報社　1995.4　288p　20cm　1800円　④4-87020-146-1

石原 慎太郎
いしはら しんたろう

昭和7(1932).9.30〜
小説家、政治家。大学在学中の昭和30年、『太陽の季節』で芥川賞を最年少受賞、戦後世代の

象徴的存在として華々しく文壇に登場し、"太陽族""慎太郎刈り"などの風俗を生み出した。33年に江藤淳、大江健三郎と若い日本の会を結成。平成元年『NOと言える日本』や、弟・裕次郎を描いた8年の小説『弟』もベストセラーに。7年同年12月芥川賞選考委員となる。他の著書に『化石の森』『生還』や初期評論集『価値紊乱者の光栄』、散文詩集『風と神との黙約』など。参院議員1期、衆院議員8期を経て、東京都知事として活躍中。

　　　　　＊　　　＊　　　＊

◇東京都主税局の戦い―タブーなき改革に挑む戦士たち　石原慎太郎企画・監修，東京都租税研究会著　財界研究所　2002.2　330p　19cm　1500円　①4-87932-020-X

◇聖餐　石原慎太郎著　幻冬舎　2002.2　267p　15cm（幻冬舎文庫）533円　①4-344-40190-5

◇時の潮騒―日本と世界をめぐる父と子の14の対話　石原慎太郎著　PHP研究所　2001.12　217p　15cm（PHP文庫）457円　①4-569-57645-1

◇東京の窓から日本を　石原慎太郎著　文春ネスコ　2001.10　313p　21cm　1800円　①4-89036-130-8

◇国家なる幻影―わが政治への反回想　上　石原慎太郎著　文芸春秋　2001.10　475p　16cm（文春文庫）590円　①4-16-712804-7

◇国家なる幻影―わが政治への反回想　下　石原慎太郎著　文芸春秋　2001.10　433p　16cm（文春文庫）552円　①4-16-712805-5

◇僕は結婚しない　石原慎太郎著　文芸春秋　2001.9　210p　20cm　1333円　①4-16-320380-X

◇わが人生の時の時　石原慎太郎著　新潮社　2001.6　374p　19cm（新潮文庫）552円　①4-10-111910-4

◇生きるという航海　石原慎太郎著　海竜社　2001.4　260p　20cm　1500円　①4-7593-0662-5

◇この日本をどうする―再生のための10の対話　石原慎太郎著　文芸春秋　2001.3　253p　20cm　1238円　①4-16-357240-6

◇いま魂の教育　石原慎太郎著　光文社　2001.3　283p　18cm　1200円　①4-334-97225-X

◇勝つ日本　石原慎太郎，田原総一朗〔著〕　文芸春秋　2000.12　246p　20cm　1143円　①4-16-355720-2

◇「アメリカ信仰」を捨てよ―二〇〇一年からの日本戦略　石原慎太郎，一橋総合研究所著　光文社　2000.11　251p　18cm　1200円　①4-334-97279-9

◇人の心を動かす「名言」―この一言が人生を変える　石原慎太郎監修　ロングセラーズ　2000.8　229p　18cm　1200円　①4-8454-0659-4

◇法華経を生きる　石原慎太郎〔著〕　幻冬舎　2000.8　366p　16cm（幻冬舎文庫）600円　①4-344-40001-1

◇国家意志のある「円」　石原慎太郎監修，一橋総合研究所著　光文社　2000.2　254p　18cm　1200円　①4-334-97252-7

◇聖餐　石原慎太郎著　幻冬舎　1999.7　229p　19cm　1500円　①4-87728-306-4

◇弟　石原慎太郎〔著〕　幻冬舎　1999.6　430p　16cm（幻冬舎文庫）648円　①4-87728-736-1

◇亡国の徒に問う　石原慎太郎著　文芸春秋　1999.5　253p　16cm（文春文庫）448円　①4-16-712803-9

◇国家なる幻影―わが政治への反回想　石原慎太郎著　文芸春秋　1999.1　669p　20cm　2190円　①4-16-354730-4

◇法華経を生きる　石原慎太郎著　幻冬舎　1998.12　317p　20cm　1600円　①4-87728-271-8

◇宣戦布告「no」と言える日本経済―アメリカの金融奴隷からの解放　石原慎太郎，一橋総合研究所著　光文社　1998.9　258p　18cm　1200円　①4-334-97190-3

◇秘祭　石原慎太郎著　新潮社　1998.4　221p　15cm（新潮文庫）400円　①4-10-111908-2

◇「父」なくして国立たず　石原慎太郎著　光文社　1997.9　249p　18cm　1200円　①4-334-97150-4

◇暗殺の壁画　石原慎太郎著　幻冬舎
1997.8　326p　15cm　(幻冬舎文庫)　533円
④4-87728-487-7

◇風についての記憶　石原慎太郎〔著〕
幻冬舎　1997.4　315p　16cm　(幻冬舎文庫)
533円　④4-87728-403-6

◇亡国の徒に問う　石原慎太郎著　文芸春
秋　1996.12　261p　20cm　1500円　④4-16-
352440-1

◇弟　石原慎太郎著　幻冬舎　1996.7　388p
19cm　1800円　④4-87728-119-3

◇肉体の天使　石原慎太郎著　新潮社　1996.4
206p　19cm　1300円　④4-10-301510-1

◇わが人生の時の会話　石原慎太郎著
集英社　1995.9　411p　20cm　1748円
④4-08-774163-X

◇少女怪談　生島治郎, 石原慎太郎, 大槻ケ
ンジ, 大原まり子, 高橋克彦, 村田基, 森
村誠一著　学習研究社　1994.12　274p
18cm　(学研ホラーノベルズ)　1000円
④4-05-400444-X

◇「No」と言えるアジア―対欧米への方策
マハティール著, 石原慎太郎著　光文社
1994.10　237p　18cm　(カッパハード)
1068円　④4-334-05217-7

◇石原慎太郎事務所、ただいま大忙し。　矢島
光弘著　日本文芸社　1994.9　212p　19cm
950円　④4-537-02429-1

◇人の心を動かす名言―この一言が人生を
変える　ロングセラーズ　1994.9　229p
18cm　(ムックの本)　850円　④4-8454-0448-
6

◇かくあれ祖国―誇れる日本国創造のため
に　石原慎太郎著　光文社　1994.7　206p
18cm　1000円　④4-334-05214-2

◇風についての記憶　石原慎太郎著　集英
社　1994.4　237p　19cm　1400円　④4-08-
774059-5

◇わが人生の時の時　石原慎太郎著　新潮社
1993.2　374p　15cm　(新潮文庫)　480円
④4-10-111910-4

五木　寛之
いつき　ひろゆき

昭和7(1932).9.30〜
　小説家。昭和41年『さらばモスクワ愚連隊』
で作家活動に入る。同年『蒼ざめた馬を見よ』
で直木賞受賞。以降新聞小説などを中心に幅広
い読者層を獲得。テレビ等にも出演し、56年よ
り休筆、60年から執筆を再開。直木賞選考委員
もつとめる。平成13年エッセイ『大河の一滴』
が映画化される。また同年よりシリーズ『日本
人のこころ』が刊行される。他の代表作に『四
季・奈津子』他の〈四季〉シリーズ、『朱鷺の
墓』『青春の門』『戒厳令の夜』、エッセイ『生
きるヒント』、訳書に『かもめのジョナサン』
『リンゴの花咲く湖』など。

*　　　*　　　*

◇漂泊者のノート―思うことと生きること
五木寛之, 斎藤慎爾著　法研　2002.2　286p
19cm　1500円　④4-87954-411-6

◇日本人のこころ　4　　五木寛之著
講談社　2002.2　282p　19cm　1500円
④4-06-210506-3

◇旅の終りに―平成梁塵秘抄劇シリーズ　五
木寛之著　文芸春秋　2002.1　149p　18cm
1143円　④4-16-320700-7

◇日本人のこころ　3　　五木寛之著
講談社　2001.11　278p　19cm　1500円
④4-06-210507-1

◇日本人のこころ　2　　五木寛之著
講談社　2001.10　286p　20cm　1500円
④4-06-210508-X

◇風の言葉―五木寛之ベストセレクション
五木寛之著　東京書籍　2001.9　773p　19cm
1800円　④4-487-79693-8

◇五木寛之ことばの贈り物　五木寛之〔著〕,
清野徹編　角川書店　2001.6　248p　15cm
(角川文庫)　457円　④4-04-129434-7

◇日本人のこころ　1　　五木寛之著
講談社　2001.6　255p　20cm　1500円
④4-06-210505-5

◇風の記憶　五木寛之〔著〕　角川書店　2001.1　276p　15cm　(角川文庫)　495円　Ⓘ4-04-129433-9

◇他力　五木寛之〔著〕　講談社　2000.11　308p　15cm　(講談社文庫)　476円　Ⓘ4-06-273010-3

◇人生の目的　五木寛之〔著〕　幻冬舎　2000.11　339p　16cm　(幻冬舎文庫)　476円　Ⓘ4-344-40041-0

◇他力　五木寛之〔著〕　講談社　2000.11　308p　15cm　(講談社文庫　い1-55)　476円　Ⓘ4-06-273010-3

◇四季・波留子―第2章　五木寛之著　改訂新版　集英社　2000.10　507p　16cm　(集英社文庫)　743円　Ⓘ4-08-747247-7

◇四季・布由子―第3章　五木寛之著　改訂新版　集英社　2000.10　488p　16cm　(集英社文庫)　743円　Ⓘ4-08-747248-5

◇四季・亜紀子　上　五木寛之〔著〕　集英社　2000.10　243p　20cm　1200円　Ⓘ4-08-774495-7

◇四季・亜紀子　下　五木寛之〔著〕　集英社　2000.10　212p　20cm　1200円　Ⓘ4-08-774496-5

◇四季・奈津子―第1章　五木寛之著　改訂新版　集英社　2000.10　466p　16cm　(集英社文庫)　743円　Ⓘ4-08-747246-9

◇よろこびノートかなしみノート　五木寛之著　朝日出版社　2000.7　129p　19cm　1280円　Ⓘ4-255-00035-2

◇うらやましい死にかた　五木寛之編　文芸春秋　2000.7　196p　20cm　1000円　Ⓘ4-16-356450-0

◇おとな二人の午後　五木寛之, 塩野七生著, 飯田安国, 武田正彦写真　世界文化社　2000.6　417p　20cm　1905円　Ⓘ4-418-00509-9

◇こころの天気図　五木寛之著　講談社　2000.6　207p　20cm　1500円　Ⓘ4-06-210206-4

◇人生案内―夜明けを待ちながら　五木寛之〔著〕　角川書店　2000.6　298p　15cm　(角川文庫)　495円　Ⓘ4-04-129432-0

◇生きるヒント―愛蔵版　五木寛之著　角川書店　2000.6　624p　18cm　1700円　Ⓘ4-04-883588-2

◇知の休日―退屈な時間をどう遊ぶか　五木寛之著　集英社　1999.12　205p　18cm　(集英社新書)　640円　Ⓘ4-08-720001-9

◇人生の目的　五木寛之著　幻冬舎　1999.11　279p　20cm　1429円　Ⓘ4-87728-338-2

◇青い鳥のゆくえ　五木寛之〔著〕　角川書店　1999.6　161p　15cm　(角川文庫)　438円　Ⓘ4-04-129431-2

◇風の記憶　五木寛之著　角川書店　1999.4　263p　20cm　1400円　Ⓘ4-04-883561-0

◇大河の一滴　五木寛之〔著〕　幻冬舎　1999.3　329p　16cm　(幻冬舎文庫)　476円　Ⓘ4-87728-704-3

◇混沌からの出発　五木寛之, 福永光司著　中央公論新社　1999.3　307p　16cm　(中公文庫)　648円　Ⓘ4-12-203368-3

◇夜明けを待ちながら　五木寛之著　東京書籍　1998.12　244p　20cm　1500円　Ⓘ4-487-79388-2

◇他力―大乱世を生きる一〇〇のヒント　五木寛之著　講談社　1998.11　227p　20cm　1500円　Ⓘ4-06-209273-5

◇大河の一滴　五木寛之著　視覚障害者支援総合センター　1998.8　3冊　28cm　全12000円

◇ちいさな物みつけた　五木寛之著　集英社　1998.8　207p　16cm　(集英社文庫　い5-32)　590円　Ⓘ4-08-748842-X

◇生きるヒント　5　新しい自分を創るための12章　五木寛之〔著〕　角川書店　1998.6　243p　15cm　(角川文庫)　419円　Ⓘ4-04-129430-4

◇雨の日には車をみがいて　五木寛之著　集英社　1998.5　278p　15cm　(集英社文庫)　495円　Ⓘ4-08-748777-6

◇命甦る日に―生と死を考える　五木寛之〔著〕　角川書店　1998.5　315p　15cm　(角川文庫　10679)　514円　Ⓘ4-04-129429-0

◇蓮如―われ深き淵より　五木寛之著　中央公論社　1998.4　290p　16cm　(中公文庫)　476円　Ⓘ4-12-203108-7

◇大河の一滴　五木寛之著　幻冬舎　1998.4　267p　20cm　1429円　Ⓘ4-87728-224-6

◇友よ。　五木寛之〔著〕　幻冬舎　1998.4　235p　16cm　(幻冬舎文庫　い—5-3)　495円　Ⓘ4-87728-577-6

◇ハオハオ亭忘憂録(ぼーゆーろく) 五木寛之著 角川書店 1998.3 233p 20cm 1200円 Ⓘ4-04-883516-5

◇よみがえるロシア─ロシア・ルネッサンスは可能か? 五木寛之著 文芸春秋 1998.2 268p 16cm (文春文庫) 467円 Ⓘ4-16-710030-4

◇こころ・と・からだ 五木寛之著 集英社 1998.1 249p 16cm (集英社文庫) 438円 Ⓘ4-08-748731-8

◇蓮如物語 五木寛之著 角川書店 1997.11 237p 15cm (角川文庫) 476円 Ⓘ4-04-129428-2

◇生きるヒント 5 五木寛之著 文化出版局 1997.11 231p 19cm 1000円 Ⓘ4-579-30374-1

◇風のように炎のように─対談 五木寛之, 瀬戸内寂聴, 加藤唐九郎著 風媒社 1997.9 169p 20cm 1500円 Ⓘ4-8331-3106-4

◇ソフィアの歌 五木寛之著 新潮社 1997.7 185p 16cm (新潮文庫) 362円 Ⓘ4-10-114733-7

◇旅のパンセ 五木寛之〔著〕 角川春樹事務所 1997.7 293p 16cm (ランティエ叢書 1) 1000円 Ⓘ4-89456-080-1

◇生きるヒント 4 本当の自分を探すための12章 五木寛之〔著〕 角川書店 1997.6 227p 15cm (角川文庫) 400円 Ⓘ4-04-129427-4

◇混沌からの出発─道教に学ぶ人間学 五木寛之, 福永光司著 致知出版社 1997.5 290p 20cm 1800円 Ⓘ4-88474-509-4

◇みみずくの散歩 五木寛之〔著〕 幻冬舎 1997.4 293p 16cm (幻冬舎文庫) 533円 Ⓘ4-87728-406-0

◇みみずくの宙返り 五木寛之〔著〕 幻冬舎 1997.4 245p 16cm (幻冬舎文庫 い-5-2) 495円 Ⓘ4-87728-407-9

◇五木寛之クラシック小説集 第6巻 ウィーン夜想曲 五木寛之著 小学館 1996.12 252p 20cm (小学館CDブック) 3107円 Ⓘ4-09-480086-7

◇朱鷺の墓 上 五木寛之著 新潮社 1996.12 512p 15cm (新潮文庫) 621円 Ⓘ4-10-114731-0

◇朱鷺の墓 下 五木寛之著 新潮社 1996.12 456p 15cm (新潮文庫) 583円 Ⓘ4-10-114732-9

◇旅人よ! 五木寛之〔著〕 角川書店 1996.12 234p 15cm (角川文庫) 500円 Ⓘ4-04-129426-6

◇五木寛之クラシック小説集 第5巻 ロシア舞曲 五木寛之著 小学館 1996.11 252p 19cm (小学館CDブック) 3200円 Ⓘ4-09-480085-9

◇蓮如─われ深き淵より 五木寛之著 新装普及版 中央公論社 1996.11 241p 18cm 1000円 Ⓘ4-12-002639-6

◇生きるヒント A 歓ぶ・惑う・悲む・買う 五木寛之〔著〕 角川書店 1996.11 125p 12cm (角川mini文庫 1) 194円 Ⓘ4-04-700101-5

◇生きるヒント B 喋る・飾る・知る・占う 五木寛之〔著〕 角川書店 1996.11 121p 12cm (角川mini文庫 2) 194円 Ⓘ4-04-700108-2

◇生きるヒント C 働く・歌う・笑う・想う 五木寛之〔著〕 角川書店 1996.11 124p 12cm (角川mini文庫 3) 194円 Ⓘ4-04-700109-0

◇正統的異端─五木寛之対話集 五木寛之著 深夜叢書社 1996.11 342p 20cm 2427円 Ⓘ4-88032-209-1

◇五木寛之クラシック小説集 第4巻 パリ変奏曲 五木寛之著 小学館 1996.10 259p 20cm (小学館CDブック) 3107円 Ⓘ4-09-480084-0

◇ステッセルのピアノ 五木寛之著 文芸春秋 1996.10 379p 15cm (文春文庫) 500円 Ⓘ4-16-710029-0

◇生きるヒント 4 五木寛之著 文化出版局 1996.10 229p 19cm 971円 Ⓘ4-579-30369-5

◇五木寛之クラシック小説集 第3巻 イベリア協奏曲 五木寛之著 小学館 1996.9 241p 19cm (小学館CDブック) 3200円 Ⓘ4-09-480083-2

◇四季・布由子 上 五木寛之著 集英社 1996.9 263p 16cm (集英社文庫 い5-28) 447円 Ⓘ4-08-748422-X

◇四季・布由子 下　五木寛之著　集英社　1996.9　242p　16cm　（集英社文庫　い5-29）　447円　ⓒ4-08-748423-8

◇五木寛之クラシック小説集　第2巻　北欧組曲　五木寛之著　小学館　1996.8　269p　20cm　（小学館CDブック）　3107円　ⓒ4-09-480082-4

◇物語の森へ―全・中短篇ベストセレクション　五木寛之著　東京書籍　1996.7　542p　19cm　1700円　ⓒ4-487-79042-5

◇五木寛之クラシック小説集　第1巻　東欧幻想曲　五木寛之著　小学館　1996.6　255p　19cm　2800円　ⓒ4-09-480081-6

◇生きるヒント　3　五木寛之〔著〕　角川書店　1996.6　248p　15cm　（角川文庫　10037）　408円　ⓒ4-04-129425-8

◇こころ・と・からだ　五木寛之著　集英社　1996.6　205p　20cm　1200円　ⓒ4-08-774198-2

◇哲学に何ができるか　五木寛之著，広松渉著　中央公論社　1996.5　352p　16cm　（中公文庫　い23-2）　718円　ⓒ4-12-202598-2

◇奇妙な味の物語　五木寛之著　角川書店　1996.1　249p　15cm　（角川文庫）　430円　ⓒ4-04-129424-X

◇日本幻論　五木寛之著　新潮社　1996.1　273p　15cm　（新潮文庫）　440円　ⓒ4-10-114730-2

◇蓮如物語　五木寛之著　角川書店　1995.11　232p　19cm　1000円　ⓒ4-04-872921-7

◇生きるヒント　3　五木寛之著　文化出版局　1995.11　244p　19cm　1000円　ⓒ4-579-30361-X

◇短編で読む推理傑作選50　上　佐野洋，五木寛之編　光文社　1995.11　623p　20cm　2800円　ⓒ4-334-92257-0

◇短編で読む推理傑作選50　下　佐野洋，五木寛之編　光文社　1995.11　583p　20cm　2800円　ⓒ4-334-92258-9

◇恐怖劇場　阿刀田高選，日本ペンクラブ編，五木寛之ほか著　光文社　1995.10　343p　15cm　（光文社文庫）　580円　ⓒ4-334-72128-1

◇デビューのころ　五木寛之著　集英社　1995.10　194p　20cm　1200円　ⓒ4-08-774156-7

◇五木寛之論　松本鶴雄著　林道舎　1995.9　201p　20cm　2500円　ⓒ4-947632-50-X

◇野火子の冒険　五木寛之著　角川書店　1995.9　301p　15cm　（角川文庫）　500円　ⓒ4-04-129423-1

◇青い鳥のゆくえ　五木寛之著　朝日新聞社　1995.7　68p　18cm　880円　ⓒ4-255-95019-9

◇流されゆく日々―抄　1975～1987年　五木寛之著　講談社　1995.7　444p　21cm　1500円　ⓒ4-06-205984-3

◇流されゆく日々―抄　1988～1995年　五木寛之著　講談社　1995.7　384p　21cm　1500円　ⓒ4-06-207650-0

◇日記―十代から六十代までのメモリー　五木寛之著　岩波書店　1995.7　245p　18cm　（岩波新書）　620円　ⓒ4-00-430400-8

◇生きるヒント　2　五木寛之〔著〕　角川書店　1995.6　252p　15cm　（角川文庫）　420円　ⓒ4-04-129422-3

◇生と死を考える―五木寛之対話集　五木寛之著　潮出版社　1995.6　286p　20cm　1400円　ⓒ4-267-01381-0

◇八月十五日と私　五木寛之ほか著　角川書店　1995.5　303p　15cm　（角川文庫）　520円　ⓒ4-04-153323-6

◇蓮如―われ深き淵より　五木寛之著　中央公論社　1995.4　241p　21cm　1500円　ⓒ4-12-002435-0

◇若き友よ。―若い友人への28通の手紙　五木寛之著　幻冬舎　1995.4　245p　19cm　1000円　ⓒ4-87728-049-9

◇世界漂流　五木寛之著　集英社　1995.3　294p　16cm　（集英社文庫）　500円　ⓒ4-08-748311-8

◇白夜物語―五木寛之北欧小説集　五木寛之著　角川書店　1995.2　279p　15cm　（角川文庫）　500円　ⓒ4-04-129403-7

◇晴れた日には鏡をわすれて　五木寛之著　角川書店　1995.1　335p　15cm　（角川文庫）　560円　ⓒ4-04-129421-5

小説　　　　　現代

◇ふりむかせる女たち　五木寛之〔著〕
角川書店　1995.1　219p　15cm（角川文庫）
430円　①4-04-129420-7

◇ゴキブリの歌　五木寛之〔著〕　改版　角川
書店　1994.12　363p　15cm（角川文庫
2992）　456円　①4-04-129405-3

◇地図のない旅　五木寛之〔著〕　改版　角川
書店　1994.12　293p　15cm（角川文庫
3816）　456円　①4-04-129410-X

◇風に吹かれて　五木寛之〔著〕　改版　角川
書店　1994.12　349p　15cm（角川文庫
2637）　456円　①4-04-129401-0

◇レッスン　五木寛之著　新潮社　1994.11
302p　15cm（新潮文庫）　520円　①4-10-
114729-9

◇午後の自画像　五木寛之〔著〕　角川書店
1994.11　375p　15cm（角川文庫　9498）
456円　①4-04-129419-3

◇風の幻郷へ—全エッセイ・ベストセレクショ
ン　五木寛之著　東京書籍　1994.11　430p
20cm　1359円　①4-487-79043-3

◇狼たちの伝説　五木寛之著　光文社
1994.10　280p　19cm　1400円　①4-334-
92239-2

◇生きるヒント　2　五木寛之著　文化出
版局　1994.10　241p　19cm　1000円　①4-
579-30358-X

◇ステッセルのピアノ　五木寛之著　日本
点字図書館（製作）　1994.9　3冊　27cm
全5100円

◇みみずくの宙返り　五木寛之著　幻冬舎
1994.7　246p　20cm　1165円　①4-87728-013-
8

◇蓮如—聖俗具有の人間像　五木寛之著
岩波書店　1994.7　195p　18cm（岩波新書）
620円　①4-00-430343-5

◇ソフィアの歌　五木寛之著　新潮社　1994.6
202p　19cm　1300円　①4-10-301724-4

◇生きるヒント—自分の人生を愛するための
12章　五木寛之著　角川書店　1994.6　285p
15cm（角川文庫）　420円　①4-04-129418-5

◇みみずくの散歩　五木寛之著　幻冬舎
1994.5　262p　20cm　1200円　①4-87728-001-
4

◇女の本音男の本音—往復letter集　五木寛
之，駒尺喜美著　集英社　1994.2　252p
16cm（集英社文庫）420円　①4-08-748131-
X

◇風の対話　五木寛之他著　河出書房新社
1994.2　205p　15cm（河出文庫）　480円
①4-309-40407-3

◇風の旅人への手紙　五木寛之著　旅行読売
出版社　1993.10　226p　19cm　1000円
①4-89752-308-7

◇ステッセルのピアノ　五木寛之著　文芸春
秋　1993.8　322p　19cm　1700円　①4-16-
314140-5

◇青春の門　第7部　挑戦篇　上　五木寛之著
改訂新版　講談社　1993.6　374p　19cm
1500円　①4-06-205638-0

◇青春の門　第7部　挑戦篇　下　五木寛之著
講談社　1993.6　345p　19cm　1500円
①4-06-205639-9

◇ワルシャワの燕たち　五木寛之著　集英社
1993.6　250p　15cm（集英社文庫）　400円
①4-08-748037-2

◇生きるヒント—自分の人生を愛するため
の12章　五木寛之著　文化出版局　1993.4
246p　19cm　1000円　①4-579-30345-8

◇日本幻論　五木寛之著　新潮社　1993.3
260p　20cm　1400円　①4-10-301723-6

◇日本人のこころ—神と仏のあいだ　五木寛
之〔ほか〕著　角川書店　1993.3　209p
20cm　1400円　①4-04-883318-9

◇ちいさな物みつけた　五木寛之著　集英
社　1993.2　197p　20cm　1400円　①4-08-
772895-1

◇星のバザール—ロシア小説自選集
五木寛之著　集英社　1993.1　205p　15cm
（集英社文庫）　340円　①4-08-749884-0

稲垣　足穂
いながき　たるほ

明治33(1900).12.26〜昭和52(1977).10.25
小説家，詩人。絵画に興味を持ち，美術展に
出品する一方，佐藤春夫の知遇を得て，大正12
年『一千一秒物語』を刊行。10年代は無頼的な
生活をし，21年少年愛をあつかった『彼等』お

よび自己を認識論的にみた『弥勒』で復帰。44年『少年愛の美学』が評価され、以後、反伝統的なエロスの世界が見直される。また、詩人としても『稲垣足穂詩集』があり、他の代表作に『第三半球物語』『天体嗜好症』『ヰタ・マキニカリス』『A感覚とV感覚』『僕の"ユリーカ"』『タルホ・コスモロジー』など。

『一千一秒物語』：大正12(1923)年。3行程度から長いものでも2ページどまりの作品ばかりで構成された超短編集。モダニズムと詩情にあふれ、私小説に代表される日本文学の系譜とは一線を画している。

＊　　＊　　＊

◇稲垣足穂全集 第13巻　タルホ拾遺　稲垣足穂著, 萩原幸子編　筑摩書房　2001.10　503,8p　21cm　5500円　ⓘ4-480-70493-0

◇稲垣足穂全集 第12巻　タルホ一家言　稲垣足穂著, 萩原幸子編　筑摩書房　2001.9　480p　21cm　5400円　ⓘ4-480-70492-2

◇稲垣足穂全集 第11巻　菟東雑記　稲垣足穂著, 萩原幸子編　筑摩書房　2001.8　538p　21cm　5400円　ⓘ4-480-70491-4

◇稲垣足穂全集 第10巻　男性における道徳　稲垣足穂著, 萩原幸子編　筑摩書房　2001.7　555p　21cm　5400円　ⓘ4-480-70490-6

◇稲垣足穂全集 第9巻　宇治桃山はわたしの里　稲垣足穂著, 萩原幸子編　筑摩書房　2001.6　497p　21cm　5200円　ⓘ4-480-70489-2

◇稲垣足穂全集 第8巻　赤き星座をめぐりて　稲垣足穂著, 萩原幸子編　筑摩書房　2001.5　463p　21cm　4900円　ⓘ4-480-70488-4

◇稲垣足穂全集 第7巻　弥勒　稲垣足穂著, 萩原幸子編　筑摩書房　2001.4　465p　21cm　4800円　ⓘ4-480-70487-6

◇稲垣足穂全集 第6巻　ライト兄弟に始まる　稲垣足穂著, 萩原幸子編　筑摩書房　2001.3　563p　21cm　4900円　ⓘ4-480-70486-8

◇稲垣足穂全集 第5巻　僕の"ユリーカ"　稲垣足穂著, 萩原幸子編　筑摩書房　2001.2　443p　21cm　4600円　ⓘ4-480-70485-X

◇稲垣足穂全集 第4巻　少年愛の美学　稲垣足穂著, 萩原幸子編　筑摩書房　2001.1　458p　21cm　4700円　ⓘ4-480-70484-1

◇稲垣足穂全集 第3巻　ヴァニラとマニラ　稲垣足穂著, 萩原幸子編　筑摩書房　2000.12　409p　21cm　4600円　ⓘ4-480-70483-3

◇稲垣足穂全集 第2巻　ヰタ・マキニカリス　稲垣足穂著, 萩原幸子編　筑摩書房　2000.11　421p　21cm　4600円　ⓘ4-480-70482-5

◇稲垣足穂全集 第1巻　一千一秒物語　稲垣足穂著, 萩原幸子編　筑摩書房　2000.10　525p　21cm　4800円　ⓘ4-480-70481-7

◇宇宙論入門　稲垣足穂著　新装版　河出書房新社　1999.7　235p　15cm　（河出文庫）　560円　ⓘ4-309-40588-6

◇弥勒　稲垣足穂著　新装版　河出書房新社　1999.4　296p　15cm　（河出文庫）　600円　ⓘ4-309-40574-6

◇A感覚とV感覚　稲垣足穂著　新装版　河出書房新社　1999.3　286p　15cm　（河出文庫）　590円　ⓘ4-309-40568-1

◇少年愛の美学　稲垣足穂著　新装版　河出書房新社　1999.1　320p　15cm　（河出文庫）　640円　ⓘ4-309-40561-4

◇ヰタマキニカリス―稲垣足穂コレクション1　稲垣足穂著　河出書房新社　1998.12　268p　15cm　（河出文庫）　580円　ⓘ4-309-40556-8

◇ヰタマキニカリス―稲垣足穂コレクション2　稲垣足穂著　河出書房新社　1998.12　267p　15cm　（河出文庫）　580円　ⓘ4-309-40557-6

◇大正流亡　堀切直人著　沖積舎　1998.11　222p　19cm　3000円　ⓘ4-8060-4634-5

◇怪物科学者の時代　田中聡著　昌文社　1998.3　279p　19cm　2300円　ⓘ4-7949-6346-7

◇男たちの天地　今井美沙子, 中野章子著　樹花舎, 星雲社〔発売〕　1997.8　324p　19cm　1900円　ⓘ4-7952-5036-7

◇タルホ／未来派　茂田真理子著　河出書房新社　1997.1　172p　20cm　2060円　ⓘ4-309-01105-5

◇足穂映画論―フィルモメモリア・タルホニア　稲垣足穂著　フィルムアート社　1995.10　255,4p　22cm　3296円　ⓘ4-8459-9549-2

◇一千一秒物語　稲垣足穂文, たむらしげる絵　リブロポート　1994.6　63p　20×24cm　2060円　ⓘ4-8457-0910-4

小　説　　　　　現　代

◇孤光の三巨星 ― 稲垣足穂・滝口修造・埴谷雄高　中村幸夫著　風琳堂　1994.5　233p　19cm　2000円　①4-89426-511-7

◇花月幻想　稲垣足穂著　立風書房　1994.3　278p　19cm　2800円　①4-651-68008-9

◇日本幻想文学集成 22　稲垣足穂　稲垣足穂〔著〕，矢川澄子編　国書刊行会　1993.8　273p　20cm　1800円　①4-336-03232-7

◇IKARUGARA NOTE 1　田中明彦著　透土社，丸善〔発売〕　1993.7　175p 18cm　2000円　①4-924828-21-1

◇稲垣足穂　河出書房新社　1993.1　223p　21cm（新文芸読本）1600円　①4-309-70165-5

井上 靖
いのうえ やすし

明治40(1907).5.6～平成3(1991).1.29
小説家。昭和11年新聞社に入社。戦前『初恋物語』『流転』などを発表。戦後数年は詩作に力を注ぐ。24年以降再び小説を書き，同年『闘牛』で芥川賞を受賞。26年退職し，豊かな教養に裏打ちされた物語作家として以後幅広く活躍。他の代表作に，現代小説『氷壁』『あすなろ』『夏草冬濤』など，歴史小説に『風林火山』『淀どの日記』『おろしや国酔夢譚』，大陸を題材にしたものに『天平の甍』『蒼き狼』『楼蘭』『敦煌』『風濤』，詩集に『北国』『地中海』『井上靖シルクロード詩集』などがある。日本文芸家協会会長，日本ペンクラブ会長，日中文化交流協会会長など役職も多くつとめ，51年文化勲章を受章した。海外にもよく知られた作家である。

『氷壁』：昭和32(1957)年。中編小説。登山界を騒がせた事件に材を得た作品。物語性に最も富んだいわゆる"中間小説"として大ベストセラーになった。

『天平の甍』：昭和32(1957)年。長編小説。鑑真和上来朝という古代文化史上特筆すべき事件の陰の天平留学僧たちの運命を，史実を中心に描いた歴史小説。

＊　　＊　　＊

◇西行・山家集　井上靖〔著〕　学習研究社　2001.10　180p　15cm　（学研M文庫）500円　①4-05-902050-8

◇井上靖抄　井上靖著，森井道男編　能登印刷出版部　2001.3　111p　21cm　1200円　①4-89010-377-5

◇補陀落渡海記 ― 井上靖短篇名作集　井上靖著　講談社　2000.11　311p　16cm（講談社文芸文庫）1300円　①4-06-198234-6

◇井上靖全集　別巻　井上靖著　新潮社　2000.4　1079p　22cm　11000円　①4-10-640569-5

◇井上靖短篇集　第6巻　井上靖著　岩波書店　1999.5　401p　23cm　4200円　①4-00-026306-4

◇井上靖短篇集　第5巻　井上靖著　岩波書店　1999.4　383p　23cm　4200円　①4-00-026305-6

◇井上靖短篇集　第4巻　井上靖著　岩波書店　1999.3　369p　23cm　4200円　①4-00-026304-8

◇井上靖短篇集　第3巻　井上靖著　岩波書店　1999.2　484p　23cm　4400円　①4-00-026303-X

◇井上靖短篇集　第2巻　井上靖著　岩波書店　1999.1　365p　23cm　4000円　①4-00-026302-1

◇井上靖短篇集 第1巻　井上靖著　岩波書店　1998.12　415p　23cm　①4-00-026301-3

◇井上靖集　井上靖著　リブリオ出版　1998.11　307p　22cm　（ポピュラー時代小説 大きな活字で読みやすい本　第12巻）①4-89784-703-6,4-89784-692-7

◇西域をゆく　井上靖，司馬遼太郎著　文芸春秋　1998.5　283p　16cm　（文春文庫 し1-66）467円　①4-16-710566-7

◇池田大作全集　第17巻　対談　池田大作〔著〕　井上靖，常書鴻，池田大作著　聖教新聞社　1998.3　461p　23cm　2476円　①4-412-00910-6

◇井上靖シルクロード詩集　井上靖詩，大塚清吾写真　日本放送出版協会　1998.3　227p　16cm　（NHKライブラリー　76）1020円　①4-14-084076-5

◇井上靖全集　第28巻　井上靖著　新潮社　1997.11　657p　22cm　8300円　①4-10-640568-7

◇井上靖―老いと死を見据えて　新井巳喜雄著　近代文芸社　1997.10　248p　20cm　2000円　ⓘ4-7733-6240-5

◇井上靖全集 第27巻　井上靖著　新潮社　1997.10　592p　22cm　7800円　ⓘ4-10-640567-9

◇氷壁　井上靖著　埼玉福祉会　1997.10　3冊　22cm　（大活字本シリーズ）　3700円 ; 3600円 ; 3600円

◇井上靖全集 第26巻　井上靖著　新潮社　1997.9　756p　22cm　8800円　ⓘ4-10-640566-0

◇井上靖全集 第25巻　井上靖著　新潮社　1997.8　754p　22cm　8800円　ⓘ4-10-640565-2

◇井上靖全集 第24巻　井上靖著　新潮社　1997.7　739p　22cm　8800円　ⓘ4-10-640564-4

◇わが母の記―花の下・月の光・雪の面　井上靖著　講談社　1997.7　238p　15cm　（講談社文芸文庫）　910円　ⓘ4-06-197575-7

◇わが母の記―花の下・月の光・雪の面　井上靖〔著〕　講談社　1997.7　238p　15cm　（講談社文芸文庫）　910円　ⓘ4-06-197575-7

◇井上靖全集 第23巻　井上靖著　新潮社　1997.6　790p　22cm　9200円　ⓘ4-10-640563-6

◇井上靖・山本和夫青春詩集　井上靖, 山本和夫著, 福田正夫詩の会編　福田正夫詩の会　1997.5　115p　21cm　（焰選書）　1500円

◇あすなろ物語　井上靖著　旺文社　1997.4　287p　18cm　（愛と青春の名作集）　950円　ⓘ4-01-066064-3

◇井上靖全集 第22巻　井上靖著　新潮社　1997.2　462p　21cm　7500円　ⓘ4-10-640562-8

◇井上靖全集 第21巻　新潮社　1997.1　531p　22cm　7500円　ⓘ4-10-640561-X

◇井上靖詩と物語の饗宴　曽根博義編　至文堂　1996.12　335p　21cm　（「国文学解釈と鑑賞」別冊）　2500円

◇井上靖全集 第20巻　井上靖著　新潮社　1996.12　840p　22cm　9223円　ⓘ4-10-640560-1

◇井上靖全集 第19巻　井上靖著　新潮社　1996.11　661p　21cm　8500円　ⓘ4-10-640559-8

◇北国―詩集復刻版　井上靖著　東京創元社　1996.11　121p　21cm　2427円　ⓘ4-488-02350-9

◇井上靖全集 第18巻　井上靖著　新潮社　1996.10　606p　21cm　8000円　ⓘ4-10-640558-X

◇井上靖全集 第17巻　長篇 10　井上靖著　新潮社　1996.9　706p　21cm　9000円　ⓘ4-10-640557-1

◇井上靖全集 長編 9;第16巻　井上靖著　新潮社　1996.8　732p　21cm　9000円　ⓘ4-10-640556-3

◇井上靖全集 第15巻　井上靖著　新潮社　1996.7　729p　21cm　9000円　ⓘ4-10-640555-5

◇井上靖全集 第14巻　井上靖著　新潮社　1996.6　930p　22cm　9223円　ⓘ4-10-640554-7

◇井上靖全集 第13巻　長篇 6　井上靖著　新潮社　1996.5　656p　21cm　8500円　ⓘ4-10-640553-9

◇井上靖全集 第12巻　井上靖著　新潮社　1996.4　629p　21cm　8000円　ⓘ4-10-640552-0

◇酒のかたみに―酒で綴る亡き作家の半生史　菊谷匡祐, 阿木翁助, 中本洋, 大河原英与, 武田勝彦ほか著　たる出版　1996.3　301p　21cm　1000円　ⓘ4-924713-43-0

◇井上靖全集 第11巻　井上靖著　新潮社　1996.3　699p　21cm　9000円　ⓘ4-10-640551-2

◇井上靖全集 第10巻　井上靖著　新潮社　1996.2　780p　21cm　9000円　ⓘ4-10-640550-4

◇やがて芽をふく　井上ふみ著　潮出版社　1996.1　189p　20cm　1300円　ⓘ4-267-01398-5

◇井上靖全集 第9巻　井上靖著　新潮社　1996.1　677p　21cm　8500円　ⓘ4-10-640549-0

◇井上靖全集 第8巻 長篇 1 井上靖著 新潮社 1995.12 685p 21cm 8500円 ⓘ4-10-640548-2

◇孔子 井上靖著 新潮社 1995.12 428p 15cm (新潮文庫) 560円 ⓘ4-10-106336-2

◇井上靖全集 第7巻 井上靖著 新潮社 1995.11 623p 22cm 8000円 ⓘ4-10-640547-4

◇井上靖全集 第6巻 短篇 6 井上靖著 新潮社 1995.10 586p 21cm 8000円 ⓘ4-10-640546-6

◇井上靖全集 第5巻 短篇 5 井上靖著 新潮社 1995.9 613p 21cm 8000円 ⓘ4-10-640545-8

◇しろばんば 井上靖著 講談社 1995.9 405p 19cm (ポケット日本文学館 14) 1400円 ⓘ4-06-261714-5

◇井上靖全集 第4巻 短篇 4 井上靖著 新潮社 1995.8 622p 21cm 8000円 ⓘ4-10-640544-X

◇井上靖全集 第3巻 短編 3 井上靖著 新潮社 1995.7 625p 21cm 8000円 ⓘ4-10-640543-1

◇井上靖全集 第2巻 短篇 2 井上靖著 新潮社 1995.6 600p 21cm 8000円 ⓘ4-10-640542-3

◇恋愛小説名作館 1 関口苑生編, 井上靖ほか著 講談社 1995.5 306p 19cm 1800円 ⓘ4-06-207562-8

◇井上靖全集 第1巻 詩・短篇 1 井上靖著 新潮社 1995.4 619p 21cm 8000円 ⓘ4-10-640541-5

◇夢とロマンの四千年―中国小説集 井上靖ほか著 講談社 1995.2 268p 18cm (時代小説ベスト・セレクション 12) 1300円 ⓘ4-06-254912-3

◇若き日の井上靖―詩人の出発 宮崎潤一著 土曜美術社出版販売 1995.1 248p 20cm (現代詩人論叢書 6) 2575円 ⓘ4-8120-0529-9

◇井上靖―過ぎ去りし日日/花の下 井上靖著, 竹内清己編 日本図書センター 1994.10 241p 22cm (シリーズ・人間図書館) 2600円 ⓘ4-8205-8019-1

◇石濤 井上靖著 新潮社 1994.7 173p 15cm (新潮文庫) 320円 ⓘ4-10-106335-4

◇わが母の記 井上靖著 埼玉福祉会 1994.4 381p 22cm (大活字本シリーズ) 3708円

◇想い出の作家たち 2 文芸春秋編 文芸春秋 1994.3 320p 19cm 1700円 ⓘ4-16-347860-4

◇井上靖とわが町 天城湯ケ島町日本一地域づくり実行委員会編 天城湯ケ島町 1994.1 84p 26cm (天城湯ケ島町ふるさと叢書 第3集)

◇若き日の井上靖研究 藤沢全著 三省堂 1993.12 524,10p 21cm 5800円 ⓘ4-385-35539-8

◇日本紀行 井上靖著 岩波書店 1993.12 252p 16cm (同時代ライブラリー 169) 1000円 ⓘ4-00-260169-2

◇井上靖 新潮社 1993.11 111p 19cm (新潮日本文学アルバム 48) 1300円 ⓘ4-10-620652-8

◇世界の名画 1 ゴヤ 井上靖, 高階秀爾編 井上靖〔ほか〕執筆 中央公論社 1993.11 97p 34cm 3800円 ⓘ4-12-403103-3

◇シルクロード紀行 上 井上靖著 岩波書店 1993.8 297p 16cm (同時代ライブラリー 157) 900円 ⓘ4-00-260157-9

◇シルクロード紀行 下 井上靖著 岩波書店 1993.6 306p 16cm (同時代ライブラリー 158) 950円 ⓘ4-00-260158-7

◇花過ぎ―井上靖覚え書 白神喜美子著 紅書房 1993.5 163p 19cm 1800円 ⓘ4-89381-068-5

◇楼蘭 井上靖著, 平山郁夫絵 〔豪華愛蔵和綴本〕 牧羊社, 一枚の絵〔発売〕 1993.4 71p 30cm 12000円 ⓘ4-87073-040-5

◇詩歌の大河流れる 井上靖〔ほか述〕 日本現代詩歌文学館振興会 1993.3 142p 22cm (詩歌文学館賞記念講演集 1)

◇追悼・井上靖 天城湯ケ島町日本一地域づくり実行委員会編 天城湯ケ島町 1993.1 85p 27cm (天城湯ケ島町ふるさと叢書 第2集)

◇晩年の井上靖―『孔子』への道　山川泰夫著　求龍堂　1993.1　207p 19cm　1500円　①4-7630-9303-7

◇私の夜間飛行　井上ふみ著　潮出版社　1993.1　275p 19cm　1300円　①4-267-01319-5

◇わが一期一会　井上靖著　三笠書房　1993.1　284p 15cm　（知的生きかた文庫）　500円　①4-8379-0553-6

井伏 鱒二
いぶせ ますじ

明治31(1898).2.15〜平成5(1993).7.10
小説家。昭和4年『山椒魚』『屋根の上のサワン』を執筆。5年に刊行された短編集『夜ふけと梅の花』で注目され、その中の『山椒魚』はユーモアと人生に対する冷徹な観照、画眼による自然観察に他の追随を許さぬ完成度を見せた。以降戦時も戦後もユニークな作家として活動。12年に『ジョン万次郎漂流記』で直木賞、41年には文化勲章を受けた。原爆をテーマにした戦争記録文学『黒い雨』もある一方で、詩作も手がけた。他に『漂民宇三郎』『多甚古村』『本日休診』『珍品堂主人』、訳書に『ドリトル先生』シリーズなど。

『山椒魚』：大正12(1923)年。短編小説。岩屋の中でうっかり寝過ごしているうちに頭が大きくなって出られなくなってしまった山椒魚を主人公に、閉鎖状態における孤独や煩悶、当時の世情の左傾化などを寓意的に描いた。
『黒い雨』：昭和40(1965)年。長編小説。主人公が手記を清書し被爆日記をまとめるという形で原爆の体験を描く。肉体が侵されていく不安を克明に綴り、原爆文学の名作としていまも読み継がれている。

　　　　＊　　　＊　　　＊

◇井伏鱒二全対談 下巻　井伏鱒二他著，前田貞昭編　筑摩書房　2001.4　468p 22cm　4900円　①4-480-81427-2

◇井伏鱒二全対談 上巻　井伏鱒二他著，前田貞昭編　筑摩書房　2001.3　428p 22cm　4800円　①4-480-81426-4

◇山椒魚　しびれ池のカモ　井伏鱒二作　井伏鱒二作　岩波書店　2000.11　269p 18cm　（岩波少年文庫）　680円　①4-00-114535-9

◇ドリトル先生月へゆく　ヒュー・ロフティング作, 井伏鱒二訳　新版　岩波書店　2000.11　257p 18cm　（岩波少年文庫　028）　680円　①4-00-114028-4

◇ドリトル先生月から帰る　ヒュー・ロフティング作, 井伏鱒二訳　新版　岩波書店　2000.11　293p 18cm　（岩波少年文庫　029）　720円　①4-00-114029-2

◇ドリトル先生と月からの使い　ヒュー・ロフティング作, 井伏鱒二訳　新版　岩波書店　2000.11　332p 18cm　（岩波少年文庫　027）　720円　①4-00-114027-6

◇ドリトル先生と秘密の湖 上　ヒュー・ロフティング作, 井伏鱒二訳　新版　岩波書店　2000.11　244p 18cm　（岩波少年文庫　030）　680円　①4-00-114030-6

◇ドリトル先生と秘密の湖 下　ヒュー・ロフティング作, 井伏鱒二訳　新版　岩波書店　2000.11　288p 18cm　（岩波少年文庫　031）　680円　①4-00-114031-4

◇ドリトル先生と緑のカナリア　ヒュー・ロフティング作, 井伏鱒二訳　新版　岩波書店　2000.11　392p 18cm　（岩波少年文庫　032）　760円　①4-00-114032-2

◇ドリトル先生の楽しい家　ヒュー・ロフティング作, 井伏鱒二訳　新版　岩波書店　2000.11　324p 18cm　（岩波少年文庫　033）　720円　①4-00-114033-0

◇多甚古村　山椒魚　井伏鱒二著　井伏鱒二著　小学館　2000.6　311p 15cm　（小学館文庫）　638円　①4-09-404106-0

◇ドリトル先生アフリカゆき　ヒュー・ロフティング作, 井伏鱒二訳　新版　岩波書店　2000.6　252p 18cm　（岩波少年文庫）　680円　①4-00-114021-7

◇ドリトル先生航海記　ヒュー・ロフティング作, 井伏鱒二訳　新版　岩波書店　2000.6　391p 18cm　（岩波少年文庫）　760円　①4-00-114022-5

◇ドリトル先生のキャラバン　ヒュー・ロフティング作, 井伏鱒二訳　新版　岩波書店　2000.6　345p 18cm　（岩波少年文庫）　720円　①4-00-114026-8

小説　　　　　　　　　現代

◇ドリトル先生のサーカス　ヒュー・ロフティング作，井伏鱒二訳　新版　岩波書店　2000.6　415p　18cm　（岩波少年文庫）　800円　⓵4-00-114024-1

◇ドリトル先生の動物園　ヒュー・ロフティング作，井伏鱒二訳　新版　岩波書店　2000.6　336p　18cm　（岩波少年文庫）　720円　⓵4-00-114025-X

◇ドリトル先生の郵便局　ヒュー・ロフティング作，井伏鱒二訳　新版　岩波書店　2000.6　370p　18cm　（岩波少年文庫）　760円　⓵4-00-114023-3

◇井伏鱒二対談選　井伏鱒二〔著〕　講談社　2000.4　270p　16cm　（講談社文芸文庫）　1200円　⓵4-06-198206-0

◇夜ふけと梅の花　井伏鱒二著　ゆまに書房　2000.3　254p　19cm　（新興芸術派叢書　1）　⓵4-8433-0001-2,4-8433-0000-4

◇井伏鱒二全集　別巻　2　井伏鱒二著　筑摩書房　2000.3　608,34p　22cm　6200円　⓵4-480-70360-8

◇ジョン万次郎漂流記　井伏鱒二著　偕成社　1999.11　219p　19cm　（偕成社文庫）　700円　⓵4-03-652390-2

◇かるさん屋敷　井伏鱒二著　毎日新聞社　1999.10　245p　19cm　（毎日メモリアル図書館）　1600円　⓵4-620-51043-2

◇井伏鱒二全集　別巻　1　井伏鱒二著　筑摩書房　1999.9　642p　22cm　6200円　⓵4-480-70359-4

◇越境者が読んだ近代日本文学—境界をつくるもの、こわすもの　鶴田欣也著　新曜社　1999.5　453p　19cm　4600円　⓵4-7885-0670-X

◇山椒魚　井伏鱒二著　埼玉福祉会　1999.5　2冊　22cm　（大活字本シリーズ）　各3200円

◇作家の自伝　94　井伏鱒二　佐伯彰一，松本健一監修　井伏鱒二著，紅野敏郎編解説　日本図書センター　1999.4　249p　22cm　（シリーズ・人間図書館）　2600円　⓵4-8205-9539-3,4-8205-9525-3

◇井伏鱒二全集　第28巻　詩・翻訳・合作　井伏鱒二著　筑摩書房　1999.2　606p　21cm　6200円　⓵4-480-70358-6

◇井伏鱒二全集　第27巻　荻窪風土記・鞆ノ津茶会記　井伏鱒二著　筑摩書房　1999.1　624p　21cm　6200円　⓵4-480-70357-8

◇井伏鱒二全集　第23巻　くるみが丘・黒い雨　井伏鱒二著　筑摩書房　1998.12　597p　21cm　6200円　⓵4-480-70353-5

◇井伏鱒二全集　第12巻　山峡風物誌・白毛　井伏鱒二著　筑摩書房　1998.11　616p　21cm　6000円　⓵4-480-70342-X

◇井伏鱒二全集　第26巻　徴用中の見聞・海揚り　井伏鱒二著　筑摩書房　1998.10　635p　21cm　6200円　⓵4-480-70356-X

◇井伏鱒二全集　第13巻　本日休診・をんなごころ　井伏鱒二著　筑摩書房　1998.9　606p　21cm　6000円　⓵4-480-70343-8

◇井伏鱒二全集　第11巻　侘助・引越やつれ　井伏鱒二著　筑摩書房　1998.8　616p　21cm　6000円　⓵4-480-70341-1

◇井伏鱒二全集　第25巻　半生記・スガレ追ひ　井伏鱒二著　筑摩書房　1998.7　578p　21cm　5800円　⓵4-480-70355-1

◇井伏鱒二全集　第14巻　遙拝隊長・お島の存念書　井伏鱒二著　筑摩書房　1998.6　619p　21cm　6000円　⓵4-480-70344-6

◇井伏鱒二全集　第21巻　釣師・釣場・琴の記　井伏鱒二著　筑摩書房　1998.5　573p　21cm　5800円　⓵4-480-70351-9

◇なつかしき現実　井伏鱒二著，関井光男監修　ゆまに書房　1998.5　236p　19cm　（新鋭文学叢書　4）　⓵4-89714-438-8,4-89714-433-7

◇井伏鱒二全集　第16巻　野辺地の睦五郎略伝・かるさん屋敷　井伏鱒二著　筑摩書房　1998.4　659p　21cm　6000円　⓵4-480-70346-2

◇井伏鱒二全集　第15巻　かきつばた・晩春の旅　井伏鱒二著　筑摩書房　1998.3　586p　21cm　5800円　⓵4-480-70345-4

◇井伏鱒二の風貌姿勢—生誕100年記念　東郷克美編　至文堂　1998.2　321p　21cm　（「国文学解釈と鑑賞」別冊）　2400円

◇井伏鱒二全集　第20巻　井伏鱒二著　筑摩書房　1998.2　595p　21cm　5800円　⓵4-480-70350-0

◇井伏鱒二全集　第18巻　還暦の鯉・駅前旅館　井伏鱒二著　筑摩書房　1998.1　620p　21cm　5800円　⓵4-480-70348-9

◇井伏鱒二全集　第24巻　井伏鱒二著　筑摩書房　1997.12　630p　21cm　5800円　①4-480-70354-3

◇井伏鱒二全集　第19巻　井伏鱒二著　筑摩書房　1997.11　613p　22cm　5600円　①4-480-70349-7

◇夜ふけと梅の花・山椒魚　井伏鱒二著　講談社　1997.11　309p　15cm　（講談社文芸文庫）　1050円　①4-06-197591-9

◇井伏鱒二全集　第17巻　井伏鱒二著　筑摩書房　1997.10　612p　22cm　5600円　①4-480-70347-0

◇井伏鱒二全集　第22巻　井伏鱒二著　筑摩書房　1997.9　617p　22cm　5600円　①4-480-70352-7

◇文人の流儀　井伏鱒二〔著〕　角川春樹事務所　1997.9　312p　16cm　（ランティエ叢書4）　1000円　①4-89456-083-6

◇井伏鱒二―サヨナラダケガ人生　川島勝著　文芸春秋　1997.8　254p　15cm　（文春文庫）　467円　①4-16-748703-9

◇井伏鱒二全集 第10巻　花の町・御神火　井伏鱒二著　筑摩書房　1997.8　662p　21cm　5600円　①4-480-70340-3

◇井伏鱒二全集　第9巻　井伏鱒二著　筑摩書房　1997.7　593p　22cm　5600円　①4-480-70339-X

◇清水町先生　小沼丹著　筑摩書房　1997.6　216p　15cm　（ちくま文庫　お24-1）　680円　①4-480-03269-X

◇井伏鱒二全集　第6巻　井伏鱒二著　筑摩書房　1997.6　682p　22cm　5600円　①4-480-70336-5

◇井伏鱒二全集　第3巻　井伏鱒二著　筑摩書房　1997.5　673p　22cm　5600円　①4-480-70333-0

◇井伏鱒二―宿縁の文学　松本武夫著　武蔵野書房　1997.4　265p　22cm　2500円

◇井伏鱒二全集　第8巻　井伏鱒二著　筑摩書房　1997.4　625p　22cm　5600円　①4-480-70338-1

◇井伏鱒二全集　第5巻　井伏鱒二著　筑摩書房　1997.3　657p　21cm　5600円　①4-480-70335-7

◇井伏鱒二全集 第2巻　東郷克美〔ほか〕編　筑摩書房　1997.2　579p　22cm　5400円　①4-480-70332-2

◇井伏鱒二全集 第7巻　東郷克美〔ほか〕編　筑摩書房　1997.1　660p　22cm　5768円　①4-480-70337-3

◇井伏鱒二全集 第4巻　東郷克美ほか編集, 井伏鱒二著　筑摩書房　1996.12　669p　22cm　5600円　①4-480-70334-9

◇井伏鱒二の軌跡　続　相馬正一著　津軽書房　1996.11　354p　20cm　2500円　①4-8066-0160-8

◇井伏鱒二全集 第1巻　東郷克美ほか編集, 井伏鱒二著　筑摩書房　1996.11　617p　22cm　5400円　①4-480-70331-4

◇仕事部屋　井伏鱒二著　講談社　1996.10　386p　15cm　（講談社文芸文庫）　1200円　①4-06-196389-9

◇井伏鱒二対談集　井伏鱒二他著　新潮社　1996.8　411p　16cm　（新潮文庫　い―4-10）　544円　①4-10-103411-7

◇知られざる井伏鱒二　豊田清史著　蒼洋社　1996.7　286p　19cm　1748円　①4-89242-781-0

◇徴用中のこと　井伏鱒二著　講談社　1996.7　413p　21cm　2800円　①4-06-208268-3

◇井伏鱒二　東郷克美, 寺横武夫共編　双文社出版　1996.6　270p　22cm　（昭和作家のクロノトポス）　3689円　①4-88164-381-9

◇花の町・軍歌「戦友」　井伏鱒二著　講談社　1996.2　257p　15cm　（講談社文芸文庫）　940円　①4-06-196356-2

◇わが井伏鱒二　寺田透〔著〕　講談社　1995.7　293p　16cm　（講談社文芸文庫　てA1）　951円　①4-06-196330-9

◇黒い雨　井伏鱒二著　〔新装版〕　新潮社　1995.7　375p　19cm　2000円　①4-10-302610-3

◇井伏鱒二の軌跡　相馬正一著　津軽書房　1995.6　308p　20cm　2575円　①4-8066-0145-4

◇神屋宗湛の残した日記　井伏鱒二著　講談社　1995.6　225p　19cm　2200円　①4-06-207698-5

◇風貌・姿勢　井伏鱒二〔著〕　講談社　1995.6　290p　16cm　（講談社文芸文庫）　980円　Ⓘ4-06-196324-4

◇内田魯庵と井伏鱒二　片岡懋, 片岡哲著　新典社　1995.5　413p　22cm　（新典社研究叢書　78）　12500円　Ⓘ4-7879-4078-3

◇太宰治 井伏鱒二　太宰治, 井伏鱒二著　講談社　1995.4　203p　19cm　（ポケット日本文学館　3）　1000円　Ⓘ4-06-261703-X

◇井伏鱒二―サヨナラダケガ人生　川島勝著　文芸春秋　1994.9　198p 19cm　1400円　Ⓘ4-16-349220-8

◇かきつばた・無心状　井伏鱒二著　新潮社　1994.7　264p　15cm　（新潮文庫）　400円　Ⓘ4-10-103410-9

◇井伏鱒二　松本武夫, 安岡章太郎著　新潮社　1994.6　110p 19cm　（新潮日本文学アルバム　46）　1300円　Ⓘ4-10-620650-1

◇厄除け詩集　井伏鱒二〔著〕　講談社　1994.6　166p　16cm　（講談社文芸文庫 いC9）　4660円　Ⓘ4-06-196275-2

◇屋根の上のサワン　井伏鱒二〔著〕　角川書店　1994.5　217p　15cm（角川文庫）　430円　Ⓘ4-04-107609-9

◇井伏鱒二聞き書き　萩原得司著　青弓社　1994.4　245p 19cm　2472円　Ⓘ4-7872-9095-9

◇厄除け詩集　井伏鱒二〔著〕　講談社　1994.4　168p　16cm　（講談社文芸文庫）　880円　Ⓘ4-06-196267-1

◇旅人井伏鱒二　嘉瀬井整夫著　林道舎　1993.11　145p　20cm　2000円　Ⓘ4-947632-45-3

◇点滴・釣鐘の音　井伏鱒二〔著〕, 三浦哲郎編　講談社　1993.10　292p　16cm　（講談社文芸文庫）　980円　Ⓘ4-06-196242-6

◇井伏さんの横顔　河盛好蔵編　弥生書房　1993.9　229p 19cm　2000円　Ⓘ4-8415-0677-2

◇文士の風貌　井伏鱒二著　福武書店　1993.6　301p　15cm　（福武文庫）　650円　Ⓘ4-8288-3272-6

◇井伏鱒二対談集　新潮社　1993.4　378p　20cm　1700円　Ⓘ4-10-302609-X

宇野 浩二
うの こうじ

明治24（1891）.7.26～昭和36（1961）.9.21

小説家。明治43年『清二郎の記憶』を発表し、大正2年『清二郎 夢見る子』を刊行。8年『蔵の中』『苦の世界』を発表し、以後『子を貸し屋』『遊女』『軍港行進曲』などを刊行。昭和2年精神を病み入退院をくり返したが、8年『枯木のある風景』を発表し文壇に復帰、小林秀雄らと雑誌「文学界」を創刊。以後『枯野の夢』『器用貧乏』などを発表。戦後は小説『思ひ川』『世にも不思議な物語』、評論『芥川龍之介』『葛西善蔵論』『近松秋江論』、創作童話集『少女小説・哀れ知る頃』『海の夢山の夢』などがある。

『蔵の中』：大正8（1919）年。短編小説。着物を作っては質入れしている着道楽の中年作家が、ある時ふと自分の質物を虫干ししようと思い付き、質蔵の中で着物を広げる。ユーモアとペーソスを含んだ文章で鋭い人間観察眼を見せた。

＊　＊　＊

◇文学者の日記 7　宇野浩二　宇野浩二著, 日本近代文学館編　博文館新社　2000.8　280p　21cm　（日本近代文学館資料叢書 第1期）　5000円　Ⓘ4-89177-977-2

◇宇野浩二書簡集　宇野浩二〔著〕, 増田周子編　和泉書院　2000.6　212p　22cm　（作家の書簡と日記シリーズ　1）　4500円　Ⓘ4-7576-0011-9

◇文学者の日記 6　宇野浩二　宇野浩二著, 日本近代文学館編　博文館新社　2000.1　310p　21cm　（日本近代文学館資料叢書 第1期）　5000円　Ⓘ4-89177-976-4

◇私版 東京図絵　水上勉著　朝日新聞社　1999.2　219p　15cm　（朝日文庫）　560円　Ⓘ4-02-264181-9

◇大正流亡　堀切直人著　沖積舎　1998.11　222p　19cm　3000円　Ⓘ4-8060-4634-5

◇私小説作家録　山本健吉著　講談社　1998.7　333p　15cm　（講談社文芸文庫）　1250円　Ⓘ4-06-197624-9

◇思い川・枯木のある風景・蔵の中　宇野浩二著　講談社　1996.9　337p　15cm　(講談社文芸文庫)　980円　④4-06-196384-8

◇宇野浩二―日曜日/文学の三十年　宇野浩二著, 田沢基久編　日本図書センター　1995.11　267p　22cm　(シリーズ・人間図書館)　2600円　④4-8205-9400-1

◇日本幻想文学集成　27　宇野浩二　宇野浩二〔著〕, 堀切直人編　国書刊行会　1994.8　312p　20cm　2000円　④4-336-03237-8

宇野 千代
うのちよ

明治30(1897).11.28～平成8(1996).6.10
作家。大正10年処女作『脂粉の顔』が「時事新報」の懸賞に当選すると夫を捨てて上京、作家活動に入る。尾崎士郎、東郷青児らと華やかな恋愛生活を送る。東郷をモデルにした『色ざんげ』の他、『おはん』『刺す』『風の音』『或る一人の女の話』『薄墨の桜』など多くの作品を残した。作品はフランス心理小説の伝統を受け、静謐な文体で古典の格調を備える。58年毎日新聞に連載した自伝『生きて行く私』がベストセラーとなった。着物のデザイナーとしても有名で、昭和11年スタイル社を創立、服飾雑誌「スタイル」を発刊した。

＊　　＊　　＊

◇幸福の言葉　宇野千代著　海竜社　2002.3　210p　20cm　1238円　④4-7593-0707-9

◇宇野千代聞書集―人形師天狗屋久吉・おはんほか　宇野千代著　平凡社　2002.2　251p　16cm　(平凡社ライブラリー)　1100円　④4-582-76426-6

◇活力のある男　底力のある女―中村天風と宇野千代の幸福論　マインド・フォーカス研究所著　アートブック本の森;コアラブックス〔発売〕　2001.1　190p　19cm　1200円　④4-87693-616-1

◇幸せの扉を開く60の言葉―宇野千代学校で私が学んだとっておきの"人生の秘訣"　中山庸子著　三笠書房　2000.12　252p　15cm　(知的生きかた文庫)　533円　④4-8379-7143-1

◇宇野千代―何でも一度してみること　宇野千代著, 鶴見俊輔監修　日本図書センター　2000.1　219p　21cm　(人生のエッセイ1)　1800円　④4-8205-6650-4

◇近代女性作家精選集　010　脂粉の顔　尾形明子監修　宇野千代〔著〕　ゆまに書房　1999.12　352p　22cm　11200円　④4-89714-851-0

◇近代女性作家精選集　011　あひびき　尾形明子監修　宇野千代〔著〕　ゆまに書房　1999.12　198p　22cm　7300円　④4-89714-852-9

◇不思議な事があるものだ　宇野千代著　中央公論新社　1999.9　178p　15cm　(中公文庫)　514円　④4-12-203501-5

◇私何だか死なないような気がするんです よ―心とからだについての282の知恵　宇野千代著　集英社　1999.6　214p　15cm　(集英社文庫)　457円　④4-08-747060-1

◇謎のギャラリー特別室　3　北村薫編　マガジンハウス　1999.5　220p　19cm　1400円　④4-8387-1129-8

◇思いのままに生きて―私の文学的回想記　宇野千代著　集英社　1998.10　205p　15cm　(集英社文庫)　400円　④4-08-748871-3

◇人生学校―幸せを呼ぶ生き方の秘訣124人の提言　宇野千代著　集英社　1998.6　243p　15cm　(集英社文庫)　495円　④4-08-748793-8

◇私の長生き料理　宇野千代著　集英社　1998.2　203p　15cm　(集英社文庫)　724円　④4-08-748751-2

◇幸福は幸福を呼ぶ―人生の叡知235篇　宇野千代著　集英社　1997.10　259p　15cm　(集英社文庫)　457円　④4-08-748701-6

◇宇野千代・瀬戸内寂聴　宇野千代, 瀬戸内寂聴著　角川書店　1997.10　471p　20cm　(女性作家シリーズ　4)　2600円　④4-04-574204-2

◇神さまは雲のなか　宇野千代著　角川春樹事務所　1997.9　198p　15cm　(ハルキ文庫)　480円　④4-89456-344-4

◇大人の絵本　宇野千代著, 東郷青児画　角川春樹事務所　1997.8　115p　19cm　1600円　④4-89456-036-4

小説　　　　　現代

◇幸福に生きる知恵　宇野千代著　講談社　1997.5　243p　15cm　(講談社文庫)　467円　①4-06-263512-7
◇宇野千代の幸せを呼ぶ生き方―あなたの人生に素敵な奇跡がおこる17章　中山庸子著　三笠書房　1996.11　221p　19cm　1200円　①4-8379-1662-7
◇中村天風・宇野千代の人生成功の道―盛大長寿に生きる秘訣　河野亮著　本の森出版センター;コアラブックス〔発売〕　1996.10　190p　19cm　(「超」読解講座)　1400円　①4-87693-317-0
◇わたしの宇野千代　瀬戸内寂聴著　中央公論社　1996.9　269p　19cm　1200円　①4-12-002619-1
◇私(わたし)は夢を見るのが上手　宇野千代著　中央公論社　1996.9　203p　16cm　(中公文庫　う3-10)　466円　①4-12-202686-5
◇私の幸福論―宇野千代人生座談　宇野千代著　集英社　1996.7　246p　15cm　(集英社文庫)　500円　①4-08-748498-X
◇不思議な事があるものだ　宇野千代著　中央公論社　1996.7　162p　19cm　1100円　①4-12-002607-8
◇自伝的恋愛論　宇野千代著　新装版　大和書房　1996.7　231p　19cm　1400円　①4-479-01091-2
◇幸福人生まっしぐら　宇野千代著　新装版　大和書房　1996.7　199p　19cm　1400円　①4-479-01090-4
◇生きて行く私　宇野千代著　角川書店　1996.2　375p　15cm　(角川文庫)　600円　①4-04-108602-7
◇私何だか死なないような気がするんですよ―心とからだについての282の知恵　宇野千代著　海竜社　1995.12　197p　19cm　1400円　①4-7593-0449-5
◇宇野千代―わたしの青春物語/私の文学的回想記　宇野千代著, 渡辺正彦編　日本図書センター　1995.11　246p　22cm　(シリーズ・人間図書館)　2600円　①4-8205-9402-8
◇天風先生座談　宇野千代著　二見書房　1995.4　205p　19cm　1600円　①4-576-00005-5

◇生きる幸福　老いる幸福　宇野千代著　集英社　1995.3　227p　15cm　(集英社文庫)　440円　①4-08-748316-9
◇しあはせな話　宇野千代著　中央公論社　1995.1　211p　15cm　(中公文庫)　500円　①4-12-202219-3
◇私の作ったお惣菜　宇野千代著　集英社　1994.12　214p　15cm　(集英社文庫)　700円　①4-08-748260-X
◇人生学校―幸せを呼ぶ生き方の秘訣124人の提言　宇野千代著　海竜社　1994.11　221p　19cm　1400円　①4-7593-0405-3
◇恋愛作法―愛についての448の断章　宇野千代著　集英社　1994.5　269p　15cm　(集英社文庫)　500円　①4-08-748166-2
◇私の作ったきもの　宇野千代著　海竜社　1994.5　71p　26cm　1900円　①4-7593-0382-0
◇一ぺんに春風が吹いて来た　宇野千代著　中央公論社　1994.3　211p　15cm　(中公文庫)　400円　①4-12-202080-8
◇行動することが生きることである―生き方についての343の知恵　宇野千代著　集英社　1993.10　223p　15cm　(集英社文庫)　420円　①4-08-748087-9
◇私の長生き料理―旨い・体によい・簡単に作れるお惣菜40種　宇野千代著　海竜社　1993.6　91p　26cm　1650円　①4-7593-0350-2
◇幸福に生きる知恵　宇野千代著　講談社　1993.5　229p　19cm　1400円　①4-06-206484-7
◇宇野千代　新潮社　1993.4　109p　19cm　(新潮日本文学アルバム　47)　1300円　①4-10-620651-X
◇私のしあわせ人生　宇野千代著　集英社　1993.2　220p　15cm　(集英社文庫)　400円　①4-08-749896-4
◇私の幸福論―宇野千代人生座談　宇野千代著　海竜社　1993.1　214p　19cm　1300円　①4-7593-0335-9

梅崎 春生
うめざき はるお

大正4(1915).2.15～昭和40(1965).7.19
小説家。昭和21年、海軍体験を描いた『桜島』が評判になり、引き続き『日の果て』『ルネタの市民兵』などを発表し、戦後派の有力作家となる。29年『ボロ家の春秋』で直木賞を受賞し、30年『砂時計』、38年『狂い凧』でも数々の賞を受賞した。極限状況下での人間の悪意を追究した。のちに戦争ものから市井事ものへと転じる。『B島風物誌』『山名の場合』『幻化』などの作品がある。

* * *

◇ボロ家の春秋　梅崎春生〔著〕　講談社　2000.1　293p　16cm　（講談社文芸文庫）　1200円　①4-06-197697-4
◇人生幻化ニ似タリ―梅崎春生のこと　広瀬勝世著　成瀬書房　1995.11　118p　18cm　1942円　①4-930708-59-1
◇想い出の作家たち　1　文芸春秋編　文芸春秋　1993.10　356p　19cm　1700円　①4-16-348000-5

円地 文子
えんち ふみこ

明治38(1905).10.2～昭和61(1986).11.14
小説家。国語学者上田万年の娘。大正15年雑誌「歌舞伎」に戯曲『ふるさと』が当選。昭和3年『晩春騒夜』が築地小劇場で上演され好評。戦中は武田麟太郎らとも接触するが、不遇な時代長く、小説家として認められたのは、49歳の春『ひもじい月日』であった。『なまみこ物語』『女坂』は円地文学の一つの達成を示したもの。42年から『源氏物語』の現代語訳に着手、病を得ながらも全10巻を完訳。知的作風と女の妖を描くことで定評がある。作品はほかに『朱を奪うもの』『女面』『妖』『食卓のない家』など。60年文化勲章受章

『女坂』：昭和32(1957)年。長編小説。明治時代の封建的な家に嫁ぎ、夫のために妾を探し同居するという自虐的な妻の姿を通し、女の心理と業の深さを描く。

* * *

◇源氏物語　円地文子著　学習研究社　2001.2　259p　15cm　（学研M文庫）　520円　①4-05-902014-1
◇日本の山　円地文子〔著〕　ゆまに書房　2000.11　338,5p　22cm　（近代女性作家精選集　39）　11500円　①4-8433-0200-7,4-8433-0186-8
◇春秋　円地文子〔著〕　ゆまに書房　2000.11　345,4p　22cm　（近代女性作家精選集　40）　11500円　①4-8433-0201-5,4-8433-0186-8
◇春寂寥　円地文子〔著〕　ゆまに書房　1999.12　290,1p　22cm　（近代女性作家精選集　19）　10400円　①4-89714-860-X,4-89714-841-3
◇天の幸・地の幸　円地文子〔著〕　ゆまに書房　1999.12　243p　22cm　（近代女性作家精選集　20）　8700円　①4-89714-861-8,4-89714-841-3
◇円地文子論　須浪敏子著　おうふう　1998.9　199p　19cm　2800円　①4-273-03033-0
◇源氏物語―苦悩に充ちた愛の遍歴　円地文子現代語訳,神作光一構成・文　学習研究社　1998.5　259p　26cm　（絵で読む古典シリーズ）　2000円　①4-05-400949-2
◇円地文子―うそ・まこと七十余年/半世紀　円地文子著,小林富久子編　日本図書センター　1998.4　282p　22cm　（シリーズ・人間図書館）　2600円　①4-8205-9516-4
◇湯島詣　重ね扇　泉鏡花原作,円地文子脚色　川口松太郎作,榎本滋民脚本・演出　国立劇場　1998.4　144p　25cm　（国立劇場新派公演上演台本）
◇野上弥生子・円地文子・幸田文　野上弥生子,円地文子,幸田文著　角川書店　1998.3　493p　20cm　（女性作家シリーズ　1）　2600円　①4-04-574201-8
◇食卓のない家　円地文子著,佐高信監修　読売新聞社　1997.3　510p　19cm　（戦後ニッポンを読む）　1545円　①4-643-97033-2
◇妖・花食い姥　円地文子著　講談社　1997.1　311p　15cm　（講談社文芸文庫）　980円　①4-06-197550-1

◇円地文子―妖の文学　古屋照子著　沖積舎　1996.8　253p　20cm　3398円　⑪4-8060-7017-3

◇円地文子の源氏物語　巻3　円地文子著　集英社　1996.3　268p　16cm　(集英社文庫)　700円　⑪4-08-748435-1

◇円地文子の源氏物語　巻2　円地文子著　集英社　1996.2　297p　16cm　(集英社文庫)　700円　⑪4-08-748433-5

◇円地文子の源氏物語　巻1　円地文子著　集英社　1996.1　287p　16cm　(集英社文庫)　700円　⑪4-08-748431-9

◇日本幻想文学集成 26　円地文子 猫の草子　円地文子著, 須永朝彦編　国書刊行会　1994.6　266p　19cm　1800円　⑪4-336-03236-X

◇源氏物語のヒロインたち―対談　円地文子〔述〕　講談社　1994.5　218p　15cm　(講談社文庫　え14-1)　388円　⑪4-06-185665-0

◇菊慈童　上　円地文子著　埼玉福祉会　1993.10　314p　22cm　(大活字本シリーズ)　3400円

◇菊慈童　下　円地文子著　埼玉福祉会　1993.10　330p　22cm　(大活字本シリーズ)　3500円

◇円地文子―その『源氏物語』返照　上坂信男著　右文書院　1993.4　407p　21cm　6602円　⑪4-8421-9301-8

遠藤 周作
えんどう しゅうさく

大正12(1923).3.27～平成8(1996).9.29
小説家。昭和22年『カトリック作家の問題』を「三田文学」に発表、24年同人となる。25年フランスへ留学し、リヨン大で現代カトリック文学を研究した。28年帰国。30年『白い人』で芥川賞受賞、『沈黙』『海と毒薬』『イエスの生涯』『侍』などでキリスト教作家としての地位を固めた。一方エッセイ『狐狸庵閑話』『ぐうたら人間学』やユーモア小説『おバカさん』『大変だァ』などの軽妙洒脱な作品とを見事に書き分け、戯曲なども残した。60年～平成元年日本ペンクラブ会長。7年文化勲章受章。

『沈黙』：昭和41(1966)年。長編小説。キリシタン迫害史を背景に宣教師ロドリゴをめぐるドラマを描き、神の存在を問い、信仰の根源を衝いて、西洋と日本の思想的対立を鋭くえぐり出す長編小説。

＊　　＊　　＊

◇満潮の時刻　遠藤周作著　新潮社　2002.2　295p　15cm　(新潮文庫)　476円　⑪4-10-112337-3

◇作家の日記　遠藤周作著　講談社　2002.2　504p　15cm　(講談社文芸文庫)　1700円　⑪4-06-198286-9

◇狐狸庵閑話　遠藤周作著　新潮社　2001.6　499p　16cm　(新潮文庫)　667円　⑪4-10-112336-5

◇心のふるさと　遠藤周作著　文芸春秋　2001.2　205p　16cm　(文春文庫)　400円　⑪4-16-712025-9

◇『深い河』創作日記　遠藤周作〔著〕　講談社　2000.9　211p　15cm　(講談社文庫)　448円　⑪4-06-264968-3

◇遠藤周作文学全集 第15巻　日記年譜・著作目録　遠藤周作著　新潮社　2000.7　394p　22cm　5600円　⑪4-10-640735-3

◇怪奇小説集「怖」の巻　遠藤周作〔著〕　新撰版　講談社　2000.6　277p　15cm　(講談社文庫)　562円　⑪4-06-264883-0

◇遠藤周作文学全集 第14巻　評論・エッセイ 3　遠藤周作著　新潮社　2000.6　477p　22cm　5600円　⑪4-10-640734-5

◇ユーモア小説集　遠藤周作著　〔拡大写本ルーペの会〕　2000.6　12冊　26cm　各1200円

◇無鹿　遠藤周作著　文芸春秋　2000.5　173p　16cm　(文春文庫)　381円　⑪4-16-712024-0

◇神と私―人生の真実を求めて　遠藤周作著, 山折哲雄監修　海竜社　2000.5　286p　20cm　1600円　⑪4-7593-0624-2

◇遠藤周作文学全集 第13巻　評論・エッセイ 2　遠藤周作著　新潮社　2000.5　448p　22cm　5600円　⑪4-10-640733-7

◇遠藤周作文学全集 第12巻　評論・エッセイ 1　遠藤周作著　新潮社　2000.4　431p　22cm　5600円　⑪4-10-640732-9

◇夫婦の一日　遠藤周作著　新潮社　2000.3　179p　16cm　（新潮文庫）　362円　⑤4-10-112335-7

◇遠藤周作文学全集　第11巻　評伝　2　遠藤周作著　新潮社　2000.3　356p　22cm　5200円　⑤4-10-640731-0

◇怪奇小説集　恐の巻　遠藤周作〔著〕新撰版　講談社　2000.2　291p　15cm　（講談社文庫）　514円　⑤4-06-264814-8

◇遠藤周作文学全集　第10巻　評伝　1　遠藤周作著　新潮社　2000.2　347p　22cm　5200円　⑤4-10-640730-2

◇遠藤周作文学全集　第9巻　戯曲　遠藤周作著　新潮社　2000.1　324p　22cm　5200円　⑤4-10-640729-9

◇遠藤周作—無駄なものはなかった　遠藤周作著　日本図書センター　2000.1　236p　22cm　（人生のエッセイ　2）　1800円　⑤4-8205-6651-2

◇再会—夫の宿題それから　遠藤順子著　PHP研究所　2000.1　224p　20cm　1350円　⑤4-569-60863-9

◇最後の花時計　遠藤周作著　文芸春秋　1999.12　219p　16cm　（文春文庫）　419円　⑤4-16-712023-2

◇遠藤周作文学全集　第8巻　短編小説　3　遠藤周作著　新潮社　1999.12　405p　22cm　5600円　⑤4-10-640728-0

◇遠藤周作文学全集　第7巻　短編小説　2　遠藤周作著　新潮社　1999.11　377p　22cm　5200円　⑤4-10-640727-2

◇キャンパス万華鏡　池田真朗著　文芸社　1999.11　154p　19cm　1200円　⑤4-88737-732-0

◇遠藤周作文学全集　第6巻　短編小説　1　遠藤周作著　新潮社　1999.10　372p　22cm　5200円　⑤4-10-640726-4

◇遠藤周作文学全集　第5巻　長篇小説　5　遠藤周作著　新潮社　1999.9　346p　22cm　5200円　⑤4-10-640725-6

◇恋することと愛すること　遠藤周作著　PHP研究所　1999.9　243p　15cm　（PHP文庫）　533円　⑤4-569-57312-6

◇遠藤周作文学全集　4　長篇小説　4　遠藤周作著　新潮社　1999.8　356p　21cm　5200円　⑤4-10-640724-8

◇遠藤周作文学全集　3　長篇小説　3　遠藤周作著　新潮社　1999.7　447p　21cm　5600円　⑤4-10-640723-X

◇年々歳々　遠藤周作著，稲井勲写真　PHP研究所　1999.7　173p　22cm　1429円　⑤4-569-60720-9

◇文士とは　大久保房男著　紅書房　1999.6　219p　21cm　2300円　⑤4-89381-131-2

◇遠藤周作文学全集　第2巻　長篇小説　遠藤周作著　新潮社　1999.6　343p　21cm　5200円　⑤4-10-640722-1

◇遠藤周作おどけと哀しみ—わが師との三十年　加藤宗哉著　文芸春秋　1999.5　235p　20cm　1619円　⑤4-16-355160-3

◇母なる神を求めて—遠藤周作の世界展　アートデイズ　1999.5　189p　26cm　2095円　⑤4-900708-49-6

◇国際文化学への招待—衝突する文化、共生する文化　島根国士，寺田元一編　新評論　1999.4　302p　21cm　3000円　⑤4-7948-0442-3

◇遠藤周作文学全集　1　長篇小説　遠藤周作著　新潮社　1999.4　288p　21cm　4700円　⑤4-10-640721-3

◇作家の自伝　98　遠藤周作　佐伯彰一，松本健一監修　遠藤周作著，佐藤泰正解説　日本図書センター　1999.4　235p　22cm　（シリーズ・人間図書館）　2600円　⑤4-8205-9543-1,4-8205-9525-3

◇生きているのが楽しくなる楽天主義のすすめ—「狐狸庵閑話」より　遠藤周作著　青春出版社　1999.3　205p　15cm　（青春文庫）　467円　⑤4-413-09103-5

◇縁の糸—文集　遠藤周作著　世界文化社　1998.10　316p　22cm　2000円　⑤4-418-98527-1

◇さやかに星はきらめき—クリスマス・エッセイ集　遠藤周作他著　日本基督教団出版局　1998.10　150p　20cm　1600円　⑤4-8184-0327-X

◇狐狸庵閑談　遠藤周作著　PHP研究所　1998.9　220p　15cm　(PHP文庫　え3-4)　476円　Ⓣ4-569-57193-X

◇ルーアンの丘　遠藤周作著　PHP研究所　1998.9　210p　20cm　1238円　Ⓣ4-569-60285-1

◇夫の宿題　遠藤順子著　PHP研究所　1998.7　233p　20cm　1333円　Ⓣ4-569-60169-3

◇周作塾―読んでもタメにならないエッセイ　遠藤周作〔著〕　講談社　1998.5　273p　15cm　(講談社文庫　え1-42)　495円　Ⓣ4-06-263790-1

◇遠藤周作のすべて　文芸春秋編　文芸春秋　1998.4　381p　16cm　(文春文庫)　486円　Ⓣ4-16-721766-X

◇愛する勇気が湧いてくる本　遠藤周作著　三笠書房　1998.4　253p　20cm　1238円　Ⓣ4-8379-1727-5

◇人生には何ひとつ無駄なものはない―幸せのための475の断章　遠藤周作著, 鈴木秀子監修　海竜社　1998.3　301p　20cm　1600円　Ⓣ4-7593-0540-8

◇信じる勇気が湧いてくる本　遠藤周作著　祥伝社　1998.2　236p　20cm　1500円　Ⓣ4-396-61069-6

◇生きる勇気が湧いてくる本―生涯をかけて愛と人生を見つめつづけた作家の珠玉のアフォリズム　遠藤周作著　日本点字図書館(製作)　1997.12　2冊　27cm　全4000円

◇遠藤周作―その文学世界　山形和美編　国研出版,星雲社〔発売〕　1997.12　419,8p　19cm　(国研選書)　2800円　Ⓣ4-7952-9215-9

◇わが友遠藤周作―ある日本的キリスト教徒の生涯　三浦朱門著　PHP研究所　1997.12　213p　19cm　1286円　Ⓣ4-569-55866-6

◇女　上　遠藤周作著　文芸春秋　1997.11　317p　15cm　(文春文庫)　467円　Ⓣ4-16-712021-6

◇女　下　遠藤周作著　文芸春秋　1997.11　319p　15cm　(文春文庫)　467円　Ⓣ4-16-712022-4

◇心のふるさと　遠藤周作著　文芸春秋　1997.11　202p　18cm　1048円　Ⓣ4-16-353550-0

◇遠藤周作の世界―追悼保存版　朝日出版社　1997.9　279p　26cm　2500円　Ⓣ4-255-97029-7

◇夫・遠藤周作を語る　遠藤順子著, 鈴木秀子聞き手　文芸春秋　1997.9　211p　19cm　1238円　Ⓣ4-16-353280-3

◇夫婦の一日　遠藤周作著　新潮社　1997.9　168p　19cm　1300円　Ⓣ4-10-303522-6

◇考えすぎ人間へ―ラクに行動できないあなたのために　遠藤周作著　青春出版社　1997.9　205p　15cm　(青春文庫)　467円　Ⓣ4-413-09079-9

◇夫婦の一日　遠藤周作著　新潮社　1997.9　168p　20cm　1300円　Ⓣ4-10-303522-6

◇『深い河』創作日記　遠藤周作著　講談社　1997.9　163p　20cm　1500円　Ⓣ4-06-208860-6

◇好奇心は永遠なり　遠藤周作著　講談社　1997.8　214p　19cm　1400円　Ⓣ4-06-208842-8

◇無鹿　遠藤周作著　文芸春秋　1997.5　161p　18cm　952円　Ⓣ4-16-316950-4

◇心の海を探る　遠藤周作〔著〕　角川書店　1997.5　261p　15cm　(角川文庫)　560円　Ⓣ4-04-124524-9

◇異国の友人たちに　遠藤周作著, ザ・デイリー・ヨミウリ編集部訳　小池書院　1997.3　342p　16cm　(道草文庫)　621円　Ⓣ4-88315-753-9

◇「深い河」をさぐる　遠藤周作著　文芸春秋　1997.3　237p　16cm　(文春文庫)　420円　Ⓣ4-16-712020-8

◇最後の花時計　遠藤周作著　文芸春秋　1997.1　203p　18cm　1100円　Ⓣ4-16-352470-3

◇作家の日記―1950・6～1952・8　遠藤周作著　ベネッセコーポレーション　1996.12　446p　16cm　(福武文庫　え0601)　874円　Ⓣ4-8288-5794-X

◇自分づくり―それぞれの"私"にある16の方法自分をどう愛するか〈生き方編〉　遠藤周作著　青春出版社　1996.12　221p

15cm （青春文庫　え—6）　466円　Ⓣ4-413-09066-7

◇生きる勇気が湧いてくる本—生涯をかけて愛と人生を見つめつづけた作家の珠玉のアフォリズム　遠藤周作著　騎虎書房　1996.11　229p　20cm　1262円　Ⓣ4-88693-805-1

◇死について考える　遠藤周作著　光文社　1996.11　217p　16cm　（光文社文庫　え1-5）　427円　Ⓣ4-334-72322-5

◇なつかしき人々 2　遠藤周作著　小学館　1996.11　206p　18cm　（こころの風景）　1068円　Ⓣ4-09-840043-X

◇なつかしき人々 1　遠藤周作著　小学館　1996.10　206p　18cm　（こころの風景）　1068円　Ⓣ4-09-840042-1

◇眠れぬ夜に読む本　遠藤周作著　光文社　1996.9　278p　16cm　（光文社文庫　え1-4）　485円　Ⓣ4-334-72287-3

◇心の航海図　遠藤周作著　文藝春秋　1996.8　317p　16cm　（文春文庫　え1-19）　437円　Ⓣ4-16-712019-4

◇王の挽歌　遠藤周作著　講談社　1996.7　509p　19cm　（遠藤周作歴史小説集　6）　2500円　Ⓣ4-06-261806-0

◇風の十字路—こころの風景　遠藤周作著　小学館　1996.7　172p　18cm　1000円　Ⓣ4-09-840041-3

◇ちょっと幸福論—あなたの中の未知のあなたへ　遠藤周作著　青春出版社　1996.7　184p　15cm　（青春文庫　え—5）　447円　Ⓣ4-413-09057-8

◇深い河（ディープリバー）　遠藤周作著　講談社　1996.6　373p　15cm　（講談社文庫）　580円　Ⓣ4-06-263257-8

◇戦国夜話　遠藤周作著　小学館　1996.6　157p　18cm　（こころの風景）　1000円　Ⓣ4-09-840040-5

◇男の一生—遠藤周作歴史小説集　5　遠藤周作著　講談社　1996.5　659p　19cm　2800円　Ⓣ4-06-261805-2

◇白い人　黄色い人　遠藤周作著　講談社　1996.4　261p　15cm　（講談社文芸文庫）　940円　Ⓣ4-06-196365-1

◇万華鏡　遠藤周作著　朝日新聞社　1996.4　254p　15cm　（朝日文芸文庫）　480円　Ⓣ4-02-264102-9

◇遠藤周作歴史小説集　4　決戦の時　遠藤周作著　講談社　1996.3　609p　19cm　2800円　Ⓣ4-06-261804-4

◇蜘蛛　遠藤周作著　出版芸術社　1996.3　248p　19cm　（ふしぎ文学館）　1500円　Ⓣ4-88293-114-1

◇王の挽歌　上巻　遠藤周作著　新潮社　1996.1　291p　15cm　（新潮文庫）　480円　Ⓣ4-10-112333-0

◇王の挽歌　下巻　遠藤周作著　新潮社　1996.1　298p　15cm　（新潮文庫）　480円　Ⓣ4-10-112334-9

◇女の一生—キクの場合　遠藤周作著　講談社　1996.1　511p　19cm　（遠藤周作歴史小説集　1）　2500円　Ⓣ4-06-261801-X

◇イエス巡礼　遠藤周作著　文芸春秋　1995.12　201,3p　16cm　（文春文庫）　680円　Ⓣ4-16-712018-6

◇狐狸庵歴史の夜話　遠藤周作著　PHP研究所　1995.12　197p　15cm　（PHP文庫）　440円　Ⓣ4-569-56831-9

◇遠藤周作歴史小説集 2　宿敵　遠藤周作著　講談社　1995.11　506p　19cm　2500円　Ⓣ4-06-261802-8

◇らくらく人間学—逆さまに見れば何んでも面白くなる　遠藤周作著　青春出版社　1995.11　185p　15cm　（青春文庫）　460円　Ⓣ4-413-09047-0

◇反逆—遠藤周作歴史小説集　3　遠藤周作著　講談社　1995.9　685p　19cm　2800円　Ⓣ4-06-261803-6

◇たかが信長されど信長　遠藤周作著　文芸春秋　1995.9　233p　16cm　（文春文庫）　420円　Ⓣ4-16-712017-8

◇女　遠藤周作著　講談社　1995.5　548p　19cm　（遠藤周作歴史小説集　7）　1800円　Ⓣ4-06-261807-9

◇人生の同伴者　遠藤周作著，佐藤泰正著　新潮社　1995.4　269p　16cm　（新潮文庫　え—1-32）　466円　Ⓣ4-10-112332-2

◇心の砂時計　遠藤周作著　文芸春秋
1995.4　317p　16cm（文春文庫）　460円
①4-16-712016-X

◇快女・快男・快話―狐狸庵対談　遠藤周作著
文芸春秋　1995.2　298p　16cm（文春文庫）
460円　①4-16-712015-1

◇世界の名画16　ルオーとフォーヴィスム
井上靖, 高階秀爾編　遠藤周作〔ほか〕執筆
中央公論社　1995.2　97p　34cm　3800円
①4-12-403118-1

◇「深い河」をさぐる　遠藤周作〔ほか〕著
文藝春秋　1994.12　220p　18cm　1165円
①4-16-349600-9

◇「遠藤周作」とShusaku Endo―アメリカ「沈黙と声」遠藤文学研究学会報告
遠藤周作他著　春秋社　1994.11　215,6p
20cm　2100円　①4-393-44406-X

◇男の一生　上　遠藤周作著　文芸春秋
1994.10　376p　16cm（文春文庫）　520円
①4-16-712013-5

◇男の一生　下　遠藤周作著　文芸春秋
1994.10　366p　16cm（文春文庫）　520円
①4-16-712014-3

◇狐狸庵先生のこう打てば碁が下手になる―遠藤周作対局集　遠藤周作ほか著
TBSブリタニカ　1994.10　239p　19cm
1359円　①4-484-94222-4

◇恋することと愛すること　遠藤周作著　実業之日本社　1994.10　226p　18cm　1165円
①4-408-32037-4

◇決戦の時　上　遠藤周作著　講談社
1994.9　334p　15cm（講談社文庫）　580円
①4-06-185755-X

◇決戦の時　下　遠藤周作著　講談社
1994.9　369p　15cm（講談社文庫）　580円
①4-06-185756-8

◇ぐうたら生活入門　遠藤周作〔著〕
角川書店　1994.9　193p　18cm　1000円
①4-04-883381-2

◇狐狸庵閑談　遠藤周作著　読売新聞社
1994.9　214p　20cm　1400円　①4-643-94072-7

◇生き上手死に上手　遠藤周作著　文芸春秋
1994.4　316p　16cm（文春文庫）　490円
①4-16-712012-7

◇"逆さま流"人間学―見方を変えれば何んでも面白くなる　遠藤周作著　カトリック点字図書館　1994.2　2冊　28cm

◇心の航海図　遠藤周作著　文芸春秋　1994.2
316p　18cm　1300円　①4-16-348790-5

◇男感覚女感覚の知り方―見られたくない場所を見る知力を　遠藤周作著　青春出版社
1994.2　190p　15cm（青春文庫）　460円
①4-413-09023-3

◇あまのじゃく人間へ―いつも考え込み自分を見せないあなた　遠藤周作著　青春出版社
1993.10　202p　15cm（青春文庫）　460円
①4-413-09014-4

◇反逆　3　遠藤周作著　埼玉福祉会
1993.10　298p　22cm（大活字本シリーズ）
3400円

◇反逆　4　遠藤周作著　埼玉福祉会
1993.10　290p　22cm（大活字本シリーズ）
3400円

◇反逆　2　遠藤周作著　埼玉福祉会
1993.10　402p　22cm（大活字本シリーズ）
3600円

◇反逆　1　遠藤周作著　埼玉福祉会
1993.10　417p　22cm（大活字本シリーズ）
3700円

◇変るものと変らぬもの　遠藤周作著
文芸春秋　1993.7　317p　16cm（文春文庫）
420円　①4-16-712011-9

◇遠藤周作―愛の同伴者　川島秀一著
（大阪)和泉書院　1993.6　236p　19cm
2884円　①4-87088-597-2

◇深い河　遠藤周作著　講談社　1993.6
347p　19cm　1800円　①4-06-206342-5

◇自分をどう愛するか　生活編　幸せの求め方　遠藤周作著　青春出版社　1993.4　236p
15cm（青春文庫）　490円　①4-413-09002-0

◇万華鏡　遠藤周作著　朝日新聞社　1993.4
253p　20cm　1200円　①4-02-256592-6

◇落第坊主の履歴書　遠藤周作著　文藝春秋
1993.2　237p　16cm（文春文庫　え1-10）
388円　①4-16-712010-0

◇青い小さな葡萄　遠藤周作著　講談社
1993.2　217p　15cm（講談社文芸文庫）
880円　①4-06-196212-4

大江 健三郎
おおえ けんざぶろう

昭和10(1935).1.31～

　小説家、評論家。昭和32年『死者の奢り』で認められ、33年『飼育』で芥川賞受賞、新しい文学の旗手的存在となる。36年『セヴンティーン』では右翼団体から脅迫を受ける。『万延元年のフットボール』『洪水はわが魂に及び』『河馬に噛まれる』などで多くの賞を受賞。59年雑誌「諸君！」の論調に抗議して芥川賞選考委員を辞任、平成2年請われて復帰、9年まで務めた。6年日本人としては2人目のノーベル文学賞を受賞。他の著作に『個人的な体験』『われらの時代』『芽むしり仔撃ち』『同時代ゲーム』『静かな生活』など。評論家としても行動的な姿勢を示し、『持続する志』『ヒロシマ・ノート』『沖縄ノート』『新しい小説のために』などのほか講演集、対話集がある。国際的にも活躍し、アジア・アフリカ作家会議などにたびたび出席する。

　『万延元年のフットボール』：昭和42(1967)年。長編小説。現代人がいかに奇形であるかという主題のもとに、戦後世代の切実な体験と希求を描き、幕末から現代につらなる歴史を形象化した作品。

　　　　　＊　　　＊　　　＊

◇鎖国してはならない　大江健三郎著　講談社　2001.11　322p　20cm　1700円　ⓘ4-06-210779-1

◇言い難き嘆きもて　大江健三郎　講談社　2001.11　332p　20cm　1700円　ⓘ4-06-210778-3

◇「自分の木」の下で　大江健三郎著、大江ゆかり画　朝日新聞社　2001.7　193p　19cm　1200円　ⓘ4-02-257639-1

◇大江健三郎・再発見　大江健三郎，すばる編集部編　集英社　2001.7　250p　20cm　1400円　ⓘ4-08-774540-6

◇私という小説家の作り方　大江健三郎著　新潮社　2001.4　196p　16cm　（新潮文庫）362円　ⓘ4-10-112621-6

◇君たちに伝えたい言葉― ノーベル賞受賞者と中学生の対話　大江健三郎，ハロルド・クロート〔著〕　読売新聞社　2001.3　72p　21cm　（読売ぶっくれっと　no.25）　381円　ⓘ4-643-01009-6

◇シンポジウム共生への志―心のいやし、魂の鎮めの時代に向けて　大江健三郎，ロナルド・ドーア，プラティープ・ウンソンタム・秦〔述〕　岩波書店　2001.2　55p　21cm　（岩波ブックレット　no.528）　440円　ⓘ4-00-009228-6

◇取り替え子　大江健三郎著　講談社　2000.12　342p　20cm　1900円　ⓘ4-06-210473-3

◇新年の挨拶　大江健三郎著　岩波書店　2000.12　243p　15cm　（岩波現代文庫 文芸）900円　ⓘ4-00-602023-6

◇見るまえに跳べ　大江健三郎著　改版　新潮社　2000.12　367p　16cm　（新潮文庫）552円　ⓘ4-10-112608-9

◇武満徹著作集　4　武満徹，川田順造，大江健三郎著，谷川俊太郎，船山隆編纂　新潮社　2000.6　359p　22cm　5000円　ⓘ4-10-646204-4

◇ゆるやかな絆　大江健三郎文，大江ゆかり画　講談社　1999.9　230p 図版12枚　15cm　（講談社文庫）　724円　ⓘ4-06-264634-X

◇宙返り 上　大江健三郎著　講談社　1999.6　454p　19cm　2200円　ⓘ4-06-209736-2

◇宙返り 下　大江健三郎著　講談社　1999.6　477p　19cm　2200円　ⓘ4-06-209737-0

◇ヒロシマの「生命の木」　大江健三郎著　日本放送出版協会　1999.4　253p　16cm　（NHKライブラリー）　870円　ⓘ4-14-084099-4

◇小説の方法　大江健三郎著　岩波書店　1998.9　235p　20cm　（岩波現代選書 特装版）2400円　ⓘ4-00-026258-0

◇私という小説家の作り方　大江健三郎著　新潮社　1998.4　203p　20cm　1400円　ⓘ4-10-303617-6

◇燃えあがる緑の木　第3部　大いなる日に　大江健三郎著　新潮社　1998.3　422p　15cm　（新潮文庫）　552円　ⓘ4-10-112620-8

◇恢復する家族　大江健三郎文，大江ゆかり画　講談社　1998.3　221p　15cm　（講談社文庫）724円　ⓘ4-06-263735-9

小　説　　　　　　　　　　現　代

◇よくわかる大江健三郎—文芸鑑賞読本　文芸研究プロジェ編著　ジャパン・ミックス　1998.2　287p　19cm　1300円　ⓘ4-88321-466-4
◇燃えあがる緑の木　第2部　揺れ動く　大江健三郎著　新潮社　1998.2　361p　15cm（新潮文庫）　514円　ⓘ4-10-112619-4
◇小説の経験　大江健三郎著　朝日新聞社　1998.2　352p　15cm（朝日文芸文庫）　680円　ⓘ4-02-264166-5
◇燃えあがる緑の木　第1部　「救い主」が殴られるまで　大江健三郎著　新潮社　1998.1　368p　15cm（新潮文庫）　514円　ⓘ4-10-112618-6
◇大江健三郎とこの時代の文学　黒古一夫著　勉誠社　1997.12　300p　20cm　2500円　ⓘ4-585-05037-X
◇新年の挨拶　大江健三郎著　岩波書店　1997.12　219p　16cm（同時代ライブラリー）　1000円　ⓘ4-00-260327-X
◇大江健三郎論　桑原丈和著　三一書房　1997.4　258p　20cm　2600円+税　ⓘ4-380-97246-1
◇大江健三郎小説10　燃えあがる緑の木　新潮社　1997.3　611p　22cm　5000円　ⓘ4-10-640830-9
◇大江健三郎—その文学世界と背景　一条孝夫著　和泉書院　1997.2　286p　20cm　2884円　ⓘ4-87088-839-4
◇大江健三郎小説9　懐しい年への手紙・人生の親戚　新潮社　1997.2　445p　22cm　4500円　ⓘ4-10-640829-5
◇大江健三郎小説8　『河馬に噛まれる』と後期短篇　新潮社　1997.1　566p　22cm　5000円　ⓘ4-10-640828-7
◇大江健三郎小説7　「雨の木」を聴く女たち;新しい人よ眼ざめよ;静かな生活　大江健三郎著　新潮社　1996.12　529p　22cm　4854円　ⓘ4-10-640827-9
◇大江健三郎小説6　大江健三郎著　新潮社　1996.11　457p　21cm　4500円　ⓘ4-10-640826-0
◇大江健三郎小説5　大江健三郎著　新潮社　1996.10　539p　21cm　4500円　ⓘ4-10-640825-2

◇大江健三郎小説4　『洪水はわが魂に及び』『ピンチランナー調書』　大江健三郎著　新潮社　1996.9　560p　21cm　5000円　ⓘ4-10-640824-4
◇大江健三郎小説3　『万延元年のフットボール』『われらの狂気を生き延びる道を教えよ』　大江健三郎著　新潮社　1996.8　532p　21cm　5000円　ⓘ4-10-640823-6
◇僕が本当に若かった頃　大江健三郎著　講談社　1996.8　381p　15cm（講談社文芸文庫）　1100円　ⓘ4-06-196382-1
◇大江健三郎小説2　『個人的な体験』と初期短篇　大江健三郎著　新潮社　1996.7　439p　21cm　4500円　ⓘ4-10-640822-8
◇大江健三郎小説1　『芽むしり仔撃ち』と初期短篇　大江健三郎著　新潮社　1996.5　447p　21cm　4500円　ⓘ4-10-640821-X
◇日本語と日本人の心　大江健三郎〔ほか〕著　岩波書店　1996.4　208p　20cm　1800円　ⓘ4-00-001727-6
◇ゆるやかな絆　大江健三郎文，大江ゆかり画　講談社　1996.4　201p 図版12枚　23cm　1600円　ⓘ4-06-208142-3
◇日本の「私」からの手紙　大江健三郎著　岩波書店　1996.1　214p　18cm（岩波新書）　620円　ⓘ4-00-430424-5
◇静かな生活　大江健三郎著　講談社　1995.9　327p　15cm（講談社文芸文庫）　980円　ⓘ4-06-196343-0
◇大江健三郎とは誰か—鼎談:人・作品・イメージ　鷲田小弥太〔ほか〕共著　三一書房　1995.8　280p　18cm（三一新書）　850円　ⓘ4-380-95020-4
◇大江健三郎—わたしの同時代ゲーム　平野栄久著　オリジン出版センター　1995.7　221p　20cm　2000円　ⓘ4-7564-0195-3
◇大江健三郎—文学の軌跡　中村泰行著　新日本出版社　1995.6　253p　20cm　2400円　ⓘ4-406-02358-5
◇大いなる日に—燃えあがる緑の木　第3部　大江健三郎著　新潮社　1995.3　356p　21cm　1900円　ⓘ4-10-303615-X
◇大江健三郎の八〇年代　榎本正樹著　彩流社　1995.2　301p　20cm　2500円　ⓘ4-88202-337-7

◇恢復する家族　大江健三郎文，大江ゆかり画　講談社　1995.2　199p　23cm　1600円　④4-06-207510-5

◇あいまいな日本の私　大江健三郎著　岩波書店　1995.1　232p　18cm（岩波新書）　620円　④4-00-430375-3

◇大江健三郎　渡辺広士著　増補版　審美社　1994.12　167p　20cm（審美文庫　15）　1500円　④4-7883-4074-7

◇（よくわかる）大江健三郎　文芸研究プロジェ編著　ジャパン・ミックス　1994.12　271p　19cm　1262円　④4-88321-162-2

◇最後の小説　大江健三郎〔著〕　講談社　1994.12　449p　16cm（講談社文芸文庫　おA10）　1165円　④4-06-196301-5

◇大江健三郎全作品　大江健三郎著　新潮社　1994.11　12冊（セット）　20cm　25000円　④4-10-640820-1

◇個人的な体験　大江健三郎著　〔新装版〕　新潮社　1994.11　251p　19cm　1400円　④4-10-303616-8

◇小説の経験　大江健三郎著　朝日新聞社　1994.11　298p　20cm　1553円　④4-02-256817-8

◇芽むしり仔撃ち　大江健三郎著　講談社　1994.10　245p　20cm　1600円　④4-06-207411-7

◇揺れ動く（ヴァシレーション）―燃えあがる緑の木　第2部　大江健三郎著　新潮社　1994.8　312p　19×15cm　1800円　④4-10-303614-1

◇人生の親戚　大江健三郎著　新潮社　1994.8　267p　15cm（新潮文庫）　400円　④4-10-112617-8

◇新年の挨拶　大江健三郎著　岩波書店　1993.12　201p　20cm　1400円　④4-00-002933-9

◇燃えあがる緑の木　第1部　「救い主」が殴られるまで　大江健三郎著　新潮社　1993.11　320p　19cm　1800円　④4-10-303613-3

◇同時代としての戦後　大江健三郎著　講談社　1993.10　363p　16cm（講談社文芸文庫）　1100円　④4-06-196244-2

◇小説の方法　大江健三郎著　岩波書店　1993.3　245p　16cm（同時代ライブラリー　140）　850円　④4-00-260140-4

◇壊れものとしての人間　大江健三郎〔著〕　講談社　1993.2　250p　16cm（講談社文芸文庫）　940円　④4-06-196210-8

大岡 昇平
おおおか しょうへい

明治42(1909).3.6〜昭和63(1988).12.25
小説家、フランス文学者。「作品」「文学界」等にスタンダールの翻訳・研究や評論文を発表。昭和19年召集され、ミンドロ島に従軍。復員後、この間の捕虜生活を中心に極限状況下の人間を描いた『俘虜記』で評価される。25年フランス心理小説の方法を試みた『武蔵野夫人』がベストセラーとなる。以後、『野火』『花影』『事件』などで受賞多数。人間存在の危機感や孤独感を描いた。ほかに『酸素』『天誅組』『レイテ戦記』『中原中也』『富永太郎』『堺港攘夷始末』『小説家夏目漱石』など。

『野火』：昭和23(1948)年。長編小説。復員兵の手記という形で、極限状況に追い込まれた人間の人肉食いを描き、倫理と本能、神と人間という問題を追究した。戦争文学の最高傑作といわれる。

　　　＊　　　＊　　　＊

◇成城だより　下　大岡昇平〔著〕　講談社　2001.4　412p　16cm（講談社文芸文庫）　1500円　④4-06-198251-6

◇成城だより　上　大岡昇平〔著〕　講談社　2001.3　433p　16cm（講談社文芸文庫）　1500円　④4-06-198250-8

◇事件　大岡昇平著　双葉社　1999.11　576p　15cm（双葉文庫）　895円　④4-575-65846-4

◇贅沢なる人生　中野孝次著　文芸春秋　1997.9　207p　15cm（文春文庫）　371円　④4-16-752304-3

◇作家の生き死　高井有一著　角川書店　1997.6　267p　19cm　1600円　④4-04-883474-6

◇作家の自伝　59　大岡昇平　佐伯彰一，松本健一監修　大岡昇平著，富岡幸一郎編解説　日本図書センター　1997.4　282p　22cm（シリーズ・人間図書館）　2600円　④4-8205-9501-6,4-8205-9482-6

275

◇野火　大岡昇平著　旺文社　1997.4　247p　18cm　（愛と青春の名作集）　930円　Ⓣ4-01-066068-6

◇大岡昇平の仕事　中野孝次編　岩波書店　1997.3　219p　20cm　2060円　Ⓣ4-00-022355-0

◇大岡昇平全集 別巻　大江健三郎ほか編集，大岡昇平著　筑摩書房　1996.8　692p　22cm　7800円　Ⓣ4-480-70284-9

◇大岡昇平全集 22　大江健三郎ほか編集，大岡昇平著　筑摩書房　1996.7　747p　22cm　8155円　Ⓣ4-480-70282-2

◇大岡昇平全集 21　大江健三郎ほか編集，大岡昇平著　筑摩書房　1996.6　827p　22cm　8544円　Ⓣ4-480-70281-4

◇靴の話―大岡昇平戦争小説集　大岡昇平著　集英社　1996.6　239p　15cm　（集英社文庫）　520円　Ⓣ4-08-752049-8

◇大岡昇平全集 16　大江健三郎ほか編集，大岡昇平著　筑摩書房　1996.5　841p　22cm　8544円　Ⓣ4-480-70276-8

◇大岡昇平全集 15　大岡昇平著，大江健三郎〔ほか〕編　筑摩書房　1996.4　863p　22cm　8900円　Ⓣ4-480-70275-X

◇大岡昇平全集 14　評論 1　大岡昇平著　筑摩書房　1996.3　862p　21cm　8900円　Ⓣ4-480-70274-1

◇大岡昇平全集 1　大岡昇平著，大江健三郎〔ほか〕編　筑摩書房　1996.2　862p　22cm　8900円　Ⓣ4-480-70261-X

◇大岡昇平全集 13　大岡昇平著，大江健三郎〔ほか〕編　筑摩書房　1996.1　705p　22cm　8000円　Ⓣ4-480-70273-3

◇大岡昇平全集 5　大岡昇平著，大江健三郎〔ほか〕編　筑摩書房　1995.12　740p　22cm　8000円　Ⓣ4-480-70265-2

◇大岡昇平全集 20　大岡昇平著，大江健三郎〔ほか〕編　筑摩書房　1995.11　930p　22cm　9400円　Ⓣ4-480-70280-6

◇大岡昇平　新潮社　1995.10　111p　20cm　（新潮日本文学アルバム　67）　1262円　Ⓣ4-10-620671-4

◇大岡昇平全集 4　大岡昇平著，大江健三郎〔ほか〕編　筑摩書房　1995.10　911p　22cm　9400円　Ⓣ4-480-70264-4

◇大岡昇平全集 12　小説11 戯曲　大岡昇平著　筑摩書房　1995.9　830p　21cm　8600円　Ⓣ4-480-70272-5

◇レイテ戦記　大岡昇平著　中央公論社　1995.9　695p　22cm　9800円　Ⓣ4-12-002487-3

◇大岡昇平全集 8　大岡昇平著，大江健三郎〔ほか〕編　筑摩書房　1995.8　719p　22cm　8000円　Ⓣ4-480-70268-7

◇大岡昇平全集 10　大岡昇平著，大江健三郎〔ほか〕編　筑摩書房　1995.7　677p　22cm　8000円　Ⓣ4-480-70270-9

◇小説 8上　レイテ戦記　大岡昇平著　筑摩書房　1995.6　702p　21cm　（大岡昇平全集 9）　8000円　Ⓣ4-480-70269-5

◇大岡昇平全集 17　大岡昇平著　筑摩書房　1995.5　812p　21cm　8200円　Ⓣ4-480-70277-6

◇大岡昇平全集 7　小説 6　大岡昇平著　筑摩書房　1995.4　764p　21cm　8000円　Ⓣ4-480-70267-9

◇大岡昇平全集 19　大岡昇平著，大江健三郎〔ほか〕編　筑摩書房　1995.3　697p　22cm　8000円　Ⓣ4-480-70279-2

◇大岡昇平全集 6　大岡昇平著，大江健三郎〔ほか〕編　筑摩書房　1995.2　795p　22cm　8200円　Ⓣ4-480-70266-0

◇大岡昇平全集 18　大岡昇平著，大江健三郎〔ほか〕編　筑摩書房　1995.1　748p　22cm　8000円　Ⓣ4-480-70278-4

◇大岡昇平全集 11　大岡昇平著　筑摩書房　1994.12　717p　21cm　8000円　Ⓣ4-480-70271-7

◇大岡昇平全集 3　小説 2　大岡昇平著　筑摩書房　1994.11　716p　21cm　8000円　Ⓣ4-480-70263-6

◇小説家大岡昇平―敗戦という十字架を背負って　松元寛著　東京創元社　1994.10　270p　19cm　1800円　Ⓣ4-488-02340-1

◇大岡昇平全集 2　大岡昇平著　筑摩書房　1994.10　658p　21cm　7800円　Ⓣ4-480-70262-8

◇贅沢なる人生　中野孝次著　文芸春秋　1994.9　204p　20cm　1400円　Ⓣ4-16-349230-5

◇幼年　大岡昇平著　埼玉福祉会　1994.9　398p　21cm　（大活字本シリーズ）　3708円

◇三人の跫音──大岡昇平・富永太郎・中原中也　樋口覚著　五柳書院　1994.2　174p　20cm　（五柳叢書　40）　1700円　①4-906010-61-X

◇一九四六年の大岡昇平　樋口覚著　新潮社　1993.11　175p　19cm　1500円　①4-10-394801-9

◇愛について　大岡昇平著　講談社　1993.8　332p　15cm　（講談社文芸文庫）　980円　①4-06-196234-5

大仏 次郎
おさらぎ じろう

明治30（1897）.10.9〜昭和48（1973）.4.30
小説家。大正13年より『鞍馬天狗』を昭和34年まで連載する。15年『照る日曇る日』を連載して作家の地位を確立し、以後『赤穂浪士』など多くの小説を発表。通俗的な要素の少ない作風で知識人層からも支持され、大衆文学の地位を確立した。39年の文化勲章ほか多くの賞を受けた。作品は多く、他に『三姉妹』『桜子』などの時代小説、『帰郷』『霧笛』『宗方姉妹』『旅路』『風船』などの現代小説、『パリ燃ゆ』『ドレフュス事件』などの実録小説のほか戯曲、少年文学と幅広く活躍し、未完に終わった『天皇の世紀』もある。

『帰郷』：昭和23（1948）年。長編小説。長らく外地で暮らし、敗戦後帰国した異邦人のような男を主人公に、戦後の軽薄な日本社会に対する怒りと愛情を清澄な筆致で描く。

＊　　　＊　　　＊

◇地獄太平記　大仏次郎著　小学館　2000.7　516p　15cm　（小学館文庫）　733円　①4-09-404235-0

◇雁のたより　大仏次郎著　小学館　2000.6　366p　15cm　（小学館文庫）　638円　①4-09-404234-2

◇新東京絵図　大仏次郎著　小学館　2000.5　300p　15cm　（小学館文庫）　590円　①4-09-404233-4

◇地獄の門　宗十郎頭巾　大仏次郎著　小学館　2000.4　307p　15cm　（小学館文庫）　619円　①4-09-404232-6

◇角兵衛獅子　大仏次郎著　小学館　2000.3　332p　15cm　（小学館文庫）　638円　①4-09-404231-8

◇作家の自伝　91　大仏次郎　佐伯彰一,松本健一監修　大仏次郎著,村上光彦編解説　日本図書センター　1999.4　300p　22cm　（シリーズ・人間図書館）　2600円　①4-8205-9536-9,4-8205-9525-3

◇帰郷　大仏次郎著　毎日新聞社　1999.3　366p　19cm　（毎日メモリアル図書館）　1700円　①4-620-51032-7

◇赤穂浪士　下　大仏次郎著　恒文社　1998.12　533p　19cm　1900円　①4-7704-0986-9

◇赤穂浪士　上　大仏次郎著　集英社　1998.10　619p　15cm　（集英社文庫）　686円　①4-08-748866-7

◇赤穂浪士　下　大仏次郎著　集英社　1998.10　613p　15cm　（集英社文庫）　686円　①4-08-748867-5

◇赤穂浪士　上巻　大仏次郎著　新潮社　1998.10　545p　15cm　（新潮文庫）　705円　①4-10-108304-5

◇赤穂浪士　下巻　大仏次郎著　新潮社　1998.10　550p　15cm　（新潮文庫）　705円　①4-10-108305-3

◇赤穂浪士　上巻　大仏次郎編著　恒文社　1998.10　565p　19cm　1900円　①4-7704-0985-0

◇忠臣蔵コレクション　4　列伝篇　下　縄田一男編　大仏次郎他〔著〕　河出書房新社　1998.9　332p　15cm　（河出文庫　な14-6）　680円　①4-309-47365-2

◇大仏次郎の横浜　福島行一著　神奈川新聞社　1998.6　276p　20cm　2200円　①4-87645-234-2

◇大仏次郎集──大きな活字で読みやすい本　大仏次郎著　リブリオ出版　1998.3　213p　22cm　（くらしっく時代小説　オールルビ版　第2巻）　①4-89784-658-7,4-89784-656-0

◇楊貴妃　蜘蛛の拍子舞──吾背子恋の合槌　大仏次郎作　戸部銀作補綴・演出　国立劇場　1997.12　89p　25cm　（国立劇場歌舞伎公演上演台本）

小説　　　　　　　　現　代

◇源実朝　大仏次郎著　徳間書店　1997.10　284p　15cm　（徳間文庫）　514円　①4-19-890765-X

◇四十八人目の男　大仏次郎著　双葉社　1997.5　342p　17cm　（FUTABA NOVELS）　876円　①4-575-00572-X

◇大仏次郎エッセイ・セレクション　3　時代と自分を語る——生きている時間　大仏次郎著　福島行一編　小学館　1996.11　286p　20cm　1942円　①4-09-387183-3

◇大仏次郎エッセイ・セレクション　2　人間と文明を考える——水の音　大仏次郎著　村上光彦編　小学館　1996.10　285p　20cm　1942円　①4-09-387182-5

◇十五代将軍の猫——大仏次郎随筆集　大仏次郎著, 福島行一編・解説　五月書房　1996.10　250p　20cm　2000円　①4-7727-0260-1

◇霧笛・花火の街　大仏次郎著　講談社　1996.8　417p　15cm　（大衆文学館）　980円　①4-06-262054-5

◇大仏次郎エッセイ・セレクション　1　歴史を紀行する——幻の伽藍　大仏次郎著　八尋舜右編　小学館　1996.7　285p　20cm　2000円　①4-09-387181-7

◇大仏次郎私抄——生と死を見つめて　宮地佐一郎著　日本文芸社　1996.1　238p　20cm　1800円　①4-537-02500-X

◇激流——若き日の渋沢栄一　大仏次郎著　恒文社　1995.12　265p　19cm　2000円　①4-7704-0864-1

◇大仏次郎　新潮社　1995.11　111p　20cm　（新潮日本文学アルバム　63）　1262円　①4-10-620667-6

◇由比正雪　上　大仏次郎著　徳間書店　1995.7　541p　16cm　（徳間文庫　お—14-46）　699円　①4-19-890341-7

◇由比正雪　下　大仏次郎著　徳間書店　1995.7　526p　16cm　（徳間文庫　お—14-47）　699円　①4-19-890342-5

◇四十八人目の男　大仏次郎著　埼玉福祉会　1995.5　3冊　22cm　（大活字本シリーズ）　3502～3708円

◇大仏次郎　上巻　　福島行一著　草思社　1995.4　220p　20cm　2000円　①4-7942-0598-8

◇大仏次郎　下巻　　福島行一著　草思社　1995.4　269p　20cm　2000円　①4-7942-0599-6

◇大仏次郎敗戦日記　草思社　1995.4　354p　20cm　2200円　①4-7942-0600-3

◇冬の紳士　大仏次郎著　講談社　1995.3　286p　15cm　（大衆文学館）　700円　①4-06-262006-5

◇猫のいる日々　大仏次郎著　徳間書店　1994.11　349p　16cm　（徳間文庫　お—14-45）　544円　①4-19-890214-3

◇ご存じ不死身の男——ヒーロー小説集　大仏次郎ほか著　講談社　1994.9　243p　18cm　（時代小説ベスト・セレクション　6）　1300円　①4-06-254906-9

◇赤穂浪士　上　大仏次郎著　徳間書店　1993.12　605p　15cm　（徳間文庫）　720円　①4-19-890036-1

◇赤穂浪士　下　大仏次郎著　徳間書店　1993.12　605p　15cm　（徳間文庫）　720円　①4-19-890037-X

◇義経の周囲　大仏次郎著　徳間書店　1993.5　250p　16cm　（徳間文庫）　460円　①4-19-577565-5

織田 作之助
おだ　さくのすけ

大正2(1913).10.26～昭和22(1947).1.10
小説家。三高在学中の昭和10年、青山光二らの同人雑誌「海風」に参加。14年『俗臭』が芥川賞候補となり、15年『夫婦善哉』を発表し、新進作家としての地位を確立。以後無頼派作家として『二十歳』『青春の逆説』『五代友厚』や評論『西鶴新論』を発表。戦後は放浪とデカダンスな生活をし、ヒロポンを打ちながら『世相』『競馬』などを発表。また『二流文学論』『可能性の文学』などの評論を発表、ラジオドラマ『猿飛佐助』も手がけたが、無頼生活が昂じ『土曜夫人』未完のまま、大喀血で死去した。

『夫婦善哉』：昭和15(1940)年。短編集。しっかり者の元芸者と甲斐性のない若旦那の別れられない縁を、大阪の町の風情や大阪人特有の心情のなかにこまやかに描いた。映画化、舞台化もされ親しまれた。

＊　　　＊　　　＊

◇夫婦善哉　織田作之助著　改版　新潮社　2000.9　243p　16cm　(新潮文庫)　400円　Ⓣ4-10-103701-9

◇織田作之助作品集　第3巻　織田作之助著，大谷晃一編　沖積舎　2000.8　278p　20cm　2500円　ⓉI4-8060-6570-6

◇織田作之助作品集　第2巻　織田作之助著，大谷晃一編　沖積舎　2000.7　249p　20cm　2500円　ⓉI4-8060-6569-2

◇聴雨―織田作之助短篇集　蛍―織田作之助短篇集　織田作之助著，大川渉編　織田作之助著，大川渉編　筑摩書房　2000.4　244p　15cm　(ちくま文庫)　760円　ⓉI4-480-03559-1

◇織田作之助作品集　第1巻　織田作之助著，大谷晃一編　沖積舎　1999.12　230p　20cm　2500円　ⓉI4-8060-6568-4

◇夫婦善哉　織田作之助著　講談社　1999.5　293p　15cm　(講談社文芸文庫)　980円　ⓉI4-06-197662-1

◇昭和の心ひかれる作家たち　庄司肇著　沖積舎　1998.8　438p　19cm　6800円　ⓉI4-8060-4632-9

◇織田作之助―生き、愛し、書いた。　大谷晃一著　沖積舎　1998.7　371p　20cm　3500円　ⓉI4-8060-7019-X

◇織田作之助―雨　蛍　金木犀　中石孝著　編集工房ノア　1998.6　255p　20cm　(大阪文学叢書　4)　2000円

◇懐かしき無頼派　青山光二著　おうふう　1997.4　214p　19cm　2800円　ⓉI4-273-02989-8

◇定本織田作之助全集　第1巻　織田作之助著　第3版　文泉堂出版　1995.3　414p　20cm　ⓉI4-8310-0045-0

◇ちくま日本文学全集 054　織田作之助著　筑摩書房　1993.5　475p　15cm　1000円　ⓉI4-480-10254-X

開高健
かいこう たけし

昭和5(1930).12.30～平成元(1989).12.9
小説家。健は「ケン」とも。サントリーの前身寿屋に入社しコピーライターとして名作宣伝コピーを次々発表する一方、「洋酒天国」「サントリー天国」を編集。32年小説『パニック』を発表し、同年『裸の王様』で芥川賞を受賞。39年戦乱のベトナムに半年間滞在、戦闘に巻き込まれ九死に一生を得た。この体験をルポルタージュとして発表した他、43年長編小説『輝ける闇』に結実させた。また、小田実、鶴見俊輔らと共に呼びかけ人となり"ベトナムに平和を！市民・文化団体連合"(ベ平連)を結成。他の文学作品に『日本三文オペラ』『ロビンソンの末裔』『玉、砕ける』『夏の闇』など。また、プロ級の腕前を生かした釣り紀行には『もっと遠く！』『オーパ』などの傑作がある。

『裸の王様』：昭和32(1957)年。短編小説。萎縮してしまった少年の心を絵を通して解き放とうとする画塾教師や、それに対する周囲の大人たちの姿を通じて組織と人間の問題を描いた作品。

＊　　　＊　　　＊

◇開高健の博物誌　開高健著　集英社　2001.11　188p　18cm　(集英社新書)　640円　ⓉI4-08-720115-5

◇開高健―眼を見開け、耳を立てろ、そして、もっと言葉に…　開高健著　日本図書センター　2000.1　230p　22cm　(人生のエッセイ　3)　1800円　ⓉI4-8205-6652-0

◇開高健その人と文学　大岡玲ほか著　TBSブリタニカ　1999.12　205p　20cm　1600円　ⓉI4-484-99217-5

◇開高健青春の闇　向井敏著　文芸春秋　1999.11　195p　16cm　(文春文庫　む7-4)　476円　ⓉI4-16-717005-1

◇蒼穹と共生―立原正秋・山川方夫・開高健の文学　金子昌夫著　菁柿堂　1999.6　222p　20cm　2000円　ⓉI4-7952-7983-7

◇回想開高健　谷沢永一著　PHP研究所　1999.1　269p　15cm　(PHP文庫)　552円　ⓉI4-569-57229-4

◇冒険者と書斎　開高健〔著〕　角川春樹事務所　1997.9　314p　16cm　(ランティエ叢書　5)　1000円　ⓉI4-89456-084-4

◇白いページ　開高健〔著〕　角川書店　1997.7　229p　18cm　1200円　ⓉI4-04-883491-6

◇紙の中の戦争　開高健著　岩波書店　1996.8　302p　16cm　（同時代ライブラリー　278）　1068円　①4-00-260278-8

◇酒のかたみに―酒で綴る亡き作家の半生史　菊谷匡祐, 阿木翁助, 中本洋, 大河原英与, 武田勝彦ほか著　たる出版　1996.3　301p　21cm　1000円　①4-924713-43-0

◇小説家のメニュー　開高健著　中央公論社　1995.11　174p　16cm　（中公文庫）　500円　①4-12-202464-1

◇人間万事塞翁が馬―谷沢永一対談集　谷沢永一著　潮出版社　1995.9　213p　19cm　1300円　①4-267-01385-3

◇夫　開高健がのこした瑛　牧羊子著　集英社　1995.3　266p　19cm　1500円　①4-08-774122-2

◇生物としての静物　開高健著　集英社　1994.2　215p　16cm　（集英社文庫）　480円　①4-08-748129-8

◇オールウェイズ3　開高健著　角川書店　1993.10　291p　15cm　（角川文庫）　500円　①4-04-124220-7

◇オールウェイズ4　開高健著　角川書店　1993.10　273p　15cm　（角川文庫）　500円　①4-04-124221-5

◇開高健全集　第22巻　開高健著　新潮社　1993.9　580p　19cm　4500円　①4-10-645222-7

◇開高健全集　第21巻　開高健著　新潮社　1993.8　565p　19cm　4500円　①4-10-645221-9

◇開高健全集　第20巻　開高健著　新潮社　1993.7　555p　19cm　4500円　①4-10-645220-0

◇開高健全集　第19巻　開高健著　新潮社　1993.6　560p　19cm　4500円　①4-10-645219-7

◇開高健全集　第18巻　開高健著　新潮社　1993.5　547p　19cm　4500円　①4-10-645218-9

◇オールウェイズ1　開高健〔著〕　角川書店　1993.5　243p　15cm　（角川文庫）　430円　①4-04-124218-5

◇オールウェイズ2　開高健〔著〕　角川書店　1993.5　259p　15cm　（角川文庫）　470円　①4-04-124219-3

◇開高健全集　第17巻　開高健著　新潮社　1993.4　528p　19cm　4500円　①4-10-645217-0

◇知的経験のすすめ―何んでも逆説にして考えよ　開高健著　青春出版社　1993.4　218p　15cm　（青春文庫）　480円　①4-413-09003-9

◇開高健全集　第16巻　開高健著　新潮社　1993.3　582p　19cm　4500円　①4-10-645216-2

◇花終る闇　開高健著　新潮社　1993.3　210p　15cm　（新潮文庫）　360円　①4-10-112824-3

◇開高健全集　第15巻　開高健著　新潮社　1993.2　546p　19cm　4500円　①4-10-645215-4

◇開高健全集　第14巻　新潮社　1993.1　540p　20cm　4500円　①4-10-645214-6

◇珠玉　開高健著　文芸春秋　1993.1　205p　15cm　（文春文庫）　350円　①4-16-712711-3

◇水の上を歩く?―酒場でジョーク十番勝負　開高健, 島地勝彦著　集英社　1993.1　320p　16cm　（集英社文庫）　520円　①4-08-749887-5

川端 康成
かわばた　やすなり

明治32(1899).6.11～昭和47(1972).4.16
小説家。大正10年『招魂祭一景』で文壇に登場。13年横光利一らと「文芸時代」を創刊し"新感覚派"の作家として活躍。15年代表作『伊豆の踊子』を発表。同年第一創作集『感情装飾』を刊行。戦前の作品に『浅草紅団』『禽獣』『雪国』『故園』『夕日』、戦後の作品に『千羽鶴』『山の音』『名人』『みづうみ』『眠れる美女』『古都』など多数。繊細優雅な文体で、叙情的哀感や日本的な美の精髄を作品化し、特に女性の心理を抜群の感覚で描いた。23～40年日本ペンクラブ会長をつとめ、33年には国際ペンクラブ副会長に推されるなど国際的作家として活躍し、43年に日本人として初めてのノーベル文学賞

を受賞。47年4月、ガス自殺した。批評家としてもすぐれ、『美しい日本の私』『文学的自叙伝』『末期の眼』などのエッセイも刊行した。

『伊豆の踊子』：大正15(1926)年。短編小説。孤独な一高生である主人公が旅先の伊豆で旅芸人の一行と同道し、座中の踊子の清純無垢な姿に癒される。青春の哀感が滲み出た清新な小説。

『雪国』：昭和12(1937)年。長編小説。評論家の島村と上越の温泉場の芸者駒子の関係が、短扁的な各章の集積の上に全体像がまとまるという構成で夢幻的情緒の漂う恋物語として描かれる。

*　　　*　　　*

◇川端康成・三島由紀夫往復書簡　川端康成,三島由紀夫著　新潮社　2000.11　254p　16cm（新潮文庫）　438円　④4-10-100126-X

◇満洲国各民族創作選集　1　川端康成〔ほか〕編　ゆまに書房　2000.9　448,8p　22cm（日本植民地文学精選集　2（満洲編　2））　16600円　④4-8433-0158-2

◇満洲国各民族創作選集　2　川端康成〔ほか〕編　ゆまに書房　2000.9　398,6p　22cm（日本植民地文学精選集　3（満洲編　3））　14700円　④4-8433-0159-0

◇僕の標本室　川端康成著　ゆまに書房　2000.3　250p　19cm（新興芸術派叢書　8）④4-8433-0008-X,4-8433-0000-4

◇花ある写真　川端康成著　ゆまに書房　2000.3　261p　19cm（新興芸術派叢書　21）　④4-8433-0021-7,4-8433-0000-4

◇世界の中の川端文学―川端康成生誕百年記念　川端文学研究会編　おうふう　1999.11　519p　21cm　3800円　④4-273-03118-3

◇川端康成全集　第1巻　掌の小説―小説1　山本健吉，川端康成著，井上靖，中村光夫編纂　新潮社　1999.10　590p　20cm

◇川端康成全集　第2巻　十六歳の日記　伊豆の踊子―小説2　山本健吉，川端康成著，井上靖，中村光夫編纂　新潮社　1999.10　598p　20cm

◇川端康成全集　第3巻　水晶幻想　抒情歌―小説3　山本健吉，川端康成著，井上靖，中村光夫編纂　新潮社　1999.10　583p　20cm

◇川端康成全集　第4巻　浅草紅団　むすめごころ―小説4　山本健吉，川端康成著，井上靖，中村光夫編纂　新潮社　1999.10　633p　20cm

◇川端康成全集　第5巻　禽獣　虹―小説5　山本健吉，川端康成著，井上靖，中村光夫編纂　新潮社　1999.10　590p　20cm

◇川端康成全集　第6巻　花のワルツ　正月三ケ日―小説6　山本健吉，川端康成著，井上靖，中村光夫編纂　新潮社　1999.10　610p　20cm

◇川端康成全集　第7巻　母の初恋　反橋―小説7　山本健吉，川端康成著，井上靖，中村光夫編纂　新潮社　1999.10　602p　20cm

◇川端康成全集　第8巻　再婚者　片腕―小説8　山本健吉，川端康成著，井上靖,中村光夫編纂　新潮社　1999.10　625p　20cm

◇川端康成全集　第9巻　女性開眼―小説9　山本健吉，川端康成著，井上靖,中村光夫編纂　新潮社　1999.10　635p　20cm

◇川端康成全集　第10巻　雪国　舞姫―小説10　山本健吉，川端康成著，井上靖,中村光夫編纂　新潮社　1999.10　509p　20cm

◇川端康成全集　第11巻　虹いくたび　名人―小説11　山本健吉，川端康成著，井上靖,中村光夫編纂　新潮社　1999.10　602p　20cm

◇川端康成全集　第12巻　千羽鶴　山の音―小説12　山本健吉，川端康成著，井上靖,中村光夫編纂　新潮社　1999.10　549p　20cm

◇川端康成全集　第13巻　川のある下町の話　風のある道―小説13　山本健吉，川端康成著，井上靖，中村光夫編纂　新潮社　1999.10　503p　20cm

◇川端康成全集　第14巻　東京の人―小説14　1　山本健吉，川端康成著，井上靖，中村光夫編纂　新潮社　1999.10　657p　20cm

◇川端康成全集　第15巻　東京の人―小説15　2　山本健吉，川端康成著，井上靖，中村光夫編纂　新潮社　1999.10　569p　20cm

◇川端康成全集　第16巻　女であること―小説16　山本健吉，川端康成著，井上靖，中村光夫編纂　新潮社　1999.10　540p　20cm

小説　現代

◇川端康成全集 第17巻　ある人の生のなかに　美しさと哀しみと—小説17　山本健吉，川端康成著，井上靖，中村光夫編纂　新潮社　1999.10　644p　20cm

◇川端康成全集 第18巻　眠れる美女　古都—小説18　山本健吉，川端康成著，井上靖，中村光夫編纂　新潮社　1999.10　602p　20cm

◇川端康成全集 第19巻　級長の探偵　夏の宿題—小説19　山本健吉，川端康成著，井上靖，中村光夫編纂　新潮社　1999.10　733p　20cm

◇川端康成全集 第20巻　乙女の港　美しい旅—小説20　山本健吉，川端康成著，井上靖，中村光夫編纂　新潮社　1999.10　757p　20cm

◇川端康成全集 第21巻　ちよ　空の片仮名—小説21　山本健吉，川端康成著，井上靖，中村光夫編纂　新潮社　1999.10　710p　20cm

◇川端康成全集 第22巻　花のいのち　海の火祭—小説22　山本健吉，川端康成著，井上靖，中村光夫編纂　新潮社　1999.10　821p　20cm

◇川端康成全集 第23巻　東海道　天授の子—小説23　山本健吉，川端康成著，井上靖，中村光夫編纂　新潮社　1999.10　651p　20cm

◇川端康成全集 第24巻　雪国(プレオリジナル)　初期習作—小説24　山本健吉，川端康成著，井上靖，中村光夫編纂　新潮社　1999.10　644p　20cm

◇川端康成全集 第25巻　本因坊名人引退碁観戦記　呉清源棋談—小説25　山本健吉，川端康成著，井上靖，中村光夫編纂　新潮社　1999.10　477p　20cm

◇川端康成全集 第26巻　伊豆序説　浅草—随筆1　山本健吉，川端康成著，井上靖，中村光夫編纂　新潮社　1999.10　551p　20cm

◇川端康成全集 第27巻　末期の眼　月下の門—随筆2　山本健吉，川端康成著，井上靖，中村光夫編纂　新潮社　1999.10　578p　20cm

◇川端康成全集 第28巻　落花流水　美しい日本の私—随筆3　山本健吉，川端康成著，井上靖，中村光夫編纂　新潮社　1999.10　572p　20cm

◇川端康成全集 第29巻　作家と作品—評論1　山本健吉，川端康成著，井上靖，中村光夫編纂　新潮社　1999.10　702p　20cm

◇川端康成全集 第30巻　文芸時評—評論21　山本健吉，川端康成著，井上靖，中村光夫編纂　新潮社　1999.10　630p　20cm

◇川端康成全集 第31巻　文芸時評—評論32　山本健吉，川端康成著，井上靖，中村光夫編纂　新潮社　1999.10　594p　20cm

◇川端康成全集 第32巻　文芸評論—評論4　山本健吉，川端康成著，井上靖，中村光夫編纂　新潮社　1999.10　660p　20cm

◇川端康成全集 第33巻　文学的自叙伝　独影自命—評論5　山本健吉，川端康成著，井上靖，中村光夫編纂　新潮社　1999.10　712p　20cm

◇川端康成全集 第34巻　雑纂　1　山本健吉，川端康成著，井上靖，中村光夫編纂　新潮社　1999.10　702p　20cm

◇川端康成全集 第35巻　雑纂　2　山本健吉，川端康成著，井上靖，中村光夫編纂　新潮社　1999.10　680p,46p　20cm

◇川端康成全集 補巻1　日記・手帖・ノート　山本健吉，川端康成〔著〕，井上靖，中村光夫編纂　川端康成記念会編　新潮社　1999.10　680p　20cm

◇川端康成全集 補巻2　書簡来簡抄　山本健吉，川端康成〔著〕，井上靖，中村光夫編纂　川端康成記念会編　新潮社　1999.10　631p　20cm

◇天授の子　川端康成著　新潮社　1999.6　374p　15cm　(新潮文庫)　552円　①4-10-100125-1

◇川端康成—その遠近法　原善著　大修館書店　1999.4　278p　20cm　2500円　①4-469-22148-1

◇伊豆の踊子　骨拾い—川端康成初期作品集　川端康成〔著〕　川端康成〔著〕　講談社　1999.3　272p　16cm　(講談社文芸文庫)　980円　①4-06-197654-0

◇伊豆の踊子・骨拾い—川端康成初期作品集　川端康成著　講談社　1999.3　272p　15cm　(講談社文芸文庫)　980円　①4-06-197654-0

◇近代作家追悼文集成 第43巻　高橋和巳・志賀直哉・川端康成　ゆまに書房　1999.2　253p　22cm　8000円　Ⓣ4-89714-646-1,4-89714-639-9

◇川端康成燦遺映　長谷川泉著　至文堂　1998.9　256p　22cm　4000円　Ⓣ4-7843-0193-3

◇虹いくたび　川端康成著　埼玉福祉会　1998.9　2冊　22cm　（大活字本シリーズ）　各3200円

◇心にふるさとがある　2　山に親しむ　作品社編集部編集　川端康成ほか著　作品社　1998.4　246p　22cm　（新編・日本随筆紀行）　Ⓣ4-87893-808-0

◇川端康成・三島由紀夫往復書簡　川端康成,三島由紀夫著　新潮社　1997.12　234p　20cm　1500円　Ⓣ4-10-420001-8

◇康成・鴎外―研究と新資料　野末明著　審美社　1997.11　398p　20cm　4500円　Ⓣ4-7883-4078-X

◇ある人の生のなかに　川端康成著　講談社　1997.10　337p　15cm　（講談社文芸文庫）　1100円　Ⓣ4-06-197587-0

◇川端康成瞳の伝説　伊吹和子著　PHP研究所　1997.4　326p　20cm　2400円+税　Ⓣ4-569-55596-9

◇伊豆の踊子　雪国　川端康成著　川端康成著　旺文社　1997.4　260p　18cm　（愛と青春の名作集）　950円　Ⓣ4-01-066059-7

◇浅草紅団;浅草祭　川端康成〔著〕　講談社　1996.12　308p　16cm　（講談社文芸文庫　かF6）　951円　Ⓣ4-06-196397-X

◇川端康成と信州　川俣従道著　あすか書房　1996.11　245p　20cm　1748円　Ⓣ4-317-80061-6

◇万葉姉妹/こまどり温泉　川端康成著　フレア　1996.11　229p　16cm　（フレア文庫）　560円　Ⓣ4-938943-01-8

◇驚きももの木20世紀―作家、その愛と死の秘密　ブックマン社　1996.10　233p　19cm　1500円　Ⓣ4-89308-296-5

◇作家の随想　9　川端康成　川端康成著,小笠原克編　日本図書センター　1996.9　455p　22cm　4800円　Ⓣ4-8205-8166-X

◇川端康成　川端康成著,小笠原克編解説　日本図書センター　1996.9　455p　22cm　（作家の随想　9）　4944円　Ⓣ4-8205-8166-X,4-8205-8157-0

◇たんぽぽ　川端康成〔著〕　講談社　1996.1　221p　16cm　（講談社文芸文庫）　880円　Ⓣ4-06-196352-X

◇川端康成と横光利一　川端康成,横光利一〔著〕,井上謙,羽鳥徹哉編　翰林書房　1995.11　183p　21cm　（日本文学コレクション）　1800円　Ⓣ4-906424-81-3

◇川端康成―内なる古都　河野仁昭著　京都新聞社　1995.6　273p　20cm　1800円　Ⓣ4-7638-0377-8

◇私の川端康成　土居竜二著　文化書房博文社　1995.3　241p　19cm　1854円　Ⓣ4-8301-0716-2

◇川端康成―十六歳の日記/少年/故園（抄）　川端康成著,羽鳥徹哉編　日本図書センター　1994.10　325p　22cm　（シリーズ・人間図書館）　2600円　Ⓣ4-8205-8016-7

◇再婚者;弓浦市　川端康成著　講談社　1994.7　278p　15cm　（講談社文芸文庫）　980円　Ⓣ4-06-196282-5

◇雪国　川端康成〔著〕　改版　角川書店　1993.11　183p　15cm　（角川文庫　1239）　223円　Ⓣ4-04-105707-8

◇日本幻想文学集成　20　川端康成著,橋本治編　国書刊行会　1993.6　238p　19cm　1800円　Ⓣ4-336-03230-0

◇ちくま日本文学全集　047　川端康成著　筑摩書房　1993.1　477p　15cm　1000円　Ⓣ4-480-10247-7

北 杜夫
きた もりお

昭和2(1927).5.1～
　小説家。父は歌人で精神科医の斎藤茂吉。大学卒業後医師として昭和36年までつとめる。33～34年水産庁調査船の船医となり、この体験を書いた『どくとるマンボウ航海記』が大ベストセラーとなってシリーズ化、作家に転身。35年『夜と霧の隅で』で第43回芥川賞受賞。39年『楡家の人びと』によって本格的市民小説を

創造して作家としての地位を確立。61年ブラジル日系移民の歴史を描いた大作『輝ける碧き空の下で』を発表。平成10年父の評伝『青年茂吉』『壮年茂吉』『茂吉彷徨』『茂吉晩年』が完結。他の著書に『白きたおやかな峰』『さびしい王様』、エッセイ『マンボウ愛妻記』『マンボウ遺言状』『孫ニモ負ケズ』など多数。

　　　　＊　　　＊　　　＊

◇茂吉晩年―「白き山」「つきかげ」時代　北杜夫著　岩波書店　2001.4　296p　15cm　（岩波現代文庫　文芸）　1000円　ⓈISBN4-00-602030-9

◇マンボウ夢草紙　北杜夫著　実業之日本社　2001.4　284p　19cm　1300円　ⓈISBN4-408-53398-X

◇マンボウ愛妻記　北杜夫著　講談社　2001.3　210p　20cm　（The new fifties）　1500円　ⓈISBN4-06-268350-4

◇茂吉彷徨―「たかはら」～「小園」時代　北杜夫著　岩波書店　2001.3　275p　15cm　（岩波現代文庫　文芸）　1000円　ⓈISBN4-00-602029-5

◇マンボウ遺言状　北杜夫著　新潮社　2001.3　204p　18cm　（ラッコブックス）　1000円　ⓈISBN4-10-306234-7

◇壮年茂吉―「つゆじも」～「ともしび」時代　北杜夫著　岩波書店　2001.2　249p　15cm　（岩波現代文庫　文芸）　1000円　ⓈISBN4-00-602028-7

◇青年茂吉―「赤光」「あらたま」時代　北杜夫著　岩波書店　2001.1　288p　15cm　（岩波現代文庫　文芸）　1000円　ⓈISBN4-00-602027-9

◇どくとるマンボウ青春記　北杜夫著　新潮社　2000.10　326p　15cm　（新潮文庫）　514円　ⓈISBN4-10-113152-X

◇マンボウ哀愁のヨーロッパ再訪記　北杜夫著　青春出版社　2000.10　200p　20cm　1400円　ⓈISBN4-413-03222-5

◇どくとるマンボウ青春記　北杜夫著　新潮社　2000.10　326p　16cm　（新潮文庫　き-4-52）　514円　ⓈISBN4-10-113152-X

◇マンボウ哀愁のヨーロッパ再訪記　北杜夫著　青春出版社　2000.10　200p　20cm　1400円　ⓈISBN4-413-03222-5

◇消えさりゆく物語　北杜夫著　新潮社　2000.4　203p　20cm　1300円　ⓈISBN4-10-306233-9

◇母の影　北杜夫著　埼玉福祉会　1999.10　2冊　22cm　（大活字本シリーズ）　3200円；3100円

◇孫ニモ負ケズ　北杜夫著　新潮社　1999.10　145p　15cm　（新潮文庫）　362円　ⓈISBN4-10-113151-1

◇マンボウ酔族館　パート6　北杜夫著　実業之日本社　1999.5　294p　19cm　1200円　ⓈISBN4-408-53358-0

◇茂吉晩年―「白き山」「つきかげ」時代　北杜夫著　岩波書店　1998.3　276p　20cm　1900円　ⓈISBN4-00-025281-X

◇マンボウ酔族館　パート5　北杜夫著　実業之日本社　1997.8　285p　19cm　1200円　ⓈISBN4-408-53315-7

◇母の影　北杜夫著　新潮社　1997.5　243p　15cm　（新潮文庫）　400円　ⓈISBN4-10-113150-3

◇マンボウあくびノオト　北杜夫著　中央公論社　1997.3　280p　16cm　（中公文庫）　563円　ⓈISBN4-12-202811-6

◇どくとるマンボウ航海記　北杜夫著　改版　角川書店　1996.11　235p　15cm　（角川文庫）　470円　ⓈISBN4-04-127101-0

◇茂吉彷徨―「たかはら」～「小園」時代　北杜夫著　岩波書店　1996.3　259p　20cm　1900円　ⓈISBN4-00-002296-2

◇神々の消えた土地　北杜夫著　新潮社　1995.9　222p　15cm　（新潮文庫）　400円　ⓈISBN4-10-113149-X

◇マンボウ酔族館　パート4　北杜夫著　実業之日本社　1995.5　277p　19cm　1200円　ⓈISBN4-408-53255-X

◇どくとるマンボウ医局記　北杜夫著　中央公論社　1995.3　354p　16cm　（中公文庫）　660円　ⓈISBN4-12-202265-7

◇どくとるマンボウ途中下車　北杜夫著　改版　中央公論社　1995.1　245p　16cm　（中公文庫）　520円　ⓈISBN4-12-202220-7

◇マンボウ氏の暴言とたわごと　北杜夫著　新潮社　1994.8　259p　15cm　（新潮文庫）　400円　ⓈISBN4-10-113148-1

◇母の影　北杜夫著　新潮社　1994.5　215p　19cm　1400円　ⓈISBN4-10-306231-2

◇マンボウ酔族館 パート2 北杜夫著 新潮社 1994.3 299p 15cm （新潮文庫） 480円 ⓘ4-10-113147-3

◇うすあおい岩かげ―青春詩集 北杜夫著 中央公論社 1993.10 149p 20cm 1200円 ⓘ4-12-002258-7

◇楡家の人びと 北杜夫著 新潮社 1993.8 581p 21cm 3000円 ⓘ4-10-306230-4

◇壮年茂吉―「つゆじも」～「ともしび」時代 北杜夫著 岩波書店 1993.7 235p 20cm 1800円 ⓘ4-00-001238-X

◇父っちゃんは大変人 北杜夫著 新潮社 1993.2 355p 15cm （新潮文庫） 480円 ⓘ4-10-113146-5

◇どくとるマンボウ医局記 北杜夫著 中央公論社 1993.1 295p 20cm 1200円 ⓘ4-12-002184-X

幸田 文
こうだ あや

明治37(1904).9.1～平成2(1990).10.31
小説家、随筆家。幸田露伴の二女。晩年の露伴の看護にあたる。22年露伴の病死に際して、雑誌「芸林閒歩」に『雑記』を発表、24年『父―その死』を刊行して、随筆家として注目される。一時絶筆を宣言、柳町の芸者置屋へ奉公したが、その経験を基にした31年の『流れる』が映画化されるほどの好評を博す。ほかに『黒い裾』『闘』『おとうと』『きもの』『台所のおと』、エッセイ『崩れ』『木』など。平安朝女流日記文学の伝統をひいた感覚的な文章に特色がある。

*　　　*　　　*

◇幸田文全集 第6巻 身近にあるすきま・卒業 幸田文著 岩波書店 2001.12 452p 19cm 3800円 ⓘ4-00-091906-7

◇幸田文全集 第5巻 流れる・蜜柑の花まで 幸田文著 岩波書店 2001.11 437p 19cm 3800円 ⓘ4-00-091905-9

◇幸田文全集 第4巻 さざなみの日記・包む 幸田文著 岩波書店 2001.10 424p 19cm 3800円 ⓘ4-00-091904-0

◇幸田文全集 第3巻 草の花・黒い裾 幸田文著 岩波書店 2001.9 462p 19cm 4000円 ⓘ4-00-091903-2

◇幸田文全集 第2巻 みそっかす・齢 幸田文著 岩波書店 2001.8 437p 19cm 3800円 ⓘ4-00-091902-4

◇幸田文全集 第1巻 父・こんなこと 幸田文著 岩波書店 2001.7 415p 19cm 3800円 ⓘ4-00-091901-6

◇回転どあ・東京と大阪と 幸田文著 講談社 2001.2 275p 15cm （講談社文芸文庫） 1100円 ⓘ4-06-198248-6

◇ふるさと隅田川 幸田文著, 金井景子編 筑摩書房 2001.1 232p 15cm （ちくま文庫） 640円 ⓘ4-480-03614-8

◇幸田文の箪笥の引き出し 青木玉著 新潮社 2000.9 237p 15cm （新潮文庫） 552円 ⓘ4-10-121621-5

◇私の鵠沼日記―大仏次郎・幸田文の思い出 金田元彦著 風間書房 1999.9 281p 19cm 1800円 ⓘ4-7599-1162-6

◇猿のこしかけ 幸田文著 講談社 1999.8 212p 15cm （講談社文芸文庫） 940円 ⓘ4-06-197677-X

◇作家の自伝 99 幸田文 佐伯彰一, 松本健一監修 幸田文著, 橘詰静子編解説 日本図書センター 1999.4 274p 22cm （シリーズ・人間図書館） 2600円 ⓘ4-8205-9544-X,4-8205-9525-3

◇駅・栗いくつ 幸田文著 講談社 1998.12 257p 15cm （講談社文芸文庫） 940円 ⓘ4-06-197645-1

◇動物のぞき 幸田文著 新潮社 1998.12 155p 16cm （新潮文庫 こ-3-10） 324円 ⓘ4-10-111610-5

◇女性作家シリーズ 1 野上弥生子―海神丸 円地文子―女坂 幸田文―黒い裾 野上弥生子著 円地文子著 幸田文著 角川書店 1998.3 493p 20cm 2600円 ⓘ4-04-574201-8

◇雀の手帖 幸田文著 新潮社 1997.11 217p 15cm （新潮文庫） 400円 ⓘ4-10-111609-1

◇月の塵 幸田文著 講談社 1997.5 373p 15cm （講談社文庫） 562円 ⓘ4-06-263488-0

◇北愁 幸田文著 埼玉福祉会 1997.5 2冊 22cm （大活字本シリーズ） 3300円；3200円

小 説　　　　　　　現 代

◇幸田文対話　幸田文他著　岩波書店　1997.3　372p　20cm　2884円　ⓉC4-00-002904-5

◇幸田文全集　第23巻　雑纂　2　川村二郎〔ほか〕編　岩波書店　1997.2　659,24p　20cm　4944円　ⓉC4-00-091923-7

◇きもの　幸田文著　新潮社　1996.12　368p　15cm　（新潮文庫）　520円　ⓉC4-10-111608-3

◇幸田文全集　第22巻　幸田文著, 川村二郎〔ほか〕編集　岩波書店　1996.10　478p　20cm　3786円　ⓉC4-00-091922-9

◇幸田文全集　第21巻　幸田文著, 川村二郎〔ほか〕編集　岩波書店　1996.8　453p　20cm　3495円　ⓉC4-00-091921-0

◇幸田文全集　第20巻　幸田文著, 川村二郎〔ほか〕編集　岩波書店　1996.7　413p　20cm　3495円　ⓉC4-00-091920-2

◇季節のかたみ　幸田文著　講談社　1996.6　353p　15cm　（講談社文庫）　560円　ⓉC4-06-263264-0

◇草の花　幸田文著　講談社　1996.6　235p　15cm　（講談社文芸文庫―現代日本のエッセイ）　880円　ⓉC4-06-196375-9

◇幸田文全集　第19巻　幸田文著, 川村二郎〔ほか〕編　岩波書店　1996.6　438p　20cm　3495円　ⓉC4-00-091919-9

◇幸田文全集　第18巻　おんな十二カ月・くらしのうちそと　川村二郎〔ほか〕編　岩波書店　1996.5　430p　20cm　3600円　ⓉC4-00-091918-0

◇幸田文全集　第17巻　きもの・ひょうたん　川村二郎〔ほか〕編　岩波書店　1996.4　451p　20cm　3600円　ⓉC4-00-091917-2

◇幸田文全集　第16巻　幸田文著　岩波書店　1996.3　445p　19cm　3600円　ⓉC4-00-091916-4

◇幸田文全集　第15巻　机辺・呼ばれる　川村二郎〔ほか〕編　岩波書店　1996.2　429p　15cm　3600円　ⓉC4-00-091915-6

◇幸田文全集　第14巻　茶碗の塔・祝辞　川村二郎〔ほか〕編　岩波書店　1996.1　459p　20cm　3600円　ⓉC4-00-091914-8

◇木　幸田文著　新潮社　1995.12　172p　15cm　（新潮文庫）　360円　ⓉC4-10-111607-5

◇幸田文全集　第13巻　北愁・台所のおと　川村二郎〔ほか〕編　岩波書店　1995.12　423p　20cm　3600円　ⓉC4-00-091913-X

◇幸田文全集　第12巻　動物のぞき・あじの目だま　川村二郎〔ほか〕編　岩波書店　1995.11　395p　20cm　3600円　ⓉC4-00-091912-1

◇幸田文全集　第11巻　雀の手帖・男　川村二郎〔ほか〕編　岩波書店　1995.10　454p　20cm　3600円　ⓉC4-00-091911-3

◇幸田文全集　第10巻　回転どあ　東京と大阪と　幸田文著　岩波書店　1995.9　464p　19cm　3800円　ⓉC4-00-091910-5

◇幸田文全集　第9巻　駅・栗いくつ　幸田文著　岩波書店　1995.8　446p　21cm　3600円　ⓉC4-00-091909-1

◇台所のおと　幸田文著　講談社　1995.8　297p　15cm　（講談社文庫）　500円　ⓉC4-06-263027-3

◇幸田文全集　第8巻　幸田文著　岩波書店　1995.7　447,7p　19cm　3600円　ⓉC4-00-091908-3

◇幸田文全集　第7巻　おとうと・笛　川村二郎〔ほか〕編　岩波書店　1995.6　419p　20cm　3600円　ⓉC4-00-091907-5

◇幸田文の筆筒の引き出し　青木玉著　新潮社　1995.5　205p　21cm　2200円　ⓉC4-10-405201-9

◇幸田文全集　第4巻　さざなみの日記・包む　幸田文著　岩波書店　1995.3　424p　19cm　3600円　ⓉC4-00-091904-0

◇崩れ　幸田文著　講談社　1994.10　206p　15cm　（講談社文庫　P400）　400円　ⓉC4-06-185788-6

◇黒い裾　幸田文著　埼玉福祉会　1994.9　342p　21cm　（大活字本シリーズ）　3605円

◇動物のぞき　幸田文著　新潮社　1994.6　171p　19cm　1800円　ⓉC4-10-307706-9

◇包む　幸田文著　講談社　1994.5　275p　15cm　（講談社文芸文庫―現代日本のエッセイ）　940円　ⓉC4-06-196271-X

◇月の塵　幸田文著　講談社　1994.4　307p　21cm　2000円　ⓉC4-06-206930-X

◇雀の手帖　幸田文著　新潮社　1993.12　208p　20×16cm　2200円　ⓉC4-10-307705-0

286

◇番茶菓子　幸田文著　講談社　1993.11　225p　15cm　(講談社文芸文庫―現代日本のエッセイ)　880円　ⓘ4-06-196247-7

◇流れる　幸田文著　新潮社　1993.6　260p　19cm　2000円　ⓘ4-10-307704-2

◇季節のかたみ　幸田文著　講談社　1993.6　298p　21cm　2000円　ⓘ4-06-205957-6

◇ちくま日本文学全集 051 幸田文　幸田文著　筑摩書房　1993.4　476p　15cm　1000円　ⓘ4-480-10251-5

◇ちぎれ雲　幸田文著　講談社　1993.2　193p　15cm　(講談社文芸文庫―現代日本のエッセイ)　880円　ⓘ4-06-196214-0

◇きもの　幸田文著　新潮社　1993.1　357p　19cm　2300円　ⓘ4-10-307703-4

坂口 安吾
さかぐち あんご

明治39(1906).10.20〜昭和30(1955).2.17　小説家。昭和6年『風博士』『黒谷村』を発表し、ファルス(笑劇)の精神を唱えて文壇にデビュー。13年『吹雪物語』を刊行。15年「現代文学」に参加、17年『日本文化私観』を発表。21年評論『堕落論』および小説『白痴』を発表し、戦後文学の突破口をつくったといわれる。以後、無頼派作家、新戯作派と呼ばれ流行作家となる。『道鏡』『桜の森の満開の下』『火』など旺盛な創作力を示し幅広く活躍。24年芥川賞選考委員に推される。一方、『安吾巷談』『安吾新日本地理』などの文明批評的エッセイも書いた。

『堕落論』：昭和21(1946)年。評論。人間は堕落しきることにより真の自分を発見して救われると説き、戦前戦中の倫理観を否定して新しい生き方を示し、若者たちの絶大な支持を得た。

　　　＊　　　＊　　　＊

◇堕落論　坂口安吾著　新潮社　2000.6　322p　16cm　(新潮文庫)　514円　ⓘ4-10-102402-2

◇坂口安吾全集 16　坂口安吾著　筑摩書房　2000.4　790p　21cm　9900円　ⓘ4-480-71046-9

◇坂口安吾全集 15　坂口安吾著　筑摩書房　1999.10　763p　21cm　9800円　ⓘ4-480-71045-0

◇坂口安吾全集 17　坂口安吾著　筑摩書房　1999.8　560p　21cm　7800円　ⓘ4-480-71047-7

◇坂口安吾全集 14　坂口安吾著　筑摩書房　1999.6　674p　21cm　8600円　ⓘ4-480-71044-2

◇ひとりという幸福　坂口三千代〔著〕　メタローグ　1999.5　205p　18cm　(パサージュ叢書 2)　1200円　ⓘ4-8398-3007-X

◇坂口安吾全集 1　坂口安吾著　筑摩書房　1999.5　638p　21cm　8200円　ⓘ4-480-71031-0

◇坂口安吾全集 2　坂口安吾著　筑摩書房　1999.4　600p　21cm　8000円　ⓘ4-480-71032-9

◇坂口安吾全集 3　坂口安吾著　筑摩書房　1999.3　574p　21cm　7800円　ⓘ4-480-71033-7

◇安吾と三千代と四十の豚児と　坂口綱男著　集英社　1999.2　191p　20cm　1600円　ⓘ4-08-774384-5

◇坂口安吾全集 13　坂口安吾著　筑摩書房　1999.2　542p　21cm　7600円　ⓘ4-480-71043-4

◇坂口安吾全集 12　坂口安吾著　筑摩書房　1999.1　571p　21cm　7800円　ⓘ4-480-71042-6

◇坂口安吾　坂口安吾著　晶文社　1999.1　126p　20cm　(21世紀の日本人へ)　1000円　ⓘ4-7949-4715-1

◇坂口安吾全集 11　坂口安吾著　筑摩書房　1998.12　525p　21cm　7200円　ⓘ4-480-71041-8

◇大正流亡　堀切直人著　沖積舎　1998.11　222p　19cm　3000円　ⓘ4-8060-4634-5

◇露のきらめき―昭和期の文人たち　真鍋呉夫著　ケイエスエス　1998.11　243p　19cm　2400円　ⓘ4-87709-298-6

◇坂口安吾全集 10　明治開花安吾捕物　坂口安吾著　筑摩書房　1998.11　676p　21cm　8600円　ⓘ4-480-71040-X

◇坂口安吾全集 9　坂口安吾著　筑摩書房　1998.10　541p　21cm　7000円　Ⓘ4-480-71039-6

◇坂口安吾全集 8　坂口安吾著　筑摩書房　1998.9　560p　21cm　7000円　Ⓘ4-480-71038-8

◇坂口安吾全集 7　坂口安吾著　筑摩書房　1998.8　532p　21cm　6800円　Ⓘ4-480-71037-X

◇坂口安吾全集 6　坂口安吾著　筑摩書房　1998.7　596p　21cm　6600円　Ⓘ4-480-71036-1

◇坂口安吾全集 5　坂口安吾著　筑摩書房　1998.6　586p　21cm　6800円　Ⓘ4-480-71035-3

◇太宰治・坂口安吾の世界―反逆のエチカ　斎藤慎爾責任編集　柏書房　1998.5　244p　26cm　2500円　Ⓘ4-7601-1647-8

◇坂口安吾全集 4　坂口安吾著　筑摩書房　1998.5　545p　21cm　6600円　Ⓘ4-480-71034-5

◇英語で読む桜の森の満開の下　坂口安吾著，ロジャー・パルバース訳　筑摩書房　1998.4　219p　15cm（ちくま文庫）680円　Ⓘ4-480-03373-4

◇肝臓先生　坂口安吾〔著〕　角川書店　1997.12　253p　15cm（角川文庫）480円　Ⓘ4-04-110018-6

◇坂口安吾集―大きな活字で読みやすい本　坂口安吾著　リブリオ出版　1997.10　233p　22cm（ポピュラーミステリーワールド 第2巻）Ⓘ4-89784-562-9,4-89784-560-2

◇堕落論　坂口安吾〔著〕　角川書店　1997.5　126p　12cm（角川mini文庫）200円　Ⓘ4-04-700161-9

◇作家の自伝 53　坂口安吾　佐伯彰一，松本健一監修　坂口安吾著，村上護編解説　日本図書センター　1997.4　278p　22cm（シリーズ・人間図書館）2600円　Ⓘ4-8205-9495-8,4-8205-9482-6

◇人間・歴史・風土―坂口安吾エッセイ選　坂口安吾〔著〕　講談社　1997.1　354p　16cm（講談社文芸文庫）980円　Ⓘ4-06-197551-X

◇人間坂口安吾　野原一夫著　学陽書房　1996.11　251p　15cm（人物文庫 の1-1）660円　Ⓘ4-313-75017-7

◇坂口安吾　奥野健男著　文藝春秋　1996.10　415p　16cm（文春文庫 お22-1）583円　Ⓘ4-16-714902-8

◇狂人遺書　坂口安吾著　埼玉福祉会　1996.9　318p　22cm（大活字本シリーズ）3502円

◇道鏡　坂口安吾著　埼玉福祉会　1996.9　251p　22cm（大活字本シリーズ）3296円

◇太宰と安吾　檀一雄著　沖積舎　1996.7　393p　19cm　3000円　Ⓘ4-8060-4534-9

◇教祖の文学　坂口安吾〔著〕　講談社　1996.7　334p　16cm（講談社文芸文庫 さB9）951円　Ⓘ4-06-196377-5

◇坂口安吾と中上健次　柄谷行人著　太田出版　1996.2　308p　20cm（批評空間叢書 9）2000円　Ⓘ4-87233-265-2

◇日本文化私観―坂口安吾エッセイ選　坂口安吾〔著〕　講談社　1996.1　333p　16cm（講談社文芸文庫）980円　Ⓘ4-06-196353-8

◇追憶坂口安吾　坂口三千代著　筑摩書房　1995.11　264p　20cm　2621円　Ⓘ4-480-81389-6

◇アイ・ラブ安吾　荻野アンナ著　朝日新聞社　1995.7　202p　15cm（朝日文芸文庫 お30-1）553円　Ⓘ4-02-264073-1

◇不連続殺人事件　坂口安吾著　双葉社　1995.5　330p　15cm（双葉文庫）650円　Ⓘ4-575-65802-2

◇日本幻想文学集成 31　坂口安吾　坂口安吾〔著〕，富士川義之編　国書刊行会　1995.2　258p　20cm　1800円　Ⓘ4-336-03241-6

◇奇蹟への回路―小林秀雄・坂口安吾・三島由紀夫　松本徹著　勉誠社　1994.10　360p　20cm　2500円　Ⓘ4-585-05008-6

◇坂口安吾の旅　若月忠信著　春秋社　1994.7　221p 18cm　2060円　Ⓘ4-393-44122-2

◇安吾史譚―七つの人生について　坂口安吾著　PHP研究所　1993.9　204p 15cm（PHP文庫）460円　Ⓘ4-569-56577-8

◇木枯の酒倉から・風博士　坂口安吾著　講談社　1993.2　406p 15cm　（講談社文芸文庫）1200円　ⓘ4-06-196215-9

里見 弴
さとみ とん

明治21(1898).7.14～昭和58(1983).1.21
小説家。武郎、生馬との"有島三兄弟"の末弟。生馬や志賀直哉の影響を受け、東京帝国大学英文科中退後の明治43年に雑誌「白樺」の創刊に参加。その後次第に「白樺」を離れたが、自前の"まごころ哲学"を貫き通し、『多情仏心』はじめ『安城家の兄弟』『かね』など数々の告白的自伝小説を残した。『極楽とんぼ』は戦後の代表作。日本芸術院会員となり、昭和34年に文化勲章を受章している。

『多情仏心』：大正11(1922)年。長編小説。正直一途、真っ直ぐな心をもって生きていこうという作者の"まごころ哲学"の考えがよくあらわれている作品。

＊　＊　＊

◇証言 里見弴―志賀直哉を語る　石原亨著　武蔵野書院　1995.7　281p 19cm　1500円　ⓘ4-8386-0382-7
◇秋日和　彼岸花　里見弴著，武藤康史編　夏目書房;星雲社〔発売〕　1995.1　353p 21cm　2900円　ⓘ4-7952-5779-5
◇道元禅師の話　里見弴著　岩波書店　1994.8　305p 15cm　（岩波文庫）　570円　ⓘ4-00-310607-5
◇文章の話　里見弴著　岩波書店　1993.1　245p 15cm　（岩波文庫）　520円　ⓘ4-00-310605-9

椎名 麟三
しいな りんぞう

明治44(1911).10.1～昭和48(1973).3.28
小説家、劇作家。車掌だったが組合運動をし、昭和6年共産党員として検挙され、1年近く拘留される。21年『深夜の酒宴』を発表して注目され、引続き『重き流れのなかに』『永遠なる序章』を発表、実存主義を基調とする戦後文学の代表的作家となる。25年頃思想的行詰りを感じたが、赤岩栄によって洗礼を受け、キリストによる思想的転回をみせ、30年『美しい女』で芸術選奨を受賞した。その他の主な作品に『深尾正治の手記』『赤い孤独者』『自由の彼方で』『神の道化師』『懲役人の告発』など。

＊　＊　＊

◇神の懲役人―椎名麟三文学と思想　松本鶴雄著　菁柿堂　1999.5　238p 20cm　2500円　ⓘ4-7952-7982-9
◇椎名麟三の昭和―混沌からの蘇生　姫路文学館編　姫路文学館　1997.9　135p 30cm
◇椎名麟三戯曲選　椎名麟三著，姫路文学館編　姫路文学館　1997.9　297p 19cm　2000円
◇作家の自伝 58　椎名麟三　佐伯彰一，松本健一監修　椎名麟三著，斎藤末弘編解説　日本図書センター　1997.4　287p 22cm（シリーズ・人間図書館）　2600円　ⓘ4-8205-9500-8,4-8205-9482-6
◇人に会う 自己に会う　久山康著　国際日本研究所,創文社〔発売〕　1996.12　234p 19cm　3090円　ⓘ4-423-99527-1
◇自由の彼方で　椎名麟三著　講談社　1996.2　229p 15cm　（講談社文芸文庫）880円　ⓘ4-06-196358-9
◇邂逅　椎名麟三著　姫路文学館　1995.3　293p 19cm　1600円
◇播磨の人物　新保哲著　杉山書店　1994.4　153p 21cm　2500円　ⓘ4-7900-0233-0
◇(小説)椎名麟三　田靡新著　武蔵野書房　1994.3　258p 20cm　1942円
◇自由の彼方で　椎名麟三著　姫路文学館　1993.3　274p 19cm　1500円

司馬 遼太郎
しば りょうたろう

大正12(1923).8.7～平成8(1996).2.12
小説家。新聞社に在職中から歴史小説に手を染め、昭和34年に『梟の城』で第42回直木賞を受賞した。32年胡桃沢耕史らと「近代説話」を創刊、36年から作家業に専念し、『風神の門』

などの忍者物から、次第に本格的歴史小説の分野に進む。『竜馬がゆく』『国盗り物語』などにより、歴史作家の地位を確立。以後、変革・動乱期の人間像を生々と描いた作品群により、数多くのファンを獲得。代表作は小説『殉死』『世に棲む日日』『坂の上の雲』『花神』『播磨灘物語』『空海の風景』『翔ぶが如く』『箱根の坂』『菜の花の沖』や紀行『街道をゆく』など多数あり、文明に関する評論・エッセイも多い。

　　　　＊　　　＊　　　＊

◇翔ぶが如く　1　司馬遼太郎著　新装版　文芸春秋　2002.2　346p　15cm（文春文庫）514円　ⓉⓈ4-16-710594-2

◇翔ぶが如く　2　司馬遼太郎著　新装版　文芸春秋　2002.2　378p　15cm（文春文庫）514円　ⓉⓈ4-16-710595-0

◇司馬遼太郎が考えたこと 5　エッセイ1970.2～1972.4　司馬遼太郎著　新潮社　2002.2　389p　19cm　1800円　ⓉⓈ4-10-646705-4

◇司馬遼太郎が考えたこと 4　エッセイ1968.9～1970.2　司馬遼太郎著　新潮社　2002.1　379p　19cm　1800円　ⓉⓈ4-10-646704-6

◇「司馬遼太郎・街道をゆく」エッセンス＆インデックス──単行本・文庫判両用総索引　司馬遼太郎著,朝日新聞社編　朝日新聞社　2001.12　451,312p　20cm　2800円　ⓉⓈ4-02-257692-8

◇司馬遼太郎が考えたこと 3　司馬遼太郎著　新潮社　2001.12　397p　19cm　1800円　ⓉⓈ4-10-646703-8

◇司馬遼太郎が考えたこと 2　エッセイ1961.10～1964.10　司馬遼太郎著　新潮社　2001.11　407p　19cm　1800円　ⓉⓈ4-10-646702-X

◇幕末　司馬遼太郎著　新装版　文芸春秋　2001.9　534p　16cm（文春文庫）638円　ⓉⓈ4-16-710593-4

◇司馬遼太郎が考えたこと 1　司馬遼太郎著　新潮社　2001.9　397p　20cm　1800円　ⓉⓈ4-10-646701-1

◇日本人の内と外──対談　司馬遼太郎,山崎正和著　中央公論新社　2001.4　183p　16cm（中公文庫）533円　ⓉⓈ4-12-203806-5

◇以下、無用のことながら　司馬遼太郎著　文芸春秋　2001.3　560p　20cm　1905円　ⓉⓈ4-16-357110-8

◇ペルシャの幻術師　司馬遼太郎著　文芸春秋　2001.2　368p　16cm（文春文庫）514円　ⓉⓈ4-16-710592-6

◇二十一世紀に生きる君たちへ　司馬遼太郎著　世界文化社　2001.2　47p　23cm　1200円　ⓉⓈ4-418-01504-3

◇司馬遼太郎歴史歓談　司馬遼太郎他著　中央公論新社　2000.11　508p　20cm　2300円　ⓉⓈ4-12-003069-5

◇菜の花の沖　1　司馬遼太郎著　新装版　文芸春秋　2000.9　403p　16cm（文春文庫）552円　ⓉⓈ4-16-710586-1

◇菜の花の沖　2　司馬遼太郎著　新装版　文芸春秋　2000.9　430p　16cm（文春文庫）552円　ⓉⓈ4-16-710587-X

◇菜の花の沖　3　司馬遼太郎著　新装版　文芸春秋　2000.9　426p　16cm（文春文庫）552円　ⓉⓈ4-16-710588-8

◇菜の花の沖　4　司馬遼太郎著　新装版　文芸春秋　2000.9　400p　16cm（文春文庫）552円　ⓉⓈ4-16-710589-6

◇菜の花の沖　5　司馬遼太郎著　新装版　文芸春秋　2000.9　421p　16cm（文春文庫）552円　ⓉⓈ4-16-710590-X

◇菜の花の沖　6　司馬遼太郎著　新装版　文芸春秋　2000.9　435p　16cm（文春文庫）552円　ⓉⓈ4-16-710591-8

◇司馬遼太郎全講演　第3巻　司馬遼太郎著　朝日新聞社　2000.9　496,24p　22cm　2800円　ⓉⓈ4-02-257514-X

◇風塵抄　上　司馬遼太郎著　埼玉福祉会　2000.9　251p　22cm（大活字本シリーズ）3200円　ⓉⓈ4-88419-024-6

◇風塵抄　下　司馬遼太郎著　埼玉福祉会　2000.9　265p　22cm（大活字本シリーズ）3300円　ⓉⓈ4-88419-025-4

◇司馬遼太郎全講演　第2巻　司馬遼太郎著　朝日新聞社　2000.8　520p　22cm　2800円　ⓉⓈ4-02-257513-1

◇司馬遼太郎全講演　第1巻　司馬遼太郎著　朝日新聞社　2000.7　496p　22cm　2800円　ⓉⓈ4-02-257508-5

◇司馬遼太郎全集 第68巻　評論随筆集　司馬遼太郎著　文芸春秋　2000.3　605p　20cm　3429円　ⓣ4-16-510680-1

◇七人の役小角　司馬遼太郎ほか著，夢枕獏監修　桜桃書房　2000.3　277p　20cm　1800円　ⓣ4-7567-1138-3

◇司馬遼太郎全集 第67巻　この国のかたち 2　風塵抄　司馬遼太郎著　文芸春秋　2000.2　425p　20cm　3429円　ⓣ4-16-510670-4

◇この国のかたち 6　司馬遼太郎著　文芸春秋　2000.2　254p　16cm　（文春文庫）　448円　ⓣ4-16-710585-3

◇もうひとつの「風塵抄」—司馬遼太郎・福島靖夫往復手紙　司馬遼太郎，福島靖夫著　中央公論新社　2000.2　379p　18cm　1500円　ⓣ4-12-002978-6

◇司馬遼太郎全集 第66巻　この国のかたち 1　司馬遼太郎著　文芸春秋　2000.1　546p　20cm　3429円　ⓣ4-16-510660-7

◇風塵抄 2　司馬遼太郎著　中央公論新社　2000.1　329p　16cm　（中公文庫）　648円　ⓣ4-12-203570-8

◇司馬遼太郎全集 第65巻　街道をゆく 14　微光のなかの宇宙　司馬遼太郎著　文芸春秋　1999.12　526p　20cm　3429円　ⓣ4-16-510650-X

◇宮本武蔵　司馬遼太郎著　朝日新聞社　1999.11　251p　15cm　（朝日文庫）　480円　ⓣ4-02-264214-9

◇司馬遼太郎全集 第64巻　街道をゆく 13　司馬遼太郎著　文芸春秋　1999.11　462p　20cm　3429円　ⓣ4-16-510640-2

◇21世紀に生きる君たちへ—対訳　司馬遼太郎著，ドナルド・キーン監訳，ロバート・ミンツァー訳　朝日出版社　1999.11　41p　20cm　850円　ⓣ4-255-99052-2

◇新選組血風録　司馬遼太郎著　新装改版　中央公論新社　1999.11　489p　19cm　2300円　ⓣ4-12-002952-2

◇宮本武蔵　司馬遼太郎著　朝日新聞社　1999.11　251p　15cm　（朝日文庫）　480円　ⓣ4-02-264214-9

◇司馬遼太郎全集 第63巻　街道をゆく 12　司馬遼太郎著　文芸春秋　1999.10　504p　20cm　3429円　ⓣ4-16-510630-5

◇こどもはオトナの父—司馬遼太郎の心の手紙　神山育子著　朝日出版社　1999.10　270p　20cm　1500円　ⓣ4-255-99053-0

◇司馬遼太郎の世界　文芸春秋編　文芸春秋　1999.9　571p　16cm　（文春文庫）　705円　ⓣ4-16-721769-4

◇司馬遼太郎全集 第62巻　街道をゆく 11　司馬遼太郎著　文芸春秋　1999.9　491p　21cm　3429円　ⓣ4-16-510620-8

◇司馬遼太郎全集 61　街道をゆく 10　司馬遼太郎著　文芸春秋　1999.8　539p　19cm　3429円　ⓣ4-16-510610-0

◇司馬遼太郎全集 60　街道をゆく 9　司馬遼太郎著　文芸春秋　1999.7　556p　20cm　3429円　ⓣ4-16-510600-3

◇司馬遼太郎と藤沢周平—「歴史と人間」をどう読むか　佐高信著　光文社　1999.6　266p　20cm　1500円　ⓣ4-334-97223-3

◇司馬遼太郎全集 59　街道をゆく 8　司馬遼太郎著　文芸春秋　1999.6　556p　21cm　3429円　ⓣ4-16-510590-2

◇国家・宗教・日本人　司馬遼太郎，井上ひさし〔述〕　講談社　1999.6　168p　15cm　（講談社文庫）　467円　ⓣ4-06-264598-X

◇司馬遼太郎の日本史探訪　司馬遼太郎〔著〕　角川書店　1999.6　318p　15cm　（角川文庫）　590円　ⓣ4-04-129005-8

◇司馬遼太郎—伊予の足跡　アトラス編集部「司馬遼太郎—伊予の足跡」制作チーム編著　アトラス出版　1999.5　111p　26cm　1800円　ⓣ4-901108-02-6

◇司馬遼太郎の風景 第7巻　NHKスペシャル「オホーツク街道・十津川街道」　NHK「街道をゆく」プロジェクト著　日本放送出版協会　1999.5　219p　21cm　1800円　ⓣ4-14-080404-1

◇司馬遼太郎全集 58　街道をゆく 7　司馬遼太郎著　文芸春秋　1999.5　532p　19cm　3429円　ⓣ4-16-510580-5

◇司馬遼太郎をなぜ読むか　桂英史著　新書館　1999.4　282p　20cm　1900円　ⓣ4-403-21067-8

◇司馬遼太郎の贈りもの 4　谷沢永一著　PHP研究所　1999.4　236p　20cm　1429円　ⓣ4-569-60558-3

小説　現代

◇司馬遼太郎全集　57　街道をゆく　6　司馬遼太郎著　文芸春秋　1999.4　532p　19cm　3429円　ⓣ4-16-510570-8

◇菜の花の沖　1　司馬遼太郎著　日本障害者リハビリテーション協会　1999.3　CD-ROM1枚　12cm

◇菜の花の沖　4　司馬遼太郎著　日本障害者リハビリテーション協会　1999.3　CD-ROM1枚　12cm

◇菜の花の沖　6　司馬遼太郎著　日本障害者リハビリテーション協会　1999.3　CD-ROM1枚　12cm

◇菜の花の沖　3　司馬遼太郎著　日本障害者リハビリテーション協会　1999.3　CD-ROM1枚　12cm

◇司馬遼太郎全集　56　街道をゆく　5　司馬遼太郎著　文芸春秋　1999.3　614p　19cm　3429円　ⓣ4-16-510560-0

◇「昭和」という国家　司馬遼太郎著　日本放送出版協会　1999.3　315p　19cm　（NHKブックス）　1160円　ⓣ4-14-001856-9

◇ここに神戸がある―司馬遼太郎追想集　司馬遼太郎1961〜1963'65'76'83'95　司馬遼太郎著　月刊神戸っ子　1999.2　108p　20×20cm　1905円　ⓣ4-906154-25-5

◇坂の上の雲　5　司馬遼太郎著　新装版　文芸春秋　1999.2　413p　15cm　（文春文庫）　552円　ⓣ4-16-710580-2

◇坂の上の雲　6　司馬遼太郎著　新装版　文芸春秋　1999.2　375p　15cm　（文春文庫）　552円　ⓣ4-16-710581-0

◇坂の上の雲　7　司馬遼太郎著　新装版　文芸春秋　1999.2　365p　15cm　（文春文庫）　552円　ⓣ4-16-710582-9

◇坂の上の雲　8　司馬遼太郎著　新装版　文芸春秋　1999.2　397p　15cm　（文春文庫）　552円　ⓣ4-16-710583-7

◇司馬遼太郎全集　55　街道をゆく　4　司馬遼太郎著　文芸春秋　1999.2　530p　19cm　3429円　ⓣ4-16-510550-3

◇日本人への遺言―対談集　司馬遼太郎〔ほか〕著　朝日新聞社　1999.2　180p　15cm　（朝日文庫）　400円　ⓣ4-02-264180-0

◇この国のかたち　5　司馬遼太郎著　文芸春秋　1999.1　269p　16cm　（文春文庫）　448円　ⓣ4-16-710584-5

◇坂の上の雲　1　司馬遼太郎著　新装版　文芸春秋　1999.1　350p　15cm　（文春文庫）　552円　ⓣ4-16-710576-4

◇坂の上の雲　2　司馬遼太郎著　新装版　文芸春秋　1999.1　413p　15cm　（文春文庫）　552円　ⓣ4-16-710577-2

◇坂の上の雲　3　司馬遼太郎著　新装版　文芸春秋　1999.1　361p　15cm　（文春文庫）　552円　ⓣ4-16-710578-0

◇坂の上の雲　4　司馬遼太郎著　新装版　文芸春秋　1999.1　414p　15cm　（文春文庫）　552円　ⓣ4-16-710579-9

◇司馬遼太郎全集　54　草原の記・「明治」という国家　司馬遼太郎著　文芸春秋　1999.1　558p　19cm　3429円　ⓣ4-16-510540-6

◇花咲ける上方武士道　司馬遼太郎著　中央公論社　1999.1　687p　15cm　（中公文庫）　952円　ⓣ4-12-203324-1

◇司馬遼太郎の風景　5　オランダ紀行―NHKスペシャル　NHK「街道をゆく」プロジェクト著　日本放送出版協会　1998.12　205p　22cm　1800円　ⓣ4-14-080402-5

◇司馬遼太郎全集　53　アメリカ素描　ロシアについて　司馬遼太郎著　文芸春秋　1998.12　541p　20cm　3429円　ⓣ4-16-510530-9

◇人間というもの　司馬遼太郎著　PHP研究所　1998.12　227p　20cm　1238円　ⓣ4-569-60416-1

◇司馬遼太郎集　司馬遼太郎著　リブリオ出版　1998.11　233p　22cm　（ポピュラー時代小説　大きな活字で読みやすい本　第15巻）　ⓣ4-89784-706-0,4-89784-692-7

◇司馬遼太郎全集　52　韃靼疾風録　司馬遼太郎著　文芸春秋　1998.11　597p　19cm　3429円　ⓣ4-16-510520-1

◇司馬遼太郎が語る雑誌言論一〇〇年　司馬遼太郎他著　中央公論社　1998.11　492p　20cm　2200円　ⓣ4-12-002859-3

◇海を超える司馬遼太郎―東アジア世界に生きる「在日日本人」　遠藤芳信著　フォーラム・A　1998.10　254p　21cm　1762円　ⓣ4-89428-122-8

◇司馬遼太郎全集 51　箱根の坂　司馬遼太郎著　文芸春秋　1998.10　614p　21cm　3429円　ⓘ4-16-510510-4
◇竜馬がゆく 5　司馬遼太郎著　新装版　文芸春秋　1998.10　430p　15cm　（文春文庫）　552円　ⓘ4-16-710571-3
◇竜馬がゆく 6　司馬遼太郎著　新装版　文芸春秋　1998.10　437p　15cm　（文春文庫）　552円　ⓘ4-16-710572-1
◇竜馬がゆく 7　司馬遼太郎著　新装版　文芸春秋　1998.10　426p　15cm　（文春文庫）　552円　ⓘ4-16-710573-X
◇竜馬がゆく 8　司馬遼太郎著　新装版　文芸春秋　1998.10　441p　15cm　（文春文庫）　552円　ⓘ4-16-710574-8
◇歴史と風土　司馬遼太郎著　文芸春秋　1998.10　301p　16cm　（文春文庫　し1-75）　457円　ⓘ4-16-710575-6
◇燃えよ剣　司馬遼太郎著　文芸春秋　1998.9　663p　17cm　1238円　ⓘ4-16-317950-X
◇酔って候　司馬遼太郎著　埼玉福祉会　1998.9　2冊　22cm　（大活字本シリーズ）　3600円；3200円
◇竜馬がゆく 1　司馬遼太郎著　新装版　文芸春秋　1998.9　446p　15cm　（文春文庫）　552円　ⓘ4-16-710567-5
◇竜馬がゆく 2　司馬遼太郎著　新装版　文芸春秋　1998.9　441p　15cm　（文春文庫）　552円　ⓘ4-16-710568-3
◇竜馬がゆく 3　司馬遼太郎著　文芸春秋　1998.9　430p　15cm　（文春文庫）　552円　ⓘ4-16-710569-1
◇竜馬がゆく 4　司馬遼太郎著　文芸春秋　1998.9　425p　15cm　（文春文庫）　552円　ⓘ4-16-710570-5
◇司馬遼太郎とそのヒーロー　三浦浩著　大村書店　1998.8　206p　20cm　1800円　ⓘ4-7563-1072-9
◇群像日本の作家 30　司馬遼太郎　司馬遼太郎他著　小学館　1998.7　339p　20cm　2140円　ⓘ4-09-567030-4
◇司馬遼太郎の風景 4　長州路・肥薩のみち/本郷界隈―NHKスペシャル　NHK「街道をゆく」プロジェクト著　日本放送出版協会　1998.7　212p　22cm　1800円　ⓘ4-14-080339-8
◇西域をゆく　井上靖，司馬遼太郎著　文芸春秋　1998.5　283p　16cm　（文春文庫　し1-66）　467円　ⓘ4-16-710566-7
◇司馬遼太郎回想　上田正昭編著　文英堂　1998.4　223p　21cm　（大阪府立中央図書館ライティ・カレッジシリーズ　1）　1400円　ⓘ4-578-10078-2
◇司馬遼太郎の贈りもの 2　谷沢永一著　PHP研究所　1998.4　327p　15cm　（PHP文庫）　590円　ⓘ4-569-57137-9
◇司馬遼太郎の風景 3　北のまほろば・南蛮のみち―NHKスペシャル　NHK「街道をゆく」プロジェクト著　日本放送出版協会　1998.4　212p　22cm　1800円　ⓘ4-14-080338-X
◇街道をゆく 43　濃尾参州記　司馬遼太郎著　朝日新聞社　1998.4　141p　15cm　（朝日文芸文庫）　400円　ⓘ4-02-264168-1
◇司馬遼太郎―アジアへの手紙　司馬遼太郎著　集英社　1998.3　365p　22cm　2200円　ⓘ4-08-783102-7
◇「昭和」という国家　司馬遼太郎著　日本放送出版協会　1998.3　248p　22cm　1800円　ⓘ4-14-080361-4
◇司馬遼太郎と丸山真男　中島誠著　現代書館　1998.2　238p　20cm　2000円　ⓘ4-7684-6726-1
◇司馬遼太郎について―裸眼の思索者　NHK出版編　日本放送出版協会　1998.2　239,8p　22cm　2000円　ⓘ4-14-080358-4
◇司馬遼太郎の跫音　司馬遼太郎他著　中央公論社　1998.1　753p　16cm　（中公文庫）　1143円　ⓘ4-12-203032-3
◇司馬遼太郎の風景 2　NHKスペシャル「湖西のみち・韓のくに紀行・モンゴル紀行」NHK「街道をゆく」プロジェクト著　日本放送出版協会　1998.1　212p　21cm　1800円　ⓘ4-14-080337-1
◇街道をゆく 42　三浦半島記　司馬遼太郎著　朝日新聞社　1998.1　281p　15cm　（朝日文芸文庫）　480円　ⓘ4-02-264167-3
◇司馬遼太郎展―19世紀の青春群像　司馬遼太郎〔著〕，産経新聞大阪本社編　産経新聞大阪本社　1998　193p　30cm

小説　現代

◇胡蝶の夢　司馬遼太郎著　新潮社　1997.12
937p　21cm　4200円　Ⓣ4-10-309742-6

◇著名人が語る〈考えるヒント〉　第11巻
日本とはなんだろう　司馬遼太郎ほか著
リブリオ出版　1997.11　267p　22cm
（シリーズ・いきいきトーク知識の泉）
Ⓣ4-89784-587-4

◇21世紀に伝えたいこと─7世代後のいのち
のために　Plant a tree plant love green
cosmology　司馬遼太郎〔ほか〕著　工作舎
1997.11　187p　22cm　1800円　Ⓣ4-87502-289-1

◇司馬遼太郎の風景　1　NHKスペシャル「時
空の旅人　司馬遼太郎」　NHK「街道をゆく」プ
ロジェクト著　日本放送出版協会　1997.10
199p　21cm　1800円　ⓉⒾ4-14-080336-3

◇司馬遼太郎　村井英雄著　大巧社　1997.9
177p　18cm　（日本を知る）　1200円　Ⓣ4-924899-21-6

◇司馬遼太郎。人間の大学　鷲田小弥太著
PHP研究所　1997.9　218p　20cm　1333円
Ⓣ4-569-55798-8

◇覇王の家　司馬遼太郎著　新潮社　1997.9
537p　21cm　2800円　Ⓣ4-10-309741-8

◇街道をゆく　41　北のまほろば　司馬遼太
郎著　朝日新聞社　1997.9　370p　15cm
（朝日文芸文庫）　600円　Ⓣ4-02-264158-4

◇覇王の家　司馬遼太郎著　新潮社　1997.9
537p　22cm　2800円　Ⓣ4-10-309741-8

◇司馬遼太郎の贈りもの　3　谷沢永一著
PHP研究所　1997.8　233p　20cm　1476円
Ⓣ4-569-55707-4

◇九つの問答─対談集　司馬遼太郎著　朝日新
聞社　1997.8　244p　15cm（朝日文芸文庫）
520円　Ⓣ4-02-264153-3

◇最後の将軍─徳川慶喜　司馬遼太郎著
新装版　文芸春秋　1997.7　286p　16cm
（文春文庫）　438円　Ⓣ4-16-710565-9

◇最後の将軍─徳川慶喜　司馬遼太郎著
新装版　文芸春秋　1997.7　260p　20cm
1238円　Ⓣ4-16-317040-5

◇街道をゆく　40　台湾紀行　司馬遼太郎著
朝日新聞社　1997.6　393p　15cm　（朝日文
芸文庫）　600円　Ⓣ4-02-264148-7

◇近現代史をどう見るか──司馬史観を問う
中村政則〔著〕　岩波書店　1997.5　63p
21cm　（岩波ブックレット　no.427）　400円
Ⓣ4-00-003367-0

◇街道をゆく　39　ニューヨーク散歩　司馬遼
太郎著　朝日新聞社　1997.4　176p　15cm
（朝日文芸文庫）　380円　Ⓣ4-02-264143-6

◇日本とは何かということ──宗教・歴史・文明
司馬遼太郎他著　日本放送出版協会　1997.3
238p　18cm　1200円　Ⓣ4-14-080303-7

◇司馬遼太郎の『遺言』──司馬遼太郎さん
と私　夕刊フジ編　産経新聞ニュースサービ
ス　1997.2　397p　20cm　1553円　Ⓣ4-594-02191-3

◇街道をゆく　38　オホーツク街道　司馬遼
太郎著　朝日新聞社　1997.2　402p　15cm
（朝日文芸文庫）　618円　Ⓣ4-02-264136-3

◇この国のかたち　4　司馬遼太郎著
文芸春秋　1997.2　269p　16cm（文春文庫）
450円　Ⓣ4-16-710564-0

◇日本語と日本人──対談集　司馬遼太郎著
改版　中央公論社　1997.2　315p　15cm
（中公文庫）　640円　Ⓣ4-12-202794-2

◇日本人への遺言──対談集　司馬遼太郎〔ほ
か〕著　朝日新聞社　1997.2　181p　20cm
1236円　Ⓣ4-02-257059-8

◇みどり夫人「追悼の司馬遼太郎」──司馬遼
太郎さんと私　夕刊フジ編、産経新聞社編
産経新聞ニュースサービス　1997.1　204p
20cm　1262円　Ⓣ4-594-02174-3

◇十六の話　司馬遼太郎著　中央公論社
1997.1　448p　16cm　（中公文庫）　860円
Ⓣ4-12-202775-6

◇人間について──対談　司馬遼太郎著、山
村雄一著　改版　中央公論社　1996.12
371p　16cm　（中公文庫　し6-50）　718円
Ⓣ4-12-202757-8

◇司馬遼太郎──歴史は文学の華なり、と。
松本健一著　小沢書店　1996.11　167p
20cm　1553円　Ⓣ4-7551-0329-0

◇司馬遼太郎読本　現代作家研究会著　徳間
書店　1996.11　284p　15cm　（徳間文庫）
520円　Ⓣ4-19-890590-8

◇レクイエム司馬遼太郎　三浦浩編　講談社　1996.11　422p　20cm　2718円　Ⓣ4-06-208299-3

◇街道をゆく43　司馬遼太郎著　朝日新聞社　1996.11　123p　19cm　971円　Ⓣ4-02-257034-2

◇歴史の舞台―文明のさまざま　司馬遼太郎著　改版　中央公論社　1996.11　314p　16cm　（中公文庫　し6-49）　660円　Ⓣ4-12-202735-7

◇司馬遼太郎　谷沢永一著　PHP研究所　1996.10　233p　20cm　1456円　Ⓣ4-569-55281-1

◇司馬遼太郎の世界　文芸春秋編　文芸春秋　1996.10　486p　19cm　1600円　Ⓣ4-16-505390-2

◇土地と日本人―対談集　司馬遼太郎著　改版　中央公論社　1996.10　292p　16cm　（中公文庫　し6-48）　563円　Ⓣ4-12-202712-8

◇菜の花の賦（うた）―小説青春の司馬さん　三浦浩著　勁文社　1996.9　254p　20cm　1456円　Ⓣ4-7669-2579-3

◇韃靼疾風録　司馬遼太郎著　埼玉福祉会　1996.9　5冊　22cm　（大活字本シリーズ）　3708～3811円

◇この国のかたち6　1996　司馬遼太郎著　文藝春秋　1996.9　198p　18cm　1165円　Ⓣ4-16-351990-4

◇天下大乱を生きる―対談　司馬遼太郎著, 小田実著　風媒社　1996.9　220p　20cm　1505円　Ⓣ4-8331-0511-X

◇人間の集団について―ベトナムから考える　司馬遼太郎著　改版　中央公論社　1996.9　309p　16cm　（中公文庫　し6-47）　583円　Ⓣ4-12-202684-9

◇司馬遼太郎への手紙　加藤哲也著　加藤哲也　1996.8　129p　20cm

◇日本人と日本文化―対談　司馬遼太郎著, ドナルド・キーン著　改版　中央公論社　1996.8　244p　16cm　（中公文庫　し6-46）　485円　Ⓣ4-12-202664-4

◇司馬遼太郎の贈りもの　谷沢永一著　PHP研究所　1996.7　324p　15cm　（PHP文庫　た5-9）　602円　Ⓣ4-569-56911-0

◇花咲ける上方武士道　司馬遼太郎著　中央公論社　1996.7　572p　19cm　1850円　Ⓣ4-12-002594-2

◇街道をゆく37　本郷界隈　司馬遼太郎著　朝日新聞社　1996.7　295p　15cm　（朝日文芸文庫　し1-40）　505円　Ⓣ4-02-264112-6

◇国家・宗教・日本人―対談　司馬遼太郎著, 井上ひさし著　講談社　1996.7　145p　20cm　1165円　Ⓣ4-06-208294-2

◇長安から北京へ　司馬遼太郎著　改版　中央公論社　1996.7　367p　16cm　（中公文庫　し6-45）　680円　Ⓣ4-12-202639-3

◇上方武士道　司馬遼太郎著　春陽堂書店　1996.7　402p　16cm　（春陽文庫）　600円　Ⓣ4-394-11801-8

◇司馬遼太郎の世紀　斎藤慎爾責任編集　朝日出版社　1996.6　255p　29cm　2800円　Ⓣ4-255-96028-3

◇街道をゆく42　司馬遼太郎著　朝日新聞社　1996.6　371p　19cm　1500円　Ⓣ4-02-256959-X

◇古往今来　司馬遼太郎著　改版　中央公論社　1996.6　356p　16cm　（中公文庫　し6-44）　699円　Ⓣ4-12-202618-0

◇八人との対話　司馬遼太郎著　文芸春秋　1996.5　413p　16cm　（文春文庫）　520円　Ⓣ4-16-710563-2

◇風塵抄2　司馬遼太郎著　中央公論社　1996.5　317p　18cm　1165円　Ⓣ4-12-002574-8

◇新選組血風録　司馬遼太郎著　改版　中央公論社　1996.4　635p　15cm　（中公文庫）　960円　Ⓣ4-12-202576-1

◇新選代表作時代小説　5（昭和44年度）　慕情深川しぐれ　日本文芸家協会編, 司馬遼太郎ほか著　光風社出版　1996.4　387p　15cm　（光風社文庫）　650円　Ⓣ4-87519-054-9

◇上方（ぜえろく）武士道　司馬遼太郎著　新装版　春陽堂書店　1996.3　402p　16cm　（春陽文庫　1546）　583円　Ⓣ4-394-11801-8

◇風神の門　司馬遼太郎著　新装版　春陽堂書店　1996.3　556p　16cm　（春陽文庫　1633）　660円　Ⓣ4-394-11803-4

◇梟の城　司馬遼太郎著　新装版　春陽堂書店
1996.3　424p　16cm　（春陽文庫　1596）
583円　Ⓘ4-394-11802-6

◇この国のかたち　5　1994～1995　司馬遼太郎著　文芸春秋　1996.3　206p　18cm
1200円　Ⓘ4-16-351350-7

◇歴史と小説　司馬遼太郎著　河出書房新社
1996.3　309p　20cm　Ⓘ4-309-01055-5

◇春灯雑記　司馬遼太郎著　朝日新聞社
1996.2　255p　15cm　（朝日文芸文庫）
480円　Ⓘ4-02-264096-0

◇世界のなかの日本―十六世紀まで遡って見る　司馬遼太郎, ドナルド・キーン著　中央公論社　1996.1　214p　16cm　（中公文庫）
480円　Ⓘ4-12-202510-9

◇司馬遼太郎の贈りもの　2　谷沢永一著
PHP研究所　1995.11　237p　20cm　1456円
Ⓘ4-569-54899-7

◇街道をゆく　41　司馬遼太郎著　朝日新聞社　1995.11　485p　19cm　1700円
Ⓘ4-02-256900-X

◇ある運命について　司馬遼太郎著　改版
中央公論社　1995.10　358p　16cm　（中公文庫）　720円　Ⓘ4-12-202440-4

◇草原の記　司馬遼太郎著　新潮社　1995.10
227p　15cm　（新潮文庫）　400円　Ⓘ4-10-115237-3

◇人間万事塞翁が馬―谷沢永一対談集　谷沢永一著　潮出版社　1995.9　213p　19cm
1300円　Ⓘ4-267-01385-3

◇街道をゆく　36　本所深川散歩・神田界隈　司馬遼太郎著　朝日新聞社　1995.9
383p　15cm　（朝日文芸文庫）　600円
Ⓘ4-02-264081-2

◇九つの問答―司馬遼太郎対談集　司馬遼太郎著　朝日新聞社　1995.7　232p　20cm
1300円　Ⓘ4-02-256871-2

◇一夜官女　司馬遼太郎著　改版　中央公論社
1995.5　281p　15cm　（中公文庫）　560円
Ⓘ4-12-202311-4

◇この国のかたち　3　司馬遼太郎著
文芸春秋　1995.5　260p　16cm　（文春文庫）
450円　Ⓘ4-16-710562-4

◇維新の群像　縄田一男編, 司馬遼太郎ほか著
新潮社　1995.4　561p　15cm　（新潮文庫）
680円　Ⓘ4-10-139719-8

◇東と西―対談集　司馬遼太郎著　朝日新聞社　1995.4　309p　15cm　（朝日文芸文庫）
540円　Ⓘ4-02-264064-2

◇ひとびとの跫音　上　司馬遼太郎著
改版　中央公論社　1995.2　282p　15cm
（中公文庫）　560円　Ⓘ4-12-202242-8

◇ひとびとの跫音　下　司馬遼太郎著
改版　中央公論社　1995.2　281p　15cm
（中公文庫）　560円　Ⓘ4-12-202243-6

◇街道をゆく　35　オランダ紀行　司馬遼太郎著　朝日新聞社　1994.12　397p
15cm　（朝日文芸文庫　し1-36）　583円
Ⓘ4-02-264053-7

◇時代小説ベスト・セレクション　9
乱世の勝者敗者―戦国小説集　今東光, 南条範夫, 新田次郎, 檀一雄, 松本清張, 司馬遼太郎, 尾崎士郎, 山岡荘八, 白石一郎著
講談社　1994.11　233p　18cm　1300円
Ⓘ4-06-254909-3

◇街道をゆく　40　司馬遼太郎著　朝日新聞社　1994.11　502p　19cm　1650円
Ⓘ4-02-256808-9

◇花の館・鬼灯　司馬遼太郎著　改版
中央公論社　1994.10　316p　15cm　640円
Ⓘ4-12-202154-5

◇街道をゆく　34　大徳寺散歩、中津・宇佐のみち　司馬遼太郎著　朝日新聞社　1994.9
292p　15cm　（朝日文芸文庫）　550円
Ⓘ4-02-264045-6

◇城塞　司馬遼太郎著　新装改訂版　新潮社　1994.8　861p　21cm　3800円　Ⓘ4-10-309740-X

◇闇を飛ぶ―忍者小説集　司馬遼太郎ほか著　講談社　1994.7　225p　18cm　（時代小説ベスト・セレクション　7）　1200円　Ⓘ4-06-254907-7

◇この国のかたち　4　1992～1993　司馬遼太郎著　文芸春秋　1994.7　206p　18cm
1200円　Ⓘ4-16-349040-X

◇風塵抄　司馬遼太郎著　中央公論社
1994.7　345p　16cm　（中公文庫）　680円
Ⓘ4-12-201111-1

◇歴史の中の日本　司馬遼太郎著　改版　中央公論社　1994.6　369p　16cm　（中公文庫　し6-35）　718円　①4-12-202103-0
◇歴史の世界から　司馬遼太郎著　改版　中央公論社　1994.5　349p　16cm　（中公文庫）　680円　①4-12-202101-4
◇豊臣家の人々 上　司馬遼太郎著　埼玉福祉会　1994.4　288p　22cm　（大活字本シリーズ）　3300円
◇豊臣家の人々 中　司馬遼太郎著　埼玉福祉会　1994.4　325p　22cm　（大活字本シリーズ）　3500円
◇豊臣家の人々 下　司馬遼太郎著　埼玉福祉会　1994.4　319p　22cm　（大活字本シリーズ）　3400円
◇空海の風景 上　司馬遼太郎著　〔改版〕　中央公論社　1994.3　370p　15cm　（中公文庫）　620円　①4-12-202076-X
◇空海の風景 下　司馬遼太郎著　〔改版〕　中央公論社　1994.3　417p　15cm　（中公文庫）　680円　①4-12-202077-8
◇街道をゆく　33　奥州白河・会津みち、赤坂散歩　司馬遼太郎著　朝日新聞社　1994.3　321p　15cm　（朝日文庫）　580円　①4-02-264037-5
◇歴史の零れもの　司馬遼太郎他著，日本ペンクラブ編　光文社　1994.3　371p　16cm　（光文社文庫）　600円　①4-334-71856-6
◇司馬遼太郎の贈りもの　谷沢永一著　PHP研究所　1994.2　258p　19cm　1500円　①4-569-54252-2
◇街道をゆく　39　司馬遼太郎著　朝日新聞社　1994.2　221p　19cm　1300円　①4-02-256702-3
◇司馬遼太郎がゆく―激動期を生きるテキスト　中島誠著　第三文明社　1994.1　286p　20cm　1800円　①4-476-03179-X
◇「明治」という国家 上　司馬遼太郎著　日本放送出版協会　1994.1　190p　19cm　（NHKブックス　682）　800円　①4-14-001682-5
◇「明治」という国家 下　司馬遼太郎著　日本放送出版協会　1994.1　189p　19cm　（NHKブックス　683）　800円　①4-14-001683-3
◇花神　司馬遼太郎著　新潮社　1993.11　737p　22cm　3400円　①4-10-309739-6

◇街道をゆく　32　阿波紀行・紀ノ川流域　司馬遼太郎著　朝日新聞社　1993.11　260p　15cm　（朝日文庫）　530円　①4-02-264014-6
◇この国のかたち 2　司馬遼太郎著　文芸春秋　1993.10　282p　16cm　（文春文庫）　400円　①4-16-710561-6
◇十六の話　司馬遼太郎著　中央公論社　1993.10　318p　20cm　1300円　①4-12-002251-X
◇世界の名画11　ゴッホ　井上靖,高階秀爾編　司馬遼太郎〔ほか〕執筆　中央公論社　1993.10　97p　34cm　3800円　①4-12-403113-0
◇この国のかたち 1　司馬遼太郎著　文芸春秋　1993.9　285p　16cm　（文春文庫）　400円　①4-16-710560-8
◇街道をゆく　38　司馬遼太郎著　朝日新聞社　1993.8　514p　19cm　1700円　①4-02-256639-6
◇街道をゆく　30　愛蘭土紀行 1　司馬遼太郎著　朝日新聞社　1993.7　271p　15cm　（朝日文庫）　530円　①4-02-264001-4
◇街道をゆく　31　愛蘭土紀行 2　司馬遼太郎著　朝日新聞社　1993.7　268p　15cm　（朝日文庫）　530円　①4-02-264002-2
◇峠　司馬遼太郎著　新潮社　1993.6　711p　21cm　3200円　①4-10-309738-8
◇豊臣家の人々　司馬遼太郎著　〔改版〕　中央公論社　1993.6　503p　15cm　（中公文庫）　760円　①4-12-202005-0
◇歴史の夜咄　司馬遼太郎著,林屋辰三郎著　小学館　1993.6　271p　16cm　（小学館ライブラリー　45）　777円　①4-09-460045-0
◇言い触らし団右衛門　司馬遼太郎著　〔改版〕　中央公論社　1993.3　325p　15cm　（中公文庫）　540円　①4-12-201986-9
◇八人との対話　司馬遼太郎著　文芸春秋　1993.3　388p　20cm　1500円　①4-16-347340-8
◇木曜島の夜会　司馬遼太郎著　〔新装版〕　文芸春秋　1993.1　232p　19cm　1300円　①4-16-313700-9

島尾 敏雄
しまお としお

大正6(1917).4.18〜昭和61(1986).11.12
小説家。第2次大戦中は特攻隊隊長。昭和22年「VIKING」に参加。23年第一創作集『単独旅行者』を刊行し注目される。「近代文学」「序曲」同人となる。25年特攻体験4部作のその1『出孤島記』で第1回戦後文学賞を受賞。27年上京するが、妻の神経症発病に伴い30年奄美大島に移住。この間『死の棘』『日のちぢまり』など、いわゆる病妻物の作品を発表。ほかの代表作に『湾内の入江で』『夢の中での日常』『出発は遂に訪れず』『日の移ろい』『魚雷艇学生』がある。

*　　　*　　　*

◇露のきらめき ― 昭和期の文人たち　真鍋呉夫著　ケイエスエス　1998.11　243p　19cm　2400円　Ⓓ4-87709-298-6
◇奄美、もっと知りたい ― ガイドブックが書かない奄美の懐　神谷裕司著　南方新社　1997.7　336p　19cm　1600円　Ⓓ4-931376-07-X
◇作家の自伝 60　島尾敏雄　佐伯彰一, 松本健一監修　島尾敏雄著、遠丸立編解説　日本図書センター　1997.4　277p　22cm　(シリーズ・人間図書館)　2600円　Ⓓ4-8205-9502-4,4-8205-9482-6
◇島尾敏雄　新潮社　1995.9　111p　20cm　(新潮日本文学アルバム　70)　1300円　Ⓓ4-10-620674-9
◇文学交友録　庄野潤三著　新潮社　1995.3　323p　19cm　1700円　Ⓓ4-10-310608-5
◇島尾敏雄・ミホの世界 ― ワルシャワ・奄美・鹿児島　久井稔子著　高城書房刊　1994.3　248p　19cm　1456円　Ⓓ4-924752-47-9
◇日本幻想文学集成 24　島尾敏雄著、種村季弘編　国書刊行会　1993.12　248p　19cm　1800円　Ⓓ4-336-03234-3
◇想い出の作家たち 1　文芸春秋編　文芸春秋　1993.10　356p　19cm　1700円　Ⓓ4-16-348000-5
◇島尾敏雄の本　青山毅著　青山毅　1993.9　111p　21cm
◇記夢志　島尾敏雄著　沖積舎　1993.6　145p　20cm　2000円　Ⓓ4-8060-2078-8
◇椿咲く丘の町 ― 島尾敏雄『死の棘』と佐倉　高比良直美著　高比良直美　1993.1　166p　15cm　600円

芹沢 光治良
せりざわ こうじろう

明治29(1896).5.4〜平成5(1993).3.23
小説家。昭和5年『ブルジョア』が「改造」の懸賞小説に一等当選する。『愛と死の書』『巴里に死す』『教祖様(おやさま)』『人間の運命』『人間の幸福』などの作品がある。『人間の運命』は全14巻の自伝的書下ろし大河小説で、39年芸術選奨を受賞、全巻完結した43年に日本芸術院賞を受賞。10年に設立された日本ペンクラブでも活躍し、戦後は日本代表としてしばしば海外にとび、副会長を経て、会長を3期つとめる。60年神の声を聞く体験をしてからは『神の微笑』『神の慈愛』など神シリーズを執筆。

*　　　*　　　*

◇芹沢光治良の世界　梶川敦子著　青弓社　2000.6　229p　19cm　2400円　Ⓓ4-7872-9141-6
◇ブルジョア　芹沢光治良著, 関井光男監修　ゆまに書房　1998.5　269p　19cm　(新鋭文学叢書　15)　Ⓓ4-89714-464-7,4-89714-433-7
◇芹沢光治良文学館 12 エッセイ こころの広場　芹沢光治良著　新潮社　1997.8　554p　19cm　3883円　Ⓓ4-10-641432-5
◇芹沢光治良文学館 12　こころの広場 ― エッセイ　芹沢光治良著　新潮社　1997.8　554p　20cm　3883円　Ⓓ4-10-641432-5
◇芹沢光治良文学館 11　文学と人生 ― エッセイ　芹沢光治良著　新潮社　1997.6　567p　20cm　3883円　Ⓓ4-10-641431-7
◇短篇集 死者との対話　芹沢光治良著　新潮社　1997.4　562p　19cm　(芹沢光治良文学館 10)　3883円　Ⓓ4-10-641430-9
◇短篇集 明日を逐うて　芹沢光治良著　新潮社　1997.2　584p　19cm　(芹沢光治良文学館 9)　4000円　Ⓓ4-10-641429-5

◇芹沢光治良文学館 8 春箋・秋箋　芹沢光治良著　新潮社　1996.12　527p　19cm　4000円　①4-10-641428-7
◇幸福の鏡　芹沢光治良著　新潮社　1996.10　493p　19cm　（芹沢光治良文学館 7）　4000円　①4-10-641427-9
◇芹沢光治良文学館 6　一つの世界　芹沢光治良著　新潮社　1996.8　522p　20cm　3883円　①4-10-641426-0
◇芹沢光治良文学館 5 教祖様　芹沢光治良著　新潮社　1996.6　568p　19cm　4000円　①4-10-641425-2
◇ここに望あり　芹沢光治良著　新潮社　1996.4　529p　19cm（芹沢光治良文学館 4）　4000円　①4-10-641424-4
◇芹沢光治良文学館 3 愛と知と悲しみと　芹沢光治良著　新潮社　1996.2　589p　19cm　4000円　①4-10-641423-6
◇夜毎の夢に　芹沢光治良著　新潮社　1995.12　590p　19cm（芹沢光治良文学館 2）　4000円　①4-10-641422-8
◇芹沢光治良文学館 1 命ある日　芹沢光治良著　新潮社　1995.10　549p　19cm　4000円　①4-10-641421-X
◇芹沢光治良　新潮社　1995.7　111p　19cm（新潮日本文学アルバム 62）　1300円　①4-10-620666-8
◇天の調べ　芹沢光治良著　新潮社　1993.7　179p　19cm　1400円　①4-10-311335-9

高見 順
たかみ じゅん

明治40(1907).1.30～昭和40(1965).8.17
小説家、詩人。日本プロレタリア作家同盟の一員として活躍した後、昭和10年『故旧忘れ得べき』で作家として認められ、10年代の代表的作家となる。戦時中は『如何なる星の下に』を発表。戦後も数多くの作品を発表。他の代表作に『今ひとたびの』『わが胸のここには』『生命の樹』などがある。詩人としては、22年池田克己らと「日本未来派」を創刊、以後旺盛な詩作活動を展開し、『高見順詩集』『わが埋葬』『死の淵より』などの詩集に結実。評論の部門でも『文芸時評』『昭和文学盛衰史』などがある。晩年は日本近代文学館の初代理事長として活躍。『高見順日記』は文学史のみならず、昭和史の資料としても貴重。

　　＊　　　＊　　　＊

◇作家の自伝 96　高見順　佐伯彰一, 松本健一監修　高見順著、亀井秀雄編解説　日本図書センター　1999.4　273p　22cm（シリーズ・人間図書館）　2600円　①4-8205-9541-5,4-8205-9525-3
◇近代作家追悼文集成 第40巻　江戸川乱歩・谷崎潤一郎・高見順　ゆまに書房　1999.2　348p　22cm　8000円　①4-89714-643-7,4-89714-639-9
◇高見順詩集　三木卓編　弥生書房　1997.3　172p　18cm（世界の詩 78）　1442円　①4-8415-0722-1
◇想い出の作家たち 1　文芸春秋編　文芸春秋　1993.10　356p 19cm　1700円　①4-16-348000-5
◇死の淵より　高見順〔著〕　講談社　1993.2　214p　16cm（講談社文芸文庫）　880円　①4-06-196216-7

武田 泰淳
たけだ たいじゅん

明治45(1912).2.12～昭和51(1976).10.5
小説家、中国文学研究家。昭和9年3月竹内好、岡崎俊夫らと中国文学研究会を創設。18年『司馬遷―史記の世界』を刊行した。上海で敗戦を迎え、帰国後、本格的に小説を書き始め、22年に『審判』『蝮のすゑ』を発表。翌年、「近代文学」同人に参加する。27年『風媒花』、29年『ひかりごけ』を刊行し、自己の文学を確立、戦後文学の中核的存在となる。他の主な作品に『森と湖のまつり』『秋風秋雨人を愁殺す』『富士』『快楽』、評論『人間・文学・歴史』、エッセイ『滅亡について』などがある。

　　＊　　　＊　　　＊

◇貴族の階段　武田泰淳著　岩波書店　2000.9　312p　15cm（岩波現代文庫 文芸）　1000円　①4-00-602019-8

◇士魂商才　武田泰淳著　岩波書店　2000.8　302p　15cm　（岩波現代文庫 文芸）　900円　Ⓓ4-00-602018-X

◇武田泰淳エッセンス　武田泰淳著, 石井恭二編　河出書房新社　1998.6　244p　22cm　3000円　Ⓓ4-309-01221-3

◇戦後文壇覚え書　杉森久英著　河出書房新社　1998.1　243p　19cm　2400円　Ⓓ4-309-01203-5

◇司馬遷—史記の世界　武田泰淳〔著〕　講談社　1997.10　308p　16cm　（講談社文芸文庫）　1050円　Ⓓ4-06-197588-9

◇武田泰淳の世界—諸行無常の系譜　関伊佐雄著　武蔵野書房　1996.4　184p　20cm　2000円

◇新編 文学の責任　高橋和巳著　講談社　1995.5　288p　15cm　（講談社文芸文庫）　980円　Ⓓ4-06-196321-X

◇森と湖のまつり　武田泰淳著　講談社　1995.4　740p　15cm　（講談社文芸文庫）　1800円　Ⓓ4-06-196318-X

太宰　治
だざい おさむ

明治42(1909).6.19～昭和23(1948).6.13
小説家。昭和8年第一作『思ひ出』に続いて『魚服記』を発表。10年佐藤春夫らの日本浪曼派に参加。また『逆行』が第1回の芥川賞次席になり、作家としての地位をかためる。11年作品集『晩年』を刊行するが、同年芥川賞の選に洩れ自殺未遂。以後『富嶽百景』『走れメロス』『新ハムレット』『津軽』『お伽草子』などを発表。戦後の22年に代表作となった長編小説『斜陽』や『人間失格』『ヴィヨンの妻』などを相次いで発表した。学生時代の左翼運動の挫折や4度の自殺未遂による苦しみや、道化的精神を含む独特の文体を生んだ。23年6月遺稿『グッド・バイ』を残して山崎富栄と共に玉川上水で入水自殺を遂げた。一種の"敗北の美学"を感じさせる破滅的作品とその生涯によって今なお高い人気がある。

『斜陽』：昭和22(1947)年。中編小説。戦後傾いた家の娘を主人公に、最後の貴族として死んだ母や民衆になりきれず自殺した弟など、厳しい社会では生きていけない弱い人間を描く。ベストセラーとなり"斜陽族"という流行語を生んだ。

『人間失格』：昭和23(1948)年。中編小説。ある男が退廃生活を重ね自殺を図るが未遂に終わり、社会に敗北していく過程を描く。己の生の不安と苦悩という人間存在の本質に迫った自叙伝的かつ遺書的な作品。

　　　　*　　　*　　　*

◇斜陽　人間失格　桜桃　走れメロス—外七篇　太宰治著　太宰治著　太宰治著　太宰治著　文芸春秋　2000.10　558p　16cm　（文春文庫）　638円　Ⓓ4-16-715111-1

◇女生徒　太宰治作, 佐内正史写真　作品社　2000.8　100p　14×19cm　1600円　Ⓓ4-87893-363-1

◇人間失格　桜桃　グッド・バイ　太宰治著　太宰治著　太宰治著　小学館　2000.7　247p　15cm　（小学館文庫）　600円　Ⓓ4-09-404107-9

◇あした見る夢　瀬戸内寂聴著　朝日新聞社　1999.12　283p　19cm　1400円　Ⓓ4-02-257454-2

◇太宰治を読む—梅光女学院大学公開講座 第45集　佐藤泰正編　笠間書院　1999.10　174p　19cm　（笠間ライブラリー）　1000円　Ⓓ4-305-60246-6

◇走れメロス　太宰治〔著〕　角川書店　1999.8　127p　12cm　（角川mini文庫）　200円　Ⓓ4-04-700283-6

◇太宰治その終戦を挟む思想の転位—シンポジウム　長野隆編　双文社出版　1999.7　191p　20cm　2400円　Ⓓ4-88164-528-5

◇斜陽　太宰治著　集英社　1999.6　269p　15cm　（集英社文庫）　324円　Ⓓ4-08-752053-6

◇太宰を支えた女性たち　市川渓二著　北の街社　1999.5　183p　20cm　1905円　Ⓓ4-87373-095-3

◇太宰治全集　13　草稿　太宰治著　筑摩書房　1999.5　612p　21cm　5900円　Ⓓ4-480-71063-9

◇走れメロス・おしゃれ童子　太宰治著　集英社　1999.5　286p　15cm　（集英社文庫）　333円　Ⓓ4-08-752052-8

◇太宰治全集 12　書簡　太宰治著　筑摩書房　1999.4　591p　21cm　5900円　ⓘ4-480-71062-0

◇太宰治全集 11　随想　太宰治著　筑摩書房　1999.3　633p　21cm　5900円　ⓘ4-480-71061-2

◇ザ・太宰治―全小説全一冊　太宰治著　第三書館　1999.2　982p　26cm　2800円　ⓘ4-8074-9905-X

◇太宰治全集 1　初期作品　太宰治著　筑摩書房　1999.2　538p　21cm　5800円　ⓘ4-480-71051-5

◇斜陽　太宰治著　三心堂出版社　1999.1　311p　19cm（大活字文芸選書 4）1500円　ⓘ4-88342-250-X

◇太宰治全集 10　小説　太宰治著　筑摩書房　1999.1　638p　21cm　5900円　ⓘ4-480-71060-4

◇探訪太宰治の世界　渡部芳紀著　ゼスト　1998.12　93p　22cm（探訪シリーズ）1500円　ⓘ4-88377-051-6

◇お伽草紙　太宰治著　埼玉福祉会　1998.12　2冊　22cm（大活字本シリーズ）3600円；3400円

◇お伽草紙　太宰治著　三心堂出版社　1998.12　231p　19cm（大活字文芸選書）1300円　ⓘ4-88342-238-0

◇太宰治全集 9　小説 8　太宰治著　筑摩書房　1998.12　517p　21cm　5700円　ⓘ4-480-71059-0

◇太宰治全集 8　小説　太宰治著　筑摩書房　1998.11　453p　21cm　5600円　ⓘ4-480-71058-2

◇富岳百景　走れメロス　ヴィヨンの妻　家庭の幸福　グッド・バイ　太宰治著　太宰治著　太宰治著　太宰治著　太宰治著　三心堂出版社　1998.10　238p　19cm（大活字文芸選書 2）1300円　ⓘ4-88342-230-5

◇太宰治全集 7　小説　太宰治著　筑摩書房　1998.10　465p　21cm　5600円　ⓘ4-480-71057-4

◇文豪ミステリ傑作選 太宰治集　太宰治著　河出書房新社　1998.10　263p　15cm（河出文庫）660円　ⓘ4-309-40549-5

◇太宰治全集 6　小説　太宰治著　筑摩書房　1998.9　459p　21cm　5600円　ⓘ4-480-71056-6

◇人間失格　太宰治著　三心堂出版社　1998.9　237p　19cm（大活字文芸選書）1300円　ⓘ4-88342-222-4

◇太宰治全集 5　小説　太宰治著　筑摩書房　1998.8　489p　21cm　5600円　ⓘ4-480-71055-8

◇太宰治に聞く　井上ひさし，こまつ座編・著　ネスコ　1998.7　253p　20cm　1600円　ⓘ4-89036-976-7

◇太宰治全集 4　小説　太宰治著　筑摩書房　1998.7　506p　21cm　5700円　ⓘ4-480-71054-X

◇太宰治の正直ノオト　太宰治著　青竜社　1998.7　191p　20cm（名著発掘シリーズ）1600円　ⓘ4-88258-806-4

◇太宰治語録　小野才八郎著　津軽書房　1998.6　172p　20cm　1600円　ⓘ4-8066-0169-1

◇太宰治に出会った日―珠玉のエッセイ集　山内祥史編　ゆまに書房　1998.6　326p　20cm　1800円　ⓘ4-89714-478-7

◇津軽のレリーフ太宰治　金沢大士著　近代文芸社　1998.6　302p　20cm　2500円　ⓘ4-7733-6266-9

◇グッド・バイ　太宰治著　角川書店　1998.6　307p　15cm（角川文庫クラシックス）480円　ⓘ4-04-109911-0

◇太宰治全集 3　小説 2　太宰治著　筑摩書房　1998.6　472p　21cm　5600円　ⓘ4-480-71053-1

◇津軽　太宰治〔著〕　改訂　角川書店　1998.6　208p　15cm（角川文庫）400円　ⓘ4-04-109905-6

◇ろまん灯籠　太宰治著　改訂版　角川書店　1998.6　241p　15cm（角川文庫クラシックス）400円　ⓘ4-04-109903-X

◇愛と苦悩の手紙　太宰治〔著〕，亀井勝一郎編　改訂版　角川書店　1998.6　333,5p　15cm（角川文庫 2118）520円　ⓘ4-04-109909-9

◇もの思う葦　太宰治〔著〕　角川書店　1998.6　205p　15cm（角川文庫 10717）400円　ⓘ4-04-109908-0

◇回想太宰治　野原一夫著　新装版　新潮社　1998.5　221p　20cm　1500円　Ⓘ4-10-335308-2

◇太宰治　細谷博著　岩波書店　1998.5　215p　18cm　（岩波新書　新赤版560）　640円　Ⓘ4-00-430560-8

◇太宰治・坂口安吾の世界―反逆のエチカ　斎藤慎爾責任編集　柏書房　1998.5　244p　26cm　2500円　Ⓘ4-7601-1647-8

◇太宰治生涯と文学　野原一夫著　筑摩書房　1998.5　468p　15cm　（ちくま文庫　た12-12）　950円　Ⓘ4-480-03397-1

◇太宰治と聖書　野原一夫著　新潮社　1998.5　201p　20cm　1500円　Ⓘ4-10-335307-4

◇太宰治のことば―愛と苦悩の人生　太宰治〔著〕, 野原一夫編　筑摩書房　1998.5　311p　15cm　（ちくま文庫　た12-11）　700円　Ⓘ4-480-03398-X

◇太宰治全集　2　小説　太宰治著　筑摩書房　1998.5　559p　21cm　5700円　Ⓘ4-480-71052-3

◇父の言いぶん　太宰治〔著〕　角川春樹事務所　1998.5　283p　16cm（ランティエ叢書　16）　1000円　Ⓘ4-89456-095-X

◇新編太宰治と青森のまち　北の会編　北の街社　1998.4　241p　19cm　1500円　Ⓘ4-87373-086-4

◇太宰治　奥野健男著　文芸春秋　1998.2　361p　16cm　（文春文庫）　514円　Ⓘ4-16-714903-6

◇含羞の人―私の太宰治　矢代静一著　河出書房新社　1998.1　277p　15cm　（河出文庫）　750円　Ⓘ4-309-40522-3

◇戦後文壇覚え書　杉森久英著　河出書房新社　1998.1　243p　19cm　2400円　Ⓘ4-309-01203-5

◇転形期の太宰治　山崎正純著　洋々社　1998.1　286p　20cm　2400円　Ⓘ4-89674-507-8

◇太宰治新論　陽羅義光著　国書刊行会　1997.10　193p　20cm　2300円　Ⓘ4-336-04038-9

◇回想の太宰治　津島美知子著　増補改訂版　人文書院　1997.8　293p　20cm　2500円　Ⓘ4-409-16079-6

◇風貌―太宰治のこと　小山清著　津軽書房　1997.6　193p　20cm　1800円　Ⓘ4-8066-0164-0

◇辻音楽師の唄―もう一つの太宰治伝　長部日出雄著　文芸春秋　1997.4　341p　19cm　1619円　Ⓘ4-16-316860-5

◇懐かしき無頼派　青山光二著　おうふう　1997.4　214p　19cm　2800円　Ⓘ4-273-02989-8

◇ミステリー的太宰治論　明石矛先著　創栄出版　1997.4　261p　19cm　1600円　Ⓘ4-88250-676-9

◇人間失格　太宰治著　旺文社　1997.4　326p　18cm（愛と青春の名作集）1000円　Ⓘ4-01-066067-8

◇走れメロス　太宰治著　旺文社　1997.4　287p　18cm（愛と青春の名作集）950円　Ⓘ4-01-066066-X

◇佐藤泰正著作集　5　太宰治論　翰林書房　1997.2　310p　20cm　3800円　Ⓘ4-87737-008-0

◇近代作家追悼文集成 第32巻　菊池寛・太宰治　ゆまに書房　1997.1　287p　22cm　8240円　Ⓘ4-89714-105-2

◇太宰治論　饗庭孝男著　小沢書店　1997.1　277p　20cm　（小沢コレクション　48）　2266円　Ⓘ4-7551-2048-9

◇驚きももの木20世紀―作家、その愛と死の秘密　ブックマン社　1996.10　233p　19cm　1500円　Ⓘ4-89308-296-5

◇作家の随想　10　太宰治　太宰治著, 鳥居邦朗編　日本図書センター　1996.9　435p　22cm　4800円　Ⓘ4-8205-8167-8

◇志功・太宰・寺山と歩くふるさと青森　青森市文化団体協議会編　北の街社　1996.7　277p　19cm　1553円　Ⓘ4-87373-061-9

◇太宰治研究　3　山内祥史編, 木立民五郎, 久保喬, 林富士馬, 村松定孝, 伊狩章ほか著　和泉書院　1996.7　272p　21cm　3500円　Ⓘ4-87088-777-0

◇太宰と安吾　檀一雄著　沖積舎　1996.7　393p　19cm　3000円　Ⓘ4-8060-4534-9

◇教会には行きませんが、聖書は読みます―太宰治とキリスト　清水氾著　真菜書房

1996.5　233p　19cm　（清水氾著作集　第2巻）　2000円　ⓘ4-916074-09-2

◇富岳百景・走れメロス　太宰治著　新潮社　1996.3　95p　16cm　（新潮ピコ文庫）　150円　ⓘ4-10-940001-5

◇太宰治研究 2　山内祥史編　和泉書院　1996.1　229p　21cm　2900円　ⓘ4-87088-760-6

◇太宰治との愛と死のノート —雨の玉川心中とその真実　山崎富栄著, 長篠康一郎編　学陽書房　1995.12　238p　15cm　（女性文庫　や1-1）　660円　ⓘ4-313-72006-5

◇太宰治—思ひ出/人間失格　太宰治著, 大森郁之助編　日本図書センター　1995.11　264p　22cm　（シリーズ・人間図書館）　2600円　ⓘ4-8205-9406-0

◇太宰治論—充溢と欠如　鶴谷憲三著　有精堂出版　1995.8　256p　19cm　3605円　ⓘ4-640-31063-3

◇林富士馬評論文学全集　林富士馬著　勉誠社　1995.4　616,16p　21cm　12360円　ⓘ4-585-05014-0

◇太宰治 井伏鱒二　太宰治, 井伏鱒二著　講談社　1995.4　203p　19cm　（ポケット日本文学館 3）　1000円　ⓘ4-06-261703-X

◇評伝太宰治 上巻　相馬正一著　改訂版　津軽書房　1995.2　502p　22cm　6180円　ⓘ4-8066-0138-1

◇評伝太宰治 下巻　相馬正一著　改訂版　津軽書房　1995.2　450p　22cm　5665円　ⓘ4-8066-0139-X

◇生くることにも心せき—小説・太宰治　野原一夫著　新潮社　1994.10　330p　20cm　1553円　ⓘ4-10-335306-6

◇戦時下の太宰治　赤木孝之著　（国分寺）武蔵野書房　1994.8　236p　21cm　2800円

◇師　太宰治　田中英光著　（弘前）津軽書房　1994.7　203p　19cm　1800円　ⓘ4-8066-0133-0

◇太宰治論集 作家論篇 別巻　山内祥史編　ゆまに書房　1994.7　351p　22cm　8000円　ⓘ4-89668-779-5

◇太宰治論集 作家論篇 第6巻　山内祥史編　ゆまに書房　1994.7　364p　22cm　8000円　ⓘ4-89668-775-2

◇太宰治論集 作家論篇 第7巻　山内祥史編　ゆまに書房　1994.7　452p　22cm　8000円　ⓘ4-89668-776-0

◇太宰治論集 作家論篇 第8巻　山内祥史編　ゆまに書房　1994.7　494p　22cm　8000円　ⓘ4-89668-777-9

◇太宰治論集 作家論篇 第9巻　山内祥史編　ゆまに書房　1994.7　341p　22cm　8000円　ⓘ4-89668-778-7

◇太宰治　鶴谷憲三編著　有精堂出版　1994.4　167p 19cm　（Spirit 作家と作品）　1800円　ⓘ4-640-00207-6

◇太宰治と「聖書知識」　田中良彦著　朝文社　1994.4　274p　20cm　2500円　ⓘ4-88695-109-0

◇太宰治論集 作家論篇 第1巻　山内祥史編　ゆまに書房　1994.3　389p　22cm　8000円　ⓘ4-89668-770-1

◇太宰治論集 作家論篇 第2巻　山内祥史編　ゆまに書房　1994.3　420p　22cm　8000円　ⓘ4-89668-771-X

◇太宰治論集 作家論篇 第3巻　山内祥史編　ゆまに書房　1994.3　369p　22cm　8000円　ⓘ4-89668-772-8

◇太宰治論集 作家論篇 第4巻　山内祥史編　ゆまに書房　1994.3　425p　22cm　8000円　ⓘ4-89668-773-6

◇太宰治論集 作家論篇 第5巻　山内祥史編　ゆまに書房　1994.3　414p　22cm　8000円　ⓘ4-89668-774-4

◇永遠の不良少年たち　日本テレビ放送網　1993.12　247p 19cm　（知ってるつもり?!　14）　1100円　ⓘ4-8203-9335-9

◇太宰治の青春像—太宰文学の両極性　久保喬著　朝日書林　1993.6　248p　20cm　1800円　ⓘ4-900616-07-9

◇人間失格・桜桃　太宰治〔著〕　角川書店　1993.4　163p　15cm　（角川文庫）　230円　ⓘ4-04-109910-2

◇太宰治論集 同時代篇 別巻　山内祥史編　ゆまに書房　1993.2　512p　22cm　8000円　ⓘ4-89668-609-8

◇太宰治論集 同時代篇 第6巻　山内祥史編　ゆまに書房　1993.2　378p　22cm　8000円　ⓘ4-89668-604-7

◇太宰治論集 同時代篇 第7巻　山内祥史編
ゆまに書房　1993.2　463p　22cm　8000円
①4-89668-605-5

◇太宰治論集 同時代篇 第8巻　山内祥史編
ゆまに書房　1993.2　359p　22cm　8000円
①4-89668-606-3

◇太宰治論集 同時代篇 第9巻　山内祥史編
ゆまに書房　1993.2　460p　22cm　8000円
①4-89668-607-1

◇太宰治論集 同時代篇 第10巻　山内祥史編
ゆまに書房　1993.2　375p　22cm　8000円
①4-89668-608-X

田中 英光
たなか ひでみつ

大正2(1913).1.10～昭和24(1949).11.3
小説家。昭和7年、ロサンゼルス・オリンピックにボート競技の選手として参加する。10年「非望」を創刊し『急行列車』などを発表。太宰治を訪ね、私淑する。15年『オリンポスの果実』を発表し、池谷信三郎賞を受賞。戦後は私生活の破綻から酒に溺れ、24年11月太宰治の墓前で多量の催眠鎮静剤を飲んで自殺する。他の作品に『われは海の子』『N機関区』『少女』『地下室から』『酔いどれ船』『野狐』『愛と憎しみの傷に』『さようなら』(遺稿集)などがある。

『オリンポスの果実』：昭和15(1940)年。筆者が出場したロサンゼルス・オリンピックの行き帰りの船中で、片思いした女子選手に対する思いを綴った日記体小説。みずみずしくナイーブな感性で青春の輝きを描いた。

＊　　　＊　　　＊

◇田中英光私研究 第8輯　西村賢太〔著〕
西村賢太　1996.11　198p　19cm

◇田中英光私研究 第7輯　西村賢太〔著〕
西村賢太　1995.11　159p　19cm

◇高知県昭和期小説名作集 第12巻
田中英光　田中英光著　高知新聞社　1995.5
469p　20cm　(Koshin books)　2800円

◇田中英光私研究 第6輯　西村賢太〔著〕
西村賢太　1995.1　113p　19cm

◇師　太宰治　田中英光著　(弘前)津軽書房　1994.7　203p　19cm　1800円　①4-8066-0133-0

辻 邦生
つじ くにお

大正14(1925).9.24～平成11(1999).7.29
小説家。松本高校時代に北杜夫を知り、東大入学後は渡辺一夫に師事する。昭和32年に渡仏、森有正をしばしば訪ね、欧州各地を歩くとともに創作する。帰国後、『廻廊にて』を執筆し、文壇デビュー。代表作に『安土往還記』『夏の砦』『背教者ユリアヌス』などがある。人間精神の高貴さを、柔軟な感性と豊かな想像力に託して造形している。小説、戯曲、評論と幅広く活躍し『北の岬』『天草の雅歌』『春の戴冠』『嵯峨野明月記』『銀杏散りやまず』『西行花伝』『フーシェ革命暦』などの作品がある。

＊　　　＊　　　＊

◇手紙、栞を添えて　辻邦生，水村美苗著
朝日新聞社　2001.6　261p　15cm　(朝日文庫)　640円　①4-02-264271-8

◇海峡の霧　辻邦生著　新潮社　2001.6
336p　20cm　1800円　①4-10-314220-0

◇微光の道　辻邦生著　新潮社　2001.4
390p　20cm　1900円　①4-10-314219-7

◇辻邦生が見た20世紀末　辻邦生著　信濃毎日新聞社　2000.7　458p　22cm　2000円
①4-7840-9868-2

◇私の二都物語―東京・パリ　辻邦生，小滝達郎写真　中央公論新社　2000.6　187p
15cm　(中公文庫)　686円　①4-12-203669-0

◇言葉の箱―小説を書くということ　辻邦生著　メタローグ　2000.4　178p　20cm
1500円　①4-8398-2023-6

◇薔薇の沈黙―リルケ論の試み　辻邦生著
筑摩書房　2000.1　190p　22cm　2200円
①4-480-83802-3

◇のちの思いに　辻邦生著　日本経済新聞社　1999.12　282p　20cm　1600円　①4-532-16324-2

◇生きて愛するために　辻邦生著　中央公論新社　1999.10　133p　16cm　(中公文庫)
457円　①4-12-203525-2

◇西行花伝　辻邦生著　新潮社　1999.7　718p　15cm　（新潮文庫）　857円　ⓣ4-10-106810-0

◇美しい夏の行方―イタリア、シチリアの旅　辻邦生著，堀本洋一写真　中央公論新社　1999.7　195p　16cm　（中公文庫）　648円　ⓣ4-12-203458-2

◇西行花伝　辻邦生著　新潮社　1999.7　718p　16cm　（新潮文庫）　857円　ⓣ4-10-106810-0

◇花のレクイエム　辻邦生著　東京電力　1998.9　87,27p　27cm　（東電文庫　85）　1700円

◇外国文学の愉しみ　辻邦生著　第三文明社　1998.7　213p　18cm　（レグルス文庫　229）　700円　ⓣ4-476-01229-9

◇風雅集　辻邦生著　世界文化社　1998.6　318p　22cm　2000円　ⓣ4-418-98512-3

◇手紙、栞を添えて　辻邦生，木村美苗著　朝日新聞社　1998.3　253p　20cm　1800円　ⓣ4-02-257223-X

◇幸福までの長い距離　辻邦生著　文芸春秋　1997.9　260p　20cm　1429円　ⓣ4-16-353230-7

◇夏の砦　辻邦生著　文芸春秋　1996.11　460p　15cm　（文春文庫）　560円　ⓣ4-16-740904-6

◇花のレクイエム　辻邦生著　新潮社　1996.11　105p　19cm　1800円　ⓣ4-10-314218-9

◇光の大地　辻邦生著　毎日新聞社　1996.7　325p　19cm　1500円　ⓣ4-620-10547-3

◇愛、生きる喜び―愛と人生についての197の断章　辻邦生著　海竜社　1996.3　196p　20cm　1500円　ⓣ4-7593-0460-6

◇春の戴冠　辻邦生著　〔新装版〕　新潮社　1996.2　956p　21cm　5000円　ⓣ4-10-314217-0

◇夜ひらく　辻邦生著　集英社　1996.2　277p　15cm　（集英社文庫）　540円　ⓣ4-08-748457-2

◇江戸切絵図貼交屏風　辻邦生著　文芸春秋　1995.9　365p　15cm　（文春文庫）　480円　ⓣ4-16-740903-8

◇銀杏散りやまず　辻邦生著　新潮社　1995.6　456p　15cm　（新潮文庫）　600円　ⓣ4-10-106809-7

◇西行花伝　辻邦生著　新潮社　1995.4　525p　21cm　3500円　ⓣ4-10-314216-2

◇人間が幸福であること―人生についての281の断章　辻邦生著　海竜社　1995.3　244p　20cm　1500円　ⓣ4-7593-0414-2

◇生きて愛するために　辻邦生著　メタローグ　1994.10　129p　20cm　（一時間文庫）　1262円　ⓣ4-8398-3004-5

◇言葉が輝くとき　辻邦生著　文芸春秋　1994.8　365p　20cm　1900円　ⓣ4-16-349150-3

◇戦後50年を問う―鼎談　辻邦生〔ほか談〕　信濃毎日新聞社　1994.8　79p　21cm　485円　ⓣ4-7840-9417-2

◇語られる経験―夏目漱石・辻邦生をめぐって　小田島本有著　近代文芸社（発売）　1994.7　196p　20cm　2000円　ⓣ4-7733-2764-2

◇睡蓮の午後　辻邦生著　福武書店　1994.5　353p　15cm　（福武文庫）　780円　ⓣ4-8288-3288-2

◇トーマス・マン　辻邦生著　岩波書店　1994.1　294p　16cm　（同時代ライブラリー　171）　1000円　ⓣ4-00-260171-4

◇世界の名画　6　モネと印象派　井上靖，髙階秀爾編　辻邦生〔ほか〕執筆　中央公論社　1994.1　97p　34cm　3800円　ⓣ4-12-403108-4

◇黄金の時刻の滴り　辻邦生著　講談社　1993.11　357p　21cm　2200円　ⓣ4-06-206389-1

◇辻邦生歴史小説集成　第12巻　岩波書店　1993.10　425p　22cm　4500円　ⓣ4-00-003682-3

◇美神との饗宴の森で　辻邦生著　新潮社　1993.10　343p　20cm　1700円　ⓣ4-10-314215-4

◇辻邦生歴史小説集成　第11巻　銀杏散りやまず　辻邦生著　岩波書店　1993.7　428p　21cm　4500円　ⓣ4-00-003681-5

◇私の二都物語―東京・パリ　辻邦生著，小滝達郎写真　中央公論社　1993.7　201p　21cm　2800円　ⓣ4-12-002229-3

◇美しい人生の階段―映画ノート'88〜'92　辻邦生著　文芸春秋　1993.7　403p　19cm　1700円　Ⓘ4-16-347770-5

◇辻邦生歴史小説集成 第1巻　安土往還記;十二の肖像画による十二の物語;十二の風景画への十二の旅　辻邦生著　岩波書店　1993.6　424p 21cm　4500円　Ⓘ4-00-003671-8

◇日本名建築写真選集 第18巻　京都御所・仙洞御所　伊藤ていじ〔ほか〕編　西川孟撮影, 西和夫解説, 辻邦生エッセイ　新潮社　1993.6　130p　31cm　5000円　Ⓘ4-10-602637-6

◇辻邦生歴史小説集成 第10巻　春の戴冠　4　辻邦生著　岩波書店　1993.5　403p 21cm　4500円　Ⓘ4-00-003680-7

◇辻邦生歴史小説集成 第9巻　春の戴冠　3　辻邦生著　岩波書店　1993.4　435p 21cm　4400円　Ⓘ4-00-003679-3

◇辻邦生歴史小説集成 第8巻　春の戴冠　2　辻邦生著　岩波書店　1993.3　369p 21cm　4200円　Ⓘ4-00-003678-5

◇神々の愛でし海―ある生涯の七つの場所7　辻邦生著　中央公論社　1993.3　570p　16cm　(中公文庫)　880円　Ⓘ4-12-201980-X

◇辻邦生歴史小説集成 第7巻　春の戴冠　1　辻邦生著　岩波書店　1993.2　428p 21cm　4000円　Ⓘ4-00-003677-7

◇椎の木のほとり　辻邦生著　中央公論社　1993.1　460p 15cm　(中公文庫)　780円　Ⓘ4-12-201964-8

◇辻邦生歴史小説集成 第6巻　背教者ユリアヌス　3　辻邦生著　岩波書店　1993.1　422p 21cm　3900円　Ⓘ4-00-003676-9

壺井 栄
つぼい さかえ

明治32(1899).8.5〜昭和42(1967).6.23

小説家、童話作家。壺井繁治の妻。昭和3年から全日本無産者芸術連盟(ナップ)の運動に加わり、佐多稲子、宮本百合子らを知る。10年『月給日』、11年『大根の葉』を発表して作家となる。17年『十五夜の月』、26年『柿の木のある家』など、童話作家としても活躍。27年『二十四の瞳』を発表、30年映画化されて一大ブームを起こした。16年『暦』、30年『風』、32年『母のない子と子のない母と』などで多くの賞を受賞。その他の代表作として『妻の座』『右文覚え書』『裲襠』『岸うつ波』などがある。

『二十四の瞳』：昭和27(1952)年。長編小説。小豆島の小さな分教場を舞台に赴任してきた若い女の先生と12人の生徒たちの心の交流を描いた小説。否応なく時代の流れに巻き込まれていく子ども達の姿を通じて反戦を訴えた。

＊　　＊　　＊

◇雑居家族　壺井栄著　毎日新聞社　1999.10　278p　19cm　(毎日メモリアル図書館)　1600円　Ⓘ4-620-51044-0

◇壺井栄全集　12　壺井栄著　文泉堂出版　1999.3　264,142p　22cm　9524円　Ⓘ4-8310-0058-2

◇近代作家追悼文集成　41　窪田空穂・壺井栄・広津和郎・伊藤整・西条八十　ゆまに書房　1999.2　329p　21cm　8000円　Ⓘ4-89714-644-5

◇壺井栄全集 11　壺井栄著　文泉堂出版　1998.12　614p　22cm　9524円　Ⓘ4-8310-0057-4

◇壺井栄全集 10　壺井栄著　文泉堂出版　1998.10　622p　22cm　9524円　Ⓘ4-8310-0056-6

◇壺井栄全集 8　壺井栄著　文泉堂出版　1998.8　498p　22cm　9524円　Ⓘ4-8310-0054-X

◇「二十四の瞳」をつくった壺井栄―壺井栄人と作品　西沢正太郎著　ゆまに書房　1998.6　194p　22cm (ヒューマンブックス) 3500円　Ⓘ4-89714-273-3

◇壺井栄全集 7　壺井栄著　文泉堂出版　1998.6　510p　22cm　9524円　Ⓘ4-8310-0053-1

◇壺井栄全集 6　壺井栄著　文泉堂出版　1998.4　522p　21cm　9524円　Ⓘ4-8310-0052-3

◇壺井栄全集 3　壺井栄著　文泉堂出版　1997.12　574p　22cm　9524円　Ⓘ4-8310-0049-3

◇壺井栄全集 2　壺井栄著　文泉堂出版　1997.10　541p　22cm　9524円　Ⓘ4-8310-0048-5

◇壷井栄―暦/プロ文士の妻の日記　壺井栄著，鷺只雄編　日本図書センター　1997.4　293p　22cm　（シリーズ・人間図書館）　2600円　④4-8205-9497-4

◇壺井栄全集 5　壺井栄著　文泉堂出版　1997.4　517p　21cm　9524円　④4-8310-0051-5

◇壺井栄　森玲子著　北溟社　1995.8　170p　18cm　（北溟新書 1）　1100円

◇わたしの愛した子どもたち―二十四の瞳・壺井栄物語　滝いく子著　労働旬報社　1995.8　227p　20cm　1800円　④4-8451-0406-7

◇壺井栄伝　戎居仁平治著　壺井栄文学館　1995.1　192p　19cm　1500円

中上 健次
なかがみ けんじ

昭和21(1946).8.2～平成4(1992).8.12
作家。高卒後上京、「文芸首都」に加わり、保高徳蔵の指導を受ける。芥川賞候補になること三度、昭和49年第一作品集『十九歳の地図』で注目を集め、50年『岬』で第74回芥川賞を受賞。以後、故郷の紀州を主題にした作品を描き続け、『枯木灘』『化粧』『水の女』『鳳仙花』など旺盛な創作ぶりを示す。血縁と土地に密着した〈物語〉の作法は骨太く強靭。他の代表作に『鳩どもの家』『千年の愉楽』『地の果て至上の時』『奇蹟』『日輪の翼』『讃歌』、ドキュメント『紀州 木の国・根の国物語』、エッセイ集『鳥のように獣のように』『破壊せよ、とアイラーは言った』、対談『小林秀雄をこえて』など。

＊　　＊　　＊

◇中上健次エッセイ撰集 文学・芸能篇　中上健次著　恒文社21,恒文社〔発売〕　2002.2　526p　19cm　4200円　④4-7704-1061-1

◇中上健次エッセイ撰集 青春・ボーダー篇　中上健次著　恒文社21　2001.8　525p　20cm　4200円　④4-7704-1051-4

◇阿部薫1949～1978　中上健次ほか著　増補改訂版　文遊社　2001.1　383p　30cm　3500円　④4-89257-036-2

◇岬　化粧―他　中上健次著　中上健次著　小学館　2000.7　285p　15cm（小学館文庫）　638円　④4-09-404392-6

◇十九歳の地図　蛇淫―他　中上健次著　中上健次著　小学館　2000.5　349p　15cm（小学館文庫）　733円　④4-09-404391-8

◇地の果て至上の時　中上健次著　小学館　2000.3　669p　15cm（小学館文庫）　1000円　④4-09-402620-7

◇熊野集　火まつり　中上健次著　中上健次著　小学館　2000.1　507p　15cm（小学館文庫）　838円　④4-09-402619-3

◇讃歌―中上健次選集 8　中上健次著　小学館　1999.11　473p　15cm（小学館文庫）　838円　④4-09-402618-5

◇奇蹟―中上健次選集 7　中上健次著　小学館　1999.9　475p　15cm（小学館文庫）　838円　④4-09-402617-7

◇中上健次発言集成 6　座談/講演　中上健次著，柄谷行人，絓秀実編　第三文明社　1999.9　357p　20cm　2800円　④4-476-03216-8

◇アニの夢 私のイノチ　津島佑子著　講談社　1999.7　299p　19cm　2000円　④4-06-209743-5

◇千年の愉楽―中上健次選集 6　中上健次著　小学館　1999.7　267p　15cm（小学館文庫）　619円　④4-09-402616-9

◇日輪の翼　中上健次著　小学館　1999.5　406p　15cm（小学館文庫）　790円　④4-09-402615-0

◇鳳仙花―中上健次選集 4　中上健次著　小学館　1999.3　445p　15cm（小学館文庫）　838円　④4-09-402614-2

◇軽蔑　中上健次著　集英社　1999.2　503p　16cm（集英社文庫）　914円　④4-08-747017-2

◇小ブル急進主義批評宣言―90年代・文学・解読　絓秀実著　四谷ラウンド　1999.1　448p　19cm　1900円　④4-946515-26-7

◇紀州―木の国・根の国物語　中上健次著　小学館　1999.1　349p　16cm（小学館文庫）　752円　④4-09-402613-4

◇異族―中上健次選集 2　中上健次著　小学館　1998.11　952p　15cm（小学館文庫）　1200円　④4-09-402612-6

◇枯木灘・覇王の七日―中上健次選集 1　中上健次著　小学館　1998.9　387p　15cm（小学館文庫）　790円　④4-09-402611-8

◇評伝中上健次　高沢秀次著　集英社　1998.7　267p　20cm　2000円　Ⓘ4-08-774344-6

◇中上健次―十八歳/鳩どもの家　中上健次著, 栗坪良樹編　日本図書センター　1998.4　267p　22cm　（シリーズ・人間図書館）　2600円　Ⓘ4-8205-9524-5

◇中上健次発言集成 4　対談　4　柄谷行人, 絓秀実編　第三文明社　1997.2　351p　20cm　2800円　Ⓘ4-476-03206-0

◇群像日本の作家 24　中上健次　柄谷行人他著　小学館　1996.12　306p　20cm　2200円　Ⓘ4-09-567024-X

◇蛇淫　中上健次著　講談社　1996.9　269p　15cm　（講談社文芸文庫）　940円　Ⓘ4-06-196386-4

◇中上健次発言集成 3　対談　3　中上健次著, 柄谷行人編, 絓秀実編　第三文明社　1996.9　383p　20cm　2913円　Ⓘ4-476-03203-6

◇貴種と転生・中上健次　四方田犬彦著　新潮社　1996.8　356,6p　20cm　2500円　Ⓘ4-10-367102-5

◇中上健次全集 15　評論・エッセイ　2　柄谷行人ほか編集, 中上健次著　集英社　1996.8　820p　21cm　6602円　Ⓘ4-08-145015-3

◇中上健次全集 14　評論・エッセイ　1　柄谷行人ほか編集, 中上健次著　集英社　1996.7　821p　21cm　6602円　Ⓘ4-08-145014-5

◇中上健次全集　13　中上健次著　集英社　1996.6　822p　21cm　6800円　Ⓘ4-08-145013-7

◇中上健次全集　12　中上健次著　集英社　1996.5　788p　21cm　6800円　Ⓘ4-08-145012-9

◇中上健次発言集成 5　談話・インタビュー　柄谷行人, 絓秀実編　第三文明社　1996.5　353p　20cm　2800円　Ⓘ4-476-03198-6

◇中上健次論―愛しさについて　渡部直己著　河出書房新社　1996.4　221p　20cm　1900円　Ⓘ4-309-01056-3

◇中上健次全集　11　中上健次著　集英社　1996.4　453p　21cm　4800円　Ⓘ4-08-145011-0

◇中上健次全集　10　中上健次著　集英社　1996.3　461p　21cm　4800円　Ⓘ4-08-145010-2

◇坂口安吾と中上健次　柄谷行人著　太田出版　1996.2　308p　20cm　（批評空間叢書　9）　2000円　Ⓘ4-87233-265-2

◇中上健次全集 9　中上健次著　集英社　1996.2　428p　21cm　4800円　Ⓘ4-08-145009-9

◇中上健次全集 8　中上健次著, 柄谷行人〔ほか〕編　集英社　1996.1　754p　21cm　6800円　Ⓘ4-08-145008-0

◇中上健次全集 7　中上健次著　集英社　1995.12　633p　21cm　5800円　Ⓘ4-08-145007-2

◇中上健次発言集成 2　対談　2　柄谷行人, 絓秀実編　第三文明社　1995.12　353p　20cm　2800円　Ⓘ4-476-03196-X

◇中上健次全集 6　中上健次著　集英社　1995.11　461p　21cm　4800円　Ⓘ4-08-145006-4

◇中上健次全集 4　中上健次著, 柄谷行人〔ほか〕編　集英社　1995.10　621p　21cm　5800円　Ⓘ4-08-145004-8

◇男の遺言―父親から息子・娘へ、未来へのメッセージ　中上健次著　光文社　1995.10　238p　16cm（光文社文庫）460円　Ⓘ4-334-72126-5

◇中上健次発言集成 1　対談　1　柄谷行人, 絓秀実編　第三文明社　1995.10　321p　20cm　2600円　Ⓘ4-476-03189-7

◇中上健次全集 2　中上健次著　集英社　1995.9　593p　21cm　5800円　Ⓘ4-08-145002-1

◇中上健次全集 1　中上健次著, 柄谷行人〔ほか〕編　集英社　1995.8　603p　21cm　5800円　Ⓘ4-08-145001-3

◇中上健次全集 5　中上健次著, 柄谷行人〔ほか〕編　集英社　1995.7　458p　21cm　4800円　Ⓘ4-08-145005-6

◇中上健次全集 3　中上健次著　集英社　1995.5　526p　21cm　5800円　Ⓘ4-08-145003-X

◇夢の力　中上健次〔著〕　講談社　1994.8　356p　16cm　（講談社文芸文庫）　980円　Ⓘ4-06-196285-X

◇奇蹟　中上健次著　朝日新聞社　1994.3　405p　15cm　（朝日文芸文庫）　660円　ⓣ4-02-264028-6

◇君は弥生人か縄文人か―梅原日本学講義　梅原猛, 中上健次著　集英社　1994.2　223p　16cm　（集英社文庫）　440円　ⓣ4-08-748138-7

◇鳥のように獣のように　中上健次〔著〕　講談社　1994.2　342p　16cm　（講談社文芸文庫）　980円　ⓣ4-06-196260-4

◇野性の火炎樹　中上健次著　筑摩書房　1993.12　323p　15cm　（ちくま文庫）　760円　ⓣ4-480-02787-4

◇紀州―木の国・根の国物語　中上健次著　朝日新聞社　1993.11　339p　15cm　（朝日文庫）　620円　ⓣ4-02-264027-8

◇異族　中上健次著　講談社　1993.8　791p　19cm　4000円　ⓣ4-06-206158-9

◇化粧　中上健次著　講談社　1993.8　281p　15cm　（講談社文芸文庫）　980円　ⓣ4-06-196237-X

◇地の果て 至上の時　中上健次著　新潮社　1993.7　616p　15cm　（新潮文庫）　720円　ⓣ4-10-127403-7

◇言霊の天地　中上健次, 鎌田東二著　主婦の友社　1993.7　265p　20cm　2000円　ⓣ4-07-938485-8

◇甦る縄文の思想　梅原猛, 中上健次著　有学書林　1993.7　179p　20cm　1300円　ⓣ4-946477-10-1

◇讃歌　中上健次著　文芸春秋　1993.2　459p　16cm　（文春文庫）　540円　ⓣ4-16-720703-6

◇紀伊物語　中上健次著　集英社　1993.1　330p　15cm　（集英社文庫）　540円　ⓣ4-08-749891-3

中村 真一郎
なかむら しんいちろう

大正7(1918).3.5～平成9(1997).12.25
　作家、文芸評論家、詩人、戯曲家。昭和16年ネルヴァルの『火の娘』を翻訳して刊行。17年福永武彦、加藤周一らとマチネポエティックを結成し、22年『1946文学的考察』を刊行。また『死の影の下に』を刊行。以後、小説、詩、評論、古典、演劇、翻訳と多分野で活躍し、46年『頼山陽とその時代』、53年「四季」四部作の『夏』、60年『冬』などで多くの賞を受賞。平成5年日本近代文学館理事長に就任。6年全国文学館協議会の初代会長となった。他に『空中庭園』『雲のゆき来』『蠣崎波響の生涯』『眼の快楽』『王朝物語』などがある。

　　　　＊　　　＊　　　＊

◇時のいろどり―夫中村真一郎との日々によせて　佐岐えりぬ著　里文出版　1999.7　281p　19cm　2000円　ⓣ4-89806-103-6

◇読書の快楽　中村真一郎著　日本障害者リハビリテーション協会　1999.3　CD-ROM1枚　12cm

◇死という未知なもの　中村真一郎著　筑摩書房　1998.8　327p　20cm　2900円　ⓣ4-480-82336-0

◇わが心の詩人たち―藤村・白秋・朔太郎・達治　中村真一郎著　潮出版社　1998.7　410p　19cm　（潮ライブラリー）　1800円　ⓣ4-267-01501-5

◇時間の迷路　中村真一郎著　中央公論社　1998.6　383p　15cm　（中公文庫）　819円　ⓣ4-12-203158-3

◇老木に花の　中村真一郎著　集英社　1998.5　229p　20cm　2200円　ⓣ4-08-774343-8

◇播磨国風土記を歩く　中村真一郎写真, 寺林峻文　神戸新聞総合出版センター　1998.5　143p　21cm　1800円　ⓣ4-87521-056-6

◇全ての人は過ぎて行く　中村真一郎著　新潮社　1998.4　277p　20cm　1900円　ⓣ4-10-315520-5

◇王朝物語　中村真一郎著　新潮社　1998.2　535p　16cm　（新潮文庫）　629円　ⓣ4-10-107108-X

◇江戸漢詩　中村真一郎著　岩波書店　1998.1　282p　16cm　（同時代ライブラリー）　1200円　ⓣ4-00-260332-6

◇読書日記　中村真一郎著　ふらんす堂　1998.1　78p　20cm　2000円　ⓣ4-89402-217-6

◇深夜の散歩―ミステリの愉しみ　福永武彦, 中村真一郎, 丸谷才一著　早川書房　1997.11

287p 16cm （ハヤカワ文庫 JA） 600円 ⓘ4-15-030591-9

◇私のフランス　中村真一郎著　新潮社　1997.10　242p　20cm　1700円　ⓘ4-10-315519-1

◇私の履歴書　中村真一郎著　ふらんす堂　1997.1　132p　20cm　2427円　ⓘ4-89402-185-4

◇陽のあたる地獄　中村真一郎著　中央公論社　1996.7　225p　19cm　1300円　ⓘ4-12-002590-X

◇俳句のたのしみ　中村真一郎著　新潮社　1996.5　199p　16cm　（新潮文庫）　360円　ⓘ4-10-107107-1

◇眼の快楽　中村真一郎著　NTT出版　1996.4　187p　21cm　3300円　ⓘ4-87188-424-4

◇古韻余響　中村真一郎著　中央公論社　1996.2　279p　18cm　2400円　ⓘ4-12-002539-X

◇滞欧日録―1995・夏　中村真一郎著, 佐岐えりぬ著　ふらんす堂　1996.1　71p　18cm　2039円　ⓘ4-89402-154-4

◇死の影の下に　中村真一郎著　講談社　1995.12　304p　15cm　（講談社文芸文庫）　980円　ⓘ4-06-196349-X

◇再読日本近代文学　中村真一郎著　集英社　1995.11　237p　20cm　2200円　ⓘ4-08-774160-5

◇女体幻想　中村真一郎著　新潮社　1995.10　207p　15cm　（新潮文庫）　440円　ⓘ4-10-107106-3

◇テラスに立つ少年　中村真一郎著　筑摩書房　1995.8　293p　20cm　2900円　ⓘ4-480-81384-5

◇魂の暴力　中村真一郎著　中央公論社　1995.6　243p　19cm　1300円　ⓘ4-12-002450-4

◇人生を愛するには―仙渓草堂閑談　中村真一郎著　文芸春秋　1995.4　237p　20cm　1700円　ⓘ4-16-350070-7

◇世界の名画 24　モンドリアンと挿象絵画　井上靖, 高階秀爾編　中村真一郎〔ほか〕執筆　中央公論社　1995.3　97p　34cm　3800円　ⓘ4-12-403126-2

◇水墨画の巨匠　第14巻　竹田　田能村竹田〔画〕, 中村真一郎, 河野元昭著　講談社　1995.2　109p　31cm　3400円　ⓘ4-06-253934-9

◇現代美女双六　中村真一郎著　河出書房新社　1995.1　209p　20cm　1500円　ⓘ4-309-00956-5

◇読書の快楽　中村真一郎著　新潮社　1994.12　242p　20cm　1553円　ⓘ4-10-315518-3

◇仮面と欲望　中村真一郎著　中央公論社　1994.11　338p　15cm　（中公文庫）　680円　ⓘ4-12-202175-8

◇発光妖精とモスラ　中村真一郎, 福永武彦, 堀田善衛共著　筑摩書房　1994.9　172p　21cm　1600円　ⓘ4-480-80329-7

◇文学的散歩―随想集　中村真一郎著　筑摩書房　1994.8　284p　20cm　2621円　ⓘ4-480-81355-1

◇暗泉空談　中村真一郎著　集英社　1994.7　285p　20cm　1800円　ⓘ4-08-774080-3

◇樹上豚句抄　中村真一郎著　東京四季出版　1993.12　77p　19cm　2200円　ⓘ4-87621-661-4

◇死者たちのサッカー―現代伝奇集　中村真一郎著　文芸春秋　1993.9　307p　19cm　1700円　ⓘ4-16-314210-X

◇小さな噴水の思い出　中村真一郎著　筑摩書房　1993.9　277p　20cm　2900円　ⓘ4-480-81339-X

◇近代の詩人 5　北原白秋　中村真一郎編・解説　潮出版社　1993.8　615p　23cm　6500円　ⓘ4-267-01243-1

◇時間の迷路　中村真一郎著　中央公論社　1993.7　295p 19cm　1300円　ⓘ4-12-002228-5

◇王朝物語―小説の未来に向けて　中村真一郎著　潮出版社　1993.6　414p　22cm　3800円　ⓘ4-267-01325-X

◇中村真一郎小説集成　第13巻　中村真一郎著　新潮社　1993.3　461p 21cm　5500円　ⓘ4-10-645313-4

◇中村真一郎小説集成　第12巻　中村真一郎著　新潮社　1993.2　410p 21cm　5500円　ⓘ4-10-645312-6

◇中村真一郎小説集成 第11巻 新潮社 1993.1 400p 22cm 5500円 ⓘ4-10-645311-8

丹羽 文雄
にわ ふみお

明治37(1904).11.22～

小説家。浄土真宗の末寺の長男に生まれる。昭和7年出奔した母をモデルにした『鮎』を発表し作家生活に入り、9年発表の『贅肉』で作家としての地位を確立、10年代の代表的作家となる。市井事ものから20年代は風俗ものになり、親鸞の思想へ入っていった。作品は多く、戦後の代表作に『厭がらせの年齢』『蛇と鳩』『青麦』『日日の背信』『禁猟区』『親鸞とその妻』『顔』『献身』『一路』『親鸞』『蓮如』『ひと我を非情の作家と呼ぶ』など。25年には「文学者」を創刊し、若い作家を育てた。

*　　　*　　　*

◇海戦―伏字復元版 丹羽文雄著 中央公論新社 2000.8 215p 16cm （中公文庫） 552円 ⓘ4-12-203698-4

◇父・丹羽文雄介護の日々 本田桂子著 中央公論新社 1999.9 206p 16cm （中公文庫 ほ13-1） 533円 ⓘ4-12-203500-7

◇うゐのおくやま―続・私の中の丹羽文雄 福島保夫著 武蔵野書房 1999.8 219p 20cm 2000円

◇蓮如 8 蓮如遷化の巻 丹羽文雄著 改版 中央公論社 1998.7 419p 15cm （中公文庫） 838円 ⓘ4-12-203199-0

◇蓮如 7 山科御坊の巻 丹羽文雄著 改版 中央公論社 1998.6 375p 15cm （中公文庫） 743円 ⓘ4-12-203174-5

◇蓮如 6 最初の一向一揆の巻 丹羽文雄著 改版 中央公論社 1998.5 381p 15cm （中公文庫） 743円 ⓘ4-12-203149-4

◇蓮如 5 蓮如妻帯の巻 丹羽文雄著 改版 中央公論社 1998.4 375p 16cm （中公文庫） 743円 ⓘ4-12-203123-0

◇蓮如 4 蓮如誕生の巻 丹羽文雄著 改版 中央公論社 1998.3 355p 15cm （中公文庫） 743円 ⓘ4-12-203100-1

◇蓮如 3 本願寺衰退の巻 丹羽文雄著 改版 中央公論社 1998.2 410p 15cm （中公文庫） 743円 ⓘ4-12-203073-0

◇蓮如 2 覚如と存覚の巻 丹羽文雄著 改版 中央公論社 1998.1 374p 15cm （中公文庫） 743円 ⓘ4-12-203033-1

◇作家と作品―生と死の塑像 間瀬昇著 近代文芸社 1997.12 238p 19cm 1800円 ⓘ4-7733-6295-2

◇蓮如 1 覚信尼の巻 丹羽文雄著 改版 中央公論社 1997.12 345p 15cm （中公文庫） 743円 ⓘ4-12-203009-9

◇父・丹羽文雄介護の日々 本田桂子著 中央公論社 1997.6 198p 20cm 1200円 ⓘ4-12-002696-5

◇岐阜県文学全集 第2巻 小説編 美濃編2 丹羽文雄ほか著, 日野泰円ほか編集 郷土出版社 1995.7 378p 20cm

◇有馬頼義と丹羽文雄の周辺―「石の会」と「文学者」 上坂高生著 武蔵野書房 1995.6 268p 20cm 2000円

◇袖すりあうも 古山高麗雄著 小沢書店 1993.12 360p 19cm 2266円

◇ゴルフ上達法 丹羽文雄著 潮出版社 1993.7 197p 19cm 1200円 ⓘ4-267-01336-5

◇ゴルフ談義 丹羽文雄著 潮出版社 1993.7 269p 19cm 1300円 ⓘ4-267-01335-7

野間 宏
のま ひろし

大正4(1915).2.23～平成3(1991).1.2

小説家、評論家、詩人。三高時代、同人誌「三人」を創刊し、詩、小説などを発表。京大時代は「人民戦線」グループに参画。昭和18年思想犯として大阪陸軍刑務所に入所。戦後、日本共産党に入党。21年『暗い絵』を発表し、作家生活に入る。代表作に27年『真空地帯』、46年『青年の環』(全6部5巻)。他に『さいころの空』『わが塔はそこに立つ』などの長篇、『サルトル論』『親鸞』『文学の探求』などの評論・エッセイ、『山繭』『星座の痛み』『野間宏全詩集』などの詩集がある。また、差別問題などの社会問題で

も幅広く活躍し、この方面の著書に『差別・その根源を問う』『狭山裁判』などがある。

* * *

◇作家の戦中日記—1932-45 上　野間宏著, 尾末奎司〔ほか〕編　藤原書店　2001.6　634p　22cm　Ⓟ4-89434-237-5

◇作家の戦中日記—1932-45 下　野間宏著, 尾末奎司〔ほか〕編　藤原書店　2001.6　p639-1080 図版208p　22cm　Ⓟ4-89434-237-5

◇野間宏—大阪の思い出/私の小説観　野間宏著, 小笠原克編　日本図書センター　1998.4　270p　22cm　（シリーズ・人間図書館）　2600円　Ⓟ4-8205-9517-2

◇戦後文壇覚え書　杉森久英著　河出書房新社　1998.1　243p　19cm　2400円　Ⓟ4-309-01203-5

◇完本狭山裁判　野間宏『狭山裁判』刊行委員会編, 野間宏著　藤原書店　1997.7　3冊　23cm　全38000円　Ⓟ4-89434-074-7

◇世界の名画 18　ブラックとキュビズム　井上靖, 高階秀爾編　野間宏〔ほか〕執筆　中央公論社　1995.4　97p　34cm　3800円　Ⓟ4-12-403120-3

◇野間宏論—欠如のスティグマ　山下実著　彩流社　1994.7　265p　20cm　2427円　Ⓟ4-88202-308-3

◇親鸞　野間宏著　岩波書店　1994.6　214p　20cm　（岩波新書）　1600円　Ⓟ4-00-003851-6

埴谷 雄高
はにや ゆたか

明治42(1909).12.19～平成9(1997).2.19
小説家、評論家。日大入学後、アナーキズムの影響を受け、昭和6年共産党に入党。7年に検挙され、8年に転向出獄。20年文芸評論家の平野謙らと「近代文学」を創刊し、形而上学的な主題を繰広げた『死霊』を連載。45年『闇の中の黒い馬』、その後『死霊』の執筆を再開し、第一次戦後派作家としての活動を続けた。評論家としてはスターリニズム批判の先駆的存在として'60年安保世代に大きな影響を与え、『永久革命者の悲哀』などの政治的考察を多く発表。著書にアフォリズム集『不合理ゆえに吾信ず』『幻視の中の政治』のほか、

* * *

◇幻視のなかの政治　埴谷雄高著, 高橋順一解説　未来社　2001.12　208p　19cm　（転換期を読む 7）　2400円　Ⓟ4-624-93427-X

◇埴谷雄高全集　別巻　埴谷雄高著　講談社　2001.5　2冊　22cm　全9500円　Ⓟ4-06-268070-X

◇埴谷雄高全集　第19巻　埴谷雄高著　講談社　2001.3　637p　22cm　7800円　Ⓟ4-06-268069-6

◇埴谷雄高全集　第18巻　埴谷雄高著　講談社　2001.1　555p　22cm　7800円　Ⓟ4-06-268068-8

◇埴谷雄高全集　第17巻　埴谷雄高著　講談社　2000.11　531p　22cm　7800円　Ⓟ4-06-268067-X

◇埴谷雄高全集　第16巻　埴谷雄高著　講談社　2000.9　530p　22cm　7800円　Ⓟ4-06-268066-1

◇埴谷雄高全集　第15巻　埴谷雄高著　講談社　2000.7　512p　22cm　7800円　Ⓟ4-06-268065-3

◇カメラの前のモノローグ　埴谷雄高, 猪熊弦一郎, 武満徹〔述〕, マリオ・A聞き手・写真集英社　2000.5　213p　18cm　（集英社新書）　660円　Ⓟ4-08-720031-0

◇埴谷雄高全集　第14巻　埴谷雄高著　講談社　2000.5　498p　22cm　7800円　Ⓟ4-06-268064-5

◇埴谷雄高全集　第13巻　埴谷雄高著　講談社　2000.3　508p　22cm　7800円　Ⓟ4-06-268063-7

◇埴谷雄高全集　第12巻　埴谷雄高著　講談社　2000.1　552p　22cm　7800円　Ⓟ4-06-268062-9

◇埴谷雄高全集　第11巻　埴谷雄高著　講談社　1999.11　799p　22cm　7800円　Ⓟ4-06-268061-0

◇埴谷雄高全集　第11巻　「死霊（しれい）」断章　大江健三郎ほか編, 埴谷雄高著　講談社　1999.11　799p　22cm　7800円　Ⓟ4-06-268061-0

◇埴谷雄高全集 第10巻　薄明のなかの思想　埴谷雄高著　講談社　1999.9　758p　21cm　7800円　Ⓘ4-06-268060-2

◇埴谷雄高全集 9　影絵の時代　埴谷雄高著　講談社　1999.7　688p　21cm　7800円　Ⓘ4-06-268059-9

◇文士とは　大久保房男著　紅書房　1999.6　219p　21cm　2300円　Ⓘ4-89381-131-2

◇埴谷雄高全集　第8巻　姿なき司祭　埴谷雄高著　講談社　1999.5　699p　21cm　7800円　Ⓘ4-06-268058-0

◇魂を考える　池田晶子著　法藏館　1999.4　221p　19cm　1900円　Ⓘ4-8318-7168-0

◇作家の自伝 100　埴谷雄高　佐伯彰一, 松本健一監修　埴谷雄高著, 遠丸立編解説　日本図書センター　1999.4　263p　22cm　(シリーズ・人間図書館)　2600円　Ⓘ4-8205-9545-8,4-8205-9525-3

◇埴谷雄高全集 第7巻　ドストエフスキイ　埴谷雄高著　講談社　1999.3　8,730p　21cm　7800円　Ⓘ4-06-268057-2

◇奇抜の人―埴谷雄高のことを27人はこう語った　木村俊介著　平凡社　1999.2　390p　20cm　2000円　Ⓘ4-582-82931-7

◇埴谷雄高全集　第6巻　影絵の世界　埴谷雄高著　講談社　1999.1　716p　21cm　7800円　Ⓘ4-06-268056-4

◇埴谷雄高全集　5　闇のなかの思想　埴谷雄高著　講談社　1998.11　701p　21cm　7800円　Ⓘ4-06-268055-6

◇埴谷雄高全集　4　永久革命者の悲哀　埴谷雄高著　講談社　1998.9　711p　21cm　7800円　Ⓘ4-06-268054-8

◇埴谷雄高全集　第2巻　埴谷雄高著　講談社　1998.7　659p　22cm　7800円　Ⓘ4-06-268052-1

◇埴谷雄高全集　第1巻　埴谷雄高著　講談社　1998.4　637p　22cm　7800円　Ⓘ4-06-268051-3

◇埴谷雄高全集　3　埴谷雄高著　講談社　1998.2　895p　21cm　8800円　Ⓘ4-06-268053-X

◇埴谷雄高　標的者―月蝕歌劇団上演台本　埴谷雄高作, 高取英脚色, 松田政男構成　深夜叢書社　1998.2　205p　19cm　2200円　Ⓘ4-88032-216-4

◇散歩者の夢想　埴谷雄高〔著〕　角川春樹事務所　1997.12　286p　16cm　(ランティエ叢書 11)　1000円　Ⓘ4-89456-090-9

◇無限の相のもとに　埴谷雄高, 立花隆著　平凡社　1997.12　339p　20cm　1700円　Ⓘ4-582-82910-4

◇埴谷雄高は最後にこう語った　埴谷雄高著, 松本健一聞き手　毎日新聞社　1997.10　260p　20cm　2000円　Ⓘ4-620-31194-4

◇影絵の世界　埴谷雄高著　平凡社　1997.9　302p　16cm　(平凡社ライブラリー)　900円　Ⓘ4-582-76214-X

◇始まりにして終り―埴谷雄高との対話　白川正芳著　文藝春秋　1997.8　217p　20cm　1524円　Ⓘ4-16-353160-2

◇(評伝)埴谷雄高　川西政明著　河出書房新社　1997.7　339p　20cm　3000円　Ⓘ4-309-01148-9

◇埴谷雄高独白「死霊」の世界　埴谷雄高著, NHK編, 白川正芳責任編集　日本放送出版協会　1997.7　316p　22cm　2600円　Ⓘ4-14-005277-5

◇意識革命宇宙―埴谷雄高(対談)吉本隆明　埴谷雄高, 吉本隆明著　新装　河出書房新社　1997.5　185p　20cm　2000円　Ⓘ4-309-01144-6

◇影絵の時代　埴谷雄高著　新装版　河出書房新社　1997.5　191p　20cm　2000円　Ⓘ4-309-01141-1

◇精神のリレー―講演集　埴谷雄高他著　新装版　河出書房新社　1997.5　220p　20cm　2000円　Ⓘ4-309-01142-X

◇埴谷雄高―エッセンス　埴谷雄高著, 石井恭二編　河出書房新社　1997.4　321p　22cm　2800円+税　Ⓘ4-309-01104-7

◇死霊 3　埴谷雄高著　講談社　1996.7　264p　21cm　2600円　Ⓘ4-06-208317-5

◇瞬発と残響―埴谷雄高対話集　埴谷雄高著　未来社　1996.6　239p　20cm　2200円　Ⓘ4-624-91833-9

◇生命・宇宙・人類　埴谷雄高〔著〕　角川春樹事務所　1996.6　231p　20cm　1800円　Ⓘ4-89456-021-6

◇跳躍と浸潤―埴谷雄高対話集　埴谷雄高著　未来社　1996.5　269p　20cm　2575円　Ⓘ4-624-91832-0

◇生命・宇宙・人類　埴谷雄高〔著〕　角川春樹事務所　1996.4　231p　20cm　1748円　Ⓘ4-87738-004-3

◇超時と没我―埴谷雄高対話集　埴谷雄高著　未来社　1996.4　287p　20cm　2575円　Ⓘ4-624-91831-2

◇埴谷雄高論全集成　白川正芳著　武蔵野書房　1996.3　753p　22cm　6901円

◇埴谷雄高・吉本隆明の世界　斎藤慎爾責任編集　朝日出版社　1996.2　271p　29cm　（二十世紀の知軸　1）　2900円　Ⓘ4-255-96001-1

◇死霊九章　埴谷雄高著　講談社　1995.12　65p　21cm　1900円　Ⓘ4-06-208013-3

◇螺旋と蒼穹　埴谷雄高著　未来社　1995.9　257p　20cm　2575円　Ⓘ4-624-91830-4

◇オン！―埴谷雄高との形而上対話　池田晶子著　講談社　1995.7　236p　20cm　1600円　Ⓘ4-06-207715-9

◇新編　文学の責任　高橋和巳著　講談社　1995.5　288p　15cm　（講談社文芸文庫）　980円　Ⓘ4-06-196321-X

◇虹と睡蓮　埴谷雄高著　未来社　1995.5　253p　20cm　2575円　Ⓘ4-624-91829-0

◇生老病死　埴谷雄高対談，樋口覚対談　三輪書店　1994.12　209p　19cm　2524円　Ⓘ4-89590-034-7

◇埴谷雄高語る　埴谷雄高著，栗原幸夫著　河合文化教育研究所　1994.9　189p　20cm　1748円　Ⓘ4-87999-995-4

◇孤光の三巨星―稲垣足穂・滝口修造・埴谷雄高　中村幸夫著　風琳堂　1994.5　233p　19cm　2000円　Ⓘ4-89426-511-7

◇幻視者宣言　埴谷雄高著　三一書房　1994.3　279p　20cm　2500円　Ⓘ4-380-94215-5

◇闇のなかの黒い馬　埴谷雄高著　〔新装版〕　河出書房新社　1994.2　173p　19cm　2000円　Ⓘ4-309-00896-8

◇老年発見―「成長」から「老知」へ　埴谷雄高〔ほか〕著　NTT出版　1993.4　310p　22cm　（Books in form）　2900円　Ⓘ4-87188-213-6

平林 たい子
ひらばやし たいこ

明治38(1905).10.3～昭和47(1972).2.17

小説家。高女卒業後上京して電話交換手、女給などを転々。堺利彦の知遇を得るほか、アナーキスト等と交わり、山本虎三と満州・朝鮮を放浪。昭和2年「文芸戦線」に発表した『施療室にて』でプロレタリア作家として認められ、以後体験に根ざす反逆的作品で、昭和期の代表的女流作家となった。12年には人民戦線事件で検挙される。戦後は反共的姿勢に転じ、文化フォーラムの日本委員として活動、安保反対闘争、松川事件の無罪判決などを批判し、物議をかもす。代表作に『かういふ女』『地底の歌』『秘密』『敷設列車』『私は生きる』などがある。

『施療室にて』：昭和3(1928)年。短編小説。満州のある慈善病院を舞台に、夫が投獄された中で出産した主人公が、生まれた子供の死を乗り越えて生きようとするさまが、生活感情に根ざし、意志的に描かれている。

＊　＊　＊

◇平林たい子・林芙美子　平林たい子，林芙美子著　角川書店　1999.4　479p　20cm　（女性作家シリーズ　2）　2800円　Ⓘ4-04-574202-6

◇作家の自伝 93　平林たい子　佐伯彰一，松本健一監修　平林たい子著，中山和子編解説　日本図書センター　1999.4　255p　22cm　（シリーズ・人間図書館）　2600円　Ⓘ4-8205-9538-5,4-8205-9525-3

◇平林たい子　中山和子著　新典社　1999.3　190p　19cm　（女性作家評伝シリーズ　8）　1500円　Ⓘ4-7879-7308-8

◇耕地　平林たい子著，関井光男監修　ゆまに書房　1998.5　235p　19cm　（新鋭文学叢書　9）　Ⓘ4-89714-443-4,4-89714-433-7

◇こういう女 施療室にて　平林たい子著　講談社　1996.5　309p　15cm　（講談社文芸文庫）　980円　Ⓘ4-06-196370-8

深沢 七郎
ふかざわ しちろう

大正3(1914).1.29～昭和62(1987).8.18
　小説家。中学卒業後上京し、流転の生活の中でギターを勉強。戦後も旅まわりなどをしていたが、桃原青二の名で日劇ミュージックホールに出演。昭和31年姥捨てをテーマにした『楢山節考』で文壇に鮮烈にデビュー。35年『風流夢譚』で右翼テロの嶋中事件を誘発、一時身を隠す放浪生活に入る。40年埼玉県菖蒲町にラブミー農場を開き、46年には東京で今川焼屋を開業するなどの異色の活動で知られた。他の主な作品に『みちのくの人形たち』『笛吹川』『千秋楽』『甲州子守歌』『庶民列伝』『人間滅亡的人生案内』『極楽まくらおとし図』など。

　　　　＊　　　＊　　　＊

◇女は存在しない　中沢新一著　せりか書房　1999.11　464p　19cm　2800円　⑴4-7967-0222-9
◇こころの旅人深沢七郎　田中真寿子著　「唯一者」発行所(発売)　1998.11　249p　22cm　2500円
◇桃仙人―小説深沢七郎　嵐山光三郎著　筑摩書房　1997.12　190p　15cm　(ちくま文庫　あ26-1)　580円　⑴4-480-03337-8
◇深沢七郎集　第10巻　エッセイ　4　深沢七郎著　筑摩書房　1997.11　413p　21cm　4900円　⑴4-480-72070-7
◇深沢七郎集 第9巻　エッセイ　3　深沢七郎著　筑摩書房　1997.10　488p　21cm　5200円　⑴4-480-72069-3
◇深沢七郎集 第8巻　エッセイ　2　深沢七郎著　筑摩書房　1997.9　410p　21cm　4900円　⑴4-480-72068-5
◇深沢七郎集 第7巻　エッセイ　1　深沢七郎著　筑摩書房　1997.8　437p　21cm　4900円　⑴4-480-72067-7
◇深沢七郎集 第6巻　小説　6　深沢七郎著　筑摩書房　1997.7　434p　21cm　4900円　⑴4-480-72066-9
◇深沢七郎集 第5巻　小説　5　深沢七郎著　筑摩書房　1997.6　422p　21cm　4800円　⑴4-480-72065-0
◇深沢七郎集 第4巻　深沢七郎著　筑摩書房　1997.5　414p　21cm　4800円　⑴4-480-72064-2
◇深沢七郎集 第3巻　深沢七郎著　筑摩書房　1997.4　446p　21cm　4800円　⑴4-480-72063-4
◇深沢七郎集 第2巻　深沢七郎著　筑摩書房　1997.3　411p　21cm　4944円　⑴4-480-72062-6
◇深沢七郎集 第1巻　小説　1　筑摩書房　1997.2　422p　21cm　4944円　⑴4-480-72061-8
◇一九六一年冬「風流夢譚」事件　京谷秀夫著　平凡社　1996.8　330p　16cm　(平凡社ライブラリー　158)　1359円　⑴4-582-76158-5
◇桃仙人―小説深沢七郎　嵐山光三郎著　メタローグ　1995.1　145p　20cm　(一時間文庫)　1262円　⑴4-8398-3005-3
◇深沢七郎ラプソディ　福岡哲司著　ティビーエス・ブリタニカ　1994.7　265p 19cm　1400円　⑴4-484-94214-3
◇深沢七郎の滅亡対談　深沢七郎著　筑摩書房　1993.12　466p　15cm　(ちくま文庫)　920円　⑴4-480-02836-6
◇ちくま日本文学全集　052　深沢七郎著　筑摩書房　1993.4　476p　15cm　1000円　⑴4-480-10252-3

藤沢 周平
ふじさわ しゅうへい

昭和2(1927).12.26～平成9(1997).1.26
　小説家。昭和38年より小説の投稿を始め、46年『溟い海』以後本格的作家活動に入る。48年『暗殺の年輪』で直木賞を受賞。市井ものを中心に時代小説・歴史小説の各分野で幅広く活躍し、独特の情感に富む作品世界に、日常のリアリティと人生の哀歓を陰影豊かに描いた。代表作は『蝉しぐれ』『用心棒日月抄』『暗殺の年輪』。小説づくりのうまさ、文章の名手として定評があった。他に『又蔵の火』『闇の梯子』『三屋清左衛門残日録』『春秋の檻』『海鳴り』『よ

小説　現代

ろずや平四郎活人剣』『白き瓶 小説・長塚節』『漆の実のみのる国』などがある。

　『蝉しぐれ』：昭和61(1986)年。長編小説。下級武士の子文四郎が、父親の無惨な死、藩内の権力争いを通じて成長してゆく。友情、淡い恋、誰にでもあり、やがて去ってしまう青春を東北の自然の中に清新に描く。

　　　　＊　　　＊　　　＊

◇早春 その他　藤沢周平著　文芸春秋　2002.2　199p　15cm　(文春文庫)　400円　④4-16-719235-7

◇天保悪党伝　藤沢周平著　新潮社　2001.11　309p　16cm　(新潮文庫)　476円　④4-10-124725-0

◇春秋山伏記　藤沢周平〔著〕　角川書店　2001.11　327p　15cm　(角川文庫)　533円　④4-04-190502-8

◇日暮れ竹河岸　藤沢周平著　文芸春秋　2000.9　267p　16cm　(文春文庫)　448円　④4-16-719234-9

◇静かな木　藤沢周平著　新潮社　2000.9　123p　16cm　(新潮文庫)　362円　④4-10-124724-2

◇玄鳥　藤沢周平著　埼玉福祉会　2000.4　389p　22cm　(大活字本シリーズ)　3600円

◇漆の実のみのる国 上　藤沢周平著　文芸春秋　2000.2　285p　16cm　(文春文庫)　476円　④4-16-719232-2

◇漆の実のみのる国 下　藤沢周平著　文芸春秋　2000.2　315p　16cm　(文春文庫)　476円　④4-16-719233-0

◇人生に志あり　藤沢周平　新船海三郎著　本の泉社　1999.7　252p　20cm　1800円　④4-88023-301-3

◇司馬遼太郎と藤沢周平―「歴史と人間」をどう読むか　佐高信著　光文社　1999.6　266p　20cm　1500円　④4-334-97223-3

◇藤沢周平と庄内―海坂藩の人と風 続　山形新聞社編　ダイヤモンド社　1999.6　193p　20cm　1600円　④4-478-94174-2

◇三屋清左衛門残日録　藤沢周平著　日本障害者リハビリテーション協会　1999.3　CD-ROM1枚　12cm

◇藤沢周平句集　藤沢周平著, 文芸春秋編　文芸春秋　1999.3　170p　20cm　1429円　④4-16-318410-4

◇楽老抄―ゆめのしずく　田辺聖子著　集英社　1999.2　270p　19cm　1400円　④4-08-774388-8

◇神隠し　藤沢周平著　埼玉福祉会　1998.12　2冊　22cm　(大活字本シリーズ)　3400円；3300円

◇闇の歯車　藤沢周平著　中央公論社　1998.11　256p　15cm　(中公文庫)　476円　④4-12-203280-6

◇藤沢周平読本　新人物往来社　1998.10　360p　21cm　(別冊歴史読本 90)　1800円　④4-404-02666-8

◇義民が駆ける　藤沢周平著　講談社　1998.9　386p　15cm　(講談社文庫)　619円　④4-06-263931-9

◇海坂藩の侍たち―藤沢周平と時代小説　向井敏著　文芸春秋　1998.1　326p　16cm　(文春文庫)　448円　④4-16-717004-3

◇藤沢周平論　中島誠著　講談社　1998.1　221p　20cm　1800円　④4-06-209049-X

◇静かな木　藤沢周平著　新潮社　1998.1　109p　19cm　1300円　④4-10-329609-7

◇早春―その他　藤沢周平著　文芸春秋　1998.1　196p　19cm　1238円　④4-16-317430-3

◇ふるさとへ廻る六部は　藤沢周平著　新潮社　1998.1　363p　20cm　1700円　④4-10-329610-0

◇藤沢周平。人生の極意　広瀬誠著　PHP研究所　1997.12　225p　20cm　1333円　④4-569-55940-9

◇藤沢周平のすべて　文芸春秋編　文芸春秋　1997.10　433p　19cm　1524円　④4-16-353390-7

◇藤沢周平と庄内―海坂藩を訪ねる旅　山形新聞社編　ダイヤモンド社　1997.7　200p　20cm　1600円　④4-478-94146-7

◇半生の記　藤沢周平著　文芸春秋　1997.6　237p　16cm　(文春文庫)　419円　④4-16-719231-4

◇漆の実のみのる国 上　藤沢周平著　文芸春秋　1997.5　250p　19cm　1714円　Ⓘ4-16-362760-X

◇漆の実のみのる国 下　藤沢周平著　文芸春秋　1997.5　267p　19cm　1714円　Ⓘ4-16-362770-7

◇出合茶屋—神谷玄次郎捕物控　藤沢周平著　双葉社　1997.5　294p　17cm　(FUTABA NOVELS)　838円　Ⓘ4-575-00573-8

◇藤沢周平の世界　文芸春秋編　文芸春秋　1997.4　270p　16cm　(文春文庫)　438円+税　Ⓘ4-16-721763-5

◇密謀　藤沢周平著　毎日新聞社　1997.3　525p　21cm　2266円　Ⓘ4-620-10564-3

◇日暮れ竹河岸　藤沢周平著　文芸春秋　1996.11　261p　20cm　1650円　Ⓘ4-16-316590-8

◇周游独言　藤沢周平著　改版　中央公論社　1996.10　457p　16cm　(中公文庫　ふ12-6)　796円　Ⓘ4-12-202714-4

◇江戸風鈴恋物語—時代小説傑作選　日本文芸家協会編，古川薫，藤沢周平，隆慶一郎，津本陽，白石一郎ほか著　講談社　1996.9　389p　15cm　(講談社文庫)　600円　Ⓘ4-06-263387-6

◇市塵　藤沢周平著　埼玉福祉会　1996.5　3冊　22cm　(大活字本シリーズ)　3605〜3708円

◇秘太刀馬の骨　藤沢周平著　文芸春秋　1995.11　318p　15cm　(文春文庫)　450円　Ⓘ4-16-719230-6

◇人間万事塞翁が馬—谷沢永一対談集　谷沢永一著　潮出版社　1995.9　213p　19cm　1300円　Ⓘ4-267-01385-3

◇義民が駆ける　藤沢周平著　改版　中央公論社　1995.6　426p　15cm　(中公文庫)　760円　Ⓘ4-12-202337-8

◇夜消える　藤沢周平著　文芸春秋　1995.6　208p　19cm　1300円　Ⓘ4-16-315590-2

◇たそがれ清兵衛　藤沢周平著　埼玉福祉会　1995.5　2冊　22cm　(大活字本シリーズ)　3399円；3605円

◇ふるさとへ廻る六部は　藤沢周平著　新潮社　1995.5　364p　15cm　(新潮文庫)　520円　Ⓘ4-10-124723-4

◇夜の橋　藤沢周平著　改版　中央公論社　1995.3　335p　15cm　(中公文庫)　600円　Ⓘ4-12-202266-5

◇藤沢周平を読む　常盤新平ほか著　プレジデント社　1995.2　233p　20cm　(プレジデントビジネスマン読本)　1400円　Ⓘ4-8334-1558-5

◇海坂藩の侍たち—藤沢周平と時代小説　向井敏著　文藝春秋　1994.12　262p　20cm　1262円　Ⓘ4-16-349720-X

◇驟り雨—市井小説集　藤沢周平著　青樹社　1994.12　250p　18cm　(藤沢周平珠玉選 9)　1200円　Ⓘ4-7913-0863-8

◇藤沢周平珠玉選 8　時雨みち　藤沢周平著　青樹社　1994.11　276p　18cm　1200円　Ⓘ4-7913-0853-0

◇半生の記　藤沢周平著　文芸春秋　1994.9　181p　20cm　1400円　Ⓘ4-16-349310-7

◇凶刃—用心棒日月抄　藤沢周平著　新潮社　1994.9　375p　15cm　(新潮文庫)　480円　Ⓘ4-10-124722-6

◇藤沢周平珠玉選 7　竜を見た男　藤沢周平著　青樹社　1994.7　261p　18cm　1100円　Ⓘ4-7913-0833-6

◇藤沢周平の世界　文芸春秋編　文芸春秋　1994.6　301p　19cm　1500円　Ⓘ4-16-348700-X

◇藤沢周平珠玉選 6　逆軍の旗　藤沢周平著　青樹社　1994.5　231p　18cm　1100円　Ⓘ4-7913-0822-0

◇藤沢周平全集　第22巻　藤沢周平著　文芸春秋　1994.4　491p　19cm　3500円　Ⓘ4-16-364420-2

◇玄鳥　藤沢周平著　文芸春秋　1994.3　232p　15cm　(文春文庫)　420円　Ⓘ4-16-719228-4

◇時代小説最前線 1　藤沢周平ほか著　新潮社　1994.3　347p　19cm　1700円　Ⓘ4-10-602821-2

◇藤沢周平珠玉選 5　冤罪　藤沢周平著　青樹社　1994.3　327p　18cm　1200円　Ⓘ4-7913-0810-7

◇藤沢周平全集　第23巻　藤沢周平著　文芸春秋　1994.3　619p　19cm　3500円　Ⓘ4-16-364430-X

小 説　　　　　　現 代

◇夜消える　藤沢周平著　文芸春秋　1994.3　235p　15cm　（文春文庫）　420円　Ⓘ4-16-719229-2

◇藤沢周平全集　第21巻　藤沢周平著　文芸春秋　1994.2　449p　19cm　3500円　Ⓘ4-16-364410-5

◇藤沢周平珠玉選 4　喜多川歌麿女絵草紙──連作短編集　藤沢周平著　青樹社　1994.1　245p　18cm　1100円　Ⓘ4-7913-0799-2

◇藤沢周平全集　第19巻　藤沢周平著　文芸春秋　1994.1　548p　20cm　3500円　Ⓘ4-16-364390-7

◇藤沢周平全集　第10巻　藤沢周平著　文芸春秋　1993.12　449p　19cm　3500円　Ⓘ4-16-364300-1

◇天保悪党伝　藤沢周平著　角川書店　1993.11　295p　15cm　（角川文庫）　500円　Ⓘ4-04-190501-X

◇藤沢周平珠玉選 3　藤沢周平著　青樹社　1993.11　261p　18cm　1100円　Ⓘ4-7913-0789-5

◇藤沢周平全集　第6巻　藤沢周平著　文芸春秋　1993.11　573p　19cm　3500円　Ⓘ4-16-364260-9

◇藤沢周平全集　第7巻　藤沢周平著　文芸春秋　1993.10　589p　19cm　3500円　Ⓘ4-16-364270-6

◇藤沢周平珠玉選 2　藤沢周平著　青樹社　1993.9　260p　19cm　1100円　Ⓘ4-7913-0780-1

◇藤沢周平全集　第13巻　藤沢周平著　文芸春秋　1993.9　531p　19cm　3500円　Ⓘ4-16-364330-3

◇藤沢周平全集　第12巻　藤沢周平著　文芸春秋　1993.8　507p　19cm　3500円　Ⓘ4-16-364320-6

◇藤沢周平珠玉選 1　藤沢周平著　青樹社　1993.7　220p　18cm　1100円　Ⓘ4-7913-0770-4

◇藤沢周平全集　第8巻　藤沢周平著　文芸春秋　1993.7　598p　19cm　3500円　Ⓘ4-16-364280-3

◇藤沢周平全集　第11巻　藤沢周平著　文芸春秋　1993.6　659p　19cm　3500円　Ⓘ4-16-364310-9

◇藤沢周平全集　第15巻　藤沢周平著　文芸春秋　1993.5　550p　19cm　3500円　Ⓘ4-16-364350-8

◇藤沢周平全集　第18巻　藤沢周平著　文芸春秋　1993.4　573p　19cm　3500円　Ⓘ4-16-364380-X

◇藤沢周平全集　第14巻　藤沢周平著　文芸春秋　1993.3　541p　19cm　3500円　Ⓘ4-16-364340-0

◇藤沢周平全集　第5巻　藤沢周平著　文芸春秋　1993.2　570p　19cm　3500円　Ⓘ4-16-364250-1

◇藤沢周平全集　第17巻　文芸春秋　1993.1　627p　20cm　3500円　Ⓘ4-16-364370-2

舟橋 聖一
ふなはし せいいち

明治37（1904）.12.25〜昭和51（1976）.1.13　小説家、劇作家。東大国文科時代「朱門」同人となり、大正14年村山知義、河原崎長十郎らと劇団心座を結成、戯曲集『愛欲の一匙』を発表する。15年戯曲『白い腕』を「新潮」に掲載して文壇にデビュー。その後明大教授をつとめながら小説を書き始め、昭和8年阿部知二らと雑誌「行動」を創刊、行動主義を唱えて『ダイヴィング』を発表、注目を集める。13年『木石』で認められ、以後『悉皆屋康吉』『雪夫人絵図』『芸者小夏』『花の生涯』『絵島生島』『ある女の遠景』などの代表作を書いた。

＊　　　＊　　　＊

◇愛慾の一匙　舟橋聖一著　ゆまに書房　2000.3　257p　19cm　（新興芸術派叢書 18）　Ⓘ4-8433-0018-7,4-8433-0000-4

◇忠臣蔵コレクション 1　本伝篇　吉川英治,山手樹一郎,海音寺潮五郎,木村毅,舟橋聖一ほか著、縄田一男編　新装版　河出書房新社　1998.8　339p　15cm　（河出文庫）　680円　Ⓘ4-309-47362-8

◇新・忠臣蔵　第4巻　舟橋聖一著　文芸春秋　1998.6　466p　19cm　1905円　Ⓘ4-16-506200-6

◇新・忠臣蔵　第7巻　舟橋聖一著　文芸春秋　1998.6　433p　15cm　（文春文庫）　524円　Ⓘ4-16-753609-9

◇新・忠臣蔵 第8巻　舟橋聖一著　文芸春秋 1998.6　413p　15cm （文春文庫） 505円 Ⓘ4-16-753610-2

◇新・忠臣蔵 第3巻　舟橋聖一著　文芸春秋 1998.5　483p　19cm　1905円　Ⓘ4-16-506190-5

◇新・忠臣蔵 第5巻　舟橋聖一著　文芸春秋 1998.5　449p　16cm （文春文庫） 552円 Ⓘ4-16-753607-2

◇新・忠臣蔵 第6巻　舟橋聖一著　文芸春秋 1998.5　413p　16cm （文春文庫） 514円 Ⓘ4-16-753608-0

◇新・忠臣蔵 第2巻　舟橋聖一著　文芸春秋 1998.4　477p　19cm　1905円　Ⓘ4-16-506180-8

◇新・忠臣蔵 第3巻　舟橋聖一著　文芸春秋 1998.4　426p　15cm （文春文庫） 505円 Ⓘ4-16-753605-6

◇新・忠臣蔵 第4巻　舟橋聖一著　文芸春秋 1998.4　413p　15cm （文春文庫） 505円 Ⓘ4-16-753606-4

◇新・忠臣蔵 第1巻　舟橋聖一著　文芸春秋 1998.3　489p　19cm　1905円　Ⓘ4-16-506170-0

◇新・忠臣蔵 第1巻　舟橋聖一著　文芸春秋 1998.3　449p　15cm （文春文庫） 552円 Ⓘ4-16-753603-X

◇新・忠臣蔵 第2巻　舟橋聖一著　文芸春秋 1998.3　408p　15cm （文春文庫） 514円 Ⓘ4-16-753604-8

◇花の生涯 上　舟橋聖一著　講談社　1998.2 368p　19cm　2300円　Ⓘ4-06-209136-4

◇花の生涯 下　舟橋聖一著　講談社　1998.2 403p　19cm　2300円　Ⓘ4-06-209137-2

◇悉皆屋康吉　舟橋聖一著　文芸春秋　1998.1 315p　15cm　467円　Ⓘ4-16-753602-1

◇お市御寮人　舟橋聖一著　講談社　1996.10 430p　19cm　2300円　Ⓘ4-06-208420-1

◇太閤秀吉 7　舟橋聖一著　光文社　1995.12 368p　15cm（光文社時代小説文庫） 620円 Ⓘ4-334-72166-4

◇太閤秀吉 8　舟橋聖一著　光文社　1995.12 358p　15cm（光文社時代小説文庫） 620円 Ⓘ4-334-72167-2

◇太閤秀吉 4　舟橋聖一著　光文社　1995.11 390p　15cm（光文社時代小説文庫） 620円 Ⓘ4-334-72149-4

◇太閤秀吉 5　舟橋聖一著　光文社　1995.11 406p　15cm（光文社時代小説文庫） 620円 Ⓘ4-334-72150-8

◇太閤秀吉 6　舟橋聖一著　光文社　1995.11 343p　15cm（光文社時代小説文庫） 620円 Ⓘ4-334-72151-6

◇太閤秀吉 1　舟橋聖一著　光文社　1995.10 379p　15cm（光文社時代小説文庫） 620円 Ⓘ4-334-72133-8

◇太閤秀吉 2　舟橋聖一著　光文社　1995.10 372p　15cm（光文社時代小説文庫） 620円 Ⓘ4-334-72134-6

◇太閤秀吉 3　舟橋聖一著　光文社　1995.10 370p　15cm（光文社時代小説文庫） 620円 Ⓘ4-334-72135-4

◇源氏物語 上巻　紫式部〔著〕, 舟橋聖一訳 祥伝社　1995.4　682p　16cm（ノン・ポシェット） 1000円　Ⓘ4-396-32431-6

◇源氏物語 下巻　紫式部〔著〕, 舟橋聖一訳 祥伝社　1995.4　681p　16cm（ノン・ポシェット） 1000円　Ⓘ4-396-32432-4

◇碑文 花の生涯　秋元藍著　講談社　1993.9 282p 19cm　2000円　Ⓘ4-06-206558-4

星 新一
ほし しんいち

大正15(1924).9.6～平成9(1997).12.30

SF作家。昭和26年SF同人雑誌「宇宙塵」に発表した『セキストラ』が「宝石」に転載されて注目を浴び、続く『ボッコちゃん』『おーいでてこーい』も好評を得る。ショートショートの第一人者として1000以上の作品を発表、SFファンやミステリーファンだけでなく、広く一般読者層に支持された。その他、時代小説、伝記小説、少年小説、戯曲など多方面で独創性を発揮した。代表作に『妄想銀行』『気まぐれ指数』『殿さまの日』、エッセイ集『進化した猿たち』、作品集に『人造美人』『ようこそ地球さん』『エヌ氏の遊園地』『気まぐれロボット』『だれかさんの悪夢』など。父の伝記『人民は

弱し、官吏は強し』、祖父の伝記『祖父・小金井良精の記』がある。

　　　　＊　　＊　　＊

◇星新一ショートショートセレクション 4　奇妙な旅行　星新一著, 和田誠絵　理論社　2002.2　199p　19cm　1200円　④4-652-02084-8

◇星新一ショートショートセレクション 3　ねむりウサギ　星新一作, 和田誠絵　理論社　2002.1　208p　19cm　1200円　④4-652-02083-X

◇星新一ショートショートセレクション 2　宇宙のネロ　星新一著, 和田誠絵　理論社　2001.12　203p　19cm　1200円　④4-652-02082-1

◇ねらわれた星　星新一作, 和田誠絵　理論社　2001.11　199p　19cm　（星新一ショートショートセレクション 1）　1200円　④4-652-02081-3

◇へんな怪獣　星新一作, 和田誠絵　理論社　2001.3　193p　22cm　（新・名作の愛蔵版）　1200円　④4-652-00511-3

◇はなとひみつ　星新一作, 和田誠絵　フレーベル館　2001.1　30p　26cm　（おはなしえほんベストセレクション　第4集 第10編）　314円

◇これからの出来事　星新一著　埼玉福祉会　2000.9　327p　22cm　（大活字本シリーズ）　3500円　④4-88419-001-7

◇気まぐれスターダスト　星新一著　出版芸術社　2000.3　268p　19cm　（ふしぎ文学館）　1500円　④4-88293-185-0

◇妄想銀行　星新一著　双葉社　1999.11　313p　15cm　（双葉文庫）　571円　④4-575-65845-6

◇きまぐれロボット　星新一作, 和田誠絵　理論社　1999.6　193p　22cm　（新・名作の愛蔵版）　1200円　④4-652-00504-0

◇星新一ショートショート1001 1　1961-1968　星新一著　新潮社　1998.12　1666p　22cm　④4-10-319426-X

◇星新一ショートショート1001 2　1968-1973　星新一著　新潮社　1998.12　1645p　22cm　④4-10-319426-X

◇星新一ショートショート1001 3　1974-1997　星新一著　新潮社　1998.12　1581p　22cm　④4-10-319426-X

◇忠臣蔵コレクション 2　異伝篇　南条範夫, 林不忘, 早乙女貢, 星新一, 小松左京ほか著, 縄田一男編　新装版　河出書房新社　1998.8　313p　15cm　（河出文庫）　680円　④4-309-47363-6

◇明治の人物誌　星新一著　新潮社　1998.5　503p　16cm　（新潮文庫　ほ―4-50）　629円　④4-10-109850-6

◇夜明けあと　星新一著　新潮社　1996.7　334p　16cm　（新潮文庫　ほ―4-49）　466円　④4-10-109849-2

◇ボッコちゃん・おーいでてこーい　星新一著　新潮社　1996.3　94p　16cm　（新潮ピコ文庫）　150円　④4-10-940004-X

◇きまぐれ遊歩道　星新一著　新潮社　1995.6　246p　15cm　（新潮文庫）　400円　④4-10-109848-4

◇エヌ氏の遊園地　星新一著　埼玉福祉会　1994.12　2冊　22cm　（大活字本シリーズ）　各3296円

◇つねならぬ話　星新一著　新潮社　1994.7　206p　15cm　（新潮文庫）　320円　④4-10-109847-6

◇これからの出来事　星新一著　新潮社　1993.11　188p　15cm　（新潮文庫）　320円　④4-10-109846-8

◇たくさんのタブー　星新一著　〔拡大写本「ルーペの会」〕　1993.4　10冊　26cm　各1000円

堀田 善衛
ほった よしえ

大正7(1918).7.17～平成10(1998).9.5
作家、文芸評論家。同人誌「荒地」「山の樹」「詩集」「批評」に参加し、昭和25年『祖国喪失』を発表。26年、朝鮮戦争とレッドパージ事件を背景に知識人の内面を追究した『広場の孤独』その他で芥川賞を受賞。その後も思想性と国際的視野をもつ作風で『橋上幻像』『海鳴りの底から』『審判』『若き日の詩人たちの肖像』『路

上の人』やモンテーニュの伝記『ミシェル 城館の人』などの中・長編小説を発表。評論の分野でも52年『ゴヤ』など幅広く活躍。同年から63年までスペインで暮らした。他に『乱世の文学者』『キューバ紀行』『方丈記私記』『スペイン断章』『定家明月記私抄』などがある。

　　　　＊　　　＊　　　＊

◇別離と邂逅の詩　堀田善衛著　集英社　2001.5　197p　22cm　3200円　Ⓣ4-08-774515-5

◇めぐりあいし人びと　堀田善衛著　集英社　1999.9　231p　16cm　（集英社文庫）　438円　Ⓣ4-08-747102-0

◇故園風来抄　堀田善衛著　集英社　1999.6　205p　20cm　1800円　Ⓣ4-08-774410-8

◇堀田善衛詩集──1942〜1966　堀田善衛著　集英社　1999.6　197p　22cm　3000円　Ⓣ4-08-774411-6

◇天上大風──全同時代評一九八六年──一九九八年　堀田善衛著　筑摩書房　1998.12　548p　22cm　7200円　Ⓣ4-480-81420-5

◇広場の孤独　漢奸　堀田善衛著　堀田善衛著　集英社　1998.9　238p　16cm　（集英社文庫　ほ1-15）　552円　Ⓣ4-08-748859-4

◇ラ・ロシュフーコー公爵伝説　堀田善衛著　集英社　1998.4　464p　20cm　2800円　Ⓣ4-08-774325-X

◇橋上幻像　堀田善衛著　集英社　1998.1　273p　15cm　（集英社文庫）　533円　Ⓣ4-08-748735-0

◇空の空なればこそ　堀田善衛著　筑摩書房　1998.1　207p　20cm　1700円　Ⓣ4-480-81416-7

◇時空の端っコ　堀田善衛著　筑摩書房　1998.1　222p　15cm　（ちくま文庫）　600円　Ⓣ4-480-03366-1

◇ヨーロッパ・二つの窓──Toledo・Venezia　堀田善衛, 加藤周一著　朝日新聞社　1997.9　190p　15cm　（朝日文芸文庫）　540円　Ⓣ4-02-264157-6

◇19階日本横丁　堀田善衛著　朝日新聞社　1997.5　350p　15cm　（朝日文芸文庫）　880円　Ⓣ4-02-264029-4

◇時代の風音　堀田善衛〔ほか〕著　朝日新聞社　1997.3　260p　15cm　（朝日文芸文庫）　515円　Ⓣ4-02-264139-8

◇定家明月記私抄　堀田善衛著　筑摩書房　1996.6　281p　15cm　（ちくま学芸文庫　ホ3-2）　854円　Ⓣ4-480-08285-9

◇定家明月記私抄 続篇　堀田善衛著　筑摩書房　1996.6　334p　15cm　（ちくま学芸文庫　ホ3-3）　951円　Ⓣ4-480-08286-7

◇スペイン断章 上　歴史の感興　堀田善衛著　集英社　1996.1　242p　16cm　（集英社文庫）　600円　Ⓣ4-08-748420-3

◇スペイン断章 下　情熱の行方　堀田善衛著　集英社　1996.1　255p　16cm　（集英社文庫）　600円　Ⓣ4-08-748421-1

◇上海にて　堀田善衛著　築摩書房　1995.11　229p　15cm　（ちくま学芸文庫）　850円　Ⓣ4-480-08236-0

◇美しきもの見し人は　堀田善衛著　朝日新聞社　1995.9　287p　19cm　（朝日選書　535）　1500円　Ⓣ4-02-259635-X

◇路上の人　堀田善衛著　新潮社　1995.6　327p　15cm　（新潮文庫）　480円　Ⓣ4-10-108707-5

◇キューバ紀行　堀田善衛著　集英社　1995.3　255p　16cm　（集英社文庫）　520円　Ⓣ4-08-748315-0

◇未来からの挨拶　堀田善衛著　筑摩書房　1995.1　207p　20cm　1500円　Ⓣ4-480-81371-3

◇ゴヤ 4　運命・黒い絵　堀田善衛著　朝日新聞社　1994.12　459,21p　15cm　（朝日文芸文庫　ほ7-6）　971円　Ⓣ4-02-264049-9

◇ゴヤ 3　巨人の影に　堀田善衛著　朝日新聞社　1994.11　417p　15cm　（朝日文芸文庫　ほ7-5）　942円　Ⓣ4-02-264048-0

◇ゴヤ 2　マドリード・砂漠と緑　堀田善衛著　朝日新聞社　1994.10　457p　15cm　（朝日文芸文庫　ほ7-4）　942円　Ⓣ4-02-264047-2

◇バルセローナにて　堀田善衛著　集英社　1994.10　254p　16cm　（集英社文庫　ほ1-10）　408円　Ⓣ4-08-748228-6

◇発光妖精とモスラ　中村真一郎, 福永武彦, 堀田善衛共著　筑摩書房　1994.9　172p　21cm　1600円　Ⓣ4-480-80329-7

◇ゴヤ 1　スペイン・光と影　堀田善衛著　朝日新聞社　1994.9　421p　15cm　（朝日文芸文庫）　970円　①4-02-264046-4

◇堀田善衛全集 16　スペイン断章・情熱の行方 他　堀田善衛著　筑摩書房　1994.8　599p　21cm　9200円　①4-480-70066-8

◇堀田善衛全集 15　エッセイ・スペイン430日　堀田善衛著　筑摩書房　1994.7　701p　21cm　9200円　①4-480-70065-X

◇堀田善衛全集 14　評論 2　堀田善衛著　筑摩書房　1994.6　715p　21cm　9200円　①4-480-70064-1

◇堀田善衛全集 13　評論 1　堀田善衛著　筑摩書房　1994.5　687p　22cm　9200円　①4-480-70063-3

◇堀田善衛全集 12　ゴヤ 2　堀田善衛著　筑摩書房　1994.4　570p　21cm　8800円　①4-480-70062-5

◇堀田善衛全集 11　ゴヤ 1　堀田善衛著　筑摩書房　1994.3　545p　21cm　8800円　①4-480-70061-7

◇堀田善衛全集 10　美しきもの見し人は・方丈記私記・定家明月記私抄　堀田善衛著　筑摩書房　1994.2　665p　21cm　8800円　①4-480-70060-9

◇堀田善衛全集 9　インドで考えたこと・上海にて・キューバ紀行 他　堀田善衛著　筑摩書房　1994.1　677p　21cm　8800円　①4-480-70059-5

◇ミシェル 城館の人―精神の祝祭　堀田善衛著　集英社　1994.1　377p　19cm　2400円　①4-08-774047-1

◇堀田善衛全集 8　堀田善衛著　筑摩書房　1993.12　667p　21cm　8400円　①4-480-70058-7

◇堀田善衛全集 7　若き日の詩人たちの肖像；橋上幻像　堀田善衛著　筑摩書房　1993.11　611p　21cm　8400円　①4-480-70057-9

◇堀田善衛全集 6　スフィンクス；19階日本横丁　堀田善衛著　筑摩書房　1993.10　597p　21cm　8400円　①4-480-70056-0

◇定家明月記私抄　堀田善衛著　新潮社　1993.10　593p　22cm　4300円　①4-10-319512-6

◇堀田善衛全集 5　堀田善衛著　筑摩書房　1993.9　639p　21cm　8400円　①4-480-70055-2

◇堀田善衛全集 4　零から数えて；海鳴りの底から　堀田善衛著　筑摩書房　1993.8　585p　21cm　7800円　①4-480-70054-4

◇海鳴りの底から 上　堀田善衛著　朝日新聞社　1993.7　407p　15cm　（朝日文芸文庫）　770円　①4-02-264006-5

◇海鳴りの底から 下　堀田善衛著　朝日新聞社　1993.7　350p　15cm　（朝日文芸文庫）　710円　①4-02-264007-3

◇堀田善衛全集 3　堀田善衛著　筑摩書房　1993.7　663p　21cm　7800円　①4-480-70053-6

◇堀田善衛全集 2　堀田善衛著　筑摩書房　1993.6　655p　21cm　7800円　①4-480-70052-8

◇堀田善衛全集 1　堀田善衛著　筑摩書房　1993.5　655p　21cm　7800円　①4-480-70051-X

◇誰も不思議に思わない　堀田善衛著　筑摩書房　1993.2　253p　15cm　（ちくま文庫）　580円　①4-480-02692-4

◇めぐりあいし人びと　堀田善衛著　集英社　1993.1　253p　19cm　1200円　①4-08-772891-9

松本 清張
まつもと せいちょう

明治42(1909).12.21～平成4(1992).8.4

小説家。昭和25年『西郷札』が「週刊朝日」の"百万人の小説"に入選するとともに第25回直木賞候補作となる。28年『或る「小倉日記」伝』で第28回芥川賞を受賞。朝日新聞に勤務したが、31年以後作家生活に専念。推理小説にも手を染め、33年『点と線』『眼の壁』が単行本として刊行されベストセラーとなり、いわゆる"社会派推理小説"ブームの火付け役となる。以後、『ゼロの焦点』『わるいやつら』『深層海流』『球形の荒野』『砂の器』『けものみち』など次々と発表、ミステリーの清張時代をつくる。一方、昭和史、古代史などの分野でも活躍し、『昭和史発掘』『日本の黒い霧』『古代史疑』『古代探求』を発表して注目を集めた。38年日

本推理作家協会理事長となり、46年から2期4年会長を務める。作品は700編を超える。

『点と線』：昭和33(1958)年。長編小説。汚職に絡む殺人事件の謎を、列車トリックを駆使して解く。社会派ミステリの先駆けで画期的なブームを呼んだ。

＊　＊　＊

◇逃亡　上　松本清張著　新装版　光文社　2002.1　474p　15cm（光文社時代小説文庫）724円　ISBN4-334-73271-2

◇逃亡　下　松本清張著　新装版　光文社　2002.1　518p　15cm（光文社時代小説文庫）724円　ISBN4-334-73272-0

◇俳句殺人事件―巻頭句の女　松本清張，戸板康二，五木寛之，結城昌治，佐野洋ほか著，斎藤慎爾編　光文社　2001.4　456p　15cm（光文社文庫）　667円　ISBN4-334-73142-2

◇火の縄　松本清張著　新装版　講談社　2001.2　522p　15cm（講談社文庫）857円　ISBN4-06-273081-2

◇文豪　松本清張著　文芸春秋　2000.6　366p　16cm（文春文庫）　562円　ISBN4-16-710687-6

◇松本清張のケルト紀行―フォト・ドキュメント　歴史の旅人　NHK出版編、松本清張，佐原真〔著〕，飯田隆夫写真　日本放送出版協会　2000.3　245p　23cm　1800円　ISBN4-14-080501-3

◇神々の乱心　下　松本清張著　文芸春秋　2000.1　446p　16cm（文春文庫）　590円　ISBN4-16-710686-8

◇神々の乱心　上　松本清張著　文芸春秋　2000.1　469p　16cm（文春文庫）　590円　ISBN4-16-710685-X

◇大奥婦女記　松本清張著　新装版　講談社　1999.12　444p　15cm（講談社文庫）733円　ISBN4-06-264766-4

◇松本清張―清張と戦後民主主義　佐藤友之著　三一書房　1999.11　239p　19cm（三一「知と発見」シリーズ　4）　2000円　ISBN4-380-99215-2

◇松本清張の日本史探訪　松本清張〔著〕角川書店　1999.7　324p　15cm（角川文庫）667円　ISBN4-04-122756-9

◇清張ミステリーと昭和三十年代　藤井淑禎著　文芸春秋　1999.3　189p　18cm（文春新書）660円　ISBN4-16-660033-8

◇松本清張集　松本清張著　リブリオ出版　1998.11　283p　22cm（ポピュラー時代小説　大きな活字で読みやすい本　第11巻）ISBN4-89784-702-8,4-89784-692-7

◇中央流沙　松本清張著　改版　中央公論社　1998.9　290p　15cm（中公文庫）　590円　ISBN4-12-203235-0

◇影の車　松本清張著　改版　中央公論社　1998.8　327p　15cm（中公文庫）　648円　ISBN4-12-203209-1

◇松本清張事典　歴史と文学の会編　勉誠出版　1998.6　481,12p　20cm　2800円　ISBN4-585-06007-3

◇眩人　松本清張著　改版　中央公論社　1998.6　554p　15cm（中公文庫）　1143円　ISBN4-12-203160-5

◇私のものの見方考え方　松本清張著　学陽書房　1998.6　257p　15cm（人物文庫　ま2-1）　660円　ISBN4-313-75051-7

◇松本清張あらかると　阿刀田高著　中央公論社　1997.12　395p　18cm　1900円　ISBN4-12-002734-1

◇野盗伝奇　松本清張著　改版　中央公論社　1997.11　315p　16cm（中公文庫）　629円　ISBN4-12-202981-3

◇両像・森鴎外　松本清張著　文芸春秋　1997.11　309p　16cm（文春文庫）　438円　ISBN4-16-710684-1

◇松本清張集―大きな活字で読みやすい本　松本清張著　リブリオ出版　1997.10　231p　22cm（ポピュラーミステリーワールド　第1巻）　ISBN4-89784-561-0,4-89784-560-2

◇紅刷り江戸噂　松本清張著　講談社　1997.8　320p　15cm（文庫コレクション）920円　ISBN4-06-262092-8

◇或る「小倉日記」伝　松本清張著　改版四版　角川書店　1997.2　268p　15cm（角川文庫）470円　ISBN4-04-122701-1

◇神々の乱心　上　松本清張著　文芸春秋　1997.1　401p　19cm　1800円　ISBN4-16-363470-3

◇神々の乱心　下　松本清張著　文芸春秋　1997.1　380p　19cm　1800円　ⓘ4-16-363480-0

◇無宿人別帳　松本清張著　文芸春秋　1996.8　365p　15cm　（文春文庫）　480円　ⓘ4-16-710683-3

◇五十四万石の嘘　松本清張著　改版　中央公論社　1996.7　264p　15cm　（中公文庫）　540円　ⓘ4-12-202640-7

◇彩色江戸切絵図　松本清張著　講談社　1996.7　392p　15cm　（大衆文学館）　800円　ⓘ4-06-262051-5

◇松本清張小説セレクション 18　空の城　松本清張著，阿刀田高編　中央公論社　1996.4　495p　19cm　1850円　ⓘ4-12-403328-1

◇松本清張小説セレクション 36　短篇集 5　松本清張著，阿刀田高編　中央公論社　1996.4　465p　19cm　1850円　ⓘ4-12-403346-X

◇或は「小倉日記」伝・父系の指　松本清張著　新潮社　1996.3　94p　16cm　（新潮ピコ文庫）　150円　ⓘ4-10-940007-4

◇松本清張小説セレクション　第14巻　強き蟻　松本清張著，阿刀田高編　中央公論社　1996.3　361p　18cm　1600円　ⓘ4-12-403324-9

◇松本清張小説セレクション　第25巻　絢爛たる流離　松本清張著，阿刀田高編　中央公論社　1996.3　366p　18cm　1600円　ⓘ4-12-403335-4

◇松本清張全集 66　老公―短篇 6　松本清張著　文芸春秋　1996.3　646p　19cm　3200円　ⓘ4-16-508280-5

◇日本史七つの謎　松本清張他〔著〕　講談社　1996.3　252p　15cm　（講談社文庫）　440円　ⓘ4-06-263200-4

◇陰花平原　上　松本清張著　新潮社　1996.2　345p　15cm　（新潮文庫）　480円　ⓘ4-10-110967-2

◇陰花平原　下　松本清張著　新潮社　1996.2　342p　15cm　（新潮文庫）　480円　ⓘ4-10-110968-0

◇松本清張小説セレクション　第10巻　屈折回路　阿刀田高編，松本清張著　中央公論社　1996.2　345p　19cm　1600円　ⓘ4-12-403320-6

◇松本清張小説セレクション　第35巻　短篇集 4　阿刀田高編，松本清張著　中央公論社　1996.2　412p　19cm　1850円　ⓘ4-12-403345-1

◇松本清張全集 65　清張日記・エッセイより　松本清張著　文芸春秋　1996.2　550p　20cm　3200円　ⓘ4-16-508270-8

◇松本清張小説セレクション 13　喪失の儀礼　松本清張著，阿刀田高編　中央公論社　1996.1　376p　19cm　1600円　ⓘ4-12-403323-0

◇松本清張小説セレクション 30　黒の図説 2　松本清張著，阿刀田高編　中央公論社　1996.1　397p　19cm　1850円　ⓘ4-12-403340-0

◇松本清張全集 64　両像・森鴎外，暗い血の旋舞　松本清張著　文芸春秋　1996.1　467p　20cm　3200円　ⓘ4-16-508260-0

◇松本清張小説セレクション 9　ガラスの城　松本清張著，阿刀田高編　中央公論社　1995.12　367p　19cm　1600円　ⓘ4-12-403319-2

◇松本清張小説セレクション 29　黒の図説 1　松本清張著，阿刀田高編　中央公論社　1995.12　451p　19cm　1850円　ⓘ4-12-403339-7

◇松本清張全集 63　詩城の旅びと・赤い氷河期　松本清張著　文芸春秋　1995.12　501p　21cm　3200円　ⓘ4-16-508250-3

◇松本清張小説セレクション 12　Dの複合　松本清張著，阿刀田高編　中央公論社　1995.11　470p　19cm　1850円　ⓘ4-12-403322-2

◇松本清張小説セレクション 34　短篇集 3　松本清張著，阿刀田高編　中央公論社　1995.11　412p　19cm　1850円　ⓘ4-12-403344-3

◇松本清張全集 62　数の風景・黒い空　松本清張著　文芸春秋　1995.11　422p　19cm　3200円　ⓘ4-16-508240-6

◇京都の旅―今日の風土記　第1集　松本清張，樋口清之著　光文社　1995.11　267p　18cm　（カッパ・ブックス）　980円　ⓘ4-334-04110-8

◇京都の旅―今日の風土記　第2集　松本清張，樋口清之著　光文社　1995.11　262p　18cm　（カッパ・ブックス）　980円　ⓘ4-334-04111-6

◇松本清張小説セレクション 31　文豪　阿刀田高編，松本清張著　中央公論社　1995.10　350p　19cm　1600円　ⓘ4-12-403341-9

◇松本清張小説セレクション 8 時間の習俗 馬を売る女 阿刀田高編, 松本清張著 中央公論社 1995.10 269p 19cm 1850円 ⓘ4-12-403318-4

◇松本清張全集 61 霧の会議 松本清張著 文芸春秋 1995.10 606p 19cm 3200円 ⓘ4-16-508230-9

◇松本清張小説セレクション 第16巻 渡された場面・風紋 松本清張著, 阿刀田高編 中央公論社 1995.9 476p 18cm 1850円 ⓘ4-12-403326-5

◇松本清張小説セレクション 第27巻 黒の様式 2 松本清張著, 阿刀田高編 中央公論社 1995.9 455p 18cm 1850円 ⓘ4-12-403337-0

◇松本清張全集 60 聖獣配列 松本清張著 文芸春秋 1995.9 478p 19cm 3200円 ⓘ4-16-508220-1

◇松本清張小説セレクション 第7巻 球形の荒野 松本清張著, 阿刀田高編 中央公論社 1995.8 564p 18cm 1850円 ⓘ4-12-403317-6

◇松本清張小説セレクション 第26巻 黒の様式 1 松本清張著, 阿刀田高編 中央公論社 1995.8 421p 18cm 1850円 ⓘ4-12-403336-2

◇松本清張全集 59 乱灯江戸影絵 松本清張著 文芸春秋 1995.8 445p 19cm 3200円 ⓘ4-16-508210-4

◇松本清張小説セレクション 第17巻 眩人 松本清張著, 阿刀田高編 中央公論社 1995.7 454p 18cm 1850円 ⓘ4-12-403327-3

◇松本清張小説セレクション 第20巻 彩色江戸切絵図 松本清張著, 阿刀田高編 中央公論社 1995.7 389p 18cm 1600円 ⓘ4-12-403330-3

◇松本清張全集 58 熱い絹 松本清張著 文芸春秋 1995.7 469p 19cm 3200円 ⓘ4-16-508200-7

◇松本清張小説セレクション 5 歪んだ複写 阿刀田高編, 松本清張著 中央公論社 1995.6 425p 19cm 1850円 ⓘ4-12-403315-X

◇松本清張小説セレクション 第23巻 黒い画集 3 松本清張著, 阿刀田高編 中央公論社 1995.6 434p 19cm 1850円 ⓘ4-12-403333-8

◇松本清張全集 57 迷走地図 松本清張著 文芸春秋 1995.6 438p 21cm 3200円 ⓘ4-16-508190-6

◇顔 松本清張著 双葉社 1995.5 283p 15cm (双葉文庫) 550円 ⓘ4-575-65808-1

◇松本清張小説セレクション 第1巻 点と線・火と汐 松本清張著, 阿刀田高編 中央公論社 1995.5 360p 19cm 1600円 ⓘ4-12-403311-7

◇松本清張小説セレクション 第33巻 短篇集 2 松本清張著, 阿刀田高編 中央公論社 1995.5 460p 19cm 1850円 ⓘ4-12-403343-5

◇松本清張小説セレクション 11 砂漠の塩 松本清張著, 阿刀田高編 中央公論社 1995.4 340p 19cm 1600円 ⓘ4-12-403321-4

◇松本清張小説セレクション 22 黒い画集 2 松本清張著, 阿刀田高編 中央公論社 1995.4 427p 19cm 1850円 ⓘ4-12-403332-X

◇松本清張小説セレクション 2 眼の壁 松本清張著, 阿刀田高編 中央公論社 1995.3 434p 19cm 1850円 ⓘ4-12-403312-5

◇松本清張小説セレクション 21 黒い画集 1 松本清張著, 阿刀田高編 中央公論社 1995.3 484p 19cm 1850円 ⓘ4-12-403331-1

◇おもかげ―松本清張 北大路魯山人 阿井景子著 文藝春秋 1995.2 196p 20cm 1262円 ⓘ4-16-315400-0

◇松本清張小説セレクション 第15巻 告訴せず 松本清張著, 阿刀田高編 中央公論社 1995.2 456p 18cm 1850円 ⓘ4-12-403325-7

◇松本清張小説セレクション 第28巻 隠花の飾り・死の枝 松本清張著, 阿刀田高編 中央公論社 1995.2 446p 18cm 1850円 ⓘ4-12-403338-9

◇松本清張小説セレクション 第4巻 火の縄・小説日本芸譚 松本清張著, 阿刀田高編 中央公論社 1995.1 499p 18cm 1850円 ⓘ4-12-403314-1

◇松本清張小説セレクション 第32巻 短篇集 1 松本清張著, 阿刀田高編 中央公論社 1995.1 520p 18cm 1850円 ⓘ4-12-403342-7

◇霧の旗　松本清張著　中央公論社　1994.12　331p　19cm　（松本清張小説コレクション第6巻）　1600円　Ⓝ4-12-403316-8

◇一九五二年日航機「撃墜」事件　松本清張著　角川書店　1994.12　272p　15cm　（角川文庫）　520円　Ⓝ4-04-122755-0

◇松本清張小説セレクション　第19巻　無宿人別帳　松本清張著，阿刀田高編　中央公論社　1994.12　380p　19cm　1600円　Ⓝ4-12-403329-X

◇松本清張　新潮社　1994.11　111p　19cm　（新潮日本文学アルバム　49）　1300円　Ⓝ4-10-620653-6

◇時代小説ベスト・セレクション　9　乱世の勝者敗者―戦国小説集　今東光，南条範夫，新田次郎，檀一雄，松本清張，司馬遼太郎，尾崎士郎，山岡荘八，白石一郎著　講談社　1994.11　233p　18cm　1300円　Ⓝ4-06-254909-3

◇松本清張小説セレクション　第3巻　ゼロの焦点　松本清張著，阿刀田高編　中央公論社　1994.11　390p　19cm　1600円　Ⓝ4-12-403313-3

◇松本清張小説セレクション　第24巻　影の車　松本清張著，阿刀田高編　中央公論社　1994.11　357p　19cm　1600円　Ⓝ4-12-403334-6

◇両像・森鴎外　松本清張著　文藝春秋　1994.11　286p　20cm　1359円　Ⓝ4-16-315230-X

◇潜在光景―恐怖短編集　松本清張〔著〕　角川書店　1994.10　270p　15cm　（角川ホラー文庫）　520円　Ⓝ4-04-122754-2

◇人生こぼれ話―わが体験　松本清張〔ほか〕著　潮出版社　1994.9　354p　20cm　1456円　Ⓝ4-267-01360-8

◇草の径　松本清張著　文芸春秋　1994.8　359p　16cm　（文春文庫）　480円　Ⓝ4-16-710682-5

◇名札のない荷物　松本清張著　新潮社　1994.8　257p　15cm　（新潮文庫）　400円　Ⓝ4-10-110966-4

◇世界の名画　3　アングルとドラクロワ―新古典派とロマン派　井上靖，高階秀爾編　松本清張〔ほか〕執筆　中央公論社　1994.6　97p　34cm　3800円　Ⓝ4-12-403105-X

◇密教の水源をみる―空海・中国・インド　松本清張〔著〕　講談社　1994.6　376p　15cm　（講談社文庫）　980円　Ⓝ4-06-185700-2

◇アムステルダム運河殺人事件　松本清張著　朝日新聞社　1994.3　265p　15cm　（朝日文芸文庫）　560円　Ⓝ4-02-264036-7

◇霧の旗　松本清張著〔改版〕　中央公論社　1994.1　329p　15cm　（中公文庫）　480円　Ⓝ4-12-202062-X

◇松本清張傑作総集　2　松本清張著　新潮社　1993.12　967p　21cm　6500円　Ⓝ4-10-320431-1

◇天保図録　上　松本清張著　朝日新聞社　1993.11　505p　15cm　（朝日文芸文庫）　800円　Ⓝ4-02-264020-0

◇天保図録　中　松本清張著　朝日新聞社　1993.11　492p　15cm　（朝日文芸文庫）　800円　Ⓝ4-02-264021-9

◇天保図録　下　松本清張著　朝日新聞社　1993.11　499p　15cm　（朝日文芸文庫）　800円　Ⓝ4-02-264022-7

◇吉野ケ里と邪馬台国―清張古代游記　松本清張著　日本放送出版協会　1993.11　323p　22cm　2000円　Ⓝ4-14-080131-X

◇犯罪の回送　松本清張著　角川書店　1993.10　335p　15cm　（角川文庫）　560円　Ⓝ4-04-122753-4

◇松本清張傑作総集　1　松本清張著　新潮社　1993.10　976p　21cm　6500円　Ⓝ4-10-320430-3

◇続　松本清張の世界―その人生と文学　田村栄著　光和堂　1993.6　273p　19cm　2000円　Ⓝ4-87538-101-8

◇松本清張の世界―その人生と文学　田村栄著　光和堂　1993.5　270p　19cm　2000円　Ⓝ4-87538-100-X

◇一九五二年日航機「撃墜」事件　松本清張著　日本点字図書館（製作）　1993.4　3冊　27cm　各1700円

◇過ぎゆく日暦　松本清張著　新潮社　1993.4　288p　15cm　（新潮文庫）　400円　Ⓝ4-10-110965-6

◇松本清張―読む・学ぶ　現代作家研究会編　日本能率協会マネジメントセンター　1993.3

230p 19cm （ビジネスマン読本） 1500円 ⓘ4-8207-0961-5
◇二・二六事件=研究資料 3　松本清張, 藤井康栄編　文芸春秋　1993.2　651,64p　20cm　4800円　ⓘ4-16-360460-X
◇隠花平原 上　松本清張著　新潮社　1993.1　287p 19cm　1400円　ⓘ4-10-320428-1
◇隠花平原 下　松本清張著　新潮社　1993.1　279p 19cm　1400円　ⓘ4-10-320429-X
◇眼の壁　松本清張著　改版　新潮社　1993.1　437p 16cm　（新潮文庫　ま－1-17）　505円　ⓘ4-10-110917-6
◇古代史私注　松本清張〔著〕　講談社　1993.1　317p 15cm　（講談社文庫）　680円　ⓘ4-06-185218-3

丸谷 才一
まるや さいいち

大正14(1925).8.27〜
作家、評論家。27年「秩序」を創刊し、35年『エホバの顔を避けて』42年『笹まくら』を刊行。43年『年の残り』で芥川賞を受賞。小説、評論、随筆のほかにも英文学者としてジョイスやグリーンなど多くを翻訳するなど幅広く活躍し、古典論、文章論、国語問題にも造詣が深い。芥川賞選考委員も務めた。11年25年がかりで王朝和歌を選定し直した『新々百人一首』を刊行。他の著書に小説『たった一人の反乱』『裏声で歌へ君が代』『横しぐれ』『樹影譚』『女ざかり』、評論『後鳥羽院』『日本語のために』『文章読本』『コロンブスの卵』、日本文学史3部作『日本文学史早わかり』『忠臣蔵とは何か』『恋と女の日本文学』など。

＊　　＊　　＊

◇女の小説　丸谷才一, 和田誠著　光文社　2001.9　246p 15cm　（光文社文庫）　648円　ⓘ4-334-73199-6
◇丸谷才一と22人の千年紀ジャーナリズム大合評　丸谷才一, 向井敏, 諸井薫, 井上ひさし, 豊田泰光, 鹿島茂, 沼野充義, 日高普, 三浦雅士, 猪口邦子, 黒岩徹, 東海林さだお, 海老沢泰久, 轡田隆史, 島森路子, 根本長兵衛, 高島俊男, 張競, 小沢昭一, 久田恵, 大岡信, 岡野弘彦, 小西聖子著　都市出版　2001.7　415p 19cm　2333円　ⓘ4-924831-96-4
◇やわらかい話―吉行淳之介対談集　吉行淳之介著, 丸谷才一編　講談社　2001.7　358p 15cm　（講談社文芸文庫）　1400円　ⓘ4-06-198273-7
◇ロンドンで本を読む　丸谷才一編著　マガジンハウス　2001.6　337,8p　19cm　2300円　ⓘ4-8387-1241-3
◇挨拶はたいへんだ　丸谷才一著　朝日新聞社　2001.6　229p 19cm　1300円　ⓘ4-02-257627-8
◇男もの女もの　丸谷才一著　文芸春秋　2001.4　261p 15cm　（文春文庫）　448円　ⓘ4-16-713815-8
◇日本史を読む　丸谷才一, 山崎正和著　中央公論新社　2001.1　406p 15cm　（中公文庫）　762円　ⓘ4-12-203771-9
◇闊歩する漱石　丸谷才一著　講談社　2000.7　244p 19cm　1600円　ⓘ4-06-210266-8
◇恋と女の日本文学　丸谷才一著　講談社　2000.5　200p 15cm　（講談社文庫）　438円　ⓘ4-06-264550-5
◇二十世紀を読む　丸谷才一, 山崎正和著　中央公論新社　1999.12　270p 15cm　（中公文庫）　590円　ⓘ4-12-203552-X
◇国語改革を批判する　丸谷才一編著, 大野晋, 杉森久英, 岩田麻里, 入沢康夫, 山崎正和著　中央公論新社　1999.10　476p 15cm　（中公文庫）　1048円　ⓘ4-12-203505-8
◇横しぐれ　丸谷才一著　埼玉福祉会　1999.10　2冊　22cm　（大活字本シリーズ）　3400円 ; 3300円
◇思考のレッスン　丸谷才一著　文芸春秋　1999.9　282p 19cm　1238円　ⓘ4-16-355610-9
◇新々百人一首　丸谷才一著　新潮社　1999.6　669p 21cm　3600円　ⓘ4-10-320607-1
◇川端康成文学賞全作品 2　古井由吉, 阪田寛夫, 上田三四二, 丸谷才一, 大庭みな子ほか著　新潮社　1999.6　430p 19cm　2800円　ⓘ4-10-305822-6
◇半日の客 一夜の友　丸谷才一, 山崎正和著　文芸春秋　1998.12　427p 15cm　（文春文庫）　600円　ⓘ4-16-713814-X

小　説　　　　　　　　現　代

◇丸谷才一と21人のもうすぐ21世紀ジャーナリズム大合評　丸谷才一，島森路子，三浦雅士，向井敏，山室恭子ほか著　都市出版　1998.7　325p　19cm　1800円　⓪4-924831-73-5

◇日本史を読む　丸谷才一，山崎正和著　中央公論社　1998.5　378p　19cm　1800円　⓪4-12-002796-1

◇男もの女もの　丸谷才一著　文芸春秋　1998.4　258p　19cm　1333円　⓪4-16-353960-3

◇青い雨傘　丸谷才一著　文芸春秋　1998.3　292p　15cm　（文春文庫）　438円　⓪4-16-713813-1

◇女の小説　丸谷才一，和田誠著　光文社　1998.2　225p　21cm　1900円　⓪4-334-97164-4

◇深夜の散歩—ミステリの愉しみ　福永武彦，中村真一郎，丸谷才一著　早川書房　1997.11　287p　15cm　（ハヤカワ文庫JA）　600円　⓪4-15-030591-9

◇私の選んだ文庫ベスト3　丸谷才一編　早川書房　1997.10　330p　15cm　（ハヤカワ文庫JA）　660円　⓪4-15-030589-7

◇ユリシーズ3　ジェイムズ・ジョイス著，丸谷才一，永川玲二，高松雄一訳　集英社　1997.6　735p　15cm　4000円　⓪4-08-773226-6

◇丸谷才一　丸谷才一，池沢夏樹，山崎正和，デニス・キーン，後藤明生ほか著　小学館　1997.3　283p　19cm　（群像日本の作家25）　2200円　⓪4-09-567025-8

◇たった一人の反乱　丸谷才一著　講談社　1997.3　650p　15cm　（講談社文芸文庫）　1545円　⓪4-06-197558-7

◇どこ吹く風　丸谷才一著　講談社　1997.2　213p　18cm　1236円　⓪4-06-206765-X

◇大いに盛りあがる—丸谷才一対談集　丸谷才一ほか著　立風書房　1997.2　240p　19cm　1648円　⓪4-651-71045-X

◇ユリシーズ2　ジェイムズ・ジョイス著，丸谷才一，永川玲二，高松雄一訳　集英社　1996.11　606p　21cm　4200円　⓪4-08-773225-8

◇たった一人の反乱　丸谷才一〔著〕　埼玉福祉会　1996.9　3冊　22cm　（大活字本シリーズ）　各3708円

◇恋と女の日本文学　丸谷才一著　講談社　1996.8　181p　19cm　1400円　⓪4-06-208132-6

◇軽いつづら　丸谷才一著　新潮社　1996.8　297p　15cm　（新潮文庫）　440円　⓪4-10-116908-X

◇ユリシーズ1　ジェイムズ・ジョイス著，丸谷才一，永川玲二，高松雄一訳　集英社　1996.6　617p　21cm　4200円　⓪4-08-773224-X

◇丸谷才一批評集　第1巻　日本文学史の試み　丸谷才一著　文芸春秋　1996.5　366p　19cm　2100円　⓪4-16-504120-3

◇女ざかり　丸谷才一著　文芸春秋　1996.4　443p　15cm　（文春文庫）　540円　⓪4-16-713812-3

◇丸谷才一批評集　第4巻　近代小説のために　文芸春秋　1996.4　390p　20cm　2200円　⓪4-16-504150-5

◇日本語で生きる　丸谷才一著　文芸春秋　1996.3　382p　19cm　（丸谷才一批評集　第6巻）　2100円　⓪4-16-504170-X

◇二十世紀を読む　丸谷才一，山崎正和著　中央公論社　1996.3　238p　19cm　1500円　⓪4-12-002553-5

◇日本史七つの謎　松本清張，門脇禎二，佐原真，丸谷才一，大岡信ほか著　講談社　1996.3　252p　15cm　（講談社文庫）　440円　⓪4-06-263200-4

◇源氏そして新古今　丸谷才一著　文芸春秋　1996.3　406p　19cm　（丸谷才一批評集　第2巻）　2200円　⓪4-16-504130-0

◇丸谷才一批評集　第5巻　同時代の作家たち　丸谷才一著　文芸春秋　1996.1　406p　19cm　2200円　⓪4-16-504160-2

◇私の選んだ文庫ベスト3　丸谷才一編　毎日新聞社　1995.12　316p　19cm　1800円　⓪4-620-31087-5

◇百人一首　丸谷才一編　新装版　河出書房新社　1995.12　230p　21cm　880円　⓪4-309-70149-3

◇半日の客　一夜の友—丸谷才一・山崎正和対談11選　丸谷才一，山崎正和著　文芸春秋　1995.12　363p　19cm　1900円　⓪4-16-351070-2

◇丸谷才一批評集 第3巻 芝居は忠臣蔵 丸谷才一著 文芸春秋 1995.12 374p 19cm 2000円 ⑰4-16-504140-8

◇文章読本 丸谷才一著 改版 中央公論社 1995.11 395p 15cm（中公文庫）780円 ⑰4-12-202466-8

◇丸谷才一の日本語相談 丸谷才一著 朝日新聞社 1995.11 292p 15cm（朝日文芸文庫） 600円 ⑰4-02-264086-3

◇山といへば川 丸谷才一著 中央公論社 1995.9 442p 15cm（中公文庫）840円 ⑰4-12-202409-9

◇七十句 丸谷才一著 立風書房 1995.8 101p 19cm 1800円 ⑰4-651-60061-1

◇ウナギと山芋 丸谷才一著 中央公論社 1995.5 461p 15cm（中公文庫） 880円 ⑰4-12-202316-5

◇木星とシャーベット 丸谷才一著 マガジンハウス 1995.4 366p 19cm 1600円 ⑰4-8387-0610-3

◇青い雨傘 丸谷才一著 文芸春秋 1995.3 288p 19cm 1300円 ⑰4-16-349970-9

◇日本史をつくった101人 伊東光晴、五味文彦、丸谷才一、森毅、山崎正和著 講談社 1995.2 197p 19cm 1300円 ⑰4-06-207079-0

◇裏声で歌へ君が代 丸谷才一著 埼玉福祉会 1994.12 3冊 22cm（大活字本シリーズ）各3708円

◇日本の町 丸谷才一、山崎正和著 文芸春秋 1994.11 283p 15cm（文春文庫）450円 ⑰4-16-713811-5

◇光る源氏の物語 上 大野晋、丸谷才一著 中央公論社 1994.8 432p 15cm（中公文庫）820円 ⑰4-12-202123-5

◇不思議な文学史を生きる 丸谷才一著、新井敏記編 文芸春秋 1994.8 213p 19cm 1500円 ⑰4-16-349120-1

◇エホバの顔を避けて 丸谷才一 2版 中央公論社 1994.6 397p 16cm（中公文庫）820円 ⑰4-12-200503-5

◇丸谷才一と17人のちかごろジャーナリズム大批判 丸谷才一ほか著 青土社 1994.5 268p 19cm 1600円 ⑰4-7917-5315-1

◇近代日本の百冊を選ぶ 伊東光晴、大岡信、丸谷才一、森毅、山崎正和選 講談社 1994.4 261p 21cm 1800円 ⑰4-06-205625-9

◇若い芸術家の肖像 ジェイムズ・ジョイス著、丸谷才一訳 新潮社 1994.2 414p 15cm（新潮文庫）520円 ⑰4-10-209202-1

◇軽いつづら 丸谷才一著 新潮社 1993.8 285p 19cm 1350円 ⑰4-10-320606-3

◇丸谷才一と17人の90年代ジャーナリズム大批判 丸谷才一ほか著 青土社 1993.2 334p 19cm 1600円 ⑰4-7917-5228-7

◇女ざかり 丸谷才一著 文芸春秋 1993.1 436p 19cm 1700円 ⑰4-16-313680-0

三浦 綾子
みうら あやこ

大正11(1922).4.25～平成11(1999).10.12 小説家。高等女学校卒業後、7年間小学校の教師を務め、昭和21年退職。この年肺結核となり、のち脊椎カリエスを併発して、13年間闘病生活を送る。この間、病床でキリスト教の洗礼を受ける。39年『氷点』が朝日新聞1000万円懸賞小説に当選し、12月から翌年11月にかけて朝日新聞紙上に連載された。以後作家生活に入り、『ひつじが丘』『積木の箱』『道ありき』『この土の器をも』『光あるうちに』『自我の構図』『天北原野』『細川ガラシヤ夫人』『塩狩峠』『銃口』などの作品を発表。信仰に裏打ちされた清冽なヒューマニズムに貫かれた作品群をのこした。

* * *

◇忘れてならぬもの 三浦綾子著 日本キリスト教団出版局 2002.2 149p 19cm 1600円 ⑰4-8184-0445-4

◇永遠のことば 三浦綾子著 主婦の友社 2001.11 191p 18cm 1400円 ⑰4-07-232093-5

◇人間の原点―苦難を希望に変える言葉 三浦綾子著 PHP研究所 2001.8 237p 20cm 1400円 ⑰4-569-61412-4

◇銃口 三浦綾子著 主婦の友社 2001.7 479p 19cm（三浦綾子小説選集 8）1800円 ⑰4-07-230131-0

小　説　　　　　　現　代

◇細川ガラシャ夫人　三浦綾子著, 三浦光世選　主婦の友社,角川書店〔発売〕　2001.6　349p　19cm　（三浦綾子小説選集　7）　1800円　①4-07-230125-6

◇ちいろば先生物語　三浦綾子著, 三浦光世選　主婦の友社,角川書店〔発売〕　2001.5　431p　19cm　（三浦綾子小説選集　6）　1800円　①4-07-230119-1

◇泥流地帯　続　草のうた　三浦綾子著　三浦綾子著　主婦の友社　2001.4　396p　19cm　（三浦綾子小説選集　5）　1800円　①4-07-230102-7

◇この病をも賜として　三浦綾子〔著〕　角川書店　2001.4　292p　15cm　（角川文庫）　590円　①4-04-143722-9

◇「お陰さまで」三浦綾子さん100通の手紙　三浦綾子〔手紙〕, 久保田暁一著　小学館　2001.3　221p　15cm　（小学館文庫）　476円　①4-09-402187-6

◇人は人によって輝く　三浦綾子, 千葉弘二, 草間吉夫, 塩沢みどり, 磯部則男ほか著, 尽天地編著　致知出版社　2001.3　249p　19cm　1400円　①4-88474-601-5

◇ひつじが丘　泥流地帯　三浦綾子著　三浦綾子著　主婦の友社　2001.2　453p　19cm　（三浦綾子小説選集　4）　1800円　①4-07-230094-2

◇氷点　続　三浦綾子著　主婦の友社　2001.1　416p　19cm　（三浦綾子小説選集　2）　1800円　①4-07-230071-3

◇塩狩峠　道ありき　三浦綾子著　三浦綾子著　主婦の友社　2001.1　431p　19cm　（三浦綾子小説選集　3）　1800円　①4-07-230088-8

◇氷点　三浦綾子著　主婦の友社　2000.12　417p　19cm　（三浦綾子小説選集　1）　1800円　①4-07-229286-9

◇いとしい時間―三浦綾子愛の歌集　三浦綾子著　小学館　2000.10　94p　20cm　1500円　①4-09-387327-5

◇雨はあした晴れるだろう　三浦綾子〔著〕　角川書店　2000.10　332p　15cm　（角川文庫）　600円　①4-04-143721-0

◇夕映えの旅人　三浦綾子, 三浦光世著　日本基督教団出版局　2000.10　288p　20cm　（生かされてある日々　3）　1700円　①4-8184-0388-1

◇遺された言葉　三浦綾子著　講談社　2000.9　281p　20cm　1500円　①4-06-210332-X

◇難病日記　三浦綾子〔著〕　角川書店　2000.6　292p　15cm　（角川文庫）　495円　①4-04-143719-9

◇忘れえぬ言葉―私の赤い手帖から　三浦綾子著　小学館　2000.1　237p　15cm　（小学館文庫）　476円　①4-09-402186-8

◇明日をうたう―命ある限り　三浦綾子著　角川書店　1999.12　266p　20cm　1300円　①4-04-883509-2

◇なくてならぬもの―愛すること生きること　三浦綾子著　光文社　1999.11　221p　16cm　（光文社文庫）　457円　①4-334-72918-5

◇永遠（とわ）に―三浦綾子写真集　後山一朗写真, 北海道新聞社編　北海道新聞社　1999.11　152p　28cm　2800円　①4-89453-056-2

◇銀色のあしあと　三浦綾子, 星野富弘〔述〕　講談社　1999.10　137p　15cm　（講談社文庫）　600円　①4-06-264682-X

◇綾子・大雪に抱かれて　改訂版　北海道新聞社　1999.10　117p　19×19cm　857円　①4-89453-049-X

◇藍色の便箋―悩めるあなたへの手紙　三浦綾子著　小学館　1999.8　269p　16cm　（小学館文庫）　495円　①4-09-402185-X

◇三浦綾子に出会う本　フォレスト・ブックス編集部編　いのちのことば社　1999.6　93p　21cm　（フォレスト・ブックス）　1500円　①4-264-01753-X

◇命ある限り　三浦綾子〔著〕　角川書店　1999.6　279p　15cm　（角川文庫）　552円　①4-04-143718-0

◇三浦綾子対話集　4　共に歩む　三浦綾子編　旬報社　1999.4　237p　22cm　2000円　①4-8451-0571-3

◇さまざまな愛のかたち　三浦綾子著　日本障害者リハビリテーション協会　1999.3　CD-ROM1枚　12cm

◇三浦綾子対話集　3　夫と妻と　三浦綾子編　旬報社　1999.3　204p　22cm　2000円　①4-8451-0570-5

◇三浦綾子対話集　1　人と自然　三浦綾子編　旬報社　1999.2　229p　22cm　2000円　①4-8451-0568-3

現　代　　　　　　　　小　説

◇われ弱ければ―矢嶋楫子伝　三浦綾子著　小学館　1999.1　313p　15cm　(小学館文庫)　590円　④4-09-402184-1

◇三浦綾子対話集 2　愛と祈り　三浦綾子編,黒柳朝〔ほか〕述　旬報社　1999.1　234p　22cm　2000円　④4-8451-0569-1

◇水なき雲　三浦綾子著　埼玉福祉会　1998.12　3冊　22cm　(大活字本シリーズ)　3300円；3300円；3400円

◇ひかりと愛といのち　三浦綾子著　岩波書店　1998.12　271p　20cm　1600円　④4-00-001920-1

◇三浦綾子・宮尾登美子　三浦綾子,宮尾登美子著,河野多恵子,大庭みな子,佐藤愛子,津村節子監修　角川書店　1998.11　433p　19cm　(女性作家シリーズ　13)　2600円　④4-04-574213-1

◇女性作家シリーズ 13　三浦綾子―母　宮尾登美子―櫂第1部　三浦綾子著　宮尾登美子著　角川書店　1998.11　433p　20cm　2600円　④4-04-574213-1

◇雨はあした晴れるだろう　三浦綾子著　北海道新聞社　1998.7　334p　19cm　1500円　④4-89363-980-3

◇雪のアルバム　三浦綾子著　小学館　1998.7　251p　15cm　(小学館文庫)　457円　④4-09-402183-3

◇綾子・大雪に抱かれて―三浦文学道案内　道新旭川政経文化懇話会編　北海道新聞社　1998.6　96p　19×19cm　900円　④4-89363-899-8

◇三浦綾子の世界―その人と作品　久保田暁一著　和泉書院　1998.6　257p　19cm　(Izumi books 3)　1500円　④4-87088-930-7

◇言葉の花束―愛といのちの770章　三浦綾子著,宍戸芳夫編　講談社　1998.6　293p　20cm　1500円　④4-06-209083-X

◇三浦綾子―いのちへの愛　北海道文学館編　北海道新聞社　1998.5　173p　18cm　(北海道文学ライブラリー)　1238円　④4-89363-241-8

◇銃口 上　三浦綾子著　小学館　1998.1　461p　19cm　(小学館文庫)　619円　④4-09-402181-7

◇銃口 下　三浦綾子著　小学館　1998.1　443p　15cm　(小学館文庫)　619円　④4-09-402182-5

◇さまざまな愛のかたち　三浦綾子著　ほるぷ出版　1997.11　202p　20cm　(「こころ」シリーズ)　1500円　④4-593-57050-6

◇小さな一歩から　三浦綾子〔著〕　講談社　1997.11　264p　15cm　(講談社文庫)　448円　④4-06-263653-0

◇ひつじが丘　三浦綾子著　埼玉福祉会　1997.5　2冊　22cm　(大活字本シリーズ)　各3500円

◇愛すること生きること　三浦綾子著　光文社　1997.5　230p　19cm　1300円　④4-334-97139-3

◇明日のあなたへ―愛するとは許すこと　三浦綾子著　集英社　1996.10　263p　16cm　(集英社文庫　み1-10)　505円　④4-08-748528-5

◇新しき鍵―結婚について考える　三浦綾子著　光文社　1996.10　234p　16cm　(光文社文庫　み1-5)　447円　④4-334-72303-9

◇母　三浦綾子著　角川書店　1996.6　244p　15cm　(角川文庫)　470円　④4-04-143717-2

◇命ある限り　三浦綾子著　角川書店　1996.4　288p　20cm　1359円　④4-04-883438-X

◇三浦綾子の世界―その人と作品　久保田暁一著　和泉書院　1996.4　257p　20cm　2000円　④4-87088-784-3

◇妻と共に生きる　三浦光世著　主婦の友社　1995.10　206p　20cm　1553円　④4-07-940039-X

◇旧約聖書入門―光と愛を求めて　三浦綾子著　光文社　1995.10　283p　18cm　(カッパハード)　1300円　④4-334-04204-X

◇新約聖書入門―心の糧を求める人へ　三浦綾子著　光文社　1995.10　307p　18cm　(カッパハード)　1300円　④4-334-04205-8

◇難病日記　三浦綾子著　主婦の友社　1995.10　286p　20cm　1700円　④4-07-216734-7

◇新しき鍵―私の幸福論　三浦綾子著　光文社　1995.5　213p　20cm　1400円　④4-334-97103-2

◇希望、明日へ —— 三浦綾子対談集　三浦綾子著　北海道新聞社　1995.2　211p　20cm　1500円　⓪4-89363-764-9

◇三浦綾子文学アルバム —— 幼な児のごとく　北海道新聞社編　北海道新聞社　1994.11　134p　28cm　2718円　⓪4-89363-750-9

◇小さな一歩から　三浦綾子著　講談社　1994.11　243p　20cm　1165円　⓪4-06-207276-9

◇心のある家　三浦綾子〔著〕　講談社　1994.11　256p　15cm　（講談社文庫　み5-12）　427円　⓪4-06-185825-4

◇この病をも賜ものとして —— 生かされてある日々2　三浦綾子著　日本基督教団出版局　1994.10　272p　20cm　1359円　⓪4-8184-0184-6

◇拝啓三浦綾子様　東竜著　日本図書刊行会　1994.9　304p　20cm（阿弥陀如来とイエス・キリストシリーズ　4）　1650円　⓪4-7733-3316-2

◇天北原野　三浦綾子著　埼玉福祉会　1994.9　5冊　21cm　（大活字本シリーズ）　3502～3708円

◇ちいろば先生物語　上　三浦綾子著　集英社　1994.6　358p　15cm（集英社文庫）　560円　⓪4-08-748173-5

◇ちいろば先生物語　下　三浦綾子著　集英社　1994.6　357p　15cm（集英社文庫）　560円　⓪4-08-748174-3

◇銃口　上　三浦綾子著　小学館　1994.3　341p　19cm　1600円　⓪4-09-387113-2

◇銃口　下　三浦綾子著　小学館　1994.3　317p　19cm　1600円　⓪4-09-387114-0

◇キリスト教・祈りのかたち —— 三浦綾子vs.ひろさちや対談集　三浦綾子，ひろさちや著　主婦の友社　1994.2　227p　20cm（生命の対話）　1600円　⓪4-07-939415-2

◇風はいずこより　三浦綾子著　集英社　1993.10　261p　16cm　（集英社文庫）　440円　⓪4-08-748082-8

◇明日のあなたへ —— 愛するとは許すこと　三浦綾子著　主婦と生活社　1993.9　261p　20cm　1300円　⓪4-391-11592-1

◇嵐吹く時も　上　三浦綾子著　新潮社　1993.6　303p　15cm　（新潮文庫）　480円　⓪4-10-116224-7

◇嵐吹く時も　下　三浦綾子著　新潮社　1993.6　335p　15cm　（新潮文庫）　520円　⓪4-10-116225-5

◇三浦綾子全集　第14巻　三浦綾子著　主婦の友社　1993.4　393p　21cm　4500円　⓪4-07-938060-7

◇われ弱ければ —— 矢嶋楫子伝　三浦綾子著　小学館　1993.4　282p　16cm　（小学館ライブラリー　42）　800円　⓪4-09-460042-6

◇三浦綾子全集　第20巻　三浦綾子著　主婦の友社　1993.2　562p　21cm　4500円　⓪4-07-938120-4

◇それでも明日は来る　三浦綾子著　新潮社　1993.2　251p　15cm　（新潮文庫）　440円　⓪4-10-116223-9

◇私の赤い手帖から —— 忘れえぬ言葉　三浦綾子著　小学館　1993.2　234p　16cm　（小学館ライブラリー）　760円　⓪4-09-460039-6

◇三浦綾子全集　第11巻　三浦綾子著　主婦の友社　1993.1　592p　21cm　4500円　⓪4-07-938031-3

◇夢幾夜　三浦綾子〔著〕　角川書店　1993.1　162p　15cm　（角川文庫）　350円　⓪4-04-143716-4

三島 由紀夫
みしま ゆきお

大正14(1925).1.14～昭和45(1970).11.25
小説家、劇作家。学習院高等科在学中の昭和16年に『花ざかりの森』を発表。この頃から日本浪漫派の影響をうける。24年『仮面の告白』を刊行し、作家としての地位を築く。芸術至上主義的な立場から文学的な美を追究し、小説、劇曲、評論の分野で幅広く活躍、天才作家として高い評価を受けた。43年10月楯の会を結成。44年『豊饒の海』全4巻を完結させた後、45年11月25日自衛隊市ケ谷駐屯地に突入、自衛隊の決起を訴えた後、割腹自決をとげた（三島事件）。他の代表作に小説『潮騒』『愛の渇き』『美徳のよろめき』『宴のあと』『午後の曳航』『憂

国』、戯曲『鹿鳴館』『近代能楽集』『サド侯爵夫人』などがある。

　『仮面の告白』：昭和24（1949）年。長編小説。主人公「私」の歪んだ生いたちと男色への傾斜、破れた初恋を赤裸々に語り、文壇にセンセーションを巻き起こした。

　　　　＊　　　＊　　　＊

◇決定版 三島由紀夫全集 15　短編小説　三島由紀夫著　新潮社　2002.2　749p　21cm　5800円　Ⓘ4-10-642555-6

◇決定版 三島由紀夫全集 13　長編小説　三島由紀夫著　新潮社　2001.12　848p　20×14cm　5800円　Ⓘ4-10-642553-X

◇三島由紀夫全集―決定版 12　三島由紀夫著　新潮社　2001.11　580p　20cm　5800円　Ⓘ4-10-642552-1

◇三島由紀夫全集―決定版 11　三島由紀夫著　新潮社　2001.10　640p　20cm　5800円　Ⓘ4-10-642551-3

◇三島由紀夫全集―決定版 10　三島由紀夫著　新潮社　2001.9　656p　20cm　5800円　Ⓘ4-10-642550-5

◇三島由紀夫全集―決定版 9　三島由紀夫著　新潮社　2001.8　705p　20cm　5800円　Ⓘ4-10-642549-1

◇三島由紀夫全集―決定版 8　三島由紀夫著　新潮社　2001.7　692p　20cm　5800円　Ⓘ4-10-642548-3

◇三島由紀夫全集―決定版 7　三島由紀夫著　新潮社　2001.6　628p　20cm　5800円　Ⓘ4-10-642547-5

◇三島由紀夫全集―決定版 6　三島由紀夫著　新潮社　2001.5　764p　20cm　5800円　Ⓘ4-10-642546-7

◇三島由紀夫全集―決定版 5　三島由紀夫著　新潮社　2001.4　835p　20cm　5800円　Ⓘ4-10-642545-9

◇三島由紀夫全集―決定版 4　三島由紀夫著　新潮社　2001.3　680p　20cm　5800円　Ⓘ4-10-642544-0

◇三島由紀夫未発表書簡―ドナルド・キーン氏宛の97通　三島由紀夫著　中央公論新社　2001.3　212p　16cm　（中公文庫）　648円　Ⓘ4-12-203802-2

◇三島由紀夫全集―決定版 3　三島由紀夫著　新潮社　2001.2　636p　20cm　5800円　Ⓘ4-10-642543-2

◇三島由紀夫全集―決定版 2　三島由紀夫著　新潮社　2001.1　716p　20cm　5800円　Ⓘ4-10-642542-4

◇三島由紀夫全集―決定版 1　三島由紀夫著　新潮社　2000.11　706p　20cm　5800円　Ⓘ4-10-642541-6

◇川端康成・三島由紀夫往復書簡　川端康成,三島由紀夫著　新潮社　2000.11　254p　16cm　（新潮文庫　かー1-21）　438円　Ⓘ4-10-100126-X

◇三島由紀夫vs東大全共闘―1969-2000　三島由紀夫他著　藤原書店　2000.9　272p　23cm　2800円　Ⓘ4-89434-195-6

◇三島由紀夫詩集―愛蔵版　三島由紀夫著　三島由紀夫文学館　2000.7　225p　24cm

◇美と共同体と東大闘争　三島由紀夫, 東大全共闘〔著〕　角川書店　2000.7　173p　15cm　（角川文庫）　400円　Ⓘ4-04-121208-1

◇三島由紀夫の美学講座　三島由紀夫著, 谷川渥編　筑摩書房　2000.1　223p　15cm　（ちくま文庫）　660円　Ⓘ4-480-03531-1

◇三島由紀夫十代書簡集　三島由紀夫著　新潮社　1999.11　201p　20cm　1400円　Ⓘ4-10-321024-9

◇三島由紀夫映画論集成　三島由紀夫著, 平岡威一郎, 藤井浩明監修, 山内由紀人編　ワイズ出版　1999.11　693p　20cm　5700円　Ⓘ4-89830-013-8

◇五衰の人―三島由紀夫私記　徳岡孝夫著　文芸春秋　1999.11　327p　16cm　（文春文庫　と14-1）　476円　Ⓘ4-16-744903-X

◇ペルソナ―三島由紀夫伝　猪瀬直樹著　文芸春秋　1999.11　478p　16cm　（文春文庫　い17-9）　590円　Ⓘ4-16-743109-2

◇日本人養成講座　三島由紀夫〔著〕　メタローグ　1999.10　205p　18cm　（パサージュ叢書 知恵の小径　5）　1200円　Ⓘ4-8398-3010-X

◇三島由紀夫『以後』―日本が「日本でなくなる日」　宮崎正弘著　並木書房　1999.10　286p　20cm　1700円　Ⓘ4-89063-112-7

◇三島由紀夫とトーマス・マン　林進著　鳥影社　1999.6　263p　20cm　1800円　Ⓘ4-88629-102-3

◇近代作家追悼文集成 第42巻　三島由紀夫　ゆまに書房　1999.2　328p　22cm　8000円　Ⓘ4-89714-645-3,4-89714-639-9

◇三島由紀夫論集成　橋川文三著, 太田和徳編　深夜叢書社　1998.12　237p　20cm　2800円　Ⓘ4-88032-226-1

◇三島由紀夫生と死　ヘンリー・スコット＝ストークス著, 徳岡孝夫訳　清流出版　1998.11　390p　20cm　2000円　Ⓘ4-916028-52-X

◇三島由紀夫の時間　山内由紀人著　ワイズ出版　1998.11　157p　20cm　2000円　Ⓘ4-948735-99-X

◇三島由紀夫の生涯　安藤武著　夏目書房　1998.9　350p　22cm　3400円　Ⓘ4-931391-39-7

◇真説三島由紀夫―謎の原郷　板坂剛著　夏目書房　1998.8　267p　20cm　1800円　Ⓘ4-931391-44-3

◇三島由紀夫集―文豪ミステリ傑作選　三島由紀夫著　河出書房新社　1998.8　250p　15cm　（河出文庫）　660円　Ⓘ4-309-40544-4

◇〈ミシマ〉から〈オウム〉へ―三島由紀夫と近代　飯島洋一著　平凡社　1998.6　354p　20cm　（平凡社選書　178）　2300円　Ⓘ4-582-84178-3

◇三島由紀夫未発表書簡―ドナルド・キーン氏宛の97通　三島由紀夫著　中央公論社　1998.5　209p　20cm　1400円　Ⓘ4-12-002799-6

◇三島由紀夫―剣と寒紅　福島次郎著　文芸春秋　1998.3　282p　20cm　1429円　Ⓘ4-16-317630-6

◇中世・剣　三島由紀夫著　講談社　1998.3　293p　15cm　980円　Ⓘ4-06-197606-0

◇命売ります　三島由紀夫著　筑摩書房　1998.2　269p　15cm（ちくま文庫）680円　Ⓘ4-480-03372-6

◇むすめごのみ帯取池　道行雪故郷―新口村　歌舞伎十八番の内勧進帳　三島由紀夫作　国立劇場　1998.1　66p　25cm　（国立劇場歌舞伎公演上演台本）

◇川端康成・三島由紀夫往復書簡　川端康成, 三島由紀夫著　新潮社　1997.12　234p　20cm　1500円　Ⓘ4-10-420001-8

◇三島由紀夫と自衛隊―秘められた友情と信頼　杉原裕介著, 杉原剛介著　並木書房　1997.11　229p　20cm　1600円　Ⓘ4-89063-087-2

◇芝居の媚薬　三島由紀夫〔著〕　角川春樹事務所　1997.11　292p　16cm　（ランティエ叢書　7）　1000円　Ⓘ4-89456-086-0

◇三島由紀夫論―命の形　小杉英了著　三一書房　1997.9　227p　20cm　2300円　Ⓘ4-380-97272-0

◇生きる意味を問う―私の人生観　三島由紀夫著　学陽書房　1997.9　321p　15cm　（人物文庫）　660円　Ⓘ4-313-75036-3

◇（極説）三島由紀夫―切腹とフラメンコ　板坂剛著　夏目書房　1997.6　271p　20cm　1800円　Ⓘ4-931391-28-1

◇三島由紀夫のフランス文学講座　三島由紀夫著, 鹿島茂編　筑摩書房　1997.2　248p　15cm（ちくま文庫）639円　Ⓘ4-480-03247-9

◇若きサムライのために　三島由紀夫著　文藝春秋　1996.11　276p　16cm　（文春文庫　み4-2）　466円　Ⓘ4-16-712403-3

◇三島由紀夫　太田映子編　書誌研究の会　1996.8　206p　26cm　（書誌研究の会叢刊　1）　3700円

◇憂国・橋づくし　三島由紀夫著　新潮社　1996.8　95p　16cm　（新潮ピコ文庫）　150円　Ⓘ4-10-940011-2

◇幸福号出帆　三島由紀夫著　筑摩書房　1996.7　328p　15cm（ちくま文庫）820円　Ⓘ4-480-03166-9

◇仮面の告白―初版本完全復刻版　三島由紀夫著　河出書房新社　1996.6　279p　19cm　1942円　Ⓘ4-309-01079-2

◇三島由紀夫「日録」　安藤武著　未知谷　1996.4　478p　20cm　3500円　Ⓘ4-915841-39-1

◇三島由紀夫　川島勝著　文芸春秋　1996.2　239p　20cm　1400円　Ⓘ4-16-351280-2

◇三島由紀夫あるいは空虚のヴィジョン　マルグリット・ユルスナール〔著〕, 渋沢竜彦

◇訳　河出書房新社　1995.12　180p　15cm（河出文庫　ユ1-1）621円　Ⓓ4-309-46143-3

◇文章読本　三島由紀夫著　改版　中央公論社　1995.12　236p　16cm（中公文庫）540円　Ⓓ4-12-202488-9

◇仮面の神学―三島由紀夫論　富岡幸一郎著　構想社　1995.11　206p　20cm　1800円

◇ペルソナ―三島由紀夫伝　猪瀬直樹著　文藝春秋　1995.11　403p　20cm　1845円　Ⓓ4-16-350810-4

◇三島由紀夫―小説家の休暇/私の遍歴時代　三島由紀夫著，佐伯彰一編　日本図書センター　1995.11　286p　22cm（シリーズ・人間図書館）2600円　Ⓓ4-8205-9407-9

◇三島由紀夫の家　篠山紀信撮影　美術出版社　1995.11　228p　26cm　4660円　Ⓓ4-568-12055-1

◇葉隠入門―武士道は生きている　三島由紀夫著　光文社　1995.10　287p　18cm（カッパハード）1300円　Ⓓ4-334-04202-3

◇三島由紀夫解釈―初期作品を中心とした精神分析的考察　島田亨著　西田書店　1995.9　583p　22cm　4369円　Ⓓ4-88866-234-7

◇芸術断想　三島由紀夫著　筑摩書房　1995.8　315p　15cm（ちくま文庫）680円　Ⓓ4-480-03070-0

◇Mのオカルティズム―魔術師たちの犯罪　蜂巣敦著　パロル舎　1995.6　239p　20cm　2300円　Ⓓ4-89419-121-0

◇外遊日記　三島由紀夫著　筑摩書房　1995.6　310p　15cm（ちくま文庫）680円　Ⓓ4-480-03046-8

◇新恋愛講座―三島由紀夫のエッセイ2　三島由紀夫著　筑摩書房　1995.5　314p　15cm（ちくま文庫）640円　Ⓓ4-480-03038-7

◇不道徳教育講座　三島由紀夫著　角川書店　1995.4　331p　18cm　1300円　Ⓓ4-04-883400-2

◇私の遍歴時代　三島由紀夫著　筑摩書房　1995.4　282p　15cm（ちくま文庫）620円　Ⓓ4-480-03028-X

◇反貞女大学　三島由紀夫著　筑摩書房　1994.12　313p　15cm（ちくま文庫　み13-4）621円　Ⓓ4-480-02906-0

◇奇蹟への回路―小林秀雄・坂口安吾・三島由紀夫　松本徹著　勉誠社　1994.10　360p　20cm　2500円　Ⓓ4-585-05008-6

◇劇人三島由紀夫　堂本正樹著　劇書房　1994.4　446,3p　19cm　3800円　Ⓓ4-87574-559-1

◇愛の疾走　三島由紀夫著　筑摩書房　1994.3　258p　15cm（ちくま文庫）620円　Ⓓ4-480-02854-4

◇三島由紀夫語録　秋津建編　改訂版　鷹書房弓プレス　1993.2　257p　19cm　1800円　Ⓓ4-8034-0055-5

◇三島由紀夫伝説　奥野健男著　新潮社　1993.2　477p　19cm　2200円　Ⓓ4-10-390801-7

水上 勉
みずかみ　つとむ

大正8(1919).3.8～

小説家。昭和20年虹書房をおこして宇野浩二を知り、23年『フライパンの歌』を刊行。以降10年間洋服の行商や業界の広告取りで暮らす。34年推理小説『霧と影』を刊行し、36年『雁の寺』で直木賞を受賞し、幅広い旺盛な創作活動に入る。ほかの代表作に『飢餓海峡』『五番町夕霧楼』『越前竹人形』『金閣炎上』『宇野浩二伝』『北国の女の物語』『一休』『寺泊』『良寛』『破鞋―雪門玄松の生涯』などがある。また子ども向けに書いた『ブンナよ、木からおてりこい』があり、童話にも造詣が深い。

　　　＊　　　＊　　　＊

◇虚竹の笛―尺八私考　水上勉著　集英社　2001.10　377p　20cm　1800円　Ⓓ4-08-774553-8

◇竹紙を漉く　水上勉著　文芸春秋　2001.8　177p　18cm（文春新書）700円　Ⓓ4-16-660185-7

◇文壇放浪　水上勉著　新潮社　2001.4　240p　16cm（新潮文庫）438円　Ⓓ4-10-114128-2

◇精進百撰　水上勉著　岩波書店　2001.1　218p　15cm（岩波現代文庫 文芸）900円　Ⓓ4-00-602025-2

◇平家物語　水上勉〔著〕　学習研究社　2000.12　221p　15cm（学研M文庫）500円　Ⓘ4-05-902012-5

◇末世を生きる―禅のこころが分かる　水上勉，山田無文〔述〕　学習研究社　2000.12　209p　15cm（学研M文庫）530円　Ⓘ4-05-901024-3

◇仰臥と青空―「老・病・死」を超えて　水上勉著　河出書房新社　2000.12　157p　20cm　1500円　Ⓘ4-309-01390-2

◇濁世の仏教―仏教の核心が分かる　水上勉，中村元〔述〕　学習研究社　2000.9　243p　15cm（学研M文庫）530円　Ⓘ4-05-901013-8

◇京都　水上勉著　河出書房新社　2000.6　210p　20cm（日本の風景を歩く）1600円　Ⓘ4-309-62135-X

◇近江・大和　水上勉著　河出書房新社　2000.5　205p　20cm（日本の風景を歩く）1600円　Ⓘ4-309-62134-1

◇父と子　水上勉著　朝日新聞社　2000.4　590p　15cm（朝日文庫）1000円　Ⓘ4-02-264221-1

◇丹波・丹後　水上勉著　河出書房新社　2000.4　189p　20cm（日本の風景を歩く）1600円　Ⓘ4-309-62133-3

◇一滴の力水―同じ時代を生きて　水上勉，不破哲三著　光文社　2000.3　265p　18cm　1200円　Ⓘ4-334-97256-X

◇若狭　水上勉著　河出書房新社　2000.3　205p　20cm（日本の風景を歩く）1600円　Ⓘ4-309-62131-7

◇越の道―越前・越中・越後　水上勉著　河出書房新社　2000.3　206p　20cm（日本の風景を歩く）1600円　Ⓘ4-309-62132-5

◇泥の花―「今、ここ」を生きる　水上勉著　河出書房新社　1999.11　189p　20cm　1600円　Ⓘ4-309-01317-1

◇〈手の仕事〉再発見　水上勉ほか著，本とコンピュータ編集室編　大日本印刷ICC本部　1999.11　185p　19cm（Honco双書　H1）2200円　Ⓘ4-88752-113-8

◇すべての怒りは水のごとくに　灰谷健次郎著　角川書店　1999.10　221p　15cm（角川文庫）495円　Ⓘ4-04-352023-9

◇一日暮し　水上勉〔著〕　角川書店　1999.8　205p　15cm（角川文庫）533円　Ⓘ4-04-125634-8

◇説経節を読む　水上勉著　新潮社　1999.7　242p　21cm　2700円　Ⓘ4-10-321122-9

◇青空哲学―信州水玉問答　水上勉，玉村豊男著　岩波書店　1999.7　198p　20cm　1600円　Ⓘ4-00-002479-5

◇川端康成文学賞全作品 1　上林暁，永井龍男，佐多稲子，水上勉，富岡多恵子ほか著　新潮社　1999.6　452p　19cm　2800円　Ⓘ4-10-305821-8

◇電脳暮し　水上勉著　哲学書房　1999.4　277p　20cm　1900円　Ⓘ4-88679-067-4

◇小さな山の家にて　水上勉著　毎日新聞社　1999.4　285p　20cm　1429円　Ⓘ4-620-10601-1

◇精進百撰　水上勉著　日本障害者リハビリテーション協会　1999.3　CD-ROM1枚　12cm

◇私版東京図絵　水上勉著　朝日新聞社　1999.2　219p　15cm（朝日文庫）560円　Ⓘ4-02-264181-9

◇骨壺の話　水上勉著　集英社　1998.5　221p　16cm（集英社文庫　み3-25）419円　Ⓘ4-08-748778-4

◇平家物語―栄華と滅亡の歴史ドラマ　水上勉現代語訳，梶原正昭構成・文　学習研究社　1998.5　220p　26cm（絵で読む古典シリーズ）2000円　Ⓘ4-05-400950-6

◇水上勉―冬日の道/わが六道の闇夜　水上勉著，国松昭編　日本図書センター　1998.4　264p　22cm（シリーズ・人間図書館）2600円　Ⓘ4-8205-9518-0

◇京都花暦　水上勉著　立風書房　1998.4　203p　22cm　2600円　Ⓘ4-651-71050-6

◇足利義昭―流れ公方記　水上勉著　学陽書房　1998.3　222p　15cm（人物文庫）560円　Ⓘ4-313-75033-9

◇清富記　水上勉著　新潮社　1998.2　311p　15cm（新潮文庫）476円　Ⓘ4-10-114127-4

◇海の牙―戦後ニッポンを読む　水上勉著，佐高信監修　読売新聞社　1997.12　258p　19cm　1400円　Ⓘ4-643-97142-8

◇京の寺　上　水上勉文，土門拳写真　新装版　平凡社　1997.11　143p　18cm　（平凡社カラー新書セレクション）　940円　Ⓘ4-582-83043-9

◇京の寺　下　水上勉文，土門拳写真　新装版　平凡社　1997.11　144p　18cm　（平凡社カラー新書セレクション）　940円　Ⓘ4-582-83044-7

◇浮遊人間　水上勉─女性の視線が描くモザイク絵　村上義雄著　朝日ソノラマ　1997.10　264p　19cm　1700円　Ⓘ4-257-03511-0

◇負籠の細道　水上勉著　集英社　1997.10　232p　16cm　（集英社文庫）　476円　Ⓘ4-08-748697-4

◇折々の散歩道─画文歳時記　第3集　水上勉絵・文　小学館　1997.10　94p　22×27cm　（サライ・ブックス）　3500円　Ⓘ4-09-343013-6

◇文壇放浪　水上勉著　毎日新聞社　1997.9　269p　20cm　1500円　Ⓘ4-620-31192-8

◇良寛　水上勉著　改訂　中央公論社　1997.7　439p　15cm　（中公文庫）　895円　Ⓘ4-12-202890-6

◇文章修業　水上勉，瀬戸内寂聴著　岩波書店　1997.7　210p　20cm　1500円　Ⓘ4-00-002872-3

◇故郷　水上勉著　集英社　1997.6　521p　19cm　2300円　Ⓘ4-08-774259-8

◇一休　水上勉著　改版　中央公論社　1997.5　474p　15cm　（中公文庫）　933円　Ⓘ4-12-202853-1

◇心筋梗塞の前後　水上勉著　文芸春秋　1997.4　222p　16cm　（文春文庫）　390円＋税　Ⓘ4-16-711812-2

◇虫のいのちにも─私の人生観　水上勉著　学陽書房　1997.4　276p　15cm　（人物文庫）　660円　Ⓘ4-313-75026-6

◇醍醐の桜　水上勉著　新潮社　1997.3　220p　15cm　（新潮文庫）　400円　Ⓘ4-10-114126-6

◇沢庵　水上勉著　中央公論社　1997.2　323p　15cm　（中公文庫）　620円　Ⓘ4-12-202793-4

◇精進百撰　水上勉著　岩波書店　1997.2　219p　20cm　1957円　Ⓘ4-00-023315-7

◇新編水上勉全集　第16巻　中央公論社　1997.1　445p　20cm　5400円　Ⓘ4-12-490080-5

◇新編水上勉全集　第15巻　水上勉著　中央公論社　1996.12　572p　20cm　6602円　Ⓘ4-12-490079-1

◇新編　水上勉全集　第14巻　水上勉著　中央公論社　1996.11　478p　21cm　5400円　Ⓘ4-12-490078-3

◇末世を生きる　山田無文対話，水上勉対話　立風書房　1996.11　185p　20cm　1748円　Ⓘ4-651-71043-3

◇新編水上勉全集　第11巻　水上勉著　中央公論社　1996.10　496p　20cm　5243円　Ⓘ4-12-490075-9

◇濁世の仏教　中村元著，水上勉著　立風書房　1996.10　205p　20cm　1748円　Ⓘ4-651-71042-5

◇立往生のすすめ　水上勉〔ほか〕著　倫書房　1996.10　230p　20cm　1553円　Ⓘ4-947711-00-0

◇停車場有情　水上勉著　朝日新聞社　1996.10　196p　15cm　（朝日文芸文庫　み2-4）　553円　Ⓘ4-02-264130-4

◇新編水上勉全集　第5巻　水上勉著　中央公論社　1996.9　446p　20cm　5243円　Ⓘ4-12-490069-4

◇失われゆくものの記　水上勉著　集英社　1996.9　240p　16cm　（集英社文庫　み3-23）　485円　Ⓘ4-08-748516-1

◇新編水上勉全集　第4巻　水上勉著　中央公論社　1996.8　586p　20cm　6602円　Ⓘ4-12-490068-6

◇新編水上勉全集　第9巻　水上勉著　中央公論社　1996.7　592p　20cm　6602円　Ⓘ4-12-490073-2

◇新編水上勉全集　第2巻　水上勉著　中央公論社　1996.6　486p　20cm　5243円　Ⓘ4-12-490066-X

◇一日暮し　水上勉著　角川書店　1996.6　192p　20cm　1359円　Ⓘ4-04-883450-9

◇新編　水上勉全集　第8巻　水上勉著　中央公論社　1996.5　536p　21cm　5400円　Ⓘ4-12-490072-4

小説　　　　　　　　現　代

◇新編　水上勉全集　第7巻　水上勉著
中央公論社　1996.4　540p　19cm　5400円
ⓉⓈ4-12-490071-6

◇新編水上勉全集　第1巻　水上勉著
中央公論社　1996.3　742p　20cm　6800円
ⓉⓈ4-12-490065-1

◇新編水上勉全集　第13巻　水上勉著
中央公論社　1996.2　425p　20cm　5400円
ⓉⓈ4-12-490077-5

◇私版東京図絵　水上勉著　朝日新聞社　1996.2　190p　20cm　1400円　ⓉⓈ4-02-256934-4

◇新編　水上勉全集　第3巻　水上勉著
中央公論社　1996.1　453p　19cm　5400円
ⓉⓈ4-12-490067-8

◇新編水上勉全集　第12巻　水上勉著　中央公論社　1995.12　407p　20cm　4800円
ⓉⓈ4-12-490076-7

◇海の牙　水上勉著　双葉社　1995.11
334p　15cm　（双葉文庫）　640円　ⓉⓈ4-575-65814-6

◇新編　水上勉全集　第10巻　良寛　才市
水上勉著　中央公論社　1995.11　433p
19cm　5400円　ⓉⓈ4-12-490074-0

◇文芸遠近　水上勉著　小沢書店　1995.11
284p　20cm　2060円　ⓉⓈ4-7551-0320-7

◇新編　水上勉全集　第6巻　金閣炎上　白蛇抄
水上勉著　中央公論社　1995.10　462p
20×14cm　5400円　ⓉⓈ4-12-490070-8

◇折々の散歩道――画文歳時記　第2集　水上勉著　小学館　1995.10　94p　22×27cm
（サライブックス）　3600円　ⓉⓈ4-09-343012-8

◇現代民話　水上勉著　平凡社　1995.4
445p　15cm　（平凡社ライブラリー　91）
1200円　ⓉⓈ4-582-76091-0

◇水墨画の巨匠　第7巻　白隠・仙厓
白隠慧鶴、仙厓義梵〔画〕、水上勉、泉武夫著
講談社　1995.3　109p　31cm　3400円
ⓉⓈ4-06-253927-6

◇清富記　水上勉著　新潮社　1995.1　260p
19cm　2400円　ⓉⓈ4-10-321121-0

◇人は練磨によりて仁となる――禅のこころ
水上勉ほか著　プレジデント社　1995.1
349p　20cm　（人生学読本）　1600円　ⓉⓈ4-8334-1550-X

◇わが別辞――導かれた日々　水上勉著
小沢書店　1995.1　317p　20cm　2060円

◇骨壷の話　水上勉著　集英社　1994.9
213p　19cm　1200円　ⓉⓈ4-08-774088-9

◇京都古寺逍遙　水上勉著　平凡社　1994.8
237p　20cm　1553円　ⓉⓈ4-582-83011-0

◇京都遍歴　水上勉著　平凡社　1994.8
285p　20cm　（水上勉紀行文集　第2巻）
1553円　ⓉⓈ4-582-83012-9

◇才市;養笠の人　水上勉著　講談社　1994.5
293p　15cm　（講談社文芸文庫）　980円
ⓉⓈ4-06-196273-6

◇京都古寺　水上勉著　立風書房　1994.5
200p　22cm　2600円　ⓉⓈ4-651-71038-7

◇京都遍歴　水上勉著　立風書房　1994.5
249p　22cm　2524円　ⓉⓈ4-651-71039-5

◇心筋梗塞の前後　水上勉著　文芸春秋
1994.5　225p　20cm　1600円　ⓉⓈ4-16-348490-6

◇爪　水上勉著　〔改版〕　中央公論社
1994.4　261p　15cm　（中公文庫）　500円
ⓉⓈ4-12-202087-5

◇ものの声ひとの声――自伝的教育論　水上勉著　小学館　1994.4　233p　16cm　（小学館ライブラリー）　760円　ⓉⓈ4-09-460057-4

◇醍醐の桜　水上勉著　新潮社　1994.1
219p　19cm　2200円　ⓉⓈ4-10-321120-2

◇一休文芸私抄　水上勉著　中央公論社
1994.1　225p　16cm　（中公文庫）　520円
ⓉⓈ4-12-202067-0

◇いのちの小さな声を聴け　水上勉, 灰谷健次郎著　新潮社　1993.12　203p　15cm
（新潮文庫）　320円　ⓉⓈ4-10-133117-0

◇折々の散歩道――画文歳時記　水上勉著
小学館　1993.11　94p　22×27cm　（サライブックス）　3600円　ⓉⓈ4-09-343011-X

◇素心・素願に生きる――対話　水上勉, 広中平祐著　小学館　1993.8　222p　15cm　（小学館ライブラリー）　760円　ⓉⓈ4-09-460048-5

◇山の暮れに　水上勉著　集英社　1993.7
580p　15cm　（集英社文庫）　880円　ⓉⓈ4-08-748047-X

村上 春樹
むらかみ はるき

昭和24(1949).1.12〜

　小説家。昭和54年処女作『風の歌を聴け』で群像新人文学賞を受賞したのを契機に作家生活に入る。57年『羊をめぐる冒険』、60年『世界の終りとハードボイルド・ワンダーランド』で地位を確立した。62年9月刊行の『ノルウェイの森』は1年間で上下合わせて270万部のベストセラーとなり、"ムラカミブーム"をまきおこした。他に小説『ダンス・ダンス・ダンス』『ねじまき鳥クロニクル』『スプートニクの恋人』、ノンフィクション『アンダーグラウンド』『約束された場所で』などがある。フィッツジェラルド、カーヴァーなどの翻訳も手がける。

　　　　＊　　　＊　　　＊

◇神の子どもたちはみな踊る　村上春樹著　新潮社　2002.3　237p　15cm（新潮文庫）438円　④4-10-100150-2

◇ふわふわ　村上春樹文，安西水丸絵　講談社　2001.12　1冊　15cm（講談社文庫）333円　④4-06-273335-8

◇約束された場所で―Underground 2　村上春樹著　文芸春秋　2001.7　332p　16cm（文春文庫）476円　④4-16-750204-6

◇村上ラヂオ　村上春樹文，大橋歩画　マガジンハウス　2001.6　213p　19cm　1238円　④4-8387-1314-2

◇スプートニクの恋人　村上春樹〔著〕　講談社　2001.4　318p　15cm（講談社文庫）571円　④4-06-273129-0

◇スメルジャコフ対織田信長家臣団―CD-ROM版村上朝日堂　村上春樹著　朝日新聞社　2001.4　183p　21cm　1500円　④4-02-257549-2

◇シドニー！―Sydney！　村上春樹著　文芸春秋　2001.1　409p　20cm　1619円　④4-16-356940-5

◇翻訳夜話　村上春樹，柴田元幸著　文芸春秋　2000.10　245,15p　18cm（文春新書）740円　④4-16-660129-6

◇またたび浴びたタマ　村上春樹文，友沢ミミヨ画　文芸春秋　2000.8　1冊（ページ付なし）16cm　1286円　④4-16-356510-8

◇「そうだ、村上さんに聞いてみよう」と世間の人々が村上春樹にとりあえずぶっつける282の大疑問に果たして村上さんはちゃんと答えられるのか？　村上春樹〔著〕　朝日新聞社　2000.8　217p　21cm（Asahi original）940円　④4-02-272137-5

◇辺境・近境　村上春樹著　新潮社　2000.6　301p　16cm（新潮文庫）476円　④4-10-100148-0

◇辺境・近境 写真篇　松村映三，村上春樹著　新潮社　2000.6　237p　16cm（新潮文庫）743円　④4-10-100149-9

◇月曜日は最悪だとみんなは言うけれど　村上春樹編・訳　中央公論新社　2000.5　260p　20cm　1800円　④4-12-003005-9

◇神の子どもたちはみな踊る　村上春樹著　新潮社　2000.2　201p　20cm　1300円　④4-10-353411-7

◇もし僕らのことばがウィスキーであったなら　村上春樹著，村上陽子写真　平凡社　1999.12　119p　20cm　1400円　④4-582-82941-4

◇レキシントンの幽霊　村上春樹著　文芸春秋　1999.10　213p　16cm（文春文庫）419円　④4-16-750203-8

◇バビロンに帰る　フィッツジェラルド著，村上春樹編訳　中央公論新社　1999.9　292p　16cm（中公文庫）648円　④4-12-203494-9

◇村上朝日堂はいかにして鍛えられたか　村上春樹，安西水丸著　新潮社　1999.8　344p　16cm（新潮文庫）590円　④4-10-100147-2

◇村上春樹と日本の「記憶」　井上義夫著　新潮社　1999.7　293p　20cm　1800円　④4-10-431401-3

◇世界の終りとハードボイルド・ワンダーランド　村上春樹著　新装版　新潮社　1999.5　618p　19cm　2400円　④4-10-353410-9

◇スプートニクの恋人　村上春樹著　講談社　1999.4　309p　19cm　1600円　④4-06-209657-9

小　説　　　　　　　現　代

◇うずまき猫のみつけかた――村上朝日堂ジャーナル　村上春樹著　新潮社　1999.3　255p　16cm（新潮文庫）　667円　ⓘ4-10-100146-4
◇象工場のハッピーエンド　村上春樹文, 安西水丸画　新版　講談社　1999.2　140p　22cm　1600円　ⓘ4-06-209450-9
◇アンダーグラウンド　村上春樹著　講談社　1999.2　777p　15cm（講談社文庫）　933円　ⓘ4-06-263997-1
◇村上春樹, 河合隼雄に会いにいく　河合隼雄, 村上春樹著　新潮社　1999.1　225p　16cm（新潮文庫）　438円　ⓘ4-10-100145-6
◇約束された場所で――Underground2　村上春樹著　文芸春秋　1998.11　268p　20cm　1524円　ⓘ4-16-354600-6
◇使いみちのない風景　稲越功一写真, 村上春樹文　中央公論社　1998.8　145p　16cm（中公文庫　む4-4）　514円　ⓘ4-12-203210-5
◇夢のサーフシティー――村上朝日堂CD-ROM版　村上春樹著　朝日新聞社　1998.7　61p　22cm　1700円　ⓘ4-02-257254-X
◇ふわふわ　村上春樹文, 安西水丸絵　講談社　1998.6　1冊（ページ付なし）　22cm　1200円　ⓘ4-06-209248-4
◇辺境・近境 写真篇　松村映三, 村上春樹著　新潮社　1998.5　150p　22cm　2400円　ⓘ4-10-353409-5
◇ノンフィクションと華麗な虚偽――村上春樹の地下世界　久居つばき著　マガジンハウス　1998.4　231p　19cm　1300円　ⓘ4-8387-1021-6
◇辺境・近境　村上春樹著　新潮社　1998.4　252p　20cm　1400円　ⓘ4-10-353408-7
◇村上春樹の音楽図鑑　小西慶太著　ジャパン・ミックス　1998.3　303p　19cm　1500円　ⓘ4-88321-487-7
◇夜のくもざる――村上朝日堂短篇小説　村上春樹文, 安西水丸絵　新潮社　1998.3　249p　15cm（新潮文庫）　667円　ⓘ4-10-100144-8
◇村上春樹　木股知史編　若草書房　1998.1　278p　22cm（日本文学研究論文集成　46）　3500円　ⓘ4-948755-21-3

◇ポートレイト・イン・ジャズ　和田誠, 村上春樹著　新潮社　1997.12　111p　23cm　2200円　ⓘ4-10-353407-9
◇村上春樹、転換する　吉田春生著　彩流社　1997.11　266p　20cm　1900円　ⓘ4-88202-495-0
◇ねじまき鳥クロニクル 第1部　泥棒かささぎ編　村上春樹著　新潮社　1997.10　312p　15cm（新潮文庫）　476円　ⓘ4-10-100141-3
◇ねじまき鳥クロニクル 第2部　予言する鳥編　村上春樹著　新潮社　1997.10　361p　15cm（新潮文庫）　514円　ⓘ4-10-100142-1
◇ねじまき鳥クロニクル 第3部　鳥刺し男編　村上春樹著　新潮社　1997.10　509p　15cm（新潮文庫）　629円　ⓘ4-10-100143-X
◇若い読者のための短編小説案内　村上春樹著　文芸春秋　1997.10　268p　20cm　1238円　ⓘ4-16-353320-6
◇村上朝日堂はいかにして鍛えられたか　村上春樹文, 安西水丸絵　朝日新聞社　1997.6　332p　19cm　1200円　ⓘ4-02-257132-2
◇群像日本の作家 26　村上春樹　加藤典洋他著　小学館　1997.5　321p　20cm　2140円　ⓘ4-09-567026-6
◇中国行きのスロウ・ボート　村上春樹著　改版　中央公論社　1997.4　288p　15cm（中公文庫）　533円　ⓘ4-12-202840-X
◇アンダーグラウンド　村上春樹著　講談社　1997.3　727p　20cm　2575円　ⓘ4-06-208575-5
◇やがて哀しき外国語　村上春樹〔著〕　講談社　1997.2　286p　15cm（講談社文庫）　480円　ⓘ4-06-263437-6
◇村上春樹、河合隼雄に会いにいく　河合隼雄著, 村上春樹著　岩波書店　1996.12　198p　18cm　1200円　ⓘ4-00-002221-0
◇レキシントンの幽霊　村上春樹著　文芸春秋　1996.11　235p　19cm　1200円　ⓘ4-16-316630-0
◇渋沢・三島・六十年代　倉林靖著　リブロポート　1996.9　261p　20cm　2575円　ⓘ4-8457-1092-7
◇うずまき猫のみつけかた――村上朝日堂ジャーナル　村上春樹著　新潮社　1996.5　237p　20cm　1800円　ⓘ4-10-353406-0

◇バビロンに帰る―ザ・スコット・フィッツジェラルド・ブック2　スコット・フィッツジェラルド〔著〕，村上春樹著　中央公論社　1996.4　251p　20cm　1350円　Ⓘ4-12-002561-6
◇国境の南、太陽の西　村上春樹著　講談社　1995.10　299p　15cm　（講談社文庫）　500円　Ⓘ4-06-263086-9
◇ねじまき鳥クロニクル―鳥刺し男編　第3部　村上春樹著　新潮社　1995.8　492p　19cm　2200円　Ⓘ4-10-353405-2
◇村上春樹の音楽図鑑　小西慶太著　ジャパン・ミックス　1995.7　277p　19cm　1456円　Ⓘ4-88321-177-0
◇夜のくもざる―村上朝日堂超短篇小説　村上春樹文，安西水丸絵　平凡社　1995.6　237p　19×15cm　2000円　Ⓘ4-582-82889-2
◇使いみちのない風景―愛する人に　村上春樹文，稲越功一写真　朝日出版社　1994.12　107p　21cm　（Roman book collection 2）　1262円　Ⓘ4-255-94042-8
◇村上春樹クロニクル1983―1995　鈴村和成著　洋泉社　1994.9　241p　21cm　1500円　Ⓘ4-89691-148-2
◇村上春樹×九〇年代―再生の根拠　横尾和博著　第三書館　1994.5　178p　20cm　2200円　Ⓘ4-8074-9414-7
◇ねじまき鳥クロニクル　第1部　泥棒かささぎ編　村上春樹著　新潮社　1994.4　308p　19cm　1600円　Ⓘ4-10-353403-6
◇ねじまき鳥クロニクル　第2部　予言する鳥編　村上春樹著　新潮社　1994.4　356p　19cm　1700円　Ⓘ4-10-353404-4
◇やがて哀しき外国語　村上春樹著　講談社　1994.2　283p　20cm　1400円　Ⓘ4-06-206800-1
◇TVピープル　村上春樹著　文芸春秋　1993.5　210p　15cm　（文春文庫）　380円　Ⓘ4-16-750202-X
◇遠い太鼓　村上春樹〔著〕　講談社　1993.4　570p　15cm　（講談社文庫）　740円　Ⓘ4-06-185382-1
◇沈黙　村上春樹著　全国学校図書館協議会　1993.3　35p　19cm　（集団読書テキスト　第2期 B112）　184円　Ⓘ4-7933-8112-X

村上 龍
むらかみ りゅう

昭和27(1952).2.19～

　小説家。昭和51年基地の町の若者風俗を描いた『限りなく透明に近いブルー』で芥川賞を受賞。ベストセラーとなる。56年『コインロッカー・ベイビーズ』で野間文芸新人賞を受賞。他に『69』『愛と幻想のファシズム』『トパーズ』『ラッフルズホテル』『イン・ザ・ミソスープ』『メランコリア』『ラブ＆ポップ　トパーズⅡ』『白鳥』『共生虫』『希望の国のエクソダス』などがある。12年芥川賞選考委員。映画監督やドラマの脚本も手がける。

　　　　＊　　　＊　　　＊

◇だまされないために、わたしは経済を学んだ―村上龍WeeklyReport　村上龍著　日本放送出版協会　2002.1　281p　19cm　1400円　Ⓘ4-14-080663-X
◇イビサ　村上龍著　角川書店　2001.12　261p　15cm　（角川文庫）　476円　Ⓘ4-04-158613-5
◇収縮する世界、閉塞する日本―POST SEPTEMBER ELEVENTH　村上龍著　日本放送出版協会　2001.12　205p　21cm　1200円　Ⓘ4-14-080658-3
◇eメールの達人になる　村上龍著　集英社　2001.11　221p　18cm　（集英社新書）　660円　Ⓘ4-08-720119-8
◇対立と自立―構造改革が生み出すもの　村上龍編著　日本放送出版協会　2001.10　365p　21cm　1600円　Ⓘ4-14-080640-0
◇アウェーで戦うために―フィジカル・インテンシティ 3　村上龍著　光文社　2001.10　218p　15cm　（知恵の森文庫）　476円　Ⓘ4-334-78119-5
◇最後の家族　村上龍著　幻冬舎　2001.10　324p　19cm　1500円　Ⓘ4-344-00121-4
◇ダメな女　村上龍著　光文社　2001.8　217p　19cm　1500円　Ⓘ4-334-97307-8
◇ワイン一杯だけの真実　村上龍著　幻冬舎　2001.8　190p　16cm　（幻冬舎文庫）　495円　Ⓘ4-344-40156-5

◇おじいさんは山へ金儲けに―時として、投資は希望を生む　村上龍著、はまのゆか絵　日本放送出版協会　2001.8　205p　21cm　1200円　⊙4-14-080629-X

◇昭和歌謡大全集　村上龍著　幻冬舎　2001.6　245p　15cm（幻冬舎文庫）419円　⊙4-344-40125-5

◇村上龍対談集　存在の耐えがたきサルサ　村上龍著　文芸春秋　2001.6　695p　15cm（文春文庫）　838円　⊙4-16-719004-4

◇JMM　VOL.13　若年労働者の危機―未来のあるフリーター未来のないフリーター　村上龍編著　日本放送出版協会　2001.5　261p　21cm　1200円　⊙4-14-080524-2

◇誰にでもできる恋愛　村上龍著　幻冬舎　2001.4　215p　15cm（幻冬舎文庫）495円　⊙4-344-40102-6

◇NAM生成　柄谷行人、浅田彰、坂本龍一、山城むつみ、村上龍ほか著、NAM学生編　NAM;太田出版〔発売〕　2001.4　267p　19cm　1400円　⊙4-87233-575-9

◇文庫改訂版　あの金で何が買えたか―史上最大のむだづかい'91～'01　村上龍著　角川書店　2001.4　148p　15cm（角川文庫）571円　⊙4-04-158612-7

◇すべての男は消耗品である。　vol.6　村上龍　ベストセラーズ　2001.4　249p　19cm　1380円　⊙4-584-18029-6

◇JMM　VOL.12　所得再分配≠経済安定化―国家予算は誰のものか　村上龍編著　日本放送出版協会　2001.3　277p　21cm　1200円　⊙4-14-080523-4

◇タナトス　村上龍著　集英社　2001.3　217p　19cm　1400円　⊙4-08-774342-X

◇哀愁のストーカー―村上龍・村上春樹を越えて　松岡祥男著　ボーダーインク　2001.2　239p　19cm　1800円　⊙4-89982-009-7

◇JMM　VOL.10　金融の民主化―投資と希望と信頼　村上龍編著　日本放送出版協会　2000.12　259p　21cm　1200円　⊙4-14-080521-8

◇アウェーで戦うために―フィジカル・インテンシティ3　村上龍著　光文社　2000.12　212p　19cm　1500円　⊙4-334-97284-5

◇JMM　VOL.9―少年犯罪と心理経済学―教育問題の新しい視点(2)　村上龍編著　日本放送出版協会　2000.10　293p　21cm　1200円　⊙4-14-080520-X

◇奇跡的なカタルシス―フィジカル・インテンシティ 2　村上龍著　光文社　2000.10　223p　15cm（知恵の森文庫）　476円　⊙4-334-78043-1

◇共生虫ドットコム　村上龍著，Kyoseichu.com制作班編　講談社　2000.9　212p　21cm　1800円　⊙4-06-210336-2

◇メランコリア　村上龍著　集英社　2000.9　232p　15cm（集英社文庫）419円　⊙4-08-747237-X

◇『希望の国のエクソダス』取材ノート　村上龍著　文芸春秋　2000.9　221p　19cm　1143円　⊙4-16-356530-2

◇JMM　VOL.8　教育における経済合理性―教育問題の新しい視点　村上龍編著　日本放送出版協会　2000.8　285p　21cm　1200円　⊙4-14-080519-6

◇ストレンジ・デイズ　村上龍著　講談社　2000.8　393p　15cm（講談社文庫）619円　⊙4-06-264914-4

◇村上龍自選小説集 8　増殖し続ける細部　村上龍著，創美社編　集英社　2000.7　804p　21cm　3200円　⊙4-08-774439-6

◇村上龍自選小説集 6　快楽と倦怠と死の独白　村上龍著　集英社　2000.7　497p　22×14cm　2400円　⊙4-08-774437-X

◇希望の国のエクソダス　村上龍著　文芸春秋　2000.7　422p　19cm　1571円　⊙4-16-319380-4

◇JMM　VOL.7　IT革命のリアリティ―「価値」は「利益」に優先する　村上龍編著　日本放送出版協会　2000.6　237p　21cm　1200円　⊙4-14-080518-8

◇世のため、人のため、そしてもちろん自分のため　村上龍，藤木りえ著　日本放送出版協会　2000.6　197p　19cm　1400円　⊙4-14-080516-1

◇村上龍自選小説集 7　ドキュメントとしての小説　村上龍著　集英社　2000.5　581p　21cm　2400円　⊙4-08-774438-8

◇村上龍自選小説集 5 戦争とファシズムの想像力 村上龍著 集英社 2000.5 749p 21cm 3200円 ⓘ4-08-774436-1

◇JMM VOL.6 需要が足りない！―景気の循環を越えて 村上龍編著 日本放送出版協会 2000.5 239p 21cm 1200円 ⓘ4-14-080478-5

◇NHKスペシャル 村上龍"失われた10年"を問う 村上龍編著 日本放送出版協会 2000.5 302p 21cm （JMM EXTRA ISSUE） 1700円 ⓘ4-14-080510-2

◇白鳥 村上龍著 幻冬舎 2000.4 213p 15cm （幻冬舎文庫） 495円 ⓘ4-87728-869-4

◇JMM VOL.5 企業経営の未来―システムとコミュニケーションをめぐって 村上龍編著 日本放送出版協会 2000.4 245p 21cm 1200円 ⓘ4-14-080477-7

◇共生虫 村上龍著 講談社 2000.3 293p 19cm 1500円 ⓘ4-06-210027-4

◇KYOKO 村上龍著 幻冬舎 2000.2 218p 15cm （幻冬舎文庫） 457円 ⓘ4-87728-849-X

◇はじめての夜 二度目の夜 最後の夜 村上龍著 集英社 2000.1 205p 15cm （集英社文庫） 400円 ⓘ4-08-747147-0

◇奇跡的なカタルシス―フィジカル・インテンシティ2 村上龍著 光文社 1999.12 211p 19cm 1500円 ⓘ4-334-97243-8

◇最前線 村上龍著 ラインブックス 1999.12 261p 19cm 1600円 ⓘ4-89809-047-8

◇JMM VOL.2 雇用問題を考える―景気と個人の幸福感 村上龍編著 日本放送出版協会 1999.11 211p 21cm 1200円 ⓘ4-14-080474-2

◇JMM VOL.1 プロローグ 日本の選択した道 村上龍編著 日本放送出版協会 1999.11 211p 21cm 1200円 ⓘ4-14-080473-4

◇フィジカル・インテンシティ―日本サッカーが初めて世界に曝された 村上龍著 光文社 1999.10 229p 15cm （光文社文庫） 438円 ⓘ4-334-72899-5

◇(1)死なないこと(2)楽しむこと(3)世界を知ること―すべての男は消耗品である。Vol.4 村上龍著 幻冬舎 1999.8 247p 15cm （幻冬舎文庫） 533円 ⓘ4-87728-776-0

◇あの金で何が買えたか―バブル・ファンタジー 村上龍著, はまのゆか画 小学館 1999.8 103p 26cm 1500円 ⓘ4-09-379392-1

◇存在の耐えがたきサルサ―村上龍対談集 村上龍著 文芸春秋 1999.6 477p 19cm 1714円 ⓘ4-16-355380-0

◇寂しい国から遙かなるワールドサッカーへ 村上龍著 ビクターエンタテインメント；ビクターブックス 1999.4 237p 21cm 1524円 ⓘ4-89389-160-X

◇真実はいつもシンプル―すべての男は消耗品である Vol.3 村上龍著 幻冬舎 1999.4 215p 15cm （幻冬舎文庫） 495円 ⓘ4-87728-716-7

◇モニカ―音楽家の夢・小説家の物語 坂本龍一, 村上龍著 新潮社 1999.3 191p 15cm （新潮文庫） 552円 ⓘ4-10-129121-7

◇KYOKO 村上龍著 集英社 1998.12 270p 15cm （集英社文庫） 476円 ⓘ4-08-748883-7

◇ワイン一杯だけの真実 村上龍著 幻冬舎 1998.12 189p 19cm 1400円 ⓘ4-87728-270-X

◇フィジカル・インテンシティ '97‐98season ソウル、ジョホールバル、トゥールーズ、ナント、リヨン、ペルージャ 村上龍著 光文社 1998.12 221p 21cm 1500円 ⓘ4-334-97201-2

◇時の本―a passport to time travel 村上龍, 高橋源一郎, 二間瀬敏史, 中島義道, 川村浩, 織田一朗著 光琳社出版 1998.10 165p 21cm 3200円 ⓘ4-7713-0312-6

◇すべての男は消耗品である Vol.5 村上龍著 ベストセラーズ 1998.10 301p 19cm 1550円 ⓘ4-584-18028-8

◇憂鬱な希望としてのインターネット 村上龍著, ダ・ヴィンチ編集部編 メディアファクトリー 1998.9 163p 19cm （ダ・ヴィンチ・ブックス） 1400円 ⓘ4-88991-615-6

◇村上竜って誰？―韓国人が読んだ村上竜 チング・メディア編, ジャネット・セオ訳 幻冬舎 1998.8 244p 20cm 1700円 ⓘ4-87728-252-1

小　説　　　　　　　　現　代

◇イン ザ・ミソスープ　村上龍著　幻冬舎　1998.8　304p　15cm　(幻冬舎文庫)　533円　⓵4-87728-633-0

◇ライン　村上龍著　幻冬舎　1998.8　209p　19cm　1500円　⓵4-87728-251-3

◇イン ザ・ミソスープ　村上龍著　幻冬舎　1998.8　304p　15cm　(幻冬舎文庫)　533円　⓵4-87728-633-0

◇竜以後の世界─村上竜という「最終兵器」の研究　陣野俊史著　彩流社　1998.7　219p　19cm　(オフサイド・ブックス四六スーパー)　1600円　⓵4-88202-652-X

◇夢見るころを過ぎれば─村上龍vs女子高生51人　村上龍著　リクルートダ・ヴィンチ編集部;メディアファクトリー〔発売〕　1998.6　327p　21cm　(ダ・ヴィンチブックス)　1500円　⓵4-88991-572-9

◇群像日本の作家 29　村上竜　村上竜他著　小学館　1998.4　303p　20cm　2140円　⓵4-09-567029-0

◇ヒュウガ・ウイルス　村上龍〔著〕　幻冬舎　1998.4　273p　16cm　(幻冬舎文庫)　533円　⓵4-87728-585-7

◇村上龍映画小説集　村上龍〔著〕　講談社　1998.4　267p　15cm　(講談社文庫)　448円　⓵4-06-263763-4

◇リュウズ・ウイルス─村上竜読本　野崎六助著　毎日新聞社　1998.2　243p　19cm　1500円　⓵4-620-10583-X

◇バイオティックレイヤード　村上龍著　ビー・エヌ・エヌ　1998.2　103p　21cm　1800円　⓵4-89369-602-5

◇村上龍料理小説集　村上龍著　講談社　1998.1　301p　15cm　(講談社文庫)　514円　⓵4-06-263643-3

◇寂しい国の殺人　村上龍著,ジョン・タムラ英文翻訳　シングルカット　1998.1　94p　22cm　1800円　⓵4-938737-33-7

◇オーディション　村上龍著　幻冬舎　1997.12　236p　15cm　(幻冬舎文庫)　495円　⓵4-87728-546-6

◇テニスボーイの憂鬱　村上龍著　幻冬舎　1997.12　605p　15cm　(幻冬舎文庫)　762円　⓵4-87728-548-2

◇ラブ&ポップ─トパーズ 2　村上龍著　幻冬舎　1997.12　234p　15cm　(幻冬舎文庫)　495円　⓵4-87728-549-0

◇KYOKOの軌跡─神が試した映画　村上龍著　幻冬舎　1997.12　248p　15cm　(幻冬舎文庫)　495円　⓵4-87728-547-4

◇イン ザ・ミソスープ　村上龍著　読売新聞社　1997.10　238p　19cm　1500円　⓵4-643-97099-5

◇村上龍自選小説集 2　他者を探す女達　村上龍著　集英社　1997.10　530p　21cm　2400円　⓵4-08-774252-0

◇「普通の女の子」として存在したくないあなたへ。　村上龍著　幻冬舎　1997.8　276p　15cm　(幻冬舎文庫)　495円　⓵4-87728-497-4

◇RYU'S倶楽部─「仲間」ではなく友人として　村上龍著　毎日新聞社　1997.8　366p　19cm　1700円　⓵4-620-31183-9

◇ストレンジ・デイズ　村上龍著　講談社　1997.7　352p　19cm　1500円　⓵4-06-208432-5

◇村上龍自選小説集 4　破壊による突破　村上龍著　集英社　1997.7　629p　21cm　2090円　⓵4-08-774254-7

◇(総特集)村上竜─Bad boyの新たなる出発　青土社　1997.6　260p　23cm　(ユリイカ臨時増刊　vol.29-8)　1143円　⓵4-7917-0017-1

◇オーディション　村上龍著　ぶんか社　1997.6　213p　20cm　1600円　⓵4-8211-0549-7

◇村上龍自選小説集 1　消費される青春　村上龍著　集英社　1997.6　506p　21cm　2400円　⓵4-08-774251-2

◇村上龍自選小説集 3　寓話としての短編　村上龍著　集英社　1997.6　592p　21cm　2400円　⓵4-08-774253-9

◇音楽の海岸　村上龍著　講談社　1997.4　374p　15cm　(講談社文庫)　562円　⓵4-06-263481-3

◇五分後の世界　村上龍〔著〕　幻冬舎　1997.4　303p　16cm　(幻冬舎文庫)　533円　⓵4-87728-444-3

◇贅沢な恒人たち　村上龍〔ほか著〕　幻冬舎　1997.4　213p　16cm　（幻冬舎文庫）　457円　①4-87728-448-6

◇フィジーの小人　村上龍著　角川書店　1997.4　389p　15cm　（角川文庫）　600円　①4-04-158611-9

◇音楽の海岸　村上龍著　講談社　1997.4　374p　15cm　（講談社文庫）　562円　①4-06-263481-3

◇白鳥　村上龍著　幻冬舎　1997.3　246p　19cm　1442円　①4-87728-155-X

◇昭和歌謡大全集　村上龍著　集英社　1997.1　220p　15cm　（集英社文庫）　390円　①4-08-748567-6

◇はじめての夜二度目の夜最後の夜─料理小説　村上龍著　集英社　1996.12　201p　20cm　1359円　①4-08-774190-7

◇ラブ＆ポップ─トパーズ 2　村上龍著　幻冬舎　1996.11　198p　19cm　1400円　①4-87728-135-5

◇すてきなジェニファー　山本容子絵, 村上龍文　新書館　1996.10　61p　22cm　（絵物語・永遠の一瞬）　1359円　①4-403-03204-4

◇368Y Par4 第2打　村上龍著　講談社　1996.6　343p　15cm　（講談社文庫）　520円　①4-06-263265-9

◇ヒュウガ・ウイルス─五分後の世界 2　村上龍著　幻冬舎　1996.5　237p　19cm　1500円　①4-87728-108-8

◇メランコリア　村上龍著　集英社　1996.5　203p　19cm　1400円　①4-08-774194-X

◇或る恋の物語─エキゾチズム120％　村上龍著　ソニー・ミュージックエンタテインメント　1996.4　62p　19cm　1942円　①4-7897-1066-1

◇Se fue彼女は行ってしまった─ロマンチシズム120％　村上龍著　ソニー・ミュージックエンタテインメント　1996.4　62p　19cm　1942円　①4-7897-1067-X

◇フィジーの小人　村上龍著　講談社　1996.4　413p　15cm　（講談社文庫）　620円　①4-06-263211-X

◇わたしのすべてを─エロチシズム120％　村上龍著　ソニー・ミュージックエンタテインメント　1996.4　62p　19cm　1942円　①4-7897-1068-8

◇マリポーサ　小町剛広写真, 村上龍文　ティーツー出版　1996.4　1冊　31×24cm　3200円　①4-900700-80-0

◇モニカ─音楽家の夢・小説家の物語　坂本龍一, 村上龍著　新潮社　1996.3　189p　19cm　1700円　①4-10-410601-1

◇KYOKOの軌跡─神が試した映画　村上龍著　幻冬舎　1996.3　365p　21×13cm　1700円　①4-87728-100-2

◇Z　林いず美撮影, 村上龍文　竹書房　1996.3　1冊　26cm　3500円　①4-8124-0097-X

◇あなたがいなくなった後の東京物語　村上龍著　角川書店　1996.1　211p　19cm　1200円　①4-04-883430-4

◇KYOKO　村上龍著　集英社　1995.11　213p　19cm　1400円　①4-08-774098-6

◇すべての男は消耗品である。　Vol.4　村上龍著　ベストセラーズ　1995.9　284p　19cm　1400円　①4-584-18024-5

◇長崎オランダ村　村上龍著　講談社　1995.8　168p　15cm　（講談社文庫）　360円　①4-06-263039-7

◇村上龍映画小説集　村上龍著　講談社　1995.6　221p　19cm　1400円　①4-06-207660-8

◇イビサ　村上龍〔著〕　講談社　1995.4　273p　15cm　（講談社文庫）　480円　①4-06-185963-3

◇エクスタシー　村上龍著　集英社　1995.4　299p　15cm　（集英社文庫）　460円　①4-08-748332-0

◇ピアッシング　村上龍著　幻冬舎　1994.12　194p　20×14cm　1400円　①4-87728-033-2

◇龍言飛語　村上龍著　集英社　1994.8　245p　15cm　（集英社文庫）　420円　①4-08-748195-6

◇恋はいつも未知なもの　村上龍著　朝日新聞社　1994.7　271p　15cm　（朝日文芸文庫）　520円　①4-02-264039-1

◇贅沢な恋人たち　村上龍ほか著　幻冬舎　1994.4　237p　19cm　1400円　①4-87728-012-X

◇超電導ナイトクラブ　村上龍著　講談社　1994.4　485p　15cm（講談社文庫）720円　Ⓘ4-06-185652-9

◇コックサッカーブルース　村上龍著　集英社　1994.3　453p　15cm（集英社文庫）680円　Ⓘ4-08-748139-5

◇五分後の世界　村上龍著　幻冬舎　1994.3　255p　19cm　1500円　Ⓘ4-87728-004-9

◇昭和歌謡大全集　村上龍著　集英社　1994.3　230p　19cm　1300円　Ⓘ4-08-780120-9

◇最新対論　神は細部に宿る　村上龍，椹木野衣著　浪漫新社;ワニブックス〔発売〕　1994.1　237p　21cm　1500円　Ⓘ4-8470-1196-1

◇友よ、また逢おう　村上龍，坂本龍一著　角川書店　1993.9　240p　15cm（角川文庫）470円　Ⓘ4-04-158610-0

◇恋はいつも未知なもの　村上龍著　角川書店　1993.9　301p　15cm（角川文庫）520円　Ⓘ4-04-158608-9

◇トパーズの誘惑　村上龍著　角川書店　1993.9　289p　15cm（角川文庫）500円　Ⓘ4-04-158609-7

◇すべての男は消耗品である　村上龍著　集英社　1993.9　282p　15cm（集英社文庫）470円　Ⓘ4-08-748071-2

◇音楽の海岸　村上龍著　角川書店　1993.7　359p　19cm　1400円　Ⓘ4-04-872762-1

◇十七粒の媚薬　村上龍ほか著　角川書店　1993.7　194p　15cm（角川文庫）390円　Ⓘ4-04-158607-0

◇新世界のビート—快楽のキューバ音楽ガイド　村上龍著，河野治彦データ執筆　新潮社　1993.7　229p　21×13cm　1600円　Ⓘ4-10-393401-2

◇「普通の女の子」として存在したくないあなたへ。　村上龍著　マガジンハウス　1993.6　212p　19cm　1200円　Ⓘ4-8387-0458-5

◇368Y Par4第2打　村上龍著　講談社　1993.5　238p　19cm　1400円　Ⓘ4-06-206386-7

◇贅沢な失恋　村上竜ほか著　角川書店　1993.4　236p　20cm　1300円　Ⓘ4-04-872750-8

◇魔法の水　村上龍編　角川書店　1993.4　250p　15cm（角川ホラー文庫）470円　Ⓘ4-04-158606-2

◇フィジーの小人　村上龍著　角川書店　1993.3　338p　19cm　1400円　Ⓘ4-04-872479-7

◇すべての男は消耗品である。　Vol.2　村上龍著　角川書店　1993.3　266p　15cm（角川文庫）470円　Ⓘ4-04-158605-4

◇ビッグ・イベント　村上龍著　講談社　1993.3　234p　15cm（講談社文庫）480円　Ⓘ4-06-185406-2

◇エクスタシー　村上龍著　集英社　1993.1　258p　19cm　1300円　Ⓘ4-08-772894-3

安岡　章太郎
やすおか　しょうたろう

大正9（1920）.5.30〜
　小説家。昭和26年『ガラスの靴』を発表し、28年『悪い仲間』『陰気な愉しみ』で芥川賞を受賞。政治的なものに冷やかで日常に重点を置いた作風で、吉行淳之介らと共に"第三の新人"と位置づけられた。その後も『海辺の光景』『走れトマホーク』『果てもない道中記』などで数々の賞を受賞。昭和57年には安岡家の歴史を描いた『流離譚』で日本文学大賞を受賞した。平成12年19年ぶりの小説『鏡川』を発表。小説のほか『志賀直哉私論』『小説家の小説論』『僕の昭和史1・2・3』などの評論もある

＊　　＊　　＊

◇風のすがた—随筆集　安岡章太郎著　世界文化社　2000.11　319p　22cm　2000円　Ⓘ4-418-00512-9

◇鏡川　安岡章太郎著　新潮社　2000.7　185p　20cm　2500円　Ⓘ4-10-321910-6

◇戦後文学放浪記　安岡章太郎著　岩波書店　2000.6　213p　18cm（岩波新書）660円　Ⓘ4-00-430678-7

◇流離譚　下　安岡章太郎〔著〕　講談社　2000.3　558p　16cm（講談社文芸文庫）1700円　Ⓘ4-06-198203-6

◇流離譚 上　安岡章太郎〔著〕　講談社　2000.2　518p　16cm　（講談社文芸文庫）　1700円　ⓘ4-06-198200-1

◇わたしの20世紀　安岡章太郎著　朝日新聞社　1999.11　205p　20cm　1800円　ⓘ4-02-257437-2

◇歴史への感情旅行　安岡章太郎著　新潮社　1999.10　386p　16cm　（新潮文庫）　552円　ⓘ4-10-113009-4

◇私の濹東綺譚　安岡章太郎著　新潮社　1999.6　163p　19cm　2300円　ⓘ4-10-321909-2

◇忘れがたみ　安岡章太郎著　世界文化社　1999.4　346p　22cm　2000円　ⓘ4-418-99507-2

◇愛玩―安岡章太郎の「戦後」のはじまり　第111回日文研フォーラム　アハマド・ムハマド・ファトヒ・モスタファ〔述〕，国際日本文化研究センター編　国際日本文化研究センター　1999.3　40p　21cm

◇我等なぜキリスト教徒となりし乎　安岡章太郎, 井上洋治著　光文社　1999.1　248p　18cm　1200円　ⓘ4-334-97208-X

◇でこぼこの名月　安岡章太郎著　世界文化社　1998.10　350p　22cm　2100円　ⓘ4-418-98520-4

◇愛犬物語　安岡章太郎著　ケイエスエス　1998.7　217p　20cm　1400円　ⓘ4-87709-241-2

◇死との対面―瞬間を生きる　安岡章太郎著　光文社　1998.3　220p　18cm　1200円　ⓘ4-334-97172-5

◇安岡章太郎　安岡章太郎他著　小学館　1997.12　266p　20cm　（群像日本の作家 28）　2140円　ⓘ4-09-567028-2

◇群像日本の作家　28　安岡章太郎　安岡章太郎他著　小学館　1997.12　266p　20cm　2140円　ⓘ4-09-567028-2

◇安岡章太郎15の対話　安岡章太郎他著　新潮社　1997.9　430p　20cm　2700円　ⓘ4-10-321908-4

◇私説聊斎志異　安岡章太郎著　講談社　1997.2　266p　15cm　（講談社文芸文庫）　948円　ⓘ4-06-197557-9

◇まぼろしの川―私の履歴書　安岡章太郎著　講談社　1996.10　264p　20cm　1845円　ⓘ4-06-208407-4

◇質屋の女房　安岡章太郎著　埼玉福祉会　1996.9　2冊　22cm　（大活字本シリーズ）　3193円；3399円

◇果てもない道中記 上　安岡章太郎著　講談社　1995.11　417p　20cm　2000円　ⓘ4-06-205960-6

◇果てもない道中記 下　安岡章太郎著　講談社　1995.11　417p　20cm　2000円　ⓘ4-06-207894-5

◇歴史への感情旅行　安岡章太郎著　新潮社　1995.11　298p　20cm　1500円　ⓘ4-10-321907-6

◇水墨画の巨匠　第10巻　応挙　円山応挙〔画〕，安岡章太郎, 佐々木丞平著　講談社　1995.4　109p　31cm　3400円　ⓘ4-06-253930-6

◇文学交友録　庄野潤三著　新潮社　1995.3　323p　19cm　1700円　ⓘ4-10-310608-5

◇滑稽糞尿譚―ウィタ・フンニョアリス　安岡章太郎編　文芸春秋　1995.2　286p　16cm　（文春文庫）　450円　ⓘ4-16-731204-2

◇世界の名画―新装カンヴァス版 19　ルソーとシャガール　井上靖編集, 高階秀爾編集　ルソー〔画〕，シャガール〔画〕，安岡章太郎〔ほか〕執筆　中央公論社　1994.12　97p　34cm　3689円　ⓘ4-12-403121-1

◇夕陽の河岸　安岡章太郎著　新潮社　1994.10　177p　15cm　320円　ⓘ4-10-113008-6

◇わが文学の原風景―作家は語る　安岡章太郎他著　小学館　1994.10　222p　20cm　2233円　ⓘ4-09-387125-6

◇月は東に　安岡章太郎著　講談社　1994.8　258p　15cm　（講談社文芸文庫）　940円　ⓘ4-06-196286-8

◇なまけものの思想　安岡章太郎〔著〕　角川書店　1994.8　218p　19cm　1000円　ⓘ4-04-883378-2

◇父の酒　安岡章太郎著　文芸春秋　1994.2　302p　16cm　（文春文庫）　450円　ⓘ4-16-731203-4

◇安岡章太郎・遁走する表現者　吉田春生著　彩流社　1993.10　229p　19cm　2200円　[I]4-88202-275-3

◇酒屋へ三里、豆腐屋へ二里　安岡章太郎著　福武書店　1993.8　199p 15cm（福武文庫）600円　[I]4-8288-3274-2

◇流離譚　安岡章太郎著　新潮社　1993.8　555p 21cm　4000円　[I]4-10-321906-8

山田 風太郎
やまだ ふうたろう

大正11(1922).1.4～平成13(2001).7.28

小説家。大学在学中の昭和21年『達磨峠の殺人』で推理作家としてデビュー。23年『眼中の悪魔』『虚像淫楽』で探偵作家クラブ賞を受け、作家の道へ進む。山本正夫、高木彬光らと共に本格推理ブームを生み、33年『甲賀忍法帖』を発表して忍法ブームを起こした。以後、『くノ一忍法帖』『柳生忍法帖』『魔界転生』など次々と発表。40年代後半からは明治時代初期を扱った開化物に転じ、この時期の代表作に『警視庁草紙』『幻燈辻馬車』『明治断頭台』がある。他に『戦中派不戦日記』『同日同刻』『風眼抄』がある。

＊　　＊　　＊

◇笑う肉仮面　少年篇―山田風太郎ミステリー傑作選　9　山田風太郎著　光文社　2002.1　678p　15cm（光文社文庫）857円　[I]4-334-73273-9

◇男性週期律　山田風太郎著　光文社　2001.11　596p　16cm（光文社文庫）857円　[I]4-334-73241-0

◇風々院風々風々居士―山田風太郎に聞く　山田風太郎著, 森まゆみ聞き手　筑摩書房　2001.11　199p　20cm　1400円　[I]4-480-81439-6

◇妖異金瓶梅　山田風太郎著　扶桑社　2001.10　588p　16cm（扶桑社文庫）781円　[I]4-594-03264-8

◇天国荘奇譚　山田風太郎著　光文社　2001.9　608p　16cm（光文社文庫）857円　[I]4-334-73209-7

◇戦艦陸奥　山田風太郎著　光文社　2001.9　705p　16cm（光文社文庫）857円　[I]4-334-73208-9

◇忍法創世記　山田風太郎著　出版芸術社　2001.9　299p　20cm（山田風太郎コレクション　2）1700円　[I]4-88293-197-4

◇棺の中の悦楽　山田風太郎著　光文社　2001.7　679p　16cm（光文社文庫）857円　[I]4-334-73183-X

◇夜よりほかに聴くものもなし　山田風太郎著　光文社　2001.5　690p　16cm（光文社文庫）857円　[I]4-334-73157-0

◇人間臨終図巻 3　山田風太郎著　徳間書店　2001.5　553p　16cm（徳間文庫）724円　[I]4-19-891511-3

◇人間臨終図巻 2　山田風太郎著　徳間書店　2001.4　533p　16cm（徳間文庫）724円　[I]4-19-891491-5

◇眼中の悪魔　山田風太郎著　光文社　2001.3　632p　16cm（光文社文庫）857円　[I]4-334-73121-X

◇十三角関係　山田風太郎著　光文社　2001.3　647p　16cm（光文社文庫）857円　[I]4-334-73122-8

◇人間臨終図巻 1　山田風太郎著　徳間書店　2001.3　525p　16cm（徳間文庫）724円　[I]4-19-891477-X

◇天狗岬殺人事件　山田風太郎著　出版芸術社　2001.1　302p　20cm（山田風太郎コレクション　1）1700円　[I]4-88293-195-8

◇御用侠　山田風太郎著　小学館　2000.11　349p　15cm（小学館文庫）619円　[I]4-09-403565-6

◇あと千回の晩飯　山田風太郎著　朝日新聞社　2000.6　302p　15cm（朝日文庫）600円　[I]4-02-264228-9

◇逆転―時代アンソロジー　細谷正充編, 山田風太郎他著　祥伝社　2000.5　329p　16cm（祥伝社文庫）571円　[I]4-396-32763-3

◇悪霊の群　山田風太郎, 高木彬光著　出版芸術社　2000.3　250p　20cm　1600円　[I]4-88293-184-2

◇武蔵野水滸伝 上　山田風太郎著　小学館　1999.12　313p　15cm（小学館文庫）571円　[I]4-09-403563-X

◇武蔵野水滸伝 下　山田風太郎著　小学館　1999.12　349p　15cm　（小学館文庫）　619円　⊕4-09-403564-8

◇山田風太郎集　山田風太郎著　リブリオ出版　1999.12　307p　22cm　（もだん時代小説　大きな活字で読みやすい本　第3巻）　⊕4-89784-761-3,4-89784-758-3

◇武蔵野水滸伝 上　山田風太郎著　小学館　1999.12　313p　15cm　（小学館文庫）　571円　⊕4-09-403563-X

◇武蔵野水滸伝 下　山田風太郎著　小学館　1999.12　349p　15cm　（小学館文庫）　619円　⊕4-09-403564-8

◇忍法関ヶ原―山田風太郎忍法帖 14　山田風太郎著　講談社　1999.10　568p　15cm　（講談社文庫）　800円　⊕4-06-264680-3

◇野ざらし忍法帖―山田風太郎忍法帖 13　山田風太郎著　講談社　1999.9　280p　15cm　（講談社文庫）　514円　⊕4-06-264671-4

◇かげろう忍法帖―山田風太郎忍法帖 12　山田風太郎著　講談社　1999.8　390p　15cm　（講談社文庫）　629円　⊕4-06-264654-4

◇山田風太郎―風太郎千年史　山田風太郎著, 新保博久編　マガジンハウス　1999.7　319p　26cm　（Magazine House mook）　1500円　⊕4-8387-8213-6

◇風来忍法帖―山田風太郎忍法帖 11　山田風太郎著　講談社　1999.7　708p　15cm　（講談社文庫）　914円　⊕4-06-264627-7

◇柳生忍法帖―山田風太郎忍法帖 9　山田風太郎著　講談社　1999.6　486p　15cm　（講談社文庫）　714円　⊕4-06-264607-2

◇柳生忍法帖―山田風太郎忍法帖 10　山田風太郎著　講談社　1999.6　494p　15cm　（講談社文庫）　714円　⊕4-06-264608-0

◇江戸忍法帖―山田風太郎忍法帖 8　山田風太郎著　講談社　1999.5　402p　15cm　（講談社文庫）　629円　⊕4-06-264576-9

◇魔界転生―山田風太郎忍法帖 6　山田風太郎著　講談社　1999.4　526p　15cm　（講談社文庫）　752円　⊕4-06-264542-4

◇魔界転生―山田風太郎忍法帖 7　山田風太郎著　講談社　1999.4　542p　15cm　（講談社文庫）　752円　⊕4-06-264543-2

◇くノ一忍法帖―山田風太郎忍法帖 5　山田風太郎著　講談社　1999.3　336p　15cm　（講談社文庫）　571円　⊕4-06-264559-9

◇柳生十兵衛死す 上　山田風太郎著　小学館　1999.3　405p　15cm　（小学館文庫）　657円　⊕4-09-403561-3

◇柳生十兵衛死す 下　山田風太郎著　小学館　1999.3　413p　15cm　（小学館文庫）　657円　⊕4-09-403562-1

◇忍法八犬伝―山田風太郎忍法帖 4　山田風太郎著　講談社　1999.2　478p　15cm　（講談社文庫）　714円　⊕4-06-264513-0

◇伊賀忍法帖―山田風太郎忍法帖 3　山田風太郎著　講談社　1999.1　405p　15cm　（講談社文庫）　619円　⊕4-06-263988-2

◇戦中派天才老人・山田風太郎　関川夏央著　筑摩書房　1998.12　294p　15cm　（ちくま文庫　せ5-3）　700円　⊕4-480-03433-1

◇甲賀忍法帖―山田風太郎忍法帖 1　山田風太郎著　講談社　1998.12　359p　15cm　（講談社文庫）　590円　⊕4-06-263944-0

◇忍法忠臣蔵―山田風太郎忍法帖 2　山田風太郎著　講談社　1998.12　327p　15cm　（講談社文庫）　590円　⊕4-06-264503-3

◇いまわの際に言うべき一大事はなし。　山田風太郎〔著〕　角川春樹事務所　1998.11　257p　20cm　1800円　⊕4-89456-142-5

◇室町少年倶楽部　山田風太郎著　文芸春秋　1998.8　254p　15cm　（文春文庫）　495円　⊕4-16-718315-3

◇太陽黒点―山田風太郎傑作大全 24　山田風太郎著　広済堂出版　1998.7　282p　15cm　（広済堂文庫）　543円　⊕4-331-60670-8

◇風太郎（ふうたろう）の死ぬ話　山田風太郎〔著〕　角川春樹事務所　1998.7　217p　16cm　（ランティエ叢書　13）　1000円　⊕4-89456-092-5

◇神曲崩壊―山田風太郎傑作大全 23　山田風太郎著　広済堂出版　1998.6　372p　15cm　（広済堂文庫）　667円　⊕4-331-60662-7

◇戦中派虫けら日記―滅失への青春　山田風太郎著　筑摩書房　1998.6　602p　15cm（ちくま文庫　や22-15）　1200円　①4-480-03409-9

◇江戸にいる私　山田風太郎著　広済堂出版　1998.5　301p　16cm（広済堂文庫）543円　①4-331-60658-9

◇八犬伝―山田風太郎傑作大全　20　山田風太郎著　広済堂出版　1998.4　870p　15cm（広済堂文庫）667円　①4-331-60653-8

◇八犬伝―山田風太郎傑作大全　21　山田風太郎著　広済堂出版　1998.4　396p　15cm（広済堂文庫）667円　①4-331-60654-6

◇ヤマトフの逃亡―山田風太郎傑作大全 19　山田風太郎著　広済堂出版　1998.2　344p　15cm（広済堂文庫）552円　①4-331-60634-1

◇半身棺桶　山田風太郎著　徳間書店　1998.2　341p　16cm（徳間文庫）552円　①4-19-890846-X

◇魔群の通過　山田風太郎著　広済堂出版　1998.1　338p　16cm（広済堂文庫）552円　①4-331-60627-9

◇死言状　山田風太郎〔著〕　角川書店　1998.1　297p　15cm（角川文庫）514円　①4-04-135645-8

◇明治十手架　上　山田風太郎著　筑摩書房　1997.12　456p　15cm（ちくま文庫）900円　①4-480-03353-X

◇明治十手架　下　山田風太郎著　筑摩書房　1997.12　432p　15cm（ちくま文庫）900円　①4-480-03354-8

◇死なない剣豪　山田風太郎著　広済堂出版　1997.11　302p　16cm（広済堂文庫）543円　①4-331-60616-3

◇山田風太郎明治小説全集 7　明治十手架　山田風太郎著　筑摩書房　1997.11　555p　21cm　4600円　①4-480-71027-2

◇山田風太郎集　山田風太郎著　リブリオ出版　1997.10　237p　22cm（ポピュラーミステリーワールド　大きな活字で読みやすい本　第7巻）　①4-89784-567-X,4-89784-560-2

◇旅人 国定竜次―山田風太郎傑作大全　上　山田風太郎著　広済堂出版　1997.10　388p　15cm（広済堂文庫）667円　①4-331-60607-4

◇旅人 国定竜次―山田風太郎傑作大全　下　山田風太郎著　広済堂出版　1997.10　378p　15cm（広済堂文庫）667円　①4-331-60608-2

◇男性滅亡―山田風太郎奇想コレクション　山田風太郎著　角川春樹事務所　1997.10　331p　16cm（ハルキ文庫）620円　①4-89456-355-X

◇明治バベルの塔　山田風太郎著　筑摩書房　1997.10　350p　15cm（ちくま文庫）800円　①4-480-03352-1

◇山田風太郎集―大きな活字で読みやすい本　山田風太郎著　リブリオ出版　1997.10　237p　22cm（ポピュラーミステリーワールド　第7巻）　①4-89784-567-X,4-89784-560-2

◇山田風太郎明治小説全集 6　山田風太郎著　筑摩書房　1997.10　527p　21cm　4600円　①4-480-71026-4

◇ラスプーチンが来た―山田風太郎明治小説全集　2　山田風太郎著　筑摩書房　1997.10　508p　15cm（ちくま文庫）900円　①4-480-03351-3

◇旅人国定竜次　上　山田風太郎著　広済堂出版　1997.10　388p　16cm（広済堂文庫）667円　①4-331-60607-4

◇旅人国定竜次　下　山田風太郎著　広済堂出版　1997.10　378p　16cm（広済堂文庫）667円　①4-331-60608-2

◇長脇差枯野抄―山田風太郎傑作大全 14　山田風太郎著　広済堂出版　1997.9　329p　15cm（広済堂文庫）543円　①4-331-60600-7

◇みささぎ盗賊―山田風太郎奇想コレクション　山田風太郎著　角川春樹事務所　1997.9　341p　15cm（ハルキ文庫）620円　①4-89456-348-7

◇明治波濤歌　上　山田風太郎著　筑摩書房　1997.9　398p　15cm（ちくま文庫）840円　①4-480-03349-1

◇明治波濤歌　下　山田風太郎著　筑摩書房　1997.9　387p　15cm（ちくま文庫）820円　①4-480-03350-5

◇山田風太郎明治小説全集 5　明治波濤歌　山田風太郎著　筑摩書房　1997.9　486p　21cm　4600円　Ⓣ4-480-71025-6

◇いだ天百里―山田風太郎傑作大全 13　山田風太郎著　広済堂出版　1997.8　303p　15cm（広済堂文庫）543円　Ⓣ4-331-60594-9

◇エドの舞踏会―山田風太郎明治小説全集 8　山田風太郎著　筑摩書房　1997.8　429p　15cm（ちくま文庫）840円　Ⓣ4-480-03348-3

◇黒衣の聖母―山田風太郎奇想コレクション　山田風太郎著　角川春樹事務所　1997.8　333p　15cm（ハルキ文庫）620円　Ⓣ4-89456-342-8

◇忍法甲州路　山田風太郎著　講談社　1997.8　390p　15cm（文庫コレクション）1100円　Ⓣ4-06-262093-6

◇明治断頭台―山田風太郎明治小説全集 7　山田風太郎著　筑摩書房　1997.8　441p　15cm（ちくま文庫）840円　Ⓣ4-480-03347-5

◇山田風太郎明治小説全集 4　明治断頭台・エドの舞踏会　山田風太郎著　筑摩書房　1997.8　521p　21cm　4600円　Ⓣ4-480-71024-8

◇幻妖桐の葉おとし―山田風太郎奇想コレクション　山田風太郎著　角川春樹事務所　1997.7　333p　15cm（ハルキ文庫）580円　Ⓣ4-89456-333-9

◇地の果ての獄 上　山田風太郎著　筑摩書房　1997.7　444p　15cm（ちくま文庫）900円　Ⓣ4-480-03345-9

◇地の果ての獄 下　山田風太郎著　筑摩書房　1997.7　462p　15cm（ちくま文庫）900円　Ⓣ4-480-03346-7

◇山田風太郎明治小説全集 3　地の果ての獄　山田風太郎著　筑摩書房　1997.7　553p　21cm　4600円　Ⓣ4-480-71023-X

◇幻灯辻馬車 上　筑摩書房　1997.6　387p　15cm（ちくま文庫）780円+税　Ⓣ4-480-03343-2

◇幻灯辻馬車 下　筑摩書房　1997.6　394p　15cm（ちくま文庫）780円+税　Ⓣ4-480-03344-0

◇厨子家の悪霊―山田風太郎奇想コレクション　山田風太郎著　角川春樹事務所　1997.6　337p　16cm（ハルキ文庫）580円　Ⓣ4-89456-323-1

◇忍者 枯葉塔九郎　山田風太郎著　講談社　1997.6　355p　15cm（文庫コレクション）1000円　Ⓣ4-06-262090-1

◇山田風太郎明治小説全集 2　山田風太郎著　筑摩書房　1997.6　463p　21cm　4200円　Ⓣ4-480-71022-1

◇警視庁草紙 上　筑摩書房　1997.5　490p　15cm（ちくま文庫）900円+税　Ⓣ4-480-03341-6

◇警視庁草紙 下　筑摩書房　1997.5　474p　15cm（ちくま文庫）900円+税　Ⓣ4-480-03342-4

◇山田風太郎明治小説全集 1　警視庁草紙　山田風太郎著　筑摩書房　1997.5　588p　21cm　4600円　Ⓣ4-480-71021-3

◇あと千回の晩飯　山田風太郎著　朝日新聞社　1997.4　299p　20cm　1700円　Ⓣ4-02-256923-9

◇赤い蝋人形―山田風太郎傑作大全 12　山田風太郎著　広済堂出版　1997.3　269p　15cm（広済堂文庫）550円　Ⓣ4-331-60579-5

◇切腹禁止令―山田風太郎傑作大全 11　山田風太郎著　広済堂出版　1997.3　316p　15cm（広済堂文庫）570円　Ⓣ4-331-60572-8

◇奇想ミステリ集　山田風太郎著　講談社　1997.2　444p　15cm（文庫コレクション）1133円　Ⓣ4-06-262073-1

◇青春探偵団―山田風太郎傑作大全 10　山田風太郎著　広済堂出版　1997.2　332p　15cm（広済堂文庫）570円　Ⓣ4-331-60564-7

◇天使の復讐―風太郎傑作ミステリー　山田風太郎著　集英社　1997.2　210p　15cm（集英社文庫）440円　Ⓣ4-08-748549-8

◇剣鬼と遊女―山田風太郎傑作大全9　山田風太郎著　広済堂出版　1997.1　291p　16cm（広済堂文庫 559）534円　Ⓣ4-331-60560-4

小説　　　　　　　　　現　代

◇ありんす国伝奇　山田風太郎著　富士見書房　1996.12　317p　15cm　（時代小説文庫 279）　650円　Ⓣ4-8291-1279-4

◇夜よりほかに聴くものもなし―山田風太郎傑作大全 8　山田風太郎著　広済堂出版　1996.12　279p　15cm（広済堂文庫）　550円　Ⓣ4-331-60549-3

◇コレデオシマイ．　山田風太郎〔著〕　角川春樹事務所　1996.12　267p　20cm　1748円　Ⓣ4-89456-069-0

◇人間臨終図巻　3　山田風太郎著　徳間書店　1996.12　335p　19cm　1456円　Ⓣ4-19-860612-9

◇叛旗兵―山田風太郎傑作大全　7　山田風太郎著　広済堂出版　1996.11　674p　15cm（広済堂文庫）　900円　Ⓣ4-331-60545-0

◇人間臨終図巻　2　山田風太郎著　徳間書店　1996.11　341p　19cm　1456円　Ⓣ4-19-860597-1

◇天国荘奇譚―山田風太郎傑作大全　6　山田風太郎著　広済堂出版　1996.10　326p　15cm（広済堂文庫）　570円　Ⓣ4-331-60542-6

◇人間臨終図巻　1　山田風太郎著　徳間書店　1996.10　333p　19cm　1456円　Ⓣ4-19-860579-3

◇売色使徒行伝―山田風太郎傑作大全　5　山田風太郎著　広済堂出版　1996.9　229p　15cm（広済堂文庫）　530円　Ⓣ4-331-60537-X

◇くノ一紅騎兵―山田風太郎傑作忍法帖　山田風太郎著　講談社　1996.8　289p　18cm　（KODANSHA NOVELS SPECIAL）　820円　Ⓣ4-06-181898-8

◇極悪人　山田風太郎著　双葉社　1996.8　265p　20cm　1553円　Ⓣ4-575-23261-0

◇誰にもできる殺人―山田風太郎傑作大全　4　山田風太郎著　広済堂出版　1996.8　239p　15cm（広済堂文庫）　550円　Ⓣ4-331-60532-9

◇徳川市井血風録―江戸城事件史　3　縄田一男編，池波正太郎，笹沢左保，白石一郎，神坂次郎，山田風太郎ほか著　青樹社　1996.8　354p　15cm（青樹社文庫）　660円　Ⓣ4-7913-0973-1

◇帰去来殺人事件　山田風太郎著　出版芸術社　1996.7　252p　19cm　1600円　Ⓣ4-88293-122-2

◇修羅維新牢―山田風太郎傑作大全　3　山田風太郎著　広済堂出版　1996.7　347p　15cm（広済堂文庫）　600円　Ⓣ4-331-60529-9

◇忍法封印いま破る　山田風太郎著　講談社　1996.7　320p　18cm　（Kodansha novels special　ヤK-20）　854円　Ⓣ4-06-181897-X

◇海鳴り忍法帖―山田風太郎傑作忍法帖　山田風太郎著　講談社　1996.6　349p　18cm　（KODANSHA NOVELS SPECIAL）　920円　Ⓣ4-06-181895-3

◇棺の中の悦楽　山田風太郎著　講談社　1996.6　255p　15cm　（文庫コレクション）　700円　Ⓣ4-06-262048-0

◇十三角関係―山田風太郎傑作大全　2　山田風太郎著　広済堂出版　1996.6　308p　15cm（広済堂文庫）　550円　Ⓣ4-331-60525-6

◇銀河忍法帖―山田風太郎傑作忍法帖　山田風太郎著　講談社　1996.5　374p　18cm　（KODANSHA NOVELS SPECIAL）　920円　Ⓣ4-06-181894-5

◇妖異金瓶梅―山田風太郎傑作大全　1　山田風太郎著　広済堂出版　1996.5　476p　15cm（広済堂文庫）　700円　Ⓣ4-331-60521-3

◇江戸忍法帖―山田風太郎傑作忍法帖　山田風太郎著　講談社　1996.4　276p　17cm　（講談社ノベルス）　820円　Ⓣ4-06-181892-9

◇外道忍法帖　山田風太郎著　講談社　1996.3　240p　18cm　（講談社ノベルスSPECIAL）　820円　Ⓣ4-06-181893-7

◇忍法八犬伝―山田風太郎傑作忍法帖　山田風太郎著　講談社　1996.2　326p　18cm　（KODANSHA NOVELS SPECIAL）　880円　Ⓣ4-06-181896-1

◇徳川武家騒動記　縄田一男編，山田風太郎ほか著　青樹社　1996.1　328p　15cm（青樹社文庫）　600円　Ⓣ4-7913-0928-6

◇風来忍法帖　山田風太郎著　講談社　1996.1　482p　18cm　（Kodansha novels special）　1100円　Ⓣ4-06-181890-2

◇怪談部屋　山田風太郎著　出版芸術社　1995.12　252p　19cm　（ふしぎ文学館）　1500円　④4-88293-110-9

◇秀吉妖話帖　山田風太郎著　集英社　1995.12　278p　15cm　（集英社文庫）　600円　④4-08-748387-8

◇妖説太閤記 上　山田風太郎著　講談社　1995.11　442p　15cm　（大衆文学館）　860円　④4-06-262026-X

◇妖説太閤記 下　山田風太郎著　講談社　1995.11　445p　15cm　（大衆文学館）　860円　④4-06-262027-8

◇室町少年倶楽部　山田風太郎著　文芸春秋　1995.8　248p　19cm　1500円　④4-16-315760-3

◇風来酔夢談　山田風太郎著　富士見書房　1995.8　218p　20cm　1700円　④4-8291-7272-X

◇戦中派天才老人・山田風太郎　関川夏央著　マガジンハウス　1995.4　269p　20cm　1400円　④4-8387-0618-9

◇跫音　山田風太郎〔著〕　角川書店　1995.4　348p　15cm　（角川ホラー文庫）　600円　④4-04-135644-X

◇奇想小説集　山田風太郎著　講談社　1995.3　341p　15cm　（大衆文学館）　760円　④4-06-262007-3

◇信玄忍法帖　山田風太郎著　富士見書房　1995.3　354p　15cm　（時代小説文庫　267）　640円　④4-8291-1267-0

◇怪異投込寺　山田風太郎著　集英社　1994.12　239p　15cm　（集英社文庫）　460円　④4-08-748258-8

◇柳生十兵衛死す 上　山田風太郎著　富士見書房　1994.12　386p　15cm　（時代小説文庫　263）　700円　④4-8291-1263-8

◇柳生十兵衛死す 下　山田風太郎著　富士見書房　1994.12　391p　15cm　（時代小説文庫　264）　700円　④4-8291-1264-6

◇室町お伽草紙―青春！信長・謙信・信玄卍ともえ　山田風太郎著　新潮社　1994.9　573p　15cm　（新潮文庫）　640円　④4-10-136803-1

◇戦中派虫けら日記―滅失への青春昭和17年～昭和19年　山田風太郎著　未知谷　1994.9　413p　20cm　3000円　④4-915841-17-0

◇くノ一忍法帖　山田風太郎著　講談社　1994.8　236p　18cm　（KODANSHA NOVELS SPECIAL）　800円　④4-06-181747-7

◇剣鬼喇嘛仏　山田風太郎著　講談社　1994.8　367p　18cm　（KODANSHA NOVELS SPECIAL）　880円　④4-06-181748-5

◇信玄忍法帖　山田風太郎著　講談社　1994.7　261p　18cm　（講談社ノベルススペシャル）　820円　④4-06-181746-9

◇忍法忠臣蔵　山田風太郎著　講談社　1994.7　228p　18cm　（講談社ノベルススペシャル）　800円　④4-06-181745-0

◇明治波濤歌 上　山田風太郎著　河出書房新社　1994.6　353p　15cm　（河出文庫）　740円　④4-309-40417-0

◇明治波濤歌 下　山田風太郎著　河出書房新社　1994.6　414p　15cm　（河出文庫）　780円　④4-309-40418-9

◇柳生忍法帖 上　山田風太郎著　講談社　1994.6　345p　18cm　（講談社ノベルススペシャル）　880円　④4-06-181742-6

◇柳生忍法帖 下　山田風太郎著　講談社　1994.6　334p　18cm　（講談社ノベルススペシャル）　880円　④4-06-181743-4

◇笑い陰陽師　山田風太郎著　講談社　1994.6　291p　18cm　（講談社ノベルススペシャル）　840円　④4-06-181744-2

◇忍者月影抄　山田風太郎著　講談社　1994.5　258p　18cm　（講談社ノベルス・スペシャル）　820円　④4-06-181739-6

◇魔界転生 上　山田風太郎著　講談社　1994.5　371p　18cm　（講談社ノベルス・スペシャル）　880円　④4-06-181740-X

◇魔界転生 下　山田風太郎著　講談社　1994.5　371p　18cm　（講談社ノベルス・スペシャル）　880円　④4-06-181741-8

◇伊賀忍法帖　山田風太郎著　講談社　1994.3　276p　18cm　（講談社ノベルススペシャル）　820円　④4-06-181738-8

◇警視庁草紙 上　山田風太郎著　河出書房新社　1994.3　486p　15cm　（河出文庫）　900円　④4-309-40411-1

◇警視庁草紙 下　山田風太郎著　河出書房新社　1994.3　465p　15cm　（河出文庫）　900円　④4-309-40412-X

小説　現　代

◇甲賀忍法帖　山田風太郎著　講談社　1994.3　250p　18cm　（講談社ノベルススペシャル）　790円　①4-06-181737-X

◇忍びの卍　山田風太郎著　講談社　1994.3　388p　18cm　（講談社ノベルススペシャル）　840円　①4-06-181736-1

◇明治忠臣蔵　山田風太郎著　河出書房新社　1994.1　321p　15cm　（河出文庫）　680円　①4-309-40404-9

◇幻灯辻馬車　上　山田風太郎著　河出書房新社　1993.12　343p　15cm　（河出文庫）　720円　①4-309-40398-0

◇幻灯辻馬車　下　山田風太郎著　河出書房新社　1993.12　342p　15cm　（河出文庫）　720円　①4-309-40399-9

◇殺人迷路　悪魔物語　森下雨村，大下宇陀児，横溝正史，水谷準，江戸川乱歩，橋本五郎，夢野久作，浜尾四郎，佐左木俊郎，甲賀三郎，角田喜久雄，山田風太郎著　春陽堂書店　1993.12　251p　15cm　（春陽文庫）　500円　①4-394-30135-1

◇武蔵野水滸伝　下　山田風太郎著　富士見書房　1993.12　355p　15cm　（時代小説文庫）　700円　①4-8291-1249-2

◇死言状　山田風太郎著　富士見書房　1993.11　290p　20cm　1800円　①4-8291-7235-5

◇武蔵野水滸伝　上　山田風太郎著　富士見書房　1993.11　314p　15cm　（時代小説文庫　248）　640円　①4-8291-1248-4

◇伝馬町から今晩は　山田風太郎著　河出書房新社　1993.10　283p　15cm　（河出文庫）　580円　①4-309-40388-3

◇おれは不知火　山田風太郎著　河出書房新社　1993.10　261p　15cm　（河出文庫）　580円　①4-309-40389-1

◇くノ一忍法帖　山田風太郎著　富士見書房　1993.9　320p　15cm　（時代小説文庫）　520円　①4-8291-1244-1

◇婆沙羅　山田風太郎著　講談社　1993.9　213p　15cm　（講談社文庫）　400円　①4-06-185493-3

◇虚像淫楽　山田風太郎著　国書刊行会　1993.3　305p　20cm　（探偵クラブ）　2300円　①4-336-03456-7

◇甲賀忍法帖　山田風太郎著　富士見書房　1993.3　337p　15cm　（時代小説文庫）　520円　①4-8291-1242-5

◇白波五人帖　山田風太郎著　集英社　1993.2　342p　15cm　（集英社文庫）　580円　①4-08-749898-0

山本　周五郎
やまもと　しゅうごろう

明治36（1903）.6.22〜昭和42（1967）.2.14
小説家。大正15年4月に発表した『須磨寺附近』が文壇出世作となる。新聞記者、雑誌記者などを経て、文筆に専念。昭和15、6年頃から歴史小説に佳作を見るようになり、18年『日本婦道記』で直木賞に推されたが辞退し、その後も一切の文学賞を受けなかった。反骨精神と豊かな人情味あふれる時代小説で高い人気を得た。代表作に『山彦乙女』『正雪記』『栄花物語』『樅ノ木は残った』『赤ひげ診療譚』『五弁の椿』『天地静大』『青べか物語』『虚空遍歴』『季節のない街』『さぶ』『ながい坂』など。

『赤ひげ診療譚』：昭和33（1958）年。江戸時代の公共医療施設、小石川養生所で最下層の人々のために働く一見乱暴な医師"赤ひげ"と、見習医として着任した若き医生とのふれあいを描き、ヒューマニズムを追究した作品。

＊　　　＊　　　＊

◇あんちゃん　山本周五郎著　埼玉福祉会　1999.10　3冊　22cm　3300円；3200円；3300円

◇死のある風景　久世光彦文，北川健次美術　新潮社　1999.9　204p　21cm　2600円　①4-10-410103-6

◇怒らぬ慶之助　山本周五郎著　新潮社　1999.9　379p　15cm　（新潮文庫）　552円　①4-10-113463-4

◇雨あがる─山本周五郎短篇傑作選　山本周五郎著　角川書店　1999.8　218p　19cm　1600円　①4-04-873181-5

◇人は負けながら勝つのがいい　山本周五郎著　学陽書房　1998.12　333p　19cm　1300円　①4-313-75068-1

◇曲軒・山本周五郎の世界―読者の支持を賞とした作家　山梨県立文学館編　山梨県立文学館　1998.10　72p　30cm

◇山本周五郎の世界　水谷昭夫著　新教出版社　1998.6　301p　20cm　（水谷昭夫著作選集別巻）　3700円　④4-400-62614-8

◇山本周五郎読本　新人物往来社　1998.4　424p　21cm　（別冊歴史読本　63）　1800円　④4-404-02608-0

◇山本周五郎集―大きな活字で読みやすい本　山本周五郎著　リブリオ出版　1998.3　257p　22cm　（くらしっく時代小説　オールルビ版　第15巻）　④4-89784-671-4,4-89784-656-0

◇山本周五郎―庶民の空間　竹添敦子著　双文社出版　1997.3　254p　19cm　2500円　④4-88164-512-9

◇明和絵暦　山本周五郎著　新潮社　1997.3　530p　15cm　（新潮文庫）　629円　④4-10-113462-6

◇日日平安　山本周五郎著　埼玉福祉会　1996.5　418p　22cm　（大活字本シリーズ）　3811円

◇若き日の摂津守　山本周五郎著　埼玉福祉会　1996.5　372p　22cm　（大活字本シリーズ）　3708円

◇ならぬ堪忍　山本周五郎著　新潮社　1996.4　361p　15cm　（新潮文庫）　520円　④4-10-113461-8

◇青竹・おさん　山本周五郎著　新潮社　1996.3　91p　16cm　（新潮ピコ文庫）　150円　④4-10-940003-1

◇周五郎に生き方を学ぶ　木村久邇典著　実業之日本社　1995.11　252p　20cm　1553円　④4-408-10181-8

◇山本周五郎―青べか物語/須磨寺附近　山本周五郎,浅井清編　日本図書センター　1995.11　291p　22cm　（シリーズ・人間図書館）　2600円　④4-8205-9403-6

◇酒みずく・語る事なし　山本周五郎著　新潮社　1995.4　311p　15cm　（新潮文庫）　480円　④4-10-113460-X

◇晩年　山本周五郎著　新潮社　1995.1　262p　19cm　（山本周五郎テーマ・コレクション）　1200円　④4-10-644040-7

◇下町　山本周五郎著　新潮社　1994.12　224p　19cm　（山本周五郎テーマ・コレクション）　1200円　④4-10-644039-3

◇抵抗　山本周五郎著　新潮社　1994.11　240p　19cm　（山本周五郎テーマ・コレクション）　1200円　④4-10-644038-5

◇泣き言はいわない　山本周五郎著　新潮社　1994.11　252p　16cm　（新潮文庫　や―2-58）　466円　④4-10-113459-6

◇恋慕　山本周五郎著,縄田一男編　新潮社　1994.10　240p　19cm　（山本周五郎テーマ・コレクション）　1200円　④4-10-644037-7

◇武家　山本周五郎著　新潮社　1994.9　248p　19cm　（山本周五郎テーマ・コレクション）　1200円　④4-10-644036-9

◇痛快　山本周五郎著　新潮社　1994.8　244p　19cm　（山本周五郎テーマ・コレクション）　1200円　④4-10-644035-0

◇夫婦　山本周五郎著　新潮社　1994.7　237p　19cm　（山本周五郎テーマ・コレクション）　1200円　④4-10-644034-2

◇歳月　山本周五郎著　新潮社　1994.6　234p　19cm　（山本周五郎テーマ・コレクション）　1200円　④4-10-644033-4

◇無償―山本周五郎テーマ・コレクション　山本周五郎著　新潮社　1994.5　243p　19cm　（テーマ・コレクション）　1200円　④4-10-644032-6

◇風雪　山本周五郎著　新潮社　1994.4　261p　19cm　（山本周五郎テーマ・コレクション）　1200円　④4-10-644031-8

◇想い出の作家たち　2　文芸春秋編　文芸春秋　1994.3　320p　19cm　1700円　④4-16-347860-4

◇栄花物語　山本周五郎著　新潮社　1994.2　537p　19cm　2000円　④4-10-323303-6

横溝 正史
よこみぞ せいし

明治35(1902).5.25～昭和56(1981).12.28　推理作家。大正10年「新青年」の懸賞小説に処女作『恐ろしき四月馬鹿』が入選、14年江戸川乱歩の探偵趣味の会設立に参加した。昭和2年「新青年」編集長に就任。10年『鬼火』で本

格的な作家活動に入る。戦前は『夜光虫』『真珠郎』などロマン的スリラー、サスペンスを発表。戦後21年に『本陣殺人事件』を連載、戦争中抑圧された探偵小説に活気を与えた。これに続く『獄門島』『八つ墓村』の所謂"岡山物"で、主人公の探偵・金田一耕助は江戸川乱歩の明智小五郎と並ぶスターとなり、以後『犬神家の一族』『女王蜂』『病院坂首縊りの家』と30年間活躍した。他に『夜歩く』『悪魔の手毬唄』『悪霊島』など。多くの作品が映画化・ドラマ化され、一大ブームを巻き起こした。

『八つ墓村』：昭和24(1949)年。長編小説。金田一耕助が終戦直後の岡山県の山間の村で起こった連続殺人事件を解決する。旧家に伝わる封建的な因習や迷信を効果的に織り込んだ、猟奇的要素の強い探偵小説。

*　　　*　　　*

◇金田一耕助の新冒険　横溝正史著　光文社　2002.2　451p　15cm（光文社文庫）667円　⓵4-334-73276-3

◇妖美の世界　横溝正史，江戸川乱歩著　リブリオ出版　2001.4　251p　21cm（怪奇・ホラーワールド　大きな字で読みやすい本　第1巻）　⓵4-89784-927-6,4-89784-926-8

◇横溝正史集――面影双紙　横溝正史著，日下三蔵編　筑摩書房　2001.3　505p　15cm（ちくま文庫）　950円　⓵4-480-03642-3

◇真珠郎　横溝正史著　扶桑社　2000.10　476p　15cm（扶桑社文庫）705円　⓵4-594-02993-0

◇トランプ台上の首　横溝正史〔著〕　角川書店　2000.9　286p　15cm（角川ホラー文庫）571円　⓵4-04-355501-6

◇喘ぎ泣く死美人　横溝正史著　角川書店　2000.5　215p　19cm（カドカワ・エンタテインメント）　750円　⓵4-04-788149-X

◇双生児は囁く――横溝正史「未収録」短編集　横溝正史著　角川書店　1999.9　302p　18cm（カドカワ・エンタテインメント）　1200円　⓵4-04-788140-6

◇爬虫館事件――新青年傑作選　江戸川乱歩，横溝正史，夢野久作ほか著　角川書店　1998.8　488p　15cm（角川ホラー文庫）　760円　⓵4-04-344901-1

◇死仮面――他1編　横溝正史著　新装　春陽堂書店　1998.1　230p　16cm（春陽文庫）486円　⓵4-394-39530-5

◇蝶々殺人事件――他1編　横溝正史著　新装　春陽堂書店　1998.1　342p　16cm（春陽文庫）　600円　⓵4-394-39531-3

◇華やかな野獣――他2編　横溝正史著　新装　春陽堂書店　1998.1　320p　16cm（春陽文庫）　581円　⓵4-394-39529-1

◇扉の影の女　横溝正史著　新装　春陽堂書店　1997.12　250p　16cm（春陽文庫）505円　⓵4-394-39526-7

◇本陣殺人事件――他2編　横溝正史著　新装　春陽堂書店　1997.12　346p　16cm（春陽文庫）　600円　⓵4-394-39527-5

◇夜の黒豹　横溝正史著　新装　春陽堂書店　1997.12　384p　16cm（春陽文庫）638円　⓵4-394-39528-3

◇吸血蛾　横溝正史著　新装　春陽堂書店　1997.11　330p　16cm（春陽文庫）600円　⓵4-394-39524-0

◇金田一耕助の冒険　横溝正史著　新装　春陽堂書店　1997.11　440p　16cm（春陽文庫）695円　⓵4-394-39525-9

◇支那扇の女――他1編　横溝正史著　新装　春陽堂書店　1997.11　240p　16cm（春陽文庫）　505円　⓵4-394-39523-2

◇覆面の佳人――或は「女妖」　江戸川乱歩，横溝正史著　春陽堂書店　1997.10　509,6p　16cm（春陽文庫）714円　⓵4-394-30145-9

◇火の十字架――ほか1編　横溝正史著　新装　春陽堂書店　1997.6　228p　16cm（春陽文庫）　448円　⓵4-394-39521-6

◇迷路の花嫁　横溝正史著　新装　春陽堂書店　1997.6　372p　16cm（春陽文庫）638円　⓵4-394-39522-4

◇壺中美人――他1編　横溝正史著　新装　春陽堂書店　1997.5　266p　16cm（春陽文庫）524円　⓵4-394-39520-8

◇毒の矢――他2編　横溝正史著　新装　春陽堂書店　1997.5　306p　16cm（春陽文庫）562円　⓵4-394-39519-4

◇死神の矢　横溝正史著　新装版　春陽堂書店　1997.4　296p　15cm（春陽文庫）562円　⓵4-394-39517-8

◇蝋美人　横溝正史著　新装版　春陽堂書店　1997.4　342p　15cm　（春陽文庫）　600円　Ⓘ4-394-39518-6

◇首　横溝正史〔著〕　角川書店　1997.2　298p　15cm　（角川文庫）　500円　Ⓘ4-04-130443-1

◇横溝正史集―大きな活字で読みやすい本　横溝正史著　リブリオ出版　1997.2　243p　22cm　（くらしっくミステリーワールド　オールルビ版　第15巻）Ⓘ4-89784-507-6,4-89784-492-4

◇名探偵・金田一耕助99の謎―ミステリー・ファイル　大多和伴彦著　二見書房　1996.11　264p　15cm　（二見文庫）　485円　Ⓘ4-576-96163-2

◇女怪―八つ墓村次の事件金田一耕助ファイル　横溝正史〔著〕　角川書店　1996.11　127p　12cm　（角川mini文庫　14）　194円　Ⓘ4-04-700113-9

◇貸しボート13号　横溝正史著　春陽堂書店　1996.9　308p　15cm　（春陽文庫）　580円　Ⓘ4-394-39516-X

◇スペードの女王　横溝正史著　春陽堂書店　1996.9　304p　15cm　（春陽文庫）　580円　Ⓘ4-394-39515-1

◇人面瘡　横溝正史〔著〕　角川書店　1996.9　353p　15cm　（角川文庫）　544円　Ⓘ4-04-130497-0

◇青蜥蜴　横溝正史著　双葉社　1996.7　267p　19cm　1600円　Ⓘ4-575-23256-4

◇悪魔の百唇譜　横溝正史著　新装版　春陽堂書店　1996.7　310p　15cm　（春陽文庫）　580円　Ⓘ4-394-39514-3

◇不死蝶　横溝正史著　新装版　春陽堂書店　1996.7　300p　15cm　（春陽文庫）　580円　Ⓘ4-394-39513-5

◇日本探偵作家論　権田万治著　双葉社　1996.5　357,11p　15cm　（双葉文庫）　720円　Ⓘ4-575-65824-3

◇堕ちたる天女　横溝正史著　新装版　春陽堂書店　1996.5　238p　15cm　（春陽文庫）　500円　Ⓘ4-394-39512-7

◇金田一耕助の帰還　横溝正史著　出版芸術社　1996.5　254p　19cm　1600円　Ⓘ4-88293-117-6

◇金田一耕助の新冒険　横溝正史著　出版芸術社　1996.5　258p　19cm　1600円　Ⓘ4-88293-118-4

◇魔女の暦　横溝正史著　新装版　春陽堂書店　1996.5　270p　15cm　（春陽文庫）　540円　Ⓘ4-394-39511-9

◇八つ墓村　横溝正史著　角川書店　1996.5　307p　19cm　1500円　Ⓘ4-04-872954-3

◇髑髏検校　横溝正史著　講談社　1996.3　483p　15cm　（文庫コレクション）　940円　Ⓘ4-06-262039-1

◇怪獣男爵　横溝正史著　改訂新装版　角川書店　1995.12　228p　15cm　（角川スニーカー文庫）　470円　Ⓘ4-04-416801-6

◇真珠塔・獣人魔島　横溝正史著　改訂新装版　角川書店　1995.12　306p　15cm　（角川スニーカー文庫）　600円　Ⓘ4-04-416804-0

◇青髪鬼　横溝正史著　改訂新装版　角川書店　1995.12　256p　15cm　（角川スニーカー文庫）　520円　Ⓘ4-04-416806-7

◇まぼろしの怪人　横溝正史著　改訂新装版　角川書店　1995.12　270p　15cm　（角川スニーカー文庫）　520円　Ⓘ4-04-416803-2

◇夜光怪人　横溝正史著　改訂新装版　角川書店　1995.12　262p　15cm　（角川スニーカー文庫）　520円　Ⓘ4-04-416802-4

◇幽霊鉄仮面　横溝正史著　改訂新装版　角川書店　1995.12　299p　15cm　（角川スニーカー文庫）　560円　Ⓘ4-04-416805-9

◇蝋面博士　横溝正史著　改訂新装版　角川書店　1995.12　241p　15cm　（角川スニーカー文庫）　520円　Ⓘ4-04-416807-5

◇短編で読む　推理傑作選50　上　佐野洋，五木寛之編，横溝正史ほか著　光文社　1995.11　623p　19cm　2800円　Ⓘ4-334-92257-0

◇殺人暦　横溝正史著　春陽堂書店　1995.6　258,6p　15cm　（春陽文庫）　520円　Ⓘ4-394-39501-1

◇本陣殺人事件　横溝正史著　双葉社　1995.5　234p　15cm　（双葉文庫）　480円　Ⓘ4-575-65800-6

◇横溝正史と「新青年」の作家たち―世田谷文学館開館記念展　世田谷文学館編　世田谷文学館　1995.3　175p　22cm

◇殺人迷路　悪霊物語　森下雨村，大下宇陀児，横溝正史，水谷準，江戸川乱歩，橋本五郎，夢野久作，浜尾四郎，佐左木俊郎，甲賀三郎，角田喜久雄，山田風太郎著　春陽堂書店　1993.12　251p 15cm　（春陽文庫）　500円　Ⓣ4-394-30135-1

◇金田一耕助のモノローグ　横溝正史著　角川書店　1993.11　136p 15cm　（角川文庫）　350円　Ⓣ4-04-130496-2

◇想い出の作家たち　1　文芸春秋編　文芸春秋　1993.10　356p 19cm　1700円　Ⓣ4-16-348000-5

◇江川蘭子　江戸川乱歩，横溝正史，甲賀三郎，大下宇陀児，夢野久作，森下雨村著　春陽堂書店　1993.10　212p 15cm　（春陽文庫）　500円　Ⓣ4-394-30134-3

◇鬼火　横溝正史著　出版芸術社　1993.10　251p 19cm　（ふしぎ文学館）　1500円　Ⓣ4-88293-067-6

吉本 ばなな
よしもと ばなな

昭和39(1964).7.24～

小説家。吉本隆明の二女として生まれる。昭和62年短篇小説『キッチン』で文壇にデビュー。ストーリーの巧みさ、読後感のさわやかさなどで、漫画・テレビ文化で育った若い世代に支持されミリオンセラーが続出、英訳書も多数ある。11年創作活動第2期の始まりともいえる、2年ぶりの小説『ハードボイルド/ハードラック』を発表。他の作品に『哀しい予感』『TUGUMI』『白河夜船』『とかげ』『SLY』『ハチ公の最後の恋人』『うたかた／サンクチュアリ』『アムリタ』、父・隆明との共著に『吉本隆明×吉本ばなな』などがある。

『キッチン』：昭和62(1987)年。短編小説。若者の喪失感や愛、優しさを、全く新しい感覚と繊細な文体で問い直し、ベストセラーとなった。泉鏡花文学賞受賞。

　　＊　　　＊　　　＊

◇ハードボイルド/ハードラック　吉本ばなな著　幻冬舎　2001.8　152p 16cm　（幻冬舎文庫）　457円　Ⓣ4-344-40159-X

◇ライフ　吉本ばなな著　新潮社　2001.2　461p 20cm　（吉本ばなな自選選集　4）　2000円　Ⓣ4-10-646304-0

◇デス　吉本ばなな著　新潮社　2001.1　437p 20cm　（吉本ばなな自選選集　3）　2000円　Ⓣ4-10-646303-2

◇ラブ　吉本ばなな著　新潮社　2000.12　357p 20cm　（吉本ばなな自選選集　2）　1800円　Ⓣ4-10-646302-4

◇オカルト　吉本ばなな著　新潮社　2000.11　644p 20cm　（吉本ばなな自選選集　1）　2300円　Ⓣ4-10-646301-6

◇ひな菊の人生　吉本ばなな著　ロッキング・オン　2000.11　139p 19cm　Ⓣ4-947599-84-7

◇ばななブレイク　吉本ばなな著　幻冬舎　2000.10　305p 15cm　1300円　Ⓣ4-344-00029-3

◇体は全部知っている　吉本ばなな著　文芸春秋　2000.9　213p 20cm　1143円　Ⓣ4-16-319510-6

◇ハネムーン　吉本ばなな著　中央公論新社　2000.7　166p 16cm　（中公文庫）　476円　Ⓣ4-12-203676-3

◇不倫と南米　吉本ばなな著　幻冬舎　2000.3　195p 20cm　1400円　Ⓣ4-87728-396-X

◇B級Banana―ばなな読本　吉本ばなな〔著〕　角川書店　1999.5　229p 15cm　（角川文庫）　533円　Ⓣ4-04-180009-9

◇SLY―世界の旅2　吉本ばなな著　幻冬舎　1999.4　228p 15cm　（幻冬舎文庫）　533円　Ⓣ4-87728-721-3

◇ハードボイルド/ハードラック　吉本ばなな著　ロッキング・オン　1999.4　125p 19cm　1000円　Ⓣ4-947599-67-7

◇ハチ公の最後の恋人　吉本ばなな著　中央公論社　1998.8　146p 15cm　（中公文庫）　457円　Ⓣ4-12-203207-5

◇パイナップルヘッド　吉本ばなな〔著〕　幻冬舎　1998.8　246p 16cm　（幻冬舎文庫　よ-2-4）　495円　Ⓣ4-87728-636-5

◇キッチン　吉本ばなな著　角川書店　1998.6　200p 15cm　（角川文庫）　400円　Ⓣ4-04-180008-0

◇白河夜船　吉本ばなな〔著〕　角川書店　1998.4　183p　15cm　（角川文庫）　400円　①4-04-180007-2

◇うたかた　サンクチュアリ　吉本ばなな〔著〕　角川書店　1997.12　168p　15cm　（角川文庫）　381円　①4-04-180006-4

◇ハネムーン　吉本ばなな著　中央公論社　1997.12　166p　19cm　1350円　①4-12-002742-2

◇日々のこと　吉本ばなな〔著〕　幻冬舎　1997.8　177p　16cm　（幻冬舎文庫　よ-2-2）　419円　①4-87728-499-0

◇夢について　吉本ばなな〔著〕　幻冬舎　1997.8　156p　16cm　（幻冬舎文庫　よ-2-3）　457円　①4-87728-500-8

◇マリカのソファー　バリ夢日記　吉本ばなな〔著〕　吉本ばなな〔著〕　幻冬舎　1997.4　222p　16cm　（幻冬舎文庫　よ-1-1）　533円　①4-87728-453-2

◇吉本隆明×吉本ばなな　吉本隆明, 吉本ばなな著　ロッキング・オン　1997.2　349p　19cm　1456円　①4-947599-48-0

◇アムリタ　上　吉本ばなな著　角川書店　1997.1　286p　15cm　（角川文庫）　560円　①4-04-180004-8

◇アムリタ　下　吉本ばなな著　角川書店　1997.1　301p　15cm　（角川文庫）　560円　①4-04-180005-6

◇とかげ　吉本ばなな著　新潮社　1996.6　179p　15cm　（新潮文庫）　360円　①4-10-135912-1

◇ハチ公の最後の恋人　吉本ばなな著〔新装版〕　中央公論社　1996.6　116p　18×14cm　1300円　①4-12-002579-9

◇SLY　吉本ばなな著　幻冬舎　1996.4　230p　19cm　1400円　①4-87728-103-7

◇パイナップルヘッド　吉本ばなな著　幻冬舎　1995.11　254p　20cm　1165円　①4-87728-079-0

◇B級Banana―吉本ばなな読本　吉本ばなな著　ベネッセコーポレーション　1995.4　218p　15cm　（福武文庫）　430円　①4-8288-5716-8

◇キッチン　吉本ばなな著　拡大写本「ルーペの会」　1995.2　7冊　26cm　各2000円

◇中吊り小説　吉本ばなな, 高橋源一郎, 阿刀田高, 椎名誠, 村松友視ほか著　新潮社　1994.12　271p　15cm　（新潮文庫）　440円　①4-10-135911-3

◇ハチ公の最後の恋人　吉本ばなな著　メタローグ　1994.10　160p　20cm　（1時間文庫）　1300円　①4-8398-3003-7

◇夢について　吉本ばなな著　幻冬舎　1994.9　52p　27cm　1262円　①4-87728-024-3

◇マリカの永い夜；バリ夢日記　吉本ばなな著　幻冬舎　1994.3　254p　19cm　1300円　①4-87728-006-5

◇アムリタ　上　吉本ばなな著　福武書店　1994.1　286p　19cm　1200円　①4-8288-2467-7

◇アムリタ　下　吉本ばなな著　福武書店　1994.1　286p　19cm　1200円　①4-8288-2468-5

◇ばななのばなな　吉本ばなな著　メタローグ　1994.1　301p　19cm　1300円　①4-8398-0011-1

◇Fruits basket―対談集　吉本ばなな著　福武書店　1993.9　277p　15cm　（福武文庫）　450円　①4-8288-3267-X

◇KITCHEN　吉本ばなな著, Magan訳・Backus　福武書店　1993.7　152p　19cm　1000円　①4-8288-2460-X

◇とかげ　吉本ばなな著　新潮社　1993.4　197p　19cm　1100円　①4-10-383402-1

吉行 淳之介
よしゆき じゅんのすけ

大正13(1924).4.13～平成6(1994).7.26
小説家。戦後「葦」や「世代」同人となる。東大中退後、大衆誌「モダン日本」の編集に携わる傍ら執筆を続け、『薔薇販売人』で認められる。敗戦後の赤線をテーマにした『原色の街』『娼婦の部屋』などを発表し、昭和29年『驟雨』で芥川賞受賞、"第三の新人"と呼ばれた作家たちの中心的存在。日常と隣り合わせの危機の感覚を、恋愛や性を題材に描いた。『砂の上の植物群』『暗室』『夕暮まで』などの他、『人工水晶体』など数多くのエッセイも手がけた。ま

た座談の名手としても有名で、多くの対談集がある。

　　　　＊　　　＊　　　＊

◇やわらかい話―吉行淳之介対談集　吉行淳之介〔対談〕, 丸谷才一編　講談社　2001.7　358p　16cm　（講談社文芸文庫）　1400円　ⓝ4-06-198273-7

◇失敗を恐れないのが若さの特権である―愛・結婚・人生―言葉の花束　吉行淳之介著, 宮城まり子編　海竜社　2000.3　222p　20cm　1500円　ⓝ4-7593-0615-3

◇七十の手習ひ　阿川弘之著　講談社　1999.12　324p　15cm　（講談社文庫）　562円　ⓝ4-06-264763-X

◇文士とは　大久保房男著　紅書房　1999.6　219p　21cm　2300円　ⓝ4-89381-131-2

◇悩ましき土地　吉行淳之介著　講談社　1999.5　241p　15cm　（講談社文芸文庫）　980円　ⓝ4-06-197665-6

◇吉行淳之介全集　第15巻　初期作品・文学賞全選評・年譜・全作品リストほか　吉行淳之介著　新潮社　1998.12　532p　21cm　5700円　ⓝ4-10-646015-7

◇露のきらめき―昭和期の文人たち　真鍋呉夫著　ケイエスエス　1998.11　243p　19cm　2400円　ⓝ4-87709-298-6

◇吉行淳之介全集　第14巻　エッセイ　吉行淳之介著　新潮社　1998.11　571p　19cm　6000円　ⓝ4-10-646014-9

◇吉行淳之介全集　第13巻　吉行淳之介著　新潮社　1998.10　583p　20cm　6000円　ⓝ4-10-646013-0

◇「暗室」日記　上巻　1984-1988　大塚英子著　河出書房新社　1998.9　264p　20cm　1900円　ⓝ4-309-01234-5

◇「暗室」日記　下巻　1989-1994　大塚英子著　河出書房新社　1998.9　290p　20cm　1900円　ⓝ4-309-01235-3

◇吉行淳之介全集　第12巻　エッセイ　吉行淳之介著　新潮社　1998.9　590p　19cm　6000円　ⓝ4-10-646012-2

◇昭和の心ひかれる作家たち　庄司肇著　沖積舎　1998.8　438p　19cm　6800円　ⓝ4-8060-4632-9

◇吉行淳之介全集　第11巻　全「恐怖対談」　吉行淳之介ほか著　新潮社　1998.8　657p　19cm　6000円　ⓝ4-10-646011-4

◇人間・吉行淳之介　山本容朗著　文芸春秋　1998.7　285p　16cm　（文春文庫　や12-2）　486円　ⓝ4-16-739702-1

◇母・あぐりの淳への手紙　吉行あぐり著　文園社　1998.7　273p　19cm　1500円　ⓝ4-89336-122-8

◇吉行淳之介全集　第10巻　好色一代男「現代語訳」・鼠の草子「現代語訳」・初恋「翻訳」ほか　吉行淳之介著　新潮社　1998.7　506p　19cm　5700円　ⓝ4-10-646010-6

◇女をめぐる断想　吉行淳之介〔著〕　角川春樹事務所　1998.7　217p　16cm　（ランティエ叢書　20）　1000円　ⓝ4-89456-099-2

◇吉行淳之介全集　第9巻　吉行淳之介著　新潮社　1998.6　600p　19cm　6000円　ⓝ4-10-646009-2

◇吉行淳之介全集　第8巻　私の文学放浪・湿った空乾いた空・沈む都・わが文学生活　吉行淳之介著　新潮社　1998.5　522p　19cm　5700円　ⓝ4-10-646008-4

◇吉行淳之介全集　第7巻　吉行淳之介著　新潮社　1998.4　482p　20cm　5500円　ⓝ4-10-646007-6

◇吉行淳之介全集　第6巻　吉行淳之介著　新潮社　1998.3　460p　20×15cm　5500円　ⓝ4-10-646006-8

◇吉行淳之介全集　第5巻　吉行淳之介著　新潮社　1998.2　611p　19cm　6000円　ⓝ4-10-646005-X

◇吉行淳之介全集　第4巻　吉行淳之介著　新潮社　1998.1　525p　20cm　5700円　ⓝ4-10-646004-1

◇「暗室」のなかで―吉行淳之介と私が隠れた深い穴　大塚英子著　河出書房新社　1997.12　239p　15cm　（河出文庫　お3-1）　580円　ⓝ4-309-40519-3

◇吉行淳之介全集　3　吉行淳之介著　新潮社　1997.12　532p　21cm　5700円　ⓝ4-10-646003-3

◇吉行淳之介全集 第2巻　全短篇2　吉行淳之介著　新潮社　1997.11　530p　19cm　5700円　ⓘ4-10-646002-5

◇暗闇の声　吉行淳之介著　出版芸術社　1997.7　250p　19cm　(ふしぎ文学館)　1456円　ⓘ4-88293-140-0

◇吉行淳之介全集 第1巻　吉行淳之介著　新潮社　1997.7　508p　20cm　5700円　ⓘ4-10-646001-7

◇吉行淳之介　心に残る言葉―三七六のアフォリズム　遠藤知子編　ネスコ,文芸春秋〔発売〕　1997.6　198p　19cm　1500円　ⓘ4-89036-947-3

◇詩とダダと私と　吉行淳之介著　新装版　作品社　1997.6　219p　20cm　1500円　ⓘ4-87893-280-5

◇吉行淳之介心に残る言葉―三七六のアフォリズム　吉行淳之介〔著〕,遠藤知子編　ネスコ　1997.6　198p　19cm　1500円　ⓘ4-89036-947-3

◇春夏秋冬女は怖い―なんにもわるいことしないのに　吉行淳之介著　光文社　1996.12　227p　16cm　(光文社文庫　よ1-9)　427円　ⓘ4-334-72336-5

◇驚きももの木20世紀―作家、その愛と死の秘密　ブックマン社　1996.10　233p　19cm　1500円　ⓘ4-89308-296-5

◇特別な他人　髙山勝美著　中央公論社　1996.8　285p　20cm　1408円　ⓘ4-12-002605-1

◇吉行淳之介―焰の中/私の文学放浪　吉行淳之介著,鳥居邦朗編　日本図書センター　1995.11　273p　22cm　(シリーズ・人間図書館)　2600円　ⓘ4-8205-9409-5

◇恋愛小説名作館 3　関口苑生編,吉行淳之介ほか著　講談社　1995.11　351p　19cm　1900円　ⓘ4-06-207843-0

◇やややのはなし　吉行淳之介著　文芸春秋　1995.9　281p　16cm　(文春文庫)　450円　ⓘ4-16-751703-5

◇兄・淳之介と私　吉行和子著　潮出版社　1995.7　206p　20cm　1200円　ⓘ4-267-01387-X

◇人間・吉行淳之介　山本容朗著　文芸春秋　1995.7　218p　20cm　1400円　ⓘ4-16-350400-1

◇「暗室」のなかで―吉行淳之介と私が隠れた深い穴　大塚英子著　河出書房新社　1995.6　183p　20cm　1500円　ⓘ4-309-00992-1

◇文学交友録　庄野潤三著　新潮社　1995.3　323p　19cm　1700円　ⓘ4-10-310608-5

◇梶井基次郎と吉行淳之介　西野浩子著　帖面舎　1995.2　175p　20cm　1500円　ⓘ4-924455-15-6

◇私の東京物語　吉行淳之介著,山本容朗編　文芸春秋　1995.2　295p　16cm　(文春文庫)　480円　ⓘ4-16-751702-7

◇世界の名画―新装カンヴァス版 23　クレー　井上靖編集,高階秀爾編集　クレー〔画〕,吉行淳之介〔ほか〕執筆,吉行淳之介〔ほか〕執筆　中央公論社　1994.11　97p　34cm　3689円　ⓘ4-12-403125-4

◇軽薄のすすめ　吉行淳之介〔著〕　角川書店　1994.8　225p　18cm　971円　ⓘ4-04-883376-6

◇懐かしい人たち　吉行淳之介著　講談社　1994.4　237p　22cm　1800円　ⓘ4-06-206879-6

◇菓子祭・夢の車輪　吉行淳之介著　講談社　1993.12　299p　15cm　(講談社文芸文庫)　980円　ⓘ4-06-196254-X

◇子供の領分　吉行淳之介著　集英社　1993.9　254p　15cm　(集英社文庫)　440円　ⓘ4-08-752042-0

◇目玉　吉行淳之介著　新潮社　1993.7　190p　15cm　(新潮文庫)　320円　ⓘ4-10-114316-1

◇老イテマスマス耄碌―対談　山口瞳,吉行淳之介著　新潮社　1993.6　192p　20cm　1200円　ⓘ4-10-392501-9

◇私の東京物語　吉行淳之介著,山本容朗編　有楽出版社　1993.5　253p　20cm　1600円　ⓘ4-408-59057-6

詩

石垣 りん
いしがき りん

大正9(1920).2.21～

詩人。小学校時代から詩作を始め、少女雑誌に投稿する。小学卒業後、日本興業銀行に入り、以後昭和50年まで勤務。昭和18年「断層」を創刊し、福田正夫に師事する。34年第1詩集『私の前にある鍋とお釜と燃える火と』を刊行。44年第2詩集『表札など』でH氏賞を受賞し、その後も『石垣りん詩集』『略歴』などで様々な賞を受賞。社会にひるむことなく向き合い、弱いものや小さいものへの慈しみ、孤独な心情をうたう。他に小説・随筆集『ユーモアの鎮国』などがある。

＊　　＊　　＊

◇略歴―石垣りん詩集　石垣りん詩　童話屋　2001.6　157p　22cm　2000円　Ⓘ4-88747-018-5

◇夜の太鼓　石垣りん著　筑摩書房　2001.2　229p　15cm（ちくま文庫）　600円　Ⓘ4-480-03616-4

◇私の前にある鍋とお釜と燃える火と―石垣りん詩集　石垣りん詩　童話屋　2000.10　181p　22cm　2000円　Ⓘ4-88747-011-8

◇表札など―石垣りん詩集　石垣りん詩　童話屋　2000.3　158p　22cm　2000円　Ⓘ4-88747-009-6

◇この世の中にある　石垣りん作詞，大熊崇子作曲　日本放送出版協会　1999.3　7p　26cm　(NHK全国学校音楽コンクール課題曲平成11年度(第66回)高等学校混声四部合唱)　180円　Ⓘ4-14-055216-6

◇この世の中にある　石垣りん作詞，大熊崇子作曲　日本放送出版協会　1999.3　7p　26cm　(NHK全国学校音楽コンクール課題曲平成11年度(第66回)高等学校男声四部合唱)　180円　Ⓘ4-14-055217-4

◇この世の中にある　石垣りん作詞，大熊崇子作曲　日本放送出版協会　1999.3　7p　26cm　(NHK全国学校音楽コンクール課題曲平成11年度(第66回)高等学校女声四部合唱)　180円　Ⓘ4-14-055218-2

◇石垣りん詩集　石垣りん著　角川春樹事務所　1998.6　254p　16cm　（ハルキ文庫　い2-1）　680円　Ⓘ4-89456-413-0

◇空をかついで　石垣りん詩　童話屋　1997.1　157p　16cm　1288円　Ⓘ4-924684-91-0

◇焔に手をかざして　石垣りん著　埼玉福祉会　1994.12　453p　22cm　（大活字本シリーズ）　3811円

茨木 のり子
いばらぎ のりこ

大正15(1926).6.12～

詩人。昭和23年頃から詩作を始め、28年川崎洋と「櫂」を創刊。30年第1詩集『対話』を刊行し、以後『見えない配達夫』『鎮魂歌』『人名詩集』『自分の感受性くらい』『食卓に珈琲の匂い流れ』『倚りかからず』、詩葉集『おんなのことば』などを刊行。金子光晴に傾倒し、激しい現実批評を含む視点で日常生活をうたう。他に随筆集『うたの心に生きた人々』『言の葉さざげ』『寸志』、詩論集『詩のこころを読む』、訳詩集『韓国現代詩選』などがある。

＊　　＊　　＊

◇鎮魂歌―茨木のり子詩集　茨木のり子詩　童話屋　2001.11　123p　22cm　2000円　Ⓘ4-88747-025-8

◇対話―茨木のり子詩集　茨木のり子詩　童話屋　2001.6　91p　22cm　2000円　Ⓘ4-88747-019-3

◇声で読む日本の詩歌166　おーいぽぽんた　茨木のり子，大岡信，川崎洋，岸田衿子，谷川俊太郎編，柚木沙弥郎画　福音館書店　2001.4　2冊　24×16cm　2400円　Ⓘ4-8340-3469-0

◇見えない配達夫―茨木のり子詩集　茨木のり子詩　童話屋　2001.2　133p　22cm　2000円　Ⓘ4-88747-010-X

◇個人のたたかい―金子光晴の詩と真実　茨木のり子作　童話屋　1999.11　153p　16cm　1250円　Ⓘ4-88747-008-8

◇倚りかからず　茨木のり子著　筑摩書房　1999.10　83p　22cm　1800円　Ⓓ4-480-80350-5

◇貘さんがゆく　茨木のり子作　童話屋　1999.4　155p　16cm　1250円　Ⓓ4-88747-005-3

◇汲む―詩画集　茨木のり子詩, 宇野亜喜良絵　ザイロ　1996.9　46p　21cm　1553円　Ⓓ4-938424-60-6

◇茨木のり子　増補　花神社　1996.7　210p　22cm（花神ブックス　1）1800円　Ⓓ4-7602-1413-5

◇言の葉さやげ　茨木のり子著　花神社　1996.7　193p　20cm　1800円　Ⓓ4-7602-1161-6

◇一本の茎の上に　茨木のり子著　筑摩書房　1994.11　189p　20cm　1456円　Ⓓ4-480-81364-0

◇うたの心に生きた人々　茨木のり子著　筑摩書房　1994.9　295p　15cm（ちくま文庫 い32-1）718円　Ⓓ4-480-02879-X

◇おんなのことば　茨木のり子詩　童話屋　1994.8　157p　16cm　1185円　Ⓓ4-924684-78-3

大岡 信
おおおか まこと

昭和6(1931).2.16～

詩人、文芸評論家。昭和31年第一詩集『記憶と現在』で注目される。34年吉岡実・清岡卓行らと「鰐」を結成、日本的抒情と西欧的方法との深く柔軟な詩的合体を示す。45年ごろから石川淳らと歌仙を巻み、フランス語など外国語でも度々連詩を試みる他、批評、翻訳、戯曲など幅広い分野で活動している。他の詩集に『透視図法 夏のための』『春 少女に』『故郷の水へのメッセージ』『地上楽園の午後』など、評論集に『抒情の批判』『蕩児の家系』『紀貫之』『岡倉天心』『詩をよむ鍵』『美をひらく扉』『日本の古典詩歌』など。日本ペンクラブ会長なども務めた。1979年から朝日新聞にコラム「折々のうた」を3千回以上にわたって連載中。

　　　＊　　　＊　　　＊

◇古今集・新古今集　大岡信著　学習研究社　2001.12　253p　15cm（学研M文庫）520円　Ⓓ4-05-902052-4

◇新・折々のうた 6　大岡信著　岩波書店　2001.11　189,25p　18cm（岩波新書）700円　Ⓓ4-00-430760-0

◇「忙即閑」を生きる　大岡信著　角川書店　2001.10　234p　15cm（角川文庫）619円　Ⓓ4-04-346807-5

◇世紀の変わり目にしやがみこんで　大岡信著　思潮社　2001.10　96p　21cm　1800円　Ⓓ4-7837-1276-X

◇丸谷才一と22人の千年紀ジャーナリズム大合評　丸谷才一, 向井敏, 諸井薫, 井上ひさし, 豊田泰光, 鹿島茂, 沼野充義, 日高普, 三浦雅士, 猪口邦子, 黒岩徹, 東海林さだお, 海老沢泰久, 轡田隆史, 島森路子, 根本長兵衛, 高島俊男, 張競, 小沢昭一, 久田恵, 大岡信, 岡野弘彦, 小西聖子著　都市出版　2001.7　415p　19cm　2333円　Ⓓ4-924831-96-4

◇人生の黄金時間　大岡信著　角川書店　2001.3　251p　15cm（角川文庫）648円　Ⓓ4-04-346806-7

◇日本人のこころ 2 新しく芽ばえるものを期待して　鶴見俊輔編, 大岡信, 瀬戸内寂聴, 清水真砂子, 西成彦著　岩波書店　2001.2　271p　19cm　2100円　Ⓓ4-00-001766-7

◇現代詩人論　大岡信著　講談社　2001.2　415p　15cm（講談社文芸文庫）1500円　Ⓓ4-06-198247-8

◇詩の日本語　大岡信著　中央公論新社　2001.1　396p　15cm（中公文庫）1048円　Ⓓ4-12-203772-7

◇百人百句　大岡信著　講談社　2001.1　382p　19cm　1800円　Ⓓ4-06-208222-5

◇新・折々のうた 5　大岡信著　岩波書店　2000.11　190,25p　18cm（岩波新書）660円　Ⓓ4-00-430699-X

◇名句歌ごよみ 恋　大岡信著　角川書店　2000.5　266p　15cm（角川文庫）648円　Ⓓ4-04-346805-9

◇詩の時代としての戦後　大岡信著　岩波書店　2000.3　433p　19cm（日本の古典詩歌 別巻）4800円　Ⓓ4-00-026396-X

◇名句歌ごよみ　冬・新年　大岡信著　角川書店　2000.2　252p　15cm（角川文庫）　648円　Ⓘ4-04-346804-0

◇おもひ草　大岡信著　世界文化社　2000.2　340p　21cm　2000円　Ⓘ4-418-00502-1

◇万葉集を読む　大岡信著　岩波書店　2000.1　595p　19cm（日本の古典詩歌 1）　5800円　Ⓘ4-00-026391-9

◇北米万葉集―日系人たちの望郷の歌　大岡信著　集英社　1999.12　246p　18cm（集英社新書）　700円　Ⓘ4-08-720002-7

◇詩人たちの近代　大岡信著　岩波書店　1999.11　627p　20cm（日本の古典詩歌 5）　5800円　Ⓘ4-00-026395-1

◇詩歌における文明開化　大岡信著　岩波書店　1999.9　464p　20cm（日本の古典詩歌 4）　5100円　Ⓘ4-00-026394-3

◇名句 歌ごよみ「秋」　大岡信著　角川書店　1999.8　280p　15cm（角川文庫）　667円　Ⓘ4-04-346803-2

◇日本詩歌読本　大岡信著　三修社　1999.7　195p　21cm　2800円　Ⓘ4-384-01123-7

◇古今和歌集の世界　大岡信著　岩波書店　1999.7　641p　20cm（日本の古典詩歌 2）　5800円　Ⓘ4-00-026392-7

◇日本詩歌読本　大岡信著　三修社　1999.7　195p　21cm　2800円　Ⓘ4-384-01123-7

◇捧げるうた50篇―大岡信詩集　大岡信著　花神社　1999.6　253p　20cm　2000円　Ⓘ4-7602-1542-5

◇名句 歌ごよみ「夏」　大岡信著　角川書店　1999.5　276p　15cm（角川文庫）　660円　Ⓘ4-04-346802-4

◇歌謡そして漢詩文　大岡信著　岩波書店　1999.5　401p　20cm（日本の古典詩歌 3）　4400円　Ⓘ4-00-026393-5

◇名句 歌ごよみ「春」　大岡信著　角川書店　1999.3　286p　15cm（角川文庫）　629円　Ⓘ4-04-346801-6

◇名句歌ごよみ 春　大岡信〔著〕　角川書店　1999.3　286p　15cm（角川文庫）　629円　Ⓘ4-04-346801-6

◇拝啓漱石先生　大岡信著　世界文化社　1999.2　278p　21cm　1800円　Ⓘ4-418-99503-X

◇あなたに語る日本文学史　大岡信著 新装版　新書館　1998.12　562p　19cm　2200円　Ⓘ4-403-21066-X

◇あなたに語る日本文学史　大岡信著　新装版　新書館　1998.12　562p　20cm　2200円　Ⓘ4-403-21066-X

◇新折々のうた 4　大岡信著　岩波書店　1998.10　189,26p　18cm（岩波新書）　640円　Ⓘ4-00-430585-3

◇続続・大岡信詩集　大岡信著　思潮社　1998.8　158p　19cm（現代詩文庫）　1165円　Ⓘ4-7837-0922-X

◇村上龍　村上龍, 松浦理英子, 島田雅彦, 小森陽一, 大岡信ほか著　小学館　1998.4　303p　19cm（群像 日本の作家 29）　2140円　Ⓘ4-09-567029-0

◇しおり草　大岡信著　世界文化社　1998.2　332p　21cm　2100円　Ⓘ4-418-98503-4

◇私の万葉集 5　大岡信著　講談社　1998.1　208p　18cm（講談社現代新書）　640　Ⓘ4-06-149174-1

◇ことばが映す人生　大岡信著　小学館　1997.11　222p　19cm　1600円　Ⓘ4-09-387233-3

◇新 折々のうた 3　大岡信著　岩波書店　1997.11　189,26p　18cm（岩波新書）　640円　Ⓘ4-00-430531-4

◇光のとりで―詩集　大岡信著　花神社　1997.11　117p　22cm　2300円　Ⓘ4-7602-1493-3

◇日本語の豊かな使い手になるために―話す・聞く・読む・書く　大岡信著　講談社　1997.8　338p　15cm（講談社プラスアルファ文庫）　780円　Ⓘ4-06-256213-8

◇みち草　大岡信著　世界文化社　1997.6　362p　21cm　2100円　Ⓘ4-418-97514-4

◇著名人が語る〈生きるヒント〉 第12巻　歌のこころ　大岡信ほか著　リブリオ出版　1997.4　245p　22cm（シリーズ・いきいきトーク知識の泉）　Ⓘ4-89784-553-X

◇私の万葉集 4　大岡信著　講談社　1997.1　175p　18cm（講談社現代新書）　659円　Ⓘ4-06-149173-3

◇しのび草―わが師 わが友 大岡信著 世界文化社 1996.11 374p 21cm 2200円 ⓘ4-418-96522-X

◇ぐびじん草 大岡信著 世界文化社 1996.7 317p 21cm 2000円 ⓘ4-418-96509-2

◇万葉集 大岡信著 岩波書店 1996.7 273p 16cm (同時代ライブラリー 274) 971円 ⓘ4-00-260274-5

◇ことばの力 大岡信著 花神社 1996.7 213p 19cm 1700円 ⓘ4-7602-1416-X

◇日本史七つの謎 松本清張, 門脇禎二, 佐原真, 丸谷才一, 大岡信ほか著 講談社 1996.3 252p 15cm (講談社文庫) 440円 ⓘ4-06-263200-4

◇ことのは草 大岡信著 世界文化社 1996.1 302p 22cm 2000円 ⓘ4-418-96502-5

◇日本の詩歌―その骨組みと素肌 大岡信著 講談社 1995.11 199p 19cm 1600円 ⓘ4-06-207866-X

◇オペラ 火の遺言 大岡信著 朝日新聞社 1995.11 93p 21cm 1800円 ⓘ4-02-256902-6

◇大岡信の日本語相談 大岡信著 朝日新聞社 1995.11 288p 15cm (朝日文芸文庫) 600円 ⓘ4-02-264087-1

◇光の受胎 大岡信著 小学館 1995.11 221p 20cm 1500円 ⓘ4-09-387173-6

◇私の万葉集 3 大岡信著 講談社 1995.10 249p 18cm (講談社現代新書) 650円 ⓘ4-06-149172-5

◇新 折々のうた 2 大岡信著 岩波書店 1995.10 188,27p 17cm (岩波新書) 620円 ⓘ4-00-430415-6

◇正岡子規―五つの入口 大岡信著 岩波書店 1995.9 255p 19cm (岩波セミナーブックス) 2300円 ⓘ4-00-004226-2

◇続・大岡信詩集 大岡信著 思潮社 1995.7 158p 19cm (現代詩文庫) 1200円 ⓘ4-7837-0899-1

◇おとぎ草子―遠いむかしのふしぎな話 大岡信作 岩波書店 1995.6 242p 18cm (岩波少年文庫) 650円 ⓘ4-00-113131-5

◇あなたに語る日本文学史―古代・中世篇 大岡信著 新書館 1995.4 310p 19cm 1200円 ⓘ4-403-21052-X

◇あなたに語る日本文学史―近世・近代篇 大岡信著 新書館 1995.4 253p 19cm 1100円 ⓘ4-403-21053-8

◇新編 折々のうた 第5 大岡信著 朝日新聞社 1994.11 243,21p 21×23cm 3200円 ⓘ4-02-256800-3

◇新 折々のうた 1 大岡信著 岩波書店 1994.10 183,26p 18cm (岩波新書 357) 620円 ⓘ4-00-430357-5

◇一九〇〇年前夜後朝譚―近代文芸の豊かさの秘密 大岡信著 岩波書店 1994.10 346p 20cm 2524円 ⓘ4-00-002985-1

◇聖なる山河を行く 尾崎秀樹, 大岡信, 三浦朱門, 梅原猛ほか著 日本文芸社 1994.8 214p 19cm 1700円 ⓘ4-537-02424-0

◇火の遺言―詩集 大岡信著 花神社 1994.6 127p 22cm 2400円 ⓘ4-7602-1320-1

◇水墨画の巨匠 第11巻 大雅 池大雅〔画〕, 大岡信, 小林忠著 講談社 1994.6 109p 31cm 3400円 ⓘ4-06-253931-4

◇わたしへの旅―牧水・こころ・かたち 大岡信他著 増進会出版社 1994.5 293p 20cm 2500円 ⓘ4-87915-183-1

◇私の万葉集 2 大岡信著 講談社 1994.4 203p 18cm (講談社現代新書 1171) 650円 ⓘ4-06-149171-7

◇萩原朔太郎 大岡信著 筑摩書房 1994.4 291p 15cm (ちくま学芸文庫) 900円 ⓘ4-480-08126-7

◇私の万葉集 1 大岡信著 講談社 1993.10 243p 18cm (講談社現代新書 1170) 600円 ⓘ4-06-149170-9

◇人生の果樹園にて 大岡信著 小学館 1993.5 205p 20cm 1400円 ⓘ4-09-387100-0

◇少年少女古典文学館 25 万葉集ほか 大岡信著 講談社 1993.4 309p 21cm 1700円 ⓘ4-06-250825-7

◇日本名建築写真選集 第13巻 三渓園 伊藤ていじ〔ほか〕編 田畑みなお撮影, 平井聖解説, 大岡信エッセイ 新潮社 1993.1 130p 31cm 5000円 ⓘ4-10-602632-5

◇美しき静岡県―空撮パノラマ　大岡信文，静岡新聞社編　静岡　静岡新聞社　1994.1　103p　21×30cm　3200円　ⓣ4-7838-0919-4

小野 十三郎
おの とおざぶろう

明治36(1903).7.27～平成8(1996).10.8
詩人。大正11年同人誌「黒猫」「大象の哄笑」を創刊。13年「赤と黒」に同人として参加。15年第一詩集『半分開いた窓』を出版。その後詩誌「弾道」を刊行し、アナーキズム詩運動の理論的支柱の一人となる。昭和8年大阪へ戻り、以後自己の詩的方法を探り、『大阪』『風景詩抄』を刊行して独自の詩風を確立した。戦後は「コスモス」創刊に参加、また29年に大阪文学学校を創設して校長を務め、詩の大衆化や市民平和運動に指導的役割を果した。著書はほかに、詩集『大海辺』『抒情詩集』『重油富士』『拒絶の木』、評論『詩論』『多頭の蛇』、『自伝空想旅行』などがある。

*　　*　　*

◇太陽のうた―小野十三郎少年詩集　小野十三郎著，久米宏一画　新装版　理論社　1997.9　170p　21cm　(詩の散歩道・PART2)　1600円　ⓣ4-652-03821-6

◇小野十三郎論―風景にうたは鳴るか　明珍昇著　土曜美術社出版販売　1996.5　247p　19cm　(現代詩人論叢書)　2575円　ⓣ4-8120-0591-4

◇小野十三郎の二日間‐傘寿を迎える初春の日に―橋本照嵩写真集　橋本照嵩写真　大阪　澪標　1999.11　95p　26cm　2381円　ⓣ4-944164-34-3

◇小野十三郎ノート　別冊　寺島珠雄著　大阪　松本工房　1997.10　253p　19cm　2300円　ⓣ4-944055-31-5

金子 光晴
かねこ みつはる

明治28(1995).12.25～昭和50(1975).6.30
詩人。大正12年フランス象徴詩の影響を受けた『こがね虫』で詩壇にデビューする。以後『水の流浪』『鱶沈む』などを発表。昭和3年から7年にかけて、妻と共に東南アジアからヨーロッパを放浪し、12年に『鮫』を、15年に紀行文『マレー蘭印紀行』を刊行。戦時中は主として"抵抗と反戦の詩"を書きつづける。戦後は『落下傘』『蛾』『IL』『若葉のうた』や自伝『詩人』、評論『日本人について』『絶望の精神史』などを発表。その一方で、ボードレール『悪の華』やランボオ、アラゴンの詩集を翻訳する。

*　　*　　*

◇イェイツの詩を読む　金子光晴，尾島庄太郎著，野中涼編　思潮社　2000.12　269p　19cm　2800円　ⓣ4-7837-1597-1

◇個人のたたかい―金子光晴の詩と真実　茨木のり子作　童話屋　1999.11　153p　16cm　1250円　ⓣ4-88747-008-8

◇詩人という不思議な人々―わたしの現代詩人事典　嶋岡晨著　燃焼社　1999.4　311p　19cm　2000円　ⓣ4-88978-991-X

◇金子光晴　金子光晴著　晶文社　1999.2　126p　20cm　(21世紀の日本人へ)　1000円　ⓣ4-7949-4717-8

◇大正流亡　堀切直人著　沖積舎　1998.11　222p　19cm　3000円　ⓣ4-8060-4634-5

◇西郷竹彦文芸・教育全集　31　対談　1　西郷竹彦著　恒文社　1998.8　502p　21cm　5825円　ⓣ4-7704-0977-X

◇女たちへのエレジー　金子光晴〔著〕　講談社　1998.8　280p　16cm　(講談社文芸文庫　かD5)　1050円　ⓣ4-06-197629-X

◇アジア無銭旅行　金子光晴〔著〕　角川春樹事務所　1998.5　283p　16cm　(ランティエ叢書　18)　1000円　ⓣ4-89456-097-6

◇アジア旅人　横山良一写真，金子光晴文　情報センター出版局　1998.3　227p　15×21cm　2800円　ⓣ4-7958-1233-0

◇金子光晴旅の形象―アジア・ヨーロッパ放浪の画集　金子光晴〔著〕，今橋映子編著　平凡社　1997.3　166p　19×19cm　2884円　ⓣ4-582-82905-8

◇人間の悲劇　金子光晴〔著〕　講談社　1997.2　211p　16cm　(講談社文芸文庫)　886円　ⓣ4-06-197555-2

◇絶望の精神史　金子光晴〔著〕　講談社　1996.7　223p　16cm　（講談社文芸文庫　かD3）　854円　⑪4-06-196376-7

◇近・現代詩苑逍遙　山本捨三著　おうふう　1996.5　269p　21cm　4800円　⑪4-273-02920-0

◇金子光晴と森三千代　牧羊子著　中央公論社　1996.3　239p　16cm　（中公文庫）　600円　⑪4-12-202557-5

◇ロマン的作家論　塚本康彦著　武蔵野書房　1996.1　307p　19cm　2500円

◇反俗の文人たち　浜川博著　新典社　1995.12　334p　19cm　（新典社文庫）　2600円　⑪4-7879-6504-2

◇金子光晴抄—詩と散文に見る詩人像　金子光晴著, 河邨文一郎編　冨山房　1995.9　310,2p　18cm　（冨山房百科文庫　49）　1359円　⑪4-572-00149-9

◇金子光晴下駄ばき対談　金子光晴著　現代書館　1995.8　288p　19cm　1500円　⑪4-7684-6664-8

◇恋兎—令子と金子光晴　桜井滋人〔著〕　日本文芸社　1995.3　262p　20cm　1359円　⑪4-537-05037-3

◇金子光晴—詩人／ねむれ巴里　金子光晴著, 首藤基澄編　日本図書センター　1994.10　281p　22cm　（シリーズ・人間図書館）　2600円　⑪4-8205-8014-0

◇うたの心に生きた人々　茨木のり子著　筑摩書房　1994.9　295p　15cm　（ちくま文庫）　740円　⑪4-480-02879-X

◇詩人—金子光晴自伝　金子光晴著　講談社　1994.7　271p　15cm　（講談社文芸文庫）　980円　⑪4-06-196281-7

◇金子光晴　新潮社　1994.2　111p　19cm　（新潮日本文学アルバム　45）　1300円　⑪4-10-620649-8

◇フランドル遊記　金子光晴著　平凡社　1994.2　413p　19cm　2900円　⑪4-582-34603-0

◇想い出の作家たち　1　文芸春秋編　文芸春秋　1993.10　356p　19cm　1700円　⑪4-16-348000-5

草野 心平
くさの しんぺい

明治36(1903).5.12～昭和63(1988).11.12
詩人。大正14年同人誌「銅鑼」を創刊。やがて「学校」を創刊。昭和3年第一詩集『第百階級』を刊行。10年詩誌「歴程」を創刊。13年詩集『蛙』を刊行。15年中国南京に赴き、21年帰国。22年「歴程」を復刊する。23年には生命力の讃美とアナーキスティックな庶民感情を蛙に託した詩を集大成した『定本蛙』を刊行した。数多くの詩集のほかに童話集『三つの虹』『ばあばらぼう』、評論『わが光太郎』『わが賢治』『村山槐多』などもある。また宮沢賢治の紹介者としての功績も大きい。

*　　　*　　　*

◇定本蛙　草野心平著　日本図書センター　2000.3　201p　20cm　2200円　⑪4-8205-4075-0

◇現代の日本音楽　第3集　石井真木作品　日本芸術文化振興会, 国立劇場調査養成部芸能調査室監修・編集　石井真木作曲, 草野心平詩　春秋社　1999.12　31,49,11p　23×31cm　（国立劇場委嘱作品シリーズ）　6000円　⑪4-393-90043-X

◇日中友好のいしずえ—草野心平・陶晶孫と日中戦争下の文化交流　佐藤竜一著　日本地域社会研究所　1999.6　237p　19cm　1700円　⑪4-89022-780-6

◇あとや先き　佐多稲子著　中央公論新社　1999.3　252p　15cm　（中公文庫）　648円　⑪4-12-203376-4

◇天上大風—全同時代評1986年-1998年　堀田善衞著　筑摩書房　1998.12　548p　21cm　7200円　⑪4-480-81420-5

◇火の車板前帖　橋本千代吉著　筑摩書房　1998.9　280p　15cm　（ちくま文庫）　780円　⑪4-480-03418-8

◇明日は天気だ—上州詩集　草野心平〔著〕, 伊藤信吉編　煥乎堂　1997.10　127p　18cm　1851円　⑪4-87352-099-1

◇蛙のうた—草野心平詩集　草野心平著　岩崎書店　1997.8　102p　20cm　（美しい日本の詩歌　15）　1500円　⑪4-265-04055-1

◇唸る星雲・草野心平　新藤謙著　土曜美術社出版販売　1997.5　264p　19cm　（現代詩人論叢書）　2500円　④4-8120-0653-8

◇富士山―草野心平詩集・棟方志功板画　草野心平著，棟方志功画　岩崎美術社　1996.4　1冊（頁付なし）　35cm　12000円　④4-7534-1357-8

◇草野心平―凹凸の道―対話による自伝　草野心平著，吉田熙生編　日本図書センター　1994.10　259p　22cm　（シリーズ・人間図書館）　2600円　④4-8205-8017-5

◇世界の名画―新装カンヴァス版 4　クールベと写実主義　井上靖編集，高階秀爾編集　クールベ〔ほか画〕，草野心平〔ほか〕執筆　中央公論社　1994.9　97p　34cm　3689円　④4-12-403106-8

黒田 三郎
くろだ さぶろう

大正8(1919).2.26～昭和55(1980).1.8
　詩人、評論家。昭和11年「VOU」に参加して詩作を始める。戦後、「荒地」同人として一貫して小市民の生活感情を平明な言葉でえぐり出した。昭和29年、詩集『ひとりの女に』でH氏賞を受賞。ほかに詩集『死後の世界』『小さなユリと』、評論集『内部と外部の世界』、随筆集『死と死の間』など。自己批評とヒューマニスティックな叙情性に富み、多くの読者の支持を得た。詩人会議運営委員長などもつとめた。

　　　　＊　　＊　　＊

◇戦後名詩選 1　現代詩文庫特集版1　野村喜和夫，城戸朱理編，石原吉郎，黒田喜夫，黒田三郎，中村稔，吉岡実，辻井喬ほか著　思潮社　2000.5　223p　19cm　1380円　④4-7837-0929-7

◇詩の作り方　黒田三郎編　2訂版　明治書院　1993.5　241p　19cm　（作法叢書）　1700円　④4-625-58143-5

谷川 俊太郎
たにかわ しゅんたろう

昭和6(1931).12.15～
　詩人。18歳頃から詩作を始め、昭和27年『二十億光年の孤独』を刊行。28年「櫂」同人。詩、翻訳、創作わらべうたなど幅広く活躍し、また東京オリンピック記録映画制作、万国博の政府館への企画などにも参加している。現代を代表する詩人として数多くの賞を受賞。代表作に『日々の地図』『六十二のソネット』『落首九十九』『谷川俊太郎詩集』『定義』などのほか、『けんはへっちゃら』『はだか』など子供のための詩や童話も多く、『マザーグースのうた』の訳でも有名。

　　　　＊　　＊　　＊

◇風穴をあける　谷川俊太郎著　草思社　2002.1　189p　19cm　1400円　④4-7942-1117-1

◇谷川俊太郎詩集　谷川俊太郎著　思潮社　2002.1　775p　19cm　3800円　④4-7837-2315-X

◇谷川俊太郎詩集　続　谷川俊太郎著　思潮社　2002.1　909p　19cm　3800円　④4-7837-2316-8

◇詩集 谷川俊太郎　谷川俊太郎著　思潮社　2002.1　523p　19cm　3800円　④4-7837-2314-1

◇ひとり暮らし　谷川俊太郎著　草思社　2001.12　181p　20cm　1400円　④4-7942-1115-5

◇畑で野菜をつまみ食い―「モノづくり」に詩のこころ　谷川俊太郎，小室等，北沢正和，武満真樹，由井啓盟，伊藤盛久，小宮山天経著　蔵薹書房　2001.12　141p　21cm　1200円　④4-434-01547-8

◇詩ってなんだろう　谷川俊太郎著　筑摩書房　2001.10　137p　19cm　1300円　④4-480-81438-8

◇戦後名詩選 2　谷川俊太郎他著，城戸朱理，野村喜和夫編　思潮社　2001.9　236p　20cm　（現代詩文庫 特集版 2）　1480円　④4-7837-0930-0

◇魂のみなもとへ―詩と哲学のデュオ　谷川俊太郎, 長谷川宏著　近代出版　2001.9　203p　22cm　1800円　Ⓘ4-87402-072-0

◇六十二のソネット　谷川俊太郎〔著〕　講談社　2001.3　143p　16cm（講談社＋α文庫）　880円　Ⓘ4-06-256501-3

◇マザー・グース・ベスト　谷川俊太郎訳, 堀内誠一絵　草思社　2000.12　3冊　18cm　全3800円　Ⓘ4-7942-1027-2,4-7942-1030-2

◇よりぬきマザーグース　谷川俊太郎訳, 鷲津名都江編　岩波書店　2000.11　165,42p　18cm（岩波少年文庫）680円　Ⓘ4-00-114068-3

◇谷川俊太郎全詩集―CD-ROM　谷川俊太郎著　岩波書店　2000.10　CD-ROM1枚　12cm　19000円　Ⓘ4-00-130129-6

◇クレーの天使　パウル・クレー絵, 谷川俊太郎詩　講談社　2000.10　1冊(ページ付なし)　18×20cm　1500円　Ⓘ4-06-266369-4

◇考えるミスター・ヒポポタムス　広瀬弦絵, 谷川俊太郎著　POD版　マガジンハウス　2000.9　60p　19cm　1200円　Ⓘ4-8387-1270-7

◇そしたらそしたら　谷川俊太郎ぶん, 柚木沙弥郎え　福音館書店　2000.5　1冊　27cm（日本傑作絵本シリーズ）1200円　Ⓘ4-8340-1675-7

◇二十億光年の孤独―詩集　谷川俊太郎著　日本図書センター　2000.3　170p　20cm　2200円　Ⓘ4-8205-4076-9

◇マザーグースのうた―混声合唱のための 1　谷川俊太郎訳詩, 青島広志作曲　全音楽譜出版社　2000.3　60p　28cm　1400円　Ⓘ4-11-737115-0

◇マザーグースのうた―混声合唱のための 2　谷川俊太郎訳詩, 青島広志作曲　全音楽譜出版社　2000.3　66p　28cm　1400円　Ⓘ4-11-737116-9

◇家族はどこへいくのか　河合隼雄, 谷川俊太郎, 山田太一著　岩波書店　2000.3　213p　20cm　1600円　Ⓘ4-00-002843-X

◇谷川俊太郎―あいまいなままに　谷川俊太郎著　日本図書センター　2000.2　205p　22cm（人生のエッセイ 6）1800円　Ⓘ4-8205-6655-5

◇うつむく青年　谷川俊太郎詩, 矢口以文, ゲイリー・タイヤー英訳　響文社　2000.2　181p　22cm　3000円　Ⓘ4-87799-001-1

◇ほうすけのひよこ　谷川俊太郎作, 梶山俊夫絵　解放出版社　1999.11　1冊　31cm　1500円　Ⓘ4-7592-2218-9

◇マザー・グースのうた―女声合唱のための 1　谷川俊太郎訳詩, 青島広志作曲　全音楽譜出版社　1999.11　58p　28cm　1200円　Ⓘ4-11-737113-4

◇マザー・グースのうた―女声合唱のための 2　谷川俊太郎訳詩, 青島広志作曲　全音楽譜出版社　1999.11　51p　28cm　1200円　Ⓘ4-11-737114-2

◇みんなやわらかい―谷川俊太郎詩集　谷川俊太郎詩, 広瀬弦画, 水内喜久雄編　大日本図書　1999.10　95p　19cm（詩を読もう！）1200円　Ⓘ4-477-01054-0

◇谷川俊太郎―谷川俊太郎ヴァラエティ・ブック「こ・ん・に・ち・は」　谷川俊太郎著　マガジンハウス　1999.7　271p　26cm（Magazine House mook）1500円　Ⓘ4-8387-8212-8

◇目で見るものと心で見るもの　谷川俊太郎ほか著　草思社　1999.6　238p　20cm　1600円　Ⓘ4-7942-0884-7

◇詩人という不思議な人々―わたしの現代詩人事典　嶋岡晨著　燃焼社　1999.4　311p　19cm　2000円　Ⓘ4-88978-991-X

◇あいうえおうた　谷川俊太郎ぶん, 降矢なな え　福音館書店　1999.2　23p　22cm（幼児絵本シリーズ）743円　Ⓘ4-8340-1589-0

◇これはあっこちゃん　たにかわしゅんたろうぶん, なぎのたかひろえ　ビリケン出版　1999.1　1冊　26cm　1400円　Ⓘ4-939029-02-6

◇谷川俊太郎詩集　谷川俊太郎著　角川春樹事務所　1998.6　250p　16cm（ハルキ文庫 た4-1）680円　Ⓘ4-89456-416-5

◇よるのようちえん　中辻悦子え・しゃしん, 谷川俊太郎ぶん　福音館書店　1998.5　1冊(頁付なし)　30cm（日本傑作絵本シリーズ）　1300円　Ⓘ4-8340-1539-4

◇ライフ・スタイル　河合隼雄, 谷川俊太郎共同編集　岩波書店　1998.3　233p

21cm （現代日本文化論 5） 2300円 ⓘ4-00-026125-8
◇散文―私は生きるのを好きだった　谷川俊太郎〔著〕　講談社　1998.1　393p　16cm（講談社＋α文庫）　880円　ⓘ4-06-256240-5
◇こんな教科書あり？―国語と社会科の教科書を読む　谷川俊太郎, 斎藤次郎, 佐藤学著　岩波書店　1997.12　182p　19cm（今ここに生きる子ども）　1300円　ⓘ4-00-026069-3
◇地球色のクレヨン　谷川俊太郎詩, 子供地球基金編　改訂版　メディアファクトリー　1997.11　1冊（頁付なし）　27cm　1500円　ⓘ4-88991-480-3
◇しりとり　谷川俊太郎, 和田誠〔著〕　いそっぷ社　1997.6　1冊（ページ付なし）　19cm　1200円　ⓘ4-900963-00-3
◇子どもと大人―ことば・からだ・心　見田宗介, 河合隼雄, 谷川俊太郎著　岩波書店　1997.4　206p　19cm　（今ここに生きる子ども）　1200円　ⓘ4-00-026063-4
◇いろはうた　谷川俊太郎, 和田誠著　いそっぷ社　1997.3　1冊（ページ付なし）　14×19cm　1000円　ⓘ4-900963-01-1
◇十八歳　谷川俊太郎, 沢野ひとし著　集英社　1997.3　156p　16cm（集英社文庫）　390円　ⓘ4-08-748594-3
◇北の時間―谷川俊太郎対談集　谷川俊太郎〔著〕, 友田多喜雄編　響文社　1996.10　283p　21cm　1748円　ⓘ4-906198-76-7
◇これが私の優しさです―谷川俊太郎詩集　谷川俊太郎著　日本点字図書館（製作）　1996.10　2冊　27cm　全3400円
◇やさしさは愛じゃない　谷川俊太郎著, 荒木経惟著　幻冬舎　1996.7　1冊（頁付なし）　23cm　1942円　ⓘ4-87728-114-2
◇アラマ、あいうえお！―ことばをあるく9000日　波瀬満子, 谷川俊太郎著　太郎次郎社　1996.6　237p　20cm　2136円　ⓘ4-8118-0807-X
◇かっぱ、かっぱらったか？―ことばをあるく9000日　波瀬満子著, 谷川俊太郎著　太郎次郎社　1996.6　235p　20cm　2136円　ⓘ4-8118-0806-1
◇マザー・グース―愛される唄70選　谷川俊太郎訳, 渡辺茂解説　講談社インターナショナル

1996.6　174p　19cm　（Bilingual books 7）　971円　ⓘ4-7700-2078-3
◇二十億光年の孤独　谷川俊太郎著, W.I.エリオット, 川村和夫訳　北星堂書店　1996.5　132,75p　23cm　（関東学院大学人文科学研究所研究選書 3）　1600円　ⓘ4-590-01002-X
◇青は遠い色―愛蔵本　谷川俊太郎詩, 堀本恵美子画　玲風書房　1996.5　1冊（頁付なし）　29cm　80000円
◇青は遠い色　谷川俊太郎詩, 堀本恵美子画　玲風書房　1996.4　1冊（頁付なし）　29cm　2233円　ⓘ4-947666-08-0
◇旅　谷川俊太郎詩, 香月泰男画　求竜堂　1996.2　1冊（頁付なし）　28cm　3900円　ⓘ4-7630-9539-0
◇Once　谷川俊太郎著　集英社　1996.1　190p　16cm（集英社文庫）　380円　ⓘ4-08-748425-4
◇いしっころ―谷川俊太郎詩集　谷川俊太郎著, 北川幸比古責任編集　岩崎書店　1995.11　102p　20cm（美しい日本の詩歌 6）　1500円　ⓘ4-265-04046-2
◇ふたつの夏　谷川俊太郎, 佐野洋子著　光文社　1995.7　115p　19cm　1500円　ⓘ4-334-92249-X
◇はだか―混声合唱とピアノのための　谷川俊太郎作詩, 鈴木輝昭作曲　音楽之友社　1995.6　54p　27cm　（若いひとたちのためのオリジナル・コーラス）　1400円　ⓘ4-276-54384-3
◇入場料四四〇円ドリンクつき　谷川俊太郎, 佐野洋子著　集英社　1995.6　184p　16cm（集英社文庫）　440円　ⓘ4-08-748355-X
◇真っ白でいるよりも　谷川俊太郎著, 創美社編　集英社　1995.5　125p　22cm　1400円　ⓘ4-08-774137-0
◇戦後詩壇私史　小田久郎著　新潮社　1995.2　459p　19cm　2500円　ⓘ4-10-400901-6
◇旅　谷川俊太郎著　思潮社　1995.2　2冊（別冊とも）　22cm　全2400円　ⓘ4-7837-0531-3
◇Traveler／日々―Poems on five themes　谷川俊太郎〔ほか〕著　ミッドナイト・プレス　1995.2　47p　22cm　1500円　ⓘ4-7952-2626-1

◇モーツァルトを聴く人 ― 谷川俊太郎詩集　谷川俊太郎著　小学館　1995.1　61p　22cm　1200円　Ⓓ4-09-387129-9

◇モーツァルトを聴く人 ― 谷川俊太郎詩集　谷川俊太郎著　小学館　1995.1　61p　22cm　3700円　Ⓓ4-09-387130-2

◇不思議な三角宇宙　谷川俊太郎〔ほか〕著　広済堂出版　1994.12　217p　18cm　1165円　Ⓓ4-331-50460-3

◇母の恋文 ― 谷川徹三・多喜子の手紙大正十年八月〜大正十二年七月　谷川徹三著,谷川多喜子,谷川俊太郎編　新潮社　1994.11　365p　20cm　1650円　Ⓓ4-10-401801-5

◇医療と言葉　谷川俊太郎〔ほか述〕,フォーラム事務局編　ゆみる出版　1993.12　222p　19cm　（すすむ&すすむフォーラム）　1400円

◇魂にメスはいらない ― ユング心理学講義　河合隼雄,谷川俊太郎〔著〕　講談社　1993.9　345p　16cm　（講談社＋α文庫）　780円　Ⓓ4-06-256007-0

◇谷川俊太郎詩集　谷川俊太郎著　思潮社　1993.7　775p　20cm　3398円　Ⓓ4-7837-0459-7

◇谷川俊太郎詩集　続　谷川俊太郎著　思潮社　1993.7　909p　20cm　3689円　Ⓓ4-7837-0460-0

◇谷川俊太郎詩集　続続　思潮社　1993.7　159p　19cm　（現代詩文庫　109）　1200円　Ⓓ4-7837-0876-2

◇これは見えないものを書くエンピツです ― プライベート・ビデオ講座　谷川俊太郎,楠かつのり著　フィルムアート社　1993.6　199p　21cm　1900円　Ⓓ4-8459-9314-7

◇谷川俊太郎の33の質問　続　谷川俊太郎著　筑摩書房　1993.6　360p　15cm　（ちくま文庫）　690円　Ⓓ4-480-02747-5

◇谷川俊太郎詩集　続　思潮社　1993.6　157p　19cm　（現代詩文庫　108）　1200円　Ⓓ4-7837-0875-4

◇二十歳の詩集　谷川俊太郎編　新書館　1993.6　221p　19cm　1200円　Ⓓ4-403-21051-1

◇世間知ラズ　谷川俊太郎著　思潮社　1993.5　95p　21cm　1600円　Ⓓ4-7837-0446-5

◇子どもの肖像 ― '88/'93　谷川俊太郎詩,百瀬恒彦写真　紀伊国屋書店　1993.4　1冊（頁付なし）　21cm　2000円　Ⓓ4-314-00591-2

◇十八歳 ― 詩集　谷川俊太郎著　東京書籍　1993.4　160p　20cm　1300円　Ⓓ4-487-79047-6

◇地球色のクレヨン ― Happy birthday Earth 3　谷川俊太郎詩,子供地球基金編　メディアファクトリー　1993.3　1冊（頁付なし）　27cm　1456円　Ⓓ4-88991-281-9

◇ル・メールのマザーグース・メロディ　ウィルビーク・ル・メール画,アルフレッド・モファット採譜,谷川俊太郎訳詩　偕成社　1993.2　71p　18×22cm　3800円　Ⓓ4-03-016210-X

◇これが私の優しさです ― 谷川俊太郎詩集　谷川俊太郎著　集英社　1993.1　254p　16cm　（集英社文庫）　420円　Ⓓ4-08-752035-8

田村 隆一
たむら　りゅういち

大正12(1923).3.18〜平成10(1998).8.26　詩人。府立三商時代からモダニズム系の同人雑誌「新領土」「ル・バル」などに参加。復員後鮎川信夫らと「荒地」を創刊し、昭和31年『四千の日と夜』を刊行。48年、文明批評的な一貫した主題の追求と体験的に身につけた自然観とを一体化した『新年の手紙』を刊行。近代文明に対する鋭い危機意識を定着させた。他に詩集『言葉のない世界』『奴隷の歓び』『スコットランドの水車小屋』『1999』、評論集『若い荒地』、エッセイ『詩人のノート』『インド酔夢行』などもあり、クィーンやロアルド・ダール、クリスティなど多くの翻訳書もある。

　　　　＊　　　＊　　　＊

◇田村隆一　思潮社　2000.8　335p　21cm　（現代詩読本・特装版）　2400円　Ⓓ4-7837-1853-9

◇田村隆一全詩集　田村隆一著　思潮社　2000.8　1494p　21cm　22000円　Ⓓ4-7837-2312-5

◇田村隆一エッセンス　田村隆一,青木健訳　河出書房新社　1999.2　341p　21cm　3800円　Ⓓ4-309-01264-7

◇帰ってきた旅人　田村隆一著　朝日新聞社　1998.12　78p　22×14cm　2300円　①4-02-257347-3

◇詩集1999　田村隆一著　集英社　1998.5　85p　21cm　2800円　①4-08-774333-0

◇女神礼讃―ぼくの女性革命　田村隆一著　広済堂出版　1998.5　248p　19cm　1429円　①4-331-50626-6

◇スコッチと銭湯　田村隆一著　角川春樹事務所　1998.3　298p　15cm　（ランティエ叢書）　1000円　①4-89456-093-3

◇ぼくの人生案内　田村隆一著　小学館　1998.2　221p　19cm　1500円　①4-09-387249-X

◇ロートレックストーリー　アンリ・ド・トゥルーズ・ロートレック画，田村隆一詩　講談社　1997.10　59p　18×20cm　1456円　①4-06-266359-7

◇腐敗性物質　田村隆一著　講談社　1997.4　266p　15cm　（講談社文芸文庫）　910円　①4-06-197563-3

◇すばらしい新世界　田村隆一著　新潮社　1996.8　306p　19cm　1700円　①4-10-393303-8

◇詩人からの伝言　田村隆一著　リクルート；メディアファクトリー〔発売〕　1996.6　180p　19cm　（ダ・ヴィンチブックス）　1000円　①4-88991-383-1

◇花の町　田村隆一，荒木経惟著　河出書房新社　1996.2　93p　14×19cm　2000円　①4-309-26278-3

◇詩集狐の手袋　田村隆一著　新潮社　1995.6　111p　21cm　2200円　①4-10-393302-X

◇続・田村隆一詩集　田村隆一著　思潮社　1993.10　160p　19cm　（現代詩文庫110）　1200円　①4-7837-0877-0

◇続続・田村隆一詩集　田村隆一著　思潮社　1993.10　160p　19cm　（現代詩文庫111）　1200円　①4-7837-0878-9

◇退屈無想庵　田村隆一著　新潮社　1993.7　254p　20cm　1400円　①4-10-393301-1

◇灰色のノート　田村隆一著　集英社　1993.6　99p　23cm　2800円　①4-08-774012-9

壺井　繁治
つぼい　しげじ

明治30（1897）.10.18～昭和50（1975）.9.4
詩人、評論家。壺井栄の夫。大正13年萩原恭次郎、岡本潤らと「赤と黒」を創刊。アナーキスト詩人として活躍したが、その後プロレタリア運動の進展と共にマルキシズムに転向。三好十郎らと左翼芸術同盟を組織し、昭和3年全日本無産者芸術連盟（ナップ）に参加、「戦旗」の編集に当たった。数回にわたって検挙、投獄。9年転向出獄し、10年サンチョ・クラブを結成、"村長"として風刺文学運動を続けた。37年詩人会議グループを結成し、「詩人会議」創刊。『壺井繁治全詩集』『奇妙な洪水』、評論集『抵抗の精神』『現代詩の精神』などがある。

＊　　＊　　＊

◇薔薇の詩人―壺井繁治のそこが知りたい　生誕百年記念　香川県詩人協会事務局　1997.7　36p　21cm　500円

中野　重治
なかの　しげはる

明治35（1902）.1.25～昭和54（1979）.8.24
詩人、小説家、評論家。昭和2年「プロレタリア芸術」を創刊し、プロレタリア文学運動の中心人物となる。全日本無産者芸術連盟（ナップ）結成に尽力し、機関誌「戦旗」の編集にあたる。7年弾圧で逮捕される。転向出所後は『村の家』『汽車の缶焚き』『歌のわかれ』『空想家のシナリオ』などを発表。戦後は新日本文学会の結成に参加し、荒正人らと政治と文学論争を展開。また22年日本共産党から立候補して3年間参議員として活躍。戦後の主著に『五勺の酒』『むらぎも』『梨の花』『甲乙丙丁』などの小説、評論がある。

＊　　＊　　＊

◇梨の花　中野重治作　岩波書店　2001.10　479p　15cm　（岩波文庫）　800円　①4-00-310833-7

◇夜明け前のさよなら—詩集　中野重治著　日本図書センター　2000.2　198p　20cm　2200円　Ⓘ4-8205-2725-8
◇あとや先き　佐多稲子著　中央公論新社　1999.3　252p　15cm　(中公文庫)　648円　Ⓘ4-12-203376-4
◇中野重治—文学の根源から　小田切秀雄著　講談社　1999.3　267p　20cm　2500円　Ⓘ4-06-209614-5
◇中野重治訪問記　松尾尊兊著　岩波書店　1999.2　204p　20cm　2500円　Ⓘ4-00-001548-6
◇中野重治〈書く〉ことの倫理　竹内栄美子著　エディトリアルデザイン研究所　1998.11　300p　22cm　(EDI学術選書)　3500円　Ⓘ4-901134-08-6
◇中野重治とモダン・マルクス主義　林淑美ほか訳，ミリアム・シルババーグ著　平凡社　1998.11　379p　22cm　5400円　Ⓘ4-582-48644-4
◇評伝中野重治　松下裕著　筑摩書房　1998.10　416p　22cm　4900円　Ⓘ4-480-82337-9
◇中野重治全集　別巻　中野重治〔著〕，松下裕編　定本版　筑摩書房　1998.9　396p　22cm　8400円　Ⓘ4-480-72049-9
◇中野重治全集　第28巻　沓掛筆記・わが生涯と文学・補遺　中野重治著　定本版　筑摩書房　1998.7　540p　21cm　8700円　Ⓘ4-480-72048-0
◇中野重治全集　第27巻　文学生活断面　中野重治著　定本版　筑摩書房　1998.6　706p　21cm　9900円　Ⓘ4-480-72047-2
◇中野重治全集　第26巻　あけびの花・塵労鈔　中野重治著　定本版　筑摩書房　1998.5　395p　21cm　8400円　Ⓘ4-480-72046-4
◇夜明け前のさよなら　中野重治著，関井光男監修　ゆまに書房　1998.5　219p　19cm　(新鋭文学叢書　19)　Ⓘ4-89714-468-X，4-89714-433-7
◇中野重治—国旗/わが文学的自伝　中野重治著，杉野要吉編　日本図書センター　1998.4　287p　22cm　(シリーズ・人間図書館)　2600円　Ⓘ4-8205-9511-3

◇中野重治拾遺　小川重明著　武蔵野書房　1998.4　262p　20cm　2700円
◇中野重治全集　第25巻　芸術雑感・本とつきあう法・わが読書案内　中野重治著　定本版　筑摩書房　1998.4　624p　21cm　9600円　Ⓘ4-480-72045-6
◇中野重治全集　第24巻　四方の眺め・春夏秋冬・小品十三件・緊急順不同　中野重治著　定本版　筑摩書房　1998.3　660p　21cm　9600円　Ⓘ4-480-72044-8
◇中野重治全集　第23巻　国会演説集・忘れぬうちに・中国の旅　中野重治著　定本版　筑摩書房　1998.2　547p　21cm　9000円　Ⓘ4-480-72043-X
◇中野重治全集　第22巻　わが文学的自伝・日本語実用の面　中野重治著　筑摩書房　1998.1　649p　21cm　9600円　Ⓘ4-480-72042-1
◇中野重治全集　第21巻　芸術家の立場・近代日本文学史考・文学談話　中野重治著　筑摩書房　1997.12　427p　23×17cm　8400円　Ⓘ4-480-72041-3
◇中野重治全集　第20巻　中野重治著　筑摩書房　1997.11　698p　22cm　9900円　Ⓘ4-480-72040-5
◇中野重治全集　第19巻　中野重治著　筑摩書房　1997.10　708p　22cm　9900円　Ⓘ4-480-72039-1
◇中野重治研究　第1輯(1997年)　中野重治の会編集　中野重治の会　1997.9　227,13p　21cm　2500円　Ⓘ4-87714-246-0
◇中野重治全集　第18巻　中野重治著　筑摩書房　1997.9　539p　22cm　9000円　Ⓘ4-480-72038-3
◇満洲崩壊—「大東亜文学」と作家たち　川村湊著　文芸春秋　1997.8　374p　19cm　2381円　Ⓘ4-16-353200-5
◇中野重治全集　第17巻　中野重治著　筑摩書房　1997.8　526p　22cm　8700円　Ⓘ4-480-72037-5
◇中野重治全集　第16巻　中野重治著　筑摩書房　1997.7　525p　22cm　8700円　Ⓘ4-480-72036-7
◇中野重治全集　第15巻　中野重治著　筑摩書房　1997.6　625p　22cm　9600円　Ⓘ4-480-72035-9

◇中野重治全集 第14巻 中野重治著 筑摩書房 1997.5 691p 22cm 9900円 ⓘ4-480-72034-0

◇中野重治全集 第13巻 中野重治著 筑摩書房 1997.4 651p 22cm 9600円 ⓘ4-480-72033-2

◇中野重治全集 第12巻 批評の人間性 中野重治著 筑摩書房 1997.3 647p 21cm 9888円 ⓘ4-480-72032-4

◇中野重治全集 第11巻 筑摩書房 1997.2 531p 22cm 9270円 ⓘ4-480-72031-6

◇空想家とシナリオ・汽車の缶焚き 中野重治著 講談社 1997.1 259p 15cm (講談社文芸文庫) 940円 ⓘ4-06-197552-8

◇中野重治全集 第10巻 筑摩書房 1997.1 626p 22cm 9579円 ⓘ4-480-72030-8

◇中野重治全集 第9巻 筑摩書房 1996.12 570p 22cm 9270円 ⓘ4-480-72029-4

◇中野重治全集 第8巻 中野重治著, 松下裕編集・校訂 定本版 筑摩書房 1996.11 486,8p 22cm 8400円 ⓘ4-480-72028-6

◇中野重治全集 第7巻 甲乙丙丁 上 中野重治著 筑摩書房 1996.10 501p 21cm 8652円 ⓘ4-480-72027-8

◇中野重治全集 第6巻 梨の花 中野重治著 定本版 筑摩書房 1996.9 397p 21cm 8446円 ⓘ4-480-72026-X

◇中野重治全集 第5巻 歌のわかれ・むらぎも 中野重治著 定本版 筑摩書房 1996.8 410p 21cm 8446円 ⓘ4-480-72025-1

◇中野重治全集 第4巻 ある楽しさ 中野重治著 筑摩書房 1996.7 395p 21cm 8400円 ⓘ4-480-72024-3

◇中野重治全集 第3巻 中野重治著, 松下裕編集・校訂 筑摩書房 1996.6 460p 22cm 8155円 ⓘ4-480-72023-5

◇中野重治全集 第2巻 村の家 中野重治著 定本版 筑摩書房 1996.5 510p 21cm 8600円 ⓘ4-480-72022-7

◇中野重治評論集 林淑美編 平凡社 1996.5 566p 16cm (平凡社ライブラリー 147) 1500円 ⓘ4-582-76147-X

◇昭和精神史 桶谷秀昭著 文芸春秋 1996.4 731p 15cm (文春文庫) 1200円 ⓘ4-16-724204-4

◇中野重治全集 第1巻 詩集 春さきの風 中野重治著 定本版 筑摩書房 1996.4 558p 21cm 8600円 ⓘ4-480-72021-9

◇中井正一・「図書館」の論理学 佐藤晋一著 増補 近代文芸社 1996.1 322p 20cm 2000円 ⓘ4-7733-1696-9

◇中野重治 新潮社 1996.1 111p 20cm (新潮日本文学アルバム 64) 1300円 ⓘ4-10-620668-4

◇中野重治自由散策 岡田孝一著 武蔵野書房 1995.10 248p 20cm 2000円

◇中野重治論―思想と文学の行方 木村幸雄著 おうふう 1995.10 288p 19cm 2800円 ⓘ4-273-02878-6

◇中野重治の画帖 中野重治著, 中野重治の会編 新潮社 1995.1 142p 23cm 3800円 ⓘ4-10-315403-9

◇斎藤茂吉ノート 中野重治著 筑摩書房 1995.1 429p 15cm (ちくま学芸文庫) 1400円 ⓘ4-480-08180-1

◇新編沓掛筆記 中野重治〔著〕 講談社 1994.12 240p 16cm (講談社文芸文庫 なB7) 913円 ⓘ4-06-196303-1

◇中野重治「甲乙丙丁」の世界 津田道夫著 社会評論社 1994.10 253p 19cm 2678円 ⓘ4-7845-0527-X

◇中野重治戦後短篇小説集 中野重治著, 流域文学会編 梓書店 1994.10 309p 20cm 2913円

◇鴎外その側面 中野重治著 筑摩書房 1994.9 421p 15cm (ちくま学芸文庫 ナ2-1) 1262円 ⓘ4-480-08155-0

◇中野重治と児童文学 中野重治〔著〕, 勝尾金弥編著 能登印刷出版部 1994.6 247p 20cm 3600円 ⓘ4-89010-219-1

◇村の家・おじさんの話・歌のわかれ 中野重治著 講談社 1994.3 315p 15cm (講談社文芸文庫) 980円 ⓘ4-06-196265-5

◇敗戦前日記 中野重治著, 松下裕校訂 中央公論社 1994.1 656p 19cm 3500円 ⓘ4-12-002271-4

◇あけびの花 中野重治〔著〕 講談社 1993.6 318p 16cm (講談社文芸文庫) 980円 ⓘ4-06-196228-0

◇中野重治連続する転向　林淑美著　八木書店　1993.1　311,10p　22cm　4800円　ⓘ4-8406-9085-5

西脇 順三郎
にしわき じゅんざぶろう

明治27(1894).1.20～昭和57(1982).6.5
詩人、英文学者。大正14年英文詩集『Spectrum』をロンドンで刊行。帰国後「詩と詩論」「文学」などに数々の詩論を発表、ダダ、シュールレアリスムなど日本での新しい新詩運動の中心的存在となる。昭和8年詩集『Ambarvalia』を刊行、詩人としての評価を確立する。10年以降はほとんど詩作をしないが、戦後、22年に『旅人かへらず』を刊行後は、旺盛活発な詩作を展開し、晩年まで詩魂は衰えなかった。他に日本学術会議会員、日本現代詩会長など歴任。著作は他の詩集に『近代の寓話』『第三の神話』『失われた時』『壊歌』など、詩論に『超現実主義詩論』『シュルレアリスム文学論』、など、文学論に『ヨーロッパ文学』『古代文学序説』『T.S.エリオット』など、翻訳に『ヂオイス詩集』『荒地』などがある。

＊　　　＊　　　＊

◇古代英語文法　西脇順三郎, 厨川文夫著　ゆまに書房　2001.7　201,36p　22cm　（20世紀日本英語学セレクション　第9巻）　8500円　ⓘ4-8433-0365-8

◇西脇順三郎・パイオニアの仕事　〔西脇順三郎〕〔著〕, 和田桂子編　本の友社　1999.12　594p　23cm　（コレクション・日本シュールレアリスム　4）　12000円　ⓘ4-89439-284-4,4-89439-280-1

◇ペイタリアン西脇順三郎　伊藤勲著　小沢書店　1999.8　315p　22cm　4000円　ⓘ4-7551-0389-4

◇最終講義　西脇順三郎〔ほか著〕　実業之日本社　1997.12　545p　22cm　4300円　ⓘ4-408-10256-3

◇斜塔の迷信―詩論集　西脇順三郎著　恒文社　1996.8　214p　19cm　1942円　ⓘ4-7704-0886-2

◇近・現代詩苑逍遙　山本捨三著　おうふう　1996.5　269p　21cm　4800円　ⓘ4-273-02920-0

◇Ambarvalia・旅人かへらず　西脇順三郎〔著〕　講談社　1995.2　235p　16cm　（講談社文芸文庫）　880円　ⓘ4-06-196309-0

◇近代の寓話―詩集　西脇順三郎著　恒文社　1995.2　219p　23cm　5000円　ⓘ4-7704-0821-8

◇超現実主義詩論　西脇順三郎作　ゆまに書房　1995.1　168,8,4p　19cm　（現代の芸術と批評叢書　14）　ⓘ4-89668-893-7

◇定本西脇順三郎全集 別巻　西脇順三郎著　筑摩書房　1994.12　688p　22cm　8350円　ⓘ4-480-71833-8

◇定本西脇順三郎全集 第12巻　西脇順三郎著　筑摩書房　1994.11　586p　22cm　7961円　ⓘ4-480-71832-X

◇定本西脇順三郎全集 第11巻　西脇順三郎著　筑摩書房　1994.10　496p　22cm　7961円　ⓘ4-480-71831-1

◇定本西脇順三郎全集 第10巻　西脇順三郎著　筑摩書房　1994.9　739p　22cm　8544円　ⓘ4-480-71830-3

◇幻影の人　西脇順三郎を語る　西脇順三郎を偲ぶ会編　恒文社　1994.8　309p 19cm　3200円　ⓘ4-7704-0804-8

◇Ambarvalia―西脇順三郎詩集　西脇順三郎著　恒文社　1994.8　101,3p　24cm　5500円　ⓘ4-7704-0799-5

◇第三の神話―詩集復刻版　西脇順三郎著　恒文社　1994.8　126p　23cm　4369円　ⓘ4-7704-0807-2

◇定本西脇順三郎全集 第9巻　西脇順三郎著　筑摩書房　1994.8　701p　22cm　8544円　ⓘ4-480-71829-X

◇定本西脇順三郎全集 第8巻　筑摩書房　1994.7　647p　22cm　8600円　ⓘ4-480-71828-1

◇詩人の夏―西脇順三郎と伊東静雄　城戸朱理著　矢立出版　1994.6　57p　26cm　800円　ⓘ4-946350-23-3

◇定本西脇順三郎全集 第7巻　筑摩書房　1994.6　743p　22cm　8800円　ⓘ4-480-71827-3

◇定本西脇順三郎全集　第6巻　筑摩書房　1994.5　707p　22cm　8800円　⑬4-480-71826-5

◇定本西脇順三郎全集　第5巻　筑摩書房　1994.4　680p　22cm　8600円　⑬4-480-71825-7

◇定本西脇順三郎全集　第4巻　筑摩書房　1994.3　509p　22cm　8200円　⑬4-480-71824-9

◇定本西脇順三郎全集　第3巻　筑摩書房　1994.2　701p　22cm　8800円　⑬4-480-71823-0

◇寂しい声─西脇順三郎の生涯　工藤美代子著　筑摩書房　1994.1　285p　19cm　2200円　⑬4-480-82309-3

◇定本西脇順三郎全集　第2巻　筑摩書房　1994.1　629p　22cm　8400円　⑬4-480-71822-2

◇馥郁タル火夫ヨ─生誕100年西脇順三郎その詩と絵画　神奈川近代文学館〔ほか〕編　神奈川近代文学館　1994　136p　27cm

◇定本西脇順三郎全集　第1巻　筑摩書房　1993.12　586p　22cm　8400円　⑬4-480-71821-4

原 民喜
はら たみき

明治38(1905).11.15～昭和26(1951).3.13
小説家、詩人。大正13年広島で同人誌「少年詩人」を出す。慶大時代は同人誌に詩や小説を発表する一方で、ダダイズムからマルキシズムへと関心を深める。昭和10年掌篇小説集『焰』を刊行。11年から16年にかけて「三田文学」に『貂』などの多くの作品を発表する。20年郷里・広島に疎開し、8月被爆する。被爆の体験を22年『夏の花』として発表し代表作となる。26年西荻窪─吉祥寺間の国鉄線路で飛込み自殺した。『夏の花』のほか『廃墟から』『壊滅の序曲』『鎮魂歌』などの作品があり、詩集に『原民喜詩集』がある。

　　　＊　　　＊　　　＊

◇文士とは　大久保房男著　紅書房　1999.6　219p　21cm　2300円　⑬4-89381-131-2

◇「ヒロシマ」天使の歌─原民喜の残像　蒲山久夫著　宝文館出版　1998.7　187p　19cm　1800円　⑬4-8320-1490-0

◇原民喜─夏の花/心願の国　原民喜著, 川津誠編　日本図書センター　1998.4　253p　22cm　（シリーズ・人間図書館）　2600円　⑬4-8205-9515-6

◇戦争を生きた詩人たち 1　斎藤庸一著　沖積舎　1997.12　238p　19cm　2000円　⑬4-8060-4627-2

◇嘆きよ、僕をつらぬけ　小沢美智恵著　河出書房新社　1996.1　154p　20cm　1300円　⑬4-309-01038-5

◇原民喜戦後全小説 下　原民喜著　講談社　1995.8　353p　15cm　（講談社文芸文庫）　980円　⑬4-06-196335-X

◇原民喜戦後全小説 上　原民喜著　講談社　1995.7　331p　15cm　（講談社文芸文庫）　980円　⑬4-06-196331-7

◇ガリバー旅行記　原民喜著　講談社　1995.6　255p　15cm　（講談社文芸文庫）　940円　⑬4-06-196327-9

◇原民喜詩集　原民喜著　土曜美術社出版販売　1994.12　158p　19cm　（日本現代詩文庫 100）　1262円　⑬4-8120-0517-5

◇夏の花　原民喜著　集英社　1993.5　186p　15cm　（集英社文庫）　340円　⑬4-08-752041-2

丸山 薫
まるやま かおる

明治32(1899).6.8～昭和49(1974).10.21
詩人。東大在学中、第9次「新思潮」や「椎の木」に参加し、昭和7年『帆・ランプ・鴎』を刊行。9年堀辰雄らと「四季」を創刊し、10年『幼年』で評価される。戦後の42年「四季」を復刊してその経営に尽力する。自身の心象を対象に凝縮度の高い作品を発表し、『鶴の葬式』『物象詩集』『点鐘鳴るところ』『北国』『仙境』『花の芯』『連れ去られた海』『月渡る』などの詩集のほか、小説集『蝙蝠館』などがある。

　　　＊　　　＊　　　＊

◇涙した神たち―丸山薫とその周辺　八木憲爾著　東京新聞出版局　1999.10　331p　19cm　2500円　①4-8083-0677-8

◇詞華集 少年　丸山薫,三好達治,田中冬二著,村井宗二画,北川幸比古編　岩崎書店　1997.9　102p　20×20cm　(美しい日本の詩歌 16)　1500円　①4-265-04056-X

村野 四郎
むらの しろう

明治34(1901).10.7～昭和50(1975).3.2
　詩人。大正15年第2次「炬火」同人となり、第一詩集『罠』を刊行。その後、「旗魚」「新即物性文学」「文学」「新領土」などに拠って詩作をつづけ、14年『体操詩集』を刊行し地位を築く。戦後は「現代詩」「GALA」「季節」各同人を経て、独自の詩の道を歩み、知的で美しい詩風をうち立てた。詩集『亡羊記』『抒情飛行』『予感』『実在の岸辺』『抽象の城』『蒼白な紀行』『村野四郎全詩集』『芸術』、評論集『牧神の首輪』『今日の詩論』『現代詩を求めて』『現代詩のこころ』『秀句鑑賞十二ケ月』などがある。日本現代詩人会会長も2期務めた。

　　　＊　　　＊　　　＊

◇飢えた孔雀―父、村野四郎　村野晃一著　慶応義塾大学出版会　2000.12　246p　19cm　2800円　①4-7664-0831-4

◇金井直の詩―金子光晴・村野四郎の系譜　坂本正博著　おうふう　1997.11　398p　21cm　12000円　①4-273-02991-X

◇三好達治詩集―日本詩人選 15　三好達治著, 村野四郎編　小沢書店　1997.9　250p　19cm　(小沢クラシックス 世界の詩)　1400円　①4-7551-4075-7

◇世界の名画 21　キリコとデュシャン　井上靖, 髙階秀爾編, 村野四郎, 東野芳明, 髙階秀爾執筆　新装カンヴァス版　中央公論社　1995.6　97p　34×26cm　3800円　①4-12-403123-8

◇遠いこえ近いこえ―村野四郎詩集　扶川茂編　越谷　かど創房　1994.3　85p　21cm　1300円　①4-87598-400-6

短　歌

折口 信夫
おりぐち しのぶ

明治20(1887).2.11～昭和28(1953).9.3
　国文学者、民俗学者、歌人、詩人。大正2年柳田国男主宰の「郷土研究」に『三郷巷談』を発表。7年民俗学雑誌「土俗と伝説」を編集発行し、国文学研究への民俗学導入という独自の学を形成。他にも雑誌「日本民俗」「民間伝承」を創刊し、「芸能」の監修をつとめた。釈超空の名で歌人としても活躍し、6年「アララギ」同人。歌集『海やまのあひだ』『春のことぶれ』を刊行。14年小説『死者の書』を刊行。戦後も詩集『古代感愛集』『近代悲傷集』『現代襤褸集』『古代感愛集』などを刊行。国文学者としては『口訳万葉集』『古代研究』や『日本文学発生序説』『日本文学啓蒙』『かぶき讃』『日本芸能ノート』などの業績がある。

　『海やまのあひだ』：大正14(1925)年。歌集。明治37年頃からの歌691首を逆年順に編集したもの。『万葉集』のみを絶対とせず中古・中世の柔軟な繊細美を認め、民俗学者としての教養を踏まえ、内省的孤高の精神を歌い上げた。

　　　＊　　　＊　　　＊

◇折口信夫全集 36　年譜・著述総目録・講義目録・全集総目次・短歌索引　折口信夫〔著〕, 折口信夫全集刊行会編纂　中央公論新社　2001.2　534p　20cm　5340円　①4-12-403383-4

◇天狗と山姥　折口信夫ほか著　河出書房新社　2000.12　434p　20cm　(怪異の民俗学 5)　3800円　①4-309-61395-0

◇鬼　折口信夫ほか著　河出書房新社　2000.10　474p　20cm　(怪異の民俗学 4)　4000円　①4-309-61394-2

◇生涯は夢の中径―折口信夫と歩行　吉増剛造著　思潮社　1999.12　270p　20cm　2800円　①4-7837-1587-4

◇折口信夫全集 別巻 3　折口信夫対談　折口信夫〔著〕, 折口信夫全集刊行会編纂　中

央公論新社　1999.9　690p　20cm　5825円　①4-12-403387-7

◇死者の書・身毒丸　折口信夫著　中央公論新社　1999.6　223p　15cm（中公文庫）　590円　①4-12-203442-6

◇折口信夫全集 別巻 2　折口信夫輪講　折口信夫〔著〕，折口信夫全集刊行会編纂　中央公論新社　1999.5　583p　20cm　5825円　①4-12-403386-9

◇作家の自伝 89　折口信夫　佐伯彰一，松本健一監修　折口信夫著，阿部正路編解説　日本図書センター　1999.4　251p　22cm（シリーズ・人間図書館）　2600円　①4-8205-9534-2,4-8205-9525-3

◇折口信夫とその古代学　西村亨著　中央公論新社　1999.3　399p　20cm　3600円　①4-12-002878-X

◇詩人 その生の軌跡 ― 高村光太郎・釈迢空・浅野晃・伊東静雄・西垣脩　高橋渡著　土曜美術社出版販売　1999.2　237p　19cm（現代詩人論叢書）　2500円　①4-8120-0753-4

◇折口信夫独身漂流　持田叙子著　人文書院　1999.1　244p　20cm　2300円　①4-409-54057-2

◇折口信夫全集 別巻 1　折口信夫講義　折口信夫〔著〕，折口信夫全集刊行会編纂　中央公論社　1999.1　530p　20cm　5340円　①4-12-403385-0

◇折口信夫全集 35　万葉集短歌輪講・手帖　折口信夫著，折口信夫全集刊行会編　中央公論社　1998.12　466p　19cm　5340円　①4-12-403382-6

◇近代文学研究叢書 74　昭和女子大学近代文学研究室著　昭和女子大学近代文化研究所　1998.10　685p　19cm　8600円　①4-7862-0074-3

◇折口信夫全集 34　日記・書簡・補遺　折口信夫著，折口信夫全集刊行会編　中央公論社　1998.8　480p　19cm　5340円　①4-12-403381-8

◇折口信夫事典　西村亨編　増補版　大修館書店　1998.6　787p　23cm　7600円　①4-469-01258-0

◇折口信夫全集 33　零時日記・海道の砂　折口信夫著，折口信夫全集刊行会編　中央公論社　1998.2　520p　19cm　5340円　①4-12-403380-X

◇戦後文壇覚え書　杉森久英著　河出書房新社　1998.1　243p　19cm　2400円　①4-309-01203-5

◇折口信夫全集 32　山の音を聴きながら　折口信夫著，折口信夫全集刊行会編　中央公論社　1998.1　530p　19cm　5340円　①4-12-403379-6

◇折口信夫全集 31　自歌自註・短歌啓蒙　折口信夫著，折口信夫全集刊行会編　中央公論社　1997.12　681p　19cm　5825円　①4-12-403378-8

◇執深くあれ ― 折口信夫のエロス　山折哲雄著，穂積生萩著　小学館　1997.11　252p　19cm　1600円　①4-09-626116-5

◇折口信夫全集 18　女の香炉・大倭宮廷の靱業期(民俗学2)　折口信夫著,折口信夫全集刊行会編　中央公論社　1997.11　560p　19cm　5340円　①4-12-403365-6

◇折口信夫全集 30　切火評論・雲母集細見 ― 短歌評論2　折口信夫〔著〕，折口信夫全集刊行会編纂　中央公論社　1997.8　461p　20cm　5340円　①4-12-403377-X

◇折口信夫全集 31　自歌自註・短歌啓蒙(歌評)　折口信夫〔著〕，折口信夫全集刊行会編纂　中央公論社　1997.8　461p　20cm　5825円　①4-12-403378-8

◇折口信夫全集 29　歌の円寂するとき ― 短歌評論1　折口信夫〔著〕，折口信夫全集刊行会編纂　中央公論社　1997.7　500p　20cm　5340円　①4-12-403376-1

◇折口信夫全集 28　花山寺縁起・東北車中三吟(戯曲・連句)　折口信夫〔著〕，折口信夫全集刊行会編纂　中央公論社　1997.6　482p　20cm　5340円　①4-12-403375-3

◇折口信夫全集 27　死者の書・身毒丸 ― 小説・初期文集　折口信夫〔著〕，折口信夫全集刊行会編纂　中央公論社　1997.5　474p　20cm　5340円　①4-12-403374-5

◇折口信夫全集 26　古代感愛集・近代悲傷集(詩)　折口信夫〔著〕，折口信夫全集刊行会編纂　中央公論社　1997.4　600p　20cm　5825円　①4-12-403373-7

◇折口信夫全集 25　倭をぐな ― 短歌作品2　折口信夫〔著〕，折口信夫全集刊行会編纂

中央公論社　1997.3　617p　20cm　5825円　④4-12-403372-9

◇折口信夫全集 24　海やまのあひだ・春のことぶれ—短歌作品1　折口信夫全集刊行会編纂　中央公論社　1997.2　598p　20cm　6000円　④4-12-403371-0

◇近代作家追悼文集成 第35巻　伊東静雄・折口信夫・堀辰雄　ゆまに書房　1997.1　401p　22cm　8240円　④4-89714-108-7

◇折口信夫全集 23　日本文学啓蒙　折口信夫全集刊行会編纂　中央公論社　1997.1　490p　20cm　5500円　④4-12-403370-2

◇折口信夫全集 22　かぶき讃—芸能史2　折口信夫〔著〕，折口信夫全集刊行会編纂　中央公論社　1996.12　458p　20cm　5340円　④4-12-403369-9

◇折口信夫全集 21　日本芸能史六講—芸能史1　折口信夫〔著〕，折口信夫全集刊行会編纂　中央公論社　1996.11　513p　20cm　5340円　④4-12-403368-0

◇折口信夫—虚像と実像　穂積生萩著　勉誠社　1996.10　255p　20cm　2200円　④4-585-05026-4

◇折口信夫の記　岡野弘彦著　中央公論社　1996.10　246p　20cm　2136円　④4-12-02613-2

◇独学のすすめ—時代を超えた巨人たち　谷川健一著　晶文社　1996.10　253,24p　19cm　2300円　④4-7949-6278-9

◇折口信夫全集 20　民族史観における他界観念・神道宗教化の意義（神道・国学論）　折口信夫〔著〕，折口信夫全集刊行会編纂　中央公論社　1996.10　526p　20cm　5340円　④4-12-403367-2

◇折口信夫全集 19　石に出で入るもの・生活の古典としての民俗—民俗学3　折口信夫〔著〕，折口信夫全集刊行会編纂　中央公論社　1996.9　399p　20cm　4854円　④4-12-403366-4

◇折口信夫全集 17　春来る鬼・仇討ちのふおくろあ—民俗学1　折口信夫〔著〕，折口信夫全集刊行会編纂　中央公論社　1996.8　476p　20cm　5340円　④4-12-403364-8

◇折口信夫全集 16　国文学・短歌論・国語学　折口信夫〔著〕，折口信夫全集刊行会編纂　中央公論社　1996.7　662p　20cm　5825円　④4-12-403363-X

◇折口信夫全集 15　伊勢物語私記・反省の文学源氏物語—後期王朝文学論　折口信夫〔著〕，折口信夫全集刊行会編纂　中央公論社　1996.6　366p　20cm　4369円　④4-12-403362-1

◇折口信夫全集 14　恋の座・近代短歌—和歌史2　折口信夫〔著〕，折口信夫全集刊行会編纂　中央公論社　1996.5　506p　20cm　5340円　④4-12-403361-3

◇折口信夫全集 13　新古今前後・世々の歌びと—和歌史1　折口信夫全集刊行会編纂　中央公論社　1996.4　496p　20cm　5500円　④4-12-403360-5

◇折口信夫全集 12　言語情調論・副詞表情の発生（言語論）　折口信夫全集刊行会編纂　中央公論社　1996.3　516p　20cm　5500円　④4-12-403359-1

◇折口信夫全集 11　万葉集辞典　折口信夫全集刊行会編纂　中央公論社　1996.2　473p　20cm　5500円　④4-12-403358-3

◇折口信夫の戦後天皇論　中村生雄著　法蔵館　1995.11　263p　22cm　3689円　④4-8318-7138-9

◇折口信夫全集 10　口訳万葉集　下　折口信夫全集刊行会編纂　中央公論社　1995.11　491p　20cm　5500円　④4-12-403357-5

◇折口信夫全集 9　口訳万葉集　上　折口信夫全集刊行会編纂　中央公論社　1995.10　666p　20cm　6000円

◇折口信夫全集 8　東歌疏・選註万葉集抄—万葉集3　折口信夫全集刊行会編纂　中央公論社　1995.9　438p　20cm　5000円　④4-12-403355-9

◇折口信夫全集 7　万葉集講義・日本古代抒情詩集—万葉集2　折口信夫全集刊行会編纂　中央公論社　1995.8　596p　20cm　6000円　④4-12-403354-0

◇釈迢空—人と文学　石内徹著　大空社　1995.7　385,20p　22cm　8000円　④4-7568-0080-7

◇折口信夫全集 6　万葉びとの生活—万葉集1　折口信夫全集刊行会編纂　中央公論社　1995.7　440p　20cm　5000円　④4-12-403353-2

短歌　現代

◇折口信夫論　松浦寿輝著　太田出版　1995.6　209p　20cm　（批評空間叢書　7）　2427円　ⓘ4-87233-224-5

◇折口信夫全集 5　大和時代の文学・風土記の古代生活──古代文学論　折口信夫全集刊行会編纂　中央公論社　1995.6　444p　20cm　5000円　ⓘ4-12-403352-4

◇折口信夫全集 4　日本文学の発生序説──文学発生論　折口信夫全集刊行会編纂　中央公論社　1995.5　506p　20cm　5500円　ⓘ4-12-403351-6

◇折口信夫全集 3　古代研究　民俗学篇 2　折口信夫全集刊行会編纂　中央公論社　1995.4　523p　20cm　5500円　ⓘ4-12-403350-8

◇折口信夫全集 2　古代研究　民俗学篇 1　折口信夫全集刊行会編纂　中央公論社　1995.3　486p　20cm　5500円　ⓘ4-12-403349-4

◇折口信夫全集 1　古代研究　国文学篇　折口信夫全集刊行会編纂　中央公論社　1995.2　529p　20cm　5500円　ⓘ4-12-403348-6

◇神道学者・折口信夫とキリスト教　浜田辰雄著　聖学院大学出版会　1995.1　210p　22cm　3300円　ⓘ4-915832-10-4

◇折口信夫研究資料集成──大正7年～昭和40年　石内徹編集　大空社　1994.10　12冊　27cm　145631円　ⓘ4-87236-928-9

◇柳田国男と折口信夫　池田弥三郎著，谷川健一著　岩波書店　1994.10　263p　16cm　（同時代ライブラリー　202）　971円　ⓘ4-00-260202-8

◇釈迢空──詩の発生と「折口学」　私領域からの接近　藤井貞和著　講談社　1994.4　248p　15cm　（講談社学術文庫）　760円　ⓘ4-06-159121-5

◇釈迢空　岩田正著　紀伊国屋書店　1994.1　236p　20cm　（精選復刻紀伊国屋新書）　1800円　ⓘ4-314-00641-2

◇ちくま日本文学全集 59　折口信夫──1887-1953　筑摩書房　1993.8　477p　16cm　1000円　ⓘ4-480-10259-0

◇折口信夫必携　岡野弘彦，西村亨編　学燈社　1993.5　217p　21cm　1750円　ⓘ4-312-00535-4

土屋 文明
つちや　ぶんめい

明治23（1890）.9.18～平成2（1990）.12.8

歌人、国文学者。明治42年に「アララギ」同人に。大正14年第1歌集『ふゆくさ』を出版、斎藤茂吉と「アララギ」の共同編集にあたり、昭和9年編集兼発行人となる。その作風は短歌の精神主義にとどまらず、客観的な現実凝視を特質とし、『山谷集』（昭10）で歌壇に確固とした地位を確立。以後、『韮菁集』『山下水』『青南集』『続青南集』『続々青南集』など刊行。その歌論は『短歌入門』に詳しく、『万葉集私注』（全20巻）にみられる万葉研究の業績も大きい。

　　　　＊　　＊　　＊

◇万葉名歌　土屋文明著　アートデイズ　2001.12　223p　19cm　1800円　ⓘ4-900708-87-9

◇土屋文明書簡集　土屋文明〔著〕，小市巳世司編　石川書房　2001.3　858,7p　20cm　15000円　ⓘ4-901393-00-6

◇続青南集──歌集　土屋文明著　短歌新聞社　2000.6　188p　15cm　（短歌新聞社文庫）　667円　ⓘ4-8039-1010-3

◇ふゆくさ──歌集　土屋文明著　郷土出版社　2000.4　220,24p　20cm　（長野県稀覯本集成精選復刻　第1期（明治・大正編）〔7〕）

◇抒情の行程──茂吉、文明、佐太郎、赤彦　梶木剛著　短歌新聞社　1999.8　354p　20cm　3333円　ⓘ4-8039-0979-2

◇佐佐木幸綱の世界 11　同時代歌人論　佐佐木幸綱著，『佐佐木幸綱の世界』刊行委員会編　河出書房新社　1999.7　290p　19cm　3500円　ⓘ4-309-70381-X

◇斎藤茂吉と土屋文明──その場合場合　清水房雄著　明治書院　1999.3　415p　22cm　8000円　ⓘ4-625-41118-1

◇群馬文学全集 第2巻　土屋文明　伊藤信吉監修　〔土屋文明〕〔著〕，小市巳世司編　群馬県立土屋文明記念文学館　1999.1　477p　22cm

◇土屋文明の後姿　釜井容介著　短歌新聞社　1998.11　246p　19cm　2381円　ⓈA-8039-0948-2

◇韮菁集―土屋文明歌集　土屋文明著　石川書房　1997.8　82p　15cm　952円

◇土屋文明私観　原一雄著　増補　砂子屋書房　1996.11　201p　22cm　2427円

◇青南集―歌集　土屋文明著　短歌新聞社　1996.9　188p　15cm　（短歌新聞社文庫）　700円　ⓈA-8039-0852-4

◇土屋文明私記　吉田漱著　増補改訂　六法出版社　1996.7　297p　20cm　2700円　ⓈA-89770-969-5

◇歌人土屋文明―ひとすじの道　土屋文明記念文学館編　埼書房　1996.6　229p　18cm　（埼新書　72）　1165円　ⓈA-8273-4072-2

◇憲吉と文明　扇畑忠雄著　おうふう　1996.4　382p　22cm　（扇畑忠雄著作集　第4巻）　16000円　ⓈA-273-02847-6

◇喜博と文明　堀江厚一著　石川書房　1995.11　261p　20cm　3000円

◇少安集―歌集　土屋文明著　短歌新聞社　1995.11　138p　15cm　（短歌新聞社文庫）　700円　ⓈA-8039-0798-6

◇土屋文明―人と作品　関俊治〔ほか〕編　みやま文庫　1995.7　277p　19cm　（みやま文庫　138）

◇新短歌入門　土屋文明著　埼玉福祉会　1994.9　469p　21cm　（大活字本シリーズ）　3914円

◇六月風―歌集　土屋文明著　短歌新聞社　1994.9　128p　15cm　（短歌新聞社文庫）　700円

◇山谷集―歌集　土屋文明著　短歌新聞社　1993.12　146p　15cm　（短歌新聞社文庫）　700円

◇往還集―歌集　土屋文明著　短歌新聞社　1993.6　128p　15cm　（短歌新聞社文庫）　700円　ⓈA-8039-0702-1

◇土屋文明全歌集　小市巳世司編　石川書房　1993.3　1286p　23cm　15000円

◇ふゆくさ―歌集　土屋文明著　短歌新聞社　1993.2　134p　15cm　（短歌新聞社文庫）　700円　ⓈA-8039-0685-8

馬場 あき子
ばば あきこ

昭和3(1928).1.28～

　歌人、文芸評論家。昭和22年まひるの会に入会し、窪田章一郎に師事。23年から中学高校の教員を務める。30年処女歌集『早笛』を刊行。古典、とりわけ能への造詣が深く独自な歌風を拓き、以後『地下にともる灯』『無限花序』『飛花抄』『桜花伝承』『雪鬼華麗』『ふぶき浜』『葡萄唐草』『月華の節』『阿古父』『飛種』を刊行。平成7年新作能『晶子みだれ髪』を発表。古典研究、評論面でも活躍し『式子内親王』『日本女歌伝』『鬼の研究』『歌枕をたずねて』などがある。昭和52年教員生活を退職し、53年歌誌「かりん」を創刊、主宰。

　　　　＊　　　＊　　　＊

◇最新うたことば辞林　馬場あき子著　作品社　2001.2　212p　20cm　1600円　ⓈA-87893-385-2

◇現代秀歌百人一首　篠弘, 馬場あき子編著　実業之日本社　2000.11　259p　20cm　2000円　ⓈA-408-53390-4

◇飛天の道―馬場あき子歌集　馬場あき子著　砂子屋書房　2000.9　209p　20cm　（かりん叢書　140）　3000円　ⓈA-7904-0527-3

◇青い夜のことば―馬場あき子歌集　馬場あき子著　雁書館　1999.11　178p　20cm　（かりん叢書　第131篇）　2700円

◇現代詩歌集　中村苑子, 馬場あき子, 新川和江選　角川書店　1999.9　501p　20cm　（女性作家シリーズ　24）　3200円　ⓈA-04-574224-7

◇はるかな父へ―うたの歳時記　馬場あき子著　小学館　1999.7　239p　18cm　1300円　ⓈA-09-840057-X

◇馬場あき子全集 別巻　初期作品・短歌索引…他　馬場あき子著　三一書房　1998.5　515p　22cm　6800円　ⓈA-380-98542-3

◇馬場あき子全集 第3巻　歌集 3　馬場あき子著　三一書房　1998.2　559p　22cm　6800円　ⓈA-380-98541-5

◇馬場あき子全集　第12巻　エッセイ 2　馬場あき子著　三一書房　1997.12　555p　22cm　6800円　ⓝ4-380-97545-2

◇馬場あき子全集　第7巻　古典文学論　馬場あき子著　三一書房　1997.10　457p　22cm　6800円　ⓝ4-380-97544-4

◇馬場あき子全集　第11巻　エッセイ 1　三一書房　1997.7　543p　22cm　6800円　ⓝ4-380-97543-6

◇女歌の系譜　馬場あき子著　朝日新聞社　1997.4　263p　19cm　(朝日選書　575)　1400円+税　ⓝ4-02-259675-9

◇青椿抄─馬場あき子歌集　馬場あき子著　砂子屋書房　1997.4　220p　20cm　(かりん叢書　105)　2800円+税

◇馬場あき子全集　第9巻　近・現代短歌鑑賞評論　馬場あき子著　三一書房　1997.4　595p　22cm　6800円　ⓝ4-380-97542-8

◇馬場あき子全集　第6巻　古典和歌・女流短歌論　三一書房　1997.2　485p　22cm　7000円　ⓝ4-380-97541-X

◇歌の彩事記　馬場あき子著　読売新聞社　1996.11　317p　20cm　1553円　ⓝ4-643-96103-1

◇馬場あき子全集 第10巻　短歌論・実作入門　馬場あき子著　三一書房　1996.11　536p　22cm　6796円　ⓝ4-380-96544-9

◇馬場あき子の謡曲集　馬場あき子著　集英社　1996.11　311p　16cm　(集英社文庫　特8-22)　680円　ⓝ4-08-748452-1

◇馬場あき子全集　第8巻　能芸論　馬場あき子著　三一書房　1996.9　527p　22cm　6796円　ⓝ4-380-96543-0

◇風姿花伝　馬場あき子著　岩波書店　1996.7　248p　16cm　(同時代ライブラリー　272)　922円　ⓝ4-00-260272-9

◇馬場あき子全集　第2巻　歌集 2　馬場あき子著　三一書房　1996.6　431p　22cm　5825円　ⓝ4-380-96542-2

◇馬場あき子全集　第5巻　古典女流歌人論　三一書房　1996.4　553p　22cm　7000円　ⓝ4-380-96541-4

◇閑吟集を読む　馬場あき子著　弥生書房　1996.3　189p　20cm　2000円　ⓝ4-8415-0709-4

◇飛種─歌集　馬場あき子著　短歌研究社　1996.3　253p　22cm　3200円　ⓝ4-88551-208-5

◇源氏物語と能─雅びから幽玄の世界へ　馬場あき子文, 堀上謙写真　婦人画報社　1995.12　182p　20cm　2427円　ⓝ4-573-41001-5

◇馬場あき子全集　第4巻　古典評論　三一書房　1995.12　545p　22cm　6000円　ⓝ4-380-95542-7

◇暁すばる─馬場あき子歌集　馬場あき子著　短歌新聞社　1995.9　124p　20cm　(現代女流短歌全集　2)　1800円　ⓝ4-8039-0793-5

◇馬場あき子全集　第1巻　歌集 1　三一書房　1995.9　496p　22cm　6000円　ⓝ4-380-95541-9

◇古典往還　馬場あき子著　読売新聞社　1994.11　215p　20cm　1359円　ⓝ4-643-94087-5

◇現代短歌に架ける橋─馬場あき子歌人論集　馬場あき子著　雁書館　1994.10　209p　20cm　(雁叢書　113)　2500円

◇葡萄唐草─歌集　馬場あき子著　短歌新聞社　1994.3　110p　15cm　(短歌新聞社文庫)　700円　ⓝ4-8039-0732-3

◇阿古父─馬場あき子歌集　馬場あき子著　砂子屋書房　1993.10　252p　20cm　(かりん百番　65)　2800円

◇短歌セミナー　馬場あき子著　短歌新聞社　1993.9　244p　20cm　2300円　ⓝ4-8039-0716-1

宮 柊二
みや しゅうじ

大正1(1912).8.23～昭和61(1986).12.11
歌人。北原白秋に師事。昭和10年「多磨」の創刊に加わり、白秋の秘書となる。21年『群鶏』を刊行。27年「多磨」が廃刊となり翌年「コスモス」を創刊。31年『定本宮柊二全歌集』、36年『多く夜の歌』、51年『独石馬』などで多くの賞を受賞。また、24年の歌集『山西省』は詩歌の分野における最も優れた戦争文学といわれる。サラリーマン生活、家庭生活の歌も多く、現代の生活者として自己を凝視した歌をのこし

た。他に歌集『小紺珠』、評論集『埋没の精神』『机のチリ』『石梨の木』などがある。

     *   *   *

◇宮柊二　宮柊二, 高野公彦著　本阿弥書店　2001.10　253p　19cm　(鑑賞・現代短歌 5)　2000円　①4-89373-762-7

◇宮柊二『小紺珠』論　岡崎康行著　短歌新聞社　1998.12　440p　20cm　(コスモス叢書第572篇)　3810円　①4-8039-0957-1

◇宮柊二とその時代　小高賢著　五柳書院　1998.5　270p　20cm　(五柳叢書 60)　2200円　①4-906010-82-2

◇歌人の風景 ― 良寛・会津八一・吉野秀雄・宮柊二の歌と人　大星光史著　恒文社　1997.12　406p　19cm　2800円　①4-7704-0950-8

◇小紺珠 ― 歌集　宮柊二著　短歌新聞社　1997.4　134p　15cm　(短歌新聞社文庫)　667円+税　①4-8039-0874-5

◇山西省 ― 歌集　宮柊二著　短歌新聞社　1995.8　122p　15cm　(短歌新聞社文庫)　700円　①4-8039-0790-0

◇多く夜の歌 ― 歌集　宮柊二著　短歌新聞社　1995.6　180p　15cm　(短歌新聞社文庫)　700円　①4-8039-0788-9

◇群鶏 ― 歌集　宮柊二著　短歌新聞社　1995.4　132p　15cm　(短歌新聞社文庫)　700円　①4-8039-0776-5

◇日本挽歌 ― 歌集　宮柊二〔著〕, 竹久明子訳　駿河台出版社　1994.10　183p　22cm　2500円　①4-411-02073-4

俳　句

石田　波郷
いしだ　はきょう

大正2(1913).3.18〜昭和44(1969).11.21
俳人。水原秋桜子の教えを受け、昭和8年最年少の「馬酔木」同人となり、9年より編集する。10年『石田波郷句集』を刊行し、12年「鶴」を創刊、主宰する。戦後「鶴」を復刊、また「現代俳句」を創刊。23年以後病と闘って句作した。25年療養俳句の金字塔ともいうべき句集『惜命』を刊行。36年には俳人協会を設立した。中村草田男、加藤楸邨とともに"人生探究派"と称された、昭和の代表的俳人。他に句集『酒中花』『鶴の眼』『風切』『雨覆』『酒中花以後』など、随筆集『清瀬村』、歳時記など著書多数。

     *   *   *

◇初蝶 ― 石田波郷句集　石田波郷著, 石田勝彦編　ふらんす堂　2001.3　72p　16cm　(ふらんす堂文庫)　1200円　①4-89402-392-X

◇昭和秀句 1　石田波郷, 楠本憲吉著　春秋社　2000.12　235p　20cm　(日本秀句 新版 7)　2000円　①4-393-43427-7

◇江東歳時記　清瀬村(抄) ― 石田波郷随想集　石田波郷〔著〕　石田波郷〔著〕　講談社　2000.10　277p　16cm　(講談社文芸文庫)　1300円　①4-06-198233-8

◇作家と作品 ― 生と死の塑像　間瀬昇著　近代文芸社　1997.12　238p　19cm　1800円　①4-7733-6295-2

◇鶴の眼 ― 石田波郷句集　石田波郷著　邑書林　1996.10　109p　15cm　(邑書林句集文庫 I2・1)　900円　①4-89709-198-5

加藤　楸邨
かとう　しゅうそん

明治38(1905).5.26〜平成5(1993).7.3
俳人。昭和6年水原秋桜子の弟子となり、「馬酔木」に投句。15年俳誌「寒雷」を創刊、17年「馬酔木」を離れる。19年大本営報道部嘱託で満蒙を旅行、戦後その姿勢を問われる。45年からは朝日俳壇選者をつとめる。初期には叙情的な句を詠み、しだいに生活に即して人間を思索的に表現しようとした。金子兜太、森澄雄、安東次男といった後進を育成、また芭蕉研究でも知られる。句集に『寒雷』『穂高』『雪後の天』『野哭』『起伏』『山脈』他、紀行句文集『死の塔』、研究書『芭蕉秀句』がある。

     *   *   *

◇一茶秀句　加藤楸邨著　春秋社　2001.7　382p　20cm　(日本秀句 新版 3)　2700円　①4-393-43423-4

◇加藤楸邨　加藤楸邨〔著〕，中嶋鬼谷編・著　蝸牛新社　2000.5　172p　19cm　（蝸牛俳句文庫　34）　1500円　Ⓘ4-87800-053-8

◇加藤楸邨　中嶋鬼谷編・著　蝸牛社　1999.9　172p　19cm　（蝸牛俳句文庫　34）　1500円　Ⓘ4-87661-369-9

◇奥の細道吟行　加藤楸邨著　平凡社　1999.3　347p　16cm　（平凡社ライブラリー）　1200円　Ⓘ4-582-76282-4

◇芭蕉全句　下　加藤楸邨著　筑摩書房　1998.9　596p　15cm　（ちくま学芸文庫　カ11-3）　1600円　Ⓘ4-480-08433-9

◇芭蕉全句　中　加藤楸邨著　筑摩書房　1998.8　512p　15cm　（ちくま学芸文庫　カ11-2）　1500円　Ⓘ4-480-08432-0

◇芭蕉全句　上　加藤楸邨著　筑摩書房　1998.7　539p　15cm　（ちくま学芸文庫　カ11-1）　1500円　Ⓘ4-480-08431-2

◇わがこころの加藤楸邨　石寒太著　紅書房　1998.1　381p　20cm　3000円　Ⓘ4-89381-115-0

◇野哭―加藤楸邨句集　加藤楸邨著　邑書林　1996.9　109p　15cm　（邑書林俳句集文庫　K2・1）　900円　Ⓘ4-89709-186-1

◇望岳―句集　加藤楸邨著，大岡信編　花神社　1996.7　249p　20cm　3500円　Ⓘ4-7602-1380-5

◇誓子・青畝・楸邨―さらば昭和俳句　立風書房　1994.11　261p　21cm　2330円　Ⓘ4-651-60058-1

中村　草田男
なかむら　くさたお

明治34（1901）.7.24～昭和58（1983）.8.5
俳人。昭和4年高浜虚子に入門し、9年「ホトトギス」同人。この頃より新興俳句運動に批判的で、加藤楸邨、石田波郷らとともに"人間探求派"と称せられた。21年主宰誌「万緑」を創刊。以後、伝統の固有性を継承しつつ、堅実な近代化を推進し、現代俳句の中心的存在となり、現代俳句協会幹事長、俳人協会初代会長をつとめた。また31年より東京新聞俳壇選者、34年より朝日新聞俳壇選者。句集『長子』『火の鳥』『万緑』『来し方行方』『銀河依然』『母郷行』

『美田』などのほか、『俳句入門』、メルヘン集『風船の使者』など著書多数。「降る雪や明治は遠くなりにけり」の句で知られる。

＊　　＊　　＊

◇定本俳句入門　中村草田男〔著〕　みすず書房　2001.2　218p　19cm　2000円　Ⓘ4-622-04804-3

◇蕪村集　中村草田男〔著〕　講談社　2000.7　386p　16cm　（講談社文芸文庫）　1400円　Ⓘ4-06-198220-6

◇蘇生一句集　草田男とセザンヌ　大村一作著　大村一作著　浦辺恒夫　1998.8　271p　20cm　2800円

◇万緑―中村草田男句集　中村草田男著　邑書林　1998.1　107p　15cm　（邑書林俳句集文庫）　900円　Ⓘ4-89709-250-7

◇作家の生き死　高井有一著　角川書店　1997.6　267p　19cm　1600円　Ⓘ4-04-883474-6

◇わが父草田男　中村弓子著　みすず書房　1996.3　207p　20cm　2472円　Ⓘ4-622-03376-3

◇緑なす大樹の蔭に―草田男曼荼羅　中村光子著　ぺりかん社　1995.4　291p　20cm　1900円　Ⓘ4-8315-0668-0

山口　誓子
やまぐち　せいし

明治34（1901）.11.3～平成6（1994）.3.26
俳人。高浜虚子に師事。東大在学中、東大俳句会に参加。昭和4年「ホトトギス」同人となりその中心として活動するが、10年「馬酔木」同人になる。水原秋桜子と共に新興俳句運動の指導者として活躍。23年より「天狼」を主宰、人間存在の深奥の追求に向かい、「根源俳句」と呼ばれた。32年～平成5年朝日俳壇選者。句集に『凍港』『黄旗』『青銅』『炎昼』『七曜』『激浪』『遠星』『青女』『和服』『方位』など、俳論集に『俳句諸論』『子規諸文』『芭蕉諸文』『俳句の復活』などがある。

＊　　＊　　＊

◇芭蕉秀句　山口誓子著　春秋社　2000.11　238p　20cm　(日本秀句 新版 1)　2000円　①4-393-43421-8

◇芭蕉秀句　山口誓子著　新版　春秋社　2000.11　238p　20cm　〈新版〉日本秀句 1)　2000円　①4-393-43421-8

◇人間の運命　小島直記著　致知出版社　1999.6　271p　19cm　1500円　①4-88474-567-1

◇季題別山口誓子全句集　山口誓子著　本阿弥書店　1998.12　536p　22cm　5000円　①4-89373-380-X

◇激浪―山口誓子句集　山口誓子, 桂信子著　邑書林　1998.1　192p　15cm　(邑書林句集文庫)　1300円　①4-89709-249-3

◇新撰大洋　山口誓子著　思文閣出版　1996.3　240p　20cm　3690円　①4-7842-0904-2

◇誓子・青畝・楸邨―さらば昭和俳句　立風書房　1994.11　261p　21cm　2330円　①4-651-60058-1

◇大洋　山口誓子著　明治書院　1994.7　168p　20cm　3500円　①4-625-46049-2

◇朝日俳壇 '94　山口誓子〔ほか〕選, 朝日新聞東京本社学芸部編　朝日ソノラマ　1994.3　220p　14×20cm　2233円　①4-257-03384-3

◇朝日俳壇 '93　山口誓子〔ほか〕選, 朝日新聞東京本社学芸部編　朝日ソノラマ　1993.3　222p　14×20cm　2233円　①4-257-03355-X

戯　曲

菊田 一夫
きくた かずお

明治41(1908).3.1～昭和48(1973).4.4
劇作家、演劇プロデューサー。昭和4年浅草公園劇場の文芸部に入る。古川緑波と提携し、『花咲く港』などの戯曲で才能を示す。戦後、ラジオドラマ『鐘の鳴る丘』で人気を集め、さらに『君の名は』は空前の大ヒット作となる。30年より東宝取締役となり、帝国劇場、芸術座を主な舞台に精力的な劇作活動を続けるとともに、プロデューサーとして『マイ・フェア・レディ』『王様と私』などのミュージカル日本初演を行なった。戯曲の代表作に『がめつい奴』『がしんたれ』『放浪記』がある。

　　　　＊　　　　＊　　　　＊

◇菊田一夫―芝居つくり四十年　菊田一夫著　日本図書センター　1999.12　253p　20cm　(人間の記録 111)　1800円　①4-8205-5771-8,4-8205-5760-2

◇舞台裏の喜劇人たち　林圭一著　創樹社　1997.8　271p　19cm　1800円　①4-7943-0511-7

◇あの人この人―昭和人物誌　戸板康二著　文芸春秋　1996.11　413p　15cm　(文春文庫)　520円　①4-16-729212-2

木下 順二
きのした じゅんじ

大正3(1914).8.2～
劇作家。劇作を志して戦時中から創作に従事し、『彦市ばなし』『夕鶴』などの民話劇で出発。『風浪』『山脈(やまなみ)』『オットーと呼ばれる日本人』『冬の時代』『神と人とのあいだ』『子午線の祀り』など現代的なテーマの戯曲により、戦後演劇の一つの典型を作りだした。これらの作品は主として山本安英を中心とした「ぶどうの会」や宇野重吉らの劇団民芸によって上演された。受賞多数。

　　　　＊　　　　＊　　　　＊

◇木下順二集 15 ドラマの方法　木下順二著　岩波書店　2001.7　354p　21cm　4000円　①4-00-091365-4

◇木下順二集 16 わが師わが友　木下順二著　岩波書店　2001.7　1冊　21cm　4600円　①4-00-091366-2

◇木下順二集 13 古典を読む　木下順二著　岩波書店　2001.6　353p　19cm　4000円　①4-00-091363-8

◇木下順二集 14 ドラマの世界　木下順二著　岩波書店　2001.6　327p　19cm　3800円　①4-00-091364-6

◇木下順二集 8　木下順二著　岩波書店　2001.3　338p　19cm　4000円　①4-00-091358-1

戯曲　　　　　　　　　現代

◇木下順二集 7　木下順二著　岩波書店　2001.3　313p　19cm　3800円　ⓓ4-00-091357-3
◇木下順二集 6『東の国にて』『冬の時代』『白い夜の宴』　木下順二著　岩波書店　2001.2　458p　19cm　4600円　ⓓ4-00-091356-5
◇木下順二集 5　『沖縄』『オットーと呼ばれる日本人』　木下順二著　岩波書店　2001.2　373p　19cm　4200円　ⓓ4-00-091355-7
◇木下順二集 3　彦一ばなし・民話について　木下順二著　岩波書店　2001.1　414p　19cm　4400円　ⓓ4-00-091353-0
◇木下順二集 4　蛙昇天・民話と現代　木下順二著　岩波書店　2001.1　374p　19cm　4200円　ⓓ4-00-091354-9
◇木下順二の世界　新藤謙著　東方出版　1998.12　260p　19cm　2500円　ⓓ4-88591-583-X
◇夕鶴・彦市ばなし 他二篇―木下順二戯曲選 2　木下順二作　岩波書店　1998.6　330p　15cm　（岩波文庫）660円　ⓓ4-00-311002-1
◇日本語について　木下順二著　労働旬報社　1997.9　78p　19cm　（抱樸舎文庫）1000円　ⓓ4-8451-0501-2
◇無用文字　木下順二著　潮出版社　1996.10　233p　19cm　1500円　ⓓ4-267-01428-0
◇ごんぎつね・夕鶴　新美南吉，木下順二著　講談社　1995.10　205p　19cm　（ポケット日本文学館 16）1000円　ⓓ4-06-261716-1
◇木下順二・民話の世界―聞き手・塩田庄兵衛　木下順二，塩田庄兵衛，斎藤公子著　創風社　1995.10　221p　19cm　1545円　ⓓ4-915659-73-9
◇"劇的"とは　木下順二著　岩波書店　1995.8　225p　18cm　（岩波新書）650円　ⓓ4-00-430402-4
◇木下順二論　宮岸泰治著　岩波書店　1995.5　245p　19cm　2800円　ⓓ4-00-002746-8
◇わが文学の原風景―作家は語る　安岡章太郎，八木義徳，野口冨士男，三浦哲郎，木下順二ほか著　小学館　1994.10　222p　19cm　2300円　ⓓ4-09-387125-6
◇木下順二の世界　明治図書教育書編集部編　明治図書出版　1994.4　151p　21cm　1760円　ⓓ4-18-643805-6

◇シェイクスピアの世界　木下順二著　岩波書店　1993.5　353p　16cm　（同時代ライブラリー 147）1050円　ⓓ4-00-260147-1
◇夕鶴―写真で読む　木下順二作，薗部澄撮影，山本安英の会編　童牛社　1993.2　98p　21×23cm　2472円　ⓓ4-924595-73-X
◇私の『マクベス』　木下順二著　講談社　1993.2　293p　15cm　（講談社文芸文庫）980円　ⓓ4-06-196213-2

寺山 修司
てらやま しゅうじ

昭和10(1935).12.10～昭和58(1983).5.4
歌人、詩人、劇作家、演出家、映画監督。既成の価値観や常識に反逆して"書を捨てよ町へ出よう"をモットーとし、昭和42年には演劇実験室・天井桟敷を設立、作家兼演出家として多彩な前衛活動を展開してヤング世代の旗手ともなった。若者たちへのアピール『家出のすすめ』は多くの家出少年を天井桟敷に引きつける一方、世間の反発を呼んだ。また競馬やボクシングの解説者としても活躍。主な舞台に市街劇『ノック』や『盲人書簡』『疫病流行記』『奴婢訓』『レミング』『百年の孤独』など。著作に歌集『血と麦』『田園に死す』、小説『あゝ荒野』、戯曲集『血は立ったまま眠っている』、評論集『遊撃とその誇り』、長編叙事詩『地獄篇』など、映画作品に『トマトケチャップ皇帝』『書を捨てよ町へ出よう』『田園に死す』などがある。

*　　　*　　　*

◇私という謎―寺山修司エッセイ選　寺山修司著　講談社　2002.2　280p　15cm　（講談社文芸文庫）1200円　ⓓ4-06-198287-7
◇競馬場で逢おう　寺山修司著　宝島社　2000.6　243p　16cm　（宝島社文庫）657円　ⓓ4-7966-1844-9
◇墓場まで何マイル？　寺山修司〔著〕角川春樹事務所　2000.5　264p　19cm　1800円　ⓓ4-89456-184-0
◇田園に死す　寺山修司著　角川春樹事務所　2000.4　131p　16cm　（ハルキ文庫）440円　ⓓ4-89456-680-X

◇愛さないの、愛せないの　寺山修司著　角川春樹事務所　2000.4　258p　16cm（ハルキ文庫）680円　Ⓘ4-89456-673-7

◇赤糸で縫いとじられた物語　寺山修司著　角川春樹事務所　2000.4　173p　16cm（ハルキ文庫）540円　Ⓘ4-89456-674-5

◇悲しき口笛　寺山修司著　角川春樹事務所　2000.4　251p　16cm（ハルキ文庫）680円　Ⓘ4-89456-675-3

◇ぼくは話しかける　寺山修司著　角川春樹事務所　2000.4　245p　16cm（ハルキ文庫）660円　Ⓘ4-89456-681-8

◇勇者の故郷―長篇競馬バラード　寺山修司著　角川春樹事務所　2000.4　254p　16cm（ハルキ文庫）680円　Ⓘ4-89456-564-1

◇競馬放浪記　寺山修司著　角川春樹事務所　2000.4　221p　16cm（ハルキ文庫）600円　Ⓘ4-89456-677-X

◇世界の果てまで連れてって　寺山修司著　角川春樹事務所　2000.4　222p　16cm（ハルキ文庫）600円　Ⓘ4-89456-678-8

◇花粉航海　寺山修司著　角川春樹事務所　2000.4　173p　16cm（ハルキ文庫　て1-4）520円　Ⓘ4-89456-676-1

◇啄木を読む―思想への望郷文学篇　寺山修司著　角川春樹事務所　2000.4　280p　16cm（ハルキ文庫　て1-7）700円　Ⓘ4-89456-679-6

◇われに五月を　寺山修司著　角川春樹事務所　2000.4　161p　16cm（ハルキ文庫　て1-10）520円　Ⓘ4-89456-682-6

◇寺山修司―目を醒まして、歌え　寺山修司著　日本図書センター　2000.2　212p　22cm（人生のエッセイ　7）1800円　Ⓘ4-8205-6656-3

◇寺山修司の忘れもの―未刊創作集　寺山修司著　角川春樹事務所　1999.9　206p　19cm　1600円　Ⓘ4-89456-162-X

◇寺山修司俳句全集　寺山修司著　増補改訂版　あんず堂　1999.5　483p　20cm　4200円　Ⓘ4-87282-721-X

◇負け犬の栄光―寺山修司が駆けた60年代　寺山修司〔著〕　角川春樹事務所　1999.5　242p　19cm　1600円　Ⓘ4-89456-154-9

◇「優駿」観戦記で甦る桜花賞十番勝負　寺山修司ほか著　小学館　1999.4　345p　15cm（小学館文庫）600円　Ⓘ4-09-402484-0

◇「優駿」観戦記で甦る有馬記念十番勝負　寺山修司ほか著　小学館　1999.1　365p　15cm（小学館文庫）600円　Ⓘ4-09-402483-2

◇菊花賞十番勝負―「優駿」観戦記で甦る　寺山修司ほか著　小学館　1998.11　364p　15cm（小学館文庫　Rて一1-2）600円　Ⓘ4-09-402482-4

◇「優駿」観戦記で甦る日本ダービー十番勝負　寺山修司, 古井由吉ほか著　小学館　1998.6　347p　15cm（小学館文庫）600円　Ⓘ4-09-402481-6

◇寺山修司青春の手紙―拝啓中野トク先生　小菅麻起子〔著〕　寺山修司五月会　1998.5印刷　1冊(ページ付なし)　26cm

◇居候としての寺山体験　前田律子著　深夜叢書社　1998.3　126p　22cm　2100円　Ⓘ4-88032-217-2

◇寺山修司・斎藤愼爾の世界―永遠のアドレッセンス　久世光彦, 九条今日子, 宗田安正編　柏書房　1998.1　263p　26cm　2500円　Ⓘ4-7601-1552-8

◇両手いっぱいの言葉―413のアフォリズム　寺山修司著　新潮社　1997.10　277p　16cm（新潮文庫）514円　Ⓘ4-10-143021-7

◇虚構地獄寺山修司　長尾三郎著　講談社　1997.8　324p　20cm　1800円　Ⓘ4-06-208778-2

◇寺山修司青春の手紙―拝啓中野トク先生　小菅麻起子〔著〕　〔小菅麻起子〕　1997.8印刷　1冊(ページ付なし)　26cm

◇寺山修司　太陽編集部編　平凡社　1997.7　116p　22×17cm（コロナ・ブックス）1524円　Ⓘ4-582-63325-0

◇ポケットに名言を　寺山修司〔著〕　角川書店　1997.5　127p　12cm（角川mini文庫）200円＋税　Ⓘ4-04-700160-0

◇寺山修司その知られざる青春―歌の源流をさぐって　小川太郎著　三一書房　1997.1　243p　20cm　2266円　Ⓘ4-380-97206-2

戯曲　　　　　　現代

◇志功・太宰・寺山と歩くふるさと青森　青森市文化団体協議会編　北の街社　1996.7　277p　19cm　1553円　④4-87373-061-9

◇寺山修司の特集　寺山修司ほか著, 矢崎泰久, 坂梨由美子編　自由国民社　1996.6　277p　21cm　（話の特集ライブラリー）　1600円　④4-426-14001-3

◇虚人寺山修司伝　田沢拓也著　文芸春秋　1996.5　270p　20cm　1600円　④4-16-351630-1

◇にっぽん劇場写真帖　森山大道写真, 寺山修司文　新潮社　1995.12　1冊（頁付なし）20cm　（Photo musée）　2500円　④4-10-602418-7

◇寺山修司―誰か故郷を想はざる/消しゴム　寺山修司著, 栗坪良樹編　日本図書センター　1995.11　233p　22cm　（シリーズ・人間図書館）　2600円　④4-8205-9410-9

◇日本童謡集―「青い眼の人形」から「唐獅子牡丹」まで　寺山修司編著　光文社　1995.11　292p　18cm　（カッパ・ブックス）　951円　④4-334-04112-4

◇孤児への意志―寺山修司論　野島直子著　法蔵館　1995.7　237p　19cm　2400円　④4-8318-7219-2

◇五月の詩―寺山修司詩集　寺山修司著　サンリオ　1995.4　111p　18cm　1200円　④4-387-95017-X

◇寺山修司戯曲集　1　初期一幕物篇　寺山修司著　劇書房,構想社〔発売〕　1995.3　282p　19cm　2700円　④4-87574-518-4

◇寺山修司メルヘン全集　10　宝島・くるみ割り人形　マガジンハウス　1995.1　221p　20cm　1300円　④4-8387-0565-4

◇かもめ　寺山修司著　マガジンハウス　1994.12　221p　19cm　（寺山修司メルヘン全集　9）　1300円　④4-8387-0564-6

◇寺山修司メルヘン全集　8　人魚姫　寺山修司著　マガジンハウス　1994.11　220p　20cm　1262円　④4-8387-0563-8

◇寺山修司メルヘン全集　7　時には母のない子のように　寺山修司著　マガジンハウス　1994.10　221p　19cm　1300円　④4-8387-0562-X

◇寺山修司メルヘン全集　6　愛さないの愛せないの　寺山修司著　マガジンハウス　1994.9　237p　19cm　1300円　④4-8387-0561-1

◇寺山修司メルヘン全集　5　さよならの城　寺山修司著　マガジンハウス　1994.8　228p　20cm　1262円　④4-8387-0560-3

◇寺山修司メルヘン全集　4　思いださないで　寺山修司著　マガジンハウス　1994.7　221p　19cm　1300円　④4-8387-0559-X

◇浪漫時代―寺山修司対談集　寺山修司著　河出書房新社　1994.7　265p　15cm　（河出文庫）　620円　④4-309-40419-7

◇死者の書　寺山修司著　河出書房新社　1994.6　182p　15cm　（河出文庫　11）　480円　④4-309-40416-2

◇寺山修司メルヘン全集　3　ひとりぼっちのあなたに　寺山修司著　マガジンハウス　1994.6　221p　19cm　1300円　④4-8387-0558-1

◇寺山修司メルヘン全集　2　はだしの恋唄　寺山修司著　マガジンハウス　1994.5　212p　20cm　1300円　④4-8387-0557-3

◇寺山修司から高校生へ―時速100キロの人生相談　寺山修司著, 古賀仁編　学習研究社　1994.4　172p　21cm　1200円　④4-05-400264-1

◇寺山修司メルヘン全集　1　赤糸で縫いとじられた物語　寺山修司著　マガジンハウス　1994.4　180p　19cm　1300円　④4-8387-0535-2

◇想い出の作家たち　2　文芸春秋編　文芸春秋　1994.3　320p　19cm　1700円　④4-16-347860-4

◇ジオノ・飛ばなかった男―寺山修司ドラマシナリオ集　寺山修司著, 山田太一編　筑摩書房　1994.3　285p　21cm　3400円　④4-480-80328-9

◇青少年のための自殺学入門　寺山修司著　河出書房新社　1994.1　151p　15cm　（河出文庫）　400円　④4-309-40403-0

◇ドキュメンタリー家出　寺山修司, 天井桟敷編　河出書房新社　1993.12　281p　15cm　（河出文庫）　600円　④4-309-40400-6

◇寺山修司―反逆から様式へ　毎日新聞社　1993.10　143p　30cm　（毎日グラフ別冊）　2000円

◇寺山修司の世界　風馬の会編　情況出版　1993.10　309p 19cm　2500円　④4-915252-05-1

◇きみ泣くや、母となりても――抒情の系譜　寺山修司著　立風書房　1993.10　251p 20cm　（寺山修司エッセンス　5）　1500円　④4-651-50305-5

◇絵本・千一夜物語　寺山修司著　河出書房新社　1993.10　348p 15cm　（河出文庫）　680円　④4-309-40387-5

◇新釈稲妻草紙　寺山修司著　筑摩書房　1993.9　316p 15cm　（ちくま文庫）　680円　④4-480-02767-X

◇アメリカ地獄めぐり　寺山修司著　河出書房新社　1993.9　231p　15cm　（河出文庫）　500円　④4-309-40386-7

◇死者の書――寺山修司評論集　寺山修司著　土曜美術社出版販売　1993.8　211p 20cm　1545円　④4-8120-0440-3

◇寺山修司全歌集　寺山修司著　沖積舎　1993.8　437p 20cm　4854円　④4-8060-1012-X

◇寺山修司全歌論集　寺山修司著　沖積舎　1993.8　232p 20cm　2913円　④4-8060-4576-4

◇地平線のパロール　寺山修司著　河出書房新社　1993.8　248p 15cm　（河出文庫）　520円　④4-309-40382-4

◇風見鶏がまわるよ、あの日のように――ヨーロッパ通信　寺山修司著　立風書房　1993.8　252p　20cm　（寺山修司エッセンス　6）　1500円　④4-651-50306-3

◇寺山修司詩集　角川書店　1993.7　256p 18cm　1500円　④4-04-871417-1

◇誰か夢なき――都会の荒野を生きる　寺山修司著　立風書房　1993.7　257p 20cm　（寺山修司エッセンス　2）　1500円　④4-651-50302-0

◇寺山修司　青少女のための映画入門――寺山幻想映像への招待　ダゲレオ出版　1993.6　131p 20cm　1000円

◇黄金時代　寺山修司著　河出書房新社　1993.6　324p 15cm　（河出文庫）　620円　④4-309-40376-X

◇人生なればこそ――一回きりの祝祭　寺山修司著　立風書房　1993.6　247p　20cm　（寺山修司エッセンス　4）　1500円　④4-651-50304-7

◇寺山修司　河出書房新社　1993.5　223p 21cm（新文芸読本）1600円　④4-309-70168-X

◇勝者には何もやるな――傷だらけの栄光　寺山修司著　立風書房　1993.5　252p 20cm　（寺山修司エッセンス　3）　1500円　④4-651-50303-9

◇戦後詩――ユリシーズの不在　寺山修司著　筑摩書房　1993.5　253p 15cm　（ちくま文庫）　540円　④4-480-02739-4

◇現代演劇の森　大笹吉雄著　講談社　1993.4　443p 19cm　2000円　④4-06-206238-0

◇職業　寺山修司――虚構に生きた天才の伝説　北川登園著　日本文芸社　1993.4　243p 19cm　1200円　④4-537-02350-3

◇寺山修司　新潮社　1993.4　111p 19cm（新潮日本文学アルバム　56）　1300円　④4-10-620660-9

◇寺山修司エッセンス 1　悲しき口笛 自伝的エッセイ　寺山修司著　立風書房　1993.4　255p 19cm　1500円　④4-651-50301-2

◇寺山修司メモリアル　〔愛蔵版〕　読売新聞社　1993.4　176p 26cm　2500円　④4-643-93025-X

◇あゝ、荒野　寺山修司著　河出書房新社　1993.4　343p 15cm　（河出文庫）　640円　④4-309-40366-2

◇寺山修司全シナリオ 2　寺山修司著　フィルムアート社　1993.4　370p 21cm　3600円　④4-8459-9312-0

◇われに五月を――寺山修司作品集　寺山修司著　思潮社　1993.4　127p 20cm　1800円　④4-7837-0442-2

◇パフォーマンスの魔術師――寺山修司の芸術論集　寺山修司著　思潮社　1993.4　177p 22cm　1800円　④4-7837-1552-1

◇寺山修司コレクション 3　鉛筆のドラキュラ――作家論集　思潮社　1993.4　239p 19cm　1560円　④4-7837-2303-6

評論・随筆　　　　　　　現　代

◇時代のキーワード ― 寺山修司の情況論集　寺山修司著　思潮社　1993.4　204p　21cm　1800円　ⓘ4-7837-1551-3

◇寺山修司全シナリオ 1　寺山修司著　フィルムアート社　1993.3　377p　21cm　3600円　ⓘ4-8459-9309-0

◇海に霧 ― 寺山修司短歌俳句集　寺山修司著　集英社　1993.3　248p　16cm　(集英社文庫)　480円　ⓘ4-08-752038-2

◇戯曲/青森県のせむし男　寺山修司〔著〕再版　角川書店　1993.3　274p　15cm　(角川文庫　3667)　456円　ⓘ4-04-131510-7

◇戯曲/毛皮のマリー　寺山修司〔著〕再版　角川書店　1993.3　352p　15cm　(角川文庫　3607)　544円　ⓘ4-04-131509-3

◇月蝕機関説　寺山修司著　河出書房新社　1993.3　205p　15cm　(河出文庫)　440円　ⓘ4-309-40364-6

◇人生処方詩集　寺山修司編著　立風書房　1993.3　243p　18cm　1200円　ⓘ4-651-60053-0

◇対談競馬論 ― この絶妙な勝負の美学　寺山修司, 虫明亜呂無著　筑摩書房　1993.3　248p　15cm　(ちくま文庫)　540円　ⓘ4-480-02717-3

◇対論/四角いジャングル　寺山修司〔著〕再版　角川書店　1993.3　307p　15cm　(角川文庫　3478)　485円　ⓘ4-04-131508-5

◇ムッシュウ・寺山修司　九条今日子著　筑摩書房　1993.2　286p 15cm　(ちくま文庫)　580円　ⓘ4-480-02693-2

◇幻想図書館　寺山修司著　河出書房新社　1993.2　247p　15cm　(河出文庫)　540円　ⓘ4-309-40361-1

◇新・書を捨てよ、町へ出よう　寺山修司著　河出書房新社　1993.2　313p　15cm　(河出文庫)　620円　ⓘ4-309-40360-3

◇迷路と死海 ― わが演劇　寺山修司著　白水社　1993.2　227p　20cm　2300円　ⓘ4-560-03254-8

◇畸形のシンボリズム　寺山修司著　白水社　1993.2　147p　20cm　1800円　ⓘ4-560-04298-5

◇藁の天皇 ― 犯罪と政治のドラマツルギー　寺山修司著　情況出版　1993.1　220p　20cm　1800円　ⓘ4-915252-01-9

評論・随筆

伊藤　整
いとう　せい

明治38(1905).1.16～昭和44(1969).11.15
評論家、小説家。昭和7年小説集『生物祭』、評論集『新心理主義文学』を刊行し、以後、小説、評論、翻訳などの分野で幅広く活躍。戦争中は『得能五郎の生活と意見』『得能物語』などを発表。25年、ロレンスの『チャタレイ夫人の恋人』を翻訳刊行したが、猥褻文書とされ、"チャタレイ裁判"の被告人となる。晩年は日本近代文学館の設立に尽力し、高見順亡き後、第2代理事長として活躍した。主な作品として『幽鬼の街』『火の鳥』『若い詩人の肖像』、定本『伊藤整詩集』などがあり、評論でも『小説の方法』『日本文壇史』『文学入門』『芸術は何のためにあるか』『伊藤整氏の生活と意見』など代表作は多い。

『小説の方法』：昭和23(1948)年。評論。日本と西洋の小説の歴史や差違を考察し、日本人の思考法に基づいて体系化した。漱石以来の文学概論といわれる文壇史上に残る作品。

*　　　*　　　*

◇若い詩人の肖像 ― 伊藤整、青春のかたち　伊藤整文学賞創設十周年記念企画展図録　市立小樽文学館, 伊藤整文学賞の会, 北海道新聞社編　市立小樽文学館　1999.6　72p　30cm

◇近代作家追悼文集成　41　窪田空穂・壺井栄・広津和郎・伊藤整・西条八十　ゆまに書房　1999.2　329p　21cm　8000円　ⓘ4-89714-644-5

◇若い詩人の肖像　伊藤整著　講談社　1998.9　453p　15cm　(講談社文芸文庫)　1500円　ⓘ4-06-197633-8

◇心にふるさとがある　17　わが町わが村　東日本　作品社編集部編集　伊藤整ほか著　作品社　1998.4　251p　22cm　(新編・日本随筆紀行)　ⓘ4-87893-898-6

◇檜扇―歌集　伊藤せい著　短歌新聞社　1997.12　206p　20cm　2500円
◇日本文壇史　18　明治末期の文壇　伊藤整〔著〕　講談社　1997.10　246,16p　16cm　（講談社文芸文庫）　951円　ⓈⒹ4-06-197586-2
◇日本文壇史　17　転換点に立つ　伊藤整〔著〕　講談社　1997.8　247,19p　16cm　（講談社文芸文庫）　951円　ⓈⒹ4-06-197580-3
◇裁判　上巻　伊藤整著　晶文社　1997.6　411p　20cm　2800円　ⓈⒹ4-7949-6306-8
◇裁判　下巻　伊藤整著　晶文社　1997.6　357,11p　20cm　2800円　ⓈⒹ4-7949-6307-6
◇日本文壇史　16　大逆事件前後　伊藤整著　講談社　1997.6　257,21p　16cm　（講談社文芸文庫　回想の文学）　951円　ⓈⒹ4-06-197570-6
◇日本文壇史　15　近代劇運動の発足　伊藤整〔著〕　講談社　1997.4　254p　16cm　（講談社文芸文庫）　951円　ⓈⒹ4-06-197564-1
◇日本文壇史　14　反自然主義の人たち　伊藤整〔著〕　講談社　1997.2　282,23p　16cm　（講談社文芸文庫）　979円　ⓈⒹ4-06-197554-4
◇日本文壇史　13　頽唐派の人たち　伊藤整〔著〕　講談社　1996.12　288,21p　16cm　（講談社文芸文庫　いD14）　951円　ⓈⒹ4-06-196396-1
◇チャタレイ夫人の恋人―完訳　ロレンス〔著〕,伊藤整訳,伊藤礼補訳　新潮社　1996.11　575p　16cm　（新潮文庫　ロ-1-9）　738円　ⓈⒹ4-10-207012-5
◇日本文壇史　12　自然主義の最盛期　伊藤整〔著〕　講談社　1996.10　335,27p　16cm　（講談社文芸文庫　いD13）　951円　ⓈⒹ4-06-196390-2
◇日本文壇史　11　自然主義の勃興期　伊藤整〔著〕　講談社　1996.8　254,24p　16cm　（講談社文芸文庫　いD12）　951円　ⓈⒹ4-06-196380-5
◇日本文壇史　10　新文学の群生期　伊藤整〔著〕　講談社　1996.6　274,24p　16cm　（講談社文芸文庫）　980円　ⓈⒹ4-06-196372-4

◇日本文壇史　9　日露戦後の新文学　伊藤整〔著〕　講談社　1996.4　250,23p　16cm　（講談社文芸文庫）　980円　ⓈⒹ4-06-196364-3
◇日本文壇史　8　日露戦争の時代　伊藤整〔著〕　講談社　1996.2　250,22p　16cm　（講談社文芸文庫）　980円　ⓈⒹ4-06-196357-0
◇日本文壇史　7　硯友社の時代終る　伊藤整〔著〕　講談社　1995.12　328,29p　16cm　（講談社文芸文庫）　980円　ⓈⒹ4-06-196348-1
◇伊藤整研究―新心理主義文学の顛末　佐々木冬流著　双文社出版　1995.10　261p　22cm　7573円　ⓈⒹ4-88164-506-4
◇日本文壇史　6　明治思潮の転換期　伊藤整〔著〕　講談社　1995.10　300,27p　16cm　（講談社文芸文庫）　980円　ⓈⒹ4-06-196340-6
◇伊藤整　新潮社　1995.8　111p　20cm　（新潮日本文学アルバム　66）　1300円　ⓈⒹ4-10-620670-6
◇日本文壇史　5　詩人と革命家たち　伊藤整〔著〕　講談社　1995.8　306,25p　16cm　（講談社文芸文庫）　980円　ⓈⒹ4-06-196332-5
◇日本文壇史　4　硯友社と一葉の時代　伊藤整〔著〕　講談社　1995.6　310,23p　16cm　（講談社文芸文庫）　980円　ⓈⒹ4-06-196325-2
◇新心理主義文学　伊藤整作　ゆまに書房　1995.4　218,3p　19cm　（現代の芸術と批評叢書　21）　ⓈⒹ4-89668-894-5
◇日本文壇史　3　悩める若人の群　伊藤整〔著〕　講談社　1995.4　327,23p　16cm　（講談社文芸文庫）　980円　ⓈⒹ4-06-196316-3
◇日本文壇史　2　新文学の創始者たち　伊藤整〔著〕　講談社　1995.2　350,23p　16cm　（講談社文芸文庫）　980円　ⓈⒹ4-06-196308-2
◇伊藤整論　野坂幸弘著　双文社出版　1995.1　297p　22cm　5800円　ⓈⒹ4-88164-503-X
◇日本文壇史―回想の文学1　開化期の人々　伊藤整〔著〕　講談社　1994.12　333,11p　16cm　（講談社文芸文庫　いD2）　951円　ⓈⒹ4-06-196300-7

評論・随筆　　　　　現　代

◇新装世界の文学セレクション36 24　ロレンス　ロレンス〔著〕，伊藤整訳，伊藤礼訳　中央公論社　1994.9　533p　19cm　1553円　ⓘ4-12-403164-5

◇プルースト研究—研究・紹介・翻訳・批判・十四人集　伊藤整編　大空社　1994.6　190p　19cm　（列冊新文学研究　評論部　第1編）

◇未刊行著作集 12　伊藤整　伊藤整〔著〕，曽根博義編　白地社　1994.6　324p　27cm　9515円　ⓘ4-89359-131-2

◇伊藤整　桶谷秀昭著　新潮社　1994.4　355p　19cm　2200円　ⓘ4-10-348902-2

◇街と村・生物祭・イカルス失墜　伊藤整著　講談社　1993.2　355p　15cm　（講談社文芸文庫）　980円　ⓘ4-06-196211-6

内田 百閒
うちだ ひゃっけん

明治22(1889).5.29～昭和46(1971).4.20
小説家、随筆家、俳人。法政大学などでドイツ語を教えた後、文筆活動に専念。大正10年短編集『冥土』を刊行して文学的出発をし、昭和8年に『百鬼園随筆』によって一躍文名があがる。以来、ユーモラスな味をもつ随筆家として活躍。一方、早くから俳句に親しみ、俳人としても活躍した。短編集『旅順入城式』『実説艸平記』『贋作吾輩は猫である』、随筆集『続百鬼園随筆』『漱石雑記帖』、旅行記『阿房列車』、お伽噺集『王様の背中』、句集『百鬼園俳句帖』『百鬼園俳句』など数多い著書がある。百鬼園とも称す。

『阿房列車』:昭和26(1951)年～31(1956)年。随筆。無類の汽車好き、酒好きで有名だった内田が、車窓から風景を眺め、食堂車に繰り出しては食べて飲む鉄道旅行をし、乗り降りする人々のさまざまな人間模様を描いた。ユーモアたっぷりの道中物として大いに読まれた。

　　　＊　　　＊　　　＊

◇百閒随筆 2　内田百閒著,池内紀編　講談社　2002.1　307p　15cm　（講談社文芸文庫）　1100円　ⓘ4-06-198285-0

◇百閒随筆 1　内田百閒著,池内紀編　講談社　2001.12　293p　15cm　（講談社文芸文庫）　1100円　ⓘ4-06-198282-6

◇怪猫鬼談　東雅夫編，泉鏡花，内田百閒，岡本綺堂，菊地秀行，倉橋由美子，北原白秋，柴田宵曲，田中文雄，出久根達郎，中井英夫，花田清輝，別役実，光瀬龍，水木しげる，三田村鳶魚，森真沙子，山村正夫，吉田知子著　人類文化社;桜桃書房〔発売〕　1999.11　428p　19cm　1800円　ⓘ4-7567-1187-1

◇怪獣　柴田宵曲，内田百閒，エドガー・アラン・ポオ，クルト・クーゼンベルク，曲亭馬琴ほか著　国書刊行会　1998.1　216p　21cm　（書物の王国 17）　2100円　ⓘ4-336-04017-6

◇ノラや　内田百閒著　改版　中央公論社　1997.1　321p　15cm　（中公文庫）　720円　ⓘ4-12-202784-5

◇御馳走帖　内田百閒著　改版　中央公論社　1996.9　403p　15cm　（中公文庫）　860円　ⓘ4-12-202693-8

◇恋文・恋日記　内田百閒著　増補版　ベネッセコーポレーション　1995.4　453p　19cm　2200円　ⓘ4-8288-2501-0

◇内田百閒　別役実編　国書刊行会　1994.12　267p　19cm　（日本幻想文学集成　30）　1800円　ⓘ4-336-03240-8

◇王様の背中　内田百閒著　福武書店　1994.9　200p　15cm　（福武文庫）　550円　ⓘ4-8288-3294-7

◇旅順入城式　内田百閒著　福武書店　1994.3　244p　15cm　（福武文庫）　600円　ⓘ4-8288-3284-X

◇冥途　内田百閒著　福武書店　1994.1　188p　15cm　（福武文庫）　520円　ⓘ4-8288-3281-5

◇内田百閒　新潮社　1993.12　111p　19cm　（新潮日本文学アルバム　42）　1300円　ⓘ4-10-620646-3

◇ものづくし　内田百閒著　福武書店　1993.11　296p　15cm　（福武文庫）　650円　ⓘ4-8288-3277-7

◇内田百閒の世界　真杉秀樹著　教育出版センター　1993.11　167p　19cm　（以文選書41）　2400円　ⓘ4-7632-1538-8

◇内田百閒―ひとりぼっちのピエロ　庄司肇著　沖積舎　1993.10　193p　19cm　（作家論叢書15）　2800円　④4-8060-7015-7

◇青葉しげれる　内田百閒著　福武書店　1993.9　225p　15cm　（福武文庫）　580円　④4-8288-3275-0

◇内田百閒「百鬼」の愉楽　酒井英行著　有精堂出版　1993.9　362p　19cm　5000円　④4-640-31044-7

◇私の「漱石」と「龍之介」　内田百閒著　筑摩書房　1993.8　275p　15cm　（ちくま文庫）　650円　④4-480-02765-3

◇百鬼園戦後日記 上　内田百閒著　新装版　小沢書店　1993.7　360p　19cm　2678円

◇百鬼園戦後日記 下　内田百閒著　小沢書店　1993.7　367p　19cm　2678円

◇出船の記　内田百閒著　福武書店　1993.7　248p　15cm　（福武文庫）　600円　④4-8288-3273-4

◇内田百閒と私　中村武志著　岩波書店　1993.4　349p　16cm　（同時代ライブラリー145）　1050円　④4-00-260145-5

◇まあだかい　内田百閒著　福武書店　1993.3　273p　15cm　（福武文庫）　550円　④4-8288-3265-3

◇新編 ノラや　内田百閒著　福武書店　1993.1　281p　15cm　（福武文庫）　580円　④4-8288-3261-0

江藤 淳
えとう じゅん

昭和7(1932).12.25～平成11(1999).7.21
文芸評論家。昭和31年漱石神話を破壊し、作家の実像に迫った『夏目漱石』で評論家の第一歩をふみ出し、37年『小林秀雄』で戦後を代表する地位を築く。その後、『海は甦える』『明治の群像』などで明治への回帰を志向、戦後の評価をめぐる論争の中心人物となる。6～11年日本文芸家協会理事長。10年妻を亡くし、11年「文芸春秋」に鎮魂記『妻と私』を掲載、話題となったが、同年7月妻の後を追い、また自身の病苦から自殺。主著に『アメリカと私』『成熟と喪失』『漱石とその時代』『自由と禁忌』、評論集『保守とはなにか』など。

『夏目漱石』：昭和31(1956)年。評論。従来の則天去私的観点ではない、人間存在の暗部の認識者としての戦後の漱石研究の一頂点をなす論考。

＊　　　＊　　　＊

◇江藤淳コレクション 4　江藤淳著，福田和也編　筑摩書房　2001.10　597p　15cm　（ちくま学芸文庫）　1500円　④4-480-08654-4

◇江藤淳コレクション 3　江藤淳著，福田和也編　筑摩書房　2001.9　571p　15cm　（ちくま学芸文庫）　1500円　④4-480-08653-6

◇江藤淳コレクション 2　江藤淳著，福田和也編　筑摩書房　2001.8　594p　15cm　（ちくま学芸文庫）　1500円　④4-480-08652-8

◇妻と私 幼年時代　江藤淳著　江藤淳著　文芸春秋　2001.7　233p　16cm　（文春文庫）　429円　④4-16-736612-6

◇江藤淳コレクション 1　江藤淳著，福田和也編　筑摩書房　2001.7　538p　15cm　（ちくま学芸文庫）　1500円　④4-480-08651-X

◇南洲残影　江藤淳著　文芸春秋　2001.3　280p　16cm　（文春文庫）　448円　④4-16-736611-8

◇氷川清話　勝海舟〔著〕，江藤淳，松浦玲編　講談社　2000.12　400p　15cm　（講談社学術文庫　1463）　920円　④4-06-159463-X

◇昭和の文人　江藤淳著　新潮社　2000.7　339p　16cm　（新潮文庫）　514円　④4-10-110804-8

◇漱石とその時代 第5部　江藤淳著　新潮社　1999.12　290p　20cm　（新潮選書）　1600円　④4-10-600575-1

◇利と義と　江藤淳著　新装版　ティビーエス・ブリタニカ　1999.12　241p　19cm　1500円　④4-484-99223-X

◇妻と私と三匹の犬たち　江藤淳著　河出書房新社　1999.11　243p　15cm　（河出文庫）　540円　④4-309-40598-3

◇犬と私　江藤淳著　新装版　三月書房　1999.10　310p　19cm　1600円　④4-7826-0165-4

◇幼年時代　江藤淳著　文芸春秋　1999.10　131p　20cm　1000円　④4-16-355760-1

◇月に一度―完全版　江藤淳著　産経新聞ニュースサービス　1999.9　351p　20cm　1524円　ⓃⅠ4-594-02784-9

◇妻と私　江藤淳著　文芸春秋　1999.7　117p　19cm　1000円　ⓃⅠ4-16-355400-9

◇荷風散策―紅茶のあとさき　江藤淳著　新潮社　1999.7　347p　16cm　(新潮文庫)　514円　ⓃⅠ4-10-110803-X

◇南洲随想―その他　江藤淳著　文芸春秋　1998.12　245p　20cm　1429円　ⓃⅠ4-16-354680-4

◇江藤淳―アメリカと私/戦後と私　江藤淳著, 武藤康史編　日本図書センター　1998.4　261p　22cm　(シリーズ・人間図書館)　2600円　ⓃⅠ4-8205-9519-9

◇南洲残影　江藤淳著　文芸春秋　1998.3　238p　19cm　1524円　ⓃⅠ4-16-353840-2

◇月に一度　江藤淳著　産経新聞ニュースサービス　1998.2　269p　20cm　1333円　ⓃⅠ4-594-02430-0

◇国家とはなにか　江藤淳著　文芸春秋　1997.10　253p　20cm　1429円　ⓃⅠ4-16-353330-3

◇アンビヴァレント・モダーンズ―江藤淳・竹内好・吉本隆明・鶴見俊輔　ローレンス・オルソン著、黒川創、北沢恒彦、中尾ハジメ訳　新宿書房　1997.9　285p　19cm　3200円　ⓃⅠ4-88008-242-2

◇群像日本の作家 27　江藤淳　江藤淳他著　小学館　1997.7　298p　20cm　2247円　ⓃⅠ4-09-567027-4

◇漱石とその時代 第4部　江藤淳著　新潮社　1996.10　449p　20cm　(新潮選書)　1748円　ⓃⅠ4-10-600505-0

◇保守とはなにか　江藤淳著　文藝春秋　1996.9　237p　20cm　1553円　ⓃⅠ4-16-352100-3

◇荷風散策―紅茶のあとさき　江藤淳著　新潮社　1996.3　297p　20cm　1800円　ⓃⅠ4-10-303309-6

◇渚ホテルの朝食　江藤淳著　文芸春秋　1996.3　299p　20cm　1600円　ⓃⅠ4-16-351400-7

◇忘れたことと忘れさせられたこと　江藤淳著　文芸春秋　1996.1　350p　16cm　(文春文庫)　500円　ⓃⅠ4-16-736610-X

◇人と心と言葉　江藤淳著　文芸春秋　1995.9　357p　20cm　1800円　ⓃⅠ4-16-350600-4

◇一九四六年憲法―その拘束―その他　江藤淳著　文芸春秋　1995.1　443p　16cm　(文春文庫)　580円　ⓃⅠ4-16-736609-6

◇日本よ、亡びるのか　江藤淳著　文藝春秋　1994.12　240p　20cm　1553円　ⓃⅠ4-16-349660-2

◇腰折れの話　江藤淳著　角川書店　1994.11　214p　20cm　1359円　ⓃⅠ4-04-883380-4

◇世界の名画 12　ロートレックとボナール　井上靖、高階秀爾編　江藤淳〔ほか〕執筆　中央公論社　1994.5　97p　34cm　3800円　ⓃⅠ4-12-403114-9

◇閉された言語空間―占領軍の検閲と戦後日本　江藤淳著　文芸春秋　1994.1　371p　16cm　(文春文庫)　600円　ⓃⅠ4-16-736608-8

◇成熟と喪失―"母"の崩壊　江藤淳〔著〕　講談社　1993.10　301p　16cm　(講談社文芸文庫)　980円　ⓃⅠ4-06-196243-4

◇漱石とその時代 第3部　江藤淳著　新潮社　1993.10　429p　19cm　(新潮選書)　1700円　ⓃⅠ4-10-600447-X

◇大空白の時代　江藤淳著　PHP研究所　1993.7　202p　20cm　1300円　ⓃⅠ4-569-54061-9

◇夏目漱石　江藤淳著　日本図書センター　1993.1　208,9p　22cm　(近代作家研究叢書 128)　4120円　ⓃⅠ4-8205-9229-7

大宅 壮一
おおや そういち

明治33(1900).9.13〜昭和45(1970).11.22　評論家。大宅翻訳工場などにより今日のジャーナリズムの集団作業の原型をつくった。昭和5年全日本無産者芸術連盟に参加し、社会評論を手がけるようになる。8年雑誌「人物評論」を創刊、評論活動を行なう。戦時中は、一転して戦争協力色を強め、戦後一時筆を断つが、25年本名で論壇に復帰。30年「無思想人宣言」を発表、あらゆる党派から中立、"無思想"の立場

で評論を行い、41年東京マスコミ塾を作り、後進を育成。"駅弁大学""一億総白痴化""恐妻"などの流行語づくりの才と、マスコミ全般についての洞察力において並ぶ者なき存在となる。新聞・雑誌・ラジオ・テレビの全メディアに登場して"マスコミの四冠王"と称された。死後、大宅壮一文庫を残した。主著に『実録・天皇記』『世界の裏街道をゆく』『昭和怪物伝』がある。

＊　　＊　　＊

◇昭和の企業　大宅壮一著, 半藤一利編　筑摩書房　2000.11　314p　15cm（ちくま文庫）780円　④4-480-03607-5

◇マガジン青春譜　猪瀬直樹著　小学館　1998.5　396p　20cm　1600円　④4-09-394165-3

◇裸の大宅壮一――マスコミ帝王　大隈秀夫著　三省堂　1996.11　605p　20cm　2718円　④4-385-35753-6

◇人物評論―復刻版　大宅壮一主宰　不二出版　1996.11　5冊　23cm　85000円

◇南方軍政関係史料　25-1　〔11〕南方徴用作家叢書――ジャワ篇　11　木村一信編, 大宅壮一〔ほか〕著　竜渓書舎　1996.10　94,188p　20cm　3399円　④4-8447-1447-3

加藤　周一
かとう　しゅういち

大正8(1919).9.19〜

文芸評論家、作家。昭和21年、福永武彦、中村真一郎との共著『1946文学的考察』を刊行し、東西の文学に精通した若手文学者による評論として戦後文学に新しい世界を開いた。また「近代文学」「方舟」などの同人となる。医師をしながら「日本文化の雑種性」などを発表。のち医業を廃し、ドイツ、アメリカ、日本などの大学で教鞭をとる。豊富な在外体験から数々の文明批評を発表。なかでも日本文化の「雑種性」を指摘した56年『雑種文化』は大きな反響を呼んだ。鋭い感性と該博な知識で現在まで旺盛な文筆活動を続ける。

＊　　＊　　＊

◇暴力の連鎖を超えて――同時テロ、報復戦争、そして私たち　加藤周一, 井上ひさし, 樋口陽一, 水島朝穂著　岩波書店　2002.2　55p　21cm（岩波ブックレット　No.561）480円　④4-00-009261-8

◇二〇世紀から　加藤周一, 鶴見俊輔著　潮出版社　2001.9　304p　20cm　1800円　④4-267-01611-9

◇加藤周一、高校生と語る　加藤周一〔述〕, 京都教職員組合, 京都教育センター編　かもがわ出版　2001.8　63p　21cm（かもがわブックレット　138）571円　④4-87699-620-2

◇芸術論集　加藤周一著　岩波書店　2001.6　405,11p　19cm　4000円　④4-00-000264-3

◇過客問答　加藤周一著　かもがわ出版　2001.5　298p　20cm（加藤周一対話集　別巻）2800円　④4-87699-545-1

◇夕陽妄語　6　加藤周一著　朝日新聞社　2001.3　315p　20cm　2600円　④4-02-257578-6

◇ことばと芸術　加藤周一著　かもがわ出版　2000.12　357p　20cm（加藤周一対話集　第4巻）2800円　④4-87699-544-3

◇加藤周一対話集　第4巻　ことばと芸術　加藤周一著　かもがわ出版　2000.12　357p　20cm　2800円　④4-87699-544-3

◇読書術　加藤周一著　岩波書店　2000.11　218p　15cm（岩波現代文庫　社会）900円　④4-00-603024-X

◇私にとっての20世紀　加藤周一著　岩波書店　2000.11　239p　20cm　2200円　④4-00-002641-0

◇私にとっての20世紀　加藤周一著　岩波書店　2000.11　239p　20cm　2200円　④4-00-002641-0

◇夕陽妄語　第3輯　加藤周一著　朝日新聞社　2000.10　282p　19cm（朝日選書　1013）1500円　④4-02-259013-0

◇河上肇―21世紀に生きる思想　加藤周一〔ほか〕著　かもがわ出版　2000.10　156p　20cm　1800円　④4-87699-521-4

◇〈国民的記憶〉を問う　加藤周一著　かもがわ出版　2000.10　343p　20cm（加藤周一対話集　第3巻）2800円　④4-87699-543-5

評論・随筆　　　　　　　　　現　代

◇加藤周一対話集 第3巻 〈国民的記憶〉を問う　加藤周一著　かもがわ出版　2000.10　343p　20cm　2800円　ⓡ4-87699-543-5
◇現代はどういう時代か　加藤周一著　かもがわ出版　2000.9　315p　20cm（加藤周一対話集 第2巻）　2800円　ⓡ4-87699-542-7
◇加藤周一対話集 第2巻　現代はどういう時代か　加藤周一著　かもがわ出版　2000.9　315p　20cm　2800円　ⓡ4-87699-542-7
◇〈日本的〉ということ　加藤周一著　かもがわ出版　2000.7　299p　20cm（加藤周一対話集 第1巻）　2800円　ⓡ4-87699-541-9
◇加藤周一セレクション 4　芸術の個性と社会の個性　加藤周一著，鷲巣力編　平凡社　2000.2　471p　16cm（平凡社ライブラリー）　1300円　ⓡ4-582-76323-5
◇加藤周一セレクション 3　日本美術の心とかたち　加藤周一著，鷲巣力編　平凡社　2000.1　515p　16cm（平凡社ライブラリー）　1500円　ⓡ4-582-76318-9
◇加藤周一セレクション 5　現代日本の文化と社会　加藤周一著，鷲巣力編　平凡社　1999.11　467p　16cm（平凡社ライブラリー）　1300円　ⓡ4-582-76312-X
◇「戦争と知識人」を読む―戦後日本思想の原点　加藤周一，凡人会著　青木書店　1999.10　281p　20cm　1900円　ⓡ4-250-99020-6
◇加藤周一セレクション 1　科学の方法と文学の擁護　加藤周一著，鷲巣力編　平凡社　1999.9　396p　16cm（平凡社ライブラリー）　1200円　ⓡ4-582-76302-2
◇加藤周一セレクション 2　日本文学の変化と持続　加藤周一著　平凡社　1999.8　421p　16cm（平凡社ライブラリー）　1200円　ⓡ4-582-76298-0
◇世界の50年と日本の進路　加藤周一著　かもがわ出版　1999.5　62p　21cm（かもがわブックレット　126）　571円　ⓡ4-87699-456-0
◇日本文学史序説 上　加藤周一著　筑摩書房　1999.4　550p　15cm（ちくま学芸文庫）　1400円　ⓡ4-480-08487-8
◇日本文学史序説 下　加藤周一著　筑摩書房　1999.4　535,46p　15cm（ちくま学芸文庫）　1400円　ⓡ4-480-08488-6

◇翻訳と日本の近代　丸山真男，加藤周一著　岩波書店　1998.10　189p　18cm（岩波新書 新赤版580）　640円　ⓡ4-00-430580-2
◇いま世界で起きていること　加藤周一〔著〕　旬報社　1998.8　75p　20cm（抱樸舎文庫　8）　1000円　ⓡ4-8451-0555-1
◇富永仲基異聞―消えた版木　加藤周一著　かもがわ出版　1998.3　261p　19cm　2200円　ⓡ4-87699-375-0
◇加藤周一著作集 24　歴史としての二十世紀　加藤周一著　平凡社　1997.11　391p　19cm　3500円　ⓡ4-582-36524-8
◇世紀末ニッポンのゆくえ―13人の識者が語る21世紀への伝言　加藤周一他〔述〕，小尾圭之介著・インタビュー　ミオシン出版　1997.11　239p　20cm　1800円　ⓡ4-88701-835-5
◇ヨーロッパ・二つの窓―Toledo・Venezia　堀田善衛，加藤周一著　朝日新聞社　1997.9　190p　15cm（朝日文芸文庫）　540円　ⓡ4-02-264157-6
◇梁塵秘抄　狂雲集　加藤周一著　加藤周一著　岩波書店　1997.8　233p　16cm（同時代ライブラリー）　950円　ⓡ4-00-260316-4
◇加藤周一著作集 22　夕陽妄語 2　加藤周一著　平凡社　1997.7　396p　19cm　3500円　ⓡ4-582-36522-1
◇夕陽妄語 第2輯　加藤周一著　朝日新聞社　1997.7　232p　19cm（朝日選書　1012）　1400円　ⓡ4-02-259012-2
◇夕陽妄語 5　加藤周一著　朝日新聞社　1997.7　193p　20cm　2000円　ⓡ4-02-068257070-9
◇加藤周一著作集 21　山中人間話　夕陽妄語 1　加藤周一著　平凡社　1997.6　461p　19cm　3500円　ⓡ4-582-36521-3
◇夕陽妄語 第1輯　加藤周一著　朝日新聞社　1997.6　206p　19cm（朝日選書　1011）　1300円＋税　ⓡ4-02-259011-4
◇時代を読む―「民族」「人権」再考　加藤周一，樋口陽一著　小学館　1997.5　254p　20cm　1800円＋税　ⓡ4-09-386011-4
◇加藤周一著作集 20　日本美術の心とかたち　加藤周一著　平凡社　1997.4　468p　19cm　3500円　ⓡ4-582-36520-5

◇加藤周一著作集 23 現代日本私註・『羊の歌』その後 平凡社 1997.3 431p 19cm 3605円 ⓒ4-582-36523-X
◇加藤周一著作集 19 芸術における伝統と現代性 平凡社 1997.1 453p 19cm 3605円 ⓒ4-582-36519-1
◇加藤周一著作集 16 科学技術時代の文学 加藤周一, 鷲巣力編集 平凡社 1996.12 397p 19cm 3500円 ⓒ4-582-36516-7
◇加藤周一著作集 17 日本の詩歌・日本の文体 加藤周一著, 鷲巣力編集 平凡社 1996.10 478p 19cm 3500円 ⓒ4-582-36517-5
◇加藤周一講演集 2 伝統と現代 加藤周一著 かもがわ出版 1996.9 289,11p 20cm 2330円 ⓒ4-87699-263-0
◇日本はどこへ行くのか 加藤周一〔著〕岩波書店 1996.9 55p 21cm (岩波ブックレット no.410) 388円 ⓒ4-00-003350-6
◇加藤周一講演集 1 同時代とは何か かもがわ出版 1996.5 327,9p 20cm 2400円 ⓒ4-87699-242-8
◇アジア建築の現在―水辺文化とポストモダン 日航財団アジア・アートフォーラム'94 加藤周一〔ほか〕著 平凡社 1995.11 204p 20cm 2200円 ⓒ4-582-54420-7
◇現代韓国事情 加藤周一〔ほか〕著 かもがわ出版 1995.10 124p 21cm 1165円 ⓒ4-87699-206-1
◇芸の思想・道の思想 1 世阿弥 禅竹 表章校注, 加藤周一校注 岩波書店 1995.9 582p 22cm (日本思想大系 新装版) 4660円 ⓒ4-00-009071-2
◇転換期今と昔―若い人たちへ 加藤周一著 かもがわ出版 1995.5 62p 21cm (かもがわブックレット 80) 550円 ⓒ4-87699-182-0
◇夕陽妄語 4 加藤周一著 朝日新聞社 1994.9 187p 20cm 1748円 ⓒ4-02-256796-1
◇幻想薔薇都市 加藤周一著 岩波書店 1994.7 231p 19cm (シリーズ旅の本箱) 2000円 ⓒ4-00-003834-6
◇わだつみ不戦の誓い 大南正瑛, 加藤周一〔著〕岩波書店 1994.3 62p 21cm (岩波ブックレット no.339) 400円 ⓒ4-00-003279-8
◇戦後世代の戦争責任 加藤周一著 かもがわ出版 1994.3 62p 21cm (かもがわブックレット 67) 550円 ⓒ4-87699-118-9
◇居酒屋の加藤周一 2 加藤周一〔述〕, 白沙会編 かもがわ出版 1993.6 205p 21cm 1800円 ⓒ4-87699-086-7
◇現代世界を読む 加藤周一著 かもがわ出版 1993.2 61p 21cm (かもがわブックレット 55) 550円 ⓒ4-87699-073-5
◇読書術 加藤周一著 岩波書店 1993.2 220p 16cm (同時代ライブラリー 139) 850円 ⓒ4-00-260139-0

亀井 勝一郎
かめい かついちろう

明治40(1907).2.6～昭和41(1966).11.14
文芸評論家。昭和7年、プロレタリア作家同盟に加わり『創作活動に於ける当面の諸問題』などを発表し、9年『転形期の文学』を刊行。以後転向し、10年安田与重郎らと「日本浪曼派」を創刊。12年頃から古典の世界へ関心を深めていった。以後、『大和古寺風物誌』『島崎藤村論』など文学、芸術、宗教、歴史などを合わせて一体とした幅広い視野からの評論活動を展開。戦後も『愛の無常について』『現代人の研究』『日本人の精神史研究』など幅広く活躍した。

＊　　＊　　＊

◇亀井勝一郎―我が精神の遍歴 亀井勝一郎著 日本図書センター 1999.12 228p 20cm (人間の記録 110) 1800円 ⓒ4-8205-5770-X,4-8205-5760-2
◇愛と苦悩の手紙 太宰治〔著〕, 亀井勝一郎編 改訂版 角川書店 1998.6 333,5p 15cm (角川文庫 2118) 520円 ⓒ4-04-109909-9
◇愛の無常について 亀井勝一郎著 角川春樹事務所 1998.1 213p 16cm (ハルキ文庫 か2-1) 520円 ⓒ4-89456-372-X
◇大和古寺風物誌 亀井勝一郎著 埼玉福祉会 1995.5 386p 22cm (大活字本シリーズ) 3708円
◇政治と文学の接点―漱石・蘆花・龍之介などの生き方 三浦隆著 教育出版センター

1995.1　222p　19cm　（以文選書　46）
2400円　ⓘ4-7632-1543-4
◇島崎藤村――一漂泊者の肖像　亀井勝一郎
著　日本図書センター　1993.1　186,17p
22cm　（近代作家研究叢書　124）　4120円
ⓘ4-8205-9225-4

小林 秀雄
こばやし ひでお

明治35（1902）.4.11～昭和58（1983）.3.1
　文芸評論家。昭和4年「改造」の懸賞評論で『様々なる意匠』が入選し、以後評論家として活躍。7年川端康成らと「文学界」の創刊に参加。11年『ドストエフスキイの生活』を刊行。戦時中は、日本の古典文学に沈潜し、『無常といふ事』『平家物語』などのエッセイを執筆。戦後は、芸術論や音楽論、さらに文明批評なども手がけ、42年には文化勲章を受章した。そのほかの代表作に『ゴッホの手紙』『近代絵画』『文芸評論』『私小説論』『モオツァルト』『本居宣長』『私の人生感』『考へるヒント』や他に翻訳などがあり、著書は数多い。我が国近代批評の確立者、文壇の大御所といわれ、"批評の神様""言葉の魔術師"とも評された。また、大学入試で度々出題されて"受験の神様"と呼ばれた。

　　　＊　　　＊　　　＊

◇小林秀雄全集　第5巻　文芸批評の行方
小林秀雄著　新潮社　2002.2　476p　21cm
8000円　ⓘ4-10-643525-X
◇小林秀雄全集　第3巻　私小説論　小林秀雄著　新潮社　2001.12　485p　23×16cm
8000円　ⓘ4-10-643523-3
◇あはれといふこと　小林秀雄著　朝日出版社
2001.11　109p　19cm　（ほぼ日ブックス
#8）　700円　ⓘ4-255-00125-1
◇小林秀雄全集　第13巻　人間の建設
小林秀雄著　新潮社　2001.11　467p　21cm
8000円　ⓘ4-10-643533-0
◇小林秀雄全集　第7巻　歴史と文学・無常といふ事　小林秀雄著　新潮社　2001.10　455p
21cm　8000円　ⓘ4-10-643527-6
◇小林秀雄全集　第8巻　モオツァルト
小林秀雄著　新潮社　2001.9　412p　21cm
8000円　ⓘ4-10-643528-4

◇小林秀雄全集　第4巻　作家の顔　小林秀雄著
新潮社　2001.8　508p　23×16cm　8000円
ⓘ4-10-643524-1
◇小林秀雄全集　第6巻　ドストエフスキイの生活　小林秀雄著　新潮社　2001.7　588p
21cm　9000円　ⓘ4-10-643526-8
◇小林秀雄全集　第9巻　私の人生観
小林秀雄著　新潮社　2001.6　431p　21cm
8000円　ⓘ4-10-643529-2
◇小林秀雄全集　第2巻　Xへの手紙
小林秀雄著　新潮社　2001.5　458p　21cm
8000円　ⓘ4-10-643522-5
◇小林秀雄全集　第12巻　考へるヒント
小林秀雄著　新潮社　2001.4　512p　21cm
8000円　ⓘ4-10-643532-2
◇真贋　小林秀雄著　世界文化社　2000.10
266p　22cm　2000円　ⓘ4-418-00521-8
◇寄道――試論と随想　大島一彦著　旺史社
1999.8　258p　19cm　3300円　ⓘ4-87119-068-4
◇小林秀雄とは誰か――絶ち切られた時間と他者　荻原真著　洋々社　1999.6　222p　20cm
2200円　ⓘ4-89674-912-X
◇作家の自伝　92　小林秀雄　佐伯彰一、松本健一監修　小林秀雄著, 吉田煕生編解説
日本図書センター　1999.4　228p　22cm
（シリーズ・人間図書館）　2600円　ⓘ4-8205-9537-7,4-8205-9525-3
◇小林秀雄論覚え書　阿部到著　おうふう
1999.1　199p　21cm　3400円　ⓘ4-273-03047-0
◇三島由紀夫　岡潔　小林秀雄――今甦る二十一世紀への指標として　辻道著　文芸社　1998.8
98p　19cm　1200円　ⓘ4-88737-123-3
◇遊鬼――わが師わが友　白洲正子著　新潮社
1998.7　268p　15cm　（新潮文庫）　438円
ⓘ4-10-137904-1
◇小林秀雄　前田英樹〔著〕　河出書房新社　1998.1　248p　20cm　2300円　ⓘ4-309-01194-2
◇小林秀雄とサルトル　金山誠著　三章文庫
1998.1　285p　19cm　1800円
◇小林秀雄とベルクソン――「感想」を読む
山崎行太郎著　増補版　彩流社　1997.11
251p　20cm　2400円　ⓘ4-88202-497-7

◇小林秀雄とその時代　饗庭孝男著　小沢書店　1997.3　322p　19cm　（小沢コレクション）　2400円　ⓈⒷ4-7551-2050-0

◇ドストエフスキイ文献集成　第13巻　ドストエフスキイの生活　井桁貞義共編, 本間暁共編　小林秀雄〔著〕　大空社　1996.7　229p　22cm

◇心に残る人々　白洲正子著　講談社　1996.4　233p　A6　（講談社文芸文庫）　880円　ⓈⒷ4-06-196366-X

◇世界という背理―小林秀雄と吉本隆明　竹田青嗣著　講談社　1996.4　246p　15cm　（講談社学術文庫）　760円　ⓈⒷ4-06-159225-4

◇人間の老い方死に方―兄小林秀雄の足跡　高見沢潤子著　海竜社　1995.8　203p　20cm　1456円　ⓈⒷ4-7593-0435-5

◇わが従兄・小林秀雄　西村孝次著　筑摩書房　1995.7　223p　20cm　2000円　ⓈⒷ4-480-82322-0

◇磯田光一著作集　6　永井荷風　作家論　1　磯田光一著　小沢書店　1995.3　595p　19cm　4800円

◇ある回想―小林秀雄と河上徹太郎　野々上慶一著　新潮社　1994.10　213p　19cm　2500円　ⓈⒷ4-10-401001-4

◇奇蹟への回路―小林秀雄・坂口安吾・三島由紀夫　松本徹著　勉誠社　1994.10　360p　20cm　2500円　ⓈⒷ4-585-05008-6

◇小林秀雄への試み―「関係」の飢えをめぐって　関谷一郎著　洋々社　1994.10　263p　19cm　2000円　ⓈⒷ4-89674-905-7

◇小林秀雄の流儀　山本七平著　PHP研究所　1994.6　299p　15cm　（PHP文庫）　660円　ⓈⒷ4-569-56648-0

◇小林秀雄―悪を許す神を赦せるか　島弘之著　新潮社　1994.3　213p　20cm　1800円　ⓈⒷ4-10-396801-X

◇小林秀雄　小林秀雄〔作曲〕, 畑中良輔監修, 音楽之友社編　音楽之友社　1994.2　59p　29cm　（日本歌曲全集　37）　ⓈⒷ4-276-52187-4

◇小林秀雄とともに　西村貞二著　求龍堂　1994.2　214p　19cm　2200円　ⓈⒷ4-7630-9331-2

◇韜晦の軌跡―小林秀雄論　高橋良子著　武蔵野書房　1994.2　239p　20cm　1942円

◇小林秀雄の思ひ出―その世界をめぐって　郡司勝義著　文芸春秋　1993.11　445p　19cm　2000円　ⓈⒷ4-16-348150-8

◇小林秀雄―声と精神　高橋英夫著　小沢書店　1993.10　246p　19cm　2266円

澁澤　龍彦
しぶさわ　たつひこ

昭和3(1928).5.8～昭和62(1987).8.5
　文芸評論家、フランス文学者、作家。大学卒業後、文筆生活に入る。翻訳、評論、エッセイ、小説を著し、幅広い知識でマルキ・ド・サドや中世ヨーロッパの悪魔学などを紹介した。昭和34年出版のサド『悪徳の栄え』で筆禍を招き、いわゆる"サド裁判"になる。主著に『サド復活』『神聖受胎』『悪魔のいる文学史―神秘家と狂詩人』『胡桃の中の世界』『思考の紋章学』、小説『高丘親王航海記』、小説集『犬狼都市（キュノポリス）』『唐草物語』『ねむり姫』など。『渋沢龍彦集成』『新編ビブリオテカ渋沢龍彦』がある。

＊　　　＊　　　＊

◇旅のモザイク―渋沢龍彦コレクション　渋沢龍彦著　河出書房新社　2002.3　232p　15cm　（河出文庫）　800円　ⓈⒷ4-309-40650-5

◇幻想の画廊から―渋沢龍彦コレクション　渋沢龍彦著　河出書房新社　2001.12　234p　15cm　（河出文庫）　850円　ⓈⒷ4-309-40645-9

◇城　夢想と現実のモニュメント―渋沢龍彦コレクション　渋沢龍彦著　河出書房新社　2001.10　189p　15cm　（河出文庫）　650円　ⓈⒷ4-309-40642-4

◇悪魔の中世　渋沢龍彦著　河出書房新社　2001.6　218p　15cm　（河出文庫）　700円　ⓈⒷ4-309-40630-0

◇ボルヘスの世界　渋沢龍彦ほか著　国書刊行会　2000.10　228p　21cm　1900円　ⓈⒷ4-336-04281-0

◇言葉の標本函　天使から怪物まで―渋沢龍彦コレクション　渋沢龍彦編　河出書房新社　2000.10　312p　15cm　（河出文庫）　780円　ⓈⒷ4-309-40615-7

◇言葉の標本函　オブジェを求めて―渋沢龍彦コレクション　渋沢龍彦編　河出書房新社

2000.9 306p 15cm （河出文庫） 780円 ⓘ4-309-40614-9

◇言葉の標本函 夢のかたち―渋沢龍彦コレクション 渋沢龍彦編 河出書房新社 2000.8 273p 15cm （河出文庫） 750円 ⓘ4-309-40613-0

◇ポトマック―渋沢龍彦コレクション ジャン・コクトー著，渋沢龍彦訳 河出書房新社 2000.2 211p 19cm （河出文庫） 680円 ⓘ4-309-46192-1

◇滞欧日記 渋沢龍彦著，巌谷国士編 河出書房新社 1999.12 408p 15cm （河出文庫） 1100円 ⓘ4-309-40601-7

◇ペロー残酷童話集 シャルル・ペロー，渋沢龍彦著 メタローグ 1999.7 205p 19cm （パサージュ叢書―知恵の小径） 1200円 ⓘ4-8398-3009-6

◇図説 百鬼夜行絵巻をよむ 田中貴子，花田清輝，渋沢龍彦，小松和彦著 河出書房新社 1999.6 111p 22×17cm （ふくろうの本） 1800円 ⓘ4-309-72608-9

◇図説 地獄絵をよむ 渋沢龍彦，宮次男著 河出書房新社 1999.5 127p 21cm （ふくろうの本） 1800円 ⓘ4-309-72606-2

◇ボマルツォの怪物―渋沢龍彦コレクション アンドレ・ピエール・ド・マンディアルグ著，渋沢龍彦訳 河出書房新社 1999.3 198p 15cm （河出文庫） 580円 ⓘ4-309-46189-1

◇洞窟の偶像―渋沢龍彦コレクション 渋沢龍彦著 河出書房新社 1998.10 273p 15cm （河出文庫） 650円 ⓘ4-309-40553-3

◇渋沢竜彦をめぐるエッセイ集成 2 河出書房新社編集部編 河出書房新社 1998.5 460p 22cm 4900円 ⓘ4-309-01214-0

◇渋沢竜彦―狐のだんぶくろ（抄）/翻訳について 渋沢竜彦著，山下悦子編 日本図書センター 1998.4 269p 22cm （シリーズ・人間図書館） 2600円 ⓘ4-8205-9523-7

◇渋沢竜彦をめぐるエッセイ集成 1 河出書房新社編集部編 河出書房新社 1998.4 467p 22cm 4900円 ⓘ4-309-01213-2

◇ねむり姫―渋沢龍彦コレクション 渋沢龍彦著 河出書房新社 1998.4 256p 15cm （河出文庫） 600円 ⓘ4-309-40534-7

◇渋沢竜彦の時空 巌谷国士著 河出書房新社 1998.3 287,3p 21cm 3000円 ⓘ4-309-01202-7

◇幻想の画廊から 渋沢龍彦著 青土社 1998.3 164p 21cm 2200円 ⓘ4-7917-5620-7

◇イタリアの夢魔 渋沢龍彦著 角川春樹事務所 1998.3 283p 15cm （ランティエ叢書） 1000円 ⓘ4-89456-094-1

◇サド侯爵―その生涯と作品の研究 ジルベール・レリー著，渋沢龍彦訳 筑摩書房 1998.3 412p 15cm （ちくま学芸文庫） 1400円 ⓘ4-480-08413-4

◇渋沢龍彦翻訳全集 別巻1 渋沢龍彦著，巌谷国士，種村季弘，出口裕弘，松山俊太郎編 河出書房新社 1998.3 716,4p 21cm 8500円 ⓘ4-309-70746-7

◇渋沢龍彦翻訳全集 15 渋沢龍彦訳，巌谷国士，種村季弘，出口裕弘，松山俊太郎編 河出書房新社 1998.2 612p 21cm 7800円 ⓘ4-309-70745-9

◇渋沢龍彦翻訳全集 14 渋沢龍彦訳 河出書房新社 1997.12 520p 21cm 6800円 ⓘ4-309-70744-0

◇渋沢龍彦翻訳全集 13 渋沢龍彦訳 河出書房新社 1997.11 467p 21cm 6800円 ⓘ4-309-70743-2

◇渋沢龍彦翻訳全集 12 渋沢龍彦訳 河出書房新社 1997.10 338p 21cm 6800円 ⓘ4-309-70742-4

◇渋沢龍彦翻訳全集 10 渋沢龍彦訳 河出書房新社 1997.8 491p 21cm 6800円 ⓘ4-309-70740-8

◇サド復活 渋沢龍彦著 角川春樹事務所 1997.8 352p 15cm （ハルキ文庫） 620円 ⓘ4-89456-340-1

◇渋沢龍彦翻訳全集 9 渋沢龍彦訳 河出書房新社 1997.7 497p 21cm 6800円 ⓘ4-309-70739-4

◇偏愛的作家論―渋沢龍彦コレクション 渋沢龍彦著 河出書房新社 1997.7 344p 15cm （河出文庫） 680円 ⓘ4-309-47332-6

◇渋沢竜彦の手紙 出口裕弘著 朝日新聞社 1997.6 225p 20cm 2000円 ⓘ4-02-257118-7

◇渋沢龍彦翻訳全集 8　渋沢龍彦訳　河出書房新社　1997.6　482p　21cm　6800円　④4-309-70738-6

◇渋沢龍彦の手紙　出口裕弘著　朝日新聞社　1997.6　225p　19cm　2000円　④4-02-257118-7

◇渋沢龍彦翻訳全集 7　渋沢龍彦訳　河出書房新社　1997.5　377p　21cm　6800円　④4-309-70737-8

◇渋沢竜彦の少年世界　渋沢幸子著　集英社　1997.4　254p　20cm　1600円+税　④4-08-783107-8

◇渋沢龍彦翻訳全集 6　渋沢龍彦訳　河出書房新社　1997.4　365p　21cm　6800円　④4-309-70736-X

◇裸婦の中の裸婦　渋沢龍彦, 巖谷国士著　文芸春秋　1997.4　190p　15cm　(文春文庫)　667円　④4-16-714004-7

◇渋沢龍彦翻訳全集 5　渋沢龍彦訳　河出書房新社　1997.3　669p　21cm　6800円　④4-309-70735-1

◇渋沢龍彦翻訳全集 4　渋沢龍彦著　河出書房新社　1997.2　1冊　21cm　7004円　④4-309-70734-3

◇狐のだんぶくろ――わたしの少年時代　渋沢龍彦著　河出書房新社　1997.2　257p　15cm　(河出文庫)　680円　④4-309-40494-4

◇渋沢龍彦翻訳全集 3　渋沢龍彦訳　河出書房新社　1997.1　1冊　21cm　7004円

◇渋沢龍彦翻訳全集 2　渋沢龍彦訳　河出書房新社　1996.12　474p　21cm　7004円　④4-309-70732-7

◇エロティシズム　渋沢龍彦著　改版　中央公論社　1996.11　298p　15cm　(中公文庫)　660円　④4-12-202736-5

◇渋沢龍彦翻訳全集 1　渋沢龍彦訳　河出書房新社　1996.10　499p　21cm　7004円　④4-309-70731-9

◇フローラ逍遙　渋沢龍彦著　平凡社　1996.10　232p　15cm　(平凡社ライブラリー)　1500円　④4-582-76166-6

◇世界幻想名作集　渋沢龍彦編　河出書房新社　1996.10　263p　15cm　(河出文庫――渋沢龍彦コレクション)　660円　④4-309-40488-X

◇渋沢・三島・六十年代　倉林靖著　リブロポート　1996.9　261p　19cm　2575円　④4-8457-1092-7

◇私のプリニウス　渋沢龍彦著　河出書房新社　1996.9　216p　15cm　(河出文庫)　600円　④4-309-40483-9

◇回想の渋沢竜彦　『渋沢竜彦全集』編集委員会編　河出書房新社　1996.5　358p　20cm　3500円　④4-309-01071-7

◇渋沢竜彦を語る――1992～1995の対話　巖谷国士〔ほか〕著　河出書房新社　1996.2　293p　20cm　2600円　④4-309-01045-8

◇唐草物語　渋沢龍彦著　河出書房新社　1996.2　250p　15cm　(河出文庫)　600円　④4-309-40473-1

◇快楽主義の哲学　渋沢龍彦著　文芸春秋　1996.2　237p　15cm　(文春文庫)　450円　④4-16-714003-9

◇三島由紀夫あるいは空虚のヴィジョン　マルグリット・ユルスナール著, 渋沢龍彦訳　河出書房新社　1995.12　180p　15cm　(河出文庫)　640円　④4-309-46143-3

◇綺譚庭園――渋沢竜彦のいる風景　出口裕弘著　河出書房新社　1995.11　253p　20cm　2718円　④4-309-01024-5

◇おにいちゃん――回想の渋沢竜彦　矢川澄子著　筑摩書房　1995.9　187p　20cm　1456円　④4-480-81385-3

◇ポトマック　ジャン・コクトー著, 渋沢龍彦訳　求龍堂　1995.8　237p　26cm　2900円　④4-7630-9525-0

◇渋沢龍彦全集 別巻2　渋沢龍彦著　河出書房新社　1995.6　768,37　21cm　7800円　④4-309-70674-6

◇渋沢龍彦画廊　日動出版　1995.6　103p　22×15cm　1600円　④4-88870-069-9

◇渋沢龍彦全集 別巻1　渋沢龍彦著　河出書房新社　1995.4　572p　21cm　5800円　④4-309-70673-8

◇渋沢龍彦全集 22　渋沢龍彦著　河出書房新社　1995.3　616p　21cm　5800円　④4-309-70672-X

◇渋沢龍彦全集 21　渋沢龍彦著　河出書房新社　1995.2　489p　21cm　5800円　④4-309-70671-1

評論・随筆　　　　　　　　　現　代

◇渋沢龍彦全集　20　渋沢龍彦著　河出書房新社　1995.1　578p　21cm　5800円
ⓘ4-309-70670-3

◇渋沢龍彦全集　19　渋沢龍彦著　河出書房新社　1994.12　461p　21cm　5800円
ⓘ4-309-70669-X

◇渋沢龍彦全集　18　渋沢龍彦著　河出書房新社　1994.11　501p　21cm　5800円
ⓘ4-309-70668-1

◇渋沢龍彦全集　17　渋沢龍彦著　河出書房新社　1994.10　515p　21cm　5800円
ⓘ4-309-70667-3

◇渋沢龍彦全集　16　渋沢龍彦著　河出書房新社　1994.9　569p　21cm　5800円
ⓘ4-309-70666-5

◇渋沢龍彦全集　15　渋沢龍彦著　河出書房新社　1994.8　648p　21cm　5800円
ⓘ4-309-70665-7

◇渋沢さん家で午後五時にお茶を　種村季弘著　河出書房新社　1994.7　233p　20cm　2000円　ⓘ4-309-00925-5

◇渋沢龍彦全集　14　渋沢龍彦著　河出書房新社　1994.7　469p　21cm　5800円
ⓘ4-309-70664-9

◇渋沢龍彦をもとめて　季刊みづゑ編集部編　美術出版社　1994.6　109p　30×23cm　2000円　ⓘ4-568-20150-0

◇渋沢龍彦全集　13　渋沢龍彦著　河出書房新社　1994.6　634p　21cm　5800円
ⓘ4-309-70663-0

◇渋沢龍彦全集　12　渋沢龍彦著　河出書房新社　1994.5　637p　21cm　5800円
ⓘ4-309-70662-2

◇渋沢龍彦全集　11　渋沢龍彦著　河出書房新社　1994.4　596p　21cm　5800円
ⓘ4-309-70661-4

◇渋沢龍彦全集　10　渋沢龍彦著　河出書房新社　1994.3　575p　21cm　5800円
ⓘ4-309-70660-6

◇渋沢龍彦全集　9　渋沢龍彦著　河出書房新社　1994.2　539p　21cm　5800円
ⓘ4-309-70659-2

◇渋沢龍彦全集　8　渋沢龍彦著　河出書房新社　1994.1　571p　21cm　5800円
ⓘ4-309-70658-4

◇渋沢龍彦全集　7　渋沢龍彦著　河出書房新社　1993.12　564p　21cm　5800円
ⓘ4-309-70657-6

◇渋沢龍彦全集　6　渋沢龍彦著　河出書房新社　1993.11　595p　21cm　5800円
ⓘ4-309-70656-8

◇声・怖るべき親たち　ジャン・コクトー著，渋沢龍彦，寺川博，岩瀬孝，諏訪正，安堂信也，鈴木力衛，大久保輝臣訳　新装版　白水社　1993.11　298p　19cm　（ベスト・オブ・コクトー）　2900円　ⓘ4-560-03502-4

◇玩物草紙　渋沢龍彦著　朝日新聞社　1993.11　215p　15cm　（朝日文芸文庫）　500円　ⓘ4-02-264019-7

◇渋沢龍彦全集　5　渋沢龍彦著　河出書房新社　1993.10　448p　21cm　5800円
ⓘ4-309-70655-X

◇渋沢龍彦全集　4　渋沢龍彦著　河出書房新社　1993.9　449p　21cm　5800円
ⓘ4-309-70654-1

◇渋沢龍彦　新潮社　1993.8　1冊　19cm　（新潮日本文学アルバム　54）　1300円
ⓘ4-10-620658-7

◇渋沢龍彦の時代―幼年皇帝と昭和の精神史　浅羽通明著　青弓社　1993.8　387,9p　19cm　3090円　ⓘ4-7872-9083-5

◇渋沢龍彦全集　3　渋沢龍彦著　河出書房新社　1993.8　452p　21cm　5800円
ⓘ4-309-70653-3

◇渋沢龍彦全集　2　渋沢龍彦著　河出書房新社　1993.7　560p　21cm　5800円
ⓘ4-309-70652-5

◇渋沢龍彦　空想美術館　巖谷国士編　平凡社　1993.6　210p　31×23cm　8800円
ⓘ4-582-28605-4

◇渋沢龍彦全集　1　渋沢龍彦著　河出書房新社　1993.5　498p　22×17cm　5800円
ⓘ4-309-70651-7

◇私のプリニウス　渋沢龍彦著　青土社　1993.5　273p　21cm　2400円　ⓘ4-7917-5246-5

◇渋沢龍彦　河出書房新社　1993.4　223p　21cm　（新文芸読本）1600円　ⓘ4-309-70167-1

◇渋沢龍彦文学館 1 渋沢龍彦著，河島英昭編 筑摩書房 1993.3 385p 22×14cm 3500円 ⓘ4-480-20001-0
◇滞欧日記 渋沢龍彦著，巌谷国士編 河出書房新社 1993.2 369p 19cm 2400円 ⓘ4-309-00814-3
◇美神の館 オーブリ・ビアズレー著，渋沢龍彦訳 中央公論社 1993.1 230p 15cm （中公文庫） 560円 ⓘ4-12-201970-2

花田 清輝
はなだ きよてる

明治42(1909).3.29～昭和49(1974).9.23
評論家、小説家、劇作家。昭和6年「サンデー毎日」懸賞募集大衆小説部門に『七』が入選。14年、中野秀人、岡本潤らと文化再出発の会を結成し「文化組織」を創刊。16年『自明の理』（のち『錯乱の論理』と改題）を刊行。戦後は21年『復興期の精神』を刊行し、さらに綜合文化協会、夜の会などを結成、前衛的芸術運動をこころみた。その後『ものぐさ太郎』『泥棒論語』を発表し、小説家、戯曲作家としても活躍。『鳥獣戯話』『ものみな歌でおわる』『室町小説集』などの作品がある。演劇刷新運動の展開や、記録芸術の会を結成して「現代芸術」を創刊するなど、多方面で幅広く活躍し、『アヴァンギャルド芸術』『映画的思考』『近代の超克』など多くの作品がある。

＊　　＊　　＊

◇花田清輝評論集 粉川哲夫編 岩波書店 2001.7 292p 15cm （岩波文庫） 660円 ⓘ4-00-331921-4
◇怪談鬼談 東雅夫編，泉鏡花，内田百閒，岡本綺堂，菊地秀行，倉橋由美子，北原白秋，柴田宵曲，田中文雄，出久根達郎，中井英夫，花田清輝，別役実，光瀬龍，水木しげる，三田村鳶魚，森真沙子，山村正夫，吉田知子著 人類文化社;桜桃書房〔発売〕 1999.11 428p 19cm 1800円 ⓘ4-7567-1187-1
◇図説 百鬼夜行絵巻をよむ 田中貴子，花田清輝，渋沢龍彦，小松和彦著 河出書房新社 1999.6 111p 22×17cm （ふくろうの本） 1800円 ⓘ4-309-72608-9

◇ものみな歌でおわる・爆裂弾記 花田清輝著 講談社 1996.12 360p 15cm （講談社文芸文庫—現代日本の戯曲） 1100円 ⓘ4-06-196398-8
◇転形期における知識人の闘い方—甦る花田清輝 石井伸男著 窓社 1996.2 230p 19cm 2580円 ⓘ4-943983-86-3
◇花田清輝 池内紀編 国書刊行会 1994.11 288p 19cm （日本幻想文学集成 29） 2000円 ⓘ4-336-03239-4
◇アヴァンギャルド芸術 花田清輝著 講談社 1994.10 354p 15cm （講談社文芸文庫） 980円 ⓘ4-06-196294-9
◇箱の話・ここだけの話 花田清輝著 講談社 1994.4 298p 15cm （講談社文芸文庫—現代日本のエッセイ） 980円 ⓘ4-06-196269-8
◇ちくま日本文学全集 060 花田清輝 花田清輝著 筑摩書房 1993.8 474p 15cm 1000円 ⓘ4-480-10260-4
◇近代の超克 花田清輝著 講談社 1993.2 318p 15cm （講談社文芸文庫—現代日本のエッセイ） 980円 ⓘ4-06-196217-5
◇フェミニスト花田清輝 菅本康之著 国分寺 武蔵野書房 1996.7 225p 19cm 2060円

吉本 隆明
よしもと たかあき

大正13(1924).11.25～
文芸評論家、詩人。隆明は「リュウメイ」とも。最初詩人として活動し、昭和31年武井昭夫と共著の『文学者の戦争責任』が反響をよび、転向問題、現代の政治問題などを追究、花田清輝らと論争を繰り広げる。その批評活動は、単に文芸評論にとどまらず、同時代全体を見すえた提言の意味合いが強く、ノンセクト・ラジカルズを中心に、広範な読者層の支持を得た。学園紛争時には著作集がバイブル視された。'80年代以降は"現在とは何か"をめぐり、『空虚としての主題』『マス・イメージ論』『ハイ・イメージ論』『南島論』などを発表、サブ・カルチャー全般に対しても考察を重ね、"元・教祖"として若者向け雑誌に登場もする。「思想界の巨人」と称される。主著に『高村光太郎』『言語にとって

評論・随筆　　　　　　　　　現　代

美とは何か』『共同幻想論』『夜と女と毛沢東』
がある。

　　　　　　＊　　　＊　　　＊

◇吉本隆明が語る戦後55年 7　初期歌謡から
源氏物語まで・親鸞とその思想　吉本隆明著,
吉本隆明研究会編　三交社　2002.2　158p
21cm　2000円　⓪4-87919-207-4

◇ドキュメント吉本隆明 1　アジア的というこ
と　吉本隆明ほか著　弓立社　2002.2　199p
19cm　1250円　⓪4-89667-200-3

◇食べもの探訪記　吉本隆明著　光芒社
2001.11　194p　19cm　1600円　⓪4-89542-
187-2

◇読書の方法―なにを、どう読むか　吉本隆明
著　光文社　2001.11　349p　20cm　1600円
⓪4-334-97321-3

◇言語にとって美とはなにか―定本 2　吉本
隆明〔著〕　角川書店　2001.10　343,23p
15cm　（角川文庫）　648円　⓪4-04-150107-5

◇今に生きる親鸞　吉本隆明〔著〕　講談社
2001.9　195p　18cm　（講談社＋α新書）
740円　⓪4-06-272089-2

◇柳田国男論　丸山真男論　吉本隆明著　吉本
隆明著　筑摩書房　2001.9　336p　15cm
（ちくま学芸文庫）　1200円　⓪4-480-08659-5

◇言語にとって美とはなにか―定本 1
吉本隆明〔著〕　角川書店　2001.9　398p
15cm　（角川文庫）　667円　⓪4-04-150106-7

◇吉本隆明が語る戦後55年 6　吉本隆明他著,
吉本隆明研究会編　三交社　2001.9　159p
21cm　2000円　⓪4-87919-206-6

◇少年　吉本隆明著　徳間書店　2001.7
221p　16cm　（徳間文庫）　476円　⓪4-19-
891546-6

◇吉本隆明が語る戦後55年 5　吉本隆明他著,
吉本隆明研究会編　三交社　2001.6　143p
21cm　2000円　⓪4-87919-205-8

◇悪人正機―Only is not lonely　吉本隆明
著, 糸井重里聞き手　朝日出版社　2001.6
282p　18cm　（Kαρδια books）
1200円　⓪4-255-00091-3

◇心とは何か―心的現象論入門　吉本隆明著
弓立社　2001.6　213p　20cm　1650円
⓪4-89667-103-1

◇日本近代文学の名作　吉本隆明著　毎日
新聞社　2001.4　187p　20cm　1500円
⓪4-620-31515-X

◇吉本隆明が語る戦後55年 4　フーコーの考
え方　吉本隆明ほか著,吉本隆明研究会編
三交社　2001.4　143p　21cm　2000円
⓪4-87919-204-X

◇吉本隆明が語る戦後55年 3　吉本隆明他著,
吉本隆明研究会編　三交社　2001.3　139p
21cm　2000円　⓪4-87919-203-1

◇幸福論　吉本隆明著　青春出版社　2001.3
237p　20cm　1400円　⓪4-413-03255-1

◇吉本隆明が語る戦後55年 2　吉本隆明他著,
吉本隆明研究会編　三交社　2001.2　147p
21cm　2000円　⓪4-87919-202-3

◇吉本隆明が語る戦後55年 1　吉本隆明他著,
吉本隆明研究会編　三交社　2000.12　143p
21cm　2000円　⓪4-87919-201-5

◇〈老い〉の現在進行形―介護の職人、吉本
隆明に会いにいく　吉本隆明, 三好春樹著
春秋社　2000.10　222p　20cm　1600円
⓪4-393-33189-3

◇超「20世紀論」上巻　吉本隆明著、田近伸
和聞き手　アスキー　2000.9　278p　20cm
1600円　⓪4-7561-3569-2

◇超「20世紀論」下巻　吉本隆明著、田近伸
和聞き手　アスキー　2000.9　286p　20cm
1600円　⓪4-7561-3570-6

◇追悼私記　吉本隆明著　筑摩書房　2000.8
296p　15cm　（ちくま文庫）　780円　⓪4-480-
03582-6

◇夜と女と毛沢東　吉本隆明, 辺見庸著
文芸春秋　2000.7　270p　16cm　（文春文庫）
448円　⓪4-16-728905-9

◇だいたいで、いいじゃない。　吉本隆明, 大
塚英志著　文芸春秋　2000.7　253p　20cm
1238円　⓪4-16-356400-4

◇写生の物語　吉本隆明著　講談社　2000.6
258p　20cm　2200円　⓪4-06-210100-9

◇中学生の教科書　美への渇き　吉本隆明ほ
か著　四谷ラウンド　2000.6　223p　21cm
1400円　⓪4-946515-52-6

◇僕ならこう考える―こころを癒す5つのヒン
ト　吉本隆明著　青春出版社　2000.2　237p
15cm　（青春文庫）　514円　⓪4-413-09130-2

◇親鸞―決定版　吉本隆明著　春秋社　1999.12　379p　21cm　2500円　ⓘ4-393-33184-2

◇背景の記憶　吉本隆明著　平凡社　1999.11　381p　16cm　（平凡社ライブラリー）　1200円　ⓘ4-582-76309-X

◇僕なら言うぞ！―世紀末ニッポンの正しい眺め方、つきあい方　吉本隆明著　青春出版社　1999.9　237p　20cm　1400円　ⓘ4-413-03154-7

◇私の「戦争論」　吉本隆明、田近伸和著　ぶんか社　1999.9　270p　20cm　1600円　ⓘ4-8211-0684-1

◇現在をどう生きるか　吉本隆明、藤井東、芹沢俊介著　ボーダーインク　1999.7　114p　19cm　（ボーダーブックス　2）　1000円　ⓘ4-938923-77-7

◇少年　吉本隆明著　徳間書店　1999.5　214p　20cm　1400円　ⓘ4-19-861010-X

◇匂いを読む　吉本隆明著　光芒社　1999.4　191p　20cm　1800円　ⓘ4-89542-150-3

◇吉本隆明―思想の普遍性とは何か　小浜逸郎著　筑摩書房　1999.3　328p　20cm　（戦後思想の挑戦）　2200円　ⓘ4-480-84732-4

◇詩人・評論家・作家のための言語論　吉本隆明著　メタローグ　1999.3　177p　20cm　1600円　ⓘ4-8398-2018-X

◇ミシェル・フーコーと『共同幻想論』　吉本隆明、中田平著　丸山学芸図書　1999.3　285p　20cm　2300円　ⓘ4-89542-157-0

◇日本人は思想したか　吉本隆明、梅原猛、中沢新一著　新潮社　1999.1　343p　16cm　（新潮文庫）　514円　ⓘ4-10-128921-2

◇墜ちよ！さらば―吉本隆明と私　川端要寿著　河出書房新社　1998.12　273p　15cm　（河出文庫　か8-1）　820円　ⓘ4-309-40555-X

◇宗教論争　吉本隆明、小川国夫著　小沢書店　1998.11　230p　20cm　1900円　ⓘ4-7551-0377-0

◇なぜ、猫とつきあうのか　吉本隆明著　河出書房新社　1998.10　206p　15cm　（河出文庫　よ2-3）　580円　ⓘ4-309-40551-7

◇父の像　吉本隆明著　筑摩書房　1998.9　202p　19cm　（ちくまプリマーブックス　124）　1100円　ⓘ4-480-04224-5

◇アフリカ的段階について―史観の拡張　吉本隆明著　春秋社　1998.5　173p　21cm　1600円　ⓘ4-393-33169-9

◇戦後知識人の系譜　高沢秀次著　秀明出版会　1998.4　266p　19cm　（発言者双書）　2000円　ⓘ4-915855-12-0

◇遺書　吉本隆明〔著〕　角川春樹事務所　1998.1　231p　19cm　1300円　ⓘ4-89456-044-5

◇超資本主義　吉本隆明著　徳間書店　1998.1　411p　16cm　（徳間文庫）　590円　ⓘ4-19-890829-X

◇食べものの話　吉本隆明著　丸山学芸図書　1997.12　167p　20cm　1500円　ⓘ4-89542-149-X

◇わが「転向」　吉本隆明著　文芸春秋　1997.12　202p　16cm　（文春文庫）　371円　ⓘ4-16-728904-0

◇アンビヴァレント・モダーンズ―江藤淳・竹内好・吉本隆明・鶴見俊輔　ローレンス・オルソン著、黒川創、北沢恒彦、中尾ハジメ訳　新宿書房　1997.9　285p　19cm　3200円　ⓘ4-88008-242-2

◇新・死の位相学　吉本隆明著　春秋社　1997.8　460p　22cm　2600円　ⓘ4-393-33168-0

◇追悼私記　吉本隆明著　増補　洋泉社　1997.7　252p　20cm　1800円　ⓘ4-89691-268-3

◇悲劇の解読　吉本隆明著　筑摩書房　1997.7　365p　15cm　（ちくま学芸文庫）　1100円　ⓘ4-480-08376-6

◇大震災・オウム後思想の原像　吉本隆明著　徳間書店　1997.6　226p　20cm　1500円　ⓘ4-19-860718-4

◇僕ならこう考える―こころを癒す5つのヒント　吉本隆明著　青春出版社　1997.6　221p　20cm　1400円　ⓘ4-413-03071-0

◇夜と女と毛沢東　吉本隆明、辺見庸著　文芸春秋　1997.6　261p　20cm　1333円　ⓘ4-16-353010-X

◇意識革命宇宙―埴谷雄高（対談）吉本隆明　埴谷雄高、吉本隆明著　新装　河出書房新社　1997.5　185p　20cm　2000円　ⓘ4-309-01144-6

評論・随筆　　　　　　　現　代

◇吉本隆明×吉本ばなな　吉本隆明, 吉本ばなな著　ロッキング・オン　1997.2　349p　19cm　1456円　①4-947599-48-0

◇ほんとうの考え・うその考え―賢治・ヴェイユ・ヨブをめぐって　吉本隆明著　春秋社　1997.1　191p　20cm　1751円　①4-393-33167-2

◇岡井隆歌集『神の仕事場』を読む―ライブ版　吉本隆明〔ほか〕著　砂子屋書房　1996.10　120p　19cm　1553円

◇宗教の最終のすがた―オウム事件の解決　吉本隆明著, 芹沢俊介著　春秋社　1996.7　213p　20cm　1700円　①4-393-33166-4

◇消費のなかの芸―ベストセラーを読む　吉本隆明著　ロッキング・オン　1996.7　317p　20cm　1650円　①4-947599-40-5

◇宮沢賢治　吉本隆明著　筑摩書房　1996.6　397p　15cm　（ちくま学芸文庫　ヨ1-3）　1165円　①4-480-08279-4

◇吉本隆明の文化学―プレ・アジア的ということ　吉本隆明〔ほか著〕　文化科学高等研究院出版局　1996.6　125p　22cm　1300円　①4-938710-10-2

◇言葉の沃野へ―書評集成　下（海外篇）　吉本隆明著　中央公論社　1996.5　273p　16cm　（中公文庫）　740円　①4-12-202599-0

◇世界という背理―小林秀雄と吉本隆明　竹田青嗣著　講談社　1996.4　246p　15cm　（講談社学術文庫）　760円　①4-06-159225-4

◇言葉の沃野へ―書評集成　上（日本篇）　吉本隆明著　中央公論社　1996.4　387p　16cm　（中公文庫）　840円　①4-12-202580-X

◇学校・宗教・家族の病理―吉本隆明氏に聞く　吉本隆明著　深夜叢書社　1996.3　221p　20cm　（吉本隆明インタビュー集成　別巻）　1359円　①4-88032-207-5

◇世紀末ニュースを解読する　吉本隆明著　マガジンハウス　1996.3　237p　20cm　1553円　①4-8387-0752-5

◇埴谷雄高・吉本隆明の世界　斎藤慎爾責任編集　朝日出版社　1996.2　271p　29cm　（二十世紀の知軸　1）　2900円　①4-255-96001-1

◇尊師麻原は我が弟子にあらず―オウム・サリン事件の深層をえぐる　吉本隆明, プロジェクト猪著　徳間書店　1995.12　302p　19cm　1600円　①4-19-860412-6

◇定本柳田国男論　吉本隆明著　洋泉社　1995.12　305p　20cm　2200円　①4-89691-196-2

◇親鸞―不知火よりのことづて　吉本隆明〔ほか〕著　平凡社　1995.11　209p　16cm　（平凡社ライブラリー）　780円　①4-582-76126-7

◇母型論　吉本隆明著　学習研究社　1995.11　267p　20cm　1800円　①4-05-400524-1

◇情況としての画像―高度資本主義下の「テレビ」　吉本隆明著　河出書房新社　1995.10　206p　15cm　（河出文庫）　560円　①4-309-40457-X

◇ダーウィンを超えて　今西錦司, 吉本隆明著　中央公論社　1995.10　217p　16cm　（中公文庫）　620円　①4-12-202442-0

◇超資本主義　吉本隆明著　徳間書店　1995.10　334p　20cm　1800円　①4-19-860373-1

◇余裕のない日本を考える　吉本隆明著　コスモの本　1995.10　317p　20cm　1600円　①4-906380-63-8

◇言葉からの触手　吉本隆明著　河出書房新社　1995.8　132p　15cm　（河出文庫）　400円　①4-309-40451-0

◇親鸞復興　吉本隆明著　春秋社　1995.7　243p　20cm　1751円　①4-393-33164-8

◇世紀末を語る―あるいは消費社会の行方について　J.ボードリヤール, 吉本隆明〔述〕, 塚原史構成・訳　紀伊国屋書店　1995.6　190p　19cm　1400円　①4-314-00708-7

◇日本人は思想したか　吉本隆明〔ほか〕著　新潮社　1995.6　253p　22cm　1900円　①4-10-377903-9

◇語りの海吉本隆明　3　新版・言葉という思想　吉本隆明著　中央公論社　1995.5　335p　16cm　（中公文庫）　740円　①4-12-202318-1

◇語りの海吉本隆明　2　古典とはなにか　吉本隆明著　中央公論社　1995.4　263p　16cm　（中公文庫）　680円　①4-12-202290-8

◇語りの海吉本隆明　1　幻想としての国家　吉本隆明著　中央公論社　1995.3　294p　16cm　（中公文庫）　700円　①4-12-202269-X

◇なぜ、猫とつきあうのか　吉本隆明著　ミッドナイト・プレス　1995.3　161p　21cm　1600円　⓪4-7952-2625-3

◇対幻想――平成版　吉本隆明, 芹沢俊介著　春秋社　1995.2　261p　20cm　1854円　⓪4-393-33162-1

◇マルクス―読みかえの方法　吉本隆明著　深夜叢書社　1995.2　285p　20cm　2500円

◇わが「転向」　吉本隆明著　文芸春秋　1995.2　197p　20cm　1100円　⓪4-16-349900-8

◇愛する作家たち　吉本隆明著　コスモの本　1994.12　238p　20cm　1456円　⓪4-906380-52-2

◇現在はどこにあるか　吉本隆明著　新潮社　1994.12　249p　20cm　1359円　⓪4-10-377902-0

◇対幻想―n個の性をめぐって　吉本隆明著, 芹沢俊介著　新装増補　春秋社　1994.12　262p　20cm　1800円　⓪4-393-33163-X

◇情況へ　吉本隆明著　宝島社　1994.11　531p　20cm　2718円　⓪4-7966-0873-7

◇思想の基準をめぐって　吉本隆明著　深夜叢書社　1994.7　276p　20cm　2524円

◇初期歌謡論　吉本隆明著　筑摩書房　1994.6　561p　15cm　(ちくま学芸文庫)　1500円　⓪4-480-08143-7

◇ハイ・イメージ論3　吉本隆明著　福武書店　1994.3　255p　20cm　1600円　⓪4-8288-2469-3

◇ハイ・イメージ論1　吉本隆明著　福武書店　1994.2　421p　15cm　(福武文庫)　850円　⓪4-8288-3282-3

◇ハイ・イメージ論2　吉本隆明著　福武書店　1994.2　399p　15cm　(福武文庫)　850円　⓪4-8288-3283-1

◇社会党あるいは社会党的なるものの行方　吉本隆明〔述〕　日本社会党機関紙局　1994.1　47p　21cm　(社会新報ブックレット16)　500円　⓪4-930886-74-0

◇背景の記憶　吉本隆明著　宝島社　1994.1　325p　20cm　1700円　⓪4-7966-0760-9

◇〈非知〉へ―〈信〉の構造「対話篇」　吉本隆明ほか著　春秋社　1993.12　509p　22cm　3090円　⓪4-393-33161-3

◇こころから言葉へ　吉本隆明, 北山修著　弘文堂　1993.11　196p　20cm　1400円　⓪4-335-15032-6

◇世界認識の臨界へ　吉本隆明著　深夜叢書社　1993.9　318p　20cm　2718円

◇時代の病理　吉本隆明, 田原克拓著　春秋社　1993.5　260p　20cm　1700円　⓪4-393-33143-5

◇イザイホー――沖縄・久高島　吉田純写真, 吉本隆明解説　〔ジュンフォト出版局〕　1993.4　1冊(頁付なし)　30cm　4800円

◇思想としての死の準備――いのち・ホスピス・ことば　吉本隆明〔ほか〕著　三輪書店　1993.3　191p　20cm　2060円　⓪4-89590-014-2

◇追悼私記　吉本隆明著　JICC出版局　1993.3　236p　20cm　1400円　⓪4-7966-0586-X

人 名 索 引

人名索引

【あ】

会津 八一 …………………… 194
赤染衛門 …………………… 16
芥川 龍之介 ………………… 90
飛鳥井 雅経 ………………… 28
阿仏尼 ……………………… 35
安部 公房 …………………… 240
新井 白石 …………………… 77
有島 武郎 …………………… 93
有吉 佐和子 ………………… 241
在原 業平 …………………… 16
飯尾 宗祇 …………………… 28
飯田 蛇笏 …………………… 208
池波 正太郎 ………………… 242
石垣 りん …………………… 360
石川 淳 ……………………… 248
石川 啄木 …………………… 195
石川 達三 …………………… 248
石川 雅望 …………………… 59
石坂 洋次郎 ………………… 249
石田 波郷 …………………… 381
石原 慎太郎 ………………… 249
泉 鏡花 ……………………… 94
和泉式部 …………………… 16
一条 兼良 …………………… 38
五木 寛之 …………………… 251
一遍 ………………………… 39
伊藤 左千夫 ………………… 197
伊東 静雄 …………………… 169
伊藤 仁斎 …………………… 78
伊藤 整 ……………………… 388
伊藤 東涯 …………………… 78
稲垣 足穂 …………………… 255
井上 靖 ……………………… 256
井原 西鶴 …………………… 53
茨木 のり子 ………………… 360
井伏 鱒二 …………………… 259
岩野 泡鳴 …………………… 170
巌谷 小波 …………………… 97

上田 秋成 …………………… 55
上田 敏 ……………………… 170
内田 百閒 …………………… 390
内田 魯庵 …………………… 220
内村 鑑三 …………………… 221
宇野 浩二 …………………… 263
宇野 千代 …………………… 263
梅崎 春生 …………………… 265
卜部 兼方 …………………… 38
卜部 兼好　→吉田 兼好 …… 36
海野 十三 …………………… 97
栄西 ………………………… 39
永福門院 …………………… 28
江藤 淳 ……………………… 391
江戸川 乱歩 ………………… 98
円地 文子 …………………… 265
遠藤 周作 …………………… 266
円仁 ………………………… 23
凡河内 躬恒 ………………… 17
淡海 三船 …………………… 8
大江 健三郎 ………………… 271
大江 匡衡 …………………… 17
大江 匡房 …………………… 22
大岡 昇平 …………………… 273
大岡 信 ……………………… 361
大田 南畝 …………………… 60
大塚 楠緒子 ………………… 103
大津皇子 …………………… 1
大伴 坂上郎女 ……………… 1
大伴 旅人 …………………… 1
大伴 家持 …………………… 2
大宅 壮一 …………………… 392
岡本 かの子 ………………… 103
岡本 綺堂 …………………… 215
荻生 徂徠 …………………… 78
荻原 井泉水 ………………… 209
尾崎 紅葉 …………………… 105
尾崎 放哉 …………………… 209
尾崎 翠 ……………………… 106
小山内 薫 …………………… 217
大仏 次郎 …………………… 275
押川 春浪 …………………… 106

411

織田 作之助	277
落合 直文	198
小野 十三郎	364
尾上 柴舟	198
小野 小町	17
折口 信夫	375

【か】

開高 健	277
貝原 益軒	79
香川 景樹	61
柿本 人麻呂	4
葛西 善蔵	107
梶井 基次郎	107
荷田 春満	79
加藤 周一	393
加藤 楸邨	381
仮名垣魯文	108
金子 光晴	364
嘉村 礒多	108
亀井 勝一郎	395
賀茂 真淵	79
鴨 長明	36
柄井 川柳	65
川路 柳虹	171
河竹 黙阿弥	73
川端 康成	279
河東 碧梧桐	210
蒲原 有明	171
菊田 一夫	383
菊池 寛	109
岸田 国士	217
北 杜夫	282
北畠 親房	38
北原 白秋	171
北村 季吟	80
北村 透谷	173
義堂 周信	40
木下 順庵	80
木下 順二	383
木下 尚江	110

木下 利玄	198
紀 貫之	18
紀 友則	19
京極 為兼	28
曲亭 馬琴 →滝沢 馬琴	58
空海	23
空也	25
草野 心平	365
九条 良経	29
国木田 独歩	111
窪田 空穂	198
熊沢 蕃山	80
久米 正雄	112
倉田 百三	218
黒田 三郎	366
桂庵 玄樹	40
契沖	81
源信	26
建礼門院右京大夫	29
恋川 春町	56
幸田 文	283
幸田 露伴	112
弘法大師 →空海	23
後白河天皇	29
小杉 天外	114
後鳥羽天皇	30
小林 一茶	65
小林 多喜二	114
小林 秀雄	395
後水尾天皇	61

【さ】

西行	30
西条 八十	174
最澄	26
斎藤 茂吉	199
坂口 安吾	285
佐々木 信綱	200
佐多 稲子	115
佐藤 紅緑	116

佐藤 春夫	117
里見 弴	287
三条西 実隆	31
山東 京伝	56
椎名 麟三	287
慈円	31
志賀 直哉	119
式亭 三馬	57
十返舎 一九	57
持統天皇	6
司馬 遼太郎	288
澁澤 龍彦	397
島尾 敏雄	296
島木 赤彦	201
島崎 藤村	121
島村 抱月	219
子母沢 寛	123
釈 超空 →折口 信夫	375
蜀山人 →大田 南畝	60
式子内親王	32
親鸞	40
末広 鉄腸	123
菅原 孝標女	20
菅原 道真	22
鈴木 牧之	81
鈴木 三重吉	124
薄田 泣菫	175
世阿弥	37
清少納言	20
絶海 中津	43
芹沢 光治良	296
仙覚	38
曾禰 好忠	19

【た】

高浜 虚子	210
高見 順	297
高村 光太郎	175
高山 樗牛	222
宝井 其角	67
滝沢 馬琴	58

沢庵 宗彭	82
竹田 出雲	74
武田 泰淳	298
武田 麟太郎	124
高市 黒人	6
太宰 治	298
立原 道造	177
田中 英光	302
谷 時中	82
谷川 俊太郎	366
谷崎 潤一郎	124
種田 山頭火	211
田村 俊子	127
田村 隆一	369
為永 春水	59
田安 宗武	82
田山 花袋	127
近松 秋江	129
近松 門左衛門	75
辻 邦生	302
津田 左右吉	223
土屋 文明	378
壺井 栄	304
壺井 繁治	370
坪内 逍遥	219
坪田 譲治	130
鶴屋 南北	76
寺田 寅彦	223
寺山 修司	384
伝教大師 →最澄	26
土井 晩翠	178
東海 散士	130
道元	43
土岐 善麿	201
土岐 哀果 →土岐 善麿	201
徳田 秋声	130
徳富 蘇峰	225
徳冨 蘆花	131
徳永 直	133
舎人親王	8

413

【な】

直木 三十五 …… 133
永井 荷風 …… 134
中江 兆民 …… 226
中江 藤樹 …… 82
中上 健次 …… 305
中里 介山 …… 137
中島 敦 …… 138
長塚 節 …… 201
中野 重治 …… 370
中原 中也 …… 178
中村 草田男 …… 382
中村 真一郎 …… 307
長与 善郎 …… 139
夏目 漱石 …… 139
新美 南吉 …… 146
西田 幾多郎 …… 226
西山 宗因 …… 67
二条 良基 …… 32
西脇 順三郎 …… 373
日蓮 …… 46
新渡戸 稲造 …… 228
丹羽 文雄 …… 309
額田王 …… 6
野上 弥生子 …… 147
野間 宏 …… 310
野村 胡堂 …… 148

【は】

萩原 朔太郎 …… 180
服部 嵐雪 …… 67
花田 清輝 …… 401
塙 保己一 …… 83
埴谷 雄高 …… 310
馬場 あき子 …… 379
林 芙美子 …… 149
林 羅山 …… 87
葉山 嘉樹 …… 150

原 民喜 …… 374
稗田 阿礼 …… 9
樋口 一葉 …… 150
火野 葦平 …… 153
平塚 らいてう …… 229
平林 たい子 …… 312
広津 和郎 …… 153
深沢 七郎 …… 313
福沢 諭吉 …… 229
福田 恒存 …… 232
藤沢 周平 …… 314
伏見天皇 …… 32
藤原 雅経　→飛鳥井 雅経 …… 28
藤原 良経　→九条 良経 …… 29
藤原 公任 …… 19
藤原 実資 …… 21
藤原 俊成 …… 33
藤原 定家 …… 33
藤原 道綱母 …… 21
二葉亭 四迷 …… 154
舟橋 聖一 …… 317
文屋 康秀 …… 20
遍昭 …… 20
法然 …… 47
星 新一 …… 318
堀田 善衞 …… 319
堀 辰雄 …… 155
堀口 大学 …… 181

【ま】

正岡 子規 …… 213
正宗 白鳥 …… 155
松尾 芭蕉 …… 67
松永 貞徳 …… 71
松本 清張 …… 321
真山 青果 …… 220
丸谷 才一 …… 325
丸山 薫 …… 374
三浦 綾子 …… 328
三木 清 …… 233

人名索引

三島 由紀夫	331
水上 勉	334
水原 秋桜子	215
源 実朝	34
源 経信	20
宮 柊二	380
三宅 雪嶺	233
宮沢 賢治	181
宮本 百合子	156
三好 達治	192
向井 去来	71
武者小路 実篤	158
無住 一円	48
夢窓 疎石	49
宗良親王	35
村上 春樹	337
村上 龍	339
紫式部	10
村野 四郎	375
室 鳩巣	87
室生 犀星	192
本居 宣長	88
森 鷗外	159
森川 許六	71

【や】

安岡 章太郎	345
保田 与重郎	234
宿屋 飯盛　→石川 雅望	59
柳田 国男	235
柳原 白蓮	202
矢野 龍渓	162
山鹿 素行	88
山川 登美子	202
山口 誓子	382

山崎 闇斎	88
山崎 宗鑑	35
山田 美妙	162
山田 風太郎	346
山上 憶良	7
山部 赤人	8
山本 周五郎	352
山本 有三	163
夢野 久作	164
横井 也有	71
横溝 正史	354
横光 利一	164
与謝 蕪村	72
与謝野 晶子	203
与謝野 鉄幹	206
吉井 勇	206
吉川 英治	166
吉田 一穂	193
吉田 兼好	36
吉本 隆明	401
吉本 ばなな	356
吉屋 信子	168
吉行 淳之介	358
四方 赤良　→大田 南畝	60

【ら】

良寛	61
蓮如	49

【わ】

若松 賤子	169
若山 牧水	207
度会 家行	52
和辻 哲郎	238

読書案内 日本の作家―伝記と作品 新訂版

2002年 5 月27日 第 1 刷発行

発　行　者／大高利夫
編集・発行／日外アソシエーツ株式会社
　　　　　　〒143-8550 東京都大田区大森北1-23-8 第3下川ビル
　　　　　　電話(03)3763-5241(代表)　FAX(03)3764-0845
　　　　　　URL http://www.nichigai.co.jp/
発　売　元／株式会社紀伊國屋書店
　　　　　　〒163-8636 東京都新宿区新宿3-17-7
　　　　　　電話(03)3354-0131(代表)
　　　　　　ホールセール部(営業)電話(03)5469-5918

電算漢字処理／日外アソシエーツ株式会社
印刷・製本／株式会社平河工業社

不許複製・禁無断転載　　《中性紙H-三菱書籍用紙イエロー使用》
〈落丁・乱丁本はお取り替えいたします〉
ISBN4-8169-1717-9　　　　　Printed in Japan,2002

本書はディジタルデータでご利用いただくことが
できます。詳細はお問い合わせください。

選書・読書指導に最適!
ハンディなブックガイド
読書案内シリーズ

読書案内・知る本

・解説と参考図書目録・

大事件を知る本	A5・440頁 定価(本体6,800円+税)	1997.12刊
続・大事件を知る本 古代~近世	A5・340頁 定価(本体6,600円+税)	1999.9刊
ものの歴史を知る本Ⅰ	A5・350頁 定価(本体7,000円+税)	1998.1刊
ものの歴史を知る本Ⅱ	A5・340頁 定価(本体7,000円+税)	1998.10刊
「明治」を知る本	A5・400頁 定価(本体6,800円+税)	2000.3刊
大江戸を知る本	A5・360頁 定価(本体6,800円+税)	2000.7刊
伝統芸能を知る本	A5・360頁 定価(本体7,400円+税)	2000.12刊
国宝を知る本 建造物編	A5・370頁 定価(本体7,500円+税)	2001.3刊
国宝を知る本 絵画編	A5・380頁 定価(本体7,800円+税)	2001.11刊
国宝を知る本 彫刻編	A5・370頁 定価(本体7,800円+税)	2001.11刊

読書案内・作品編

・作家ごとに図書を一覧・

現代人気作家101人	A5・510頁 定価(本体5,300円+税)	1996.7刊
日本のエッセイ8000冊	A5・1,000頁 定価(本体9,700円+税)	1996.11刊
海外人気作家300人	A5・470頁 定価(本体5,600円+税)	1997.7刊
現代女性作家150人	A5・450頁 定価(本体5,800円+税)	1997.11刊

●お問い合わせ・資料請求は…
データベースカンパニー
日外アソシエーツ
〒143-8550 東京都大田区大森北1-23-8
TEL.(03)3763-5241 FAX.(03)3764-0845
ホームページ http://www.nichigai.co.jp/